マルセル・シュオッブ全集

Les Œuvres complètes de
Marcel Schwob

マルセル・シュオッブ全集

大濱甫・多田智満子・宮下志朗・千葉文夫・
大野多加志・尾方邦雄●訳

国書刊行会

目次＊マルセル・シュオッブ全集

二重の心

ロバート・ルイス・スティーヴンソンへ

大濱　甫
多田智満子　訳
大野多加志

Ⅰ　二重の心

吸血鬼

ワレ汝等ニ恐ロシキコト語ラム
（T・A・アルビトリ『諷刺詩』）

われわれは豪華な料理の並んだ食卓を取り囲んでそれぞれの寝台に横になっていた。銀のランプが低く燃えていた。芸を仕込んだ豚でとうとうわれわれを退屈させてしまった芸人の出ていったあと扉がしめられたところで、豚が啼き立てながら火焔の輪をくぐり抜けさせられたために部屋には獣皮の焦げる臭いが立ちこめていた。デザートが運ばれた。それは熱い蜂蜜入りの菓子、漬けこんだ雲丹《うに》、揚げたパイでくるんだ卵、ソースで煮こんだ鶫《つぐみ》、肉饅頭、干しぶどう、胡桃《くるみ》であった。皿が廻されている間、シリア生れの奴隷が甲高い調子で歌を唄った。主《あるじ》は傍に横たわる稚児の長い髪を指でほぐし、金色の楊子で優雅に歯をつっついていた。温めたぶどう酒を生《き》のままで盃に何杯も呑んだので、酔っていた。それで、取りとめなくこんなことを言いだした。

「食事の終りほど侘しいものはありませんな。皆さんがた親しい友人とも別れなくてはなりませんからね。このことは、永遠に皆さんと離別しなくてはならない時をいやでも思い起こさせます。ああ！　ああ！　人間とは何ととるに足りないものなのでしょう！　せいぜい小《こ》人間といったところですか。大いに働くことですね。汗水たらし、息を切らせて。ガリアでも、ゲルマニアでも、シリアでも、パレスティナでも、どこへでも戦争に行くことです。一枚一枚金《かね》をためる。よい主人に仕えて、台所掛りから食卓掛りへ、食卓掛りからお気に入りへと昇進する。わたしがいま指を拭いている侍童たちの髪のように髪を長く伸ばすことです。奴隷の身分から解放してもらい、今度は自分で家を構え、わたしのようにお客を招く。土地や商品の輸送に投機して、動き廻り、走り廻ることです。それでさえ、解放奴隷の縁なし帽があなたの頭に触れたときから、今度はもっと強力な、どんなにセステルス銀貨を積んでも解放してはくれない女主人に隷属するのを感じることになりましょう。生きましょう、健康に恵まれている間は。侍童や、ファレルヌスぶどう酒を注いでおくれ。」

　彼は銀製の骸骨の組立細工を持ってこさせると、それにさまざまな姿勢をとらせて食卓に寝かせ、溜息をして、眼を拭い、またこう続けた。

「死は恐ろしいもので、死の観念はとりわけ食事を終えたときに私に取り憑きます。何人も医者にかかってみたのですが、どうしたらいいか教えてはくれません。消化がよくないようにも思うのですが。腹が牛の啼くように鳴る日があります。こうした障害は防がなくてはなりません。皆さんも不快を感じたら、どうかご遠慮なく。ガスが脳に上ることがあり、そうなったらおしまいですからね。クラウディウス帝はいつも遠慮なされなかったが、誰も笑わなかった。生命を危険にさらすより、礼を失するほうがいいですからね。」

　彼はしばらく考えこんでから、また言った。

「わたしはこの考えを追い払うことができない。死のことを想うと、死ぬのを見届けたすべての人が眼に浮かぶ。すべてが終ったあとでもせめて肉体は損われないと確信できたらいいのだが！　あわれなわたしたち、わたしたちの惨めなこと。守護神にかけて誓いますが、わたしたちを狙っている魔力があるのです。それは四辻で見掛けられる。老婆の姿をしていて、夜になると鳥に化ける。まだ小路に住んでいたときのことだが、ある日、恐ろしさで魂が抜け出してしまうのではないかと思うような目にあった。老婆のひとりが塀の窪みのとこで葦の灯を点し、銅の鉢に葱や芹《せり》と一緒にぶどう酒を注ぐと、そのなかに榛《はしばみ》の実を投げこんで、それを見つめていた。いやはや！　何という眼差しを注いでいたことか！　それから、袋のなかから空豆を摑み出すと、麻の実を啄《ついば》む四十雀《しじゅうから》のようにすばやく皮を歯で剝き、その皮を蠅の死骸のようにあたりに吐き散らしたものです。

　これが〈吸血鬼〉であったことは疑いなく、もしわたしを見つけていたら、わたしはその恐ろしい眼差しに射すくめられてしまったでしょう。夜出歩いているとき、息吹きに撫でられるのを感じて、剣を抜いて振り廻し、影に跳びかかってゆく人がいます。朝になるとその人たちは全身傷だらけになり、口の端から舌を垂らしている。吸血鬼に出遭ったのです。わたしは見たことがありますが、牡牛のように強壮な人でも、いや狼に化ける魔法使いでさえ、吸血鬼の手にかかると惨憺たる状態にされてしまいます。

　これが事実であることは保証します。それに一般に認められていることです。身の毛のよだつような事件がわたしにふりかかったのでなければ、こんなことは言わないし、わたし自身がこんなことは疑ったでしょう。

　死人の通夜をしていると吸血鬼の声が聞こえるものです。それは、わたしたちを有無をいわさず引きこんでしまう歌を唄う。その声は訴えるような、嘆くような、小鳥の声のように鋭く、訴えかける赤子の泣声のようにやさしく、どうにも逆らいようのない声です。わたしが聖道《ウィア・サクラ》(1)の銀行家のご主人に仕えていたとき、ご主人は夫人を亡くすという不幸に遭われました。その頃わたしは悲しかった、というのはわたしも妻を亡くしたところだった――きれいな女でしたよ、全くのところ、軀つきもよくって――でも、とりわけ行儀がいいので愛していましたが。稼いだものはみんなわたしのものにしてくれた。青銅貨一枚しか持たないときでもわたしに半分くれた。〈別荘〉に戻る途中、わたしは墓の間で白いものが蠢《うごめ》くのを見ました。町に死人を残してきただけに、恐ろしさで死ぬ思いでした。そこで田舎の別荘に駆けこむ、と、閾を跨ぐとき何を見たと思います？　血溜りとそのなかに漬かっている海綿なんです。

　家じゅうで呻き声、泣き声が聞こえました。女主人が日暮れに亡くなったからです。女中たちは着ている服を引き裂き、髪の毛を引き毟っていました。部屋の奥にはランプが一つだけ、赤い点のように見えました。ご主人が出ていったあとで、わたしは窓のそばの樅の木屑の山に火をつけました。焔はパチパチ燃え上ったり、くすぶったり、風が部屋のなかで薄黒い渦を揺すぶり、明りは息をするように弱まったり、強まったり、木屑から滲み出る脂の滴りがはぜていました。

　死人は寝台に横たわり、顔は蒼ざめ、口と顳顬《こめかみ》の周りには小皺がたくさんありました。顎が開かないように、わたしたちは頬の周りに布を巻きつけました。松明のそばで環になって群がる蛾が黄色い羽を揺さぶり、寝台の上では、蠅どもがゆっくり飛び廻り、風の吹くたびに枯葉が飛びこんできて舞っていました。わたしは死人の足もとでお通夜をしながら、いろんな話を考えていました。朝見ると死骸とすり替えられていた藁人形のことだの、魔女が血を吸いにきて顔に円い孔を開けたことなど。

と、風の唸り声に混じって、鋭く甲高いくせにやさしい声が上りました。まるで小娘が何かを祈るような声でした。その調《しらべ》は宙に漂い、死人の髪を乱す風とともにいっそう強くなって入ってきました。その間、わたしはばかになったみたいで、身動きもできませんでした。

月がより青白い光りで照り始め、家具や壺の影が暗い床と溶け合いました。さまよっていたわたしの眼が野原に向けられ、天と地がおだやかな薄明りで輝くのが見えましたが、遠くの茂みは霞み、白楊樹はただ長い灰色の列になっていました。風はおさまり、木の葉もそよがないようでした。庭の生垣の背後をいくつもの影がすべってゆくのを見ました。すると、眼瞼が鉛のように重くなり、閉じてしまいました。何かがわたしにかすかに触れるのを感じました。

突然、鶏の関《とき》の声でわたしは跳び起きました。朝の風の凍りついた息吹きが白楊樹の頂きをかすかに揺っていました。壁に寄りかかったわたしの眼には、前より明るさを増した灰色の空と、東のほうに棚引く白とばら色の光が窓越しに見えました。わたしは眼をこすり——そして女主人に眼を向けると——ああ、神よお助けを——その軀は黒い傷痕と、銅貨ぐらいの大きさの青黒い斑点で覆われていたのです——そう、銅貨ぐらいの大きさのが——肌全体に撒き散らされていたのです。そこで、叫び声を上げ、寝台に駆け寄りました。顔は蠟の面のようで、その下には眼もあてられないほど齧《かじ》られた肉が見えています。鼻も、唇も、頬も、眼もありません。夜鳥どもが鋭い嘴で、杏子の実でも突つくように突き刺してしまったのです。そしてその青い斑点の一つ一つが漏斗形の孔になっていて、その奥では凝結した血の塊が光っていました。心臓も、肺臓も、内臓はどれ一つ残っていません。というのは、胸と腹に藁束がつめられていたのです。

歌を唄う吸血鬼どもが、わたしの眠っている間に何もかも攫《さら》っていってしまったのです。人間は魔女の力にはかないません。わたしたちは運命にもてあそばれる玩具《おもちゃ》です。」

主人は、食卓の銀の骸骨と空になった盃の間に顔をのせて、すすり泣きを始めた。「ああ！　ああ！」と彼は泣いた。「金持のこのわたし、バイアエ(2)にも自分の土地を通って行けるこのわたし、自分の所有地のために新聞を発行させているこのわたし、俳優や踊り手や物まね役者を抱え、銀の食器や田舎の別荘や鉱山を持つこのわたしも、あわれな一個の肉体にすぎない――そして、やがて吸血鬼どもが孔をあけにやってくるのだ。」侍童が彼に銀の壺を差し出したが、彼は起き上った。

その間にランプは消え、客たちはわけのわからぬことを呟きながら、鈍重に動き廻っていた。銀器類がぶつかり合って音を立て、倒れたランプの油が食卓全体を濡らした。道化役者が一人、顔に石膏を塗りたくり、額に黒い条《すじ》を引いて、爪先だちで入ってきた。それでわたしたちは、開いた扉から抜け出して、新しく買い入れたばかりのまだ足が白堊で白い奴隷ども(3)の二列に並んだ人垣の間を逃げ出した。

（大濱甫訳）

（1）パラチノスの丘からカピトリウムの丘に通じるローマの凱旋道路。
（2）ナポリに近いローマ時代の保養地。
（3）奴隷市場で奴隷を売りに出すとき、その足を白堊で塗った。

木靴

ガーヴルの森には十二本の広い道が通じていた。それは万霊節の前日の、まだ太陽が赤味がかった金色の光で緑色の木の葉に縞模様をつけている時刻のことだったが、ひとりの宿なしの少女が東街道に姿を現わした。赤いネッカチーフを頭から被って顎の下で結び、銅のボタンのついた灰色の亜麻布のシャツと、糸のほぐれたスカートをつけ、紡錘《つむ》のように円く黄金色をしたかわいいふくら脛はその先を飾り釘のついた木靴のなかに埋めていた。彼女は広い四辻まで来ると、どっちへ行ったらいいのかわからなくて、里程標のそばに腰を下すと、泣きだした。

ところで、少女は長いこと泣いていたので、涙が指の間から流れ落ちているうちに、夜の闇があらゆるものを包み始めた。いらくさは緑色の種子の房を傾げ、大薊《あざみ》は紫色の花を閉じ、灰色の街道は遠くのほうが霧に包まれてさらに灰色を濃くした。突然、少女の肩に二本の爪と一つの細い鼻面が、ついでビロードのような軀が、羽根飾り状の尾を伴って這い上り、腕に止まった。その栗鼠《りす》は少女の亜麻布の袖に鼻を突っこんだ。そこで少女は立ち上り、木々の下に入ったが、その上のほうでは絡み合った枝が円天井を作り、下ではうつぼ草をまじえた棘のある灌木が生い茂り、そこからいきなり胡桃《くるみ》や榛《はしばみ》の木が何本も空に向って真すぐ突き出していた。こうした暗い穹窿の一つの奥に少女は真赤な炎のようなものを見掛けた。栗鼠は毛を逆立て、何かが歯を軋らせると、栗鼠は地面に跳び下りた。だが、少女はたくさんの道を歩いてきたのでもう何かを恐がることもなくなっており、その光のほうに進み寄った。

灌木の下に奇妙な生物が踞《うずくま》っていたが、それは燃えるような目と暗紫色の口を持ち、頭の上には尖った角が二本突き出ていて、そいつは始終長い尾で榛の実を拾ってはその角に突き刺していた。こうして榛の実を角で割ると、掌はばら色をした、干からびて毛の生えている前肢でその皮を剝いては、歯を軋らせながら食べていた。少女を見かけると、そいつは実を齧《かじ》るのを止めて、眼を細めて少女を見つめた。

——あんた誰なの？ と少女は訊ねた。

——おれが悪魔だってことがわからないのか？ とその獣《けもの》は立ち上りながら答えた。

——わからないわ、悪魔さん、と少女は叫んだ。でも、あ……あ……あの……あたしをいじめないで。あたしをいじめないで、悪魔さん。ねえ、あたしあんたを識らないもの。あんたの噂なんて聞いたことないわ。あんた意地悪なの、悪魔さん？

悪魔は笑いだした。尖った爪を少女のほうに差し出すと、持っていた榛の実を栗鼠に投げてやった。笑うと、鼻孔や耳から生え出ている毛の束が顔のなかで躍った。

——お前さんよく来たな、と悪魔は言った。おれは無邪気な人間が好きなんだ。お前はいい娘《こ》のように見受けるが、まだ教理問答を知らないな。おれが人間を攫《さら》うってことはもっとあとで教わるんだろう。でもそんなことは嘘だとわかるだろうよ。いやならおれと一緒に来なくたっていいんだ。

——でも悪魔さん、あたしいやだわ、と少女は言った。あんたきたないし、あんたの家では何もかも真黒いにちがいないわ。あたしは陽《ひ》を浴びながら街道を行くの、花を摘んで、時にご婦人や旦那様が通りかかると、その花を上げて、銅貨を何枚かもらうの。夜になると、あたしを藁や干草のなかに寝かせてくれる親切な女の人がいるわ。ただ、今夜はあたし何も食べてないの。だってここは森ですものね。

すると悪魔は言った。——お聞き、恐がることはない。おれが助けてやろう。木靴が片方脱げてしまっているが、それを履きな。

こう言いながら、悪魔は尻尾で榛の実を一つ拾い、栗鼠は別のを一つ齧った。

少女は濡れた足を大きな木靴にすべりこませた。と、突然、彼女は自分が街道にいるのを見出した。東の赤と紫の縞のなかに陽《ひ》が昇っており、朝の刺すような空気のなかで牧草地の上にまだ霧が漂っていた！　もう森はなく、栗鼠も悪魔もいなくなっていた。濡れた幌の下で鳴く仔牛をいっぱい載せた車を曳いて駆足で通りかかる酔っぱらった車曳きが、挨拶代りに少女の脚に鞭を一打ちあてた。点々と白い花を咲かせる山査子《さんざし》の生垣のなかで、頭の青い四十雀《しじゅうから》がぴーぴー鳴いていた。少女はびっくりして、歩きだした。畑の角のうばめがしの下で眠った。あくる日も道を続けた。いくつもの道を通って、空気の塩からい石ころだらけの荒野に着いた。

遠くには、塩水をたたえた四角な田と、畔《あぜ》の交叉するところに積み上げられた黄色い塩の山がいくつも見えた。何羽もの腹白と鶺鴒《せきれい》が街道の馬糞をあさっていた。烏の大群が嗄れ声を上げながら畑から畑へ舞い降りていた。

ある晩、少女は、ひとりの乞食がぼろをまとい、額に古びた亜麻布を巻きつけ、ごわごわした綱を何本もより合わせて頸に巻き、瞼を赤く裏返して街道に坐りこんでいるのを見掛けた。少女が近づくと、乞食は立ち上り、両手を拡げて道を塞いだ。少女は悲鳴を上げ、大きな木靴は両方とも街道を横切る小川にかかる小橋の上に転り落ちた。転んだのと恐ろしかったのとで少女は気を失ったのだ。川の水は音を立てながら少女の髪を浸し、赤い蜘蛛どもが彼女を見ようと睡蓮の葉の間を駆け、しゃがみこんだ緑色の蛙どもは息を吸いこみながら彼女を見すえた。その間に乞食は、黒ずんだシャツに被われた胸を引っ搔くと、びっこを引きながら歩きだした。木鉢と杖のぶつかる音は次第に消えていった。

少女は強い日射しのもとで眼を覚ました。打撲を負い、右腕は動かなかった。小橋の上に坐り、目まいと闘った。やがて街道の遠くのほうで馬の鈴が鳴り、間もなく馬車の車輪の音が聞こえてきた。手で陽《ひ》の光を遮った少女の眼に、白い帽子が二つの青い仕事着の間で光るのが見えた。一台の腰掛付四輪馬車がすばやく近づき、先頭をブルターニュ産の小馬が頸輪に鈴をつけ、眼隠しの上に二本の羽飾りを立てて、小刻みに駆けてきた。馬車が近くまでくると、少女は哀願するように左腕を差し伸べた。

女が叫んだ。「おんやまあ、娘っ子の乞食だろうか？　ジャン、馬を停めて、どうしたんか見てやろう。わしが下りてみるで、馬が走らんようにしっかり押えてろ。どお！　どお！　さてと、どうしたんか見てやるべえ。」

だが女が見たときには少女はまた夢の国へ行ってしまっていた。陽《ひ》の光と白い街道に眼が眩み、腕の堪え難い痛みで心臓を緊めつけられたのだ。

――死んじまいそうじゃないか、と女は息を切らせた。かわいそうに、白痴なんか、それともひょっとして鰐か山椒魚にでも噛みつかれたんか？　あいつら悪い動物だでな、夜になると道に出てきおるで。ジャン、馬が走らんように押えてろ。マチュラン、この娘《こ》を運び上げるでちょっと手伝いな。

馬車は少女を揺すり、小馬は前額部を蠅にくすぐられるたびに羽根飾りを揺って先頭を走り、白い帽子を被って青い仕事着の間に挟まれた女はまだ真青な少女をときどき振り返り、一行はついに一軒の藁葺きの漁師の家に着いた。その漁師はこの地方では最も理詰めな男のひとりで、従って働きもあり、魚を馬車の尻に乗せて市場に送ることもできた。


ここでこの少女の旅は終った。というのは彼女はその後この漁師の家に住むことになったのだ。青い仕事着の男はジャンとマチュランで、白い帽子の女は母親のマトー、そしておやじは短艇で漁に出掛けた。ところで一同は、一家の切盛りに役立つと考えて、少女を手もとに置いたのだ。それで彼女はこの船乗りの一家の男子としてまた女子として、笞で打たれて育った。たびたび柴の叉《また》や拳固が振り下された。それで年頃の娘になったときには、網を繕ったり、錘《おもり》を細工したり、淦《あか》取りを扱ったり、海藻を引き抜いたり、防水外套を洗ったり、脂気の多い水や塩水に腕を浸けたりしたので、手は赤く擦りむけ、手頸には蜥蜴《とかげ》の頸みたいに皺がより、唇は黒ずみ、胴は角張り、胸は垂れ、足は、突起のある海藻の上や、鋭い縁で肌を引っ掻く紫がかった貽貝《いがい》の山の上をざくざく歩いたので、固くなって胼胝《たこ》ができた。燃えるような眼と、パイプの脂《やに》のような肌の色を除いては、昔の少女の面影はほとんど残っていなかった。頬はたるみ、ふくら脛はよじれ、鰯の籠を背負うので背は曲り、もう結婚させてもいい出稼ぎ女になっていた。それでジャンと結婚させられることになった。婚約が発表されて村じゅうの噂になる前からすでに、結婚の前金はたっぷり支払われていた。そして二人はおとなしく結婚した。つまり、男は曳網漁に出掛け、帰りに林檎《りんご》酒やラム酒を何杯も引っかけて戻った。

彼は骨ばった顔に黄色っぽい前髪を尖った耳の間に頂き、好男子ではなかった。が、握り拳の力は強かった。彼が酔っぱらった翌日には、ジャンの女房は青痣をいくつもこしらえた。閾の上でどろりとした粥《かゆ》の大釜の滓《かす》を削ぎ落していると、子どもたちの一隊がスカートにまとわりついた。その子どもたちも、笞でぶたれながら、船乗り一家の男子として、また女子として育てられた。一日一日が、単調な上にも単調に、子どもを拭いてやり、網を繕い、酔って帰った亭主を寝かせることで過ぎていったが、それでもときに、夜、雨が庇《ひさし》にあたって音を立てたり、風が煖炉の小枝を打ちつけている間、かみさん連とトランプ遊びを楽しむこともあった。

そのうちに男は海で難船し、彼女は教会でその死を悲しんだ。長いこと顔を強ばらせ、眼を赤く泣きはらしていた。子どもたちは成長して、あちらこちらへと出て行った。最後に彼女はひとりきりになり、年老い、松葉杖をつき、顔は皺だらけ、声は顫えるようになった。船檣員になった息子の一人が送ってくるわずかな金で暮らした。そしてある日、夜が白みかけた頃、曇った窓ガラスを通して射しこむ灰色の光が火の消えた煖炉と瀕死の喘ぎをする老婆を照らした。臨終のしゃっくりをするとき、尖った両膝が着ていた古着を持ち上げた。

最期の呼気が胸のなかで音を立てているとき、朝の祈禱の鐘の鳴るのが聞こえ、突然、彼女の眼は曇った。夜になったように感じ、自分がガーヴルの森のなかにいるのが見えた。木靴を履き直したところで、悪魔は尻尾で榛の実を拾い上げ、栗鼠は別のを齧り終えようとしていた。

彼女は自分が少女に戻り、赤いネッカチーフ、灰色のシャツ、破れたスカートを着けているのを見て、驚きの叫びを発し、ついで恐怖の叫びを上げた。「あら！」と彼女は十字を切りながら呻いた。「あんたは悪魔で、あたしを攫いに来たのね！」――「お前も進歩したもんだな」と悪魔は言った。「ついて来るか来ないかお前の自由だよ。」――「何ですって！　あたしが罪人《つみびと》じゃないって、あんたあたしを焼き殺す気じゃないっていうの？」――「そうさ、生きることもできるし、おれと一緒に来ることもできるのさ。」――「でも悪魔さん、あたし死んでしまったのよ！」――「そうじゃないんだ。確かにおれはお前に一生を送らせたけど、それはただお前が木靴を履き直した瞬間のことだったんだ。お前の送った生活とおれが誘う新たな旅のどちらかを選びな。」

そこで少女は片手で眼を覆って考えた。さまざまな苦労、心配、侘しく灰色の生活を思い出した。すっかりやり直すには疲れてしまった感じだった。

――いいわ！　と彼女は悪魔に言った。地獄堕ちと決まっても、あんたについていくわ。

悪魔は暗紫色の口から白い湯気を一すじ吐き出すと、少女のスカートに爪を食いこませ、蝙蝠のように大きな黒い翼を拡げて、森の木々の上にすばやく舞い上った。その角からも、翼の先端からも足の先からも火箭《ひや》のように赤い火の束が吹き出し、少女は傷ついた小鳥のようにぐったりして吊り下げられていた。

ところが突然、ブランの教会で鐘が十二鳴り、暗い畑から白い人影、透明な翼を持った女と男が舞い上り、静かに空中を飛んだ。ところで、それはちょうどその祭が始まった聖人と聖女で、青白い空は彼らで満たされ、彼らは奇妙に輝いていた。聖人たちは頭の周りに金色の輪を頂き、聖女たちが流した涙と血の滴りは金剛石《ダイヤモンド》と紅玉《ルビー》に変ってその透ける衣裳を散りばめた。マグダラのマリアはその金髪を少女の上でほどいた。と、悪魔は縮み上がり、蜘蛛が糸を伝って落ちるように地上に落ちて行った。マリアは少女を白い腕に抱いて、こう言った。

「神にとっては、お前の一秒間の命も数十年に匹敵します。神は時間というものを認められず、ただ苦しみだけを評価なさるのです。わたしたちと一緒に万霊節を祝いにゆきましょう。」

すると、少女のまとったぼろは脱げ、木靴はうつろな闇のなかに落ちてゆき、その肩からは光り輝く二枚の翼が生え出した。彼女は聖母マリアとマグダラのマリアに挟まれて、至福者の島を持つ未知の赤い星に向って飛び立った。そこは、不思議な草刈人が毎夜やってきて、月を鎌にして、野に咲くきらめく星のシャグマユリを刈り取り、夜空に撒く場所なのである。

（大濱甫訳）

三人の税関吏

――よお、ペン・ブラス、櫂の音がきこえねえか？　干し草の山を揺すると、じいさまが言った。干し草の下では沿岸警備を勤める三人の税関吏《ガブルー》のひとりがいびきをかいていた。

眠っている男の大きな顔は防水外套になかば隠れ、干し草が数本眉毛についていた。釘を打ちつけたドアの隅、ペン・ブラスが寝ている仕切り板をじいさまはランタンのゆらめく炎で照らした。壁土をしっかりと塗っていなかった石壁の隙間から風がひゅうひゅうと吹き込んだ。ぶつぶつ言いながら寝返りをうち、ペン・ブラスは眠り続けた。じいさまがひどく揺すったので、仕切り板から転げ落ち、屋根の叉木の下で、大股をひらき、間の抜けた目でじいさまをみつめると、起き上がった。

――いったいなにごとだ、じいさま？　彼はたずねた。

――しっ！　耳をすましな！　じいさまが答えた。

息を殺し、闇に降りこめる霧雨の彼方に目をこらし、二人は耳をすました。西の風が止み、穏やかに打ち寄せる波の音が規則的に聞こえた。

――侵入者だ！　ペン・ブラスがどなった。キジバトの奴をおこさなきゃ。

じいさまはランタンの上部を外套の裾でおおい、なぎ倒された屋根のように断崖にへばりついている小屋の壁に沿って歩いた。キジバトは反対側、畑に面した納屋の隅で寝ていた。藁と泥土を塗った間仕切りの梁があばら屋を二分していた。海岸沿いに延びる小道に立ち、三人の税関吏は耳をすまし、漆黒の闇に目をこらした。

――まちがいっこねえ、あれは櫂の音だった、口をつぐんでいたじいさまが呟いた。それにしても妙だ――櫂を何かでくるんだような音だった、……ビロードか何かでな――波が乾いた音をたてねえんだ。

しばし彼らはフードに手をかけ風をよけつつその場に立ちつくした。じいさまはずっと前から税関吏を勤めていた。頬はこけ、白い髭をたくわえ、始終あたりかまわず唾を飛ばした。キジバトは男前の若者で、見回りでない時は、仲間内で一番の歌をうたった。ペン・ブラスは金壺の眼、丸々とした頬、鼻は鉤鼻だったが、赤ワインの澱のような傷跡が目尻からだぶつく首筋にかけて走っていた。海岸線で働くようになってから、ずっと「石頭」と呼ばれていた。配給の缶詰を三分の一も喰いながら四分の一しか喰っていないと言い張って、缶詰を失敬したからだった。ケルトの言葉を話すこの土地ではペン・ブラスと呼ばれた[1]。三人の税関吏はオーの港を警備していた。オー港はサブロンとマン港のなかほど、ブルターニュ沿岸にうがたれた、長い入り江である。切り立った黒い岸壁に挟まれ、いぼのできた海藻と腐ったムール貝の山が散乱する黒い砂浜に波が打ち寄せた。浜にはイギリスから、しばしばスペインから、闇商人がマッチやトランプや蒸溜酒の瓶を持って上陸したが、そこには砂金が舞った。沿岸警備隊の白塗りの建物は水平線の彼方に、麦畑に隠れるように建っていた。

闇夜がそれらすべてを覆い隠していた。断崖の高みから海岸沿いに、泡に縁どられ、輝く冠毛をかぶったような波が、次々に打ち寄せるのが見下ろせた。一面の暗い海で見分けがつくのは砕け散る波だけだった。銃を担ぎ、三人の税関吏は断崖から黒い砂浜にくだる砂利道を駆け下りた。ぬかるみに兵隊靴は滑った。赤銅色の銃身から滴が滴り落ちた。くすんだ色の外套をはおり、彼らは一列縦隊で進んだ。道の半ば、崖に身を乗り出し、三人は立ち止まった――そして驚きのあまり身動きもできず、一点をみつめた。

オー港への抜け道から、沖合二〇鏈[2]に、時代遅れの軍艦が停泊していた。斜檣にさげられた船灯が揺れている。赤い三角帆があかりをうけて、血染めの布のように明滅した。上陸舟艇が一隻浜辺の近くで座礁し、膝まで泥土につかり難渋する奇妙な風体の男たちが、荷物の重みに背を屈め、浜辺を目ざしていた。フードがついた粗織りの外套をまとい、硫黄の炎に似た光を放つランタンを下げている者もいた。顔は見分けがつかなかったが、緑がかったあかりが、マント、切れ込みのある青色や薔薇色の胴衣、羽根飾りのついた縁なし帽、膝丈のズボン、絹の靴下などの雑然とした固まりを照らし出していた。金銀の糸で縁を飾ったスペイン風のケープの下で、腰帯や吊帯の七宝が煌き、短剣の握りや長剣の十字型をした鍔が光り輝いた。鉄兜をかぶり、円い盾と鉾《ほこ》を持った男たちが人垣をつくり、荷物を運ぶ集団を両側から取り囲んでいた。誰もが忙しく立ち働いていた。ある者は火縄銃の筒先で断崖を指し示し、ある者は金具のついた縦長の木箱を背負ってのろのろと進む男たちを身振り手振りで指揮していた。ところが、男たちの立ち騒ぐ物音や帆船の装甲のこすれる音や鉾のぶつかりあう音や兜のふれる音など、物が触れ合う音はまったく三人の税関吏まで届いてこない。まるで翻る外套や袖無しの外衣がざわめきをかき消しているかのようだった。

――この屑ども、スペインから来たにちがいねえ、とペン・ブラスが小声でいった。背後から包囲して一網打尽にしよう――それから警備隊に報せるために銃をぶっ放してやる。今のところは手出しは無用だ。やつらに積み荷を陸揚げさせちまおう。

潮風に向って枝をのばす桑畑の垣根に身をかがめ、ペン・ブラス、じいさま、キジバトは小道のはずれに忍び込んだ。青白い光がサンザシの枝越しにおぼろに洩れた。彼らが砂浜に降り立ったとき、不意に光が消え失せた。三人の税関吏は血眼になって闇商人を探したが無駄だった。ひとっこひとりいなかった。彼らは波打ち際に駆け寄った。じいさまがランタンを翳したが、浮かび上がるのは点々と浜辺にのびる黒い海藻と腐った海草とムール貝の山だけだった。その時、泥のなかでなにかが光った。じいさまは飛びついた。一枚の金貨だった――ランタンの窓に近づけてみると、鋳造貨幣ではなく、奇妙な刻印が捺されていた。ふたたび彼らは耳をすました。風のまにまにまたしても啜り泣くような櫂の音がたしかに聞こえた。

――やつらもう出ちまったな、キジバトがいった。急いでボートを出そう。金貨を積んでるぜ。

――たしかめにゃなるまい、じいさまが答えた。

税関のボートの舫《もやい》をとき、彼らは飛び乗った。じいさまが舵を取り、ペン・ブラスとキジバトが漕いだ。

――うんしょこらしょ、ペン・ブラスが叫んだ。みんな、力いっぱい漕ぐんだ。

ボートは白波を切って飛ぶように進んだ。やがてオー港の入り江は突端の暗い岬だけになった。行く手には波が逆巻くブールヌフ湾がひろがっていた。前方右手に、赤みをおびた光が規則的にまたたいた。霧雨のまにまに光は明滅した。

――こりゃ闇夜だ、舷灯のあかりで嚙み煙草をちぎりながら、じいさまがいった。今夜は新月だ。サン・ジルダ岬を回るんなら、目ん玉ひらいたままでいなけりゃな。闇商人のやつら、どこを通るかわかったもんじゃない。

――風下を見ろ！　ペン・ブラスが叫んだ。やつだ！

風下三鏈の距離に、おぼろげに船影が揺れていた。上陸舟艇は収納されたようだった。帆を絞り、船は海面をすべるように進んでいた。船首の三角帆がはためき、縦揺れのたびに血に染まったような三角帆の先端が海に突っ込んだ。聳え立つ船体には均一にタールが塗られ、城壁の黒い壁のようだった。舷窓が開かれ、七つの赤銅色の砲門が右舷をにらんでいた。

――こりゃ！　でかいぜ、キジバトがいった。さあ、漕ぐんだ！　じきに追いつくぜ。三鏈もない。

これで一鏈進んだよ
素敵滅法な一鏈だ！
一鏈様よこんにちは
一鏈様よさようなら。

だが、船はそれとわからぬほど静かに離れていった、羽ばたかずに滑空する猛禽のように。なんどか船尾楼が三人の頭上に迫った。舵手はひたすら上甲板をにらんでいた。骸骨のように骨ばって、落ち窪んだ目の、毛織りの細長い帽子をかぶった人影がいくつも、手摺りに凭れていた。煤にけぶる光の灯る船室からは、怒鳴り声や金貨のこぼれる音が洩れてきた。

――いまいましいったら、ありゃしねえ！　ペン・ブラスがいった。追いつかねえぜ。

――待ちな、落ち着きはらってじいさまがいった。おれに言わせりゃ、おれたちは魔法のガレー船を分捕ろうとして「穴倉」からのこのこ出てきちまったようだぜ。

――分捕るのをよすのかい！　キジバトが叫んだ、金貨がうなっているのによ。

――金貨がうなっているのによ、まちがいなくな、ペン・ブラスが繰り返した。

――おそらく金貨はあるだろうよ、じいさまはことばを継いだ。わしがこの仕事に就いた時分、船乗りたちはジャン・フロラン(3)のガレー船についてあれこれと話に花を咲せたもんだ――大昔にスペインの国王さまに贈られた数百万という金貨を強奪した奴がいたというんだ。だが金貨は陸揚げされなかったようなのさ。確かめにゃなるまい、いずれにせよ。

――そりゃ狼男とおんなしような伝説だよ、じいさま、ペン・ブラスがいった。フロランって野郎はとっくの昔に海の藻屑になっちまったのさ。

――まちがいねえ、じいさまは頷いた。やつはメインマストの帆桁の先に吊るされた。だがよ、やつの手下どもはどこかに姿をくらましたにちがいねえ、だってやつらの影も形もありゃしねえんだからな。ディエップやサン・マロや沿岸一帯の船乗りの連中だ、中にはサン・ジャン・ド・リュスのバスク人までいた。船乗りのあいだじゃ誰でも知ってる話だ、土地の者もな。どっかで島を乗っ取ったのかもしれない。手頃な島ならいくらでもある。

――くそったれ、島とはな、ペン・ブラスがいった。やつらのせがれが祖父《じい》さんになって、そのまたせがれが一人前の船乗りになりやがった。それで野郎ども金貨を陸揚げしようって魂胆だな。

――おそらくな、ありそうな話だ、うすら笑いを浮かべてじいさまがいった。じいさまは目をしばたたき、舌で嚙み煙草を吐き出した。そうさな、金貨を匿して贋金をつくろうって肚かもしれん。

――さあ、キジバトが叫んだ。ふんばりどころだ！　力のかぎり漕ぐんだ！　昔の水夫連中はいまどきの法律を知らねえだろう。やつらに教えてやる。はでにいこうぜ！

雲間から清澄な月がのぼった。水夫たちは三時間前からオールを漕いでいた。腕の静脈は浮き出し、首筋を汗が伝った。ノワルムーティエ島の彼方に、あいかわらず風下に向ってひた走る、大きなガリオン船が見えた。舷灯を灯した黒いかたまりの中で血の染みのような三角帆がはためいた。そして夜闇がふたたび黄色い月を覆い隠した。

――なんてこった！　ペン・ブラスがどなった。このままじゃピリエを通過するぜ！

――このまま進むんだ！　キジバトが小声でいった。

――確かめにゃなるまい、じいさまが呟いた。ハンカチを出せ。そろそろ沖に出るころだ。これからはえらい風が吹くぞ。ペン・ブラス、ひとりで漕ぎな！　キジバト、帆脚索をとけ！

小さなボートは帆に風をうけ、ノアルムーティエ島とピリエのあいだを飛ぶように進んだ。ほんの一瞬、点滅灯台が回転し、燐のように光る海が白い波頭とともに岩だらけの小島にあたって砕けるのが三人の税関吏には見えた。ついで海は真暗闇に閉ざされた。ガリオン船の航跡は緑の水を織り出したリボンが動くように光り輝いた。海月《くらげ》が漂っているのだった。触手をゆり動かす透明なゼリー、ねばねばした半透明の袋、澄みきった光を放つ星雲、ねばつき輝く透明な宇宙。ガリオン船の船尾で、突然舷窓が開いた。金色の兜をかぶり、歯がぬけた、しかめ面が三人の税関吏のほうにおじぎをした。やせ細った手が一本の黒い瓶をふりかざし、海に放り投げた。

――おーい、ペン・ブラスが叫んだ。左舷だ！　海面に瓶が浮いている！

キジバトが波に手をつっこみ、小さな瓶の首をつかんだ。あんぐりと口をあけて、三人の税関吏は黄金色に輝く硬貨が漂うオレンジ色の液体にみとれた――またしても黄金だった。ペン・ブラスは瓶の口を叩き割り、ぐいぐいとあおった。

――古いラム酒だ、彼はいった。それにしても臭いったら、ありゃしねえ。

むかつくような臭いが瓶から漏れ出た。元気をつけるために三人の友はあびるほど飲んだ。

それから風が吹き出した。緑色の大波が小舟を横に縦に揺すった。押し寄せる波がオールにあたって砕けた。

いつのまにかガリオン船の航跡は消えていた。小舟は大海原に取り残され、進退きわまった。

ペン・ブラスは悪態をつき、キジバトは唄をうたい、じいさまはうなだれて独り言を呟いた。オールは潮に流された。三人の税関吏は小舟の端から端へところげまわり、山のような波がクルミの殻のように小舟を翻弄した。万事休した税関吏は酩酊のあまり途方もない夢をみた。ペン・ブラスは甕一杯の柘榴《ざくろ》色のワインが飲める、南米にあるという黄金の郷の夢をみた。白い小さな家には、やさしい妻がかしずき、まわりは緑したたる栗の林。食事時にはサラダに入った甘いオレンジを子供たちが並んでかじり、果樹園でとれたココナッツの実もあればラム酒もあった。兵隊はおらず、人々は平和に暮らしている。

じいさまは黄金色の葉をひろげ、花を咲かせたマロニエが通り沿いに植えられた、立派な城壁にまもられた円形都市を夢にみた。マロニエの並木には絶えずななめに秋の陽が差した。彼は収税吏としてささやかな我が家を手に入れ、妻がフロックコートに縫いつけた赤い十字を、城塞の散策路で楽隊とともに披露する。昇進も知らずに勤め上げた後の、このすばらしい老後を可能としたのは黄金だった。

キジバトはヤシの木が海辺で波に洗われる、青い海にかこまれた孤島に運ばれていた。浜辺には、葉がまるで緑の剣のような、丈の高い草木がおい繁っている。一年中真紅の大きな花が咲いた。褐色の肌をもった女たちが草地を通り、うるんだ黒いひとみでキジバトをみつめ、彼は海のように青く澄んだ空の下、陽気な唄をうたい、ひとりのこらず女たちの赤いくちびるにキスを浴びせる。黄金で贖ったこの島で、彼は王キジバトになった。

そして、海原の果てに黒味をおびた雲のあいだから灰色の日がのぼったとき、三人の税関吏たちは夢からさめた。頭はぼやけ、口はいやな味がし、目は充血していた。果てしないくすんだ鈍色の大洋のうえに鉛色の空がどこまでもひろがっていた。単調な波が打ち寄せた。冷たい風が彼らの顔に波しぶきをふり注いだ。精魂尽き果て、小舟の底にうずくまり、彼らは荒涼とした風景を打ち眺めた。濁った波が海藻の山を運んできた。嵐の到来をかぎつけたカモメが鳴きわめき上空を旋回した。波から波へ、波の底に沈み、波の頂上に押し上げられ、羅針盤もなく、ボートは漂流した。リーフが帆脚索を切断した。ついで、突風をうけてぺしゃんこになった帆が細いマストを叩き続けた。

暴風雨が来て、彼らを南方に、ガスコーニュの湾のあたりまで押し流した。霧雨や突風の彼方に、彼らがブルターニュの海岸を目にすることはもはやなかった。ボートは湿気に朽ち果て、彼らは舟の腰掛けにうなだれ、寒さと餓えにふるえた。砕け散る波が小舟を満たしたが、しだいに彼らは水をくみだすのをやめてしまった。餓えで胃袋はよじれ、耳鳴りがした。薄れる意識のなかで、三人のブルターニュ男の耳には脈打つ鼓動にまじって、サント・マリーの弔鐘が響くように思われた。

そして単調な大西洋は、彼らの黄金色の夢を灰色の海原へ運び去った。すなわち、フェルナン・コルテスが敬虔なキリスト教徒スペイン王に五分の一税として献上するべく、偉大なモンテスマの財宝を掠奪したものの、ついに陸揚げされることのなかった黄金と、それにジャン・フロラン船長のガリオン船である。一方、転覆したボートのぬめる龍骨の上空に、大きな軍艦鳥とカモメの群が飛来し、翼もふれんばかりに旋回しながら、鳴き叫んだ。「ガブ・ルー！　ガブ・ルー！」

（大野多加志訳）

（1）ペン・ブラスはブルトン語で「大きな頭」の意。フランス語の「石頭」と同義。
（2）鏈は十分の一海里。約一八五メートル。
（3）ジャン・フロランはノルマンディー出身の私掠船長。一五二三年、メキシコを征服したフェルナン・コルテスがスペインへ向けて送った船をポルトガル沖で襲い、積み荷の黄金を奪った。一五二七年、スペイン艦隊に捕えられ、絞首刑に処せられた。

〇八一号列車

いまこれを書いている木立の中で想うと、わたしの生涯であれほど恐ろしかった事も、はるか遠いことのように思われる。わたしは退職した老人で、自分のささやかな家の芝生に足を休めている。ところでわたしはよく自分に訊いてみることがある、これがほんとうにわたしなのか、――パリ＝リヨン＝地中海線の機関士という辛い勤務についていたわたしと同じわたしなのか、と。――そして一八六五年の九月二十二日のあの夜、よくもその場で斃《たお》れてしまわなかったものだとわれながら驚いている。

パリ＝マルセイユ間の勤務についてはわたしはよく心得ていたといってもよい。下り勾配も上り勾配も、分岐点もポイントも、カーヴも鉄橋も、眼をつぶったまま機関車を運転することもできた。三等火夫から一等機関士にまで出世したが、その昇進たるや遅々たるものであった。もし多少の教育があったら機関庫の副長くらいにはなれたかもしれない。だがそれどころか、機関車に乗り組んでいると馬鹿になるのが関の山だ。夜苦労して働き、昼は眠るという生活なのだ。わたしらの時代には勤務体制が当節のように規則正しくなかったし、機関士の組合などもまだ組織されていなかった。交代する順番も不規則だった。とても勉強なんかできたものではない。特にこのわたしには。あれほどのショックに耐えるにはよほど頑丈な石頭をもっていなければならなかったのだ。

兄貴の方は船乗りだった。輸送船の機関室にいた。支那戦役のあった一八六〇年以前からその仕事をしていた。戦争が終ってからも、なぜかその黄色い国の広東《カントン》という町の近くにとどまっていた。〈ちゃんころ〉が蒸気機関を運転させるために兄を引きとめたのだ。一八六二年にもらった手紙によると、女房をもらって女の子が生まれたということだった。わたしは兄貴が大好きだったので、もう会えないと思うと悲しかった。年とった親たちもこのことを決して喜ばなかった。両親は二人っきりで、ディジョンに近い田舎のあばら屋に住んでいた。倅《せがれ》が二人とも家を出て働いているので、冬の夜などは寝覚めがちに、わびしく炉ばたで眠るのだった。

一八六五年の五月ごろ、マルセイユでは近東で起っていることに人々が不安を感じはじめていた。到着する商船が紅海から凶報をもたらしたからである。メッカにコレラが発生したというのだ。何千もの巡礼が斃れた。それからその疫病はスエズ、アレクサンドリアに達し、コンスタンチノープルにまで飛び火した。これがアジア・コレラというものであることはわかっていた。四十艘もの船が検疫所に停められ、誰もが漠然とした恐怖を抱いていた。

このことにわたしは別に大して責任があるわけではなかったが、しかし疫病を運搬しはしまいかと、ずいぶん思い悩んでいたことは事実である。きっと、コレラはマルセイユにも蔓延してくるだろう。急行列車でパリにも入るだろう。その当時はまだ旅客のための非常報知器というものがなかった。今でこそ、わたしも知っているがうまく考案された装置がとりつけられていて、装置を引っ張ると自動ブレーキがかかり、同時に白い板が客車の側面に人の手のようにもちあがって、危険の所在を示すようになっている。しかしあのころはそんなものは一切なかった。それで、もし乗客が、たった一時間で息が絶えるというこのアジア・コレラに冒されたならば、そのまま手の施しようもなく死んでしまうだろうし、わたしはそのままパリのリヨン駅に青い死骸を運んでゆくことになるのだとわかっていたのである。

六月に入ると、コレラはマルセイユに上陸した。まるで蠅のように人が死んでいったそうだ。往来にも、波止場にも、ところ嫌わず行き倒れていた。身の毛のよだつような病気で、二、三度痙攣したかと思うと、血反吐をはいて、それで一巻の終りなのだ。最初の症状があらわれるとすぐに氷のように体が冷えきってしまう。そして死人の顔には百スー貨くらいの斑点がいくつもできているのだ。旅行者たちは服のまわりに臭い蒸気の霧を漂わせながら消毒室から出てくる。鉄道会社の係員は眼をきょろきょろさせている。こうしてしがない職業のわたしらはまた一つ心配の種を抱えこんだわけである。

七月、八月、九月の半ばまではなんとか過ぎた。町はさびれていた——がわたしらはいささか安堵した。今まではのところ、パリは無事である。九月二十二日の夜、わたしは火夫のグラルポワと一緒に一八〇号列車を運転することとなった。

乗客は、夜は客車で眠る。——しかるに、全線にわたって眼を見開いて起きているのがわたしらの務めなのだ。昼間は陽射しをよけるために、帽子にはめこんだ大きな箱眼鏡をかける。風防眼鏡というやつである。青いガラスの玉が埃を防いでくれる。夜はそれを額の上にずり上げておく。そしてマフラーを首に巻き、帽子の耳かくしを垂らし、大きな防水外套を着こんだ恰好は、さしずめ赤い眼の獣の背に乗った悪魔といったところだろう。汽《か》罐《ま》の烈火の輝きがわたしらを照らし、腹をあたためる。北風が頬を切り裂き、雨が顔を打つ。それに振動が腸まで揺さぶり、わたしらは息も止まりそうになる。こんな異様な扮装《いでたち》で、わたしらは闇の中に赤信号を見定めようと一心に眼をこらす。この職業で年とった者の中には「赤」のおかげで気の狂った者が一人ならずいるのである。今になってもこの色はわたしをぎょっとさせ、いいようのない苦痛で胸をしめつけるのだ。夜中に跳び起きることが再々あるが、それは眼の中にまばゆい「赤」が輝いたからだ。はっとして闇を見すえる——すべてのものが身の周りで軋っているような気がする——カッと頭に血が上る。それからわたしは寝床にいるのだと思い当って、また布団にもぐりこむ。

その晩はじめじめと蒸暑いので参っていた。雨が生温い雫を降らしていた。相棒のグラルポワは規則正しくシャベルを使って石炭をくべていた。機関車は急カーヴのところで跳ねたり、縦揺れしたりした。時速六十五マイルだから、かなりのスピードだ。かまの中のように真暗だった。ニュイ駅を通過してディジョンへ向ったのはかれこれ一時ごろであったろう。わたしは年とった両親のことを考えていた、今ごろは静かに眠っているだろう、などと。そのとき突然、複線の方で機関車が警笛を鳴らすのを聞いた。午前の一時にはニュイとディジョンの間に、上りも下りも他に列車はないはずだ。

——いったい何だろ、グラルポワ、とわたしは火夫に言った。蒸気の切り替えなんかできねえぞ。

——発火信号もあがりませんぜ、とグラルポワがいった。——複線の方だ。圧は下げられるでしょう。

もしあのとき、今日のように圧搾空気ブレーキがあったら……このとき、複線を突進してきた列車が猛スピードでわたしらに追いつき、わたしらと並んで走った。このことを考えると今でも身の毛がよだつ。

その列車は赤っぽい霧に包まれていた。機関の銅はピカピカ光っていた。蒸気は音もなく警笛から噴き出していた。霧の中二つの黒い人影が運転台の上で動いていた。彼らはわたしらと向かい合って、わたしらの身振りに応えて同じしぐさをしていた。わたしらの列車番号は石盤の上に白墨で一八〇号と書いてあった。こちらに相対して、ちょうど同じ場所に大きな白い板がかけてあり、黒字で〇八一号と記してあった。客車の列は夜の闇に消え、四つの昇降口のガラスはみな暗かった。

——とんでもねえ話だ、とグラルポワが言った。とても信じられねえ……待てよ、こうすりゃ分るだろう。

彼は身をかがめると、シャベルで石炭を一杯すくって火の中に投げこんだ。——向うでも黒い人影が同じように身をかがめ、汽罐《かま》の焚口《たきぐち》にシャベルを突込んだ。赤い霧の上に、こうしてグラルポワの影が浮き上がるのをわたしは見たのだ。

そのとき奇妙な光がわたしの頭に閃いた。そしてわたしの考えは途方もない想像にとって代られた。わたしは右腕を上げた、——するともう一人の黒い男も腕を上げた。わたしは彼に頭で合図した——向うもこれに応えた。そしてすぐに、彼がステップのところまで滑りおりるのが見えた。するとわたしも同じことをしているのに気がついた。そいつとわたしとが進行中の列車をステップづたいに渡っていくと、A・A・F二五五一号客車の扉がひとりでに二人の前に開いた。向う側の光景しかわたしの眼に映っていない——それなのに同じ光景がわたしの列車の中でも起っているのを感じたのだ。この客車には一人の男が横たわっていて、その顔には白い毛織の布がかぶせてある。一人の女と幼い少女が、黄と赤の花を刺繍した絹の服につつまれて、クッションの上にぐったりと横たわっている。わたしは自分がその男のそばに行って被せた布を取りのけるのを見た。男の胸は露わだった。皮膚には青っぽい斑《まだら》が点々とちらばり、ひきつった指は皺がよって、爪は鉛色、眼は青い隈でかこまれている。こうしたことをわたしは一目で見てとった。そしてまた眼の前にいるのが兄貴で、兄貴はコレラで死んでいるということを悟ったのだ。

ようやく意識をとりもどしたとき、ディジョン駅に着いていた。グラルポワがわたしの額を拭いてくれていた。――やつはわたしが機関車を離れたことはなかったと何べんも言い張った――がわたしはその反対だと知っているのだ。すぐさまわたしは大声で怒鳴った――「A・A・F二五五一号車へ行って見ろ」――そしてわたしも自分をひきずるようにしてその客車まで行った――そこで先刻見たのと同じように兄貴が死んでいるのを見た。鉄道員たちは怯えて逃げ出した。駅ではあのひとつのことばしか聞こえなかった――「青コレラだ！」ところでグラルポワは女と少女とを運んで――この二人は恐怖のために気を失っていただけだった――誰も介抱しようとする者がいないので、彼女らを機関車の中の石炭の柔らかい粉の上に、刺繍した絹にくるまれたまま寝かせた。

明けて九月二十三日、コレラはパリを襲った。マルセイユ発急行列車の後であった。

⋮⋮⋮⋮⋮⋮⋮⋮⋮⋮⋮⋮⋮⋮⋮⋮⋮⋮⋮⋮⋮⋮⋮⋮⋮⋮⋮⋮⋮⋮

兄貴の女房は支那人で、アマンドの核《さね》のような切れ長の眼をもち、黄色い肌をしている。わたしはこの女がなかなか好きになれなかった。人種のちがう人間とは奇妙なものだ。しかし幼い娘の方は兄貴に生写しだった。今では年もとったし、機関車の振動のために廃人同様になったわたしは、この人たちと暮している。そして、〇八一号列車でマルセイユからパリへ青コレラが入ってきた一八六五年九月二十二日のあの恐ろしい夜のことさえ想い出さなければ、わたしらは心静かに日を送ることができるのである。

（多田智満子訳）

要塞

不安と恐怖が極限にまで達した。到るところで砲弾の破片のはね返る金属的な音が果てしなく聞こえ、アイオロス琴のおぼろげな音《ね》にも似た空中で炸裂する弾頭の嘆き声が、人々を骨の髄まで凍りつかせていた。あらゆるものが闇に包まれ、深い闇を断ち切るものといえば、連絡通路《カポニエール》の廊下やアーチや入口のなおいっそう不透明な暗黒だけだった。頭上に換気口や採光窓があることを知らせるのは装甲板の鳴る音だった。円天井の頂きには四面を見せた要石《かなめいし》があり、――穹稜に沿って、ときたま、弱々しい光を放つ電球が三つの石の接ぎ目の線を照らし出した――というのは蓄電器はもうほとんど作動していなかったのだ。四角い中庭の周りで厚いコンクリートを穿って走る狭い通路のなかでは、斜めの平行線をなして窓を塞ぐ太い鉄格子の響きが、顳顬《こめかみ》を緊めつけ、足を速めさせた。そして中央部に位置する、砕けた窓ガラスの散らばる暗い階段では、手押しポンプのおし殺されたような溜息とともにウインチの呻き声が聞こえた。上のほうでは、薄鉄板でできた狭い階段を通って、作業班員の喘ぐ声が立ち上り、一方、台座の上に迫り上る砲塔は砲床の周りを鎖の音を立てながら廻っていた。巨大な円柱のすき間から、油じみた角燈《ランタン》に照らされて、白い砲架の上に並べて据えられた二門の大砲が浮かび上るのが見えた。突然、「砲撃」という命令が換気口から響き、身を護るように円柱にはりついた何人かの人影が円柱とともに廻ると、それまであたりを支配していた静寂が鉄が円屋根にぶつかる音で破られ、ついで「打て」という号令が暗がりから発せられ、砲台は二重の爆発音で轟くのだった。

人々の行き交うのが息遣いと擦れ合う音から察せられた。ときおり、一分隊が律動的な歩調を廊下じゅうに響かせながら砲弾坑に降りていった。別の隊は交換用の厚板や梁受けや砲床板を抱えて砲座まで運んだり、石切工の使うウインチを整備したり、廊下で休ませていた一五五長砲の砲身に被せてある瀝青塗りの防水布を取りのけたりしていた。人々は、さんざん暗がりのなかを屈んで歩き廻り、手を石壁でこすられ、力仕事で指を傷つけられてきたので、まるで、諦め切ったようなどんよりした眼つきでのそのそ歩く蹄葉炎に罹った老馬みたいだった。

生命は回廊と、砲塔と、ところどころに引き出されている大砲のところにしかなく、青空の下に露出している中央部にまでは遡及していなかった。それで、ずっと以前から司令官の宿舎の近くには人気《ひとけ》がなかった。包囲されるようになってから、各人が軍艦のなかでのように分担を定められていた。給養係の士官たちは倉庫に入りこんで、絶えず豚肉の入った大樽や小麦粉のつまったブリキ罐を開いて検査したり、罐詰をあけたり、酒に水を割ったり、酒樽の栓を抜いてストローで毒味をしたりした。が、食料用の穹窖《きゅうこう》はいまはからになり、石炭の蓄えも乏しくなった。石炭の粉が赤い色をした水溜りの底に沈み、湿ったビスケットの屑が外れた蝶番のそばで腐りかけていた。

ドアをノックして入ってきた二人の兵士から報告を受けたとき、司令官は肩をすくめた。電信線は切断され、受話機は作動せず、高所信号機はこなごなに飛び散ってしまったという報告だった。希望は遠のいていたが、司令官は薄青い眼鏡の奥にも絶望した様子は見せず、短い白髯を顫わせさえしなかった。要塞は孤立してしまった。野戦行動に出ている分遣隊もあぶなかった。必死に救援を求めれば聞き届けてもらえただろう――が、訴える手段がなくなってしまった。個室にかかる絵画は、平和時に眼をかけてやった工兵の描いた芸術作品であったが、それも湿気のためにぼろぼろになっていた。司令官は漆喰の剥片を眺めながら、最後の日のことを想い、その日がはっきりきまってくれることを願った。

彼が顔を上げたとき、二人の兵士は両手で軍帽を廻していた。どちらもロスポルダン出身のブルターニュ人で、ガオナックとパラリックという名だった。ガオナックは、細長く骨ばって皺だらけの顔をし、骨が長そうで、関節はふしくれだっていた。もうひとりは、髯がなく、眉毛はほとんど白く、澄んだ目をして、少女のような微笑を浮かべていたが、この男がためらいながらこう言った。

「隊長殿、ガオナックとわたしは、隊長殿が至急便を出したいと思っておられるのではないかと伺いに参りました。何でしたらわたしどもがお届けします——道を知っておりますので、なあ、ガオナック？」

工兵隊司令官は一瞬考えこんだ。それは確かに規則違反だった。明らかに人員は不足していた。だが、救いはおそらくそこにあった。百五十人の人間を救うために二人の人間を犠牲にすることは許されるだろう。そこで彼は机につくと、額に皺をよせながら書いた。書き終えると封をし、官印を押し、署名した。そして炊事係を呼ぶと、二人分の糧食と四分の一瓶のコニャックを用意するように命じ、立ち上って二人の兵士に近づいて、握手した。「行きたまえ」と彼は言った。「諸君の戦友は諸君に感謝する。」

ガオナックとパラリックは暗い廊下を通り、予備の砲架のそばや、使える火薬も木の信管もないのでなかはからっぽの砲弾が山と積まれている間を進み——底が抜けて支え壁のところにひっくり返っている堡籃《ほうらん》につまずいた。もう夜になっていたが、そのことは敵が沈黙していることでしかわからなかった。部署を離れた人たちが一人ずつ穹窖に入ってくると、ただ一本きりの古い蠟燭の端を囲み、毛布を被ってもまだ寒さに顫えていた。銃架のかかる野戦ベッドが白壁に投げかける異様な影は巨大な炉の格子みたいだった。二人は拳銃を身につけて部屋を出ると、中央通路を下り、鉄の門を押した。と、鎖に注油されていた跳開橋がゆっくり下りてきた。

二人は星の凍てつく夜のなかに出た。高さ五百メートルのこの高台では、風が切断された電信線にぶつかって吼えていた。その陰鬱な音は人気《ひとけ》のない台地の上を舞っているみたいだった。台地の斜面では藪が顫え、その先では見捨てられた石切場が黒い突起のある街道を取り囲んでいた。ガオナックとパラリックは街道に突進すると、森に入るためにその西の端まで決然と進んだ。台地と山の最後の支脈を隔てる谷にかけられた橋のところに、フランスの占領軍の一隊がいるはずだった。それは指定された作戦拠点で、いままでそこが無視されたことはなかった。

榛《はしばみ》の林を通して窪地を流れる小川のせせらぎが聞こえた。二本の深い轍のついた低い道には霧が這っていた。そして二人のブルターニュ人は枯葉のつもった上を歩きながら、夜明けの近いのを感じて足を速めた。

パラリックが小声でガオナックに言った。

――ガオナック、おれのおふくろを知ってるな、ロスポルダンで粉ひきをしているおふくろを？　兵役についてからおれはおふくろに会っていないんだ、二人の子供にもな。お前は大きくて、強い……

するとガオナックはパラリックの肩に手を置きながら答えた。

――もうじき着くぜ。お前が歩けなくなっても、誰も追ってこなければ、少しぐらいの道ならおぶってってやるよ。

――いやいや、とパラリックがまた言った。死ぬのが恐いわけじゃないんだ。ただ、ロスポルダンのあのあばらやは寂しいだろうなって思うとな。それにあの風だ。荒野を吹く風はわびしいだろうな、おい。おふくろは何をしてるかな？　ここからは遠いな。でもどうしようもない。おれはただお前に一緒にいてもらいたいんだ。お前もロスポルダンの出だものな。二つのお国ってのは遠いもんだ。それにおれたちは本当の友だちだ。

――停まれ、とガオナックが言った。地点に近づいたぞ。

数歩先では森の緑が深い谷を見下していた。二人は顔を突き出した。小川のほとりのうっすらと照らし出された街道をいくつもの人の群が台地の斜面に向って行進しているのがぼんやりと見え――そしてすぐそばで丘を駆け上る馬の息遣いが聞こえた。

――急いで引き返そう、とガオナックが言った。敵襲だ。お前は東砲台へ行け――おれは西砲台へ行く――どちらかは行き着けるだろう。

そこでパラリックは窪んだ小路を引き返し、疲れていたが走った。とても速く駆けたので、頭のなかでいろんな考えが躍るように思われた。森の上のほうは白みはじめていた。右手では木々の梢がばら色の冠毛を被り、冷たさをました風が葉を揺すっていた。上空は青白い色を帯び、晴天の一日が準備されかけていた。

石切場に入ろうとするとき、パラリックは林に沿ってかすかな金属音と、おし殺したような足踏みの音を聞きつけた。彼は茂みに跳びこんだ。横に寝て、眼を見開いた――しめっぽい蜘蛛の巣が顔にあたっても身動きしないで。朝の霧に包まれてぼんやりとしか見えなかったが、外套にくるまった何人もの人間が、ジグザグの隊形を組んで草の上を通っていった。主力は向う側を攻撃しているのだろう。これは予備軍にちがいなかった。彼らは森の縁に停まり、地壁の蔭に隠れると、隊列を崩して、銃を杖にして喘いだ。パラリックは彼らの前を通って要塞まで逃げ帰ることはできなかった。奴らが前進すれば、斜面を迂回して早く着けるのだが、と彼は考えた。ガオナックが間に合ってくれればいいが。

突然、眼には見えなかったが命令が下って、兵隊たちは横に並んで丘を下っていった。駆け出そうとして軀の向きを変えたとき、パラリックは鋭い痛みに腹を突き刺され、手を握り緊め、腕を半ば突き出して、仰向きに倒れた。あとをつけてきた酒保商人が、水筒の栓が光るのを見つけ、林のなかに落ちていた銃剣を拾って突き立てたのだった。彼は、パラリックのポケットの中身を抜き取ると、小走りに立ち去った。血が大きな泡とともに吹き出し――この小男のブルターニュ人の顔は土色になり、眼はあらぬ方に向いた。太陽が斜面の上に現われ、たがいに距離を置いて前進する小隊を照らし出した。

だが、要塞から発する鈍い音がいくつか響いて、砲弾が台地で炸裂した。太い青銅の大砲がうなるのが聞こえた。ホッチキス機銃とノルデンフェルト機銃が絶え間ない轟音を響かせて塹壕を掃射した。小さな兵士の瀕死の眼にもまだ、二すじの煙を立ち上らせている装甲された回転円屋根のついた要塞の幾何学的な線が空に黒々と浮かぶのが見えていた。ガオナックのことを考えていると、身内にある快さが広がり、ロスポルダンを想って心楽しくなった。

（大濱甫訳）

顔無し

二人とも焦げた草の上に並んで横たわっているところを拾い上げられた。衣服は切れ切れに飛び散ってしまっていた。火薬の火が番号札の色を消し、洋銀の板は粉々に砕けてしまっていた。二つの人間のパイとでも言いたいところだった。というのは、二人は風を切ってはすに飛んできた一枚の銅鉄の破片に顔を削がれ、先端の赤い二本の円筒となって芝草の上で倒れていたのだ。彼らを車に収容した軍医は、とくに好奇心から拾い上げたのだが、事実、特異な負傷例であった。鼻も、頬骨も、唇も残っていなかったし、眼は砕かれた眼窩から跳び出し、口は漏斗状に裂け、切り残されてぴくぴく顫える舌の一部を具えた血みどろな孔となっていた。これほど奇妙な眺めは想像もできなかった。同じ体格の、顔のない二つの生きものだった。短く刈った髪に覆われた頭蓋は、同時に、また同じように刻まれた赤い斑点を二つつけ、眼窩のところには窪みを、口と鼻のところには三つの孔を持っていた。

二人は野戦病院で「顔無し一号」と「顔無し二号」という名をつけられた。志願して軍務に服していたイギリス人の外科医は、この症例におどろくと同時に興味を持った。彼は傷に油を塗り、包帯を巻き、縫合し、破けた骨片を剔出し、こうしてこの肉の粥を捏ねて、同じように内部を抉られた、凹状の赤い椀のようなものを二つ作ったが、それは異国風のパイプの火皿みたいだった。二台のベッドに並べて寝かされた二人の「顔無し」は、それぞれ円く、巨大で、意思表示もしない傷痕となって、シーツを汚した。永遠に動かないこの傷は痛みを感じてもそれを外に表わすことなく、縫合手術の際に筋肉を切り取られても何の反応も示さなかった。恐ろしいショックが聴覚を奪ってしまったので、生きていることを示すものといえば、手脚を動かすことと、開いた口蓋と顫える舌の残りの間からときおりほとばしる二重の嗄れ声だけだった。

それでも二人とも回復した。ゆっくりと、着実に、身振りをすること、腕を伸ばすこと、脚を折って坐ること、接合された顎をいまだに覆っている硬化した歯茎を動かすことを覚えていった。ことばにはならない鋭くて抑揚のある声から判断すると、楽しみもあるらしく、それは、口の傷の縁にぴったり合うように管に楕円形のゴムを巻いたパイプをふかすことだった。二人は毛布にくるまって煙草を喫い、いくすじもの煙が顔じゅうの孔、つまり鼻のところの二つの孔、対になった眼窩の坑、顎のつぎ目、歯骨の間から立ち上った。そしてこの赤い肉塊の割れ目から灰色の煙が吹き出るたびに、非人間的な笑い声、つまり喉びこの顫える音が起こり、舌の残部がぴちゃぴちゃとかすかな音を立てた。

小柄な無帽の女がインターンに導かれて「顔無し」たちの枕もとにやってきて、怯えたような顔で交る交る二人を見つめて泣きじゃくったときには、病院内に動揺が起きた。医長の個室で、女はどちらか一方が自分の夫にちがいないと言い張った。夫は行方不明者として記録されていたが、この二人の負傷兵は身許を示すものを何も持たなかったので、特種な部類に入れられていた。そして、軀つきといい肩巾といい手の形といい、どうしても行方不明になった夫を思い出させるのだった。だが女はひどく当惑した。どちらの「顔無し」が夫だったのか？

この小柄な女は本当にかわいい女だった。胸の形をくっきり見せる安物の部屋着をまとい、髪を支那人のように巻き上げているので、やさしい子供のような顔に見えた。素直な悲しみと滑稽なまでのためらいとが表情のなかに混り合い、それが、玩具《おもちゃ》をこわしてしまった女の子のように顔を顰めさせていた。それで医長はほほえまずにはいられなかった。そして、粗野な口をきく男だったので、下から見上げているこの小柄な女に向ってこう言った。「ええい！　何てこった！　連れてゆきたまえ、顔無したちを。試してみればわかるだろう。」

最初彼女は憤慨して、はにかんだ子どものように赤くなりながら顔をそむけたが、やがて眼を伏せると、二つのベッドを交る交る眺めた。二つの縫合された傷は、あい変らず何の意思表示もせず、二つの謎となって、枕の上にのっかっていた。彼女は二人を覗きこんで、ひとりの耳に、ついでもうひとりの耳に話しかけた。顔は何の反応も示さなかった――が、四本の手は何かの振動を感じ取ったようだった――おそらく、そばにとてもかわいい小さな女がいて、とてもいい香を放ち、赤ん坊みたいにばかげていると同時にやさしい身振りをしているのを、ぼんやり感じたからだ。

彼女はなおしばらくためらっていたが、最後に、「顔無し」を二人ともひと月預からしてほしいと頼んだ。二人は詰物をした大きな車にいつものように並べて寝かされて運ばれた。二人と向き合って坐った小柄な女はさめざめと泣き続けた。

家に着くと、三人にとって奇妙な生活が始まった。何らかの手掛りを窺い、特徴を求めて、彼女は二人の間を絶えず行き来した。これからも動きそうにないこの赤い面を見守った。この二つの大きな傷を不安な気持で見つめていると、ちょうど愛する人の顔立を識別するように、縫合された二つのものが次第に区別できるようになった。彼女は二人を交る交る観察してみたが、それはちょうど写真のネガを見るようで、どちらかを選ぶ決心はつかなかった。

そして、はじめは行方不明の夫を思うと胸を緊めつけられたのだが、その激しい苦痛も次第に漠然とした静けさに取って代られた。彼女は、すべてを諦めて習慣的に生きる人のように暮らした。いとしい人を代表するこの半分ずつが彼女の愛情のなかで一つに結合することはなかったけれども、彼女の想いは二人の間を定期的に往復し、それはまるで彼女の心が時計の振子のように揺れだしてしまったみたいだった。彼女は二人を「赤いマネキン人形」と見なし、それは彼女の生活をにぎやかにするおどけた人形となった。ベッドに坐って、同じ姿勢でパイプをふかし、同じ煙の渦を吐き出し、同時にことばにならない同じ叫び声を上げる二人は、意識のある生命を持つ、かつては人間であった生物というより、東洋から伝来した巨大な操り人形、海外から渡来した血まみれな仮面に似ていた。

二人は彼女の二匹の猿であり、赤い人形であり、いとしい二人の夫であり、焼かれて肉体も魂も失った男であり、肉の道化であり、孔のあいた顔であり、脳みそのない頭であり、血の顔であって、彼女は二人にそれぞれ着物を着せてやり、毛布を折り返してやり、シーツを折りこんでやり、ぶどう酒を混ぜ合わせてやり、パンを砕いてやり、一人ずつ部屋の中央まで歩かせて床の上を跳ねさせてやり、一緒に遊んでやり、二人が不機嫌になると手の平で追い返すのだった。二人は、ちょっと愛撫してやると、はしゃぐ犬みたいにそばにくっつき、ちょっときびしい態度を見せると、軀を折り曲げて、いたずらを悔いる動物みたいに縮こまった。二人は彼女に身をすり寄せて、ごちそうをねだった。二人とも木の鉢を与えられ、嬉しそうな声を上げながら、一定の間隔を置いてそのなかに赤い面を突っこんだ。

この二つの顔はもう以前のように彼女を苛立たすことも、知人の顔に被せられた朱色の仮面かなにかのように彼女をとまどわせることもなくなった。

彼女は子どもがすねたような顔をしながら、二人を同じように愛した。「私のお人形さんたちは寝ました」とか、「私の夫たちは散歩してます」とか言った。どちらを手もとに置くかを問い合わせに病院から人が来たとき、彼女にはその問いが理解できなかった。それはばかげた問いで、まるで夫を二つに切り裂けと要求するようなものだった。彼女はよく、子どもが悪い人形を罰するように、二人を罰した。一方に向ってこう言った。「ほら、ねえ、——あんたの兄弟はいけない子よ——お猿のように悪い子よ——顔を壁のほうに向けてやったわ。謝らなかったらもとに戻してやらないから。」それから、微笑しながら、おとなしく罪を悔いたあわれな肉体の向きを変えてやり、手に接吻してやった。ときにあの恐ろしい縫合部に接吻することもあったが、そのあとすぐ、こっそり唇をとがらせて口を拭った。それから、いつまでも笑い続けるのだった。

しかしながら、一方のほうがよりおとなしかったので少しずつ彼女はそちらのほうと親しむようになった。それはむろん意識的ではなかった。なぜなら、彼女は識別する望みをすっかり失っていたのだから。彼女は、愛撫するのがより愉しい気に入りの動物のようにそちらをひいきにしたのだ。そちらをよけいに甘やかし、よりやさしく接吻してやった。それでもう一方の「顔無し」は、前ほど女の気配を身のまわりに感じなくなって、同じように少しずつではあったが、陰鬱になっていった。彼はよく、ベッドの上に踞《うずくま》り、頭を腕で抱え、病気にかかった小鳥みたいに縮こまるようになった。煙草も喫いたがらなくなった。一方、その苦しみがわからないもうひとりのほうは、灰色の煙を吸いこんではまたそれを朱色の面のすべての孔から、甲高い叫び声を上げながら吐き出し続けた。

そこで小柄な女は、陰鬱になった夫の面倒は見てやりながらも、その気持はよく理解できなかった。彼は胸を顫わせてすすり泣きながら、彼女の胸のなかで頭を揺すった。一種の嗄れた唸り声が胴体を貫いた。それは、すっかり翳ってしまった心のなかでの嫉妬的な葛藤であり、多分過去の生活の漠然とした記憶を伴う感覚から生まれた動物的な嫉妬であった。彼女は子どもに対するように子守唄を歌ってやり、燃えるような額に程よく冷たい自分の手を置いて、鎮めてやった。病気が重いとわかったとき、彼女の朗らかな眼から大粒な涙がその物言わぬ顔の上にこぼれ落ちた。

だが、やがて彼女はひどい不安に捉えられるようになった。というのは、昔、夫が病気のとき見たことのある動作を漠然と感じたのだ。以前見馴れた身ぶりを認めたように思ったのだ。やつれた手の置き方が、かつて愛した同じような手、彼女の生活に大きな淵が穿たれる前に彼女の毛布に触れた手を、漠然と思い出させた。

そして、この見捨てられたあわれな男の嘆き声が彼女の胸を刺し貫いた。それで、不安に喘ぎながら、もう一度この顔のない二つの生きものを見つめてみた。それは二つの朱色の人形にすぎなかった――が、一方は他人――一方は多分彼女自身の半身だった。病人が死んだとき、彼女の苦悩が目覚めた。本当に夫をなくしたような気がした。彼女は憎々しげにもう一人の「顔無し」のほうに駆け寄ろうとしたが、惨めな赤いマネキン人形が叫び声を上げながら嬉しそうに煙草を喫っているのを見ると、子どもっぽいあわれみの情に捉えられて足を停めた。

（大濱甫訳）

アラクネ

車の幅《や》は長い蜘蛛の糸、
覆いは蝗の羽根、
索き綱は小さな蜘蛛の糸、
頸輪は濡れた月の光……
（シェイクスピア『ロミオとジュリエット』）(1)

諸君はぼくが気狂いだと言ってぼくを閉じこめたけれども、ぼくは諸君の用心深さと恐がりようを嘲けっている。なぜって、ぼくは好きなときに自由な身になれる。アラクネがぼくに投げかけた絹糸をつたって、見張りからも格子からも遠く遁れることができる。だがまだそのときは来ていない――とはいっても、そのときは近い。ぼくの心臓はますます弱まり、血は色褪せてきた。いまぼくを気狂いだと思っている諸君は今度はぼくが死んだと思うだろう。だが、そのときぼくは、星たちの彼方で、アラクネの糸にぶら下って揺れているだろう。(2)

もしぼくが気狂いだったら、何が起きたかこんなにはっきり知っているはずがないし、諸君がぼくの犯罪と呼ぶことも、弁護士の口頭弁論も、裁判官の判決もこんなに正確に憶えているはずがない。ぼくは医者の報告書をばかにすることもないし、ぼくに責任なしと宣言したあのばかな髯のない顔も、黒いフロックコートも、白いネクタイも、この個室の天井のあたりに認めるはずがない。そう、認めるはずがない――だって、気狂いは明確な観念を持たないものなのに、ぼくは明晰な論理と、自分でもおどろくほど特異な明敏さをもって思考を押し進めているのだから。それに気狂いっていうのは頭蓋の先端に欠陥があるのであって、かわいそうに、自分の後頭部から渦を巻く煙柱が吹き出していると思いこんでいるのだ。だがぼくの脳ときたらとても軽いので、頭が空っぽのように思えることがよくある。昔読んで気に入った小説なんか、今では一目見れば理解でき、正当に評価できるし、構成上の欠陥もすべてわかる――それに対して、ぼく自身の創作は完全に均斉がとれているから、それについてぼくから説明されたら、諸君は眼がくらんでしまうだろう。

　だがぼくは諸君をとても軽蔑している。諸君にぼくの創作なんて理解できっこない。この一文は、ぼくの嘲りの最後の証言として、また諸君がこの個室が空なのを発見したとき、諸君自身の頭がおかしいことを思い知るように残してゆくのだ。

　アリアーヌ、ぼくがそのそばにいるところを諸君に取り抑えられたあの蒼ざめたアリアーヌは、刺繍女工だった。それが彼女の死んだ理由だ。それがぼくの救われることになる理由だ。ぼくは彼女を熱烈に愛していた。彼女は小柄で、肌は鳶色、指の動きは敏捷で、その接吻は針で刺すように鋭く、愛撫は刺繍細工みたいに戦慄的だった。そして、刺繍女工というものは軽薄で移り気な暮らしをしているから、ぼくはじきに彼女にその仕事をやめさせようとした。ところが彼女は言うことをきかなかった。それでぼくは、若い男どもがネクタイを締め、ポマードを塗りたくって、工場から出てくる彼女に色目をつかうのを見て、頭にきた。ぼくの苛立ちは激しかったから、ぼくはまた以前楽しかった勉学にむりやり打ちこもうとしてみた。

　ぼくはむりして、一八二〇年、カルカッタで出版された『アジア研究』の第五巻を手に取った。そして機械的に「ファンシガー」の項を読みはじめた。それはぼくをツギーのところまで導いていった。

　スリーマン大尉[3]が彼らについて長々と語っている。メローズ・テーラー大佐が彼らの結社の秘密を見破ったのだ。彼らはふしぎな絆で団結し、入植者の開拓地に奉公人として住みこんだ。夕方になると、食事の際、彼らは大麻を煎じた汁で主人たちを麻痺させた。夜になると塀をよじ上り、月に向って開かれている窓から忍びこみ、音も立てずに家人を締め殺した。彼らの使う綱も大麻で作られており、頸にあたるところには太い結び目をこしらえて死を速めるようにしてあった。

こうしてツギーたちは「大麻」を用いて眠りと死を結びつけた。金持は酒や阿片《アヘン》とともにハシッシュを用いて貧乏人を愚鈍にしたものだが、大麻はこのハシッシュの原料となる植物で、貧乏人の復讐にも役立ったわけだ。「絹」によって刺繍女工のアリアーヌを罰したら、死んだ彼女を完全に自分に結びつけることができるのではないかという考えが浮かんだ。そしてこの考えは、いうまでもなく論理的であり、ぼくの頭のなかできらめくようになった。長い間この考えを抑えておくことはできなかった。彼女が眠ろうとして傾げた頭をぼくの頸にのせたとき、ぼくはその喉に彼女のバスケットから取り出しておいた絹紐を注意深く巻きつけ、ゆっくり頸を締めた。彼女の最後の接吻のなかでぼくは彼女の最後の息を吸い取った。

こうしてぼくたちが口を重ね合わせているところを諸君は取り抑えたのだ。諸君はぼくは気狂いで、彼女は死んでいると思いこんだ。というのは、彼女はニンフのアラクネなのだから、永遠に裏切ることなく、いつもぼくとともにいるということを諸君は知らなかったのだ。ぼくが一匹の蜘蛛がベッドの上で巣を作っているのを見かけたときから、彼女は毎日この白い個室のぼくの前に現われてきた。それは小柄で、鳶色で、肢の動きは敏捷だ。

最初の夜、それは糸をつたってぼくのところまで下りてくると、ぼくの目の上にぶら下り、ぼくの瞳の上に巣を刺繍したのだが、それは絹のようで、くすんだ色をしていながら、光沢のある波形模様と輝く朱色の花模様をつけていた。それからぼくは、彼女の筋肉質な軀がぼくのそばで縮こまっているのを感じた。彼女はぼくの胸の心臓の真上にあたる部分に接吻した——と、ぼくは焼かれたように感じて悲鳴をあげた。そしてぼくたちは何も言わずに長いこと抱き合っていた。

二日目の夜、彼女はぼくの上に一枚の幕を張ったが、それは燐光を放ち、緑色の星形や黄色い環が刺繍され、たわむれながら逃げていったり、大きくなったり、小さくなったり、遠くで顫えたりする輝く点が散りばめられていた。そして、ぼくの胸の上に跪いた彼女はぼくの胸に接吻しながら、ぼくが気を失いかけるまで肉を噛み、血を吸った。

三日目の夜、彼女はぼくの眼瞼を絹のクレープで覆ったが、それはマラータ産の絹布で、そこでは色とりどりの蜘蛛が眼をきらきら光らせながら踊っていた。そして彼女は無限の糸でぼくの喉を締めつけ、胸に噛みついてあけた孔からぼくの心臓を激しく吸い取った。それから、ぼくの腕の間をすべり抜けて、耳もとに来ると、こう囁いた。「私はニンフのアラクネよ！」

むろんぼくは気狂いじゃない。だって、アリアーヌが不死身でないが女神であること、そしてぼくが永遠に、彼女をその絹糸とともに人間界の迷宮から連れ出す役割を負わされていることを、たちどころに理解したのだから。そしてニンフのアラクネは、ぼくに人間の繭から脱け出させてもらったことを感謝している。彼女は、用心を重ねてぼくの心臓、ぼくのあわれな心臓にねばねばする糸を何千回も巻きつけて、絡め取ってしまった。毎晩、彼女は編目をつまらせ、この人間の心臓を蠅の死骸みたいに干からびさせている。ぼくは、アリアーヌの喉をその絹で締めることで、逆に永遠に彼女に結びつけられてしまったのだ。いまでは、アラクネが、ぼくの心臓を締めつけることで、その糸でぼくを彼女に永遠に縛りつけてしまった。

この神秘な橋を通って、ぼくは真夜中、彼女を女王に戴く蜘蛛の王国を訪れる。この地獄を通り抜けなくては、あとで星の光を浴びながら揺れているようにはなれないのだ。

ここでは「森の蜘蛛」たちが肢に輝く球《たま》をつけて走り廻っている。「土蜘蛛」たちはきらめく恐ろしい眼を八個も持ち、毛を逆立てて、道の曲り角でぼくに襲いかかる。「水蜘蛛」たちが盲蜘蛛の大きな肢に這い上がって顫えている沼のほとりで、ぼくは、「舞踏蜘蛛」たちが踊っている眼の廻るような輪舞のなかに誘いこまれる。「毒蜘蛛」たちは縞模様の走る円い胴体の中心からぼくをつけ狙う。それらは無数の面のある複眼をぼくに注いでいるのだが、それは雲雀《ひばり》を捕える鏡罠みたいで、ぼくは眩惑されてしまう。茂みの下を通ると、ねばねばした巣が顔をくすぐる。毛むくじゃらな、肢の速い怪物どもが、藪のなかに踞《うずくま》って、ぼくを待ち受けている。

ところで、マブ女王もぼくのアラクネ女王ほど強力ではない。なぜなら、アラクネ女王は、糸をつたって魔法の籠馬車にぼくを乗せて運ぶ力を具えているのだ。その籠は巨大な「土蜘蛛」の固い殻でできており、黒ダイヤのようなその眼を刻んで作った切子面を持つ宝石で飾られている。車軸は大「盲蜘蛛」の節のある肢だ。翅脈にばら形模様をつけた透明な翼がリズミカルな羽搏きで空を打ちながら、籠を持ち上げる。ぼくたちは何時間も籠で揺すられる。と突然、ぼくは、アラクネが絶え間なく尖った唇を突っこんでいる胸の傷にたえかねて、気を失う。悪夢のなかで、眼のついた腹がいくつもぼくを覗きこんでいるのを見て、網のついたざらざらした肢から逃げ出す。

いまぼくは、アラクネの両膝がぼくの脇腹をすべってゆくのを、そしてぼくの血がごぼごぼ音を立てながら彼女の口のほうに上っていくのをはっきり感じている。まもなくぼくの心臓は干からびてしまうだろう。それでもあの白い糸の牢に閉じこめられたままでいるだろう――そしてぼくは、蜘蛛の王国を通り抜け、星々のまぶしく輝く格子めざして逃げてゆくだろう。アラクネの投げてくれた絹紐を使って、ぼくは彼女と一緒に遁れるだろう――そしてぼくは諸君に――あわれな気狂いである諸君に、金髪を朝の風になぶられる死骸を一個残すだろう。

（大濱甫訳）

（1）『ロミオとジュリエット』第一幕、第四場でマキューシオの言うせりふ。この車も頸飾りも妖精の女王マブのもの。
（2）元来蜘蛛を意味する語で、織物の上手な娘だったが、慢心して織物の術でアテネ女神に挑戦したため、女神の怒りにふれ、蜘蛛に変身させられる。
（3）十九世紀イギリスの軍人で、ネパール戦争に参加、当時北インドに跳梁した暗殺団ツギーを掃蕩する。

二重の男

タイル貼りの廊下に足音が響き、蒼ざめた顔の男が入ってくるのを予審判事は目にした。男の髪はきれいになでつけられ、頬に貼りついたような髭があり、たえずあたりを窺うようにも不安気にも見える目つきをしていた。打ちひしがれた様子で自分がどう扱われるのかまるで理解していないようだった。戸口で守衛たちは憐れみを浮かべて立ち去った。らんらんと輝く、よく動く瞳だけが土気色の顔の中で生気をおびていた。瞳はみがかれた黒い陶器のように輝き、その底はうかがい知れなかった。フロックコートや太いズボンという服装だったが、壁にかけられた服のように男のからだにぶらさがっていた。帽子はシルクハットだったが、天井が低かったのでつぶれていた。頬髭という特徴も含めて、すべてが同業者によって訴追されたみじめな法律家を思わせた。

容疑者を正面から照らす照明のもとで、判事は男の生気のない顔のなかで、明るい灰色に光る平板な部分をみつめた。くぼんだ部分はぼんやりとした丸い影ができていた。テーブルにちらばった書類をぼんやりと親指ですべらせるうちに、まるで光線が急に点滅する瞬間に脳髄を照射するように、男をおおう威厳によって判事は奇妙なおもいにとらえられた。フロックコートをまとい、短い頬髭をたくわえ、何を考えているかわからない鋭いまなざしをしたもう一人の予審判事を、そしてまた灰色の明かりの中で輪郭を失いつつある、出来そこないのぱっとしない自分の戯画を目の前に見る思いがした。

この曰く言い難い威厳はまちがいなく髭の剃り方や服装によるものであったが、それでも目下の審理について判事を当惑させ、ひるませた。当初、事件は平凡なものと思われた。ここ数年頻発している殺人事件だった。モーブージュ通りの小さなアパートに住む娼婦がベッドで喉を切られた姿で見つかった。甲状腺のすぐ上を切られており、刃物のあつかいになれた者の犯行と思われた。頸動脈がみごとに切断され、頸部はぱっくりと口をあけ、ほぼ即死だった、なぜなら三度か四度立て続けに多量の血が噴出したからである。ほとんど乱れていないシーツには大きな血糊がいくつも付着し、それらは中央では凝固した暗色の血だまりとなり、隅に近づくにつれて少しずつ固まりは溶けて明るいバラ色になり、所々に茶色の足跡が残っていた。鏡のついた箪笥は穴があいていた。ボール紙の箱がひっくり返されて中身が床に散らばっていた。マットレスまでもが切り刻まれていた。

殺された女は相当の年だったが、その世界ではちょっと知られた女だった。夜、セルクルやプランスやアメリカンなど、夜食を出すレストランに女は出没した。消え失せた宝石は高価なものだった。そして手配のあった指輪や首飾りが金属商の目の前に姿をみせると、彼らの情報によって警察所長はやすやすと真犯人にたどり着くことができた。誰もがいま判事の目の前にいる男を名指した。男は逃げも隠れもしなかった。マレー地区の古物商、サン・ジェルマンの小売商らが男の住所を知っていた。いまそうしているように堂々と、金に困っているのでどうしても金に換えたいという様子で、男は宝石を売りにやって来たのだった。

尋問を開始すると、判事は思わず知らず、儀礼的な言い回しや同情の念からくるもの柔らかな言い方をしていた。男の答えは明らかに嘘でぬりかためてあいまいだった。しかしそれらは男の風采とおなじく堂々としたものでもあった。わたしは代訴人見習いです、と彼はいった。彼は主人の名前と住所を告げた。男が答えるやいなや判事の一語が響いた。「身元不明。」男は驚いて、呟いた。

——それ以上のことは知りません。

男の住居である、サン・ジャック通りのホテルの一室で、訴訟書類とその写しの束が見つかっていた。それらの書類を目の前にして、男はそれらを知らないといった。これらの書類は男が故意犯である証拠だと考えていた判事は驚いた。審理がすすむにつれ、判事は解き難い矛盾に突き当たった。男は法律家の格好をしているが法律用語をまったく理解していない。雇い主だと言う代訴人について男が知っているのは名前と住所のみ。それでも男は前言を撤回しなかった。

宝石はある人物が相続したものであり、それらを処分して換金するのを任されたのだ、と男はいった。犯行当夜のスケジュールについてのお定まりの尋問に男は答えた。「部屋で寝ていました、判事様。」召喚された家主は、男は当夜帰宅しなかったし、青白い顔で憔悴した男が帰ってきたのは翌朝だった、と証言した。びっくりした被告は家主をみつめ、こういった、「そんな、とんでもない、まちがいなく、わたしはベッドにいたのです。」当惑した判事は三人の古物商を召喚し、彼らは男を確認した。宝石を売ったのはこの男にまちがいないと彼らはあっさりと認めた。

——まったく、お話しした通り、わたしが代訴人の所で働いていたので、ある方に一任されたのです、売り払って、その方の口座に入金してくれと、そう男は判事に説明した。

——それは誰なんだね、判事はたずねた。

男はちょっと考えてから答えた。

——しばらくお待ちください。思い出せません。じきに思い出します。

そこで判事は口を開き、男の主張はつじつまが合わないと指摘した。判事は男に矛盾を示しはしたが、男の意気消沈した態度やばかげた主張を憐れむかのように、男の風采には敬意をはらった。男に自家撞着を納得させようとしながらも、やさしく「ねえ君」と呼びかけた。判事は男にその罪を説き明かした、というのも男が罪のなんたるかを理解していないように思えたのだった。判事は男の犯した罪の深刻さ、それが忌まわしい行為であることを納得させた。男を打ちのめす証拠を数え上げ、罪を認めた者には裁判長が最後の願いを聞き届けるのにやぶさかではないという意味の雄弁でもって長口舌を終えた。

男は法の番人の寛大さにとても感謝したようだった、そして判事に続いて発言した。それまで男の声は生彩のない、単調な、よそよそしいものだった。聞いたためしのない類の声だった。そこには陰影というものが欠けていた。男の土気色の顔のように、くすんでいて単調だった。しかし、男が判事の勧告に答えたとき、彼もまた一種の勧告をおこなったのだった。男の口調はきっぱりとしていたが、それでいて法の番人が男に語りかけた口調をそれとなくなぞったものだった。男の口から発せられる言葉は、聞いた言葉をまねたものだった。

男は罪状を否認した。男はひたすら矛盾に反駁し、証拠を否認した。自分は裁判長の寛大さをあてにするわけにはいかない、なぜなら犯行を認めていなかったのだから。

男が犯行を否認するに及んで、判事は男を遮らざるを得なかった。男の真剣さ、犯行の忌まわしさにもかかわらず、裁判所の書記は筆記しながらも笑いをもらしていた。法の番人をじつにうまく模倣する男、おのれの単調な声を判事の声色で脚色し、前に坐っている人物をまね、生気のない自分の顔に表情豊かなしわを寄せ、相手の動作をそのまま借りて服をだぶだぶにふくらませている、そうだとしか思えない、そんな奇妙な男が予審判事の席の前にいたのだった。被告が入廷したときに予審判事が気づいたとらえどころのない風采から、いまや同僚と議論をかわすまぎれもない法律家の鮮明な姿が立ち現れた。ぼやけて、くすんだ、あいまいなデッサンの描線に筆を加えて、白と黒のコントラストがあざやかな銅版画のきっぱりとした線を生み出したようなものだった。

判事は決然と事件の核心に踏み込んだ。彼はもはや可能性について論じようとはしなかった、事実だけを論じた。犠牲者の喉は熟練した手によって掻き切られていた、凶器も特定されていた。判事は男の目の前に一本の包丁をおいた。ベッドのうしろから出てきたもので、血糊のついた、頑丈な肉切り包丁だった。みねの厚みは指の半分ほどもあった。それは男と犯罪を結びつける第一の目に見えるつながりだった。効果は驚くべきものであった。

男の全身にそって波動がかけめぐり、顔全体が揺れ動いた。目がぐるぐると回転し、瞳が明るく澄んだ。髪の毛は、それとつながっているような頬髭といっしょに逆立った。こめかみには筋が走り、口にしわが寄った。男の顔は不吉にもぴたりと動き止んだ。そしてめざめた時のように、奇妙なしぐさで二度三度と、鼻の下を人差し指でこすった。ついで男はのろのろと話しだしたが、手はもうかじかんではおらず、話にみぶりを交えた。それは、あきらかに、その場にはいない人物に向けて話された言葉だった。判事は男にどこにいるのか問うべきだと考えた。たずねられた男は身震いした。ひとりでに口が開き、言葉が波となってあふれだした。

——どこにいるかって？　どこに？　そりゃ、もちろん、おいらのうちでさあ！　おいらがどこにいるか、おたくには関係ないだろうよ！——男はテーブルのペンを手に取った。おや、お筆さまですね。いままでこれほどこいつを使ったことはなかったよ。三百代言野郎と張り合ったってわけだ。やつらはいいご身分だ。おいらはキャフェのル・ルージュの前を通りかかった。こざっぱりとした身なりでね。やつはおいらがこの道具で飯を食っていると信じ込んだ。まったく、お人好しにもほどがある。おいらは宝石について嘘八百を並べたてた。面倒なことなんてありゃしません、宝石なら心得たもんでがす、何の心配もありませんぜ。おいらはもうひとりの間抜けの話も聞いてやった。そいつの話を聞いていて、ぴんときたぜ。極上品だとはったりを利かして、まがいものをつかましてやった。ころころと気のかわる連中には慣れっこでね。おいらはひとりでさっさと仕事を済ましちまった。あとはオケツをおろしておくつろぎってもんよ。

男は判事の椅子の方に進み出た、狼狽した判事は腰を浮かし、男に椅子をゆずった。坐るとすぐに反応があらわれた。頬から血の気がひいた。頭が反り返った。瞼が閉じて、男はぐったりと椅子に沈み込んだ。

そして男の前に立った判事は恐ろしい問いを自らに問うていた。彼の目の前に立っていたかりそめの二つの人格のうち、一人は有罪であり、もう一人はそうではない。この男は二重であり、二つの意識を持っている。だが、一人のうちに集った二人の男のうち、どちらが本物であるのだろう。二人のうちの一人が行動を起こした、しかしそれは本来の男だったのだろうか。姿をあらわした二重の男の中で、人はどこにいるのだろうか。

（大野多加志訳）

顔を覆った男

わたしを破滅させようとして積み重なるさまざまな状況については何も言えない。人生のある種のできごとは、自然の偶然や法則によって、この上なく悪魔的な創造と同じくらいたくみに組み合わされるものなのだ。こんなことを言うと、人は、二つとない瞬間的な真実を捉えた印象派の絵を前にしたときのように、抗議の叫びを上げるかもしれない。だがわたしは、首を刎《は》ねられたあとまでこの話が伝わり、あの見知らぬ男の被った白っぽい毛布とともに、人間生活の歴史における真の怪奇として残ることを望むのだ。

わたしが入っていったとき、あの恐ろしい車室には先客が二人いた。一人はこちらに背を向け、毛布にくるまって深々と寝ていた。上に掛けた毛布は、豹の皮みたいに黄色い地の斑《まだら》模様がついていた。これと似たものは旅行用品売場でたくさん売っているのだが、あとで触ってみたところそれが本物の野獣の皮と知れたことを先に断っておこう。同様に、この眠っている人の被る縁なし帽は、わたしが獲得した超過敏な視力で眺めたところ、とても柔かな白いフェルトでできているように見えた。もう一人の乗客は、感じのいい顔をしていて、三十そこそこと見受けられる一方、汽車のなかでも平気で夜を過ごせるつまらぬ男という感じもした。

眠っていた男は、わたしが正面に席を占めようとしている間、切符も見せず、顔も廻らさず、身動きもしなかった。それでわたしは席に腰を下すとすぐ、この二人の相客を観察することをやめて、心にかかるさまざまな問題に没頭し始めた。

列車の動揺は、わたしの考えを妨げることはなかったが、その流れを奇妙な具合に導いていった。車軸や車輪の響、レールの継ぎ目で起きる音、ポイントを通過する音が、釣合いの悪い客車を周期的に揺する動揺とともに、頭のなかで一つのリフレインに変った。それはある種の漠然とした思いで、他の考えを一定の間隔で断ち切るのだった。十五分ばかりたつと、その繰り返しは強迫観念に近いものになった。わたしは意志の力をふりしぼってそれから遁れようとしたが、頭のなかの漠然としたリフレインは、わたしの予測したようなある記譜法の形を帯びるに至った。一つ一つの衝撃が一つの音というのではなく、前もって考えられ、恐れられると同時に期待された音と調和した反響となり、そのため、この一様に果しなく続く衝撃がこの上なく広い音階のなかを駆け廻り、事実、どんな楽器でも出せないようなオクターヴの積み重ねでもって、活動する思考がしばしば重ね合わすさまざまな段階の推測に対応していた。

ついにわたしはその眩惑を断ち切ろうとして、新聞を取り上げた。だが、何行か読み終えると、文字全体が行から遊離して、嘆くような単調な音を立てながら、わたしが予測しながら変えることのできなかった間隔を置いて眼の前に並んだ。そこでわたしは頭のなかに奇妙な不安感、空虚感を感じて、座席に背をもたせかけた。

わたしを異常な世界に突き落とす最初の現象を見たのはそのときである。車室の隅にいた男が座席を立てると、枕を固定して、横になり、眼をつぶった。ほとんど同時に、わたしの正面で眠っていた男が音もなく起き上ると、バネ仕掛でランプのほやに小さな青いカーテンを掛けた。こんな動作をすればその顔が見えるはずだった——が、それは見えなかったのだ。わたしは人間の顔の色をしたぼんやりした輪郭は認めたが、顔立は全く見分けることができなかった。その行為はわたしを仰天させるようなすばやさで、音も立てずに行われた。眠っていた男が立ち上ったと見る間もなく、もはや、虎斑《とらふ》模様の毛布の上に突き出た縁なし帽の白い地しか見えなくなった。そのこと自体は別に意味のあることではなかったが、それでもわたしを不安にした。眠っていた男がどうして、もう一人の男が眼をつぶったことをあんなに早く知ったのだろう。彼はわたしのほうに顔を向けたのに、その顔は見えなかった。その動作の迅速さと不可解さは何とも言いようのないものだった。

いまや座席の間に青い影が漂い、それをさえぎるのは、ときどき外から射しこむ石油の標識ランプの黄色い光の幕だけだった。

憑きまとう考えの環が、列車の律動が静寂さのなかで高まるのに応じて、また戻ってきた。あの行為に対して感じた不安が考えの環を固定してしまい、列車内での人殺しの話が、朗吟詩みたいにゆっくりと調子を変えながら、暗がりから立ち現われた。ひどい恐ろしさに胸を緊めつけられたが、それは漠然とした恐ろしさであり、怪しさが恐怖をかき立てるだけに、いっそうひどい恐ろしさだった。眼に見え、手に触れられる姿となってジュドが現われるのを感じた――眼がくぼみ、頬骨が突き出し、山羊髯のうす汚れた顔――夜、一等車内で人を殺し、脱獄してまだ捕まっていない人殺しのジュドの顔が。暗がりが、ジュドの顔を眠っている男の顔に重ね合わさせ、さっきランプの光で見たぼんやりした輪郭にジュドの顔立を与え、虎斑模様の毛布の下で男がいまにも襲いかかろうと軀を円めているように想像させた。

それでわたしは、車室の向うの隅に跳んで行って、眠りこんだ乗客を救い、大声で危険を知らせたいという強い誘惑を感じた。だが恥しさに引き留められた。わたしの不安を説明することができるだろうか？　その育ちのよさそうな男のびっくりした視線にどう応えたらいいのか？　その男は、頭を枕につけ、入念に身を包んで、手袋をはめた両手を胸の上で組み合わせ、気持よさそうに眠っていた。もう一人の乗客がランプのカーテンを引いたからといって、何の権利があって彼を起こすのか？　その男の動作をもう一人が眠ったと悟ったことにどうしても結びつけようとするのは、すでに自分の頭がおかしくなったしるしではないのか？　単なる偶然の一致にすぎない、たがいに関連のない別々なできごとではなかったのか？　だが、そのできごとに対する恐怖はいつまでも執拗に続いた。それでわたしは、列車のリズムを伴う静寂のうちに、自分の顳顬《こめかみ》が動悸を打つのを感じ、外部の静けさと悲痛な対照をなして立ちさわぐ血が、周りの物をくるくる舞わせ、そして将来起きる事件が、ぼんやりと、だがいままさに起ころうとすることを推測するときの明確さをもって、果てしない行列をなして頭をよぎった。

と、突然、深い静けさが身内に拡がった。筋肉の緊張がゆるみ、全身の力が抜けるのを感じた。湧き返る思考の渦もやんだ。眠りこむときや、気を失うときの、あの身内が沈みこむような感じを味わった。そして実際、わたしは眼を開けたままで気を失った。そう、眼は開いたままで、しかも自由に使える無限の視力を与えられて。そして緊張は完全にゆるんでしまっていたので、感覚を抑制することも、何かを決定することも、行動に移ろうという考えを抱くこともできなかった。超人的になった眼は自然にあの不可解な顔の男に向けられ、障害物を通してそれを知覚した。こういうわけで、豹の皮を通して、人間の肌の色をした絹の縮《ちぢみ》の覆いを通して、その下の日焼けした顔を見ていることを、自分でも承知していた。そしてわたしの眼は、たえがたいような黒い輝きを放つ眼とじかにぶつかった。わたしは、銀製らしいボタンのついた黄色い地の服をまとい、茶色の外套にくるまった男を見た。豹の皮に包まれていることを承知しながら、その男を見ていた。そしてまたたいへんな努力をしている人のような、せわしく喘ぐ息遣いの音を聞いた（というのは、わたしの聴覚も異常な鋭敏さを獲得していたのだ）。だが、男は腕も動かさなかったから、それは内心の努力にちがいなく、実際にそうだった——というのは、その意志の力がわたしの意志を無力にしてしまったのだ。

最後の抵抗がわたしの身内に起こった。自分が実際には参加していない闘いが行われるのを感じた。人の知らないような、だが全身を支配する奥深い利己心によって支えられる闘いである。ついでさまざまな考えが頭のなかで浮遊し始めたが、それはわたしの考え、わたしの創り出した考えではなく、そこにはわたし自身の実体とは何の共通点も認められない、覗きこんだ黒い水のように不実でありながら誘惑的な考えだった。

一つの考えは殺人だった。だが、わたしはそれを、ジュドが犯したような恐ろしい行為とか、名づけようもない恐怖の産物として考えついたのではなかった。わたしはそれをありうることとして、いくらか好奇心をもって、また自分の意志の力が完全に消滅するのを感じながら、知覚していた。

すると、顔を覆った男は起き上り、肌色の面紗《ヴェール》の下からわたしをじっと見すえながら、眠りこんだ乗客のほうへすべるよりな足どりで進み寄った。片手でその頸をしっかり摑むと同時に、口に絹の布を押しこんだ。わたしは苦悶も感じなかったし、叫びたい気にもならなかった。ただそのそばにいて、生気のない眼で眺めていた。顔を覆った男は、刀身の中央に溝のついた、細身で先の尖ったトルキスタン刀を引き抜くと、羊でも屠殺するように、乗客の喉を斬った。血が網棚まで跳ねた。男は刀を頸の左側に突き刺して、平然と手前に引いた。喉は切り裂かれた。男がランプの覆いを取りのけたので、赤い孔が見えた。それから男はポケットを探り、血の海に両手を浸した。そしてわたしのそばに来ると、わたしの力の抜けてしまった指と、皺一つ動かせないでいる顔に血を塗りつけたのだが、わたしは抗わずにされるままになった。

顔を覆った男は毛布を巻き、外套を肩に掛けた。一方、わたしは殺された男のそばにいた。この恐ろしいことばもわたしを動揺させなかった――と突然、支えがなくなり、わたしの意志に取って代っていた意志も消え、頭が空になって霧に包まれるのを感じた。そして、眼瞼ははりつき、口はねばねばして、鉛のような手で首を締めつけられた感じで、少しずつ眼を覚まして見ると、わたしは灰色の薄明りの下で揺れる死体と二人だけでいた。列車は、木の茂みが点在するひどく単調な平野を走っていた――そして、長い汽笛が朝のすがすがしい空気のなかにこだまを響かせて停車すると、わたしは顔に血の塊をこびりつかせたまま、腑抜けのように昇降口に出た。

（大濱甫訳）

ベアトリス

あがとんニロヅケセルトキ、ワガ魂、唇ニ上リヌ。
不仕合ワセナルワガ魂、彼ノウチニ移リ入ルコトヲ望ミヌ。
（プラトン）

生きているのもあとわずかになった。わたしはそれを感じ、それを知っている。わたしはおだやかな死を望んだのだ。臨終に際して叫び声でも発したら、自分自身のその叫び声が別の苦しみでわたしの息をつまらせることになるだろう。というのは、わたしは、次第に大きくなる死の影より、自分の叫び声のほうが恐ろしいのだ。身を浸している香のついた水は、オパールの塊みたいに曇っていたのだが、流れ出るわたしの血で次第にばら色の縞に染められていく。澄みきった朝が赤く染まる頃には、わたしは夜の闇に向って下っていることだろう。右手の動脈は切らなかったので、その右手がこうして象牙の小机の上でこの文を書き綴っているのだ。心臓という井戸を汲み尽くすには、三つの逆る泉で充分だ。井戸はそれほど深くないから、じきに干上るだろうし、第一、わたしの血は涙となってすでにすっかり流れ出てしまったのだ。

だがもうすすり泣くこともできない。というのは、自分のすすり泣きを聞くと、ひどい恐怖に喉を締めつけられるからだ。神よ、願わくばやがて訪れる断末魔の喘ぎを聞く前にわが意識を失わせたまえ！　指の力が弱まってくる。いまこそ書くときだ。かなり長い時間をかけて『パイドーン』[1]の対話を読んだのだから。――なかなか考えがまとまらないが声にならない告白を急いでしておこう。わたしの声はもう地上の空気には響かないのだ。

わたしはずっと以前からベアトリスと深い愛情で結ばれていた。まだ幼いときから彼女はわたしの父の家に来ていたが、その頃からすでに生真面目で、奇妙に黄色い斑点の浮き出た底深い眼をしていた。顔はいくらか角ばり、その線はくっきりしていて、白くくすんだ肌は、彫刻家が下彫工には手を触れさせずに自ら鑿《のみ》で力強く彫りつけた感じだった。鋭い稜角の上を走る線は、四分の三ぐらいのところで和らぎ、何らかの情動で顔が赤らむと、まるで雪花石膏の顔がばら色のランプで内部から照らされているようだった。

　彼女は確かに優美ではあったが、そのしとやかさには堅い感じがあった。というのは、その身振りは見る者の眼にはっきりと焼きつくし、額の上で髪を巻くときの完全に均整のとれた動作は、かすかに持ち上げた翼の羽搏きにも似て若い娘の敏速な腕の動きとは全く異る、じっと動かぬ女神の祈る姿を想わせたのだ。ギリシアのことを研究して古代の観照に耽るようになっていたわたしにとって、ベアトリスは、フェイディアス[2]の人間的な芸術より前の時代の大理石像であり、アイギナ島の古代の巨匠たちが高度な調和という不動の規則に従って刻んだ彫像であった。

　わたしたちは長い間ギリシアの不朽の詩人たちの作品を読み、とりわけ初期の哲学者の書を勉強し、クセノフ ァネスとかエンペドクレスというような、人間の眼が二度と見ることのできない人たちの詩に涙を流した。プラトンはその限りなく典雅な雄弁をもってわたしたちを魅了し、彼が霊魂について抱いた観念をわたしたちははじめ認めなかったのだが、この神の如き賢者が若い頃書いた二行の詩から彼の真の考えを啓示されると、それを認めるようになり、またそれがわたしを不幸に陥れることになった。

　以下が、ある日、頽廃期の文法学者の本を読んでいるうちに眼にとまった、その恐ろしい二行詩である。

　　アガトンに口づけするとき、わたくしの魂は唇まで上ってきた。
　不仕合わせなわたくしの魂は彼のうちに移り入ろうとする。

神の如きプラトンのこのことばの意味を摑むやいなや、わたしのうちに一つの光明が輝きわたった。霊魂は生命と異るものではなく、それは肉体をみたす生ある息吹きなのだ。そして愛においては、恋人同士が接吻し合うとき、二つの魂がたがいに相手を求め合うのだ。女の魂は愛する男の美しい肉体に宿ろうとし、男の魂は女の肢体に溶けこみたいと烈しく願う。だが不幸にも二人は決してそうすることができない。二人の魂は唇に上り、出会い、重なり合うが、相手のうちに乗り移ることはできない。ところで、愛において人格を交換し合うことほど、かくも熱烈に愛撫し合い、官能的に求め合った肉体の外皮を貸し合うことほど、天上的な愉悦があるだろうか？　自分の肉体を相手の魂に、相手の息吹きに貸し与えるのは、何とおどろくべき献身であり、何と高度な自己放棄であろう！　それは、単なる重り合いにまさり、束の間の交わりにまさり、むなしく息を混ぜ合わすことにまさる、女から男への最高の贈物であり、あれほどまでにむなしく夢みられた完全な交換であり、多くの抱擁と愛咬の無限の究極なのである。

　ところで、わたしはベアトリスを愛し、彼女もわたしを愛していた。詩人ロンゴス[3]の物悲しい物語のうちに単調な調子ではさまる散文の台詞を読みながら、わたしたちはたがいに愛を告げ合った。だが、ダフニスとクロエが肉体の愛を知らなかったように、わたしたちは魂の愛を知らなかった。そして、神の如きプラトンのあの詩は、愛し合う魂は完全に所有し合うことができると教えてくれた。それ以来ベアトリスとわたしはそのように結び合い、捧げ合うことしか考えなくなった。

　だが、ここであの何とも定義しがたい恐怖が始まった。生身の接吻はわたしたちを解きがたく結び合わすことができなくなった。どちらかが相手に身を捧げなくてはならなくなった。というのは、魂の旅立が相互の移住にはなりえなかったからである。二人ともそのことをはっきり感じながら、口には出しかねていた。それでわたしは、男性特有の利己心から、むごく卑劣なことだが、ベアトリスに疑念を抱かせておいた。恋人の彫刻的な美しさはうつろい始めた。ばら色のランプは雪花白膏のようなその顔の内部で点らなくなった。医者はその病気を貧血と呼んだが、わたしは、彼女の魂が肉体から脱け出してゆくのだということを知っていた。彼女は、悲しそうな微笑を浮かべて、わたしの心配そうな視線を避けようとした。手脚がひどく痩せてきた。やがて、顔はとても蒼白になり、眼だけが暗い火で輝くようになった。頬と唇には、まさに燃えつきようとする炎の最後のゆらめきのように、赤味がさしては消えた。それでわたしは、ベアトリスが数日のうちにすっかりわたしのものになるだろうとわかり、限りなく悲しくなる一方、心のなかには不思議な悦びが広がった。

最後の晩、シーツの上の彼女は白蠟の人形のようだった。彼女はわたしのほうにゆっくり顔を廻して、言った。

「あたくしが死ぬとき、あなたに接吻していただきたいの。そうすればあたくしの最後の息があなたのうちに移るでしょうから。」それまでわたしは彼女の声がいかに熱をおび、よく響くかに気づいていなかったのだが、このことばは、温い液体に触れられたような印象を与えた。ほとんど同時に、彼女の哀願的な眼はわたしの眼を求め、わたしは最期の瞬間がきたことを悟った。わたしは彼女の魂を飲みこむためにその唇に自分の唇を押しあてた。

恐ろしいことだ！　地獄のように、悪魔のように恐ろしいことだ！　わたしのなかに入ってきたのはベアトリスの魂ではなく、その声だった。わたしは自分の発した叫び声でよろめき、蒼ざめた。その叫び声は死んだ女の唇から出たはずなのに、わたしの喉から迸り出たのだ。わたしの声が熱をおび、よく響き、温い液体に触れられたような印象を与えた。わたしはベアトリスを殺し、また自分の声を殺してしまった。ベアトリスの声、わたしを怯えさせたあの瀕死の女の声が、わたしのうちに棲みついてしまったのだ。

だが、居合わせた人は誰もこのことに気づいたようには見えなかった。彼らは死人の周りに集まって、勤めを果そうとした。

静かで重苦しい夜がやってきた。蠟燭の炎が重い黒幕を舐めそうに真直ぐ高く燃え上っていた。そして「恐怖」の神がわたしに手を差し伸ばしていた。自分のすすり泣きの一つ一つがわたしに千べんも死ぬ思いをさせた。まさにそのすすり泣きは、ベアトリスが意識を失って、死を嘆いたときのすすり泣きにそっくりだったのだ。そして、ベッドのわきに跪き、額を布団にあてて泣いているとき、自分のうちにこみ上げてくるように思われたのは彼女の涙であり、彼女の死を悼みながら宙を漂うように思われたのは彼女の情熱的な声だった。

そんなことはわかっていたはずではなかったのか？　声というものは永遠であり、ことばは滅びることのないものだ。それは人間の考えの不断の転出であり、魂の乗物である。文字は、標本の押花のように、紙の上に干からびて横たわるが、声はそれ自体の不滅の生命によって文字を生き返らせるのだ。なぜなら、声とは、ある魂に触発されて動き出す空気の分子に他ならないからだ。そして、ベアトリスの魂は確かにわたしのうちにいたのだが、わたしが理解し、感じることのできるのはその声だけだった。

二人とも解放されようとしているいまとなっては、わたしの恐怖も薄らいだ。が、それはまた新たに繰り返されそうで、わたしはあの何とも説明しがたい恐怖がやってくるのを感じる。ああ、やってきてわたしを捉える――というのはわたしは喘ぎだしたのだ――そしてわたしの喘ぎは熱をおび、よく響き、浴漕の湯よりも温い。いいいいいいい、これはベアトリスの喘ぎなのだ。

（大濱甫訳）

（1）霊魂不滅の問題を論じたプラトンの対話篇。
（2）ギリシアの彫刻家。前五世紀後半のいわゆる前期クラシックの巨匠とされる。
（3）三世紀頃のギリシアの作家。牧歌的な物語『ダフニスとクロエ』の作者。

リリス

彼女の血は一滴も人の血ではなかったのに
柔らかく甘い女として造られていたのだ
（ダンテ＝ゲイブリエル・ロセッティ）

思うに、彼はこの現し世で女を愛しうるかぎり、じつに心のかぎり彼女を愛したのであったが、二人の物語は他のいかなる男女の身の上にもましていたましいものであった。その男はダンテとペトラルカを学ぶこと久しく、目にはベアトリーチェとラウラ(1)の姿がちらつき、耳にはフランチェスカ・ダ・リミーニ(2)の名の輝く神々しい詩篇が朗々と響きわたる、というありさまであった。

彼は青春の最初の情熱を傾けて、まずコレッジオの描く苦悩する乙女たち、その肉体は身も世もあらぬ風情で天界に憧れ、眼は欲望をたたえ、震える唇で悩ましげに愛を呼びもとめるあの乙女たちを熱烈に愛した。のちになって、ラファエロの画像の人間的な蒼白の壮麗、おだやかな微笑、初々しく満ち足りた乙女たちを嘆賞した。しかし己れ自身に立ち帰ったとき、彼はダンテにならってブルネットォ・ラティーニ(3)を師とえらび、こわばった面ざしが神秘の楽園のただならぬ浄福をたたえていたあの世紀に生きたのである。

さて女の中でまず彼はジェニーを識った。神経質で情熱的、眼はみごとに隈どられ、深いまなざしをたたえて物倦げに潤《うる》んでいた。彼は憂鬱で夢想家の恋人であった。女の官能の表現を熱狂的な激しさで追い求めた。そしてジェニーが疲れ果てて朝の光にまどろむと、陽射しを浴びた髪に輝く金貨を撒きちらした。それから、隈のあるまぶた、憩うている長い睫毛、罪を知らぬかのようなあどけない額をつくづくと眺めながら、枕に肱をついて彼は苦々しげに自問するのであった――この女は自分の愛よりも黄金を好むのではなかろうか、この肉の透明な膜の下をどんなに興ざめな夢が通り過ぎているのだろうか、と。

次に彼は、自分を見棄てた男に呪いをかけた、迷信的な時代の女たちに想いを馳せて、ヘレンを選んだ。銅鍋の中で蠟を柔らかくして、裏切った恋人の姿を彫りつけるような女である。彼女が絵姿の心臓を細い鋼鉄の針で突き刺している間中、彼はヘレンを愛した。それからローズ・マリーへと心を移した。彼女は妖精であった母親から、純潔の証《あかし》として緑柱石の透明な玉をゆずられていた。緑柱石の霊が彼女を見守り、その唄で彼女を眠らせるのであった。しかし彼女が身を任せたとき、玉は白濁してオパールの色に変じ、彼女は怒り狂って玉を剣で撃ち砕いた。緑柱石の霊は砕けた石から泣きながら脱け出し、ローズ・マリーの魂もそれとともに翔《かけ》り去った。

そこで彼はリリスを愛した。これはアダムの最初の妻で、男から造られた女ではなかった。エヴァのように赤い土ではなく、非人間的な物質でこしらえられていた。蛇に似ていて、他のものたちを誘惑するようにと蛇を誘惑したのは実はこの女なのである。彼女には、彼女こそ何者にまさる真の女、最初の女であると思われた。そこでこの世で最後に愛し、結婚したこの北国の娘に、リリスという名を与えた。

とはいえこれは芸術家の純粋な気紛れにすぎなかった。彼女は彼がカンバスに甦らせたラファエル前派のあの画像に似ていたのである。空いろの眼をして、長い金髪は、神々に捧げて以来天空に広がったベレニケ(4)の髪のように輝いていた。その声は今にもこわれそうな物の立てるやさしい響きを帯び、そのしぐさは嘴で羽を整える鳥のようにものやわらかであった。この現し世とは異る世界に属しているという雰囲気がしばしば感じられたので、彼はこの女を幻とみなしていた。

彼は自分の愛の物語を形づくる一連の燦然たるソネットを彼女のために書きつらね、これを『命の家』と題した。この連作を羊皮紙に清書して一巻の本に仕立てた。さながら、細密画で丹念に彩色されたミサ典書の趣きがあった。

リリスは長くは生きなかった。この地上で生きるようには生まれついていなかったからである。彼女が死なねばならぬことを二人とも知っていたので、リリスはできるかぎり彼を慰めた。

「ねえあなた」と彼女は言った。「天上の黄金《こがね》の欄干にもたれて、あなたの方に身をかがめましょう。手に三つの百合をもち、髪に七つの星を飾って。空にかかる聖《きよ》い橋の上からあなたを眺めましょう。するとあなたはわたしのもとに来るの。二人して底しれぬ光の井戸のなかに入りましょう。そしてこの世でつかの間愛し合ったのですもの、あの世では永遠に生きられるように、神さまにお願いしましょうね。」

こう言いながら彼女が死ぬのを見て、彼はたちどころに壮麗きわまりない一編の詩を作りあげた。これほど美しい珠玉を以て死者が飾られたことは絶えてなかったであろう。彼女に取り残されたのがもう十年もむかしのことのように思われた。天の黄金の欄干にもたれた女を彼は見ていた。その胸に圧されて欄干があたたかくなるまで、女の腕のなかで百合がまどろんでしまうまで、じっと見ていた。彼女は死に際と同じことばをささやきかけた。それから長い間耳を澄まし、そしてほほえんでこう言った。「あの人が来たら、すべてがそうなるの。」彼は女が微笑するのを見た。それから女は欄干にそって腕をのばし、そして手で顔を覆って泣いた。その泣き声を彼は聞いた。

これこそ、彼がリリスの書に記した最後の詩であった。彼はその書を金の留め金で――永遠に――閉ざした。そしてペンを折り、誓って言った。自分は彼女のためにのみ詩人であったのだ、そしてリリスが自分の名声を墓のなかに運び去るのだ、と。

このようにして古き異国の王たちも、その財宝や寵愛した奴隷とともに地下へ降った。口をあけた墓穴の上で、王が愛した女たちは喉ぶえを切り裂かれ、王の亡魂は朱い血潮を飲みにきたのである。

リリスを愛した詩人は、彼女に己れの命から命を与え、己れの血から血を与えた。地上での不滅の栄光をいけにえにし、将来の希望を柩《ひつぎ》のなかに閉じこめたのである。

彼はリリスのきらめく髪をもちあげ、その頭の下に稿本を置いた。蒼白い肌の背後に、自分の畢生の作を封じこめた赤いモロッコ革と金の留め金が光るのを見た。

それから彼は遁れ出た、墓から遠く、人間くさいすべてのものから遠く離れて、心にリリスの面影を抱き、頭のなかに自作の詩を鳴り響かせながら。彼は旅した、新しい風景、恋人を想い出させない風景を求めて旅した。リリスの想い出を自分ひとりで蔵《しま》っておきたかったからである。無関係な事物を眺めることで彼女をまざまざと思いうかべようとは望まなかった。彼が望んだのは、はかないつかの間の人間の相のもとにあった生身のリリスではなく、天の彼方に理想の姿で静止した、選ばれたる女、いつの日か自分が合一しに行くべき女なのであった。

しかしながら海の波音をきけば、彼女の泣き声が思い出された。また、ざわめく森の深い低音の中に、彼女の声をききとった。燕が黒い頭をめぐらせば、それは最愛の人の優雅なうなじのしぐさとも思われた。林間の沼の暗い水面に砕ける月の円盤は、逃れゆく金色のおびただしいまなざしを送り返してくるのであった。

茂みに入ろうとする一頭の牝鹿を見て、不意にある想い出がよみがえり、胸の迫る思いをした。青白い星明りのもと、木立を覆っていた濃霧が人の形をとって彼の方へ進みよってきた。また、枯葉の上に落ちる雨だれの音はあのいとしい指の立てる軽い音に似ていた。

彼はこうした自然を前にして眼をつぶった。すると、血のようにあかい光の像の通り過ぎる闇の中に、リリスが見えた。それはかつて愛した通りの、この世のものであって天上のものではなく、女神ではなくて人間としてのリリスであった。情念のままにその眼の表情が変り、ヘレンの眼からローズ・マリーの眼、ジェニーの眼へと次々に変るのを見た。そして天の黄金の欄干にもたれた彼女を思い描こうとしたが、七層の天の調和の中にありながら、彼女の面持ちは地上のものへの哀惜の情と、もはや愛しえぬ悲哀を表わしているのであった。

それで、かくも悲しい幻覚から遁れるために、冥界の住人のような瞼のない眼をもつことを彼は願った。

そして何らかの手段によって、あの神々しい姿を今一度捉えたいと思った。みずから立てた誓いを破って、あの姿を描こうと試みたが、ペンは彼を裏切った。詩句もまたリリスを、大地の胎内にとじこめられたあの蒼ざめた肉体を想って泣き悲しむのであった。そこで彼は想い出した、(なんと、あれからすでに二年の月日が過ぎていたのだ）自分の理想が世の常ならず光り輝く、驚嘆すべき詩を書いたことを。彼は慄然とした。

この考えは、一たび取りつくとたちまち彼をすっかり囚《とりこ》にしてしまった。彼は何よりもまず詩人であった。コレッジオも、ラファエロも、ラファエル前派の画匠たちも、ジェニーも、ヘレンも、リリスも、文学的熱狂を表明する機会でしかなかったのだ。リリスでさえ？　おそらく彼女だけは――とはいうもののリリスは心やさしく甘美な地上の女としてしか彼のもとに戻ろうとは思うまい。――彼は自分の詩のことを考えた。きれぎれの詩句が思い出され、その断片は美しく思えた。「だがしかしあそこにはすぐれたものがあったはず」とつぶやいている自分に気づいてぎょっとした。彼は失われた栄光の苦みをかみしめた。彼のうちに文人がよみがえり、彼を非情にした。

……………………

ある夜、彼は服にまといつく執拗な臭気に悩まされながら、震えている自分に気付いた。手には土の湿気がへばりつき、耳の中には木の裂ける音が響いていた。――眼の前にはあの本、死から奪い返した畢生の作品がある。これをリリスから盗み取ったのだ。そして髪をかきわけ、かつて愛した肉体の腐爛を手でさぐったこと、死んだ女のにおいのする色褪せたモロッコ革、腐臭とともに栄光のたちのぼる忌わしく湿った頁、そうした事を考えて、あやうく気を失いかけた。

しかし、二年前に一瞬のあいだ感得した理想をふたたび眼にしたとき、新たにリリスのほほえみに接し、その熱い涙を呑んだと信じたとき、彼は栄光への狂おしい欲望に捉えられた。盗みと売春を、血を吐くほどに悔いながら、飽くなき虚栄心のあさましさに苦しみながら、彼はその手稿を投げ出すようにして印刷に廻した。俗衆の前に己が心臓を開き、その傷口を見せつけた。万人の前にリリスの死骸をひきずり出し、選ばれた天の乙女たちの間に、彼女の無益な姿を曝した。この冒瀆によって無態にも奪いとった宝からは、棺の砕ける音が響いてくる。

（多田智満子訳）

(1)ペトラルカが聖クララ寺院で知り合った佳人。一三四八年、当時猖獗をきわめたペストのため死去した後も、「そよ風に金髪が美しく乱れる」この美女のために、彼はかずかずの抒情詩を書いた。ダンテにおけるベアトリーチェにも似た存在。
(2)ラヴェンナの城主の娘で、隣国の城主に嫁ぎ、その弟パウロと恋に落ち、殺される。ダンテは『神曲』地獄篇でこの事件を扱っている。
(3)十三世紀イタリアの詩人、政治家。フィレンツェで哲学、文学を講じた際、ダンテはその弟子であったという。その詩『宝庫』は、哲学、歴史、修辞学、地理、博物等の知識を包含し、ダンテの『神曲』の構成に暗示を与えた。
(4)〔神話〕エジプト王エウエルゲテスの妃で、琥珀色の美しい髪の持主として国外まで聞えていた。あるときアッシリアとの戦に出征した王のために、ベレニケは愛と美の女神に祈願をこめて、「夫に勝利を授けて下さったら、命にも代えがたいこの髪を捧げましょう」と誓った。その願いがかなってエジプト軍の勝利の報がとどいたとき、妃はためらわず髪を切って神前に捧げた。しかし凱旋した王は断髪の妻に迎えられてひどく失望した。翌朝ベレニケの髪が祭壇から消え、天文博士は新たに天上に現れた星の群を指していった。「これは大神がお妃の髪を愛でて、永久に天に挙げられたのです。」王も妃も共に満足した。新しい星座は「ベレニケの髪」(Coma Berenice 日本名は髪座)と呼ばれた。

阿片の扉

公正にして霊妙、強力なる阿片よ…
（トーマス・ド・クインシー）

わたしはつねづね、世の人々のような規律ある生活を敵視していた。いつもいつも繰り返される習慣的な行為の執拗な単調さがわたしを苛立たせるのだ。父は巨額の財産を遺してくれていたが、わたしは一向に優雅な暮しをしてみたいとも思わなかった。豪華な邸宅にもぜいたくな馬車にも心を惹かれなかったし、まして狩猟に熱中しようとか、湯治場でのんびり暮そうなどという気にもならない。賭け事にいたっては、どちらが勝つか負けるかというだけのこと、心落ちつかぬ者にとって、あまりに単純すぎるのである。想えばわたしたちは異常な時代に生まれ合わせたものだ。今や小説家が人間生活のあらゆる相を示し、思想の底を割って見せてくれている。人々はいろいろな感情に、まだそれを体験しないうちから、倦み疲れてしまっている。ある者は神秘な未知の冥《くら》い深淵に惹きつけられ、ある者は、珍奇なものに心を燃やし、憑かれたように新しい感覚をどこまでも洗煉し極《きわ》め尽くそうとする。またある者は、万物への普《あま》ねき憐れみに心をとろけさせている。

こうした追求がいつかわたしのうちに、人間生活に対する度はずれな好奇心をつくり出していた。自分自身からのがれ出て、別人になりたいという悩ましい欲望を感じることもしばしばあった。兵隊とか商人、眼の前をスカートを揺すりながら通りすぎる女、あるいはかわいらしくヴェールをつけて、菓子屋へ入っていく娘、彼女はヴェールをちょっともちあげて、菓子をかじるとコップに水を注ぎ、首をかしげていたのだが、そんなものになってみたくてたまらなかったのである。

　そういう次第であったから、なぜわたしがある扉に好奇心を抱いてしまったのか、たやすく解ってもらえるであろう。町はずれの一廓に高い灰色の塀があった。その上の方に格子のはまった覗き穴がいくつか穿たれ、ところどころに、うっすらと輪廓を描いた空《から》窓があった。塀の裾の妙に不釣合な位置に、なぜなのか、どういう具合なのか、知るよしもなかったが、格子のはまった穴からずっと離れたところに、アーチ型の低い扉があって、長い蛇の形をした鉄の錠前に、緑いろの閂《かんぬき》を渡してとざしてあった。錠前は錆びていた。肱金《ひじがね》も錆びていた。この見すてられたような古い小路では、いらくさや野大根が敷居の下から叢をなしてぼうぼうと生え、扉の上には癩病やみの肌のように白っぽい鱗片がもりあがっていた。

　この背後《うしろ》には、それでも生きた人間が住んでいるのだろうか。ついぞ開かれるのを見たことのない小さな低い扉で世間から隔離されたまま、この高い灰色の塀の蔭で毎日を過している人々がいるとすれば、彼等はどんな風変りな生活を送っているのであろう。ひまつぶしの散歩の途すがら、わたしはこのひっそりとした小路にしげしげと足を運び、門の謎に問いかけるのであった。

　ある晩、物珍しい人影を探しながら群集《ひとごみ》の中をぶらぶらしていると、一人の小柄な老人が跳びはねるような歩き方をするのに気づいた。ポケットから赤い衿巻を垂らし、何やらせせら笑いながら、ねじれた杖で舗石を叩いて行く。ガス燈の光のもと、その姿はおぼろな影に包まれ、その眼がみどりいろにぎらぎらと光っているのを見て、わたしは否応なしにあの扉のことを思わずにはいられなかった。そしてたちまち、この男と扉の間に何らかの関係があると確信した。

　わたしはその男のあとをつけた。彼がそう仕向けたというわけではない。しかしそのときのわたしにはそうすることしかできなかった。そして彼が例の扉のあるひっそりとした小路にさしかかったとき、これから何が起るかを一瞬のうちに悟らせるあの突然の予感が稲妻のように閃いたのである。彼はコツコツと扉を叩いた。扉は錆びた肱金の上を軋みもせずに廻った。わたしはためらわず、身を躍らせて門をくぐった。が、それまで眼にとまらなかった乞食の脚につまずいた。乞食は塀に寄りかかって坐っていたのだ。膝に素焼の鉢をのせ、手に錫の匙を握っていたが、杖をふりあげ、嗄れ声で罵った。同時に扉はわたしのうしろで音もなくしまった。

　わたしは暗い広大な庭に入りこんでいた。膝の高さまで雑草や野生の灌木が生い茂っている。地面は長雨のあとのようにじめじめとしてどうやら粘土質らしく、歩くと足もとが粘りつく。前を行く老人の鈍い足音の方へと闇を手さぐりして行くうちに、やがて燈影の明るむのが見えた。弱い燈のともった紙提灯がいくつも木々に吊りさげられ、それがぼうっと赤黄いろい光を放っているのである。静けさも前ほど深くはなかった。風が木々の枝の間でゆっくりと息づいていたからである。

　近寄ってみると、それらの提灯には東洋の花が描かれていて、全体で空中に次のようなことばを形づくっていた。

あへん　の　いえ

　わたしの前には白い四角い家が建っていた。その細長い窓からは、太鼓の音をまじえながらゆっくり絃をかき鳴らす音楽がきこえ、夢みるような声音の朗吟が洩れてきた。例の老人は敷居際に立って、赤い衿巻を愛想よく振りながら、中に入れと誘うしぐさをした。

　わたしは廊下で、ゆるやかな服を身にまとった、黄いろいやせた女を見かけた。これも年とっていて、頭をぐらぐら揺すり、口には歯がない。――彼女は壁に白い絹を垂らした細長い部屋にわたしを招き入れた。その布は黒い縦縞が天井までずっとのびている。それからわたしの前には、入れ子になった一揃いの漆《うるし》塗りのテーブルがあり、細い炎のたちのぼる赤銅のランプがひとつ、灰色の練物《ねりもの》をぎっちりつめた陶器の壺がひとつ、それに何本もの針と、銀の雁首のついた竹の煙管《きせる》が三、四本ならべてあった。黄いろい老婆は練物をまるめて球をひとつ作り、針につき刺したのを炎にあぶって溶かし、それを煙管の雁首に注意ぶかくつめこみ、さらにその上にいくつかの円盤状のものをつめた。そこでわたしは深く考えもせずにそれに火をつけ、辛い有毒の煙を二、三服吸いこんだが、それがわたしの頭を狂わせたのだ。

　というのは、場面が移るはずもないのに、たちまち眼前をあの扉のかたちや、赤い衿巻の老人、鉢をもった乞食、黄いろい服の老婆などの奇怪な姿が通りすぎたのである。絹地の黒い縞は逆に天井の方が太く、床の方が細くなりはじめ、それはあたかも一種の空間的半音階を形づくりながら、わたしの耳にその音を鳴り響かせるかのようであった。海の波が鈍い音をたてうちよせ、磯の洞窟の空気を追いちらすのを聞き分けた。動く気配もないのに部屋は方向を変えた。わたしの足は頭の位置に移り、天井に寝ているような気がした。しまいには、身内の活力が完全に消滅し、永久にこのままで、この気分を味わっていたいと願ったのである。

　するとこの時、部屋の引戸が一枚すっと開いて、それまでに見たこともないような姿の若い女が入ってきた。顔にサフラン色の粉を刷き、こめかみの方へひき吊られたような目をしている。睫毛には金粉が塗られ、耳朶には桃色の線がひとすじきれいに描かれてある。黒檀のように黒い歯には、小粒のダイヤモンドをきらきらとちりばめ、唇は真青に彩《いろど》られている。こういう風に化粧をし、肌に香料と脂粉を塗りこめた女は、奇妙な透し彫に五彩を施した支那の象牙の彫像の相貌と香気をそなえているのであった。帯のところまで裸身をあらわし、乳房は梨の実のように垂れ、金色の波縞のある褐色の布が足のあたりでゆらゆらとしていた。

　わたしをとらえていた異様なものへの欲求がこのとき絶頂に達して、脂粉を凝らしたこの女の方へ、心の中を訴えるように駆け寄った。女の衣裳と肌の色の一つ一つが、過敏になったわたしの感覚にとっては、今自分をつつんでいる調和音の中の一つの甘美な楽音と感じられた。その動作や手のしぐさのいずれもが、わたしの直感がその全体をとらえている一つの無限に変化する舞踊の律動的身ぶりともいうべきものとなるのであった。

　そしてわたしはこのようにかき口説《くど》いた。――レバノンの娘よ、もしおまえが阿片《アヘン》の幽玄な深淵から来たのならば、どうぞここにとどまっておくれ……心からおまえが欲しい。命果てるまで、おまえを出現させたこの霊験あらたかな薬を服《の》んでいようと思う。阿片は人の世のみじめな永遠ではなく夢幻の不滅を与えるゆえに、神饌《アンブロシア》よりも強力である。これほど妖しく輝くものを創るゆえに、神酒《ネクタル》よりも霊妙である。愛し合うために作られた者たちを一つにするがゆえにあらゆる神々よりも公正である。

――しかしもしおまえが人間の肉から生まれた女であるならば、おまえはわたしのものだ――永久に――おまえを手に入れるためなら、わたしのものを何もかもおまえにやってしまいたい。

女は金の睫毛の間からきらめく眼をじっとわたしに注ぎ、静かに歩みよると胸をわくわくさせるような優しい姿《し》態《な》をつくってそこに坐った。「ほんとうなの」と女はささやいた。「あたしを手に入れるためなら全財産を下さるって？」女は信じられないという風に首を振った。

まったく正気の沙汰ではなかった。わたしは小切手帳をひっつかみ、金額は白紙のまま、署名して部屋の中に投げ出した――それは床にはねかえった。「あらまあ。あたしのものになるためには、乞食になる勇気もおありでしょうね？　あたし、あなたが好きになってきたみたいよ。ねえ。――いかが？」――彼女はわたしの衣服を事もなげに脱がせた。すると黄いろい老女が門の前にいたあの乞食を連れてきた。そいつは喚きながら入ってくると、わたしの豪華な衣裳をかかえてさっさと退散した。その代りにわたしは、彼の継《つぎ》だらけの外套と穴のあいたフェルト帽と、鉢と匙と椀とを受けとったのであった。

そしてわたしがこんな身なりをさせられると、――さあ、といって女は手を叩いた。

ランプは消え、引戸がぱたんと倒れた。阿片の娘は消え失せた。壁から洩れる朧ろな光にすかして見ると、赤い衿巻の老人と、黄いろい服の老女と、わたしの服を着こんだあの忌わしい乞食があらわれ、わたしに襲いかかって、暗い廊下へ押し出すのである。わたしはねばねばする壁のトンネルまたトンネルの中を通って運ばれていった。どれほどの時が経ったか見当もつかない。いつまでもひきずられて行くように感じながら、時間の観念を失っていたのである。

突然、全身に白い光が射した。眼は眼窩の中でふるえ、陽の光にまぶたがしばたいた。

自分がアーチ型の小さい低い扉の前に坐っているのに気づいた。長い蛇のような鉄の錠前に緑色の閂を渡してある。例の神秘的な扉とどう見ても寸分の相違もない。しかしこれは石灰で白く塗った巨大な塀に穿たれた門であった。わたしの前には平らな野原がひろがっていた。草は日にやかれて枯れ、空の青はどんよりと白く濁っていた。そばに落ちている獣の糞にいたるまで、すべてが見おぼえのないものばかりである。

この第二の扉の前で、わたしは途方に暮れた、ヨブのようにみじめに、ヨブのように無一物の身となって。扉をゆさぶり、動かそうとしたが、それは永久に閉されていた。錫の匙が鉢に当って音を立てた。ああ、まさにその通り。阿片はみじめな永生を与えるゆえに、神饌《アンブロシア》よりも強力である――かくも残酷に心を責めさいなむゆえに、神酒《ネクタル》よりも霊妙な効力がある。――好奇心にかられてあの世の秘密を発《あば》こうとした者を罰するがゆえに、神々よりも公正である。まこと、公正にして霊妙、強力なる阿片よ。ああわたしの富は蕩尽された。一銭残らず消えうせたのだ。

（多田智満子訳）

交霊術

家に戻ったとき、ある交霊術協会からの招待状を机の上に見つけた。ポーカーをしてきたところで、時刻はとても遅かった。それでもぼくは好奇心に駆られた。プログラムは、死者たちの霊を呼び出すという特別な見世物を予告していた。六人ほどの故人となった名士と語り合ってみたい気持が頭をよぎった。ぼくはまだ交霊術の催しを見たことがなかったので、この機会を利用するのがいやではなかった。瞼がいくらかちくちくし、手がかなり徴候的に顫えるのを感じ、頭はとてもぼんやりした霧に包まれたように思われたものの、ぼくはそんな会話も恐くないと考えて、おそらく記憶を失っているはずの霊たちに課してやる「難問」を頭のなかで用意した。

交霊術協会は奇妙なところだった。入口で入場者は杖を取り上げられた。場違いに杖を振り廻されるのを惧《おそ》れてのことである。ぼくが着いたとき、催しはすでにかなり進行していた。ある者はひどく髪の毛が多く、ある者はひどく禿げ上った十二人の男が胡桃《くるみ》材のテーブルを取り囲み、興奮した顔をしていた。右手の円テーブルの上に裏返しに置かれたコーヒー皿にはアルファベットの文字が炭で書き記されていた。ひとりの蒼白い人物が、片手に手帳、片手に鉛筆を持って部屋の中央にいた。ぼくはステファーヌ・ヴィニコックス、銀行家のコリウォッブルス、ツァーンヴェー教授の顔を認めた。テーブル掛けの類《たぐい》がないこと、皆のフロックコートがボタンなしに止められているらしいこと、人々の眼がアブサントの酔を湛えていることにおどろかされた。

ぼくが、全く動いているようには見えない腰掛に腰を下すと、ひとりの男がぼくの肩に触って、手帳を手にしている蒼白な人物が霊媒氏《メディオム》と呼ばれることを教えてくれた。ぼくはていねいにお礼を言い、そしてすぐその男のことを想い出した。彼はぼくの高等中学時代の旧友のひとりだった――成績優秀ではなかったが、以前、足を踏み鳴らして教室内にリズムを響かせる癖があった。ぼくはそのことを彼に想い出させた。すると彼は、それはエスプリ・フラプール(1)が立てた音にちがいないと言って、得意そうに微笑した。

胸をばら形の略章で飾る一方、襟が服の延長と見紛われるほど変色したシャツを着たもう一人の協会員が、ぼくにぼくの識合いを何人か呼び出してあげようと持ちかけた。ぼくは承知して、机のほうに歩み寄り、ジェルソンがここにいるかどうか大声で訊ねた。

協会員たちの間でひそひそ話が始まった。霊媒氏はぼくをまじまじと見つめており、どうやら人々はぼくの学友にぼくのことを聞いているらしかった。

――ジェルソン氏が今夜お隙《ひま》かどうかわたしどもにはわかりません、と霊媒氏が言った。その方が亡くなられたのは確かですか？……

――もう何年も前から不便な河岸で溺れ死んだ犬のような状況に置かれているはずです。というのは、イノサン墓地(2)は当時ではあまりいい状態ではありませんでしたからね。

霊媒氏の友人たちも霊媒氏自身もおどろいたようだった。旧友は、ぼくの言っているのはイヴリー墓地のことではないのかと訊ねた。

――イヴリー墓地かもしれないし、ペール・ラ・シェーズ墓地かもしれません、――わたしは何も知りません、とぼくは言った。彼のほうがわたしよりよく知っているはずです。わたしはパリの地理には通じていないものですから。

霊媒氏は腰を下すと、手帳に鉛筆を突き立て、われわれは黙って彼を取り巻いていた。と、突然、彼は舞踏病に取り憑かれ、鉛筆はいままで見たこともないような奇妙な記号を組み合わせた。彼はそのわけのわからぬ文字を眺めると、霊たちがジェルソン氏を迎えにいったから、ジェルソン氏はまもなく霊的人間となってやってくるだろう、と言った。

数分間待たされたあと、机が少しずつ鳴りだし、呻きだした。旧友が私の耳に囁いたところによると、それはジェルソン氏が到着して、ぼくの質問に答えたがっているしるしだった。

だが霊媒氏が進み出て、ジェルソン氏が死んだのはずっと以前のことかどうか、死んでどのくらい経つか言う気があるかどうか、数を知らせる手段として、机の後脚で一年につき五つ音を立てる――計算を簡単にするために――ことを約束するかどうかを、まず最初に大声で訊ねた。

ジェルソン氏は、生前には活潑な人だったようで、直ちに返答に取りかかり、机の前脚を上げて馬跳びを始めた。後脚は見事に床を叩いた。その数をかぞえなくてはならないとしたら、ぼくの頭は破裂してしまっただろう。だがそれに慣れ切っていた霊媒氏は、心得顔に首を振りながらその音を追っていた。

一時間半ほど経つと、机は明らかに疲れた徴候を見せ始めた。息遣いこそ聞こえなかったが、ジェルソン氏はくたくたになったらしく、終りのほうは爪でパイプを弾くようなかすかな音だった。霊媒氏は二二五五という途方もない数を記録したこと、それは四百五十一年に相当することをわれわれに告げた。

彼はさらに月と日と時刻も知りたいかとぼくに訊ねたが、ぼくはよすことにした。

ぼくはジェルソン氏が宿る机のそばに進み寄り、声を和らげて訊ねた。

――ジェルソンさん、ラテン語で話さなくてもわたしの言うことは理解して下さると思います。ひどくわたしを悩ませている問題があるのです。『キリストにならいて[3]』の真の作者はあなたなのか、あなたの友だちの一人なのか教えて頂けますか？

霊媒氏がアルファベットについての一連の取り決めをジェルソンと行っていたので、ジェルソンはすぐには答えなかった。連絡がつくと、机はある数だけ脚を動かして止まった。

霊媒氏は、その打ち方はBU《ビュ》という綴りを表わすと言った。旧友は、古典的な教育の記憶をかき集めて、それはビュセファール（Bucéphale）ではないかと仄めかしたが、ぼくはそれがアレクサンドロス大王の馬の名であることを彼に想い出させた。そこでクィントゥス・クルティウス[4]のいくつかの訳文に意識をおしひしがれて、彼は何も言わなくなったが、しばらくすると勝ち誇った調子で「ビュリダン[5]（Buridan）だ、それなら時代が合う！」と叫んだ。

　机はそれとはっきりわかる旋回運動を行い、霊媒氏は、それは机が首を横に振る独特のやり方だとわれわれに教えた。机は得意そうな様子も見せなかった。「これは驢馬の話を証明するのにもってこいだ」と誰かが言った。旧友はまたビュデ（Budée）という名を持ち出した。だが居合わせた学者が、ブダエウス[6]は『キリストにならいて』の出た百年もあとに生まれたという立派な理由によってそれを書くことはできなかった、と彼に教えた。

　そこで彼はこれを最後として黙りこくった。霊媒氏は机にお喋りの徴候を認めて、直ちにそれを読み取り、そこからTOR《トール》という綴りを引き出した。

　学者先生は、そんな名前の人物はひとりも知らない、『キリストにならいて』が鳥の書いた作品だなどということは絶対にありえないとわれわれに告げた。だが机は満足そうにビュトール（Butor）[7]、ビュトール、ビュトールと繰り返し、学者先生はついに、われわれはジェルソンに糾弾された道化祭りの手先どもの霊にからかわれているのだという推測を下した。

　そのときから恐ろしい騒ぎが始まった。机は後脚で突っ立ち、椅子は一本脚で旋廻し、円テーブルはサラバンドを踊り、コーヒー皿は巧みに空を回転し、何人もの協会員の鼻にぶつかって鼻をぺしゃんこにした。

　霊媒氏は、今夜は霊たちが動揺していて話したがらないのだと告げ、建物のガスランプを消してしまった。とても狭い階段を手探りで下り、家に寝に帰りかけたとき、旧友が近づいてきた。彼は自分の宿はもうしまっているはずなのでぼくに泊めてくれないかと頼んだ。ぼくは彼を連れ帰り、寝室のクッションつきの長椅子に彼を寝かせた。

　ベッドに入るとすぐぼくはぐっすり眠りこんだ。しばらくして、光が見え、息遣いの音が聞こえるように思った。——ぼくは起き上った——旧友がシャツ姿で、円いナイト・テーブルの前に跪き、「ほら——ほら！　静かに――静かに！」と囁きながら、手を小刻みに動かしてテーブルを撫でていた。

――何をしているんだい？　とぼくは叫んだ。

――テーブルが廻るんだよ、と彼は言った。それで落着かせようとしているんだ。――ああ！　お前は廻りたいんだな。止まろうとしないな……――さあ、窓から出て行け！

テーブルは飛び立って窓ガラスにぶちあたった。

ぼくは彼に言った。「ねえ、家具と話したってだめだよ。家具には耳がないもの。家具に言いきかせることなんてできないよ。ぼくの家具を動かさないでくれ。どんなに作りのいい家具だって聞き分けがないものさ。」

だが、それには答えず、彼は平然と喋り続けた。しばらく「静かに」を繰り返したあと、机を撫でて落着かせようとしたが、やがて腹を立て、窓から放り投げた。机が舗道にぶつかってこわれる音が聞こえた。

ぼくは彼に言った。「そんなことをして何になるんだ？　そっとしといてくれ、鏡箪笥も化粧台もそっとしといてくれ。その連中の素行はぼくが保証するよ。廻ることなんてないさ。きみの言うことなんてきかないよ――通りに投げ出さないでくれ！」

彼は何も答えなかった。箪笥に語りかけ、それを歩道に投げつけてこなごなにしてしまった。化粧台に二言、三言語りかけてから、それを露台に投げとばした。最後に彼自身がくるくる廻り出し、狂ったような目付きをして自分を罵り、止まろうとしたが、ひとりでに窓から宙に頭から跳び出していった。

これがぼくがその死ぬところを見た唯一の霊である。霊たちがいつも死ぬ前に自分の家具をこわしたりしないでほしいものだ。ぼくは自分の家具をとても惜しく思った。紛い物でないルイ十五世時代の家具だった。だがまあいいとしよう、この記録によって、交霊術協会には今後招待状をぼく以外の人に送るように頼むことができたのだから。


（大濱甫訳）

（1）心霊術用語で、テーブルなどを叩いてお告げをする霊《エスプリ》のことをいう。
（2）イノサン墓地は十八世紀末に取りこわされた。
（3）その著者はトマス・アケンピス（一三八〇―一四七一）ともジャン・ジェルソン（一三六三―一四二九）ともいわれる。
（4）ローマの歴史家で『アレクサンドロス大王遠征記』の著者。
（5）ジャン・ビュリダン、十四世紀フランスのスコラ学者。質量とも同じ二束の乾草の間に置かれた驢馬はどちらか一方を選ぶことができずに餓死する、という、いわゆる「ビュリダンの驢馬」の話で有名。
（6）十六世紀フランスの人文学者ギヨーム・ビュデのラテン名。
（7）ビュトールはさぎ科の鳥を意味する。

骸骨

ぼくは一度幽霊屋敷に泊まったことがある。だが、誰も信じてくれそうもないから、その話をするのはあまり気が進まない。幽霊が出たことは確かなのだが、幽霊屋敷で起こるようなことは何も起こらなかったのだ。それは、深い木立の岡の暗い断崖の縁で傾きかかっている荒れた城ではなかった。何世紀も前から打ち捨てられてきた家でもなかった。最後の所有者が不思議な死に方をしてもいなかった。その前を通りかかる百姓が十字を切ることもなかった。村の鐘楼が真夜中の鐘を鳴らしても、こわれた窓から青白い光が射すことはなかった。庭の木は櫟《いちい》ではなかったし、日が暮れると子どもたちが恐わ恐わ生垣越しに白い影を窺いにやってくることもなかった。ぼくは部屋が全部塞がっているはたご屋に着いたのではなかった。亭主が蠟燭片手に長いこと頭を掻いたあげく、塔内の天井の低い部屋にベッドを用意しましょう、とためらいながら申し出たわけでもなかった。その部屋に寝た旅人は誰ひとり自分たちの恐ろしい最期の模様を語りに戻ってこなかった、と亭主が怯えたように付け加えたわけでもなかった。夜、古い屋敷のなかで聞こえる魔性の物音について亭主が語ることもなかった。ぼくは内心、冒険をおかしてみたいという勇壮な気持に駆られたわけではなかった。そして、松明二本と拳銃一挺を用意しようという気のきいた考えを抱くこともなく、また、スウェデンボリの著作集の半端本になった一冊を読み続けて真夜中まで眼を覚ましていようと固く決心することもなく、十二時三分ほど前になって睡魔に瞼《まぶた》を襲われるのを感じることもなかった。

そう、あの幽霊屋敷の恐ろしい話のなかでいつも起きるようなことは何一つ起きなかった。ぼくは汽車から下りると、トロワ・ピジョンというホテルに入った。食欲旺盛で、焼肉三きれと若鶏のソティと結構なサラダを平らげ、ボルドー酒を一瓶あけた。それから蠟燭を持って自分の部屋に上り煖炉の上にグロッグ酒がのっているのを見つけたが、別に幽霊が現われてそれに唇をつけることもなかった。

ところが、いざ寝ようとして、グロッグ酒のコップをナイトテーブルに移そうとしたとき、煖炉のそばにトム・ボビンズがいるのを見ていささか驚いた。やつときたらひどく痩せているように見えた。例の山高帽を被り、上品なフロックコートを着ていたが、ズボンはおそろしく無様にだぶだぶだ。ぼくは彼に一年以上も会っていなかったので、大いに興味を持って、「元気かい、トム?」と言いながら、手を差し出した。やつは服の袖を伸ばすと、何かはじめは胡桃《くるみ》割り器ではないかと思われるようなものをぼくに握らせようとして差し出した。ぼくがそんなふざけたいたずらに対する不満の気持を表明しようとしたとき、やつがぼくのほうに顔を向けた。それで、やつの帽子がむき出しの頭蓋骨の上にのっているのがわかった。ぼくは、例の左目をしばたたくやり方からやつだとわかっただけに、その頭が死人の頭であることにおどろかされた。どんな恐ろしい病気のために頭が変形してしまったのだろうと考えた。髪らしい髪は一本もなく、眼窩はひどく落ちくぼみ、鼻と呼べるようなものはほとんど残っていなかった。実際、やつに訊ねてみることさえ憚られる気持だった。だがやつは親しげに話し始め、株式取引所の最後の相場をぼくに聞いた。それから、自分の死亡通知状に対するぼくからの返信の葉書を受け取らなかったことにおどろきの気持を表明した。ぼくは通知状など受け取らなかったと言った――だが、やつはぼくの名をリストに書きこんでおいたこと、そのためにわざわざ葬儀屋に立ち寄ったことを断言した。

そこで、ぼくの話している相手がトム・ボビンズの骸骨であることに気がついた。ぼくはやつの膝に取りすがって「亡霊よ、お前が誰であれ、引っ込んでくれ。永遠の眠りを妨げられ、おそらくは地上で犯した罪を償おうとしている霊よ、わたしに憑きまとわないでくれ!」と叫ぶことはしなかった。そんなことはしないで、あわれな友人ボビンズをより仔細に眺めた。すると、やつがひどく窶《やつ》れているのがわかった。とりわけ、胸をいたくさせるような陰鬱な様子で、その声は汁のたまったパイプの侘しいズーズーいう音を想わせた。ぼくは元気を出させようと思って葉巻を勧めてみたが、やつは地下の湿気のために歯がひどくいたんでいるからと言って断った。ぼくは自然のなりゆきで、心配して柩《ひつぎ》のことを訊ねてみた。やつは、それはとても良質の樅材でできている——が、隙間風が吹きこむので、頸のところにリューマチを起こしているところだ、と答えた。ぼくはフランネルの肌着を着けることを勧め、妻に胴着を編ませて送らせようと約束した。

それからすぐ、骸骨のトム・ボビンズとぼくは煖炉棚に足をのせ、この上なく快適な状態で話を始めた。ただ一つぼくの気に障ったのは、トム・ボビンズが眼と呼べるものを持たないくせに相変らず左眼をしばたたくことだった。だが、別の友人でコリウォッブルスという銀行家も、ボビンズ同様眼がないのに、左の眼にかけて誓言する癖があることを思い出して、気を鎮めた。

数分後にトム・ボビンズは火を見つめながら一種の独り言を始めた。やつは言った。「われわれあわれな骸骨ほどさげすまれる種属をわたしは知らない。柩を製造する連中はわれわれをとてもひどいところに泊まらせる。われわれは結婚式や夜会の服みたいなこの上なく薄い衣裳を着せられるので、わたしはこの背広を門衛に借りにゆかねばならなかった。その上、われわれが超自然的な能力を具えていて、不思議なやり方で空を舞うとか、嵐の夜、悪魔の夜宴《サバト》を催すとか言う詩人や嘘つきどもがたんといる。わたしは一度、自分の大腿骨を取り外して、それで奴らの一人の頭をぶんなぐり、奴らのいう悪魔の夜宴《サバト》なるものがどんなものか教えてやりたい気になった。奴らが、われわれに恐ろしい音を立てる鎖を引きずらせることは大目に見よう。が、われわれがそんな恰好で墓から出ることをどうして墓守が許してくれるか、知りたいもんだ。それだのに人々は古いあばら屋や、梟《ふくろう》の住処や、いらくさとにおいあらせいとうの生い茂る洞窟にわれわれを見つけてはあわれな人たちを怯えさせ、鬼のような叫び声を上げる亡霊の話をそこらじゅうに吹聴する。いったいわれわれのどこが恐ろしいのかまったくわからん。われわれはただ肉が削げてしまっていて、株式取引所に註文を出すことができないだけだ。きちんとした服を着せてくれれば、いまでも世間で立派に体面を保つことができるのに。わたしよりもっとひどく肉が落ちた人たちが見事に成功するのを見たことがある。だがこんな住処と仕立屋では、われわれは確かにそんなにうまく成功することができゃせんだろう。」そしてトム・ボビンズはがっかりした様子で自分の脛骨の一方を見つめた。

　そこでぼくは、あのあわれな老骸骨たちの運命をあわれんで涙を流し始めた。そしてやつらが釘付けされた箱のなかで腐ってゆくときや、スコットランド舞踊やコティョン踊りを踊ったあと脚が萎えてくるときやつらの感じる苦悩を想像してみた。そして、毛皮の裏のついた古い手袋一対と、ちょうどぼくには窮屈だった花模様のついた胴着一枚をボビンズに贈った。

　やつは冷淡な調子で礼を言ったが、ぼくは、やつが軀が温まるのにつれて悪辣になってゆくのに気がついた。たちまちぼくは本来のトム・ボビンズを認めるようになった。そしてぼくたちは骸骨としてはこの上なく陽気な笑いを爆発させた。ボビンズの骨は鈴みたいにとても愉快そうに鳴った。このひどいはしゃぎぶりのうちに、ぼくはやつがもとのように人間的になるのを認め、恐くなりだした。生前、グアノ・コロリエ・ド・ロストコストラドスの鉱山開発会社の株を人に押しつけることでトム・ボビンズにかなう者はいなかった。そしてそれに類する株券を半ダースも持たされようものなら、たちまち収入を使い果すことになった。やつはまた、人を正直なトランプ遊びに誘いこみ、リュビコンゲームで金を捲き上げるすべを心得ていた。ポーカーでは気さくで上品なやり方でルイ金貨を奪い取った。相手がそれに満足しないようなことでもあれば、やつは悦んで相手の鼻を摑んで引っ張り、それから、ボウイ・ナイフ[1]を使って相手を切り刻む仕事に取りかかるのだった。

　そういうわけで、ぼくは、すべての色褪せた怪談に反するこの奇妙な現象を眺めているうちに、骸骨のトム・ボビンズがもとのように生き生きしてくるのを見て恐くなった。二度もやつに一杯食わされたことを想い出したからだ。それに、昔の友人、トム・ボビンズが剣術試合においてはすぐれて巧みであったからでもある。実際、ぼくの右股の裏がわについていた紐の金具をやつが切り落としたことがあったからだ。それで、トム・ボビンズがトム・ボビンズになり、もう骸骨らしいところがなくなったのを見ると、ぼくの脈搏は速くなり、全体で一つの鼓動を打ち続けるようになり、全身が顫え、ひとことも喋る勇気がなくなった。

トム・ボビンズは例によってボウイ・ナイフをテーブルに突き立てると、エカルテ遊びを一勝負やろうと持ちかけた。ぼくは従順にやつの求めに応じた。ゲームを始めると、やつは絞首刑に処せられた男みたいについていなかった。だがぼくはやつが絞首台の上で踊らされたことがあるとは思わない。やつはそんな目に遭うにはあまりにも悪賢かったからだ。そして、恐ろしい幽霊の話の場合とちがって、ぼくがトム・ボビンズから稼いだ金貨は樫の葉や火の消えた炭にはならなかった。というのは、結局、やつはぼくがポケットに納めた金を取り戻し、ぼくはやつから何も得なかったからだ。それからやつは地獄に堕ちた人間みたいに罵りだし、恐ろしい話を語り、ぼくの残っていた無邪気さをすっかり打ち砕いてしまった。やつはぼくのグロッグ酒に手を伸ばして、一滴残らず呑み干したが、ぼくはそれを押し止める身振りをすることもできなかった。そんなことをしたら、たちまち自分の腹に刀を突き立てられることがわかっていたからだ。それにやつにはまさしく腹がなかったから、こちらから先にそうすることはできなかった。それからやつは、恐ろしく邪悪な顔付きでぼくの妻の消息を訊ねた。それでぼくは一瞬、やつの残っている鼻を叩きつぶしてやりたくなった。ぼくはその悲しむべき本能は押さえつけたが、妻に編んだ胴着を送らせまいと内心決心した。するとやつはぼくの外套のポケットから書簡を摑み出し、友人からきた手紙を皮肉で不愉快な指摘を交えながら読みだした。全くのところ、骸骨のトム・ボビンズは何とか我慢できる男だったが、何と、生身に戻ったボビンズはとても恐ろしかった。

やつが読み終えたとき、ぼくは、もう朝の四時になったことをやさしく教えてやり、帰りが遅くなるが心配ではないかと訊ねた。やつは、もし墓守がそれについてひとことでも文句を言ったら、「こっぴどい目に遭わせてやる」と、全く人間みたいに答えた。それから、淫らな様子でぼくの時計を眺め、左眼をしばたたくと、それをよこせと要求し、平然と自分のポケットに納めてしまった。その直後、やつは「町に用事がある」と言って、ぼくにいとまを告げた。やつは立ち去る前に蠟燭を二本ポケットにつめこみ、ぼくのステッキの握りを冷然と抜き取り、良心の呵責の影さえ見せずにルイ金貨を二、三枚貸してくれないかと聞いた。ぼくは、あいにく持ち合わせがないが、悦んであとから送って上げると答えた。やつは住所を教えた。が、それは格子だの墓だの十字架だの地下室だのがひどく入り組んだ場所だったので、ぼくはすっかり忘れてしまった。それからやつは柱時計まで持ってゆこうとしてみたが、それはやつには重すぎた。ついでやつが煙突を通っておいとまするると言ったとき、ぼくは、やつが本当の骸骨らしいやり方に立ち返るのを見ることに満足して、それを押し止める身振りは一つもしなかった。やつが足を動かし、陽気に落着きはらって筒のなかを這い上ってゆく音が聞こえた。ただぼくのノートの上には、トム・ボビンズが行きがけに落としていった多量の煤が積もった。

ぼくはいまでは骸骨たちとのつき合いには嫌気がさしている。やつらに何か人間的なところがあってそれがぼくに心底から嫌悪の念を催させる。今度トム・ボビンズが現われるときには、ぼくは前もってグロック酒を呑み干し、現金は一文も身につけず、蠟燭と煖炉の火を消しておこう。そうすれば、やつは真の亡霊の習性に戻り、鎖を揺すり、悪魔的な呪いのことばをわめくだろう。そのときこそ眼にもの見せてやろう。

（大濱甫訳）

（1）十九世紀米国テキサスの開拓者ジェームズ・ボウイが携帯していたことで有名な大振りなナイフ。（＊）

歯について

コネティカット州、ハートフォード市（アメリカ合衆国）にて
一八八八年、一一月四日
拝啓
あなたはわたしがこの奇妙で不愉快な作品の筆者だとお考えのようですが、それはまちがいだと申し上げます。わたしも罪を犯しますが、それはこれとは格のちがう罪です。

敬具
S・L・クレメンズ（マーク・トウェイン）

すばらしいハヴァナ葉巻を喫い終えて家に帰ろうとしていたとき、ぼくは、竹馬のような脚をして、煙突のように長い「シルクハット」を被り、不釣合なネクタイを締めたいやらしい男に出会った。その男はぼくの前に突っ立って、ぼくの口をじろじろ見つめた。ぼくは顔を赤らめ（というのは、ぼくは生まれつき慎み深いのだ）、顔をそむけようとした。その男はポケットからロシヤ革のケースに入った小さな鏡を取り出すと、頭を振りながらそれをぼくに差し出した。ぼくは覗いて見たが、別に異常は発見しなかったので、鏡を返した。

彼は言った。「ムッシュー、あなたはどんな危険にさらされているかご自分でもご存知ないのです。上顎の二本の門歯がすでに骨疽《カリエス》に冒されていて、伝染性歯槽炎《ジャンジヴィト・アルヴェロ・アンフェクシューズ》にかかる惧《おそ》れがありますよ。」

ぼくはとても信じられないという顔をして彼を見つめた。彼は手振りを交えてことばを区切って発音した――
伝・染《ジャンジヴィト》・性・歯《アルヴェロ》・槽・炎《アンフェクシユーズ》ですよ。

ぼくは訊ねた。「何ですって、アンモニア水生姜《ジャンジャンブル・アルカリ・ヴォラティル》ですって？」

このへんな男はわけのわからぬことばを繰り返した。

そして、皮肉な顔をして挨拶すると、立ち去ろうとした。

ぼくたちは親子二代にわたって優秀な歯の持主である。母方のおじがシカゴに住んでいる[1]。一八七〇年、父が服務していた中隊がセダンの戦闘に参加した。負傷兵は一人しか出なかったが、それが父であった。父は、右頬を貫通した弾丸が左頬に抜けるのを見事に食い止めて、軟口蓋から脳髄に上らせてしまったのだ。検死にあたった医者は、歯がめちゃめちゃに砕かれてしまうことだってありえたのに、と言った。

それでもやはり、ぼくの額は冷や汗で覆われ、ぼくは自分の歯のことが心配になった。その見知らぬ男の袖を摑んだ。彼は勝ち誇ったようにぼくを見つめて、言った。「テブー街の十二番地で、二時から四時まで診療を受け付けています。」

そして、蜘蛛のように足ばやに逃げていってしまった。

ぼくは時計を見た。二時十五分前だった。激しい不安に捉えられた。植物園の象が同じような病気のために牙を失ってしまったことを思い出した。象の牙と人間の顎が重要さにおいて似ていることが恐怖を倍加した。指の先で歯に触ってみると、歯茎がぐらぐらするように思われた。そこでぼくは、ためらうことなく、不運にもテブー街十二番地に駆けつけた。

入口の色を塗った金属板には、歯科学校出身の歯科医ステファーヌ・ヴィニコックスとあった。

ぼくは階段を駆け上り、夢中でベルを鳴らした。ステファーヌ・ヴィニコックスは青白い光で照らされた部屋にぼくを招き入れた。ぼくを高さの変る椅子に掛けさせると、それに接合した唾吐きをすばやく動かした。それから、きらきら光る銅鉄製の器具がいっぱいのった台を近づけた。ゴムや水歯磨や石炭酸の臭いが喉を捉えた。

ぼくは口を開いて、かんべんしてくれ、と叫ぼうとしたのだが、ヴィニコックスのほうが手早かった。黄色い節くれだった指を一本ぼくの舌の下に、もう一本を口蓋の奥に突っこんだ。ぼくは、歯科学校出身のこの著名な歯科医が韮入りのソーセージを喰べていたこと、そして左手の人差し指を煙草の脂で染める悲しむべき習慣を持っていることを確認した。ぼくは彼の注意を引こうとして咳をしたが、彼はそれに気がついた様子も見せず、こう言った。

――歯が汚れていますな。徹底的に洗浄せねばいけません。ヴィニコックス式半円形歯ブラシと「シバの女王」という規那《キナ》入り歯磨粉を差し上げましょう。それからピルス博士水で口をすすぐといいですね。でも極上品しか持ち合わせがないので、一瓶三十二フラン七十五サンティームでお分けします。

この抜歯ならぬ抜金に出会ってぼくの顔面筋肉が苦痛にゆがむのを認めると、彼は続けた。

――痛むのですね、わかりますよ。検査しましょう。こんどは彼は恐ろしい指の一本でぼくの口を開け、もう一方の手で柄付の鐘のようなものを振り、歯を約三十分にわたって探り廻った。

そして彼は言った。「とても深い骨疽ですな。手遅れになるところでした。でも直せるでしょう。大きく口をあいて、ムッシュー、よろしい。」――彼は鉤を取り上げ、冷然とまた決然とぼくの歯に孔をあけ始めた。それから、旋盤の翼みたいに速く廻転する道具を握り、それで孔のなかをくり抜いた。――「これはアメリカから入ってきた新しい発明ですよ、ムッシュー。たいへん具合がよいもので。これでおおぜいの人が治療されています。あっという間に孔があけられるのです。」

ぼくのあわれな歯が破れた太鼓みたいに孔をあけられると、この蒼白な生きものは、紙の間で薄い金箔が輝いている赤紙の表紙の一冊の帳面を開いた。ぼくの口から指を離すと、「唾を吐いて下さい、ムッシュー、この唾吐きに」と言った。

ぼくは彼の悪辣さを唾棄して唾を吐いた。

そのあと、彼はまたぼくの顔を機械仕掛の椅子の背にもたせかけさせて、また言った。「口をあけて、ムッシュー。よろしい。これから骨疽にかかった歯に金を充塡します。もうほとんど掘ることはありませんよ、ムッシュー。金箔を使います。イギリスの新しい発明なんです、ムッシュー。たいへん具合のよいものです。(彼は喋りながら小さな金の球をこわしていた。)これからいたんだ神経に麻酔をかけます。クレオソートを使います。とても簡単ですよ、ムッシュー。」

鬼のようなヴィニコックスは黒い混合物をぼくの歯に当てがったが、ぼくはまるで歯茎のなかでホイーラー・アンド・ウイルソン製のミシンが動き出したように思った。麻酔がかかっていないこと、猛烈な痛みを感じること、やめてもらうつもりでいることを言ってやりたかったが、この血に狂った男はぼくの口に握り拳を突っこみ、調合物を歯に詰めこんだ。それから棍棒のような形をした鋼鉄製の器具を摑んだが、それを見てぼくは顫え上った。

——すばらしい道具ですよ、と彼は言った。ドイツの博士の発明です。自動槌なんです。さあ、椅子の肱掛で試してみましょう。ほら、とても乾いた音でしょう。これだとうまく充塡できます。大きく口をあいて、ムッシュー。

この物凄い機械の最初の一撃を受けると、眼に涙がこみ上げてきた。もう我慢する力もなくなったように感じた。そのことを彼に叫んでやった。彼は動じることなく答えた。「すぐ終りますよ、ムッシュー。」その機械はぼくのすべての頭の骨を揺すぶりながら、動力ハンマーのように規則的に顎を打った。頭蓋はたわみ、歯は砕けた。——それが終ると、彼はぼくの口から指を離して言った。「吐いて下さい。ムッシュー、この唾吐きに。」

ぼくは、調合物で汚れた小量の綿と唾にまじった白い物の破片をいくつか吐き出した。

彼は言った。「見せてくれますか、ムッシュー?」そして鏡で検査してから、悪魔的な薄笑いをしながら言い切った。「骨疽が深すぎるので、ムッシュー、琺瑯質が持ちこたえられず、砕けてしまいました。」

ぼくは心のなかで絶望しながら、姿見の前にとんでいった。前歯が二本砕けてしまっていた。ぼくは言った。「だから言ったじゃないか。自動槌のせいですよ。こうなるとわかっていたんだ。なぜ——ああ!——なぜぼくのアンモニア水生姜《ジャンジャンブル・アルカリ・ヴォラテイル》をほっといてくれなかったのです。全部抜け落ちてしまったとしても、取っておいて、眺めては心を慰めることも、心ゆくまで見ることも、箱にしまっておいて懐しむこともできたじゃありませんか。それだのにあなたは粉々に打ち砕いてしまったんだ。これからどうすればいいんです？」

　この気むずかしい男は答えた。「何でもありませんよ。ちょっと鑢《やすり》をかければ、痕は見えなくなります。どんな歯列にも合った道具がありますから、椅子に掛けてくれればすぐすみますよ。」

　ぼくは、この悪魔がぼくの顎の生命を手中に握っていることを知っていた。そうと知りながら、彼の要請にさからう力がなかった。彼の陰険な礼儀正しさがぼくの怒りを鈍らせてしまった。ぼくはふたたび腰掛け、で一時間にわたって彼はぼくの上部の欠けたあわれな歯に鑢をかけた。それから鉤で歯石を取り除き、歯根を露出させた。ついで、ガラス屋の使う砂のようなもので歯に磨きをかけた。そのあと、歯と歯の間をさまざまな種類のたがねで掻き廻した。歯の根を探そうという口実の下に、舌に尖った器具を突き立てた。最後に、ぼくの口のなかに臭い指を突っこむと、ピンセットの先端でごく小さな煙草の破片をかき出した。彼は狂喜しながらそれをぼくの眼の前で振り廻して、こう言った。「これが私が伝染性歯槽炎《ジャンジヴィト・アルヴェロ・アンフェクシューズ》と思いちがったものです。」

　そこでぼくはすっくと立ち上り、彼の頸めがけてつぎのようなことばを投げつけた。「ムッシュー、あんたは臭くて塩辛い、泥沼のような人だ。ぼくは無邪気に葉巻を喫っていたのに、あんたは歯の病気に冒されていると言ってぼくの平安をかき乱したのです。それから、ぼくをおだやかにあの世につれてってくれたかもしれないあのアンモニア水《アルカリ・ヴォラテイル》……ええと……生姜《ジャンジャンブル》を放っておかずに、先祖から伝えられたぼくの顎に孔をあけ、それを打ち砕き、磨き、廻し、裂き、ゆがめ、掻き立て、削り立て、骨を外してしまった。最後には、少くとも家族や友人に対する釈明の材料になったはずのあのアンモニア水《アルカリ・ヴォラテイル》……ええと……生姜《ジャンジャンブル》にかかっていると思いこんで自分を慰めることも許さないで、あんたは悪魔のように狂喜しながら、ぼくがそんな病気にかかってはいないと教えたのだ。それで、いまやぼくは、家庭生活でのすべての習慣に適合できなくなってしまった。もう上顎と下顎が噛み合わず、悲しいことにどちらかが食み出してしまう。パイプの柄も支えられないし、一生噛煙草を噛むこともできない。ぼくの楽しみはすべて打ちこわされてしまった！」

このゼラチン質な男は底知れぬ冷静さを示し、懐中時計を引き出すと、次のようなことばを吐いた。「あなたは四時間いらっしゃったので、治療費は二百フランになります。」

ぼくは、侮辱が限度を超えたと感じた。「自動槌」を摑むと、「私刑《リンチ》を加える」ためにやつに躍りかかった。その悪魔の顎の奥歯をすべて打ち砕いてやろうとした。だがその器具の先端が持ち帰ったのは上下の入歯だけで、それは床に落ちてかたんと鳴った。その時だ、ぼくがぞっとしてやつの薄笑いに含まれる侮蔑を感じ取ったのは。ぼくはやつに挑戦的な視線を投げつけただけで、外に出た。

なぜ鬘師《かつらし》の頭が禿げているのか、なぜ床屋がいつも髯だらけでいるのか、なぜぼくたちの耳にこの上なく手のこんだ拷問を課する音楽家が若いときからつんぼだという恩恵に浴しているのかが、いまやっとわかった。ぼくはかつては賢い自然の先見の明と思われたものを、いまでは悪辣な計算によるものと考えている。やつらはそういう人間で、顧客が復讐できないようにしているのだ。

だが、ステファーヌ・ヴィニコックスは遁さないぞ。この口腔の状態では文明社会に暮すことはできない。ぼくは野蛮なインディアンのスー族の部落に自分の「テント小屋」を建てる腹を決めた。そして、最初の反乱に際してぼくたちは戦闘の踊りを踊り、ヨーロッパに攻めこみ、ぼくはステファーヌ・ヴィニコックスの頭の周りでまさかり《トマホーク》を振り立ててやる。そしてやつの頭の皮を剝いでやろう。いや、ちょっとまてよ。そうされたらあの腹黒い奴は理髪師になるかもしれないからな。

（大濱甫訳）

（1）「アメリカのおじ」という言い廻しがあり、アメリカに移民して財をなし、思いがけない遺産を残してくれる親戚を意味する。

太った男

寓話

やわらかな革のひじかけ椅子にすわり、太った男は満足げに部屋をながめまわしました。彼は正真正銘の肥満だったのです、首はぶあつくて、胸板は脂肪で鎧われ、腹にはたっぷりと肉がついていました。腕は関節をひもでゆわえたソーセージみたいでしたし、手は羽をむしられ丸々と太った白ウズラのようにひざにのっていました。足首から先は目をうたがうほどどっしりとし、脚は円柱の柱身、ももは柱頭でした。肌はぶたの皮膚のようにざらざらでてかてかしています。目ぶたは脂肪ぶくれで、二重あごならぬ四重になったあごは肉付きのよい顔をどっしり支えていました。

彼のまわりのすべては、頑丈で、ずんぐりとして、太っていました。どっしりとした柏のテーブルは太い脚ですわりがよく、縁がつるつるでしたし、楕円形の背もたれがついた時代物のひじかけ椅子にのったクッションはふっくらとし、大きな丸釘が打たれていました。スツールは太った蝦蟇《がま》のように床にうずくまり、どっしりとしたじゅうたんの長い毛足はもつれて丸まっています。置き時計は暖炉のうえではいつくばり、鍵穴は凸型の文字盤に両目のようにあいています。時計をおさめたガラスの容器は、潜水夫がかぶるヘルメットの丸窓のようにふくれていました。銅の燭台は節の多い枝みたいで、ろうそくは油脂のなみだを流していました。ベッドはぽってりとしたお腹のようにふくらんでいました。暖炉で燃える焚き木は丸くふくらんで、威勢のいい樹皮をぱちぱちとはじけさせます。食器棚の小型のガラス瓶はずんぐりとし、コップにはこぶがあります。ワインが半分ほど入った壜の首には立派なこぶがあって、ガラスでできた真っ赤な砲弾のようにフェルトのたがにはめこまれていました。でも、陽気で暖かい、太鼓腹のようなこの部屋には何にもまして、おおらかに笑い、健康的なくちびるをした口をあけ、たばこを喫い、酒を飲む、太った男がいたのです。

手のひらにしっくりおさまる上質のノブで開け閉めする、尖頭アーチ状のドアは、男が人生の最良の時をすごす台所につうじています。朝方から彼は鍋のあいだをうろうろして、ソースにパンをひたし、パンくずで肉汁受けをぬぐい、ブイヨンがたっぷり入ったカップのにおいをかぎました。鍋の底で火がちろちろと音をたてるとき、いくつもの深鍋に木製のスプーンをひたし、滴り落ちる煮汁のできを吟味します。かまどの小窓をひらくと、赤い炎が彼の肌を朱にそめました。こうして、夕暮れになると、彼はまるで一個の巨大な提灯みたいで、顔は血と燠火で光り輝くランタンのガラス窓のようでした。

それに加えて台所には、ぽっちゃりとして、色白でバラ色にかがやく肌をした、一人の姪がおりました。彼女は袖まくりをして野菜をかきまぜ、笑うとえくぼがいくつもでき、上機嫌のあまり小さな両目は飛び出ています。男が皿の中に指を浸すとその指をぱしぱしと叩き、男がフライパンを裏返そうとすると顔をめがけてほかほかのクレープを投げつけ、うれしいことには、クルトンに砂糖をまぶしたり、こんがりと焼いたり、ほどよく煮込んだりして、ちょっとしたごちそうをいくらでも作ってくれるのでした。

樅でできた大きなテーブルの下では、はちきれそうな太鼓腹の猫がねむっていました。尻尾はアジアの羊の尻尾のように太いのです。それからかまどの煉瓦にあごをのせたプードル犬は、毛を刈り取ったところの皮膚がひどくたるみ、暑さのせいで目を細めました。

太った男が、部屋で、コンスタンス一八一一年もののワインを音も立てずに注いだばかりの、ガラスのゴブレットを心地よさそうに眺めていると、表のドアが音もなく開きました。太った男はおどろきのあまり口をあんぐりと開き、下唇をたらして息をこらしました。男の前にやせこけた、陰気そうな、のっぽの男が立っています。

男の鼻はほっそりとし、口はくぼんでいました。頬骨はとがって、頭は骨張り、男が何かみぶりをするたびに、袖口やズボンから、かけらになった骨がこぼれ落ちるように思われました。おちくぼんだ目はどんよりとして、指は針金みたいだったし、表情があまりにいかめしいのでじっとみていると気がめいります。手にはめがね入れを持っていて、話しながらときどき青いレンズのめがねをかけました。こうした男の特徴のうちで、声だけはものやわらかで魅力がありました。話しぶりがたいそうおだやかだったので、太った男はなみだを浮かべました。

――マリー、彼は大声でいいます。ムッシューが食事をなさる。さあ、仕事だ。テーブルの準備だ。ほれ、リネン室の鍵だ。テーブルクロスをさがし、ナプキンを出しておくれ。ワインを持ってきてくれ、奥のビンの左手のやつだ。ひょっとして、ブルゴーニュはお好きではありませんか? おーい、マリー、ニュイ・サン・ジョルジュを持ってきてくれ。若鶏には気をつけておくれ、この前のはちょっと焼きすぎだったからね。このコンスタンスをすこし召し上がれ。おなかがお空きでしょうが、食事はのちほどに。マリー、急いでおくれ、ムッシューは死ぬほど空腹でいらっしゃる。ローストは出したかい? スープの具にパンを切るのだよ。小さなグラスを忘れないように。それからタイムの葉っぱだ、忘れちゃいないね? お前ならまちがいはない。それから小エビも出しておくれ。ひょっとして魚はお好きでしょうか? あいにくきらしていまして、申し訳ありません。急いでおくれ、マリー、ワインの上澄みをとっておくれ、この椅子をかたづけておくれ、スープの鉢を前にだすんだ、バターをおくれ、スープのあぶらをとるんだ、パンをおくれ。このスープは美味ですな、ねえ? 寿命がのびます。小エビに砂糖をおつけになりませんか? 絶品です。

――砂糖のなんたるかをごぞんじですか? 落ち着いた声でやせた男がいいました。

――ええ、太った男はびっくりし、ふたたび下唇をたらし、スプーンをくわえたまま、言いよどみました。

――いや、じつは知りません、いろんな料理で砂糖を摂《と》りますが――わたしにとっちゃそんなことはどうでもいい。砂糖はうまい。砂糖についてご高説がおありですか?

――いや、ありません、やせた男はいいました。むしろほとんどないと言うべきでしょうか。サッカロース、つまりサトウキビの糖分を摂取していることはごぞんじですね。さらに豆類や炭水化物からべつの糖分を抽出し、動物性の糖分つまり転化糖あるいはブドウ糖に変える……

――それがわたしとどんな関係があるのでしょう？　笑みをうかべて、太った男はいいました。サッカロースでもブドウ糖でも、砂糖はうまい。砂糖を使った料理は好みです。

――なるほど、やせた男がいいます。でもブドウ糖の過多は糖尿病を招来するのです。暮らし向きがいいと糖尿病を発病します。あなたになんらかの兆候があるとしても不思議ではない。包丁を研ぐときは用心なさい。

――いったいどうして？　太った男はいいました。

――いやはや、やせた男は答えます。理由は単純です。おそらくあなたは糖尿病を患っておいでだ、それでどこかを切ったり刺したりしようものなら、たいへんな危険をおかすことになる。

――たいへんな危険ですって！　太った男はいいました。まさか、突飛な話ですな！　飲んで食べて、どんな危険があるのですか？

――おやおや、やせた男が答えました。ブドウ糖の過剰によって十中八九蓄えられた栄養分はすべて排除されてしまう。そうするともはや組織を再生産できない。傷は癒着せず、壊疽を起こす。壊疽は手を腐らせ（太った男はフォークを取り落としました）、ついで腕がぼろぼろになり（太った男は食べるのをやめました）、そして残りの部分もおなじ経過をたどる（太った男の顔にいままで一度もあらわれたことのなかった表情が、つまり恐怖がうかびました）。いやはや、やせた男はことばを継ぎます。人生にはどれだけ病気があることやら！

うなだれて、太った男はしばし考えにふけりました。ついで悲しげにこういいました。

――お医者様でいらっしゃいますか？

――さよう、お役に立てればさいわい、医学博士です。住まいはサン・シュルピス広場ですが伺ったのは……

――先生、懇願するように太った男は相手の話をさえぎりました。糖尿病にかからずに済む手だてはないものでしょうか？

――神のご助力がなければ話になりませんが、やせた男はいいました、やってみましょう。

太った男の顔はふたたび大きくふくれて、口もとはほころびました。

――さあお手を、彼はいいました、わたしの友人になってください。いっしょに住んでください。やらなくてはいけないことをやりましょう。不自由なおもいはさせません。

――結構、やせた男はいいました。わたしがあなたの生活を管理しましょう。

――承知しました、太った男は即答しました。若鶏を食べましょう。

――失礼、やせた男は大声をあげました。若鶏ですって！　そんなものはあなたには必要ない。玉子一個と紅茶とごく少量のトーストをつくらせなさい。

絶望が太った男の顔をおおいました。

――ああ神さま、それじゃだれが若鶏を食べるんです？　あわれなマリーは嘆きました。

そのとき、太った男が涙声でやせた男にいいました。

――先生、めしあがってください。どうぞ。

その時から、やせた男が我が物顔で権力をふるったのでした。物はしだいにやせ細りました。家具は細長くなり、かどばりました。足載せは足をのせるときしみます。ワックスをかけた床は古びたワックスの匂いを放ちます。カーテンはぶよぶよになり、黴がはえます。焚き木は寒さにふるえます。台所のフライパンはさびつきます。壁にかかった鍋は緑青をふきます。かまども陽気なスープ鍋も鳴りをひそめます。猫はやせ細り、疥癬を病み、悲しげな鳴き声をあげました。犬は怒りっぽくなり、ある日鱈をくわえて逃げてくると、骨のうき出た背中で窓ガラスをたたきわりました。

太った男は家の下り坂とおなじ道をたどりました。しだいに脂肪は皮膚の下に黄色く堆積しました。喉はあるかなきかのごとくで、首には七面鳥のようなしわがよりました。顔は交錯したしわでおおわれ、腹の皮膚はフリルのついたベストのようにたなびきます。肥満と比例して大きくなっていた骨格はいまややせおとろえ、両ももと両足であった二本の棒切れと釣合いがとれていました。ふとももに沿ってぼろきれのような皮膚がたれ下がりました。彼は糖尿病と死の恐怖にせめさいなまれました。やせた男は、日毎に残虐の度をくわえる危険をえがいてみせ、魂についてお考えなさいと諭しました。

けれど、男はすぎさった楽しみをなつかしみ、いまや肌は黄ばんで、顔が骨張った姪のマリーをあわれんだのでした。骨の浮き出たひざに革装の小さな本をのせ、硬い木の椅子に丸くなった男が、かつては指であった、みすぼらしい棒のようなものをふるわせながら、暖炉の火に手をかざしていたある日、マリーが男の腕に手をおき、耳打ちしました。

——おじさま、お友達をごらんになって。あの方の太ったこと！

二人が悲しみに暮れる中、やせた男はしだいにたらふく飲み食いするようになりました。皮膚はぱんぱんになり、バラ色に輝いています。指は丸みをおびはじめました。満足は飽満の色をおびていました。

一方、かつて太っていた男はひざにたれた皮膚をみすぼらしくつまみあげ、——そしてそのつまんだ指をはなしました、とさ。

（大野多加志訳）

卵物語

〈灰の水曜日〉から復活祭の日曜日まで四十日間の精進日(1)を楽しく過ごすために。

むかしむかしある小さな国に、一人の善い王様がいて、（詮索するのはやめましょう——王様などという人種はもう滅びたのです）人民を好き放題に暮させていました。それが人民を幸せにするよい方法だと信じていたのです。そして御自分でもそんな風に暮していらっしゃいました。信心ぶかく、人が好くて、大臣たちに相談するなどということは一度もありませんでした。それもそのはず、大臣なんかこの国にはいなかったのです。ただ相談相手といえば、たいへん有能な人物である大膳頭《だいぜんがしら》と、王様の御退屈をまぎらわせるためにカルタで占いをする年とった魔術博士だけでした。王様は少食ではありませんでしたが、なかなかの美食家でした。人民も見習って同じような暮しぶりで、その朗らかな平和をみだすものは何もありませんでした。麦を青いうちに刈ろうが、じっくりみのらせようが、あるいは来年の種まき用に保存しておこうが、皆それぞれ自由でした。これはほんとに哲学者の王様で、それと知らずに哲学を実践していたのです。知恵について学ぶことなしに賢人であったわけで、その証拠には、王様は、健全な格言を学んだりしようものなら、自分ばかりか人民も身を滅ぼすことになる、と考えていらっしゃいました。

ある年の、四旬節も終ろうとするころ、この善い王様はフリプソーストスだか何だかそんな名前の大膳頭をお召しになって、ある重大な問題を相談しようとなさいました。その問題とは、陛下が復活祭の日曜日に何の料理を召上るかということでした。

――陛下、と王様の内務大臣が申しました。卵を召上るより他はございません。

この時代の司教様たちは今どきの方々よりも出来のよい胃袋をおもちだったとみえ、この王国のどの司教区でも四旬節の精進は厳格に守られていたものです。それで善い王様は四十日間ほとんど卵しか召上っていませんでした。王様はふくれっ面をして申されました。「何かほかのものがほしいな。」

――恐れながら陛下、と文学士の肩書をもつこの大膳頭が言いました。卵は神聖な食べ物でございます。御承知の通り、卵の中には一つの生命の実質がまるごと含まれているではございませんか。かのローマ人たちは、卵を世界の縮図と考えておりました。かれらは大洪水の昔にかえって、というかわりに、物事をはじめからやりはじめることを、卵から（ab ovo《アブ・オウォ》）と申しておりました。またギリシア人の言うところでは、宇宙は黒い翼をもつ「夜」の産んだ卵から発生したの(2)でございます。それにミネルヴァは、ユピテル大神の頭蓋から、機が熟するとひよこが卵の殻を嘴でつつき破って出てくるようにして、武装した姿で躍り出たと申します。私はよくこんなことを考えるのですが、私共の地球も要するに大きな卵で、その殻の上に私共が住んでいるのではあるまいか、と。この説が近代科学の教えるところとどれほど合致しているか、おわかりでございましょう。この巨大な卵の黄味が、とりも直さず中心の火で、地球の生命でございます。

――予は近代科学など馬鹿にして居る、と王様はおっしゃいました。とにかく、食事に変化をつけてもらいたい。

――陛下、と大臣フリプソーストスが言いました。お易い御用でございます。陛下は復活祭にはぜひとも卵を召上らなければなりません。これは主イエスの御復活を象徴するわけでございますから。――しかし私は、快からぬものを快く見せるてだてを心得ております。堅いのがお好みでございますか、掻き玉子にいたしましょうか。サラダ、ラム酒入りそれとも松露入りオムレツ、またパイ皮をあしらいましたもの、香り草、アスパラガスの芽、青豆、砂糖漬の果物をそえてみましょうか。うで玉子、蒸煮、灰の中で焼きましたもの、落し玉子、半熟、ふんわり泡立て、泡雪にしたもの、ホワイト・ソースかけ、目玉焼、マヨネーズあえ、蓋物や詰め物にしたものなど、いかがでございますか。卵はにわとり、鴨、雉子《きじ》、あとり、ホロホロ鳥、七面鳥、亀など、お好みのまま、それとも魚の卵、油漬のキャビアに酢をかけてみましょうか。御所望とあれば駝鳥の卵（これはサルタンの豪勢な食事でして）それともロック鳥の卵（これは千夜一夜の魔神の御馳走ですが）何なりととりよせてごらんに入れましょう。あるいはいっそ、ごくあっさりと粒よりの小さな玉子をフライパンで揚げたもの、趣きを変えまして皮に黄味をぬった卵菓子、パセリや葱と細かく刻みましたもの、それともみずみずしいほうれん草の卵とじなどいかがなものでございましょう。生みたてぬくぬくの生玉子をすするのはお好みではございませんか。——最後にとっておきの料理といたしまして、私が新しく考案いたしました極上の珍味を御賞味いただきたいものでございます。その味のよろしいこと、もう卵とも思えぬほど、これこそ美味、天上的な味わいでして、全く以て絶妙な……

——いかん、いかん、と王様はおっしゃいました。其方《そのほう》が述べたてたのは、どうやら四十通りの卵の調理法ではないか。そんなものは予も知っている、フリプソーストスよ——其方は四旬節の期間中ずっとそんな料理を味わせてくれた。何か別のものを見つけてくれまいか。

内政がこのように思わしくないのを見てがっかりした大臣は、何かよい思いつきはないものかと額を叩いてみました——が、さっぱりなのでした。

そこで、御機嫌ななめの王様は魔術博士をお呼びになりました。この学者の名は、私の記憶が正しければ、ネビュロニストというのですが、まあ名前などはどうでもよろしいでしょう。この人はペルシアの魔法道士《マゴス》のお弟子でした。ゾロアストルや釈迦牟尼の教えをことごとく究めた上、あらゆる宗教の源にまでさかのぼって、裸仙学徒《ギムノソフィスト》の崇高な道徳にも通じていたのです。しかしこの博士はいつもは王様のためにカルタの占いをするだけがお役目でした。

——陛下、とネビュロニストは言いました。卵の調理法といたしましては、大膳頭が申し上げたより他の方法はありますまい。しかしながら、それを孵《かえ》させるという手がございます。

——なるほど、これは妙案である。と王様はお答えになりました。少くとも、もう食べないですむ。だがなぜ孵すのか、ちと解《げ》しかねるな。

——大王様、とネビュロニストが言いました。一つの寓話を語らせていただきとうございます。

——それはおもしろい、と大王は仰せになりました。予は物語が大好きだ、それも解りやすいのがいい。もし予に解らぬところがあったら、其方は魔術博士なのであるから、説明してもらいたい。さあ話すがよい。

——ネポールのさる王に、とネビュロニストははじめました。三人の御息女がありました。姉宮は天使のように美しく、中の姫は悪魔のような才智をもっておられましたが、末の姫君こそはまことの英知をそなえた方でした。ある日のことこの御姉妹《きょうだい》はカシミヤの布を買うために市場へお出かけになりました。広い街道を通らずに、近道して川の岸辺に毛氈をひろげたような稲田の中の細道を歩いて行きました。

垂れた稲穂の間にななめの陽がさしこみ、その光の中を蚊の群が輪を描いて飛びまわっています。またある場所では高く茂った草が大きな草叢《くさむら》をなして、快い日蔭をつくっていました。三人の姫君はそんな日蔭で休息したらどんなに気分がよいかと思いました。それでそこにしゃがんで、しばらく笑い興じながらおしゃべりをしていましたが、暑さに疲れていつか三人とも眠りこんでしまいました。なにぶん王家のお生れですので、川面に垂れて波うつ稲穂のかげで、水に浮んで涼んでいた鰐《わに》どもも、姫君たちの邪魔をしないように気をつけておりました。ただときどき、姫たちが眠っているのを見ようと、褐色の角《つの》のような鼻面をつき出して眺めに来るだけでした。

突然、鰐たちは水にもぐりました。その大きな水音で三人の姉妹ははっと飛び起きました。

姫君たちはそのとき眼の前に、しなびて皺だらけの、腰が海老のように屈んだ一人の小柄な老女が、松葉杖にすがってヒョコヒョコと早足で歩いてくるのを見ました。白い布をかぶせた籠を手にしています。

「お姫様方——と老女はふるえる声で申しました——わたくしは贈物をさしあげようと思って参りました。ここに卵が三つ、どれも同じようなのが三つございます。卵には貴女様が一生に授かる幸福が入っております。どれも同じ幸福の分量でございます。ただし、難しいのはそれを引き出す方法でございます。」

こう言いながら老女は籠の覆いをとりました。三人の姫は覗いてみると、浄らかな真白い大きな卵が三つ、香り高い干草を敷いて置いてあります。姫たちが頭を上げたときには、老女の姿は消え失せておりました。

姫君たちは大して驚きもなさいません。インドは魔法の国だからでございます。めいめい卵を一つとり、これをどうしようかしらと、うっとり思いをめぐらしながら、ヴェールの垂布《たれぎぬ》の中に大切にくるんで宮殿へおもどりになりました。

姉宮はすぐさま料理場へ行かれて、銀の鍋をとりあげました。「だって、卵を食べるより以上に好いことはできないわ。きっとおいしいはずよ。」そうひとりごとをいって、インドの料理法に従って調理して、御自分の部屋でとてもおいしく召上りました。それはそれは楽しいひとときでした。今までこれほど神々しいまでの美味を味わったことがありませんでしたし、この後も一生これをお忘れになることはありますまい。

中の姫君はお髪《ぐし》から長い金のかんざしを抜きとって、卵の両端《はし》に小さい孔をあけました。それからその孔を上手に吹いて中味をみんな出して空にしてしまい、それに絹の細紐を通して吊しておきました。日光が透明な殻を通過して、七色の虹になりました。絶えずうつろう玉虫色の、きらめく光の玉でした。その色彩は一秒ごとにうつり変るので、いつも目新《めあたら》しい観物《みもの》でした。姫君はほれぼれとそれを眺め、深い悦びを感じていらっしゃいました。

しかし三番目の姫君はちょうど卵を抱いている雉子の牝どりがいることを思い出しました。それで鳥小屋へ行き、御自分の卵を雉子の卵の間にそっと滑りこませておいたのです。そしてしかるべき日数がたちますと、その卵からはじつに珍しい鳥が生まれました。大きな冠毛を頂き、翼は五彩綾《あや》なして、尾羽には斑の模様がきらめいております。間もなくこの鳥は自分が生まれてきたのと同じような卵を生みはじめました。賢い姫君はこうして楽しみをお殖やしになったのですが、これは待つことを知っておられたからでございます。

その上、老女のことばに偽りはありませんでした。三人姉妹の姉君は太陽のように美しい一人の王子を見染めて、首尾よく結婚なさいました。王子は間もなく亡くなられましたが、姫君は生涯のうちにかくも幸せなひととときをもったことで満足していらっしゃいました。

次の姫は芸術や文学によろこびを求めておられました。詩を作り、彫像を刻んだりなさったのです。姫君の幸福はこのようにいつも目の前にあり、亡くなられるまで、それを楽しむことができました。

末の姫は、極楽往生の悦びを願ってこの世の娯楽をことごとくすて去った聖者におなりになりました。このつかのまの浮世でなにひとつ望みを遂げようとはなさらなかったのは、来世で本懐の卵を孵そうとの思召しだったのです。来世とは、御承知の通り、永遠のものでございます。

ここでネビュロニストは口をつぐみました。王様は物思いにふけって長い間考えこんでいらっしゃいました。やがてそのお顔がパッと晴れやかになって、うれしそうに大声を出されました。

――はてさて驚くべき物語である。しかしもっと驚くべきことは予が即座にその意味を悟ったことであろう。言うなればすなわち、予も卵を孵さねばなるまい。

魔術大博士は御聡明な王様に深く頭を下げ、並《な》みいる廷臣は拍手喝采しました。

新聞は筆をそろえて、深遠な寓話の教訓をこのようにたやすくお解きになった陛下の才智をほめそやしました。その結果、善い王様は御自分が幸福をひとり占めにすることを望まなくなりました。三時間書斎にとじこもって、王様の治世になってから初めての法令を、苦心してお書き上げになりました。それによれば、今後は王国内で卵を食することを禁ず。孵さすべし。人民の幸福はこの方法によって必ず保証されるであろう、というのです。この法律の施行に反すれば厳罰に処せられることになりました。

この新しい制度によって生じたはじめての不都合は、王様が通例に反して国政に専心したために、頭がぼうっとして復活祭の日曜日の午餐を命じるのをお忘れになった事でした。王様はその日一日中それを悔んでおられました。

それから間もなくこの法令を解釈する政治家というものが出てきました。ネビュロニストの寓話は新聞でひろめられ、人々は王様の法律の中に、世捨人になれと命じている巧妙な神話を認めるのでした。お気の毒な王様はこうして、御自分では知らぬうちに、国の宗教をおつくりになったわけです。

こういうことになってからというもの、国では大喧嘩があちこちでもちあがりました。多くの人々はあの世の事よりもこの世で幸せになる方がよいと思い、卵を孵そうと思う人たちと戦争をはじめました。国土は流血にまみれ、善い王様はしきりにお髪《ぐし》をかきむしるのでした。

大膳頭はじつに手際よく王様の悩みをとり去ってさしあげると同時に、魔術博士にも一矢《いっし》を報いました。この人は王様に卵という卵をみんな孵してしまうようおすすめしました。なぜかというと王様はちっとも卵が食べたくないのですから——ただし、人民たちには、これまでのように、幸福にならない自由を享受させておいてはどうか、という意見でした。この解決に王様はとてもお喜びになり、大臣に勲章を授け、例のたった一つの法令を廃止なさいました。

ところがこれに満足しなかったのは孵卵党です。法令によって同調者を得ることができなくなったので、国から出ていってしまい、人々もかれらが王国にもどることを許しませんでした。それで孵卵党は世界中をかけめぐって、来世で幸福であるようにと、ずいぶん大勢の人々を折伏《しゃくぶく》しました。一方王様におかせられては、この新しい生活にもうんざりしてしまい、人民の例にならうことになさいました。そして人の悪いフリプソーストスはまんまと王様を改宗させ、あくる年の四旬節には、四十通りの卵料理をさしあげ、復活祭の日曜日には四十一番目——紅染めの卵で掉尾《とうび》を飾ったのでした。

（多田智満子訳）

（1）信者の頭に灰をかける〈灰の水曜日〉から、復活祭までの四十日間を四旬節といい、キリストが荒野で断食したことを想起して、信者は悔い改めのための大斎を守る。食事を減らし、鳥獣の肉を食べないで、身をつつしむのである。

（2）これはオルフェウス教の宇宙発生説で、アリストパネスの喜劇『鳥』の中で語られている。

師《ドン》

サシュリは、ヴィクラマディーティヤ(1)の治下に生きていたある王侯《マハラジャ》に仕える道化であったが、ある日、王に向って言った。「陛下、陛下は人生というものをどうお考えになります？」

――何ということを訊ねるのだ、と王《ラジャ》は答えた。生は神々の賜物であり、その意味を問うのはわれわれのなすべきことではない。神々は意のままにわれわれに生命を配分されたり、取り上げられたりなさるのじゃ。人それぞれ自らの生に満足しており、わしは善行をなすためにこうして生きることを許される神々を讃えておる。

――陛下は、たとえ最も低い階層《カースト》に属する者でもそれぞれ人生に満足し、善行を成しとげることができるとお考えですか？　と道化は言った。

――いうまでもない、と王《マハラジャ》は言った。その者が信心深く、神々に感謝の念を抱くならばじゃ。

――なるほど、とサシュリは答えた。陛下は七つの徳の化身でいらせられる。

王は並はずれて信心深かった。予言者たちに対しては非常な敬意を抱いていた。隠者たちの棲む森には乗物も入れさせず、狩猟に際しても、彼らの愛する羚羊《かもしか》を殺さなかった。人民のうちでもとりわけ苦行僧を庇護し、路上で、泥と芥につつまれ、皮膚に十二年間も草を生い茂らせている苦行僧に出会うと、うやうやしくその軀を洗ってやったが、それは彼らが眼覚めたとき、軀が洗い清められているように、彼らが天への祈りを広めるために諸国に行くようにとの思召しからであった。

王は数えきれないほど莫大な富を持っていた。従僕たちのテーブルは金むくであった。下婢たちの寝台は金剛石を刻んで造られていた。妻の后《ラニ》は顔をいくつもの星、手をいくつもの月で飾っていた。王子は天の優美さを完璧に具えていた。遠くの王たちが、その国の最も高価な産物を山と積んで、行列を作って参上した。王の土地には虎も、悪鬼も、また夜な夜な人の胸を斬り開いてその心臓を齧《かじ》る、人間の姿をした羅刹《らせつ》さえいなかった。

　しかし道化からあんなふうに語りかけられたあと、王は暗い物思いに沈んだ。百姓や職人や低い階層《カースト》の者たちに想いを至した。神々によってかくも不平等に配分されている人生について思い廻らせた。おそらく真の信仰心は強者として善をなすことではなく、弱者であっても善をなしうることではないだろうか、と考えた。そうした信仰心は大きな花となって富者の黄金の心から咲き出るものなのか、それとも、つつましい野辺の小花となって貧者の土の心の上にひっそり咲くものなのか、と自問した。

　そこで王は諸侯を集めると、おごそかに宣言した。王位とすべての特権を放棄した。領土、封土を諸侯に分け与え、地下蔵を開いて財宝を撒き散らし、貨幣の袋を裂いて、人民のために金貨、銀貨を広場に溢れさせ、書庫にあった貴重な写本を風に吹きとばさせた。后を呼びよせると、大臣たちの前で離婚し、后は王子を連れて故郷に帰らねばならぬ、とした。ついで、諸侯、妻、息子、従僕たちが出発すると、王は頭を剃り、衣服を脱ぎ捨てて粗末な布をまとい、宮殿に松明で火を放った。真赤な炎が王城の木々の上に燃え上り、象嵌細工の調度や象牙の部屋が火にはぜる音が響き、金糸銀糸で織った壁掛は黒く焼けただれて垂れ下った。

　こうして王《ラジヤ》は財宝の燃える光のなかを出発した。日の出から次の日の出まで、月の出から次の月の出まで日夜歩き続けたので、サンダルは足から破れ落ちてしまった。それで裸足で茨を踏みこえ、皮膚から血を流した。神の恵みによって木の皮や草の表面に生きる寄生動物が蹠《あしうら》に入りこんで、足をふくらませた。脛はまるでいっぱいつまった草袋のようになり、王は膝で這って脛をうしろに引きずっていった。眼に見えないほど小さな、空中に棲む動物が雨水と一緒に頭に落ちてきたので、王《ラジヤ》の髪の毛は腫物のなかに溶けてしまい、頭の皮膚は脹れ上り、傷や、光る瘤でいっぱいになった。そして全身が、地面や水中や空中に棲む小動物たちに巣くわれ、血まみれになった。

だが王《マハラジヤ》は生あるものはすべて霊魂を持っており、生物を殺したり、死なせたりしてはいけないということをよく知っていたから、神々の意志を辛抱強く耐え忍んだ。恐ろしい苦痛に苛まれながら、自分を取り巻くすべての霊魂に対して憐れみを感じていた。

――確かに、と彼は独りごとを言った。わしはまだ苦行僧の域には達しておらぬ。棄捨とはもっときびしく、恐ろしいものにちがいない。わしはすでに富も妻も子も身の健康も捨ててしまった。貧者のうちに花咲く慈悲にまで達するためには、この上何が必要なのだろう?

これまで王《ラジヤ》は、自由というものが地上の財の一つであるということに思い到らなかった。このように思い廻らせてみると、彼は、自由は地上の王者たる条件であり、真の慈悲を体得するためには自由を捨てなければならぬ、と悟った。王《ラジヤ》は、誰でも最初に出会う貧者に自分を売り渡そうと決心した。

土地が肥沃で湿気をおび、鳥が輪になって空を飛んだり、雲のような群をなして舞いおりているある黒い国を通っているとき、王《マハラジヤ》は、木の枝と泥でできた一軒の小屋を見かけた。それは人間の手の造ったものとしてはこの上なくみじめな小屋で、暗い沼のほとりに立っていた。入口には、年老いて、きたならしい髯を生やし、目の血走った黒人がいたが、全身、泥と水草に覆われ、ぞっとするような不潔な形相だった。

――どうしたのです、と、手と膝で軀を運ぶあわれな王は訊ねた。

王は小屋にもたれて坐り、革袋のように脹れ上った脚を伸ばし、大きな頭を土壁にもたせかけた。

――わしは師《ドン》なのだ、と不潔な男は答えた。下賤な階級《カースト》の者で、運ばれてくる死人を沼に投げこむことを仕事にしておる。大人の死骸は一ルピー、子どもの死体は八アナになるが、ひどく貧しい者は布ぎれを一枚くれる。

――それでは、と王《ラジヤ》は言った。わたしは自分をあなたに売り渡しましょう、師《ドン》よ。

――お前さんは大した値打ちもないが、と水葬人は答えた。ここにある一オンスの金で買い取ろう。わしのいないときには代理をつとめてくれるだろう。ここに坐りなさい。脚を病んでいるのなら泥を塗りなさい。頭が脹れ上っているのなら水中に生える草を被せなさい。気分がすっきりするだろう。見ての通り、わしはひどく貧乏なのだ。持っていた最後の金一オンスをやったのは、お前さんを仲間にするためなのだ。というのも、一人でいるのは恐ろしいことで、夜、鰐どもの顎を鳴らす音で眼を覚ますこともあるのだ。

王《ラジヤ》は師《ドン》のもとに留まった。二人は漿果《しょうか》や木の根を食物にした。というのは、水葬すべき死骸がめったになかったからである。それに師《ドン》の棲む沼まで来る人々はとても貧しく、布きれ一枚か八アナしか払うことができなかった。だが師《ドン》は王《ラジヤ》に対してとても親切で、当然の義務を果すかのように恐ろしい傷を手当してくれた。

国中が繁栄する偉大な時代が到来した。空は青く、木々は花を咲かせた。人々はもはや死にたがらなくなった。師《ドン》は乾きかけた泥になかば埋もれて、みじめにも飢えの叫びを上げていた。

王《ラジヤ》はそのとき、一人の年とった女が少年の死体を運んで沼にやってくるのを見た。動悸がし、それが自分の息子、死んでしまった息子であることがわかった。死骸は痩せ衰えて血の気がなく、胸のところには肋骨の数が数えられた。王の息子たる者の頬が落ち窪み、土気色をしていて、餓死したことがわかった。

后《ラニ》は王を認め、こう考えた。「息子を水葬するのに金を取ることはしないでしょう。」

あわれな王《ラジヤ》は痩せた死体のところまで膝で這い寄ると、その顔の上に涙を落とした。それから、師《ドン》の身の上を憐れんで、后《ラニ》に向って言った。

――わしの息子を水葬するためには、八アナ払わねばならん。

――わたくしは貧乏ですので、と后《ラニ》は言った。差し上げることができません。

――構わん、と王《ラジヤ》は答えた。米粒を何摑みか拾ってきなさい。わしは息子の死骸の番をしていよう。

一粒一粒、八日の間、后《ラニ》は八アナ稼ぐために米粒を拾い、その間ずっと王《ラジヤ》は息子の死を嘆き悲しんだ。そして八アナ受け取ると、息子を暗い沼に沈め、その金を師《ドン》に与えて飢死から救った。とそのとき、一条の輝く光が王の眼のなかに射しこみ、王は、自分が最も偉大な棄捨に、貧者の真の慈悲に到達したことを悟った。

それから王は森のなかに入り、祈禱を始めた。そして神は彼を不動のものにし、風は彼を土で覆い、彼の軀からは草が生え出し、眼は眼窩から流れ出し、野生植物が頭蓋から芽生えた。天に向って差し伸ばされた両腕の腱は枯枝に絡む干凋びた葛のようになった。こうして、王は永遠の安息に到達した。

（大濱甫訳）

（1）古代のインドの王に与えられた尊称。

II 貧者伝説

磨製石器時代

琥珀売りの女

氷河はいまだアルプスを浸食してはいなかった。茶と黒の山並みはいまほどは雪を戴いていなかったし、圏谷《けんこく》は目もくらむほどの白さで輝いてはいなかった。今日《こんにち》、崩れやすい裂け目やクレバスがここそこに口を開けた一面の氷原や荒涼とした氷堆石のあたりは、まったくの不毛の土地というわけではなく、時としてヒースの野に花が咲き、大地にはぬくもりがあり、草木がめぶき、翼をもった生き物が羽を休めた。高原が削れてできた盆地の底では丸い湖沼が空の青を映し、湖面にはさざ波がたった。今日、それらの湖沼は山中に穿たれた巨大でどんよりとした瞳となり、そのまなざしは不気味なまでに陰鬱で、それゆえに、旅人の脚は足下の奈落をおそれ、足を滑らせて底なしのうつろな瞳に飲み込まれるにちがいないと思い込むのである。湖沼をとりかこむ岩山はかつては黒々とした玄武岩だった。花崗岩の地層は苔におおわれ、雲母の薄片は陽光をうけてきらめいていた。今日、一面の霜からかすかにのぞく、雑然と集まった岩石の頂きは、あたかも石の眉毛のように、曇っている氷のつまった眼窩をまもっている。

緑ゆたかな二つの斜面に挟まれ、山塊の窪みに谷間がえんえんと延び、うねうねと湖沼がひろがっていた。湖岸から湖水の中央まで、奇妙な建造物が、あるものは二つずつより集い、あるものは独立して水面に出現していた。まるで丸太の林のうえに載った、おびただしい数の先のとがった麦藁帽子のようだった。湖岸から一定の距離に、杭の役目をはたす丸太の頭がつきだしていた。伐り出したままの丸太で、ぼろぼろになり、腐っているものも多かったが、ひたひたと寄せる波をせきとめていた。端を切った丸太にじかに載った小屋は、枝と湖の泥土でできていた。円錐状の屋根はあらゆる方向にむけることが可能だった。屋根には排煙口があるので、風による逆流をふせぐためだった。いく棟かの大きな納屋もあった。その中には湖に降りるための梯子や、杭の群れ同士をいたるところで連絡する薄い橋板があった。

肩幅のひろい、下顎の発達した、無口な人々が小屋のあいだを行きかい、湖面に下り、磨き上げた小石に穴をあけたおもりの付いた網をひき、雑魚がまじった魚を生でがりがりとかじった。また他の者は木枠の前に忍耐強くしゃがみこみ、オリーブの実のような広口の燧石《ひうちいし》を左の掌から右の掌に放り投げた。石には縦に溝が二本切ってあり、小枝を割いて逆立てた棘のついた糸が結んであった。膝に挟んだ二本の縦棒が木枠の上を滑り、それが行ったり来たりすることから横糸が出来て、間をおきながら糸の交差した繊維が編み出された。木製の硬いへらで石をくだく石器職人もいなければ、窪みのある砥石板を掌にのせて石器を磨く研磨工もいなかった。日の昇る土地から伝わる蛇紋石《じゃもんせき》や翡翠の優美な刀や玄武岩の美しい斧を、鹿の角にあけた穴にトナカイの革紐をつかってしっかりと結い、土地から土地へと旅する腕の立つ柄付け職人もいなかった。研磨した大理石の玉や獣の白い歯に糸をとおして首飾りや腕輪をつくるほど器用な女もいなければ、鋭い鑿《のみ》で肩胛骨に曲線をきざみ、笏杖に装飾をほどこす職人もいなかった。

この杭のうえで暮らす部族は様々な技術をうみだす土地から遠くへだてられ、道具も宝飾品も持たない、まずしい部族だった。丸太をくりぬいた粗末な丸木舟で森林地帯からやってくる商人と、干し魚を交換して欲しいものを手にいれた。衣類は物物交換で手に入れた毛皮だった。網のおもりも石器の鉤も、出入りの商人を待たねばならなかった。犬もトナカイも持っていなかった。持っているのは、杭の近くで水をはねかえす泥だらけの子供の群だけであり、湖だけをただ一個の防備として、吹きさらしたあばら屋でみじめに生きていた。

日が沈み、湖のまわりの山頂に暮れ残るころ、水を切る櫂の音がして杭にぶつかる小舟の音がきこえた。灰色の霧のなかから、三人の男とひとりの女の影が浮かび、湖面に降りる梯子の方に進んでいった。彼らはめいめい鉾《ほこ》を手にしており、父親は溝を刻んだ石の玉をぴんと張った縄の両端にぶら下げていた。丸太にもやった丸木舟には、イグサを編んだ籠をかかえ、毛皮を着飾った、異郷の女が立っていた。細長い籠からは、どっさりと入っている黄金色にかがやく物がかすかにのぞいた。籠は重そうだった。装飾をほどこした石器も入っていて、グロテスクな像がみえた。それでも異郷の女はたくましい腕にがちゃがちゃ音をたてる籠をかかえ、かるがると運び上げた。それから巣の奥に消える燕のように、屋根からひらりと円錐のなかに身をひるがえし、泥炭の火の近くにしゃがみこんだ。

女の容姿は杭の人間たちと似ても似つかぬものだった。杭の人間たちはずんぐりとして、鈍重であり、筋骨は隆々とし、腕や腿には筋が走っていた。べとついた黒髪は固い房にたばねられ肩までまっすぐにたれていた。頭は大きくて横幅があり、額は平たく、こめかみが膨らみ、下顎が発達していた。目は小さく、落ち窪み、意地が悪そうだった。異郷の女は手足がすらりとして、物腰は優雅であり、金髪はふさふさとして、めもとはすずしく、色っぽいまでに冷たく澄んでいた。杭の人々は口がおもく、ときたま二言三言囁くだけだったが、そのかわりすべてを執拗にねめつけ、目はすばしこくよく動いた。異郷の女は聞いたことのない言葉でたえず話し続け、笑顔をふりまき、みぶりをまじえ、品物や人の手を撫で、腕に触り、叩き、おどけてはねつけ、何につけ好奇心にあふれていた。女は気さくに声をあげて笑った。漁師たちはよそよそしいうすら笑いをうかべることしか知らなかった。しかし彼らは金髪の売り手の籠を食い入るようにみつめていた。

女は籠を部屋の中央に押しだし、樹脂屑に火をつけ、赤いうすあかりのもとに商品をとりだした。細工をほどこした琥珀の棒は信じがたいほどに透き通っていて、半ば透明な黄金のようだった。乳白色の筋がはしる玉、カットされた小粒な玉、棒や玉をつないだ首飾り、むくから削り出した腕輪は腋の下まで上りそうな大きさだった。平たい指輪、小さな骨の止め針がついた耳飾り、麻布を梳く櫛、首長用の杖の先飾り。彼女が商品を盃に投げ入れると音が鳴り響いた。白髪の顎髭を編んだ房が帯にまでとどく老爺は器をもちあげ、熱心に眺めまわした。これは魔術にちがいない。生き物のような音をたてるのだから。青銅の器は金属を鋳造する部族から買いもとめたもので、あかりのもとで光り輝いた。

しかし琥珀もまた光り輝き、値段は見当もつかなかった。黄色にきらめく富が小屋の闇をみたした。老爺の小さな目は釘付けになった。妻は異郷の女のまわりをまわり、いまやなれなれしく、首飾りや腕輪を女の髪の毛にちかづけ、色を見くらべた。燧石の刃で網のほつれを切りながら、若者が荒れ狂う欲望で金髪の娘をみつめていた。下の息子だった。身動きするたびにきしむ干し草の寝床のうえで、兄が痛ましい呻き声をあげていた。彼の妻は出産したばかりだったが、赤児を背中にしばりつけ、夜の漁に使う引き網を杭にそってしかけていた。夫は寝床によこたわり、痛みのあまり叫び声をあげた。横を向き、顔をのけぞらして父とおなじく物欲しそうに琥珀であふれた籠をみつめ、両の手は渇望に小刻みにふるえた。

まもなく、物静かなみぶりで、琥珀売りの女に籠に覆いをかけさせて、彼らは炉のまわりに集まり、何かを相談するようだった。老爺は早口でまくしたてた。相手は上の息子だった。兄はすばやく目配せを返した。それが了解の印だった。味気ない暮しをおくる水辺の動物たちは、獣のように平然としてまゆひとつ動かさなかった。

木の枝を編んだ部屋のすみに使われていない場所があった。そこの二本の横木は、他のものよりはきれいに切り出されていた。干し魚をおおかた食べたら、そこで寝るように、と彼らは琥珀売りの女にみぶりで伝えた。そばには、夜間、湖のかすかな流れにのって移動する魚を捕るのに使うのか、粗末な、袋状の網がおいてあった。だが網を使った形跡はなかった。琥珀にみちた籠は女を安心させるためにその枕元に、女が身を横たえた二本の床板の外におかれた。

それから、二言三言呟く声がして、樹脂屑は消えた。杭のあいだを流れる水の音がきこえた。流れは棒杭をぴちゃぴちゃとたたいた。老爺が不安気になにやらたずねた。二人の息子は共にだいじょうぶだと答えたが、二つ目の返事にはいささかのためらいがまじっていた。水の音をのぞいては物音ひとつしなくなった。

不意に、部屋のすみで束の間の格闘が始まった。二つのからだが軽くふれあう音がしたかと思うと、うめき声がもれ、するどい叫びがあがり、やがて息絶える喘ぎがきこえた。老爺は手さぐりでたちあがり、網を手にとると投げ放った。琥珀売りの女の寝ていた横木を溝にひきこむと、夜の漁に使う穴がのぞいた。一陣の風が流れ込み、二つのからだが落下し、つかのまさざ波がたった。松脂の樹脂屑がともされ、穴の上で炎がゆれ動いたが、なにも見えなかった。そこで老爺は琥珀の籠をかかえ、年上の息子の寝床で宝を山分けにした。床にちらばり、ころがる首飾りの玉を妻はおいかけた。

網が引き上げられたのは翌朝になってからだった。琥珀売りの女の髪を切りとった後、魚の餌にするために、青白い死体を湖面に放り投げた。溺死した男の方は、老爺が燧石の刃で頭骸骨を輪切りにし、その一片を来世のお守りとして死者の脳におさめた。それから亡骸は小屋の外によこたえられ、女たちはほほをひっかき、髪をかきむしり、声をかぎりに泣き叫んだ。

（大野多加志訳）

ローマ時代

サビナの収穫《とりいれ》

収穫《とりいれ》の日が陽光に照らされてやってきた。熟した小麦が、鎌を待ちながら朝の最初の光を浴びて揺れていた。暁は丘々にばら色の光を投げかけ、縁を赤く染めたいくつもの小さな白雲が青空を西に向って逃げていった。農夫たちは、朝のそよ風を受け、外套を肩に掛けて出てきたが、暑いなかで収穫をするために下には寛衣しかつけていなかった。収穫は朝から晩まで続いた。畑には曲った背中しか見えなかった。男たちは白い「手拭《マッパ》」で、女たちは端が頸まで垂れた三角布で頭を覆っていた。ある者は穂を摑むと、その茎を半分ほどのところで鎌で切った。ある者はそれを束ね、柔かい柳の小枝で縛った。ある者は両脇に一束ずつ挟み、両手に一束ずつ下げて、刈り取ったあとの地面に積み上げ、それに応じてある者はそれらの束を車にのせて麦打ち場に運ぶのだが、その車は四つの車輪の上に長い桁《けた》を渡したもので、束が落ちないように両端に木の熊手がついていた。おとなしい牛たちがゆっくりと単調な足どりで車を曳き、蠅を追い払うために長い毛の生えた尻尾で濡れた横腹を叩いたり、ときにはじれったそうに軛《くびき》を揺すぶったりしながら、鼻孔から湯気を吐いていた。車軸は軋り、男たちは唄い、娘たちは通りかかる若者から脇腹をくすぐられては笑っていた。藁は断ち切られた茎を空中に突き立て、その多くは穂と一緒に鎌で切られた罌粟《けし》の頭を上にのせていた。長い間小麦に隠されていた畝溝《うねみぞ》は、窪んだところではいくらか湿り気をおび、昆虫や毛虫に覆われていた。蝗《いなご》は人の足先から鋭い羽音を立てて飛び立ち、鶉《うずら》は雛を連れ、雲雀《ひばり》とともに、刈り取られた畑を去って周りの畑に舞い下り、耳を聾するばかりにやかましく鳴き立てる一方、鵲《かささぎ》は梢から梢へと重々しく飛び移り、くわっくわっと鳴きながら、刈り取りをしている人たちを物珍らし気に眺めていた。

やがて真昼の太陽が重くのしかかる熱気のもとで仕事の手を鈍らせ、子どもたちは、母親の「寛衣《カストウラ》」にしがみつき、生垣の松虫草や忍冬《すいかずら》のなかに頭を突っこんでまどろみ、男も女も、畑の縁《へり》や道端の畦《あぜ》に外套を敷いた上にしゃがみこんだ。廻し飲みされる壺の栓が抜かれ、皆が乳脂を塗ったパンを齧《かじ》ったが、それはぶどう酒の味を引き立たせた。車から外された牛は、樫の葉の繁みによって暑い日光から護られてきた草地で静かに草を食み、その大きな鼻孔はまるで大地の匂いでも嗅いでいるかのよう、ざらざらした舌で草を捉えると、無関心な動かぬ眼で前方を見つめながら、ゆっくりと嚙んでいた。やがて昼寝の時刻となり、すべてが停止した。人々は草の上に横たわって、静かにまどろんだ。眠った人たちは暑さに参って、腕を動かしたり、荒々しく溜息をついた。女たちは三角布で、男たちは「手拭《マッパ》」で顔を覆っていた。牛も膝を折り、同じく地面に横たわって休んでいた。

太陽が天頂を通過して、光線を傾《かし》げだし、木々や生垣の短かった影が長くなると、眠っていた人たちは皆、仕事を再開するために動きだした。そして牛は車を曳き、刈り入れをする人は穂を刈り取り、束を縛っては運び、女たちはまた笑い、若者たちはなお一層女をくすぐり、こうしたことが、赤っぽい夕陽が紫色になった山頂の蔭に隠れるまで、畑の切られた藁が夕《ゆうべ》の風を受けて音を立てるまで、夜のはじまりの灰色が大地を翳らすまで続くのだった。

それから収穫《とりいれ》の女王の祭がとり行われた。女王は本当にきれいだったろうか？　その娘は何と、閨房の薄暗がりで育った軽佻な女には見られない山の花々がもつ野生の新鮮さと、刺すような香を具えていた。陽《ひ》にさらされた長い路を歩き疲れ、ほこりっぽい丘をやっとのことで上りつめて額を拭う旅人は、苔むした岩の間から湧き出し、銀色の滝となって羊歯《しだ》のぎざぎざの葉や、石のような漿果をつけた山ぐみの枝の上に流れ落ちる冷たい泉の囁きに歓んで耳を傾ける。走り寄ると、汗にまみれた両手を差し伸べて迸る水の流れに浸し、直接口をつけて水を飲む。そしてその歌う泉のほとりに横たわり、その囁き声に慰められ、わびし気な梣《とねりこ》が生えラベンダーやマンネンロウの茂る荒涼とした斜面のことは忘れて、水の精《ニンフ》の棲む茂みで眼を楽しませる。菫の花が緑色の隠れ家の奥から彼に向って目ばたきし、野苺の木は鋸歯状《きょし》の葉の間から赤い真珠をのぞかせ、木の香が鼻をつき、旅人は森の愛撫に身を任す。それと同じように、へとへとになった村人たちは、このサビナの国の娘を眺めることで元気を回復することができた。

彼女は収穫人《とりいれ》に取り囲まれて平たい石に腰掛けていた。彼女も鎌を持っていた——が仕事はしなかった——そしてただ歌を唄った——働く人たちがそのリフレインを合唱した。

そのもの悲しい歌は、婚約者《いいなずけ》を徴兵係によって徴集され、軍団に送りこまれてしまった娘の身の上を物語るものだった。そしてその婚約者は、やがて「中隊《マニプルス》」とともに遠くガリアの地へ戦いに行ってしまった。ガリアとはどんなところなのか？　小さな女王は知らなかった——だが、それは遠いところにあって、そこに住む人々は背が高く、残忍だった。

ところで、彼女が行ってしまってから、彼女はその愛する人の消息を聞かなかった。そこであわれな娘は軍隊の通る街道のほとりに行った——そして、戦車の捲き上げる土ぼこりや、武装した騎士の群や、跳ね廻る馬や、兵士の罵声の只中で、婚約者を待ち続けた。そして、眼を涙で赤く泣きはらして、長いこと待った——日も月も数えられなくなるほど、陽《ひ》が上るのにも夜が訪れるのにも気づかなくなるほど、長いこと待った。待つうちに髪は白くなり、陽《ひ》の光を浴びて肌には皺が寄った。そして冬の厳しい風の吹くなかで、雨が軀をつたって流れ落ち、寒さが手脚を顫わせた。が、彼女は眼を大きく見開き、婚約者を待っていつまでもそこにいた。

おおぜいの人たち、多くの武器、歩兵、騎兵、軍団が眼の前を通り過ぎるのを見て、彼女は勇気が挫け、希望を失いかけた。

と、ある日、彼女は遠くで「喇叭《トゥーバ》」が聞き憶えた曲を奏するのを耳にして、身顫いした。それはこの国の曲、若い男と娘が掛け合いで唄う曲であり、彼女も恋人と唄ったことがあった。彼女の胸は高鳴りだした。

一連隊が「軍団《マニプルス》」ごとにまとまって、石弾兵を先頭に、槍兵、「投槍《ピルム》」兵、「百夫長《サントリオン》」と続いてやってきた。彼女は覗きこみ、ある「軍団《マニプルス》」のなかに、かつて恋人と一緒に出かけていった国の人たちを認めた。大きな叫び声を上げると、彼女は街頭上に飛び出し、兵士たちの前に立って、呻きながら彼らを押し止めた。だが彼らにはこの年取った女が前に別れた陽気な娘だとはわからず、彼女がクロディウス、婚約者のクロディウスがどこにいるかと涙ながらに訊ねても、彼女を押しのけようとした。

――あの人は茶色の外衣を着て、と彼女は言った。指に銀の指環を嵌め、胸に私の編んであげた青い肩掛けを掛けていました。

すると兵士の一人が答えた。「わしらはクロディウスをよく知っていた。あれはブルターニュで死んでしまった。ブルターニュ人に殺されたんだ。肩掛けはだいじに持っていて、死ぬときも抱きしめていたが、指環は婚約者に返してくれと言って、わしに渡したよ。」

彼は指環を彼女の指に嵌め、連隊は通り過ぎていった。そして娘は指環、あの銀の指環を指に嵌めてもらうと――道のほとりに倒れた――死んでしまったのだ。

収穫《とりいれ》の女王はその歌を唄い終えるとき眼にいっぱい涙をためていた。その不仕合せな許嫁《いいなずけ》の娘をとても憐れに思ったのだ……。だが、生温い涙が頬をつたって落ちる間もおかせず、何本ものたくましい腕が彼女を抱え上げ、荷車のてっぺんに坐らせた。車の上には小麦の束が注意深く積まれ、中央には三つの束が、一つは女王が腰を下すように縦に寝かせ、あとの二つは背凭れになるように立てて置かれていた。そこで女王は玉座につき、玉座の背に掛けてあった矢車草で編んだ花冠をしとやかに頭に戴いた。そして、国王役の男が息を切らせながら束を上ってくると、その燃えるような両頬に心をこめて口づけした。国王は雛罌粟《ひなげし》と大きな椿の花でできた長い鎖を女王に渡し、女王はそれを左の肩に掛けて、胴のところで結んだ。そこで荷車が動きだし、車輪は軋りながらゆっくり廻った――牛たちは、軛と角《つの》に絡まる木蔦に眼を塞がれてのろのろ進んだ。刈り取り人たちが収穫《とりいれ》の女王の車を囲み、年寄が先導を勤め、若者がそのあとに続き、女たちが行列の殿《しんがり》に立った。

一同は親から教わり、その親が先祖から伝えられた古い歌を唄ったが、それは、剣の砕ける音か楯のぶつかり合う音しか悦ばない残忍なマルスのことではなく、蒔かれた種子を受け容れる恵み深い大地と、その種子に接吻して発芽させる太陽のことだけを語る歌だった。一同はまた小麦の番をする畑の精霊と、泉を支配して水を涸らさないようにし、田舎の井戸を菫の花冠で飾り、丘の中腹を蛇行する小川を導く妖精のことも唄った。そしてとくに、ネラ河の女神のことも歌のなかで忘れなかったが、女神はその恵み深い霧で国土をみのりゆたかにし、すばしこくて人を欺く赤い斑点に覆われた虹鱒や、甲羅が青っぽい色をして陰険に小石の間から子どもたちの指を噛むざりがにを、女神の懐のなかにまで入りこんで捕ることも許して下さるのだ。一同は最後に、収穫をもたらす時の女神《ホライ》たちを讃えたが、この女神たちは、絶えず輪になって廻り、手を取り合い、抱き合ったかと思うとまた抱擁を解き、「冬」から「春」を通じて「夏」の終りまで、さらに果実を配分する「秋」に至るまでファランドールを踊り続けるのだ。というのは、「秋」は身にまとった枯葉色のマントの裾から、赤らんだ林檎、褐色の山査子《さんざし》、黒い橄欖の実、地面に落ちると小さな音を立てて裂ける熟した無花果《いちじく》を、たくさん投げ与えてくれるのだ。

（大濱甫訳）

十四世紀
野武士たち

メリゴ・マルシェス(1)

わしらはオーヴェルニュ地方を三月もの間歩き廻ったが、土地が荒れておったので、目ぼしいものは何も見つからなんだ。あるのは、羊歯《しだ》が眼の届く限り一面に生い繁る高い森ぐらいのもので、牧草地は痩せ、そのため平地の住民は自分らが食べるのにやっとのチーズしか作れぬ。動物は野生動物さえみな痩せ細り、そこここに黒い鳥どもが鳴きながら赤い岩の上に舞い下りるのしか見られぬ。地面が灰色の小石に囲まれて裂けておる個処があり、その穴の縁は血に染まっておるように見える。

だが、その年(一三九二年)の七月一二日、わしらはモーリヤックに近いセーニュからアルシュに向う途中、この山岳地帯のある旅籠《はたご》屋で何人かの傭兵隊員に出会うた。食い物の粗末な、〈小豚亭《プールスレ》〉という看板を掲げた宿で、そこで出す半立《リットル》瓶のぶどう酒ときたら口の中の皮がむけそうに渋かった。一片の黒パンにチーズの切端をのせて喰べながら、わしらはそこにいた一人の傭兵隊員に二言三言話しかけた。その男は、おそらくは国王に敵対する大きな戦争に何べんも参加したことがあったらしく、そのことは、そいつの持つ英国風の剣が水牛皮や荒布の頭布をたびたび斬ったためまるで擦り切れてしまったように見えることからも知れた。奴自身の言うところによれば、名はロバン・ル・ガロワといい、アラゴンの出であったため、異国ふうな喋り方をした。その話では、かつて傭兵隊にいたことがあり、隊は梯子を使って町々に押し入り、金貨の隠し場所を白状させるために町人を火炙りにした。そして隊長は黒髪《テート・ノワール》のジョフロワ(2)と、リムーザン出身のメリゴ・マルシェスであった。このメリゴ・マルシェスは昨年パリの市場《アール》において首を刎ねられ、その処刑は評判になったので、わしらも処刑台の上で槍の先端に突っ立てられた首を見に行ったものだが、それは鉛色で、鼻と頸から垂れ下った皮には血がこびりついておった。

わしらはこの話に勇気づけられて、奴に、この高地で野武士が生活できる手段はないかと訊ねた。それに対して奴は、傭兵隊が十年かそれ以上もこのあたりにおって、ひどく掠奪を働いたからもうだめだと、また自分もその隊に加わって勇猛に村々を強奪し、土地を荒らしたので、いまは焼いて食うべき豚の尻尾も残っておらぬ、と言った。そして、オーヴェルニュ地方の酸っぱい酒を呑みすぎたらしく頭が熱くなってしまったと文句を言った。奴に言わせれば、この世ではいまこそ傭兵隊式に戦うべきであり、それ以外に楽しみも栄誉もないのであった。「毎日毎日」と奴は言った。「おれたちは新たな金を手に入れた。オーヴェルニュとリムーザンの百姓どもはおれたちに必要なものを提供し、小麦、小麦粉、焼き上ったパンを、馬のためには烏麦と寝藁を、それからうまい酒、よく肥らせた牛、小羊、羊を、鶏、家禽類をおれたちのもとに運んできた。おれたちは取り締られてはいたが、王様みたいに大事にされた。馬に乗って行けば、国中の者が顫え上った。往き来する者すべてがおれたちの味方だった。隊長たちはたくさんの銀器、水差しだの鉢だの皿だのを奪い取った。それらで金具のついた櫃《ひつ》をいくつも満たした。おれたちの隊長のメリゴ・マルシェスは、ロック・ド・ヴァンダスを占領しに行くとき、蓄えたものをかなりこのへんに残していった。どこへだって？　保証するが、その点はいくらか知っているつもりだ。なあ、おい、お仲間、お前さんたちも野武士の辿る道を通って、いまでは傭兵隊を探してるな。協定してやってもいいぜ。なあ、フランスはおれたちの部屋みたいなもので、野武士の天国だ。もう戦争なんてないのだから、おれたちの金を取り出すときだろう。メリゴ・マルシェスの銀器や皿をこっそり頒け合うってのはどうだ。この近くのある川のなかにあるんだ。それを取り戻すのにお前さんたちの助けがほしいんだ。」

わしは、肱を上げかけていたジャナン・ド・ラ・モンテーニュを見やった。奴はわしに瞬きした。情婦のミュゾー・ド・ブルジスにひどく絞り取られてしまったので、わしらの財布にはドゥニエ貨一枚残っていなかった。国に帰って旨いものを食べるためには、金になることは何でもしなければならなかった。そこでわしは、わし自身とジャナン・ド・ラ・モンテーニュのために、隊員のロバン・ル・ガロワともっと突っ込んだ話をした。そして、財宝の二分の一を奴ロバンが取り、わしらがそれぞれ四分の一ずつもらえれば公正な分配と認めることにした。半立《リットル》瓶のぶどう酒で固めの盃をしたあと、わしらは、陽《ひ》が西の山の蔭に沈む頃、宿を出た。

歩いておるうちに、うしろから角笛の音が聞こえ、その音を耳にすると、ロバンは仲間の合図だと言って、道から外れた。実際、街道のわきに、ひどく見すぼらしい、緑色の外套をまとい、顔の蒼白い、毛皮の頭布を目深に被った男が現われ、ロバンはそいつが緑《ル・ヴェルドワ》男と呼ばれる男で、何か嗅ぎつけられないようにしばらく一緒に連れていってやらねばならん、と言った。山国の常として日は早く暮れたが、霧が濃くなりかけた頃、孔のあいた頭布を被り、黒い胴着を着け、いくらか髭を生やした別の仲間がものも言わずにやってきて、わしらをおどろかした。その男が恭順のしるしに頭布を取ったとき、坊さんのように剃髪しているのがわかった。だが坊さんではなかったと思う。というのは、一度だけ沈黙を破ったとき、口ぎたなく神を罵ったのだ。この男についてはロバンは何も言わず、首を振っただけで、このもの言わぬ仲間をついてこさせた。顔を切り裂きそうなきつい風を受けて、歩きにくい藪の間の岩を乗りこえているとき、骨ばった手がわしの腕を掴み、わしはぱっと後退りした。新たに現われた男は人に恐怖を与える相貌で、両耳は削ぎ落とされ、左腕はなく、剣の一撃で口を裂かれているので、唇はまるで骨を齧《かじ》る犬みたいに反りかえっておった。その男はわしを身近に引き寄せて、残忍そうな笑いを浮かべたが、何も言わなんだ。

こうして、アルシュの小高い路を二時間ほど歩いた。ロバン・ル・ガロワは隠語で喋り続け、この道は前にメリゴ・マルシェスと何度も来たことがあるのでよく知っていると言ったが、それは、空の小鳥たちから収穫を奪わせないために百姓どもを木の枝に吊したり、なかまどの木の棍棒で脅して頭に赤い帽子を被らせたりした時代のことであった。かくてメリゴ・マルシェスは市場《アール》において牛のように切り刻まれ、その前には五体満足なま王の裁きに委ねられたのであるが、それは、あの男が貴族であり、エムリー・マルシェス・デュ・リムーザン殿の子息であったからで、これに対して、一介の野武士にすぎぬ奴ロバンだったら、われらが領主殿の絞首台に送られ、月に向って顰めっ面をすることになったであろう。

アルシュの町の手前に谷間を流れる川がある。川の名はヴァンヴ川で、町の先一里ほどのところで川幅は広がる。すでに真夜中になっていたが、わしらはヴァンヴ川の半ば砂、半ば泥の岸を進んだ。両側に暗い藪があり、金雀児《えにしだ》の茂みとともに遠く丘のところまで続いていた。月は青白い光を投げ、わしらが通っていくとわしらの長い影は藪にまで届いた。そのとき突然、「メリゴ！　メリゴ！　メリゴ！」と唄う甲高い声が空気を顫わせたが、それはまるでオーヴェルニュの怪鳥が夜の闇のなかで鳴き嘆いているみたいであった。というのは、その声は嘆くが如く、またすすり泣きに中断されるので、英吉利《イギリス》人との度重なる大戦争の間に死んだ男たちを悲しむ女たちの悲痛な叫びにあまりにもよく似ていたのであった。

だが、ロバン・ル・ガロワはその「メリゴ！」という叫び声を耳にすると立ち止まり、わしにはその脚が顫えるのが見えた。わしはといえば、もはやよう進めなんだ。というのは、それはまさしくメリゴ・マルシェスのことであろうと思い当ったからで、ヴァンヴ川から立ち上る霧のなかに、皮が頸のところまで垂れ下った鉛色のその首が浮かび上るのを見たように思ったのだ。

だが緑《ル・ヴェルドワ》男ともの言わぬ仲間と腕なしはそのまま歩き続け、川のなかに入り、葦の茂みのなかに膝まで埋めた。ロバン・ル・ガロワも勇気を取り戻し、水のなかに駆けこんだが、そこに独特な水の流れのあることはすぐわかった。奴らは泥のなかに剣を突っこんだ。ジャナン・ド・ラ・モンテーニュとわしは棒で掘ってみた。ジャナンが突然「櫃があった！」と叫んだ。そこでわしらは金具のついた木箱を泥のなかから引っぱり出したのだが、蓋は手を触れただけでこわれてしまった。わしらの泥だらけになった服と蒼白い顔を照らす月の光で見てみると、櫃のなかに銀器はなく、ただ泥と平たい小石と軟体動物と鰻の卵がつまっていることがわかった。

ふと目を上げると、青味がかった短袴をはいた女が泣いているのが見えた。と、ロバン・ル・ガロワは、それがメリゴの女房のマリヨット・マルシェスで、そいつが銀器を奪ってしまったのだ、と怒鳴った。緑《ル・ヴェルドワ》男と腕なしはぼそぼそと悪態をつきながら女に近づいた。だが、女は「メリゴ！」と呼ぶと、藪のほうに逃げてゆきながら、わしらに向って今日は七月一二日だよと叫んだ。ところで、メリゴが死刑台に引き立てられたのがちょうど一年前のことだった。ある者は、そんな日の夜に奴の財宝を見つける望みはまずあるまい、と言った。なぜなら、処刑された人たちの霊は毎年自分の死んだ日と時刻に、この世に残していった財産のあるところに現われるものだからである。それで、わしらは静かに流れているヴァンヴ川沿いに引き返した。と、不意に、わしら、ロバンとラ・モンテーニュと緑《ル・ヴェルドワ》男と腕なしとわしとは、もの言わぬ仲間が藪のなかに消えてしまっていたことに気づいた。するとロバンは嘆きだした。そしてわしらはみんなこう思った、マリヨット・マルシェスが奴を暗い茂みにそっと連れ去ってしまったのであり、あの女は、メリゴ・マルシェスがヴァンヴ川の底に埋めた銀の皿や鉢や蓋つきの盃やボンボン容れや湯呑や桝や盤といった、しめて六、七千マルクの値打のある銀器でもって、奴とどこかほかの国で暮らすつもりだったのだろう、と。

（大濱甫訳）

（1）一三六〇頃―九一。百年戦争時にオーヴェルニュ地方を荒し回った野武士の親玉。（＊）

（2）こちらも実在した野武士。フロワサールの年代記に記述がある。（＊）

十五世紀

ジプシー

「赤文書《パピエ・ルージュ》」

国立図書館で十五世紀の写本を繙いていた時、写本に出てきた奇妙な名にわたしは注意をひかれた。その写本には『快楽の園』にほぼまるごと収録された「レー」[1]、登場人物四人の笑劇と聖女ジュヌヴィエーヴの奇跡譚が収められていた。しかしわたしの目に留った名は写本の足に貼られた二枚の紙片に記されたものだった。それは十五世紀前半の年代記の断片だった。わたしが興味を抱いたのは以下のような一節である。

「一千四百三十七年、冬の寒さは厳しく、大粒の雹が多量に降り収穫物は多大な打撃を受け、ひどい飢餓となる。同じく、パリ近郊の平野から民等が〈我らが救い主の祭り〉[2]の前後にパリに入城した。田野を悪魔が跋扈する、と訴えた。すなわち異邦の盗賊、バロ・パニと男女からなる手下が狼藉、略奪をほしいままにする。賊はエジプトの地より来たと称し、固有の言語を話し、女たちはカードを使い、純朴の民の未来を占う。また乱暴狼藉のかぎりを尽くし、その性きわめて放縦、放恣である、と言う。」

紙片の余白には次のような注記が見られた。

「上記の頭目と手下はパリ代官の命によって捕縛され、処刑されたが、女がひとり逃れ去った。

同じく、同年、アレクサンドル・カシュマレ師に代わり、エティエンヌ・ゲロワ師が裁判所刑事書記に任命されたことも付記する。」

この簡略な覚書の何がわたしの好奇心を刺激したのだろう。頭目バロ・パニという名か、一四三七年パリ平野へのジプシーの出現か、あるいは余白に注記された、頭目の処刑および女の逃亡と刑事書記の交代の奇妙な並記であろうか。しかしわたしはより詳しく知りたいという打ち勝ちがたい思いに捉えられ、すぐに国立図書館を後にし、河岸に出ると古文書に当たるべくセーヌ沿いに歩いた。

マレー地区の小路を抜けて、古文書館の鉄柵をたどり、古ぼけた館の薄暗い玄関口に立った時、わたしはしばし失望に捉えられた。十五世紀の「刑事事件」はほとんど保存されていないのだ……シャトレ裁判所の「記録」にそれらの名をみつけられるだろうか……彼らは高等法院に控訴したのではないか……〈赤文書〉の身の毛もよだつような記録に出くわすだけではないのか。それまで〈赤文書〉を閲覧したことはなかったが、その前にその他の文書に当たることにした。

閲覧室は小さかった。高窓には古びた小ぶりのガラスが嵌っていた。書記はミニアチュールを描く職人のように書類の上に屈んでいた。部屋の奥、壇上の書見台では、司書が監督し、仕事をしていた。照明はついていたが、古い壁の照り返しのせいで、空気はどんよりとしていた。部屋は静まりかえっていた。通りから物音ひとつのぼってこない。親指でめくる羊皮紙のこすれる音とペンのきしむ音だけが聞こえた。一四三七年の記録の最初の紙葉をめくりながら、自分がパリ代官閣下の刑事書記になったように思われた。記録にはＡＬ．カシュマレと署名があった。書記の書体は美しく、直立し、揺るぎがなかった。処刑の前に最後の告解を聴き取る、堂々とした精力的なひとりの男が目に浮かんだ。

しかしジプシーとその頭目の事件は見つからなかった。「カイロの王女と呼ばれる女」に対する盗難と呪術に関する審理だけが残されていた。審理によってその女が同じ一味の者であるのは明らかだった。彼女は「盗賊の頭目、男爵」と呼ばれる男に伴われていた、と審問官は言っている。（この男爵は年代記のバロ・パニに違いない。）彼は「じつに狡猾かつ洗練された男」で、痩せぎす、黒い髭をたくわえ、握りに銀細工を施した短刀を二本ベルトに差していた。「そして毒麦(3)を入れた布袋をたえず携帯する。毒麦は屠殺のための毒薬であり、毒麦を混じた餌を食んだ牡牛や牝牛や馬は、奇妙な痙攣とともに、たちどころに死に至る。」

カイロの王女は捕えられ、パリのシャトレ裁判所に護送された。刑事代官の訊問によれば「彼女は二十四歳前後」と思われる。花弁をあしらったラシャのチュニックをはおり、金糸の紐で編んだベルトを巻いていた。彼女は相手をみつめて微動だにしない不思議な黒い目をしており、話す言葉は右手の仰々しい動作がともない、たえず右手を閉じては開き、指を顔の前で振り動かした。

彼女の声はかすれており、口笛のような音がもれた。訊問に答えながら、判事と書記を口汚く罵った。「その口より犯したる罪を知らんがため」彼女の衣服をぬがせ、拷問にかけようとした。小拷問台が用意され、刑事が裸になれと命じた。だが彼女は拒絶した。そこで長衣とチュニックと「ソロモンの印を縫い取った、絹と思われる」肌着をむりやりはぎ取らねばならなかった。すると彼女はシャトレの敷石の上を転げ回った。ついで、いきなり起き直ると、一糸まとわぬ肢体を啞然とする判事たちの前にさらした。黄金の彫像のような立ち姿だった。「そして小拷問台に結わえられ、少量の水をその面にかけられると、カイロの王女は白状するから縛めを解いてほしいと懇願した。」暖をとらせるために、牢獄の厨房に連れて行かれたが、「朱に染まった彼女はまさに悪魔の生き写しだった。」「息を吹き返した」時、審問官らが厨房に赴いたが、彼女は頑として答えず、口に長い黒髪を巻きつけた。

そこで彼女を敷石の上にふたたび連れ出し、大拷問台に縛りつけた。そして「水を浴びせ、水を飲ませようとするやいなや、女は口を開き、是が非でも責め苦から逃れることを乞い、犯した罪の真実を告白すると誓った。」彼女は魔法の肌着以外は身につけようとしなかった。

彼女の仲間の何人かは以前に判決を受けていたにちがいない、というのも嘘をついても無益である、「なぜなら お前の恋人、〈男爵〉は他の数名とともに絞首刑に処せられたのだから」とシャトレの審問官、ジャン・モタン師が彼女に告げているのだから。(記録には男爵の審理は残されていない。)すると彼女は怒り狂い、「男爵はわたしの夫である、言い換えれば、エジプトの公爵であり、その名は彼らの故郷である青い海原である」と述べた（バロ・パニは、ジプシーの言葉で「大いなる水」あるいは「海」の意である）。それから彼女は悲歎にくれ、復讐を誓った。記録をとっていた書記をにらみつけ、彼女の民族につたわる迷信によるものか、書記の文書は彼女たちを滅ぼす呪文であり、書記が「詐術により描き、象る」仲間たちの罪はそのまま書記の罪となるであろうと誓った。

ついで不意に審問官の方に進み出ると、そのうち二人の心臓と喉に触れた。すぐさま手首をとられ、縛り上げられたが、夜には激痛に苦しみ、裏切りにより、喉をかき切られるであろうと告げた。ついに彼女は泣き崩れ、「男爵」と「あわれな仲間たち」の名を繰り返し呼んだ。さらに代官が尋問を続けると、彼女は数々の盗みを白状した。

彼女とジプシーたちはパリ近郊のあらゆる村々、とりわけモンマルトルとジャンティーイを荒らし、「掠奪」を重ねた。夜は、夏なら干草の山に、冬なら石灰を塗ったかまどに身をひそめ、平野を駆け巡った。垣根の側を通れば、垣根の「花を散らせた」、つまり垣根に干された衣類や布を巧みに盗んだ。昼は、木陰で野営し、大鍋を修理し、ノミをつぶした。ある者は迷信深く、ノミを遠くに捨てた。事実、彼らは信仰心のかけらも持ち合わせていなかったが、彼らの間では、死後、魂は獣の体に宿るという古くからの言い伝えが生き残っていた。カイロの王女は鶏を盗ませ、宿屋の錫の食器をくすねさせ、麦庫に穴をあけて穀物を盗ませた。ジプシーを追い出した村に取って返し、夜闇に紛れ、彼女の命令で「毒麦」を飼葉桶に混ぜ、「敷布」で結わえた拳大の包みを投じ、井戸を穢した。

自白の後、審問官は協議し、カイロの王女は「凶悪な盗賊かつ殺人鬼であり、死罪が相当と認め、パリ代官閣下の名において被告に死刑を宣告し、王国の慣わしに従い、生き埋めの刑に処す」と決した。呪術の件については審問は翌日に持ち越され、必要があれば、新たに判決が下されることになった。

ところが記録に転載された、代官宛ジャン・モタンの手紙によれば、その夜途方もない事件が出来した。カイロの王女が触れた二人の審問官は、心臓を疼痛にさしつらぬかれ、暗闇の中で目をさました。夜明けまで二人は寝床でもがき苦しみ、曙光がさしはじめた時、苦悶のあまり顔面に深い皺を刻み、血の気をうしなって部屋の隅にうずくまる姿で家の使用人に発見された。

ただちにカイロの王女は引き立てられた。素裸で拷問台の前に立ち、黄金色に輝く肌で判事や書記の目をくらまし、ソロモンの印を縫い取った肌着を握りしめ、責苦を送ったのはこのわたしだと認めた。二匹の〈ボトゥロ〉すなわちヒキガエルが、それぞれ素焼きの大きな壺にいれて、誰も知らない場所に隠してある。女の乳にひたしたパンを餌に与えてある。カイロの王女の妹が、責苦をうける者たちの名前で二匹のヒキガエルを呼びつつ、長い針をヒキガエルに突き立てる。ヒキガエルが泡を吹くのと同時に、責苦をうけるべき男たちの心臓で傷のひとつひとつが鳴り響くのだ、と述べた。

そこで代官はカイロの王女を書記アレクサンドル・カシュマレの手に引き渡し、これ以上の審理は無用、ただちに刑を執行せよと命じた。書記はいつも通りの署名で記録を結んでいる。

シャトレの記録にはこれ以上は収められていなかった。カイロの王女のその後を教えてくれるのは赤文書だけである。わたしは赤文書を請求した。凝固した血が染みたとおぼしき革装の記録簿が手渡された。赤文書は死刑執行の記録簿である。押印のされた亜麻布の帯が何本か巻かれていた。記録は書記アレクサンドル・カシュマレ。彼は死刑執行人アンリ師の特別手当を計算している。また、いくつかの死刑執行を命じた記録の傍に、受刑者ひとりひとりについて、しかめ面の受刑者がぶらさがる絞首台を描いていた。

ところがカシュマレ師が二股の絞首台と二人の受刑者を落書きした、ある「エジプトの男爵と異邦の盗賊」の処刑の続きは途切れていて、書体も変わっていた。

残りの赤文書には絵は見当たらない。エティエンヌ・ゲロワ師は次のように注記している。「今日一四三八年一月十三日書記アレクサンドル・カシュマレ師は宗教裁判に付され、パリ代官閣下の命によって、死刑に処せられた。この者は刑事書記であり、この赤文書を記録しつつ、戯れに絞首台を描いているが、突然の狂気の発作に捕われた。席を蹴って立つや、その朝生き埋めの刑に処せられたがまだ息のあった女を掘り起こすべく処刑場に赴いた。女の教唆によるものかどうかは不明だが、当夜シャトレの審問官二名の寝首を掻くべく部屋に押し入った。女はカイロの王女と称す。女は現在野に逃亡中で捕捉にはいたっていない。上記A L・カシュマレは犯行を自白するも、その目的については黙秘する。今朝主の絞首台に連行され、刑に処された。かくしてここにその生涯を終えたのである。」

（大野多加志訳）

（1）レーは中世フランスの詩の一形式。ケルトに起源を持つと考えられ、物語詩や歌曲の形をとる。また『快楽の園』は一五〇一年頃にパリで出版された詞華集。六七二編の詩を収める。
（2）十月の最終日曜日。
（3）小麦に似たイネ科の一年草。表面に寄生する菌が毒素を作る。

十六世紀
瀆神者

放火魔

国王がパヴィアで敵の手におちる前年、王国は大恐慌に襲われた。聖シルヴェストルの大晦日の日、九時から一〇時にかけて、空は血の色に染まった。空は二つに裂けたようだった。すべてのものが赤い閃光で光り輝いた。獣は頭を垂れ、草木は地に伏した。ついで一陣の風が巻き起こり、夜空に巨大な彗星が現れた。それは炎をあげて燃え上がるドラゴンあるいはサラマンドラのように思えた。まもなく彗星はサン・ドゥニの堀の方に向かい、姿を消した。

ところがその夜、真夜中すぎ、人々が寝静まって四時間たったころ——というのも十二月は夜が長いので——方々の通りからどよめきが起こった。人心の動揺をまねいて当然の事件が出来していたのだ。シャンパーニュの地トロワからの使者が町がほぼ全焼したと伝えたのだった。彼らは教会に面したサン・ジャン・ド・グレーヴ広場において夜通し話し続けた。年若い馬丁が半醒半睡で手綱を握っていた。彼らの腰帯、剣、拍車は松明に照り映えた。火は二日来燃え続けていると云う。穀物市場が燃え、溶け出した大鐘とともにベフロア通りは火に包まれ、葡萄酒市場は焼け落ち、赤葡萄酒といっしょに、身が締まって脂が乗ったウナギが出される「野蛮《ソヴァージュ》」亭も焼けたのだった。放火魔は火薬と硫黄と松脂を調合したおそるべき粉末ですべてに火を放った。彼らを目撃した者も捕えた者もいなかった。彼らはナポリからやってきて、理由はかいもく見当もつかなかったが、王国のうるわしき町という町に火を放つものと思われた。クリスマスの頃には、パリはイタリアから押し寄せるムーア人であふれ、彼らは血を啜るためにひそかに幼児を誘拐し、殺戮するという噂が流れた。放火魔はそれらのムーア人と宗旨、宗派を同じくすると思われた。

ミ・パルティ[1]を着用したパリ奉行や判事を先頭に、参事会員、警吏、巡査、弓兵、弩《いしゆみ》兵、胴衣をつけた火縄銃兵が大型の角灯を手に、ただちに出動した。ほどなくして通りに夜警を配する命が下され、お触れが回り、実行にうつされた。翌日身元不明の男が絞首台にひきたてられた、男はサン・ジャック通りの居酒屋で神を冒瀆し、初級審の代官に対しても、高等法院でも、証言を拒否したということだった。彼はコンシエルジュリの牢獄からロバに乗せられ、頭巾をかぶせられ、渋紙色にも煤色にも見える縮れたラシャの長衣をまとい、粗織のマントをはおっていた。騎馬巡査や徒歩巡査およびパリの群衆の前で、判決が三度告げられた。慣わし通り、慈善教会の前でパンと葡萄酒が与えられた。また赤く塗った、木の十字架が手わたされた。それから頭巾がぬがされ、男は無帽で絞首台にのぼった。

神のよみしたもうた処刑の後、その夜は角灯、洋灯、蠟燭が門口に灯され、五六百人もの騎馬巡邏や徒歩巡邏が市中を巡回した。人々は恐怖のあまり右往左往した。照明で明るい通りや路地に馴染みがなかったためで、玄関の張り出しや壁のくぼみや石畳はいっそう暗く見えた。やがて松明をふりかざし弓兵が通りすぎた。施行されたばかりの消灯令の後も小窓で燭台がまたたいた。戒厳令がしかれ、いくたの聖母の絵姿が大きな角灯で照らされた。あちらこちらで異端派の連中が聖なる絵姿を毀損したのだった。

翌日、通りや商店や床屋の店先で、毎日のように身なりを変えるので正体がつかめない、四、五人の男が町にまぎれこんだという噂が囁かれた。ある時は商人に身をやつし、ある時は傭兵をよそおい、またある時は農民になりすまし、髪の毛があるときもあれば、禿げ頭のときもあるという。男たちは大いなる厄災をもたらすべくやって来た放火魔にちがいないので、注意深くその男たちを見張っているのだと誰もが口をそろえて言った。ところが厳重な警戒にもかかわらず、日が昇ると、数軒の家に大きな聖アンドレの黒十字が描かれていた。これは正体不明の者どもによって夜中になされた仕業であった。

町全体が混乱に陥った。無頼漢、貧民、乞食を騙る者、浮浪者はその場を立ち退くべし、背いた者は絞首刑に処すという国王によるお触れが辻という辻でラッパの音とともに読み上げられた。胡散臭い連中は触れ役の前から逃れ去った。最後に、一群の人々がボードワイエ門から街道へと追い出された。

これらの有象無象のなかに、ブランジスのコラール、モン・サン・ジャンのトルティーニュ、書生のフィリポという三人の男がいた、彼らは国王の厳しいお咎めなど屁とも思っていなかったが、城壁外の街道筋に残っていた。彼らは評判の貧乏人だったが、人相も輪をかけて悪かったので、放火魔の恐怖のために興奮し、怖じ気づいた群衆によって、街頭でなぶり殺しの目にあわされるのではないかと怖れたのだった。それに彼らは清廉潔白の身ではなかった。王の肖像を刻んだ硬貨ではなく、粗悪なテストン貨やフロリン貨をこっそりと鋳造し、豚市場での釜茹で刑を辛くも免れたことがあったのだ。

この煮ても焼いても食えない連中は数日田舎でぶらぶらしていたのだが、とうとう餓え、渇き、凍えた。まして土地は荒れ地で、鳥は霜のために凍えて墜落し（その土地にも鳥は残っていたのだ）、地に実りはなく、天に鳥もいないというありさまだった。そこでこの煮ても焼いても食えない連中は杖をにぎり、兵士を装い歩いた。国王軍の兵士として出征するのだとうそぶき、ギュイエンヌでお国の護りに就くのだと吹聴し、また俸給未払いのため、村人たちと旅人たちのお情けに縋らざるをえないのだと嘆いた。

——まったく戦さに行くようなものだ、弓矢や弩《いしゆみ》をかかえた奴らが二五人、おれの踵にくっついてはなれない、あるいは気のせいかもしれないが。奴らの目的はおれを追いまわして、おれといっしょに歩くこと、まあ、おれが奴らといっしょに歩くといってもいいのだが。たいそう礼儀をわきまえた、ごくごく気の利く連中だ。奴らの椅子にはもうすわらせてもらったことがあるが、これがじつに快適、たしか手枷とか足枷とか言うんだ、とトルティーニュがいった。

――あんたは晒し台でぐるぐるまわったことはあるかね。新手の女の選び方だ。女たちがあんたの面をおがみにやってきて、召使いの旦那があんたの面を女のほうにぐるりと向けるのさ、とコラールがいった。

――あれほど愉快なお楽しみはないぜ、おれは三回のったよ。ついこないだはスペイン風の流行の服で着飾ったご婦人をえらんじまった。女は金髪の巻毛を天ぺんにのせ、頭には金の蝶々をまねたラシャの髪飾り、リボンで結えた髪が背中にたれて踵までとどいていた。緋色のビロードでできたボンネットと、長衣も同じビロードで、裏地は肌着代わりの筒袖の白のタフタ、袖には金糸の刺繍がある。チュニックは白い繻子で、銀箔や宝石がどっさりついていた、とフィリポが答えた。

――そんな風に女の身なりを観察しておぼえている暇がよくあったな。血まみれの死神にかけて、口からでまかせだろう。

――まさか、嘘つき呼ばわりは穏やかじゃないぜ。刑吏の召使い野郎が、念には念をいれて、おれをご婦人の目の前で止めた。それでおれが奥方に色目を使ったと勘違いしたのか、お小姓は心おきなくおれの面につばをきかけやがったのさ、とフィリポが答えた。

かくして駄弁を弄しつつ、売物にするわけではなかったけれど鶏の羽をむしりとり、彼らはポワトゥーの地の西のはずれにたどり着いた。ニオールの近くの小教区教会までは兵士を装っていた。彼らは大声で悪態をつきながら教会に押し入った。ミサ用の白い祭服をまとった司祭は読唱ミサをあげていた。司祭の制止もきかず、彼らは銅や錫や銀の器を強奪した。祭壇に上って、聖体容器を、さもなくば金箔をはった銀の盃を持って来いと司祭に命じた。司祭は拒んだ。そこでトルティーニュは祭服で司祭の口に猿轡をかませ、フィリポが祭壇の聖体容器を手にとった。容器の中には「聖体」が入っていたので、三人そろって厳かに「聖体」をほおばった、――なにしろひもじいものでと断って――かくして彼らは聖体を拝領し、いま犯したばかりの罪に思いを致したのだった。

それから彼らはむさくるしい旅籠に投宿した。そこは二股道で、人が道をとって返すような場所だった。彼らは酒を所望した。するとコラールは葡萄酒をもどし、フィリポは啞然とした表情をうかべて自分のコップを握りしめ、トルティーニュはコップをとり落とした。彼らはひどく蒼ざめ、教会で喰ったものに酔ったんだと言い、てんでんばらばらにテーブルのまわりに倒れ伏した。突然、コラールの喉、トルティーニュの背中、フィリポの腹から灰色の、濛々たる、悪臭を放つ煙が噴き出した。その煙で彼らが燃えているのがわかったのだった。ほどなく彼らは燃え尽き、顔も手足も石炭のように真っ黒に焼け焦げていた。この事件について土地の人間はあれやこれやと論じ立てた。だが彼らは放火魔の烙印を押されたがゆえに、報いを受ける運命にあったのだ。煮ても焼いても食えない三人が、恩寵により、神を冒瀆するに至ったのは間違いない。なぜなら彼らは黒焦げになったのだから。

（大野多加志訳）

（1）中世伝来の縦に二等分された胴衣あるいは長衣。

十八世紀

カルトゥーシュ一味

最後の夜

晩年になって、ジャン・ノテリーはエックスの近くに引退した。半分は徒刑地で過ごした冒険生活の後、店を売り払ったのだ。いつも黒い半ズボンと栗色の服を身にまとい、豪華な紋章入りの煙草入れにつめた嗅ぎ煙草を干からびて皺だらけの顔を顰めながら嗅いでいた。女房も彼と同じくらい萎びていた。二人が結婚していたかどうかはわからなかった。彼は彼女を「マダム・ブールギニョン」としか呼ばず、この上なくうやうやしい態度を示していた。彼女はまだ黒く美しい眼をしていて、農婦たちを傲然と見下していた。二人は人々から離れて暮らしていた。ジャン・ノテリー・デュ・ブルゲはカルトゥーシュ(1)一味に加わって人殺しに加担したとして告発されたのだが、彼を有罪にできたのは盗みに関してだけだった。彼はその一部分しか告白しなかったが、白ぶどう酒の盃を傾けながら、最後の模様をかすれた声で進んで物語るのだった。

「恐ろしい人だったよ、このカルトゥーシュてのは」と彼は言った。「昼はぶてっとした蒼白い顔をして、立派に着飾り、銀ボタンのついた薄鼠色の服を着け、繻子の鞘に入った剣を帯びていた。だが、夜、獲物を追うときにゃ、髪が黒くて肌の褐色な小男になり、白鼬《いたち》みたいにすばしっこく、ひどく悪辣だった。密告した密偵のジャン・ルフェーヴルをばらしたのもあの人で、やつの鼻と頭を斬り、腹を割いて臓腑を引き出したもんだ。シャルロ・ル・シャントゥールが悪いことを思いついて、上手な字でこう書いた札をくくりつけたっけ。《当然の処遇を受けし殺《ば》らされのジャンここに眠る。同じことをなす者、同じ運命を覚悟すべし》とな。それからあとは何ごともうまくゆかなんだ。以前は夜な夜な、顔に煤を塗って歩き廻り、バラニーとリムーザンが金持どもから掻っ払い――声を立てる奴らは硝酸で顔を洗ってやったもんだ。だが、あの密偵を殺《や》っちまってからは、居酒屋から居酒屋へと闇雲に廻り歩かにゃならなくなり、こいつは楽なことじゃなかった。カルトゥーシュは女好きで、いつも少くとも両腕に一人ずつきれいな緞子の服を着たご婦人を抱えていたんだ。こいつは厄介なことで、ご婦人連に飲ませにゃならんので、居酒屋のおやじは皆おれたちの顔を覚えちまった。そのうちに、フランス警備隊にいたデュ・シャトレがぱくられちまった。やつとおれは大の仲好しで、やつは立派な若者だったが、怖じ気づいちまった。それで陸軍大臣のル・ブラン殿はやつの口からおれたちのことすっかり知っちまった。

その頃、おれはとてもはしっこくって、カルトゥーシュに信頼されていた。あの人は、車裂きの刑にされた栗色の髪の小娘とラ・シュヴァリエールと、二人の女を愛していた。おれは言ってやったよ、『ドミニック、情婦《いろ》を二人も連れていちゃあ切り抜けられないぜ』とな。

――心配すんな、とカルトゥーシュは言った。おれたちゃまだ襲われたわけじゃねえし、そのときがくりゃあ若い抜目なしのお前がひとりは匿ってくれるだろうからな。

もう行きどころもなかった。行きつけの料理屋も居酒屋もみんな見張られていた。ポルシュロンのほうはもうだめだった。クールティーユ地区(2)のオート・ボルヌに住んでいたサヴァールは以前、隣のオリーばあさんの店でおれたちを待ち伏せしていた軍人たちをカルトゥーシュと一緒に七面鳥の料理をやりに来いと招いたことがあった。このサヴァールってのは悪いやつで、臆病だった。前科者のくせに二股膏薬だった。それでもまだこいつがいちばん安心だった。動きを見張られるようになって一味は文無しになったが、それでもやつはおれたちに上の部屋で食いものやいい酒を出してくれた。おれたちゃクールティーユ地区から離れずに寝宿りするほうが多くなり、閉じこもって、呑んだり、カルタ遊びをした。カルトゥーシュにはご婦人が二人いたんだが、ブランシャールとバラニーとリムーザンはすることがなくてじりじりしてた。

十月一三日の日曜日――いまも憶えているが、呪われた日だ――おれたちゃサヴァールの店の短銃亭《ピストレ》に上った。カルトゥーシュは、栗色の髪の女のほうはモーヴェール街の家に隠す腹を決めていた。ラ・シュヴァリエールとはここで会う手筈だった。その晩は曇り空で、霧雨が降っていた。

――デュ・シャトレはいったいどこにいる？　とカルトゥーシュがだしぬけに言った。

誰も何も答えなかった。

――サヴァールよ、デュ・シャトレはどこにいる？　とカルトゥーシュは居酒屋に入りながら繰り返した。

狡猾野郎のサヴァールは大きな黄色い顔を引き伸ばして薄笑いして、『今夜は見張りに立つはずでがしょう』と言った。――見張りだと、やつにはもう見張りはさせねえんだ、とカルトゥーシュはどなった。やつは白状しちまいやがった。なあ、サヴァール、お前もやつと一緒におれたちを売ろうとしたら、ここに持ってる六本の短銃のうち一本をお前用にいつでも用意しとくぞ。

――まあまあ、とサヴァールは言った。怒りなさんな、ドミニック親分。お待ちかねのラ・シュヴァリエールに会いに上っていっておやんなさい。

おれたちは上っていった。ラ・シュヴァリエールは上にいた。カルトゥーシュも機嫌を直した。おれたちは酒瓶を運ばせ、窓掛をしめると、蠟燭を点した。サヴァールはおれたちの夕食の料理を並べながら小声で唄った。

「手前どもにはございます、銘はなくともいいきちがい水が、
それから真白いパン、
戸も鍵も、
ロンファ　マリュラ　ドン　ドン、
それからお休みいただく寝台も、

ロンファ　マリュラ　ドン　ドン。」

何という裏切者だったことか、このサヴァールめ！　知らん顔をして、刑事代官や大臣と通じていやがった。カルトゥーシュは以前やつを怯えさすために脅したことがあったが、こんなに早く裏切られるとは思っていなかったんだ。それでおれたちゃ夜じゅう大いに食い、大いに呑んだ。カルトゥーシュとラ・シュヴァリエールは甘いことばを語り合い、うなずき合い、一緒に呑んでいた。

明方近くなって、さて寝ようとしたとき、メシエ・フラマンがやってきた。その肥った顔は怯えて蒼白だった。『みんな知ってるだろう』と彼は言った。『デュ・シャトレが摑まったことは。隊長は何もかも知っちまった。おれたちがジャン・ルフェーヴルの腸《はらわた》を引き抜いたことを喋ったんだ。ドミニック親分、あんたつけられてますぜ。』

――ばかな！　とカルトゥーシュは言った。デュ・シャトレが密告したんなら、ばらしてやる。逃げたきゃ逃げろ、フラマン。おれたちゃもっとやばい目にもあったんだ。ソワソン館じゃあおれも摑まったと思ったぜ。おれは張り込みなんかばかにしてきたんだ。くそっ！　おれたちがこのクールティーユで包囲されてたまるか？さあ！　さあ！　フラマンさん、お隠れあそばせ、おれたちゃ残るぜ。

一同また呑みだした。が、前ほどいい気分じゃなかった。べたべたしたテーブルでカルタ遊びをしたが、まるで勝負に注意を集中できなかった。カルトゥーシュは苛立っていた。誰かが戸を叩いた。それはサン・ギランで、髪を逆立て、赤い顔をして、酔っぱらっていた。やつは、見張りの連中が動きだし、大臣の命令を受けた一隊が出発した、としゃくり上げながら喋る。だが、どこにも兵隊の姿は見えなかった。カルトゥーシュは足で一撃のもとにやつを階段の下に蹴落とすと、むきになってまたカルタを取り上げた。だがその眼は火のほうに流れ、たびたびラ・シュヴァリエールを見やった。

夜になり、サヴァールがラム酒を運んできた。鉛で留められた小さな窓硝子に雨が当って小さな音を立て、突風が戸の接ぎ目でひゅうひゅう鳴っていた。シャルロ・ル・シャントゥールは外套にくるまって、寝台にもぐりこんだ。バラニーとリムーザンは煖炉のそばでぶどう酒を瓶から呑んでいた。カルトゥーシュはシュヴァリエールに接吻するのをやめて、彼らのほうに向き直った。――おーい、お仲間、と彼は言った。どうしようか？　野郎どもおれたちを摑まえにここまではこれねえだろう。

――全くね、親分、と彼らは答えた。考えるこたあお前さんに任せまさあ。さしあたりおれたちゃ酒を呑んでやしょう。

そこへサヴァールがカルトゥーシュの右腕のフェロンを上ってこさせた。この男は、ド・ベルナック、ラ・パルム、ラングドックという三人の伍長を含む灰色の服を着た一隊をデュ・シャトレが先導していること――だが朝の十一時前には到着しないだろうということを静かに話した。時刻は八時半頃になっていた。冬の日はまだ低かった。

――よし、とカルトゥーシュは言った。今度ばかりはこと重大だな。フェロン、お前は下りてってブランシュ通りで見張れ。バラニーとリムーザン、お前たちゃ酔ってるな――役に立たんだろう。火のそばで酒を呑みながら、逃げるときの用意をしていろ。

それからおれのほうに向き直ると、情婦《いろ》の軀に腕を廻しながら、

――抜目なしの若いの、と言った。若武者《プチ・シュヴァリエ》、おれはお前さんが心の寛い立派な男だと知っている。ラ・シュヴァリエールをお前さんに任せるから、どうか面倒みてやってくれ――そして、おれが迎えに行ったら忘れずに返してくれ。――だがその前に、美しいシュヴァリエール、おれはお前をおれの婢《おんな》にしたい。おれだけのものにしてやる。おれに操をつくすように吸痕をつけてやろう。

あの人は短刀を抜くと、女の肩に自分の名の最初の文字を刻みつけた。

血が逆り、ラ・シュヴァリエールは唇を噛みしめ、目に涙を浮かべたが、ひとことも発しなかった。」

ジャン・ノテリー・デュ・ブルゲの話がここまでくると、マダム・ブールギニョンの眼が突然輝いた。それか

ら彼女は白麻のハンカチで顔を覆ってすすり泣きし始めた。

「そこで」と彼は続けた。「おれはラ・シュヴァリエールを連れて下に下りた。サヴァールが戸口のところにいて、何かを待っているようだった。裏口から逃げ出そうとしたとき、重々しい足音とデュ・シャトレの声が聞こえた。

──誰か上にいるか？　とやつは訊ねた。

──いいや、とサヴァールは言った。

──若いのはいるか？　とデュ・シャトレがまた言った。

──いいや、とサヴァールが言った。

──あの四人の女はいるか？

──ああ、いるよ、と裏切者が答えた。

たちまち何梃もの銃が階段にぶつかる音が聞こえ、おれは四人の女というのがブランシャール、バラニー、リムーザン、それに渾名をカルトゥーシュというルイ＝ドミニック・ブールギニョンのことであると悟った。それは合言葉で、四人は摑まってしまった。──ラ・シュヴァリエールは叫び声を上げた。それでおれは女を引攫《ひっさら》って逃げた。

おれは女を安全な場所に隠した。その後おれは摑まって、徒刑場送りになった。人の話だとカルトゥーシュは車裂きの刑に処せられ、生身のままでばらばらにされたということだが、おれはそんなこたあ信じない──あんな人が死ぬはずがない。脱走して、いつか女を返してもらいに戻ってくるだろう。そして抜目なしの若者のこのおれは、若武者《シュヴァリエ》の誓を守ってあの人のシュヴァリエールを護ってきたんだ。」

すると、その萎びた小さな老婆はまだ涙に濡れている美しい眼を上げ、飾り襟をはだけて、真白な左肩を見せた。乳房の真上のところに色の薄れた二つの傷痕がDとCという文字の雑な輪郭を描いているのが見えた。彼女はカルトゥーシュの最後の短刀の一撃の跡を身に帯びていたのだ。

（大濱甫訳）

（1）一六九三―一七二一。十八世紀初頭パリとその周辺を荒らした強盗団の首領。最後に捕えられて、グレーヴ広場で車刑に処せられる。

（2）ポルシュロンは、パリ北西部の地区。十八世紀には居酒屋が多く、場末の盛り場だった。クールティーユ地区は、パリ北東部の現在のベルヴィル地区、やはり居酒屋が多かった。

革命時代

盗賊

人形娘《プーペ》ファンション

わたしはその娘を一七八九年に識った。そしてわたしから財産と祖国を奪ったあの怖ろしい事件にも拘らず、絶えず雨が降っているあのドイツの町で飢えと寒さに苦しみながら十五年も過ごさねばならなかったにも拘らず、彼女の想い出はいまでもわたしに奇妙なときめきを引き起こす。金髪の、赤っぽい肌をして、柔かい胴着を着けた娘たちにこうして囲まれていると、彼女の優雅な姿、神経質な手肢、影に満ちた美しい眼を想い描きたくなる。彼女は優しい声と魅力的な物腰の持主だった。身分違いだった。いまここでは旅籠《はたご》屋の給仕女たちが飲物を給仕しながら客のコップから呑んだり、なめし革のような唇を客の口に押しつけたりしている。でもあの縊い女は以前上流社会に出入りしたこともあり、誰よりも気品に満ちてオペラ座や舞踏会に姿を見せることもできたろうし、カフェ・ド・ラ・レジャンスで人の噂にもなったことだろう。だが、彼女は惚れた男たちを破滅させるために、人目につかぬ生活を選んだのだ。

たしかに、かなり長いことわたしは自分が彼女の心を奪うような上流の人間だと思いこんでいた。わたしは人に好かれるような軀つき、かなり美しい眼、人を惹きつけるにこやかさを具え、脚は恰好がよかった――これこそ縊い女を魅了するものではないのか？　わたしの恋のおこりはわたしの絹靴下の網目と、サン・タントワーヌ街で出会った桶と、陽気に唄われるリフレインだった。

フランス国民軍の兵隊に
あたしの好きな人がひとりいた……

——ほんとうかい？　とわたしは言った。あの軍服はきれいだからな。

——ええ！　あなた、とかわいい繕い女は答えた。あたしあの人に夢中なの……。でもあたしの情人《いろ》だなんて思わないで……ありがたいことに、ラ・チューリップはそんな男《ひと》ではないの……。あなた、脚のところで靴下の網目が綻びていますわ。

——よしてくれ、とわたしは言った。そんなかわいい手で繕ってもらえようか……。

——あなた、と、繕い女は針を持ち上げながら言った。あたしはただの庶民の娘です。

そして顔を赤らめた。彼女が緯糸《よこいと》をつまみ、とてもすばしっこい手でわたしの脛に触れている間、わたしは彼女に恋愛の経験を語らせた。わたしは、こんなに人目を引く美女が崇拝者をいまだに見つけていないなんて考えられないとか、フランス国民兵のラ・チューリップは心優しい若者だろう——が、煙草やもぐりの居酒屋のぶどう酒の臭いをぷんぷんさせているにちがいないとか言ってやった。レースの帽子、ひだ飾りのついた服、美しい緞子、全体を引き立たせるリボン、指には小さくても値打ちのあるダイヤモンド、耳には真珠——と飾り立てて、すばらしいラ・チューリップは、安ぶどう酒を一杯引っかけながら鼓手のラ・ラメに恋の悩みを打ち明けに行くにちがいなかった。

だがファンション——それがこのかわいい繕い女の名だった——は笑いながら頭を振っていた。この娘はわたしには哲学者風な変り種のように、世俗の人びとが乱脈な生活を送るのに対して自分の桶のなかに閉じこもろうとしたディオゲネスが妖精に化けたように思えた。わたしは彼女に喋らせようと思いついた。そのことば遣いはとても上品で、縫い女のくせに、中央市場《アール》の連中のようなひどい口調は持ち合わせていなかったし、おどろいたことに、本もいくらか読んでいて、趣味も豊かだった。わたしは縫い女のファンションとまた会うために、それから数日後、靴下の側面を上から下までわざと引き裂いたのだった。彼女は眼を赤くし、わたしの質問にもほとんど答えなかった。いろいろ問いつめると、わたしと一緒にいるところをラ・チューリップに見られてしまった、とやっと打ち明けた。

――あの人、あたしをこづいたんです、と彼女はすすり泣きながら言ったが、激しい動揺から洩れたこのことばによって、わたしは恐ろしいラ・チューリップがこのかわいい娘に対してどんな影響力を持っているかを悟らされた。

――他の人たちがそういうことをあの人に教えたのです、と優しい縫い女は続けた。ラ・チューリップは仔羊ほども人を恨むことができないのですもの。

わたしは笑わずにはいられなかった。「何だって」とわたしは言った。「フランス国民兵の仔羊だって？」

――ムッシュー、あなたはあたしをばかになさる、とかわいい縫い女は薄い手巾《ハンカチ》で眼を拭いながらまた言った。でもラ・チューリップは唄が上手なので、仲間が居酒屋に連れて行くのです。それであたしは、ええ、人があの人に何かと吹きこむのも我慢しているのです。

わたしは彼女を慰めようとした。彼女の考えなさに気づかせた。というのは、彼が誘惑に負けるだろうことは疑いなかったからである。他の兵隊たちが彼を誰か娼婦のところに連れて行き、ファンショネットがこの費用を払うことになるだろう。彼女は、わたしが真剣に話すのを見て、赤くなったり蒼くなったりした。日暮れどきになって、かわいい縫い女は両眼に涙を浮かべながら桶を捨てることにした。ラ・チューリップにはその裏切りを教えなかった。そのときから彼女は何か底意を抱いたのだろうか？　すべて示し合わせていたのだろうか？　わたしは残酷なお芝居に騙されたのだろうか？　わたしはそう思いたい……だがしかし……

二年の間、彼女は人形《プーペ》のファンションだった。わたしは共和派臭い名を名乗り、この上なく用心深く暮らし、小作人たちはわたしを「市民《シトワイヤン》」呼ばわりする代理人に地代を払った。家族は皆国境を越えており、わたしも国を出るように促された。が、わたしは人形《プーペ》のファンションのために踏み止まった。わたしたちは親しい口をきき合って、楽しい生活を送った。美しい祝宴もあり、きらめくような舞踏会もあった。ギロチンが荒れ狂っていたが、わたしの心は晴れやかな忘却に満たされていた。遊び友だちはわたしのかわいい繕い女を人形《プーペ》のファンションと名づけた。彼女は甘ったれたり、気取ったりで、何よりもわたしを愛しているように思えた。だがわたしは追い廻されることで大いに悩まされた。わたしたちは外出すれば必ず、痩せて背が高く鷲鼻をした国民兵に数歩あとからつけられた。ラ・チューリップだった。この男は素面《しらふ》のときには嘲笑いながらわたしたちを見据え、呑んでいるときには罵りながらわたしたちに襲いかかった。よくファンションは顫えながら友だちのところから戻ってくると、かわいい顔をくしゃくしゃにして、道の真中で長い包丁を振り廻すラ・チューリップに追い廻された、と言った。またあるときは、やつは街角の居酒屋で人相の悪い男どもとテーブルについて、わたしたちを待ち伏せしていた。夜、ファンショネットは怯えて、悲鳴をあげながら眼を覚ますことがあった。彼女に言わせれば、彼は悪人ではないのだが、彼女に捨てられたので、彼女に悪さをしようとするのであった。ああ！　それでは彼女はいつまでも追い廻されるのだろうか？――数年前だったら、こんな男は簡単に片づけられたのだが、いまではやつはかつてのわたし以上に支配者だった。

その間、わたしが人形《プーペ》のファンションに与える金はすぐなくなってしまった。ひどく無駄使いするわけでもないのに、月半ばになると金に困り、月末になるとわたしに哀願した。

――あたしは何て不仕合せなんでしょう、とかわいい繕い女は嘆いた。ムッシュー、あなたから戴くものでどうしてやってゆけましょう。あたしは針を手にしていたときのほうがもっと平穏で陽気でしたわ！――それから言い直して、――ああ！　あなたに捨てられたらあたしはどうなるのでしょう。恐ろしいラ・チューリップの言うことを聞かなくてはならないでしょう。あの怪物に殺されるでしょう、と言った。この涙はわたしを怯えさせ、また憐れを催させた。わたしはあわれなファンションと一緒になって泣いた。

ある晩、芝居から戻ったとき、わたしは床につく前に台所の扉を少し開けてみた。敷居に沿ってかすかに一条の光が洩れ、人声が聞こえるように思ったのだ。ドア越しに、食卓についた国民兵の軍服の青い背と襟の赤い折り返しが見え、その脚はぶらぶら揺れていた。そしてその男が顔を蠟燭のほうに向けたとき、私はラ・チューリップの日に焼けた痩せた顔を認めた。やつは白い陶のパイプで煙草を吸い、ぶどう酒を壺から直接呑んでいた。人形《プーペ》のファンション、わたしの繕い女はやつの前に立ち、手を組み合わせ、頬を赤らめ、興奮した眼でやつを見つめていた。

扉の縁枠に耳を押しつけていると、こんなことばが聞こえてきた。国民兵は水差しの柄を引っぱってから、こう言った。

――ファンション、お前のぶどう酒はうまいな。壺が空《から》だぞ。おれの言ったことを忘れるな。明日、金が要るんだ。侯爵さまが下さるだろうぜ。さもなきゃ、お上《かみ》のことを仄めかしてやろう。――やつは酔っていた。――さあ、ファンション、二人踊り《パ・ド・ドゥ》だ。お前を羽根みたいに軽々と攫《さら》ってやるぜ。おれは呑みたいんだ……

まだもうちょっと一杯、
あのうまいぶどう酒野郎を。
ファンションのために呑みたいんだ、
おれの情婦《おんな》のために呑もう。
愛の接吻を取り交そう、
かわいい子、
黙ってな！

やつはわたしのかわいい繕い女の唇に接吻し、パイプを小刻みに爪にぶつけて中身を出し、軀を揺すりながら唾を吐くと、立ち上って扉のほうに向った。わたしはあぶないところで階段のほうに遁れた。このあさましいやつはわたしを見つけていれば、告発したことだろう。

——つれない、つれないファンショネット！　とわたしは彼女の裏切りを想いながら言った。こんなことのためにわたしはあれほど苦しんだのか、すべてを失ったのか！　ラ・チューリップ、悪臭を放つ奴僕《ぬぼく》の！　ああ！　人形《プーペ》のファンション、何だってわたしを愛したのだ、何だってわたしに涙を流させたのだ？

わたしがこんなことを言い終えかけたとき、かわいい繕い女が入ってきた。彼女はおどろきの叫びを上げ、わたしの涙を見、そして顫えながら、すべてを悟った。口をきこうとしたが、わたしの怒った眼差しに押し止められた。

——そうよ、とついに彼女は言った。あたしを愛してくれている人とまた一緒になるの。繕い女には国民兵が必要なの。

愛の接吻を取り交そう。
かわいい子、
黙ってな！

わたしががっくりしている間に、彼女は優美な微笑を浮かべながら出ていった。一晩中、わたしは苦い涙を流し続けたのだが、朝、起き抜けに共和派の連中がわたしを連行しにやってきた。つれない娘がわたしを裏切ったのかもしれない。が、果してそうだったかどうかわからなかった。わたしがどんなふうにして奇蹟的に遁れたか、国境を越え、ドレスデンにいた両親と一緒になれたかは、他のところですでに語った。神はわたしの運命に無関心ではなかったが、裏切り者のファンションは厳しく罰せられた。

以下のような次第でわたしは彼女の運命を知った。革命暦の八年に、田野を荒し廻っていた恐ろしい野盗どもにがシャルトルで処刑された。裁判官のうちにわたしたちの友人のひとりがいて、ドイツまでわたしたちに会いにきた。その人は、野盗と一緒に暮らしていたファンションという名の美しい娘にひどく心を動かされた、と言った。彼女は自分の共犯者たちを告発する手助けをし、それでヴァスール中尉が彼女に夢中になった。でも彼女は、背が高く、痩せて鷲鼻をした、兵隊上りの男を捕えさせるつもりでしかなかった。その男は彼女の敵《かたき》もしくは愛人であったように見えた。というのは、彼女は嫉妬する女の狂乱ぶりを発揮したのだ。この「盗賊」が逮捕されるやいなや、奇妙なファンションは姿を消した。

——そして鷲鼻の男は？　とわたしは友人に訊ねた。

——やつ？　やつはシャルトルの大広場へ球転しをしに行きましたよ。

これらの盗賊どもはギロチンにかけられることをこう名づけていたのだ。

（大濱甫訳）

ポデール

彼はジャン・フランソワ・マリー・ポデールという名であった――というか、少くともそれが彼の軍隊手帳に記入されている名だった。仲間はジャン・マリー新兵《ニグース》と呼んでいた。澄んだ灰色の深味のない眼、獅子鼻、尖った歯を持ち、ずんぐりして肩巾は広く、蟇みたいな歩き方をした。普段は、最古参兵みたいに兵舎の片隅に押しつけた寝台の上でなまけていた。よく夜の点呼にいないことがあったが、それは呑みに出かけたからであった。五日間留守にして、六日目に逃亡兵として記録される直前に帰ってきた。戻ってくると、作業ズボンに営内服と略帽を着けて、日務報告室へ曹長に会いにいった。翌日、掃除のときも酔っぱらっていた。いつもまんまとぶどう酒の甕を酒保から営倉の、それも覗き孔まで運ばせたからである。牢屋《マザロ》のなかに彼は自分の一隅、蔭、仕切りを持ち、枕代りに突き出た木の下に煙草入れとソーセージと蠟燭を置いていた。曹長が所持品検査をするときには敷石を一枚はがして、貯蔵用の地下倉を造った。

彼はラッパ手ギトーの友だちだったが、ギトーはほとんどフランス語が喋れず、口髯の生えかけた、浅黒い痩せっぽちだった。二人はよく、夜、消燈後も寝ないで故郷の話をした。一つのベッドに腰掛けて、脚を垂らして――といってもギトーは足を床につけ――ポデールは枕に馬乗りになって配給食糧の入った飯盆を股の間に置いて。わたしも彼らの仲間になったが、それはある晩、中央に蠟燭を立てたパン切り用のまな板の上に吊り下げられた馬鈴薯を歯で嚙み取る競争をしたときのことだった。ギトーは真っすぐそれに嚙みつくと、ブルターニュ人特有の笑いを浮かべて言った。

——お前がラム酒を一壜買う、俺ががぶがぶ呑む。

一壜空けたあとは塀を跳び越えることになった。酒保の車と外廊下につないである秣《まぐさ》を縛る綱を使えば、ことは簡単だった。司令所の柵の外に出ると、哨所の角燈を遁れて、物見櫓の蔭に入り——それから塀に沿って行った。——そして、七・三《トロワ・セット》遊びをし、ラム酒を呑み、シロップ入りの熱いぶどう酒をやり、小さな女中を眺めに、ヴィーニュ・アン・フルール亭に向けて前進。

連隊が野営地に出発したとき、ポデールとわたしは歩いて行軍しなければならなかった。七月の太陽がかんかん照りつけ、わたしたちの汗で濡れた赤ら顔には白い砂ぼこりがはりついた。それは細かい砂で、舌にねばりつき、歯の下でうごめいた。そのときポデールはわたしから現なまを借りたが、さもなければ酒屋の看板を見かけるたびに鉢いっぱい平らげるためにわたしから金を盗んだことだろう。そして彼はわたしの献身的な友人になった。このいいやつのポデールはかつて放浪していた。街道を靴で食い荒らし、尻を宙に向けて溝《どぶ》のなかに寝たのだった。ほとんどありとあらゆることをして食いつないできたが、ときには立ったままで食べ、ときにはなにも食べられなかった。

——なあ新兵、と彼は言った。ルンペンはついていないよ。鉄道員てのができて人々を客車で運ぶようになった当節じゃ、一般人は田舎へ来なくなったからな。おれは商売したいんだ。あの娘《こ》が屋敷からおさらばしたら家馬車を持つんだ。

その娘《こ》はカンペルレ近くのある城に奉公していた。旦那がたはひどくけちで、その娘にはほとんど食べ物をやらなかった——ときたま粥《かゆ》を少しやるだけで。教育のある連中てのは下司なもんだ！

ポデールは、どこかで習い覚えたフートロというひどいゲームをしながら、わたしにそんなことを話した。フートロ氏が大きな結び目をこさえたハンカチを使ったそのゲームを主導する。キングか他の絵札が攻撃されると、フートロ氏が「ムッシューに強打ち十四回——ムッシューに弱打ち四回」と叫ぶ。そして勝手に決めたその罰がすむと、「フートロ氏に敬礼、そしてゲーム続行！」わたしはのちにフートロ遊びがカルトゥーシュ(1)一味の間で行われたことを知った。ポデールはそのゲームにすばらしく強かった。百姓から強奪しに出かける野盗どもが彼にそれをしかと教えたのだった。

よく彼はゲームの手を止め、一瞬物思いに耽って「あの娘《こ》が屋敷を出たら」とつぶやくと、また我に返り、「フートロ氏に敬礼、そしてゲーム続行！」と叫ぶのだった。

家馬車というのが彼の夢だった。暗い夜、田舎で、顫える雨覆いの下で、しっかり抱きしめた少女と二人の仕合せ。勝負に勝つことは別問題にして。ある夜、野営地で彼は天幕のなかでわたしの足を引っぱった。ひどく酔っぱらっていた。

——あの娘《こ》が着いたんだ。会いに行ってくれるかい？　と彼はしゃっくりしながら言った。ルグラ婆さんのあばら屋にいるんだ。会いに行ってくれるかい？

その居酒屋の床は土を固めただけのもので、仔豚が二匹うごめいていた。泡立つ林檎酒《りんご》は樽から直接注がれてきた。煖炉のところに、頬骨が突き出し、髪の乱れた、背の低いブルターニュ娘がいて、黒い大きな眼をおずおずとわたしのほうに上げた。

——また呑んだのね、ジャン・フランソワ、と彼女は彼を腕に抱きながら言った。——悪い人。

するとポデールはとても低い声でふたことみこと呟くと、彼女のそばに腰を下した。わたしのほうは仔豚とルグラ婆さんを眺めながら、彩色した陶器の鉢で林檎酒を呑んでいた。

外の星空の下に出ると、ポデールは言った。「かわいいだろう、あの娘《こ》は、ええ？　だがまだだめなんだ。あの娘《こ》は城へ帰るんだ。まだ脱け出すときじゃないからな。それでも家馬車は手に入れるぜ。」そして戻る間じゅう、生垣の大きな影を白い土埃の上にいくつも投げかける月の光を浴びながら、ポデールは娘のことと、二人の将来の生活について語り続けた！——そいで宿なし生活にはおさらばさ——そいで馬車の家を持つのさ——なあ、そうだろう？

次の夜、点呼の際、わが友ポデールは呑みに行っていた。あとで彼は営倉に入った。数日の間、片手に箒を持ち、略帽を目深にかぶり、手押し車を押している姿が見かけられた。装具を背負い、兵舎から司令部まで歩くことを強制されていたのだ。

そしてある夜、わたしは蠟燭の光を鼻先に突きつけられて、ベッドのなかで眼を覚ました。光の輪のなかに、赤いあざで斑点をつけられ、両眼を光らせているポデールの顔が見えた。

――百スーくれよ、なあ新兵、と彼は囁いた。あの娘《こ》と脱け出すんだ。

わたしは機械的に枕の下に手をやり、硬貨を彼に差し出した。そして、寝返りを打ちながら、そっと階段を下りるポデールの足音を聞き、「捲き上げやがったな」と考えた。そしてまた眠りこみながら、白い街道の上を月の光を浴びながら走ってゆく二輪馬車の腰掛に、ポデールと娘が寄り添って腰掛けているのを見たように思った。先頭を小走りに駆ける小馬は二本の羽飾りを振り立て、家馬車の影は溝に沿って駆けていった。そしてあの宿なしとその連れの女は、はたはた鳴る幌の下で仕合せだった。

その後私は、二度とジャン・フランソワ・マリー・ポデールに会うことはなかった。

（大濱甫訳）

（1）十八世紀初頭パリとその周辺を荒らした強盗団の首領。一五五頁の註を参照。

アルス島の婚礼

わたしの馬とわたしは、バデールの下、モルビアン湾を見下ろす突端に着いた。わたしの馬は潮の香をかぎ、首をのばすと岩のわれめに生えている数えるほどのヒースをひきちぎった。わたしたちの足下では、丘は細長い舌のように海面すれすれまで下っている。地面におり立ち、馬の鼻面に手をかけてわたしは馬をつなぐ小屋を探した。傾きかけたバラックと、虫が食った野菜をいくつか植えた囲い地が見えた。錆びた輪に手綱を結わえ、わたしは掛け金がぶらぶら揺れている戸を押した。なかば身を横たえていた長持付きの寝台から黒衣の老婆がおきあがった。彼女に話しかけようとすると、彼女は耳も聞こえなければ、口もきけないと合図をした。彼女が黒いドレスを指し示したので、寡婦だとわかった。わたしの馬に水をさがしてくれそうな男はいないわけだ。遠くで晩鐘が鳴っていた。彼女はねずみの尻尾がついたかぎたばこ入れを持って、かぎたばこを買い足しに町にでかけた。しかしわたしの馬は腹ごしらえの後にバラックの日陰で満足しているだろう、近くで唯一の生き物である豚とけんかなどしなければ。

それで渡し守を待つことにして、わたしは岩塊を積み上げた小さな桟橋までゆっくりと丘を下った。砂利を洗う波のひろがりの向こうに、樹木ひとつない草地とひからびた石壁の残骸をさらす、修道士島が横たわっていた。奥には灰色の家屋と鐘楼の一部が点描のように見えた。日差しはすこし和らいでいた。心地よい静けさがわたしのうえにひろがっていったその時だった、海藻が乾いた音をたてた。桟橋をおりてくる少女だった。年の頃は十五歳ぐらいだろうか。顔は日焼けしてそばかすがあった。スカーフで髪をたばねている。襟元が開いたブラウスには色あせた小さなリボンがゆれていた。裸足で大きな木靴をはいていたから、とても歩きにくそうだった。彼女はムラサキイガイの束の上に粗布を結わえた包みをのせ、木靴をぬぎ、わたしの方を見ようともせずに、打ち寄せるおだやかな波に両足をひたした。大きな竿で渡し舟を押しながら、渡し守が近づいてきた。舟が桟橋に着くと、彼女はすぐに乗り込んで舳先に腰をおろした。

丘の上では、わたしの馬が戸口の隙間から鼻をつきだし、いななきながらなま暖かい大気を吸い込んでいた。渡し守は噛み煙草を吐き出し、少女の方を見て、わたしに目配せした。彼女はモルビアン湾の奥の方、アルス島の方に顔を向けていた、そこでは二台の風車の羽根が回っていた。反対側では、ガヴリニス島のなだらかな丘が彫り込みのある洞窟に向って下っていた。海は青空を映し、入り江は緑の島々を取り巻いていた。ヒバリの群がいくつもうすく糸をひいて空を飛び交った。

修道士島はアルス島と向き合っている。パルドン祭[1]の日にはアルスに行き、戻ってくる白い帆が水面に二筋の曲線を描いた。この祭りの日だけは、修道士島の娘たちは長衣と黒いフードをぬいで、刺繍を縫い取ったベストをはおり、スパンコールのついたビロードのリボンを結んだ。エテルやテュディ島の漁師といっしょにイワシ漁に出る男たちはアルスの娘たちとともに修道士島の娘たちもダンスに連れ出した。修道士島の娘の肌はきめこまやかで、色白で、手はほっそりとし、目は黒く、髪はブロンドだった。かつてこの群島にはスペイン人の入植地があったと言われている。アルスの娘は黒髪で活発でよく笑う。彼女たちはいつでも土地では有名な衣装をまとっている。修道士島の娘は祭りの日にかぎって黒いベールを脱いだ。アルスの娘たちは修道士島の娘の淡い金髪に憧れた。そして婚約した男たちは婚礼の前に許嫁《いいなずけ》をアルスに連れて行くのだった。

さて、道々、わたしは連れの少女とおしゃべりをした。彼女を荷物から解放してあげるために、わたしは彼女の包みをサーベルの先につるし、サーベルを肩にかけた。わたしたちは畑の石塀と村の小路のあいだの長い回廊のような道を抜けた。フードをかぶった青白い顔の娘たちがわたしたちを盗み見た。おとなしい犬たちが物欲しそうにわたしたちに鼻面を差し出した。

　最初は母親といっしょに、それからまぶたに傷のある老人といっしょにブルターニュの地をどんな風に旅をしたのかを、思い出すかぎり彼女は話してくれた。オーレのサン・タンヌ教会近辺の、殉教者の野で乞食たちといっしょに寝泊りしたことがあった。乞食の多くは聖母を刻んだお守りやロザリオを売っていた。彼らは彼らの間で聞いたこともない言葉で話し、夜には鍋のまわりで争い、眠るときには干し草の山をうばい合った。小さな馬車と馬車をひくための首輪をはめた犬二匹を手に入れると、外国の金持ちがやってくるカルナックやプルアルネルの方にずだ袋と棍棒を持って物乞いに行くのだと言って、じいさんは彼女と別れた。サン・ジルダ・ド・リュイスまでの数日間、旅回りの芸人の四輪荷馬車のように大きな馬車で旅をするイギリス人の施しを受けたこともあった。その後、彼女は道から道へとさまよった。そばかすのせいで、少年も少女も彼女をからかった。ある日のこと、アルスの婚礼に行けば恋人がみつかるかもしれない、でも忘れちゃだめだよ。アルス島にいるのは娘だけ。結婚したいと思った娘に熟していないナナカマドの実を七つ食べさせるのさ。――すると娘は青年に姿を変える、というのだ。

　彼女がそんな話をしたので、アルス島の笑い物になってしまいますよ、娘たちは必ず修道士島の娘たちといっしょに行くのです、とわたしは彼女に教えた。しかし彼女は首をふった。

　わたしたちは浜辺の方に駆け下りた。波間で舟がゆらゆらと揺れていた、小石が水面で何度も跳ね返るように、笑い声がさざめいた。砂浜に寝ころんで、アルジェリア歩兵連隊の兵士が渡し船を待っていた。彼は若く、しなやかで、まだ髭がはえていなかった。三ヶ月の休暇を終えて、ちょうどオーレに戻るところだが、アルスの集まりには間に合わなかった――娘たちはみな出かけてしまい、もう舟は戻りはじめていた。小舟が一隻わたしたちの近くに接岸した。赤いベストを着たブロンドの美しい娘が恋人といっしょに、息を切らして小舟から下りた。兵士はのろのろと起き上がり、その娘をみつめるとため息をついた。ズボンの皺をなおし、手のひらでゲートルのほこりを落とすと、彼はわたしの連れの少女を盗み見た、そして小舟に乗った。彼女があっという間に小舟に飛び乗ったので、サーベルの先につるした包みを渡すいとまもなかった。波打ち際でわたしは大声で呼び止めようとした。しかし舟の帆をふくらませる風がわたしの叫び声を運び去った。長いことわたしは彼女をみつめていた。彼女は疲れた両脚を座席にのせ、兵士は緋色の花模様をあしらった青い上着で彼女のふくらはぎを覆っていた。

アルス島では夕日が風車を赤く縁取っていた。舟が一隻また一隻と疲れた顔の娘たちを乗せて戻ってきた。わたしは相変わらず白い帆を目で追いかけていた。二つの点が入り江の灰色にくすんだ浜辺にゆっくりと降り立った。おそらく兵士はわたしの友達の腰に手をそえているのだろう。夕べの霧の中で晩鐘がかすかに聞こえた、やわらかい好きな連中は物乞いをする少女を騙したわけではなく、アルス島の鐘の音は彼女の婚礼を告げているように、わたしには思えた。

（大野多加志訳）

（1）土地の聖人を仲立ちとして日頃の罪の赦し（パルドン）を神に願う、ブルターニュ地方独特の行事。

ミロのために

わたしが何者であるかをお話ししましょう。たいへんおとなしい、商いで稼いだわずかな金で暮らしている男です。夕方、港の近くで球遊《ペタンク》びに興ずるとしかさの友人から政治についてもいささか学びました。彼らの言うところを誤解していなければ、わたしはブルジョワというものであるらしい。たしかに、わたしには少々の貯えもあれば、日なたであくびをする子供が二人いますし、心から愛しているよくできた妻もいます。たしかに、いわゆる紳士のように、ドアの左手の長椅子でパイプをふかし、袋にはたばこも入っています、――わたしがほかの紳士方とおなじように「黒の角笛」というやつにたばこをつめないのは、わたしにはもはや右腕がないからなのです。おなじ理由でわたしの代わりに筆記するのは妻です。でも彼女の肩越しに、わたしが話したとおり、すべてを彼女が書いているかどうかをわたしは見ています。市役所でわたしが意見を述べるときに、市長の秘書が正確に書きとめているかどうかもわたしは見ています。土地の人たちがわたしを議会に送ったのですから、わたしは彼らの商売について彼らを騙すようなことはしたくない。さらにわたしのせがれが学業を終えて、将来これを読むときに、せがれを騙すようなまねもしたくありません。ちっちゃな柄杓《ひしゃく》にお尻をのせて、親指をしゃぶりながら、わたしを見ているせがれを。

　どうしてわたしの物語を話す気になったのかもあわせてお話しするつもりです。ブルジョワは働かないでのうのうと暮らしている、いわば他の者たちが彼のために作ってくれたパンを食べている、苦労している者が空の容器の底をさらっているときに、生まれついての幸運だけで鍋いっぱいたらふく食べている、とみなさんはおっしゃる。一日が終わり、部屋で香の強い海草をつめた上等なマットレスに横になるとき、ろうそくの灯でわたしの店を眺めるとき、わたしとて時として自問しないわけではありません。どうしてわたしはしあわせで、金持ちで、家の中は暖かく、申し分のないかわいい妻ともうすぐ五歳になる立派な男の子とじっさいにはまだ二歳なのに十歳のおじょうさまを気取る娘がいる一方で、踵をすりへらして通りをさまよい、鋲を打った靴を枕に外でねむるあわれな浮浪者がいるのだろう。ろうそくを消す前にそんなことを考えると忘れようにも忘れられません。（わたしどもはろうそくを沢山もっていますが、妻はそれらをお得意さまにとっておくのです。）部屋と店のあいだにはのぞき穴のようなものがあります、ちょうどレジの上に。干し鱈や燻製ソーセージといっしょに天井からつるされた雑穀の袋のあいだから、そして赤や白や青の小さなボールがつまっている小さな瓶、通俗的な版画、大麦糖のパイプ、紐でくくったかんしゃく玉、緑色のフロックコートの下の金色のベストのように光り輝く腹をみせる燻製ニシン、黄色い糸玉、魚のオレンジ色の腸を思わせる、硫黄を塗ったライターの芯をよじりあわせた紐、それらの上に表の通りが見えます。それらはみなながば影につつまれています。ドアの下から入ってくる風がろうそくの炎をゆらします。風にはこばれたひとすじの煙が中央の梁をなめている。妻の白い帽子の上で錫の箱が光っている。店はまるで金と銀であふれているようです。天井のくすんだ金色の雑穀、赤金色の腸詰、黄金色や緑金色のニシン、金色のわらの新品のほうき、透き通った金色の大麦糖、鈍い金色のオレンジ。商品をながめていると気がはれます。

突風の吹く夜、ベッドの縁で生暖かい壁に身をよせて、キルティングした掛け布団をかぶって丸くなるときも、わたしは彼女にうちあけませんでした。もっとも心臓をしめつけられるのはそんな時なのです。くだけちる大きな波の音が家からはよく聞こえますし、しばしば、昼日中、西風が吹くと大量の波しぶきが商品を切り分けるテーブルまで飛んできます。それはあなたの底からもの悲しいおもいを引き出し、くりかえしあなたをそのおもいに引き戻してそこから抜け出せなくなるような物音なのです。それらのおもいは胆汁のように苦いので、何時間もかみしめていなくてはいけない。どうして妻にうちあけなかったかというと、彼女がわたしにもたらした幸福を非難することになりかねないからなのです。たんに彼女は繊細で、抜け目がないだけなのです、彼女は人の心を探る術を知っていて、様子がおかしいと、ちらっと見ただけでわかってしまうのです。朝方、彼女はしばらくわたしを見つめてから、言います。

――マチュラン、どうなさったの？　あなたのジャケットに話してくれないかしら。

振り返るとあごにえくぼを二つこさえて、彼女はほほえんでいます、最初の出会いの笑顔を思い出してしまうのですが、――しかし先を急いではいけません。

それで頭がのぼせてしまい、わたしは彼女をしっかと胸に抱きしめ――もしかしたら、胸ではなくて左腕でしょうか――答えました。

――もちろんだとも、ジャケット、心配しないでおくれ、話すとも。一生コーヒーをコーヒー挽きに入れ、小瓶にケシ油をそそぐ以外はなにもしなかった俗物の食料品屋のせがれだと、息子に思ってほしくはないんだ。そう思ったら、あいつはけして仕事をしようとは思わないだろう。それでは本物のブルトン人とはいえない。それにぼく自身、しばしば、あわれな薦被《こもかぶ》りの奴らのことを考えてしまうんだ。

――なんですって、マットー、編んでいた靴下をおろしてジャケットが大声で答えました。そんな夢をみるなんて気でもちがったんじゃありません！　テーブルには一週間分のパンがあり、妻やこどもといっしょに平穏無事に暮す、あなた以上にそれに値する人がいるかしら？　お腹がへったら、パンを食べちゃいけないの？　だってわたしたちはそうできるんですもの。じゃがいもの付け合わせに塩漬けの豚肉が一切れあるとしても、あちらにつり下がってる肉の売れ残りを切っただけ。うちのめんどりが生んだたまご以外を人さまからいただくつもりもありません。ミロには毎日半ズボンをはかせなきゃいけないのに、あの子ったら穴をあけてしまうんですよ。でも繕おうと思えば、針も糸も指だってあります。ただし、一方では、あなたのおっしゃることももっともです。この世のだれひとりとして、わたし以外、あなたのなさったことを知りません。棚からぼた餅であなたが好運を手にいれたのではないことを、額に汗して苦労してしあわせになったことを、腕を一本あそこに置いてきたってことを、ねえあなた、ミロには知ってもらわなきゃいけません。お父さまは一所懸命仕事をなさり、そうでなけりゃ、週に三度もごちそうをいただいたり、貯蔵庫に豚をまるごと一匹入れておくなどできないことをミロには肝にめいじてもらいましょう。ブルジョワは困ったものです、ねえ、マットー、ブルジョワの名に値しないときには。でも安楽を手にいれるために自分の命のいくぶんかを投げ出したときには、だれからもとやかく言われるすじあいはありません。ですからわたしはこう思うのよ、マットー、あなたは自分の命を危険にさらし、しかも死の手を逃れた、あなたがもう海軍工廠で木製の部品を作れないのは、プロシア人が斧をあやつる腕を切り落としてしまったためなのよ。あなたはあなたの物語を書くことができないのだから、二人が知っていることをわたしに聞かせてくださいな、わたしよりも言葉には詳しくていらっしゃるのだからあなたの言葉使いでよろしいのよ、いつかミロが読めるようにわたしが書き写します。

ここで、わたしは妻にキスをしました、これはぜひとも言っとかなきゃいけません。彼女の頰はリンゴのようなバラ色です。いまでも、彼女はそのことを書きたがりません。はずかしくて顔から火が出る、と言うのです。しかしわたしが彼女をとても愛していることをみなさんに知っていただきたいのです。わたしの苦労の報酬はこの妻なのです。二人がどんなふうにして書いているかを説明しましょう。パイプをふかしながらわたしは部屋を歩き回る。ジャケットはテーブルで筆記する。息子のミロは目をみひらいてわたしどもを見ています——マリアンヌはやなぎのゆりかごで静かにのどを鳴らしています。彼女はぽっちゃりとしたかわいい顔をしていて、錐であけたような小さな目は閉じています。神がよみしたまえば美しい娘になるでしょう。暖炉もありますし、栗の実が焼けています。息抜きにジャケットはときどき栗の実をかじり、お椀にたっぷり一杯のシードルでのどの渇きをいやすのも禁じられてはいません。床は石鹼で洗ってあります。樅材のつなぎ目には大きな茶色の縞が入っています。清潔な部屋を持っているのは楽しいものです。部屋には店の香辛料の芳香がたちこめています。

どうして海軍で兵役につかなかったのかという理由から始めましょう。

ナヴァロ港では、遠洋漁業にはめったに出ません。ラ・チュルバルやピリアックやビリエやメスケールといった低地の連中は新大陸のバンクに鱈をとりに出ます。ここではモルビアン湾やベル・イル、ウアット、エディックあたりで引き網漁をします。それで徴兵の抽選ですが、遠方の灼熱の地にでかけ、たばこの汁を塗ったような顔で帰ってくるよりは、わたしたちは鰯漁の漁師ですから、陸地で兵役をつとめるほうがいいわけです。赤いズボンやなめし革をあてたズボンをはくといっても、網のロープを繰り出すときに払う労力と銃をかついだり車輛をひっぱる労力とにかわりはないのです。

さてわたしは一八七〇年の十一月の末に、ヴァンヌの部隊といっしょに出発しました。(1) 猛烈な北西の風がふきました。指がちぎれそうな寒風でした。わたしたちは家畜を運送するような列車に詰め込まれました。電線がびゅうびゅうと鳴り、転轍機がリフレインを繰り返し、車輪は耳障りな声で水夫の唄を歌いました。一昼夜わたしたちは列車から列車へと乗り継ぎました。下士官たちはののしり、悪態をつきました。灰色のあけぼのが黄色い空にあらわれたとき、関節はしびれ、爪は寒さで青ざめていました。わたしの車両に、小さな目をして、赤毛で、顔に斑点のある、グーランの木靴工がいました。奴は出発前に痛飲し、四六時中「こんちわ、おじょしゃん」とどなっていました。下車時、わたしたちの車輛は嚙みたばこの汁でべとべとに汚れていました。

停車した列車の前方、田野はまったいらで、ブルターニュで見られる垣根がありません。見渡すかぎり畑また畑、うっすらと靄がかかり、切り株と凍った土塊がころがっています。背嚢《はいのう》を背負い、銃を抱えると将校が「前へ進め」を命じました。赤毛の木靴工はつまずいてはよろめき、よろめいてはつまずいていました。体の大きな兵士がときどき木靴工をはげましました。その兵士はあまりにみごとなブロンドなので、まゆがあるのかないのかわかりません、頭は剃っていてまるで禿のようでした。前進するにつれて、にぶい衝撃音が聞こえてきました。時として布をひきさく音のようにも思え、縮めた帆が帆桁《ほげた》にぶつかる音のようにも思えました。わたしたちの左手、街道沿いに五六軒の家があり、休止命令が出ました。わたしたちは部署につき、命令を待つことになりました。プロシア人が前夜そこを通過したのでした。柵は取り払われ、屋根の窓から大きな穴のあいたマットレスが見え、戸口には壊れた椅子が積み重なっていました。破れた穀物袋のまわりで牝鶏が三羽えさをついばんでいました。

伍長が納屋の戸を開けました。戸は蝶番《ちょうつがい》でかろうじてぶらさがっていました。中は薄暗く、消えかかった火がぱちぱちと音をたて、すすりなきが聞こえました。それはわたしたちに背を向け、暖炉の石の上にひざまずいた娘でした。コルセットのひもの間から肌着がはみだしています。足音に気づき、彼女は目にためたなみだをぬぐうと立ち上がりました。

——もうなにも持ってないわ、彼女はわたしたちに近づいて言いました。父さんと兄さんは屋根裏部屋に銃を一丁持っていたの。あいつらは父さんと兄さんを縛って、連れて行った。わたしは泣き叫んだ。でもどうにもなりゃしない。父さんと兄さんは銃殺されるのよ。二人を村に連れていったんですもの。あいつらが戻ってきたら、櫃《ひつ》に隠した銃で一人でもいいから狙い撃ちしてやる。わたしも殺されてしまうでしょう。もうこの世でしなきゃいけないことなんてありはしない。なにもかも失ってしまったわ。

——お嬢さん、泣いてばかりいちゃいけない、伍長が言いました。火をたいて、事がうまく運ぶような手立てを考えましょう。

しかしスープをとってしまうと（塩漬けのラードがひとかたまり入っていました）方策などなにも浮かんできません。プロシア人は村にいて、田野には狙撃兵がいる。——娘は、櫃と壁の間の地面に身を投げ出しました。彼女は心も張り裂けるばかりにさめざめと涙を流しました。

朝方から昼過ぎにかけて、霧雨が窓をぬらしました。銃に油をぬった後、わたしは隅にすわり、あれこれと想いをめぐらしていました。仲間は暖炉を囲んで寝ていました。伍長は窓際で口笛をふき、田野を眺めていました。娘はあいかわらず泣いています。

——ランタンはありますか、わたしは娘に耳打ちしました。

彼女は生気のない目でわたしをみつめ、答えました。

——櫃の中、右手よ。

わたしはブリキのランタンを手に取りました。火をつけ、外に出ました。どうしてわたしは外に出てしまったのでしょう、ほんのおもいつきだったのです、もちろんはっきりとした考えがあったわけではないし、規則違反でした。しかし色の白いブロンドの小娘のなきはらした目を見ると、心臓を打ち抜かれた気がしたのです。街道は村に向かってまっすぐに延びていました。わたしは畑に飛び込み、ランタンの明りをとじて街道沿いにすすみました。冷え込みはさらにきびしく、粉雪が舞っていました。暗闇でしたが、街道が村の真ん中を抜け、道の両側には家がならび、家の裏手が畑だとわかりました。わたしたちの土地とおなじく、だいたいの家は、奥には薪が積んであり、壁には四角い窓が開いていて、家の中の物音が筒抜けでした。いびきの聞こえる家もあれば、——規則的な足音が聞こえる家もあります、——あけっぴろげな笑い声がもれる一軒の家で、わたしはひじをついた姿勢で、耳をすましました。すこししわがれた、太い声が言いました。「ごろつきの狙撃兵どもめ！　明日にはみな殺しだ！」聞き取れたのは「狙撃兵」という単語だけでした。銃剣でそっと薪をずらし、目をこらしました。一人は若い、もう一人は年寄りの農民が立っています、帽子はかぶっておらず、両手をしばられ、たっぷりとした青の上っ張りを着ていました。ろうそくの近く、テーブルに腰をかけ、年の若い少尉が口ひげをひねっている。二人に向かって話しているのは年配の伍長でした。他に二人の男が暖炉の前にいました。

その瞬間ある考えが浮かびました。わたしはこっそりと村の入り口まで駈けました。ランタンを木につりさげ、ランタンのおおいをのけました。黄色い灯りがこずえで輝きました。灯りは雪のうえに明るい輪をえがき、まわりの雪は藍色でした。それから、銃をつかみ、一発撃って息せききって家まで駈け戻りました。家では上を下への大騒ぎです。「誰だ？　何事だ？　こんちくしょう！　早くしろ、表だぞ！」武器のぶつかる物音。ランタンに向けて発砲する音。窓から、少尉と伍長が言い争うさまが見えました。わたしはドアに飛びつき、部屋に跳びこんだ。最初の兵士の胃めがけてブルターニュ流の頭突きをおみまいし、二番目の兵士の腹に銃剣を突き立てた。即座に二人の農夫のロープを切り、わたしは彼らに言いました。

――急げ、走るんだ！

数秒後、わたしたちは畑の雪の中を全速力で駈けていました。しかし敵はわたしたちを発見していたのでした。降り積もった雪のうえに三つの黒い斑点。「おい、止まれ！」という声が聞こえ、銃弾が頭上でうなりをあげました。不意に右腕に鞭でしたたか打たれたような衝撃がはしり、すぐにその衝撃は強烈にわき腹におりてきました。あえぎながらわたしは二人に言いました。

――垣根の陰に、溝の中だ。

こんこんと降りしきる雪の中、わたしたち三人は溝に跳びこみました。プロシア兵はわたしたちを探して前進しました。雪はどんどん降り積もり、わたしたちの足跡はもう見えませんでした。しかし凍え死ぬほどの寒さの中、わたしたちはまるまる一晩そこにひそんでいました。わたしの袖口はどす黒く凍った血でおおわれました。朝方、ドイツ人を排除するために前進したわたしたちの部隊が溝の中で助けを呼ぶ声を聞きつけました。そしてわたしが窮地を救った二人の男の家まで運んでくれたのです。わたしがベッドに身を横たえたのがその家であり、高熱をだしてわたしがうわごとをつぶやいたのがその家であり、軍医がわたしのあわれな右腕を切断したのがその家であり、しかしジャケットよ、おまえが絶やしたことのない微笑みを浮かべわたしをみつめたのもまたその家であったし――さらにわたしたちが婚約をかわしたのもその家においてであった。……伍長はわたしをみつめ、目をしばたたかせて、「不良兵士だ――でも勇敢な小僧だ」と言ったのをおぼえています。それから、ジャケットよ、父と兄を救ったお返しにおまえがわたしの左腕にキスをしてくれたこともおぼえている。

ミロに言い残したことでたいしたことは残っていません。わたしたちはあちらで、ボースの土地で婚約し、ナヴァロ港で式をあげました。片腕を失いながらおまえの親族を救ったことに感動して、おまえはわたしを選んだ。わたしはおまえを愛した、というのもおまえは色白で、おとなしく、気だてがよかったのだから。いまのところ、わたしたちは海辺の片田舎でしあわせです、ミロと小さなマリアンヌもいれば、香辛料のよい匂いや潮の香りをはこぶ波しぶきもある。冬、西の風がウアットの荒々しい岩山をこえて我が家の窓をたたくとき、わたしたちがしあわせであるとしても――おまえが言ったとおり、ジャケットよ、そのことをはじる必要などこれっぽちもないのだ。そのためにわたしたちは辛酸をなめたのだから。

（大野多加志訳）

（1）旧プロシアとフランスが戦った普仏戦争（一八七〇―七一）。

病院

そこへ行くには古いあばら家に縁取られた入り組んだ道をいくつも通らねばならなかったし、まずその外観は修道院に似ていることで人をおどろかした。長い灰色の壁と、ぼたんかずらが垂れ下る格子のはまった窓、その壁には藤が這っていて薄暗いポーチがうがたれ、その中央には人の出入りに鳴らされる大きな鐘。門番は小さな仕事部屋の窓に肱をついて入口を見張り、その仕事部屋では錠前屋が病院内の鍵を万力で造っていた。庭の環状に植えられた木の下では、白い縁なし帽を被り、鉄色の長衣をまとった痩せ衰えた人たちが石のベンチにうずくまり、一日中頭を振っていた。救急車がポーチの前に停まり、大きな鐘が鳴ると、窓の格子のうしろで白い縁なし帽が顫え、黒い髯をたくわえた黄色い顔が窓硝子にはりつくのが見えた。下士官も兵長も兵卒も皆白い縁なし帽を被り、同じ好奇心を抱き、同じ退屈に苦しんでいた。何人かの下士官は軍帽を被り、その長衣には銀糸や赤い毛のV字型が縫いつけてあった。だが、この長い髯を持った陰鬱な人たちの集団においてはすべての個体が無差別に扱われていて、両端が灰色をした唇に唾をためている者も、落馬して折った肋骨を切除されたため腹をへこませている者も、厩《うまや》の仕切り木に足を砕かれて退院を待っている者も、たがいに身を寄せ合って黙ってパイプをふかし、口を開けるのは唾を吐くか、「階級は……」と呟くときだけだった。

病院は男女混成——男の看護人と修道尼がいた。看護人はぞんざいに包帯を巻き、絆創膏と一緒に肉片まで剝ぎ取り、修道尼は、肥って頬を光らせている者も、竿のように痩せて圧延機にかけられたような顔をした者も、給食をピンはねし、回復期の患者に掃除をさせた。ただひとりアンジェール修道尼だけが患者を楽しませた。彼女は白い頭巾を被り、襞のある灰色の服を着けていても、小粋《いき》だった。彼女のかわいらしい小さな顔のなかではすべてが微笑んでいた――額にはえ出たカールした髪も、やさしくて人をからかうような眼も、ロクセラーヌ風の鼻（1）も、反り返った唇も。胸の間から覗く銅の十字架さえ慎ましい歓びに輝いているように見えた。唄う声はナイチンゲールのようで、彼女は白い冠毛を頂いた灰色のナイチンゲールといったところだった。兵隊たちは眼を上げ、口をあけて晩禱のときに唄う彼女の声に耳を澄ませた。巡廻のとき患者たちはわざと布団をはいだ。アンジェール修道尼が静かに飛ぶ夜鳥のように、角燈《ランタン》をもって寝台から寝台へと廻り、やさしく一様な動作で布団を掛け直しに来てくれたからである。昼間、彼女が負傷兵の部屋から下りてゆくと、みんな菜園で摘み取りをする彼女の様子をうかがうために好んで厠に行った。漆喰《しっくい》を塗った便所の狭い窓から白い頭巾の躍るのが見えた――その向うにはヴァンヌの町とその長い城壁、銀色の庖丁の刃のような細い港が、またその向うには、小湾の近くにかかる緑橋《ポン・ヴェール》と、空に押しつけられた褐色の染《し》みのような、低いコンロー島の生い茂る木々が見えた。

　人の話によると、アンジェール修道尼は本名はオデットだった――それで下士官連は彼女がそばを通ると小さい声でわざとそう呼んだ。人の話によると、アンジェール修道尼はもとパリの服飾屋に勤める走り使いの小女だった。彼女の小走りな歩き方もそこからきたのだ。人の話によると、彼女はある大失恋のあと宗門に入った。ある晩、婚約者が突然酔っぱらって帽子をまぶかに被って現われ、彼女の稼いだ週給を要求したのだ。そして、もと遊び人の薬屋だった看護人のギョームはこの婚約者をよく識っており、一緒に「林檎酒《ピュレ》」を呑んだこともあり、どんな「情婦《いろ》にも稼がせる」と自慢するのを聞いたことがある、と言っていた。そいつは有名な耳なし《オレイユ・マンジェ》ジュローという男で、ベルヴィルの女たちから恐れられた男のひとりであり、ただひとりの羊飼いとして多くの羊を毎夜モンマルトル男たちのほうに狩り立て、その毛を刈り取るのだった。ところで、あわれな服飾屋の少女は、泣く泣く現世の生活を捨てた。いまは聖ヴァンサン・ド・ポール病院の修道尼として、パリっ児の溌剌とした顔で単調な病院をはなやがせ、白い縁なし帽の下の蒼白い顔を通りがかりに微笑させていた。

夕刻近く、ひとりの予備兵、いわゆる〈平帽《ブーム》〉が運びこまれた。予備兵はむしろ民間人の帽子に似たひしゃげた帽子を被っているので〈平帽《ブーム》〉と呼ばれた。この老〈平帽《ブーム》〉は喋りも叫びもせず、痩せ衰え、髯をもつれさせ、ズボンをはいたまま、どんよりした眼をして、白痴のようににたにたしながら突っ立っていた。看護人が姓名を訊ねた――彼は「知らねえ」と答えた。肥った修道尼が彼を揺すぶって寝かせつけた。軍医補は処罰するぞと脅した。軍医は独房入りを約束した。病院長がやってきて、板張りの寝台が置いてある拘禁室に収容しようと提言した。〈平帽《ブーム》〉はぼうっとしたままで、枕の上で頭を転がし、「知らねえ」と唸っていた。

夕食時間になると、修道尼が光る大桶からスープをすくって給仕した。患者は直してもらったばかりの寝台の上に半ば身を起こし、おとなしく緊張して粗い白陶の鉢を受け取った。修道尼は廻りながらぶどうひと房か桃を一個ナイトテーブルの上に置いていった。部屋全体が夕食のなかで明るくなった。修道尼は〈平帽《ブーム》〉に「食べる、熊さん?」と訊ねた――老〈平帽《ブーム》〉は「わからねえ」と唸った。

夜が終り、翌日になっても「老人」はぼけたままで、仰向きに寝ていた。そしてふたたび夜が訪れた。病室では、陶のドームの中央で常夜燈が燃え、乳色の薄明りが天井まで立ち上っていた。鼾声と大きな息遣いの音が聞こえた。奥の隔離室からは鈍い呻き声と低い嘆声が響いてきた。突然ある物音が立ち上り、次第に大きくなった。最初それは油の切れた車輪が軋むような音、ついで強い独楽《こま》が唸るような音、最後は瓶をさかさにしたときのごぼごぼいう音になった。そしてその音は〈平帽《ブーム》〉の胸と咽喉から途切れることなくほとばしり、執拗で連続的な音になった。まるで水を満たした人間を頭を下に吊るし、いつまでも水をごぼごぼと吐き出させているみたいだった。

患者たちは眼を覚まし、枕に肱をつき、持ち上げられた掛布団は寝台に白い瘤をつくった。おおぜいの人が「やめろ!」とどなった。奥に寝ていた失語症患者は金切り声で「あいつ……キレ《キレ》あいつ……キレ《キレ》あいつ……キレ《キレ》キレ」と執拗に繰り返した。そしてその隣の、軟口蓋を摘出された廃人は「い……ま……二時だ」と水の洩れるポンプみたいなひゅうひゅう鳴る声で応えた。

そのとき奥の扉が開いて、灰色のかたまりの上にひとすじの黄色い光が現われ、二列に並んだ寝台の間を滑るように近づいてきた。〈平帽《ブーム》〉は角燈《ランタン》と白い頭巾を見ると、わめきだした。

「見えたぞ、あのすべた尼が。おれは知ってるんだ、病院の尼ってものを。みんなすべたで、死んじまえばいいんだ。おれの女は行っちまいやがった。見つけたら孕ましてやる。ほんとだぞ。張り倒されたきゃあ、戻ってくりゃいいんだ。おれを金に困らせやがって――針子女め――間抜けで不器っちょだもんで。あとであいつよりましな、稼ぐ情婦《いろ》も何人も持ったさ。あのへぼな使い走り女よりゃうまい冗談をいう女もな。だが、それでもあいつのことが頭に残っていやがる。頭んなかにいやがる。ここにいやがる、すべため！」

彼は疲れきって口を開けていた。アンジェール修道尼は覗きこんでいた。彼が頭を転がすと、角燈《ランタン》の光が耳のとれた跡、皮膚が癒着してぎざぎざになっているところにあたった。それは「彼の耳朶《みみたぶ》を食いちぎったある情夫《ひも》」の置土産だった。

このいまわしい心のなかにも、彼の識ったただひとりの堅気の娘の面影は消えずに残っていた。彼は彼女を憎み、「くたばらせ」たがっており、見つけたらひどい目に遭わせただろうが、それも恋情に駆られてのことだった。かわいいオデット、服飾屋の小娘は、かつて愛した男の残骸を見つめていた。わけもわからず、ただこの男が腹黒く、悪辣であることを知るだけで、見つめていた。昔、仲間の女たちから純真さを失わせられたにしても、いまはすべてを忘れてしまっていた。彼女が送った静穏と献身の生活が衝立のように過去を閉ざしていた。だが、いまは怯えながらも見分けることのできたこの怒っている患者の耳なしジュローが、自分を愛していたことはよく知っていた。認めるべきではないことだが、彼がいまも自分を愛していることがわかった。彼女は、ずっと前に回復した心の傷がまた口を開くのを感じた。

やがて男は喘ぎだした。看護人がその背に二十五個の吸玉をつけ、頭に発泡膏を張っている間も、修道尼は寝台のそばを離れなかった。病院付司祭から終油を授けられても、彼はそれを意識しなかった。明方近く、アンジェール修道尼は疲れて蒼白になっていた。耳なしジュローは腕を突き出し、十字に組んで動かしながら、弱々しく「恐い！　恐い！」と叫んだ。叫んでいる間も喘ぎは続いた。彼は正午に死んだ。まだしゃっくりしているうちに小さな部屋に運ばれたが、アンジェール修道尼はついて行き、彼の眼、赤い眼を自分で塞いでやった。

彼女は遺体を損傷しないことを看護人に承知させた。昔だったら、やさしい性格にも拘らず、彼がばらばらに切り刻まれるのを痛快に思ったかもしれない。そして午後、庭の環状に植えられた木の下で、鉄色の長衣をまとい、白い縁なし帽を被った同じ陰鬱な男たちは、エプロンを掛けた助手たちが死体の周りで忙しく立ち働くのが見えないのにおどろいて、死体置場の窓ガラスに顔を押しつけていた。こんな暇つぶしで彼らの時間は過ぎていった。彼らはこのことについて長い間話し合い、どんな変化にも不安を感じるので、薬局で泣いているアンジェール修道尼の前を通るとき、首を振ることさえ忘れた。

（大濱甫訳）

（1）反り返った鼻のことをいう。

心臓破り

歩道を歩くには恥ずかしくなるようなぶっとんだズボンで、リングで締めた黄と赤のマフラー、くるくる巻き毛にこれ見よがしにかぶった縞帽子というでたちでそいつがやって来た時、これは男にとっては「恐怖」、女にとっては「心臓破り」だと一目で見て取れた。腰つきは扇情的で、こめかみにのびた切れ長の黒い目は女好きのする光をたたえていた。両の脇にぶらりと垂らした両手は、まっすぐで紫がかり、いかにも腕っぷしが強そうだった。それは男も承知のことで、やや前のめり、頭を傾げ、目をすぼめ、肘がぶつかるのもおかまいなしに、肩で風を切って歩いていた。男とすれちがった女たちは、ガス灯の近くで、黄色い灯りにまぎれて男を見送っては、この勇ましい「心臓破り」に胸を震わせた。

男の前をひもつきの街の女がひとり小走りに通りかかった。精彩のない大きな目が、骨ばったこぶしのように、皺だらけの顔を占領している。一歩ごとにバネを踏みつけるようで、足を踏み出すたびにぎくしゃくし、足が地に着くごとにスカートが踊った。心もとない輪を描いて飛び回る夜の蝶のように走りながら、通りのこちらから向こうへと、足を休めてはまた駆け出し、ホテルの窓をみやり、酒屋に入りたげでもあった。というのも彼女はつけられているとわかっていたのだ。

男は情け容赦なく両腕で彼女を捕らえた。二年この方男は女を恐怖で縛っていた。お前から目を離しはしない、もしオレの他に男を作ったなら、フォークで二つのお目目をくり抜き、耳を食いちぎり、おっぱいに噛みつき、足蹴で腹に風穴をあけてやるとおどした。その話を思い出すと、女は血の気がひいた。大きく口を開いたざくろのように血を流してぶらりと垂れた仲間の乳房を思い出した。男は卑劣にも、ブラウスの上から、あっという間に、乳房を嚙みちぎったのだった。

彼女は心臓破りの誘惑に目をくらまされなかった最初の女だった。媚を売る女たちが尻を撫でたり、気をひこうとする甘いことばをかけたりすることに男は慣れっこになっていた。踊り場でいい目をみようとしたら、ミュゼットの楽の音に合わせて脚をふりあげるカップルたちにまじって、ウィンクをすれば事は足りた。飛び跳ねまわるパリの女《あま》たちはうっとりとして、ハンサムな踊り手の思うがままだった。男の貪欲な両手は女たちの腰を抱きしめ、よこしまな視線に彼女たちの目はうるんだ。彼がサッと合図をすると、フランス風にサラダボールへ注いだワインを前にして席についた仲間の間を、素早く一回りした後で、彼女たちは四角いホールを後にした。女たちは自分の顔を心臓破りの顔の方に仰向けて、ほのぐらい通りに二人は消えた。

しかしこの女はなにも感じなかった。彼女は男を小馬鹿にし、薄情であり、冷淡だった。趣味のよろしからぬ好奇心から男のごりっぱな体だけに惹かれたという風だった。不細工で、肉付きも悪く、肩の骨が浮き出し、乳房はぶらりと垂れていたが、女は色のさめたうつろな目で男を威圧した。眼球の皮膜は七宝のような青さで、その下に赤い花模様が走っていた。瞳は明るい灰色で、沈む日の光りをつつむ霧のように妖しく、冬空のように冷たかった。その瞳でじっと見つめられると、なぜか身を苛まれるようで、男はすべてを忘れた。

彼はどこにでも女について回り、彼女が一人の時は脅迫するのだった。通りで女の腕をわしづかみにして安酒場に連れ込み、アブサンをがぶ飲みすることに男は苦い快感を感じた。はじめは女は甲高い笑い声をあげて拒んだ。それで男はげんこつを二つ、両の目に一つずつ、お見舞いしてやるとおどした、——通りのど真ん中で——だからおとなしく入りな——、女は、しぶしぶ飲み屋に入った。それだから、気の立った女は、さんざっぱら男を笑い者にした。その手厳しい冗談の一つひとつは、恋に狂う男が腹、脚、腕の皮膚を切り刻むナイフの切っ先のように切れ味が鋭かった。幸福と倦怠に潤む彼女の目には、それらの冗談が、突き刺し、切り裂き、嚙み裂き、焼き焦がす時、意識が薄れる時に見られるような悦楽が浮かぶのだった。

こうして二人は口もきかずに、ガス灯の間を抜け、薄暗い河岸を通って、赤と黄に光るサーベルのようなさざ波が立つセーヌ川に架かる、照明があたってまだらになった橋を渡り、トローヌの門まで足早に歩いた。そこからは呼びこみの太鼓の音がまじった、鼻声のような楽の音が聞こえてきた。通りの両側にある屋台の闇から、赤や緑やバラ色のガラスがきらめき、目もくらむ光が溢れ、耳ざわりな金切り声、福引き台の輪のがらがら回る音、客引きの甲高い呼びこみの声が聞こえた。そしてそれらの物音にかぶさるように、水底に沈んだ泥土から小石をひろいあげる時の音を思わせる、雑踏のざわめきがもれだしていた。

青白い顔の《いろ》はレスラーの小屋の前で立ち止った。入り口では、幕の前で三人の客引きが大声で叫んでいた。その幕には、筋肉隆々とした男が分銅で曲芸を見せ、幾人もの人間がまたがった樽を自分の歯で持ち上げる様子が描かれていた。もぎりの女ははち切れそうに肥り、重たげな首のたるみは、きらきら光る薄片がちりばめられた上着にまで垂れていた。

小屋の中では、おがくずをまいたリングで二人のレスラーが闘っていた。背丈はほとんど同じぐらいで、二人とも小さかったが、重量が違った。ひとりは痩せていて、腕や脚に筋肉のこぶが走っていた。肩甲骨が盛り上がっていた。もう一人は首が太く、べとべとの髪をなでつけ、腿は器械のシリンダーみたいだった。二つの乳首がシャツから浮き出し、手首と足首には革のバンドを巻いていた。

勝負はあっという間に終った。太ったレスラーが「ストンピング」をしかけ、それが決ったのだ。思い切りそりかえり、全体重をかけてダイブすると、相手は背中で踏ん張ったが、体から力が抜け、ついに両肩が床に着いた。拍手が湧きおこるなかを、興行主が柵の真ん中に進み出た。窮屈なモーニングを着て、カラーで首に傷をこさえていた。両手で帽子を回しながら、レスラー出身のかすれ声で言った。

——ポール氏に勝負を挑んで、勝ったお客様には千フラン進呈いたします。皆様が小生の申し出を諒とされ、格闘技を愛されるお客様が必ずやいらっしゃると信じております。

会場を眺めまわしてから、彼は言葉をついだ。

——とくとお考えくださいませ。千フランと申せば大金です。金庫にしまってあります。

心臓破りは小屋に入っていた。巨漢のポールに仰天する、目の色の薄いやせぎすな女だけをみつめていた。彼女が横目で心臓破りを見て、からかうようにささやいた。

——どうだい、心臓破り、おいらを愛してないのかい？

即座に彼はリングに飛び出し、上着とマフラーを投げ捨てた。縞模様のジャージーの下からは色白の肩が、ついで「恋の枝」と刺青《いれずみ》をいれた筋肉質の腕が現れた。細い手首の先に、垂れ下った葉のように大きな手のひらが伸びている。

だが心臓破りはレスラーの相手にはならなかった。

太ったレスラーが心臓破りの腕をひと捻りすると、それは撚りをもどしたロープのように垂れ下がった。レスラーは心臓破りを腰に乗せて、宙に放り上げた。股を割き、蛙のようにひっくり返し、バックをとってしゃがみ込むと、心臓破りはもうへとへとだった。顔がゆがみ、両耳の端まで幾重にも皺がよった。紅潮した額には青筋が浮き出し、両腕は弱々しく床を叩いた。

右手をズボンのポケットへと延ばして、心臓破りは中を探ろうとした。青白いやせぎすな女の目が眼窩の底までぐるりと回った。肩が小刻みにふるえ、身体がはげしく揺れ、顔一面に血が上った。そして青ざめたと思うと、女はぐったりとなって、テントにもたれかかった。

しかしレスラーは心臓破りの動きを見逃さなかった。襟首をつかむと、猛犬を相手にするようにふりまわし、ひざげりをお見舞いした。「ソーセージ野郎、おれを刺そうって魂胆だな。こっちこそ、お前の血をひん抜いてやる。女たらしめ。ナイフを離しな、さもないと首根っこを絞め上げるぞ。」

心臓破りは起き上がり、相手をにらみつけ、服を拾いあげると、野次を浴びながら外に逃れ出た。細身の女は暗がりで待ちかまえていた。彼女の笑い声が夜の冷気に響き渡った。

——ご愁傷さまだよ。心臓破り、恐いお目目でにらんでも駄目だよ。もう恐いもんか。ナイフを出すなら、出してみな。あたいのいい人はあんたじゃなくて、あの人さ。あいつを殺《や》るのにびびることはなかったじゃないか、あんたがかわいそうになっちまったよ、あんたは本当のワルなんだから、出刃《でば》を使うと思っていたのに。なんだい根性なしだね。ワルく思わないでおくれ。あたいはでぶちんに会いに行くよ。イケメンじゃないが、脚みたいにぶっとい腕じゃないか。ダッコしてもらうのさ、あいつにね。あんたは面白くないだろうけど、あんたなんか屁でもない。心臓破りが聞いて呆れるね。せいぜいが、かわいい仔牛の心臓ってとこだよ。

（大野多加志訳）

面

サーブル街道を足をひきずりながら歩いていた、男と女は間遠なにぶい音を聞いて、立ち止った。彼らはトゥルヌブリドから二匹のマスチフ犬に追われていて、心臓がバクバクいっていた。左手には、線路が血を流したようにヒースの中を走り、所々に黒い小山が見えた。彼らは溝に腰をおろした。男はべたべたに汚れた糸で穴のあいた編み上げ靴を繕った。女はふくらはぎをまだらに染めた白いほこりのしみをかき落とした。男は「手が早く」、頑丈な拳をし、腕には筋肉のこぶがあった。もう一人は四十がらみの、いい年したパン助だった。しかし目はしっとりとうるみ、日焼けはしていたが、肌はまだなかなか若々しい。

彼は靴をはきながら、つぶやいた。

――今晩には、またちょいと腹ごしらえだ。ぽんぽんを空かして、村の犬どもに追いつかれちまったら、しゃれにならねえ。いまいましい犬っころめ、飼い主をみつけたら、一発お見舞してやる。

女が小声で言った。

――大きな声をだしちゃいけないよ。犬に話したってしょうがないよ。ちょっとずつ、ちょっとずつ、おびき寄せて、そいですぐ近くに来たならば、棒切れをお見舞してやればいいのさ。

――なるほど、若造が答えた。ここでやっちまう手はないな。

彼らはびっこをひきながら街道沿いに歩いた。陽は沈んでいたが、物音は相変わらず聞こえた。闇につつまれた凹凸の間から黄色い灯りがもれ、そこここに赤っぽい塊りを照らし出した。

——さあ、腹ごしらえだよ、女が言った。石砕きの人夫さんたちのところでね。

盛り土の上で動く人影が見えてきた。つるはしで土を掘り、鍬《くわ》のように背を折り曲げ、紅い石を取り出す人影があった。作業着をはおった子供たちはランタンをかざしていた。人夫たちは縁なし帽子をすっぽりとかぶり、青いレンズの風防をかけていた。彼らの木靴には紅殻色の粘土がたっぷりと付いていた。やせた大男が、黒い針金でできた面をかぶり、威勢良くつるはしをふるっている。男は年配に違いない。面の網からは灰色の髭の先が二つはみ出ていた。

土地では石切工は恐れられた。彼らは赤土の中で日中いっぱいと夜の一部、面をかぶって、穴を掘る、得体の知れない男たちだった。請負人は男たちの前歴について、こう受けあった。ほとんどは前のある奴らで、土木屋だろうが井戸掘り屋だろうが、どっちも縁日でレスリングをするのを見せたり、とんでもない服装をさせられたぱっとしない怪力男として食っていたりした奴らに違いない。掘り返された土を踏み固める歯の欠けたガキどもは鶏を盗み、豚の喉をかき切った。流れ者たちは石切場から石切場へと渡り歩いた。面を被るので、やぶの深い土地では目がくらみ、湿気を含んだ土で胸がむかつき、ひとところに長く留まることはできないのだった。

しかし二人の浮浪者は、めしとねぐらを求めて、明るい穴に近づいた。彼らの前では小僧が一人歌を口ずさみランタンを振っていた。

面をかぶった男はつるはしにもたれ、顔を上げた。灯りに照らされた顎だけが見えた。他は暗闇に隠れていた。彼は舌打ちをして、言った。

——おやおや、流れ者だな。めしですかい？　あんた方のように、お二人なら暖まるってもんだ。しかしあんたのようにこんなめんどりを連れていちゃいけねえ。おれたちが惨めじゃないか。ふところ具合もかなりのもんでしょうね。

男たちは囃し出した。「やー、ニニよ、旦那なんぞ厄介払いだ。さあ、さあ、おいらと寝ようぜ。エルネストの野郎、もう脱いじまったのかい。やけに急いでオゼゼをむしられようとするじゃねえか。やい、エティエンヌ、こりゃお前の女かい？　いまいましい犬っころじゃねえか、丸太棒を喰らわすぞ。」

ついでじゃりどもも口をはさんだ。「ああ、こいつのツラをみて見な！　このどた靴のせいで女はいっしょになったな。すげえ靴だよ。こりゃ値がはったろうな。家が一軒建っちまうぜ。」

喧嘩早い若造は拳をぶらぶらさせながら面をかぶった男に近づいた。

落着いた声で言った。

──あんたを一発でのしてやる。どえらい一発でな。壁までぶっ飛んでもう一つ穴ができらあ。

そう言って、不意に男の顎に二発お見舞いした。

面をかぶった男はよろめき、つるはしを握り、振り回した。相手は下を見ると、石の山に半ば埋れていた小ぶりのつるはしを手に取った。

──やるっていうのかい？　やせた石切工は言った。お歌を歌わしてやるぜ。おいらの名前は鰈《かれい》だ。パリっ子だぜ、ベルヴィルの生れよ。それほどほれてもいない女のためにカレドニアの海の潮で足を洗ったのよ。ある夜ある店に押しこんでお縄を頂戴したわけさ。カレドニアは遠いぜ。十五年もかかっちまった。まあいい、くたばらしてやる。

すると女は若造に抱きついて叫んだ。

──聞いておくれ、喧嘩は止めておくれ。のされちまうよ。あたいはあいつを知ってる。喧嘩は止めておくれ。お願いだ、お願いだよ。

喧嘩早い若造は女を押しのけた。

──おれは名無しだ、親父の顔も知らない。ムショに入ってたという話だ。親父は痩せていたらしいが、おれは頑丈に育った。始めるかい？

女はあいかわらず泣き叫んでいたが、仲間が取り囲んだ。彼女は作業衣を引き裂き、つねり上げ、嚙みついた。

石切工が二人、女の両拳を押えた。

男と若造は工具を振り上げ、身構えた。面をかぶった男がつるはしを振り下ろした。若造は飛びのいた。若造の打ち下ろしたつるはしが男のつるはしに当たり、カーンと冴えた音をたてた。それから彼らは石の山のぐるりを回り、こっちかと思えばまたあっちと飛び跳ねた。狙いをはずしては、口から泡を吹いた。彼らは赤土に膝まで埋った。面をかぶった男は木靴を脱いだ。つるはしとつるはしが交差した。金具がレンガを叩き、闇に何度か火花が飛んだ。

しかし若造は体力で優った。相手が長い腕でぶるんぶるん振り回す、恐ろしい頭への一撃をかわし、逆手で相手の脚にすさまじい一撃を見舞った。

面をかぶった男はつるはしを投げ捨て、両腕を上げた。

――おれは木靴を取ってくるよ。下着が汗まみれだ。あんたはたいしたもんだ、お若いのよ。この鰈も、降参だ。

とって返した男が石切工たちの輪を抜けたとき、目の前に女が見えた。男はひと声唸ると、再びつるはしに飛びつき、どなった。

――好きものめが！　お前はおれをポイ捨てにしやがった！　お前の顔は忘れもしないぞ。お前の男をくたばらせてやる！

女は白眼をむいて、仰向けに倒れた。両腕は固まって腰にはりつき、首はふくれあがった。そして頭の左右を交互に地面に叩きつけた。

喧嘩早い若造はまた守りの姿勢をとった。だが面をかぶった男は怒り狂って攻めたてた。鉄と鉄とがぶつかり、カシッカシッと鋭い音をたてた。

それからやせた石切工が怒鳴った。

――こいつは血の穴だ。中に入りな。お前にしろおれにしろ、これがどっちかの棺になるのよ。お前は、めんどりといっしょに、おれの首をとりにやって来た。耳の穴かっぽって聞きな、この女はおれのもんだ、おれ一人のものだ。お前を倒した後でビンタを喰らわしてやる。黒いオベベも着せてやる。

女連れの若造は、つるはしをびゅんびゅん振り回して言った。

——のっぽのやせっぽちさんよ。おれがあんたをぼこぼこにしてやるぜ。おれの女を奪ってみな、お面野郎。おれを捕まえるにゃ、あんたはもう老いぼれなんだよ！

彼が相手を「老いぼれ」と呼ぶと、つるはしが痩せた男の頭に突き刺さった。面の網の上でつるはしが軋み、面はすべり落ちた。石切工は仰向けに倒れ、大きな鼻が突き出て、灰色の髭が震えた。黒い縁なし帽子に、額の穴から染み出た赤い染みが拡がった。

人夫たちはそろって「勝負あった」と叫んだ。

女は歓声の上がった方にもぐりこみ、腹ばいになって、面が外れた男をみつめた。肉の削げ落ちた横顔を目にして、女は涙声で言った。

——親父《とう》ちゃんを殺《や》っちまった、あんた、おまえの親父ちゃんを殺っちまったのよ。

間髪入れずに、彼らは立ち上がり、石切場の血を流したような線路を越えて、闇夜へと逃れ去った。

（大野多加志訳）

サン・ピエールの華

小さくて、痩せていて、鼻は天井を向き、少し疲れた様子で、髪は地下室に置かれたサラダ菜のような色をした彼女は、じめじめした中庭の石畳の間からでも生え出したみたいだった。でも、その口は血のように赤く、眼は黒い光で燃え、胸は若芽のようにぴくっと突き出す一方、掌は街の華特有の病気で一面ばら色だった。いつも笑っていて、「いたずらっ子」であり「悪猿」であって、嘲るような声を出したかと思うとすぐあわれっぽい声を出し、ちょっとしたことで黒い瞳は急に涙の幕に覆われた。「ばかで聞き分けのない悪い子」と言われると、唇の両端がまくれ上り、口の線は弓形に曲り、まだ濡れている眼が微笑で顫えた。いたずらっぽく人のほうにやってくると、眉をしかめながらその膝の間に自分の尖った膝を割りこませ、「眼廻し遊び」をするために相手の眼の前で指をすばやく廻し、その顔を、ときには唇を上下左右に撫で廻し、子どもっぽいかわいい声でこう唱えた。「茶色の顎、――銀の唇、――道化鼻、――焼き上げた頬、――燃えた頬、小さなお眼々、大きなお眼々――こつ、こつ、こつ、こつ――この人結婚してる！」

このように、子どもである以上に女であるかと思えば女である以上に子どものこの蒼白い花冠は、二つの砂岩、つまり陰鬱な年寄りの父親とときおり訪れるしかめ面の肥った男の間で開花した。この父親はめったに仕事をしなかった。ときどき彼は、道具をしまっているらしい、両開きの大門を閉ざした薄暗い店を訪れ、また、ときどき外で夜を過ごした。朝方かなり蒼ざめた顔をして帰ってくると、一日中口をきかなかった。ルイゼット[1]は大きな扉の隙間に眼をあててみた。何もはっきりとは見えなかったが、何か長い赤いもの、細くて黄色いもの、光るものが見えた。ある日たそがれどきに彼女は鍵を盗み取った。急いで忍び足でなかに入り、ぐるっと見廻すと、藁と綱の束、そしてきらきら光る真鍮の線と赤っぽい木を積み上げた山と山の間に一本の大きな鋤の刃が半ばくるんであるのが見つかった。たしかに疑いなく、こうしたものはジャンティに近い田舎の叔母さんの家で見たことがあった。朝、父親と散歩しながらいくらか陽《ひ》の光を浴びたあとでは人生が楽しかったから、午後の数時間は自由に楽しむことができた。「できるだけ遠くへ行こう」と父親は言った。「詮索するやつは嫌いだ。」そんなわけでルイゼットはよく町外れの道路を訪れたのだ。

彼女は幅の広い砂地の堤防とその両側に果しなく連なる骨ばった木々が好きだった。酒屋のショーウィンドーの牛の血のような色に興味を抱いた。兜型に結った髪を眉毛の上まで垂らしている娘たちに対しては、彼女たちのことがよくわかるだけに同情した。彼女たちの連れている、笑いかけるような小犬には笑わされた。二人ならんで歩く巡査の頭巾は馴れ親しんだ動く目印だった。乗合馬車の停車場は、窓ガラスごしに彼女をじっと見つめる連中がいるので、彼女を苛立たせた。蒼白い顔をし、布の鳥打帽を被り、やわらかそうな小さい口髯をつけている若者たちのそらされる視線のほうが好きだった。なぜかわからないが、彼らが自分を恨んでいるように思え、彼らに興味を感じるだけに、そのことが悲しかった。

日暮れどきになると若者の一人は、ガス燈の光を浴びるとまるで緑色に見える肌をし、フェルト帽を小粋に頭にのせ、燃えるような澄んだ眼差しの持主で、抗いがたい力をもって彼女の心を緊めつけた。彼は彼女を待ち伏せ、枝の端を噛みながら待っていた。顔立は繊細で、透き通るような皮膚の下からは顔の小さな骨のデリケートな動きが透いて見えそう。艶やかな髪は顳顬《こめかみ》のところまでほつれ、唇は嘲るようで、歯は残忍そうだった。だが、手は腕のところが拡がっていて赤十字のようで、その先には節くれだった荒々しい指が伸びていた。

——いい天気だな、今夜は、と彼は無邪気そうな声でルイゼットに言った。

——ええ、いいあんばいね、とルイゼットは答えた。彼女はとても弱々しくほほえんだ。

彼はたちまちそれにつけこんで、もっといかつく言った。

——ここで何してんだ？　お前何て名だ？

——あら、ルイゼットよ、と彼女は答えた。で、あんたは？

——おれは「殺し屋《アササン》」だ。

彼女はちょっと後退りして、眼を大きく見開いた。彼は顔をゆがめて笑うと、こう続けた。

——「殺し屋《アササン》」ってのは、女どもに貢がせるからだ。が、わかるだろう、それも仲間のためにだぜ。たかりをして、仲間を助けるんだ。食糧品屋でひと稼ぎ、別のときにゃ履き物屋でひと稼ぎ、こっちでくすね、あっちでひと暴れ、でかいキャフェではゆすりたかりをやり、仲間が別荘で吸うものに困りゃあモクの差し入れ、女どもが浮気をすりゃあお家まで押しかけてとっつかまえるし、ときに優男《やさおとこ》を情夫《いろ》にすりゃあ、バイバイさせて、代りに腕っぷしの強いしっかりした奴を見つけてやる。女どもはおれに金を、それも山のように四十スー貨幣をよこし、仲間の連中はコップ酒を呑ませてくれる。それで誰かが出所するときにゃあ一緒に行って、「ばかやろうのおまわりども死んじまえ！」ってどなるんだ。

彼女は瞼を大きく開くと、腹を抱えて笑った。

——あんたはなんて嘘つきなの！　と彼女は言った。大嘘つき《マントラー》、大盗棒《ヴォルー》、大盗棒《ヴォルー》、大人殺し《アササシヌー》。それで「殺し屋《アササン》」って呼ばれるのね。

二人は大通りを歩きだした。殺し屋《アササン》はルイゼットにカウンターでアブサントを一杯呑ませた。それで彼女の頬には赤味がさし、火の色から血の色に変り、舌はおそろしくお喋りになった。彼女はとろんとした目付をして言った。

——おかしいわね、歩くために脚があり、呑むために口があり、お喋りするために舌がある。ばからしい、それが何の役に立つの？　あたしいろんなことを考える。頭や鼻や耳があるなんて汚らわしい。でも眼はものを見るからいいの。

そして彼女はとてもやさしく殺し屋《アササン》を見つめると、また笑いだした。

ガス燈が揺れるみたいで、彼女は自分が何をしているのか、何を言っているのかよくわからなかった。片手を彼の腕の下に差しこむとその首にさわり、そのポケットを探った。考えられる限りの動物の名で呼んだ。「あたしの小鰐さん……あたし植物園で鰐を見たわ、ええ見たわ。黒くて、水のなかに棲んでいる。大きな口と、たくさんの小さな歯を持ってて、あんたのように凶暴だわ。いいえ、いいえ、おとなしいわ。」彼女はごしきひわのように頭を左右に傾げながら、ちょっと黙った。

「父さんもとてもやさしいの。でも凶暴かもしれない。あんたのように〈殺し屋《アササン》〉かもしれない。よく夜じゅう家にいないの。奇妙なものがいっぱいしまってある納屋を持ってるの。とても奇妙なものよ。あんたにもわかるわ、見せて上げるから。行ってみない？　いいわね《ウイ》、いいわね《ウイ》、いいわね《ウイ》。」彼女はもう「ウイ」と言っているのでなく、「イ、イ」と小鳥の囀るようなやさしいけれど甲高い声を長く引き伸ばしていた。

殺し屋《アササン》は浮き浮きしているようだった。二人は打ち捨てられたような倉庫の厚い扉の前に来た。ルイゼットは服の下から大きな鍵を取り出した。二人を包む匂いは藁の匂いに混じった、しまいこんである物の匂いだった。入口の枠の上に円い大きな天窓があり、月の光が奥の壁に蒼白い染《し》みを作り、四角くて赤い梁材の積み上げられた山をぼんやり照らしていた。

殺し屋《アササン》がブリキのバケツに足をぶつけ、うつろな音が悲しげに響いた。

「ねえ、ここ、とても静かでしょう、着飾ったいやらしい怪獣さん？」と彼女は言った。

彼は返事をしなかった。

馬車が何台か通り、そのたびに月の光の青い染みに大きな影が射した。血の滴るような木の山の間に、きらめく金属が混じっていた。姿の見えない二十日鼠のものを齧《かじ》る音、藁くずの間で何かの震える音、その外の物音が消えるたびにちゃたて虫の壁を叩くリズムのある槌音が聞こえた。

ルイゼットはうとうとしていた。眠りかけた唇がそれでも「凶暴な小鰐さん、イ、イ、イ」と囁いていた。

殺し屋《アササン》は眼をこらしたが、一面の暗がりのなかには見定めようとすると大きくなって逃げてゆくいくつもの青っぽい輪しか見えなかった。

明方近く、殺し屋《アササン》は頸の項《うなじ》の下に何か冷たいものを感じた。指でさわってみると刃とわかって、跳び起きるとルイゼットを揺さぶった。

——これはいったい何だ？　と彼はどなった。

——それは、とルイゼットは瞼をぱちぱちさせ、舌をねばつかせ、片手を差し伸ばしながら言った。ええ！　父さんの包丁よ。

殺し屋《アササン》は「首斬り役人の娘だ！」とわめいた。上りかけた陽《ひ》の灰色の光が天窓を照らしていた。部屋の奥には、壁から浮き出して、何本もの溝に銅の張ってある赤い支柱、一本の横木、一枚のV字型に切りこんだ板が見えた。ルイゼットは眼を覚まし、三角形をした鋼鉄製の頑丈な刀を両手で持っていた。両手を合わせて盃型を作っている掌のなかで刃は光り、掌のばら色の染みは血のように見え、殺し屋は、死の、そして未来の冷たさが身内に忍びこむのを感じた。

（大濱甫訳）

（1）ルイゼットにはギロチンの意味がある。

スナップ写真

ロケット街[1]では両側に二列に並ぶ明りと、その下の霧に包まれた二条の薄明りとで、一本の血のように赤い坂道が二重に照明されている。赤い霧が街燈にへばりつき、光輪となって広がる。人々の群の中央に巡査たちの黒い姿で囲まれた孔ができ、その先には痩せた木々があり、穹窿になっているらしい入口が不吉に照らし出されている——そしてまた人の群が馬たちの足踏みするところで前に突進しようとしている。入口に面して、広場の端には一本のガス燈、その近くには馬から下りて馬の前に立つ、外套に身を包んだ騎馬隊員たち。そしてガス燈の明りは、輝く球を頂き、その下に青白い染《し》みをつけた二本の赤銅の柱のようなものをぼんやり照らし出す。

　これは何列もの人垣が押し寄せる柵で囲まれた四角のなかでのこと。そして道具のそばでは人影が動く。天窓と四角い窓のついた奇妙な形の箱馬車が二台はすかいに停車、一台はギロチンの刃を運んできたところ、一台はこれから人間を運ぶところ。それから、振り上げられた腕、葉巻の赤い先端、毛皮の襟があちこちに散見される。これらすべてがしめっぽい夜の闇のなかに沈んでいる。

　空から射し下ろす灰色の光が次第に広がり、家々の屋根に一本の稜線を引き、人々に蒼白い顔をつけ、柵を浮かび出させ、影のように馬にへばりついた憲兵たちを浮き上がらせ、箱馬車を浮彫りにし、入口の窪みを作り、銅の柱で巾の広い溝を、青白い染みで三つの白い点の刺繍された黒いかたまりを頂く三角形の道具を、光る球で綱の下る滑車を作り出し、それらの周りに血のように赤い柱を生み出し、地面に近いところに、傾斜した一枚の板と、間の離れた二つの半月形とを示した。憲兵が馬に乗る。巡査が身を屈める。パリ市警察隊員の赤い総の躍るのが見える。

「抜け……剣！」白い光が鞘の鳴る音を立てながら何条も走り、扉が蝶番《ちょうつがい》を軸に廻り、男が二つの黒い影の間に鉛色の姿を現わす。禿げた頭を光らせ、髯は剃り落とし、口の両端を中央監獄の老人たちのそれのように窪ませ、下着を広く裂かれ、茶色の上衣を袖を通さずに羽織って、大胆に歩いてくる。鋭く、不安そうで、探るような眼はすべての人の顔を見廻し、顔は小刻みに顫えるようなちぐはぐな動きをしながらすべての人の顔のほうに向けられる。唇が動き、「ギロチン！　ギロチン！」と呟いているみたい。ついで頭を下げ、刺すような眼をギロチンに注ぐと、鋤を引く獣のように前進。突然、板にぶつかる、と、罅《ひび》の入った鐘の音のような細く甲高い声が洩れ、調子を鋭く高めながら「人殺し」と二度繰り返す。

鈍い轟音、ギロチンの左の支柱にさわるフロックコートの袖と白い手、かすかな衝撃、血を噴き出すはずの泉に向っての人々の押し合い、有蓋車の一台に抛り上げられた籠、男が監獄の入口に現われてからこれらすべてが三十秒間のできごと。

そしてロケット通りを通って、全速力で、フォール神父を先頭に、ついで二人の憲兵、有蓋車、殿《しんがり》に三人の憲兵が坂を駆け下り、歩道では集まった男たちが、人相の悪い顔をこの騎馬隊に向け、帽子も被らぬ娘たちが嘲笑う。ギロチン係の三人の憲兵は、双角帽を前に傾け、赤い折返しのついた外套の裾を風に靡《なび》かせ、ショワジー通りのほうへ馬を走らす——新しくイヴリー墓地の造られた蕪畑まで。粘土質の地面に掘られた細長い穴が、掘り返された黄色いねば土の山に囲まれて、緑色の毒草の間に大口を開け、塀の上に一列に腰掛けて脚を両側に垂らした人間どもが、鳥打帽を被って籠を待ち受ける。

箱馬車が停まり、柳籠が下され、頭がなく、透明な蠟のように蒼白な両手を掌を外に縛られた男が木箱に納められる。首がすげられる。その顔は光のほうに上げられているが、血の気がなく、眼は閉じられ、黒い傷あとがいくつもあり、鼻と顎にくすんだ血のかたまりがついている。首は顔を両手の広がる背中のほうに向けてすげられてしまい、それで爪先を探ると踝《くるぶし》が見つかる。鋸屑を被っていたのだ。

人々は角に丸味のない白木の蓋を箱に打ちつける。怖ろしくもそれはビスケットの箱を想い出させ、その樅材の上には汚らしい黒い文字で「定価八フラン」と読める！　箱が穴のなかに下され、ねば土が被せられ、仕事が終る。

死刑執行人の補助員たちは向いの店に白ぶどう酒を一墁呑みに行く。そのなかには、ビロードのような柔かい光をたたえた眼と赤い手を持ち、冷静で控え目な物腰の、ギロチンを組立てた若者がいる。何ごとにもおどろかない、箱馬車の御者たちがいる。黒いアストラカンの肋骨つき上衣を着た、刎《は》ねられた首を二十六年間拾ってきた、太った男がいる。刃が落下したあとも手肢に生命が残っているか、頭に感覚があるかと訊ねられると、ビスケットの包んであった青い紙を指で脹らませて、こう言う。「おれは知らん。何か動くのを見たことはない。ただひどく寒いときにゃ頭の皮膚、毛のついた皮がこんなふうに細く顫えるが……」

（大濱甫訳）

（1）パリのロケット街には十九世紀、死刑囚を収容する監獄があった。

未来のテロ

憐憫ト受難

その革命の組織者たちは蒼白い顔、冷酷な眼をしていた。彼らの服は黒く、軀にぴったりしており、ことばは短く、かさかさしていた。以前はそうではなかったのに、そうなってしまったのだ。というのは、かつては彼らも民衆に説き聞かせるのに愛と憐れみの名を引合に出したのだ。諸国の首府の町々を廻り、口に信仰を唱え、諸国民の団結と世界の自由を歌った。家々に憐れみに満ちた宣言を浸透させ、世界を支配すべき新しい宗教を予告し、生まれつつある信仰のために熱狂的な信者を糾合したのだった。

だが、実行の夜が近づくと彼らの態度は変った。彼らは秘密の本拠をもつ市内のある家に身を隠した。幾組もの影が厳しい検察官に監視されながら、塀に沿って走った。不吉な予感に満ちた囁きが聞こえた。銀行や金持の家の近くは地下に隠れた新たな生命で顫えた。突然何かが爆《は》ぜるような大声が遠い地区で響いた。機械の唸る音、地団太、布の裂ける恐ろしい音、ついで嵐の前の静けさにも似た息苦しい静寂、そして突然、血みどろな燃え上る嵐。

嵐は、市庁舎から暗い空に打ち上げられた細長いロケット弾を合図に捲き起こった。革命家全員の胸から発した一つの叫びと、市を揺すぶる一つの昂奮があった。

大きな建物が下から壊されて揺れ、聞いたこともないような轟音がただ一つの波となって大地を通り過ぎ、炎が血を吹く熊手となって壁を這い上り、たちまち壁を黒ずませ、梁、切妻、スレート、煙突、T字型鉄骨、切石を激しく撥ねとばし、各階の床から噴出する蒸気は管を破裂させ、露台はねじれて吹きとび、マットレスの毛はゆるんだ窓のところで消えかかる燠のように急に赤くなり、すべてが恐ろしい光と火花と黒い煙と喧噪に満たされた。

建物は裂けて、ぎざぎざな破片となって広がり、暗がりを赤い布で包み、両側に崩れ落ちた建築物の背後には火の球が花咲いた。崩壊した塊は灼熱した鉄の山のようだった。市全体がときに明るくときに青黒い一枚の幕となり、その色の濃い縫目のところにはうごめく黒いものが通るのが見えた。

教会という教会の入口は至るところから黒々とした列をなして押し寄せる怯えた群集で溢れ、人々の顔は心配そうに空に向けられ、恐ろしさに口もきけず、眼は恐怖で凍りついていた。

そこにはひどく仰天して大きく見開かれた眼、その放つ黒い光のためにきびしい眼、怒りで赤くなり、火事を映して輝く眼、苦悩のため哀願的になった光る眼、諦めて涙も出ない艶を失った眼、始終あたりの情景に瞳の移る落着かない眼があった。この蒼ざめた顔の行列のなかでは違いが認められるのは眼だけで、通りは、歩道の角に穿たれた不吉な光の井戸の間で、動く眼に縁どられたように見えた。

猛烈な銃撃に取り囲まれた人垣が、容赦なく押し寄せる他の人垣に追われて広場のほうへ退き、逃げる群は奇妙に照らし出された両腕を烈しく振り廻し、ぴったり軀を寄せ合って規則正しく決然と前進する群は、静かな号令に従ってためらうことなく調子を合わせて手肢《てあし》を動かしていた。小銃の銃身は一列に並んだ人殺しの口となり、その口からは細長い火の線が繰り出して、死の速記で夜の闇を埋めた。連続的に唸る音のする上のほうでは、恐ろしい静けさのなかで、奇妙な破裂音が絶え間なく響いていた。

三人、四人、五人と黒々と絡み合った人間のかたまりもあり、その上では兵器庫から盗み出された真っすぐな剣や研ぎ澄まされた斧がきらめきながら旋回していた。痩せた男たちがそれらの武器を振り廻し、狂ったように頭を叩き割り、嬉しそうに胸に孔を穿ち、心地よさそうに腹を引き裂き、内臓を踏みにじっていた。

そして大通りを通って、磨かれた鋼鉄製の長い車体が、怯えてたてがみをなびかせながら駆ける馬に曳かれて、光る流れ星のようにすばやく何台も走っていった。それはまるで大砲のようで、前部と後部は砲頭と砲尾と同じくらいの直径だったが、そのうしろでは——そこは火を焚いている二人のよく働く男の乗った鉄の箱と、釜と、煙を吐いている管でできていた——偏心器に据えつけられた、刃がつき、V字形にえぐれた大きな輝く円盤が内腔の口の前で眼も眩みそうに廻転していた。えぐれた部分が管の黒い孔のところにくると、装置の働く音が聞こえた。

これらの走る機械は家々の戸口に停まった。と、ぼんやりした人影が機械から離れて家のなかに入っていった。その影は荷物のように縛られてうめいている人間を二人ずつかついで出てきた。火焚き係の男たちが人間の長い包みを鋼鉄の内腔に規則正しく整然と押し込み、肩から上を突き出した彼らの色を失って痙攣する顔は一瞬見えているが、たちまち偏心円板が廻転して、その切り込みが首を刎《は》ねてしまった。鋼鉄板はいつまでも光沢を失わず、すばやく廻転しながら血の輪を跳ね上げ、揺れる壁に幾何学的な図形をしるしつけた。胴体は鋪道の上の機械の高い車輪の間に崩れ落ち、落ちるはずみで鋼《はがね》が切れて、このまだ生命の残る死骸は反射運動で肱を砂岩に突くと、赤い血を噴き出した。

やがて馬は腹を鞭で冷酷に叩かれて後脚で突っ立ち上ると、鋼鉄の管を曳きだし、金属が顫え、重々しい内腔に反響し、二すじの炎の線が周囲に照り映えると、また別の家の戸口で急停止した。

個別に刀剣類で人殺しをしている狂人どもを別にすれば、憎しみも怒りも見られなかった。あるのは規則正しい破壊と殺戮で、それが絶え間なく差してくる死の上げ潮にも似て、非情に、避けようもなく、あらゆるものを次第に絶滅していった。命令を下す人たちは自分たちの仕事に誇りを持ち、理想に凝り固まった厳しい顔で作業を眺めていた。

暗い通りの角で、馬どもの蹄鉄が首のない屍体の障壁、胴体の山にぶつかった。鋼鉄管の装置は人肉のなかで停まり、乱雑に引きつった腕の上に、あらゆる地点を指し示す、将来の革命に彩られた切先となって空に向けて上げられた指の森が突っ立った。

断頭機械を停めた馬どもは、嘶《いなな》きながら、障害を越えて進もうとはせず、緑色の内臓の渦を蹄鉄で踏みにじった。ひくひく動く肉の間、生命を失って絶望的に硬直した手の枝の間には、流れる血の啜り泣きがあった。殺戮の司祭たちは人間のバリケードの上に上って足を潜らせ、荒い鼻息をしている馬どもの顔を摑み、手綱を曳いて、散乱する手肢の上を車輪に通り越させ、その骨を砕かせた。

そしてこの屠殺場のなかに立ち、顔を内部の「思想」と外部の「火事」とで輝かせた虚無の使徒たちは、未知の天体の出現を待ち受けるかのように、夜の底の地平を注意深く見つめていた。

彼らの眼に映るのは、砕かれた建物の正面や、さまざまな形に積み上げられた石の階段や、煙を上げている垂木の山、それに煉瓦、木の破片、紙切れ、布切れ、巨人の手によって投げ捨てられたかのようにいくつも山となって堆積した鋪石の砂岩だった。

それからまた、半ば壊れた一軒のあばら屋があり、折れた煙突が長い煤の縞を残し、ほうぼうに枝管を見せていた。木の階段は下から崩れ、最上階のちょうど真中へんで折れていたので、その揺れる段々は、まるで空から垂れ下る脆弱なタラップといった恰好で、どこかわからないが地を這う炎が引きつった死骸のほうにでも下ってゆきそうだった。ばらばらになり、むき出しにされた惨めな部屋部屋のなかには内部の生活が余すところなく見え、煖炉の格子、毀れたのを継いだ土窯、茶色い土鍋、でこぼこな黒い片手鍋、片隅に積み上げられた襤褸《ぼろ》、まだ青い葉を何枚か残し、一羽の灰色の小鳥が腹の羽毛の下に脚を縮めて仰向きに横たわっている錆びた鳥籠、散乱する薬瓶、壁に立てかけられた折たたみ寝台、海藻の束をはみ出させている裂けたマットレス、腐植土と草木の破片がこびりつく割れた植木鉢があった。

そして、灰色のセメントから剝がれたニス塗りの壁板の間で一人の少女と向い合って坐っていた一人の少年が、そこまで打ち込まれた鋼製のロケット弾を得意そうに少女に見せていた。少女は匙を口に突っこみ、物珍らしそうに少年を見つめていた。少年は補助孔のある動く雌ネジをまだ皺の残る柔かい肌をした指で握ると、副尺を操作し、この道具に我を忘れて見入った。こうして二人は小さな足で代る代る床を踏み鳴らし、上靴を脱ぎ捨て、深い物思いに耽り、吹きこむ風にも射しこむ恐ろしい光にも全く動じなかった――ただ、少女が匙を口から抜いて、低い声でこう言った。「へんね、父さんも母さんも部屋と一緒に消えちゃったの――通りには大きなランプがいくつもあるし――階段は落っこちちゃったし。」

これらすべてを革命の組織者たちは余さず見たが、彼らがその曙光を待ち受けていた新たな太陽は訪れなかった。しかし彼らが頭に抱いていた思想が開花し、彼らは一種の光を受け取り、全体的な死に勝る一つの生命を漠然と理解した。子どもたちの微笑が大きくなって、ひとつの啓示になったのだ。憐れみの情が彼らの内部に湧き起こった。そして、死者たちの怯えた眼、まだ瞼の閉じていないすべての眼を見ないように、自分たちの眼に手を当て、新たな都市を囲むはずだった、惨殺された人間たちの城壁から下りると、赤い闇のなかを、全速力で走る機械の金属的な轟音のなかを、狂ったように逃げていった。

（大濱甫訳）

黄金仮面の王

大濱　甫
多田智満子
宮下志朗
千葉文夫
訳

黄金仮面の王

アナトール・フランスに

黄金の仮面をかぶった王は、長い間坐っていた黒い玉座から立ち上ると、騒擾《どよめき》の起った理由をたずねた。というのは、扉を護る衛兵たちが槍を交叉させ、穂先の触れあう音が響いたからである。青銅の火盤のまわりには、右手に五十人の神官、左手には五十人の道化が立ち並び、王の前を半円形に居ならぶ妃嬪たちが手をうごかしていた。青銅の火盤の格子越しに光を放つ薔薇色と真紅の炎は、人々の顔の仮面を輝かしていた。肉の顔を失った王にならって、女も道化も神官も、それぞれ銀と鉄と銅と木と布の、動かぬ仮面をかぶっていた。道化の仮面が笑いに口をひらいているのにひきかえ、神官の仮面は憂わしげに暗かった。五十の陽気な顔が左の方に喜悦の表情をつくり、右の方では悲しげな五十の顔がしかめ面をしているのである。一方、女たちの顔に垂らした明るい色の布は、人工の微笑をたたえた永遠に優雅な容貌を模していた。しかし王の黄金の仮面は威厳にみちて気高く、まことに王者にふさわしかった。

ところで王はいつも無言であって、その沈黙によってこの王統の末裔たるにふさわしかった。この都もむかしは顔を露わした君主に統治されていたのであるが、仮面をつけた歴代の王が支配するようになってすでに久しかった。誰ひとりとして歴代の王の顔を見た者はなく、僧侶たちですらそのいわれを知らなかった。とまれ、王宮に近づく者は顔を覆うべしという掟が古い昔から定められていて、王の一族は仮面をつけた人間しか見たことがないのであった。

そして扉の衛兵たちの武器が戦《そよ》ぎ、その鉄具が鏘然《そうぜん》として鳴りわたる間に、王は重々しい声で彼らにたずねた。

——予が神官と道化と妃たちの間に坐している時刻に推参するのは何者か。

すると衛兵は震えながら答えた。

——いとも畏《かしこ》い黄金仮面の王さま、恐れながらそれは長い衣をまとったみすぼらしい男にございます。国々を巡歴する信心ぶかい乞食の類《たぐい》かと見受けられます。それに面《おもて》を露わに致しております。

——その乞食をこれへ通せ、と王は言った。

すると神官の中でもとりわけ重々しい顔をした者が玉座の方に向かって、深々と頭を下げた。

——陛下、人間の顔をごらん遊ばすことは王さまの御一統にとりましてよからぬことと神託が予言しております。

それをきくと、道化のうちで一番大口をあけた嬉笑の面《めん》をつけた者が、玉座に背を向けて辞儀をした。

——おお乞食どの、お前に会ったことはないが、お前は黄金仮面の王さまよりも一段と偉いお人に相違ない、何しろお前を見ることは禁じられているのだからね。

そして妃嬪たちのなかでこの上なく柔らかな産毛を仮面に生やしている女が、両手をいったん合わせて離し、手を曲げて供物の聖器を捧持するかのようなしぐさをした。王はといえば、その女の方に眼を注ぎながら、見知らぬ顔の現われるのを恐れていた。

やがてある悪しき欲望が王の心に這いこんだ。

——乞食をこれへ通せ、と黄金仮面の王は言った。

林立する槍の戦《そよ》ぎにまじって、緑金と朱金を帯びてきらめく鋼鉄の抜身の剣がさっと繰り出される中を、白い鬚を逆立てた老人が玉座の下まで進み出て、おぼつかない眼をふるわせながら露わな顔を王に向けて振り仰いだ。

——話してみよ、と王は言った。

乞食はしっかりした声で答えた。

――わしに言葉をかける者が黄金の仮面をつけたお人ならば、いかにもご返事いたしましょう。そうだ、そのお人だろう、その人よりも先にあえて声をあげる者は居るまいから。しかしわしはこの目でたしかめることはできぬ――盲《めし》いておるのでな。とはいうもののこの広間には女たちがいる、肩を手でしとやかに撫でる気配でそれとわかる。道化もいるな、笑い声がきこえる。神官もいるようだ、重々しくささやき合っておる。ところでこの国の人々の話によれば、お前さま方はみな仮面をかぶっていなさるそうな。そして王さま、王家の末裔である黄金仮面の王、お前さまはまだ一度も生身《なまみ》の顔をごらんになったことがない。わしの言うことに耳をかたむけて下され、お前さまは王でありながら人民を御存じでない。わしの左手にいるのは道化だな――笑い声がきこえる。右手にいるのは神官――かれらの泣くのがきこえる。そして女たちの顔の筋肉がゆがんでいるのがわかる。

そこで王は乞食が道化と名指した方にふりむいて見ると、彼の眼は神官たちの憂《うれ》いに暗い仮面を見た。乞食が神官と呼んだ者たちの方を向くと、彼の眼は口をあけて笑っている道化の面を見た。そして三日月型に並んで坐っている女達の方へ眼を落すと、女たちの顔は美しく思われた。

――出まかせを申すな、見知らぬ男よ、と王は言った。そういう其方《そのほう》こそ、一つの顔で笑ったり泣いたりしかめ面したりするではないか。其方の醜い顔は一つの表情をつづけることができず、人を偽るために動くように作られてあるのだ。其方が道化と名指したのは予の神官である。神官と申したのは予の道化役である。そして、物言う度に皺のよる顔をした其方に、どうして予の妃たちの変らぬ美しさを判断しえようか。

――お妃たちの美しさも、お前さまの美しさもわかりませぬ、と乞食は低い声で言った。盲《めしい》なので何もわからぬ。したがお前さまこそ、他人についても御自身についても、何ひとつご存じでない。わしは自分がなにも知らぬことを弁《わきま》えている分だけ、お前さまよりましでありましょう。それにわしは推測することができる。そこで、お前さまに道化と見える人たちはおそらく仮面の下では泣いているのであろう。神官と見える人たちがお前さまを瞞《だま》す悦びで顔をしかめているのが実のところかもしれぬ。またお妃たちの頬があの絹のかげで灰色をしていないかどうか、お前さまはご存じない。そして黄金仮面の王さま、お前さま御自身が、その飾りとは裏腹に、見るも恐ろしいお顔でないと誰が知りましょうぞ。

するとー番陽気に大口をあけた道化が、すすり泣きに似た嘲けりの声をあげ、一番沈鬱な面持の神官が神経的な笑いに似た哀願のことばを洩らした。そして女たちの仮面はことごとく戦慄した。

黄金の顔をした王はそのとき合図をした。衛兵たちがこの素顔の老人の肩をつかみ、広間の大きな入口から外へ突き出した。

その夜は過ぎたが、王の眠りは安らかでなかった。そして朝になると、王は宮殿をさまよい歩いた。よからぬ欲望が心に這いこんだからである。しかし寝所にも、石畳を敷きつめた宏壮な宴《うたげ》の広間にも、五彩金泥をほどこした祝祭の間《ま》にも、求めるものは見出せなかった。広い王宮のどこを探しても鏡というものはなかった。遠い昔から神託の命令と神官の法度《はっと》でそのように決められてあったのである。

黒い玉座にあって王は道化に興じることもなく、神官のことばに耳傾けることもなく、妃たちを眺めることもなかった。自分の顔のことに思いをめぐらしていたからである。

落日が宮殿の窓に血まみれの金属のような光を投げたとき、王は火盤の広間を離れ、群らがる衛兵をかきわけて、急ぎ足に、七重のきらめく城壁で囲われた七つの同心円をなす内苑を通り抜けて、低い隠し戸からひそかに野原へと忍び出た。

彼は身をふるわせ、好奇心に満ちていた。いよいよ他人の顔に、おそらく自分自身の顔に出会いに行くのである。心の底では、自分の生来の美しさを確かめたいと願っていた。なにゆえにあのみすぼらしい乞食は彼の胸の内に疑念をすべりこませたのであろうか。

黄金仮面の王はある河の岸をとりかこむ森の中へ歩み入った。木々はつややかな赤みを帯びた樹皮をまとっていた。白く輝く幹もあった。王は何本かの小枝を折ってみた。あるものは折れ目から泡だつ樹液をしたたらせ、その内部は褐色の斑《まだら》模様を残していた。またあるものは隠された黴と黒い裂け目をあらわにした。草や小花の色とりどりの絨緞の下で大地は暗くしめっていた。ところどころ金属をちりばめて夕陽にきらめく、青い縞模様の大きな石の塊を、王は足でころがしてみた。すると柔らかいのどをふくらませた蟇《ひきがえる》が一ぴき、泥まみれの隠れ家から怯えたように跳び出した。

森のはずれの、岸の土手の頂きで、木の間から出てきた王は魅せられたように足をとめた。一人の乙女が草の上に坐っていたのである。髪を高く結いあげ、うなじを優しくかしげ、しなやかな腰から肩まで身をうねらせていた。というのは、乙女は左手の二本の指の間でふくらんだ紡錘《つむ》をまわしていたからで、一本の太い紡錘竿《つむぎざお》の先端が彼女の頬のそばでほぐれる糸を繰り出していた。

娘はうろたえて立ち上った。思わず顔をふり向けながら、当惑のあまり、紡いでいた糸の端を唇にくわえた。それでその頬は蒼白い切り傷が走ったかのように見えた。

この気もそぞろな黒い眼、ひくひくふるえる繊細な鼻孔、唇のわななき、薔薇色の光に愛撫された胸の方に下りてゆくまろやかな頸を見たとき、王は我を忘れて乙女の方に走り寄り、荒々しく両手をとった。

——予は生れてはじめて素顔を愛でてみたい、と王は言った。こんな黄金の仮面など外してしまいたい。そなたの肌にくちづけしようというのに、こんなものがあっては気分が出ない。これから二人で河の水に姿を映して楽しもうではないか。

娘は驚いて王の仮面の金属の薄板に指をふれた。その間に王はもどかしげに黄金の鉤を外した。面は草のなかにころげ落ちた。すると彼女は両手で眼を覆って、恐怖の叫びをあげた。

次の瞬間、娘は麻を巻きつけた紡錘竿を胸に抱きしめながら森の木蔭の中へと逃げ去った。

若い娘の悲鳴は王の心に悲しく響きわたった。彼は土手に駆けつけて、河の水のうえに身をかがめた。王のほんとうの唇から、嗄れた呻きがほとばしった。折しも地平の褐色また青色の丘の連なる彼方に太陽が沈んだところである。今彼が見たものは白っぽく脹れ上り、かさぶたに覆われた一つの顔であった。その皮膚は忌わしい腫《は》脹《れ》にむくんでいた。そうして彼は書物で読んだ記憶から、直ちに、自分が癩病であると悟ったのである。

宙に浮ぶ黄色い仮面のように、月が樹々の上に昇っていた。蘆の茂みの中に、時おり、濡れた翼を羽搏く音がする。河面《かわも》には霧が棚曳いている。鏡のような水のきらめきは遠くはるかにひろがって、その涯は青い深みに溶けこんでいる。真紅の頭の水鳥が流れを波立たせると、その波紋はゆるやかに消えてゆく。

王は立ちつくしたまま、仮面を拾いあげて、顔にかぶった。夢の中を歩む心地で、王は宮殿の方へひきかえした。

彼が第一の城壁の門で、銅鑼を叩くと、衛兵たちが松明をかざしてどやどやと出てきた。彼らは黄金の顔を照らした。衛兵たちが金属の上に白いかさぶたを見たかと思って、王の心はしめつけられるように苦しかった。そして月光にひたされた内苑を横切ったが、衛兵が彼の黄金仮面に赤い松明をかざす度に、七つの門で七度同じ苦しみに胸がしめつけられた。

その間にも、褐色の蔓草《つる》に巻きつかれた黒い植物のように、苦悩が激情とともに大きく育っていった。そして苦悩と激情の暗い不安な果実が唇の上に垂れてきて、彼はその苦い果汁を味わうのであった。

王は宮殿に入った。彼の左手の近衛兵は、一方の脚をさしのべたまま、片足の爪先でくるりと廻ると、振りかざした剣が頭上に輝く冠のような輪を描いた。そして右手の近衛兵も、一方の脚をさしのべたまま、別の方の片足の爪先で一廻転すると、ダイヤモンドをちりばめた彼の儀仗が速やかな旋回によって彼の頭上に眩ゆいピラミッドを被《かぶ》せた。

ところが王はそれが毎夜の儀式であることさえ思い出さず、身を震わせて通り過ぎた。武官たちが自分の脹れ上った醜い頭を叩き割ろうとしたのだと想像したのである。

宮殿のどの広間も人気《ひとけ》がなかった。ところどころ松明が筒のなかでほそぼそと燃えていた。なかにはすでに消えたのもあって、樹脂の冷たい涙を垂らしていた。

王は宴《うたげ》の広間をいくつか通り抜けた。そこには赤いチューリップや黄菊を刺繡したクッションがまだ散らばっていて、象牙の揺椅子や、金の星飾りを際立たせた黒檀の暗色の腰掛などが置いてあった。色とりどりの脚と銀の嘴《くちばし》をもつ鳥を描いた帷《とばり》が天井から垂れ下っているが、その天井には、彩色した木で造った動物の顎《あぎと》が嵌めこまれてある。一塊の青銅で造られた緑がかった燭台がいくつか据えてあり、それには赤い漆を塗った巨大な孔があいていていて、その上に脂が輪型に黒く固まった真中を生糸の芯が貫いている。長く低く、腰を人の手で抱え上げてもちあげなければ横たわれないような弓形に反った肘掛椅子もある。ほとんど透明な金属で鋳造された壺もあって、指をふれると、まるで傷つけられたかのように、鋭い響きを発するのである。

広間のはずれで、王は闇に紅蓮の炎の舌を吐く青銅の篝台《かがりだい》をとりあげた。樹脂の燃え上る雫が絹の袖の上にふるえながら飛び散ってくる。しかし王はそれを目にもとめなかった。彼は天井の高い暗い画廊へと向かった。樹脂は床に香りの高い跡を残して行く。そこ、交叉した対角線で仕切られた壁面には、燦然たる謎めいた肖像画がならんでいた。というのは、これらの画像は仮面をつけ、宝冠を戴いていたのである。ただ最も古い肖像が、ひとつだけ他のものと離れておかれ、それは恐怖で眼を見開いた蒼白の青年の像であった。顔の下部は王者の飾りで隠されている。王はその画像の前に足をとどめ、炬火をかざしてそれを照らした。そして呻きを洩らした。

「おお予の血統の初代よ、わが同胞《はらから》よ、われらはなんと憐れむべきものであろうか。」そして肖像の眼にくちづけした。

それから仮面をつけた第二の肖像の前に立ちどまると、こう言いながら仮面の描いてある画布を引き裂いた。

「こうすべきであったのだ、わが血統の第二代、先王《ちち》よ。」このようにして彼は歴代の王の仮面を、自分自身のに至るまでことごとく引き裂いた。剝ぎとられた仮面の下には、暗い裸の壁が見えた。

次いで王は饗宴の間《ま》に入った。そこにはまだ輝く食卓が設けられたままになっている。彼が炬火を頭上にかざすと、真紅の光条が隅々まで走った。いくつもの食卓の中央には斑模様の毛皮を凹ませて敷いた、獅子の脚をした玉座がある。隅々には磨かれた銀器や透し彫の燻金《いぶしきん》の蓋とともにガラス器が積まれてあるように見えた。いくつかの瓶は紅紫の光を反映し、その他の瓶は内側に貴金属の半透明の箔を張ってあった。怖しい血の表示のように、炬火の光が一つの長い楕円の盃を燦めかせた。これは柘榴石《ざくろ》を彫って作ったもので、酌取りの少年たちがこの盃に歴代の王の葡萄酒を注ぐならわしになっている。そして光は同じく銀の編籠をも撫でた。中には健康そうな丸いパンがならんでいる。

そして王は饗宴の間を顔をそむけて通り過ぎた。「あの人たちは恥じなかったのだ」と彼は言った。「仮面を被りながら生き生きしたパンをかじることを、白い唇で血のような葡萄酒に触れることを！　自分の病を知って、館《やかた》の中に鏡を置くことを禁じた者はどこにいる。それは予が引き裂いた偽りの顔をもつ王の一人だ。そして予は彼の籠からパンをとり、彼の盃から酒をのんだのだ……」

モザイクを敷きつめた狭い廊下が寝所の棟《むね》へと通じている。王は血のような炬火を前にさし出しながらそこに入った。一人の番兵が何事かと進み出ると、その大きな環を連ねた腰帯が白い上衣の上にあかあかと輝いた。彼は金の顔によって王と認めて平伏した。

中央に吊りさげられた青銅のランプから射す蒼白い光が二列に飾られた寝台を照らしていた。その絹の覆いは古色の糸で織られてある。縞瑪瑙の水管が磨いた石の水盤に単調な水滴をしたたらせていた。

まず、王は神官たちの寝所を眺めた。横たわっている人々の重々しい仮面は、眠って動かずにいる間はどれも同じに見えた。次に道化の寝所では、眠った口の笑いがみなちょうど同じ大きさであった。それから妃嬪たちの顔の動かぬ美しさはこの休息の間も変ることがなかった。女たちは腕を胸の上で組み合せたり、片手を頭の下に置いたりして、笑顔を作ることに心を用いる様子もないが、その微笑は意識しないでいても同じように優雅であった。

最後の部屋の奥には、身を屈めた女と巨大な花とが浮彫りされた青銅の寝台がひとつ横たわっていた。黄色い布団は身悶えた一つのからだの跡をとどめている。そこにこそ、夜のこの時刻には、黄金仮面の王が休んでいるべきなのであった。そこはまた、長い年月の間彼の先王たちが眠ったところなのである。

王は寝台から顔を背けた。「あの人々は面相の秘密をもちながら眠ることができたのだ。そして眠りは予と同様彼らの額にもくちづけしに来たのだ。彼らは眠りの黒い顔に向かって、眠りを永久に脅かすために、仮面を振り落すことをしなかった。そして予はその昔恥ずべき人々の肢体《からだ》が横たわったこの銅の寝台を撫で、この布団にも触れたのだ……」

それから王は火盤のある広間に入った。ここでは今も薔薇色と真紅の炎が踊り狂い、すばやい腕を壁に投げかけていた。彼は巨きな銅鑼を、そのあたりにあるすべての金属の器物を共鳴させ振動させるほど、殷々《いんいん》と打ち鳴らした。狼狽した衛兵は服装もそこそこに、鉞《まさかり》や鋭い刺を植えた鉄丸をもってとび出してきた。神官たちは眠りから覚めもやらず衣をひきずりながら現われ、道化は入室の際の儀式的な跳躍をすっかり忘れ、妃たちは入口の片隅ににこやかな顔を見せた。

そこで王は黒い玉座に登って、命令を下した。

――銅鑼を打ち鳴らしたのは、重大な用件で其方《そのほう》らを召出《めしいだ》すためである。乞食の言は真実であった。其方らはみなここで予を欺いておる。仮面をはずせ。

からだ、衣裳、そして武具の戦慄する音がきこえた。それから、ゆっくりと、居合わせた者たちは心を決め、顔を露わにした。

そこで黄金仮面の王は神官の方を向いて、睡たさに小さな眼がくっつきそうな、肥った笑い好きの五十の顔を眺めた。それから道化の方へ向き直ると、不眠のために眼が血走り、悲しみにやつれた五十の顔をしげしげと見た。そして半月形に坐った女たちの方を見下すと、冷やかに笑った。――女たちの面相は倦怠と醜悪に満ちて、芯から愚かしげであったからである。

――こうして、と王は言った。其方たちは長い間其方自身についても、すべての人についても、予を欺いてきたのだ。予が今まで謹厳と信じ、神の事、人の事について相談してきた者たちは、風か酒でふくらんだ革袋にも似ている。いつも陽気に予を楽しませた者たちは、心の底まで悲しんでいたのである。そして妃たちよ、そなたたちの謎めいたスフィンクスの微笑は全く何の意味もなかったのだ。なんとあわれな者ども。しかし予は其方たちのうちの誰よりも悲惨なのだ。予は王であり、予の顔は王者らしく見える。ところが、実はこの通り、予の王国の最底の者でさえ、何ら予を羨むことはないのだ。

ここで王は黄金仮面を外した。すると見ていた人々の喉から叫び声が上った。火盤の薔薇色の炎が癩病やみの白いかさぶたを照らし出したからである。

――予を欺いたのは彼ら――すなわち歴代の王なのだ、と王は叫んだ。先祖たちに予と同じく癩を病み、王権とともに業病を遺してくれた。彼らは予をあざむき、其方たちに偽りを強いたのである。

広間の、空に向かって開かれた窓から、沈みかけた月がその黄色い仮面を見せた。

――このようにして、と王は言った。いつも同じ黄金の面をわれらに向けるあの月も、おそらく暗く残忍な別の面をもつのであろう。同様に予の王権も予の癩病を蔽うことによって保たれてきたのだ。けれども予はもはやこの世の表面《うわべ》など見たくない。暗いものに眼を向けたいのだ。ここで、其方たちの眼の前で、予は自らの癩と嘘偽のゆえに自分を罰する、己れとともに己が民を。

王は黄金の仮面をさし上げた。黒い玉座の上に立ちあがり、一同のざわめきと愁嘆のうちに、仮面の両側についている鉤を、苦痛の叫びとともにわれとわが眼に突き立てた。これを最後として一条の赤い光が眼前に輝き、血潮がどっと顔を流れ、両手を流れ、玉座の黒い壇を流れた。彼は衣服を引き裂いて、よろめきながら階《きざはし》を下りた。恐怖のあまりおし黙った衛兵を手さぐりでかきわけ、たったひとり夜の中に出ていった。

さて、癩病の盲目の王は夜の中を歩いていた。彼は七つの内苑をとり囲んで同心円を作る七重の城壁や、王宮の老木につきあたり、生垣の茨に触れて手を傷つけた。自分の足音が響くのを聞いたとき、街道を歩いていることがわかった。何時間も何時間も、食物を摂りたいとさえ思わずに進んでいった。顔を蔽う熱気によって、太陽に照らされていることを知り、闇の冷気によって夜になったことに気づくのであった。くり抜いた眼から流れ出した血が、彼の肌を黒ずんでひからびた皮で覆った。そして長い間歩きつづけたあと、盲目の王は疲れを覚えて道のほとりに坐った。彼は今では暗い世界に生き、その視線は自分自身の内部にもどってしまったのである。

想念の暗い野をさまよっているうちに、鈴の音が聞こえてきた。すぐに毛の房々した牝羊の群が太い尾を垂らした牡羊に先導されて帰って行くさまを思い浮べた。そこで彼は動物には恥じなくてもよかったから、両手をさしのべて白い羊の毛にさわろうとした。けれどもその手は他の人の柔らかな手に出会った。そしてやさしい声が彼に言った。

——お気の毒な盲《めくら》さん、どうなすったの。

王は女の感じのよい声を聞き分けた。

——予に触ってはいけない、と王は叫んだ。いったい、お前の羊はどこにいるのだね。

ところで彼の前に立っていた若い娘は癩病なのであった。そのために服に鈴を吊していたのである。しかし彼女はそのことを打明ける勇気がなく、嘘の返事をした。

——わたしの少しうしろにいるわ。

——そうやってお前はどこへ行く、と盲目の王が言った。

——帰るのよ、と彼女は答えた。**みじめなる者**の町へ。

それをきくと王は、自分の王国の人里離れたところに、業病や犯罪のために世間から締め出された人々の逃げこむ隠れ場があることを思い出した。彼らは自分の手で建てた小屋や、地面に掘った洞穴にとじこもって暮している。孤独の極みというべき人々であった。

王はその町へ行こうと決心した。

——予を連れていってくれ、と彼は言った。

若い娘は彼の袖を引いた。

——お顔を洗わせてくださいな、と女は言った。頬に血が流れてから、一週間にもなるのでしょう。

すると王は身震いした。この女が彼の癩病に恐れをなして、自分を捨て去りはしないかと思ったのである。しかし女は水筒の水を注いで王の顔を洗った。それからこう言った。

——かわいそうに、眼をくり抜くのはどんなにか苦しかったでしょう。

――どんなにそれ以前に苦しんだことか、それと知らずに。だが行こう。今夜のうちに**みじめなる者**の町に着けようか？

――着けるでしょう、と若い娘が言った。

そして優しく話しかけながら彼を導いていった。盲目の王は鈴の音を聞いてうしろをふりかえり、羊をなでようとした。それで娘は自分の病を見破られはしないかと心配した。

ところで王は疲れと飢えで消耗しきっていた。娘が背負袋からひときれのパンを取り出し、水筒をさし出した。しかし王はパンと水とを汚すことをおそれて断わった。そしてたずねた。

――**みじめなる者**の町は見えるだろうか。

――いいえ、まだよ、と娘が答えた。

こうして二人はさらに遠くまで歩いていった。女は彼のために青い蓮の花を摘んでやり、彼はそれを嚙んで口中を爽やかにした。太陽は地平に波打つ広い稲田の方へ傾いていった。

――ここまで来ると食事のにおいがする、と盲目の王は言った。**みじめなる者**の町に近づいたのではあるまいか。

――いいえ、まだよ、と娘が言った。

血みどろな太陽の円盤がうす紫の空を落ちてゆくうちに、王は疲れと飢えのために気を失いかけた。街道の果てに、草葺屋根の間から細々と煙の柱がふるえていた。沼の霧があたりに揺曳していた。

――さあ町ですよ、と娘は言った。見えてきたわ。

――予はひとりで他《ほか》の町へ入ってゆこう、と盲いた王は言った。予の望みはたったひとつ、予の唇をそなたの唇の上に休らわせることであった。定めし美しかろうそなたの顔によって、生気をとりもどしたかったのだ。しかしそんなことをすればそなたを穢すことになったであろう。予は癩を病んでいるからだ。

そう言い終るや王は死の中へ絶え入った。

娘は声をあげてすすり泣いた。盲目の王の顔が清らかに澄んでいるのを見、自分こそ彼を穢すものだということをよく承知していたからである。

そこへ**みじめなる者**の町から、鬢を逆立て、おぼつかない眼をふるわせたひとりの老いた乞食が歩いてきた。

——何を泣いているのだ？　と彼は言った。

そして娘は、盲いた王が癩病だと思いこんで眼をくり抜いたあげく、死んでしまったことを話した。

——それでこの人はわたしに仲よしの接吻《くちづけ》をしようともしなかったの、わたしを穢さないようにね。ところが、お天道さまもごらんの通り、ほんとうに癩病なのはわたしなのです。

老いた乞食はこれにこたえて言った。

——おそらく眼からほとばしり出た心臓の血がこの人の病を癒したのであろう。みじめな相貌《マスク》をもっているものと思いこんで彼は亡くなった。しかし、今やすべての仮面《マスク》を、黄金の、癩病の、肉の仮面《マスク》を、この人はことごとく脱ぎすてたのだ。

（多田智満子訳）

オジグの死

J・H・ロニーに

当時、人類は死滅する寸前と思われていた。日輪は月さながらに冷たく、果てしなく続く冬のせいで、地表はひび割れていた。忽然として姿を現した山々も、燃え上がる内臓を地上から天に向かって吐き出しつくし、いまでは凍てついた溶岩が灰色を呈しているだけであった。どの地域においても、いたるところに、あるいは畝《うね》のように、あるいは星形に、溝が走っていた。そして不意に、巨大な裂け目がぱかっとあいたかと思うと、上に乗っていたものを、一気に奈落の底へと落とすのだった。迷い子石の長い列が、裂け目に向かって、ゆっくり滑るようにして進んでいく姿も見られた。暗い空は、透明な飾り紐がちりばめられたかのごとくだった。不吉な白さが、平野を覆っていた。銀色の輝きの全体が、世界を不毛にしている感があった。

岩場に地衣類が弱々しく広がっている以外、もはや植物は存在しなかった。地球の骨格は、土で作られた肉をそぎ落とし、骸骨さながらの平地がはるか遠くまで広がるばかりだった。冬の死神は、まず下の方の生命を襲った。魚類や海洋動物が氷に閉じ込められて、死滅した。次に、匍匐《ほふく》植物に群がる昆虫や、有袋類が、それから、巨大な森林に出没するところの、ときに滑空もおこなう動物たちが滅びた。見渡すかぎり樹木も緑もなく、洞窟や地中の巣穴に住むものしか、生き物は見られなかった。

人間の子供たちも、二つの人種がすでに消滅していた。大木のてっぺんでつる植物をねぐらにしていた子供たちと、湖の中央で水に浮いた家に閉じこもっていた子供たちである。かつては、きらめく大地を覆いつくしていた森や林、雑木林や藪や、水面も、いまでは研磨された石のようにぴかぴかと光るだけだ。

　けれども、火を熟知している「動物ハンター」と、地球内部の熱のある部分まで地底深く掘り進むことのできる「穴居人」、そして氷の穴に海の油を貯めている「魚食い族」は、この果てしなき冬にも依然として耐えていた。とはいっても、動物は、その鼻面《はなづら》が地面にふれるやいなや凍ってしまうわけで、めったに見つからなかった。火を燃やすための薪もなくなり、油も、てっぺんが白いだけの、黄色い岩みたいに固まってしまった。

　にもかかわらず、地中深い穴に暮らし、おそろしいほどに大きくて重い、緑色の翡翠《ひすい》の斧を所有しているオジグという名の「オオカミ殺し」は、生き物を憐れんでいた。その先端がミネソタ川（ミシシッピ河の支流である）の東部あたりまで延びている、大きな内海のほとりで、オジグは寒さが積み重なったかのような北の地域に視線を向けた。凍った洞窟の奥で、白い石をくりぬいて作った聖なる長柄パイプを手にして、香草をつめた。パイプからは煙が円環をなして立ちのぼり、空中にえもいわれぬ香りを放った。煙の環は空に向かって上り、その渦巻きが北の方に傾いた。

「オオカミ殺し」のオジグは、北に向かって歩き始める。裏地付きのアライグマの毛皮を、目出し帽のようにしてかぶっていたが、アライグマのふさふさしたしっぽが頭の上で揺れていた。腰に結んだ革ひもには、細切《こまぎ》れにして脂肪とまぜた、乾し肉が詰まった袋がぶら下っていた。こうして彼は、緑色の翡翠の斧を揺すりながら、地平線にぶ厚くかかった雲の方へと進んでいったのである。

　彼が通り過ぎていく周辺では、生命は消えなんばかりだった。河はずっと前から死んでいた。不透明な空からは、押し殺したような音が聞こえてくるだけだ。霧氷のせいで、青く、白く、あるいは緑に輝く、凍てついたかたまりが、壮大な道の随所に、支柱のように立っている。

　オジグは、網にからみとられて、ぴちぴちとはねる真珠母色のサカナや、蛇のように泳ぐアナゴや、足どりも重く歩くカメ、うろんな目つきをして横ばいする巨大なカニ、地上の動物の元気のいいあくび、ぬくぬくと暖かそうな毛で身を包み、平らなくちばしとかぎ爪の足をした動物、うろこにおおわれた動物、目にも楽しいさまざまな縞模様をした動物、そしてまた、自分の子供が大好きで、すばやく動きまわったり、独特の仕方で旋回したり、いかにも危険な飛び方をしたりする動物たちのことを、心のなかで懐かしんでいた。そうした動物たちのなかでも、とりわけ、獰猛なオオカミのことが、あの灰色の毛皮や、なじみ深い遠吠えがとても懐かしかった。それはむろん、赤い月の光に照らされて、霧の立ちこめた夜をついて、棍棒と石斧とを手にして、オオカミを狩ることを、彼が習慣としていたからにほかならない。

ふと、彼の左の側から、巣穴に棲息する動物が現れた。地中深くに暮らしていて、巣穴からずるずると後ずさりするかたちで出てきたのは、毛もぼろぼろになり、やせこけた一頭のアナグマだった。オジグはその姿を目にするとうれしくてたまらず、殺すことなど考えもしなかった。アナグマは、距離を保ちながらも、オジグと並ぶようにして進んでいった。

すると突然、今度はオジグの右手の凍りついた峡谷から、底なしの深い眼差しをしたオオヤマネコが、みじめな姿を現した。オジグのほうをおそるおそる盗み見ながら、オオヤマネコは不安げに地面を這うようにして進んでいく。けれどもオオカミ殺しのオジグは、むしろうれしくてたまらず、アナグマとオオヤマネコの間を歩いていくのだった。

乾し肉の入った袋が腰に当たる音を聞きながら、オジグが歩を進めていくと、後方で、空腹ゆえに、弱々しい遠吠えが聞こえてきた。なじみの声だと思って振り向いてみると、案の定、やせこけたオオカミが、悲しげな様子をして後からついてくるではないか。オジグは、猟師の定めとはいいながら、自分がこれまで頭をたたき割ってきた動物たちが、どれもこれもかわいそうになった。オオカミが出した舌からは湯気が立ちのぼり、その目は赤かった。

こうしてオオカミ殺しのオジグは、仲間の動物たちと道を進んでいった——地中にすむアナグマを左手に、地の果てまで見通すオオヤマネコを右手に、そして腹を空かせたオオカミを後方に従えて。

彼らは内海の中央あたりまでたどり着いたものの、陸地の広大な氷原が緑色をしていることをのぞけば、内海と陸地とは区別がつかなかった。オオカミ殺しのオジグは、ひとつの石塊の上に座ると、石でできた長いパイプを前に置いた。そして、斧で氷を削り、煙を吹き出す聖なるつり香炉に似たものを作ると、仲間の動物たちの前にひとつずつ置いた。この四つのパイプに香草をつめた。それから、石をかちかちと打ち合わせて火を起こした。香草に火が付いて、四本の細い柱となって煙が立ちのぼった。

アナグマの前から立ちのぼった灰色の煙は、渦を巻きながら西方に流れていった。オオヤマネコの前の煙は、東方に曲がっていき、オオカミの前の煙は弓形を描いて、南へと向かった。そして、オジグのパイプの煙の渦は北方へと上っていった。

オオカミ殺しのオジグは、また出発した。ふと左側を眺め、彼は悲しい気持ちになった。地面の下を見ているアナグマが、西に遠ざかって行くではないか。そして、右側に目を向けると、地上のすべてを見通すかのごときオオヤマネコが、東に去っていくので、オジグは寂しくてたまらなかった。とはいえ本心では、この二頭の仲間は、自分にあてがわれた領域で、慎重にして賢明にふるまう動物なのだから、当然のことなのだとも考えていた。

彼は、飢えて目を充血させたオオカミに憐れみを覚え、これを後方に従えて、思い切りよく歩いていった。北の方角には、冷たそうな大きな雲のかたまりがあって、いまにも天に触れんばかりだった。冬はさらに苛酷なものとなっていた。オジグは鋭利な氷で両足を負傷して出血し、血は凍って黒いかさぶたになっていた。それでも彼は、わずかな乾し肉をしゃぶっては、食べかすを、後方のオオカミにぽんと投げてやりながら、何時間も、何日も、いやおそらくは何週間も何か月も前進していったのである。

オジグは漠然とした希望をいだきながら歩いていた。彼は、いまや消滅寸前の人間や動植物の世界に憐れみの情を覚えていただけではなく、この酷寒の原因をなしたものと戦うのに十分な強さが自分にはあるのだと感じていた。

そしてついに、あたかも山頂が見えない山脈かのごとく、強大な氷の障壁が、暗くて丸い空に立ちふさがり、道はさえぎられた。氷結して幾層にもなった大海原に、ぐさりと突き刺さった巨大な氷塊は、澄んだ緑色をしていた。だが、それが積み重なると、緑色も濁ってくる。そして高さが増すにつれて、どうなるかといえば、かつての晴れた日々の空の色にも似た、不透明な青に見えてくるのだ。というのも、それは淡水と雪でできているのである。

オジグは、緑色の翡翠でできた斧を手にすると、急斜面に階段をきざんでいった。こうしてゆっくりと上っていき、ついにとてつもない高さにまで登頂したのであったが、なんだか自分の顔が雲で包まれているような気がしたし、大地が逃げて行ってしまったようにも感じた。彼のすぐ下の段には、オオカミがちょこんと座り、すっかり安心して待機していた。

稜線まで到達したと信じていたオジグなのであったが、実際は、垂直の青い壁が屹立していて、そこから先には行けないことが判明した。けれども、後方に目をやれば、飢えたオオカミの姿が見えるではないか。生き物の世界に対する思いやりが、彼に力を与えた。

彼は青い壁に翡翠の斧を打ちこんで、氷を深く穿った。色とりどりの破片が、周辺に飛び散った。彼は何時間も何時間も氷を掘り続けた。寒さで、手足が黄色く、しわだらけになった。革袋のなかの乾し肉は、ずっと前から、すっかりしなびていた。彼は空腹をごまかすために、パイプ用の香草を齧《かじ》っていたのだが、急に、神や天使の力など信じる気も失せて、パイプを二つの火打ち石とともに、真下に投げすててしまった。

掘り続けていると、きしんだような音が聞こえた。オジグは思わず叫び声を上げた。というのも、これは翡翠の斧の刃の音であり、あまりの極寒のせいで刃が折れかけていたのだ。そこで斧を氷の中から抜いたものの、暖めようにも、いかんともなすすべがなく、オジグは斧の刃を右腿《もも》に力を込めて打ちこんだ。緑色の斧は、なま温かい血に染まった。こうしてオジグはふたたび、青い壁を掘り始めた。うしろに座っているオオカミが、うめき声をあげながら、したたり落ちる血をなめていた。

不意に、つるつるの壁がバーンと破裂した。あたかも暑い季節が反対側の、空の障壁のところで蓄積されていたかのように、膨大な熱気が発生した。開口部が広がり、強い風がオジグを包んだ。春を告げる小さな新芽がこぞってざわめいているのが聞こえ、夏が燃え上がるのを感じた。巨大な気流に持ち上げられながら、彼は、氷による死から、生命全体を救うために、あらゆる季節が戻ってきたような気がしていた。暖気流が太陽光線を、なま温かい雨と、優しいそよ風と、豊穣さをはらんだ雲を運んでくるのだ。熱い生命の息吹のなかで、黒くて、ぶ厚い雲がもくもくと立ちのぼり、火を生んだ。

バリバリっと雷鳴がとどろいて、炎が長い線を描き、そのまばゆいばかりの光線が、オジグの心臓を襲った——真っ赤な剣のように。四季が嵐のような大河となって回帰してくるはずの、この世界に背を向けたまま、彼は滑らかな壁に向かって倒れこんだ。飢えたオオカミが、おずおずと上まで登ってくると、両足をオジグの肩に乗せ、彼のうなじを齧り始めた。

（宮下志朗訳）

大地炎上

ポール・クローデルに

信仰はこれまで世界を導いてきたが、その最後の高揚を以てしてもついに世界を救いえなかった。新しい預言者が次々立ち現われても無益であった。神意の神秘も空しく強いられるばかり、神意をうかがうなどもはや問題外で、かえってその量も減ってゆくようであった。あらゆる生物の活力は衰えつつあった。最高の努力を払って活力は未来の宗教へと集中されたが、その努力は報いられなかった。各人がなまぬるい利己主義にとじこもっていた。あらゆる情欲が大目に見られていた。地上はさながらあつい嵐の小止《こやみ》のようであった。悪徳が大ぶりな有毒植物のような無自覚さではびこっていた。背徳が「生の偶然」という神とともに事物の掟となり、知識は謎めいた迷信によって曇らされ、心の偽善に官能が触手の役をつとめる。かつてはけじめのあった四季も、今は嵐を孕む長雨の日々のなかにまじりあってどの季節とも判らない。明確なもの、伝統あるものは何もなく、ただ古びたものの混在と、曖昧模糊たるものの支配があるのみ。

かくて電光閃く一夜、災厄の徴《しるし》が天から落ちかかるかと思われた。地上の腐敗によって孕まれた前代未聞の嵐が高みから吹きおろした。寒気と暑熱、陽光と雪、雨と陽差とが混じり合って、突如爆発する破壊力を生み出したのである。

すなわち隕石のただならぬ落下が眼にも明らかとなり、夜の闇に輝く光の糸が降りそそぐのである。星辰は炬火のように燃えあがり、雪は火の先触《さきぶ》れとなり、月は五彩の弾丸を放射する紅い火盤となった。万物は至らぬ隈もなく蒼白の光に透過され、その眩ゆさは、いかに和らげられていても、なおはなはだしい苦痛を与えた。それから、開かれていた夜が、また閉じた。火山という火山は灰の柱を天に向って噴きあげ、さながら黒い玄武岩の龍巻、地上のそのまた上の世界の列柱である。黒い砂塵の雨はさかさまに上へと降《ふ》り、大地から湧き出た雲が地を覆うのであった。

かくして夜は過ぎ、しかも曙は見えなかった。暗くて巨大な赤い斑点が東から西へ空の灰の中を渡ってゆく。大気は燃えんばかりであり、いたるところにねばりつく黒点が空気を貫くのであった。

群集はどこへ逃れるべきかも知らず地にひれ伏していた。寺院や僧院、修道院の鐘は、超自然の力に打たれるかのように、怪しげに鳴り響いた。砦からは時おり爆発音がとどろいた。据えつけられた大砲から、空気を澄ませようとして薬筒を発射するのである。やがてあの赤い球体が西方に傾き一日が終ると、一面に静寂がひろがる。誰ひとりとしてもはや祈る力も愁訴する力もないのであった。

そして赤熱《しゃくねつ》の塊が黒い地平を踏み越えると、西空全体が燃えあがり、布のようにひろがる火が太陽のもと来た道を逆にもどってゆく。

この天と地の炎上を前にしてひとつの遁走が行われた。二つのあわれな小さな体が低い窓づたいに滑り出て、物狂おしく走ってゆくのである。腐敗した空気の汚れにもかかわらず、少女は美しい金髪で、眼は澄んでいた。少年は黄金色の肌をして、捲毛が透明な帷《とばり》のように垂れ、異様な薄明りがその髪に紫の光を漂わせている。二人はいずれも何も知らぬ幼なさで、ようやく子供の域を脱したばかり、隣り合わせに暮していたので、兄妹のような愛情を抱いていた。

こうして、手に手をとって、屋根や煙突に凶々《まがまが》しい光の漂う暗い街を、横たわった人や倒れて痙攣している馬の間を通りぬけた。それから町の城壁を超え、人気の絶えた郊外を東へ東へと、火災と逆の方向へ進んでいった。二人は思いがけなく河に行手をはばまれた。水勢は速く水量はゆたかである。

しかし岸には一隻の小舟があった。二人はそれを河に押しやり、飛び乗って、流れに身を任せた。

小舟は龍骨を波に捉えられ、舟壁を疾風に煽られて、石弓からはじき飛ばされた石のように走り出した。それはひどく古びた漁船で、波に揉まれててらてらと黒光りしている。櫂受は櫂に擦りへり、舷縁《ふなべり》は魚網にこすられて光り、ちょうど、滅びゆく文明の原始的で堅実な道具といったところである。

二人はずっと手を取りあったまま、未知の運命におののきながら舟底に横たわっていた。

そして疾走する小舟は、熱風渦巻く嵐をくぐりぬけて、二人を不可思議の大海へと連れ去るのであった。

……………………………………

二人は荒涼たる大洋の上で眼を覚ました。舟は蒼白い海藻にとり巻かれ、そこには泡が乾いた涎のあとを残し、虹色《にじいろ》の虫や桃色の海星《ひとで》が腐りかけている。小波《さざなみ》が死魚の白い腹を揺すっている。

空の半ばは目に見えてひろがってくる火の手につつまれ、その火は残りの半分の灰色の縁《へり》をも浸食しつつある。二人の眼にはこの海も陸地と同様死んだと見えた。海の息吹はなまぐさく、透明な海水には濃い緑と藍《あい》いろの筋が走っていたからである。しかしその間にも小舟は速度をゆるめることなく水面を滑っていった。

東の水平線に青みを帯びた微光があった。

少女は手を水に入れたがすぐ引込めた。波がすでに熱いのである。間もなく恐ろしい沸騰が大洋を揺さぶるのであろう。

南の方に、薔薇色の冠毛を頂く白雲の峰が見えたが、これが烈火の煙とは知るよしもなかった。

一面の静寂と拡がる火の手に、二人は茫然と身をすくめていた。今までつきまとわれてきた、風に鳴りとよもす巨大な断末魔の喘ぎの方がまだしもましであった。

海の涯、まだうすぐらい灰のドームが沈みかけたところに、明るい裂け目が開かれていた。薄青い輪をなしているその一部は新しい世界への入口を約束しているかのようだ。

——あら、見て！　と少女は言った。

二人のうしろに、大洋の上をただようすうす靄《もや》が、空と同じ蒼くふるえる光に輝き渡ったところであった。まさに海が燃えているのである。

なぜ宇宙が破滅するのか？　あまりの熱気にがんがん鳴る二人の頭は、繰り返し襲ってくるこの疑問ではちきれんばかりであった。二人にはわからなかった。罪の意識もなかった。生命が彼らを抱きすくめ、二人の生は一挙に加速された。世界炎上のさなかに、青春が二人を捉えたのである。

そしてこの古い舟のなか、この曖昧な生活の最初の器具のなかにあって、この世の地獄のたった二人の生き残り、幼いアダムとちいさなエヴァであった。

大空は火のドームであった。水平線にはもはや紺青の一点が見えるばかり、その上にも炎の眼瞼《まぶた》はやがて閉されようとしている。咆哮する海がすでに彼らを襲いつつある。

少女は立ち上って服を脱いだ。二人のなめらかで華奢な肢体が宇宙を遍照する光に輝きわたった。二人は手をとり合って相抱擁《あいいだ》いた。

——愛し合いましょう、と少女は言った。

（多田智満子訳）

ミイラ造りの女

アルフォンス・ドーデーに

リビアのエチオピアとの境のあたりに、いまでもとても年老いた、とても聡明な人間たちが暮らしており、テッサリアの魔女たちのそれよりもっと不思議な妖術がさかえているということを、わたしは疑うことができない。たしかに考えるだけでも恐ろしいのは、魔女たちの呪文によって、月が鏡覆いのなかに降ってくるとか、満月のときに濡れた星々とともに銀の桶のなかに落ちてくるとか、テッサリアの真暗闇の夜の間にまるで黄色い水母《くらげ》のようにフライパンで揚げ物にされるとか、また人間が脱皮して自由に徘徊できるというようなことであり、これらすべては恐ろしいことにちがいないのだが、わたしはそれ以上に、血の色をした砂漠のなかでリビアのミイラ造りの女たちに出会うことを恐れるだろう。

弟のオフェリオンとわたしは、エチオピアを取り囲む、それぞれ異った砂でできた九つの環状地帯をすでに通り抜けていた。いくつも砂丘があって、それらは遠くでは海のように青緑色か湖のように紺青色をしているように見える。ピグミー族もこの地域まではやってこないので、わたしたちは陽《ひ》の光が決して射しこむことのない大きな暗い森のなかに彼らを残してきたのだが、人肉を食い、顎を鳴らして互いに認め合う赤銅色の人間たちの住む場所はまだはるか遠い西のほうである。リビアのほうに行くためにわたしたちが入りこんだ赤い砂漠には、どうみても都市もなければ人も住んでいないようだ。

わたしたちは七日七晩歩き続けた。この地方では夜は透明で青くすがすがしいのだが、眼にとっては危険で、ときにこの夜の青い光は六時間ほどのうちに瞳を腫れ上らせ、これにやられるともう太陽の上るのが見えなくなってしまう。それがこの病気の特徴なのだが、これは顔を覆わずに砂の上で眠った人だけを襲うもので、夜も昼も歩き続ける人は、ただ陽《ひ》の光にさらされた瞼を刺戟する砂漠の白いほこりさえ恐れればいいのだ。

八日目の晩、わたしたちは赤い砂原の上にいくつもの小さな白い円屋根が環になって並んでいるのを見かけ、オフェリオンはそれらを調べてみるべきだという意見だった。リビア地方のつねとして夜が急速に近づいており、わたしたちが近よってみたとき、闇はとても濃くなっていた。それらの円屋根は地面から突き出しており、最初、入口は見あたらなかったが、屋根が形作る環を通り抜けたあとで、ひとつひとつに中背の人の高さの入口がうがたれていて、それがすべて環の中心のほうに向いていることがわかった。その入口は暗かったが、周囲にあけられたとても細い穴から光線が射し、わたしたちの顔をまるで長く赤い指で撫でるように照らした。わたしたちはまた、芳香と物の腐った臭いの混じったようないままで嗅いだこともないある匂いに包まれた。

オフェリオンはわたしを立ち止まらせると、円屋根の一つのなかから誰かが合図をしていると言った。はっきりとは見分けられないが一人の女が入口に立ってわたしたちを招いていた。わたしはためらったが、オフェリオンはわたしをそっちに引っぱっていった。入口も円屋根の下の円い部屋も暗く、わたしたちがなかに入るとすぐわたしたちを招きよせた女は姿を消した。異国のことばを話すやさしい声が聞こえた。やがてさっきの女が粘土製のくすぶるランプを提げて、またわたしたちの前に現われた。わたしたちが挨拶すると、女はわたしたちのギリシア語をリビア訛りでしゃべって歓迎の辞を述べた。女は、裸の男と鳥の像で飾られたテラコッタ製のベッドを指し示し、わたしたちをそこに腰掛けさせた。ついで、わたしたちの食事を取りに行くと言ってまた姿を消したが、地面に置かれたランプの弱い光では彼女がどこから出ていったのかわからなかった。その女は黒い髪と暗い色の眼を持ち、麻の寛衣をまとい、胸を支える帯を着けていて、土の匂いがした。

彼女が粘土の皿や濁ったガラス器に盛って出した夕食は冠型のパンといちじくと塩漬の魚で、砂糖漬の蝗《いなご》以外に肉らしいものはなく、酒のほうは薄いばら色をしていて、明らかに水で割ってあったが、味はすばらしかった。

女もわたしたちと一緒に喰べたが、魚にも蝗にも手をつけなかった。そしてわたしはこの円屋根のなかにいた間じゅう、彼女が肉を口にするのを見たことはなく、彼女は少しばかりのパンと保存果物だけで満足した。このように節制する理由は、おそらく、この物語から容易に理解されるある禁忌であろうし、また彼女を取り巻くさまざまな芳香が栄養を摂《と》る必要をなくし、その微妙な分子で彼女を満腹させていたのかもしれない。

彼女はほとんどわたしたちに問いかけることもなく、わたしたちもまるで話しかける気にならなかった。というのも、彼女の習性が異常なものに思われたからだ。夕食後わたしたちはベッドに横になり、彼女はランプをわたしたちに残して、別のもっと小さいランプを自分のために用意すると、立ち去ったのだが、彼女が円屋根の一方の端にある穴から地下に下ってゆくのが見えた。オフェリオンはわたしのさまざまな推測に答える気がなさそうだったので、わたしは落着かない眠りではあったが真夜中まで眠りこんだ。

芯が油のところまで燃えつきたランプのはじけるような音で眼を覚ましたが、そばに弟のオフェリオンの姿は見えなかった。起き上って、低い声で呼んでみたが、円屋根のなかにはいなかった。そこで外の闇のなかに出てみると、泣き女たちの嘆き声か叫び声が聞こえるような気がした。そうした反響音はたちまち消え、円屋根の並んでいる周りをひと廻りしてみたが、何も見つからなかった。だが地中で何か作業しているみたいに、一種の振動音が響き、遠くで野犬の吠えるわびしい声が聞こえた。

赤い光の洩れる穴の一つに近づき、内部をのぞくために円屋根の一つにどうにか上ってみた。そこでわたしはこの国の、円屋根のあるこの都市の異常さを理解した。というのは、わたしの見た場所は大きな燭台で照らされており、そこには死体が散らばり、泣き女たちにまじって別の女たちが、鉢や道具を持って忙しそうに立ち働いていたのである。見れば彼女たちは、まだ生々しい脇腹を裂いて、黄色や褐色や緑色や青い色をした腸を引き出しては、それを壺のなかに潰し、鼻から銀の鉤を差しこんで、根元の細い骨をくだき、箆《へら》で脳髄をかき出し、死骸を色のついた水で洗い、ロードス島産の香料や没薬や肉桂をなすりつけ、髪を束ね、睫毛と眉毛に色を塗り、歯を染め、唇を固め、手足の爪を磨き、それを金線で縁取っていた。ついで腹が平たくなり、臍のところがいくえにも環になった皺の中心でへこむと、女たちは死体の白く皺だらけになった指を伸ばしてやり、手首と踝《くるぶし》に合金の環をはめ、それから長い麻の包帯で丹念にくるんだ。

これらすべての円屋根は明らかにミイラ造りの女たちの都市であって、近くの町々の死者はすべてここに運ばれてくるのだった。そして作業は、いくつかの住居では地上で、他の住居では地下で行われた。引き締めた唇の間に一輪のミルトを挿しこまれる死体と、ほほえむことも許されずに歯をむき出すことに慣れようとする女たちを見ると、わたしは身の毛がよだった。

朝がきたらすぐオフェリオンを連れてこのミイラ造りの女たちの都市から逃げ出そうと腹を決めた。それで、わたしたちの円屋根のなかに戻ると、ランプの芯を取り換え、円天井の下でかまどに火をつけたが、オフェリオンは帰らなかった。部屋の奥にいって、地下へ階段が通じている穴を照らすと、下から接吻の音が聞こえた。それで、弟が死体を処理する女たちと愛の一夜を過ごしているものと考えて、わたしは薄笑いした。だが、わたしたちを迎えた女が、セメントの壁の内部にうがたれたらしい廊下に通じる穴から入ってくるのを見ると、どう考えたらいいのかわからなくなった。彼女は階段のほうに歩みよると、わたしがしたように耳をそばだてた。それからわたしのほうに向き直ったが、その顔はわたしに恐怖を与えた。その両方の眉毛はくっついており、また壁のなかに戻っていくように見えた。

わたしはまた深い眠りに落ちた。朝になってみると、オフェリオンがわたしの横のベッドに寝ていた。顔は灰色だった。その軀を揺すぶって、出発するように促した。弟はわたしを見てもわたしが誰かわからなかった。女が戻ってきたので訊ねてみると、悪疫を運ぶ風が弟の上を吹き抜けたのだ、と言った。

一日じゅうあれは熱に苦しめられて輾転反側し、女は眼を据えてそれを見つめていた。夕方近く、あれは唇を顫わすと、死んでしまった。わたしは呻きながらその膝を抱きしめ、夜中の二時まで泣いていた。やがてわたしの魂が夢とともに飛び去った。オフェリオンを失った悲しみが眠りを妨げ、わたしの眼を覚まさせた。あれの死骸はわたしのそばになく、女も消えていた。

そこで叫び声を上げ、部屋じゅうを駆け廻ったが、階段は見つからなかった。円屋根の外に出て、赤い光の射すところまで上ってゆき、眼を穴にあてた。ところで、わたしが眼にしたのは以下の通りである。弟のオフェリオンの死体が鉢や壺の間に横たわり、その脳漿は銀の鉤と篦で引き出され、腹は引き裂かれていた。

すでにその指には金粉が塗られ、皮膚には瀝青がなすりつけられていた。ところで弟は二人のミイラ造りの女の間にいたのだが、二人は奇妙によく似ていて、わたしたちを迎えたのがどちらか見分けがつかなかった。二人とも泣きながら顔をかきむしり、弟のオフェリオンに接吻し、腕に抱きしめていた。

そこでわたしは円屋根の穴から呼びかけ、その地下の部屋の入口を探し、他のすべての円屋根にも駆けよってみたが、応答はなく、わたしは透明な青い夜のなかをむなしくさまよった。

わたしの考えでは、この二人のミイラ造りの女は姉妹の魔女で、嫉妬し合い、弟のオフェリオンを殺して、その美しい肉体を保存しようとしたのだ。

わたしは頭をマントで包むと、この妖術の国から無我夢中で逃げ出した。

（大濱甫訳）

ペスト

紀元一千四百一年　トレント市において
　ルプレヒト王　わが家紋に
陛下の紋章たる　前脚あげて起立せる
黄金の獅子を着けることをゆるされたり
　（ピッティ家年代記）

オーギュスト・ブレアルに

　われこそはブオナコルソの子、ブオナコルソ・ディ・ネリ・ディ・ピッティ。[1]フィレンツェ共和国の司法長官にして、紀元千四百一年にはルプレヒト王の命により、わが家の紋章に前脚あげて起立する黄金の獅子を着けるに至った者であるが、貴族に列せられたわが子々孫々のために、冒険を求めて世界を経《へ》めぐった若き日に、わが身に起ったことを語り伝えよう。

　一千三百七十四年、文無しの若者であったわたしは、マテオを道連れに、フィレンツェを街道づたいにのがれ出た。ペストがこの都に猛威をふるっていたからである。病は急性激烈であり、街頭で人々を襲った。眼は燃え血走り、声は枯れ、腹はふくれあがる。つぎに口と舌がひりひりする小さい水泡で覆われる。はげしい渇きにとりつかれる。何時間ものあいだ病人の体は乾いた咳にゆすぶられる。やがて関節という関節が硬直し、皮膚には横痃《よこね》とも呼ばれる赤く腫れあがった斑点が散らばる。そして最後に、顔は白っぽくむくみ、斑点からは血がにじみ、口をラッパのように開《あ》けて死ぬのである。公共の泉は暑熱のため涸れかけていたが、やせ衰えて身をかがめた人々が泉を取りかこみ、頭をひたそうとしていた。何人もが水中にとびこんだ。そして鎖につけた鉤で引きあげられたときには、黒い泥にまみれ、頭の骨は砕けていたのである。赤茶けた死骸が、雨季には雨が奔流となって流れる道路の真中あちこちに放置され、悪臭耐えがたく、身の毛もよだつ恐しさであった。

しかしマテオは骰子《さいころ》賭博の名人であったから、わたしらは都市《まち》を出たとたんに陽気になり、最初の旅籠《はたご》屋で死から救われるために混合酒を飲んだ。そこではジェノヴァやパヴィアの商人と泊り合わせたが、わたしらは骰子筒を手に彼らに勝負を挑んだ。マテオはドゥカート金貨を十二枚稼いだ。わたしの方は彼らをカード遊びに誘い、運よくフィオリオ金貨を二十枚せしめた。そのドゥカート金貨とフィオリオ金貨でわたしらは何頭かの騾馬と積荷の羊毛を仕入れた。プロシアへ行こうと考えていたマテオはサフランもしっかり買いこんだ。

わたしらはパドヴァからヴェローナへの道をたどり、もっと大量の羊毛を仕入れるためにまたパドヴァへもどった。それからヴェネチアへ旅をした。そこから海を渡ってスカロヴォニアに入り、次々とゆたかな町を訪れながらクロアチアの国境まで行った。ブダでわたしは熱病にかかった。マテオはドゥカート金貨十二枚とともにわたしを旅籠屋に残し、仕事上の用向きでフィレンツェにもどった。わたしもそこで彼と落ち合うことにした。わたしはかわいて埃りっぽい部屋で、医者にも診てもらえず、わらのつまった袋の上に寝ていた。部屋の隣は酒場で、境の扉は開けっぱなしであった。聖マルティヌスの祝日の夜、一団の横笛吹きの男たちがやってきた。十五、六人のヴェネチア人とテュートン人の兵士も一緒であった。たくさんの酒壜を空にし、錫の碗を押しつぶし、水差しを壁に投げつけてたたき割ったあと、連中は笛の音に合わせて踊り出した。開けっぱなしの入口からあから顔を突き出し、わたしが袋の上にのびているのを見ると、「呑むか、死ぬか、どっちだ！」とわめきながらわたしを酒場へ引きずっていった。それから熱で頭のずきずきするわたしを毛布で胴上げしてさわぎ、あげくの果てにわたしを袋のわらの中におしこみ、首のまわりで袋の口を結わえてしまった。

わたしはたっぷりと汗をかき、おそらくそのせいで熱は下ったが、その間にむらむらと怒りがこみあげてきた。腕をからめられている上、剣を取り上げられていた。さもなければわらくずだらけの体で兵士らに襲いかかっていたであろう。しかしわたしは股引《ももひき》の下の腰帯に、さやに納めた短刀を差していた。何とかそこまで手をのばし、その短刀で袋の布地を切り裂いた。

多分熱のせいでまだ頭がのぼせていたのだろうが、われわれがフィレンツェに残してきた、そしてその後スカロヴォニアに拡がったペストの記憶が、わたしがローマの執政官シルラの顔について抱いていた一種の観念と頭の中でまじりあった。大キケロの語り伝えたところによれば、シルラは粉をまぶした桑の実に似ている、とアテナイ人が言っていたというのである。わたしはヴェネチア人やテュートン人の兵隊どもをこわがらせてやろうと思い立った。ちょうど宿の亭主が食料や保存用の果物などを蔵《しま》っている小部屋におしこまれていたので、とうもろこし粉のつまった袋を手早く切り裂いた。その粉を顔になすりつけ、黄色とも白ともつかぬ色合になったところで、腕に短刀で傷をつけ、そこから血をとって、粉の上から不揃いな斑《まだら》の形に塗りつけた。それから袋の中にもどって、酔っぱらいの悪党どもを待ちうけた。やつらは笑いながら千鳥足でやってきた。わたしの血みどろの白い顔を見るやいなや、「ペスト、ペストだ!」と叫びながら、揉み合うようにして逃げ出した。

わたしが武器を取りもどすまでに、早くも旅籠は空っぽになっていた。ならず者どもにたっぷり汗をかかされたおかげで元気を回復したわたしは、マテオと落ち合うためにフィレンツェへ向けて出発した。

⋯⋯⋯

わたしは相棒のマテオがフィレンツェの郊外でうろうろしているところを見つけた。彼はかなり体調を崩していた。相変らずペストが猛威をふるっていたので、市内に入りかねていたのである。われわれは道をあともどりして、一山当てようと、グレゴリウス法王の国(2)へ向かった。アヴィニョンへの道中で、槍、長槍、薙刀《なぎなた》などをたずさえた武装の男たちの集団と何度かすれちがった。われわれは知らなかったが、ボローニャの市民がフィレンツェ市民の要請に応じて法王に叛旗をひるがえしたからである。そこでわたしらはどちら側の人たちとも陽気にカードや骰子賭博を楽しみ、うまい具合におよそ三百ドゥカートとフィオリオ金貨八十枚をかせいだ。

ボローニャの市中はほとんど人影もなく、風呂屋(3)に入ると、歓声で迎えられた。どの部屋もロンバルディアの町でよくやるように床にわらを敷いたりなどしてなかった。革帯はたいがい切れているものの簡易ベッドもそなえてあった。マテオは顔見知りのフィレンツェ女モンナ・ジョヴァンナと出くわし、わたしの方は、名をきこうとも思わなかったが、自分の相方《あいかた》に満足した。

ここでわれわれはこの地方の濃い酒やビールをしたたかに呑み、ジャムやパイを食べた。わたしの冒険譚を聞かされていたマテオは、女部屋へ行くふりをして台所へ下りて、ペスト患者に仮装してもどってきた。湯女たちはキャッと叫んで蜘蛛の子を散らすように逃げたが、やがて安心してもどってくると、マテオの顔にこわごわさわってみた。モンナ・ジョヴァンナは彼により添おうとせず、あの人は熱があるみたい、といって片隅でふるえていた。そのうちにマテオはテーブルの壺の間にぐでんぐでんの頭をのせて、大いびきでテーブルをふるわせはじめた。その顔は大道芸人が演壇の上で見せる色とりどりの仮面に似ていた。

われわれはやっとのことでボローニャを発ち、さまざまな出来事に遭ったのち、アヴィニョンの市外に到着した。そこで教わったのは、法王が謀叛人をこらしめるために、フィレンツェ人を手当り次第投獄し、所持する本もろともに、焼き殺しているというのである。しかし教えられるのが遅すぎた。法王の副司令の手下たちが夜中にわれわれを襲って、アヴィニョンの獄屋に投げこんだのである。

拷問にかけられる前に、われわれは一人の審問官に取り調べられ、予審までの間、ひからびたパンと水だけをあてがわれて、天井の低い土牢に幽閉されるという仮りの宣告を受けた。これは宗教裁判所の常套手段である。それでもわたしは長衣の下に、粥を少しとオリーヴを入れた布地の袋をまんまと隠しもっていた。

牢の土はぬかるんでいて、門衛所の中庭の地面すれすれに開けられた格子のはまった換気口からしか空気が入ってこなかった。両足は重い木の足枷の穴にはめこまれ、わたしらの体が膝から肩まで触れ合う程度に二人の両手はかなりゆるやかな鎖でつながれていた。監視係の牢番が親切に話してくれたところによると、われわれには毒薬所持の嫌疑がかかっているのだった。それというのも法王は大使からの通報で、フィレンツェの長官たちが法王殺害の計画を立てていることを知っていたからである。

こうしてわたしらは土牢の暗がりの中で、何の物音も聞かず、昼夜の時刻もわからず、焼き殺される危険にさらされていた。そこでわたしは例の得意の計略を思い出した。法王の裁判所は病気を恐れてわたしらを外へ放り出すだろうと思いついたのである。わたしはやっとのことで粥《かゆ》に手をとどかせた。マテオがそれを顔に塗りたくり、血の斑点をつける、そして一方わたしは警吏をひきつけるために叫ぶ、そんな風に手はずをきめた。マテオは仮面をこしらえ、首を締められたような嗄れ声で呻きはじめた。わたしは鎖を揺すぶりながら聖母にお祈りをした。だが土牢は奥深く、扉は厚く、しかも夜だった。わたしらは何時間も哀願しつづけたが、むだだった。わたしは叫ぶのをやめた。それなのにマテオは相変らず呻きつづけた。夜が明けるまで休ませようと思って、肘で小突いてみた。呻きはさらにはげしくなった。

闇の中でやつにさわってみた。手は彼の腹までしかとどかないが、その腹は革袋のようにふくれあがっているようだ。わたしは恐怖に襲われたが、しかし体は彼にぴったりはりついている。そして、彼がかすれた声で、「飲物をくれ、飲物を!」と叫ぶのを聞いていると、まるで放たれた一群の猟犬の、獲物を求めて得られぬ絶望的な吠え声を聞く思いであった。そのうちに、換気口から曙の蒼白い光の輪が射しこんできた。そのとき全身にさっと冷汗が流れた。彼の粉だらけの仮面の下、かわいた血の斑点の下にわたしが認めたのは、鉛色の顔、あの白いかさぶた、そして滲み出る赤い体液、まさしくフィレンツェのペストだったのである。

(多田智満子訳)

(1) フィレンツェの実在の商人。一三五四—一四三〇。巨富を築いて貴族に列せられた。(*)
(2) アヴィニョンを指す。一三〇九年から七七年まで、法王庁はローマを離れ、フランスのアヴィニョンに置かれていた。法王庁の「バビロニア捕囚」などともいわれる。

（3）女郎屋と旅籠をかねた風呂屋である。

贋顔団

ポール・アレーヌに

フランス国王シャルル七世がトゥールで、英国王ヘンリー六世との休戦協定を結んだ（一四四四年五月二八日）ことにより、軍隊はすでに解散していた。兵士たちは、俸給もなく、食糧の徴発もままならぬまま、戦場に取り残された。皮剝ぎ団《エコルシュール》(1)も、アルマニャック派(2)も、ガスコーニュ人、ロンバルディア人、スコットランド人など、いずれもザンクト・ヤーコプ（サン＝ジャック）の激戦(3)から、一団となって引き上げていった。道中ずっと歩き続けて、彼ら田舎者の足は日焼けしていた。一四四四年も、一一月にさしかかろうとしていた。平地にも雪が降り、木々も黒ずんでいる。穴のあいた胴衣、あるいは黒っぽい鎖帷子《くさりかたびら》に、大きな巻き飾りのついた頭巾姿、そして赤い飾り紐には浅黒い隊旗をつけた男たちが、ぞろぞろと街道を通っていく。なかには鉄兜をかぶっている者もいたが、だれもが長槍を肩にかついだり、鉤付《かぎつ》き槍を手にしたり、分銅鎌や短い槍を腰にさしたりして行進していく。そして、道すがら、旅籠《はたご》を荒らすのだ。ワインを樽から出しに地下に降りていく給仕女についていき、その顔を大樽に漬けてしまうかと思えば、食卓の壺のあいだにころがっている赤い頭巾を失敬し、錫製の小鉢を持ち去る。はたまた、女たちの長持ちをこわして、銀のロザリオや金の指輪を盗んでいく。都会や町を通ることは極力さけ、湯屋に押し寄せて、女主人に猿ぐつわをかませると、寝わらなどは窓から放り投げて、長持ちの上で若い娼婦たちを手込めにする。彼女たちのみだらな錠前に、おのれの門の鍵をねじこんでから、角灯の明かりを浴びて、騒々しく引き上げていくのだった。町役も、夜警も、弓や弩弓《いしゆみ》の射手も、すっかり怯えきって、群がるだけで、連中が逃げ去るのを指をくわえて見ているしかなかった。

　とはいっても、ふだん彼らが好むのは、夕刻ともなれば、市門周辺の墓場のはずれにぺたっと座りこんでいる小娘たちだった。短いスカートと肌着だけの姿で、墓石に脚を乗せてくつろぐ彼女たちの姿が、月の光に白く浮かんでいた。彼女たちは墓石の上に乗ると、「ドニーズ、マリオン、ミュゾー」などと、おたがいの名前を呼び合うのだった。そして、墓穴のあいだのよどんだ水がたまった場所で、街の暗い通りにある湯屋の床に敷かれたわらのベッドを夢見ながら眠るのだ。街道の見張り兵、斥候や間諜、贋の兵士といった連中に、しばし連れ出されても、喉をかき切られることなく無事に戻ってくることもある。奇妙な風体をした二人の兵隊に挟まれて連れ去られる姿も見られた。がっちりと脇にかかえた娘の頭上では、長い刀が交差していた。

　道化役者、旅回りの楽師やヴィエール（擦弦楽器）弾きたちに混じって、学僧くずれの放浪者もやってくる。着替えも持たず、一張羅の胴衣のカラーにぎざぎざを入れて、洒落たつもりになっている。彼らときたら、足首を切り落とし、両の目をえぐり取った、あわれな子供を一人、二人連れていた。道行く人々の見世物にして、自分はヴィエールを弾いて、憐れをさそう作戦である。周囲に見物人が集まると、てんかんの発作を起こしたふりをして、ばたーんと仰向けに倒れ、こめかみを地面にぶつけ、両手で地面を叩き、「こんちくしょうめ！」とののしりながら、口から泡を吹いてみせたりもする。そのすきに、仲間が、女たちのベルトの飾り金のところを切って、時禱書を奪うのだった。お目当ては、本の留め金なのである。

　一一月に入ると、こうした落ちこぼれの連中に加えて、夜な夜な、なにやら得体の知れない者たちが出没するようになった。いかなる手合いなのかは不明だった。黒い胴衣に赤い帽子、そして子リスの毛皮の垂れ頭巾という姿の者もいれば、真っ赤な絹のマントに、緑の絹の頭巾をかぶった者もいて、その出で立ちはさまざまであった。なかには、まるで領主のごとく、貂《てん》の毛皮を裏地に張った、黒ビロードの長衣に身をつつんでいる男もいたし、飾りリボンのついた菫《すみれ》色の縁なし帽をかぶって、女装したつもりの連中も見てとれた。全員が武装しており、剣帯や鎖帷子を身につけている者も多かった。

しかしながら、この夜の男たちは、それまで見たこともないような恐ろしい習慣によってひときわ異彩を放っていた。彼らはいずれも、その顔を仮面で覆っていたのである。しかもその贋の顔なるものが、黒くて、鼻はつぶれ、真っ赤なくちびるのこともあれば、弓なりに曲がった長いくちばしをつけた仮面とか、なにやら不吉な口ひげをつけた仮面の連中もいたし、あるいは、襟口からけばけばしい色彩のひげを垂らした者とか、眉と口のあいだに黒い帯を斜めに描いただけの者とか、上着の長い袖を頭の上で結んで被りものとして、目と歯が見えるように穴をあけている者もいた。

人々はやがて、この連中に「贋顔団《フォー＝ヴィザージュ》」という名称を与えた[4]。農村では、このような風体をした連中など見たこともなかった。貴族の何人かが、イタリアの流行だといって、儀式の折などに、貴金属の仮面をかぶるぐらいがせいぜいであった。

「贋顔団」は、英国人のマシュー・ゴフ[5]が支配していたクルリ（ノルマンディ地方。バイユーの東一五キロほどの村）の周辺に出没して、この地域をさんざん荒らしまわった。彼らの殺し方は残酷そのものであって、女の腹を裂いて、子供たちを銛《もり》で突き刺したし、金の隠し場所を白状させるためとあらば、男たちを串刺しにして、火で炙《あぶ》った。また、死体に血を塗りたくって、折半小作の農民を恐怖でちぢみ上がらせ、金を出させるのだった。彼らは、墓場のあたりからさらった小娘を連れたりしていた。夜中になると、彼女たちの悲鳴が聞こえた。彼らがはたして口を聞くようなことがあるのか、だれも知らなかった。なにしろ、ひそかに現れては、じっと黙ったまま殺戮を繰り返すのである。

「贋顔団」には、フランス国王あるいは英国王を裏切った貴族が、そればかりか、両方の国王に背信を働いた貴族が含まれているらしいという噂が立っていた。というのも、一味の残忍さが、まさに領主ならではのものだったからだ。そのため、恐怖はさらにつのった。昼間、いくら人々を取り調べたとしても、夜になれば「贋顔団」に変身するかどうかわかるはずもなかった。

近在を、兵士たちが巡察していた。そして、マシュー・ゴフに仕える弓兵たちは、固い決意のもと、「贋顔団」の動静をうかがって、ついに一味を捕まえた。彼らはクルリの判事のところに連行されて、尋問を受けた。いずれも見知らぬ顔ばかりだった。どうやら、その出身地もさまざまであるらしかった。一味の首領には「王」の称号を授けて、仲間うちでは「白い棒のアラン《アラン・ブラン＝バトン》」(6)と呼んでいるのだという。

　マシュー・ゴフは一味を、その贋の顔と豪奢な衣装のまま、街道の樹木に吊させた。驚くばかりに色鮮やかな鳥のような姿で、風に揺られている悪党を見に、人々が集まってきた。吊された連中のうなじのところに、猛禽類が止まり、仮面の下の肉を食いちぎった。かくして、ノルマンディの多くの街道沿いでは、革や、布や、木や、鉄の、色とりどりの恐ろしい顔の数々が、樹木のなかほどの高さに吊され、北風が吹くとぶつかり合うのだった。

　そうこうしているうちに、ルーアンとバイユーの総督であるアラン・ブランクベイト卿が来訪するとの知らせが届いた。城のなかの人々は、歓迎の気持ちを表すべく、豪華な衣装をまとった。そして全員が、クルリの町の広場に集まってきた。マシュー・ゴフも深紅の長衣に、緑の帽子、毛皮の裏地の手袋という出で立ちで現れた。

　そのときである。監獄の執行官が大広間に上がってくると、職杖《しょくじょう》でマシュー・ゴフの腕にふれてから、こう告げた。「贋顔団の者どもに、白い棒のアラン《アラン・ブラン＝バトン》と呼ばれている男を捕まえました。しかしながら、黙秘を貫いておりますし、仮面をはぐこともできずにおります。」こういって執行官は、マシュー・ゴフになにごとか耳打ちした。ゴフは立ち上がり、歓迎式典用に用意していた黄金の仮面をかぶると、石段を降りて、拷問がおこなわれるタイル敷きの部屋へと向かった。

　そこには三人の男がいた。一人は台に横たわり、金色の体毛で毛むくじゃらの胸と脚がむき出しになっていた。黒革製の贋顔の口のところの穴から、漏斗《じょうご》で水が流し込まれていた。男の首は濡れて、ふくらみ、首の筋肉がねじれている。背中はもう、反り返ってしまっていた。台の近くでは、床に水たまりが広がっていたが、いくら拷問されても男は口を割らなかった。

　そこで男は、X字型に交差させた二本の柱がついた台にはり付けにされた。二人の拷問係が、男の手足に心棒を付けると、これを回したり、ねじったりした。手首や足首が、ぼきぼきっと折れる音が聞こえた。けれども男は、呻き声を上げるだけだった。

拷問係の一人が、素焼きの鉢に入れた真っ赤な炭火を持ってくると、男に馬乗りになって、贋顔の鼻孔のところから、火の粉を吹きこんだ。男はもがき苦しんだが、やがて動かなくなった。

男が窒息死したと思ったマシュー・ゴフが、厨房の火の所まで運んで行けと合図をした。ところが男は意識を回復したらしく、はあーっと静かに息を吐いた。そこでマシュー・ゴフは、炎にきらきらと輝く黄金の仮面をかぶった顔を、男の黒い贋顔にぐっと近づけると、なにやら小声で話しかけた。ゴフの英語を、拷問係は解さなかったものの、囚人の手と足がわなわな震えるのが見えた。しかしながら、男はなにも答えず、黒い贋顔の下で、じっと押し黙ったままであった。

マシュー・ゴフは、ただちに男の首に綱をかけさせた。そして二人の拷問係が、天井の石にはめ込まれた環に通した綱をぐいぐいっと引いた。厨房の火が、揺れ動く男の影を壁に映し出した。

マシュー・ゴフは、石段をゆっくりと上ると、「謀反の知らせが届いたぞ、守りを固めるのだ。また、ルーアンとバイユーの総督であるアラン・ブランクベイト卿が、信頼できる使者を寄こし、式典には来られないと伝えてきた。したがって、儀式用の衣装をただちに着替えるのだ」と命令をくだした。

侍臣も、弓をもつ兵士も、武器を手にした従者たちも、みなが右往左往して、あちこちで、ぱちぱちっと鉄のぶつかる音が響いた。

かくして、仲間たちから白い棒のアラン《アラン・ブラン＝バトン》と呼ばれた、贋顔団の首領は、陰惨な死を遂げたのであった。

（宮下志朗訳）

（1）当時、実在した私兵集団で、しばしば略奪などをおこなっている。

（2）オルレアン公ルイなどを中心とした党派で、皇太子のシャルル（のちのシャルル七世）を担いだ。英国と結んだブルゴーニュ派（ブルギニョン）と対立・抗争した。

（3）スイス盟約者団とチューリヒとの戦争で、後者がフランスに助勢を求め、フランス国王シャルル七世は、軍をスイスに送った。そして一四四四年八月二六日、バーゼル近郊のザンクト・ヤーコプでの戦いで、一応の勝利は収めたものの、チューリヒを助けることはできなかった。

（4）この短篇は、『マチュー・ド・クーシーの年代記』という一五世紀の実録から題材を採ったものである。シャルル七世（一四〇三—一四六一）の治世（一四二二—一四六一）の後半一七年間（一四四四—一四六一）を扱ったこの年代記の第一章で、実際に一四四四年に「贋の顔を持った集団」が略奪などを働き、やがて壊滅されたという短い記述が出てくる。

（5）マシュー・ゴフも、『マチュー・ド・クーシーの年代記』に登場する。

（6）この名前の人物は、『マチュー・ド・クーシーの年代記』にはない。

宦官

モーリス・スプロンクに

去勢《スパドネス》された男たちよ！(1)　彼らは両膝をくっつけるようにしてモザイクの床に座りこむと、銀の握りがついた杖で、サンダルの先をこすっていた。サフラン色の長衣が床に広がり、その肌からはシナモンの香りが漂っていた。こうして彼らは、ほっと一息ついていたのだ。浴場で汗だくで働く少年たちや、緑色をしたたくさんの鞠《まり》ではちきれんばかりになった革袋を持って浴場にやってくる、深紅のフラノを着た男たち、赤いトゥニカに桜桃色のベルトを締めて、服の上までたくしあげた、長髪の若者たち、さらには、首飾りをつけた先導役に続いて、担がせた椅子に乗り、通りがかりの人々に挨拶しながら登場する、すべすべのお肌をした、髪を編んだ年配の婦人たち、こうした人たちに混じって、疲れをいやしていたのである。

焼けつくような青空には、ピンクの筋雲がかかり、地平線にむかって徐々に溶けるようにして、透明な黄色に、淡い青緑色に、かすかに震えてでもいるような緑色になっていく。通りでは、雪で冷した水を売り歩く男たちが、「雪の水だよ、雪の水だよ！」と叫んでいた。縮れ毛のエチオピア人たちが、あちこちで、穴のあいた小さな革袋から酒をふるまったが、その革袋は、円形闘技場のアリーナに水をまいて、赤い土ぼこりをおさえる革袋にそっくりだった。(2)

浴場の喧噪のなかで、宦官たちは、自分の故郷に思いを馳せ始めた——灼熱のシリアや、銀の宝庫であるイベリア半島のことを。彼らは一五歳の頃には、高原のやせた牧草地で、ヤギやヒツジを追って、エニシダの若木で彼らを制止すると、その乳をしぼり、これを固めて白いチーズを作っていた。また、大きな麦わら帽子をかぶった娘たちに恋していた。彼女たちがやって来るのがわかると、黄金色に輝く花畑で、その様子をうかがい、ニワトコの茂みから、彼女たちに向かってピッピッと口笛を吹くのだった。あの頃は、納屋からヒヨコマメを失敬してくることもよくあった。手で穴を掘って、小枝や枯れ葉を放り込む。娘たちが、近くの家に行って、赤く燃える炭火をもらってくるのだけれど、木靴に入れて、炭が消えないようにと、木靴を揺すりながら、急いで走って戻ってくるのだ。それから、二人で向かい合って座ると、とがった棒の先でいじりながらヒヨコマメを焼くのだ。あるいはまた、王さま・王女さま遊びをすることもあった。どこかの日陰で、平らな石で玉座を作る。王女さまはそこに座り、王さまは遠征に、つまりヤギを見張りに出かけるのだ。セミが鳴くのをひとしきり聞くと、王女さまは王座で寝入ってしまう。そこで、戻ってきた王さまは、王女さまのために、苔《こけ》の枕を用意して、そっと横にしてあげるのだった。

　影がずっと長く伸びて夕刻ともなれば、みんな、ヤギを追いながら、茨にはさまれた小道を降りていく。灌木の茂みを、コウモリが飛び回っている。草むらの下から、ヘビがしゅるしゅると音を立てて、巣に戻っていく。日没の最後のまばゆい光のなかで、コオロギが歌っている。岩肌は灰色となり、最初の夜風が木々の葉を揺らす。涼しい風が吹いて、マントをふくらませ、ヤギの毛を震わせる。牧羊犬は鼻をくんくんさせて、薫風を嗅いでいたし、エニシダは黄色い先端を揺らしながら、まるで海の波のようにうねっていた。もっと下まで降りていくと、野ウサギが茂みのなかへと逃げていき、古い樫の木の周辺には一気に暗闇が落ちてくる。もうすぐ小屋だ。戸口には、匙を手にした母親が立っている。

　ああ神さま、あのイスパニアの藪《やぶ》や茂みは、山の中腹の小屋は、友だちでもあるヤギやヒツジの群れは、どこに行ってしまったのでしょうか？　丸刈りで、押し黙ったままの、いかついイタリア人たち(3)がやってきて、小屋を焼き払い、群れを食い尽くしてしまいました。

　彼らはオスカ（不明。以下、架空の地名が多い）近くの高原から、子供たちをさらっていった。兵士たちはシンカ川（アラゴン自治州を流れる）に沿って下り、スルダオ平原を横断して、子供たちをイエルダに連れていった。それから、イアケタとイレカオの黒々とした山塊を越えて、タッラコに着いた。タッラコでは、商人が彼らに、ケシの煎じ薬を飲ませ、痛みもなしに去勢した。そして子供たちを家畜さながらに積み込むと、ポプロニア、コサ、アルシウムといった港に寄港して、売りさばくのだった。残った子供たちが、オスティア（ローマの外港）から、ローマに連れてこられたという次第だ。

　奴隷商人は、彼らを買うと、白亜の粉を足に塗り、同じく白いメルトンの帽子をかぶらせる。肌には松ヤニを塗り、ランプとピンセットを使って脱毛し、鉄のこてで髪の毛を縮れさせた。そして、首に立て札をぶら下げて、台の上に座らせるのだ。真っ白な歯と、黒い瞳をした少年たちが、かすれ気味のかん高い声でラテン語を話す。人々は、褐炭の煙でいぶしてみて、てんかんで倒れたりしないかどうかを確認してから、代金を支払うのだった。

　こうして今では、戸口でヴェールを上げる係、銀食器の保管係、浴場の主人、香水係、料理人、調教師、給仕、試飲係、酌をする係、緑の服を着た門番、たくしあげたチュニカ姿のラバ曳き、水運び係、椅子担ぎの奴隷、扇や日傘の係といった者たちに入り交じり、彼らは宦官なのであった。時と場合によっては、エスクイリヌス門[4]での、公開による絞首刑や鞭打ちといった刑罰にも服すべき身なのである。彼らの女主人たちは、平手打ちを食らわしては、ほおをひどく腫れさせるし、地方総督夫人は、裁縫用の針で首筋を突いたりもするのだ。

　彼らは決まって、放蕩者たちが歩き回るティスクス通り界隈（ローマの繁華街）に出かけては、布地を買い求めたり、顔料商で、石膏で密封された香油入りの小さなアンフォラを探したりする。この顔料商では、ドクニンジン、トリカブト、マンドラゴラ、カンタリスなども売っているのである。どこかのお屋敷の中庭で、一の皿が供されるとき、彼らは『イリアス』や『オデュッセイア』のさわりを歌い、デザートの時には、エレファンティス（紀元前一世紀のギリシアの詩人）の著作に入っている詩を歌う。また、アタランテとメレアグロス[5]が描かれた絵画を、痛ましい思いで眺めたりもする。何人かの会食者が、立ったついでに、なれなれしくくちびるを奪っていくのも、がまんしなくてはいけない。そうした人々は、房付きの紫の条飾りや、鉄製の星印が象眼された黄金の指輪（騎士階級のしるし）や、金属をはめ込んだ象牙のブレスレットなどを身に付けていた。けれど、彼らが羨望のまなざしで眺めるのは、くちびるが厚くて、褐色の裸体をさらしたリビア人のほうなのだ。彼らは、テレビンの木でできた盤上で、色塗りの石をはじいては、のんびりと遊んでいた。食べ物はこってりしたムシクイドリに、コショウ風味の黄身を添えたものぐらいだった。主人の気まぐれなふるまいも、女主人のわがままも、なにも、彼らの惰弱な悲しさを慰めることはできなかった。

彼らはロゼワインに酔いしれて、ミルテを差し込んで下ごしらえした、血のしたたるヤギの肉が並ぶ肉屋を通り過ぎ、クルミのフライや蜂蜜風味のフダンソウといった「ごちそう」を売っている焼き肉屋や、鎖でつないだ酒瓶がぶらさがる居酒屋を通り越して、丸天井の部屋がいくつもある建物の中央の暗い場所まで駆けて行くのだった。札のかかった個室のあいだを、裸の女たちが隠れるようにして歩き回っている。けれども、この石造りの丸天井の部屋の主人は、彼らのサフラン色の衣装で、すぐに正体を見抜いてしまう。ベッドには、マットも敷かれていない。なにしろ、床にうずくまったまま、銀の握りの杖の先でサンダルの先をこすっている、このロゼワインに酔っ払った男たちは、無気力な、「去勢された男」なのだから。

（宮下志朗訳）

（1）この短篇の発想源は、ペトロニウス『サテュリコン』だが、かなり自由に筆を走らせた感がある。

（2）cf.「二人の長髪のエチオピア人の少年奴隷が革袋を——それは円形闘技場の砂場に砂をまくときいつも使用されているような小さいものであったが——それをもって入ってくると、ぼくらの手の上に葡萄酒を注いでくれた。しかし水は誰にも差し出してくれなかった」（『サテュリコン』三四、国原吉之助訳、岩波文庫）。この種の対応関係は、かなり見られるが、以下では省略する。

（3）原文は Italiotes で、南イタリアのマグナ・グレキアの部族たちのことらしい。

（4）エスクイリヌスは、古代ローマの丘の一つで、エスクウイリヌス門は、その東側のセルウィウス城壁に設けられていた。

（5）ギリシア神話の英雄で、狩猟大会に参加した唯一の女性で処女のアタランテに恋してしまう。だが、このことが争いを招き、結局、二人の叔父を殺すことになる。

ミレトスの女たち

エドモン・ド・ゴンクールに

突然、だれにも理由がわからないままに、ミレトスの乙女たちが首を吊りはじめた。まるで精神の疫病だった。女部屋の扉を押しあけると、梁からぶら下った白い軀のまだ顫えている足にぶつかった。嗄れた溜息、指輪や腕輪や足輪が床にころがる音におどろかされた。首を吊った女たちの胸は絞め殺される鳥の翼のように盛り上った。その眼は恐怖というより諦めの念をたたえているように見えた。

娘たちは、質素なみなりで、膝を合わせずに坐っていたあと、夜になると習慣通り黙って引き下っていった。真夜中、呻き声が響き、人々は最初、娘たちが脳に巣喰う夜鳥とでもいうべきある重苦しい夢に胸を圧迫されているのだと思う。親たちが起き上って、彼女らの部屋に行ってみる。娘たちが恐怖に腰を顫わせながら腹這いに寝ているか、両腕を胸の上で組み合わせ、心臓の脈打っている場所を指で押さえているものとばかり考える。ところが娘たちのベッドは空だった。ついで、上の部屋から何かの揺れる音が聞こえてきた。そこでは、月の光に照らされて、白い寛衣《チュニカ》を垂らし、両手を指の下の関節までしっかり組み合わせて、娘たちが首を吊っており、その唇は青くなりかけていた。明方、馴れた雀たちがその肩に舞い下りて、くちばしでつついてみるが、その肌が冷たいのがわかると、小さな鳴声を上げながら飛び立ってしまった。

朝の最初の息吹きは、中庭に張られた幕を顫わせるか顫わせないうちに、はやくも泣き女たちの重々しい声を知り合いの家々から運んできた。

そして市場広場では、暗いうちからやってくる買手の間で、軽い雲がばら色に染まる前から、夜のうちに死んだ娘たちの名簿が読み上げられた。伝令たちがそこここを駆けていった。こうしてほかの娘たちと同じように、司法官や執政官の娘たちも、婚期に達したばかりだというのに、婚礼の黄色いヴェールをまとう前の夜、謎に包まれたまま首を吊った。集会にやってくる男たちは皆、遅刻したことを示す赤紐を身につけ、国民の問題はそっちのけで、両手で顔を覆って泣いた。裁判官たちはおののきながら追放の宣告を下すだけで、もはや死刑判決は出しかねた。

怪しい薬を売る女たちの住む暗い小路からおおぜいの老婆が狩り出され、彼女らは陽《ひ》の光を受けて顔をそむけた。厚化粧をしてのろのろ歩く、眼を黒く染めすぎた女たちは都《まち》から追放された。柱廊で未知の教義を説く者、若者と議論する者、女神の像を駄獣の背にのせて練り歩く司祭、秘儀に通じた者、キュベレ女神を崇拝する者たちは、城外に追いやられた。

彼らは、大昔近くの山々の岩に掘られた洞窟へ棲みにいった。そこで石の部屋に寝、ある者は娼婦に、ある者は哲学者に仕えたので、その結果、たそがれどきになるとミレトスの若者は都《まち》の外に出て、この地下での一夜を過ごすようになった。こうして山の中腹にくり抜かれた穴の入口から、夜会の始まる時刻になると、いくつもの光が輝くのが見えた。かつてミレトスの都《まち》にあったすべての異様なもの、不純なものが、地のなかで命脈を保つことになった。

そこでこの植民地の執政官たちは、首を吊った娘たちを新しいやり方で葬ることを命じる法令を作った。彼女たちは裸で首に縄をつけたまま民衆の前にさらされ、そのままの姿で墓に運ばれなくてはならないことになった。こうすれば羞恥心が自殺を思い止まらせるだろうと期待されたのだが、この法の発布された翌日の夜、ミレトスの娘たちの秘密が発見された。

女神アテネの神殿で聖なる炉を管理する司祭たちが、真夜中になる少し前、聖火を燃やす葦をつぎ足し、ランプに油を注ぐために起きた。そして彼らは中央の間《ま》の暗がりのなかを乙女たちの一団が進んでくるのを見たが、彼女たちはまるで夢のお告げにでも導かれているように見えた。というのは、暗闇のなかを祭壇に近い一つの迫り上った敷石のほうに向っていたのである。ふだん女神に供える籠を運ぶ役の少年が、顔を布で隠して乙女たちと一緒に神殿に入ってきた。

　円天井は高く、頂上のかすかに光る点によってかろうじて照らされていた。奥の壁は輝くばかりで、ただ一枚の金属の鏡でできていた。はじめその磨かれた表面はぼんやりしていたが、やがてかすかな像がいくつもその上を通っていった。表面は、パラス・アテネに供えられる梟の眼みたいに青緑色をしていた。

　最初のミレトス娘がほほえみながら巨大な鏡のほうに進みよると、服を脱いだ。肩のところで留めてあったヴェールが落ち、ついで乳房を隠していた襞と胸をおさえていた帯が落ちて、まぶしいような裸身が現われた。そして彼女が編んでいた髪を解くと、髪は肩のところから踵のあたりまで拡がった。彼女の両側にいた別の娘たちは彼女が自分の姿を鏡に映すのを見て笑っていた。ところが近くにいるその娘たちの眼には、その金属の鏡のなかに何の映像も見えなかった。だがその娘は恐ろしいほど眼を大きく見開くと、怯えた動物のような叫び声を上げて泣きだした。彼女は逃げだし、裸の足が敷石にふれる音が聞こえた。それから、数分後、恐ろしい静けさのうちに泣き女たちの泣く声が響いた。

　そして、鏡に姿を映した二番目の娘は、その磨かれた表面を眺めると、自分の裸身に向って同じ呻き声を上げた。そして、取り乱して神殿の階段を駆け戻っていったあとすぐ、遠くから響く嘆き声が、彼女も冷たい月の光を浴びながら縊死したことを報せた。

　少年は三人目の娘のまうしろに立ち、その視線はこのミレトス娘の視線と一緒に走った、と、恐怖の叫びがその少年の口からも同時に洩れた。というのは、不吉な鏡の映し出す像はものごとの自然な方向で変形されていたのだ。このミレトス娘は鏡のなかに自分とそっくりな、だが、額には皺が走り、瞼は裂け、目やにを滲ませた眼は老いを示す白斑で覆われ、耳はぶよぶよと垂れ、頬はたるみ、赤茶けた鼻孔は毛むくじゃら、顎は脂肪がついて二つに分れ、肩はくぼみ、乳房はしぼんで乳首は色褪せ、腹は床のほうに垂れ下り、腿は焼け焦げたよう、膝はつぶれ、脚は筋ばり、足はこぶでふくれ上った姿を見た。その像にはもはや髪の毛はなく、頭の肌の下には不透明な青い色をした動脈が何本も走っていた。突き出した両手は角《つの》のようで、爪は鉛色をしていた。このように、鏡はこのミレトスの乙女に、人生が彼女に予定しているものの姿を見せたのだ。そして彼女はその像の特徴のなかに自分と似ていることを示すしるし、額の動かし方や鼻の線やアーチ型の口や両乳房の離れ具合や、またとりわけ深く隠れた考えを表わす眼の色を見出した。自分の軀に怯え、将来を恥じて、彼女はアプロディテ女神(1)を識る前に、女部屋の梁で首を吊った。

ところで少年は彼女のあとを追い、またほかの乙女たちをも追い立てた。だが着くのが遅すぎ、そのミレトス娘はすでに断末魔の苦悶で軀をよじらせていた。少年は彼女を床に寝かせ、泣き女たちのやってくる前に、やさしくその手足を撫で、その眼に口づけした。

これが未来の真実を映し出す鏡、アテネの鏡に対するこの少年の答だった。

（大濱甫訳）

（1）アプロディテは愛の女神。

オルフィラ五十二番と五十三番

ジョルジュ・クルトリーヌに

丹念に葉が刈り込まれ、細い茎に円錐形の角糖が突き刺さっているように見える並木が一様につづく街道をしばらく行くと、むらなく黄色に塗られた壁が目に入り、その両端によく似た二つの建物が立っているのが見えてくる。入り口の鉄格子の門の塗装には陰気な雰囲気があった。その先にひろがる細かな砂利が敷かれた中庭は縦長で、平行に向かい合う建物のあいだに割り込むかたちになっており、その建物には大きなガラス戸がついていた。三階建ての建物は屋根が低くなっている部分があって、そこにスレート葺きの小鐘塔が等間隔で並んでいた。中庭の隅には灰色の穹窿型の建物があったが外への出口はどこにも見当たらなかった。さらに円形、正方形、三角形、菱形の小さな庭があり、草のあいだに見える地面は石ころだらけで、庭のそれぞれにベンチがおかれるなか、壁に囲まれたもの悲しい地面のひろがりに、ところどころ生彩を欠いた緑の斑点を加えていた。

玄関前の階段に沿って下る植え込みの幾何学的配置のなか、ガラス戸の下の部分、ただ一つある長方形の薄汚れた泉水のめぐりに、古い石材のせいで暗くひろがって見える出口から姿をあらわすのは、いくつかのグループに分かれた人々である。ほとんど動きはなく、よろめきながら歩き、頭は揺れ、膝は震えている。いずれも老人で、男もいれば女もいるが、たえず体が上下に痙攣的に動くせいで、つねに「はい、はい」と言っているように見える者がいる一方、左右に体が揺れるので、「いや、いや」と言っているように見える者もいる。歩き回るなかで執拗に繰り返される昔ながらの肯定と否定の力ないしぐさであり、いつも同じようにこれが繰り返されるのだった。

男らは帽子をかぶっているが、その帽子たるや、形を整えておこうという配慮などとうの昔に失せてしまった代物であり、フェルト地は凹むか膨らむかしている。それでもハンチング帽をわざとらしく片方に傾けてかぶる連中も少なからず見かける。女たちは薄汚い縁なし帽をかぶり、その下にはみ出た乱れた白髪を風になびかせていた。だが、縮れ毛のかつらをかぶっている女も何人かおり、かつらは黒さが目立つので、黄ばんで皺だらけの顔の上にこれが陰気に浮き上がって見えるのだった。庭の手入れはお粗末なものだったが、そこでは年老いた優男がこれみよがしに手の動きを強調し、眼鏡をかけた老女が何人か集まっておしゃべりしながら愛嬌をふりまいてみせる。そして老人たちはグループごとにベンチを囲んで集まり、新聞を読んだり、戦利品を交換したりするのだった。その一方、同じくこの施設に暮らすもっと耄けた連中は、不安げな表情で、意地悪な笑いを見つめるだけ、もはや彼らにはその意味が理解できなくなってしまっていた。

一同が暮らす施設は六十歳以上の人間を受け容れることになっていた。資産と年金をうまく使えば普段の献立に特別に肉料理が付け加わることがあった。経済的ゆとりのある人々には個室があてがわれ、廊下側にその部屋番号が記されていた。ここでは氏名はないも同然だった。ヴォルテール六十三番、アラゴ百十九番といったぐあいで、社会で普通に暮らしていたときに必要だった目印は入所の際には捨てる習わしだった。生ける者が暮らすこの墓場は、死者が眠る墓場以上に個人の名には縁のないものだったのである。

ところで、番号化されたこの小社会には、それなりの規則としきたりがあった。というのも廊下に面した個室に暮らす権利を得た者たちは、遊戯室で賭け事に興じたり、食堂では美味な料理をお気に入りの異性におごったりするだけの金銭的ゆとりがあり、相部屋に暮らす哀れな連中を軽蔑していたのである。相部屋だと、周囲のしつこい視線が気になって、化粧もままならず、禿を隠したりすることもできなかった。

薬は週二回の割合で配られたが、定刻になる前に研修医のもとに人々は殺到し、カルテを覗き込んだり、まるで食料品店に買い物に行く気分で古びた紙切れに注文の品をメモしたり、胸であえいで咳を真似したり、捻れた四肢の痛みを強調したり、病気だと思い込んで泣き言を洩らしたりすることに喜びを味わっていたのである。診察の際には互いに相手の病気を羨み、あわよくば入浴券、樟脳アルコールの小壜、砂糖シロップの小壜などを持ち帰ることができればという算段だった。老人たちはそれをナイトテーブルの上に置いて、心を落ち着かせる美術品のように、あるいは安く手に入れることができた食料品のように、入れ替わり立ち替わりこれを眺めるのだった。だがとくに喜びを感じるのは、ほかの連中よりも自分のほうがたくさん持っているとわかった瞬間だった。なぜなら、老人たちにとって、これは所有形態の最後の砦だったからだ。

オルフィラ・ホールに暮らしていたのは、貧しくて個室の料金が工面できない老女たちだった。互いに顔が向き合うように二列に並んだベッドはきれいな白だとはいえず、さらに折り畳まれたシーツの上には寝間着姿の胸像の二重の垣根ができていた。五十三番は起き上がり、関節リウマチのせいで左膝が硬くなっていたとはいえ、足腰はまだかなりしっかりしていたが、そのほかに右腕が部分的に麻痺していて、腰のベルトを斜めによぎるように折れ曲がっていた。彼女は一目おかれていた。というのも、遠くに住む親族から少しばかり送金があるという話だったが、施設にそれなりの料金を払って個室をもらうよりも自分の思うままに使うために蓄えておく方を選んだのである。彼女と向き合ったところにいる五十二番のほうが、もっと体が敏捷に動くのが癪に思えた。両腕は自由に使え、通風で足の指が痛むほかは元気だったが、筋肉が次第に弱くなってきたせいで、右目の下の瞼が垂れ下がり、眼球の下部の血管がじかに見えるようになっていた。

この二人の女は肉体的外見の点でも競い合っていたが、感情面でもそうだった。ここにいる老人には男女を問わず恋愛感情は少しも失われてはいなかった。というのも、どの部屋でも二人もしくは三人からなる夫婦関係に似たものができあがっていたのである。嫉妬心から激しく言い争う声が聞こえることがあった。相手の頭めがけて煙草入れや松葉杖が投げつけられ、廊下にまで飛んできた。夜になるとドア付近では萎びた人の影が、木綿の縁なし帽を顎のあたりまで引き下げ、長枕を武器にして威嚇するようにあたりを窺っていることがあった。ぎこちない足取りの追跡劇があったり、股関節痛の女たちが走って逃げて行ったり、老女たちが下着を洗濯しながらするおしゃべりからは自慢めいた陰口が聞こえてきた。自分の連れ合いが勲章をもらっている上に手厚い看護を受けたと自慢そうに話す者がいるかと思えば、いまだなお五体満足な体でいるのを自慢する者がいるのだった。

そんなこんなで、老人の手の拳が肉のこけた頬に炸裂するということが間々あった。巻き毛はほどけ、頭蓋骨の尖った、あるいは凹んだ部分がむき出しになる。煙草のように黒ずんだ鼻の上に乗った眼鏡が砕け飛ぶ。手を腰に当てると肘が鋭角を描いて左右対称になる。震え声でひどい罵詈雑言が昼間のあいだずっと響く、万事がそんな調子だった。

五十二番と五十三番のあいだに赤砂糖のパイプをめぐる争いが生じた。現役時代はおそらく管理人の仕事をしていたと思われる軍人顔の老人がいて、オルフィラ五十三番は自分の従姉妹だと吹聴して定期的に彼女のもとを訪れていた。歯の抜けた口から発せられる「従姉妹のきみ」、「従兄弟のあなた」という言葉が看護婦たちの耳に繰り返しこだまのように響くと、彼女らの監視の目も眠り込むのだった。ところがどうだろう、五十二番が、向かい合わせのこの老女の男に心を奪われてしまったのだ。五十二番は気取って口元を引き締めたり、流し目を送ったり、彼女の上着《カラコ》が男に触れるほどそばを通ったり、少しどもった口の利き方をしたりした。ほかの老女たちは妬ましく思ってそんな大胆なふるまいを毛嫌いした。カタル症の脂ぎった笑い声が聞こえ、神経質な咳払いが引き起こされ、最後はこれが擦れて消えてゆくのだ。老人はまんざらでもない様子で、ペタンク遊びやマニラをやめて、午後になるとご機嫌伺いにやってくるのだった。五十三番は彼のネクタイの結び目を直してやり、目薬をさしてやり、枕の下に隠してあった小箱に入れて大事にしていた刺激薬を老人にプレゼントするのだった。

それでいて彼女は五十二番のナイトテーブルを妬ましい目で見ずにはいられなかった。五十二番は定期的に診察を受けに出かけ、戻るときにはたえず壜を持ち帰り、見せびらかすようにこれを並べて見せるのだ。老人が優雅な手つきで格子縞のハンカチに包んであったパイプを取り出してみせた日のこと、五十三番は喜びで身が震え、枕を折り曲げ、これに身を預け、咥えたパイプを歯に挟んで震わせ、向かい合ったライヴァルを嘲笑うように見つめた。

五十三番はまるで子供のようにパイプをわざとらしく見せびらかし、空中で回転させ、口にくわえてしゃぶり、自分がしゃぶった先端部分を眺めるのだった。二重の意味をもつ表現が彼女の頭に浮かんだ。その言葉の意味ははっきり意識されたわけではなかったが、意識から消えてしまったわけでもなかったのだ。

実際この時から五十二番は毎朝同じ時刻に姿を消すようになった。彼女がどこに行っているのかは誰も知らなかった。何日ものあいだ、彼女は心のなかで悩んでいたようだった。少しずつ顔が明るくなってきたように見えた。そしてある朝のこと、謎めいた散歩から戻ってくると、五十三番がもっていた赤のパイプを親指ではじいて嘲った。二本の指をひろげ、彼女の額の上に角をつくってみせると、五十三番には同じようなことはできないだろうと同情するように、からかうように右腕に触って哀れむしぐさをしてみせた。

これがフィナーレの合図となった。オルフィラ・ホールでは厚かましく厄介な女に対する陰謀がめぐらされた。彼女が通りかかると、唾をはくふりをする者がいる。老女たちは目を押さえ、吐き気を装い、ひそひそ声で話し合い、五十二番を除け者にするのだった。夜になると紙をいじる音、鉛筆のかさかさいう音が聞こえた。

それでも例の老人は何食わぬ顔で「従姉妹」に会いに来るのだった。

五十三番には苛立った様子はまったくなかった。以前ほどに熱心ではないが、それでも彼女の従兄弟に午前中は何をしていたのかとわざとらしく尋ねる、すると老人は干涸らびた手をこすって、喜々として嘘をつくのだ。

医院長の問診の日は部屋全体に好奇心が高まった。医院長は五十二番の前に来て立ち止まり、はっきりとした声で「このひとの部屋を変えるように」と看護婦に言った。五十二番は驚いて「でも先生、どうしてですか」とつぶやいた。医院長は巡回を再開しながら、これに対して「それについては、あなたのお仲間に教えてもらいなさい」と答えるのだった。

医院長が部屋から出て行くやいなや、騒ぎが始まった。耳をつんざく鋭い口笛が部屋の両端から発せられ、歓喜の発作がわき起こった。老女たちのなかには喜びのあまりに涎を流す者もいた。ベッド・シーツを手で叩き、狂ったように笑う者もいた。そのとき五十三番はすっくと立ち上がり、彼女のパイプを高く掲げながら、「どうしてですか、というのかい、あたしたちは全員であんたを追い出すための誓願をしたんだよ、この部屋の全員でね。あんたの赤い目にはみんな嫌気がさしている。あたしたちはもう食事も喉にとおらないほどなんだ」。

　嗄れ声の合唱のようにして、病人全員が叫び始めた。胸で大きく息をしながら、「そうだあんたの目には嫌気がさす」と。

　五十二番は呆然として枕を背にしてじっと動かずにいた。彼女の左手には、目の筋肉が麻痺した女がいて、瞼は動かさぬまま、鸚鵡のように頭を左右に上下に動かし、とことん嫌がらせを楽しんでいた。彼女の右手には、痙攣性麻痺を煩う老女がいて、顎を狂ったように動かして音を立て、皺のない顔《マスク》だが、絶え間ない動きで、シーツの縁に実際にあると思い込んでいる紙巻き煙草をいつまでも巻いて転がすしぐさをするのだった。


（千葉文夫訳）

モフレーヌの魔宴《サバト》

ジャン・ロランに

ボーフォールの領主で騎士のコラールが、ある夜、遅くまで白鳥亭で蜜を混ぜた香料入りぶどう酒を呑んでアラスの町から戻る途中、墓地の横を通りかかった。そこで、霧に包まれて赤く見える月の光を浴びて、三人の娼婦が手を取り合っているのを見た。女たちはわけのわからないことを呟き、口の先で薄笑いしていた。とてもやさしく彼を腕に抱くと、そのうちの二人はそれぞれブランクミネットとブロットという名であることを彼に告げ、三人目の女はフランドルの出で、金髪を振りながら方言で語りかけた。ほかの二人は彼女をヴェルゲンセンと呼んでいた。

ボーフォールの騎士が近づいて見ると、三人は白い敷石の周りを廻っていた。そして三人の娼婦はその石の上に緑色の壜から王水を注ぎかけ——石が生石灰のように音を立て始めたので、彼があとずさりすると嘲った。そして彼女らはそこに腹を裂いたとかげ、蛙の股、鬚の生えた鼠の鼻、夜鳥の肢、砒素を含む石ころ、銅盤に容れた黒い血、帯状の汚れた布、マンドラゴラの根、死人の脂と呼ばれるジギタリスの長い花を投げ入れた。そして、絶えず「長柄ぼうきに跨る人、長柄ぼうきに跨る人、長柄ぼうきに跨る人」と唱えていた。

たちまちコラールは自分がいったいどこにいるのかもわからなくなってしまった。が、ブロットとブランクミネットとヴェルゲンセンは、墓地の近くで口をあけている石灰を焼く古い竈のほうへ彼を連れていった。彼がその白い入口の蔭に立つと、そこから一人の女がスカートも靴も飾りも身に着けずに現われたが、まるで月を想わす環型をいくつもつけた一枚の長い下着しかまとっていないようで、その頭は黒い頭布に半ば隠されていた。三人の娼婦は「ドミゼル、ドミゼル、ドミゼル」と叫びながら手を叩いた。

ところでこのドミゼルは手に一個の小さな土製の壺と何本もの木の棒を持っていた。彼女は五本の棒に壺に入っていた黒い油を塗り、三人の娼婦はそれを脚の間に挟むと、馬に乗るように跨った。そしてドミゼルはボーフォールの騎士にも同じことをさせた。そして彼女が皆の掌に油を塗る、と、たちまちコラールは夜の空を四人の女とともに飛んでいる自分を見出した。というのは、脚の間に挟んだ油を塗られた棒は黙って飛ぶさすらいの馬となったように、また油を塗られた手は翼にも似た鉤爪を持った肢膜となったように思われたのである。

アラスの町を越えて飛んでゆく間にコラール騎士は三人の娘に訊ねてみた。すると彼女たちは、郊外の一里ほどのところにあるモフレーヌの森にいる《御主君》のところへ行くのだ、と言った。そしてヴェルゲンセンは頭を振って空中でも笑っていた。

一行はかすかに光る森の空地に舞い下りた。葉の茂みが顫えていた。先端が森のなかまで達し、高く湧き上る噴泉のあたりで見えなくなる途方もなく長いテーブルがあった。その上には赤や茶や白い色の肉、羊の肉塊、牛の胸肉、鹿の股肉、猪の頭がのっていた。家禽類は薄い皮の下に脂肪をたたえて山と積まれ、肥った鵞鳥は突き立てられた串の先端に刺されていた。ソース入れはぶどう汁や砂糖入りソースで縁までみたされていた。皿は蒸し菓子やタルトや冠型の揚げパイの下で金か銀のように輝いていた。大杯は温めた赤ぶどう酒が注がれていたので湯気を立て、泡立つ黄金色の蜂蜜水を容れた壺もあった。そしてテーブル全体に、眼の届く限り、何人もの裸の女が卵型の盃に踵を突っこんで、ガラス器や木目のある木や七宝でできた壺の間に寝ていた。だが中央には、女たちと肉類に二本ずつ脚をかけて一匹の大きな黒犬が突っ立ち、脚を開き、口から血を滴らせながら月に向って吠えていた。

ところでその犬はドミゼルのほうに一声吠え、コラールはブロットとブランクミネットの間で顫えた。というのは、ヴェルゲンセンが服を脱いで裸になると、テーブルのほうに跳んでいって、大犬の鼻面に接吻したのである。そして騎士には、犬がお返しにそのフランドル女の喉に嚙みつき、まるで焼き鏝でしるしをつけたみたいに赤い三角の跡をつけたように見えた。それでもコラールはブロットとブランクミネットに挟まれてテーブルにつき、奇妙な形の盃でインクの味のする液体を呑まされた。と、たちまち、黒犬とばかり思っていたのが、尻尾で鞭のようにテーブルを叩き、顎をがくがく鳴らし、火のような眼をしてしゃがんでいる緑色の猿であることがわかった。会食者の何人かがその脚に接吻しにやってくると、猿はその人たちの口のまわりに爪を突き立てた。そこにコラール・ド・ボーフォールは、アラスのきわめて上流の婦人ジャンヌ・ドーヴェルニュや、「お祈り屋《パトノートル》」と渾名された床屋のユゲ・カムレーや、町役人のジャン・ル・フェーヴルの顔を認めたが、その他、何人かの町役人、貴族、僧侶、町の名士、また、六十歳にもなっているはずの口髭が真白な老画家で彼もよく識っているジャン・ラヴィトさえいた。

　この老画家はそこでは大いに敬われているらしく、他の人たちは彼を「無分別神父《プー・ド・サンス》」と呼び、彼は右に左に会釈するために頭巾をとるのだった。彼は修辞家だったので、いくつかのせりふや、楽しい生活を唄う美しい民謡を誦《ず》したが、その一つは聖母マリアを讃える歌で、それを唄いおえると、頭巾をとって、「わが《御主君》のご不興をこうむらぬよう！」と言った。それがヴェルゲンセンを笑わせ、緑の猿は頭巾の下から彼女の髪の毛を引っぱり出した。

　無分別神父《プー・ド・サンス》は騎士のほうにやってくると、「殿下」と呼びかけてとてもうやうやしく挨拶し、御主君に敬意を表しに行く案内をしたいと言う一方、その途中で唾を吐くように注文した。それでコラールは、そのあとについて行きながら、恐ろしさに顫え上った。というのは、そこには会食者たちに足で踏みつけられる長い十字架が地面に置かれており、それを汚すことを命じられたからである。やがて彼は緑の猿の前まで来たが、そこで見まちがっていたことに気づき、緑の猿が実は分れた蹄を持つ山羊で、実際、猿に似て長い尻尾を持っていることを知った。無分別神父《プー・ド・サンス》は火の点った二本の蠟燭を彼の手に渡すと、それを捧げ持ったまま跪いて山羊の尻に接吻するように言ったが、それが敬意を表わす方式なのであった。それでコラールが二本の蠟燭を掲げると、左手にいたすべてのほうき乗り男たちは「ご挨拶、ご挨拶！」と、右手にいたすべてのほうき乗り女たちは「われらの《御主君》、われらの《御主君》！」と呼んだ。山羊は背を向け、コラールは言われた通りにしたが、口が燃え上り、煙を吐くのではないかと思った。

そしてこれが終ると、山羊はほうき乗りの女たちを左手に、男たちを右手に呼び寄せ、コラールの信仰を讃え、神父が二本の蠟燭を握り持った別の新参者たちを連れてくると、彼らは騎士がしたように山羊に接吻した。ついで、裸の女たちや物語詩を唄う神父にまじって一同が喰べたり呑んだりし始めた。と突然、一陣の冷たい風が吹き起こり、空が木々の葉の間で白みかけた。乗り手の男女は長柄ぼうきを脚の間に挟み、コラールはふたたび朝の空気を通して空を飛ぶことになった。そしてまずドミゼルが、ついでブロットとブランクミネットが姿を消したが、ヴェルゲンセンはモフレーヌの森のなかに山羊とともに残った。

これらすべては、ボーフォールの騎士で領主であるコラールがアラスの司教によってその牢獄で拷問にかけられたのちに告白したことである。というのは、彼より前に、娼婦のドミゼル、ブロット、ブランクミネットは無分別《プー・ド・サンス》神父とともに世俗裁判所に引き渡されていたのである。彼らは焔に包まれた悪魔の絵の描かれた僧帽をかぶせられ、火刑台で焼き殺されたのだが、それでも神父は、拷問にかけられても応答しないように小刀で自分の舌を切ってしまっていた。魔宴《サバト》に乗りつけるとき笑っていた金髪のフランドル娘は見つからず、コラールも彼女を二度と見かけることはなかった。というのは、騎士は焼き殺されなかったのである。ブルゴーニュ公が彼の告白を聞かせるために寵臣の伝令トワゾン・ドールをブリュッセルから派遣した。トワゾン・ドールは宗教裁判所の恩赦を懇請した。コラール・ド・ボーフォールは悪魔の絵の描かれた僧帽をかぶせられ、七年間、パンと水だけ与えられて、「ボネル」と呼ばれるアラスの司教の牢獄の一つに監禁された。

（大濱甫訳）

話す機械

ジュール・ルナールに

新聞を手にして部屋に入ってきた男はいかにも敏捷な様子で、目がじっと据わっていた。記憶では、顔面蒼白で、深い皺があり、一度も笑みを浮かべはしなかったし、それにまた口に指をあてる仕草はなんとも謎めいていた。だが何といっても注意を惹くのは、押し殺したような声の響きであり、また息せき切った話し方をする点だった。彼がゆっくりと低い声で話すと、よく響く声の低音部が聞こえてくるのだが、急に振動だけの無音の瞬間が混じることもあり、倍音の響きがユニゾンで顫えて遠くで鳴っているようだった。だがその一方で、絶えず言葉が唇に押し寄せ、無音のまま、途中で断ち切られながらも、亀裂音のような不協和音を響かせて流れ出るのだった。この男の内部では絶えず弦が切れつづけている。そしてこの声からは、イントネーションがことごとく消え去ってしまっており、あたかも声は驚くばかりに年老いて、すり減ってしまったようで、およそニュアンスというべきものが感じられなかった。

そうこうするうちに、これまで一度も見かけたことがなかったその訪問者が近づいてきて口をひらいた。「これをお書きになったのはあなたじゃないですか。」

それから彼は文章を読み上げた。「声は思想の大気の徴であり、結果として魂の徴である。声は教化し、説教し、励まし、懇願し、称賛し、愛でる。声を介して存在は現実の生のうちに姿をあらわし、盲人たちにも触知しうるものとなるといってもよいが、声の描写が不可能なのは、あまりにも揺れ動く多様なものであり、まさに生きており、音響の形態としても、じつにさまざまな姿を見せるからである。声とは、テオフィル・ゴーティエが言葉での表現を諦めたものであり、甘美でも突っ慳貪でもなく、熱くも冷たくもなく、色がないわけでも色があるわけでもないが、別の領域にあっては、それらすべての性質を兼ねそなえている。この声は手で触れることも、目で見ることもできず、この世の存在にあって、もっとも物質から遠く、もっとも精神に近く、科学は通りすがりにスタイレットの針先でこれを突き、回転する円筒上の小さな孔に埋め込む。」

男が文章を読み終えたとき、嵐のようなその言葉は私の耳にはぬくもりのある衣服でくるまれたような響きしかもたらさなかったが、彼は一本足で立って踊り、それからもう一本の足で立って踊って見せ、唇をひらくことなく、嘲るような冷たい笑いを浮かべた。

――科学、声……、と彼は言った。さらにあなたはこうも書いておられる。「偉大な詩人の教えによれば、言葉は消え失せることはなく、運動という性質を有し、力をそなえ創造的であり、それゆえに、おそらく世界の果てにあって、声の顫動は別世界を誕生させる。水や火山の天体、燃えさかる新たな太陽の数々。」われわれどちらもよく知るように、プラトンはエドガー・アラン・ポーよりもずっと以前に言葉の力に言及しています。Οὐχ ἁπλῶς πληγὴ ἀέρος ἔστιν ἡ φωνή、すなわち「声ハ空気ヲ叩クニスギナイワケデハナイ。トイウノモ、指ヲ動カセバ空気ハ叩ケルガ、カトイッテ、声ヲ生ミ出スコトハ絶対ニデキナイ。」一八九〇年十二月のロバート・ブラウニングの命日に、エジソン社において、人々はフォノグラフの棺から詩人の生ける声が流れ出るのを聞いたのだし、空気の振動によって生まれた音響波は今後永遠にその声を再生可能なものとすることをわれわれはともに知っているのです。

「学者や詩人の諸君は、想像し、保存し、さらに蘇らせることだってできる。ただし創造はあなた方には未知な分野なのだ。」

私はこの男を哀れみの目で見つめた。深い皺が髪の生え際から額を横切って鼻の付け根に達していた。狂気が彼の毛を逆立て、眼球を輝かせているように見えた。勝ち誇った表情だった、自分を皇帝だとか、教皇だとか、神だと信じ込み、偉大だと知らずにいる者たちを軽蔑する人間に特有の表情だった。
――その通りです、とこの男は話をつづけた。大きな声を出そうとするにつれ、息が詰まったようになった。あなたが書いたことは誰もが知っている話だし、その大部分は誰だって夢想できる事柄です。でも私の方が一枚上手です。もしポーがそれを望むというならば、回転する世界と燃え上がり轟音を立てる天体を創造することだってできる。その時鳴り響くのは魂をもたない物質の音なのです。私が堕天使《リュシフェル》の上を行くのは、有機的生命をもたない事物にあえて罵詈雑言を言わせることができる点です。夜も昼も、私の思い通りに、かつては息をしていた皮膚と、たぶんまだ息をしていない金属が合体して生命のない言葉を発するわけです。そしてまた、たしかに声が空間のなかに数々の宇宙を創り出すとしても、私の場合、これをもって創り出すのは生を見出すにいたらぬ死せる世界なのだ。わが家にはベヒモス(1)が鎮座していて、私が手で合図をするだけで、わめき立てるのです。要するに、私は一個の話す機械を作りあげたのです。

ドアの方へむかう男の後を私は追った。われわれは人通りの多い街路を進み、騒がしい小路に入り込み、市街の中心部に出た。われわれの背後ではガス灯がひとつひとつ点灯していった。黒ずんだ壁の背の低い隠し戸の前で男は立ち止まり、差し錠をはずした。薄暗くひっそりした中庭にわれわれは入り込んだ。一方、私の心は不安で一杯だった。というのも、呻き声、耳障りな叫び、呪文のような言葉が聞こえてきたからだ。大きく開いた喉から出る唸り声のようにも思われた。その言葉には、およそニュアンスというべきものが感じられなかった。その点は、私の案内人の声も同じだが、声の響きがこれほどまでに桁外れに大きくなると、人間的な要素などどこにも認められなくなっていた。

男は私をひとつの部屋に招き入れたが、そこには例の怪物が仁王立ちになっていて恐ろしい雰囲気だったのでまともに目をあけて見てはいられなかった。中央に、天井に届くばかりに立ち上がるのは巨大な喉であり、膨張し、白と灰色が混じった姿をしていて、これにぶら下がるかたちで膨張する黒の皮の襞がくっついている。地下の嵐の息吹、そしてその上方で顫える巨大な二つの唇。歯車が軋み、鉄線が唸りをあげるなかで、この途轍もなく大きな皮の塊が顫動する様子が見えた。そして巨大な唇が躊躇《ためら》いがちにひらくと、その深淵の赤味をおびた奥の方に巨大な肉葉がうごめき、頭をもたげ、体を揺すり、上下に、左右に伸びてゆく。空気が膨れあがり突風となって機械のなかで炸裂した。たしかに言葉らしきものがほとばしり出た。人間のものではない通路を経て送り出されたものだった。子音の破裂は恐るべきものだった。というのも、PおよびBはVと同様に腫れ上がり黒々とした唇の縁の尖端から直接洩れ出てきたからだ。これらの子音は、われわれの目の前で誕生しているように思われた。DとTは逆立つ皮の上部に位置する威嚇的な塊から発せられていた。Rは長い準備が必要で、不吉な巻き舌の音となった。母音は突然転調され、警笛の発射のように、ひらいた口からほとばしり出た。どもったようなSとCHの音は驚くべき切断のかぎりない恐怖をもたらした。

——これが私の機械の鍵盤を動かす魂なのです、と男は痩せこけて神経質そうな小柄な人形の女の肩に手を置いて言った。この女は私のピアノで人間の言葉の楽曲を演奏するのです。私は自身の意志を賛美するように彼女に教育をほどこしました。彼女の奏でる音は吃音であり、彼女の音階と練習は、学校でやるようなBA、BE、BI、BO、BUに相当し、彼女の練習曲は私の作曲の物語、彼女のフーガは私のオペラ作品、そして私の詩作品、彼女の交響曲は私の瀆聖的な哲学なのです。鍵盤が奏でる音節のアルファベット、三列に並んだその鍵盤に、人間の思想のあらゆる惨めな記号が含まれているのを見てごらんなさい。私は人間とその神の真実のテーゼとアンチテーゼを競うように創造し、しかも呪いを蒙らずにすんだのです。

彼は小さな女を機械の背後にある鍵盤の前に座らせた。押し殺した声で「聞いてごらんなさい」と彼は言った。そしてペダルが踏まれると送風装置が作動し始めた。喉からぶら下がる襞が膨らみ、怪物的な唇が、全身を顫わせて、大きくひらいた。舌が動き、はっきりと聞き取れる言葉のうなりが炸裂した。

は—じ—め　に　こ—と—ば　ありき

と機械は叫びをあげた。

――これは嘘っぱちだ、と男は言った。聖なるものと呼ばれる書物の嘘なのです。何年もかけて私は研究しました。私は解剖室で何と数多くの喉を切開したことだろう。ありとあらゆる種類の声、叫び、泣き声、嗚咽、説教を聞いたのです。私はそれらを数学的に測定してみました。私はそれらの声を私自身およびほかの人々からとってきたのです。こうした努力の過程で私の声は潰れてしまいました。機械と一緒に暮らしてきたので、機械のようにニュアンスなしで話すようになってしまったのです。というのも、ニュアンスは魂に属すものであり、私は魂をなくしてしまったのです。これが新たな言葉の真相なのです。それから彼は可能なかぎり声を強めて叫んだが、口にされた言葉は嗄れ声のつぶやきのように響いた。「機械は言う――

わたしはことばをつくった。」

ペダルを踏むと送風機が作動し始めた。喉からぶら下がる襞が膨らみ、怪物的な唇が全身を顫わせ、大きくひらいた。舌が動き、怪物的なども り声で言葉が炸裂した。

こ―と―ば　こ―と―ば　こ―と―ば。

鉄線が異様なまでに強く引張られ、歯車装置が軋む音がした。喉がたわみ、皮全体にひび割れが生じた、空気の爆発的な動きが音節鍵盤を粉々に砕いた。機械が瀆聖行為を拒否したのか、それとも言葉の演奏者が機械装置の内部に破壊原理を忍び込ませたのか、真相はわからない。というのも、小柄な人形の女は姿を消してしまっていたのだ。そして男は、完全に引きつった顔に深い皺が刻まれたこの男は、ついに完全に言葉を失って、彼が作った物言わぬ口の前に立って、狂ったように指を動かしていた。

（千葉文夫訳）

（1）旧約聖書「ヨブ記」「エノク書」に出てくる怪物。悪魔とみなされることもある。

血まみれのブランシュ

ポール・マルグリートに

ギヨーム・ド・フラヴィ[1]は戦さと駆引きに飽きたように感じると、遺産をふやし、妻をめとりたいと思うようになった。それは頑丈で、肩巾が広く、胸も厚く、胸毛の濃い大男で、武装した二人の騎士に同時に片手をかけると、頭が地面につくまで二人の軀を折り曲げさすことができた。自分も脚絆を着けて耕地の泥のなかに入り、畝溝の間にかがみこんでいる泥にまみれた男たちの背中を叩いた。その四角い顔はいつも顳顬《こめかみ》を脈打たせている血で赤く、食べる肉に混った骨はその顎の間で嚙みくだかれた。

ある日、ランスの近くで自分の牧草地のはずれを馬に乗って通りかかったとき、彼はロベール・ドヴルブルーの畑を見かけた。馬から下りると、そこにある家の広間に入っていった。壁に沿って並べてある、人間も隠れることができるほど大きな木箱はいまにもこわれそう、食卓は脚がびっこで、台所の鉄器は錆びつき、鉄串には半インチほどの汚れがこびりついていた。そこここに靴職人の前掛けや、突き錐や、平たい金槌が見え、片隅では、ひとりの男が脚を組んで、粗い布の下着に針を刺していた。だが、煖炉の石の上にしゃがみこみ、澄んだ眼におどろきの色を浮かべ、蒼白い顔の周りに金髪を垂らしたひとりの小娘が顔をギヨーム・ド・フラヴィのほうに向けていた。年の頃は十歳ぐらいで、胸は平たく、四肢は細っそりとし、手は小さかったが、口だけは女の口で、血の滴る切り傷みたいに蒼白い顔のなかに切りこまれていた。

それはブランシュ・ドヴルブルーで、彼女の父は数日前に相続によってダシー子爵になったところだった。背が丸く、鬚が長く、手は道具類しか扱い馴れていないこの男は、自分の領地を見ると、危険な物を扱う男のおどろいて不安を感じた顔をした。ルクセンブルク公に仕えるイギリスの騎士ジャック・ド・ベチューヌがすでに娘をもらいたいと申しこんできたが、父親のほうは腹を決めかね、もっといい縁談を待つほうがいいかどうかもわからないでいた。相続した土地は三十万エキュの借金の抵当に入っており、旧ダシー子爵は個人的に一万エキュの借金を残していたが、イギリス人かルクセンブルク人がそれを片づけてくれるかもしれない、というわけだった。

だが少女ブランシュを獲得したのはギヨーム・ド・フラヴィだった。彼は土地を失わずにすむように借金を払ってくれた。法律的に結婚はしても、本当の結婚は三年後にすると約束した。こうして、この押し出しの立派な男はダシーの領地と、華奢で野性的な少女を手に入れた。三ケ月後、少女ブランシュは、ギヨーム・ド・フラヴィとのむごい結婚を知ってしまい、眉をしかめ、冴えない眼をして、まるで病気にかかった猫みたいに城内をうろつくようになった。

彼女には何もわからず、またわかりようがなかった。年齢も体つきも異っていた。男はお抱えの床屋に対するのと同じように彼女に対しても乱暴だった。というのは、彼は食卓で手の甲で口を拭うと、もう喰べたくなくなった肉をこのへつらい者の床屋の顔に投げつけたのだ。酒と食料の管理権を手に入れてしまうと、たえずどなったり罵ったりした。ブランシュの父と母を食卓の両端に坐らせておいて、料理はすべて自分の前にかき集めた。その母は、すでに頭がぐらつき、軀の隅々に骨が突き出ていた。それでもしばらく生きのびたが、ほとんど喰べることも喋ることもなく、年老い、わけもわからぬままに生気を失い、死んでしまった。父はまるで毒でも飲んだように衰弱し、いっぱいやったあとフラヴィのために証書に署名して、借金を負った土地を放棄し、終身年金を願うことばを口ずさみながら、両手をこすり合わせた。この影の薄いあわれな男は、喰べなくなっても金をほしがり、弱々しく叫び、顫える手で国王に宛てて告訴状をしたためた。ギヨームがその書類を途中で没収し、老人は呻き、下僕どもが彼を地下牢にとじこめ、ひと月後に牢をあけたとき、すでに先端を鼠に齧《かじ》られた靴に嚙みついている干からびた一個の死骸を見つけることになった。

少女のブランシュはひどく食いしんぼうになった。砂糖菓子を死ぬほど喰べ、その血の滴るような口には円いパイやクリームがいっぱいつめこまれた。食卓に屈みこむと、眼を肉に近づけ、あいかわらず澄んだ眼をして、すばやく貪り食い、それから頭をのけぞらしてぶどう酒やピノー酒や黒ぶどう酒をがぶ呑みし、その顔には悦びの波が押しよせるのが見られた。大きくあけた口の上でぶどう酒の杯を傾け、それを呑みこまずにおいて頬をふくらませると、生きた泉水となってそれを会食者の顔に吹きかけた。食事が終るとよろめきながら立ち上り、酔っぱらって男のように壁のところに突っ立った。

彼女のこうした振舞が私生児のドールバンダクの気に入ったが、この男は腹黒い悪党で、その眉毛はくっついて鼻の上で一本の線になっていた。彼は親戚にあたるフラヴィのもとにたびたびやってきたが、その土地を辛抱強くねらっていた。軀は柔軟で、力があり、健脚で、握りこぶしはたくましく、嘲笑的な態度でギヨームの鈍重な軀を眺めていた。だが少女のブランシュはそんなことで心を動かされることはなかった。そこで彼はやさしく彼女の着ている服について語り、彼女がまだ婚礼衣裳を着ているのを見ておどろいた（というのはあれから彼女が大きくなったと思うので）と言い、小金持の女房たちのことを引合いに出したのだが、その女房たちは、灰色の裏のついた、袖の大きい、深紅やマリーヌ・レースや市松模様の服だの、長い垂れが赤や緑の絹地を床面にまで垂れ下らせる垂れ頭布だのを持っているというわけだった。彼女はまるで人形の衣裳の話でも聞くようにそれに耳を傾けた。すると私生児のドールバンダクはコップ片手に返礼の乾杯をし、亭主のことを嘲りながら彼女に呑ませて、笑わせたので、彼女はまるで水をたたえた溝のなかで羽搏く鳥みたいに、酒をあたりに吐き散らした。

長い顔に股肉の骨をぶつけられた跡を残している床屋は、二人の間に身を屈めると、顔を私生児のそれに近づけた。彼らは城を乗取る陰謀を企て、城を手に入れるのは私生児で、女のほうは酒倉と食料戸棚の鍵を持たせておけば、無邪気だから二人の自由になる、ということになった。

ある晩、ギヨーム・ド・フラヴィは敷居に躓いて顔を打ち、頬と鼻に切り傷を負った。彼は床屋を呼べとわめいたが、床屋は油に浸した奇妙な臭いのする布を持ってすぐ現われた。夜がふけて、ギヨームの顔は腫れ上り、皮膚は白く硬ばって何本もの褐色の筋を走らせ、とび出した眼はたえず涙を流し、傷口は壊疽《えそ》にでもかかったみたいに恐ろしい様相を呈した。

午前中、彼は肱掛椅子に坐って痛がってわめいた。少女のブランシュは怯えた様子で、呑むことも忘れて、部屋の片隅から澄んだ眼でギヨームを見つめながら、ひどく赤い口をかすかに動かしていた。

ギヨームが従卒のバストワーニュに看取られて眠るために上に上ってゆくが早いか、城じゅうが無数のかすかな物音で響いた。ブランシュは戸に耳を押しつけ、唇に指をあてて、耳を澄ませた。鎖かたびらの触れ合う押し殺されたような音、武器のぶつかり合う鈍い音、大裏門のくぐり戸の軋る音、中庭で何かのはじける聞き馴れない音が聞こえ、角燈《ランタン》の薄明りが何本も行き交《か》った。一方、まだ肉片が積み上げられたままになっている大広間では、樹脂松明が真すぐな炎と長い煙の糸を静かな空気のなかに立ち上らせていた。

ブランシュは夫の寝室へ幼い足どりで静かに上っていった。夫は仰向けに寝て、腫れ上った顔に包帯を巻きつけ、高い梁《はり》のほうを向いて眠っていた。ブランシュがベッドに入ろうとしたので、バストワーニュは出ていった。彼女は実際ベッドにもぐりこむと、夫の恐ろしい頭を撫でながら抱きしめた。ギヨームは不規則な息遣いで苦しそうに呼吸していた。すると少女のブランシュはすっかいにとびついて枕を摑むと、それを包帯をした顔にしっかり押しつけ、ベッドの上にある普段は密閉されているのぞき窓をあけた。

私生児の黒い頭がそこを抜け、彼が用心深く這いこんできた。彼はひととびでギヨームの胸に跨がると、その頭を持ってきた裂けた棒で二、三べん殴りつけた。男は布団からとび出し、その腫れ上った口から恐ろしい叫び声を上げた。だが、床屋がベッドの下から出てきて、戸をあけようとしたバストワーニュに両腕で抱きつき、私生児は腰に差していた槍でギヨームの喉をかき切った。その軀はぴんと起き上ると、少女のブランシュを捲きぞえにして床に転り落ち、彼女は熱い死体の下で、頸筋に流れ落ちる生温い血を受けて横たわっていた。服が瀕死の夫と床に挟まれてしまい、脱け出す力がなかったからである。

私生児が窓のほうにとんでゆく間に、気のきく床屋がブランシュを助け起こしたが、ダシー子爵夫人、ブランシュ・ドヴルブルーは信心深い女であったから、ピカルディ産の頭巾で自分の口と夫の顔を拭い、それを夫の腫れ上った顔にかけてやると、からす麦を容れた箱を探しにゆくドールバンダク私生児の手下どもがわめいているなかで、主禱文《パーテル》を三回、天使祝詞《アヴェ》を一回、子どもっぽい声で唱えた。

（大濱甫訳）

（1）コンピエーニュの城将。一三九八頃―一四四九。（＊）

ラ・グランド・ブリエール

ポール・エルヴィユに

切り立った崖に挟まれた道には泥だらけの轍の跡がついていて、二輪馬車はひどく揺れ、馬は乱暴に尻を上げ、短いパイプを咥えた御者は口汚くののしりながら、風に揺れる大きな帽子を押さえるのだが、そこを通り抜けると、灰色の石ころに覆われた不毛な大地が眼の前にひろがった。ハリエニシダが束になって生い茂り、よく見るとヒトツバエニシダもところどころ混じっていた。遠くに視線をむけると、段々と土地が低くなり、そのうちに湿地になった。道の両側に大きな沼がひろがり、醜いヒキガエルが勢いよくそこに飛び込む。黴くさい藁葺き屋根の農家が、背の低い二軒の小屋に挟まれて横たわり、地面はといえば、細かく刻まれ水肥を溶かし込んだ藁の敷物で覆われていた。

ひとりの女がエプロンをからげて戸口に姿をあらわした。女は、われわれの方を怪訝な面持ちで見つめた。われわれが家の中に入るとき、女がつぶやいたのは棘のある言葉だった。床はたたきの土間、黒ずんだ梁が天井に走っていて、そこから黄金色の円形のパンがぶら下がっていた。腸詰《アンドウイユ》めが何列にも吊り下げられ、柱と柱のあいだには塩漬け肉の塊が積み重ねられていた。窓際の一角では二人の女が織機の杼《ひ》を動かし、機械の動きに応じて糸が絡んだり解《ほぐ》れたりするのだった。女のひとりの額には一本の深い皺が刻まれていた。険しい眉の下には落ちくぼんだ黒い眼があった。紐で絞め上げた胴着に隠れた胸は、小さくても堅く張りがあるようだった。体は全体的にほっそりとして優雅だった。

農婦はまったく愛想のない表情でバターを取り出し、長持ちの上に乗った台の傘を押しやり、パンを切り、黄色の陶土の皿のなかに卵を割り入れた。われわれが「沼に行きたい」と告げる段になると、怒った様子でわれわれを睨み、ドアの背後の牛舎にいる亭主を呼んだ。彼が穿くズボンは糸がほつれ、鉄環で押さえた木靴の周りにだらりと垂れ下がっていた。二股に分かれた太い帯のズボン吊がウエスト部分を胸の中程まで引っ張り上げていた。痩せ細った顔には心配そうな表情が浮かんでいた。彼の視線はたえずキョロキョロしていて落ち着かなかった。男は心配そうに白い口髭を撫でた。

――沼にはいったい何をしに行かれる、と彼は尋ねた。何でかね。潮が引いているというに、あそこに行けば泥まみれになるだけですわ。少なくとも櫂は二本なきゃならん。もちろんおいらが扱えるのは一本だけでさ。

――あんたと一緒にマリアンヌを連れてゆけばどうね、と女が言った。いまはあの娘も丈夫になったで。機織り女のひとり、額に深い皺のある方が顔をあげた。

――あんたがたが来なさったのは鴨を追うためじゃないでしょうが、と男は言った。失礼の段はお許しあれ。まだ姿は見ねえわけだし――スゲの原には少しはおるかもしれんけど。――ところでおまえさんは、と娘の方を見て言う。あの晩、小帆船を見たんだろ。それじゃ「ポルニシェの娘たち」を見にゆくかい。

マリアンヌは眉をしかめ、服の乱れを整えた。農夫はこちらをふりむき、話を続けた。「不幸なことよ、見た目はよい娘じゃというのに、すっかり頭が変になってしまったとは。あれは、あっちの方、パリの女たちの家で働いていたのよ。それが原因で調子が狂ってしまって、心を患ってしまったんだわ。寝床で体をねじってもだえるが、――本当は誰かいるわけじゃない。掛け布団に抱きついて、まるで誰かをかわいがるような言葉を口にするんだな。そいつのために台所で甘い菓子を見つけてきて、食べさせようとするんじゃ――そのうえ、話しかけたりもするで、もう哀れったらありゃしねえ。あいつは何を聞いても、何を見ても分らんようになってしもうた。もっとひどいことには……　――昼まで寝ておるのよ。あれには結婚の約束をした相手が前はおったが、もう苦しくてしょうがない様子でよ。しょっちゅう涙にくれ、娘はそいつと結婚したいと言ったんじゃが、無理な話よ。

われわれも胸が痛くてたまらんで。」

男の話は娘には聞こえていないようだった。戸口のところで娘はわれわれを待っていて、渡し船の装具を手にもっていた。舟は平底の小さなもので防水タールを塗ったばかりだった。男が漕いで、われわれは狭い水路へと出ていった。水路は曲がりくねっていて、沼のずっと奥へと続いていた。泥のせいで水は黒ずんでいた――水底は褐色の泥炭で、不規則な溝が刻まれていた。睡蓮と触れあうように進んでゆくと、左右に湿原がひろがり始めた。ずっと先の方は黄色いハリエニシダと緑色のスゲで覆われていた。しなやかな太い枝が風を受けていくつもの塊となって傾いでいた。地平線一帯にひろがるラ・グランド・ブリエール[1]は、洪水によって半ば水浸しになった原生野みたいで、背の高い草が揺らいでいた。あちらこちらで平底舟は水底の泥炭をこすり、枝葉が積もる土手にぶつかった。その土手にもスゲが生い茂っていた。平底船は向きを変え、淡水に育つ睡蓮の赤い茎と赤い草のあいだをふたたびすり抜けていった。ブリエールには、銀白色の混じる蒼ざめた空から柔らかな光が降り注いでいた。葦の茂みの上空には鳥たちが飛び、嗄れた鳴き声を立てていた。

ところどころ蒸気を含んだ日の光のせいで、草の根の部分が白くぼんやりとした鏡のようになっていて、茎のあいだで水が揺れ動き、顔を覗かせる白い根は退屈のあまりに死んだ白い大量のウナギに似ていた。

――娘たちの姿はみえないだろう、と農夫は言った。彼の娘はいきなり振り向いて、右手の方で鳥たちが飛び立つのを指さした。銃を発射する用意はできていた。一斉射撃のあとは、一羽の鳥が宙に螺旋を描きながらゆっくりと落下してきただけだった。鳥は冷たい水に落ちると、飛び跳ね、翼で水の表面をはたき、降り注ぐ光にむかって鳴いた。男は裸足になって鳥を拾いあげにゆき、赤い足の部分を掴んだ。「ポルニシェの娘」は灰色の柔らかな体で、頭は黒く、長い嘴はピンク色、鼻孔はほっそりしていた。鳴き声に応えて鳥の姉妹らがやってきて、船の上空を舞った。旋回したり、降下したりしながら、ひっきりなしに鳴き続け、突如として体勢を立て直し、思い切り羽ばたきながら飛び去り、ついには赤みがかった銀色の空の彼方に浮かぶ黒点となるが、しばらくすると黒点はしだいに大きくなり、翼をひろげて、われわれの頭上すれすれを飛び交い、狂ったように嘴をひらいて威嚇するのだった。

やがて「娘」は泥土に突き立てられた櫂の尖端にとまって体勢をとりなおそうとするが、片足が結わえつけられているので、悲しいことに同じところをぐるぐる回るだけで、傷んだ翼の残骸を動かし、大きく嘴をひらいて、絶望的に助けを呼んだ。鳥の一群はこの叫びに呼び寄せられ、悲しい鳴き声で応じた。上空から一点、ほかから離脱した切っ先のようなものが見え、先頭の鳥が捕まった仲間を解放しようと試みた。われわれの方は、射撃を始め、「娘たち」は大きな円を描きながら落下し、水中に沈んでいったが、死の苦悶のなかで黒い頭と赤い嘴が痙攣していた。ほかの鳥の翼がわれわれの頭上につらなり、曲線を描き、いつまでも鳴き声がやまなかった。

——おたがい助け合ってるから、娘たちはその分だけ楽に殺せる、——と男は言った。彼が話しているあいだ、水路の反対側に緑色の小舟が姿をあらわした。スゲのなかで生まれ、ブリエールで一生暮らす生き物に似ていた。船首には立っている男の姿が見えた。そして船尾には、おそらく女の帽子にちがいない、小さな黒と赤の点が見えた。「おまえさんの女だな」と農夫は言った。「パリで結婚する前にブリエールに立ち寄ったんだろう。男を捕まえるにはおまえさんもそんなふうにやらなきゃな。」

野生の叫びがマリアンヌの唇からほとばしり、男の言葉を遮った。彼女は体を櫂で支え、その目は焔となって燃えていた。——額には深い皺が刻まれていた。「ああ、あの女《ひと》はいなくなってしまう、恋人をブリエールに連れてきたんだ。あたしはどうすればいいんだ。それはいけないよ。結婚の約束をした相手がいたのに——いまはもういない——いまは痩せて骨ばかりになってしまった——頭もおかしくなってしまった——みんなあの女のせいなんだ。小帆船なんかじゃない——パリの女だ。掛け布団なんかじゃない——パリの女だ。あの女に惑わされてしまった。あの女なしにはこれ以上やってゆけない。もう我慢できない。ここから出て行かせはしない。駄目、絶対に駄目。あの女はここに引き留めておく。」

腰掛けに崩れ込み体を大きく顫わせ、顔をスカートに隠して彼女は泣いた。農夫は段々と心配そうな表情になった。われわれはどう考えたらよいものかわからず、黙って、たがいに顔を見合わせた。男は櫂で小舟を押した。

――すると突然、スゲのあいだから飛び立つ鴨の重たげな羽音がした。あわてて鴨撃ち銃を手に取ったが、すでに空の奥に五つの点となって見えるだけになっていた。飛び立った鴨につられて、「ポルニシェの娘たち」はつがいとなって、前後に列をなして飛んでいった。

緑の小舟がいつのまにかすぐそばに近づいていた。それはまっすぐわれわれの目の前にあった。船尾に座る若い女は縁がゆったりひらく赤い襟の明るいグレーの服を着て、黒い騎兵帽をかぶっていた。金髪の巻き毛が下がっていた。マリアンヌの泣き声はしだいにおさまっていった。一瞬のあいだ彼女は唇を噛みしめ、いきなりこう言った。

――あいつを殺してやる。あたしだって、ポルニシェの娘を。

彼女は腕を伸ばして鴨撃ち銃を摑み、肩にあてて引き金をひいた。小舟の女は鋭い叫びをあげ、そのあとは、苦しみに震える声が聞こえた。女は倒れ、頭をうなだれ、打ち落とされた小鳥のようだった。――断末魔の呻きをあげ赤い襟が動いた。われわれはマリアンヌの腕を押さえたが、時すでに遅かった。彼女は落ち着きはらい、皮肉な表情だった。額は澄み切り、皺が消えていた。太陽は地平線に没してゆくところで、空の灰を血の色で染め上げ、緑のスゲの茂みにばら色の残照が鋭い影を落としていた。雲の円屋根がその頂きのあたりで金色に染まっていた。円を描く湿原を霧の環がアーチ型に取り囲んでいた。ラ・グランド・ブリエールを被うようにして残照の最後の反映が踊っていた。見渡すかぎりどこまでも、揺れそよぐ草からたちあがる果てしないもの悲しさが湿地全体にひろがっていった。

「ポルニシェの娘たち」は死んだ女を囲んで悲嘆の声をあげ、赤い嘴で女の服を引っ張った。それを見てマリアンヌは笑いだし、「おたがい助け合っているから、娘たちは、その分だけ楽に殺せる、さあ、もっと引っ張ればいいんだ」と言った。

（千葉文夫訳）

（1）ロワール河河口近くにある湿地帯。

塩密売人たち

シャルル・モーラスへ

国王のガレー船の漕ぎ手となるにいたった経緯は、あまりにも恥さらしなので話せない。ただ十五ピエ[1]の筆つまりガレー船の櫂をもって水の上にむなしい軌跡を描く人々の五通りのやり方から選ぶ羽目にはなるだろう。すなわちトルコ人、プロテスタント、塩密売人、脱走兵、泥棒のどれかを選ぶということだ。そして誰もが最悪のものを選んでしまう。たぶんおれの場合が恰好の例だった。マルセイユのガレー船は勝手知ったものだ。太陽王はこの船を二十四隻所有していた。そしてまたこの船にいる徒刑囚は幸せだった。沖に出ると灼熱の太陽を受け、汗がながれ、蛆虫がわき、重い鎖を引きずることになり、船底の溝にたちこめる臭気のせいでペストが発生した。だが港に着くと、警官やトルコ人なら二リアール、鉾《ほこ》をもった兵士なら五リアールほど渡してやれば、街に出て、馴染みの女に会って、停泊地で屋台を出すことだってできた。遠洋に出るガレー船は六艘あり、ひどく不運なことにおれはそのひとつに乗せられる羽目になった。海に出て厄介なのは、まずは霧、それから雨だった。ほかに大きな波のうねりがきて、五人がかりで必死に摑んでいる櫂が思い切り跳ね飛ばされることもあったし、甲板を洗う大波がわれわれの乾パンを水浸しにし、さらには寒いと空腹もつのるのだった。「ジャフル」と呼ばれる、湯に少しばかり油とインゲン豆を足したスープが十時に出るだけで、徒刑囚みんなに配られる粗末なワインの「ピシュロン」では、体が温まるわけはなかった。

ガレー船の甲板は平らだった。長い踏み台が張り渡され、三人の「指揮官《コミト》」がその上を歩き回ってわれわれを鞭で打った。鞭が振り下ろされると、三人が一度に叩かれるわけだ。甲板の下には、弾薬と爆弾の備蓄のための部屋が六つあり、われわれはこれをガヴォン、スカンドラ、カンパーニュ、パイヨ、タヴェルヌ、シャンブル・ダヴァンの名で呼んでいた。ほかにもうひとつ狭くて暗い部屋があり、これには二ピエ四方の昇降口がついているだけだった。両端には「トラール」と呼ばれる壇が二つあり、甲板までの間隔は三ピエほどで、中間にバケツがおいてあった。これは徒刑囚のための病室だった。病人は鎖をつけたままトラールに横になり、熱にうなされると、頭と体を甲板に打ちつけるのだった。今にも死にそうな病人のあいだを、バケツから顔をそむけて、這って通らなければならなかった。

　緑の大海原での仲間は塩密売人だった。というのも、塩の値段はブルターニュ海岸では高く、最高価格だと一パイントあたり二エキュほどだが、一方ブルゴーニュ地方ではもっと安く手に入る。ほかの地方からブルターニュに塩を運び込む人間は塩税署にとってみれば裏切り者である。国王の命令で彼らは捕らえられ、烙印を押され、われわれと一緒にガレー船に送り込まれる。脱走兵はいなかった。彼らはすぐに見分けがついた。大きな傷が顔にあり、太陽の光を浴びても傷口が乾くことはなかったのだ。彼らは軍務を逃れるため自分で鼻を切って不具を装おうのだが、すると蛆虫が眼と眼のあいだを齧《かじ》るのだ。ただし、どんな境遇にあっても絶望しない陽気な漕ぎ手仲間が何人かいた。彼らは額とか肩に綺麗な百合の花の入れ墨をいれられ、ときに図柄は絞首台の縄の赤い環のこともあった。

　塩密売人がほかの誰よりも困難によく耐えたのは、もともとが灰色の空、黄色や緑の海に慣れていたからだった。ただし連中は決して笑わなかった。根っからの反逆者だったのである。マルセイユでわれわれと一緒だった者たちも、だから戟兵と一緒に街に出て徒刑囚相手の女がいる白の館に行こうとはしなかった。噂だと、塩の山に囲まれて一緒に暮らした身持ちの堅い女たちを裏切りはしないということだった。

　一七〇四年のマルディグラの晩、われわれが乗ったガレー船「壮麗《ラ・シュペルブ》」号はブルターニュ東部の沖合を航行中だった。ダンティニ艦長は、将校らと一緒に見張りの三人をそばに呼び寄せていたので、われわれは寛《くつろ》いで甲板に寝そべることができた。赤い上着と粗布の下着の下に手を入れて軀を掻きむしることができたし、縁なし帽を脱いで、剃り上げた頭を舷牆《げんしょう》にこすりつけることができて幸せな気分になった。普段なら、夜になると、軀を動かすことなく痒みをこらえなければならなかった。鎖が音を立てると士官らが目を覚ましてしまい、哀れな仲間に容赦なく鞭が振り下ろされることになるからだった。

四人の塩密売人が病人用の部屋に寝かされていた。容赦なく縛り付けられ、軀からは血が流れていた。昼間は銅製のクルシエ砲の上に裸で寝かされ、結び目のある縄で打たれたのだった。彼らの呻き声が甲板の下から洩れてきた。

おれが眠り込みそうになったとき、鎖でつながっている先漕手《ヴォーグアヴァン》の手が肩に触れた。われわれ全員は一人一人トルコ人につながれていたが、ヴォーグアヴァンと呼ばれていたのは、連中の方が腕前は上で、国王が奴隷として金を払って買った主漕手として、櫂の先端を握っていたからだった。「見ろよ、火船だぜ」と先漕手《ヴォーグアヴァン》が私に囁いた。

霧は浅かったが、海岸は見えなかった。明るく輝く泡の長い線が見えるだけだった。ところどころ、白い焔のようなものがあり、きらきら輝き、黄色、そして緑色の光を発しているように思われた。

地中海にいたときは、戦争のせいで火船には慣れっこになっていた。サヴァワ公の二本マストの帆船《ブリガンティン》がヴィラ＝フランカ、サン＝オスピツィオ、オネーリャから出港し、われわれに対峙しつつ航行していて、夜になると海流に沿って火船を放ってくるのだ。われわれはこれにクルシエ砲で応戦し、三十六リーヴルの重みがある砲弾を放って撃沈した。

だが今回のように大洋にいる場合は、何が起きているのか見当がつかない。おれが知っていた火船は赤くて動くものだった。このとき目にしたのは、動かずに白い光を放つものであり、ときおり急に黄色い光跡が走った。海は大きくて静かなうねりを生んでいた。水先案内人は船首部分の信号灯のそばで見張りをしていた。二つのマストのあいだの甲板を覆うテントの中央部分から灯油ランプが一個だけぶら下がって揺れていた。あたりは静まり返り、遭難信号であるはずもなかった。

おれは先漕手《ヴォーグアヴァン》の隣りで漕いでいた。われわれをつなぐ鎖を各自が手でもちあげた。耳をすますと、どうも小舟が龍骨部分にぶつかっている気配が感じられた。陸地を臨む右舷の側を腹這いになって前進し、舷側の手摺りの上に頭を出すと、カイークと呼ばれる丈長のボートがゆっくりとガレー船から離れてゆくのが見えた。赤い仮面をかぶり白いシャツを着て蹲る大勢の男らが乗っていた。なかの一人がカイークを長い櫂でゆっくりと押した。

「ああ、今夜は見張りがいないのに乗じて、塩密売人たちが逃げ出そうとしている」とおれは考えた。だが先漕手《ヴォーグアヴァン》は私を左舷に引っ張っていった。指で軀の鎖を押さえながら、眠り込んでいる連中のあいだをゆっくりと抜けた。左舷に小舟があった。

即座にわれわれはこれに飛び乗った。金属が触れあう音も波音もなかった。先漕手《ヴォーグアヴァン》は沈黙の国から来た男だった。船尾をぐるりと回って、船首部分の照明灯に照らしだされないように気をつけて、カイークの跡を追いかけて前に進んだ。カイークから来る波でわれわれが乗った小舟は静かに揺れた。

暗闇の中で震えがとまらなかったのは、漕ぎ方がどへまをやったり呼び声がしたりするのではないかと気が気でなかったからだ。それでも、われわれには海岸の光る縞と黒い砂浜のあたりで波が砕けるのがより鮮明に見えるようになった。白い炎も見えたが、それは本当に白いのではなく、燃えさかる炎の手前にある白っぽい塊がそんな色に見えたのだった。

カイークに乗った男たちが被っている赤い仮面は上着を元にして作ったものだった。彼らはこれで頭を覆っているわけだが、仮面には穴が開いていた。海岸から一鏈、というのは二百メートルほど離れたところまで来て、白っぽい塊と見えたのが塩の山であることがわかった。十トワーズ（二十メートル）弱の間隔をおいて、ずっと奥の方まで続いていた。どの塩の山もその前で火が焚かれていた。女たちが国王の塩を火中に放り投げていた。

カイークは陸にたどり着いたが、われわれの方はまだ寄せては返す海辺の大波のなかにいた。赤い仮面を被った塩密売人たちは砂浜に飛び降り、おそらくその誰もが貞淑な自分たちの女をすぐに見分けたのだろう、いきなり女たちを抱き寄せる姿が見えた。あっというまに、彼らは夜の闇に姿を消した。

一方われわれはといえば、これまで見たことのないような荒涼たるこの海岸、白っぽい塩の塊、燃え上がって弾けるあの炎を目にして、恐怖に心が締めつけられるようだった。先漕手《ヴォーグアヴァン》は「アラー」と叫び、岸には降り立とうとせずに小舟の奥に引っ込んだ。

われわれがどうするか躊躇《ためら》っているあいだに、大きな炎があがって爆発音が聞こえた。クルシエ砲が威嚇の射撃をしたのだ。ガレー船の上では呻き声の歌が延々と響いていた。われわれの仲間は「マルレ」という歌の文句を口にして泣いていた。上級士官たちが再点呼をするときと同じようなぐあいだった。

どうすべきかわからず、われわれはふたたび漕ぎ始め、海へと引き返した。

小舟は風を切って水の上を進んだ。船底が何かにぶつかって船が揺れた。ひらいた舷窓から、われわれは中に滑り込んだ。甲板には徒刑囚全員の足音が響いていた。われわれは頭をうなだれ、仲間と合流した。トラールのある部屋の昇降口から、鎖につながれ、血を流している四人の塩密売人が姿をあらわしたが、絶望で身をよじっていた。仲間に置き去りにされてしまったからだ。バンカーズと呼ばれる高い台は司祭がミサをあげ、われわれに聖体パンをさしだすためにつくられたものだが、艦長がよろめく足でそこに立ち、舵手の舷灯を高く掲げるなか、鎖でつながれた仲間を二人一組で並ばせ、縦列行進をさせて、誰が逃亡したのかを確かめようとしていた。

（千葉文夫訳）

（1） 一ピエは約三十二センチ。

フルート

ラシルドに

嵐が、普段は岸辺に沿って航行しているおれたちをはるか遠くまで押し流してしまった。長く暗い日が何日も続くうちに、船は泡を浮かべた緑色の水の塊のなかに、船首のほうから浸りかけた。黒い空はおれたちの頭の上でさえ大洋の表面に近づくように思われ、水平線だけが鉛色の線に取り巻かれていて、おれたちは甲板上を亡者のように歩き廻っていた。舷燈が帆桁《ほげた》の一本一本に吊り下がり、そのガラスの上にはたえず雨水が流れ、そのため明りはもうろうとしていた。後部では操舵室の窓が透明で水に濡れたような赤い色で光っていた。檣楼《しょうろう》は黒い半円にしか見えず、風が起きると、上空の闇のなかから青白い帆が現われた。ときおり角燈《ランタン》が揺れて、大砲を覆う防水布の上にたまった水に赤銅色の光を反映させた。

おれたちは最後の襲撃以来こうして風のなかを進んできた。他の船に横づけするための引っかけ錨はいまも船底に吊り下がっており、流れる雨水は戦闘の残骸を洗い、寄せ集めていた。というのは、雑然とした堆積のなかにはいまも金ボタンのついた服をまとった死骸、斧、剣、警笛、鎖やロープの切れはしが連鎖砲弾とともに転がっており、蒼白い手が拳銃の銃床や剣の柄頭を摑み、銃弾を浴びた顔が索の間で揺れ、おれたちは水浸しになった死体の間に寝たのだ。

不吉な暴風が後片づけをする元気を奪い取ってしまった。おれたちは仲間を識別し、袋に縫いこむのを陽《ひ》の出るまで待つことにしたし、略奪した船にはラム酒が積んであった。いくつもの大樽が前檣の根元や後檣にくくりつけられていて、おれたちのうちの多くは、横揺れのたびにごぼごぼ音を立てて噴き出る褐色の流れの下に、コップや自分の口を差し出すのだった。

羅針盤にだまされているのでなければ、船は南のほうに進んでいた。が、暗闇と何も見えない水平線は海図の上で目標を定める手がかりを全く与えてくれなかった。一度おれたちは西のほうにいくつかのぼんやりした盛り上りと、別に一つの青白い砂丘らしきものを見たように思ったが、その盛り上りが山か断崖かもわからず、青白い砂丘は暗礁に打ち寄せる青白い波かもしれなかった。

ときどきおれたちは細かい雨を通して霧がかった赤い火を認めた。船長は操舵手にそれを避けるように怒鳴った。というのは、おれたちは通報され、追跡されていることを知っていたし、またもし、それと知らずに逃げ場もない海岸沿いに航行していたのなら、難船略奪者の偽信号を警戒しなければならなかったのだ。おれたちは大洋を流れる暖潮を横切ったが、しばらくの間、波しぶきは温かった。やがてまた未知の世界に入りこんだ。

そのときのことだが、船長は、将来がおれたちに何を約束しているかがわからないままに、集合の警笛を吹かせた。そこで闇のなかを、何人かが角燈を下げ、おれたちの隊は船尾の高甲板に集まった。と、船長はおれたちをいくつかのグループに分け、陰気なささやき声が聞こえた。会計係が粉袋のなかから番号札を引き出し、おれたちの分け前を告げた。こうして各自が航海の獲物の衣類、食料、金銀や、略奪された船に乗っていた男や女の手だの頸《くび》だのポケットなどから見つけた宝石のうちから自分の分を受け取った。

ついで解散となり、おれたちは黙ってその場を離れた。普通、分配はこんなふうでなく、隠れ場の島の近くで、遠征が終って、船が財宝を満載しているとき、ののしり声と血みどろな争いのなかで行われた。短刀が振り廻されることも拳銃が発射されることもなかったのはこれがはじめてだった。

分配のあと、空が次第に明るくなり、暗闇が薄れだした。最初、雲が動き、霧に切れ目ができ、ついで水平線の鉛色の環がもっと明るい黄色に彩られ、大洋は前ほど暗くない色で物を反映した。波はオレンジ色や紫色や緋色をおび、男どもは海藻が漂っているのを見かけて歓声を上げた。

のしかかるような輝きのもとで日が暮れたが、翌朝は南の海のなかで青白い光に眼を覚まさせられた。暑い白さに慣れていなかった眼が痛かったが、見張りが「右前方に陸地」と告げたとき、おれたちは何も見えないままに、舷側の手すりに殺到した。一時間後、空は濃い青色になり、おれたちは大洋のはずれに泡で縁取られた一本の褐色の線を認めた。

船はその方向に向けられた。白い色や赤い色をした鳥が索をかすめて飛んだ。やがて一つの動く点が現われたが、それは不透明な海の上、白熱する太陽の下でばら色に見え、近づいてくるとボートか丸木舟であることがわかった。その舟には帆はなく、櫂もないように見えた。

それはおれたちの横のほうからやってきたが、呼びかけてもその上には何も見えなかった。ただ進んでゆくにつれて、やさしくおだやかな音がそよ風にのって聞こえてき、とても抑揚を持った音なので、海の嘆き声や帆に張られた索の震える音と聞きちがうはずもなかった。この静かな哀調をおびた音はおれたちの仲間を両舷に引きつけ、おれたちはこの丸木舟を好奇の眼で見つめた。

船首が大きな波の下に突っこんだとき、その舟の謎が解き明かされた。それは色を塗った木でできており、櫂は流されてしまったらしく、なかでは一人の老人が裸足を片方舵棒の上にのせて横たわっていた。白い鬚と髪の毛がその顔全体を囲んでおり、裾を折って被った外套を除いては何の衣類もまとわず、両手でフルートを持って吹いていた。

おれたちがその丸木舟をこちらの船につないでもその男は動こうともせず、その眼はうつろで、盲なのかもしれなかった。手足の腱は肌の下から透けていたから、ひじょうに年取っていたにちがいなかった。男は甲板まで引き上げられ、マストの根本にあった防水布の上に寝かされた。

すると、片手でフルートを口に押しつけたまま、男は一方の腕を伸ばして手探りで身の周りをまさぐった。雑然と積み上げられた武器や連鎖砲弾や陽《ひ》を浴びて温められた死体に手を触れ、斧の刃に指を這わせ、傷ついた顔の肌を撫でた。それから、手を引っこめると、蒼白くうつろな眼をして、顔を空に向け、フルートを吹いた。フルートは黒と白で塗ってあり、おれたちの間で響きはじめるやいなや、まるで象牙を散らした磨かれた黒檀で造られた鳥のように見え、透き通った手は翼のようにその周りを舞った。

最初の音は弱くてか細く、その老人自身の声もかくやと思われるばかりに顫え、おれたちの心のなかには過去が、おれたちの祖母であった老婆の思い出が、おれたちが子どもだった無邪気な時代の思い出がしのびこんだ。おれたちの周りで現在の時間はすべて消滅した。おれたちはほほえみながら頭を振った。指はおもちゃを動かそうとして、唇は子供っぽい接吻でもしようとするかのよう半ばとざされた。

ついでフルートの音は大きくなり、さわがしい情念の叫びとなった。おれたちの眼の前を黄色い物、赤い物、肉の色、黄金の色、血の色が通り過ぎていった。その和音に応ずるかのようにおれたちの胸はふくらみ、おれたちを犯罪にまで引きずっていった狂気の日々が頭のなかで渦巻いた。そしてフルートの音はさらに強まり、それは嵐の高い声、波をくだく風の呼び声となり、船底が裂ける破裂音、喉をえぐられる男の呻き声となり、剣を口にくわえて索を上ってゆく男たちの煤を塗った恐ろしい顔、連鎖砲弾の嘆き声、沈没する船の骨組が空中で爆発する音となった。そしておれたちはおれたちの生の真只中で黙って耳を傾けていた。

突然フルートの音は泣き声となり、この世に生まれた赤子の嘆き声か恐怖の叫びかと思われるばかりに弱々しく悲しげな声が聞こえた。というのは、同時におれたちは、将来というものに眼を開かれて、もはや二度と手にすることのできないものを、永遠に破壊しようとしていたものを、海の上をさまよう者にとっての希望の消滅を、自らの手で破壊してしまった未来の生活を見たのである。おれたち自身、妻もなく、殺人の血に染まっており、黄金で輝いてはいても、生まれ出る子どもの声を聞くことは決してできないだろう。なぜなら、甲板がおれたちの足もとで躍っているのか、おれたちの黒い縁なし帽をかぶった頭が帆桁のロープにあたって躍っているのか、どちらにしてもおれたちは波に揺られるという劫罰を宣せられている。おれたちの生は新たな生を創り出す希望もなく失われてしまっていたのだ。

すると、船長のユベールは死の宣告を下し、白い斑点のついた黒檀の鳥を老人から奪い取った。音は止み、ユベールはフルートを海に投げた。何の音も聞こえないなかで、老人のうつろな眼が顫え、老いた手足が硬直した。おれたちが触ってみたときには、すでに死んでいた。

この奇妙な男が大洋の住人であったかどうかはわからないが、おれたちが彼を、フルートのあとを追わせて海に投げこんだとき、男は海面に達するがはやいか海中にもぐり、外套と丸木舟とともに消えてしまった。そして、その後、陸上でも海上でも生まれ出る子どもの叫び声がおれたちの耳に届くことは二度となかった。

（大濱甫訳）

荷馬車

オクターヴ・ミルボーに

――ちゃんともっているだろうな、とシャルロは相棒に囁いた。相手の頭が荷馬車の梶棒のあたりに急に突き出したところだった。踏み台は角型のナイフのように光っていた。黒い茨が何百もの腕を伸ばしたように見えた。不意に風が舞い起こり、ランプの光が消えた。

――誰のしわざだ、と男が言った。焦っている声だった。――シャルロ、聞いているのか？　なぜ明かりを消したんだ。例の光るものが見えねえ……

――それじゃこっちにあがって来い。どうしたんだ。シャルロが彼の方に手を伸ばすと、男は車輪に足をかけてよじ登った。――落ち着いたか、とシャルロは言った。馬の手綱は手にしている。おれたちのあいだにそいつをおけ。その方が安全だ。あいつらはわめいただろうな。

車軸が軋んだ。馬の蹄が乾いた音を立てた。首輪と革帯にぶらさがっている小さな鈴が鳴った。

――これはまずいぜ、と男は言った。お陀仏だ、これはまずい。なんで鈴の紐を切っておかなかったんだ。夜だから、聞こえちまうぜ。この音は我慢できねえ。荷馬車の後ろにナイフをおくってことが、すでにまずかったんだ。

――ナイフって何のことだ、とシャルロは言った。踏み台に月の光があたっただけのことじゃねえか。おい、老いぼれどもは、とりにくるやつがいるって思ってたんだろう。

――連中があんなふうになったところはこれまで見たことがなかったぜ。豚小屋みたいに汚い家のなかを逃げ回りやがった。やつらは逃げだそうとやっきになっていた。柵のなかをうろうろする豚みたいな面《つら》だ。老いぼれは寝間帽《ナイトキャップ》をかぶっていて、婆さんの白髪《しらが》は顔に垂れている。ぶるぶる震えあがって、叫ぶこともできねえ。唸ることすらできなかったんだ。思い切って中に入ると、白鼠のように赤い目をきょろきょろさせていやがる。縁日の見世物で見かけるような檻に入ったやつよ。隅っこで、背中を丸くしていたぜ。

――それでいつ金がじゃらじゃら鳴る音をやつらは聞いたんだ。

――すぐには見つからなかった。あいつらめ。しっかりと隠してやがった。三百五十ほど、古着の下にあった。おれはやつらにその金はおまえのものだと言ってやったんだ。おまえさんに当然の権利があるものだとな。おまけに、船に乗るにはそいつが必要なんだ、あっちに行って家畜を飼って金ができれば、赤色の金貨と緑色の札で送り返してやると、とにかく口からでまかせに色々しゃべったぜ。するとやつらは哀れな顔をつきあわせて「それは無理だ、いや、それは無理だ」と言うじゃねえか。恐怖におびえる二匹の獣みたいに壁際で体を寄せ合っていたぜ。

――おまえさんは、おれの靴を履いていて危なくはなかったか。どうだ。足音が響けば、おまえさんを家の中には入れなかっただろうな。おれがいつも履いていたやつだ。

――たしかにそのとおりだ。緩んだ藁靴だと足音が聞こえてしまう。出て行くときには藁が散ってしまう。

――おまえさんが出て行くとき、やつらは何にも言わなかったのか。

――シャルロ――なんでそんなことするんだ――そのナイフをどけろよ、ぞっとするぜ……

――さっき言っただろうが。踏み台に月の光があたっているだけだぜ。

荷馬車は塀の暗がりから出ていった。月の光に照らされ、街道が平らに延びてゆくのが見えた。高台の方では風が舞い起こり、灰色の雲が空を駆け足で横切っていった。

男は眠り込んだ。そしてシャルロは手綱を手にしてその姿を眺めた。頭は馬車が揺れるたびに胸の上の方に飛び上がった。右手で腰掛けを摑み、そこにしがみつくような恰好だった。

荷馬車は揺れ動き、もはや男の耳には鈴の鋭い音が聞こえなくなっていた。馬は雲と平行して流れるように走った。長いこと続く灰色のポプラ並木は、洪水で半ば水浸しになった平野の水に浸っていて、あたりはどことなく鏡のように見えた。途中で切られた樫の木のてっぺんの部分からは、溺れる男が指を上に突き出すようなぐあいで、小枝が思い切り開いて芽を出していた。白樺は丸裸になって白いあざが一面にあるように見えた。幅の狭い帯みたいに植わった草が揺れ、その先端に葦の束が顫えていた。

それから風が吹き下ろし、雲は西の方角でひとかたまりになった。ポプラ並木は傾いで嘆いていた。樫の幹に絡まるヤドリギの叢生の囁くような音が聞こえた。洪水で水浸しになった野原の水がざあざあと音を立てていた。流れる水に草が押されていまにも倒れそうになっていた。荷車に積んだ藁束の隙間を風が吹き抜けていった。小さな馬の鬣《たてがみ》は逆立った。首輪が揺さぶられると、全部の鈴が一緒に揺れた。雨が落ちてきた。斜めに降りかかる鋭い雨だった。

雨の中シャルロは黙ってこらえた。鳥打ち帽から水滴がしたたり落ち、顎のあたりに濡れた跡が長々とついた。腕の先の部分がすっかり濡れてしまうと、背中をぶるっと震わせ、人と話す必要を感じた。彼は相棒の体に触った。

——どうしたんだ、まだ夜じゃねえか、と男は言った。まだ間があるぜ。

——にわか雨だ、とシャルロは応じた。夜のにわか雨だ。アメリカにたどり着く前にはこんなこともあるだろうよ。

——そうさな、と男は言った。ほかに何もなければ、眠らせてくれよ。

——そうはいかねえ、とシャルロは答えた。だがな——老いぼれどもは意地が悪かったな——ああ——もとはといえばやつらが悪いんだ——だが、だいぶ時間がかかる、船に乗って、向こうで落ち着くまでのあいだは。何をとったんだ。言って見ろよ——聞いているのかい。

――よくわかっているはずだろう、シャルロ、何をとったかなんてことは。おまえさんが以前話していたもの全部だよ。だから、おれは寝るぜ。もう我慢できねえ。

――とどのつまりが、とシャルロは言った。気をもんだのは間違いだったてことだ。やつらのところには、何もなかったというが、まだあったんだ。やつらにはどこに隠せばよいかわかっていたんだ。卑劣な連中だよ。おれが惨めな状態でくたばりそうになっているというのに、いい気なもんで、貯め込んでいたというわけだな。今度はやつらが気をもむ番だぜ。

東の空が明るくなり始めた。冷たい突風が吹いてきて、彼らの服が風にふくらんだ。光は急に鉛色に変わった。あふれた水の上に霧がひろがっていた。水は鉛色だった。シャルロは相棒の顔に目をやった。黄色で、頬と目の下のところが蒼くなっていた。襟巻きを首にまいていた。彼の手は椅子の上を滑り落ちていて、指の跡がそこに残っていた。シャルロは赤黒い跡を見つめ、眠っている男を揺り起こした。

――ああ、いい加減にしてくれ、と男は言った。まだ夜明けだろう。何、もう着いたのか。どうしたんだ。

――それだよ、とシャルロは言った。喉が締めつけられたような声だった。板の上に血がついてる。

――それはな、よじ登るときにぶつけてしまったのさ、と言葉を呑み込みながら男が言った。

――指が、シャルロが叫んだ、指が赤い。おまえはやつらを……

――おまえさんならどうしたっていうんだ。やつらは叫ばなかったかとおれに聞いただろ。そうよ、叫んだんだよ、憲兵がやってくるんじゃねえか、と思うほどでかい声だったぜ。そうさ、おまえは金を盗《と》ってずらかりたかったんだろう。金は手に入っただろうが。

二人のあいだで白い箱が音を立てていた。降りしきる雨に色がくすんで、葡萄酒の澱の染みのようになっていった。

シャルロは男を引きよせ、手綱を放した。それから二人とも街道に降り立った。男はなかばひっくり返ったようになって鉄の踏み台につかまり罵った。

——まだ言い終えちゃいねえ、とシャルロは言った。おれの靴はどこなんだ。

——それなら藁のなかにあるはずだ、そこだよ、と男は言った。見てみよう。彼らは両側で探してみたが、何も見つからなかった。

シャルロの蒼白い頬は顫えていた。

——家においてきてしまったのか、と彼は怒鳴った。

——覚えてねえ、と男は言った。ひょっとして血まみれになってしまったので、思わず脱いでしまったのかもしれねえ。彼は自分の靴を見つめた。一本の赤い線が踵と甲の部分を分けていた。

——おれだってことがばれちまう、とシャルロは叫んだ。おまえはおれの靴を部屋に脱ぎ捨ててきたんだ。

だが、男は何も答えなかった。ひとつかみの湿った土を摑んで、足先を拭っていた。シャルロは荷馬車の周囲をひとまわりして叫んだ。

——台に血がついてる。

光る踏み台は処刑の刃のように見えた。

二人とも深い轍にむけて頭を低くして蹲った。夜明けの薄明かりのなかで、馬が蹄で二人に泥を浴びせるなかで、彼らは鉄の鋭い刃を懸命に泥で擦っていた。

（千葉文夫訳）

眠れる都市《まち》〔原註〕

レオン・ドーデーに

海岸は高く、暁のさえざえと青みわたった薄明のもとに暗く聳えていた。黒旗（1）を掲げた海賊船の船長は接岸を命じた。羅針盤はつい先頃の嵐で壊れてしまったので、われわれは海路も分らず、眼の前に横たわる陸地が何処《どこ》かも知らなかった。大洋があまりに濃い緑の水をたたえているので、この陸地は魔法の力によって今しがた海中から生え出たかと思えるほどであった。しかし暗い断崖絶壁を眺めやるとわれわれの心は動揺した。夜、タロットカードを弄《もてあそ》んだ者も、自分の国で採れる植物に酔いしれていた者も、そして船には女気はなかったが、さまざまな格好の服装で身を飾った者も、舌を刺されて啞になった者も、さては、板子一枚、下は地獄、という荒い渡世の恐ろしさから頭がおかしくなってしまった者も、色が黒いのも黄色いのも白いのも血のように赤いのも、仲間たちはみな船縁《ふなべり》によりかかってこの新しい陸地を眺め、眼をふるわせたのである。

あらゆる国から、あらゆる皮膚の色をした人間が集まって、あらゆる言葉で話し、しぐささえ同じでないこの仲間たちは、ただ同じような情念と、集団的殺戮の行為によってのみ互いに結ばれていた。というのは彼らは今までに多くの船を沈め、血のしたたる斧を振るって、防禦の包みを積みあげた舷側を赤く染め、船索の梃子《てこ》で船艙に穴をあけ、ハンモックに眠る男を声も立てさせずに絞め殺し、大きな喊声を上げて大帆船《ガリオン》を襲撃したりして、行動においては団結してきた。彼らはさながら小さい浮島に棲む、雑多な悪獣の群れのようで、無意識のうちに互いに慣れ合い、ただひとりの眼によって導かれる全体としての本能をもっていた。

彼らはたえず動いていて、もはや考えることはしなかった。夜もすがら日もすがら群れをなして生きていた。船には沈黙というものがなく、不断のすさまじい喧騒が積みこまれていた。おそらく静寂は彼らにとって不吉なものであったのだ。天候が悪ければ船を操って荒波と闘い、静穏ならば酔って騒いで調子外れの歌をうたう。そして他の船と行き合えば、戦闘の雄叫びと剣戟の響きがとどろくのである。

黒旗の船の船長はこうしたことをすべて承知しており、彼だけがそれを理解していた。彼自身もっぱら動乱の中に生き、静寂をひどく恐れていたので、夜中の静かな時刻には、隣り合わせのハンモックに寝ている仲間の長い服を引っぱって、ことばにならない人間の声をきこうとするほどであった。

遠い半球をなす空の星座はうすれかけていた。白熱の太陽が、今は深い紺青となった蒼穹を破って輝き、海の仲間は錨を投げおろすと、絶壁に刻みこまれた入江に向けて長いボートを押し出した。

来てみるとそこには岩の通路が開かれてあったが、垂直にそそり立つその岩壁は空中で左右合体せんばかりの高さであった。しかしそんなところでも地下の冷気を感じるどころか、船長とその仲間たちは異常な暑苦しさに圧しつけられるように感じた。砂に浸み透る海水の流れはたちまち干上って、海浜全体が通路の土と一緒にパチパチはぜるほどであった。

この岩のうねうねした細道は平坦な不毛の野に通じていて、野の果ての地平には丘陵の起状があった。灰色の植物の叢《くさむら》が断崖の斜面に生い茂っていた。褐色の微小な動物の丸いのや細長いのが、紗のような薄羽をふるわせたり、関節のある長い脚をして毛の生えた葉のまわりをブンブン飛びまわったり、あちらこちらで小さな土煙をあげたりしていた。

生気のない自然には、海の動きのある活力と、砂のはぜる音とが失われていた。沖からの風は断崖の障壁にさえぎられて届かなかった。植物は岩のように不動であり、褐色の生物は、這う虫であれ羽虫であれ、狭い地域にとどまって、その外側には動くものとてさらになかった。

ところで、黒旗の船の船長が、上陸したこの国土について何も知らないとしても、羅針盤が最後に示した方角が海の仲間なら誰でも上陸したいと願う「黄金の国」へ船を導いていると考えたのでなかったならば、この土地の寂寞たる沈黙に恐れをなしてこれ以上冒険を押し進めることはなかったであろう。

　しかし彼はこの未知の岸辺が「黄金の国」の海岸であると考え、仲間たちに胸のときめくようなことばを語った。そして彼らの心にさまざまな欲望をかきたてたのである。われわれは頭をうなだれ、静けさに悩まされながら進んだ。なぜかといえば過去の生活への嫌悪が内心にむらむらとわき起っていたからである。

　われわれは平原の涯に金色の砂の障壁を望んだ。一つの叫び声が乾ききった海の仲間の唇から上った。唐突な叫びで、しかも空中で絞められたかのように突然消えた。というのは静寂のますます深まるこの国では、反響というものがなかったからである。

　船長はこの金を含んだ土地は砂の土手の向う側では一層豊かであろうと考えたので、船員たちは足もとで崩れる砂を踏みしめながら苦労して土手を登った。

　向う側に出たときわれわれは奇妙な驚きをおぼえた。砂の障壁はじつは一つの都市の城壁の扶壁《ささえかべ》であったのだ。その上の哨兵の通路からは巨大な階梯《はしご》が何本も下っていた。

　一つの生きた物音もこの広大な都市《まち》の中からは響いてこない。大理石の舗石の上を進んでいる間は足音が響くのだが、その音もすぐに消えるのであった。この都市は死都ではなかった。往来には荷車や人間や動物があふれていたからである。蒼ざめたパン屋は丸いパンを担ぎ、肉屋は頭の上に牛の赤い胸肉をのせている。煉瓦職人は光沢のよい煉瓦を互いちがいに並べて積んだ平たい荷車の上に身を屈めている。平籠を担いだ魚売りがいると思えば、塩漬け肉を行商する女は高く裾をからげ、頭の上に刺し縫いした麦藁帽子をかぶっている。輿《こし》を担ぐ奴隷は金糸銀糸の花模様の布を垂らした輿の下に跪《ひざまず》いている。飛脚は立ちどまり、ヴェールをかぶった女は眼にかぶさるその襞をまだ指ではらいのけようとしている。後脚で跳ね上った馬もいれば、重い鎖につながれて悲しげに車を曳く馬もいる。犬は鼻面を上げたり、歯を剝いたりしている。ところがこうした姿がみな身じろぎもしないのである。まるで蠟人形をこしらえる彫像師の陳列室にいるようであった。彼らの運動は生の激しい身振りが突然停められた瞬間を示している。生きている者と異なるところはただこの不動の姿態とその顔色とであった。

血色のよい顔をしていた者は、肉が充血して真赤になっていた。蒼白かった者は血が心臓にもどってしまって鉛色であった。かつて暗い顔色だった者は今では黒檀を彫ったような顔になっていた。日焼けした皮膚をもっていた者は急に黄ばんで、その頬はレモン色であった。そのためにこの赤や白や黒や黄色の人たちの間で、海の仲間は死者の集りの中にいる活動的な生きた人間と見えたのである。

この都市《まち》の恐るべき静けさがわれわれの足を速めさせた。そればかりか、腕を振りまわしたり、とりとめのないことをわめいたり、笑ったり、泣いたり、気ちがいのように頭を振ったりせずにいられなかった。かつては生きた肉体をもっていたこの人たちの誰かが答えてくれるものと思った。こうしてわざと騒ぎ立てれば不吉なことを考えないですむと思った。そして沈黙の呪詛《のろい》から救われるとも思った。しかしうちすてられた大きな扉はどれも行く手に口を開け、窓という窓はとじた眼のようであった。屋根の上の物見の塔は空に向かってけだるく伸びていた。空気は物体の重みをもつかのようであった。往来の上を飛ぶ鳥、塀のそば、あるいは壁柱の間を飛ぶ鳥も、宙に浮んだまま動かぬ蠅も、みな水晶の塊の中にとじこめられた色どりゆたかな生物のように見えた。

そしてこの眠った都市《まち》の無気力なまどろみはわれわれの五体に深いけだるさを注ぎこんだ。静寂の恐怖がわれわれをおしつつんだ。活動的な生活によって己れの罪を忘れようとしていたわれわれ、麻薬と血の色に染った忘れ川《レテ》(2)の水を飲んでいたわれわれ、逆巻く波を乗りこえて常に新たな生を追いつづけたわれわれが、たちまちのうちに、断つことのできぬきずなにからめとられたのである。

ところでわれわれを捉えた静寂は海の仲間の心を狂わせた。そして怯えて逃げようとしながらも、各自が四色の民のうちから自分の遠い故国の思い出を選んだ。すなわちアジアの者は黄色い人間を抱きしめ、濁った蠟(3)のサフラン色に変じた。そしてアフリカ人は黒い人をつかまえて、黒檀のように黒くなった。アトランティスの彼方から来た者は赤い人を抱いてマホガニーの像となった。ヨーロッパ大陸の者は白い人のまわりに腕をなげかけるや生蠟の顔色となった。

しかしこのおれ、祖国もなく、自分の気がたしかである間は沈黙に苦しむほどの想い出もない黒旗の船長、おれは恐怖のあまり海の仲間を遠く離れて、眠った都市《まち》の外に一目散に逃げ出した。そして睡魔とすさまじい疲労にとりつかれてはいるものの、金の砂丘の起伏をこえて、永遠に揺れうごき、水泡を飛ばす緑の大洋を再び望見したいと思っている。

〔原註〕この物語は木の表紙のついた細長い本の中に発見されたものである。大部分の頁は白紙であった。上表紙の薄板には、二本の大腿骨の上に一つの髑髏が不細工に刻んであった。この本はこれまで探検されたことのない砂漠の金色の砂の中から出土したものである。

（多田智満子訳）

（1）黒地に白い頭骸骨と交叉した肢骨とを染めぬいた海賊船の旗印。
（2）ギリシア神話の冥界の川。死者はこの川水を飲んで生前の事すべてを忘れる。
（3）プラトンなどが伝えている水没した大陸で、大西洋の中に存在したと思われていた。大西洋（アトランティク・オーシャン）の名はこの架空の大陸の名に由来する。

青い国

オスカー・ワイルドに

もう二度と行き着けそうもないある田舎の町でのことだが、その坂になった町並は古く、家々はスレート葺き。雨は彫刻された柱をつたって流れ、その滴はいつも同じ場所に同じ音を立てて落ちる。小さな円窓はまるで攻撃をかわそうとするかのように壁の奥深くうがたれている。このような小路のなかで活発なものといえば、戸口の上端にまで伸びたきづたと、壁の頂きに生える苔だけだ。というのは、きづたの黒光りする葉はぎざぎざを突き出し、苔はその黄色いビロードで厚い石を覆っているのだ——が、あらゆる物が煙の影みたいに摑みどころがない。

そこにはまた、楣《まぐさ》に取りつけられた赤っぽい角燈《ランタン》や、錫の燭台に立てられた細い蠟燭や、硫黄マッチの箱や、そのうしろでかつては緑色や青い色の液を容れた奇妙な形の小壜が眠っている、影に覆われほこりにまみれたガラス戸がある。皺だらけの寝間帽がガラス窓のところで揺れ、ときに子どもの蒼白い顔とか、色褪せた操人形や木の鷲鳥やまだらな色のはげかけた毬《まり》をいじるひ弱そうな指が見える。

そこである冬の晩、暗い玄関で、小さな冷たい手がぼくの手のなかにすべりこむと、子どもっぽい声がぼくの耳に「いらっしゃい!」と囁いた。ぼくたちは段々のぐらつく階段を上ったが、それは螺旋状に曲りくねり、一本の綱が手すり代りに下り、窓という窓は月の光を浴びて黄色く、一つの扉は風にあおられてわびしくばたばた音を立てていた。小さな冷たい手はぼくの手首を握りしめていた。

ぼくたちは部屋に入ったが、扉はいまにもはがれそうな四枚の板で、掛金代りの紐がついており、燃えるとき音のする蠟燭が点されて壜に差しこまれた。横にはまだぼくの手を握ったままの十三歳の小娘がいたが、その細い金髪は肩まで垂れ、黒い服は満足そうに輝いていた。だが、その娘《こ》は痩せて小さく、肌は飢えからくる色をしていた。

――あたしマイという名なの、と彼女は言い、それから指を突き出した。「恐ろしい怪物さん、あたしが手を取ったとき恐わくはなかったでしょう?」

それからぼくを引っぱって部屋のなかを廻った。――「こんにちは、きれいな鏡さん」と彼女は言った。「あんたは少しこわれているけど、かまわないわ。ほら、とてもやさしいお友だちが来たから紹介するわ。――こんにちは、脚が三本しかないきたない机さん、あんたはきたない机だけど、それでもあたしはあんたが好きよ。――こんにちは、水差しさん、あんたは口が欠けてるけど、それでも水を飲むためにあんたを抱いて上げるわ。――こんにちは、お部屋さん、あんたにお仲間の挨拶をおくるわ、今日は連れがいるのですもの。」

ぼくはひどい机の上に金をいくらか置いた、らしい。マイはぼくの頸にとびついた。「いいわね」と彼女は言った。「大きなパンを買いに行ってくるわ、六斤もあるパンを。――じゃあね、お部屋さん、あたしの留守の間おとなしくしているのよ、隅に古いお絵画き帖がありますからね。」

彼女は両腕に抱えた粉をまぶしたパンの上に顎をのせ、エプロンを両手で摑んでふくらませながら、まじめくさった顔で戻ってきた。なかに入れていた物を全部床にぶちまけた。「ほら」と彼女は言った。「栗を買ってきたの。これでもう苦労しなくてすむわ。これでお腹がいっぱいになるし、栄養がとれるし、冬じゅうもつもの。」彼女は栗を一個ずつ机の抽出に平らに並べると、抽出をしめる前にそれぞれに笑いかけ、それからベッドに腰掛けた。そして大きなパンにいきなり皮ごと嚙みついた。喰べるにつれてその小さな顔はパンの裂け目のなかを前に進んでいったが、ぼくにからかわれはしないかどうか見るために、彼女はたえずぼくを見つめた。

喰べ終ると溜息をついた。「あたしお腹がすいてたの」と彼女は言った。「そしてミシェルも多分そうよ。いま頃までどこに行ってるんだろう、あの腕白坊や？――ねえ、ミシェルはとても不仕合せな男の子で、お母さんもお父さんもなくて、醜くて、せむしなんだけど、あたしが火を起こすのを手伝ってくれるし、水を汲んできてくれるので、あたしと一緒に喰べさせて、お金があれば銅貨も上げてるの。」

木靴の鳴る音が聞こえ、掛金代りの紐が顫えた。――「あのこだわ」とマイが言った。蒼白いちびっ子が、手と鼻を炭で黒く汚し、半ズボンを風でふくらませて入ってくるのが見えた。その子はぼくに向って舌を突き出し、口をゆがめて長いことしかめ面をしてみせた。――「さあ、ミシェル、おとなしくして、このムッシューの言うことを聞いたほうがいいわよ。さあ急いで。」ミシェルはぼくが頼んだ甘いぶどう酒の罎を持って戻ってきた。

小さな鋳物のストーブに薪がくべられ、火がつけられた。取りこわした後のセメントのくっついた木が少し残っていたのだ。蓋の上で栗が焼けてきた。マイはなかに空気を入れるために先に皮を噛んでおいた。それでも栗がときおりはぜると、マイは叱った。「悪い栗ね、跳ねないではいられないの？」その間、彼女は胴着の綿ネルの裏を繕った。針が静かに軋りながら通った。ストーブの光が敏捷な手にあたり、布地を輝かせた。ミシェルは屈みこみ、温まって眼をとじていた。

――あたしは縫うの、縫うの、とマイは言った。五スーもらえるわ。いい稼ぎでしょう？　もう少し甘いぶどう酒を下さいな。底までお呑みなさいな、怪物さん。あたしは結婚させられるのも、首を吊られるのもいやだもの。

彼女は子どもっぽいことばで自分の生活を語って聞かせた。彼女は善も悪も知らなかった。醜い男の子たちと田舎をさまよい歩き、芝居をした。九つのとき、納屋の奥で王女様になり、素足に麦を巻きつけ、頭に金色の紙の冠をかぶった。役のせりふをいまでも憶えていて、暗誦してくれた。「あら！　美しいお芝居があったのよ」と彼女は言った。『青い国』という題だったと思うわ。それが青いかどうかわからないのだけど、そう想像したの、わかるでしょう。山も青く、木も青く、草も青く、動物も青かったの。それであたしはこう言ったの、『王子様、これがわたくしの父の王宮で、強い鋼鉄でできており、赤い鉄の門は三つの口を持つ龍に護られております。もしわたくしに結婚を承知させたいのでしたら……』ええい、栗が跳ねたわ。ミシェル、眠ってないで栗の皮をむきなさい。青い国があるって本当かしら？　あたしはきっとそこへ行くわ。でも、あたしと一緒にお芝居をした男の子はみんな監獄に入れられてしまったの。家に盗みに入っていたからなんて言って。ある日、番人がやってきてあの子たちに言ったの、あの子たちに言ったの……まあどうでもいいわ。思い出せないの——でもその後あの子たちに会っていないの。それで、それからは町に住むようになったのだけれど、悲しいことよ。いつも雨が降ってるの。スレートか暗い小さな店しか見えないもの。」

彼女はこんなふうに喋ったが、やがて怒りだした。「ミシェル、部屋を皮でよごしてはいけません。拾いなさい。このろくでなし、ええ！」彼女は靴を片方脱いでミシェルの顔めがけて投げつけた。顔は赤らみ、眼はきらめいた。

——どんなに悪い子かあなたには想像もつかないわよ。あたしはがまんしているけど！

そのうちにぼくは小さなマイのもとを辞さなければならなくなったが、また来ると約束した。ぼくは彼女と毎日会い、彼女はストーブの前で手を休めずに縫物をした。いまでは色物のぼろ布を縫い合わせて、奇妙な衣裳をいく組も作った。肌は生気を取り戻し、マイはとうとう喰べるようになった。だが貧しさが遠のくにつれて、彼女は悲しそうになった。雨の降るのを眺めていた。「怪物さん、いやな怪物さん」と彼女は、うつろな眼をし、唇をたるませて言った。一度、扉を細目にあけたとき、彼女がこわれた鏡の前で、やっとふくらみかけた胸に金髪を垂らし、鋏で切り抜いた紙の冠を頭にかぶっているのを見た。物音を聞きつけると彼女は冠を隠した。「ミシェルは悪い子よ」と彼女は言った。「龍になってしまうかもしれないわ。」

冬が終りかけていた。空はまだ暗かったけれども、いくらかの光がスレートの縁を輝かせた。雨は前ほどしげく降らなかった。

ある晩、行ってみると部屋はからだった。机も椅子もストーブも水差しもなかった。窓から眺めると、曲った肩が中庭の奥に消えてゆくのが見えるような気がした。そして、階段を上るときに使う糸蠟燭の薄明りで、ぼくは太い字で次のように書かれた板が壁にピンでとめてあるのを見た。

さようなら、お部屋さん。マイとミシェルは青い国に旅立ちました。

（大濱甫訳）

故郷への帰還

カチュール・マンデスへ

とある日曜の午後のことで鐘が鳴っていた。舞踏場に上ってゆく坂道の半分に日が当たっていた。そこを若い女の一団が歩いてゆくのが見えた。娘らは帽子をかぶらず、首にリボンを巻き、その結び目を横に向けている。笑いさえずりながら腕を組んで歩いてゆくのである。彼女らは共和国衛兵隊の前を通り過ぎる際には、いたずらっぽく敬礼してみせ、ダンス場となる広間に入って行った。

鋭い照明の光が天井から落ちていて、女たちの顔の白さが強調されていた。女たちは二人ひと組になって四角に区切られた部分を回って動くのだが、その周囲には男どもの一団が押し寄せていた。ダンスのために仕切った部分には長椅子がおかれ、何組かの家族が勢揃いして腰をかけていた。母親は黒の三角形の肩掛け《フィシュ》を羽織り、場合によっては赤ん坊を腕に抱いており、三、四歳くらいの男の子と女の子が大麦糖を舐めたり、スカートにしがみつき大きく目を見開いたりしている。ときには若い娘がドレスのたれ《トレーン》の捻れを引きずって彼らのそばにやってきて椅子に腰をおろす。そのうちのひとりは栗色の豊かな髪を兜の飾冠のように高く巻き上げ、胸をそらせ、肩を張って皇后のように昂然とあたりを見据え、鷲鼻で、口は弓なりにそらせ、挑むような微笑みを浮かべている。この娘は二本の指でスカートをつまみ、ほんのわずかにこれを持ち上げてカドリーユを踊り、男たちがアントルシャを踊るなかをすり抜けるのだが、顔は蒼ざめ、仮面のようだ。しぐさの意味や挑発などはあずかり知らぬという風情で、わずかに腰を揺するところが、かろうじて気位の高さをすり抜けて表に洩れ出る挨拶のようでもあった。

広間の方で突然けたたましい物音がした。新たに到着した一群が入り口に押しかけていた。彼らはじつに珍妙な服装で、まるでロシュシュアール大通りの縁日の見世物を演じているかのように見えた。その先頭に立って歩くのは、オペラハットというにはまるで高さが足りぬ代物をかぶった客寄せ藝人であり、きれいに髭は剃っているが顔は派手な色に化粧し、下がり気味の細い口の両端が頬のふくらみの襞に呑み込まれてしまっている。男が着ているのは丈の長い黄色の豹柄の服であり、そのボタンは数多くの小さな鏡となっていた。この男のうしろに渾然一体となって続くのは、青色と赤色の道化師、目の部分を黒く隈取りした白塗りのピエロ、だぶだぶの肌襦袢を着て、なめし革のパンツを穿き、腕には入れ墨、手首と足首には毛皮のブレスレットをつけた格闘家、それからバレリーナだが、そのスカートの透けるような薄手の生地には黒糸と金糸で縫った刺繍の切り込みが入っていた。色とりどりの菱形模様のあるタイツにぴったり身を包み、革ベルトを身につけ、突っかけ靴を履いたアルルカンもこれに加わる。彼らは神経質そうに体を動かし、棒で空気をはたき、二角帽子の下に覗く顔は布製の半仮面をつけていて、その穴を通して光る目が見えるが、嘲るような雰囲気があるのはその半仮面のせいなのだ。そのほかには、さまざまな色が混じった大きめの外套を着て、大声で口上を述べ立てる男たち、香具師とコップを使う手品師、見世物小屋の藝人、重量挙げの藝人、曲藝師と軽業師、男女の小人たち、秘密の売人、歯を抜く男、間抜けな役者と道化役者といったぐあいだ。この一団のなかには、二十五歳とも六十歳とも見える小柄な奇妙な人物がいた。ひどく短い脚だが、その上に発達した胸部を乗せて、これをよじりながら、ガチョウの雛のようによちよち歩きをしている。

最後は金髪と黒髪のトルコ風衣装の女たちの一群がダンス・フロアに駆け寄った。女たちは幅広のサテンのパンタロンをひらひらさせて空気を入れてふくらませ、どことなく黄色味をおびた腕を振り上げ、丈の短い上着を揺らし、指を太いベルトに挟んで、数珠状のアクセサリーや金属の髪飾りをすべて顫わせて鳴らすのだった。

そのなかの一人は、赤一色だが金のスパンコールが前身頃についた装いで、その髪は黒く縮れている。体の動きはしなやかで、すぐに頭を傾げて踊り始めた。ダンスの誘いには微笑みを返し、周囲を気にせず手を折り曲げ、脚はカンカン踊りのダンサーのように高くあげ、広間の端で大股開きを披露するカルメンのような女に向かって軽蔑するかのように肩をすくめてみせ、さらにはカドリーユの型どおりの動きができない相手の腕を手の甲でぴしゃりと叩く。子音を強調する話し方で、鼻を宙に反り返らせ、小さな鏡を体中につけた道化師を目で探す。

そして別の一角では、例の気位の高い踊り手が、兜のように盛り上がった髪、大きな静かな目、細い刃を思わせる鼻、皇后のごとき横顔、飾らぬ身のこなしをもって、カドリーユを踊り続けていた。道化はすぐに彼女に気づき、回り道をしながら彼女に近寄り、彼女と向き合うと、驚いたことには足で相手を蹴飛ばすが、そのとき腕をひろげて低くするので、風車の羽根のように見える。

真っ赤な衣装を着たオリエント風の女が、道化に狂ったような流し目をおくる一方、例の女はしごく平然と道化を見つめていた。そのうちカドリーユの音楽が鳴り止んだので、道化は蒼白い踊り手の女の腰を摑んで広間の奥の方へと連れて行った。そこには天幕のようなものが張られていて木製のテーブルの上に食べ物が並んでいた。彼女は声を荒げたりしないし、身をふりほどこうともせず、男の顔を指ですばやく叩くだけだが、するとその顔はしかめ面になった。

彼女は何も言わずにベンチに座り込んだ。パンチ酒に唇をつけ、呆然として、道化の頭のずっと上の方の謎めいた一点に目を向けている。道化は袖の部分を見せびらかし、バネ仕掛けの帽子をパチンと飛び出させ、目配せをして、身につけているすべての鏡をきらめかせる。

その間に赤一色の上下の装いの黒髪の女は身を震わせ、泣きじゃくって入り口へむかって走り去った。「どこかに行ってしまいたい、どこかに行ってしまいたい」と繰り返し同じ言葉を口にしている。それから椅子に崩れ落ち、色が塗られた小さなテーブルを前にして、流れる涙のせいで顔を被う白粉には黒い跡がつき、そして彼女は手にしたハンカチを歯で引き裂いた。

私はその場にいた。そして彼女を慰めようと思って話しかけた。だが、彼女は両腕で私をおしのけ、いっこうに泣きやまない。彼女の肩は、嗚咽のせいで、ぎくしゃくとした上下運動を繰り返した。それから彼女は手に顔を埋めた。ようやく涙ながらに話すのを聞くと、彼女は気も狂わんばかりにこの道化を愛しているのだが、――そのふるまいからすると、この男はろくでなしかもしれない。それから彼女は怒り出した。そして罵詈雑言をわめき出した。それからまた泣き出し、たえず頭を動かしながら「どこかに行ってしまいたい、どこかに行ってしまいたい」と繰り返すのだった。

とうとう彼女は洗いざらい心の奥を打ち明けてくれた。彼女の話は以下のようなものだ。

――あなたのお気に入りのパリはもうたくさん。パリはすべてを食いつくし、貪りつくし、はき出す。どの家にも死を迎える女が詰め込まれ、女を食いものにする男が詰め込まれている。どのホテルにも魔物が住んでいるし、カフェはどこも得体の知れない動物が命を狙う洞窟と変わりない。気晴らしのときは、塗装仕上げの家具や頭上のガス灯があり、笑うときは、白粉が飛び散り、化粧がひび割れ、泣くときは、皮肉な笑い声を耳にせずにすむ頭の置き場所がない。病気にでもなれば、白いベッドのある病院は見つかるけど、白いといってもすでに屍衣みたいに見える。愛を知る以前に汚れてしまっているし、もし誰かを愛するとしても、ほかの女に裏切られたりする。通りには腹を空かせ愛に飢えた人々が溢れている。どこに行っても泥棒ばかり。ポケットから盗まれ、心も盗まれる。誰も確かなものをもっていないし、服だってちゃんとしたものなんか全然ない（彼女は着ていた衣装をばらばらに引き裂いた）。誰も同情などしない。笑う男も、恨む女も、手に負えない子供もみんなそうだし、子供はほかの誰よりも残酷だ。ある冬の晩に、門の前で若者の一団に捕まってからかわれている女を見たことがある。この可哀想な女は泣きじゃくっていた。ひとを気の毒と思う暇がない。せいぜいのところ可哀想にと思わせる瞬間があるだけ。最初はカフェのサロンでも、ショーウィンドウが並ぶ舗道へと居場所が変わり、最後は掃除夫が毎朝片づける道端になる。あっという間にそこに辿り着いてしまう。三年、四年――行き着く先は間違いなく死、というわけだ。

――どこかに行ってしまいたい。田舎の家に戻りたい。

向こうでは何をやるのか訊ねてみた。

——何をやるのかですって？　豚の世話です。不躾ながら申し上げますとね。ああ、楽しいでしょうね。ご存じないのかしら。空は青くどこまでも頭の上にひろがり、空気もきれいだし、水もいいし、パンも美味しい。牛乳をくれるピアールもいる。野原では蝉もつかまえられる。蝉は籠に入れて日陰においておく。家畜には鞭をあてなきゃいけない、とくに尻尾が捻れ、がつがつ食べる黒いのと白いのには。夕陽が沈むところだって見える。泥、糞、血にまみれて満足感はひとしお。

遊び女《オダリスク》はその場を後にして、ドアの向うに姿を消した。そのとき、シャンデリアの光輝く照明のもと、葉巻の紫煙が天井まで立ち上るなかに、壮大な夕陽を受けてパリが燃え上がり、舞踏会、カフェに血なまぐさい残照がおよぶ一方、消えゆく光のもとに少しばかり淡い紅色に染まった白い道の上には、ハンカチで目を押さえ、小さな荷物を肩にかけ、首都を離れて田舎にむかう豚飼いの娘たちが列をなして遠ざかってゆくのを目にしたような気分になった。

（千葉文夫訳）

クリュシェット

W・G・C・ベイファンクに

——まだいくらか水が隠してあるかい、兄貴？——死にそうなんだ……、と毛ずねが言った。

——一滴もなしさ、とシロが答えた。——だがクリュシェット(1)がじき来るさ。

石が赤く見えるほど陽《ひ》の光が眼を充血させていた。ヒースは干からび、青い釣鐘草は焦げたような苔の上に倒れかかっていた。荒野の外れに低い樫の小さな森があり、そこでは鳥の囀り声がすがすがしく響いていた。石の山の間に坐りこんで、シロと毛ずねは暑さにくたくたになり、鉛の大槌でのろのろ石を打っていた。

——なあおい、ちびずね、もしお前が陽気屋《ジョワイユー》だったら、とシロは言った。道路か穴の底で死んでしまってたぞ。厚かましい奴め、下士官どのが戻ってくるっていうのに、お前弱ってるな、かわいそうに。さあ、おれがお前の分も石をくだいてやらあ。気をつけろ、山に打ちこむから。

——苦しいんだ、と毛ずねは蒼白い顔をかすかに持ち上げて言った。

——おい、兵隊さんよ、とシロはまた言った。石の原で死ぬなんてことがあるかい？　ほら、クリュシェットが来た。鞭打ち人はいねえし、万事上首尾で、やっとこさ飲めるぞ！

石の山の背後から褐色の髪の娘の怯えたような顔が現われ、彼女はあたりをうかがい、頬を拭うと、シロと毛ずねが働いている石の山の蔭に水差し《クリュシュ》を運んできた。

——クリュシェット、クリュシェット、とシロが言った。仲間が病気なんだ。冷たい水をやってくれ。いい奴なんだが、苦しんでるんだ。おれはちょっと行ってくるが、伍長が来たら溝から逃げな。おれは槌の柄を直しに行ってくらあ。

クリュシェットは石のところまでおずおずと忍び寄った。作業衣を壺の上にたくし上げて、毛ずねは長いこと飲み、それから娘の眼を見つめた。「で、これだけかい?」と彼は言った。

――飲みたいだけお飲みなさい、とクリュシェットは答えた。

彼らはそれほど厳しく監視されているわけではなかった。伍長たちは、営倉入りの罰を受けた連中が追跡隊よりは石の作業のほうがましだと思っていることを知っていたから、時間がきても見廻りを怠った。朝の点呼から夜の点呼まで、彼らは略帽を目深にかぶって、鉛の大槌を振い、夜は営倉に戻った。シロはアフリカで兵役を勤め、拳銃の下で苦役に服す軍隊生活を経験していた。骨ばった顔は陽《ひ》に焼けており、手足は長く、眼は狂暴だった。毛ずねがどこから来たかはわからなかった。彼は虚弱で、怠け者で、臆病だった。だがその眼には魅力があり、態度はひどく投げやりだった。

シロと毛ずねは兄弟のようになった。太陽の照りつける国の僻地で汗を流してきた先輩は、この後輩をとてもいたわった。たいてい毛ずねの石もくだいてやって二人分働いた。そして、二人がクリュシェットと呼んでいる娘が昼ごろ現われると、シロは彼女を「臆病な弟」のほうに連れていった。

――やあ、クリュシェットだ、と彼は言った――そして、わきを向いて唾を吐くと、「ちびよ、飲みものが来たぜ。苦役を忘れな。」

ところで、クリュシェットはどこから来たのだろう? 蠟燭の周りを飛ぶ蛾のように、この水差《クリュシュ》しを持った娘は囚人たちの間を歩き廻った。彼らに壺と自分の口を差し出し、ほとんど口をきかず、若い囚人たちとともに泣いた。ときおり彼女は髪にえにしだをくっつけ、手を土で汚し、胸に干し草の匂いをつけていた。頬が赤らむのを感じると、水差しの褐色の腹に押しあてて冷ました。この国と石ころだらけの荒野を愛しているようだった。

――クリュシェット、と頭の下に片手を置いて溝のなかに寝そべった毛ずねが言った。こんなのは生活じゃない。まだ四十日も刑期が残ってるんだ。おれたちと一緒に逃げないか？

クリュシェットは大きな眼で彼を見つめた。

――そう、と毛ずねは言った。もうシロと話し合ったんだ。ここから海が遠くないことはわかってる。そこには入江がある。ボートを出す。イギリスに渡る。そこの波止場で雇ってもらえるだろう。仕事を覚えるんだ。それから、赤銅色をした人間の住むインドへ行く。チャンスがあったら、金がいっぱいあるインドの山に行って、したいことをするんだ。

クリュシェットは首を振った。二つぶの透き通った水滴が頬をつたわった。毛ずねはその髪の毛を撫でた。

「泣かせて」と彼女は言った。「泣くと気分がよくなるの。どうしてあたしも行かせたいの？　靴も持ってないのよ。どの船からも追い出されるわ。インドがどんなところか知らないけど、ここなら好きな花もあるし、石ころのなかで働いている好きな人もいて、その人たちに飲む物を上げられるわ。でも、あんただって行っちゃうんじゃないでしょう？」

毛ずねは肩をすくめた。

暑い時刻は終りかけていた。シロが、伍長が来ると知らせるためにそっと口笛を吹いた。二人ともしゃがみこみ、大槌を振り上げ振り下し、石の山を崩した。やがて影が長くなった。人の声が聞こえてきた。号令に従って、作業服を着た男たちが列を作って分隊長の足もとに鉛の槌を置きに来た。ついで兵舎に戻るために四列の縦隊が組まれた。兵士が営倉に帰る前に点呼は行われず、営倉ではベッドの間の仕切り板の上になかみのつまった飯盒が並べられていた。だが夜になって衛兵司令が角燈《ランタン》を持って石畳の部屋で囚人の人数を数えたとき、二人の人間、毛ずねとシロが足りなかった。

二人は作業衣と略帽を石の下に押しこんでしまった。何もかぶらず、シャツをはだけて道のはしを海のほうに辿っていた。夜風が吹いていた。毛ずねはのろのろ歩いた。

――さあ、とシロは言った。お前はもう苦役中じゃねえんだ。夜飛ぶふくろうみてえに、足に翼を持ってるんだ。

空気は塩からかった。二人はもう何も言わず、兵隊靴が乾いた土を鳴らせていた。霧で白く見えた生垣が二人の背後で黒くなっていった。地平では、黒っぽい風車が残照を浴びてまだ少し赤く光る翼を廻転させていた。

——ところでクリュシェットは？　とシロがだしぬけに言った。——まあいいさ——インドでもやさしい眼をしたクリュシェットたちが見つかるさ。だがなあ、お前ももう苦役中じゃねえから、二人で分け合いといこうぜ。

毛ずねは返事をしなかった。疲れているらしかった。灰色の荒野が海のほうに下っていて、波のくだける音が聞こえた。巡廻路を通って、シロは仲間を、ボートが櫂を引っこめて砂の上に横たわっている小さな入江に連れていった。近づいてゆくと、ボートのなかから女の姿が躍り出て、

——あたしも一緒に行くわ、と泣き笑いしながら言った。

——クリュシェットだ、と毛ずねが言った。一緒に行こう！　クリュシェットが来たぞ！

——おれのためにだぞ、おいお前、とシロが重々しい声で応じた。

——おれのためさ、兄貴、と毛ずねは叫んだ。

——なあおい、もうここは石の上じゃないんだぞ。

——したいことをするのさ。もうお前なんかに用はねえさ。

——クリュシェット、とシロは言った。

——クリュシェット、と毛ずねは言った。

そして彼女は急いで二人の間に割って入った。というのは、二人はボートの近く、顫える波の近くで、上りかけた月の光を浴びながら面と向き合い、白い短刀を抜き放っていたのだ。

（大濱甫訳）

（1）「クリュシェット」には小さな壺、水差しの意味があり、それでこの水を運んでくる娘はそう呼ばれる。

擬曲《ミーム》

大濱　甫訳

τέττιξ, δίοπτρον, ἄνθος

プロローグ。善王プトレマイオスの治下コース島に住んでいた詩人ヘーローンダースが、かつてこの世で恋をしたことのあるほっそりした幽霊を私のもとへ送り届けてきた。私の部屋は没薬《ミルラ》の香りに満たされ、ほのかな息吹が私の胸を冷たくした。そして私の心は死者の心となった。というのは、私は現世を忘れてしまったのだ。

やさしい幽霊は寛衣の襞の間からシシリアの乾酪《チーズ》、無花果《いちじく》の入った華奢な籠、黒葡萄酒の入った小瓶、それに金でできた蟬を振い出してくれた。たちまち私は何篇かの擬曲《ミーム》を書いてみたくなり、新しい羊毛についている脂肪の匂いと、アクラガースの料理の油っこい湯気と、シラクサの魚屋の強い臭いで鼻孔をくすぐられた。町の白い通りには、裾を高く捲り上げた料理人たち、味のよさそうな胸をした笛吹き女たち、頬骨にまで皺のよったやり手婆《ばばあ》たち、口に金を含んで頬をふくらませた奴隷商人たちが行き交い、木蔭の青い牧場には、蠟で光る蘆笛を吹き鳴らす牧童と、茶色い花で頭を飾った乳を練る女たちが滑るように歩いていた。

だが、恋をする幽霊は私の詩《うた》に耳を貸そうとはしなかった。彼女は夜の闇のなかへ頭を廻らすと、寛衣の襞の間から金の鏡、熟した罌粟《けし》、それにシャグマ百合の花束を振い出し、レーテーの河(1)のほとりに生える藺草《いぐさ》を一茎差し出した。たちまち私は、智慧と地上のものに対する知識とを持ちたくなった。私は鏡のなかに蘆笛と、盃と、先の尖った高い帽子と、うねうねした唇の若々しい顔の透明な顫える影を認め、そうした物の隠れた意味が見えるようになった。そこで私は罌粟の上に身を屈め、シャグマ百合を嚙んだ。私の心は忘却に洗い流され、私の魂は幽霊の手を取ってタイナロン(2)へ下って行った。

ほっそりした幽霊は地獄の黒い草の間をゆっくりと導き、私たちの足はサフランの花に染まった。私は朱に染まる海の島々と、海藻と白い陽の光で縞模様をつけられたシシリアの砂浜が懐かしくなった。恋をする幽霊は私の望みを察してくれた。彼女は暗黒の手を私の目にあてた。するとダフニスとクロエがレスボスの野に向かって再び起き上がるのが見えた。私は地上の闇のなかで二度目の生の苦さを味わう彼らの悲しみを身をもって感じた。心やさしい女神は月桂樹の軀をダフニスに、またクロエには緑の柳の木の優雅さをお授けになった。たちまち私は草木の静けさと動かぬ幹の悦びを識った。

そこで私は詩人ヘーローンダースに、コースの女たちの香りと、地獄の蒼白い花の香りと、地上の柔らかい野草の香りがたちこめる新しい数篇の擬曲《ミーム》を書き送った。あのほっそりした幽霊がそうしてほしいと望んだのだ。

料理人　μάχαιρα

擬曲一。片手に銀色の穴子、片手に幅広の庖丁をこういう具合に持って、俺は港から家へ戻ったところ。この魚、海産の香油を匂わせた艶やかな髪の女将《おかみ》がいる魚屋の板台に鰓《えら》を吊されていたっけ。俺は今朝十ドラクマ持って魚市場へ買い出しに行ってきたが、穴子のほかには、城砦の兵隊にも食べさせられないような小さな鰈《かれい》と痩せた鰻と鰯しかなかったもんだ。まあとにかくこいつを割くとしよう。こいつ、鞭の革紐みたいにくねくねしやがる、こいつを塩水に浸けて、火を起している小僧どもをいっちょうしごいてやるとするか。

——炭を持ってこい！　燠を吹き起せ、白楊の炭だ。火花が目にとびこんでも目脂は出ねえ。おい、お前の頭はこの穴子のふくれ上がった膀胱みてえに空っぽだな、俺にこいつを床に置かせる気か？　簀子《すのこ》をよこせ。絞首台へでも行っちまえ！　グラウコス、このサルビアはちっとも利かねえぞ。お前がはりつけになるときこいつを口いっぱいにつめこんでやるからな。お前らみんな、ねばっこい麦粉をたらふくつめこんだ豚の腹みてえにはぜちまえ！　環だ！　串だ！　それからお前、擂鉢《すりばち》の底まで舐めるくせして、昨日擂りつぶしたニンニクの滓《かす》がこびりついてるじゃねえか！　擂粉木を口んなかへ突っこんで、返答できねえように息を止めてやるぞ！

この穴子の肉《み》はうまいだろうぜ。舌の肥えたお客さまに食べてもらうんだ。薔薇の花で頭を飾っておいでになるアリスティポスさまや、サンダルにまで臙脂《べに》をふりかけていらっしゃるヒュラースさま、それと打出し細工の金の留金をつけておいでになるご主人のパルネイオスさまだ。俺にはわかってるんだが、こいつを味わいなされば皆さま手を打ってよろこばれ、俺が扉口に寄り掛かって踊子や竪琴弾きの女たちのしなやかな脚を眺めることをお許し下さるだろうて。

偽の女商人　ἔγχελυς

擬曲二。α　お前を打たせてやろう、そうだ、鞭で打たせてやろう。お前の肌を乳母の外套みたいに斑紋《はんもん》だらけにしてやろう。……奴隷ども、この女を連れて行け。はじめは腹を打つんだ。それから鰈《かれい》みたいに引っくりかえして背中を打て！　聞いてみろ、この女の言葉がわかるか？　やめないか、この醜女《しこめ》め？

β　密告者に引き渡すなんて、いったい私が何をしたというんです？

α　この牝猫めが、何も盗みを働いていないからといって、ゆうゆうと食後の休みをとって、ふっくらした蒲団に寝るつもりでいやがる。……奴隷ども、この魚をお前たちの籠に入れて持って行け。……お上が禁じているのに、なんでお前は八目鰻を売っていたんだ？

β　そんな御禁制は知りませんでした。

α　布告《ふれ》役人が市場で「静粛に」と命じて、大声で禁制を告げたではないか？

β　「静粛に」が聞えませんでした。

α　このあばずれ、町の布告《ふれ》をばかにしおって……この女、僭主政治にあこがれているな。裸にひんむけ、ペイシストラトス(3)のような人間を隠していないか見届けてやろう。……やや！　お前はさっきまで女だったではないか。何と、何と。これはまた新種の女商人だ。魚がお前にそんな恰好をしろと望んだのか、それとも買手がか？　……この若い男を裸のままにしておけ。女装して板台で禁制の魚を売ったかどで罰せられるべきかどうか、市民法廷の裁判官が裁きをつけてくれるだろう。

β　ああ、告げ口屋さん、私をあわれと思って聞いて下さい。私は、長壁界隈の奴隷商人が売物にしている、ある若い娘に死ぬほど恋い焦れているのです。商人は十二ムナで売ろうとしていますが、父は金を出してくれません。私があんまり家の周りをうろついたので、彼らは娘を見えないように閉じこめてしまったのです。娘はまもなく友だちや主人と一緒に市場へやって来ます。そこで私は娘に話しかけることができるようにと、こうして変装して、彼女の注意を惹くために八目鰻を売っていたのです。

α　お前が一ムナ出せば、恋人がお前の魚を買おうとするとき一緒に捕えさせて、お前は売手、娘は買手として二人とも告訴するふりをしてやろう。そうすればわしの家に閉じこめられて、二人で明日の朝まであの欲ばり商人の鼻をあかしてやれるだろう。……奴隷ども、この女に服を返してやれ……というのは、これは女だからな（お前たちも見ていたろう？）。そしてこの八目鰻は偽物なのだ……ヘルメース神にかけて、光沢のある太い鰻にすぎんのだ（そう言えぬことはあるまい？）。……板台に戻んな、厚かましい女め。そして何も売るな、まだ怪しいとこがありそうだからな。おや、娘がやって来る。アプロディーテーにかけて、腰のしなやかなこと。俺は一ムナ儲けた上、あの若僧をおどして寝床も山分けにしてやろう。

木の燕　χελιδών

擬曲三。戸をあけとくれ、小僧さん、小僧さん、あけとくれ。こちらは木製の小燕です。(4) 頭は赤く、翼は青く色を塗られた燕です。本物の燕と違うことは手前どもも承知の上、ほら、ピロメーラーにかけて、今も一羽の本物が空に線を引いておりますが、手前どものは木の燕。小僧さん、あけとくれ、あけとくれ、小僧さん。

手前ども十人、二十人、三十人、春の廻り来たことをお報せに、彩色燕を持って参じました。まだ花は咲いてませんが、この白や薔薇色の小枝をお受け取り下さい。皆さまが、腸詰を作らせたり、不断草を蜜で煮させていることは手前どもも承知のこと、昨日はお宅の奴隷めが、砂糖漬にするために大山鼠を買ってきたことでござんしょう。でもそんな御馳走は、どうぞしまっておきなされ。手前どもにはほんのちょっぴりで結構です。揚げた胡桃《くるみ》、揚げた胡桃を下さいな、小僧さん、胡桃を下さいな。胡桃を下さい、小僧さん。

燕の頭は廻り来る朝のように赤く、翼は廻り来る月の空のように青うございます。楽しくお遊びなさいませ。廻廊は涼を運び、木々は野原にその影を描くことでござんしょう。手前どもの燕たち、酒と油の豊作を約束しておりまする。去年の油を手前どもの壺に、そして葡萄酒を手前どもの瓶に注いでやっておくんなさい。それというのも……聞いておくれな、小僧さん……燕が呑みたいと言うのです。木の燕のために、葡萄酒と油を注いでやっておくんなさい。

皆さまがたも子供の頃、手前ども同様に、燕を連れて歩いたことでござんしょう。燕もそれを憶えていると合図いたしておりまする。夕べの松明が点るまで戸口に立たせておかないで。果物、乾酪《チーズ》をお恵み下され。あなたさまが気前よくお恵み下されば、隣りの家へ参ります、赤い眉毛のけちんぼうの住む家へ。燕は兎料理やら黄金《こがね》色のタルトやら焼いた鶫《つぐみ》を乞い求め、手前どもは銀貨数枚を恵んでくれと願いまする。ところが隣のけちんぼうさん、眉毛をさかだて、頭を横に振りましょう。されば手前ども、燕に唄を教えこみ、皆さまがたを笑わせましょう。燕が町中を触れ廻り、赤い眉毛のけちんぼうの妻君の噂を拡めましょう。

旅籠屋《はたご》　κόρεις

擬曲四。南京虫だらけの旅籠屋《はたご》よ、血の出るほど噛まれた詩人がお前に挨拶しよう。とはいっても、暗い道のほとりで一夜の宿を貸してくれたことに礼を言うためではない。道は冥府《ハーデース》に通じる道みたいに泥だらけだ……そしてお前のベッドは毀れているし、灯火はくすぶり、脂は饐《す》え、パンは黴だらけ、おまけに胡桃は空っぽで、去年の秋から白い蛆が涌いている始末。詩人が感謝するのは、メガラからアテーナイへ豚を売りに行く商人のしゃっくりに眠りを妨げられたこと（旅籠屋よ、お前の仕切壁は薄いのだ）、そしてまた礼を言うのは、南京虫が帯革の上へ群をなして押し寄せ、軀じゅうを刺すのでまんじりともできなかったことに対してなのだ。

というのは、詩人が眠られぬままに、張出し窓から白い月の光でも吸おうとしたやさき、こんな夜更けに戸を叩く、女どもを売る商人を見掛けたのだ。商人は「小僧さん、小僧さん」と怒鳴ったが、奴隷は腹を上下させて鼾をかき、腕を組み合わせたまま蒲団で耳を塞いでいた。そこで詩人は、婚礼のヴェールに似た色の黄色い服を身にまとったのだが、そのサフランで染めた服は、若い遊女《あそびめ》が朝逃げ出すときに失敬した男ものの外套のかわりに残されていたのだ。こうして詩人が女中のような恰好で戸をあけると、女どもを売る商人はおおぜいの女を家のなかへ入らせた。最後に入って来た若い娘はマルメロの実のように引き締った乳房を持ち、安く見積っても二十ムナはしそうだった。

——あら、女中さん、私疲れているの、私のベッドはどこ？

——まあ、お嬢さん、と詩人は言った。お友だちで宿のベッドは残らず塞がり、もうこの女中めの粗末なベッドしか残っておりませんが、もしよろしければそれをご自由にお使い下さい。

この生き生きした娘たちを養っている浅ましい男は、詩人の顔を煤だらけのランプの太い芯で照らして見たが、女中があまり美しくなく、身なりもあまりよくないのがわかると、黙っていた。

旅籠屋よ、血が出るまで噛まれた詩人はお前に礼を言う。その夜、女中と寝た女は鵞鳥のうぶ毛よりも柔らかく、胸は熟した果実のようにいい香りがした。だがこういうことはすべて、お前のベッドが軋み声で喋り立てない限り、秘密にされたことだろうが。詩人はメガラの仔豚めが情事を嗅ぎつけたのではないかと心配している。ああ、この詩をお聞きになる皆さまがた、アテーナイの市場で「コイ、コイ」(5)と鳴く仔豚の声が、われらの詩人が卑しい情事に耽ったなどと語ってもそれは嘘、この宿屋へやって来て、月夜の晩に詩人が祝福すべき南京虫に噛まれながら抱いた、マルメロの実のように引き締った乳房の恋人を、まあ見てやって下さい。

彩色された無花果《いちじく》　συκῆ

擬曲五。乳を満たしたこの壺は、私の無花果の木の小さな女神に捧げられるものです。私は毎朝新しい乳を注ぎ、またそれが女神のお気に召すならば、生《き》の蜂蜜と葡萄酒で壺を満たしましょう。こうして私は春から秋まで女神を祭り、もし嵐が壺を割るようなことがあれば、今年は粘土が高いけれど、別な壺を陶器市場で買い求めるつもりです。

その代り、私は、私の庭の無花果をお守り下さる小さな女神に、無花果の色を変えて頂くように祈っています。無花果は白くておいしくて甘いのだけれど、イオレーはもう飽きてしまったのです。今では赤い無花果をほしがり、そのほうがきっとおいしいと申します。

白い無花果のなる木が、秋になって赤い実をみのらせるなんて、決して自然なことではありません。私は私の庭の神々に対して信心深く、菫の花冠も編んで差し上げたし、水差しから乳や葡萄酒を注ぎかけてあげたし、夜の空気を吸う羽虫が雲のように押し寄せるなかで、夕陽が塀の頂を赤く染める時刻には、神々のために罌粟《けし》の花を揺ってあげたのですから、女神さま、どうか無花果に赤い実のなる花を咲かせて下さい。

たとえ私の願いを聞き届けて下さらなくても、私は変らず新しい壺であなたをお祭りいたします。でもそうなれば、実の熟す季節には、朝起きるたびに、実ったばかりの無花果の実を全部そっと割いて、ティーリュンス産の紅でその内側を染めなければなりません。

花を飾った壺　ὑάκινθος

擬曲六。陶物師の私は、黄金色《こがね》の土を捏ね、腹に丸味をつけた壺の底を轆轤《ろくろ》にかけて仕上げたあと、庭の神に捧げるために果物を盛った。だが神は、盗人が塀を乗り越えてきはしないかと怖れて、木の葉のそよぐのを眺めていらっしゃる。夜になると、大山鼠が忍びこみ、林檎のなかに鼻面を突っこみ、種まで齧《かじ》ってしまった。四時頃、大山鼠たちは白と黒の柔毛《にこげ》の生えた尻尾をおずおずと振り動かしていた。明方には、アプロディーテーの小鳥たち(6)が、頸に玉虫色の短い羽毛を立てながら私の土器の壺の縁にとまっていた。真昼の光がおののく頃、若い娘がただひとりヒヤシンスの花冠を持って神の前へ歩み寄った。そして私が橅《ぶな》の木の蔭に屈みこんでいるのを見つけると、私には目もくれず、果物のなくなった壺に花冠を飾った。花を奪われた神は腹を立てるがいい、大山鼠たちも私の林檎を齧るがいい、アプロディーテーの小鳥たちもやさしい顔を互いに傾け合うがいい！　私は新しいヒヤシンスを自分の髪に飾ってしまった。そして明日の午《ひる》まで、壺に花冠を飾る娘を待つことにしたのだ。

扮装した奴隷　μάστιξ

擬曲七。ああ、マンニア、ここへ来て無礼者をパプラゴニア産の革鞭で懲らしめておくれ。私はこの男をフェニキアの商人から十ムナで買い取り、家ではひもじい思いをさせたことはなかった。オリーブの実や塩魚を食べさせられたことがあったかどうか言わせてごらん。この男は詰物をしたり焼いたりした胃の料理、コーパイス湖の鰻、それにまだ柳の簀子《すのこ》の跡を残しているようなこってりした乾酪《チーズ》なんかでお腹を満たしてきたんだよ。私が羊の皮のいい匂いのする皮袋に貯えさせておいた生《き》の葡萄酒まで呑んでしまった。シリアの香料の瓶もみんな空にしてしまい、着ている寛衣ときたら朱味がかった紫色だ。だってまだ洗濯女が桶に入れて水に通したこともないものなんだからね。髪の毛は金の松明の羽飾りのように伸ばしている。理髪師が鋏をあてたこともないんだもの。私の小間使が毎日肌の毛を抜いてやり、ランプの赤い舌が肌を舐めてやっているのさ。それに腰ときたら、私の胸よりも、短刀の柄に彫ってある象牙の牝獅子のお尻よりももっと白いじゃないか。

　私の魂にかけて、この男はテスモポリアの信者たちが三日に亙る祭儀の間に呑む程の葡萄酒を、私の盃で一晩のうちに呑み乾してしまったんだよ。台所のそばに倒れて鼾をかいているようだったので、調香師に言いつけて、懲らしめのために擂粉木《すりこぎ》で唇をこすらせてみたのさ。擂りおろしたニンニクのひりひりする味で酔も醒めると思ってね。ところが、どんよりした目で、私の磨き上げた銀の鏡を手に持って、よろめくんだよ。そしてこの不潔な男ときたら、私の宝石匣から盗んだ金の蟬形飾りを一つ、巻き上げた髪の間に隠していたのだよ。それから片脚で立つと、酒の酔で軀をよろめかせながら、私がアドーニアの祭(7)を友だちと見に行くとき白い毛織の寛衣の下につけることにしている紗のヴェールを、股ぐらに巻きつけていたんだからね。

婚礼の夜　λύχνος

擬曲八。芯の新しいランプは、宵の明星と向かい合って上質の澄んだ油で燃えている。閾には子供たちが残していった薔薇の花が撒き散らされている。踊子たちは、暗がりに向かって炎の指を差し出す最後の松明を振りかざしている。笛吹きの少年が角笛で鋭い音を更に三回吹き鳴らした。運び屋たちが踝《くるぶし》につける透明な足環のつまった櫃《ひつ》を運びこんだ。一人の男が顔に煤を塗りつけて、故郷のざれ歌を私のために唄ってくれた。赤いヴェールを被った二人の女が、両手に朱砂をこすりつけながら、静まった空気のなかで微笑んでいる。

宵の明星は昇り、重い花々は閉じる。彫刻を施された石で蓋をした大きな酒樽のそばに、金色のサンダルをはいた艶やかな足の少年が笑いながら坐った。彼は松明を振りかざし、その朱に染まった髪が暗がりのなかに乱れ散る。唇ははぜた果実のように少し開かれている。彼が左のほうに向いてくしゃみをすると、足のところで金属の音がする。彼が一跳びに跳び出して行くだろうと私にはわかっている。

イーオーだ！　処女の黄色いヴェールがいよいよやって来るのだ！　小間使たちが彼女の両腕を支えている。松明を遠ざけろ。婚礼の床が彼女を待っている。そして私は、緋色の布で覆った柔らかい光へと彼女を導くのだ。イーオーだ！　ランプの芯を、芳香を放つ油のなかに浸せ。そうすればランプは音を立てて消えるのだ。松明を消せ。ああ、私の婚約者、私はお前を胸に抱き上げよう、お前の足が閾の薔薇に触れないように。

恋する女　φάσηλος

擬曲九。この詩を読んでくれる人たちに頼んで、私の薄情な奴隷を探し出してほしいの。その男は真夜中の二時頃私の部屋から逃げて行ってしまったの。

私は彼をビーテューニアのある町で買い取ったのだけれど、彼の肌はその国の香油の匂いがした。髪は長く、口もとはやさしかったわ。私たちは隠元豆の莢のような細長い船に乗った。髭を生やした水夫たちは嵐を怖れて、私たちが髪を刈ったり毛を抜いたりするのを禁じ、そして新月の淡い光の下で斑猫《ぶち》を海に投げこんだの。船を進ませる小さな木のマストと麻の帆が、黒い波の立つ黒海を通って、陽が昇ると波打ぎわの泡が朱とサフラン色に染まるトラーキアの浜辺へと私たちを運んだ。そして私たちはキュクラデス諸島を通ってロドス島に近づいたの。その近くで細長い船から降りて、小さな島に上陸したのだけれど、その島の名は決して言わないわ。だって、そこでは洞窟に褐色の草が敷きつめられ、緑の蘆が点々と茂り、草原は乳のように柔らかで、灌木になる実は、黒味がかった赤い色のも、水晶の粒のように透き通ったのも、燕の頭のように黒いのも、みんな魂をよみがえらせてくれるようなおいしい果汁を含んでいたのだもの。私はその島に、秘儀に通じた人のように黙って留まっていたかった。それは幸多い島で、蔭というものが全く見られない。私はそこで一夏の恋に耽った。でも秋になって私たちは平底船でこの土地へ運んでもらったの。なぜって、私は仕事を顧みないでいたけれど、彼に上質の亜麻布の寛衣を着せるためにお金を取り立てたかったのだもの。それで彼に金の腕環だの合金で編んだ杖だの暗いところで光る宝石をあたえたの。

　私は何て不仕合せなんでしょう！　彼は私のそばから逃げ出してしまった。どこを探したらいいのかもわからない。ああ、毎年アドーニスを悼む女たち、私の願いをばかにしないで！　もしこの罪深い男があなたたちの手に落ちたなら、鉄の鎖を巻きつけて、足枉で脚を締め上げて、石だたみの牢へ放りこんでちょうだい。はりつけ台へ引きずられて、死刑執行人に熊手で首をへし折られればいいんだわ。そして、鳶や烏がその死骸に素早く舞い降りるように、穀粒を手にいっぱい握って刑場の丘の周りに撒いてちょうだい。いいえ（私はあなたたちを信用しないし、あなたたちは軽石で磨き上げた彼の肌を不憫に思うでしょうから）、彼に触らないでおくれ、たとえやさしい指の先ででも。使いの若者たちに命じてすぐ私のもとへ送り届けて。私が自分の手で懲らしめてやるの。手ひどく懲らしめてやるわ。でも立腹された神々にかけても、私は彼を愛している。彼を愛しているの。

船乗り　κόγχη

擬曲十。わしが以前重い櫂を操っていたことを疑うんなら、わしの指と膝を見ておくれ、古い道具みたいに擦り切れてるでしょうが。わしは大海原の草なら紫色をしたのも青い色をしたのも何でも知っているし、どんな巻貝についての知識も持ち合わせている。わしらと同じ生命を授かった草もあって、そういうのはゼリーみたいに透き通った目や、牝豚の乳首にも似た軀や、口の役目もする細い手脚をたくさん持っている。殻に孔のあいた貝の仲間で、千もの孔を持ち、その小さな孔のひとつひとつから肉の足を出したり入れたりしながら歩いて行くようなのを見掛けたこともある。

ヘーラクレースの柱(8)を通り過ぎると、大西洋は未知の海となり、荒れ狂う。

そして大西洋はその流れのなかに、異なった人間や不思議な動物たちの棲む暗い島々を造り出す。そこでは金色の髭をはやした蛇が思慮深く王国を治めており、その地の女たちは指の先端にそれぞれ一つずつ目を持っている。また鳥のように冠毛のある人間もいるが、そのほかのものはわしらと同じようだ。わしが行き着いた島では、住民がわしらの胃のある場所に頭を持っていて、挨拶するたびに腹を傾げたもんだ。一つ目の巨人や小人族や巨人族については語るまい、なにしろ数が多すぎるもんで。

こういうものがわしには不思議なこととも思えず、また怖ろしいとも感じない。だがわしはある晩スキュラ(9)を見てしまった。船がシシリアの海岸の砂浜にもうすぐ着くところだった。わしは舵を廻そうとしたとき、目をつぶった女の顔を水中に見つけた。髪の毛は金色だった。眠っているように思えた。で、たちまちわしは身顫いした。というのも、その瞳を見るのが恐かった、それを見ちまったら船の舳先を海の底へ向けることになってしまうのがわかっていたからね。

笛の六音　σύριγξ

擬曲十一。シシリアの肥沃な牧草地、海からさほど遠くないところに、甘い巴旦杏の森がある。そこに、ここ何年来、牧人たちの休んでゆく黒い石でできた古い腰掛がある。あたりの木々の小枝には細い藺草《いぐさ》で編んだ蝉籠と、魚を捕るのに使われた柳の簗《やな》が吊り下がっている。黒い石の腰掛にきちんと坐った女が、足に細布を巻きつけ、先の尖った褐色の麦藁帽子で頭を隠し、戻って来ない牧人を待ちくたびれて眠っている。彼は両手に生蠟を塗りつけ、湿地の草むらへ蘆を刈りに出掛けたのだった。牧神《パン》に教えられた通りに、七本の管を備えた笛を作りたいと思ったのだ。そして七時間たったとき、最初の音が、今は眠っている女が待ち受ける黒い石の腰掛のそばで鳴った。それは耳もとで澄んだ銀のような音を立てた。ついで、陽の光を浴びた青い牧草地の上を七時間が過ぎて、二番目の音が楽しげに金のように響いた。そして、今は眠っている女は、七時間ごとに新しい笛の管が鳴るのを聞いた。三番目の音は鉄の響のように遠く、重々しかった。四番目の音は、銅の音みたいに更に遠く、深かった。五番目は錫の壺を叩いたように、濁った短い音だった。だが、六番目は鈍く、押し殺したようで、網の錘《おもり》がぶつかり合ったぐらいにしか響かなかった。

　ところで、今は眠っている女は七番目の音を待ったのだが、それは鳴らなかった。毎日毎日、昼間は白い霧が、黄昏どきには灰色の霧が、夜には朱と青の霧が巴旦杏の森を包んだ。牧人は今もなお、光る沼のほとりに佇み、積み重なる夜々と歳月の次第に濃くなってゆく影のなかで、七番目の音を作り出そうとしているのかもしれない。そして、黒い石の腰掛に坐って牧人を待ち侘びていた女は眠りこんでしまったのだ。

サモス　*λήκυθος*

擬曲十二。僭主ポリュクラテスは、三種類の異なる葡萄酒をつめて封印した三本の瓶を持ってくるように命じた。利発な奴隷は黒い石の瓶と黄金の瓶と透明な硝子の瓶を取り出したのだが、粗忽者の掌酒子《しゃくとり》が三本の瓶に同じサモスの葡萄酒を注いでしまった。

ポリュクラテスは黒い石の瓶を眺めて眉毛を動かした。石膏の封印を取り除くと、葡萄酒を鼻に近づけた。「この瓶は」と彼は言った。「粗末な材料でできており、中身の匂いもあまり好ましいものではないな。」彼は黄金の瓶を取り上げて、それに見惚れた。そして封印を取り除くと、「この葡萄酒は」と言った。「もとの葡萄の朱色の房と艶やかな枝は見事であったとしても、必ずやこの美しい容器には適うまい。」そして、三本目の透明な硝子瓶を摑むと、陽に透かした。血のような葡萄酒が輝いた。ポリュクラテスは封印を剝ぎ取り、瓶の中身を盃にあけると、ただ一息に呑み乾した。「こいつは」と彼は溜め息まじりに言った。「わしが今まで味わったなかでいちばん上等な葡萄酒だ。」そして盃をテーブルの上に置くとき瓶に手がぶつかったので、瓶は落ちて粉々に砕けてしまった。

三つの逃走　*μῆλον*

擬曲十三。無花果《いちじく》の木は無花果を、オリーブの木はオリーブの実を落してしまった。というのは、スキュラの島で不思議なことが起きたのだ。ひとりの若い娘が、若い男に追いかけられて逃げていた。娘は寛衣の裾を捲り上げていたから、紗の下穿きの縁が覗いていた。彼女は走りながら小さな銀の鏡を落した。若者は鏡を拾い上げると、自分の顔を映してみた。彼は賢さのあふれる自分の目を眺め、その分別を愛し、追いかけるのをやめて砂の上に坐りこんでしまった。そして娘は、今度は中年の男に追われてまた逃げ出した。娘は寛衣の裾を捲り上げており、その股は果実の肉を想わせた。走っているうちに、金の林檎が娘の膝から転げ落ちた。そして娘を追いかけていた男は金の林檎を拾い上げ、寛衣の下に隠すと、そっちを大事にし、追いかけるのをやめて砂の上に坐りこんでしまった。でも娘はなおも逃げた。が、その逃げ足は前ほど速くなかった。というのは、よろめく年寄りに追われていたからだ。娘は寛衣の裾を下ろしており、踝《くるぶし》は色とりどりの布でくるまれていた。だが走っているうちに不思議なことが起きた。というのは、娘の乳房が熟れた山査子《さんざし》の実のようにひとつずつもぎれて地面に落ちたのだ。年寄りはそれを二つとも嗅いでみた。そして娘は、スキュラの島を流れる河に飛びこむ前に、恐怖と悲嘆の叫び声を一度ずつ上げた。

タナグラ人形の日傘　πῆλος

擬曲十四。土を捏ねて造った骨の上に張られて、麦藁のように見せた粘土で編まれたか、赤い布のように見せた焼き土で織られた私は、美しい乳房を持った若い娘に陽射しへ向けて後頭部を覆うように握られている。娘はもう一方の手で白い毛織の寛衣を持ち上げているので、ペルシア風のサンダルに乗った合金の足環を着けた踝が見えている。髪は波打ち、襟に近いところには大きなヘアピンがさしてある。娘は顔を背けて、陽の光を怖れる様子、アプロディーテーが現われて首を傾げているみたいだ。

　これが私の御主人で、以前この方が薔薇色の肌をし、私が黄色い藁であったとき、ヒヤシンスが点々と咲く野原を一緒に歩き廻ったことがあった。太陽の白い光が私に外側から口づけし、天蓋の内側からは処女《おとめ》の髪の匂いに口づけされた。そして物の形を変えることのできる女神が私の願いを聞き届けて下さったので、私は、池の真中に生えている草を嘴で愛撫するために翼を拡げて舞い降りる水燕みたいに、静かに娘の頭の上に舞い降り、私を遠く空中に隔てていた蘆の柄をなくして、娘の帽子となり、顫える屋根となって娘を覆ったものだ。

　ところが、娘の像も造るある陶物師が、町の郊外で私たちを見掛けると、ちょっと待ってくれと頼んで、たちまち一個のかわいらしい土人形を指で造り上げたのだった。小さな像を造るこの職人は、私たちを粘土の言葉で表現してくれたのであり、たしかに繊細に私を編み出し、白い毛織の寛衣にしなやかな襞をつけ、御主人の髪を波打たせることはできたのだけれども、物の願いを解さないため、非情にも私を愛する頭から引き離してしまい、それで私は第二の生においてもとの日傘に舞い戻り、御主人の頸から遠く離れて揺れているのだ。

キンネ　στήλη

擬曲十五。私はこの祭壇をキンネの想い出に捧げる。ここ、海の泡の顫えている黒い岩のほとりを私たちは二人でさまよい歩いたことがあった。穴だらけの岩浜も、ナナカマドの茂みも、砂浜の蘆も、海罌粟の黄色い頭もそれを知っている。あの人はぎざぎざのついた貝殻を手にいっぱい持ち、私はその顫える耳を接吻で満たした。あの人は、海藻を覗きこんで尾を振っている冠毛のある鳥のことをよく笑った。私はその目のなかに、褐色の大地と青い海原の境目をしるす白い光の長い線を認めるのだった。その足は踝《くるぶし》まで濡れ、海の小さな動物たちが毛織の寛衣の上に跳ね上がった。

　私たちは宵の明星と濡れたような新月を愛した。大西洋を渡る風は遠い国々の香料の匂いを運んできた。私たちの唇は塩で白くなり、私たちは透明な柔らかい動物たちが生きたランプとなって輝くのを水を透して眺めた。アプロディーテーの息吹が私たちを包んでいた。

やさしい女神がどうしてキンネを眠らせてしまったのかわからない。あの人は暁の星の薔薇色の光の下で砂浜の黄色い罌粟のなかに倒れてしまった。口から血を流し、目の光は消えてしまった。私はその瞼の間に、陽の光を浴びて楽しむ者と沼のほとりで泣く者とを隔てる黒く長い線を見た。今、キンネは地下の水のほとりをひとりさまよい、その耳には飛び舞う亡霊たちの物音が響き、冥府の砂浜には頭の黒い侘しい罌粟が揺れ、ペルセポネー[10]の国の暗い空の星には夕暮も暁もなく、そしてあの人は枯れたシャグマ百合の花にも似ていることだろう。

シスメ　δακτύλιος

擬曲十六。お前が今ここに見る乾からびた女は、かつてはシスメと呼ばれる、トラッタの娘であった。この女は最初蜜蜂と牝羊とを識り、ついで海の塩を味わい、最後にある商人によってシリアの白い家へ連れられて行った。今では高価な彫像のように石棺のなかにしまわれている。指に輝く指環を数えてごらん、その数と同じ年齢だったのだ。額を締める細紐を見てごらん、そこにおずおずと最初の愛の口づけを受けたのだ。かつて乳房のあったところに眠っている蒼ざめた紅玉《ルビー》の星に触ってごらん、そこに愛しい人が頭をもたせかけたのだ。シスメの横には、彼女の曇った鏡と銀のお手玉と髪にさしていた合金の大きなヘアピンが入れられた。というのも、二十歳の終り頃には（指環の数は二十だった）、この女は財宝で覆われるまでになっていたのだ。ある裕福な執政官がおよそ女たちのほしがる物は何によらず与えていた。シスメは今でも彼のことを忘れていない。それでこの白い小さな骨もそうした宝石類を拒みはしないのだ。そして、執政官は彼女のやさしい死を守るために飾り立てた墓を建て、その周りにいくつもの香水の瓶と金の涙壺を並べた。シスメは彼に感謝している。

　だが、もし防腐処置を施された心臓の秘密を知りたいのなら、その左手の指先を伸ばしてごらん。そこには粗末な小さな硝子の指環が見つかるだろう。その指環は以前は透明だったのだが、年月がたって曇り、くすんでしまったのだ。さあ、何も言わないで、わかっておやり。

お供え物　ποτήριον

擬曲十七。私はリュサンドロスの墓のなかに緑色の簀子《すのこ》と赤いランプと銀の盃を納めました。

緑色の簀子は、これからしばらくの間は（というのは季節が過ぎれば簀子は毀れてしまうのですから）、私たちの愛、牧場の柔らかい草、草を食べる牝羊の丸い背、それと私たちが眠った涼しい木蔭をあの方に想い起させてくれるでしょう。そしてあの方は大地の恵みと、人が食料を甕のなかに貯える冬を想い出して下さるでしょう。

赤いランプには、手を取り足を絡ませて踊る裸の女たちの飾りがついています。油の香りは失せ、ランプを形造る土も歳月とともに砕けてしまうでしょう。でもリュサンドロスは地下での生活においても、仕合せだった夜やランプが照らし出した白い軀のことをすぐには忘れてしまわないでしょう。そしてランプは、今も腕や腿のうぶ毛をその赤い舌で取り除く役目を果たし、この上なく感触と目を楽しませてくれるでしょう。

銀の盃は金細工の葡萄の枝と房が縁を飾り、それに彫られた狂乱の神は(11)杖《テュルソス》を打ち振り、シーレーノスの驢馬の鼻面は今でも顫えているように見えます。以前、盃は酸っぱい葡萄酒や純良な葡萄酒や混合葡萄酒で満たされました。山羊の皮袋で香りをつけたキオスの葡萄酒や、土甕に入れて風通しのいいところへ下げて冷やしたアイギーナの葡萄酒です。リュサンドロスは、宴会の席でそれを呑んで詩を朗読なさった。お酒の霊があの方に詩魂を授けて、この世のことを忘れさせたのです。こうしておけば、盃の形をした詩魂がこれからもあの方のそばに留まることでしょう。そして簀子が朽ち、ランプが毀れるときが来ても、銀の盃は墓のなかに残るでしょう。あの方が、私たちのこの上なく楽しかった日々の想い出のよすがとして、この忘却に満たされた盃をただただ呑み干すことができますように！

ヘルメス・プシュカゴゴス　ὁδός

擬曲十八。死人がたとえ彫刻を施した石棺のなかに閉じこめられていようと、金属や土の骨壺の腹のなかに収められていようと、脳髄と内臓を抜き取って青く塗り、麻の包帯で巻いた上から金箔を被せて突っ立たせられていようと、我は彼らを群として集め、我が指揮棒によりその行進を導く。

我ら、人間どもの目には見えぬ急な坂を進む。娼婦どもが処女《おとめ》らと、人殺しどもが哲人らと、母となった女らが子を生むことを肯《がえん》じなかった女どもと、神官らは背信者どもと身を擦り合わす。と申すのも、彼らは、頭で考えた罪にせよ、自らの手で犯した罪にせよ、いずれもおのが罪を悔いているのだ。そして地上においては、法や習慣や自らの想い出に縛られて自由でなかったが故に、孤独を怖れ、互いに支え合うのだ。石だたみの部屋で男たちの間に裸で寝た女が、ただひたすら恋を夢みながら婚礼前に死んでしまった娘を慰める。顔に灰と煤を塗り、街道で人をあやめた者が、世界を再生させんがために死を説いた者の肩に手を置く。わが子を愛し、その子のために苦しんだ婦人が、自ら石女《うまずめ》たらんとした遊女《あそびめ》の胸に顔を隠す。長衣をまとい、自らは神を信ずるものと思いこみ、跪坐することをわが身に課した者が、肉体と精神の誓いを市民の見守るなかでことごとく破ってみせた犬儒家の肩にもたれて泣く。かくて彼らは、想い出の軛《くびき》に縛られながら道中互いに助け合う。

やがて彼らはレーテーの河岸に着き、我は静かに流れる水のほとりに彼らを並ばす。そしてある者は邪念を宿していた頭を浸し、ある者は悪事を働いた手を洗う。彼らが身を起すとき、レーテーの水はすでに彼らの想い出を消し去っている。やがて彼らは離ればなれになり、各自が自由になったと思いこみ、自らに向かって微笑むのだ。

鏡、留針、罌粟　κόρη

擬曲十九。鏡は語る。

私はある器用な職人によって銀で造られました。はじめはその職人の掌のように窪んでいて、裏側は曇った眼球みたいでした。でもそのあと、像を映すように内側を曲げられました。最後に女神のアテーナーさまが私のなかに智慧を吹きこんで下さいました。私は私を手に持つ若い娘の願いを知らないわけではありませんから、娘の美しさを前もって教えてやります。それでも娘は夜中に起き上がり、青銅のランプに火を点します。炎の金色の尾を私のほうに向け、心中では自分の顔とは別の顔を見たいと願うのです。私は彼女自身の白い額と、ふっくらした頬と、ふくらみかけた乳房と、好奇心に満たされた目とを見せてやります。娘は顫える唇を私に触れんばかりに近づけるのですが、燃える金色の炎はその顔を照らし出すだけで、それ以外の部分は私のなかで闇に包まれているのです。

金の留針は語る。

私は、ティーリュンス人の家から黒人奴隷に盗み出されて、みじめにも亜麻布の緯《たていと》に挿されていたとき、香料を塗りたくった遊女《あそびめ》の手に捉えられました。女は私を髪に挿し、私は軽はずみな男たちの指を刺してやりました。アプロディーテーさまが私に教えを授け、私の針先を快楽とともに鋭くして下さいました。やっと若い娘の髪に辿り着いた私は、娘の捲髪を顫えさせました。私を髪に挿した娘は狂った牝牛のように跳び上がりますが、痛みを感じる理由がわからないのです。一晩中、私は娘の頭のなかのさまざまな考えを煽り立ててやり、娘の心はそれに従ってしまうのです。ランプの落着かない炎が、翼のある腕を曲げた影をいくつも踊らせます。こうして取り乱した娘は束の間の幻を見つけて、鏡の前へ飛んで行きます。でも鏡は情欲に苛まれた娘の顔しか見せてくれません。

罌粟《けし》の頭は語る。

私は人の知らない色をした植物にまじって、地下の野に生まれました。私は闇が含んでいる色をすべて知っており、冥界に咲く光り輝く花々を見てきました。ペルセポネーさまが私を膝に抱き上げて下さり、私はそこで眠ってしまいました。アプロディーテーさまの針が若い娘を好奇心で傷つけると、私はその娘に永遠の夜のなかをさまよう者たちの姿を見せてやります。それはもうこの世にいなくなった、優雅に身を飾った美青年たちです。アプロディーテーさまは人間に情欲を授けることがおできになり、アテーナーさまは人間に夢のむなしさを教えられますが、でもペルセポネーさまはそれぞれ角と象牙でできた二つの門を開く神秘な鍵を持っておられます。女神は第一の門からは人間に憑きまとう亡霊たちを夜のなかへ送り出され、すると、アプロディーテーさまがその亡霊を捉え、アテーナーさまがそれらを殺してしまわれます。でも、このやさしい女神は、アプロディーテーさまやアテーナーさまに疲れはてた男女を、第二の門から迎え入れて下さるのです。

アクメ　*καρδία*

擬曲二十。アクメは、私がまだその手を私の唇に押しつけている間に死んでしまい、そして泣き女たちが私たちを取り巻いた。冷たさが彼女の肢にしのびこみ、肢は蒼ざめ凍りついた。冷たさは心臓にまで上がってゆき、心臓は鼓動を止め、まるで霜の降りた朝両肢をちぢめて地面に横たわる血まみれの小鳥のように動かなくなってしまった。ついで冷たさは口に達し、口は黒みがかった朱色となった。

泣き女たちは死体に香油を擦りつけ、足と手を揃えて薪の上に乗せた。赤い炎は、夏の夜の恋に狂った女みたいに彼女に襲いかかり、触れるものすべてを黒焦げにする口づけで彼女を貪り喰おうとした。

この仕事に携わる陰惨な人たちが、アクメの骨を収めた二つの銀の壺を私の家へ届けて来た。

アドーニスは三たび死に、女たちは三たび屋根に登って悲しんだ。そして私は彼女の三周忌の祭礼の夜、夢を見た。

いとしのアクメが左手で胸を抱き締めながら私の枕もとへ現われた。彼女は死者の国から出てきたのだ。というのは、その軀は手をあてがった心臓のあたりを除いて不思議に透き通っていたのだ。

私は悲しみのあまり目を覚まし、アドーニスの死を嘆く女たちのように嘆き悲しんだ。

苦い罌粟ともいうべき眠りが再び私をまどろませた。すると再び、いとしのアクメがベッドのわきで胸に手を押し当てているように見えた。

私は嘆き悲しみ、非情な夢の番人に彼女を引き留めておくように祈った。

だが彼女は三たび現われて、頭で合図した。

そしてどこともわからぬ暗い道を通って、私を死者の原へ連れて行ったのだが、原はステュクス(12)の帯のような流れに取り囲まれ、河のなかでは黒い蛙どもが鳴いていた。彼女は、塚の上に腰を下ろすと、胸を覆っていた左手を離した。

アクメの亡霊は緑柱石みたいに透き通っていたのだが、胸のなかには心臓の形をした赤い点が見えた。

彼女は、その血まみれの心臓を抉《えぐ》り取って、シシリアの地で麦が波打つように罌粟の揺れる冥界の野を苦悩を感じないでさまよえるようにしてほしいと、言葉には出さず私に頼んだ。

そこで私は彼女に腕を廻したのだが、私が感じたのは薄い空気だけだった。そして私の心臓に血が流れこむような気がして、アクメの亡霊は完全に透明になって消え去った。

今、私がこの詩を書いたのは、私の心臓がアクメの心臓を受け容れてふくれ上がっているからである。

待ち受けられる亡霊　*πόπανον*

擬曲二十一。ペルセポネーの神殿を守る少女は、罌粟粒をまぶした蜂蜜入りの菓子を籠のなかに入れた。少女はいつも柱の蔭から窺っていたから、女神がこの菓子に手をつけないことをずっと以前から知っていた。やさしい女神は威厳を保ち、食事は地下でなさるのだ。もし女神がわれわれの食べ物を召し上がるとしても、韮を擦りつけたパンや酸っぱい葡萄酒を好まれるだろう。なぜなら、冥界の蜜蜂は没薬《ミルラ》の香りのついた蜜を作り、地下の紫色の野原を散策する女たちは絶えず黒い罌粟を揺り動かしているのだから。こうして亡霊たちのパンは防腐剤の臭いのする蜜に漬けられており、それにまぶされる罌粟粒は眠気を催させる。だからホメーロスは、死者たちはオデュッセウスの剣に指揮されて、地に穿たれた四角い溝に仔羊の黒い血を飲みに来た、と言ったのだ。そして死者たちは、そのとき一度だけ再生しようとして血を飲んだのであって、普段は死の国の蜂蜜や黒い罌粟を食べており、彼らの血管を流れる液体はレーテー河の水なのである。亡霊たちは眠りを食べ、忘却を飲んでいるのだ。

まさにそういうわけで、人間たちはペルセポネーに捧げるのにああいう供物を選んだのだが、女神は気にもかけない。なぜなら忘却を浴びるほど飲み、眠りを飽食しているのだから。

ペルセポネーの神殿の少女は、ある亡霊が今日か明日やって来るかもしれない、いややって来ないかもしれないと思案しながら待っている。もし亡霊たちが地上の若い娘たちのように人を愛する心を持ち続けているものならば、その亡霊は忘却の河の暗い水のために忘れ去ってしまうことも、眠りの野の悲しい罌粟のために眠りこんでしまうこともないだろう。

そしてもし亡霊が忘れようとするならば、それは地上の人の心の望みに従ってのことに違いない。だから亡霊は、ある宵、薔薇色の月が空に昇る頃やって来て、ペルセポネーに供えられた籠のそばに立つだろう。そして神殿を守る少女と罌粟粒をまぶした蜂蜜入りの菓子を分け合い、掌の窪みに入れてきたレーテー河の暗い水を少女に与えるだろう。亡霊は地上の罌粟を味わい、少女は冥界の水を飲み、それから二人は接吻し、亡霊は死者のうちで、少女は人間のうちで最も仕合せな者となるだろう。

ἀσφόδελος, μέλισσα, δάφνη

エピローグ。ダフニスとクロエが梟のように目を覚ましていた長い夜が、二人を光り輝く女神ペルセポネーのもとへ導いた。恋人たちの寛容な守護神が信心深い子供にも似たこの二人を若くして死に赴かせたのだ。その神はニンフや牧神《パン》やゼウスの嫉妬を怖れた。それで朝、眠りこんだ二人の霊を飛び立たせ、霊はハーデースの国に着き、白い姿のまま汚れることもなく冥界の沼を通り過ぎ、蛙の声を聞き、三つの赤い口から発せられるケルベロス(13)の咆哮からも遁れた。そして星の薄明りでぼんやり照らされている暗い野原へ来ると、二人の白い霊は腰を下ろして、黄色いサフランとヒヤシンスを摘み、ダフニスはクロエのためにシャグマ百合の花冠を編んだ。だが、二人はレーテー河のほとりに生える青いロートス(14)を食べなかったし、記憶を失わせる水も飲まなかった。クロエは忘れることを望まなかったのだ。そしてペルセポネー王妃は、赤く燃える炎の河を渡るための火の裏底のついた氷のサンダルを二人に与えた。

　地下の野にも黄や青やほの白い大きな花々が咲いていたのに、クロエは退屈してしまった。暗い草の上に見えるのは、血のような色の三日月形のついた黒い羽根で重苦しく飛ぶ夜の蝶(15)ばかりだった。ダフニスが撫でるものといえば、目に月光を宿し、蝙蝠の毛のような柔らかい毛で覆われた夜の動物だった。クロエは聖なる森で鳴く梟を恐がった。ダフニスは陽の光を浴びて白く輝くものを懐かしがった。二人はレーテーの岸辺で咽《のど》を湿さなかったから、想い出を持ち、生を失ったことを嘆き、ペルセポネーの大いなる慈悲を祈り求めるのだった。

すべての夢は冥府《エレボス》の象牙の門から出て行くので、死者の眠りに夢はない。普通、忘却に包まれた死者が、空っぽの軽い頭で夢みることと言えば、奈落《タルタール》を取り巻く茫漠とした曠野ぐらいのものだが、ダフニスとクロエは過去の生活の想い出を保っているだけに、眠りのなかでそれを夢見ることができないのを限りなく悲しんだ。

やさしい女神は二人をあわれみ、霊の案内者に二人を慰めることを許された。

ある青い夜、案内者は二人を「夢」と混同したふりをした。それで、さまざまな夢が冥府《エレボス》の蒼白い門から遁れ出て、馬に乗ったり宙を飛んだり叫んだり笑ったり泣いたりしながら生者の瞼のうちに現われるのにまじって、ダフニスとクロエはぴったり身を寄せ合いながら、レスボスの島を見に戻って来た。

蔭は空色、木々は明るく、林は輝いていた。月は金の鏡のようだった。クロエは星の頸飾りをして、月にわが身を映した。遠くにはミュティレーネーが真珠母色の都市となってそそり立ち、白い運河がいくすじも野原を横切っていた。いくつかの倒れた大理石の彫像が露を飲んでいた。その黄ばんだ巻髪が草の間できらめくのが見えた。大気はぼんやりした光で顫えていた。

――まあ！　昼はどこにあるのかしら？　太陽は死んでしまったのかしら？　どこへ行けばいいの、私のダフニス？　もう道がわからないわ。あら！　もう私たちの羊もいないのね、ダフニス。私たちが発ったあと迷い子になってしまったんだわ。

ダフニスは答えた。

――ああ、クロエ、ぼくたちは、野原で眠るときや羊小屋で休むときにぼくたちの瞳を訪れる夢のように、さまようために戻って来たんだよ。ぼくたちの頭は熟した罌粟みたいに空っぽなんだ。でもぼくたちは永遠の夜の花を手にいっぱい持っている。いとしい君の額にはシャグマ百合が巻いてあるし、君は幸福な人たちの住む島に咲くサフランを胸に抱いている。想い出なんて持たないほうがいいのかもしれないよ。

――でもほら、私想い出してしまったわ、ダフニス。ニンフたちの住む洞窟に通じる路がこの野原に沿ってあるのだわ。私たちが坐った平たい石に見覚えがあるもの。狼が出てきて私たちをとても恐がらせた森が見えるでしょう。ここであんたははじめて蟬籠を編んだわ。あの茂みのなかできいきい鳴く蟬を採って、私の髪の上にのせてくれたけれど、蟬は鳴きやまなかった。それは昔のアテーナイの女が飾りにしていた金の蟬よりすばらしかった。だってそれは鳴いたのですもの。私またほしいわ。

ダフニスは答えた。

――蟬が鳴くのは真昼時、風が藁屋根の真中に血のような赤い穴をあけるとき、胴体が緑色の毒人参が白い葉の傘を拡げて涼を取るときなのさ。今、蟬は眠っているから見つからないだろうよ。でも見てごらん、クロエ、牧神《パン》の洞窟だ。君の裸を見てぼくがうろたえた泉が見えるし、そのそばには君がはじめての接吻でぼくを夢中にさせた森も見える。あそこでぼくは、冬、鳥罠を仕掛けながら君が来るのを待っていたのに、君は天井の高い部屋で果物を大きな瓶に漬けていたっけ。

ああ、クロエ、もうその家はないし、ナナカマドの森も寂しくなってしまった。だってヤツガシラもミソサザイももう来ないからね。それにペルセポネーさまは燃えていたぼくたちの心の火を消してしまわれたんだもの。

――ほら、赤い花のなかで眠っている蜜蜂を捉えて見つめたの。茶色で醜くて、お腹の黒い輪がいやだわ。以前は蜜蜂って羽根の生えた接吻みたいなものだと思っていたの。蜜窩のなかに指を突っこんだら、蜜の匂いがみんな飛び去ってしまったわ。蜜が好きじゃなくなってしまったみたい。

――クロエ、接吻しておくれ。

――ほうら、私のダフニス。

二人の白い霊はうろたえて、何も言えなくなった。なぜなら二人の接吻にはもはや刺戟もなく、野生の香りもなかったのだ。そして牝羊や山羊や小鳥や蟬をほしがる気持が弱まるにつれ、軀の触れ合いにももはや二人を揺ぶるような顫える悦びはなかった。

――ねえ、クロエ、ここには緑色の簀子《すのこ》にのったこってりした乾酪《チーズ》があったっけね。

――でももう私、乾酪が好きじゃなくなったみたいよ、私のダフニス。

――ね、クロエ、あそこでぼくたちの最後の年の最初の菫を摘んだっけね。

――でももう私、菫なんて好きじゃなくなったみたいよ、私のダフニス。

――ねえ、クロエ、君がはじめて接吻してくれたあの小さな森を見てごらん。

だがクロエは顔を背け、何も答えなかった。

黙ったまま、二人は心のなかで、あらゆる物に苦い色をつけてしまった夜を呪った。霊の案内者が自分たちを連れ戻しに来て、身軽な夢と共に冥界《エレボス》の蒼白い門を通り、現世を想い出すというやさしい悲しみに浸ることのできるシャグマ百合の咲く野原へ帰してくれるようにと、言葉には出さず祈った。

だが、やさしい女神は二人の願いを叶えてくれなかった。

二人はうなだれたまま、離ればなれに、倒れた彫像に腰掛けていた。

青い夜が東方でかすかに黄金《こがね》色に染まる頃、二人は浜辺に櫂の音を聞いた。レスボスの浜のいたるところで略奪を働く、そして櫂を水中に入れるたびに高い声でルー・パ・パイと叫ぶ海賊たちが今にも姿を現わすのではないかと、二人は顔を上げた。

ところが、霧は薄いのに船は見えなかった。そして大きなこだまが砂浜の泡を顫わせた。

――偉大な牧神《パン》は死んだ！　偉大な牧神《パン》は死んだ！　偉大な牧神《パン》は死んだ！

すると、真珠母色のミュティレーネーの町は崩れ落ち、彫像はすべて倒れ、島は黒くなり、小さな精霊たちは泉から逃げ出し、小さな神々は木々の中心や草の髄や花芯から飛び立ち、沈黙が白い大理石の破片の上に拡がった。

ダフニスとクロエの霊は、朝日を浴びるとたちまち年老いて消えてしまった。地下を支配する力を失ったやさしい女神は、引退した神々の住む未知の国へと野を越え飛んで行く途中で二人を捉えた。女神はその息吹でレスボスを豊饒にし、ダフニスとクロエを地上へ環した。というのは、今ではこの島は、いくすじも流れる白い運河の間で、何倍にもふえた二人の魂で覆われている。つまり、月桂樹や緑の柳がそれほどたくさん、地に埋められた二人の心臓から生え育ったのである。

（1）レーテーは「忘却」を意味する冥界の河の名。死者はこの水を飲んで現世の記憶を失う。
（2）タイナロンはギリシアのラコーニアにある岬の名。地獄への入口と見なされる洞窟がある。
（3）ペイシストラトスは紀元前六世紀のアテーナイの僭主。
（4）ピロメーラーはアテーナイの王女。危難に際して神々に祈り、燕に変身して難を遁れる。
（5）coï は coïtus の意味。
（6）アプロディーテーの小鳥は鳩。
（7）アドーニスは美少年の農業神で、植物の芽生えと冬の間の死を象徴し、毎春行われるアドーニアの祭礼では、女たちが彼の死を悼み復活を願う。
（8）ヘーラクレースの柱はジブラルタル海峡の両側にある大岩で、この世の果てと考えられた。
（9）スキュラは『オデュッセイア』に出てくる海の女怪物。六つの頭と十二の足を持ち、一時に六人の船乗りをとって喰う。
（10）ペルセポネーは冥界の王ハーデースにさらわれてその妃となる。
（11）狂乱の神は酒神バッコス（ディオニューソス）をさす。
（12）ステュクスは冥界を七巻きして流れている河の名。
（13）ケルベロスは冥界の入口の番犬。
（14）ロートスは棗の一種とされ、その実を食べた旅人は故国を忘れると言われる。
（15）夜の蝶は蛾を意味する。

モネルの書

大濱　甫　訳

I　モネルの言葉

モネルは、ぼくが野原をさまよっているのを見つけて、ぼくの手を取った。

――おどろかないで、と彼女は言った。これは私であって、私ではないの。あなたはこれからもまた私を見つけ、また私を見失うでしょう。なぜなら、私を見た人は少ないし、私を理解した人はいないのだから。そしてあなたは私を忘れ、また私を認め、また私を忘れるでしょう。

そしてモネルはさらに言った。私はあなたに少女の売笑婦たちの話をしてあげる。それであなたは話の始めを知ることになるの。

殺戮者のボナパルトが、十八歳のとき、パレ・ロワイヤルの鉄門の下でひとりの少女の売笑婦に会った。娘は蒼白い顔をして、寒さに顫えていた。でも「生きてゆかなくてはならないもの」と娘は言ったの。ボナパルトが十一月のある夜シェルブール館に連れて行ったその娘の名は、あなたにも私にもわからない。娘はブルターニュのナントの出だった。弱って疲れていた。恋人に捨てられたところだった。純情で、お人好しで、声がとてもやさしかった。ボナパルトはそういうことをすっかり覚えていたの。それで、後で彼女の声を思い出すと涙をおさえられなくなるほど心を動かされて、冬の夜の闇のなかを長いこと探したのだけれど、その娘とは二度と会えなかったらしいの。

だって、わかるでしょう。少女の売笑婦は一回限りの善行のためにしか夜の群集のなかから出てこないものなの。あわれなアンは、広いオックスフォード街の灯の点った大きな街灯の下で気絶しかけていた阿片吸飲者のド・クインシーのところへ駆け寄った。目に涙を浮かべながら、彼の唇に甘い葡萄酒の入ったコップを運ぶと、彼を抱きしめて愛撫したの。そしてまた夜の闇のなかに戻っていった。じきに死んでしまったのかもしれないわ。最後に会ったとき咳をしていた、とド・クインシーが言っていたもの。その後も街をさまよっていたのかもしれないわ。でも彼が、人に尋ねては嘲笑われるのにもめげず、熱心に探し回ったのに、アンは永遠に失われてしまった。その後暖かい家を持つようになったとき、彼はよく、アンが自分のそばで暮すこともできたのにと、涙ながらに考えたものよ。ロンドンの娼…の暗がりで病気になっていたり、死にかかっていたり、悲嘆にくれているなどとは考えないで。そして、彼女は彼の心から、情愛というものを根こそぎさらっていったんだわ。

わかるでしょう、娘たちはあなたたちに向ってあわれみの叫び声をあげ、痩せ細った手であなたたちの手を撫でるの。あなたたちがひどく不仕合わせなときしか理解してくれないのだけれど、そのときはともに泣き、慰めてくれる。少女のネリーは、けがらわしい家を出て徒刑囚のドストエフスキーのところへ来ると、熱で死にそうな身で、大きな顫える黒い瞳で彼を長いこと見つめた。少女のソーニャは(この子もほかの子たちと同じように実在したの)、人殺しのロジオンが犯した罪を告白したとき、彼を抱きしめた。「あなたは破滅してしまったんだわ！」と彼女は絶望的な調子で言った。そして、突然身を起すと、彼の頸にとびついて、接吻した……「いいえ、今この世にあなたより不仕合わせな人はいないんだわ！」とあわれみの情に駆られて叫ぶと、いきなり泣き出したの。

アンや、若い陰鬱なボナパルトのところへ来た名もない娘と同じように、少女のネリーも霧のなかに呑みこまれてしまった。ドストエフスキーは、蒼白く痩せ細った少女のソーニャがどうなったかを語っていないわ。彼女が最後までラスコーリニコフの贖罪を助けることができたかどうか、あなたにも私にもわからない。わたしはできたとは思わないの。苦しみすぎ、愛しすぎたのだから、彼の腕に抱かれて死んでいったんだわ。

娘たちの誰一人として、わかるでしょう、あなたたちとずっと一緒にいることはできないの。一緒にいたらとても悲しむことになるでしょうし、一緒にいることを恥じるんだわ。あなたたちが泣くのをやめれば、もうあなたたちを見つめることもできなくなる。あなたたちに教えなくてはいけない教訓を教えると、消えてしまう。寒さと雨のなかから現われ、額に接吻して、目を拭ってあげると、また怖ろしい暗闇に連れ戻されてしまう。だってほかのところへ行かなくてはならないのですもの。

あなたたちが知合いでいるのは、娘たちが人に同情している間だけなの。ほかのことを考えてはいけないわ。娘たちが暗闇で何をしたかなんて考えてはいけない。怖ろしい家にいるときのネリー、大通りのベンチで酔っぱらっているソーニャ、空になったコップを暗い小路の酒屋へ返しに戻るアンは、おそらく薄情でみだらだったでしょう。生身の人間ですもの。娘たちはあわれみの接吻をあたえるために、薄暗い袋小路から大通りの灯の点った街灯の下へ出て来たの。そのときは崇高だったわ。

ほかのことはみんな忘れてしまわなくてはいけないの。

モネルは黙ってぼくを見つめた。

――私は夜の闇から出て来たの、そしてまた夜の闇のなかに戻るの。だってわたしも少女の売笑婦ですもの。

そしてモネルはさらに言った。

――私はあなたに同情したの、あなたに同情したの、いとしいあなたに。

でも私は夜の闇のなかに戻るの。だって、あなたはまた私を見つける前に私を見失わなくてはいけないのですもの。そしてまたあなたは私を見つけ、私はまたあなたから逃げてしまう。

だってわたしはひとりきりの女ですもの。


そしてモネルはさらに言った。

——私はひとりきりの女ですから、私をモネル(1)という名で呼んで。でも私がほかの多くの名を持っていることも忘れないで。

私はこの娘であり、あの娘であり、名もない娘でもあるの。

そして私はあなたを私の姉妹たちのところへ案内してあげる。姉妹といっても私自身であり、ばかな売笑婦たちの仲間なのだけれど。

そしてあなたは、娘たちがまだ自分自身を見つけられないために、利己心や情欲や残忍さや傲慢さや忍耐心や同情心で苦しんでいるのを見るでしょう。

そして娘たちが自分自身を探しに遠くへ行くのを見るでしょう。

そしてあなたは私を見つけ、私は私自身を見つけ、あなたは私を見失い、私は私を見失うでしょう。

だって私は見つかるとすぐ見失われる女ですもの。


そしてモネルはさらに言った。

——今日、ひとりの少女があなたを手でさわり、逃げて行くでしょう。なぜならすべてのものが逃げ去るものなの。ましてモネルがいちばん逃げ去るものなの。

そして、あなたが私をまた見つける前に、私はこの野原であなたに教え、あなたはモネルの書を書くことになるの。

そしてモネルは、細い薔薇色の灯芯が燃えている、なかを刳りぬいた杖を差し出した。

――この松明を受け取りなさい。そして燃やしてしまいなさい。地上と天上にあるすべてのものを燃やしてしまいなさい。燃やし終えたら杖を折ってなくしてしまいなさい。なぜなら何物も後に伝えてはいけないのだから。あなたが第二の杖持《ナルテコフォロス》(2)ちになるために、あなたが火によって破壊するために、そして天から下った火が再び天に上るために。


そしてモネルはさらに言った。破壊について話しましょう。


破壊せよ、破壊せよ、というのが格言なの。あなたの内部で破壊しなさい。あなたの周囲で破壊しなさい。あなたの魂とほかの人たちの魂のために場所を作りなさい。

すべての善とすべての悪を破壊しなさい。残骸はすべて似たようなもの。人間の古い棲処《すみか》と魂の古い棲処を破壊しなさい。死んだものは物の形を歪める鏡。

破壊しなさい。なぜなら、すべての創造は破壊から生れるのだから。

そして、高次の善良さのため低次の善良さを破壊しなくてはいけない。だから新しい善は悪に飽和したように見える。

そして、新しい芸術のために、古い芸術を破壊しなさい。だから新しい芸術は一種の偶像破壊のように見える。

なぜなら、どんな建設も残骸から造られるのだし、この世に新しいものは形式しかないのだから。

でも形式も破壊しなくてはいけない。

そしてモネルはさらに言った。形成について話しましょう。

新しいものへの欲求も、自らを形成しようとする魂の欲望でしかない。

そして魂は、蛇が古い殻を脱ぎ捨てるように、古い形式を脱ぎ捨てる。

そして、蛇の抜殻を辛抱強く集める人たちは若い蛇を悲しませる。なぜなら、彼らは若い蛇に対して魔術的な力を持っている。

なぜなら、蛇の抜殻を持っている人は若い蛇が形を変えるのを妨げるから。

だから蛇たちは深い藪の緑色の溝のなかで殻を脱ぎ、一年に一度、若い蛇たちは抜殻を燃やすために環になって集まる。

だから、破壊的であると同時に形成的でもある四季のようになりなさい。

あなたの家をあなた自身で建て、あなた自身で燃やしなさい。

残骸を背後に投げ捨てないこと。各人が自分自身の廃墟を使うように。

過去の夜のなかに建設しないこと。あなたの建てたものが遁れ去るに任せなさい。

少しでも魂が高揚したら、新しい建物を眺めなさい。

どんな新しい欲求に対しても新しい神を造り出しなさい。


そしてモネルはさらに言った。神々について話しましょう。


古い神々は死ぬに任せなさい。その墓のそばで泣き女のように坐りこんではいけない。なぜなら、古い神々は自分たちの墓から飛び立って行くのだから。

そして若い神々を布でくるんで保護したりしないこと。

すべての神が造り出されるとすぐ飛び立って行くように。

すべての創造が造り出されるとすぐ滅びてしまうように。

古い神が自分の創造したものを若い神に渡して破壊させるように。

すべての神が一瞬の神であるように。


そしてモネルはさらに言った。瞬間について話しましょう。


すべてのものを一瞬の相のもとに眺めなさい。

あなたの自我を瞬間の手に委ねなさい。

瞬間のうちに考えなさい。どんな考えも長く続けば矛盾になってしまう。

瞬間を愛しなさい。どんな愛も長く続けば憎しみになってしまう。

瞬間とともに誠実でありなさい。どんな誠実さも長く続けば嘘になってしまう。

瞬間に対して公正でありなさい。どんな公正さも長く続けば不正になってしまう。

瞬間のために行動しなさい。どんな行動も長く続けば過去の世になってしまう。

瞬間とともに幸福でありなさい。どんな幸福も長く続けば不幸になってしまう。

あらゆる瞬間を大事にしなさい。そして、物事の間に関連をつくらないこと。

瞬間を延ばさないこと。さもないと、煩悶を残すことになるでしょう。

ごらんなさい。すべての瞬間が揺籠でも柩でもある。すべての生とすべての死があなたには奇妙で新しいものに見えますように。


そしてモネルはさらに言った。生と死について話しましょう。

瞬間は半分白く半分黒い棒のようなもの。

あなたの人生を白い半分で造られた構図に従って整えたりしないこと。なぜなら、そんなことをすればあとで黒い半分で造られた構図を見出すことになる。

それぞれの黒が将来の白で横切られるようにすること。

今生きている、明日死ぬ、なんて言わないこと。現実を生と死に分けないこと。今生きていて死んでいる、と言いなさい。

各瞬間から物事の肯定的でもあり否定的でもある全体を汲みとりなさい。

秋の薔薇は秋の間しかもたないけれど、毎朝開いて毎晩閉じる。

薔薇のようになりなさい。あなたの葉を情欲がむしりとり、苦悩が踏みにじるのに任せなさい。

すべての恍惚があなたの内部で消えかかっているように。すべての情欲が消えることを望むように。

すべての苦悩があなたの内部で飛び立とうとする虫の通過であるように。咬む虫を閉じこめないこと。黒い甲虫を好きになったりしないこと。

すべての悦びがあなたの内部で飛び立とうとする虫の通過であるように。吸う虫を閉じこめないこと。黄金色のオオハナムグリを好きになったりしないこと。

すべての知性があなたの内部でほんの一瞬輝いては消えるように。

あなたの幸福がいくつもの閃光に分けられるように。そうなればあなたの悦びの分け前はほかの人たちのそれと等しくなるでしょう。

宇宙を原子論的に眺めなさい。

自然に抵抗しないこと。物事にあなたの魂の足をかけないこと。あなたの魂が悪童のように顔を背けないように。

朝の赤い光とも夕べの灰色とも仲良く進みなさい。黄昏と混じり合った黎明になりなさい。

生に死を混ぜ合わせ、それを瞬間に分けなさい。

死を待たないこと、死はあなたの内部にある。死の友となり死を身近に置きなさい、死はあなた自身のようなもの。

あなた自身の死によって死に、昔の死者をうらやまないこと。生の種類とともに死の種類にも変化をつけなさい。

不確かなものはすべて生きていると見なし、確かなものはすべて死んでいると見なしなさい。


そしてモネルはさらに言った。死んだものについて話しましょう。


死者を念入りに焼いて、灰を天の四方から吹く風にのせて撒き散らしなさい。

過去の行為を念入りに焼いて、灰を踏みにじりなさい。なぜなら、そこから蘇る不死鳥は同一なのだから。

死者とたわむれず、その顔を愛撫しないこと。死者を嘲らず、死者に涙を注がず、死者を忘れなさい。

過去の事物を信用しないこと。過去の瞬間のために美しい棺を造ろうなんて考えないで、来たるべき瞬間を殺すことを考えなさい。

すべての死骸を疑いなさい。

死者を抱擁しないこと。なぜなら死者は生者を窒息させるから。

死んだものに対しては建築用の石材に対するのと同じ敬意しか抱かないこと。

擦り切れた布で手をよごさないこと。新しい水で指を清めなさい。

あなたの口の息を吐きなさい。そして死んだ息を吸いこまないこと。

あなた自身の過去の生も、すべての過去の生も眺めないこと。抜殻を集めないこと。

あなたの内部に墓を持たないこと。死者は疫病を撒き散らすもの。

そしてモネルはさらに言った。あなたの行為について話しましょう。

遺された粘土の盃はすべてあなたの手のなかで砕かれてしまうように。盃は呑んだあとすべて毀してしまいなさい。

走る人が差し出す生のランプを吹き消しなさい。なぜなら、古いランプはすべてくすぶるから。

なにものをもあなた自身に遺さないこと。悦びも苦しみも。

魂の衣裳にせよ、肉体の衣裳にせよ、どんな衣裳の奴隷にもならないこと。

決して手の同じ面では打たないこと。

死のなかに自分を映してみないこと。あなたの像は流れる水に運び去らせなさい。

廃墟を避け、廃墟のなかで泣いたりしないこと。

夜、服を脱ぐとき、昼の心も脱ぎ捨て、いつも裸でいなさい。

どんな満足も一時的なものと思えるでしょう。満足に鞭打って前進させなさい。

過去の日々を消化したりしないで、未来のものを養分にしなさい。

過去のことを告白しないこと。なぜならそれは死んだものだから。自分に向って未来のことを告白しなさい。

道端に咲く花を摘みに降りたりしないこと。見掛けだけで満足しなさい。でも見掛けも捨てて、振り返らないこと。

決して振り返らないこと。背後にはソドムの炎の喘ぎが迫り、振り返れば涙の石像に変えられてしまう。

後を見ないこと。前も見すぎないこと。もし自分の内部を見るならば、そこではすべてが純白であるように。

思い出と比べてみて何かに驚いたりしないこと。知らないことの新しさによってすべてのことに驚きなさい。

あらゆることに驚きなさい。なぜなら、あらゆることが生においては異なり、死においては同じなのだから。

相違のなかに建設し、相似のなかに破壊しなさい。

不変なものを目指して進まないこと。不変なものは地上にも天上にも存在しない。理性は不変だから、それを打ちこわし、あなたの感性が変化するのに任せなさい。矛盾することを恐れないこと。瞬間のなかに矛盾はない。苦しみを愛さないこと。なぜなら苦しみは長く続かないのだから。伸びる爪と剝げおちる皮膚の小片を眺めなさい。


あらゆることを忘れなさい。

鋭い錐で辛抱強く思い出を突き殺しなさい。昔の皇帝が蠅を殺したように。

思い出の幸福を将来にまで長引かせないこと。

思い出さず、見越さないこと。

なにかを手に入れるために仕事をするとか、忘れるために仕事をするとか言わないこと。手に入れることも働くことも忘れなさい。

すべての仕事に反対しなさい。瞬間を越えるすべての活動に反対しなさい。

あなたの歩みが端から端まで行くことのないように。なぜなら端なんてものはないのだから。一つ一つの足どりがそのたびに調整された投影であるように。

左足で右足の跡を消しなさい。

右手が左手のしたことを知る必要はない。

あなた自身を知ろうとしてはいけない。

あなたの自由を気にしないこと。あなた自身を忘れなさい。

そしてモネルはさらに言った。私の言葉について話しましょう。
言葉は話している間だけ言葉なの。
保存された言葉は死んだもので、それは疫病を生む。
私の話している言葉に耳を傾けなさい。書かれた言葉によって行動してはいけない。

野原でこのように語ったあと、モネルは口を閉ざし、悲しげな顔をした。なぜなら、夜の闇のなかに戻らねばならなかったから。

そして彼女は遠くから言った。
――私を忘れなさい。そうすれば私は取り戻されるでしょう。

そしてぼくは野原を見回した。と、モネルの姉妹たちの立ち上がるのが見えた。

（1）モネル Monelle は「単一の」mono と「彼女」elle の複合。
（2）ナルテコフォロスはディオニュソス（バッコス）の祭を司る神官もしくはディオニュソスそのものを指す。

II

モネルの姉妹

利己的《エゴイスト》な娘

断崖の頂にある灰色の寄宿舎を囲む小さな垣根から、子供の腕が一本、薔薇色のリボンで結わえた紙包みとともに突き出された。

――まずこれを受け取って。注意してね、こわれものだから。そのあとで私に手を貸して。

細かい雨が岩のくぼみにも深い入江にも一様に降り注ぎ、断崖の下に寄せ返す波に小さな穴をあけていた。塀のところで様子を窺っていた水夫が進み出て、ごく低い声で言った。

――先に自分が出てこいよ、急いで。

――だめ、だめ、だめ！　できないわ。私の書類を隠さなくっちゃならないし、荷物も持って行きたいの。エゴイスト！　さあ！　ねえ、私を濡れさせているのよ！

水夫は口をゆがめて、小さな紙包みを摑んだ。濡れた紙が破れて、花模様をプリントした黄や菫色の何枚もの三角の絹布、ビロードの細紐、麻布で作った小さな人形のズボン、蝶番《ちょうつがい》のついたハート形の金色のくぼんだ匣、それに赤い糸を巻いた新しい糸巻が泥のなかに転がり落ちた。少女は垣根を乗り越えようとして、固い枝に手を刺され、唇を顫わせた。

――ねえ、ほら、あんた頑固なんだもん。何もかもだめになっちゃったわ。

彼女の鼻がせり上がり、眉がせまり、口もとがゆるんで、彼女は泣き出した。

——私を放っといて、私を放っといて。あんたなんかいやよ。行っちまって。私はマドモワゼルと帰るわ。

そして彼女は悲しそうに布類を拾った。

——きれいな糸巻もだめになっちゃった。リリーの服に刺繍しようと思っていたのに！

短いスカートのぶざまに口を開けたポケットから、金髪を乱した陶器人形の整った小さな顔が覗いていた。

——おいで、きっともうマドモワゼルはきみを探しているよ。

彼女はインクでよごれた小さな手の甲で目を拭いながら連れられて行った。

——いったいまた今朝は何があったんだい？　昨日はいやがっていたくせに。

——マドモワゼルが箒の柄で私を叩いたの、と彼女は唇を引きつらせて言った。叩かれて、石炭部屋に蜘蛛や動物たちと一緒に閉じこめられたの。帰ったら、あの人のベッドに箒を入れて、家を石炭で燃やして、鋏であの人を殺してやる。そうよ。（彼女は口をとんがらせた）ああ！　私を遠くに連れてって、あの人に二度と会わないように。あのとんがった鼻と眼鏡がこわいの。出て行く前にちゃんと復讐してやったわ。考えてもごらんなさい、あの人、自分の父さんと母さんの写真をビロードの縁に入れて煖炉の上に飾っているの。私の母さんとは違って年寄りなのよ。あんたにはわからないわね。私その写真にシミ抜きのカリを塗ってよごしてやったの。二人ともひどい顔になるでしょうよ。うまくやったわ。せめて返事ぐらいしたらどうなの。

水夫は目を海に向けた。海は暗く霧がかっていた。雨の幕が湾全体を蔽っていた。もう岩礁も浮標も見えなかった。ときおり、糸を引く水滴で織られた湿った屍衣に穴があき、黒い海藻の束が覗いた。

——こんな夜は歩けないよ。干草のある税関小屋へ行かなくちゃ。

——いやよ、きたないわ！

——仕方ないさ。それともまたマドモワゼルに会いたいのかい？

——エゴイスト！　と言って少女は泣きじゃくった。あんたがそんな人だってこと知らなかったわ。あんたって人を知らなかったわ！　神さま！　もしわかっていたら。

——きみは出てこなけりゃよかったのさ。こないだの朝、街道を通りかかったとき、ぼくを呼んだのは誰だい？

——私がですって？　まあ！　嘘つき！　あんたが出てこいって言わなかったら、私は出てきはしなかったわ。私はあんたが恐かったのよ。こんなところにいたくない。干草のなかなんかで寝たくない。ベッドがほしい。

——きみは自由なんだよ。

彼女は肩をすくめて歩き続けた。しばらくして、

——ベッドがほしいのは、濡れているからなのよ。

小屋は海へ下る斜面に横たわり、屋根に突っ立つ藁の小枝はひっそりと雨に濡れていた。二人は入口の板戸を押し開けた。奥には、箱の蓋で造って干草をつめたはめこみ寝台のようなものがあった。

少女は腰を下ろした。水夫は彼女の足と脛を乾いた草でくるんだ。

——チクチクするわ。

——でも暖まるよ。

彼は入口の近くに腰を下ろすと、天候を窺った。湿気のためにかすかに顫えていた。

——あんた寒くないでしょうね。あとで病気になるわよ。そうしたらどうすればいいの、私は！

水夫は頭を振った。二人は口をきかなかった。空は曇っていたが、たそがれの迫るのが感じられた。

——お腹がすいたわ。今夜マドモワゼルのところでは鵞鳥の焼肉と栗が出るの。まあ！　あんたってば何も考えてこなかったのね。私はパンの皮を持ってきたわよ。お粥にしてあるの。ほら。

彼女は手を差し出した。その指には冷たくなったパン粥がはりついていた。

——蟹を捕ってくるよ、黒岩の先にいるんだ。下で、税関の舟に乗って行こう。

——恐いわ、ひとりきりでは。

――食べたくないのかい？

彼女は何も答えなかった。

彼は上着にはりついた藁くずを払い落すと、外へすべり出た。灰色の雨が彼を包んだ。泥に吸いこまれる足音が彼女に聞えた。

ついで突風と、激しい雨にリズムをつけられた深い静寂があった。より深く、よりさびしい闇が近づいて来た。マドモワゼルのところの夕食時間は過ぎていた。就寝時間も過ぎていた。そこでは、吊り下がった石油ランプの下で、ベッドの縁に折りこんだ白布にくるまり、みんなが眠っていた。数羽のカモメが嵐をふれ回っていた。風は渦を巻き、波は断崖の大きな洞穴のなかで咆えていた。夕食を待つうちに少女は眠りこみ、やがて目を覚ました。水夫は蟹と遊んでいるにちがいなかった。なんてエゴイストなんだろう！　舟はいつも水の上に浮いているものだということを、彼女はよく知っていた。舟を失えば人は溺れてしまうのだ。

――私が眠っていると思ったら大間違い。ひと言も返事しないで、眠ったふりをしてやろう。うまくやるわ。

真夜中ごろ、彼女は角灯の明りで照らされているのに気がついた。三角形の合羽を着た男が、二十日鼠のようにちぢこまっている彼女を見つけたところだった。彼の顔は水と明りで光っていた……

――舟はどこだ？

彼女はくやしまぎれに叫んだ。

――ああ！　きっとこうなると思っていたわ！　あの人私のために蟹を見つけることができないで、舟もなくしてしまったんだわ！

官能的な娘

——すごいわ、これ、白い血を出すんだもの。

彼女は罌粟《けし》の緑色の頭を爪で割いていた。連れの少年は静かに彼女を見ていた。二人は栗の木の間で山賊ごっこをしたり、実ったばかりの栗の実を弾丸にして薔薇の花を砲撃したり、若いドングリの皮を剝いだり、ニャオーと鳴く仔猫を棚の横木の上にのせたりしたところだった。叉になった木が一本立っている暗い庭の奥はロビンソンの島だった。如雨露《じょうろ》の口が蛮人を襲撃する合図の法螺貝の代りをした。頭が長い黒い草は、捕虜ということにされて、首を斬られた。何匹かの青や緑の甲虫は狩の獲物で、井戸の釣瓶に入れられて、重々しく羽根を持ち上げていた。二人は道の砂を、大軍が通ったということにして、儀杖で掘り返した。二人は今、野原の草の生えた丘を攻撃したところだった。夕陽が輝く光で二人を包んでいた。二人は占領した陣地に立ち、少し疲れて、遠くの赤く染まった秋の霧に見とれていた。

——ぼくがロビンソンで、きみがフライデーで、下に大きな浜辺があれば、人喰い人種の足を探しに行くんだがなあ。

少女は考えこみ、そして尋ねた。

——ロビンソンは言うことをきかせようとしてフライデーを殴ったの？

——もう覚えていないや。でも、二人は悪いスペイン人の老人とフライデーの国の野蛮人を殴ったんだ。

――そんな話はきらいだわ、そんな男の子の遊びよ。もうじき夜になるわ、お伽噺にしましょう。私たち本当に恐くなるわよ。

――本当にだって？

――ねえ、長い歯を持った人喰い鬼の家が、毎晩森の奥に現われるってことを信じる？

彼は彼女を見つめると、顎を鳴らした。

――それで七人の小さなお姫さまを食べるとき、グニャ、グニャ、グニャとやったのさ。

――いいえ、そんなのだめよ。人喰い鬼か親指太郎にしかなれないわ。誰も小さなお姫さまの名前を知らないもの。よかったら私がお城の眠り姫になってあげるから、起しに来て。私をとてもきつく抱きしめなくちゃだめよ。王子さまはおそろしくきつく抱きしめるものよ、ねえ。

彼は気おくれして、答えた。

――草のなかで眠るには遅すぎると思うよ。眠り姫は、荊《いばら》と花に囲まれたお城のベッドにいたんだ。

――それじゃ青ひげごっこをしましょう。私が奥さんになるから、あんたは私が小さな部屋に入ることを禁じるの。始めましょう、あんたは私を迎えに来る。「ムッシュー、私にはわかりませんが……あなたの六人の奥さんは不思議にいなくなってしまいました。たしかにあなたは美しくて大きな青ひげをたくわえておいでになり、またすばらしいお城にお住まいです。あなたは私をいじめたりなさいませんね、決して、決して？」

彼女は祈るような目付をした。

――今あんたは結婚の申し込みを終り、私の両親も承諾したの。私たち結婚したのよ。鍵をみんな渡しなさい。「このきれいな小さな鍵は何ですの？」あんたはその部屋を開けてはいけないって、大声を出すの。

今度はあんたが出掛け、私はすぐ言いつけに背くの。「まあ！　怖ろしいこと！　六人の奥さんが殺されている！」私は気絶しかけ、あんたは私を支えに来るの。それから今度は青ひげになって戻って来るの。大声を出しなさい。「ご主人さま、お預けになった鍵は全部ここにございます。」あんたは小さな鍵はどこにあるのかって聞くの。「ご主人さま、私は存じません、さわってもみませんでした。」あんたは怒鳴るの。「ご主人さま、お赦し下さい。ございました。ポケットの奥に入っておりました。」

そこであんたは鍵を見る。鍵に血がついていたんだっけ？

――うん、血のしみがついていたのさ。

――思い出したわ。こすっても落ちなかったのね。六人の奥さんの血なの？

――六人の奥さんのさ。

――小さな部屋に入ったので殺してしまったんでしょう？　どんなふうにして殺したの？　喉を切って黒い部屋に吊り下げたの？　血が足をつたって床にまで流れたの？　とても赤い、赤黒い血で、わたしが爪で引っ搔いた罌粟の血とは違うのね。人の喉を切るときには、跪かせるものじゃなくって？

――跪かせなくちゃならないだろうな。

――おもしろくなりそうだわ。でも本当のように私の喉を切ってくれる？

――うん、だけど、青ひげは殺すことができなかったのさ。

――かまわないわ。なぜ青ひげは奥さんの首を斬らなかったの？

――奥さんの兄弟が駆けつけたからさ。

――奥さんは恐がったんじゃなくって？

――とても恐がったさ。

――叫んだの？

――妹のアンヌを呼んだのさ。

――私だったら叫んだりしなかったわ。

――うん、だけど、そうしたら青ひげもきみを殺す時間があったろうよ。妹のアンヌは塔の上にいて、青々した草を眺めていたんだ。兄弟はとっても強い銃士で、馬を全速力で走らせて来たのさ。

——そんなふうにしたくないわ、それじゃ困ってしまう。私には妹のアンヌなんていないんだもの、ねえ。

彼女は彼のほうにやさしく振り向いた。

——兄弟がこないんだから、私を殺さなくちゃいけないのよ、青ひげさん。手ひどく、手ひどく殺さなくちゃ。

彼女は跪いた。彼は髪を摑んで引き寄せると、手を振り上げた。

彼女はゆっくり目をつぶり、睫毛を顫わせ、ヒステリックな微笑で唇の端を引きつらせると、項《うなじ》の生毛と頸と官能的にすくめた肩を青ひげの剣の残忍な刃の下に差し出した。

——うう……うう！　と彼女は叫んだ。痛そうだわ。

倒錯的な娘

――マッジュ！

声は床板の四角い穴から聞えてきた。磨かれた樫の木の巨大な螺旋が円屋根を貫き、嗄れ声を立てて回っていた。木の骨組に釘づけされた灰色の布の大きな翼が天窓の前で陽の光のなかを舞っていた。下では、臼の上下の石がちょうど二匹の動物が規則正しく格闘しているみたいに働き、一方、風車はその台の上で呻き声を立て、顫えていた。五秒ごとに、長く真直ぐな影が小さな部屋を横切っていった。内部の棟まで達する梯子は小麦粉をかぶっていた。

――マッジュ、行くかね？

マッジュは樫の木の螺旋に片手をかけていた。絶え間ない摩擦に肌をくすぐられながら、彼女は少し身をかがめて平野を眺めていた。風車小屋のある丘は剃られた頭のように円みをおびていた。回転する翼は短い草にいまにも触れそうになり、その影は草の上で互いに後を追いながら、決して重なり合うことはなかった。粗塗りの石壁の中央は、たくさんの驢馬が背中をこすりつけたみたいにセメントが剝げかけ、隙間から石の灰色のしみを覗かせていた。丘の麓には、乾いた轍でえぐられた一本の小路が、赤い木の葉の浮いている大きな池まで続いていた。

――マッジュ、わしらは出掛けるよ！

――ええ、ええ、どうぞお出掛けなさい、とマッジュは小声で言った。

風車小屋の小さな戸が軋った。

蹄で用心深く草を探っていた驢馬の両耳の顫えるのが、彼女に見えた。大きな袋がその荷鞍に垂れ下がっていた。年寄りの粉ひきと小僧が驢馬の尻を突ついた。二人はくぼんだ道を下って行った。マッジュはひとり残って、天窓から顔を出していた。


彼女の両親は、ある夜、彼女がベッドで腹ばいになって、砂と炭を口いっぱいに頬ばっているのを見つけたので、何人もの医者に診てもらった。彼らの意見は、マッジュを田舎へやって、脚と背と腕を酷使させるようにということだった。だが、風車小屋へ来てからも、彼女は朝になると小さな屋根の下へ逃げこんで、翼の回転する影を眺めていた。

突然彼女は髪の毛の先から踵まで全身を顫わせた。誰かが戸の掛金を外したのだ。


――誰なの？　とマッジュは四角い窓から尋ねた。そして弱々しい声を聞いた。

――少し飲み物がおありでしたら。ひどく喉がかわいていますんで。

マッジュは梯子の横木越しに見下ろした。年とった田舎の乞食だった。頭陀袋のなかにパンを一切持っていた。

――パンを持っているわ、とマッジュは考えた。お腹がすいていないとは残念ね。

彼女は、蟇やナメクジや墓地と同じように、乞食が少し恐いけれども好きだった。

彼女は大きな声で言った。

――ちょっと待ってて！

そして、顔を前へ突き出して梯子を降りた。

――たいへんなおじいさんね。それで、そんなに喉がかわいているの？

――へえ、そうなんで。かわいいお嬢さん。

――乞食はお腹をすかしているものよ、とマッジュはきっぱり言った。私なんか漆喰が好きよ。ほら。彼女は壁の白い皮を剝ぎとると、それを嚙んでみせた。

――みんな出掛けているの。コップがないわ。ポンプはあるけど。

彼女は曲った柄を指し示した。老乞食は身をかがめた。彼が管に口をあてて水をすすっている間に、マッジュは彼の頭陀袋からパンをそっと抜き取ると、小麦粉の山のなかに隠した。

彼が振り向いたとき、マッジュの目は躍っていた。

――あそこに大きな池があるわ。貧乏人はそこで飲めばいいのよ。

――わしらは動物じゃないんで。

――そりゃそうだけど、あんたは貧乏人よ。お腹がすいているんだったら、少し小麦粉を盗んであんたに上げるんだけどな。今夜池の水で捏粉を作るといいわ。

――生の捏粉なんて！　パンをもらってますから、結構でさあ、お嬢さん。

――でももしパンがなければどうするの？　私がもしあんたみたいな年寄りだったら身投げするわ。水死人ってとても幸福よ。美しいに違いないわ。私あんたにとても同情してるのよ、あわれなおじいさん。

――神さまがあなたとともにありますように、親切なお嬢さん。わしはとても疲れているんです。

――それに今夜お腹がすくわよ、とマッジュは丘の斜面を下って行く彼に叫んだ。ねえ、おじいさん、お腹がすくんじゃなくって？　あんたのパンを食べなくちゃならなくなるわ。歯が悪ければ、パンを池の水に浸さなくちゃいけないわ。池はとても深いのよ。

マッジュは彼の足音が聞えなくなるまで耳をすましていた。彼女は小麦粉のなかからパンをそっと引き出して眺めた。まだらに白い粉のついた田舎の黒パンだった。

――おおいやだ、わたしが貧乏人だったら、きれいなパン屋の黄金色のパンを盗んでやるわ。

粉ひきの親方が戻ったとき、マッジュは混合麦を枕にして仰向きに寝ていた。軀の上で黒パンを両手に握りしめ、目を剝き出し、頬をふくらませ、食いしばった歯の間から紫色になった舌の先をのぞかせ、溺死した人の顔を想像して、けんめいにそのまねをしているところだった。

夕食を食べ終ったあと、マッジュは言った。

――親方。昔、ずっと、ずっと昔、この風車小屋に巨人が住んでいて、死人の骨でパンを作っていたんじゃなくって？

粉ひきは言った。

――作り話だよ。だがね、丘の麓にはいくつもの石室があって、ある協会が発掘するためにわしから買い取りたがっている。でも、売っちまったら風車小屋をしょっちゅう倒されるからな。連中、自分の町の古い墓を開けてみりゃいいのさ。墓はかなり腐っているからな。

――死人の骨はバリバリ鳴ったにちがいないわ。あんたの麦より大きな音を立てて、ねえ親方！　巨人はそれでとてもいいパンを作ったんだわ。そして食べた、ええ、食べたのよ。

小僧のジャンは肩をすくめた。

風車の呻き声はおさまっていた。風がやんで、翼をふくらませなくなっていたのだ。二匹の動物のような円い石臼も格闘をやめていた。上の一枚がひっそりと下の一枚にのっかっていた。

――以前ジャンが教えてくれたわ、親方。水銀を入れたパンで水死人が発見できるって。パンの皮に小さな穴をあけて、そこに水銀を注ぐの。そのパンを水に投げると、ちょうど水死人の真上に止るんだって。

――わしの知ったことかね？　そんなことは若いお嬢さんの考えることじゃないですよ。何て話だ、ジャン！

お嬢さんから尋ねられたもんで、と小僧は答えた。

――私は狩猟用の霰弾を入れてやろう。ここには水銀なんてないんだもの。池で何人も水死人が見つかるかもしれないわ。

戸口の前で、彼女は日暮を待った。例のパンをエプロンの下に隠し、小さな霰弾を握りしめて。乞食はお腹をすかしたに違いなかった。池で溺れ死んでしまった。彼女はその死体を持ち帰らせ、巨人のように、死人の骨をまぜて粉をひき、捏り上げることができるだろう。

裏切られた娘

二本の運河の合流点に高く黒い水門があり、淀んだ水は岸壁の影を映す部分さえ緑色で、瀝青塗りの板張りの管理人小屋には花一つなく、鎧戸は風を受けてばたばた鳴り、半ば開かれた戸口からは、髪を乱し、服の裾を両脚の間に挟んだ少女の痩せた蒼白い顔が見えた。運河の岸では蕁麻《いらくさ》が倒れたり起き上がったり、晩秋らしく翼弁のある種子が飛び舞い、白い埃が小さく舞い上がっていた。小屋は空っぽに見え、野原は陰鬱で、帯状に連なった黄色い草が地平線まで続いていた。

短い昼の光が消えかかる頃、小さな曳船の吐く息が聞えてきた。曳船は水門の向うに姿を現わし、側板越しに横柄に外を眺めている罐焚きの、石炭でよごれた顔があり、うしろには一本の鎖が水中まで伸びていた。ついで、幅広で平たい褐色の船が一隻ゆらゆらと静かに曳かれて来たが、その中央には、円くて焦げたような色の窓硝子のついた白塗りの小さな家がのっかり、窓の周りには赤や黄の朝顔が這い、入口の両側には、土を入れて鈴蘭や木犀草やゼラニュームを植えた木の桶が置いてあった。

濡れた上っ張りを舷側に叩きつけていた一人の男が、鉤竿を握っている男に言った。

——マオ、水門が開くのを待つ間に飯にしようか？

——よかろう。

彼は、鉤竿を片づけ、巻いた綱の中央が空洞になった山を跨ぐと、二つの花桶の間に腰を下ろした。相棒は彼の肩を叩いて、白い小さな家に入り、油じみた包みと長い黒パンと土瓶を持って出て来た。風が油じみた包紙を朝顔の茂みの上に吹きとばした。マオはその紙を摑むと、水門のほうに投げた。紙は少女の足の間へと飛んだ。

——そちらさんはさっさと仕事にかかんな、こちとら食事にするからな。

彼はつけ加えた。

——さよう、こいつはインド人さ、おれと同郷のね。あんた、おれたちがそこを通って来たって友達に言ってもいいぜ。

——冗談言うな、インド人、とマオは言った。あの子をからかうなよ。お嬢さん、こいつ肌が褐色なんで、船の上ではおれたちそんなふうに呼んでいるんだよ。

小さな細い声が彼らに答えた。

——あんたたちどこへ行くの、その船で？

——石炭を南の国に運ぶのさ。

——太陽のあるところ？

——年寄りの肌も焼いちゃう[1]くらいたくさんあるよ。

すると、小さな声はちょっと黙ってから。

——私を一緒に連れてってくれない、その船《バルジュ》で？

マオはごちそうを嚙むのを止めた。インド人は土瓶を置いて笑い出した。

——おやおや、船《バルジュ》だと！　とマオは言った。マドモワゼル・小船《バルジェット》！　あんたの水門はどうなるのさ？　あしたの朝のことにしようぜ。父さんが喜ぶまいよ。

——この国じゃ歳よりませたことを言うのかい？　とインド人は尋ねた。

小さな声はもう何も言わなかった。そして痩せた蒼白い顔は小屋のなかに引っ込んだ。

夜の闇が運河の岸壁を閉ざした。緑の水は水門に沿って水位を上げていった。小さな家のなかからは、もう赤と白のカーテンの蔭になった蠟燭の薄明りしか見えなかった。龍骨にあたる水の規則的な音がして、船は持ち上がりながら揺れていた。明方少し前、鎖の回転とともに蝶番《ちょうつがい》が軋み、水門が開いて、船は、息を切らせた小さな曳船に曳かれて、揺れながら進んだ。円い窓硝子が最初の赤い雲を映す頃、船は、冷い風が蕁麻に吹きつけるこの陰鬱な野原から離れていた。

インド人とマオはフリュートの語りかけるようなやさしい囀《さえず》りと、硝子を突つく小さな音で目を覚ました。

――ゆうべは雀どもも寒かったんだな、相棒、とマオが言った。

――いや、あれは雌雀、水門の娘さ、あの子がここにいるんだ、誓ってもいい。あの痩せっぽちめ！

二人は微笑まずにはいられなかった。朝の光に赤く染まって、少女は小さな声で言った。

――あんたたち、あしたの朝来てもいいって言ったわ。今はあしたの朝なのよ。あんたたちと太陽へ行くの。

――太陽へだって？　とマオが言った。

――そうよ。私知っているのよ。夜になると光る緑の蠅や青い蠅がいて、花の上に住む爪ぐらいの大きさの鳥がいて、葡萄が木登りして、木の枝にパンがなり、胡桃の実のなかにはミルクがあって、そして、大きな犬のように吠える蛙だの、それから……水のなかを泳ぐ……いろんなもの、頭を殻のなかに引っ込める南瓜《かぼちゃ》……じゃなかった……動物がいるところよ。その動物を仰向けにしてしまう。それでスープを作るの。……南瓜ね。じゃなかった……ええと、もうわからなくなっちゃった……教えてよ。

――教えてやるとも、亀だろう？

――そうよ、亀だわ……

――そんなのが全部いるわけじゃないよ。それで父さんは？

――父さんが教えてくれたの。

――ひでえこった、とインド人は言った。何を教えてくれたんだい？

――私の言ったこと全部、光る蠅だの、鳥だの……南瓜だの。ねえ、父さんは水門を造る前水夫だったの。でも父さんは年寄りなの。いつも家にいるわ。いやな植物しかないの。あんたたちにはわからないでしょう？　私、庭を、きれいな庭を家のなかに造ろうとしたことがあるわ。外は風がひどいもの。床板の真ん中を剝がして、いい土を入れて、それから薔薇、それから夜閉じる花を植えて、お喋りするためにきれいな小鳥や鶯や頬白や紅ひわも放ちたかったの。でも父さんがいけないって。そんなことをすると、家がいたむ、湿気が多くなるって言ってたわ。湿気を多くしたくなかったの、それであんたたちとあそこへ行くのよ。

　船は静かに揺れていた。運河の両岸では木が一列になって遠ざかり、曳船は汽笛を鳴らしながら進んだ。

――でも何も見れないだろうよ。おれたち海へは行かないんだ。きみの蠅も鳥も蛙も見つかりっこないよ。太陽が少し余分にあるだけ……それだけさ……そうだろう、インド人？

――確かにそうだ。

――確かにそうですって？　と少女はおうむ返しに言った。嘘つき！　私にはちゃんとわかっているのよ、ねえ。

　インド人は肩をすくめた。

――でも、飢死しちゃいかんよ。スープを摂《と》りにおいでよ、バルジェット。

　彼女はその名で呼ばれ続けた。灰色のや緑色のや、冷たいのや生暖かいのや、いくつもの運河を通って、彼女は奇蹟の国を待ちながら、彼らの船の同乗者になった。船は、弱々しい若芽の萌える褐色の野原に沿って進んだ。そして、痩せた灌木は葉を揺り始め、麦は黄ばみ、雛罌粟《ひなげし》は赤いコップみたいな恰好で雲に向って背伸びしていた。だが、バルジェットは夏の訪れとともに快活になりはしなかった。花の桶の間に坐りこんで、インド人とマオが釣竿を操っている間も、自分がだまされたと考えていた。なぜなら、太陽が焦げたような小さい窓硝子を通して床に陽気な環を投げかけ、川蟬が水の上で飛び交い、燕が濡れた嘴を振ることはあっても、花に住む鳥、木に登る葡萄、ミルクのいっぱい入った大胡桃、犬に似た蛙を見かけることはなかったから。

船は南の国に着いた。運河の両岸の人家は葉や花で蔽われていた。戸口の上は赤いトマトで飾られ、窓には糸を通したピーマンがカーテンのように掛かっていた。

――これで全部だよ、とある日マオが言った。もうじき石炭を下ろして引き返すんだ。父さんは喜ぶだろう、ええ？

バルジェットは首を振った。

そして朝、船がもやっているとき、二人は円い窓硝子を突つく小さな音を聞いた。

――嘘つき！

インド人とマオは小さな家から出た。痩せた蒼白い顔が運河の岸から彼らのほうに振り向き、そしてバルジェットは、丘の裏へ逃げて行きながら、彼らに向ってまた叫んだ。

――嘘つき！　あんたたちみんな嘘つきよ！

（1）肌を焼く（tanner le cuir）という表現には「殴りつける」の意味がある。

野生の娘

ビュシェットの父は夜が明けるとすぐ彼女を森へ連れて行き、彼女は父が木を切り倒している間そのそばに坐っているのだった。ビュシェットは、斧が打ちこまれ、まず木の皮の細い屑がとび散るのを眺めていたが、よく灰色の苔がとんできて彼女の顔の上を這った。ビュシェットの父は、木が地底から響いてくるようなばりばりいう音を立てながら傾くと「気をつけろ！」と怒鳴った。彼女は、巨木が枝をへし折られ、小枝を傷つけられて空地に長く伸びているのを前にすると、少し悲しくなった。夕暮になると、炭焼用の薪の山の円い火が暗がりのなかに赤く点った。ビュシェットは、何時になったら藺草《いぐさ》の籠を開けて、炻器《せっき》の壺と一切の黒パンを父に差し出さねばならないかを心得ていた。彼はとび散った小枝の間に横たわって、ゆっくりパンをかじった。ビュシェットのほうは家に帰ってからスープを摂《と》るのだった。彼女は印をつけられた木々の周りを駆け回り、父親が見ていないと、隠れて「ウーウー！」と狼の鳴声をまねてみせた。

そこには、「狼の口の聖母マリア《サント・マリー・グール・ド・ルー》」と呼ばれる、茨が生い繁り、物音がよく反響する暗い洞穴があり、ビュシェットは爪先立ちになって、洞穴を遠くから眺めた。

ある秋の朝、それまで色褪せていた森の頂が朝日に燃え立ったとき、ビュシェットは「狼の口《グール・ド・ルー》」の前で緑色の物が顫えているのを見かけた。それには腕と脚があり、顔はビュシェット自身と同じ年頃の少女の顔に見えた。

はじめビュシェットは近づくのが恐かった。父を呼ぶ勇気さえなかった。彼女は、それが「狼の口《グール・ド・ルー》」の内部で大声で話しかけると返事をする人物の一人だと思った。彼女は、刺戟して兇悪な攻撃を招くことを怖れて、目をつぶった。そして首をかしげていると、すすり泣く声が聞えてきた。奇妙な緑色の少女は泣いていたのだ。そこでビュシェットは目を開き、心配になった。なぜなら、ふしぎな小娘の緑色をしたやさしくさびしそうな顔が涙に濡れ、緑色の二本の手が喉に押しあてられてぴくぴく顫えているのを見たからだ。

——あの娘《こ》は物の色を消してしまう悪い草の上に倒れたのかもしれないわ、とビュシェットは考えた。

勇気を出して、棘や巻鬚の突き出た羊歯《しだ》の茂みをいくつも横切ると、その奇妙な顔に触れそうになるところまで進んだ。小さな緑の腕が枯れかけた茨のなかからビュシェットに向って差し出された。

——私と似ているけれど、とビュシェットは考えた。でもへんな色をしているわ。

泣いている緑の生き物は、木の葉を縫い合わせて作った上着のようなものを上半身にまとっていた。少女であることに違いはなく、ただ色が野生植物の色をしていたのだ。ビュシェットはその足が地中に根を下ろしているのではないかとも考えた。けれども彼女はとても身軽に足を動かしていた。

ビュシェットは髪を撫で、手を取った。彼女は泣きやまずに手を引かれるままになった。言葉は話せないようだった。

——何とまあ！　緑の悪魔だ！　とビュシェットの父親は彼女を見て叫んだ。どこから来たんだね、おちびさん？　どうして緑色をしているんだ？　返事ができないのか？

緑の少女に理解できたかどうかはわからなかった。「腹がへっているのかもしれんな」と言って、彼はパンと壺を差し出した。彼女は手のなかでパンを回してみてから地面に投げ捨て、壺を振って葡萄酒の音に耳を傾けた。

ビュシェットは、このあわれな生き物を夜の間森に置き去りにしないように父に頼んだ。

黄昏時になって、炭の山は一つずつ輝き出し、緑の娘は顫えながら火を見つめていた。小さな家に入ったとき、彼女は明りの前から逃げようとした。焔に馴れることができず、蠟燭に灯が点されるたびに叫び声を上げた。

彼女を見てビュシェットの母親は十字を切った。

――これがもし悪魔だったら、神さまどうかお助け下さい。とにかくキリスト教徒じゃないね。

緑の娘はパンにも塩にも葡萄酒にも手を触れようとしなかったから、洗礼を受けたことも聖体拝領式に出たこともないことは明らかだった。報せを受けた司祭が、ちょうどビュシェットがその生き物に莢《さや》に入った空豆を差し出しているとき、戸口に着いた。

彼女はとてもうれしそうに、空豆が見つかると思って、茎を爪で割り始めたが、がっかりして泣き出し、ビュシェットが莢を割ってやるまで泣きやまなかった。それから、司祭を見つめながら空豆をかじった。

学校の先生に来てもらっても、彼女に人間の言葉を理解させることも、はっきりした声を出させることもできなかった。彼女は泣いたり笑ったり叫び声を上げたりしていた。

司祭がたいそう注意深く調べてみたけれど、彼女の軀に悪魔の印を見つけることはできなかった。次の日曜日、教会に連れられて行ったが、聖水をかけられたとき唸った以外に、不安そうな様子は見せなかった。十字架の像の前でもたじろがず、聖痕と茨の裂目に手をあてて、悲しそうな顔をした。

村人はとても珍しがり、ある者は恐がった。そして司祭の警告にも拘らず、「緑の悪魔」の話をするように彼女の噂話をした。

彼女は小麦の粒と果物しか食べず、麦の穂や木の枝を差し出されると、いつも茎や木を割っては、がっかりして泣き出した。ビュシェットがどこで小麦の粒やサクランボを見つけたらいいか教えこもうとしてもだめで、彼女はいつも同じように失望させられた。

やがて彼女は人まねに、木や水を運ぶこと、また布を持つのが好きではなさそうなのに、拭き掃除や縫物をすることを覚えた。だが、火を起すことはおろか、かまどに近づくことさえ決して承知しなかった。

その間にビュシェットは大きくなり、両親は彼女を奉公に出そうとした。彼女は悲しがり、夜、布団のなかでそっとすすり泣いた。緑の娘は情なさそうに小さな友を見ていた。朝になると、彼女はビュシェットの瞳を見つめ、目に涙を浮かべた。そしてビュシェットは、夜になって泣き出すと、やさしい手が自分の髪を撫で、爽やかな唇が頬に触れるのを感じるのだった。

ビュシェットが奉公に出なければならない期日が迫ってきた。今では彼女も、「狼の口《グール・ド・ルー》」の前に捨てられているところを見つけられた日の緑の生き物と殆ど同じくらい、悲しそうにすすり泣いていた。

最後の晩、ビュシェットの父と母が寝しずまると、緑の娘は泣いている少女の髪を撫で、その手を取った。彼女は戸を開けると、闇のなかに腕を差し伸ばした。以前、ビュシェットが彼女を人間たちの家へ連れて来たのと同じように、彼女はビュシェットの手を引いて未知の自由へと連れ出した。

忠実な娘

恋人が船乗りになってしまったので、ジャニーはひとりぼっち、全くのひとりぼっちだった。彼女は一通の手紙を書いて、小さな指で封をすると、長く赤い草の間から川の中へ投げこんだ。こうすれば大西洋まで届くはずだった。ジャニーは字を正しく書くことができなかったけれど、それが恋文である以上、彼にはわかってもらえるはずだった。彼女は海からの返事を長い間待った。しかし返事はこなかった。彼のところからジャニーのところまで通じる川はなかったのだ。

ある日、ジャニーは恋人を探しに出掛けた。彼女が水辺に咲く花とその傾いた茎を見つめると、すべての花が彼女に向って会釈した。ジャニーは歩きながら言った。「海には船が一隻いる……船には部屋が一つある……部屋には籠が一つある……籠には鳥が一羽いる……鳥には心臓が一つある……心臓のなかには手紙が一通ある……手紙にはぼくはジャニーを愛すると書いてある……ぼくはジャニーを愛すると手紙のなかに書いてあり、手紙は心臓のなかにあり、心臓は鳥のなかにあり、鳥は籠のなかにいて、籠は部屋のなかにあり、部屋は船のなかにあり、船は遠くの大きな海にいる」

ジャニーは男たちを恐がらなかったから、粉にまみれた粉ひきたちは、彼女が純真でやさしく、指に金の指環をはめているのを見ると、パンをあたえ、無邪気な接吻をして、粉袋の間に寝ることを許してくれた。

こうして彼女は、鹿毛色の岩だらけの自分の国と、低い森の国と、町の近くの河を取り巻く平原を通り過ぎた。

ジャニーを泊めてくれた人たちの多くは彼女に接吻したけれども、彼女は決して接吻を返さなかった……なぜなら、恋人のいる女がほかの男に接吻を返すと、女の頬に血の跡が残るからだった。

彼女は恋人が船に乗りこんだ海辺の町に着いた。港で彼の乗った船の名を探したけれども見つけることはできなかった。船がアメリカの海へ行かされたからだ、とジャニーは考えた。

町の高いところから埠頭まで黒い通りが何本も斜めに走っていた。あるものは舗装されていて、中央に小川が流れ、あるものは古い敷石で造られた階段でしかなかった。

ジャニーは、黄と青で塗られ、黒人女の顔と嘴の赤い鳥の絵看板がある家を何軒も見かけた。夜になると、入口の前で大きな角灯《ランタン》が揺れた。酔っているような男たちの入っていくのが見えた。

ジャニーは、それが黒い女と有色鳥の国から帰ってきた船員の宿だと思った。そして、おそらく遠い大西洋の香をおびて戻るであろう恋人をこんな宿で待っていたいという願いを抱いた。

顔を上げると、格子窓に寄り添って涼んでいる女たちの顔が見えた。ジャニーは二重になったドアを押した。気がつくと、タイル張りの部屋で、薔薇色の服を着て下半身裸の女たちのなかにいた。暖かい暗がりの奥では、一羽の鸚鵡がゆっくりまぶたを動かしていた。テーブルにのった三つの大きなくびれたコップにはまだ少し泡が残っていた。

四人の女が笑いながらジャニーを取り巻き、もう一人別の地味な服を着た女が小さな部屋で縫物をしているのも見かけた。

——田舎から来た子だね。

——シッ！　何も言っちゃいけないよ。

皆が大声で言った。

——飲みたいかい、かわい子ちゃん？

ジャニーは取り囲まれるままになり、くびれたコップの一つで飲んだ。肥った女が指環を見つけた。

——何とまあ、結婚してるんだね！

皆が言った。

——あんた結婚してるのかい、かわい子ちゃん？

ジャニーは顔を赤らめた。なぜなら、ほんとうに結婚しているのかどうか、またどう答えたらいいのかもわからなかったのだ。

——あたしゃ知ってるよ、結婚してる女ってものを。あたしだって小さい頃、七つのとき、ペチコートをはいていなかった。素裸で森へ行って、自分の教会を建てたのさ……小鳥たちが仕事を手伝ってくれたっけ。禿鷹は石を引き抜いてくれたし、鳩は大きな嘴でそれを刻んでくれたし、鶯はオルガンを弾いてくれた。それがあたしの結婚式とミサをした教会だったのさ。

——でもこのかわいい子は結婚指環をしてるじゃないか？　と肥った女が言った。

皆が大声で言った。

——本当に結婚指環なのかい？

女たちは次々にジャニーを抱き、愛撫し、飲ませ、ついに小さな部屋で縫物をしている婦人を微笑させた。そのうちに戸口の前でヴァイオリンが鳴り出し、ジャニーは眠りこんでしまった。二人の女が、小さな階段を通って小部屋のベッドに彼女をそっと運んだ。

それから皆が言った。

——何かあの子にあげなくちゃ。でも何がいい？

鸚鵡が目を覚まして喋り出した。

——教えてあげるよ、と肥った女が言った。彼女は長いこと小声で話した。女の一人は目を拭った。

——全くね、あたしたちはそんなものを持ったことがないもの、そうすりゃあたしたちにも運が向いてくるだろうよ。

――だろう？　あの子があたしたち四人の身代りさ。

――マダムに許可をもらおうよ、と肥った女が言った。

翌日、出て行くジャニーは左手のすべての指に結婚指環をはめていた。恋人はとても遠いところにいたけれども、彼女は彼の心のなかに戻るために、その五つの金の指環で彼の心をノックすることだろう。

運命を負った娘

背丈が届くようになると、イルセは毎朝鏡の前へ行き、「お早う、私の小さなイルセ」と言う習慣を身につけた。ついで彼女は冷たいガラスに接吻して、唇をすぼめるのだった。その像はこちらへ近づいて来るように見えるだけで、実際はとても遠くにいたのだ。より蒼白く、鏡の奥から起き上がるかのように見える別のイルセは、凍ったような冷たい口をした、囚われの女だった。イルセは、彼女がさびしく薄情そうに見えたのであわれに思った。彼女の朝の微笑は、まだ夜の恐怖に彩られている蒼白い夜明けだった。

それでもイルセは彼女を愛しており、こう語りかけるのだった。「誰もあんたにお早うを言ってくれないわ、かわいそうな小さなイルセ。私に接吻して、ねえ。私たちは今日散歩に行くの。私の恋人が私たちを迎えに来るのよ。あんたもいらっしゃい。」イルセが顔を背けると、別のイルセは、憂鬱そうに、ぎらぎら光る暗がりのほうへ逃げていった。

イルセは彼女に自分の人形と自分の服を見せてやった。「私と一緒に遊びましょう。私と一緒に服を着ましょう。」別のイルセは、それをねたみ、より白い人形と色の薄い服をイルセのほうへ持ち上げてみせた。彼女は口をきかず、イルセと一緒に唇を動かすだけだった。

ときおりイルセはこのもの言わぬ女に対して子どものように腹を立て、彼女のほうも腹を立てた。「意地悪、意地悪のイルセ！」と彼女は叫んだ。「返事しなさい！　私に接吻しなさい！」彼女は鏡を手で叩いた。奇妙な、誰の軀のものでもない手が彼女の手の前に現われた。イルセが別のイルセにさわることは決してできなかった。

夜の間に彼女は彼女を赦し、また会えるのがうれしくて「お早う、私の小さなイルセ」と囁きながら接吻するために、ベッドからとび起きるのだった。

本当の婚約者ができたとき、イルセは彼を鏡の前へ連れて行き、別のイルセに向って言った。「私の恋人を見て、でも見すぎちゃだめよ。この人は私のものだけど、あんたにも見せてあげたいの。結婚したら、毎朝、この人が私と一緒にあんたにも接吻することを許してあげるわ。」婚約者は笑い出した。鏡のなかのイルセも微笑んだ。「この人は美男で、私はこの人を愛しているのよ、ねえ？」とイルセは言った。「ええ、ええ」と別のイルセは答えた。「この人を見すぎたら、私もうあんたに接吻してあげないから」とイルセは言った。「私あんたと同じくらいやきもちやきなのよ。さようなら、私の小さなイルセ。」


イルセが愛を習い覚えるのにつれて、鏡のなかのイルセは悲しそうになった。なぜなら、女友だちが毎朝接吻しに来てくれなくなったから。彼女は彼女をすっかり忘れてしまっていた。むしろ婚約者の姿のほうが、夜が明けると、イルセを起しに走っていった。昼、婚約者が鏡の女性を見つめている間も、もうイルセは彼女を見ようとしなかった。「あら！」とイルセは言った。「あなたはもう私のことを考えていないのね、悪い人。あなたが見ているのは別のイルセだわ。あの娘は囚われの女で、決して現われはしないのよ。あの娘はあなたに嫉妬しているけれど、私のほうがもっと嫉妬しているのよ。あの娘を見ないで、あなた、私を見て。意地悪な鏡のイルセ、あんたが私の婚約者に返事することを禁じるわ。あんたは来ることができない、決して来ることはできないの。私からこの人を奪わないで、意地悪なイルセ。結婚したら、あんたにもこの人に私と一緒に接吻することを許してあげる。笑いなさい、イルセ。私たちと一緒に住まわせてあげるから。」

イルセは別のイルセを嫉妬するようになった。恋人が来ないうちに日が暮れると「あんたがあの人を追いはらったんだわ、あんたがあの人を追いはらったんだわ、そのいやな顔で」と彼女は叫んだ。「意地悪、行っておしまい、私たちを放っといて。」

そしてイルセは鏡を薄い白布で蔽った。布の裾を折り上げて、最後の小さな釘を打ちつけた。「さようなら、イルセ。」

婚約者は愛想をつかしたようであった。「あの人はもう私を愛していない」とイルセは考えた。「もう来てくれない。私はひとりぼっち、ひとりぼっち。別のイルセはどこにいるのかしら？　あの人と行ってしまったのかしら？」小さな金色の鋏で彼女は布を少し切り裂いて、覗いてみた。鏡は白い影で蔽われていた。「行ってしまったんだわ」とイルセは考えた。

──辛抱しなくてはいけない、とイルセは自分に言いきかせた。別のイルセは嫉妬してふさぎ込むだろう。私の恋人は戻って来るだろう。私は待つことができるだろう。

毎朝、彼女は枕の上の自分の顔の近くで夢現《ゆめうつつ》のうちに彼を見た。「まあ！　いとしい人」と彼女はつぶやいた。「戻ってくれたのね？　お早う、お早う、いとしい人。」彼女は手を伸ばす、と冷たい布団に触れた。

──辛抱しなくてはいけない。イルセはまた自分に言いきかせた。

イルセは長いこと婚約者を待った。忍耐は涙となって溶けてしまった。湿っぽい霧が彼女の目を蔽っていた。濡れたハンカチが彼女の頬を拭っていた。顔全体が落ちくぼんでいた。重くのしかかる毎日、毎月、毎年が顔をしなびさせていった。

──ああ！　いとしい人。私にはあなたが信じられないわ。

彼女は白布を切り抜いた。すると白っぽい枠のなかに暗いしみだらけの硝子が現われた。鏡には明るい皺が何本も走り、錫箔が硝子から剝がれたところには、影の湖がいくつも見えた。

別のイルセがイルセと同じような黒服を着て、鏡の奥から現われたが、その顔は痩せ、反射する硝子にまじった反射しない硝子の奇妙な記号を印されていた。そして鏡も泣いたあとのようだった。

——悲しいのね、私と同じように。

鏡の女は泣いた。イルセは彼女に接吻した。「今晩は、かわいそうなイルセ。」

そして、ランプを手に持って寝室へ入ったとき、イルセはびっくりした。別のイルセが、ランプを手に、悲しげな目付きで彼女のほうへ歩み寄ったのだ。イルセはランプを頭の上にかかげて、ベッドに腰を下ろした。すると、別のイルセもランプを頭の上にかかげて、彼女のそばに腰を下ろした。

——よくわかったわ、とイルセは考えた。鏡の女が解き放たれたんだわ。私を迎えに来た。私は死ぬのね。

夢想する娘

両親が死んだ後も、マルジョレーヌは小さな家に年老いた乳母とともに留まっていた。両親は彼女に褐色の藁屋根と大きな煖炉の飾り棚を遺していった。というのは、マルジョレーヌの父は物語の語り手であり、夢の建築家であったから。彼の美しい考えを愛した友人が、家を建てるための土地と、夢想にふけるためのいくらかの金を貸してくれたのだった。彼はすばらしい琺瑯を焼き上げるために、さまざまな種類の粘土と金属粉を長い間混ぜ合わせた。材料を溶解して、奇妙な硝子器を金色に染め上げようとした。「天窓」をくりぬいた親柱を固い材料で練り上げ、冷えた青銅は沼の表面のように虹色に輝いていた。しかし、彼から遺されたものは、二、三の黒ずんだ坩堝《るつぼ》、磨滅して鉱滓がでこぼこにくっついた何枚かの銅板、それに煖炉の上の七つの大きな色褪せた壺だけだった。そして、田舎の信心深い娘だったマルジョレーヌの母からは、何も遺されなかった。なぜなら、彼女は「粘土細工師」のために銀の数珠さえ売ってしまっていたから。

緑色のエプロンを掛け手をいつも泥だらけにして、瞳を火のように充血させた父のそばでマルジョレーヌは育った。彼女は、煙色に塗られて謎に満ち、くぼんだ波型の虹にも似た、煖炉の七つの壺に見とれていた。モルジアナなら、血のような色をした壺から、油を注がれた盗賊を、ダマスクスの錵《にえ》を浮かせた剣とともに、取り出して見せたことだろう。橙色の壺のなかには、アラジンが見つけたような、紅玉《ルビー》の果実、紫水晶《アメシスト》の李《すもも》、柘榴石の桜桃《さくらんぼ》、黄玉《トパーズ》の榲桲《マルメロ》の実、蛋白石《オパール》の葡萄の房、それに金剛石《ダイヤモンド》の漿果を見出すことができた。黄色い壺には、かつてカマラルザマーンがオリーブの実の下に隠した金粉が、いっぱいつまっていた。蓋の下にはそのオリーブの実の一つが覗き、壺の縁は光り輝いていた。緑色の壺はソロモン王の印のある大きな銅の印璽で蓋をされていた。その印璽には歳月が緑青の層を塗りつけていた。なぜなら、その壺はかつて大西洋に住んでおり、数千年にわたって、ある王子の精霊を閉じこめてきたのだ。とても賢い若い娘が、マンドラゴラに人間の声をあたえたソロモン王の許可を得て、その呪縛を解くことができるだろう。明るい青色の壺には、ジャウハラ[1]が、海草で織り成され、水を宝石のように鏤《ちりば》め、貝殻の緋色の斑紋で飾られた海の衣裳をすっかりしまいこんでいた。地上楽園の天空全体と、豊かな木の実と、燃えるような蛇の鱗と、天使の燃える剣とが、南国の花をつけた巨大な空色の殻斗にも似た、暗い青色の壺のなかに閉じこめられていた。そして最後の壺には、魔女リリス[2]が天上楽園の天空全体を注ぎ入れていた。というのは、その壺は、司祭の頭巾のような紫色をして、硬直したように突っ立っていたのだ。

そういうことを知らない人たちは、煖炉の中央がふくらんだ飾棚の上に、七個の色褪せた古壺しか認めなかった。だが、マルジョレーヌは父の話してくれた物語のおかげで、真相を知っていた。冬、火のそばで、薪と蠟燭の炎の変化する影のなかで、彼女は就寝の時刻が来るまで、さまざまな不思議なもののうごめくのを目で追っていた。

しかしながら、パン櫃も塩の函も空になってしまったので、乳母はマルジョレーヌに懇願した。「結婚なさいませ」と彼女は言った。「花のようなお嬢さま。お母さまはジャンはどうかと考えておいでした。ジャンと結婚するのはおいやですか？　私のマルジョレーヌさま、私のマルジョレーヌさま、何てきれいな花嫁になられることでしょう！」

――マルジョレーヌのような花嫁には騎士が何人もいたのよ、と夢想する娘は言った。私は王子さまを夫にするの。

――マルジョレーヌお姫さま。ジャンと結婚してジャンを王子さまにしておあげなさい。

――いやよ、ばあや。私は紡いでいるほうがいいわ。ダイヤモンドも服ももっと美しい精霊が現われるまで待つわ。麻と竿と磨いた紡錘《つむ》を買ってちょうだい。私たちはもうじき宮殿を持つの。それは今のところアフリカの黒い砂漠のなかにあるの。そこには血と毒薬で蔽われた魔術師が住んでいる。魔術師は旅人たちの呑むお酒に茶色の粉を入れて、毛むくじゃらな動物に変えてしまうの。宮殿は明るい松明で照らされていて、食事の給仕をする黒人たちは金の冠をかぶっている。私の王子さまが魔術師を殺して、宮殿は私たちの住む野に移ってきて、そしてお前は私の子を揺籠で寝かせつけるの。

――おお、マルジョレーヌさま、ジャンと結婚なさいませ！　と年老いた乳母は言った。

マルジョレーヌは坐って紡いだ。辛抱強く紡錘を回し、麻を撚ったり撚り戻したりした。竿は細くなりまた太くなった。ジャンがそばに来て坐り、彼女に見とれた。だが彼女は殆ど彼に注意をはらわなかった。なぜなら、大きな煖炉の上の七つの壺は夢に満ち溢れていたから。昼間、彼女には壺がうめいたり唄ったりするのが聞えるように思えた。紡ぐのをやめると、紡錘は壺のために顫えるのをやめ、竿は壺に響きを伝えるのをやめた。

――ああ、マルジョレーヌさま、ジャンと結婚なさいませ、と年老いた乳母は毎晩言った。

真夜中になるとこの夢想する娘は起き上がった。彼女は、不思議なものを目覚めさせるために、モルジアナがしたように壺に砂粒を投げつけた。だが、盗賊は眠ったままで、宝石の果実は音を立てず、金粉の流れ出る音も衣ずれの音も聞えず、ソロモンの印璽は閉じこめられた王子の上に重くのしかかっていた。

マルジョレーヌは砂を一粒一粒投げつけた。それは壺の固い土にあたって七回鳴り、あとに静寂が七回続いた。

――ああ、マルジョレーヌさま、ジャンと結婚なさいませ、と年老いた乳母は毎朝言った。

マルジョレーヌはジャンを見かけると眉を顰め、ジャンは来なくなった。そして、年老いた乳母はある朝、にこやかな顔をして死んでいた。マルジョレーヌは黒い服を着て、黒っぽい室内帽をかぶり、紡ぎ続けた。

彼女は毎夜起き上がり、モルジアナがしたように、不思議なものを目覚めさせるために砂粒を壺に投げつけた。

それでも夢は眠り続けていた。

マルジョレーヌは辛抱強く待っているうちに年老いてしまった。けれども、ソロモン王の印璽の下に閉じこめられている王子は、数千年を歴た今も若いに違いなかった。ある満月の夜、夢想する娘は人殺しのように起き上がると、槌を取り上げた。彼女は狂ったように六つの壺を打ち砕き、額には苦悶の汗が流れた。壺は砕けて開いたが、なかは空だった。彼女はリリスが紫色の楽園を注ぎ入れた壺の前でためらったが、ついでほかのと同じようにそれも叩きこわした。破片にまじって、干からびて灰色になったエリコの薔薇の花が一輪転がり出た。マルジョレーヌがその花を咲かせようとすると、それは粉々に砕け散った。

（1）モルジアナ、カマラルザマーン、ジャウハラはともに『千夜一夜物語』中の人物。モルジアナはアリババの女奴隷で、壺に隠れた盗賊どもに煮えたぎる油を注いで殺し、アリババを救う。王子カマラルザマーンは地金と金粉の入った壺を見つけ、上にオリーブの実をつめて金を隠す。ジャウハラは海底の国の王女。『千夜一夜物語』には彼女の衣裳についてこのような記述はなく、この点は作者シュオッブの空想から出たものと考えられる。
（2）『二重の心』収録の同名の短篇（七三頁）を参照。（＊）

願いを叶えられた娘

シスは小さなベッドのなかで脚を折ると、耳を壁に押しつけた。窓は蒼白かった。壁は顫え、息を殺して眠っているみたいだった。小さな白いペチコートが椅子の上でふくらみ、二本の靴下が、黒くて柔らかい空っぽの脚のように吊り下がっていた。服が、天井まで這い上がろうとするかのように、壁に神秘的な形をつけていた。床板が闇のなかでかすかに軋っていた。水差しは、金だらいのなかにうずくまって息を吸いこんでいる白い蟇みたいだった。

——私は不仕合わせすぎるわ、とシスは言った。そして彼女は布団のなかで泣き出した。壁が前より強く溜息をもらしたけれど、二本の黒い脚は動かず、服は這い上がるのをやめ、白い蟇は濡れた口を閉じようとはしなかった。

シスはまた言った。

——私はみんなに憎まれているのだから、ここでは姉さんたちしか愛されていないのだから、私は夕食の時間になると寝室に追い遣られるのだから、私は行ってしまおう。そうだわ、ずっと遠くへ行ってしまおう。私はシンデレラのような女、それが私なの。姉さんたちに見せてやろう。私は王子さまを見つけるんだわ。そして姉さんたちには誰も、絶対に誰も見つからないの。そして私は立派な馬車に乗って王子さまと一緒に戻って来る。それが私のすることだわ。そのときもし姉さんたちがやさしくしてくれたら、赦してあげる。かわいそうなシンデレラ。あんたたち姉さんも、シンデレラのほうがもっとやさしいことがわかるでしょうよ。

靴下をはき、ペチコートの紐を結んでいる間に、彼女の小さな胸はまたふくらんだ。何ものっていない椅子が部屋の中央に見捨てられたように残った。

シスはそっと台所まで降りると、かまどの前に坐り、両手を灰のなかへ入れて、また泣き出した。糸縒車《いとよりぐるま》の規則正しい音が彼女を振り返らせた。生温かい毛だらけの軀が脚にさわった。

――私には代母はいないけれど、猫がいるわ。ねえ？

指を差し出すと、猫は小さなおろし金のような熱い舌で彼女の指をなめた。

――おいで。

彼女は庭に通じるドアを押した。一陣の冷気が吹きこんだ。黒っぽい緑のかたまりが芝生のありかを示していた。大楓の木が顫え、星々が木の枝の間に吊り下がっているように見えた。木々の向うの菜園は明るく、メロンにかぶせた鐘形ガラスが光っていた。

シスは長い草の茂みを二つかすめて通り、草でかすかにくすぐられた。短い光が飛び舞っている鐘形ガラスの間を駆け抜けた。

――私には代母はいない。でも猫ちゃん、あんた馬車が造れるでしょう？

小猫は、灰色の雲がいくつも走る空に向ってあくびをした。

――私にはまだ王子さまがいないの。王子さまはいつ来てくれるの？

紫色の大きな薊《あざみ》のそばに腰を下ろすと、彼女は菜園の垣根を眺めた。片方のスリッパを脱ぐと、スグリの木越しに力いっぱい抛った。スリッパは街道に落ちた。

シスは猫を撫でながら言った。

――お聞き、猫ちゃん。もし王子さまがスリッパを返しに来なかったら、お前に長靴を買ってあげるから、王子さまを探しに一緒に旅をするのよ。王子さまはとても美しい若者なの。緑の服を着て、ダイヤモンドをいくつも飾っているの。とても私を愛しているのだけれど、まだ私に会ったことはないの。お前嫉妬しないのよ。私たちは三人で暮すの。私はいままでシンデレラより不仕合わせだったのだから、それよりもっと仕合わせになるの。シンデレラは毎晩、舞踏会でとても豪華な服をもらったの。でも私にはお前しかいないのよ、かわいい小猫ちゃん。

彼女は湿ったなめし皮のような猫の鼻面に接吻した。猫はかすかにニャオーと鳴いて、片肢を耳にかけた。それから自分の軀をなめ、喉をゴロゴロ鳴らした。

シスは青いスグリの実をいくつか摘んだ。

——一つは私の、一つは王子さまの、一つはお前の。一つは王子さまの、一つはお前の、一つは私の。一つはお前の、一つは私の、一つは王子さまの。私たちはこんなふうにして暮すのよ。何でもみんな三人で分けるの。意地悪な姉さんなんていないの。

灰色の雲が空にいくつもかたまっていた。一条の蒼白い光が東のほうに立ち昇った。木々は蒼ざめた薄明りに浸っていた。突然、凍りついたような一吹きの風が、シスのペチコートを揺ぶった。あらゆる物が顫えた。紫色の薊は二、三度おじぎをした。猫は背を丸め、全身の毛を逆立てた。

シスは、遠く街道に車輪の軋る音を聞いた。

鈍い光が木々の揺れる梢と小さな家の屋根に沿って走った。

車の走る音が近づいてきた。馬のいななきとぼんやりした人声のざわめきがした。

——お聞き、猫ちゃん。お聞き。大きな馬車が着いたわ。王子さまの馬車よ。急いで、急いで。すぐ私をお呼びになってよ。

金褐色のスリッパの片方がスグリの木を飛び越えて、鐘形ガラスの間に落ちた。

シスは柳の木の柵に駆け寄って、柵を開けた。

一台の長くて黒い馬車が重々しく進んで来た。御者の双角帽には鮮やかな赤い線が入っていた。二人の黒服の男が馬の両側を歩いていた。車の後部は柩のように低く細長かった。気の抜けたような臭いが朝のそよ風のなかに漂っていた。

だが、シスはそういうことが何もわからなかった。彼女には一つのことしか、奇蹟の馬車がそこにいるということしか目に入らなかった。王子さまの御者は金の帽子をかぶっていた。重そうな箱には婚礼用の宝石がつまり、怖ろしくも至上の香りが王威でもってその箱を包んでいたのだ。

シスは大声を上げながら両手を差し出した。

——王子さま、私を連れて行ってください、私を連れて行ってください！

非情な娘

　モルガーヌ王女は誰をも愛していなかった。彼女は冷たい無邪気さを備え、花と鏡に取り囲まれて暮していた。髪に赤い薔薇の花をさしては自分の姿を眺めていた。その目に自分の姿が映るからといって、若い娘や若い男に会うこともしなかった。残忍さも情欲も彼女には未知のものだった。彼女の黒髪はゆるやかな波となって顔の周りに垂れていた。彼女は自分自身を愛したいと願っていたけれども、鏡に映る像には静かで遠いもののような冷淡さがあり、池に映る像はどんよりと蒼白く、川に映る像は顫えながら逃げ去ってしまうのだった。

　モルガーヌ王女は、白雪姫の鏡が口をきくことができて、彼女がえぐり殺されることを警告した物語も、イルセの鏡から別のイルセが出てきてイルセを殺したお話も、そして、ミレトスの町の夜の鏡が女たちに首吊り自殺をさせた事件も本で読んでいた(1)。彼女は不思議な絵を見たことがあったが、その絵のなかでは、婚約者の男女がそれぞれ夕暮の霧のなかで自分自身に出会ったため、男が女の前に剣を突き出していた。というのは、分身は死を予告するものだからだ。だが彼女は自分の像を怖れることはなかった。なぜなら、彼女は無邪気なヴェールをかぶった自分以外には、残忍でも情欲的でもない、彼女自身にとっての彼女自身にしか出会ったことはなかったのだ。緑がかった金の薄板も、水銀の重々しい広がりもモルガーヌをモルガーヌに映し出して見せることはなかった。

　その国の司祭たちは土占い師であり、また拝火教徒でもあった。彼らは四角い箱に入れた砂の上に何本も線を引き、羊皮紙の護符を用いて計算し、煙をまぜた水で黒い鏡を造った。夕暮になると、モルガーヌは彼らを訪れ、捧げ物の菓子を三個火のなかに投げ入れた。「ご覧下さい」と言って、土占い師は黒い水鏡を示した。モルガーヌは見つめた。まず明るい靄が表面に棚引き、ついで色のついた環が一つ湧き起り、一つの像が立ち昇って、かすかに走った。それは長い窓のある立方体の白い家で、三つ目の窓の下には青銅の大きな吊環が掛かっていた。そして家の周りは一面灰色の砂だった。「これが本当の鏡のある場所ですが」と土占い師は言った。「私どもの知識ではそれがどこかを決めることも説明することもできません。」

モルガーヌはさらに捧げ物の菓子を三個火のなかに投げ入れた。だが、像は揺らいでかすんでしまい、モルガーヌが見つめてもむだだった。

次の日、モルガーヌは旅をしたいと思った。なぜなら、砂の暗い色に見覚えがあるように思えたからで、彼女は西洋へ向って進んだ。彼女の父は銀の鈴をつけた数頭の牝騾馬とともに、よりすぐった一隊を彼女にあたえ、彼女は内壁を高価な鏡ではった轎子《こし》で運ばれた。

こうして彼女はペルシャを通り、互いに離れて建っている宿という宿を、旅人たちが泊る井戸のそばの宿も、夜になると女たちが歌を唄い金属器を叩き鳴らす評判の悪い家も、同じように見て回った。

ペルシャの国境に近いところで、立方体の、長い窓のある白い家をたくさん見かけたが、青銅の吊環は掛かっていなかった。彼女は、吊環なら西洋のシリアというキリスト教国にあると教えられた。

モルガーヌは甘草《かんぞう》の生い茂った湿原地帯を取り巻く平らな河岸を通り過ぎた。一枚岩をくり抜いて造った城がいくつも山の頂上に建っており、一隊の通る路上で日なたに坐っている女たちは、茶色いたてがみのような髪を額の周りに撚り合わせていた。そこには馬の群を連れ、銀の穂先のついた槍を持つ人たちがいた。

さらに先には、神々を讃えるために麦から造った火酒を飲む盗賊どもが住む荒涼とした山がある。彼らは奇妙な形をした緑色の石を崇拝し、燃えるような茂みの環のなかで売春し合っている。モルガーヌは彼らを恐がった。

さらに先には、眠りのなかでしか神々の訪れを受けない黒人たちの住む地下の町がある。彼らは大麻の繊維を食べ、顔を胡粉で化粧している。夜、大麻に酔った者たちは眠っている人たちを神々のもとへ送るために、首を叩き切るのだ。モルガーヌは彼らを恐がった。

もっと先には、植物も石も砂に似た、灰色の砂漠が広がっている。その砂漠の入口に、モルガーヌは吊環のある宿を見つけた。

彼女は轎子を止めさせ、騾馬曳きたちは騾馬から積荷を下ろした。セメントを使わずに建てた古い家で、石のブロックは陽の光のために白ちゃけていた。だが、宿の主人は鏡について話すことができなかった。鏡というものを全く知らなかったからだ。

その夜、一同が薄いビスケットを食べ終ったとき、主人はモルガーヌに、この吊環のある家が昔ある残忍な女王の住まいであったことを告げた。そして女王は残忍さに対する罰を受けたのだった。というのは、広い砂漠の真中で孤独に暮し、旅人に福音を伝えながら川で水浴びをさせてやっていたある信心深い男の首をはねることを、彼女は命じたのだ。間もなく女王は一族とともに滅び、家のなかの女王の部屋は塞がれてしまった。宿の主人はモルガーヌに石で塞がれた入口を見せた。

宿の旅人たちは四角い部屋や庇《ひさし》の下で床についた。だが、真夜中ごろ、モルガーヌは騾馬曳きたちを起し、塞がれた入口を打ち毀させた。鉄の燭台を持って、埃だらけの裂目からなかへ入った。

モルガーヌの従者たちは、悲鳴を聞いて、王女のあとを追った。彼女は塞がれた部屋の中央で、血を満たした鍛えた銅の皿の前に跪き、熱心に見つめていた。宿の主人は両腕を上げた。なぜなら、この鎖されていた部屋の皿の血は、残忍な女王がはねた首をその上に置かせたとき以来涸れずに残っていたからだ。

モルガーヌが血の鏡のなかに何を見たか誰も知らない。だが帰り路で、騾馬曳きたちは毎夜一人ずつ、彼女の轎子のなかに入ったあとで、灰色の顔を天に向けて殺されていた。そしてこの王女は赤い女モルガーヌと呼ばれ、有名な売春婦に、怖ろしい男殺しになった。

（1）本書『黄金仮面の王』収録の「ミレトスの女たち」（二五五頁）参照。（＊）

自分を犠牲にした娘

リリーとナンは農場の手伝い女だった。二人は井戸の水を運んだが、夏だと熟した小麦の間の、ないも同然な小道を通らねばならず、また、冬、寒くなって窓につららが下がるようになると、リリーはナンのベッドへ潜りこみに来るのだった。布団のなかで丸くなって、二人は風が吼えるのに耳を傾けていた。二人はいつも白い布を何枚もポケットに入れ、桜桃《さくらんぼ》色のリボンがついた上質の胸当てを着け、二人とも同じようなブロンドで、笑いんぼだった。毎晩、二人は煖炉の隅にきれいな汲みたての水を入れたバケツを置いておくのだが、人の話だと、朝ベッドから起きると、バケツのなかに何枚もの銀貨を見つけ、それを指の間で鳴らす、ということだった。なぜなら「ピクシー」たちがバケツで水浴したあと、なかに銀貨を投げ込んでくれるからだった。でも、ナンもリリーも誰も物語や民謡のなかでしかピクシーに会ったことはなく、それは、くるくる回る尻尾を持った、意地悪な黒い小妖精のようなものだった。

ある夜、ナンは水を汲むのを忘れた。というのも、十二月のことで、井戸の錆びた鎖に氷がはりついていたのだ。リリーの肩に手をかけて眠っていた彼女は、いきなり両腕とふくらはぎを刺され、襟髪を手荒く引っぱられた。彼女は泣きながら目を覚ました。「明日の朝私は青黒い痣だらけになっているわ!」そしてリリーに言った。「私を抱きしめて、私を抱きしめて、きれいな汲みたての水のバケツを置いとくのを忘れたけれど、デヴォンシャーの『ピクシー』が全部押し寄せて来たって、ベッドから出てやらないから。」やさしい小さなリリーは彼女を抱きしめると、起き上がり、水を汲んで、バケツを煖炉の隅に置いた。彼女がベッドに戻ったとき、ナンは眠っていた。

眠りながら、小さなリリーは夢を見た。緑の葉を身にまとい、金の冠を戴いた女王がベッドに近づいて、彼女にさわり、話しかけるようだった。「リリーや、私はマンドジアーヌ女王です。私を探しに来ておくれ。」「私は鮮やかな緑の草原に坐っています。私のいるところに通じる道は黄と青と緑の三色に彩られています。」「リリーや、私はマンドジアーヌ女王です。私を探しに来ておくれ。」

リリーは、夜の黒い枕のなかに頭を沈め、もう何も見なくなった。ところで朝、雄鶏が鳴いたとき、ナンは起き上がることができず、甲高い悲鳴を上げていた。なぜなら、両脚の感覚がなくなり、動かせなくなっていたのだ。昼間、何人もの医者が彼女を診て、大評議の末、彼女はおそらくこうした寝たきりの状態で二度と起き上がれないだろう、と診断した。あわれなナンはすすり泣いた。夫を見つけることができなくなるのではないかと。

リリーはとても同情した。冬のリンゴの皮を剝きながらも、サンザシの実を並べながらも、バターを練りながらも、手を赤くして酪漿をすくい取りながらも、絶えず、あわれなナンを直せないかと考えていた。そして夢のことは忘れていたのだが、ひどく雪が降ったある晩のこと、皆がトーストパンで熱いビールを飲んでいると、年老いた民謡売りがドアを叩いた。農場の手伝い女はみんな彼の周りに駆け寄った。というのも、彼は手袋だの、恋歌だの、リボンだの、オランダの布地だの、靴下留だの、ピンだの、金色の帽子だのを持っていたから。

――高利貸の細君の、あわれな物語をごろうじろ。この女、十二箇月の間二十袋もの金貨をみごもり、また蝮の頭のシチューだの、蟇の焼肉が食べたいなどと、まことに奇妙な食欲にとりつかれたのでございます。

大魚の唄物語をごろうじろ。この魚、四月の十と四日目に浜辺に来たり、四十尋以上も跳び上がるや、海の水に真青に染まった花嫁指環を五桝も吐き出したのでございます。

王さまの意地悪な三人娘と、父親の顎ひげにコップ一杯の血を注ぎかけた娘の小唄をごろうじろ。

なお手前、マンドジアーヌ女王の冒険譚も持参しておりましたが、いたずら者の突風が街道の角で手前の手より最後の一枚を奪い取ってしまったのでございます。

たちまちリリーは夢を思い出し、マンドジアーヌ女王が来るように命じていることを悟った。

その夜、リリーはやさしくナンを抱きしめると、新しい靴をはいて、唯一人街道を通って出掛けた。ところで、年老いた民謡売りは姿を消してしまい、彼の紙片はとても遠いところに吹きとばされてしまっていたので、リリーはそれを見つけることができず、従ってマンドジアーヌ女王がどういう人かも、どこへ探しに行けばいいのかもわからなかった。

そして、彼女は道すがら、いつまでも手をかざして遠くから彼女を見送る老農夫たちにも、戸口で呑気にお喋りしている若い妊婦たちにも、話し声を聞きつけて垣根越しに桑の木の枝を差し出してやった子どもたちにも尋ねてみたのだが、誰一人答えられる者はいなかった。ある者は「女王なんてもういないよ」と言い。ある者は「このあたりにはいないよ、昔はいたけれど」と言い。ある者は「そりゃ美男子の名前かい？」と言った。また別の悪い奴らは、リリーを、昼間は閉めていて夜になると開いて明るくなる、町なかの例の家の前へ連れて行き、マンドジアーヌは赤い肌着を着てここに逗留し、裸の女たちにかしずかれている、と言って憚らなかった。

だがリリーは、本物のマンドジアーヌ女王は赤でなく緑の衣裳をまとっていること、そして三色に彩られた道を通らなくてはいけないことを、よく知っていた。彼女は悪人どもの嘘を見破った。それでも、彼女はとても長いこと歩いた。白っぽい埃のなかを小刻みに走り、轍の厚い泥に足を取られ、運送屋の四輪車にあとをつけられ、またときには、夕方、空が素晴らしい赤い色に染まる頃、麦の束を山と積み、光る鎌が揺れる大きな馬車に追われているうちに、彼女は確かに人生の夏を過してしまった。だが誰一人マンドジアーヌについて話すことはできなかった。

この難しい名前を忘れないために、彼女は靴下留に結び目を三つこしらえておいた。ある日の昼、太陽が昇る方角に遠く進んだあと、彼女は、青い運河に沿った曲りくねった黄色い街道に入った。運河は街道とともに曲り、その間に緑の土手が続いていた。ところどころに灌木が生い茂り、そして目の届く限り、いくつかの沼と緑の影しか見えなかった。点在する沼の間には円錐形の小さな小屋が立ち、長い街道は空の血のような雲のなかへ真直ぐに呑みこまれていた。

彼女は、運河に沿って重い船を曳いている、奇妙に目の裂けた少年に会った。彼女は少年に女王に会ったことがあるかどうかを尋ねようとしたのだが、その名前を忘れているのに気がついてぞっとした。悲鳴を上げて泣き、靴下留を探ってみたがむだだった。自分が黄色い埃と青い運河と緑の土手でできている三色の道を歩いているのがわかっていたので、なおいっそう激しく叫んだ。結び目にもう一度さわってみて、しゃくり上げた。すると少年は、彼女が病気だと思い、彼女が悲しんでいるわけはわからないままに、道端の貧弱な草を一本摘んでくると、彼女に手渡した。

——マンドジアーヌ草が直してくれるよ。

こうしてリリーは緑の葉をまとった女王を見つけたのだった。

彼女はその草を大事そうに握りしめると、すぐ長い路を引き返した。リリーは疲れていたから、帰りの旅は来たときより時間が掛かった。もう何年も歩いているように思えた。でも彼女は、あわれなナンを直してやれるとわかっていたので、うれしかった。ついに彼女は、上着と肌着の間に草を握りしめながら、デヴォンに着いた。ところが、まず木々に見覚えがないように、また動物たちもみんな変ってしまったように思えた。

農家の大きな部屋のなかで、一人の老婆が子供たちに取り囲まれているのを見た。彼女は駆け寄って、ナンのことを尋ねた。老婆はびっくりして、リリーを見つめた。

——でもナンはずっと前にいなくなり、そして結婚したよ。

——それで直ったの？　とリリーはうれしそうに尋ねた。

——直ったともさ、勿論。それであんたは、かわいそうに、リリーじゃないのかい？

――そうよ。でも、それじゃ私はいくつになったのかしら？

――五十じゃないかしら、おばあさん、と子どもたちが大声で言った。この人おばあさん程年寄りじゃないもの。

疲れたリリーは、微笑んでいるうちにマンドジアーヌ草のとても強い香のために気が遠くなり、陽の光を浴びながら死んでしまった。こうしてリリーはマンドジアーヌ女王を探しに行き、そして女王に連れ去られたのだった。

III

モネル

彼女の出現について

暗い雨のなかを、ぼくがどんなふうにして、夜の闇のなかに現われた奇妙な店まで行き着いたのかはわからない。その町がどこだったのか、その年がいつだったのかも知らない。覚えているのは、雨の多い、とても雨の多い季節だったことだ。

同じ頃、人々がほうぼうの街道で、大きくなりたがらない浮浪児たちを見かけたことは確かだった。七歳の少女たちが、年齢の変らないようにと跪いて祈っていた。青春期でさえ死につながるものに思えたのだ。鉛色の空の下に白っぽい行列がいくつもできて、殆ど喋らない何人もの小さな人影が若者たちに警告していた。彼女たちは永遠に続く無知以外の何ものをも望まなかった。永遠の遊びに身を捧げたいと願っていた。人生の仕事に絶望していた。彼女たちにとってはすべてが過去でしかなかった。

このどんよりした日の続く、雨の多い、とても雨の多い季節に、ぼくはランプ売りの少女の糸を引くような細い光を見つけた。ぼくは庇《ひさし》の下に近づいた。頭を下げると雨が頸筋をつたわった。

そしてぼくは言った。

――いったいそこで何を売っているの、小さな売子さん。こんなさびしい雨の季節に？

――ランプよ、灯の点ったランプだけよ。

――小指程の高さしかなくて、ピンの頭のように細い光を放って燃えているそのランプは、いったい何なんだい？

——これは、今の暗い季節のためのランプなの。そして以前は人形のランプだったの。でも子どもたちはもう大きくなりたがらないの。だから、暗い雨も殆ど照らせないような小さなランプを子どもたちに売っているの。

——それじゃ、きみはそれで暮しているの、黒い服の小さな売子さん？　子どもたちがランプに払うお金で食べているの？

——そうよ、と彼女はあっさり言った。でも稼ぎはとても少ないの。だって私が渡そうとすると、よく不吉な雨が小さな灯を消してしまうのですもの。消えてしまえば子どもたちはもうほしがらないし、灯をつけ直すことは誰にもできないの。もうこれだけしか残っていないわ。私にはこれ以外のランプを見つけられないことがよくわかっているの。売れてしまえば、私たちは雨の闇のなかにいることになるの。

——じゃあこれが、この陰鬱な季節の唯一の光なのかい？　で、どうしてこんな小さなランプでしめっぽい暗闇を照らすことができるんだい？

——よく雨に消されてしまうので、野でも街でもランプがもう役に立たないの。でも閉じこもらなくてはいけないの。子どもたちは小さなランプを両手で囲って、閉じこもるの。それぞれ自分のランプと鏡を一つずつ持って閉じこもるの。

ぼくは揺れている貧弱な炎をしばらく眺めた。

——小さな売子さん、何とまあわびしい光だね。これじゃ鏡に映る姿もわびしいにちがいないね。

——子どもたちが大きくならない限りは、と黒い服を着た少女は首を振りながら言った。映る姿もそんなにわびしくはないわ。でも私が売っている小さなランプは永遠に燃え続けるわけではないの。まるで暗い雨を悲しむかのように炎が弱まっていくの。そして私の小さなランプが消えると、子どもたちはもう鏡の明りさえ見ることができなくなって絶望する。だって子どもたちは自分が大きくなる瞬間を知ることができなくなるのではないかと怖れるの。だから子どもたちは呻きながら夜の闇のなかへ逃げてしまう。でも私は、一人の子に一つのランプしか売ることを許されていないの。子どもたちが二つ目を買おうとすると、それは彼らの手のなかで消えてしまう。

　ぼくは小さな売子のほうにもう少し身をかがめて、ランプの一つを取ろうとした。

——あら！　さわってはいけないわ、私のランプが燃えるには、あなたは歳を取り過ぎているのよ。ランプは人形と子どもたちのために造られているの。家に大人のランプを持っていないの？

——ああ！　こんな暗い雨の降る季節では、こんな今まで知らなかったような陰鬱な時節では、もうきみの子ども用のランプしか燃えてくれないんだよ。ぼくはもう一度鏡の光を見たかったのさ。

——いらっしゃい、一緒に見ましょう。

　小さな磨りへった階段を上がり、彼女はぼくを、壁に鏡が光っている質素な木造りの部屋へ案内した。

——静かに！　あなたに見せてあげる。だって私のランプはほかのより明るくて強いの。だから、こんな雨の降る暗闇にいてもそんなにみじめではないの。彼女は小さなランプを鏡のほうにかかげた。

　すると蒼白い反映ができ、ぼくはそのなかに知っている物語がいくつも展開するのを見た。だが小さなランプは嘘をついた、嘘をついた、嘘をついた。ぼくは、コーディリアの唇の上で羽根が持ち上がるのを見たし、彼女は微笑んで、父の病気を直し、年老いた父と大きな籠のなかで鳥のように暮し、父の白い髭に接吻したのだ。ぼくは、オフィーリアが硝子のような池の水の上でたわむれ、菫の花環で飾った濡れた両腕をハムレットの頸に回すのを見た。目を覚したデスデモーナが柳の木の下をさまようのを見た。マレーヌ姫が年老いた王の目から両手を離し、笑って、踊るのを見た。自由の身になったメリザンド[1]が、泉に姿を映すのを見た。

　ぼくは叫んだ、嘘つきの小さな鏡！

——静かに！　ランプ売りの少女はぼくの唇に手をあてた。何も言ってはいけないわ。雨だけでも充分暗いのではなくって？

そこでぼくはうなだれて、見知らぬ町の雨の夜へと立ち去った。

（1）コーディリアはシェイクスピアの悲劇『リア王』のヒロイン。リア王の孝行な末娘。マレーヌ姫、メリザンドはそれぞれM・メーテルランクの戯曲『マレーヌ姫』と『ペレアスとメリザンド』のヒロイン。

彼女の生活について

どこでモネルがぼくの手を取ったのかわからない。でも、もう雨が冷たい、ある秋の夜のことだったと思う。

――私たちと遊びにいらっしゃい。

モネルはエプロンのなかに古びた人形と、皺になり飾りが色褪せた羽根をいくつか持っていた。顔は蒼白く、目は笑っていた。

――遊びにいらっしゃい、私たちはもう仕事をしない、遊ぶの。

風とぬかるみがあった。舗石は光っていた。店のどの庇からも雨水が一粒一粒落ちていた。娘たちは食料品屋の入口で顫えていた。火のついた蠟燭は赤く見えた。

だがモネルは、ポケットから鉛の骰子《さいころ》と小さな錫の剣とゴムまりを取り出した。

――すべて子どもたちのためなの。食料を買いに出るのは私なの。

――それで、きみたちはどんな家を持っているんだい、どんな仕事を、どんなお金を、小さな……

――私はモネルよ、と少女はぼくの手を握りしめて言った。子どもたちは私をモネルって呼ぶの。私たちの家はみんなが遊ぶ家なの。私たちは仕事を捨ててしまったの。まだ持っている貨幣はもともとお菓子を買うためにもらったものなの。毎日私は子どもたちを街へ探しに行って、私たちの家の話をして、連れ帰るの。そして人に見つからないように上手に隠れているの。見つかれば大人たちは私たちをむりやり家へ連れ戻し、持っているものを全部取り上げてしまうでしょう。でも私たちは、みんな一緒に遊んでいたいの。

——で、何をして遊ぶんだい、小さなモネル？

——いろんなことをするのよ。大きな子は鉄砲やピストルを造り、ほかの子は羽根つきや縄跳びをしたり、まりを投げ合ったり、また手を取り合ってロンドを踊ったり、窓硝子に見たこともないようなきれいな絵を描いたり、シャボン玉を飛ばせたり、人形に着物をきせて散歩させたりするの。私たちは指で数えて小さな子どもたちを笑わせるの。


モネルがぼくを案内した家は、窓が塞がれているみたいだった。窓は通りから遠く離れ、明りはすべて深い庭から射していた。そしてぼくは庭に入るなり仕合わせそうな声を聞きつけた。

三人の子どもが現われ、ぼくたちの周りで跳びはねた。

——モネルだ、モネルだ！　と彼らは叫んだ。モネルが帰ってきたんだ！　彼らはぼくを見て囁いた。

——何て大きいんだろう！　モネル、この人遊べるの？

彼女は彼らに言った。

——もうじき大人たちも私たちに加わるでしょう。子どもたちのところへ来るでしょう。遊びを覚えるでしょう。私たちが授業をしてあげるの。でも私たちの授業では勉強はしないの。お腹が空いてる？

いくつかの声が叫んだ。

——ええ、ええ、ええ、もう夕飯にしなくちゃ。

小さな円テーブルと、リラの葉ぐらいのナプキンと、指貫ぐらいの深さのコップと、胡桃《くるみ》の殻ぐらいの浅い皿がいくつか運ばれてきた。ココアと粉砂糖の食事で、小指ぐらいの白い瓶は口が細すぎて、葡萄酒をコップに注ぐことができなかった。

部屋は古く、天井は高かった。そこらじゅうで、緑色と薔薇色の小さな蠟燭がかわいらしい錫の燭台の上で燃えていた。壁にかかる小さな円い鏡はどれも貨幣が鏡に変ったみたいだった。人形は、動かない点を除けば子どもたちと見分けがつかなかった。なぜなら、人形は自分たちの肱掛椅子に腰掛けていたり、小さな化粧台の前で髪を結ったり腕を上げたり、すでに小さな銅のベッドで布団を顎まで引き上げて寝ていたから。床には、森の羊小屋に敷くようなやわらかい緑の苔がまき散らされていた。

この家は牢獄か病院のように思われた。とはいっても、罪のない人たちを苦しませないために閉じこめる牢獄であり、人生の仕事から立ち直るための病院だった。モネルは牢番であり、看護婦であった。

小さなモネルは子どもたちが遊ぶのを眺めていた。だが彼女は蒼ざめていた。多分お腹が空いていたのだろう。

——何を食べて生きているんだい、モネル？　とぼくはだしぬけに言った。彼女はあっさり答えた。

——何を食べて生きているのでもないの。私たちにもわからないの。やがて彼女は笑い出した。でもとても弱っていた。

彼女は病気で寝ている子のベッドの足もとに腰を下した。白い小瓶をその子に差し出すと、唇を少し開けて長いこと覗きこんでいた。

ロンドを踊り、明るい声で歌を唄っている子が何人かいた。モネルはちょっと手を上げて言った。

——静かに！

そして、やさしく、あのかわいい言葉で語り出した。

——私は病気らしいの。行かないでね。私の周りで遊んでいて。明日はほかの人にきれいなおもちゃを探してもらいましょう。私はあんたたちのそばにいるわ。音を立てないで楽しみましょう。静かに！　いつの日か町や野に出て遊びましょう。そうすればどこのお店でも私たちに食べ物をくれるでしょう。今だとほかの人たちと同じように暮すことを強いられるでしょうから。待たなくてはいけないの。それまでにたんと遊んでおきましょう。

モネルはさらに言った。

——私を愛して。私はあんたたちみんなを愛しているわ。

やがて彼女は病気の子のそばで眠りこんでしまったように見えた。

ほかの子どもたちはみんな顔を突き出して彼女を眺めていた。

小さな顫える声が弱々しく言った。「モネルが死んじゃった。」そして深い沈黙が続いた。

子どもたちはベッドの周りに火のついた小さな蠟燭を全部運んできた。彼女が眠っているものと思い、人形に対してするように、三角形に削った明るい緑色の小さな木を彼女の前に並べ、それらを白木の羊たちの間に置くと、彼女を見つめた。そして腰を下ろして待った。しばらくすると、病気の子がモネルの頬の冷たくなるのを感じて泣き出した。

彼女の逃亡について

モネルと遊ぶくせのついてしまった子が一人いた。それはまだモネルが出ていくはるか前のことだった。その子は、一日のすべての時間を、彼女のそばで、彼女の目が顫えるのを眺めて過した。彼女はわけもなく笑い、彼もわけもなく笑った。眠っているときでも、彼女の唇はやさしい言葉を掛けようとして、少し開いていた。目覚めると、すぐ駆けつけるであろうその子を思い、彼女はひとりでに微笑むのだった。

二人の遊びは本当の遊びではなかった。というのは、モネルは仕事をしなければならなかった。まだとても幼いのに、彼女は一日中埃だらけの古びた窓ガラスのうしろに坐っていた。正面の塀は外が見えないようにセメントで塗り固められ、北から射すわびしい光を受けていた。でも、モネルの小さな指は、布のなかを、まるで白い布でできた街道の上を走るように駆け回り、膝に刺したピンは中継地点を示していた。握りしめた右手は、小さな白い馬車となって、縁をかがった畝《うね》を残しながら進み、針は軋りながら鉄の舌を突き出し、隠れたり現われたりしながら、長い糸を金色の目で引いていった。左手は楽しい見ものだった。というのは、新しい布地をそっと撫で、すべての皺を取り除き、まるで病人用の新しいシーツをベッドの縁に折りこんでいる手のようだった。

こうして、その子はモネルを見つめ、ものも言わずに楽しんでいた。なぜなら、彼女の仕事が遊びのように思えたし、彼女が大して意味もない当り前のことを語りかけてくれたからだ。彼女は陽が照れば笑い、雨が降れば笑い、雪が降れば笑った。彼女は暖まることも、濡れることも、凍えることも好きだった。お金があれば、新しい服を着て踊りに行こうと考えて笑った。貧乏なときは、たっぷり一週間分たくわえてある隠元豆を食べようと考えて笑った。銅貨を持てば、それで笑わせてやれるほかの子どもたちのことを思い、小さな手が空になれば、自らの飢えと貧しさのなかに丸くなって巣ごもることができるようになるのを待った。

彼女はいつも子供たちに囲まれ、大きく開いた目で見つめられていた。が、おそらく彼女は終日自分のそばで過ごすその子がいちばん好きだった。それでも彼女は出て行ってしまい、その子をひとりぼっちにしてしまった。彼女はそのことについて話しはしなかった、ただ、いつもより真面目になり、いつもより長くその子を見つめた。その子は思い出した。彼女が周囲のものすべてを、小さな肱掛椅子、子どもが持って来る色を塗った動物たち、すべてのおもちゃ、すべてのぼろ布などを愛さなくなったことを。彼女は指を口にあてて、ほかのことを考えていた。

彼女は十二月のある夜、その子がいないときに姿を消した。喘いでいるような小さなランプを手に持って、振り返りもせずに、闇のなかへ消えた。その子が戻ったときにはまだ、狭い通りの端に溜息をついているような短い炎が見えた。それで終りだった。その子はモネルにふたたび会うことはなかった。

長いこと、その子はなぜ彼女が何も言わずに姿を消したのかと考えた。彼が悲しむと彼女も悲しくなるのがいやだったのだ、とその子は考えた。彼女を必要とするほかの子どもたちのところへ行ったのだ、とその子は自分に言い聞かせた。小さな瀕死のランプを持って、彼女はほかの子どもたちに救いを、夜の闇のなかでも笑っている火花という救いをもたらしに行ったのだ。ほかの知らない子どもたちを愛するためには、その子ひとりを愛しすぎてはいけない、と考えたのだろう。針は金色の目とともに小さな肉の馬車を、縁をかがった畝の先端まで、最先端まで引き終えてしまい、モネルは、晒していない布の道に手を走らせることに疲れてしまったのだろう。おそらく彼女は永遠に遊んでいたかったのだが、その子は永遠の遊びの手立てを知らなかったのだ。彼女は、何年も前からすべての目をセメントで塞がれた、盲の塀の背後に何があるのか見てみたいと最後に願ったのだろう。

おそらく彼女は戻って来るだろう。「さようなら、待っててね、……お利口にしているのよ」と言えば、彼に廊下を歩く小刻みな足音や鍵穴で鳴るすべての鍵の音を待ち受けさせることになりはしないかと、恐れて黙っていたのだ。そして彼の背後へ不意に戻り、小さな両手を彼の目にあてるのだ……ああ、そうだ！……火のそばに戻った雛鳥のような声で「クウクウ」と叫ぶのだ。

その子は初めて彼女に会った日を思い出したが、そのときの彼女は、身を揺って笑っている、燃えるような細い白さとなって跳びはねていた。彼女の目は、さまざまな考えが草木の影のように動いている水の目だった。通りの角に、彼女はやさしく現われた。クリスタルガラスの盃の止りかけた振動にも似たゆるやかな笑いであった。冬の黄昏時のことで、霧が出ていた。あの店は開いていた……今と同じように。同じような晩、周囲のものも、耳に響くざわめきも同じなのだが、年月は変わり、待つということも違う。その子は注意深く進んだ。すべてのものが最初のときと同じだったが、今では彼は待っていた。それこそ彼女が戻ってくる理由の一つではなかったろうか？　その子はみじめな手を開いて霧のなかへ突き出した。

今度はモネルが未知のなかから現われはしなかった。どんな小さな笑い声も霧を揺ぶりはしなかった。モネルは遠くにいて、あの晩のこともあの年のことも、もう覚えてはいなかったのだ。でもそんなことが誰にわかるだろう？　彼女は夜の闇に乗じて、誰もいない小さな部屋へ忍びこみ、ドアのうしろで、やさしく身を顫わせながら、彼を待っているかもしれないのだ。その子は彼女をびっくりさせようとして音を立てずに歩いた。でも、もう彼女はそこにいなかった。彼女はじき戻って来る……ああ！　そうだ……じき戻って来るんだ。ほかの子どもたちは彼女からたっぷり仕合わせを受け取っていた。今度はその子の番だった。その子は彼女がいたずらっぽい声で囁くのを聞いた。「ぼく今日はお利口だったわね！」それは消え去り、遠ざかり、古い色調のように拭い消され、思い出のこだまによってすでに磨りへらされてしまったかわいい言葉。

その子は辛抱強く坐っていた。そこには彼女の軀の跡がついた小さな柳の肱掛椅子と、彼女の好きな腰掛と、毀れているのでなおさら大事にされた小さな鏡と、彼女が縫った最後の胸着があった。「モネルと呼ばれる」その胸着はぴんと突っ立ち、少しふくらみをつけられて、女あるじを待っていた。

部屋のなかの細々したものすべてが彼女を待っていた。仕事机は開いたままだった。円いケースに入った小さな巻尺は、先に環のはまった緑色の舌を突き出していた。畳まれていない何枚ものハンカチは白い丘となって盛り上がっていた。そのうしろでは、針の先が、待ち伏せしている槍ぶすまのように突っ立っていた。細工をした鉄の小さな指貫は、打捨てられた鉄かぶとだった。鋏ははがねの龍さながらにのんびり口を開けていた。こうしてすべてのものが待ちながら眠っていた。しなやかですばやい小さな肉の馬車は、生温かい熱をこの魅せられた世界に注ぎながら走り回ってはいなかった。奇妙な小さい仕事の城全体がまどろんでいた。その子は期待していた。ドアがそっと開けられ、笑う火花が飛び交い、白い丘がならされ、細い槍がぶつかり合い、鉄かぶとが薔薇色の頭を見出し、はがねの龍が急いで口を閉じ、肉の馬車があたり一面を走り回り、そしてかすかな声がまた聞えるだろう。「ぼく今日はお利口だったわね!」と。……奇蹟は二度と起らないものなのだろうか?

彼女の辛抱強さについて

　ぼくは、とても狭くて暗い、だが枯れた菫の匂のする場所に着いた。長い通路のようなその場所から遁れるすべはなかった。周囲を探ると、以前眠っていたときとそっくりの縮こまった小さな軀に触れ、髪を撫で、知っている顔に手が当った。小さな顔が指の下で顰められたように思い、暗い場所でひとりで眠っているモネルを見つけたことがわかった。

　ぼくはびっくりして叫んだが、彼女は泣きも笑いもしなかった。

　――ああ、モネル！　きみはぼくたちから遠く離れてこんなところへ眠りに来ていたんだね、まるで辛抱強い跳鼠が畝のくぼみへ眠りに来るみたいに？

　彼女は目を見開き、口を少し開けた、以前愛する人の言うことが理解できなくて、それを理解しようとしたときのように。

　――ああ、モネル、子どもたちはみんな空ろな家のなかで泣き、おもちゃは埃をかぶり、ランプは消えてしまった。そこらじゅうにあった笑声もすべて逃げ去り、世界は仕事に戻ってしまった。でも、ぼくたちはきみがもっと別のところにいると思っていた。遠く離れて、ぼくたちの行けないところで遊んでいると思っていた。それなのに、きみは小さな野生動物みたいに巣ごもり、前から好きだった白い雪の下で眠っていたんだね。

　そこで彼女は話し始めたが、奇妙なことに、こんな暗い場所においても以前と変らない声だったので、ぼくは泣かずにはいられなかった。彼女は何も持っていなかったので、髪の毛でぼくの涙を拭ってくれた。

——まあ、いとしい人、泣いてはいけないわ。だって働いて暮さなければならない間は、あなたも働くのに目が必要でしょう。今はまだ働かなくてもいい時代ではないのですもの。こんな寒くて暗いところにいてはいけないわ。

ぼくは泣きじゃくった。

——ああ、モネル、だってきみは暗闇を恐がっていたじゃないか？

——もう恐がらないわ。

——ああ、モネル、だってきみは寒さを死人の手のように怖れていたじゃないか？

——もう寒さも怖れないわ。

——きみは子どものくせに、こんなところにひとり、たったひとりでいるけれど、以前はひとりだと泣いてたじゃないか。

——もうひとりではないわ、だって私は待っているのですもの。

——ああ、モネル、きみは誰を待っているんだい、こんな暗いところで丸くなって眠りながら？

——わからないわ、でも待っているの。そして私は待つことと一緒にいるの。

そのときぼくは、彼女の小さな顔全体が、ある大きな希望に向って張りつめられているのに気づいた。

——ここにいてはいけないわ、こんな寒くて暗いところにいては、いとしい人。友だちのところへ帰りなさい。

——ぼくを導き、ぼくに教えてくれないか、モネル、ぼくもきみのように辛抱強く待つことを知るために？ ぼくはひとりぼっちなんだ！

——まあ、いとしい人、以前私があなたの言う小さな動物だったときと同じように、今でも私は教えることが下手なの。私は眠っていていきなり悟ったのだけれど、あなたはきっと長くて辛い反省によって見つけるのだわ。

——モネル、きみはこんなふうに、過去の生活も思い出さずに巣ごもっているのかい、それとも、ぼくたちのことをまだ覚えていてくれるのかい？

——どうしてあなたのことが忘れられるでしょう、いとしい人？　だってあなたは、私の待っている人で、私は待つことに寄り掛かって眠るのですもの。でも説明できないわ。覚えているでしょう、私はとても土が好きで、花を根こそぎしたのもそれを移植するためだったことを。覚えているでしょう、よく「私が小鳥だったら、あなたは私をポケットに入れて出掛けるでしょう」と言ったことを。まあ、いとしい人、私はここで一粒の黒い種となって、いい土の下に隠れ、小鳥になるのを待っているの。

——ああ、モネル、きみはぼくたちから遠く離れたところへ飛び立ってしまうまで眠るんだね。

——いいえ、いとしい人、飛び立つかどうかわからないわ、私には何もわからないの。でも愛するもののなかで丸くなって、待つことに寄り掛かって眠るの。眠りこむ前は、あなたの言う小さな動物だった。だって私は、裸のミミズに似ていたもの。ある日、私たちふたりは、真白い絹のような、穴が一つもあいていない繭を見つけたわ。いたずらなあなたが割ってみたけれど、なかは空だった。小さな羽のある動物がそこから脱け出したのだと思って？　でもどうやって脱け出したのか、誰にもわからないわ。それは長いこと眠っていたの。眠る前は小さな裸の虫で、小さな虫はみんな盲なの。こんなふうに考えてごらんなさい、いとしい人。（それは事実ではないけれど、私はよくそう考えることにしているの。）私は愛していたもの、つまり土と、おもちゃと、花々と、子どもたちと、かわいい言葉と、いとしいあなたの思い出とで、一つの小さな繭を造り、それは白い絹のような巣で、私には寒いとも暗いとも思えないのだと。でもほかの人たちにとっては多分そうではないでしょう。その巣が、以前見た繭のように閉じたままで決して開かないことはよくわかっているの。でももう私は耐えられないの。だって私の待っているのは、小さな羽根のある動物のように飛び立つことですもの。どのようにしてかは誰にもわからない。そして、どこへ行きたいのかは自分にもわからないのだけれど、それが私の待っていることなの。そして子どもたちも、いとしいあなたも、人が地上で働かなくなる日も、私の待っているものなの。私はいつも小さな動物なの、いとしい人。これ以上うまく説明できないわ。

――いけないよ、ぼくと一緒にこの暗くて狭い場所から脱け出さなくてはいけないよ、モネル。だってきみはそんなことを考えているわけじゃなくて、隠れて泣いているんだ。ひとりで眠り、ひとりで待っているところをついに見つかってしまったのだから、一緒に行こうよ、この暗くて狭い場所を一緒に出て行こうよ。

――あなたはここにいてはいけない、とても苦しむことになるわ。でも私は行くわけにいかない、私が造った家に完全に鎖されているから、私はそんなふうに脱け出せないの。

そこでモネルはぼくの頸の周りに両腕を回し、奇妙なことに以前と変らない抱擁をした。ぼくはまた泣き、彼女は髪の毛でぼくの涙を拭ってくれた。

――泣いてはいけないわ、待つ私を悲しませたくなかったら。おそらく、私はそれ程長くは待たないでしょう。だから悲しまないで。なぜなら、小さな絹の巣のなかで、私が眠るのを助けて下さったあなたを祝福しているのですもの、最良の白い絹はあなたでできていて、今私はこの巣のなかで、あなたに寄り掛かって眠るの。

以前眠っていたときと同じように、目に見えないものに寄り掛かって軀を丸めると、モネルは言った。「私は眠るの、いとしい人。」

こうしてぼくは彼女を見つけたのだが、今後ふたたびこんなとても狭苦しい暗い場所で彼女を見つけられるなどと、どうして確信することができようか？

彼女の王国について

ぼくはその夜書物を開き、指は行と語を辿っていたが、頭はほかのところにあった。周囲では、黒い雨が斜めに鋭く降っていた。ランプの灯は煖炉の冷たくなった灰を照らしていた。ぼくの口はけがらわしさと醜悪さとの味で充たされていた、というのは、世界が暗く見え、ぼくの光はすべて消えてしまっていたから。ぼくは三度叫んだ。

――ぼくは汚辱への渇きをいやすために多量の泥水を望む。

ああ、ぼくは醜悪なものとともにいる。お前の指をぼくに差し出せ！

彼らを泥で打たねばならない。なぜなら彼らはぼくを侮蔑しないのだから。

血を満たした七個のコップがテーブルの上でぼくを待ち、その間で黄金の冠の光が輝くことだろう。

ところが、一つの声が響いた。その声は聞き覚えのない声ではなく、現われた女の顔は見知らぬ顔ではなかった。彼女は叫んだ。

――白い王国！　白い王国！　私は白い王国を識っている！

ぼくは驚くことなく、顔を背けて言った。

――小さい頭の嘘つき、小さい口の嘘つき。もう王も王国もない。ぼくは赤い王国を望んでいるけれどだめなんだ、時代は過ぎ去ってしまった。今いる王国は黒い、いや、これは王国ではない。おおぜいの黒い王たちが腕を振り回しているのだから。世界のどこにも白い王国はないし、白い王もいない。

だが、彼女はまた叫んだ。

――白い王国！　白い王国！　私は白い王国を識っている！

ぼくは彼女の手を摑もうとしたが、彼女は身を躱《かわ》した。

――悲しみによってでもなく、暴力によってでもない。けれども白い王国は存在する。いらっしゃい、私の言葉を心に刻んで。聞きなさい。

彼女は黙り、ぼくは思い出した。

――思い出によってではない。いらっしゃい、私の言葉を心に刻んで。聞きなさい。

彼女は黙った。ぼくはぼく自身が考えている声を聞いた。

――考えることによってではない。いらっしゃい、私の言葉を心に刻んで。聞きなさい。

彼女は黙った。

ぼくは心のなかで、思い出の悲しさと暴力への欲求を打ち毀し、ぼくの知力はすっかり消滅してしまった。ぼくは待った。

――これで、あなたは王国を見ることになるでしょう。でも、あなたがそのなかに入れないことを私は知っている。なぜなら、何かを理解しようとしない人でなくては私を理解することは難しく、何かを捉えようとしない人でなくては私を捉えることは難しく、まったく思い出を持たない人でなくては私を見覚えることは難しいのだから。事実、今あなたは私を摑んだけれど、もう摑んではいない。聞きなさい。

ぼくは耳をすまして待った。

だが何も聞えなかった。彼女は首を振って言った。

――あなたは暴力と思い出を懐かしがっていて、それはまだ完全に打ち毀されてはいない。白い王国を手に入れるためには、打ち毀さなくてはいけない。告白しなさい、そうすれば解放されるでしょう。あなたの暴力と思い出を私の手に渡しなさい、そうすればそれを打ち毀すことになるでしょう。なぜなら、どんな告白も一つの破壊なのだから。

ぼくは叫んだ。

——きみにすべてを渡そう、そうだ、きみにすべてを渡そう。それを引き取って、絶滅させてくれ。なぜって、ぼくはそんなに強くはない。

ぼくは赤い王国を望んだ。剣の刃を研いでいる血まみれの王たちがいた。黒い目の女たちが阿片を積んだジャンクの上で泣いていた。数人の海賊が金貨の入った重い箱をいくつも島の砂のなかに埋めていた。売笑婦はみんな自由だった。何人かの泥棒が朝の蒼白い光を浴びて街道を横切った。おおぜいの若い娘が美食と放蕩にふけっていた。一群のミイラ造りが蒼ざめた夜の闇のなかで屍体に金箔を張っていた。子どもたちは遠い未来の恋とまだ経験したことのない殺人を望んでいた。裸の軀が熱い浴場のタイルの上に点々と転がっていた。あらゆるものが強い香辛料をなすりつけられ、赤い蠟燭で照らされていた。だが、この王国は地下に埋没してしまい、ぼくは暗闇の真只中で目を覚ました。

そして、ぼくは黒い王国を持った、といってもそれは王国ではない。なぜなら、自らを王と思いこみ、仕事と命令とで国を暗くしてしまう王たちでいっぱいだったのだから。暗い雨が昼となく夜となく国を濡らしている。いくつもの道を、顫えるランプの小さな光が夜の闇の只中に現われるまで、久しくさまよい歩いた。雨が頭を濡らしていたけれど、ぼくはその小さなランプの下で生きた。ランプを持っていた娘はモネルという名で、ぼくたち二人はその黒い王国で遊んだ。だがある晩、小さなランプは消え、モネルは逃亡した。ぼくは暗闇のなかを長いこと探したのだけれど、彼女を見つけることができなかった。そして今夜、ぼくは書物のなかに彼女を探しているのだが、見つけることができない。ぼくは黒い王国のなかで道に迷い、モネルの小さな光を忘れることができないでいる。ぼくは口のなかで汚辱を味わっているのだ。

語り終えるやいなや、ぼくはぼくの内部で破壊が完成したことを感じた。期待がある戦慄で照らし出され、ぼくは闇を理解した。彼女の声が響いた。

——あらゆるものを忘れなさい、そうすればあらゆるものがあなたに返されるでしょう。モネルを忘れなさい、そうすれば彼女はあなたに返されるでしょう。まだ目が開かず、冷たい鼻面で巣をあてもなく探している仔犬をまねなさい。

ぼくに語りかけていた女は叫んだ。

——白い王国！　白い王国！　私は白い王国を識っている！

忘却に押しつぶされ、ぼくの目は純白さで輝いた。

ぼくに語りかけていた女は叫んだ。

——白い王国！　白い王国！　私は白い王国を識っている！

忘却が内部に入りこみ、ぼくの知性のあった場所はすっかり純白になった。

ぼくに語りかけていた女は言った。

——白い王国！　白い王国！　私は白い王国を識っている！　これがその王国の鍵。赤い王国のなかに黒い王国があり、黒い王国のなかに白い王国があり、白い王国のなかに……

——モネルだ、とぼくは叫んだ。モネルだ！　白い王国のなかにはモネルがいる！

そして王国が現われた、けれどもそれは白さで塞がれていた。

ぼくは尋ねた。

——では、王国の鍵はどこにあるんだ？

だがぼくに語りかけていた女は黙っていた。

彼女の復活について

ルーヴェットは緑の畝道を通って、ぼくを野原の境まで連れて行った。それから先は土地が高くなり、地平では一すじの茶色い線が空を断ち切っていた。すでに燃えるような雲が西の空に傾いていた。夕暮のおぼつかない光で、ぼくはさまよう小さな人影をいくつも見分けた。

——まもなく、私たちは火が点るのを見るでしょう。明日はそれがより遠のくでしょう。だってあの子たちはどこにも止らないもの。あの子たちはそれぞれの場所に一つの火しか点さないの。

——あの子たちは誰なんだい？

——わからないわ。白衣を着た子どもたちよ。私たちの村から来た子も何人かいるわ。そしてほかの子たちはずっと以前から歩いているの。

ぼくたちは、小さな炎が一つ輝き、丘の上で踊るのを見た。

——あれがあの子たちの火よ、とルーヴェットは言った。これで私たちはあの子たちをまた見つけることができるわ。だってあの子たちは、夜になると焚火をかこんで泊り、翌日にはその地を立ち去ってしまうもの。

炎の燃えている丘の頂に着いたとき、ぼくたちは火の周りのおおぜいの白衣を着た子どもを見つけた。

ぼくは、子どもたちのなかに、彼らに話しかけ彼らを導いているらしい、以前、黒い雨の降る町で出会った小さなランプ売りの少女を認めた。

彼女は子どもたちのなかから立ち上がり、ぼくに言った。

――もう私は、陰鬱な雨のもとで消えてしまう嘘つきのランプを売ってはいないの。なぜなら、嘘が真実に取って代り、みじめな仕事の滅びる時代が到来したのだから。私たちはモネルの家で遊んだけれど、そのときはランプがおもちゃで、家は隠れ家だったの。モネルは死んでしまったけれど、私は同じモネルなの。私は夜の闇のなかに起き上がり、子どもたちが私のもとに集まり、一緒に世界を渡り歩くの。

彼女はルーヴェットのほうに振り向いた。

――私たちと一緒にいらっしゃい、そして嘘のなかで仕合わせになりなさい。

ルーヴェットは子どもたちのなかへ駆けこみ、同じような白衣を着せられた。


――私たち出掛けるわ、とぼくたちを導いていた女は言った。誰にでも嘘をついて悦ばすの。以前は私たちのおもちゃは嘘をつくことだったのだけれど、今では物事がおもちゃなの。私たちの間では誰も苦しまないし、死にはしない。私たちに言わせれば、あの人たちは実在してもいない悲しい真実を知ろうと努力しているんだわ。真実を知ろうとする人たちは、私たちから離れ、私たちを見捨てるの。逆に私たちは世界の真実をまったく信じないの。なぜなら真実は悲しみに通じるのだから。

そして私たちは子どもたちを悦びへと導きたいの。

これからは大人たちも私たちのところへ来るでしょう。私たちは彼らに無知と錯覚とを教えるでしょう。私たちは彼らにまだ見たこともないような小さな野の花々を見せるでしょう。なぜならすべてが新しい花なのだから。

私たちはどんな国を見ても驚くでしょう。なぜなら、すべてが新しい国なのだから。

この世に似たものは存在しないし、私たちにとって思い出は存在しないの。

すべてが絶えず変化し、私たちは変化になれてしまっている。

だから私たちは毎晩違う場所に火を点し、火の周りで、一時の慰めのために小人族や活人形の話を創るの。

炎が消えると、また一つ別の嘘が私たちを捉え、私たちは悦んでその嘘に驚くの。

朝になると、私たちはもう自分の顔がわからなくなっているの。なぜなら、多分、あの子たちは真実を学びたいと望んだのだし、またほかの子たちは前夜の嘘しか覚えていないのだから。

こうして私たちはさまざまな国を通り過ぎ、人は私たちのもとに群をなして集まる。そして私たちについて来る人たちは仕合わせになるの。

町で暮しているとき、私たちは同じ仕事を強制され、同じ人を愛していたのだけれど、同じ仕事は私たちを疲れさせたし、また私たちは愛する人が苦しみ、死んでゆくのを見て嘆いたものだわ。

私たちの誤りは、人生において立ち止り、じっと動かずに、すべてのものが流れ去るのを眺めたり、人生を停止させて、浮遊する廃墟のなかに自分たちの永遠の棲処《すみか》を建てようとしたことだったの。

でも小さな嘘つきのランプが私たちに仕合わせへの道を照らし出してくれたの。

人々は思い出のうちに悦びを求め、生活と闘い、世界の真実を誇るけれど、それはいったん真実となってしまった以上もはや真実ではないの。

彼らは死を嘆くけれど、死は彼らの知識と不変の法則の影でしかないの。彼らは、過去の真実に従って計算しておいた未来において選択を誤った、と言って嘆くけれど、実は過去の欲望によって選択しているの。

私たちにとってはどんな欲望も新しい欲望であって、私たちは嘘つきである瞬間をしか望まず、どんな思い出も真実なのだから、私たちは真実を知ることをやめてしまったの。

仕事は私たちの生活を停止させ、生活を生活自体に似たものにしてしまうから、私たちは仕事を呪わしいものと見なすの。

習慣は私たちが新しい嘘に完全に身を任すことを妨げるから、どんな習慣も私たちにとっては危険なものなの。

以上がぼくたちを導いていた女の言葉だった。

ぼくは、ルーヴェットに一緒に両親のもとへ帰るように頼んだのだが、すでにぼくが誰だかわからなくなっているとが、彼女の目にはっきりと読み取れた。

一晩中ぼくは夢と嘘の世界で暮し、無知と錯覚と生まれたばかりの子どもの驚きを学ぼうとした。

やがて、踊っていた小さな炎が弱まった。

そのときぼくは、さびしい夜の闇のなかに、何人かの無邪気な子どもが、まだ記憶を失ってしまわなかったために泣いているのを認めた。

ほかの何人かは、突然仕事への熱狂に取り憑かれて、暗がりで穂を刈り取り、それを束ねていた。

ほかの何人かは、真実を知ろうとしたあと、蒼白い小さな顔を冷えた灰に向け、白衣のなかで顫えながら死んでいった。

だが、薔薇色の空が動き出すと、ぼくたちを導いていた女は立ち上がり、ぼくたちのことも、真実を知ろうとした子どもたちのことも忘れて、歩き出した。すると、おおぜいの子どもがあとに従った。

そして彼らの一行は楽しそうで、何かにつけておだやかに笑った。

そして夕暮になると、彼らはまた藁火を起した。

そしてまた炎が弱まり、真夜中頃、灰は冷たくなった。

するとルーヴェットは思い出した。愛し苦しむことを選び、白衣のままぼくのそばにやって来た。ぼくたち二人は野を横切って逃げた。

少年十字軍

多田智満子 訳

時を同じうしてあらゆる地域の村々町々より、統率者も導者もなき児どもらが、海の彼方の地をめざし、心はやりたる足どりにて走りゆきたり。而して、何処へ行くやと問はるれば、イエルサレムへ、聖地をもとめて、とかれらこたへぬ。今日なほ、かれらが何処へたどりつきしやつまびらかならず。さはれ多くの児らは帰りきたれり。かれら、出奔の理由を問はれては、知らずとこたへぬ。同じき頃、無言のまま、村々町々を駆けめぐる裸形の女どもありき。

托鉢僧の語り

この身はよるべない托鉢の僧、主《しゅ》の御名《みな》により日々の糧《かて》を乞いながら、森や街道をさすらいあるくあわれな坊主であるが、今しがた世にもありがたい信仰の光景を目にし、幼児《おさなご》たちのことばを耳にした。おのが生きざまの浄らかならぬことをわしは心得ておる。路傍の菩提樹の蔭で、肉の誘惑に屈したこともある。たまさか酒をふるまってくれる修道士たちは、わしがめったに酒にありつけぬことを見抜いていよう。しかしこの身とて、人を害する奴ばらの仲間ではない。世間には幼児の眼をくりぬき、足をのこぎりで引き切り、手をゆわえて人前にさらし、あわれみを乞う悪人どもがおる。だからこそ今あの児たちを見て、わしは心配したのだ。むろん主はかれらをお守りくださるであろうが。わしが口から出まかせにしゃべるのは、悦びに満たされておるからだ。春が来たとて笑い、何か見たというては笑う。あまりしっかりした頭ではないのだ。十歳で剃髪し僧になったが、ラテン語の経文は忘れてしもうた。わしはばったみたいなもので、あっちこっちと跳びはねる。ぶんぶん唸り声をあげ、時には色つきの翅をひろげる。わしのちっぽけな頭は透きとおっていてからっぽなのだ。聞くところでは聖ヨハネ様は、荒野でいなごを食されたとか。よほど食わねば事足るまい。もっともヨハネ様はわれらとは人間の出来がちがうが。

わしは聖ヨハネ様を篤く敬うておる。というのはこの御方も流浪の身で、とりとめないおことばを口にされた。もっとやさしいおことばであったろうが。今年は春もまたやさしい。紅白の花がこんなにも咲き満ちた年はない。

雨に洗われて野はみずみずしい。いたるところ、主《しゅ》の御血潮が垣根にきらめいておる。主イエズスは白百合の肌をしておられたが、その御血は真紅だ。なぜだろう？　わからぬ。きっとどこかの羊皮紙に記されてあるはず。もしわしに文字の素養があれば、羊皮紙を手に入れて何か書きつけもしよう。それで毎晩馳走にありつきもしたろう。僧院を訪れて、死んだ修道士の冥福を祈り、かれらの名を巻物に書きとめもしたろう。あちこちの僧院にその過去帳を持ち廻ったら、修道士たちはよろこんでくれよう。だがわしは死んだ兄弟の名さえ知らぬ。たぶん主《しゅ》もそれを知ろうとはなさるまい。ところであの子たちも名がないように見えた。主イエズスも名のないほうを好まれるにちがいない。子どもたちは白い蜜蜂の群のように街道にみちあふれておった。どこから来たのかわからぬ。年歯もゆかぬ巡礼たち。榛《はしばみ》や樺《かば》でこしらえた巡礼杖をついておる。肩に十字架をつけているが、その十字架が色とりどりだ。緑の十字を見たが、木の葉を縫いあわせたにちがいない。山家育ちの無智な子たち。どこを指してかさすろうて行く。かれらはイエルサレムを信じておる。わしが思うにイエルサレムは遠く、主はわれらの身近におわします。あの子らはイエルサレムまで行き着けまい。だがイエルサレムがかれらの許に来るであろう。ちょうどわしの許に来るように。すべて聖なるものは悦びに終る。主はここにおわしまし、この紅い茨の上に、わが唇に、そしてわが貧しきことばのうちに宿りたもう。というのは、わしが主のことを思うておれば、主の御墓はわが思いのうちに在るゆえ。アーメン。この日なたに寝るとしよう。これぞ聖地だ。主の御足はなべての地を聖なるものとされた。眠ろう。イエズスよ、十字架を肩に負うたあの白い幼児《おさなご》たちを、夕べにはみな眠りに就かしめたまえ。まこと願い奉る。なぜ願うかといえば、主《しゅ》はあの子らに全く気付かれなかったかもしれぬし、幼児たちはよく見守ってやらねばならぬからだ。正午の刻はわが身に重くのしかかる。ありとしあるものはみな白い。しかあれかし。アーメン。

癩者の語り

これからわたくしのお話しすることを納得なさりたければ、わたくしが白い頭巾で頭をつつみ、堅い木のカタカタ(1)を打ち振って歩く者なることを御承知ねがいたいもの。おのれの顔がどのようなものか知らぬが、手を見ると心が凍る。鱗のある鉛いろの生きもののように手が眼の前にはしりまわるのだ。いっそ断ち切ってしまいたい。手の触れたところもけがらわしい。紅い木の実もこの手で摘めばしなびるし、引きぬいた草の根もこの手にかかると枯れるかと思われる。「他の人々の御主《おんあるじ》よ、われをも救いたまえ！(2)」御救い主《ぬし》はわたくしの蒼白い罪業を贖うてはくだされなんだ。この身は復活のその日まで忘れられてあるのだ。他の人々はきよらかな体で昇天するというのに、月光に冷やされて、人目につかぬ石の中に封じこめられた蟾蜍《ひきがえる》のように、わたくしは忌わしいわが身の母岩のうちにとじこめられたままでいるのだ。「他の人々の御主よ、われをも救いたまえ、われは癩者なり。(3)」わたくしは孤独で、恐れを抱いておる。わたくしの歯だけが天然の白さを保っている。けものらもこの身を恐れる、逃げ出したいのはわたくしの魂のほうであるのに。天道《てんとう》様もわたくしを避ける。救い主《ぬし》がかれらをお救いなされてから千二百十二年経つが、主《しゅ》はわたくしをあわれんではくだされなんだ。主をつき刺した血染めの槍がこの身には触れなかったのだ。おそらく他の人々の御主《おんあるじ》の御血がこの身を癒やしたであろうに。わたくしはよく血を想う。この歯でなら咬みつけよう、この真白い歯でなら。主はわたくしに与えようとはなされなんだので、わたくしは主に属する血がむやみにほしくなる。そういうわけでわたくしは、ヴァンドームの地からロワールの森へとやってくる子どもらを待伏せていたのだ。かれらは十字架を身につけ、主に帰依し奉っておる。あの子らのからだは主のおんからだ、そして主はその御身をわたくしには頒ち与えてくだされなかった。わたくしはこの地上で蒼ざめた苦患《くげん》にかこまれてある。わたくしは主に属する子らの頸から無垢の血を吸いとろうとて、機をうかがっていた。「怒りの日に、肉体は新たなるべし。[4]」怒りの日にわたくしの肉は更新されよう。他の子らのあとから、赤毛のみずみずしい子が歩いてきた。わたくしはこの子に目をつけた。すばやくとびかかり、この忌わしい手で子どもの口をおさえた。その子は粗末なシャツしか身に着けず、履物もはかず、眼はおだやかなままであった。驚いた様子もなくわたくしをしげしげと眺めた。どうやら泣き叫びもせぬことがわかったので、わたくしは人間の声がききたくなり、口をおさえていた手をはなしたが、かれは口をぬぐいもせぬ。眼はよそを見ているようだ。

——おまえは何者だ、とたずねると、

——テュートンのヨハンネス、とこたえた。気分がさわやかになるような澄んだ声音だ。

——どこへ行くのか、と重ねて問うと、かれはこたえた。

——イエルサレムへ行くのです、聖地回復のために。

そこでわたくしは失笑してたずねた。

——イエルサレムはどこにある？

かれはこたえた。

——知りません。

わたくしはたたみかけてたずねた。

——イエルサレムとは何なのだ？

するとかれはこたえて、

——ぼくたちの主《しゅ》なる神です。

そこでわたくしはまた笑って問いかけた。

――主なる神とは何なのだ？

かれはこたえた。

――知りません。白いおかたです。

このことばにわたくしはかっといきり立ち、頭巾のかげに口をひらいて歯を剝き、みずみずしいうなじのうえに身をかがめたが、かれはすこしもひるまない。そこでわたくしは言った。

――なぜこわがらぬ？

その子は言った。

――どうしてこわいことがあるの、あなたは白いひとなのに。

このとき大粒の涙がはらはらとこぼれおち、わたくしは地にひれ伏した。けがらわしい唇で大地にくちづけて叫んだ。

――だって、わしは癩病やみなんだぞ。

テュートンの子はこの身をみつめていたが、冴え冴えとした口調で言った。

――知りません。

この子はわたくしをこわがらぬ！　こわがらぬ！　この身のおぞましい白さが、この子には主《しゅ》の白さと同じに見えるのだ。わたくしはひとつかみの草をむしりとって、かれの唇を拭いてやった。そして言った。

――おまえの白き主のもとへやすらかにお行き。そして、主がわたくしを忘れておられると申し上げておくれ。

子どもは無言のままわたくしをみつめた。暗い森のはずれまで、わたくしはついて行ってやった。かれは震えもせずに歩いていった。その赤い髪が遠い陽ざしに消えるまで、わたくしは見送った。「幼児《おさなご》の御主《おんあるじ》よ、われをも救いたまえ。(5)」この身の打ち鳴らす木のカタカタの音が、きよらかな鐘の音のごとく、あなたのお耳にとどきますするように。何も知らぬものたちの御主よ、われを救いたまえ！

（1）中世の癩者たちは、村はずれの小屋に住み、出歩くときは木のカタカタを打ち振り、その音によって自分が正常な社会から疎外された者であることを示した。人々はその音をきいて道を避けるのであった。
（2）原文ラテン語。Domine ceterorum libera me!
（3）原文ラテン語。Domine ceterorum, fac me liberum : leprosus sum.
（4）原文ラテン語。Et caro nova fiet in die irae.「怒りの日」は死者が復活すべき最後の審判の日であるが、この癩者は、自分が子供の生血をすする「怒りの日」に、自分の腐った肉体がよみがえるだろう、と語っているのだ。
（5）原文ラテン語。Domine infantium, libera me!

法王インノケンティウス三世[1]の語り

燻香と祭服から遠くはなれて、わが宮殿の一隅の、金箔剝げ落ちたこの部屋に居れば、たやすく神に語りかけることができる。腕を支えられることもなくここに来て、予はおのれの老いに思いをめぐらす。弥撒《ミサ》の間は心昂まり身もひきしまり、聖なる葡萄酒のきらめきが眼《まなこ》に満ちて、貴《とうと》い油に想念もなめらかになる。しかしわが大聖堂のこの淋しい一室にあっては、この世の疲れに身を屈することができる。「この人を見よ！」[2]それというのも、主《しゅ》はまことに教書や大勅書の盛儀を介して、その司祭らの声をききとりたもうのではあるまい。紫衣も宝珠も彩色もおそらく主は嘉《よみ》したまわぬであろう。かえってこの小房において予の口ごもるつたない祈りに、あわれみをかけたもうやもしれぬ。主《しゅ》よ、この老いらくの身を白衣につつみ、今御前《おんまえ》にありまする。わが名はインノケンティウス[3]、予が知らざる者なることを主は知りたもう。この身が法王の座にあることをゆるしたまえ、聖職はすでに設置せられ、この身はただそれに従うのみなれば。栄典、礼式を制定したるはこの身にあらず。この身はきみが陽光を焼絵硝子《ステンド・グラス》の光彩陸離たる反映に見るよりは、この円窓に透かし見るのを好む。世の常の老人のごとく、この身をして嘆かしめたまえ。永劫の夜の波間よりかろうじてもちあげた、この皺寄った蒼白の面《おもて》を、君の方へと向けさしめたまえ。わが命の終りの日々の去りゆくごとく、やせほそった指をつたって次々指輪がすべり落ちる。

神よ、この身は地上における君が御名代として、掌のくぼみに信仰のきよき葡萄酒をたたえたわが双手《もろて》をさしのべ奉る。この世には大いなる罪がある。いとも大いなる罪がある。われらはそれを赦免しうる。世には大いなる異端がある。いとも大いなる異端がある。われらは仮借なくそれを罰せねばならぬ。罪と異端とが華麗なる法王職の領分に属するのか、あるいは、その内で一人の老人が単純に合掌しているこのささやかな陽光の輪に属するのか、全くわからぬゆえに、主よ、今、白衣をまとい、金箔剝げ落ちたこの小房にひざまずいて、この身はいたく思い悩みます。そしてまた君が御墓についても心をなやませております。御墓は久しく異教徒にとりかこまれ、未だ何人《なんぴと》もそれをとりもどしえませぬ。誰ひとり君が十字架を掲げて聖地に赴くことなく、われらみな鈍いねむりに沈むばかり。騎士たちは武具を収め、王たちはもはや指揮するすべを知らぬ。そして予は、胸をうって自らを責める、あまりに弱く、老いさらばえたこの身を。

今こそ主《しゅ》よ、わが殿堂の小部屋よりたちのぼるこの力弱いささやきに耳かたむけたまえ、そして助言を与えたまえ。わが臣下らは、フランドル、ドイツの国々より、マルセイユ、ジェノヴァの町々にわたって、奇異な報せを送ってよこした。前代未聞の宗派が生じつつある。口をきかぬ裸形の女どもが町を走りまわるのが見られた。この恥知らずの啞の女どもは天を指さし、あまたの狂人どもが広場に立って世の破滅を説いたとか。隠者や行脚の僧らはその種の噂でもちきりである。加うるに、いかなる妖術に惑わされてか、七千人もの小児が家からさまよい出た。十字架と巡礼杖とをたずさえて、路上をあゆむ小児はじつに七千をかぞえる。食糧もなく武器もなく、無力なる小児たち、かれらの所行はわれらをはずかしめる。(4) かれらはまことの宗教を知らぬ。われらの臣下がかれらを問いただしたところ、聖地回復のためイエルサレムに行くとこたえる。海は渡れまいにと言えば、海は二つに分れ、干上って通路をひらこうものを、とこたえる。信心ぶかく思慮ある親たちがかれらを引きとめようとすれば、夜の間に門をこわし、石垣をのりこえてしまう。小児らの多くは貴族の落胤である。いたましいかな。これらの無垢《インノサン》なる者たちはみな難破の憂き目にあい、あるいはモハメッドを崇める徒輩《やから》にひきわたされよう。バグダッドの回教君主が宮殿からあの子らをうかがっていよう。船乗どもがかれらをとらえて人買に売るやもしれぬ。

主《しゅ》よ、教法の慣例に則《のっと》って言上することをゆるしたまえ。この小児十字軍はいささかも神意に適う業ではありませぬ。かれらはキリスト教徒のものなる聖墓には到りえますまい。かれらの存在は正統の信仰の周辺にさまよう浮浪の徒を増加させるのみ。司祭らはあの子らを保護することはできぬ。あのあわれな子らには悪魔がとり憑いたに相違ない。かれらは山上の豚(5)のごとく、群なして断崖へと駆けて行く。知りたもうごとく主よ、悪魔は好んで子どもらをとらえます。かつて悪魔はねずみを捕《と》る男の姿を借りて、ふきならす笛のしらべによりハメルンの町の幼児《おさなご》を一人のこらず誘って行った。(6)聞けばその不運な子らは、ヴェーゼルの河中に溺れ死んだとか。また一説には、悪魔が子どもらを山の中腹に封じこめたとか。われらと信仰を同じくせぬ者どもの呵責される処へかれらすべてが連れ去られぬよう、御配慮くだされませ。主《しゅ》よ、知りたもうごとく信仰が新たなる形をとることは好ましくありませぬ。信仰が燃えさかる柴の炎のなかに現わるるや否や、主はそれを墓屋のうちに閉じこめたもうた。(7)そしてゴルゴタの丘の上にて、それが君の唇より洩れたとき、主はそれを聖体を収める祭器に封じこめよと命じたもうた。あの幼い予言者らは主の教会の柱をゆるがすであろう。これは禁圧せねばならぬ。おのれが何をしつつあるやもわきまえぬ者らを、もしも主が受け入れたもうならば、聖職に叙階され、司祭者の白衣と頸垂《スト》帯《ラ》とをすりへらしつつ祭式に身を捧げるわれら、主の御許に到らんがため道心堅固に誘惑をしりぞけるわれらを、あなどりたもうことにはなりませぬか。幼児たちを御国《みくに》に到らしめねばならぬ、但し主の御教えの道を通って。主よ、君が定めたもうた掟に従って言上し奉る。あの子らは死ぬるか。願わくはインノケンティウスの治下において、新たなる幼児虐殺(8)を再現せしめたもうことなかれ。

神よ、法王冠を戴きながら、神慮をうかがい奉りしことをゆるしたまえ。またしても老衰の身ぶるいがはじまる。あわれなわが手を御覧ぜよ。この身は老いさらばえ、わが信仰はもはや幼児のそれではない。この小房の壁の金箔は歳月にすりへって、今やしらじらとしている。円窓の陽光の輪も白い。わが衣も白く、心はかわいてきよらかである。この身は主《しゅ》の掟に則《のっと》って語りしのみ。この世には罪がある。いと大いなる罪がある。世には異端がある。いと大いなる異端がある。予は心弱って思い惑う。おそらくは罰すべきでもなく、赦すべきでもあるまい。過ぎ来し生涯を思えば、決断がためらわれる。予は未だひとつの奇蹟も見たことがない。わが蒙を啓きたまえ。あれが奇蹟なのか？　主はいかなる奇蹟の表徴《しるし》をかれらに与えたもうたのか？　時は到来したのか？　この身のごとく老い果てし者が、その白さにおいてかの白き幼児《おさなご》たちにひとしいことを主は望みたもうか？　七千人！　かれらの信仰は無知蒙昧とはいえ、七千もの無垢《インノサン》なる者らの無知を罰したもうのか。予はインノケンティウス。かれらと同じく予もまた無垢《インノサン》なる者。老いさらばえしこの身を罰したもうな。長年の経験から、あの小児軍が目的を遂げることはありえぬことがわかる。とはいえ、主《しゅ》よ、これが奇蹟というものか？　わが小房は、いつもの冥想のときと同じく、森閑としている。主が御自《おんみずか》らを啓示したもうために、われらが主に懇願する要なきことは心得ている。さはあれわが老齢の高みより、法王職の高みより、今こそ祈願し奉る。教えたまえ、この身は知らざるゆえに。主よ、かれらは君のものなる無垢《インノサン》の幼児《おさなご》。そしてインノケンティウスなるこの身は、なにも知りませぬ、知りませぬ。

（1）一一六〇―一二一六。在位一一九八―一二一六。グレゴリウス七世の教権統治思想を踏襲し、法王庁の強化と法王領の失地回復を計った。彼の首唱した第四回十字軍はビザンティウムを占領し（一二〇四）、ラテン帝国を建設した。なお、本訳ではラテン読みに直してインノケンティウスと表記したが、フランス語ではインノサン（無垢、無邪気）と表記されていて無垢《インノサン》の幼児と音が通じていることを承知しておかないと、このあとの文章はわかりにくい。

（2）原文ラテン語。Ecce homo ピラトが茨冠をかぶせられ紫衣をまとわされたイエズスをさしてユダヤ人たちに言ったことば。これを転用して、法王は自分の老い疲れた姿を神に見てほしい、と言っているわけだ。

（3）フランス語ではインノサン。原罪以前の罪けがれのなさを示す、「無垢な」「無知な」の意。

（4）実際には法王は「あの子らはわれらを恥入らせる。われらが眠っている間に、子らは勇んで聖墓の解放におもむくのだ」と言ったと伝えられる。ここではその言葉を裏返して、むしろ「無知無思慮な子らの行動はわれらをはずかしめるものだ」という意味にとったほうがいいようだ。

（5）「マタイによる福音書」第八章に、イエズスが悪霊どもを豚に憑かせ豚の群全体が崖から海へなだれ落ちて溺れ死ぬ、という件りがある。

（6）ドイツのハノーヴァー地方、ヴェーゼル川とハメル川の合流点にハメルンという町がある。十五世紀中葉の写本によれば、一二八四年に一人の笛吹きがこの町から一三〇人の子供を連れ去ったとある。伝説や民話では、ハメルンが大繁殖した鼠に荒らされて困っていたとき、一人の笛吹きが現われ、大金を与えるという約束のもとに、鼠をヴェーゼル川にさそいこんで絶滅させた。ところが住民たちは約束の金を与えなかったので、笛吹きは笛を吹いて町中の子供らをさそい出し、コッペルベルクの山へ連れて行き、その中腹の洞穴に子供らをとじこめてしまった。少年十字軍は一二一二年の出来事だから、作者はもちろんアナクロニスムを承知の上で、ここにこの伝説をもち出しているのだ。なお、この笛吹きの伝説そのものが少年十字軍に由来している、という説もある。

（7）旧約聖書「出エジプト記」第三章におおよそ次のような記述がある。――モーセがミディアンの野で羊を飼っていたとき、神山ホレブ山で、柴が燃えあがり、炎の中に主の御使が現われた。ふしぎなことに柴はいつまでも燃え尽きなかった。やがて神が顕現して、イスラエルの民をエジプトから連れ出すように、とモーセに命じた。
「主はそれを墓屋のうちに閉じこめたもうた」――これはその後、民を率いてエジプトから脱出したモーセが、神から授けられたいわゆる十戒を、石板に記して「契約の櫃」に収め、墓屋のうちに安置したことを指すのであろう。

（8）ヘロデ王によるベツレヘム（及びその付近の地方）の幼児虐殺のような事態が再びくりかえされないように、と願っている。

三人の児の語り

ぼくら三人、アランとドニと、口の利けないニコラ、ぼくらはイエルサレムめざして旅に出た。もうずいぶんあるいた。夜ぼくらを呼んだのは白い声だ。その声はすべての子どもを呼んだのだ。冬の間に死んだ小鳥のような声。そしてまず、凍てついた地面をよこたわる、かわいそうな鳥たちを見た。のどの赤いたくさんの小鳥だ。それから初咲きの花と、初萌えの若葉を見て、それで十字架を編んだ。みちみち、ぼくらは村の入口で歌をうたった、年のはじめに歌うようにして。すると子どもたちがぼくらのほうに駆けてくる。そしてみんなで隊を組んで進んで行く。ぼくらをののしる男たちがいた。主《しゅ》イエズスを知らないからだ。ぼくらの腕をとって問いただし、顔を接吻で覆ってくれる女たちもいた。それに、木の椀に盛ったたべものや、あたたかい乳や果物をもってきてくれる心やさしい人たちもいた。みんなぼくらを不憫《ふびん》がってくれる。というのは大人たちはぼくらがどこへ行くのか知らないし、あの声を聞いたことがないからだ。

地上には深い森があり、河があり、山があり、茨の茂る小径がある。そして地の果てには海があって、ぼくらは間もなくそれを渡って行くのだ。海の彼方にはイエルサレムがある。ぼくらには引率者もなければ案内者もない。でも行く路はみなよい路だ。ちっとも口は利けないけれど、ニコラはぼくらアランとドニと同じようにあるく。どの土地もみな似ていて、子どもにはみな同じように危険なのだ。いたるところに深い森、河と山と茨がある。しかしいたるところで、あの声はぼくらとともにある。ここにユスタースという子がいる。生れながらの盲だ。腕をさし出してほほえんでいる。ぼくらだってこの子以上に目が見えるわけではない。ユスタースの手をひき、代りに十字架をもってやっているのは小さな女の子だ。名をアリスという。ちっともおしゃべりをしないし泣きもしない。いつもユスタースの足もとに目をそそいでいる。よろけたときに支えてやるためだ。ぼくらはこの二人が好きだ。ユスタースは御墓の聖なる燈明《みあかし》を見ることはできまい。でもアリスが手をとって、御墓の石甃《いしだたみ》をさわらせてやるだろう。

ああ、地上の森羅万象はなんと美しいのだろう。ぼくらは何も習わなかったから、何も想い出さない。とはいうものの古い樹や赤い岩を見た。時には長い暗闇を通る。時には明るい野原を日の暮れるまであるく。ぼくらがイエズス様の御名《みな》をニコラの耳もとで叫んでやると、ニコラにはそれがよくわかる。でも口に出していえないのだ。ぼくらが見るものについては、彼もいっしょにたのしむ。よろこびには唇をひらき、ぼくらの肩をなでる。こんな風《ふう》だから、不具の二人はちっとも不倖せではない。アリスがユスタースに心をくばり、ぼくらアランとドニがニコラに気をくばっているのだから。

森の中で人喰い鬼やお化け狼に出あう、と大人たちに聞かされていた。そんなことは嘘っぱちだ。だれもぼくらをおそろしい目にあわせたり、危害を加えたりしない。隠者や病人はぼくらをながめにくるし、年とった女たちは小屋の中で火をともしてくれる。ぼくらのために教会の鐘が鳴らされる。お百姓はぼくらの様子を見ようと、畦から立ち上る。けだものもぼくらをながめ、決して逃げたりしない。行進しはじめた頃とくらべると、陽ざしは大分あつくなり、摘む花も同じでない。けれどどんな花の茎でも、同じ形に編めるから、ぼくらの十字架はいつもみずみずしい。こうしてぼくらは大きな希望を抱いている。やがて青い海が見られるだろう。青の海の彼方にはイエルサレムがある。主《しゅ》はすべての幼児《おさなご》を御墓へみちびいてくださるだろう。白い声は夜の闇にひびいてよろこばしいことだろう。

書記フランソワ・ロングジュー[1]の語り

本日、われらの主《しゅ》の御化肉よりかぞえて千二百十二年、九月の十五日、わが親方なる回船業者ユーグ・フェレの店に大勢の子らがきて、聖墓に詣でんがため海を渡してほしいと頼んだ。このフェレはマルセイユの港にそれだけの商船をもたぬゆえ、ギョーム・ポルク親方に依頼して船数をそろえるよう、わしに命じた。ユーグ・フェレとギョーム・ポルク、この二人の親方は、主イエズス様の愛のために、聖地へと船を率いて行くであろう。今やマルセイユの町の周辺には、七千を越す子らがむらがり、中には蛮族の語を話す者もある。町役人がたは当然のこと食糧不足を案じて、町役場に寄り合い、討議の後、前記二人の親方を呼びよせて、大至急船を送り出すよう、かつはうながし、かつは懇請なされた。今は秋分の季節ゆえ海は航海に向かぬが、子どもらが長旅のあとでみな飢えており、自分らの行動のなんたるかをわきまえておらぬことでもあれば、われらの良き町にかかる大勢が満ちあふるるは危険なことと思慮せねばなるまい。わしは船子どもを港へ呼びあつめ、船の装具をととのえさせた。晩鐘の鳴る頃には船出できよう。子どもの群は町なかにおらず、浜辺を走りまわって、旅のしるしにと貝殻をひろうておる。きくところでは、かれらは海星《ひとで》を見て驚き、主《しゅ》への道すじを示すために天から生きた星が落ちたと思うておるそうな。この尋常ならざる事件について、わしは次のことを言うておかねばならぬ。第一に、ユーグ・フェレとギョーム・ポルクの両親方が騒擾のもとなる他所者《よそもの》の大群をすみやかにわれらの町から連れ出すのはのぞましいことである。第二に、冬の寒気がきびしかったゆえ、今年は地の稔《みの》りがまずしく、商人がたはそのことをよく心得ておられる。第三に、北国からきたこの大群の企図について、ローマ教会は少しも関知されておらず、この小児集団（turba infantium）の愚行に教会は手を借されぬであろうということだ。さればわれらの良き町への愛と、またわれらの主への服従のゆえに、アルジェやブージーのフェラッカ船に乗り組んでわれらの海を荒しまわる異教徒どもに襲われるという、大いなる危険を冒して船をくり出し、この秋分の時季に船団を護送する、ユーグ・フェレとギヨーム・ポルクの両親方を、讃えてしかるべきであろう。

（1）回船業者ユーグ・フェレ（実在）の書記。なお、ギヨーム・ポルクも実在の回船業者。

回教托鉢僧の語り

神に御栄《みさか》えあれ！　この身を貧しき者となし、主《しゆ》に祈願をこめつつ町々をさまようことをゆるしたもうた予言者(1)は讃えられてあれ！　この身の所属する僧団を設立したモハメッドの聖なる伴侶たちは三度《みたび》祝福されてあれ！　それというのもこの身は、その名を口にしとうもないあの汚《けが》れた町(2)から、石つぶてもて追い払われなされたときのあのお方と同じ身の上なのだから。そのとき予言者が葡萄園に身をひそめると、そこのキリスト教徒の奴隷があの方をあわれんで葡萄を与えてくれた、そしてその男は日の暮れる頃信仰のみことばに心うごかされたという。大いなるかな神よ。この身はモスール、バグダッド、バスラと、町々を渡りあるき、サラ・エド・ディン(3)（その御魂《みたま》が神のみもとにあらんことを）とその弟御なる国王《スルタン》セイフ・エド・ディンを識った。また信徒の統率者なる教主《カリフ》をもつくづくとながめたものだ。わしは托鉢して得たわずかばかりの米と、人々がこの瓢簞《ひさご》に注いでくれる水とで充分生きてゆける。この身は肉の純潔を保っている。だが最も大いなる清浄は魂に宿るもの。経典に記されたように、予言者は使命をうける前、地に臥してぐっすりと眠っておられた。すると二人の白い人が左右に降り立った。左の白い人があのお方の胸を黄金《こがね》の小刀で切り裂き、心臓を引き出し、黒い血をしぼり出した。右側の白い人は黄金の小刀で腹を裂き、はらわたを引き出してそれをきよめた。そして二人は臓腑をもとにおさめたが、そのとき以来、予言者は信仰を宣《の》べるにふさわしいきよらかな身となられたのだ。その超人的な清浄は主として天使的存在に属するもの、とはいうものの子どもらもやはりきよらかなものだ。そのような清浄こそ、あの女占師がモハメッドの父君の頭の周りに光耀をみとめ、その清浄の子をみごもろうとて彼と共寝したいと誘うたような類《たぐ》いのものだ。だがモハメッドの父君は妻のアミナを抱くと、彼の額から光耀が消えた。そこで女占師はアミナが清浄なる者をみごもったことをさとったのだ。きよめたもう神に御栄《み》えあれ！　ここ、市場の車寄せにわしは憩い、通りすがりの人々に挨拶を送るとしよう。布地や宝石をあきなう富裕な商人たちがうずくまっておる。千ディナールもの値のついた裏毛皮《カフタン》のマントもある。この身は少しも金が要らぬし、犬のように自由だ。神に御栄《み》えあれ！　日が翳ってきた今、わしは自分の話の糸口を思い出す。まず最初に神について、その神のほかに神はないその神について語り、また、信仰を啓示なされたわれらの聖なる予言者について語るのだ。というのは、口でのべられたにせよ、蘆筆《あしふで》で記されたにせよ、信仰はすべての思想の源であるゆえ。第二に、神が聖者や天使に授けたもうきよらかさについて考える。第三に、幼児《おさなご》のきよらかさについて思いめぐらす。じっさいにこの身は信徒の統率者に買われたおびただしいキリスト教徒の子らを見た。街道でみかけたのだ。羊の群のようにあるいていた。かれらはエジプトの地から来たそうな。フランク人の船がエジプトでかれらをおろしたそうな。あの子らは悪魔《サタン》につかれていて、イエルサレムへ行くために海を渡ろうとした。神に御栄《み》えあれ！　これほどむごい仕打がゆるされたためしはない。なぜかといえば、あのあわれな子らは、助けもなく食糧もなく、途中で死んでしまったかもしれぬのだから。かれらはみな全く無邪気《インノサン》だ。かれらを見るやわしは地に身を投げ、声高く主《しゅ》をたたえつつ額で地を叩いた。あの子らの様子がどんな風《ふう》かお話ししよう。白衣をまとい、服に十字架をつけている。自分らがどこにいるのかさっぱり分らぬらしく、悩んでいる様子もない。かれらはたえず遠くに目を向けている。わしはその中の一人が盲で、小さな女の子がその手をひいてやっているのに気づいた。多くの子が茶色の髪と緑色の眼をしている。ローマの皇帝に臣従しているフランクの民だ。誤ってかれらは予言者イエズスを崇めておる。このフランク人たちの誤りはあきらかだ。まず、経典や奇蹟によって、モハメッドのみことば以外にみことばはない、と証しされておる。それに、神は日ごとに神をほめたたえ、われらの命の糧を乞いもとめることをおゆるしくださるうえ、われらの僧団を保護せよと信徒に命じたもう。最後に、神は悪魔《イブリス》にさそわれて遠国から来たあの子らに先見の明をお与えなされなかったし、また、かれらに警告するために御身を現わされなかった。されば、子どもらは幸いにも信徒の手に落ちたが、さもなくば拝火教徒に囚われ、深い洞穴に繫がれたことであろう。そしてあの呪われた者どもはかれらを貪婪な忌わしい偶像への生贄にささげたことであろう。すべてのことをみそなわし、不信の輩《やから》をすら守りたもう神こそ讃えられてあれ。大いなるかな神よ。さてあの金銀細工師の店に米を乞いに行き、富への侮蔑を宣言してやることにしよう。ねがわくは、あの子らすべてが信仰によって救われんことを。

（1）原文では頭文字が大文字で記されている。むろんモハメッドをさす。

（2）メッカのこと。メッカは回教の聖地であるが、この僧は、新しく回教を唱えたモハメッドが迫害され、メッカを追われたことに言及しているので、この場合、汚れた町と呼んでいる。

（3）正しくはサラーフッ・ディン、ふつうにはサラディンと呼ばれる。一一三八―九三。アラビアのアイユーブ朝始祖。イラクに生る。クルド族の出。幼時よりシリアに赴き、三度エジプトに遠征、のちエジプトに留ってファーティマ朝の宰相となるが、やがて新王朝を建設した（一一七一）。十字軍に対してジハード（聖戦）を遂行することを本願とし、広範囲の支配権を確立してパレスティナを包囲し、十字軍の主力と決戦してイエルサレムを陥れた。これに奮起来襲した第三回十字軍とも善戦し、敵味方の賞讃を浴びた。和議が成って（一一九二）間もなくバグダッドで歿。学芸を奨励し、土木を起し、学校や礼拝堂を建て、名君としてイスラム世界のみならずヨーロッパに名高い。その弟の名は、ふつうシャファディンと表記。

幼ないアリスの語り

もうこれ以上あるけないの。だってマルセイユのあの二人の悪者に連れてこられて、わたしたち、燃えるような国にいるんですもの。まずはじめに、暗い昼間、天の火のそそぐ海にゆられたの。でも小さなユスタースは目が見えないし、わたしが両手を握っていてあげたから、ちっともこわがらなかった。わたしあの子が大好き、あの子のためにここまで来たのよ。だって行く先がわからないの。旅に出てからずいぶん長いことになるのに。他の子たちはわたしたちに、海のむこうのイエルサレムの町のこと、その町でわたしたちを迎えてくださる主《しゅ》イエズス様のことを話してくれたわ。ユスタースはイエズス様をよく識っているのに、イエルサレムのことは、町も海も、何も知らないの。あの子は御声《みこえ》に従うために家をぬけ出してきたの。毎晩その御声がきこえるんですって。夜と昼の見分けはつかないけれど、夜はしずかだから御声がきこえるのね。その声のことをあの子はわたしにたずねるけれど、私には何も言ってやれないの。わたしは何も知らない、ただユスタースがかわいそうなだけ。わたしたちは、ニコラとアランとドニと、連れ立ってあるいていたの。でもあの三人は他の船にのってしまって、次にお日さまが昇ったときには他の船はみなどこにも見えなかったわ。ああ、ニコラたちはどうなったのでしょう？　主《しゅ》のみもとにたどりついたら、また会えるでしょうね。でもまだまだ遠いわ。なんでも或る大王さまがわたしたちを連れてこさせたとか。その王さまはイエルサレムの町を治めていらっしゃる。この国では何もかも白いわ、家も着物も何もかも。そして女の人は顔をヴェールで覆っているの。かわいそうなユスタースはこの白さが見えないけれど、わたしが話してあげるとよろこんでいるの。なぜかというと、白は終りのしるしだってあの子は言うの。主イエズス様は白いわ。小さなアリスはとても疲れているけれど、ユスタースがころばないように手をつないで、それで自分の疲れのことを考えるひまがないの。今夜はわたしたち、やすめるでしょう。アリスはいつものようにユスタースのそばでねむるの。そしてもし御声《みこえ》がわたしたちをみすてないなら、澄みきった夜のなかにアリスは御声をききとろうとするでしょう。この長旅の白い果てまで、アリスはユスタースの手をひいて行くでしょう。この子に主《しゅ》を見せてあげなければならないから。きっと主はユスタースの忍耐をあわれんで、目をひらいて主を見ることをゆるしてくださるでしょう。そしてたぶんそのとき、ユスタースは小さいアリスを見るでしょう。

法王グレゴリウス九世(1)の語り

ここに海がある。青く無心に見えて、すべてを貪りつくす海。その襞はやさしく、神の裳裾のように白く縁《ふち》どられてある。これは液状の天空、その星々は活きている。予は輦輿《れんよ》からおりてこの岩の玉座に坐し、海について冥想する。この海はまことにキリスト教世界のただ中にある。ここには、みことばを告げるお方が罪けがれを浄めたもう聖なる河水(2)が流れ入っている。この岸辺いたるところに、聖人たちが身をかがめ、海はかれらの透明な映像を揺すったのだ。聖油そそがれし大いなる神秘の海よ、潮の満干もない蒼穹のゆりかご、液状の宝玉のごとくに地の指環に象嵌されたる者よ、予は眼もて汝に訊ねる。地中海よ、わが子らを返せ。なにゆえに汝はかれらを奪い去りしや？

　予はあの子らをいささかも識らなかった。わが老いの身がかれらのみずみずしい息で愛撫されることもなかった。かれらがやさしい口をうっすらひらいて、予に嘆願しにくることもなかった。ただ小さな浮浪者のように、盲目の狂信に満たされて、かれらは約束の地へと突き進み、そしてことごとく身を滅ぼしたのだ。ドイツからフランドルから、フランスからサヴォアからはたまたロンバルディアから、さだかならぬ讃美の祈りを唱えつつ、聖なる海よかれらは汝の不実な波のほうへと来た。かれらはマルセイユの町まで行った。ジェノヴァの町まで行った。そして汝は乗船したかれらを、泡立つ波頭もつ汝の大いなる背にのせて運んだ。そして寝返りをうったのだ。汝は青緑《あおみどり》の腕をさしのべてかれらを抱きとってしまった。船を覆《くつがえ》されなかった他の子らをも汝は裏切り、異教徒のもとへ連れ去ったのだ。そして今かれらはモハメッドの帰依者どもに囚われ、東方《オリエント》の宮殿で呻吟している。

その昔、心傲れるアジアの王(3)が汝を鞭うたせ、汝を繋がんとて鎖を投げ入れた。地中海よ、誰が汝を宥《ゆる》そうや？　悲しくも汝は有罪である。予が告発するは汝のみ、偽りにも清澄透明なる、天の悪しき幻影よ。予は汝を、すべての被造物をみそなわすいと高き御座《みくら》の前に、審判のために召喚する。聖なる海よ、わが子らをいかにせしや？　青味帯びたる汝が面《おもて》を神のほうへとあげよ。泡まみれのふるえる指を神のほうへとさしのべよ。紫の無数の笑いにさんざめき、汝がつぶやきをして語らしめ、かくて神に報告せよ。

砂浜の予が足もとに息吐きにくる数多の白き唇もちながら、汝は黙して何も語らぬ。ローマのわが宮殿には、金箔剝落し、歳月が祭服のごとき白さを与えたひとつの古い小房がある。インノケンティウス法王はその小部屋にひきこもる習慣があった。人々の主張するところによれば、あのかたはそこで子らとその信仰について黙想し、主《しゅ》に御徴《みしるし》を乞われたという。ここ、岩の玉座の上より、自由な風にさらされつつ、予は公言する、インノケンティウス法王自身、幼児《おさなご》の信仰をもっておられた、と、そしてあのかたが倦み疲れた髪をゆすっても無益であった、と。この身はインノケンティウスよりもはるかに年老いている。主がこの世に置きたもうたすべての司祭のなかで最も年老いている。そのわが身が今ようやく悟りはじめたのだ。神はいささかも自らを示現したまわぬ。橄欖《オリーブ》の園(4)で主《しゅ》は御子をお救いなされたか？　御子の崇高なる御臨終に際して、主は御子を見すてたまわなかったか？　おお、神の救いを嘆願するとは、子どもらしい愚かさだ。すべての悪すべての試練はわれらの裡にしか存在せぬ。神はその御手もてこねあげたもうた御作品に全き信頼をおいておられる。しかるに汝はその信頼を裏切ったのだ。神々《こうごう》しい海よ、わがことばに驚くなかれ。主の御前《みまえ》に万物は平等である。無限なるものと比べれば、人間の尊大な理性も汝のはぐくむ生物の小さな輝ける目以上に価値あるものではない。神は浜の真砂《まさご》の一粒にも皇帝にも同じ役割をふりあてたもう。僧院の中で沈思する修道士と同じくらいに瑕瑾なく、黄金も鉱床の中で成熟する。世界の諸部分は、善の路をたどらぬときには、いずれもひとしく有罪である。なぜかといえばそれは神より発した路であるゆえ。神の眼には石も植物も獣も人もなく、ただ被造物あるのみ。予は見る、汝の波の上に跳ねあがり、また水に溶けゆく白き頭たちを。陽光のもとただ一瞬躍り出るそれらの波頭さえ、呪われもしあるいは選ばれもしよう。老いのきわみの高齢がようやく傲慢心を教え諭《さと》し、宗教のなんたるかをあきらかにする。予はこの真珠母いろの小さな貝殻にも、おのれ自身にも、ひとしくあわれみを抱く。

かかる次第なればこそ、予は汝を告発するのだ、幼児《おさなご》たちをのみこんだ貪婪の海よ。汝を処罰したアジアの王を想い起せ。しかしあの王は百歳の老翁ではなかった。充分に年老いていなかった。彼は宇宙の事象を少しも解しえなかったのだ。それゆえ予は汝を罰すまい。わが訴えも汝がつぶやきも、わが足もとに砕け散る汝が雫のざわめき同様、いと高き主《しゅ》の御足もとに同時に消えうせようから。地中海よ、予は汝を宥し、赦免する。汝に罪障消滅の聖告を与える。去りて再び罪を犯すな。おのれの与り知らぬ過失について、予も汝と同じく有罪である。汝は呻きあげる千の唇もて砂浜のうえに絶間ない懺悔を重ねる。予もまた、聖なる海原よ、わが萎《な》えた唇もて汝に懺悔する。われらは互に懺悔し合うのだ。予を宥せ、さらば汝を宥そう。無知と白き無垢へと立ち還ろう。しかあれかし。

地上にあって予は何をなすべきか。贖罪の記念《かたみ》の建物を建てよう。知らざる者の信仰のための碑を。後の世はわれらの篤信を知り、決して望みを失わぬであろう。神は幼き十字軍兵士らを、海の聖なる罪業を通して、御許に来らせたもうた。罪なきもの《インノサン》らは虐殺された。無垢なる骸《むくろ》は安住の家をもつであろう。七艘の船は「隠者(5)」の暗礁にのりあげて沈没した。予はその島に「新しき無垢の子ら《インノサン》」の聖堂を建て、十二人の僧を置こう。されば汝もわが子らの屍《かばね》を還してくれよう、無垢《インノサン》にして、聖なる海よ、汝はかれらを島の浜辺に打ち寄せてくれよう。僧たちは寺の納骨堂にその遺骸《なきがら》を納めるであろう。かれらはその上に聖油を燃やして、とこしえの燈明をともすであろう。そして敬虔なる旅人たちに、夜陰に横たえられたそれら幼い白い遺骨を示すであろう。

（1）一一四五―一二四一。法王在位一二二七―四一。インノケンティウス三世の甥。枢機卿時代に法王特使としてドイツの王位紛争やイタリア諸都市の内紛を解決した。即位後、神聖ローマ皇帝フリードリヒ二世を、約束の十字軍を延期したかどで破門、皇帝と法王の間に紛争をひき起した。アッシジのフランチェスコと交友があり、フランチェスコ派修道会を支援、またドミニコ会にも庇護を与え、宗教裁判をこれに委託した。

（2）イエズスが洗礼を受けたヨルダン河の水。

（3）ペルシア王クセルクセスを指すのであろう。ヘロドトスによれば、クセルクセスはヘレスポント海峡に架橋して軍隊をギリシアに渡そうとしたが、嵐のため橋がこわれた。王は怒って海峡に三百の鞭打ちの刑を課し、足かせを海に投げこませた。

（4）イエズスが十字架の運命を予知して、弟子たちに自分の死を暗示し神に悲痛な祈りを捧げたところ。

（5）小島の名であろうが、所在は不明。

架空の伝記

大濱　甫訳

神に擬せられた

エンペドクレス

彼がどのような生まれか、またどのようにしてこの世にやって来たか、誰も知らない。彼はアクラガース河の黄金《こがね》色に輝く岸にほど近い美しいアクラガースの町に、クセルクセス王が鎖で海を打たせた時から少したった頃、姿を現わした。言い伝えは彼の祖父がエンペドクレスと名乗っていたことを伝えるだけで、この人のことは誰も知らなかった。おそらくこの言い伝えは、神と同じく彼の場合もまた彼自らの子であったと解すべきなのであろう。だが、彼の弟子たちは、彼が栄光を担ってシシリアの原野を遍歴するようになる前に、すでに四度《たび》もの生涯を送り、かつては草木であり、魚であり、鳥であり、若い娘であったと主張している。彼は長髪のふりかかる緋の外套をまとい、金の環を頭に巻きつけ、青銅のサンダルを履き、羊毛と月桂樹で編んだ飾り紐をたずさえていた。

彼は両手を押し当てて病人を癒し、馬車に乗り、空を仰いでは、華麗な口調でホメーロス風に詩句を朗誦した。人々は群をなしてあとに従い、跪いて彼の詩に耳を傾けた。麦畑を耀かせる澄みわたった青空の下を、人々は捧げ物を両腕に抱えてエンペドクレスのもとにやって来た。彼は水晶で造られた崇高な穹窿や、われわれが太陽と呼ぶ火の塊や、あらゆるものを包含する、巨大な球体にも似た愛を唄って、人々をうっとりさせた。

彼に言わせれば、あらゆる存在が、憎悪が忍びこんだために砕けてしまったこの愛の球体の破片に他ならないのだった。そしてわれわれが愛と呼ぶもの、それは不和によって打ちこわされた球体である神のなかに、かつてそうであったように結合し、融合し、混合しようとする願いなのである。彼は霊たちがあらゆる変容をとげたあと、神聖な球体が円くふくらむ日が来るのを希求していた。なぜなら、現にわれわれの知っている世界は憎悪が造り出したものであり、それを解体することが愛の仕事となるからである。こうして彼は町から町、野から野へと唄って歩き、その足もとではラコーニア産の青銅のサンダルが鳴り、その面前ではシンバルが鳴り響いた。一方、エトナ山の火口からは一柱の黒い煙が立ち昇り、シシリアにその影を投げかけていた。

ピュータゴラース派の人々がパピルスの靴を履き、薄い麻の寛衣のなかに縮こまり、這うように歩いていたのに対し、エンペドクレスは天上の王にも似て、緋の衣をまとい、頭上に金の環を戴いていた。噂では、彼は目脂を消し去り、腫物を散らし、手肢の痛みを除く術《すべ》を心得ているということだった。雨や嵐を鎮めてほしいと懇願されると、丘陵地帯へ暴風雨を遠ざけ、またセリヌースでは二つの大きな流れを別の河床へ導くことによって熱病を駆逐したので、セリヌースの住民は彼を崇め、彼のために寺院を建て、彼の像がアポローンの像と向かい合う賞牌《メダル》を数多く彫った。

別の人たちは、彼は占者で、ペルシアの魔術師たちから教えを受け、降神術に通じ、人を狂わす薬草に関する知識も持ち合わせていた、と言っている。ある日、彼がアンキストの家で食事をしていると、一人の狂った男が剣を振りかざして部屋に飛びこんで来た。エンペドクレスは立ち上がって、腕を伸ばすと、感覚を失わせるウツボカズラについて書かれたホメーロスの詩句を唄った。すると、たちまちウツボカズラの効力がその狂人を捉え、彼はまるで泡立つ葡萄酒に混ぜた甘い毒薬を盃から呑みほしたかのようにすべてを忘れて、剣を宙に振りかざしたまま立ちすくんでしまった。

病人たちが町の外からも彼のもとに集まって来るので、彼は惨めな人々に取り囲まれていた。女たちがそれに混じって彼につき従った。彼女らは彼の高価な外套の垂れに口づけするのだった。そのなかに、パンテアという名の、アクラガースの貴族の娘がいた。彼女はアルテミスに捧げられるはずになっていたのだが、この女神の冷たい彫像から遠く遁れて、エンペドクレスに処女を捧げた。この二人の間に愛の印《しるし》は全く見受けられなかった。というのは、エンペドクレスは神のような不感無覚の態度を保っていたのだ。言葉を発するときは必ず叙事詩風の韻律をつけ、しかも民衆や彼の信者がドーリス語を使うのに、彼はイオーニアの方言でしか語らなかった。彼の立居振舞はすべて神々しかった。人々に近づくのは、彼らを祝福したり、病いを治すためだった。寡黙をつねとした。あとに従う者ですら誰一人として彼が眠っているのを見た者はいなかった。いつも威厳にみちあふれていたのだ。

パンテアは上質の羊毛と金糸で織った衣を着ていた。その髪は、優柔な日々が営まれるアクラガースの贅沢な流行に則って結われていた。乳房は赤い帯で支えられ、サンダルの底革には香が焚きしめてあった。その上、彼女は美しく、軀つきはほっそりと丈高で、いかにも好ましい色艶をしていた。エンペドクレスが彼女を愛したとは断定できないけれども、彼女をあわれんではいた。事実、アジアからの風がシシリアの野に黒死病を引き起こした。多くの人々がこの疫病の黒い魔手に捉えられた。動物の死骸が牧場のほとりに点々と散らばり、あちこちに、皮が剝げ、口を空に向けて開け、肋骨を突き出して死んでいる羊が見受けられた。そしてパンテアもこの病いに取り憑かれ、窶《やつ》れていった。エンペドクレスの足もとに倒れ、息絶えた。彼の取り巻きたちが硬直した手肢を持ち上げ、葡萄酒と香油に浸した。若々しい乳房を締めつけていた赤い帯を解き、彼女の軀を包帯でくるんだ。半ば開かれた彼女の唇は包帯で被われ、窪んだ瞳も光を映さなくなってしまった。

エンペドクレスは彼女を見つめ、額に巻いていた金の環を外すと、それを彼女に押し当てた。ついで、彼女の胸の上に予言力を持つ月桂樹の葉飾りをのせ、輪廻転生を唄う未知の詩句を誦した後、立ち上がって歩くようにと三度命じた。群集は恐怖に充たされた。三度目の呼び掛けに応じて、パンテアは冥界を脱け出した。肉体は生気を取り戻し、全身を埋葬用の包帯にくるまれたまま、両足で立ち上がった。こうして人々は、エンペドクレスが死者を蘇らせる力を持っていることを悟ったのである。

パンテアの父ピュシアナクテがこの新しい神を崇めに駆けつけた。エンペドクレスの住む野の木々の下に、灌餐の式を取り行うためにいくつも食卓が拡げられた。奴隷たちが大きな松明を捧げ、エンペドクレスの傍らに並んだ。式部官たちは密議を司るときのように厳粛な沈黙を宣した。そして三日目の夜の儀式の最中に、突然、松明が消え、夜の闇が崇拝者たちを包んだ。力強い声が響いて、「エンペドクレス！」と叫んだ。明るくなったとき、エンペドクレスは姿を消していた。その後、人々が彼を見ることは二度となかった。

一人の怯えた奴隷が、一条の赤い線がエトナ山頂に向かってうねうねと走るのを見たと語った。信者たちは黎明の鈍い光を頼りに山の不毛な斜面を攀じ登った。火口は焔の束を吐き出していた。その燃える淵を取り巻く小孔だらけの熔岩の崖っぷちに、火で傷んだ青銅のサンダルが一つ見つかった。

放火犯

ヘロストラトス

ヘロストラトスが生まれたエペソスの町はカユストロス川の河口にあり、二つの河港を擁してパノルモスの岸辺まで伸び、その岸辺からは深い色をたたえた海の上に霧がかったサモスの島影が望まれた。マグネーシア人が戦闘犬や投槍を使う奴隷たちと共にマイアンドロス川の岸辺で敗北し、またかの壮麗な町ミーレートスがペルシア人に滅ぼされたのちは、エペソスには黄金と織物、羊毛と薔薇とがみちあふれていた。それは、売淫の女神アプロディーテーの神殿で娼婦たちが歓迎される遊惰な町だった。エペソスの人々はアモルゴス産の透けた寛衣や、紡ぎ車で織った亜麻布製の菫色や朱色やサフラン色の服、黄色い林檎のような色や白や薔薇色の長衣、菫青色の上に火の燃え立つような色や海の変化する色合を散らしたエジプト産の布、目がつんでいて軽い緋の地に純金の粒を鏤《ちりば》めたペルシア産の寛衣などを身に着けていた。

プリオンの山と高く切り立った断崖の間からは、カユストロス川の岸辺にたたずむ、アルテミスの大神殿が見下ろせた。百二十年の歳月を費やして造られた建物であった。内部の部屋は厳粛な絵画で飾られ、天井は黒檀と糸杉で覆われていた。天井を支えるずんぐりした円柱には鉛丹が塗りたくられていた。女神の部屋は小さく、楕円形に仕切られていた。中央には光沢を帯びた、円錐形の見事な黒石が、ところどころに円く金泥を塗られてそそり立っていたが、それが女神アルテミスそのものであった。三角形の祭壇も一枚の黒い石を削って造られたものだった。黒い板石でできた別の台には、犠牲の血が流れ落ちるように、いくつもの孔が同じ間隔で穿たれていた。壁には、犠牲の喉を抉《えぐ》るのに用いる、金の柄のついた鋼鉄製の巾広な刀が何本も掛けられ、磨かれた床には血に染まった包帯が散らばっていた。大きな黒石は、固く先の尖った二つの乳房を持っていた。これがエペソスのアルテミスだった。その神格はエジプトの墓の闇のなかに喪われていたので、この女神を崇めるにはペルシアの祭式によらねばならなかった。女神は緑色に塗られた蜜房のような室に宝物を隠し持っていたが、そこに通じる尖塔形の扉には、逆立てた青銅の釘がびっしりと填めこまれていた。宝物のなかには、指環や大きな貨幣に混じって、ヘラクレイトスが火の支配する世の到来を予告した写本があった。この哲人は神殿が建立されているときに、この写本を扉の下の基壇に封じこめたのだった。

ヘロストラトスの母は、気性の激しい高慢な女だった。父が何者か誰も知らなかった。のちにヘロストラトスは自ら火の子だと言い張った。彼の軀には、胸の左下に三日月形の痣があり、拷問にかけられたときそれは燃え上がるように見えた。彼の誕生に立ち会った女たちは、彼がアルテミスに支配されるだろうと予言した。彼は怒りっぽく、また童貞を守り通した。顔には暗い皺が刻まれ、肌は浅黒かった。子供の頃から、高い断崖の下にあるアルテミス神殿の近くで遊ぶのを好んだ。捧げ物を運ぶ行列が通るのを眺めて暮した。自分では身を捧げたつもりでいても、素姓も定かでないために、女神に仕える司祭にはなれなかった。司教会は彼が神像安置室に入るのを何べんも禁止しなくてはならなかったが、それはアルテミスを覆う高価な重い織物を、彼が取りのけたがるからであった。そこで彼は憎悪の念を抱き、秘密を奪い取ろうと誓った。

彼は自らの人格について、何人《なんぴと》と比べても勝るとも劣らないとの自信を持っていたし、同様に、ヘロストラトスという名も比類なきものと考えた。彼は栄光を望んでいた。手始めに彼は、ヘラクレイトスの教義を説く哲人たちに接近したのだが、彼らもその教義の隠微な部分は知らなかった。なぜなら、それはアルテミスの宝物を納めた尖塔形の小室に封じこめられていたからである。ヘロストラトスは師の考えを推測するしかなかった。彼はかたくなになり、彼を取り巻く富を侮蔑するようになった。娼婦の愛を嫌悪する気持も激しさを増した。人からは女神のために童貞を保っているのだと思われていた。だがアルテミスは彼をあわれみはしなかった。神殿を警護する長老会の面々には彼が危険人物と映った。総督は彼を城外に追放することを許可した。彼はコレーソスの山腹の古代人が掘った洞窟へ移り住んだ。そこから彼は、夜になるとアルテミス神殿の聖なる灯明を窺った。秘教に通じたペルシア人がやって来て彼と話を交わしたと考える人もいる。しかし、あるとき突然に運命が彼自身に啓示されたというほうがより真実に近いであろう。

事実、彼は拷問にかけられたとき、ヘラクレイトスの「天上への道」という言葉の意味と、この哲人が最良の魂とはこの上なく乾いた、この上なく燃え上がる魂であると説いた理由をある日突然に悟った、と白状した。即ち、彼はその悟りに則って、自らの魂がこの上なく完璧なものであり、またそれを宣言したかったのだということを証明したわけである。彼はあのような行為を犯した理由として、栄誉への情熱と、自らの名が人々の口の端に上るのを聞く悦びしか挙げなかった。父はなく、ヘロストラトスがヘロストラトスによって王位に就けられるべきであるが故に、また彼は自らの造り出した子であり、彼の造り出すものは世界の本質であるが故に、彼の治世のみが絶対的なものであるはずだ、と断言した。こうして彼は同時に王であり、哲人であり、神であり、人間たちのなかの唯一者であるべきだったのだ。

紀元前三五六年、七月二十一日の夜、空に月はなく、また欲求は力を蓄え終えたので、ヘロストラトスはアルテミスの秘密の部屋に押し入る決心をした。そこで、彼は山の曲りくねった道をカユストロス河畔まで滑り降りると、神殿の階段を登った。護衛の司祭たちは聖なるランプの周りで眠っていた。ヘロストラトスはランプの一つを摑むと、像の安置室に忍びこんだ。

甘松香油の強い匂いが立ち籠めていた。黒檀の天井の黒い棟木は光っていた。楕円形の部屋は金と緋の糸で織られた幕で仕切られ、その幕が女神像を隠していた。ヘロストラトスは嬉しさに息を弾ませながら、その幕を引きはがした。手に持ったランプがその怖ろしい円錐形の像のぴんと突き出た乳房を照らし出した。ヘロストラトスはそれを両手で摑むと、この神聖な石に貪るような口づけをした。それから像の周りを廻って、宝物がしまわれている緑色の尖塔形の小房を見つけた。彼はその小さな扉の青銅の釘を摑むと、扉をこじ開けた。誰も触れたことのない宝石のなかに指を突っ込んだ。が、彼は、ヘラクレイトスが自作の詩を書きこんだパピルスの巻物しか取らなかった。聖なるランプの光りを頼りにその詩を読み、すべてを悟った。

たちまち、彼は「火事だ！　火事だ！」と叫んだ。

アルテミスの幕を引き寄せると、その垂れの下のほうに、燃えるランプの芯を近づけた。はじめ布はゆっくり燃え、ついで、気化して浸みこんでいた香油のために、焰は黒檀の羽目板にまで蒼白く立ち昇った。怖ろしい円錐形の像が火に映えた。

火は円柱の柱頭を取り巻き、天井に沿って這って行った。強大なアルテミスに捧げられて宙に吊り下げられていた金の板が、金属的な響を立てながら敷石の上に一枚ずつ落ちてきた。ついで、きらめく火の束が屋根に吹き出し、断崖を照らし出した。青銅の瓦が崩れ落ちた。ヘロストラトスはその明りのなかに突っ立ち、夜の闇に向かって自分の名を叫んだ。

アルテミス神殿全体が闇のなかで赤い火の塊になった。護衛たちが犯人を捕えた。名前を叫ぶのをやめさせるために猿轡をはめた。ヘロストラトスは火事の間中、縛られて地下室に投げこまれていた。

アルタクセルクセス王は、直ちに彼を拷問にかけるように命じた。彼は先に述べたことしか白状しようとしなかった。イオーニアのナニの都市は、彼の名を後代に伝えることを死刑をもって禁じた。だが、その名は囁かれてわれわれのもとにまで達している。ヘロストラトスがエペソスの神殿に火をつけた夜、マケドニア王となるアレクサンドロスがこの世に生まれた。

犬儒家

クラテース

彼はテーバイに生まれ、ディオゲネスの弟子となり、またアレクサンドロス大王をも識った。金満家だった父アスコンダスは、彼に二百タラントを遺した。ある日エウリーピデースの悲劇を観に行ったときのこと、ミューシア王テーレポスが乞食のぼろ着を身にまとい、籠を手に登場するや、彼は啓示を受けたように思った。劇場のなかで立ち上がり、遺産の二百タラントは望む者に頒ち与え、自分にはテーレポスの衣服だけで充分だ、と大声で告げた。テーバイの人たちは笑い出し、彼の家の前に集まったけれども、彼は彼ら以上に笑っていた。金や家財を窓越しに投げ与えた彼は、亜麻織の外套と頭陀袋を持って立ち去った。

アテーナイに着くと、彼は街々をさまよい歩き、糞尿に囲まれ、壁に背をもたせかけて休息を取った。ディオゲネスの勧めたことはすべて実行した。ディオゲネスの樽は、彼には余計なものに思えた。クラテースの考えによれば、人間は蝸牛《かたつむり》でも寄居虫《やどかり》でもなかったからである。彼は塵芥のなかに素裸で暮し、パンの皮や腐ったオリーブの実や乾からびた魚の骨を拾い集めて、頭陀袋に詰めこんだ。彼に言わせると、その頭陀袋は寄生者も娼婦もいない豊かな大都市であり、これを支配する王のためには木立百里香《タイム》も韮《にら》も無花果《いちじく》もパンもたっぷり産み出してくれるのであった。こうしたクラテースは自分の国を背負い、それでわが身を養っていた。

彼はたとえ嘲るためであっても公事には口を出さず、諸国の王を罵るふりもしなかった。ディオゲネスはある日「人々よ、来たれ」と大声で叫んでおいて、寄って来た人たちを棍棒で殴りつけて、「わしは人間を呼んだのであって、糞尿を呼んだのではないぞ」と言ったものだが、クラテースはディオゲネスのこうした言行を認めはしなかった。彼は人間に対してやさしかった。なにごとも気にかけなかった。傷口さえいつくしんだ。犬のように自分の傷口を舐められるほどしなやかな軀を持たないことをとても残念がっていた。また、固形物を食べ、水を飲まねばならないことを嘆いていた。人間は外からの助けを借りずに自足しなくてはならない、と考えていたのだ。少なくとも、身を潔めるために水を探しに行くことはしなかった。垢で気持が悪くなると、軀を壁にこすりつけてすませた。驢馬が同じようにすることに気づいていたのだ。神々のことはめったに口にせず、神々を気にかけることもなかった。神々が存在するかしないかは大した問題ではなく、神々が彼に対してなにもなし得ないことをよく承知していたのだ。その上、神々が人間の顔を天に向けさせ、四脚で歩く大部分の動物の持つ能力を奪いとり、わざと人間を不幸にしてしまったことを非難していた。生きるために食べなくてはならないように決めた以上、神々は人間の顔を木の根の生える地面に向けさせるべきだった、とクラテースは考えたのだ。人は空気や星を食べるわけにはゆかないのだ。

生活は決して楽ではなかった。アッティカの刺すような埃に目を曝しすぎたので目脂が出た。未知の皮膚病のために軀は腫瘍で蔽われた。彼は、一度も剪ったことのない爪で軀を引っ掻き、こうすると痒みが和らぐと同時に爪が擦りへるので二重の利益があると考えた。長く伸びた髪は厚いフェルト状になり、彼はそれを雨や陽の光を防ぐように頭の上に按配した。

アレクサンドロス大王が会いに来たとき、彼は辛辣な言葉を向けることなく、王を群集と区別せずに見物人の一人として眺めた。クラテースはお偉方に対して別に意見を持ち合わせなかった。彼らは神々と同じように、彼にはどうでもよかった。人間だけが、そしてできるだけ簡素に生活を送る暮し方だけが彼の心を占めていた。ディオゲネスの糾弾も、その風俗を改良すると称する主張も彼にはこっけいに思われた。クラテースは自分はそのような卑俗な関心をはるかに超越していると考えていた。彼はデルポイの神殿の正面に刻まれた箴言を作り変えて、「汝自身を生きよ」(1)と言っていた。何かを知るという考えがばかばかしく思われたのだ。自分の軀と軀に必要なものとの関係しか究めようとせず、その関係の数もできるだけ少なくしようとした。ディオゲネスは犬のように嚙みついたが、クラテースは犬のように暮したのだ。

彼はメテロクレスという名の弟子を一人持った。マロネイアの裕福な青年だった。その妹のヒッパルキアは美しく気高い娘だったが、クラテースに恋してしまった。彼女が夢中になり、彼を求めに来たことは確かである。ありえないことと思われるが確実な事実である。この犬儒家の汚ならしさも、徹底した貧乏も、公衆の前でのひどい生活も、なに一つ彼女を尻込みさせなかった。彼は、自分は町のなかで犬のように暮し、汚物のなかに骨を探すのだ、と彼女に教えた。二人の共同生活にはなにも隠すべきことはなく、欲望に捉えられれば雄犬が雌犬にするように公衆の面前で交接するだろうと知らせた。ヒッパルキアはこうしたことをすべて覚悟していた。両親は彼女を引き留めようとしたが、彼女は自殺すると言って脅かした。両親は彼女をあわれんだ。それで、彼女は素裸で、髪を垂らし、古い亜麻布を一枚身にまとっただけで、マロネイアの町を去り、クラテースと同じ身なりになって一緒に暮した。彼は彼女にパシクレスという子を生ませたといわれるが、このことについては確実なことは何もわかっていない。

このヒッパルキアは貧乏な人たちに対してやさしく、思いやりがあったようだ。病人を手で撫でてやり、苦しむ人たちの血にまみれた傷口を少しもいやがらずに舐めてやったが、それは彼らの自分に対する関係は羊の羊に対する、犬の犬に対する関係と同じだと信じこんでいたからである。寒くなると、クラテースとヒッパルキアは貧乏人たちにぴったり身を寄せて横になり、自分たちの軀の温もりを彼らに頒ち与えようとした。二人は動物たちが互いに与え合う無言の援助を彼らに与えた。自分たちに近寄ってくる人たちの誰をも依怙《えこ》贔屓《ひいき》しなかった。それが人間であるというだけで二人には充分だったのだ。

以上が、クラテースの妻に関してわれわれに伝えられていることのすべてであり、われわれは彼女がいつどのようにして死んだのかは知らない。兄のメテロクレスはクラテースを崇拝し、見習っていた。だが彼は少しも安らぎを得られなかった。絶えず胃腸に瓦斯《ガス》がたまるのを抑えられなかったので、健康を損なっていたのだ。彼は絶望して死のうと決心した。クラテースは彼の不幸を知ると、彼を慰めようとした。はうちわ豆を一枡食べて、メテロクレスに会いに行った。病気を恥じてそんなに苦しんでいるのかと訊ねた。メテロクレスはこんな不幸には堪えられないと打ち明けた。すると、はうちわ豆を腹一杯つめこんでいたクラテースは、弟子の前でおならを連発して、自然はすべての人間を同じ病いに罹らせているのだと主張した。それから、彼が他人に対して恥じるのを責め、自分の例にならうように勧めた。ついでまた何発もおならを放つと、メテロクレスの手を取って連れ去った。

二人は長いことアテーナイの町に留まっていたが、おそらくヒッパルキアも一緒だったろう。彼らは互いに殆ど話し合うことがなかった。何ごとをも恥じなかった。犬どもは同じ汚物の山を漁りながらも彼らを敬っているように見えた。もし飢えに迫られるようなはめに陥ったなら、互いに嚙みつき合うことになったかもしれぬ。だが伝記作家たちはその種のことは何も伝えていない。われわれが知っているのは、クラテースが年取って死んだこと、ついにはいつも同じ場所に暮すようになり、水夫たちが港の荷をしまっておくペイレイウスの倉庫の庇の下に横たわっていたこと、齧《かじ》る肉を求めてさまようこともやめてしまったこと、腕を上げようとさえしなくなったこと、そしてある日飢えのために干からびて死んでいるのを見つけられたことである。

（1）デルポイのアポローンの神殿の正面に「汝自身ヲ知レ」と刻まれていた。

女呪《まじな》い師

セプティマ

セプティマは、アフリカの太陽の下、ハドルメトゥムの町の奴隷だった。そして彼女の母のアモエナもそのまた母も奴隷で、皆美しいけれども、生まれの賤しい女たちだったから、冥界の神々は彼女らに愛と死の秘薬を作る術を啓示した。ハドルメトゥムの町は白く、セプティマの暮す家の石は顫えるような薔薇色をしていた。そして、ナイルの七つの河口が七種類の色とりどりな泥を注いでくる辺りの浜の砂の上には、生温かい潮がエジプトの大地から運んでくる貝殻が点々と散らばっていた。セプティマが暮している海辺の家からは地中海の銀色の波の総のくだける音が聞こえ、家の足下からは輝く青い線が空と接するところまで扇形に拡がっていた。セプティマの掌は黄金《こがね》色に染められ、指先には白粉が塗られ、唇は没薬の香を放ち、彩色した眼瞼はやさしく顫えていた。こんな姿で、彼女は召使たちの家にやわらかい麵麭《パン》の入った籠を届けに、場末の道を歩いていた。

セプティマは自由人の青年で、ディオニューシアの息子セクスティリウスに恋してしまった。だが、冥界の秘密を知る女たちは人に愛されることを許されてはいない。なぜなら、彼女たちはアンテロースと呼ばれる、愛の敵である神に従属していたからである。エロースが輝く目に方向を与え、矢の先を鋭く尖らせるのに対して、アンテロースは視線をそらさせ、鋭い矢先を鈍らせる。アンテロースは死者の間に座を占める慈悲深い神である。アンテロースは決してエロースのように残忍ではない。忘却を引き起こすうつぼかずらを持っている。そして、愛は地上の病苦のうちでも最悪のものであると心得ているので、愛を憎み、この病苦を癒してくれる。しかしながら、愛に捉えられてしまった人の心からエロースを追い出すだけの力は持たない。そこで別の人の心を捉えるのだ。こうしてアンテロースはエロースと闘っている。そんなわけでセクスティリウスはセプティマを愛することができなかった。エロースがこの秘儀に通じた女の胸のなかに松明を持ちこむやいなや、怒ったアンテロースは彼女が愛そうとした男を捉えたのだ。

セプティマは、セクスティリウスが眼を伏せることからアンテロースの力を思い知った。それで、夕空が朱色に染まって顫えるときがくると、彼女はハドルメトゥムの町から海に通じる街道に出た。恋人たちが墓の磨かれた壁石にもたれて、棗椰子《なつめやし》の実から造った酒を飲んでいる静かな街道である。東方から吹きよせる微風が墓地に芳香を吹きこんでいる。まだおぼろな新月がためらうようにさまよっていた。防腐処置を施されたおぜいの死者がハドルメトゥムを取り囲む墓のなかに君臨している。そしてそこにはセプティマの妹ポイニッサが眠っていたが、彼女は同じ奴隷の身でありながら、まだどんな男からもその軀の匂いを嗅がれることもないうちに、十六歳で死んでしまったのだ。ポイニッサの墓はその軀のように細かった。繃帯を巻かれたその胸を、墓石が緊めつけていた。低い額に触れそうな長い板石が彼女の空ろな視線をさえぎっていた。黒ずんだ唇からは彼女が浸された香料の香がいまも立ち昇っていた。その生娘の指には、色が薄く曇った二個の紅玉《ルビー》を嵌めこんだ、緑がかった金の指環が輝いていた。彼女は空しい夢のなかで、かつて体験しなかったことごとを永遠に夢みていたのだ。

新月の清らかな白光の下で、セプティマは妹の墓に寄り添って、心地よい大地に横たわった。彼女は涙を流し、彫刻の花飾りをつけた顔をもみくしゃにした。そして神酒を注ぐ導管に口を近づけて、激情を吐き出した。

——妹よ、眠りから醒めて、私の言うことを聞いておくれ。死人たちをいっとき照らす小さなランプはもう消えてしまった。お前は私たちがあげた色硝子の聖油入れも指から落としてしまった。頸飾りの糸は切れ、金の玉はお前の頸の周りに散らばっている。私たちの世界のものを、お前はもう何一つ持っていない。そして今では、頭に鶚《はいたか》を戴く神さまがお前を捉えている。私の言うことを聞いておくれ、だってお前には私の言葉を届けてくれる力があるのだもの。お前の知っているあの房へ行って、アンテロースに懇願しておくれ。ハトル女神さまに懇願しておくれ。切りきざまれた死体を箱に詰められて、ビュブロスまで潮に運ばれた神さまに懇願しておくれ（1）。妹よ、未知の苦しみをあわれんでおくれ。カルデアの魔術師たちの七つの星にかけてお前に頼みます。カルターゴーでもイアオーでもアブリアオでもサルバールでもバトバールでも人々から祈られている冥界の神々にかけて、私の呪《まじな》いを受け容れておくれ。ディオニューシアの息子セクスティリウムがこの私に、私たちの母アモエナの娘セプティマに恋い焦がれるようにしておくれ。あの人が夜の闇のなかで燃え上がるように、お前の墓のそばに来て私を求めるように、ああ、ポイニッサ！ さもなくば私たち二人を強大な闇の世に連れていっておくれ。エロースが私たちの息を燃え立たせようとするのをアンテロースが許さないのなら、アンテロースに祈って、私たちの息を冷たくしてもらっておくれ。かぐわしい死んだ女よ、私の声を神酒として受けておくれ。アクランマカラ！

たちまち、繃帯にくるまれた乙女は起き上がり、歯をむき出したまま地下に入っていった。

それでセプティマは恥ずかしくなって、石棺の間を駆け廻った。二日目の夜が明けるまで、彼女は死人たちのもとに留まった。逃げてゆく月を窺った。塩からい潮風が胸を噛むのにまかせた。明方の黄金《こがね》色の光に愛撫された。それからハドルメトウムに戻ったが、そのとき長い青色の肌着を背後に翻していた。

一方、ポイニッサは硬直した軀で冥界の曲りくねった道をさまよっていた。だが、頭に鷂を戴く神は彼女の訴えを受け容れてはくれなかった。女神ハトルは彩色された棺のなかに横たわったままだった。そしてポイニッサは、欲望というものを知らなかったから、アンテロースを見つけることもできなかった。だが、しなびた心のなかに、死者が生者に対して抱くあわれみの情を感じた。それで二日目の夜、死者たちが呪《まじな》いを実現するために自由になる時刻がくると、縛られた足を運んでハドルメトウムの町に赴いた。セクスティリウスは、菱形模様に飾られた部屋の天井に顔を向け、大きな息で身を顫わせながら眠っていた。香りを放つ繃帯にくるまれた死人のポイニッサは彼のそばに坐った。彼女は脳漿も内臓も抜き取られていたけれども、乾燥させた心臓は胸のなかに戻されていた。そしてこのときエロースはアンテロースと闘っている最中だったので、ポイニッサの防腐処置を施された心臓を捉えた。たちまち彼女はセクスティィリウスの肉体に欲望を感じ、彼が冥界の家で自分と姉のセプティィマの間に寝ることを願った。ポイニッサが彩色された唇をセクスティィリウスの生きた口にあてると、彼の命は泡のように軀から脱け出してしまった。ついで彼女はセプティィマの奴隷部屋に行き着き、その手を把った。セプティィマは眠ったままで妹の手に導かれた。ポイニッサの接吻とポイニッサの抱擁とが、こうして夜の殆ど同じ時刻にセプティィマとセクスティィリウスとを死なせてしまった。以上がエロースのアンテロースに対する闘いの悲しい結末であり、冥界の神々は一人の女奴隷と一人の自由な男とを受け取ることになった。

セクスティィリウスはハドルメトウムの墓地で、女呪《まじな》い師セプティィマとその妹の乙女ポイニッサの間に横たわっている。まじないの文句は、この女呪い師が巻いて釘で止め、妹の墓の神酒を注ぐ導管に差しこんでおいた鉛板に刻まれている。

（1）頭に鵠を戴く神はエジプトのホーロス。女神ハトルはホーロスの母でオシーリスの妻イーシスと同一視される。切りきざまれて死体を箱につめられた神はオシーリス。兄弟のセトに殺され、死骸を八裂きにされるが、イーシスはその死体を集めて葬り、ホーロスとともにセトに復讐する。

詩人

ルクレティウス

ルクレティウスは、すでに市民生活から隠退してしまっていたある高貴な人の家に生まれた。彼の幼年時代は、山のなかに建てられた高い家の暗い玄関に庇護されていた。広間は清厳で、奴隷たちは寡黙だった。彼は子どものときから政治と人間に対する侮蔑に取り巻かれていた。彼とおない年の貴族の子メンミウスは、森でルクレティウスから押しつけられる遊びに甘んじていた。二人は一緒に、古木の皺を見て驚き、陽の光を浴びて顫える木の葉を、金色のまだらのついた緑色の光の幕でも見るかのように窺った。地面を嗅ぎまわっている野豚の縞模様のある背中を眺めた。紡錘形をして顫えている蜜蜂の巣や、歩いている蟻の群をかき分けた。ある日、二人は雑木林を抜けたところで林間の空地に行き着いたが、周囲にはコルク樫の木が密生していたので、それの形作る環は空に青い井戸を穿っていた。この隠れた場所は限りない安らぎを与えた。神の空の高みに通じる、明るく広い街道にでもいるような気分だった。ルクレティウスはこうした静かな場所の恵みに感応した。

彼はメンミウスと一緒にこの森の清らかな聖殿に別れを告げ、ローマへ雄弁術を学びに行った。高い家を支配する元貴族の父が、彼にギリシア語の教師をつけ、人間の行為を侮蔑する術を習得するまでは戻らないようにと命じた。ルクレティウスは二度と父に会うことはなかった。父は世間の騒がしさを憎みながら、孤独のうちに死んでしまったのだ。高い家に戻ったとき、ルクレティウスは清厳な広間で待ちうける寡黙な奴隷たちの前に、美しくて野蛮で性悪な一人のアフリカ女を連れてきた。メンミウスはそれより前に先祖の家に戻ってきていた。ルクレティウスは血みどろな戦争、党派の争い、政治的な腐敗を目のあたりに見てきた。彼は恋をしていた。

はじめ彼の生活はすばらしかった。アフリカ女はよじった髪の束を綴れ織の壁掛けにもたせかけた。彼女の長身は休息用のベッドにぴったり収まった。泡立つ酒を満たした盃を、透明な翠玉《エメラルド》で飾った腕で抱いた。奇妙な仕草で指を上げたり首を振ったりした。その微笑はアフリカの大河のように深く暗い源から発するかのようだった。羊毛を紡ぐかわりにそれを辛抱強く細かな屑毛に切りきざんで、周囲に飛び舞わせた。

ルクレティウスはこの美しい肉体と融け合いたいと激しく望んだ。彼女の金属的な胸を抱き締め、暗い菫色の唇に口を押しあてた。愛の言葉が、取り交わされ、溜息まじりに語られ、二人を笑わせては擦り減っていった。二人は愛する者同士を隔てる柔軟で不透明な幕に触れた。二人の官能は激しさを増し、対象となる相手を変えたいと願うようになった。それは極限に達して内臓にまで入りこむことなく、肉体の周りに拡がった。アフリカ女は自らの異国人の心のなかに縮こまってしまった。ルクレティウスは愛を完成しえないことに絶望した。女は広間や奴隷たちと同じように、高慢で陰気で寡黙になった。ルクレティウスは図書室のなかを歩き廻った。

エピクロスの論述を書記が筆写しておいたパピルスの巻物を彼が繙いたのは、この図書室でのことであった。たちまち彼は、この世の物事が多様であることと、観念に達しようとする努力が無益であることを悟った。宇宙はアフリカ女が部屋に撒きちらす細い屑毛に似たものに思われた。蜜蜂の房も蟻の縦隊も木の葉の動く繊維も、彼にとっては原子の集団のそのまた集団であった。そして自分の軀のうちに目に見えない一群の存在があって、互いに仲が悪く、分裂しているように感じた。そして人の眼差しはより微妙に肉付けされた光線のように、また美しい異国女の姿は目を楽しませる彩色された一つのモザイクのように思われ、彼はこのような無限なものの運動の終焉を侘しくむなしいことと感じた。ローマで武装して罵り合う平民の群をまきこんだ血みどろな闘争を見てきたように、同じ血で彩られながらひそかな優越性を競い合う諸原子の集団が渦巻くのを眺めた。そして、死による分解とは、別の幾千もの無益な運動に突入してゆくこの騒がしい群から解放されることにほかならないことを理解した。

ところで、ルクレティウスは、ギリシア語が世界の諸原子のように織りこまれている巻物からこうした知識を得ると、先祖の高い家の暗い玄関《ポーチ》を通って森に出た。そして、いつも鼻を地面に向けている、縞模様のある豚の背を認めた。それから雑木林を通り抜けると、不意に森の清らかな聖殿の只中にいる自分を見出し、空の青い井戸に目を沈めた。そこを彼は自分の安息の場と決めた。

そこから彼は、世界の巨大な蠢《うごめ》きを、それぞれの色と情念と道具を具えたすべての石を、すべての草を、すべての樹木を、すべての動物を、すべての人間を、そして、そうしたさまざまなものの歴史と誕生と疾病と死とを眺めた。そして、全的かつ必然的な死のなかにアフリカ女の唯一無二の死をはっきり認めて、涙を流した。

彼は知っていた、その涙は眼瞼の下にある小さな腺の独自な運動によって発生するものであることを。そして、愛する女の軀の表面から浮かび上がる彩られた一連の姿形によって、ショックを受けた心臓が放出する一連の原子が、それらの腺を揺ぶり動かすのだということを。彼は知っていた、愛は他の原子と合体しようとする原子の膨脹によって引き起こされることを。彼は知っていた、死によって引き起こされる悲しみが、この世における最悪の惑いであることを。なぜなら、女の死を嘆く男が自分自身の苦しみに悩み、ひそかに自分自身の死を思うのに対して、死んだ女のほうは不幸であることも苦しむこともやめてしまうからである。彼は知っていた、われわれのあとまで分身が生き残って、足もとに横たわる自分自身の死体に涙を流すなどということがありえないことを。だが、まさに悲しみと愛と死とを知っていたからこそ、閉じこもるべき静かな場所から眺めるとき、それらがむなしい幻影にすぎないことを知っていたからこそ、彼は涙を流し続け、愛を望み続け、死を恐れ続けたのだ。

そんなわけで、彼は高く暗い先祖の家に戻ると、美しいアフリカ女に近づいたのだが、彼女は金属製の鍋を火鉢にかけて薬を煎じていた。というのは、彼女もまたひとり夢想に耽り、その考えは彼女の微笑の神秘な源にまで溯っていたからである。ルクレティウスはまだ煮え立っている煎じ薬を眺めた。それは次第に澄んできて、曇った緑色の空に似たものとなった。美しいアフリカ女は首を振り、指を上げた。そこでルクレティウスは煎じ薬を飲んだ。するとたちまち彼の理性は失われ、彼はパピルスの巻物に書かれていたギリシア語をすっかり忘れてしまった。こうして気狂いになってはじめて愛を知ったのだが、毒を盛られていたので、その夜のうちに死をも知ることになってしまった。

破廉恥な貴女

クロディア

彼女は執政官アピウス・クラウディウス・プルケルの娘だった。まだ二歳か三歳の頃から、すでに目が燃えるように輝く点で兄弟姉妹より抜きん出ていた。姉のテルティアは早くに結婚してしまい、一番下の妹はクロディアのどんな気紛れにも従った。兄のアピウスとカイウスは早くから、皮で造ってもらった蛙や胡桃《くるみ》の実で造ってもらった戦車を独占しようとし、のちには銀貨に貪欲になった。だが美男で女性的なクロディウスは彼の姉妹の遊び仲間だった。クロディアは燃えるような目で姉妹を説得して、彼に袖のついた寛衣を着せ、金糸で編んだ小さな縁なし帽を被らせ、胸の下にやわらかな帯を締めさせ、さらに娘たちは彼に燃えるような色のヴェールを被らせ、小部屋から小部屋へと連れ廻り、そこで彼は、三人とそれぞれベッドをともにした。クロディアが彼のお気に入りではあったけれども、彼はテルティアと末の妹の処女をも奪った。

クロディアが十八歳になったとき父が死んだ。彼女はパラーティーヌスの丘にある家に留まった。兄のアピウスが家屋敷を管理し、カイウスは公的な生活に打って出る準備をしていた。いつまでもなよやかで髭も生えないクロディウスは、二人ともクロディアと呼ばれた姉妹にはさまれて寝た。二人はこっそり彼と沐浴をしに行き始めた。マッサージをしてくれる背の高い奴隷たちに、四分の一アス銅貨を一枚与えておいては、あとでそれを返させるのだった。クロディウスも姉妹の前で彼女たちと同じように扱われた。結婚前の三人の楽しみはこんなものだった。

　末の妹はルクルスと結婚し、彼がミトリダテスと戦っていたアジアに連れてゆかれた。クロディアは、律儀者で太っちょの従兄メテルスを夫にした。この騒乱の時代にあって、彼は保守的で狭い了見の持主だった。クロディアは彼の無骨な荒っぽさが我慢できなかった。早くもいとしいクロディウスのためにいろいろ新しいことを夢想した。カエサルが人心を摑み始めていた。クロディアは彼の鼻をあかしてやらなければならないと考えた。ポンポニウス・アッティクス(1)を通じてキケロを招き寄せた。その集いは冷笑的で色好みであった。彼女の周りには、若い元老院《クリア》議長で「小娘」とあだ名されたリシニウス・カルウス、彼女の使い走りを勤めるセクスティウス・クロディウス、エグナティウスとその一党、ヴェロナ生まれのカトゥルス、彼女に恋慕したカエリウス・ルフスが見られた。メテルスはでんと坐りこんで、一言も口をきかなかった。一同はカエサルとマムラ(2)に関するスキャンダルを話題にした。やがてメテルスは地方総督に任命され、北イタリアに赴いた。クロディアは義理の妹ムシアとともにローマに残った。キケロは彼女の燃えるような大きな目にすっかり魅せられてしまった。彼は妻のテレンティアと離婚できるものと思いこみ、またクロディアもメテルスと別れるだろうと考えた。だがテレンティアはすべてを見抜き、夫を脅かした。キケロはおそれをなし、そうした望みを捨てた。テレンティアはそれ以上のことを要求し、キケロはクロディアと縁を切らねばならなかった。

　一方、クロディアの弟は忙しかった。彼はカエサルの妻ポンペイアと情を通じた。女神の祭礼の夜、当時執政官であったカエサルの家には女たちしかいないはずであった。ポンペイアはひとり犠牲を捧げていた。姉の手で女装させられることに慣れていたクロディウスは、竪琴弾きの女の身なりをして、ポンペイアの部屋に忍びこんだ。一人の女奴隷が彼を見破った。ポンペイアの母が急を報じ、スキャンダルは人々の知るところとなった。クロディウスは身を護ろうとして、その時刻には自分はキケロの家にいたと誓った。テレンティアが夫にそれを否定させ、キケロはクロディウスに不利な証言をした。

　それ以来クロディウスは貴族仲間では落伍者になってしまった。姉は三十歳を過ぎたところだった。彼女はかつてないほど燃えさかっていた。クロディウスが護民官になれるように、ある平民の養子にすることを思いついた。戻ってきていたメテルスはそのたくらみを見破って、彼女を嘲った。当時、クロディウスを腕に抱けなくなっていた彼女はカトゥルスに愛された。夫のメテルスが二人にはうとましく思われた。妻は夫を片付けることに決めた。ある日彼が元老院から疲れて戻ってくると、彼女は飲みものを差し出した。メテルスは広間で斃れた。以後、クロディアは自由になった。夫の家を出ると、急いでパラーティーヌスの丘に戻り、そこにクロディウスと閉じこもった。妹もルクルスの家から逃げ出し、二人のもとに戻ってきた。彼らはまた三人暮しを始め、憎しみの念を行動に移した。

まず、平民になったクロディウスは護民官に任ぜられた。女性的な優美さを具えていたにも拘らず、彼は強く鋭い声の持主だった。キケロを追放させることに成功し、その家をキケロの目の前で取り壊させ、キケロの友人はすべて破滅させ死なせてやると誓った。カエサルは地方総督としてガリアにいたので、手出しができなかった。しかしながら、キケロはポンペイウスを通じて勢力を盛り返し、翌年には呼び戻してもらった。若い護民官の憤慨ぶりはものすごかった。彼は、キケロの友人で、執政官の地位をねらいかけていたミロに激しく襲いかかった。夜、待伏せして、彼を殺そうとし、松明を持った供の奴隷を何人も打ち倒した。クロディウスの人気は衰えかけていた。クロディウスとクロディアのことを主題にした卑猥な歌が唄われた。キケロが激烈な演説で二人を糾弾し、そのなかでクロディアはメーデイアやクリュタイムネーストラーに譬えられた(3)。弟と姉の怒りはついに爆発した。クロディウスはミロの家に放火しようとしたが、夜番の奴隷たちに暗闇のなかで殴り殺されてしまった。

そこでクロディアは絶望した。かつてカトゥルス、カエリウス・ルフス、エグナティウスをつぎつぎに情人にしては見棄て、彼らの友だちに下級な居酒屋へ伴われたこともあったが、彼女が愛したのは弟のクロディウスだけだったのだ。夫を毒殺したのも彼のためだった。火付け仲間を誘惑し、籠絡したのも彼のためだった。彼が死ぬと生活目標が失われてしまった。彼女はまだ美しく熱情的だった。オスティア街道沿いに別荘を持ち、ティベル川沿いとバーイアイの町に庭園を持っていた。彼女はそうした場所に引き籠った。そこで女たちと淫奔な踊りに興じて気を晴らそうとした。だがそれだけでは足りなかった。クロディウスとの姦淫が頭から離れず、女性的で髭のない彼の姿がいつまでも目に浮かんだ。彼がかつてシシリアの海賊に捕えられ、そのやわらかな肉体をもて遊ばれたことを思い出した。一緒に行ったある居酒屋のことが記憶によみがえった。その建物の正面はすっかり炭で塗りたくられており、呑んでいた男たちは強い匂いを放ち、毛むくじゃらな胸をしていた。

そこでまた、ローマが彼女を引きつけた。はじめの幾晩か、四つ辻や狭い通りをうろついた。尊大な目の輝きはいつまでも変らなかった。それを消すものは何もなかった。彼女はあらゆること、雨に打たれること、泥のなかに寝ることさえ試みた。浴場から石造りの独房まで渡り歩き、奴隷たちが骰子《さいころ》遊びに興じている穴倉も、料理人や車曳きが酔い痴れている部屋も知った。舗道に立って、通りかかる人を待った。ある息苦しい夜の明方近く、かつて身につけた習慣のふしぎな巡り合わせによって、彼女は破滅した。ある羅紗《ラシャ》打ち職人が四分の一アス銅貨で彼女を買ったあと、それを取り戻すために、夜の白む頃、道で彼女を待伏せ、締め殺した。そのあと彼は、目を大きく見開いた彼女の死体をティベル川の黄色い水のなかに投げ捨てた。

（1）ローマの富豪でセネカの親友。アテーナイに住み、その邸宅は文芸サロンとなる。
（2）ローマの第二階級の市民。カエサルに仕え、不当な徴税により財をなした。
（3）メーデイアはギリシア神話の魔女。弟、叔父、自分の子まで殺す。クリュタイムネーストラーもギリシア神話の人物。夫のアガメムノーンがトロイアに遠征している間に不義を働き、夫が帰還すると殺してしまう。

小説家

ペトロニウス

彼の生まれた時代は、緑色の服を着た大道芸人たちが訓練した仔豚に焔の環をくぐり抜けさせたり、髭を生やし桜桃色の寛衣をまとった門番たちが別荘の入口の艶麗なモザイク模様の前で銀の皿に入れた豌豆《えんどう》の莢《さや》をむいていたり、セステルシウス銀貨をためこんだ解放奴隷たちが地方の町々で官職を買い取ろうと策謀していたり、吟誦者たちがデザートのとき叙事詩を唄ったり、言語のなかに監獄用語だのアジアから渡来した大げさで冗長な言い廻しだのがたくさん入りこんでいた頃であった。

彼の幼年時代はこのような優雅なものの間で過ごされた。彼はテュロス産の羊毛で作った服も二度と身につけることはなかった。広間で落とした銀器は屑と一緒に掃き捨てられた。食事は美味な思いがけないような品々からなり、料理人たちは絶えず食べ物の組み合わせ方を変えていた。卵を割ってみて、なかにヒタキ鳥を見つけても驚くことはなかったし、フォア・グラに彫りこまれたプラクシテレースまがいの小彫像を切りきざんでしまっても恐れる必要はなかった。壺の栓を密封する石膏にはていねいに金泥が塗ってあった。インド産の象牙で作った小箱は来客用の強い香を納めていた。水差しにはさまざまな形の穴が穿たれ、迸り出ては人を驚かす色とりどりの水が満たしてあった。硝子器《ガラス》はすべて紅色の怪獣を型どっていた。ある種の壺を掴むと、柄が指の下で折れ曲り、胴が開いて、人工的に着色された花が落ちてくるようになっていた。頬が緋色をしたアフリカ産の小鳥たちが金の鳥籠のなかでクワックワッと囀っていた。象眼細工を施された鉄格子の背後では、豪華な壁板に囲まれて、犬の面相をしたたくさんのエジプト猿が吠えていた。高価な器のなかでは、赤く輝く柔軟な鱗と青く光る目を持った細い虫が這い廻っていた。

このようにペトロニウスは遊惰に暮し、呼吸する空気さえ自分のために芳香をつけられているのだと考えていた。青年期に達すると、はじめて生えた髭を飾りのついた箱に納めたあと、彼は自分の周りを見廻し始めた。かつて闘技場に勤めたことのあるシルスという名の奴隷が彼にいままで知らなかったことをいろいろ教えてくれた。ペトロニウスは小男で、色が黒く、片方は眇目だった。高貴な家柄の出ではなかった。手は職人の手のようで、精神は磨かれていた。言葉を細工して、それを書き留めることを楽しんだわけもそこにあった。その言葉は古代詩人が考えついたものとは、どのような点でも少しも似ていなかった。というのは、その言葉はペトロニウスの周囲にあるものすべてを写し取ろうとしていたからである。そして、彼が詩を作ろうなどというけしからぬ野心を抱くようになったのは、もっとあとのことであった。

こうして彼は、異国人の剣闘士たちや町の辻に立つ香具師たち、野菜をねらうふりをしながら肉片を鉤から外す横目使いの男たち、元老院議員が連れ歩く縮れ毛の少年たち、町角で市政を論じるおしゃべりな老人連、好色な召使たちや成り上がりの娘たち、果物売りの女たちや宿屋の亭主たち、みすぼらしい詩人たちや浮気な下女たち、いかがわしい巫女たちや放浪する兵士たちを知った。彼はやぶにらみの目を彼らに注ぎ、その遣り口、手管を正確に摑んだ。シルスが彼を奴隷の浴場や、娼婦の個室や、曲芸場の下っ端芸人が木刀を持って練習している穴倉に連れていってくれた。市内のそばにある墓場のなかで、シルスは、黒人やシリア人や居酒屋の亭主や体刑用の十字架の番兵たちが口移しに伝えた、脱皮する人間の話を語って聞かせた。

三十代になると、ペトロニウスはこうしたさまざまな自由に憧れて、放浪する放蕩な奴隷どもの物語を書き始めた。彼はさまざまな形をとる贅沢さのなかに彼らの習俗を見分け、宴席の洗練された会話のなかに彼らの言葉を認めたのだ。ひとり羊皮紙を前に、杉材の匂う机に肱をついて、葦筆の先で、名もない下層民の冒険を描いた。

高い窓から射す光をたよりに、天井画の下で、旅籠屋のくすぶる松明の光や夜の闇のなかでの滑稽な乱闘、振り廻される木の燭台、廷吏奴隷の斧で打ち壊される錠前、南京虫の這い廻る脂じみた革帯、引き裂かれたカーテンだの汚ないぼろをまとった貧乏人の群れ集うなかで喚き立てる区の代官たちの弾劾演説などを想像した。

　創作集十六巻が完成すると、彼はシルスを呼び寄せてそれを読んで聞かせたが、奴隷は手を打ち鳴らしながら大声で笑いこけた、と言われている。このとき二人はペトロニウスが構想した冒険を実行に移す計画を立てた。彼がネロの宮廷の優美さを判定する者になったとか、ティゲリヌス(1)が嫉妬して彼を死刑に処する命令を出させたとか、タキトゥスは伝えているが、それは誤りである。ペトロニウスは、大理石の浴槽のなかで卑猥な小唄を口ずさみながら優雅に息絶えるようなことはしなかった。彼はシルスと一緒に姿をくらまし、街道を歩き廻っているうちに生涯を終えたのである。

　彼の容貌が変装を容易にした。シルスとペトロニウスは、衣類と銀貨を入れた小さな革袋を代る代る背負った。二人は十字架の立つ丘の近くで野宿した。いくつもの墓に点された小さなランプが夜の闇のなかに侘しく光るのを眺めた。酸っぱくなった麵麭《パン》や柔らかくなったオリーブの実を食べた。二人が盗みを働いたかどうかはわからない。二人は地廻りの魔術師、田舎の的屋、放浪する兵士の友となった。ペトロニウスは自分が案出した生活を体験するようになると、書く術をすっかり忘れてしまった。不実な若い友だちができ、二人は彼らを愛したのだが、彼らは自治市の門のところまで来ると、最後に残ったアス銅貨まで捲き上げて二人を見捨ててしまった。二人は脱走した剣闘士たちとあらゆる放蕩に耽った。床屋もしたし、風呂屋の小僧も勤めた。数箇月の間、墓から盗んできた供物の麵麭で暮した。ペトロニウスはどんよりした目や悪辣そうに見える色黒さで旅人を怯えさせた。ある晩、彼は姿を消した。シルスは、以前二人で髪をもつれさせた娘と出会った部屋に行けば、彼が見つかると思った。ところが、広々した平野の打ち棄てられた墓の石畳の上で二人一緒に横たわっている間に、一人の酔っぱらった追剝がペトロニウスの頸に、巾広な刀を打ちこんでしまったのだった。

（1）ローマの政治家。ネロ皇帝の寵臣で近衛総督となる。奸臣として悪名高い。

土占師

スーフラー

アラディンの物語は、アフリカ人の魔術師が自分の宮殿で毒殺され、薬の作用で黒ずみ皺だらけになったその死骸は犬や猫に投げ与えられた、と語っているが、それは誤りである。なるほど彼の弟はそうした外見にだまされ、聖女ファトマーの服を着たまま、短刀で斬り殺されてしまったのだが[1]、それでも、マグレブ人スーフラー（というのはそれがこの魔術師の名であった）は、麻酔薬の作用で眠らされていただけで、アラディンが王女をやさしく抱きしめている間に、大広間の二十四ある窓の一つから遁れ出たことも確かである。

彼が大屋上庭園の水を流し落とす黄金製の樋をつたって、うまい具合に地面に降り立つやいなや、宮殿は消えてなくなり、彼は砂漠の砂の只中にひとり取り残されてしまった。嘘つき王女に頼まれて地下倉から取ってきたアフリカ葡萄酒の瓶さえ一本も残っていなかった。彼は絶望して燃えるような太陽の下に坐りこみ、この熱砂が果てしなく拡がっていることは百も承知だったので、頭を外套でくるみ、死を待った。もう護符一枚身につけてはいず、毒気払いのためにいぶすべき香を持たず、地下深く隠れた渇きをいやす泉のありかを教えてくれる踊る杖さえなかった。夜が訪れ、その夜は青く暑かったが、それでも炎症を起こした目をいくらかは癒してくれた。そこで彼は、砂の上に土占いの像を描いて、自分が砂漠で朽ち果てる運命にあるかどうかを探ってみようと思いついた。点からなる四本の長い線を指で砂の上に引いてみたのだが、その線の左側は「火」と「水」と「土」と

「空気」の加護を受ける線であり、右側は「南」と「東」と「西」と「北」の加護を受ける線であった。それから、それらの線の両端の偶数点と奇数点とを結び合わせて第一の像を作り上げた。うれしいことに、それが「大幸運神」の像であることがわかったが、その第一の像は占星術でいう第一宮に位置づけられる心像であり、しかも第一宮は運命を占う者の宮でもあるので、結果として彼は危険から遁れられるはずであった。そして彼は、「天心」と名づけられる宮のなかにも「大幸運神」の像を見つけたのだが、これはのちに成功し、栄光にみたされることを示すものだった。だが一方、「死」の宮である第八宮には血や炎を告げる「赤」の像が入りこんできたが、これは凶兆である。彼は十二の宮の像をすべて描き終えると、そこから二人の証人を引き出したが、そのうちの一人は彼の占いが正しい計算のもとに行われたかどうかを確める判者だった。ところで判者の像は「牢獄」の像であったから、彼は自分が閉ざされた秘密の場所で、栄光と同時に大いなる危険をも見出すであろうことを知ったのだった。

たちどころに死ぬはずはないと確信したスーフラーは、いろいろと思いを廻らしはじめた。宮殿とともに、支那の中部地方に運び去られてしまったランプを取り戻す望みはなかった。しかしながら、彼は、あの護符のランプの真の持主が誰なのか、あの大財宝と宝石の果実をみのらせる庭園の元の所有者が誰なのか、いままで一度も探ってみなかったことに気がついた。土占いの第二の像をアルファベットの文字に当てはめて読んでみると、それがS・L・M・Nという字であることがわかったので、彼はその字を砂の上に描いた。第二宮はこの文字の持主が王であることを立証した。魔法のランプがソロモン王の財宝の一部であることがスーフラーにはすぐわかった。そこで彼はすべての記号を注意深く調べてみた。すると「龍頭」が彼の探し求めているものを教えてくれた——というのは、「龍頭」は、地下に埋められている富を示す「少年」の像と、また閉じられた穹窿のありかが読み取れる「牢獄」の像と「合体」によって結ばれていたのである。

そこでスーフラーは手を拍ち鳴らした。というのも、土占いの像は、ソロモン王の軀がこのアフリカの土のなかに保存されており、その指には地上における不死の生命を授ける全能の印璽がいまもはまっていることを示していたからである。つまりソロモン王は、数万年もの間、眠り続けているはずであった。スーフラーは喜んで夜の明けるのを待った。蒼白い薄明りのなかを盗賊団のバ・ダ・ウイが通るのを見かけたが、彼が懇願するとその窮状をあわれんで、棗椰子《なつめやし》の入った小さな袋と水を満たした瓢箪を恵んでくれた。

スーフラーは啓示された場所に向かって歩きだした。それは荒れはてた石ころだらけの土地で、天の四隅に向かって指を持ち上げたかのようにそそり立つ、四つの禿山に囲まれていた。そこで彼は円を描き、呪文を唱えた。すると大地が震動して口を開け、青銅の環のついた大理石の石畳を覗かせた。スーフラーは環を摑むとソロモンの名を三度唱えた。たちまち石畳は持ち上がり、スーフラーは狭い階段を通って地下へ降りていった。

火の犬が二頭、向かい合って立つ小屋から跳び出してきて、火焔を吐き出し、交叉させた。だがスーフラーがあの魔術的な名を唱えると、犬どもは唸りながら姿を消した。ついで彼は鉄の門に行き当ったが、それは触ると音もなく廻転した。彼は斑岩のなかに穿たれた廊下を進んだ。七本の枝を持つ数個の燭台が、永遠に消えることのない光を放ちながら燃えていた。廊下の突き当りに、壁が碧玉でできた部屋があった。中央では黄金製の火鉢が豊かな光を放っていた。そして、唯一個の金剛石《ダイヤモンド》を刻んで造った、冷たい火の塊にも似たベッドの上には、白髪の、頭に冠を戴いた老人が横たわっていた。その王のかたわらには、干からびてもまだしとやかな一個の肉体が横たわり、その手は今も王の手を握りしめようとして突き出されていたが、周囲に置かれた火鉢の火は消えていた。そして、ソロモン王の垂れ下がった手に大きな印璽が輝くのをスーフラーは認めた。

彼は膝をつき、ベッドに這い寄り、皺だらけの王の手を持ち上げて、印璽を抜き取った。

たちまち、土占いの意味のわかりにくかった予言が実現した。ソロモン王の不死の眠りは絶ち切られた。一瞬のうちにその肉体は崩れ、白く艶やかな一握りの骨片に化してしまったが、ミイラの繊細な手はそれでもなお、その骨片を守護しようとするかのようだった。だがスーフラーは、「死」の宮のなかにいる「赤」の像の力に圧倒されて、生命の血をおくびとともに一滴残らず赤々と流し出し、この世における不死の眠りに落ちてしまった。ソロモン王の印璽を指にはめて、金剛石《ダイヤモンド》のベッドのわきに伸び、前に「牢獄」の像から判読した閉ざされた秘密の場所で、以後数万年に亘って腐敗を免れることになった。鉄の門が廊下に向かってまた閉ざされ、火の犬どもがこの不死の土占師を警護し始めた。

（1）『千夜一夜物語』中の「アラディンと不思議なランプ」の物語では、マグレブ（アフリカ北部）人の魔法使いがアラディンに殺されたあと、魔法使いの弟は聖女ファトマーに化けて王女に近づくが、ランプのおかげで正体を見破ったアラディンに斬り殺される。

異端修道士《フラーテ》ドルチノ

この男はオルト・サン・ミカエル教会で聖なることを習い覚えた。というのも、その教会で、母親が彼を抱き上げ、聖母マリアの像の前に吊り下げられている美しい蠟人形を小さな手で触らせてくれたからである。両親の家は洗礼堂に隣り合わせていた。彼は朝、昼、晩と日に三度、聖フランチェスコ修道会の二人の修道士が托鉢に出掛けては籠に麵麭《パン》の片《きれ》を入れて持ち帰るのを眺めた。よく二人のあとについて修道院の入口まで行った。僧の一人はたいへんな年寄りで、自分はフランチェスコ上人その人から聖職を授けられたと言っていた。彼はドルチノ少年に、鳥たちやあわれな野の獣たちに話し掛ける術《すべ》を教えてやると約束した。やがてドルチノは終日修道院で過ごすようになった。修道士たちと聖歌を唄ったが、その声はすがすがしかった。鐘が野菜の皮をむく時刻がきたことを告げると、修道士たちが大きな桶を囲んで野菜を洗うのを手伝った。料理人のロベルトは古い庖丁を貸してくれ、巻き布巾で鉢を拭かせてくれた。ドルチノは食堂のランプの笠を見るのが好きだったが、それには、足に木のサンダルを履き、肩を短外套でくるんだ十二人の使徒が描かれていた。

だが、彼の最大の楽しみは、門から門へ托鉢して廻る修道士について、亜麻布で覆った籠を持って出掛けることだった。こうして歩いていたある日のこと、陽が天に高く昇っている時刻だったが、彼らは川沿いの何軒もの低い家で施しを断られた。暑さが厳しく、修道士たちはひどい渇きと飢えを覚えていた。彼らはとある見知らぬ中庭に入った。ドルチノは籠を下に置きながら驚きの叫びを上げた。というのは、その中庭は、葉の繁った葡萄の木で蔽われて、快い透き通るような緑をたたえ、何頭もの豹が海外から渡来したたくさんの動物と一緒に跳ね廻り、また、きらきら光る服をまとった若い娘や男たちが坐って、手廻し琴や竪琴を静かに弾いているのが見られたからである。深い静寂があり、日蔭は濃く、いい香がした。一同は黙って唄声に耳を傾けたが、それは不思議な様式の歌だった。修道士たちは何も言わず、飢えと渇きが満たされたような気になって、何も乞おうとはしなかった。彼らはやっとの思いで外に出ることにした。ところが、川岸から振り返ってみると、塀には入口が見あたらなかった。ドルチノが籠の覆いを取ってみるまでは、彼らはそれが妖術による幻覚だと思っていた。籠は、イエズスが御手ずから寄進の麵麭を増やして下さったかのように、白い麵麭で満たされていた。

このようにして托鉢の奇蹟がドルチノに啓示された。しかしながら、彼は自分の天職についてより高度な、より独自な考えを抱いていたので、修道会には入らなかった。修道士たちは、ボローニアからモデナへ、パルマからクレモナへ、ピストイアからルカへと修道院を巡り歩く際、彼を連れて行った。そして、彼が真の信仰に惹かれるのを感じたのはピサでのことであった。宮殿の城壁の頂で眠っていたとき、彼は喇叭《ラッパ》の音で目を醒ました。小枝と火のついた蠟燭を手に持った子どもの一群が、広場で青銅製の喇叭を吹き鳴らす隠者風の男を取り囲んでいた。彼は洗礼者聖ヨハネに出会った思いがした。この男は長くて黒い鬚をたくわえ、大きな赤い十字のついた薄黒い粗毛の袋で頸から足までを包み、胴に獣の皮を巻きつけていた。彼は恐ろしい声で「ワレラノ父ノ讃エラレ、祝福サレ、祈福サレンコトヲ」と叫び、子どもたちが大声でその言葉を繰り返し、次に彼が「ワレラノ子モ」と付け加えると、子どもたちもそれを繰り返し、ついで「ワレラノ精霊モ」と付け加えると、子どもたちがあとについて同じことを言い、ついで彼は子どもたちと一緒に「ハレルヤ、ハレルヤ、ハレルヤ！」と合唱した。最後に彼は喇叭を吹き鳴らし、説教を始めた。その言葉は山地でできた葡萄酒のように苦かった——けれどもドルチノを惹きつけた。粗毛をまとったその僧が喇叭を吹き鳴らすところへは、常にドルチノがやって来て、彼に見とれ、その生活を望ましく思うのだった。それは激しく興奮した無智な男で、羅典語《ラテン》を全く知らず、悔悛を命じるのにも、「償イヲセヨ！」と言った。だがまた、『象徴の書』に書かれている魔術師マーリンや、巫女シビュラや、神父ヨアキム[1]の予言を不気味な調子で告げ、偽キリストが赤髯王フリードリッヒの姿をして出現しているが、その破滅が実現し、そのあとまもなく、聖書の解読に従って七つの修道会が建設されるであろう、と予言した。ドルチノは彼に従ってパルマまで行き、そこであらゆることを理解しうるという霊感を受けた。

こうして彼は、現われ出るべき者、つまり七つのうちの最初の修道会の創設者に先行する告知者となった。数年来、法官たちが民衆に語りかけてきたパルマの高い石壇の上から、ドルチノは新たな信仰を説いた。聖フランチェスコ修道会の食堂のランプの笠に描かれている使徒たちのように、白い亜麻布の短外套をまとわねばならぬ、と人々に言い聞かせた。洗礼を受けるだけでは足りないと主張し、完全に幼児の無垢に還るために、揺籃をしつらえ、襁褓《むつき》をあててもらい、それをあわれんで泣くおめでたい女の乳房を求めた。自らの純潔さを試練にかけるために、ある女房に頼んで、その娘に素裸で一つベッドにぴったり身を寄せて寝ることを承知させた。デナリウス銀貨のつまった袋を乞い求め、その銀貨を貧乏人や泥棒や町の女たちに分けてやり、もう仕事はやめて野の動物のように暮さなければいけないと公言した。修道院の料理人だったロベルトは、彼について逃げ出し、あわれな修道士たちから盗んできた鉢で彼に食べさせた。信仰深い人々は、イエズス・キリスト騎士団、聖母マリア騎士団、またかつてジェラルディノ・セカレルリに従って放浪した、狂った騎士団の時代が廻り来たったものと考えた。彼らはぽかんと口をあけて彼の周りに集まり、「教父さま、教父さま、教父さま！」とつぶやいた。だが、フランチェスコ会修道士たちが彼をパルマから追い出した。高貴な家柄の娘マルゲリータが、ピアチェンツァ街道に通じる門をくぐり抜けて彼のあとを追った。彼は、彼女に十字のついた袋を被せて、連れ去った。豚飼いや牛飼いたちが畠の縁で二人を眺めた。多くの者が家畜を捨てて二人のもとへやって来た。クレモナの男たちから残酷にも鼻をそがれ、不具にされた囚われの女たちが二人に懇願して、つき従った。彼女らは顔を白い麻布で覆っていた。マルゲリータが彼女たちを教育した。一同はノヴァラから程遠くないある木の繁った山のなかに居を定め、共同生活を始めた。ドルチノは、使徒たちの教義がそういうものであると、またすべては思いやりのうちにあるべきだと確信していたので、どんな規則も命令も設けなかった。そうしたいと思う者は漿果を食べ、ある者は村で乞食をし、ある者は家畜を盗んだ。ドルチノとマルゲリータの生活は大空のもとで自由だった。だが、ノヴァラの人たちは彼らを理解しようとしなかった。百姓たちは盗みや破廉恥な暮し方に文句をつけた。武士の一隊が呼び寄せられ、山を包囲した。使徒たちはこの国から追放された。ドルチノとマルゲリータはといえば、一匹の驢馬に顔を尻のほうに向けて縛りつけられ、ノヴァラの大広場まで連れてこられた。二人は同じ柱の上で法の命ずるところにより火刑に処せられた。ドルチノはただ一つの恩赦しか願わなかったが、それは、火刑に処せられる際もランプの笠に描かれていた使徒たちのように、白い短外套をまとったままでいることを許してほしいというものだった。

（1）フィオーレのヨアキム。一一三五―一二〇二。中世イタリアの神秘思想家。（＊）

怨念の詩人

チェッコ・アンジョリエーリ

チェッコ・アンジョリエーリは、ダンテがフィレンツェに生まれたのと同じ日に、怨念を抱きつつシエナに生まれた。父は羊毛の取引で財をなした男で、帝政に心を傾けていた。チェッコは少年時代から権力者をやっかみ、ばかにして、祈禱の文句もぶつぶつ唱えるありさまだった。貴族たちの多くは、もはやローマ教皇に服従しようとしなかった。それでも皇帝派《ギベリーニ》はすでに敗北してしまっていた(1)。だが、教皇派《グエルフィ》自体のうちにも黒派と白派とがあった。白派は皇帝の側からの干渉を厭わなかった。黒派は、教会とローマと教皇庁に忠実だった。チェッコは本能的に黒派だったが、それはおそらく父が白派だったからだろう。

彼は殆ど生まれながらにして父を憎んでいた。十五歳になると、まるで老アンジョリエーリが死んだとでもいうように財産の分け前を要求した。断わられると怒って父の家を飛び出した。そのとき以来、通りすがりの人や天に向かって訴えることをやめなかった。彼は街道を通ってフィレンツェにやってきた。そこでは皇帝派《ギベリーニ》はすでに追放されてしまったあとなのに、まだ黒派が優勢だった。チェッコは乞食をして、父の冷酷さを身をもって証明し、最後に、一人娘と暮す靴屋のあばら屋に転がりこんだ。娘の名はベッキーナといい、チェッコは彼女を愛したような気になった。

靴屋は愚直な男で、聖母マリアを敬愛し、その聖牌をいくつも身につけ、こんなに信心深いのだから、当然粗悪な皮で靴を造る権利があると思いこんでいた。

彼は寝る時刻になるまで、一本きりの樹脂蠟燭の薄明りのもとで、聖なる神学や恩寵のすばらしさについてチェッコと語り合った。ベッキーナは食器を洗い、始終髪をもつれさせていた。彼女は、チェッコの口がゆがんでいるので彼をばかにした。

その頃、フィレンツェの町に、ダンテ・デリ・アルギエリがフォルコ・リコヴェロ・ディ・ポルティアニの娘ベアトリーチェに熱烈な恋をしているという噂が拡まりかけていた。学のある人たちは彼が彼女に捧げた詩《うた》をすっかりそらんじていた。チェッコはその詩《うた》が朗誦されるのを聞くと、ひどく悪口を言った。

――あら、チェッコさん、とベッキーナは言った。あんたあのダンテさんをばかにするけど、あんたには私のためにあんな美しい反歌は書けないでしょうよ。

――今に見ていろ、とアンジョリエーリは冷笑しながら言った。

そして、はじめ彼は、ダンテの詩の韻律と意味を批判する一篇の十四行詩《ソネット》を作った。それからベッキーナのために何行かの詩をものしたのだが、字の読めない彼女は、チェッコが朗読してやると吹き出した。彼が愛情をこめて口をゆがめるのを見てこらえきれなくなったのだ。

チェッコは貧乏で、教会の石みたいに素裸だった。彼は神の聖母を熱烈に敬愛し、そのために靴屋も彼に気を許した。二人は貧しい坊さんが何人も黒派に傭われているのを目にした。人々はチェッコが啓示を受けた人間だと思いこんで、彼に大きな期待をかけたが、くれてやる金は持たなかった。そういうわけで、靴屋は彼の信心深さは非の打ちどころがないと考えながらも、ベッキーナを、隣に住むでぶっちょの油売りバルベリーノと結婚させた。「油ってものは聖油にもなるからな！」と、靴屋は弁解するために、チェッコ・アンジョリエーリに向かってうやうやしく言った。結婚式は、ベアトリーチェがシモーネ・ディ・バルディのもとに嫁いだのとちょうど同じ頃、執り行われた。チェッコはダンテの悲嘆をまねた。

だがベッキーナは死ななかった。一二九一年の六月九日、ダンテは一枚の板に素描したが、それはベアトリーチェの一周忌にあたっていた。それは、愛した女《ひと》の顔に似た天使を描いたものと見なされた。それから十一日たった六月二十日のこと、チェッコ・アンジョリエーリは（バルベリーノは油の取引で忙しかった）ベッキーナに接吻することを許されて、熱烈な十四行詩《ソネット》を作り上げた。だが、心中の怨念は消えなかった。彼は愛とともに金をほしがった。高利貸たちから金を引き出すことはできなかった。父からもらえるかもしれないと期待して、シエナに出かけた。だが、老アンジョリエーリは息子に安葡萄酒一杯も恵もうとはせず、家の前の街道に坐りこませておいた。

チェッコは、鋳造されたばかりの金貨のつまった袋が部屋にしまってあるのを以前見たことがあった。それはアルチドッソとモンテジョヴィの土地からの上がりだった。彼は飢えと渇きで死にそうになり、服は裂け、下着は汗で湯気を立てた。ほこりまみれになってフィレンツェに戻ったが、バルベリーノはそのぼろ着姿を見て店先から追い立てた。

チェッコはその晩、靴屋のあばら屋に舞い戻り、靴屋は蠟燭の煙の立ち昇るなかで聖母マリアを讃えるやさしい頌歌を唄っている最中だった。

二人は抱き合い、敬虔に涙を流した。聖歌のあとで、チェッコは、さまようユダヤ人のボタデオほどにも長生きしそうな老父に対して、恐ろしくも絶望的な怨念を抱いていることを靴屋に話した。庶民の要求について相談に訪れた司祭が、厄介払いができるまで僧籍に身を置いて待つように説得した。彼はチェッコをある僧院に連れて行き、そこでチェッコは個室と古着をあてがわれた。院長は彼に修道士アリゴという呼名をつけた。内陣で夜の唱歌が唄われる間、彼は自分と同じように裸で冷たい石畳に手を触れていた。父の財産のことを思うと、怒りに胸を緊めつけられた。父が死ぬより先に海が干上がってしまいそうに思われた。窮乏感から、いっそ台所の洗桶になったほうがましだと思うときもあった。「洗桶だって人がなりたいと願うこともある物だ」と独りごちた。

またあるときは、思い上がった妄想に取り憑かれて、こう考えた。「おれがもし火だったら、世界を燃やし尽してやろう。もし風だったら、世界に大暴風を吹きこんでやろう。もし水だったら世界を洪水で溺れさせてやろう。もし神だったら、世界を虚空に沈めてやろう。もしローマ教皇だったら、太陽のもとに平和なぞ存在させなくしてやろう。もし皇帝だったら、取り巻き連中の首を刎《は》ねてやろう。もし死だったら、おやじに取り憑いてやろう……もしチェッコだったら……これがおれの望むところだ……」だが彼はアリゴ修道士だった。ついでまた彼は例の怨念に戻った。ベアトリーチェのために書かれた詩の複製を手に入れ、それを自分がベッキーナのために書いた詩と丹念に比べてみた。ダンテが彼のことを侮蔑的に語っていると、ある宿なし坊主から教えられた。彼は復讐の手段を探した。ベッキーナに捧げた十四行詩《ソネット》のほうが優れていることは明らかなように思えた。ビーチェ（彼はベアトリーチェにこんな下品な呼名を与えていた）に捧げられた詩は抽象的で空疎だった。彼の詩は力強さと生彩に満ち満ちていた。彼はまずダンテに罵倒的な詩を書き送り、ついで、プロヴァンス伯のシャルル善王にダンテを告発しようと思いついた。結局のところ、彼の詩にも手紙にも心をとめる者はいなかった。ついに彼は、無為のうちに怨念を育てることにあき、服を脱ぎ捨てると、留金なしの下着と擦りきれた胴衣を再びまとい、雨に洗い晒された帽子を被り、黒派のために働いている信心深い修道士たちの援助を求めに戻った。

　大きな悦びが彼を待ち受けていた。ダンテは追放されてしまっていた。フィレンツェにはもはや黒派に近い党派しか残っていなかった。靴屋は聖母像に向かって、黒派の勝利が間近いことをうやうやしくつぶやいていた。チェッコ・アンジョリエーリは嬉しさのあまりベッキーナのことは忘れてしまった。小川で水を浴び、麵麭《パン》の固い皮を齧《かじ》り、それからローマに行ってフィレンツェに戻る教会の使節団のあとを裸足で追った。人は彼が役に立ちそうだと見てとった。黒派の首領で乱暴者のコルソ・ドナティは、フィレンツェに戻っていたが、権勢を握った彼は、チェッコを他の男どもと一緒に召しかかえた。一三〇四年六月十日の夜、料理人、染物屋、鍛冶屋、司祭、乞食からなる一隊が、白派の人たちの美しい家のあるフィレンツェの高級住宅街に押し入った。チェッコ・アンジョリエーリは、天の配剤を讃えながらはるかうしろからついてくる靴屋の樹脂の匂う松明を奪い取って振り廻した。一隊はあらゆるものに火をつけ、チェッコは、ダンテと仲のいいカヴァルカンティ家の露台の板張りに放火した。その夜、彼は怨念の渇きを火によっていやした。翌日、彼は、「ロンバルディア語」で書いた罵倒的な詩をヴェロナの宮廷に滞在するダンテに送った。同じ日、彼は長年に亘る念願が叶って、チェッコ・アンジョリエーリになった。エリヤやエノクと同じくらい長生きした父が死んだのである。

チェッコはシエナにとんで帰ると、金庫を打ちこわし、新しい金貨のつまった袋に両手を突っ込み、自分はもうあわれなアリゴ修道士ではなく、高貴な身で、アルチドッソとモンテジョヴィの領主であり、ダンテより裕福な、ダンテより優れた詩人なのだと、何べんも繰り返し自分に言いきかせた。やがて彼は、自分が罪深い人間であり、父の死を願っていたことに思いあたった。彼は悔悛した。両親を粗末にする者どもを征伐する十字軍を組織するように、ローマ教皇に請願する十四行詩《ソネット》をその場で書きなぐった。懺悔したい気持に駆られて、急いでフィレンツェに戻り、靴屋を抱きしめて、聖母マリアに対して自分を取りなしてくれるように嘆願した。

教会用の蠟燭を商う店に駆けこむと、大蠟燭を一本買い求めた。靴屋は感動した様子でそれに火を点した。二人は涙を流し、聖母に祈った。頌歌を唄い、灯明に満足して、友の涙を拭いてやっている靴屋の静かな声が、遅くまで聞こえた。

（1）イタリアでは十二世紀末から、ローマ教皇の側につく教皇派《グエルフィ》と神聖ローマ皇帝に味方する皇帝派《ギベリーニ》の対立が存在するが、フリードリッヒ二世の死後、その子が統治するシシリアをシャルル・ダンジューにゆだねることによって、ローマ教皇はイタリアでの支配権を強めようと計る。この抗争に際してフィレンツェはじめイタリアの諸都市の商人は教皇の側について、利益を上げた。

絵師
パオロ・ウッチェルロ

彼の本名はパオロ・ディ・ドーノだったが、家中が絵に描かれたさまざまな鳥や獣でいっぱいだったので、フィレンツェの人々は彼をウッチェルリ[1]とか鳥のパオロとか呼んでいた。というのは、彼は貧乏で、動物を飼うことも、見知らぬ動物を手に入れることもできなかったのだ。彼はパドヴァで四大元素の壁画をものしたが、空気の象徴としてカメレオンの像を描いたとさえ言われている。だが彼はカメレオンを見たことがなかったので、大口を開けた太鼓腹の駱駝を描写した。（ところで、ヴァザーリ[2]の説明によると、駱駝は無様な大きい動物であるのに対して、カメレオンは小さな干からびた蜥蜴《とかげ》に似ている。）というのも、ウッチェルロは物事の現実性など全く気にかけず、その多様性や線の無限性に関心を寄せていたからである。そのため、彼は、青い野原や、赤い都市や、黒い甲冑を着て燃えるような色の口をした黒檀色の馬に乗った騎士だの、天のすべての点に向かって光線のように突き出された槍などを描いた。そしてまた、よく被り物を素描したが、それは頭に被るための布で覆われた木環で、垂れた布の襞が顔全体を包むようになっていた。ウッチェルロは、透視法で見た目に映るあらゆる形に従って、先の尖ったのやら、四角いのやら、ピラミッド形や、円錐形の多面体の被り物を描き、そのため被り物の襞のなかにさまざまな形の組み合わされた一つの世界を見出していた。それで、彫刻家のドナテルロは彼に向かってこう言った。「ああ！　パオロ、君はものの実体を捨てて、影を追いかけているんだ！」と。

だが鳥絵師は辛抱強く制作を続け、さまざまな円を寄せ集め、角を分割し、あらゆる生物をあらゆる相のもとに観察し、エウクレイデスの問題に対する解釈を聞くために友人の数学者ジョヴァンニ・マネッティを訪れ、また家に閉じこもって、羊皮紙や木板を点や曲線で埋めるのだった。絶えず建築術の研究に専念して、その点ではフィリッポ・ブルネルレスキ(3)の助力を仰いだが、自分で建築をしてみようという意図からではなかった。ただ、基盤から軒蛇腹まで伸びる線の方向や、さまざまな直線の交叉点への集中や、穹窿がくさび石に向かって彎曲する具合や、長い部屋の一隅で合体するように見える天井の梁が扇形にすぼんでゆく有様に注意するだけだった。彼はまた、あらゆる動物とその動き、人間の動作を描きながら、それらを単純な線に還元した。

ついで錬金術師がさまざまな金属と臓物を混合したものを覗きこみ、その混合したものが炉の熱で金になるのを窺うように、ウッチェルロはあらゆる物の形を形相の坩堝《るつぼ》へ注ぎ入れた。それらを結合し、配合し、融合して、すべての形の基礎になる一つの単純な形に変容させようとした。パオロが錬金術師のように小さな家の奥に引き籠って暮したわけもそこにある。彼はあらゆる線を唯一つの理想的な相に変えることができると信じた。創造された宇宙を、すべての形相が一つの複合的な中心から湧き出るのを見そなわす神の目に映じるように眺めたい、と思った。彼の周囲には、いずれも高慢で、それぞれの芸術に秀でたギベルティ、デルラ・ロッビア、ブルネルレスキ、ドナテルロが暮していて、あわれなウッチェルロとその透視法への熱中ぶりを嘲り、蜘蛛だらけで食べ物とてない家をあわれんでいたが、ウッチェルロのほうはもっと高慢だった。線の新たな組み合わせをなしとげるたびに、創造の方式を発見したと思いこんだ。彼が目標にしたのは模倣ではなく、あらゆるものを最高度に発展させる力を獲得することであり、襞つき頭巾の奇妙な組み合わせのほうが、大ドナテルロの素晴らしい大理石像よりもっと啓示的だと思ったのだ。

鳥絵師はこのように暮していたが、物思いに耽る頭は頭巾に包まれており、自分が何を食べ何を飲んでいるのかにも気づかず、全く隠者さながらだった。こうしているうちに、牧場の草の間に埋もれた古い石が環になって並んでいるあたりで、ある日彼は、頭を花飾りで巻いて、笑っている一人の少女を見かけた。彼女は長い上品な服を薄色のリボンで腰のところに留めてまとい、その動作は彼女が手折っていた草の茎のようにしなやかだった。彼女の名はセルヴァッジャといい、ウッチェルロに向かって微笑んだ。彼はその微笑が屈折するのに目をつけた。そして彼女が彼を見つめたとき、その睫毛のあらゆる細かい線、瞳の円、瞼の曲線、髪の毛の微妙なもつれが目に入り、彼は頭のなかで彼女の額を取り巻く花飾りにさまざまな姿勢をとらせてみた。だがセルヴァッジャは、まだたったの十三歳だったので、そんなことは何もわからなかった。彼女はウッチェルロの手を把り、彼を愛した。彼女はフィレンツェのある染物師の娘で、母を亡くしていた。別の女が家に入りこんで、セルヴァッジャを叩いた。ウッチェルロは彼女を家に連れ帰った。

セルヴァッジャは、ウッチェルロが宇宙の形相を描いている壁の前に、終日蹲っていた。彼がなぜ彼をふり仰ぐ自分の可愛い顔を眺めることよりも、直線やアーチ型の曲線を眺めることを好むのか、どうしても理解できなかった。夜、ブルネルレスキかマネッティがウッチェルロと勉強するためにやって来ると、彼女は真夜中を過ぎてから、入り組んだ直線の下で、ランプの下に拡がる影の環のなかで眠った。朝、彼女はウッチェルロより先に目を醒まし、絵に描かれた鳥や彩色された獣たちに取り囲まれているので嬉しくなった。ウッチェルロは彼女の唇、髪の毛、手を素描し、彼女の軀がとるあらゆる姿勢を画面に定着したが、一人の女を愛する他の画家がするように、彼女の肖像を描くことは決してなかった。なぜなら、鳥絵師は一人の個人に自らを限定する悦びを識らず、できれば一つ場所にも止まりたくなかったのだ。つまり彼は、飛翔して、あらゆる場所の上を飛びたいと願っていた。それで、セルヴァッジャの姿勢がとる形も、動物のすべての動作、植物や石の線、光の放射する線、地上の霧と海の波の波動とともに、形相の坩堝のなかに投げ入れられた。そしてセルヴァッジャのことを思い出すこともなく、ウッチェルロは永遠に形相の坩堝を覗きこんでいるふうだった。

そのうちにウッチェルロの家には食べものが全くなくなった。セルヴァッジャはドナテルロにも他の人たちにもそのことを言いかねていた。彼女は黙って死んでいった。ウッチェルロは彼女の硬直した軀と、組み合わされた小さな痩せた手と、あわれな閉じられた瞼の線を描写した。いままで彼女が生きていたのかどうかも知らなかったように、彼女が死んだことも知らなかった。そして、これらの新たな形相をいままで集めてきたすべての形相のなかに投げ入れた。

鳥絵師は老人になった、が、もう誰もその絵を理解しなかった。人はその絵のなかにごちゃまぜになった曲線しか認めなかった。大地も植物も動物も人間も見分けなかった。長年に亘って彼は最高の製作にとりかかっていたが、それをあらゆる人の目から隠していた。それは彼のすべての探求を綜合するはずのものだった。キリストの傷痕を確かめている疑い深い聖トマスの絵だった。ウッチェルロはその絵を八十歳になって完成した。彼はドナテルロを呼び、その前でうやうやしく覆いを取りのけた。するとドナテルロは叫んだ。「おお、パオロ、君の絵を覆ってくれ！」鳥絵師はこの大彫刻家に問いただした、が、彫刻家はそれ以外のことは言おうとしなかった。それでウッチェルロは自分が奇蹟をなしとげたのだと思いこんだ。だが、ドナテルロには乱雑に重なり合った線しか見えなかった。

それから数年後、パオロ・ウッチェルロは精根尽き果てて粗末なベッドの上で死んでいるのを見つけられた。その顔には皺が光線のように放射状に走っていた。目は啓示された神秘にじっと注がれていた。固く握りしめた手に一枚の羊皮紙を小さく巻いて摑んでいたが、そこには中心から円周へと走り、また円周から中心へと戻ってくる線がびっしり絡み合っていた。

（1）ウッチェルリ（wcelli）は鳥（ucello）の複数形。

（2）ヴァザーリ（ジョルジオ）（一五一一—七一）。イタリアの画家、美術史家。『芸術家列伝』の著者。

（3）F・ブルネルレスキ（一三七七—一四四六）。イタリアの建築家、イタリア・ルネサンス様式の創始者。フィレンツェ本寺の穹窿はその代表作で「ブルネルレスキの穹窿」と呼ばれる。

裁判官

ニコラ・ロワズルール

この男は聖母昇天祭の日に生まれ、聖母を崇拝した。生涯、何かことあるごとに聖母に祈願するのが彼のならわしであり、その名を耳にして目に涙を浮かべないではいなかった。サン＝ジャック街の狭い屋根裏部屋で、ある痩せた学僧の監督のもとに、ドナトゥス羅典《ラテン》文法や悔罪詩篇をもぐもぐ唱える三人の少年と一緒に勉強したあと、オッカムの論理学を精を出して学んだ。こうして彼は、若くして大学入学資格者となり、また学士となった。彼を教育した偉い人たちは、彼が柔和さと人を惹きつける話し方を身に具えていることに気づいた。彼は敬神の言葉が迸り出る厚い唇を持っていた。まだ大学の神学部入学資格を得たばかりのとき、教会は彼に目をつけた。彼は最初、ボーヴェの司教の教区で祭式を執り行ったが、司教は彼を使って、シャルトルに迫るイギリス軍にフランス軍の隊長たちの動静を通報させた。三十五歳の頃、ルーアンの大聖堂の教会参事会員に任命された。そこで彼は、教会参事会員であり、また聖歌隊員でもあったジャン・ブリュイヨの親友になり、共に聖母マリアを讃える連禱を頌読した。

ときおり彼は、同じ参事会に属するニコル・コプケーヌが聖女アナスタシアを偏愛するのはけしからぬといって、戒めた。ニコル・コプケーヌは、あんなおとなしい娘がローマの総督を魅了して、台所の鍋や釜を好きにさせてしまい、総督があまり熱烈に鍋釜を抱きしめたために、まるで悪魔みたいに顔を真黒くしてしまったとは何とすばらしいことかと、飽きずに感心していた。それに対して、ニコラ・ロワズルールは、溺死した坊さんを生き返らせたマリアさまのお力のほうがどんなにすぐれているかを教えてやった。その坊さんは淫奔ではあったが、聖母を敬うことは決しておろそかにしない男だった。ある夜、例の悪事に赴くために起き上がったが、聖母の祭壇の前を通るとき、わざわざ膝を折って礼拝した。その同じ夜、淫奔さがもとで彼は川で溺れてしまった。だが、まだ悪魔どもに連れ去られてしまう前に、僧たちがその死体を水中から引き揚げ、彼は翌日、慈悲深いマリアさまに生き返らされて、目をあけたのだった。「ああ！　こういう信心こそとびきりの救いですよ」と教会参事会員は溜息まじりに言った。「コプケーヌさん、あなたのような立派で慎み深い人は、アナスタシアは措いて、マリアさまを敬愛すべきですよ。」

ボーヴェの司教は、ルーアンでロレーヌ生まれのジャンヌ(1)の裁判を始めたとき、ニコラ・ロワズルールの人を説得するあの柔和さを忘れていなかった。ニコラは丈の短い平服をまとい、剃った頭を頭巾で隠して、囚われの女が閉じこめられている、階段の下にある小さな円い部屋に案内された。

――ジャンネットや、と彼は暗がりから出ないようにして言った。私をあんたのもとにお遣わしになったのは聖女カタリナさまらしいよ。

――それで、神さまの御名《み》にかけて、あなたはいったいどなたですの？　とジャンヌは尋ねた。

――グルーのあわれな靴屋さ、あの私らのみじめな国の。そして、あんたと同じように「英吉利野郎《ゴドン》」に捕えられたのさ、あんたに天のお恵みがありますように！　私はあんたをよく識っているよ、あんたがサント＝マリ・ド・ベルモンの教会へ聖母さまを拝みに来たのを何べんも何べんも見かけたもの。あんたと一緒にあのギヨーム・フロン司祭さんのあげるミサをよく聞いたものさ。ああ！　ヌーシャトーのジャン・モローやジャン・バールを憶えているかね？　私の代父だよ。

するとジャンヌは泣きだした。

――ジャンネットや、私を信用しておくれ。私はまだ子どもの頃に坊さんにされたのだよ。ほらこの通り頭を剃っているだろう。私の子よ、私に懺悔しなさい。何も遠慮せずに懺悔しなさい。だって、私は私たちの慈悲深いシャルル王さまの味方なんだから。

——私の味方のあなたに悦んで懺悔しましょう、と人のいいジャンヌは言った。

ところで、壁には孔が開けられていて、外部では、階段のある段の下で、ギヨーム・マンションとボワ・ギヨームとが懺悔を正式文書として記録していた。

ニコラ・ロワズルールは言った。

——一度言ったことはどこまでも言い張って、たじろがないように——英吉利《イギリス》人もあんたを苦しめるようなことはしないだろう。

翌日、ジャンヌは裁判官たちの前に出頭した。ニコラ・ロワズルールはセル地の幕の蔭になった窓の窪みに秘書と一緒に身を潜め、弁護の部分は空白にして告発の部分だけを謄本にさせた。だが、二人の別の書記が苦情を言った。ニコラは法廷に姿を現わすと、驚いた顔をさせないようにジャンヌに軽く合図を送り、厳しい態度で尋問に立会った。

五月九日、城内のずんぐりした塔のなかで、彼は、拷問が緊急に必要だという意見を述べた。

五月十二日、裁判官たちがボーヴェの司教の家に集まり、ジャンヌを拷問にかけることが有用かどうかを討議した。ギヨーム・エラールは、すでに充分な犯罪構成事実があるのだから、拷問の必要はない、と考えた。ニコラ・ロワズルール先生は、彼女の魂を救うためには拷問にかけたほうがいいと述べたが、その意見は通らなかった。

五月二十四日、ジャンヌはサン゠トワン墓地に連れ出され、石膏製の台の上に登らされた。わきにはニコラ・ロワズルールが立ち、ギヨーム・エラールが彼女に説教している間、彼女の耳に語りかけた。火刑に処すると脅されて、彼女は蒼白になったが、一方、教会参事会員は彼女を支えて、裁判官たちに目配せすると、「この子は改宗するでしょう」と言った。彼は彼女の手を取って、差し出された羊皮紙に十字と円を印させた、それから小さな低い門の下に連れてゆき、彼女の手を撫でて、こう言った。

——私のジャンネット、神も照覧あれ、あんたは今日よき一日を送ったのだ。自分の魂を救ったのだからな。私を信用しなさい。なぜかというに、あんたは、望めば釈放されるのだ。女の服を受け取りなさい。これから命じられることにはすべて従いなさい。さもないと、死の危険にさらされることになりますぞ。でも、私の言う通りにすれば、救われて、多くの仕合わせを摑み、どんな不仕合わせからも遁れられるのだ。そして、教会に服することになるのだ。

同じ日、夕食後、彼は新しい牢へ彼女に会いに行った。それは城内では並の大きさの部屋で、八段の階段が通じていた。ニコラは、わきに鉄の鎖でつながれた厚い木板が置いてあるベッドに腰を下ろした。

——ジャンネット、わかるだろう、今日、神と聖母がどんなに大きなお慈悲をあんたにお授けになったか。なぜというに、神と聖母はわれらが聖なる教会のお赦しとお慈悲のうちにあんたを受け容れられたのだから。あんたは裁判官と聖職者の方々の判決と命令とにうやうやしく服さなくてはいけない。昔の妄想を忘れて、思い出さないようにしなくてはいけない。さもないと、教会はあんたを永遠に見捨ててしまうだろう。さあ、ここに淑女の着る端麗な衣裳がある。ジャンネット、大事に着なさい。そして、その円く刈っている髪をすぐ剃ってもらいなさい。

四日後の夜、ニコラはジャンヌの部屋に忍びこみ、先に与えた肌着とスカートを盗み出した。彼女がまた男の服を着たという報告を受けると、彼は言った。

——なんとまあ、あの子はまた異端に戻り、悪に深くはまりこんでしまった。

そして大司教館の礼拝堂で、ジル・ド・デュルモール博士の言葉を繰り返した。

——われら裁判官はジャンヌが異端者であると宣告し、手やわらかに扱うよう頼んだ上で、彼女を俗事裁判の手に委ねるしかない。

彼女が陰鬱な墓地に連れて行かれる前に、彼はジャン・トゥムーイエと一緒に彼女を励ましにやって来た。

――ああ、ジャンネット、もう真実を隠すことなく、今は自分の魂の救済を考えなくてはいけない。わが子よ、私を信じなさい。間もなく、あんたは人々の集まるなかで、遜《へりくだ》り、跪いて、公開の告解をしなければならない。ジャンヌよ、その告解があんたの魂の救済のために公開のものであり、遜ったものであらんことを。

ジャンヌは、大勢の人の前での告解に勇気が出なくなることを惧れて、告解するように思い出させてほしいと彼に懇願した。

彼は彼女が火刑に付されるのを見ていた。彼の聖母に対する信心深さがはっきり現われたのはそのときである。ジャンヌが聖母マリアに呼び掛けるのを耳にするやいなや、彼はさめざめと泣き出した。聖母の名はそれほど彼を揺り動かしたのだ。イギリス兵たちは、彼があわれみを感じたものと思いこんで、剣を振り上げて彼に迫った。ウォリック伯が手を差し伸ばして護ってやらなかったら、えぐり殺されていたろう。彼はやっとのことで伯の馬の一頭に這い上がると、逃げ出した。

彼はノルマンディへは戻りかね、またフランス国王の臣下も恐かったので、何日も何日もフランスの街道をさまよい歩いた。ついにはバールに行き着いた。木橋の上の、尖頭型の縞模様のついたタイルで覆われた尖った人家と、青と黄に塗られた物見楼の間で、彼はライン河の輝くのを見て、突然眩暈に襲われた。目に映る、渦巻く緑の水のなかで、あの淫奔な坊主のように自分が溺れかかっているような気がした。聖母マリアという言葉が咽喉につまり、彼はしゃくり上げながら死んでいった。

（1）ジャンヌ・ダルクはロレーヌ州のドムレミーの生まれ。ルーアンで、ボーヴェの司教ピエール・コションの主宰する宗教裁判にかけられ、のち俗事裁判所に移され、魔女として火刑を宣告される。

売笑婦

レース作りのカトリーヌ

この娘は十五世紀の中頃、サン＝ジャック街に近いパルシュミーヌリー街に生まれたが、それはひどく寒い、狼が雪の積もったパリの町中を走り廻っているある冬のことだった。頭巾を被り、その下で鼻を赤らめている一人の老婆が、この娘《こ》を引き取って育てた。はじめこの娘《こ》は人家の玄関先で、ペルネットやギュメットやイザボーやジャヌトンたちと遊んだが、この娘《こ》たちは小さなスカートをはき、赤らんだ手を小川に浸して、氷の破片を摑もうとした。それからまた、サン＝メリーと呼ばれる盤上遊戯で通行人をだましている男たちを眺めたり、桶に入った臓物料理や、ぶら下がって揺れている長い腸詰や、肉片を引っかけた肉屋の太い鉄鉤を窺ったりした。代書屋が多く集まるサン＝ブノワ・ル・ベトゥールネのあたりでは、この娘《こ》たちはペンの軋る音に耳を傾け、夜になると、店の明り取り窓から息を吹きかけて、書記の鼻先で蠟燭を吹き消した。小橋《プチ・ポン》では、魚売りの女たちをからかっておいてモーベール広場の方角へ逃げ、トロワ・ポルト街の角に隠れ、それから泉の縁石に腰掛けて、夜霧の立ちこめるまでお喋りした。

　カトリーヌの幼年時代はこうして過ぎていったが、そのうちに、老婆が、彼女にレース編機の前に坐って全部の糸巻から出る糸を辛抱強く編み合わせる仕事を教えた。その後、彼女は自分の編機で仕事をするようになり、ジャヌトンは頭巾作り、ペルネットは洗濯女、イザボーは手袋作りになり、一番幸運に恵まれて腸詰屋になったギュメットは、まるで豚の新鮮な血で磨いたみたいに小さな顔を赤く光らせていた。サン＝メリー遊びをした連中のほうは、すでに別の仕事に取り掛かり、ある者はサント＝ジュヌヴィエーヴの丘で学問をし、ある者はペレットの穴倉で歌留多《カルタ》を切り、ある者は松毬《ポンム・ド・パン》亭でオニス産の葡萄酒で乾杯し、太っちょマルゴ亭で喧嘩をし、昼どきにはフェーヴ街の居酒屋に姿を現わし、真夜中にはジュイフ街の門から出て行った。一方カトリーヌはレースの糸を編み合わせ、夏の晩には、笑ったり喋ったりすることが許されていた教会の長椅子で夜露に濡れるのだった。

　カトリーヌは生麻の胸着と緑色の長衣をまとっていたが、貴婦人風の衣裳に夢中になり、高貴な生まれの娘でないことを示す綿入れ服を何より嫌っていた。また十スー銀貨、小銀貨、とりわけ金貨を愛した。それで彼女は、シャトレ裁判所の執達吏のカザン・ショレと親しくなったが、この男は職務にかこつけて悪辣に金を稼いでいた。彼女はよく彼と一緒に、マチュラン派の教会の向かいにある牝騾馬《ミュール》亭で夕食を摂《と》り、食事後、カザン・ショレはパリの城壁の壕のあたりへ鶏を盗みに行った。彼は鶏を大きな上着の下に隠して持ち帰り、アルヌールの後家で、小シャトレ監獄の入口のところで鳥肉を鬻《ひさ》ぐ美人のマシュクルーにうまく売りつけた。

　やがて、カトリーヌはレース作りの仕事をやめてしまった。というのは、いまや赤鼻の老婆はイノサン墓地の納骨堂のなかで腐りかけていたのだ。カザン・ショレはこの情婦のためにトロワ・ピュセル街の近くに天井の低い小さな部屋を見つけてやり、夜遅くなってから会いに来た。彼は、彼女が目を炭で黒く染め、頬に白鉛を塗って窓に姿を見せることを禁じはしなかった。カトリーヌが金払いのいい男たちに飲み物や食べ物を出す壺も茶碗も果物皿も、すべて腰掛け亭《シュール》や白鳥亭《シーニュ》や錫の皿《プラ・デタン》館から盗んできたものだった。カザン・ショレはある日、カトリーヌの服と帯を三人の洗濯女《トロワ・ラヴァンディエール》店に質入れしたあと、姿を消してしまった。友人たちは、彼が奉行の命令によって車の梶棒で撲たれた上、ボードワイエ門からパリを追放されてしまったと、レース作りの女に語った。その後、二度と彼女は彼に会うことなく、ひとりきりになって、働いて稼ぐ気にもなれなかったので、住所不定の売笑婦になった。

はじめは宿屋の入口で客を待ち、彼女を知る男たちはシャトレの下やコレージュ・ド・ナヴァールの近くの塀の蔭に彼女を連れて行った。やがて寒くなると、ある口のうまい婆さんが彼女を蒸風呂屋に住みこませ、彼女はそこの女主人にかくまわれた。そこでは緑の葦を敷きつめた石造りの部屋で暮した。レースを編むことはすっかりやめてしまったけれども、もとのようにレース作りのカトリーヌという名で呼ばれた。ときには、客が蒸風呂屋を訪れるきまった時刻には戻る条件で、町を散歩する自由も与えられた。それでカトリーヌは、手袋作りの女や頭巾作りの女の住む店の前をさまよい、また、たびたび腸詰屋の女のところに行っては、豚肉の間で笑っているその多血質な顔を長いことうらやましそうに眺めた。それから、夕暮どきになると、女主人が点す蠟燭が黒い硝子の向こうで赤々と燃えては重々しく溶けている蒸風呂屋に戻った。

ついに、カトリーヌは四角い部屋に閉じこもって暮すことにあき、町へ逃げ出した。そしてこのときから、彼女はパリ児でもレース作りでもなくなり、通りすがりの男に慰みを与えるためにフランス各地の町の周辺に出没しては墓地の墓石に腰掛けている女たちの仲間になった。こうした女たちは顔に合った名前しか持たず、カトリーヌも獣面《ミュゾー》という名をつけられた。彼女は牧場を歩き廻り、夜になると道のほとりで待ち受け、桑の木の生垣の間から白いふくれ面を覗かせるのだった。獣面《ミュゾー》は、足が墓石に触れて顫えても、夜の恐ろしさに堪えることを覚えた。もう十スー銀貨も小銀貨も金貨もなく、麵麭《パン》と乾酪《チーズ》と鉢の水で惨めに暮した。遠くから「獣面《ミュゾー》！　獣面《ミュゾー》！」と囁く、恵まれない情人も何人か持つようになり、彼女は彼らを愛した。

いちばん辛いのは教会や礼拝堂の鐘の音を聞くことだった。というのは、獣面《ミュゾー》は、緑色のスカートをはいて、教会の入口の長椅子に坐っていた六月の夜を思い出すからだった。それは、彼女が貴婦人の衣裳をうらやんだ時期だったが、今では綿入れ服も頭巾も残っていなかった。何も被らずに、ざらざらした墓石に寄り掛かって、麵麭を待った。そして、墓場の闇のなかで、蒸風呂屋の赤い蠟燭や、足がもぐる泥土とは違う四角い部屋の緑の葦を懐かしがった。

ある夜、武士に化けた一人の遊び人が、獣面《ミュゾー》の咽喉をえぐり、帯を奪った。だが、帯のなかに財布は見当らなかった。

兵士

アラン・ル・ジャンティ

彼は、ノルマンディの平野で兵隊に攫《さら》われたあと、十三のときから国王シャルル七世に射手として仕えた。彼が攫われたときの様子は、以下の通りであった。納屋に火が放たれ、百姓の脚の皮が腰刀で剥がれ、娘たちがこわれた折りたたみ寝台の上に投げ出されていた間、少年アランは、圧搾小屋の入口に置いてあった、底の抜けた古い大酒樽のなかで縮こまっていた。兵隊は酒樽を引っくり返して、小僧を見つけた。彼はシャツと奇抜なズボンを着けただけで連れ去られた。隊長が小さな皮の上衣と、サン＝ジャックでの戦闘のときから伝わった古い頭巾を彼に与えさせた。ペラン・ゴダンが弓を射ること、四角矢を的の白星にぴったり打ちこむことを教えた。彼はボルドーからアングーレームへ、ポワトゥからブールジュへと移動し、国王のいるサン＝プールサンを見、ロレーヌの境界を越え、トゥールを訪れ、ピカルディに戻り、サン＝カンタンを通り、ノルマンディのほうに曲り、こうして二十三年間に亘ってフランス中を軍隊と一緒に駆け廻り、軍隊で知り合ったイギリス人のジャン・プール＝クラスからは神《ゴッドン》にかけてという罵り方を教わり、ロンバルディア人シクレロからは丹毒の直し方を教わり、ラン出身の若いイードルからは吊索《つりなわ》を投げ落とす術を教わった。

ポントー・ド・メールにいるとき、仲間のベルナール・タングラードが、国王の軍隊から脱走しようとそそのかし、「間抜け《グール》」と呼ばれる、目印のついた骰子《さいころ》を使ってお目でたい奴らに博奕を教えてやれば二人が充分暮してゆける、と保証した。二人は軍装のままでその仕事に取り掛かり、墓地の塀のはずれで、盗んできた小太鼓の上で博奕をするふりをした。裁判所の悪執達吏のピエール・アンポンニャールは、博奕のからくりを教わったあとで、お前たちはじき捕えられてしまうだろう、と言った。だがまた、図々しく自分たちは僧であると誓って、王の家来の手を遁れ、教会の裁きを要求したらいいだろうが、そのためには頭の天辺を剃り上げ、いざとなったらぎざぎざのある襟と色のついた袖を急いで切り捨てなければいけない、とも言った。彼は手ずから、聖なる鋏で二人の髪の毛を切ってやり、七つの詩篇と「ドミヌス・パルス」の唱句を唱えさせた。そこで二人は袂を分かち、ベルナールは倉庫番の女ビエトリクスを、アランは蠟燭作りの女ロルネットを連れて、それぞれの方角に向かった。

ロルネットが緑色の羅紗《ラシャ》の上衣をほしがったので、アランは二人で葡萄酒を一瓶呑んだリジューの旅籠屋《はたご》白馬《シュヴァル・ブラン》亭に狙いをつけた。夜になって庭に戻ると、投槍で壁に穴を開けて、部屋に入り、錫の鉢七個と、赤い頭巾一つと、金の棒一本を見つけた。リジューの町の古着屋ジャケ・ル・グランが、それらをロルネットがほしがっていた上衣と悦んで交換した。

バイユーで、ロルネットは色を塗った小さな家に住みついてしまったが、人の話では、その家には女性用の蒸風呂があるということで、アラン・ル・ジャンティが彼女を取り戻しに行くと、蒸風呂の女主人は笑うだけで取り合わなかった。彼女は片手に蠟燭を握り、片手に大きな宝石を嵌めて彼を戸口に追い立て、その石で鼻面をこすられ、しかめ面をさせてほしいのかと尋ねた。アランは蠟燭をはたき落し、高価な鞭と思えた指環をその婆さんの指から引き抜いて逃げ出した。だがそれは、紛い物の大きな薔薇色の石を嵌めこんだ、金箔塗りの銅にすぎなかった。

ついでアランは放浪の旅に出、モービュソンの旅籠屋パプゴーで、元の兵隊仲間のカランダスがジャン・プチというもう一人の男と臓物料理を食べているのに出会った。カランダスはまだ槍を携え、ジャン・プチは紐で縛った財布を腰帯に下げていた。腰帯の留金は上質の銀でできていた。一杯やったあと、三人は森を通ってサンリスに行くことに話を決めた。遅くなって出発し、明りもなしに森の真中まで来たとき、アランは足を曳きずった。ジャン・プチが先に立った。暗闇のなかで、アランはジャンの両肩の間を投槍で激しく突き、一方カランダスはその頭に槍を振りおろした。ジャンは腹這いになり、アランはその上に股がると、短剣で首を刺し通した。それから二人は、道に血の海ができないように、首に枯葉をつめた。月が林間の空地に現われた。アランは腰帯の留金を切り取り、財布の紐を解いた。なかには金貨十六枚と銅貨三十六枚が入っていた。彼は金貨を自分が取り、カランダスには、その労に報いるために、投槍を振りかざしながら、銅貨の残った財布を抛り投げてやった。その林間の空地で二人は別れたのだが、カランダスはこん畜生と罵った。

アラン・ル・ジャンティはサンリスに近づく勇気はなく、廻り道をしてルーアンの町のほうに引き返した。花の咲き出た生垣の下で一夜を明かし、目を覚ますと、騎馬隊に取り囲まれていた。手を縛られて、獄舎に連行された。潜り戸の近くへ来たとき、馬の尻の蔭に忍びこみ、それから聖パトリス教会へ駆けこんで、主祭壇にぴったり身を寄せた。警吏は入口からなかへは入れなかった。アランは不可侵権に守られて、自由に本堂や聖歌隊席に出入りし、高価な金属でできた見事な聖杯や、熔かしやすそうなミサ用の器を見た。そして次の夜、同じこそ泥のドニゾとマリニョンを仲間に迎えた。マリニョンは片耳を削がれていた。二人は食べることしか知らなかった。石畳の間に巣を造り、聖餐の麵麭《パン》のかけらを齧《かじ》って肥え、あたりを走り廻っている小二十日鼠を羨んだ。三日目の夜になると、三人とも腹ぺこになり、外に出ないではいられなかった。法の番人たちが彼らを捕え、アランは自分は僧だと叫んだが、緑色の袖を引きちぎることを忘れていた。

彼はすぐ便所へ行くことを要求し、上衣を解くと、袖を汚物のなかに投げ捨てた。だが看守たちがそのことを奉行に報告した。床屋がやってきてアランの頭をすっかり剃り上げ、剃髪のあとを消してしまった。裁判官たちは、詩篇を誦する彼の貧弱な羅典語《ラテン》を嘲った。十歳のとき、ある司教から平手打によって堅信を授けられたと誓ってみたが、だめだった。主禱文を最後まで唱えることができなかったのだ。彼は俗人として、はじめは小拷問台の上で、次に大拷問台の上で尋問された。牢の台所の火を前にして、弛みなく綱で縛られた手脚は麻痺し、咽喉は裂けそうになって、一切の罪業を白状した。奉行代理が板石の床の上で判決を下した。彼は荷車に縛りつけられて、絞首台に連れて行かれ、首を吊るされた。その死体は陽に焼けた。死刑執行人が、袖をもぎとられた彼の上衣と、彼が高級な旅籠屋から盗んできた、毛皮の裏のついた上質な羅紗の頭巾を奪い取った。

俳優

ゲイブリエル・スペンサー

彼の母はフラムと呼ばれる女で、ロッテン・ロー通りの奥まった娼家に天井の低い小さな部屋を構えていた。銅の指環をいっぱい指にはめた軍人と、ゆったりした胴衣を着た二人の遊び人が、夕食後に彼女を訪ねた。彼女は、ポール、ドール、モールという名の三人の娘を住みこませていたが、三人とも煙草の匂いが我慢できなかった。それで、彼女たちはよく上の部屋のベッドへ休みに行き、礼儀正しい紳士方は、彼女たちに生温かいスペイン産葡萄酒を一杯飲ませてから、パイプの煙を消すために彼女たちについて行った。ゲイブリエル少年はマントルピースの下に踞《うずくま》って、麦酒《ビール》の壺に投げこまれた林檎が焼けるのを眺めていた。俳優たちも何人かやってきたが、彼らは千差万別な恰好をしていた。彼らはお抱え劇団の出入りする大きな料亭には顔を出したがらなかった。ある者は威張って大言壮語し、ある者は白痴のようにつっかえつっかえ話した。彼らはゲイブリエルを可愛がり、彼は悲劇の断片的な台詞や、舞台での野卑な悪ふざけを彼らから学んだ。彼は、金色の褪せた総のついた緋の衣の布端や、天鵞絨《ビロード》の仮面や、古い木刀をもらった。それで、ひとり煖炉の前で、松明代りの燃えさしを振り廻して気取って見せたが、母のフラムは早熟な息子の姿に見惚れて、三重顎を振り立てるのだった。

俳優たちは、彼をショアディッチ地区にある緑幕座（1）に連れて行ったが、彼は、小さな役者がヒエロニモ（2）の台詞をわめき立てて怒り狂うさまを見て顫えた。そこではまた、老リア王が白髯を引きむしりながら、跪いて娘のコーディリアに赦しを乞うのが見られ、一人のピエロはターリトン(3)の道化ぶりをまね、敷布にくるまった別のピエロはハムレットを怯えさせた。ジョン・オールドカースル卿(4)は太鼓腹で皆を笑わせ、とりわけ、お内儀《かみ》の胴に抱きついて、その縁なし帽の総をしわくちゃにしたり、帯に結びつけた硬亜麻布の袋に太い指を突っこんだりしては笑わせた。「道化」は「間抜け」には全然わからない歌を唄い、綿の縁なし帽を被った一人のピエロは、高座の奥の幕の裂け目から始終顔を突き出しては、しかめ面をして見せた。さらに猿を引き連れた芸人と、女装した男がいたが、この男はゲイブリエルの考えでは母のフラムに似ていた。芝居がはねると、棍棒を持った小役人たちがやってきて、この男に下品な青色の服を着せると、ブライドウェル懲治監に連れて行くと言って、わめいた。

　ゲイブリエルが十五歳になったとき、緑幕座の役者たちは、彼がなよなよした美少年で、これなら女や娘の役を演じることができると気づいた。フラムは彼の黒髪に櫛をかけて、うしろに垂らしてやった。彼の肌は肌理《きめ》細く、目は大きく、眉は高く、フラムはその耳に孔をあけて、両耳に二つずつ紛い物の真珠をつけてやった。彼はノッチンガム公の劇団に入り、ラメ入りの平織絹や緞子の衣裳、銀襴や金襴の服、紐つきの胴衣、長い巻毛の亜麻色の鬘《かつら》を造ってもらった。稽古場で化粧することも教えられた。最初は舞台に登ると顔を赤らめたが、やがて愛嬌《しな》を作って口説《くど》き文句に答えるようになった。何かと忙しくなったフラムが連れて来たポールとドールとモールは、大笑いしながらまさしく女だわと言い、芝居が終ると胴衣の紐を解いてやりたがった。彼女たちは彼を娼家に連れ帰り、母親は、自分の服を着せ、例の将校に会わせた。将校はふざけてくどくどと思いのたけを打ち明け、紅玉に似せた硝子玉のついた安物の金メッキの指環を彼の指に嵌めるふりをした。

　ゲイブリエル・スペンサーの一番親しくなった仲間はウィリアム・バードとエドワード・ジャビーとジェフ兄弟だった。彼らはある夏、旅役者と一緒に田舎の城下町を廻って芝居を打つ計画を立てた。一行は幌のついた一台の馬車で旅をし、夜はそのなかに寝た。ハンマースミス区に通じる街道上で、ある夜、一人の男が溝のなかから出て来て、彼らに拳銃の銃口を突きつけた。

――金を出せ！　俺はゲイメイリエル・ラトシー(5)、神の恵みにより大道で追剝を営む者だ。俺は待つことは嫌いなんだ。

これに対してジェフ兄弟は呻き声で答えた。

——あなたさま、銅箔のラメ飾りと染色の安物衣裳以外には金目の物は持ち合わせておりません。手前ども、あなたさま同様流浪する、しがない旅役者でございます。

——役者だと？　とゲイメイリエル・ラトシーは大声を上げた。これはすばらしい。俺は掻払いでも乞食でもなく、芝居の愛好者だ。俺に絞首台の梯子を登らせ、首をゆらゆら揺らせるかもしれぬあの老デリック(6)にいささか畏敬の念を感じているのでなければ、俺はこの川の岸辺からも、また諸君がよく訪れては才気を発揮する、あの幟を立てた賑やかな料亭からも遠く離れることはないのだが、よくぞ来られた。快適な夜ではないか。舞台をしつらえ、最上の演し物《だ》を演じたまえ。このゲイメイリエル・ラトシーが観てしんぜよう。これは並のことではないぞ。諸君の話の種にもなるだろう。

——そんなことをしたら、あとで火あぶりにされてしまいます、とジェフ兄弟はおずおず言った。

——火あぶりだと？　とゲイメイリエルは威厳をこめて言った。何故に火あぶりなどと申すのだ？　ここではこの俺がゲイメイリエル王だ、エリザベスがロンドン市の女王であるように。されば、俺は国王として諸君を遇しよう。ほら、四十志《シリング》だ。

役者たちは顫えながら馬車を降りた。

——ところで陛下、とバードが言った。何を演じましょう？

ゲイメイリエルは考えこんで、ゲイブリエルを見つめた。

——さよう、この令嬢にそぐわしい上品な、そしてうんと哀調をおびたやつだ。この女《ひと》はオフィーリア役を演じたらさぞ艶やかであろう。このあたりにはジギタリスの花がある——が、これぞまことに死の指(7)ではある。ハムレットこそ、余の望むところ。この芝居の雰囲気が気に入っておる。余がゲイメイリエルでなければ、喜んでハムレットを演じるのだが。さあ始めたまえ、剣の使い方を間違えんようにな、優れたトロイア人よ、勇敢なるコリントス人よ！

ランプが点された。ゲイメイリエルは注意深く劇を観た。芝居が終ると、ゲイブリエル・スペンサーに向かって言った。

——麗わしきオフィーリアよ、お世辞は申すまい。ゲイメイリエル王お抱えの俳優諸君、行ってよろしい。余は満足であるぞ。

そして、暗がりに姿を消した。

明け方になって馬車が動き出したとき、彼がまた現われ、手に拳銃を握って道を塞いだ。

——街道の追剝ゲイメイリエル・ラトシー、ゲイメイリエル王のために四十志《シリング》を取り戻しに参った。さあ、早くしろ。芝居をありがとう。まこと、ハムレットの雰囲気はこの上なく気に入ったぞ。麗わしきオフィーリア、わが挨拶を受けたまえ。

金をしまっていたジェフ兄弟はしぶしぶ返した。ゲイメイリエルは一礼すると、馬を駆って立ち去った。

こんな出来事にぶつかった上で、一行はロンドンに戻った。舞台衣裳に鬘をつけたオフィーリアが追剝に攫《さら》われそうになったという噂が立った。パット・キングという名の娘は、よく緑幕座に来ていたが、そういうことがあっても不思議ではないと言った。その娘はぽってりした顔と、ずんぐりした軀をしていた。フラムが彼女を招いて、ゲイブリエルに引き合わせた。彼女は彼をやさしく抱擁した。それからもよく来るようになった。パットはある煉瓦職人の愛人だったが、その男は自分の仕事に嫌気がさし、緑幕座に出演したいという野心を抱いた。彼の名はベン・ジョンソン(8)といい、僧職にあって、いささか羅典《ラテン》語の知識も具えていたので、自分の受けた教育をひどく自慢していた。背が高く、角ばった男で、瘰癧《るいれき》の痕があり、右目は左目より上についていた。轟くような大声の持主だった。この巨人はオランダで軍務についたこともあった。彼はパット・キングを追いかけて来て、ゲイブリエルの襟首を摑むと、ホクストンの野原まで曳きずって行った。そこであわれなゲイブリエルは、剣を片手に彼と対決せねばならなかった。フラムが普通より十吋《インチ》も長い剣をこっそり渡しておいた。その剣はベン・

ジョンソンの腕を突いた。ゲイブリエルは肺を刺し通されてしまった。彼は草の上で死んだ。フラムは警官を呼びに走った。ベン・ジョンソンは怒鳴りちらしながらニューゲート監獄に連行された。フラムは彼が絞首刑になることを望んだ。だが、彼は詩篇を羅典語で唱え、僧職にあることを示したので、ただ焼鏝で手に烙印を押されただけだった。

(1) 幕座(Curtain)もしくは緑幕座(Green Curtain)は、一五七六年、ロンドンのショアディッチに建てられた劇場。

(2) 十六世紀後半のイギリスの劇作家トーマス・キッドの『スペイン悲劇』に登場する人物。

(3) 十六世紀後半のイギリスの喜劇役者。

(4) シェイクスピアの『ウィンザーの陽気な女房たち』や『ヘンリー四世』に登場する人物。シェイクスピアはのち、この人物の名をジョン・フォールスタッフと改め、現在ではその名で知られる。嘘つきで臆病で好色で呑んだくれの大兵肥満の老騎士で、あらゆる悪徳を具えながら、憎めない人物。

(5) つねに仮面を着けていたと言われる有名な追剝。

(6) 十六世紀のロンドンの死刑執行人。

(7) オフィーリアは溺死する前に花の冠を編むが、その花のなかにジギタリスがあり、ジギタリスが死の指と呼ばれることが王妃の台詞のなかで説明される。

(8) イギリスの俳優兼劇作家(一五七二―一六三七)。父の死後生まれ、母が煉瓦職人と再婚したため、その仕事を手伝っていたこともある。一五九八年ゲイブリエル・スペンサーを決闘で殺し、危うく死刑に処せられかける。

酋長の娘

ポカホンタス

ポカホンタスはパウハタン酋長の娘で、酋長は寝台状にしつらえた王座に坐り、小鼠の皮を縫い合わせてその尻尾を一つ残らず垂れ下がらせた大きな服をまとっていた。彼女は筵を敷きつめた家で、顔と肩を鮮やかな赤色に塗った司祭や女たちに取り囲まれて育ったが、彼らは銅製の玩具や、ガラガラ蛇の尻尾で彼女をあやした。忠実な召使のナモンタクが姫の警護にあたり、いろんな遊びを考案した。ときに人々は彼女をラパハノック大河のほとりに連れ出し、三十人の肌もあらわな女たちが彼女を慰めるために踊った。女たちは軀にさまざまな色を塗りたくり、木の葉の腰帯をつけ、頭には山羊の角《つの》を戴き、獺《かわうそ》の皮を軀に巻きつけ、棍棒を振り廻しながら、ぱちぱち爆《は》ぜる火の周りを跳ね廻った。踊りが終ると、女たちは火を撒き散らし、松明の光を頼りに姫を連れ帰るのだった。

一六〇七年、ポカホンタスの国はヨーロッパ人によって平和を掻き乱された。博奕で文なしになった貴族、詐欺師、山師たちがポトマック川の沿岸に入りこみ、板張りの小屋を建てた。彼らはその小屋の集落にジェームズタウンという名をつけ、彼らの植民地をヴァージニアと呼んだ。ヴァージニアは、当時は、大酋長パウハタンの領土の中央に位置するチェサピーク湾のなかに造られたみじめな小砦にすぎなかった。植民者たちは、かつてトルコ人の国にまで冒険の足を延ばしたことのあるジョン・スミス船長を知事に選んだ。彼らは岩の上を歩き廻り、海から採れる貝類と、土民との取引で手に入れるわずかな玉蜀黍《とうもろこし》とで暮していた。

彼らははじめうやうやしく迎えられた。一人の土人の司祭が、結った髪の周りに、赤く塗った鹿皮製の、先端が薔薇の花のように開いた冠を巻いて、彼らの前へ進み出ると、蘆笛を吹き鳴らした。軀は朱色、顔は青色に塗り、肌には自然銀の小片を鏤《ちりば》めていた。こうして、無表情な顔で、一枚の筵の上に坐ると、彼はパイプで煙草を一服ふかした。

ついで他の者たちは、黒、赤、白で、またある者たちは中間色で軀を塗りたくり、四角い縦列を作って、苔をつめた蛇の皮で作られ、銅の鎖で飾った彼らの偶像オキの前で唄い踊った。

だが、それから数日後、スミス船長は小舟に乗って川を探検しているところを不意打ちされ、縛られてしまった。彼は恐ろしいわめき声に囲まれて一軒の細長い家に連れて行かれ、四十人の土人に監視された。目を赤く塗り、黒い顔に大きな白い線で縞模様をつけた司祭たちが、番小屋の火の周りに小麦の粉と小麦の粒を点々と撒いて、火を二重の輪で取り囲んだ。ついでジョン・スミスは酋長の小屋に連れて行かれた。パウハタンは例の毛皮の服を身にまとい、周りの者たちは髪を鳥の産毛で飾っていた。一人の女が船長のところへ水を運んで来て、彼の手を洗い、もう一人の女が羽の束でその手を拭った。その間に赤い肌の二人の大男が二枚の板石をパウハタンの足もとに置いた。そして酋長は片手を挙げ、ジョン・スミスをその石の上に寝かせ、頭を棍棒で叩きつぶすように合図した。

ポカホンタスはまだわずか十二歳で、軀に色を塗りたくった長老たちの間からおずおずと顔を覗かせていた。彼女は呻き、船長のほうに進み出ると、顔をその頬に押しあてた。ジョン・スミスは二十九歳だった。彼は大きな口髭と扇状の頤鬚をたくわえ、鼻は鷲鼻だった。彼は、命を救ってくれた酋長の娘の名はポカホンタスであると教えられた。だがそれは酋長の娘の本名ではなかった。パウハタン酋長はジョン・スミスと平和条約を結び、彼を釈放した。

一年後に、スミス船長は配下の一隊とともに川沿いの森のなかで野営していた。夜の闇は濃く、刺すような雨の音が他の物音をすべて消していた。だしぬけにポカホンタスが船長の肩に触った。彼女はただひとり森の恐ろしい闇を通り抜けて来たのだった。彼女は彼に、父が夕食中のイギリス人を襲って、殺そうとしている、と囁いた。命が惜しかったら逃げるようにと懇願した。スミス船長は硝子玉やリボンを差し出したが、彼女は泣きだし、そんなものは受け取れないと答えた。そして森のなかに逃げ去った。

翌年、植民者たちはスミス船長を信任しなかった。それで彼は一六〇九年、イギリスに向けて乗船した。イギリスで彼はヴァージニアに関する本を何冊も著し、そのなかで植民者の置かれている状況を説明し、自分の数々の冒険を語った。一六一二年頃、アーゴール船長とかいう人がポーマック人（パウハタン酋長の臣民である）のもとへ商売をしにやって来ると、不意打ちをくわせてポカホンタス姫を攫《さら》い、人質として船のなかに閉じこめた。父の酋長は怒ったが、姫は返されなかった。こうして彼女は囚われの身となって苦しんだが、あるとき、立派な貴族であるジョン・ロルフが彼女に恋をし、妻にした。二人は一六一三年の四月に結婚した。ポカホンタスは会いに来た兄弟に自分の恋を打ち明けたということである。彼女は一六一六年の六月、イギリスに着いたが、社交界の人々のなかには好奇心に駆られて彼女を訪れる者が多かった。アン女王さまもやさしく彼女を迎え、その肖像の版画を造るように命じられた。

再びヴァージニアに出掛けることになったジョン・スミス船長が、出発前に彼女のもとへ伺候した。彼は一六〇八年以来彼女に会っていなかった。彼女は二十二歳になっていた。彼が入って来ると、彼女は頭をそむけ、顔を隠し、夫にも友人たちにも答えようとせず、二三時間ひとりでいた。ついで彼女は船長を呼び寄せた。そこで彼女は目を上げて、こう言った。

――あなたはパウハタンに、あなたのものは彼のものとすることを約束なさり、彼も同じ約束をしました。そして彼の国では異国人であるあなたが彼を「父」と呼びました。あなたの国では異国人である私も同じようにあなたを「父」と呼びましょう。

スミス船長は、彼女が酋長の娘であるからといって、礼儀作法を口実にした。

彼女はまた言った。
——あなたは私の父の国に来ることを恐れず、しかも父や父の家来を含めてすべての人を怯えさせました——私を除いては。それだのに私があなたを「私の父」と呼ぶことをあなたは惧れられるのでしょうか？　私はあなたを「私の父」と呼びますから、あなたも私を「わが子」と呼んで下さい。そうすれば私は永遠にあなたと同じ国の人でいられましょう……　人々は、あなたがあそこで死んでしまった、と私に言ったのです……

そして彼女はジョン・スミスに、自分の名がマトアカであることを小声で打ち明けた。インディアンたちは彼女が呪いをかけられて捕えられることを惧れ、異国人にはポカホンタスという偽名を教えたのだった。

ジョン・スミスはヴァージニアに向けて発ち、二度とマトアカに会うことはなかった。彼女はグレイヴゼンドで翌年の初め病気に罹り、色蒼ざめて、死んでしまった。まだ二十三にもなっていなかった。

彼女の肖像は以下の羅典語《ラテン》の銘で囲まれている。「マトアカ、別名、ヴァージニア帝国ノ最高君主パウハタンノ娘レベッカ」。あわれなマトアカは、二連の真珠を飾った高いフェルト帽を被り、硬いレースの飾り襟をつけ、羽の扇子を持っていた。顔は痩せ細り、頬骨は高く突き出し、大きくてやさしい目をしていた。

悲劇詩人

シリル・ターナー

シリル・ターナーはある知られざる神と売笑婦との交わりから生まれた。

彼が神の血を引いたという証拠は、彼が大胆な無神論に服したことのうちに認められる。母は革命と淫蕩への本能、死の恐怖、逸楽への焦躁、王者への憎悪を彼に伝え、父からは王たらんとする熱望、支配する誇り、創造する悦びを受け継いだ、つまり両親は闇と赤い光と血とへの好みを彼に与えたのだ。

生まれた年月日はわからないが、それは黒死病の流行した年のある暗い日のことだったらしい。

神の種を宿したこの娼婦に天慮が加護を垂れることはなかった。というのは、出産する数日前から、彼女の軀には黒死病のために斑点ができ、またその小さな家の戸口には赤い十字の印《しるし》がつけられたのだ。シリル・ターナーは埋葬人たちが打ち鳴らす鐘の音とともにこの世に現われ、父が神々の共同の天のなかに姿を消したように、母は人間たちの共同の墓地へ緑色に塗った荷車で運び去られた。闇がとても深かったので、埋葬人たちは黒死病に冒されたその家の入口を樹脂の松明で照らし出さなくてはならなかった、と伝えられる。また別の年代記作者は、テームズ川（その家の根元を浸していた）の霧に緋色の線が走り、警鐘を鳴らす鐘の口から狒々の声が洩れた、と主張している。最後に、これも疑う余地のないことと思われるが、燃え上がり、怒り狂った星が一つ、三角屋根の上に、よじれ、もつれた煤色の光線からなる姿を現わし、生まれたばかりのその子は天窓越しに握り拳をその星に向かって突き出し、星のほうは火でできた乱れた巻毛を彼の上に振り落とした、ということである。このようにしてシリル・ターナーは常夜《とこよ》の闇の巨大な窪みに飛びこんできたのであった。

　彼が三十歳になるまで何を考え、何をなしたか、彼の秘められた神性の徴《しるし》がどのようなものであったか、彼がいかにして自らに王威が具わると確信するに至ったかは、知る由もない。ある無名の作家が怯えながら記している覚書は、彼の冒瀆的な言辞のリストを収めている。彼は次のように公言した。モーセは手品師にすぎず、ヘリオッツという男のほうが手品はうまい、と。宗教の始源は人々を恐怖のなかに押し留めることにほかならない、と。バラバ(1)は盗賊で人殺しであったにはちがいないが、キリストのほうが彼以上に死に値した、と。もし自分が新しい宗教の創立を企てるなら、よりすぐれた、よりすばらしい方法に基づいて制定するであろうが、新約聖書の文体はいやらしい、と。自分には英国女王と同じくらい貨幣を鋳造する権利があり、ニューゲート監獄の囚人で金属の混合法に精通するプールという男を識っているので、いつかその助力を得て自分の像の刻まれた金貨を鋳造するつもりである、と。羊皮紙に書かれたもっと怖ろしい別の言葉は、ある敬虔な人の手で線を引いて消されている。

　だが、以上の言葉はある俗人の手で書き留められたものであった。シリル・ターナーの行動はより執念深い無神論を示している。彼は長い黒服をまとい、頭には十二個の星を散らした輝く冠を戴き、片足を天球にかけ、右手で地球を持ち上げている姿を絵に描かれている。彼は黒死病と嵐の荒れ狂う街々を歩き廻った。奉献された蠟燭のように蒼白く、目は香を焚く人のように弱く輝いていた。右の脇腹に異様な刻印があったと主張する者もいるが、死後それを確かめることはできなかった。彼の死体を見た者がいなかったからである。彼は川沿いの街々に出没するバンクサイドの売笑婦を情婦にして、彼女だけを愛した。その女はとても若く、顔は無邪気で、髪はブロンドだった。その顔には、揺れ動く炎のような赤斑が現われた。シリル・ターナーは彼女にロザモンドという名をつけ、女の児を生ませ、その児を愛した。ロザモンドはある貴族に目をつけられたため、悲劇的な死をとげることになった。彼女が澄明な盃でエメラルド色の毒を呷《あお》ったことが知られている。

そのとき、シリルの心のなかで復讐の念が傲慢さに入り混じった。夜行性のあった彼は、王侯の行列を追ってメイル路を歩き廻り、たてがみにも似た炎を燃え上がらす松明を片手に持って振り廻した。あらゆる権威に対する憎悪が口と手にこみ上げてきた。大道で人をつけねらうようになったが、それは追剝を働くためではなく、王侯たちを暗殺するためだった。当時、行方不明になった王侯は、シリル・ターナーの松明に照らし出されて、殺されたのである。

彼は女王の通る道で、砂礫《されき》を敷きつめた井戸端や石灰を焼く竈のそばで待伏せした。犠牲にすべき人間を群のなかから選び出すと、水溜りの間を縫って歩けるように照らしてあげようと申し出て、井戸の口のところまで連れて来ると、松明を消し、井戸に突き落とした。落ちたあとには砂礫が降りそそいだ。ついでシリルは井戸の縁から覗きこみ、大きな石を二つ投げ落としてわめき声を押しつぶした。そしてその夜のうちに、その死骸が赤黒い竈のそばの石灰のなかで燃え尽きるのを見張るのだった。

王侯に対する憎悪の念を満たし終ると、シリル・ターナーは、こんどは神々に対する憎悪の念に取り憑かれた。心中に抱く神的な衝動が彼を創造に駆り立てた。自らの血のなかで一つの生成を創り出し、神のように地上に繁殖することができる、と考えた。彼は自分の娘を眺め、彼女が処女で、欲望をそそることを発見した。天の面前で計画を実行するためには、墓地以上に有意義な場所は見あたらなかった。彼は死に挑むこと、神の命によって定められた崩壊の只中に新たな人類を創り出すことを誓った。老いた骨に囲まれたなかで若い骨を生み出そうと望んだ。シリル・ターナーは、ある墓の蓋石の上で自分の娘と交わった。

彼の最期は暗い輝きのうちに見失われてしまっている。『無神論者の悲劇』と『復讐者の悲劇』が誰の手によってわれわれに伝えられたのかわからない。ある言い伝えによれば、シリル・ターナーの傲慢さは更に高まったということである。彼は黒い庭に玉座をしつらえさせ、雷の鳴る下で黄金の冠を戴いて鎮座するのを常とした。何人かの人たちが彼を見たが、彼の頭上を飛び舞う長く蒼白い雷光に怯えて逃げ出してしまった。彼はエンペドクレスの詩の写本を読んでいたが、その後その本を見た者はいない。彼はよくエンペドクレスの死を讃える言葉を口にした。そして彼がいなくなった年に、また黒死病が流行した。ロンドン市民はテームズ川の中央に舫《もや》った小舟の上に避難した。恐ろしい流星が月の下で旋廻した。それは不吉な廻転運動によって勢いづいた白い火の球だった。それは金属的な光沢で彩られたかのように見えるシリル・ターナーの家のほうに向かった。黒衣をまとい、黄金の冠を被ったその男は王座の上で流星の到来を待ち受けた。舞台の戦闘場面に先行するような警報喇叭《ラッパ》の陰鬱な音が響いた。シリル・ターナーは気化した薔薇色の血からなる薄明りに包まれた。喇叭手たちが闇のなかに立ち上がり、葬送の曲を吹き鳴らした。こうして、シリル・ターナーは知られざる神のもとに向けて、天のもの言わぬ渦のなかに突き落とされた。

（1）イエルサレムで騒乱を起こし、殺人の罪で投獄されるが、キリストの代りに釈放される。

宝探し

ウィリアム・フィップス

ウィリアム・フィップスは一六五一年、ケネベック川の河口に近い森のなかで生まれたが、それは造船業者たちが材木を伐り出しにくる森だった。メイン州のある寒村で、船舶用の板が加工される光景に接して、彼ははじめて冒険的な運だめしを夢想した。ニュー・イングランドに押し寄せる大西洋のおぼろげな光が、水中に沈んだ金や、砂のなかに埋もれた銀の輝きを彼の目に浮かばせた。彼は海の富を信じ、それを手に入れたいと望んだ。船を造る術を覚え、少し生活の余裕ができると、ボストンに出た。信念はきわめて堅かったので、繰り返しこう言っていた。「いつか国王の船を指揮するようになって、ボストンのグリーン通りに煉瓦造りの立派な家を持つのだ」と。

当時、大西洋の底には金を積んだスペインのガリオン船がたくさん沈んでいた。この噂はウィリアム・フィップスの胸を躍らせた。彼はラプラタ湾の近くに大きな船が沈んだことを知ると、全財産をかき集めて、船と乗組員を手に入れるためにロンドンに向かった。請願、嘆願を繰り返して海軍省を悩ませた。十八門の大砲を備えた「アルジェの薔薇」号を与えられ、一六八七年、未知の海に向かって出帆した。三十六歳のときのことだった。

九十八人の人間が「アルジェの薔薇」に乗り組んで出発したが、そのなかにプロヴィデンス市出身のアッダレーという上等兵曹がいた。フィップスがヒスパニョーラ島に向かおうとしていることを知ると、乗組員は悦びを抑えることができなくなった。というのは、ヒスパニョーラ島は海賊の島であり、また「アルジェの薔薇」はいい船と思えたからだ。そこでまず、彼らは群島中のある小さな砂浜に集まって、自分たちが海賊になる相談を始めた。フィップスは「アルジェの薔薇」の舳先にいて、海を窺っていた。ところで船底は損傷を受けて、それを修理していた船大工が陰謀を聞きつけた。彼は船長室に駆けこんだ。フィップスは彼に命じ、陸上の叛乱乗組員に向けて大砲を装塡させると、「脱走した」部下全員をこの無人島の巣窟に置き去りにして、数人の忠実な水夫とともに出発した。プロヴィデンス市出身の上等兵曹アッダレーは、泳いで「アルジェの薔薇」に戻った。

一行は燃えるような太陽のもと、静かな海を渡ってヒスパニョーラ島に着いた。フィップスはラ・プラタ湾に臨む砂浜で、半世紀以上前に沈没した船について尋ねてみた。一人の年老いたスペイン人が覚えていて、暗礁のありかを教えてくれた。それは細長く円味をおびた暗礁で、その斜面は一番深いところまで揺めく姿を見せながら澄んだ水のなかに潜っていた。アッダレーは、舷側から身を乗り出し、小さな波の渦を眺めて笑っていた。「アルジェの薔薇」はゆっくりと暗礁を巡り、全員が透明な海を見据えたがむだだった。フィップスは前甲板の撈錨《ろうびょう》や鉤の散らばるなかで地団駄を踏んだ。もう一度「アルジェの薔薇」は暗礁を巡ってみたが、同心円を描く濡れた砂の畝《うね》や、潮の流れを受けて傾《かし》ぐ白い海藻の束があるだけで、海底はどこも同じように見えた。「アルジェの薔薇」が三度目の暗礁巡りを始めたとき、陽が沈んで、海は暗くなった。

ついで海は燐光を発しだした。「ほら財宝だ!」とアッダレーは暗がりのなかで、黄金色に煙る波に向かって指を突き出しながら言った。だが、熱い朝が静かに澄みきった海の上に訪れても、「アルジェの薔薇」は相変らず同じ軌道を廻っていた。こうして、船は一週間遊弋《ゆうよく》した。乗組員の目は透明な海を見つめすぎたために曇ってしまった。フィップスの蓄えておいた食糧が尽きかけた。出発しなければならなかった。命令が発せられ、「アルジェの薔薇」は船首を巡らし始めた。そのときアッダレーは暗礁の側面で揺れている白い海藻を見つけて、それがほしくなった。一人のインディアンが海に飛びこんで引き抜いた。彼はそれをぴんと垂らして持ち帰った。とても重く、絡み合った根は石ころを一つ包みこんでいるように見えた。アッダレーはそれを持ち上げて重さを測ると、その重いものを取り去るために根を甲板に叩きつけた。何かきらきら光るものが陽の光の下に転がり出た。それは三百磅《ポンド》の値打のある銀塊だった。アッダレーは呆気にとられて白い海藻を揺すぶっていた。たちまちインディアンたちは一人残らず海に潜った。数時間のうちに甲板は袋でいっぱいになったが、袋は固く、石化したみたいで、石灰石が嵌りこみ、小さな貝殻で蔽われていた。袋が鑽《きり》と槌で裂かれると、その穴から金塊、銀塊、それに八字型貨幣がいくつも転がり出た。「ありがたいことだ！」とフィップスは叫んだ。「財産ができた！」財宝は三十万磅の値打があった。アッダレーは「これが全部小さな白い海藻の根から出たとは！」と繰り返した。彼は数日後、この言葉をつぶやきながら、バーミューダ諸島の近くで狂い死にしてしまった。

フィップスは財宝を護送した。英国国王は彼をウィリアム・フィップス卿に取り立て、ボストン市の執政官に任命した。そこで彼は夢を実現し、グリーン通りに赤煉瓦造りの立派な家を建てさせた。彼は重要人物になった。フランス領土に対する戦闘を指揮したのは彼であり、アカディア地方をメヌヴァル氏とヴィルボン騎士から奪い取った。国王は彼をマサチューセッツ州知事、メイン州とノヴァスコシア半島の総司令官に任命した。彼の金庫は黄金で満たされた。彼はボストンで集められる限りの金《かね》をかき集め、ケベック州の攻略を企てた。企ては失敗し、植民地は荒廃した。そこでフィップスは紙幣を発行した。その価値を高めるため、紙幣を手持ちの金《きん》と交換した。だが運は傾いていた。紙幣の流通価値は下がった。フィップスはすべてを失い、敵につけ狙われるようになった。彼の繁栄は八年しか続かなかった。貧乏人となってロンドンに向かったが、船を降りようとするとき、ダッドリーとブレントンの請願により二千磅の借金のために逮捕されてしまった。廷吏が彼をフリート監獄に護送した。

ウィリアム・フィップス卿は殺風景な独房に閉じこめられた。保持していたのは、彼に栄光を与えた銀塊、白い海藻のなかから出てきた銀塊だけだった。熱病と絶望に苦しめられた。死が喉もとを襲った。彼はもがいた。そんなときでも財宝の夢に憑かれていた。スペイン人の総督ボバディヤのガリオン船が金銀を積んでバハマ諸島の近くで沈没していた。フィップスは監獄長を呼び寄せた。熱病と期待で窶《やつ》れ切っていた。乾からびた手に握った銀塊を監獄長に差し出すと、喘ぎながらつぶやいた。
——私を潜らせてくれ、ほら、これがボバディヤの銀塊の一つだ。
そして息絶えた。白い海藻のなかから出てきた銀塊が棺代になった。

海賊

キャプテン・キッド

この海賊に仔山羊（キッド）という名がつけられた理由について、人々の意見は一致していない。英国王ウィリアム三世が一六九五年、「冒険」号に対する権限を彼に付与した証書は以下の言葉で始まっている。「朕の忠実にして親愛なる臣下、ウィリアム・キッド船長等々に申しつける。」だが、当時からそれが渾名であったことは確かである。ある人は、優雅で洗練された船長には、戦闘中も操船中も必ずフランドル製のレースの折返しのついた、しなやかな山羊皮の手袋を着ける習慣があった、と言っている。またある人は、非道な殺戮に際しても、彼が「生まれたばかりの仔山羊のようにやさしくお人好しのこの俺が」と怒鳴った、と断定している。またある人は、彼が金や宝石を仔山羊の革のとても柔らかな袋につめていたのだが、それを使うことを思いついたのは、水銀を積んだ船を乗っ取ったときのことで、彼は水銀をたくさんの革袋に入れ、その袋はいまもなおバルバードス島の小さな丘の中腹に埋まっている、と主張している。だが、彼の黒絹の旗に髑髏《どくろ》と仔山羊の頭が刺繍されていたこと、また彼の印璽にも同じ模様が彫られていたことを知れば充分だろう。彼がアジア大陸やアメリカ大陸の海岸に隠した多くの財宝を探し求める人たちは、黒い仔山羊を先頭に歩かせ、船長が獲物を埋めた場所に来ると仔山羊が悲しそうに鳴くはずだと考えるのだが、誰も成功したためしはない。もとキッドの部下の船員だったゲイブリエル・ロフから情報を得た黒髯(1)でさえ、見つけたのは、現在プロヴィデンス城塞の建っている砂丘で、砂の間から滲み出て点々と散らばる水銀の粒だけだった。こうした探索はすべてむだなのである。というのは、キャプテン・キッドは「血にまみれたバケツを持った男」のせいでその隠し場所は永遠に知られないだろう、と断言したのだ。実際、キッドは生涯この男の幻に憑きまとわれ、キッドの財宝は彼の死後、この男が現われて護っているのである。

バルバードス総督ベロモント卿は、西インド諸島の海賊たちが巨大な利益を上げていることに腹を立て、「冒険」号を艤装させ、その指揮をキャプテン・キッドに委任する許可を国王から取りつけた。キッドはずっと前から、すべての被護送船団を掠奪していた有名なアイアランドをねたんでいたので、彼の船を奪い、彼とその仲間を処刑するために連行することをベロモント卿に誓った。「冒険」号は三十門の大砲と百五十人の船員を乗せた。はじめキッドはマディラ島に立ち寄って、葡萄酒を補給し、ついで塩を積むためにボナヴィスト島に立ち寄り、最後にサンチャゴ港で完全に補給を終えた。そしてそこから紅海の入口に向けて出帆したのだが、ペルシア湾内にはバブス・キーと呼ばれる小さな島がある。

この島でキャプテン・キッドは仲間を集め、髑髏の黒旗を掲げさせた。一同は海賊の掟に絶対に服従することを斧にかけて誓った。各人が投票権と、新鮮な食糧、強い飲物に対する平等な権利を持った。歌留多《カルタ》や骰子《さいころ》による博奕《ばくち》は禁じられた。明りと蠟燭は夜の八時に消されることになった。それ以後に呑みたい者は甲板に出て、暗闇の露天で呑まねばならなかった。女や少年は仲間に加えないはずであった。女や少年を変装させて乗り込ませた者は死刑に処せられることになった。大砲、拳銃、短剣はよく手入れし、磨いておかねばならなかった。喧嘩は陸上で剣と拳銃によって決着がつけられることになった。船長と操舵長は二人分、水夫長、甲板長、砲手は一人と半人分、他の士官は一人と四半人分の取り前を受ける権利を持った。安息日は楽隊員の休日と定められた。

彼らが最初に出会った船は、荷主ミッチェルの率いるオランダ船だった。キッドはフランス国旗を掲げて追跡した。その船は、ただちにフランス国旗を掲げた。それに対して、海賊はフランス語で呼びかけた。荷主はフランス人を一人乗り組ませており、その男が答えた。キッドは彼にパス・ポートを持っているかと尋ねた。フランス人は持っていると答えた。「さて、神も照覧あれ、あんたのパス・ポートにより、わしはあんたをこの船の船長と見なす」とキッドは言い返した。そしてただちに彼の首を帆桁に吊らせた。ついでオランダ人を一人ずつ呼び寄せた。彼らに尋問したが、フラマン語がわからないふりをして、囚人一人一人に「フランス人――板渡りの刑だ」と命じた。補助帆桁に板が一枚とりつけられた。オランダ人全員が、甲板長の剣の切先に追い立てられて裸で板の上を走らされ、最後は海に落ちていった。

そのときキャプテン・キッドの砲手ムーアが声を上げた。「船長、何だってこの人たちを殺すんです？」と叫んだ。ムーアは酔っていた。船長は振り返ると、バケツを摑んでムーアの頭に叩きつけた。ムーアは頭蓋を砕かれて倒れた。キャプテン・キッドは、髪の毛と凝結した血のこびりついたバケツを洗わせた。乗組員は誰一人そのバケツに雑巾箒を浸さなくなった。バケツは手すりに縛りつけられたままでおかれた。

その日から、キャプテン・キッドはバケツを持った男に憑きまとわれるようになった。インド人とアルメニア人の乗り組む一万磅《ポンド》の金を積んだモーリタニア船「クェダ」号を拿捕して、さて獲物を分配しようとすると、血まみれのバケツを持った男が金貨の上に坐っていた。キッドはそれをはっきり見て、罵った。自分の船室に降りて行き、ラムパンチを一椀呑みほした。それから甲板に戻ると、古バケツを海に投げ捨てさせた。豪華な商船「モッコ」号に乗り移ったとき、船長の金粉の分け前を測る器が見当らなかった。「バケツ一杯だ」と、キッドの肩のうしろで声がした。彼は短剣で宙を切り、泡を吹く唇を拭った。それからアルメニア人を吊るし首にさせた。乗組員には何も聞こえなかったようだった。キッドが「燕」号を襲ったときのこと、配分を終えたあとベッドに横になった。目を覚ますとびっしょり汗をかいていたので、軀を洗うものを持って来させようと水夫を呼んだ。水夫は錫のたらいに水を入れて持ってきた。キッドはそれをじっと見つめると、こう怒鳴った。「これが成り上がり紳士(2)のすることか？　馬鹿野郎！　バケツで血を運んできやがるとは！」水夫は逃げ去った。キッドは彼を下船させ、小銃一挺と火薬と水を一瓶与え、脱走者として置き去りにした。彼が獲物をほうぼうの人里離れた場所の砂のなかに埋めたのも、殺された砲手が毎夜現われて、金をしまってある船艙から財宝をバケツで運び出し、海に捨ててしまう、と信じこんでいたからにほかならない。

キッドはニュー・ヨーク沖で捕えられた。ベロモント卿が彼をロンドンに送還した。彼は絞首刑を宣告された。いつもの赤い服と手袋をつけたまま、海賊処刑場《エクシキユーション・ドック》で吊るし首にされた。死刑執行人が黒い縁なし帽を目の上まで引き下げようとすると、キャプテン・キッドは身をもがいて、叫んだ。「こん畜生！ あいつが俺の頭にバケツを被せることはわかっていたんだ！」黒ずんだ死体は、鎖に引っ掛けられて二十年以上も吊り下げられたままでおかれた。

（1）大西洋を荒らした海賊エドワード・ティーチ（?—一七一八）の渾名。
（2）英語で成り上がり紳士（gentleman of fortune）は海賊を意味する。

文盲の海賊

ウォルター・ケネディ

キャプテン・ケネディはアイルランド人で、読み書きができなかった。彼は拷問の才能によって、大ロバーツ(1)の下で二等航海士の地位にまで昇進した。捕虜の髪の束を頭の周りで捩《よじ》って眼球をとび出させたり、棕櫚の葉を燃やしながらそれで顔をなぶったりする術を完全に心得ていた。裏切りの嫌疑をかけられたダービー・マリンに対する「海賊」号の船上で行われた裁判において、彼の名声は確立した。裁判官たちが舵手席に寄り掛かって、ポンス酒の入った大きな鉢の前にパイプと煙草を持って坐り、裁判が始まった。いざ投票で判決を決めようとする段になって、裁判官の一人が討議に入る前にもう一度パイプで一服しようと提案した。するとケネディが立ち上がり、口からパイプを離して唾を吐くと、次のように話しだした。

――こん畜生！　諸君、成り上がり紳士諸君、もし俺たちが俺の古い相棒のダービー・マリンを吊るし首にしねえのなら、俺は悪魔に攫《さら》われてしめえてえよ。ダービーはいい奴よ、こん畜生！　そうじゃねえって言う奴がいたら、畜生！　そいつは下種野郎だけど、俺たちゃ紳士だからな。畜生め！　俺たちゃ一緒に船を漕いできたんだぜ、えい！　俺はあいつが腹の底から好きさ、畜生！　諸君、成り上がり紳士諸君、俺はあいつをよく知ってるが、ほんとにいい奴よ。生きのびたって後悔なんかしっこねえぜ。奴が後悔したら、俺は悪魔に攫われたっていい、なあ、そうだろうダービー？　吊るし首にしてやろうぜ、こん畜生！　そいで、俺は尊敬すべきお仲間の許可を得て、奴の健康を祝して一杯やるつもりさ。

この演説は素晴らしいもの、古代人が伝えるこの上なく立派な戦闘演説にも匹敵するものに思われた。大ロバーツは聞き惚れてしまった。その日から、ケネディは野心を抱き始めた。短艇に乗ってポルトガル船を追跡するロバーツが、バルバードス沖で迷っている間に、ケネディは自分を「海賊」号の船長に選ばせ、自らの責任で出帆した。一行は多くの帆船やガリー船を沈めたり掠奪したりしたが、それらは金粉やスペイン金貨と八字型貨幣のつまった袋の他に、ブラジル産の砂糖や煙草も積んでいた。彼らの旗は黒絹製で、髑髏《どくろ》と、砂時計と、組み合わせた二本の骨の模様があり、下のほうには一本の投槍を戴いて、血を三滴垂らした心臓の画が描かれていた。こうして一行は、ヴァージニア州から来た、とてもおとなしい一隻の短艇に出会ったが、その船長はノットという名の敬虔なクエーカー教徒であった。この神に仕える男はラム酒も拳銃も長剣も短剣も船に積んでいなかった。彼は長い黒服をまとい、つばの広い同じ色の帽子を被っていた。

——こん畜生！　とキャプテン・ケネディは言った。こいつぁ感じのいい、愉快なお方だ。こういう人が俺は好きだ。誰もこの俺の友人のノット船長さんに危害を加えちゃならんぞ。何とも愉快な服装をしてござる。

ノット氏は寡黙に本心を隠して会釈した。

——アーメン、どうか御《み》こころのままに。

海賊どもはノット氏にいろんな贈物をした。ポルトガル金貨三十枚、ブラジル産の煙草の葉を巻いたもの十本、緑玉石《エメラルド》の入った袋数個を進呈した。ノット氏はたいへん喜んで金貨と宝石と煙草を受け取った。

——これは信仰のために使えますから、お受けすることの許される贈物です。海を渡り歩く私どもの友人たちが、すべて同じ感情に駆られますように！　主はこのような返済をすべて御嘉納なさいます。皆さん、皆さんはいわば仔牛の肢《あし》や偶像ダゴン(2)の破片を犠牲として主に供えているようなものです。ダゴン神はいまでも不敬な国々を支配し、その金は数々の悪事をそそのかしております。

——このダゴン野郎！　とケネディは言った。口を閉じろ、こん畜生！　もらったものを受け取って、一杯やれ。

そこでノット氏はおだやかに会釈したが、ラム酒の小瓶は断った。

――わが友たる皆さん……

――成り上がり紳士だ、こん畜生！　とケネディは怒鳴った。

――わが友にして紳士たる皆さん、とノット氏は言い直した。強い酒類はいわば誘惑の刺戟棒で、私たちの弱い肉はそれに耐えることができません。皆さん方は……

――成り上がり紳士だ、こん畜生！　とケネディは怒鳴った。

――わが友にして成り上がり紳士たる皆さんは、とノット氏は言い直した。悪魔の誘惑に抵抗する長年の試練によって頑健になっておいでだから、酒も障らないかもしれない、おそらく障らないことでしょうが、皆さんの友人たちは酒で調子を崩す、ひどく調子を崩すことでしょう……

――調子を崩すだと、くそっ！　とケネディは言った。この男、喋り方は素晴らしいが、呑むことは俺のほうが上手《うわて》だぞ。この男は俺たちをカリフォルニアに連れてって、さっき言ったのとは別な仔牛の肢を持ってる立派な友人連に会わせてくれるだろうぜ。なあ、そうだろう、ダゴン船長？

――そうあってほしいものですが、とクエーカー教徒は言った。でも私の名はノットです。

そして彼はまた会釈した。彼の帽子の大きな縁は風を受けて顫えていた。

「海賊」号はこの神に仕える男のお気に入りの入江に錨を下ろした。彼は友人たちを連れてくると約束したが、実際その晩、カリフォルニア州知事スポッツウッドの派遣した兵士の一隊とともに戻って来た。神に仕える男は友人である成り上がり紳士たちに、これはただこの不敬な国々に誘惑的な酒を持ちこませないためにすることだ、と誓った。そして海賊たちが逮捕されると、

――ああ！　皆さん、とノット氏は言った。私がしたようにあらゆる難行苦行を受け容れなさい。

――こん畜生！　難行苦行たぁ洒落たこと言うぜ、とケネディは罵った。

彼はロンドンで裁かれるために、鎖に繋がれて輸送船に乗せられた。オールド・ベイリー(3)が彼を迎えた。ケネディはすべての訊問調書に十字を書き、受領証につけるのと同じ印をつけた。最後の演説は、鎖で吊るされたかつての成り上がり紳士の死体が海から吹くそよ風を受けて揺れている海賊処刑《エクシキューション・ドック》場で行われた。

——こん畜生！　光栄なこった、とケネディは吊るされた死体を見ながら言った。奴らこの俺をキャプテン・キッドと並べて吊るすつもりだな。もう目がなくなっているが、あれはキッドにちげえねえ。深紅の羅紗《ラシャ》でできたあんな豪勢な服を着てるのは他にいねえからな。キッドはいつも優雅な男だった。それに字が書けた。字の書き方を心得ていた。畜生め！　とてもきれいな筆跡だ！　失敬、船長。（彼は深紅の服のなかで乾からびてしまった死体に挨拶した。）だが、俺だって成り上がり紳士だったんだ。

（1）バーソロミュー・ロバーツ（一六八二頃—一七二二）。当時最大の海賊で、四百隻以上の船を掠奪したと伝えられる。
（2）聖書に記述される、ペリシテ人の主神。
（3）ロンドンにあった中央刑事裁判所の俗称。オールド・ベイリー街にあったのでそう呼ばれた。

気紛れ海賊

ステッド・ボニット少佐

ステッド・ボニット少佐は、軍を退役後、一七一五年頃にはバルバードス島で農場を経営して暮す貴族だった。砂糖黍や珈琲《コーヒー》の畠が収入をもたらし、彼は自分で栽培した煙草を好んで喫っていた。結婚はしていたが、家庭生活は幸福でなく、人の話では、妻が彼の頭をおかしくしてしまったということである。事実、彼の奇癖は四十を過ぎてから取り憑いたもので、はじめは隣人たちも召使たちも無邪気に逆らわないでいた。

その奇癖というのは、次のようなものであった。彼はあらゆる機会を捉えて、陸上での戦略を貶し、海上での戦略を讃え始めた。彼が口にする名前といえば、アヴェリー、チャールズ・ヴェイン、ベンジャミン・ホーニゴールド、そしてエドワード・ティーチに限られていた。当時、彼らは西インド諸島の海をさわがせていた。人が少佐の前で彼らを海賊と呼ぼうものなら、少佐はこう叫ぶのだった。

――君の言う海賊たちに、われらの祖先が送っていたような自由な共同生活の手本を示すことを許された神に栄光あれ。当時は富を所有する者も、女を占有する者も、砂糖や綿や洋藍を納める奴隷もおらず、ある寛容な神があらゆるものを頒け与え、各人がその分け前を受け取っていたのだ。これぞまさしく、富を分ち合い、成り上がり仲間の共同生活を送る自由な人たちを、わしが大いに讃える理由なのだ。

畠を廻りながら、少佐はよく農夫の肩を叩いた。

――このばか者、みじめったらしい草木を汗を流して育てておるが、そんなことより、その草木を荷造りして輸送船や帆船に積みこむほうがましではないのか？

殆ど毎晩、彼は奉公人を穀物置場の庇の下に集め、色のついた蠅が周りで羽音を立てているなかで、ヒスパニョーラ島やトアトゥーガ島の海賊の武勲を蠟燭の光で読んで聞かせた。というのは、廻覧状が村や農場に海賊の掠奪があったことを報せていたのである。

――秀でたヴェインよ！　と少佐は叫んだ。勇敢なるホーニゴールド、黄金に満たされた真の豊穣の角《つの》よ！　ムガール皇帝やマダガスカル王の財宝を荷った崇高なるアヴェリーよ。オクラコークの島において十四人の女をつぎつぎ犯しては殺し、毎夜、最後の女（わずか十六歳）を親友たちに引き渡そう（純粋な寛容さ、心の寛さ、世界に対する知識から）と考えた、敬服すべきティーチよ。君らの航跡を追う者、「アン女王の復讐」号！　船長たる黒髯とラム酒を酌み交わす者は何と仕合わせなことであろう！

奉公人が呆気にとられ、黙って耳を傾けていた少佐の演説の言葉をさえぎるのは、小さな蜥蜴《とかげ》が怯えて吸盤をゆるめ、屋根から落ちるときに立てる軽く鈍い音だけだった。ついで少佐は片手で蠟燭を囲い、煙草の葉の間に杖でこれら大船長たちの洋上作戦のすべてを描いてみせ、海賊に特有の作戦上の巧みな方向転換が理解できないような奴には「モーセの戒《いましめ》（海賊は四十回の鞭打ちをこう呼んでいる）」を課してやる、と言って脅すのだった。

ついにステッド・ボニット少佐は、それ以上我慢できなくなり、砲十門を備えた古い短艇を一隻買いこむと、海賊を働くのに必要なものをすべて装備したが、それは短剣、火縄銃、板、四爪錨、斧、聖書（宣誓するための）、ラム酒の大樽、角燈《ランタン》、顔を黒く塗る煤、松脂、富裕な商人の指の間を焦がす火縄、それに、白い髑髏と組み合わせた二本の大腿骨と「復讐」号という名のついたたくさんの黒旗の類だった。ついで彼はだしぬけに七十人の奉公人を船に乗せ、夜、真直ぐ西に向かってセント・ヴィンセント島をかすめて航海に出たが、それはユカタン半島を廻って、サヴァナ市（そこまでは行き着けなかったが）に至るまでのすべての海岸を荒らすためだった。

ステッド・ボニット少佐は、海については何の知識も持っていなかった。そこでまず、羅針盤と天文観測儀の間で度を失い、後檣《アルテイモン》を大砲《アルティユリー》と、前檣《ミゼーヌ》を数珠玉《ディゼーヌ》と、補助帆桁《ブー・ドオール》を装鞍喇叭《ブート・セル》と、艦砲《カロナード》の光をカノン砲の光と、昇降口《エクーティユ》を柄付雑布《エクーヴィヨン》と取り違え、帆《カルゲ》を絞らせるために砲に装塡《シャルジエ》せよと命令してしまい、要するに聞いたこともない言葉の喧噪と馴れない海の揺れとにすっかり動顛してしまったので、何としても最初の船を見つけて黒旗を掲げたいという輝かしい希望が彼をその計画のうちに踏み止まらせなかったなら、バルバードスの陸地に戻りたいと考えるところだった。彼は掠奪を期待して、食糧は何も積んでこなかった。だが、第一日目の夜にはどんな小さな輸送船の灯火さえ見掛けなかった。そこでステッド・ボニット少佐は、村を襲撃しようと決意した。

乗組員全員を甲板に集めると、新しい短剣を分配し、最高の残忍さを発揮せよと励まし、バケツに一杯煤を持ってこさせると、自分に倣えと命じながら、顔に煤を塗った。一同もそれにならったが、楽しんでそうしたかったわけでもなかった。

最後に、記憶を辿り、海賊のしきたり通り何かの酒で乗組員を興奮させるべきだと判断して、彼は火薬を混ぜたラム酒（海賊行為における一般的な飲料である葡萄酒がなかったので）を一パイントずつ各員に呑ませた。奉公人は言いつけに従った、が、慣行に反して、彼らの顔が激しく燃え上がることはなかった。彼らはかなり整然と左舷と右舷に進み寄り、黒い顔を舷側から覗かせて、その混合酒を極悪の海に戻してしまった。そのあと、「復讐」号がセント・ヴィンセント島の浜に坐礁した恰好になったので、彼らはよろめきながら船を下りた。

時刻は明け方で、村人たちの驚いた顔は怒りを掻き立てることはなかった。少佐自身も怒号する気にはなれなかった。そこで、誇らかに米と乾燥野菜と塩漬けの豚肉を買い入れ、代金は大樽二本のラム酒と古い錨索一本とで支払った（彼の考えでは、海賊にふさわしい、きわめて高尚なやり方と思われたのだが）。そのあと彼らはやっとのことで船を離礁させ、ステッド・ボニット少佐は最初の勝利に胸をふくらませて海に出た。

彼は丸一日、丸一晩、どんな方向に吹く風に運ばれているのかも知らずに航海した。二日目の明け方、舵手席に寄り掛かって、短剣と喇叭《ラッパ》銃を窮屈に感じながらまどろんでしまったステッド・ボニット少佐は、大きな声に目を覚まさせられた。

——おーい、そこの短艇！

そして彼は、一鏈《れん》程離れたところに揺れている船の補助帆桁を認めた。髯面の男が船尾にいた。小さな黒旗がマストに翻《ひるがえ》っていた。

——われらの髑髏旗を掲げろ！ とステッド・ボニット少佐は怒鳴った。

そして自分の肩書が陸軍のものであることに思い当ると、輝かしい例にならって、直ちに別の名を名乗る肚を決めた。そこで間を置かずに応えた。

——こちらはキャプテン・トーマスの指揮する、成り上がり仲間の乗り組む短艇「復讐」号であります。

これを聞いて髯面の男は笑いだした。

——お仲間、よくぞ出会ったな。われら同航できそうではないか。この「アン女王の復讐」号にラム酒を一杯やりにきたまえ。

そこでステッド・ボニット少佐は、相手が崇拝する海賊のうちでも最も高名な黒髯キャプテン・ティーチであることをたちどころに悟った。だが思っていた程うれしくなかった。海賊としての自由を失いそうな予感がした。彼は黙ってティーチの船に乗り移り、ティーチはコップを手に、いたってしとやかに彼を迎えた。

——お仲間、と黒髯は言った。君は大いにわしの気に入った。だが君の、航海ぶりは無謀だ。それで、わしの忠告を受け容れる気があれば、わしらのこの素晴らしい船に残りたまえ。君の短艇は、リチャーズという老練なあの好漢に指揮させよう。君はこの黒髯の船の上で、成り上がり紳士の生活を自由に楽しむ余裕をもてるわけだ。

ステッド・ボニット少佐は断りかねた。彼は短剣と喇叭銃を取り上げられた。斧にかけて（というのは黒髯は聖書は見るのも我慢できなかったのだ）宣誓し、将来の獲物の分け前とともに、ビスケットとラム酒を配給された。少佐は海賊の生活がこれ程規則に縛られているとは思っていなかった。彼は黒髯の怒気に耐え、航海の苦しみを忍んだ。気紛れな海賊になるために、紳士としてバルバードス島を出発した彼は、こうして「アン女王の復讐」号上で本物の海賊になった。
彼はこうした生活を三箇月続け、その間に彼の親分が十三回掠奪するのに立ち会った。それから、やっとのことでリチャーズの指揮する「復讐」号に戻る方策を見つけた。その点で彼は賢明だった。というのは、翌日の夜、黒髯は自分の島のオクラコークに入港しようとするところを、バスタウンからやってきたメイナード大尉に襲撃された。黒髯は戦死し、大尉はその首を斬って第一斜檣の先端にくくりつけるように命じ、命令は実行されたのだ。

一方、あわれなキャプテン・トーマスは南カロライナの方角に遁れ、なお数週間に亘って惨めな航海を続けた。チャールズ・タウン市長は、彼がやって来るという警告を受け、サリヴァン島で逮捕させるためにレート大佐を派遣した。キャプテン・トーマスは捕えられた。すぐもとのステッド・ボニット少佐の名に戻って、チャールズ・タウンに派手に護送された。彼は一七一八年の十一月十日まで獄につながれていたが、その日になって、植民地海事裁判所に出頭した。裁判長のニコラス・トロットは次のようなうるわしい弁舌で死刑判決を下した。

――ステッド・ボニット少佐、貴下は再度に亘る海賊行為を告発されて有罪と認められておる。だが、貴下が少なくとも十三隻の船を掠奪したことは貴下も承知のこと。従って、貴下はさらに十一人の船長から告発されてしかるべきであるが、小官らにとっては二つだけで充分である（とニコラス・トロットは言った）。なんとなれば、それは「汝盗むなかれ」（『出エジプト記』二〇章、十五節）と命じる神の戒律に背く行為であり、また使徒聖パウロは「盗人は神の国を嗣ぐことなし」（『コリント前書』六章、一〇節）とはっきり宣言しておられるからである。だがまた、貴下は殺人行為によっても有罪であり、人を殺す者は（とニコラス・トロットは言った）「火と硫黄との燃ゆる池にてその報いを受くべし、これ第二の死なり」（『ヨハネ黙示録』二一章、八節）である。そして、誰が（とニコラス・トロットは言った）「永遠の火とともに止まる」（『イザヤ書』三三章、十四節）ことができようか？　ああ！　ステッド・ボニット少佐、若き日の貴下に植え付けられた宗教の教えも（とニコラス・トロットは言った）、悪しき生活、ならびに文学と現時の空虚なる哲学へのあまりの傾倒により、ひどく損なわれてしまったのではないかと、小官が惧れるのも当然のことである。なんとなれば、「エホヴァの法《のり》を悦びて（とニコラス・トロットは言った）昼も夜もこれを思うならば」（『詩篇』一篇、二節）、貴下も「神の御《み》言葉は汝の足の燈《ともし》び、汝の路の光なり」（『詩篇』一一九篇、一〇五節）と悟ったことであろう。だが貴下はそうはしなかった。よって貴下に残されたことといえば「この世の罪を除く（とニコラス・トロットは言った）仔羊」（『ヨハネ伝』一章、二九節）に、また「失われたものを救いに来たりたもうた」（『マタイ伝』十八章、十一節）御方、「わがもとに来たる者は拒まず」（『ヨハネ伝』六章、三七節）と約束なされたお方、に貴下の身を委ねることであろう。従って、貴下が、葡萄園の譬《たとえ》における、十一時に雇われた働き手のように（『マタイ伝』二〇章、六節、九節）、遅まきながらあの方の御《み》もとに戻りたいと願うならば、あの方もまだ貴下を受け容れたもうであろう。しかしながら当法廷は（とニコラス・トロットは言った）、貴下が処刑の場所に連行され、死に至るまで首を吊るされるよう判決を下すものである。

　ステッド・ボニット少佐は、裁判長ニコラス・トロットの弁論をまじめくさって聞いたあと、その日のうちにチャールズ・タウンで盗賊及び海賊として吊るし首にされた。

人殺し

バーク、ヘアー両氏

ウィリアム・バーク氏は最も下賤な身分から出て、永遠の名声を獲得するまでに成り上がった。彼はアイルランドに生まれ、靴屋として出発した。この仕事をエディンバラで数年続け、そこでヘアー氏と友人になり、彼に対して大きな影響力を持った。バーク、ヘアー両氏の共同事業において、ものごとを単純化する発明的な能力がバーク氏のものだったことは疑いない。だが、二人の名はボーモントとフレッチャー(1)のそれと同じように、その技術においては別ちがたいものであった。二人は共に暮らし、共に仕事をし、共に捕えられた。ヘアー氏は、とりわけバーク氏の人柄に惹かれる大衆の人気に抗議するようなことは決してしなかった。だが、これ程完全な無私無欲も報われることはなかった。二人の名声を築いた特別なやり口に、その名を遺したのはバーク氏のほうである。バークという単音節の言葉(2)は、ヘアーなる人物が忘却のうちに消えてしまったあとも、長く人の口の端に上り続けることだろう。こうした忘却は、隠れた働き手を不当に包みこむものである。

バーク氏は生まれ故郷の緑の島で培われた夢幻的な気紛れを仕事にも持ちこんだようだ。彼の心は民間伝承に焼入れされたに違いなかった。彼のなしたことには『千夜一夜物語』の遠い香とでもいうべきものが漂っている。バクダッドの夜の庭園を徘徊する回教国王《カリフ》にも似て、彼は未知の物語、異国の人々に好奇心を抱き、不思議な冒険に憧れた。重い彎刀を引っ下げた黒人奴隷にも似て、彼は、他人の死ほど自分の楽しみにぴったりあてはまる結論を見出せなかった。だが、彼のアングロ・サクソン的独創性は、そのケルト的な、気紛れな想像力を、この上なく実利的に応用した点にあった。考えてもみたまえ、芸術的な楽しみを終えたあと、黒人奴隷は首を斬った人たちをどのように扱ったか？　全くアラブ的な野蛮さで彼らを切り刻み、塩漬けにして地下に保存したではないか。それからなにがしかの利益を引き出しただろうか？　何の利益も引き出しはしなかった。その点では、バーク氏のほうがはるかにすぐれていた。

ヘアー氏はバーク氏にとって、いわばディーナルザード(3)の役を果した。バーク氏の創造力は、この友人の存在によって特に掻き立てられたらしい。二人の夢想が、屋根裏部屋を華麗な場面の舞台にすることを可能にした。ヘアー氏は、エディンバラの、とても住人の多い、高い家の七階にある小さな部屋に住んでいた。長椅子一脚、大きな箱一個、いくつかの化粧道具、家具といえば殆どそれだけだった。小さなテーブルの上にウィスキー一瓶とコップが三つ載っていた。慣習として、バーク氏は一度に一人の人間しか迎え入れず、また決して同じ人間は迎え入れなかった。そのやり口は、日が暮れかかる頃、見知らぬ通行人を招くことだった。通りを歩き廻っては、好奇心をそそる顔を見きわめた。ときには行きあたりばったりに人選することもあった。ハールーン・アッラシード(4)ならそうしたかもしれないようなうやうやしい態度でその見知らぬ男に話し掛けた。その男はヘアー氏の住む七階まで上って行った。長椅子を提供され、スコッチ・ウィスキーを呑むように勧められた。バーク氏はその人の身の上に起きた最も驚くべき事件について訊ねた。バーク氏は飽くことのない聞き手だった。いつも話は夜の明ける前にヘアー氏によって中断された。ヘアー氏の中断の仕方はつねに変ることなく同一で、またうむを言わさぬものだった。話を中断するために、ヘアー氏は長椅子のうしろに廻り、両手を話し手の口に押し当てることにしていた。同時にバーク氏はその胸に乗りかかった。二人はこんな姿勢で、じっと動かず、決して聞くことのできない話の最後の部分を想像で補った。このようにして、バーク、ヘアー両氏は世人が知ることのない数多くの物語を終えさせたのだった。

話が話し手の息とともに完全に止められると、バーク、ヘアー両氏は秘密を探った。見知らぬ男の服を剝ぎ取り、宝石に見とれ、所持金を数え、手紙を読んだ。ある種の書簡には興味をそそられないでもなかった。それから二人は、死体をヘアー氏の大きな箱に入れて冷やした。そして、ここでバーク氏は実利的な頭の働きを発揮した。

冒険を楽しんだあとに残った屑まで利用するためには、死体が生温かくなく、しかも新鮮であることが必要だったのだ。

十九世紀初頭、医者は解剖学を熱心に研究していたが、宗教的な道義のために、解剖の材料を手に入れるのに非常な困難を覚えていた。見識ある精神の持主であったバーク氏は、こうした学問上の欠落を承知していた。エディンバラ大学で教えていた、尊敬すべき、学識ある臨床医ノックス博士と、彼がどうして交渉を持つようになったかはわからない。博士の公開講義を聴講したことがあったのかもしれない。もっともバーク氏の想像力は、どちらかといえば芸術的な趣味に向かう傾向があったのだが。彼がノックス博士にできる限りの援助をすると約束したことは確かである。一方、ノックス博士は彼の仕事に金を払う約束をした。料金は若者の肉体から老人の肉体になるにつれて安くなった。老人はあまりノックス博士の関心を惹かなかったのだ。それはバーク氏の意見でもあった——というのは、一般に老人は想像力が衰弱しているのだ。ノックス博士は解剖学の知識のおかげで同僚の間でも有名になった。バーク、ヘアー両氏は芸術愛好家《ディレッタント》として生活を楽しんだ。おそらく、この時期を二人の生活の古典主義的時代として位置づけるべきであろう。

というのは、やがてバーク氏の全能的天才が、必ず一つの物語と一人の打ち明け話の聴き役がいるという悲劇の規準、規則から彼を逸脱させてしまったのである。バーク氏は自ら一種のロマン主義に移行してしまった（ここでヘアー氏の影響を持ち出すのは大人気ないことだろう）。ヘアー氏の屋根裏部屋という背景では物足りなくなった彼は、夜霧のなかでの方式を考え出した。バーク氏を真似る者が多くなって、彼のやり口の独創性は色褪せてしまっていた。そして、以下がこの巨匠の案出した伝統的方法である。

バーク氏の豊かな想像力は、人間の体験についてのあいも変らぬ話には飽きてしまった。結末が彼の期待に応えることはなくなった。ついに、彼から見れば、つねに変化のある死というものの現実的様相にしか興味を感じなくなった。彼は劇全体を結末のうちに局限した。俳優の性格などもうどうでもよくなった。手当り次第に俳優を創り出した。バーク氏の芝居の唯一の小道具は、松脂をつめた布のマスクだった。バーク氏はそのマスクを片手に、霧の夜のなかに出て行った。ヘアー氏を同伴した。バーク氏は最初に通りかかる人を待ち受け、その前に歩み寄ると、振り向きざま、だしぬけに松脂のつまったマスクをその顔にしっかり押しつけた。バーク、ヘアー両氏はただちにそれぞれ両側から俳優の片腕を摑んだ。松脂のつまった布のマスクは、叫び声と呼吸を同時に押し殺してしまうという巧妙な単一化をもたらした。しかもそれは悲劇的だった。霧が役割の動作をぼかしてくれた。酔ったふりをしているように見える俳優もいた。その場面が終ると、バーク、ヘアー両氏は辻馬車を摑まえ、ヘアー氏は衣裳を担当し、バーク氏は新鮮で清潔な死体をノックス博士の部屋に運び上げるのだった。

ここで私は、大部分の伝記作家とは違って、二人をその栄光の輝きのうちに置き去りにするつもりだ。どうして、二人をその経歴の最後までだらだら追いかけ、二人の失墜と失望をあばくことで、かくも美しい芸術的効果を打ちこわす必要があろう？　マスクを片手に霧の夜のなかをさまよう二人に、それとは別な姿を見る必要などないのだ。というのは、二人の最期はありふれたもので、他の多くの最期と同じである。一人は絞首刑にされ、ノックス博士はエディンバラ大学を去らねばならなかったらしい。バーク氏は他の作品を残しはしなかった。

（1）フランシス・ボーモント（一五八四—一六一六）、ジョン・フレッチャー（一五七九—一六二五）。ともにイギリスの劇作家、合作して十数篇の劇を作る。

（2）バーク（Burke）には「もみ消す」という意味がある。

（3）ディーナルザードは『千夜一夜物語』のシャハラザードの妹。国王の興味を搔き立て、話を終らせないように姉に協力する。

（4）アラビアのアッバース朝第五代のカリフ。学芸を愛し、学者、芸術家を宮廷に集める。『千夜一夜物語』を通じて東洋的な君主の代表としてヨーロッパに知られた。

架空の伝記　補遺

千葉文夫訳

造化神

モルフィエル伝

モルフィエルも他の造化神とおなじく、至高神の言葉が発せられて、その名が呼ばれた瞬間に誕生した。その瞬間から、サル、トル、アロシエル、タウリエル、プタイル、バロキエルなどと一緒に、天空の工房に暮らすことになったのだ。造化神の長の名はアヴァタルでこれが天空の仕事場をとりしきっていた。諸々の造化神は力をあわせて、想像上のモデルをもとに世界をつくるために熱心に立ち働いていた。アヴァタルはモルフィエルに土と水と金属を材料としてあたえた。これらをもって髪の毛をつくりだせというのである。ほかの者たちの仕事は鼻、目、口、腕、脚をこねあげることだった。バロキエルは畸形の造作を専門とし、完成した部品の釣り合いをわざと壊した状態で、これをアヴァタルに手渡すのだった。たしかに、造化神のなかには、現実世界とは異なる、より上位にある複数の世界をつくる仕事に従事した経験のあるものがいて、現に手がけている世界は、それらと違ったものである必要があったのである。こうしてアヴァタルの創意にしたがって、バロキエルは男女を性格の異なるものとしてつくる仕事にたずさわったのだが、プラトンが伝えるように、もともと男女は一体となった存在であり、四本の脚と四本の手をもち、円運動を描きながら蟹のように歩行するものだった。下位世界には島がひとつあり、アヴァタルはこの島に、さらにまた半分に分割した人間たちを住まわせた。その者たちの目はひとつ、耳もひとつ、脚は一本しかなくて、その頭脳は二つに分かれてはおらず、完全な球体をなしていた。われわれが偶数とするものは、彼らにあっては奇数となるのだった。要するに、彼らは単子葉もしくは岩礁に固着する管状生命体のあり方にも似た組成であって、空間の第二次元は知覚せず、宇宙とは、間隙に存在するもの、不連続のものと考えているのだった。彼らは真中の脚をもって飛び跳ね、壁とか山々とか、われわれの目には不透明に見えるもののなかに入りこみ、何の困難もなくそれを通過することができて、数をかぞえるときも、一、三、五、七という具合に計算するのであった。彼らが性交の際に、相手と一対一で向きあわなかったのは、こうしたやり方が彼らには思いもよらぬものであり、三、五、七という具合に少数のグループを形成しながら、みないっせいに口を合わせる。こうしたやり方によって、果てしない快楽を味わうのだった。それにまた彼らは空の裂け目から神々の姿がみえると信じていた。この島に生息する動物も植物も、同じような組成であって、あたりに見えるのはもっぱら飛び跳ねる姿やひとりぼっちの茎やら丸まった一枚の葉ばかり、そのすべては働き者の造化神たちの仕事なのである。

造化神たちのモデルは、他の宇宙をつくるために用いたエーテル、微細な焰、ダイアモンドの蒸気などの稀少物質をもってつくられていた。こうしたモデルを模倣することで、この世は作り出されたのだ。しかしながらアヴァタルは部下の者たちには、土、水、金属以外の物質の使用は許さなかった。部下には巧みな技の持ち主も数多く存在し、さらに洗練された仕事にもすでに習熟していたわけだから、こんな状態に不満をもつ者も多かった。アヴァタルは彼らに文句を言わせることなく、彼らの脇を歩き回って、働きぶりを注意深く点検するのだった。仕事にとりかかる者たちのあいだに、誰彼となく強い嫉妬心がはたらいていたこともまた忘れてはならない。品格をそなえた部位を制作する者たちは、巧みな技をもつ陶工家と同じく、自分たちはそれなりに優れた者と思っていたが、その反対に、卑しい部位の制作が割り当てられた者たちは、ほかの同僚の幸運をうらやみ、不本意ながら、ありきたりの陶工の仕事をせざるをえなかった。こうして臍や足の爪の制作にあたる者たちは、作業の最中に、しきりに不満を漏らすのだった。瞼を磨き上げ、成形し、これに彩色を加える作業にあたる者は、ほかの仕事にたずさわる者を見下していた。さてモルフィエルはどうかといえば、アヴァタルの求めに応じて、ごわごわした髪の毛やほっそりした髪の毛を引き伸ばす仕事にあたっていた。

さて造化神モルフィエルの生涯を語ることにしよう。その生涯だが、監獄にいて看守が見守るなかで作業をおこなう囚人たちとの違いはさほどなかった。毎日が決まったことの繰り返しだった。至高神が創造の決定をくだすと、神々自身が、掟にしたがって作り出されたのである。根幹部分の制作者として、彼らは下級労働者に特有の、単調きわまりない、苦労の多い日々を過ごした。モルフィエルが造化にあたるあいだ、とくに言及にあたいする事柄は起きていない。

とはいいながらも、彼の場合は、自分が作り出すものに恋心をいだき、アヴァタルには内緒で作ったもっとも美しい髪の毛に不器用な愛の告白をしたことがあった。世界創造がその終わりに達した際に、諸々の造化神は、また別の仕事のために雇われることになった。この新たな宇宙をつくるにあたって、髪の毛をつくる必要はなかった。モルフィエルはどこに行ってもよいという自由の身となり、盗んだものを携えて姿を消した。彼が手に触れて心地よい思いにひたるのは、滑らかで金色の長く柔らかな髪の毛だったのである。

ところで、造化神たちが制作に取り組んだのは、雌雄の悪魔の世界だった。人間に似た姿でこれが作られたのだが、髪の毛の代わりに、鶏冠と羽冠がついていた。雌の悪魔エヴェルトは、モルフィエルが背負う荷物に気づいた。それが欲しくなって、これをモルフィエルから奪い去り、女の髪の毛で頭をかざった。モルフィエルはエヴェルトを見つめ、エヴェルトはモルフィエルを抱き、彼が髪の毛をとりもどす気を起こさないように図った。というのも造化神といえども、完璧な存在ではなかったのである。エヴェルトはしばらくのあいだモルフィエルと一緒に遊ぶと、それから本物の悪魔として地上に舞い降りたのだが、エヴェルトは他の女たちに紛れて区別がつかなくなった。どこにいるときも、金色の滑らかな髪が彼女の頭にあり、哀れな男たちはモルフィエル造化神がそうしたように、エヴェルトを相手に抱擁をくりかえすのだった。こうして女たちのあいだでは悪魔エヴェルトは有名になったが、悪魔は女たちにありとあらゆる種類の悪辣でふしだらな行為をおこない、それが余りにも目に余るというので、警戒にあたる神々は動揺し報告をおこなった。

すぐにアヴァタルが召還され、モルフィエルの処罰のために、その行方を追いかけるよう命ぜられた。モルフィエルは欲に目がくらんだ者のように、下位の世界にあって、大切な宝物を手にしていた。アヴァタルはモルフィエルの首根っこをつかみ、彼がみずからの手で制作し、愛してやまなかった髪の毛を用いて、天空の門に彼を吊した。これが罪を犯した造化神の末路となったのである。

木の星

大濱　甫　訳

I

アランは森の年老いた炭焼女の孫だった。

その古い森に道は少なく、森を領《おさ》めるのは、林間の空地、高い樫の木に護られた円い原、女の指のようになよやかで若々しい小枝が上方を舞う静かな羊歯《しだ》の湖《うみ》、主柱のように重々しく、葉のざわめきによる討論を何世紀にも亙って続けるために集まった木々の集団、香しい長い影と陽の光がつくる白味をおびた金色の環の顫える緑の大海へ向かって開かれた、狭い枝の間にできた窓、薔薇色のヒースがつくる魔法の島々とハリエニシダの川、光と闇が織りなす格子縞、若い松と幼い樫が顫えながら突き出ている大きな自然の空間、古木の苔むした椏《また》が膝まで埋まっているように見える褐色の針葉の床《とこ》、栗鼠《りす》の寝床と蝮の巣、それに数知れぬ虫たちの身震いと鳥たちの囀《さえず》りだった。炎熱のさなかには、森は繁栄する蟻塚のようにざわめき、雨のあとには、雫となって樹々の下枝《しずえ》から地面の朽葉をゆるやかに浸す陰鬱で執拗な森自体の雨が続いた。森は自らの呼吸と眠りを持ち、ときには鼾をかき、ときには全くひっそりと何かを窺うように黙りこくり、蛇が軀をこする物音ひとつ、頬白の顫え声ひとつ洩らさなかった。森は何を待っていたのだろう？　誰も知らなかった。森は自らの意志と好みを持っていた。というのは、森はいくつもの白樺の列を矢のように真直ぐ繰り出すのだが、やがて恐怖に捉われると、片隅に足を止め、白楊の茂みの下で顫え、また片足を縁から平野に踏み出しても、そこに留まることなく、最も高く深い大木たちの発する怖ろしい冷気に包まれた自らの闇の中心へと引き返してしまうのだった。森は動物たちの生活には寛容で、自らはそのことに気づいてさえいないように見えたけれども、木々の撓《たわ》むことなく固い、地から湧き出して凝固した雷とでもいった具合に生え出た幹には、人間に対する敵意が含まれていた。

しかし、森は決してアランを憎まなかった。ただ、空を彼の目から隠した。長いことと少年は大気のぼんやりと緑がかった乳白色の光しか知らなかった。そして夕暮が訪れると、彼は炭焼用の薪の山に赤い点々の生じるのを見た。慈悲深い古い森は、金銀の輝きを鏤《ちりば》めた夜空を彼が見るのを許さなかった。こうして彼はひとりの老婆と暮していたのだが、その老婆の顔には、ゆるぎない人生の安息を示す木の皮のような深い皺がいくえにも刻みこまれていた。彼は、老婆が切った枝を山と積み上げ、土と泥炭をかぶせ、火がおだやかにゆっくり燃えるように気を配り、その一部を引き出して黒い炭の山をつくり、木の葉の暗がりのなかで顔もよく見えない運び屋たちの袋に炭を詰めるのを手伝った。その代り彼には楽しみがあった。それは、真昼に小枝や動物たちのおしゃべりに耳を傾けることであり、羊歯の下で暖かく眠ることであり、おばあさんがねじ曲った樫の木に変身する夢や、いつも小屋の入口を見つめている橅《ぶな》の老木がうずくまったりスープを摂《と》りにやって来る夢を見たり、地上に射す陽の光が摑み取れない貨幣となって逃げて行くのを眺めたり、人間はおばあさんも自分も、森や炭のように緑色でも黒色でもないのだと考えたり、鍋が煮え立つのを眺めていちばんいい匂いのする瞬間を待ち受けたり、炻器《せっき》の土瓶を三つの円い岩の間にひそむ沼の水に沈めてごぼごぼいわせたり、楡の木の根本に一匹の蜥蜴がうねりながら光る腫物《はれもの》となって跳び出すのや、また同じ楡の木の肩のくぼみに燃えるような色の、肉の厚い一本の茸がふくらむのを見ることだった。

　アランが、昼の夢みながらのまどろみと夜のまどろみながら見る夢との間で過ごしてきた歳月は以上のようなものであった。彼はすでに十歳になっていた。

　ある秋の日、大嵐があった。すべての大木が吼え喘ぎ、降りしきる雨は入り組んだ枝の間に投槍のように突きささり、突風は枝を失った樫の木の頭の周りで叫び、渦巻き、若木は呻き、老木は嘆き、木々の老いた心臓のすすり泣きが聞え、死に襲われて、頂の枝もろともばったり倒れるものもあった。森の緑の肉体は、大きく開いた傷口をさらけ出したまま横たわり、そのいたましい狭間からおびえた森の暗い胎内へ空の怖ろしい光が射しこんでいた。

　その晩、少年は驚くべきものを見た。嵐は遠のき、すべてが静寂に戻っていた。長い闘いのあとの平和の至福が感じられた。岩間の沼へ鉢に水を汲みに来たとき、アランはその野の鏡のなかで輝き、顫え、凍りついたように笑ういくつものきらめきを見つけた。最初は、炭焼用の薪の山のなかで輝く火の点かと思ったが、それらは指を焦すことなく、摑もうとすると手から遁れ、あちらこちらに浮遊すると、もとの所へしつこく戻って来て、輝くのだった。人を嘲るような冷たい火だった。アランは、それらの間に揺れ動く自分の顔と手の影を見た。そこで彼は仰ぎ見た。

葉の茂みに開いた暗い大きな傷口を通して、彼は光り輝く空間を見つけた。森はもう彼を保護してくれず、彼は裸を恥じるような気持になった。というのは、その遠く隔ったとても大きな青味がかった傷口の奥で、多くの非情な目が、とても鋭い点々となり、火花の瞬きとなり、合体して一本の光の針となり、刺すように輝いていた。こうしてアランは星を知り、知るやいなやそれがほしくなった。

彼は、考え深げに薪の山の火を搔き立てていた祖母のもとへ駆け戻った。そして、なぜ岩間の沼は木々の間で顫える点々を映すのかと祖母に尋ねた。

――アラン、それは空の美しい星なんだよ。空は森の上にあり、平野に住む人たちにはいつでもそれが見えるんだよ。そして毎夜、神さまはご自分の星たちに火を点されるのだよ。

――神さまはご自分の星たちに火を点される……とアランは繰り返した。それでぼくも、ねえおばあさん、星に火を点すことができるようになるだろうか？

老婆は堅いひびだらけの手を彼の頭に置いた。まるで樫の木の一本がアランをあわれんで、厚い皮で彼を愛撫したみたいだった。

――お前は小さすぎる。私たちは小さすぎる、と彼女は言った。神さまだけが夜の闇のなかにご自分の星たちの火を点すことができるのだよ。

少年は繰り返した。

――神さまだけが夜の闇のなかにご自分の星たちの火を点すことができる……

II

そのとき以来、アランの日々の楽しみはより不安定なものになった。森のおしゃべりが無邪気なものに思えなくなった。彼はもう自分が羊歯のぎざぎざした葉の下に保護されているとは感じなくなった。苔の上に散らばって動く陽の光に驚かされた。緑色の暗い影のなかに暮すことにあきた。蜥蜴の玉虫色、暗く燃える茸の色、薪の山のなかで燃える炭の赤い色とは別の光がほしかった。寝る前に沼へ行って、空のはじけるような無数の笑いを眺めた。欲望の持つ力が、樵や樫や楡の木々の閉ざされた闇の彼方に彼を惹きつけるのだが、その樵や樫や楡のうしろにもまた別の木々が続き、寄生する大木がどこまでも続いていた。そして彼の誇りは老婆の言葉によって傷つけられた。

——神さまだけが夜の闇のなかにご自分の星たちの火を点すことができるのだよ。

——ぼくは？　とアランは考えた。平野に行けば、木々の上にある空のすぐ下にいければ、ぼくだってぼくの星たちに火を点すことができるのではないだろうか？　さあ、行こう、行こう。

もう森のなかには彼を悦ばせるものは何もなく、森は不動の軍隊となって彼を取り囲み、牢番を勤める木々が彼を引き留めるために数を増し、折れ曲ることのない腕を伸ばし、脅かすように巨大に黙ってそそり立ち、節くれだった城壁と、椏《また》になったバリケードと、敵意をおびた巨大な手で武装し、堅固な牢獄となって彼を閉じこめ、自らの暗い中心を油断なく守るために自分以外のすべてのものに敵対するように見えた。やがて森は嵐から受けた傷をすっかり癒し、光を侵入させていたひどい傷口を塞ぎ、再び深い眠りに沈みこんだ。岩間の沼も暗くなり、野の鏡の表面ももう空の明るい笑いを映さなくなった。

だが、少年の夢のなかで星たちはいつも笑っていた。

ある夜、彼は祖母が眠っている間に小屋を脱け出した。頭陀袋に入れたパンとひとかけらの固い乾酪《チーズ》を持って行った。炭焼用の薪の山は押し殺されたような光で静かに輝いていた。その赤い点々は空の生き生きした火花に較べると何と侘しく見えたことだろう！　樫の木も闇のなかでは長い手を手探りで差し出す盲目の影にすぎなかった。彼らは眠っていた、祖母と同じように、だが立ったままで眠っていた。彼らは数をたのみ、警戒を怠っていた。彼らが眠るときは息遣いすら聞えなかった。彼らは明方の最初の冷気が訪れるまで、こうしてごくひっそりとしているだろう。だが、朝の風が木の葉に囁き声を立てさせる頃には、アランはすでに彼らの監視の目を欺きおおせている。すべての鳥がぴいぴい鳴くだろう、鳴いて彼らに報せるだろう。が、アランはすでに彼らの腕の間をすり抜けている。彼らが一列に並んだ黒い巨人となって彼を脅してもむだだろう、彼らは叫ぶことも歩くこともできないのだ……集合して、身を寄せ合い、繁殖し、成長し、脚を踏み開き、椏に分れ、多くの動かぬ触手を伸ばし、出し抜けに大きな頭と怖ろしい棍棒を突き出すだけなのだ。そして平野との境では彼らの力も失せ、まるで光に目が眩み麻痺させられてしまったかのように、突然ある呪縛に押し止められてしまうのだ。

　アランは平野に入ると、思いきって振り返った。黒い巨人たちは、夜の軍隊のように集合して、悲しそうに彼を見つめていた。

　ついでアランは仰ぎ見た。ひとつの奇蹟が空で彼を待ち受けていた。空はまるで火の花々が咲き乱れたみたいだった。空は到るところ火花で顫えていた。いくつかの火花は逃げ去り、奥に沈み、まさに姿を消そうとし、また突然引き返し、大きくなり、赤く燃え、色薄れ、蒼ざめ、消えかかり、わずかに浮遊して、三つ、四つ、五つの炎の線となって分散し、ついでまた結合し、融合し、凝縮してただひとつの輝く点となった。他のいくつかは、たえがたい程の鋭さをおび、針のように目を刺し貫き、ついでおだやかになり、霧がかり、拡がり、明るい斑となり、揺れ、空隙のなかに完全に消え去るかと思うと、またすぐ現われ、澄みきった短剣で空中に穴を穿った。そして他のいくつかは、何条かの線となって列び、いろいろな像を造り出し、さまざまな形となって並び、そのなかにアランはいくつもの人家や窓や馬車を認め、突然それらは輝く屋根の角、戸口の横木、轅《ながえ》の先端、轂《こしき》の軸となり、ついで全体が消えかかり、また点々と輝き出すのだが、その光は一様でなく、先刻のさまざまな形がまじり合っていた。

少年は闇の奥に向かって両手を差し出した。それらの蒼白い光を摑まえ、手で捏ねて自分のものに造り替えようとした、この蒼白い光がどんなふうに燃えるのか、また、天にも炎の穴が点々と穿たれた青い炭の大きな山があるのかどうか知りたかったのだ。

ついで彼に平野を眺めた。長く平らに裸出した地は、空と接するところまで起伏もなく、低い草が生えているだけで殆ど変化がなかった。行く手を遮るゆるやかな川の岸は見きわめがつかず、ほかの場所より少し白っぽい平野といったところだった。

アランは川のなかにまた星を見ようとして近づいた。

川のなかの星は流れ、不安定な液状となり、曲りくねって円味をおび、暗いさざ波の下に隠れるように、またときにはたくさんのきらめく短い線に分れるように見えた。星は水の流れに従って進み、渦のなかへ迷いこみ、大きな草の茂みに押しつぶされて消えた。

夜どうし、アランは川に沿って歩いた。二吹きか三吹きの風がすべての星を金色と薔薇色の線の入った柔らかい灰色の屍衣で包んだ。銀色の葉を顫わせている痩せた木の根本に、アランはいささか疲れて腰を下ろし、パンをかじり、流れる水を飲んだ。それからまた丸一日歩いた。日が暮れると堤防の窪みのなかに寝た。そして翌朝になるとまた歩き出した。

川幅が拡がり、平野が色褪せるのを見た。空気は湿気をおび、塩辛くなった。足が砂のなかに潜った。不思議な囁き声が地平を満たした。白い鳥たちが悲しそうな嗄れ声を上げて飛び舞っていた。水は黄色くまた緑色になり、ふくれ上がって泥を押し流した。堤防は低くなり、やがてなくなった。アランには、遥か前方を幅広な暗い線で断ちきられた広大な砂の拡がりしか見えなくなった。川はもう流れていないようだった。泡の津波に押し止められ、その津波に川の小さな波が全身でぶつかっていた。ついで川は開け、巨大になり、砂の平野を浸し、空にまで拡がった。

アランは奇妙な騒がしさに取り囲まれた。近くには砂丘の薊《あざみ》が黄色い蘆とともに茂り、風が頬をなぜた。水は頂が白い規則的な山となって持ち上がり、長い窪んだ彎曲を作って、代る代るその青緑色の口で砂浜を呑みこみに押し寄せて来た。それは、泡のよだれや、艶のある穴のあいた貝殻や、ねばねばした厚ぼったい花や、ぎざぎざのある光る喇叭《らっぱ》や、独特な生命力を持った透明でぐにゃぐにゃした物や、奇妙に磨り減った不思議な破片《かけら》を砂の上に吐き出した。青緑色の波の口から発せられるどよめきはおだやかで、悲しそうだった。大木たちの咳《しわぶ》く不平とは異なり、まったく別の言葉で嘆いているみたいだった。だがその波もまた嫉妬深く、何ものをも寄せつけないに違いなかった。というのは、光から遠く離れたところでその身体の影を拡げていたのだ。

　アランは波打ぎわに駆け寄って、足を泡に浸した。夕暮が近づいて来た。一瞬、水平線で、数条の真赤な尾が流動する黄昏の上に漂うように見えた。ついで、夜が海の先端の水のなかから立ち昇り、横暴になって、そのどす黒い渦で海の叫ぶ口を塞いだ。そして星たちが大西洋上の空に点々と孔を開けた。

　しかし大洋は星を映す鏡ではなかった。森と同じように、大洋は波を絶えず揺り動かすことによって自らの暗い中心を星々から守っていた。この揺れ動く拡がりから、水の髪を生やした頭がいくつも踊り出るのが見えたが、それもたちまち大洋の深い手に引き戻された。流動する山々が盛り上がりまた崩れた。波の騎馬隊が狂ったように駆け行き、やがて斃れて消えた。兜の飾毛を翻した戦士の無限の隊列が激しい突撃をかけて突進しては、この戦場から、果てしなく漂う屍衣の下へと沈んだ。

　断崖の曲り角に少年は一条の光が漂うのを認めた。彼は近づいた。数人の少年が砂浜で輪になって廻り、一人は松明を振っていた。彼らは砂の上の長い水の唇が伸びては消えるあたりを覗きこんだ。アランは彼らに加わった。彼らは海が磯に運んで来た物を見つめていた。それは、縞があり、薔薇色がかり、紫色がかり、朱の斑点があり、空色の眼状斑があり、傷口から蒼白い火を吐き出している、何色とも定めがたいような生き物だった。周囲で細い指をけいれんさせている奇妙な掌、死んだためにその本体の秘密を包み隠していた海から見捨てられてさまよう手、海産の肉でできた、生命を持ったぶ厚い木の葉、暗い空の奥に生きる星形の蠢《うごめ》く動物とでも言えそうなものだった。

——海星《ひとで》だ！　海星だ！　と少年たちは叫んだ。

——ああ！　星だ！　とアランは言った。

少年が手に持った松明をアランのほうへ傾けた。

——物語を聞きたまえ。ぼくらの主《しゅ》、子供たちの主がお生まれになった夜、空に新しい星がひとつ生まれたんだ。それは大きな青い星だった。主の行かれるところへは常にお供をし、主もその星を愛された。悪人どもが主を殺しに来たときその星は血の涙を流した。でも主が三日後に死なれると、星も死んでしまった。海に落ちて溺れてしまった。そのとき、他のたくさんの星も悲しさのあまり海に溺れてしまった。海は星たちをあわれみ、星たちから色を奪い取りはしなかった。そして海は、星たちをぼくたちの主の想い出として保存させるために、毎晩そっと返しに来るんだ。

——ああ！　アランは言った。その星たちに火を点すことがぼくにできるだろうか？

——ぼくたちの主《しゅ》が亡くなられてからは、と松明を持った少年は答えた。星たちも死んでしまったんだ。

アランはうなだれ、顔を背けると、その小さな光の輪を脱け出した。なぜなら、彼が探していたのは溺れた星、死んだ星、永遠に光の消えてしまった星ではなかった。彼は神さまのようにひとつの星に火を点して生命を与え、光を楽しみ、見とれ、星を隠す森の闇からも、星を溺れさす大洋の深みからも遠く離れて空高く昇るのを眺めたかった。死んだ星は他の少年たちが拾い、保存し、愛すればいいのだ。死んだ星はアランの星ではなかった。彼は自分の星をどこで見つけるだろう？　彼にはわからない、けれどもきっと見つけるだろう。それはとても美しいに違いない。彼は火を点し、それは彼の星となって、多分どこへでもついて来るに違いない。大きな青い星が主のあとを追ったように。神さまはたくさんの星をお持ちだから、その星を小さなアランに頒けて下さるだろう。彼はその星がとてもほしかった。そして彼が戻ったら、祖母はどんなに驚くことか！　怖ろしい森は隅々までその星によって照らし出される。「星に火を点すのはもう神さまだけではないんだ！」とアランは叫ぶ。「ぼくの星だってあるんだ。ここではアランだけがそれに火を点して、古い木々の間に光をつくるんだ。ぼくの星！　火と燃えるぼくの星！」

松明の跳びはねる光が砂浜をさまよい、霧に包まれて赤っぽくなり、少年たちの影は夜の闇のなかに溶けてしまった。アランはまたひとりになった。細かい雨が彼を包んで凍えさせ、彼と空の間に水滴の網を張った。波の嘆き声がときには呟き、ときには号泣となって彼を追いかけ、またあるときは大きな波が断崖に砕け、飛沫となって四方に飛び散り、あるいは泡の化物となって空中の闇のなかに躍り出した。ついで海の嘆く声は病人の規則的な息遣いのように単調になり、もぐもぐと訳の分らぬことを言うおだやかな空気のざわめきとなり、アランは静けさのなかへ入って行った……

III

いく度かの昼と夜が過ぎ行き、星たちは昇ってはまた沈んだけれど、アランはまだ彼の星を見つけていなかった。

彼はとげとげしい国へ辿り着いた。長々と続く草原では晩秋の草が侘しく黄ばみ、葡萄の樹は酸っぱそうな鈴なりの房よりも葉のほうが先に赤らんでいた。到るところ、整然と立ち並ぶ白楊の列が何条も平野を走っていた。いくつかの丘がゆるやかに迫り上がり、その間を、色の薄い、ところどころ樫の木の茂みで暗い斑点をつけられた野原が断ち切っていた。それとは別のいくつかのけわしい丘は頂を黒い木々の環で囲まれ、広い台地は脅かすような木の茂みで覆われていた。そこでは群生する松の木の冴えない緑さえ華やいで見えた。

この貧相な土地を横切って、水の澄んだ、小石の多い小川が流れていた。それはある塚から静かに湧き出し、丘が並びはじめるあたりでは川床を乾いたままに半ばさらけ出し、支流に入ってからは、窓枠を葉で飾った数軒の古い木造の家の足もとを洗っていた。流れはとても澄んでいたので、群をなして身をやすめる鱸《すずき》や川鱒やトラキヌスが見えた。小石が水の流れとすれすれに覗き、夜ともなればアランは何匹もの猫が小石をつたって魚を捕るのを見かけた。

そしてもっと先の、小川が大河になるあたりに、感じのいい小さな町が、低い堤防に沿って並び、小さな尖った家々は縞の入った瓦の屋根を頂き、格子のはまった小さな窓をびっしりと並べ、屋根を青と黄で塗られた櫓《やぐら》を持っていた。また古い木の橋の向うに修道院が赤い霧のように佇み、まるで霧の縁を削ぎ落としたように輪郭のあざやかな修道院のなかでは、血にまみれたゲオルギウス聖人の像が赤い炻器《せっき》製の龍の口に槍を突き立てていた。

きらきら光る緑色の広い河は、遠くの雪を頂く山々と小さな町のいくつかの小さな丘の間で、濠のように町の中心部を取り巻き、大きな絵看板の立ち並ぶ登り坂になった通りが、魚市場と清澄な水を水晶のアーチさながらに口から吐き出す獅子の石像の傍から、兜《オーム》通り、王冠《クロンヌ》通り、白鳥《シーニュ》通り、蛮　人《オム・ソヴァージュ》通りと丘に這い上がっていた。

そこには何軒かの堅気の宿屋があり、頬がふっくらとした娘たちが清らかな葡萄酒を錫の壺に注ぎ入れ、酒代のかたに残された長衣や外套が掛かり、また市役所では、数人の市民が羅紗《ラシャ》のケープと晒《さら》してないリンネルのシャツをまとって判事の職を執行し、立派な裁判で悪人どもをてきぱきと片づけ、役所の周りには、羊皮紙と文具箱を備えつけた代書屋の店が立ち並ぶ小路がいくつもあった。女たちは青いうるんだ眼《まなこ》、愛情に疲れたような顔、二重になった顎に透ける頭巾をかぶり、ときには帯状の薄い布で口もとを覆い、若い娘たちは、肱の部分に袖裏を見せる切口の入った白い服に桜桃色の帯を着け、まるで自分の長い髪を紡錘《つむ》で紡いでいるかに見える。子供たちは鳶色で、その唇は色が薄かった。

アランはずんぐりしたアーチの下をくぐった。それは旧市場広場の入口だった。広場は小さな家に取り囲まれ、それらの家は冬の火の周りにうずくまる老婆たちのような恰好で、スレートの頭巾をかぶって丸まり、龍の胸みたいに剝げかかったペンキの鱗状の破片でふくれ上がっていた。教区の教会は、苔の髯を生やした怪物たちの像で黒々と飾られ、先端が短剣の切先のように尖った四角い塔のほうに傾いでいた。すぐそばで店を開いている床屋の脂じみた硝子窓は泡のように円く、そのためまるで店全体が泡立っているみたい、緑色の鎧戸には鋏とランセットが赤い色で描かれていた。広場の中央には縁石のいたんだ井戸があり、鉄の骨組を十字に組んだ円屋根をかぶっていた。裸足《はだし》の子どもたちがその周りを駆け廻り、何人かは敷石の上で石蹴りをし、小さな肥った男の子は口に糖蜜を塗りたくって、声も立てずに泣きじゃくり、二人の少女は髪の毛を引っ張り合っていた。アランは話しかけようとしたのだが、子供たちは逃げ出し、返事もしないでこっそり彼のほうを窺うのだった。

少し煙ったような夜露が降りてきた。すでに蠟燭の火が輝き、赤い環となって厚い窓硝子に映るのが見えた。戸口が閉ざされはじめ、鎧戸のばたんという音と閂《かんぬき》の軋る音が聞えた。宿屋の錫の皿が鉄の掛金にあたって音を立てた。半開きになった玄関からアランはかまどの火影を見、焼肉の匂いを嗅ぎ、葡萄酒の注がれる音を聞いたが、なかに入る勇気がなかった。女が叱るように、もうみんな閉めてしまう時間だと怒鳴った。アランは小路のほうにそっと遁れた。

陳列台もみんな片づけられてしまっていた。冷気を避ける場所はなかった。森は椏《また》になった木の洞《ほら》を提供してくれたし、河は反り返った堤防を、平野は切株の間の畝《うね》を、海は断崖の一角を貸してくれたし、とげとげしい野原さえ垣根の下の溝を貸すことを拒みはしなかったのに、このすねたような仏頂面で密集して閉じこもる町は、浮浪児に何も提供しようとしなかった。

曲りくねった通路や狭い袋小路のなかに、町は黒々と奇妙にそそり立ち、路上に柱を組み合わせ、厚板を斜めに打ちこみ、入り組んだ小川を穿っていた。思いがけないところに、鎖を張り渡した境界石や格子のはまった柵や急に曲る大きな塀が突き出し、一軒の家は櫓《やぐら》で通りを塞ぎ、別の一軒は破風で通りを圧しつぶし、三番目の家は腹壁で通りを埋めていた。それはまるで鉄器で武装した石と木がじっと待ち伏せているみたいだった。すべてが暗く、無愛想に、黙りこくっていた。アランは進んだり引き返したり迷ったり同じところをぐるぐる廻ったりして、またもとの旧市場広場に出てしまった。蠟燭は消え、すべての窓が殻のなかに閉じこもっていた。もう四角い塔の頂上に近い楕円形の窓で揺れる一条の薄明りしか見えなかった。

入口は塔の基壇に穿たれ、石段が閾まで設けられていた。アランは勇気を出して狭く急な螺旋階段を登り出した。途中、壁にかかった銅のランプの火口のなかで短くなった灯芯がぱちぱち鳴りながら低く燃えていた。登り詰めると、アランは銅釘の嵌めこまれた奇妙な小さいドアの前で立ち止まり、息を殺した。途切れ途切れに語る老人の鋭い声が聞えた。彼の心臓は激しく打ち出し、息が詰まりそうになった。というのは、老人の鋭い声は星について語っていた。アランは彫刻の施された鉄の大きな錠前に耳をあてた。

——今宵、この時刻、求める者にとって、と老人は語った。悪い不吉な星々。さあ書き留めるがよい。血に覆われたシリウス星、暗い大熊座、霧がかった小熊座。光り輝く雄々しい北極星。外門では、今宵火曜日に黄道第八宮たる天蠍宮において赤く燃える火星は死の印《しるし》、火による死、つまり戦争、虐殺、殺戮、物みな舐めつくす炎の印。今この十三時に、本質からして有害なる火星が恐怖宮において土星と結合する。災害、死、すべての企てが不幸な結果に終る印《しるし》。鉄が火のなかで鉛とまじる。破壊するために鍛えられた鉄、溶解した鉛。火星が土星と結合する。赤が黒のなかに浸みこむ。夜の闇のなかの火事。睡眠中の警報。鉄の響と鉛塊の衝突。相反する相、というのは、金牛宮が内門に、天蠍宮が外門に入る。第二宮の木星が第八宮の火星と対立する。あらゆる富とあらゆる栄誉の破滅。天心は不毛にして空《うつろ》。かくて燃える火星は土星の有する組織と生命を異議なく制圧する。都市の火災、炎による死。恐怖と擾乱。今宵、火曜日の十三時、神は星々から目を背け、人々を火に引き渡す。

老人が語るさなか、ドアが握りこぶしと足で打ち開かれ、怒りで身を強ばらせたアランの小さな姿が閾の上に突っ立った。腹を立てた少年は叫んだ。

——あなたの言うことは嘘だ！　神さまはご自分の星を見捨てはしない。神さまだけが夜の闇のなかにご自分の星たちの火を点すことができるんだ！

貂《てん》の毛皮の服を着た老人が、渾天儀ふうに造られた古風な天体観測儀を覗いていた顔を上げて、巣のなかで怯える古代の夜鳥みたいに、瞼の赤らんだ目をしばたいた。その足もとで、羊皮紙に文字を書いていた蒼白い痩せた少年が蘆のペンを取り落した。二本の大きな蠟燭の炎が空気の流れを受けて長く伸びて傾いた。老人が腕を差し出すと、毛皮の裏のついた袖口から空《うつろ》な骨みたいな手が現われた。

――粗野な疑い深い子よ、何と暗愚な無知ぶりであろう！　聞くがよい。この子の口から教えてもらうがよい。お前、星の本性について話しておやり。

痩せた少年は語り出した。

――星々は水晶の穹窿のなかに置かれ、それぞれの金剛石《ダイヤモンド》の軸を中心にして非常に速く廻転するため、自らの旋廻運動によって燃え上がるのです。神は諸軌道の始動者で、七つの天の運行の因にすぎず、運行が始まってからは、星の散らばる天は自らの法則にのみ従い、地上の出来事、人間の運命を意のままに支配しています。これがアリストテレスの、また聖なる教会の教義なのです。

――きみの言うことは嘘だ！　とアランは叫んだ。神さまはご自分の星をすべて知りつくし、愛していらっしゃる。神さまは、森の大木が隠していた空の星をぼくに見せて下さったし、川の流れに浮かばせて下さったし、野の上空で楽しそうに躍らせて下さったし、ぼくはぼくたちの主《しゅ》が亡くなられたとき溺れ死んだ星も見たんだ。そして神さまはもうじきぼくにぼくの星を見せて下さって……

――子よ、神がお前にお前の星を見せてくれることだろうて。アーメン！　と老人は言った。

だが、老人が本気で言ったのかどうか、アランにはわからなかった。なぜなら、突然一陣の風が部屋に舞いこみ、二本の蠟燭の炎は花が捥れたように倒れ、蒼ざめ消えてしまったのだ。アランは壁を探って階段まで戻った。大胆になった彼は、嘘つきの老人を罰するために、灯芯の燃えている銅のランプを奪い去った。

広場全体が夜の闇で暗く、四角い塔は、アランがそこから出るが早いか闇に呑みこまれて消えてしまうように思えた。彼はアーチの通路をランプの明りでまた見つけると、それを通り抜けた。そこではもうとんがり帽子のような屋根が空を切り裂いていなかった。闇が拡がり、上空の暗がりは白い色を薄く塗られたみたいだった。夜空が星でできた格子のなかに閉じこめられ、光り輝く結び目のある細い空気の糸を通され、明るい火のヘヤネットを張られていた。アランはこの輝く大きな網を見上げた。星は相変らず凍りついたような笑いを浮かべていた。たしかに星は彼をあわれんでいた。彼が長いこと怖ろしい深い森のなかに閉じこめられていたので、星は彼を知らなかった。彼が小さく、また揺れて煙るランプしか持っていないので、お高くとまって輝きながら彼のことを笑っていた。星について知ったかぶりをしていた嘘つきの老人のことも、消えてしまった二本の蠟燭のことも笑っていた。アランは星を眺めた。嘲るために笑っていたのだろうか、それとも楽しくて笑っていたのだろうか？星たちは躍っていた。楽しいに違いなかった。小さなアランもいずれそのひとつに神さまのように火を点すことができると知っていたのだろうか？　きっと神さまが星にそう教えたに違いなかった。彼の星はどんな星だろうか？　星はたくさん、とてもたくさんあった。多分ある夜、その星が姿を現わし、彼のそばまで降りて来て、彼は果実のようにそれを摘みとればいいのだ。それとも、もし触られるのがいやなら、火の翼でもって彼の目の前を飛ぶだろう。それは彼とともに笑い、彼はそれと同じように笑い、そして古い森全体に、笑いそのものであるような小さな光が点々と撒かれることとだろう。

今、アランは彫刻を施した橋脚に支えられて顫えている古い橋の上にいた。橋板と大きな桁《けた》の下を水の流れるのが見え、橋の中ほどには黄と青に塗られたスレート葺きの物見台があった。壁の窪みに控えているはずの夜警はいなかった。アランにとっては幸いであった。もし夜警がいれば、ランプを持った彼を通さなかっただろう。アランには思い切って物見台の暗い穴を照らす勇気もなく、いっそう足を速めた。橋を渡ったところには旧市街のよりつましい家々があり、それらには色模様も、窓の控え柱につかまる鉤爪を持った怪獣も、雨水を吐き出す龍の口も、戸口の上枠にからまる蛇も、破風に浮彫りになってふくれ上がる鍍金《めっき》のはげた鞶め面の紋章もなかった。それらはただ四角く切った厚板で造られていた。

アランは道を見きわめるためにランプをかざした。突然、彼は足を止めて顫え出した。前方の彼の頭より少し高いところに星が一つあったのだ。

実のところ暗い星だった、というのはそれは木でできていたからだ。それでも六本の光線が六本の光線と交わる完璧な星だった。それは通りに突き出た野地板の先端に釘づけされていた。アランは灯を近づけて星を眺めた。すでに古くなりひびが入っていた。おそらく長いこと待っていたに違いなかった。神さまがこの小さな町の片隅に置き忘れられたか、あるいは、アランが見つけるのを御存じで何も言わずに置いていかれたのだ。アランはその家に近づいた。鎧戸もないみすぼらしい家で、低い窓越しに、木でできた奇妙な人間がおおぜい見えた。顔を堅くぴんと突っ張らせ、口を真一文字に結び、円くて生気のない目をした彼らは、窓から外を見ようとするかのように腕を組み合わせたまま床に突っ立っていた。硬直した脚を大きく拡げた牛と驢馬が一頭ずつと、嘆いているような人の形が釘づけになった十字架と、通りに掛けられた星とそっくりな小さな星を打ちつけた秣桶もあった。

アランは自分がついに見つけたことをはっきりと悟った。森の木でできたその星は、火を点されるのを待っていたのだ。アランを待っていたのだ。彼はランプを近づけた、赤い炎が星を舐め、星はぱちぱちと音を立てた。青い汁の短い滴りが流れ出し、ついで火の線が走り、裂けるような音がして、星は燃え出し、火の玉となり、燃え上がった。アランは叫びながら手を打った。

——ぼくの星だ！　火がついたぼくの星だ！

すると家のなかに動揺が起り、上の窓が開いて、髪の長い、怯えたようないくつもの小さな顔、目を覚まして様子を見にきた寝間着姿のおおぜいの子供が見えた。アランは戸口に駆け寄り、家のなかへ入った。彼は叫んだ。

——きみたち、ぼくの星を見に来たまえ！　火のついたぼくの星を！　アランが夜の闇のなかで自分の星に火を点したんだ！

一方、燃え上がる星は急激に大きくなり、火花の髪をふり乱し、ついで乾いた厚板もたちまち燃え上がり、藁屋根はぱっと赤くなり、庇全体が火の幕となった。怯えたような悲鳴、不明瞭な叫び声、激しい呻き声が聞えた。そして火はものすごい勢いで燃え上がった。家が焼け落ち、大きな燃えさしが煙のなかに舞い上がり、赤と黒の怖ろしい模様ができ、最後に、灼熱した巨大な熾の山を吸いこんでしまう淵のようなものが穿たれた。

そして、警鐘の不吉な喘ぎが響き出した。

同じ時刻に、四角い塔の上の老人は、栄光宮にあたる天心にひとつの新しい赤い星が昇ってゆくのを認めた。

単行本未収録短篇

大野多加志
尾方邦雄
訳

金の留め針

三方に面した入り口の硝子戸は、しばらく前から女たちの注意をひかなくなっていた。そこから出入りするイギリス人たちはフェルトの中折れ帽をかぶり、ゆったりとしたズボンを穿き、短めのパイプを咥えて、群れをつくるでもなかった。うぶな感じの小柄な自転車選手が一人で店の隅にいたが、阿婆擦れ女たちからは相手にされていない。女たちが揃いも揃って見ていたのは、奥まった席に座っている顔色のわるい褐色の髪をした男だった。男の眉は異様に濃く、鼻の付け根をほとんど覆ってつながらんばかりだった。鼻孔は狭く、真っ赤な口唇をしている。きらきら光るものをちりばめた幅広の金の輪を首に巻いていた。赤い長手袋は、オパールを一つ真ん中に嵌め込んだ真鍮の腕輪二本で留められている。コルセットが締め付けた上半身に対して、ズボンの布地がだぶだぶなのをみれば、やせた両脚がおぼつかないことは明らかだった。ことさら異様なのは、その両眼だった。明るい灰色なのだが、底が知れず、曇った氷を透過してきたかのような冷たい目付きでぎらぎらしていた。

「あんたのいい人、と〈いかさまのニニ〉が〈ベルベットの首輪〉に聞こえよがしに言った。あたいにちょいと貸しとくれよ。」その男のすぐ脇を、〈歌上手のジュリー〉が、白いチュールでかつかつ隠した胸乳《むなち》の先で、男の首をかすめるように、歌を口ずさみながら通り過ぎる。「垂れ乳じゃないわ、腰当て《ポリソン》よ、こいつでお日様もひと突きね！」モーベール広場界隈では年端の行かない娼婦の女王を気取っている、まだ幼い〈ねんねは五分〉まで、大通り《ブールバール》を流す評判の王女さまにとつぜん変身して、男の鼻先にやってきたとたんに吹き出して笑った。

男はまったく動かなかった。そこで〈ベルベットの首輪〉がゆっくりと立ち上がり、男の向かいに行って腰を下ろした。彼女の肌はあまりに白いものだから、紐飾りの影が首のまわりに、暗い線となってまとわりついていた。古風な帽子から、たっぷりした黒髪があふれでている。〈ベルベットの首輪〉は優しいけれどはっきりした声を男にかけた。「ごきげん、いかが？　しばらくぶりじゃないの。」

この男に会ったことはなかった。しかし、そこは「海千山千」の女のこと、好き者は外見から察せられるものだと知っていた。犬の首輪なぞしている男は、かならずや好き者にちがいない。ところが彼女を見上げる男の虚ろな視線にそれは感じられず　両目は無関心と忘却の薄い膜に覆われていた。男の両脚はテーブルの下で死んだようだった。「しめしめ、うまくすれば、この男、たんまりと金を使うかもしれないわ」と〈ベルベットの首輪〉は思った。そこで彼女は、ポンチを一杯飲みながら当たりを付けはじめた。まず足をみせて……あら……男は足を見ようともしなかった。紐はどう……冷たい目付きの女が好みなのかしら。たぶんあの首輪の中に……彼女は、身につけていた金線細工のブローチのピンで、うっかり指を刺してしまった。

突如として、男の両目が赤らんだ。下まぶたの縁のところに血の斑点が浮かんだ。瞳が光を放ち、生命に輝いた。生気のなかった顔つきに皺が寄った。両脚で床を蹴って立ち上がった。給仕に勘定を済ませた男は、外套をすばやく受け取り、〈ベルベットの首輪〉を引き連れて店を出ようとした。「おやすみ！」と〈いかさまのニニ〉が声をかけた。「マダムはおねんねの時間みたいだね。」振り返った〈ベルベットの首輪〉に、〈歌上手のジュリー〉が〈ねんねは五分〉と一緒に笑っているのが見えた。口当たりのよい言葉で、じつは無けなしの恋心を掻き立てている哀れな〈ベルベットの首輪〉のことを咎めていたのである。けれども腕輪の男には、何一つ聞こえぬようすだった。男の歩き方はぎくしゃくしていた。ときおり膝をがくがくさせている。話す声はだらだら引きずり、言葉もとぎれがちだった。家まで来るようにと男は〈ベルベットの首輪〉に要求した。

一瞬迷ってから、彼女は承知した。どうせそこに朝まで居つづけるわけではない。腕輪をしたこの男は「くたくた」なのだから、ことが済めば鉛みたいに眠ってしまうだろう。そこで二人は大通りに沿って歩いた。サン・

マルタン大通りの角のところで、また無気力に陥った男は、両足をもつれさせ、〈毎度切り分け〉親父の包丁の前でやっとのこと身を起こした。じいさんは焼き上げたガレット菓子を鋭い刃で一息に切り分けると、切り落としをかごに放り込んだ。近所の「悪ガキ」どもがやって来て、小さな手を広げながら、「切り落としをおくれよ、〈毎度切り分け〉さん」とせがんだ。それから奴らは、粉々になった菓子を掘り起こして、うっかり払い落とされたきれいなところをかすめ取るのだった。ガキどもは逃げながら、「十スーもうけたぞ、〈毎度切り分け〉親父」と口々に叫んだ。しかし〈毎度切り分け〉氏は平然としたまま、ガレットを包丁で切り分けている。その刃が落ちるのを、腕輪の男はじっと見ているが、興奮している男のようすに、〈ベルベットの首輪〉は動揺した。消されたガス燈のせいなのだろう、屋根の上で夜が白んだ。

それから男は小路に折れると、左手にあるひとつの扉を鍵で開けた。狭い井戸のようになった中庭に面した窓から入る鈍色の光が、薄暗い階段越しに差し込んでいた。男の部屋の壁には厚い布が張ってあった。扉も二重になっており、なんの音も聞こえない。灯されたランプの明かりで、奥の方に大きな鏡をおいた寝室が浮かび上がった。低めのベッドのそばに、アヘンを吸う煙管《きせる》が置かれた棚があり、棚の上の乳白色をした小瓶には緑色のペーストが入っている。黒味をおびたゼリーを半分ほど詰めた白い壺のなかに、黄色い留め針が五、六本、浸してあった。鏡の正面、ドアの左側に当たる場所には、緑の厚手の布が二枚、天井のほうに伸びた細長いアルコーヴを隠しているのが見えた。ベッドの天蓋に三つの鏡が光っていた。

ひと目見て〈ベルベットの首輪〉は、自分の勘は当たっていたと思った。それにしては、白樺の枝束も、爪に使う道具も、小さい鉛玉を通した細紐も、見当たらない。あるものといえば、ただこの緑と金の小瓶と、深いエメラルド色のペーストと、銀の火皿《ひざら》が付いた細身のパイプと、何本かの黄色い留め針だけである。部屋の壁にも家具にも、むっとする匂いが染みついているようだった。その匂いは大気中を漂い、着ている物にもこびりつきそうだ。きっとアヘンのペーストだわ、〈ベルベットの首輪〉は思った。どこかで何かが滴るような、こもった音が聞こえていた。

鏡の前で彼女は、畝織《うねお》りのコルサージュのホックをはずした。たっぷりと重たい髪をほどき、まとめ上げると、その髪のあちこちを針で留めた。留め針をまっすぐ刺そうとして、頭を傾《かし》げた。そのときとつぜん彼女に見えたのは、それまでアルコーヴを隠していた緑の帳《とばり》を、男がそっと持ち上げているところだった。この動きで、彼は帳を落ちるがままにして、そこから身を離した。

そのとき〈ベルベットの首輪〉は鏡を通して、布の上にぎざぎざした白っぽい染みが浮いているのを見た。近づいてよく見ると、それは手だった。蠟のように黄色くなり、指をこわばらせた片手が、カーテンの隙間から出ていたのだ。〈ベルベットの首輪〉は「ぎゃあ!」と叫んで、アルコーヴにむかって走った。男がこちらに跳びかかってきた。男を押しのけ、彼女は布を引きちぎった。彼女はそこで見たものに気を失って、寄せ木の床に崩れ落ちた。

壁龕《へきがん》には棚が六段しつらえてあった。そのうち五段には、茶や紫に変色した打ち傷の跡がある、黄色くうす汚れた死体が横たわっていた。女たちは全裸で、耳にはピアスをし、腕には腕輪をはめている。頭と手がだらりと下がっている最後に殺された女の口からは、鮮血が一筋、よだれみたいに垂れていた。規則正しく落ちる、血の滴りが床に広がっていた。なのに女たちの表情はいたって穏やかで、静かな歓びで微笑んでいるかのように見えた。

なんとか起き上がった〈ベルベットの首輪〉は、コルセット一つの身で、髪を乱したまま、扉に向けて突進した。「女を五人も! 五人も!」彼女は叫んだ。「人でなし! 警察を呼んで! ああ神様! お巡りさん! ああ、ドアはどこなの! なんでこんな奴のところに来たんだろ……助けてぇ……人殺しぃ!」目を見開き、大きく口を開けたままでいる彼女の前で、男は変貌していった。

青ざめていた男の顔は、いまや赤味を帯びてきた。両の目は内側から燃える炎で輝いている。男は、黄色の長い留め針から一本を手にとった。一息に〈ベルベットの首輪〉に近づき、片方の手で彼女の口をふさいだ。そしてその耳に唇を押し当て、早口でこう囁いた。

――そうとも、殺《や》ったのはこの俺だ。だがこいつらは、死ぬとは知らずに死んだのさ。一撃であっというまに失神させるのが、いちばんなんだよ。おまえだって、何も知らずにいられたものを。おまえさんの白い肌、大きなまん丸い目、波打つ黒い髪、おまえはゆっくりと死ぬことになるんだよ。自分が死ぬと分かっているからな。おまえは少しずつ後ろに傾いて行く――血管から血液が抜けて行くのを感じながら、おまえの胸の内を徐々に影が昇ってきて、やがてすべてを覆い隠すことになる。あの店にいる女たちには、愛がないのさ、愛されすぎたあまり。でも、じっとおまえを見ながら、俺にはおまえが鈍感な奴だと分かったんだ。おまえがブローチのピンで指を刺したときだよ――ああ！――俺を値踏みしながら。分かったのは、ここに入ってきたおまえが、責め具を探し回ってきょろきょろしていたときだよ。何があってもおまえは無感動だったのだから、お前の生きていくのに何が役にたつ？　俺が生きていると実感するのは、快楽に身を震わせるその瞬間だけだ。えい、黙れ、黙れ！そんなにもがくんじゃない。一瞬にして死んだあいつらは、俺さまに永久につづくエクスタシーを与えてくれた――あいつらの項《うなじ》に、この金の留め針を深々と突き刺したときにな。さあ、気絶したおまえは、一滴一滴と血を失いながら死んで行くんだ。おまえの快楽は俺の快楽に匹敵するだろうよ――俺の金色に輝く針先を、おまえの喉元にまで、ゆっくりと突き通してやる。

なかば失神している〈ベルベットの首輪〉は、男の呪いの言葉に身を焼かれていた。みぞおちから口元まで、火の玉がせり上がってきた。彼女の恐怖は荒々しい欲望へと変化していた。彼女の両目は、それを捕らえて放さない、男の底無しの視線から逃れられなかった。そして腕輪の男が彼女の項に金の留め針をぐいっと突き刺したとき、彼女が発したのは大きな溜息だけだった。ベルベットの首輪に、紐飾りがいつでも影を落としていた彼女のあの白い首を、いま出来たばかりの小さな赤い染みがきわだたせていた。

（尾方邦雄訳）

ティベリスの婚礼

傾きかけた陽光が彼女の道しるべとなった。
（カチュール・マンデス『宵の明星』）

ホルタの近くで、ナル川はティベリス川に、大きな波も立てずに注ぎ込む。本当に、波ひとつ泡ひとつ立てずに注ぎ込むのだ。わずかにひたひたとざわめく黄色の長い線だけが、二つの川の合流を示している。岸辺には葦が生え繁げり、ハリエニシダの混じるなか、カワセミや野鴨が飛来する。柳は雫の滴る葉を、またうなだれる枝を、淀んだ流れに浸している。流れが堰き止められて水は淀むのだ。さざ波一つたてない川面には、黄色い雄蕊のまわりに大きな白い花を開いては閉じる睡蓮が浮かび、まるまるとしたゲンゴロウが赤い水草の茎の間を艶やかな肢で泳ぎ回り、水草の陰ではトゲウオが尖った背びれを逆立てる。

女神ナリアは岸辺に運ばれるままで、葦の茂みは彼女の身体に触れてかすかに撓《たわ》み、肌をかすめて逃れ去った。彼女は草叢に身を横たえた。水の滴る髪を背中に散らし、顎を両手に載せ、両肘を芝草についていた。きらめく水滴が、薔薇色の、緑の、紺青の真珠のように彼女の四肢を覆っていた。黒い瞳はくすんだダイヤのように輝き、深い眼差しはナルの流れとティベリスの流れを分かつ黄色い線に注がれていた。彼女は始終そこで身を休めるのだった。彼女の白い四肢が彼方でうねる濁流に穢されることは絶えてなかった。ナル川は彼女のそばを流れ下り、葦の茂みで彼女に「さようなら」と囁いた。

黄金色の髭をたくわえたティベリス神は、はるか以前から女神ナリアに想いを寄せていた。だが運命の神が彼に定めた水の精はどうしても身を任せず、ティベリス神の面立ちは怒りに黄色く染まった。ティベリスは川の源流を猛烈に逆らせた。波は荒れ狂い、小石や土砂を巻き上げ、すさまじい音を立てて枯木や枯葉を運び去った。川は濁流となって氾濫した。草原を黒い泥土で覆い、草花は枯れた。多量の汚物は、ローマの下水に逆流して街路に溢れ出し、日の光を浴びて腐敗した。城壁の外に住む住民は杭が根こぎにされ、川岸を離れた。高熱をともなう悪疫が平民を襲い、人々は怒りのあまり神々を呪った。

そこで按察官は鳥占い師と腸占い師に助言を求め、彼らは時間をかけて聖典を吟味した。薄暗い寺院の奥で彼らは羊の貝殻骨が焼ける火鉢にかがみ込み、亀裂を念入りに調べた。牝羊の湯気をあげる胸部から血の滴る肝を切り取り、首を振りながら不安気にためつすがめつ眺めた。ついに贖罪の儀式を執り行い、怒れるティベリス神に献酒すると決した。

荘厳な行列が川岸を進んで行った。神官の一団がエミリウスの橋のたもとで立ち止まり、厳かに祝詞を唱えた。群衆は、衰えも見せずに荒れ狂う波をじっと見つめながら、静まり返って祝詞に耳を傾けていた。詠唱が終わり、行列は粛々と橋を渡った。神官の長がたもとで立ち止まり、ローマの守り神ティベリス神に朗々と加護を祈願した。ついで後ろに控えた二人の神官が、捧げ持つ籠の中から、パイ菓子、蜂蜜菓子を泡立つ波に投げ込んだ。それから銀の壺をつかみ、素早く橋に香油を撒いた後、真っ赤な葡萄酒をしずしずと川に注いだ。スブリキウス橋の下流にある支柱の近くで、ティベリス川は一瞬朱に染まり、陽気な乞食と襤褸を着た餓鬼の一団が手を叩いた。それから行列は再び動き出し、粛然として、城市に取って返した。

しかし儀式はティベリス神の心を動かさなかった。相変わらず川は怒りに泡立ち、泥土を押し流した。ホルタの黄色い線は少しずつ後退し、ティベリス川に圧迫されるナル川を遡った。泥土は睡蓮を、赤い水草を、ナリアが身を横たえた草原を、柳の枝を穢した。ゲンゴロウとトゲウオは逃げ惑い、女神ナリアは川に入ることもできずに岸辺に立ち尽くし、川が穢される様を前にして、目を潤ませるのだった。

一方ティベリス神は、たくましい腕で波をかき分け、さめざめと涙を流す女神の様子を水面から窺っていた。

彼女は長いこと物思いに沈んでいた。夕陽の最後のひとすじが地平線で揺らめく頃、彼女は森の中に姿を消した。ティベリス神は期待に胸をふくらまし夜の森をさまよった。ティベリスは気晴らしにしもべの小さなファルファルを探した。ファルファルのせせらぎは水が涸れそうだった。ティベリス神を見ると、彼は小躍りして喜んだ。岸辺に生えた睡蓮を引き抜くと、捕まえた蛍を透けるような葉で包み込み、ティベリス神の前を跳ね回り、緑の茎のランタンを振り回した。

「ファルファル、ティベリス神は言った。今宵ナリアを泣かせてしまったよ。——結構じゃありませんか、にやにや笑いながらファルファルは答えた。あの女は権高なんだ。おいらがヒメラにいちゃつくと言って、おいらを追い払ったんです。ヒメラはおいらより大きいけれど、だからと云って心が通じ合わないわけじゃない。おいらたちは一緒に野原を駆け巡った。あのこは腰に手を回すのを許してくれた。おいらはあのこを抱え上げ、あのこはおいらに抱きついた。あのこのキスは睡蓮の花に零れる露の香りのように爽やかだった。そんな二人をナリア女神が見咎めて眉を顰めた。以来、おいらが通りかかるとヒメラは顔をそむけ、盗み見るだけ。でもおいらは遠くからあのこの跡をつけてみた。するとあのこのつま先が踏みつけた青い花が小首をかしげてこう言うのさ、彼女が注いだ水は、塩辛い涙の味がした、と。」

ファルファルが話し終えた時、右手の樹のうしろからかすかな葉擦れの音が聞こえた。ティベリスが首を巡らすと優しげな瞳が二つ葉陰で光っていた。「ヒメラだ、ファルファルが言った。なんてきらきら光る目なんだ！近づくと逃げちゃいますよ。」——それでもティベリス神は近寄った。樹の葉はそよとも動かなかった。ファルファルは梢でランタンを振った。不意に白い腕が伸び、睡蓮をつかんで樹陰に消えた。圧し殺した忍び笑いが洩れた。再び手が伸びてティベリスの肩にそっと触れた。「おいで、ヒメラ、ファルファルが手を合わせて言った。何も怖くないよ。ほら、おいらは枝に飛び乗った。地面には降りない。きみの顔が見たいだけだよ。」——牝鹿のように、ヒメラはしとやかに茂みから出てきて、おそるおそるあたりを眺め回した。——彼女は振り仰ぎ、彼女が出てきた槲の枝に腰掛けているファルファルに微笑んだ。「神よ、澄んだ声でヒメラは言った。わたくしの主であるナリア様からあなた様をお連れするようにと言いつけられました。ナリア様はウェリヌス湖にいらっしゃり、お待ち申し上げております。——お前の後について行く、ティベリス神は答えた。ファルファル、降りてこい、灯りを持て。ヒメラと私はついて行こう。」

かくして彼らは滑るように素早く森の中を進んで行った。峡谷や淵を飛び越えたが、夜の鳥が彼らに怯えることはなかった。なぜなら彼らに気づかなかったからだ。彼らは山並みを越え、ヒメラの住む川のほとりに舞い降りた。切り立った川岸には霧が立ち込めていた。ヒメラが指先で霧に触れると、霧は輝きだし、三人の神は燐光の中に姿を消した。ファルファルがなおも先頭を進み、睡蓮を振ると、花冠の光が霞の中で煌々ときらめいた。ティベリス神は黙って後を追い、彼の傍らでヒメラが宙を舞った。遠くでかすかにきらめく湖水をたたえるウェリヌス湖に向けて彼らは降りて行った。

身に沁み入るハーモニーが大気を震わし、ファルファルはその響きに小声で答えた。ティベリス神のそばで羽搏きの音が響き、ヒメラは手を差し伸ばし目に見えないものたちを撫でた。ほのかな光が湖面にひろがり、淡い白の帆立貝が、内からほの青く輝きながら浮かび上がった。その中にナリア女神が肘をついて身を横たえていた。ほどけた髪はまばゆいばかりのからだに広がっていた。ヒメラは彼女の方に飛んで行き、足元に座った。ティベリス神は頭を垂れて前に進み出た。ファルファルは貝殻の頂きにとまり、足下のヒメラに熱い眼差しを注いだ。

「女神よ、ティベリス神は囁いた。そなたに涙を流させたことを許してはくれまいか？

——ああ、ナリアは答えた。私をうまく罠にかけましたね。あなたさまが追いかければ、逃れるだけでした。しかしあなたさまは私の川を穢した。それであなたさまを呼んだのです。

——おお、女神よ、ティベリスは答えた。以前からそなたを愛しているのは承知のはず。怒りを解いてはくれないか。どうしてこの愛しみを避けるのだ？

——どうして避けないでいられましょうか！　声を荒げてナリアは言い返した。あなたさまは近づくものすべてを腐敗させる。ナル川の清らかな水はあなたさまによって泥にまみれました。山の源流を穢し、ローマの下水に混じり自らを穢された。それこそあなたさまが文明を授けた町ではありませんか。あなたさまはオスティアから異邦の民を連れ来たり、気高きローマの品位を穢された。私は誰のものにもなりません、純潔のままで幸せです！

――おお、女神よ、ティベリスは答えた。聞いておくれ！　いつまでも山にいてよい、山を愛しているのだから。私がそなたに会いに来よう。おお、ナリア、一人で暮らすなど好ましいものではない。天上の偉大な神々もそんなことはなさらない。ルナ[1]を見るがいい、不幸にも一人きりで猟犬に引かれてさ迷い、地上の神官たちに夜毎不毛の苦しみを嘆かせるのか。マウォルス[2]とウェヌスがよい手本ではないか。彼女の力は殺がれるどころか、すべての人間を支配しているではないか。」

しかしナリアはそれには答えずに首を振った。彼女の目は波間にたゆたう霧を見つめていた。ヒメラは身を起こした。足を湖水に浸し、貝殻の壁に手をつき、無言で、ファルファルとゆっくりと目配せを交わした。ナリアの知らぬ間にティベリス神は彼女の手をとった。太陽の最初の黄金色の矢が彼女の心臓を刺し貫いたが、それは欲望の神が放った矢に違いなかった。彼女はティベリスのかいなに身を委ね、ヒメラは、身を打ち震わせて、ファルファルを抱き締めた。湖水を渡る朝の微風が田園のざわめきを、牝羊や牡牛や雄鶏や雌鶏の鳴き声を運んできた。

陽光が降り注ぎ湖面の霧は晴れ、神々の姿も霧とともに薄れていった。ファルファルとヒメラは消えかかっていた。ティベリス神は朧《おぼろ》にかすみ、ナリアは朝靄のうちに消え失せた。太陽が姿をあらわし、まばゆいばかりの白い光を湖上に降り注いだ時、最後の霧が神々の姿を運び去った。

かくして、ティベリスとナリアの結婚は成就したのであった。

（大野多加志訳）

（1）ルナはローマ神話で月の女神。

（2）マウォルスはマルスの古語。ローマ神話で軍神。

白い手の男

泥土質の地面を削るように下ってくる小道をこちらに歩いてくる二人の男を、渡し守はじろじろと見ていた。黄土と鉄分の混じったその土地一帯は血のように赤かった。彼方では絶壁を波がずたずたにして、入り江は平地にまで切り込み這い上がっていた。海上には沈む夕日の赤い円弧が見えた。二人のうち老いぼれた浮浪者のようにみえる方は、棍棒を手にしていた。もう一人の男は若い足取りで進み、口笛を吹いている。男たちは、明るい緑の境界線が残っている砂洲まで下ったが、その境界線には黄色い照り返しが当たっていた。

それから彼らは一言も発さずに平船に乗り込み、年寄りが脚を伸ばした。渡し守は斜交《はすか》いに漕ぎ出し、川の真ん中まで彼らを連れて行った。赤や黒の鱗状になった流れの水は身をよじり、川は岸に沿って蛇のように流れていた。対岸へ振り向いた二人の目に、暗く生い茂る森と色あざやかな耕地の斑になった間から、地平線の彼方に両岸を地面までつなぐ尖った木橋が映った。

櫂の最後の一押しが済むと、二人の男は立ち上がり、銘々が金を払った。対岸は黒ずみヒースの低木に覆われていた。彼らはゆっくりと登って行き、やがて稜線の後ろに姿を消した。渡し守は櫂を束ね、舫《もや》い鎖の上に石を置いてからパイプに火を付け、船の奥に座り込むと頭を振った。

――口笛はもう吹きやめたのかい、と〈疫病神《ラ・ペスト》〉が言った。

――吹いていてもいいのか、と〈手白野郎《ブランシュ・マン》〉が答えた。

——吹きなよ、吹くんだ。そうすれば放浪を楽しんでるみたいだぜ。

——かも、しれないな。

〈疫病神〉は土手に腰を下ろした。

——もういけねえ、歩けねえ。にっちもさっちも。俺は扁平足《へんぺいそく》で、髪一本ないんだ。もう歩けねえよ、なあ？

——俺の足も動こうとしないよ、と〈手白野郎〉が言った。

低い土壁に背をもたれさせた男は、上着のポケットからソーセージの切れ端を取り出し、注意して皮を剝きながら静かに食い始めた。

〈疫病神〉はその様子をしばらく黙って見ていた。

——ところで、どこで手に入れたんだ、そのまずい肉は？

——それあ、じいさん、俺の勝手だぜ、あんたには関係ないね、と〈手白野郎〉が言った。

——そいつをどこで引ったくった？

——引ったくりだと？　あんたの弱った身体じゃあ、引ったくりも出来ねえってか？　この俺には、人のものを盗むなんて癖はない。

——ああ、でもおまえは、俺がくれてやったものを食ってる。

——文句があるのか？　〈手白野郎〉が言った。

やや沈黙があって、〈疫病神〉は蒸し返した。

——俺の勘違いだなんて思うなよ、白い手のお兄さんよ。俺だってまだ呆けてねえんだ。町でおまえが一緒にくっちゃべっていた若造から巻き上げたんだろ。

——それがどうした。あんたにゃ関係ないだろう。

——ああ、でも以前あいつにもし俺が俺のパイプを吸わしてやったとしたら。

——へっ、じいさん、あいつがあんたからかすめとるのはその太鼓腹ぐらいだ。てめえの姿を見ていないのかい。百と十歳はとうに越えてるぜ。あんたの頭はつんつるてんじゃないか。まじな話、どこかへ行っちまえよ、だれかがあんたを食わしてくれるさ。

――ちげえねえ。もっとマシな野郎がいくらもいるかもな、と〈疫病神〉が言った。

――それに、なあ、と〈手白野郎〉は続けた。文句があるなら……俺たち、夫婦ってわけじゃないんだぜ。あんたは勝手にすればいい、俺も勝手にする。だいたい俺は、あんたのせいで痛めつけられるのはまっぴらなんだ。もしあんたが憲兵の奴らに捕まったら、監獄送りを手伝ってやるさ。

――おおそうかい？　と〈疫病神〉。パン屋でも、肉屋でも、インチキ銭を使ってたのは、たしかこの俺だったよな。居酒屋で連中にしこたま飲ませる酒手を出したのも俺だ。漆喰《しっくい》を買ったのは、土や炭を買ったのは、蠟や鉄屑を買ったのは、この俺だ。

――おおそうかい？　と〈手白野郎〉が言った。あんたみたいな老いぼれを仕込んでやったのは、たしかこの俺だったよな。あんたが鋳込んだ贋金を使うように言ったのも、この俺だ。百スーを盗んで商売道具の代金を都合したのは、この俺じゃなかったか？　あれこれしたのは〈疫病神〉じゃねえ、ああちがうとも、漆喰を水でこねたり、屑を叩いたり、錫やら銅やら銀箔やらを溶かしたのは、あんたじゃない。俺の小屋の窓は夜中じゅう真っ赤に照って、だから家主に追い出されたんだ。

――黙れ、この野郎、と〈疫病神〉は怒鳴った。事件のあったサン・ドニ通りの家のことだって、俺は知ってるんだぞ。たしかにおまえの短刀が一晩中あそこのテーブルの上にあったぜ。

――じゃあ、あんたは、と〈手白野郎〉が声を荒げた。悪党さんよ、あんたは良心にかけて、何人殺してるんだい？

〈疫病神〉は相棒に歩み寄り、両手を振り上げたが、ふと動きを止めて言った。

――それには及ばねえか。おまえは一人で行けばいい、俺は俺の道を行くさ。

〈手白野郎〉は肩をすくめ、また口笛を吹きはじめた。そして間道にその姿を消した。

〈疫病神〉は棍棒を拾い上げ、大きな道をたどった。夜は深かった。ごろた石を杖がわりの棍棒で探りながら、道を進んだ。

まもなくして〈疫病神〉は気づくことになった。俺はひどく年をとって一人きり、ものも食っていない、もうこれからは〈手白野郎〉の声を聞くことも、やつの姿を見ることもないだろう。あの相棒と組んで、憲兵たちから愉快に逃れてきた。見も知らぬ道中に一人きりになって、ほとんど独房を懐かしむ気持ちになった。今夜は月もない。もうじき冬になる。引きずる足下で地面が音を立てた。彼方では海の逆波《さかなみ》がかすかな音を立てている。〈疫病神〉は考えていた。あの相棒がいれば、どこぞの村でいんちきカードで稼ぎ、雨の季節になったら、車引きと遊んでから宿屋の主人に一杯おごって、火のそばで寝かせてもらえるのに。こんな年で、一人ぼっちで、ひどい身なりで、〈疫病神〉が思い起こすのは、悲惨なことばかりだった。

地面は暗く、道が鉤形に曲がっていた。そこで転んだまま〈疫病神〉は、髭の奥でなにかブツブツと言いながら眠りこんだ。

朝の光が、空に浮かんだ冷たい雲を照らし出した。明け方五時の風は年老いた逃亡者を震え上がらせた。〈疫病神〉が寝ていたのは、くずれかけた古いキリスト磔刑像の近くだった。さて、起き上がってみると、その像の向こう側に誰か眠っているではないか。まぎれもなく〈手白野郎〉で、例の間道は夜のうちに野郎をこの同じ四つ辻にたどり着かせていたのである。火のような曙光が彼の肌をいっそう白く見せ、半開きの若々しいくちびるは柔らかな乳のようだった。眠ったおかげで〈疫病神〉の心から苛立ちは消え失せて、残されているのは宵からの悲しみだけだった。ここで〈手白野郎〉を揺り起こし、また二人して悪の人生を送ることにしようか、つかのま彼は、それを願った。しかし、おのれの禿げ頭に手をやった。〈手白野郎〉は無垢な子供のように眠っている。若者であれば犯した罪からかならず立ち直れると、司祭さまが囚人たちに向けた説教で言ってたっけ。この村の磔刑像がなんの役目も果たさずにいるわけはなかろう。悔い改めなかった泥棒が眠ったのはどっち側だったか[1]に彼は思いをめぐらせた。〈疫病神〉は疲れを振り払い、おのれだけの灰色の長い道を歩みつづけることにした。

（尾方邦雄訳）

（１）『ルカによる福音書』二十三に「善き盗賊」と呼ばれる逸話がある。イエスと共に十字架に架けられた二人の犯罪人のうちの一人が「この人は何も不正なことはしていない」とイエスを擁護し、「イエスよ、あなたがあなたの王国に入る時は、俺のことも覚えておいて下さい」と言った。するとイエスは「アーメン、私はあなたに言う、あなたは今日〔すでに〕、私と共に楽園にいるだろう」と彼に言った。

悪魔に取り憑かれた女

テーブルは木立の中に置かれ、刺繍を施したテーブルクロスは落葉で覆われていた。落葉は細長いグラスに注がれたシャンペンの上にも浮いていた。残っている蠟燭は一本だけで、その周りで虫が鳴いていた。招待客はテーブルを離れていた。時おり話し声が木立までとどいた。不可思議な女が私を夢見心地にさせた場所をとつおいつさまよっていた私は後退った。ほかならぬその女が、アイスペールと銀のボールの間に座っていたのだ。女はからだを駆け巡る笑いに身を震わせていた。枝に吊り下げられた縦長のランタンが、女の顔をオレンジ色に照らしていた。金色の編み靴を履いた女のくるぶしが飛び跳ねた。ドレスが腰の周りで揺れ、池のさざ波のように胸元で波打った。生地は、旅行用のマントを思わせる微妙な色合いだった。女は手と手を組み合せていて、それはまるで留め金のようだった。突然首筋がぶるっと震え、豊かな髪が崩れた。目がかっと見開かれ、宙の一点を見つめた。真っ赤な口が大きく開かれた。彼女は三度身を震わせ、なにか言いたそうだったが、声にはならなかった。なぜなら、誰かに喉を締められているように、くちびるがわなわな震えて歯の根も合わなかった。三度目の痙攣の時、女は頭を揺すり、しゃがれた声で笑い、両の手を振ってお手玉でもするように氷のかけらを弄び、シャンペングラスを噛み砕いた。急にスカートを捲り上げ、金糸を巻きつけた足を蠟燭の方に延ばして蹴倒した。ランタンをもぎ取り、砕いた。オレンジ色の灯りは消えた。その時私は、女が心地よさげにため息を洩らすのを聞いた。

私は女の名も来歴も知らない。女が美しいかどうかも判らない。しかし女が彼女を責め苛む悪魔に取り憑かれているのは間違いなかった。モル・フランダーズはロンドンの通りで三十年春をひさいだ後ねぐらも金も失った、とダニエル・デフォーは書いている。彼女がある店先にふと通りかかった時、売り子は通りに背を向けて棚を蠟燭で照らしていた。モル・フランダーズは椅子に置かれた白い包みに目をとめた。悪魔が背後に近づき、耳元で囁いた。「その包みを盗《と》りな。さあ早く。盗むんだ。」彼女は包みを盗んで逃げ、テームズ河に架かる橋の下でさめざめと涙を流した。この悪魔こそが金糸を巻きつけた足で飛び跳ね、クリスタルのグラスを噛み砕き、公爵夫人を交えた一団がスパークリング・ワインを手に夜食をとったテーブルになまめかしく身を横たえたのだった。あの女は涙を流そうと思ったのだが、口をついて出たのは哄笑であり、嘆声は喉につかえたのだった。

以前にあの女に会ったことがあるのは間違いない。埃っぽい石畳のさびしげな一本道が海まで延びている海辺の町だった。遠くにマストの先端、風にはためく色とりどりの旗、屋根の灰色の線がさえぎるぴんとはった帆綱が見えた。再三木立の中の陽気な夜食の客となり、私は人生半ばにして財産をすっかり使い果たしてしまっていた。ごま塩の髭を伸ばし、背嚢を背負い、船乗りとして生計を立てるために私は西の海に続く街道を歩いていた。街道筋のいくつかの家は赤や青に塗られ、時おりヒイラギの枝がそよぐ切妻の下には、黒人女の顔や南海の鳥が描いてあった。鎧戸は閉じてあったが、半開きの戸口から、バイオリンの軋むような音や涼しげな木陰でグラスがぶつかる音にまじって、リズミカルなステップや踊り子の吐息が洩れ聞こえてきた。とある小さな店の窓辺で銅の皿が輝いていた。ドアを押して中に入ると一人の奇妙な髪結い女のそばに三人の水夫が座っていた。女は短いスカートをはき、腕ばかりでなく足にも黒い筋目の刺青が入っていた。女は三人の顔に石鹸を塗り、同じ動作で髭を剃った。剃り終わると三人の水夫はタールを塗った黄色いマントを羽織り女の頬に接吻したが、女は接吻を返しはしなかった。三人が店を出ると、女は剃刀を手にして私に近づいた。その時だった。女は痙攣に襲われ、頭が小刻みに上下した。機械の鋼鉄製のすべり弁のように、三度女の口が開かれた。三度目に叫び声が洩れたが、女のからだには不釣り合いな声で、女の中で別の人格が話しているように思われた。ドアを閉め、カーテンを引き、暗闇の中で女は私の髭、髪、眉毛にたっぷりと石鹸を塗った。冷たい刃が私の肌の上を滑った。見知らぬ誰かが命じていると知りながら、私は女に身を任せた。植民地にいる改悛者のように青々と頭を丸めた私が店を出ようとした時、女は笑いを洩らし、剃刀の刃で腕を切り裂き、うっとりとして自分の血を吸っていた。

そして今私は恐れている。なぜなら女に再会しなければならないからだ。女は宴の時は金を、困窮の時は黒をまとっていた。最後にはどんな風に女は姿を見せるのだろう？　私は女を求めて東洋の国々をさまよった。けばけばしいジャンク船、砂でできた小屋、岩を四角にくり抜いた穴居、不吉な鳥が飛び回るように異国の浮かれ女《め》が暮らしていそうな場所を探し歩いた。火とガラスを食う女たち、象牙の串で腕や頬を刺し貫く女たち、額の傷口に死んだようなトルコ玉を埋め込む女たちのうちで誰一人として私に歩み寄った女はいなかった。いかなる夜の宴《サバト》で私は女に再会するのであろう？　女に取り憑いた悪魔はいかなる最後の罰を私に下すのであろう？

（大野多加志訳）

黒髭

私達はキナとラム酒を満載し、一七一七年三月の末ジャマイカを発った。私達は沿岸沿いに上質な果実を買い求め、それらの果実が獲れない島々で転売するつもりだった。ばんじろうの実、パパイヤ、カシュー・アップルなどの果実だが、中でも大きさが洋梨ほど、深紅色の果肉のサポジラの木の実ぐらい素晴らしいものはなかった。私達のスループ船、冒険号の船長はデヴィッド・ハリオット、マチラとマチョンというスペイン系の陽気な娘二人が乗船していた。彼女たちはカリブ海一帯に詳しく、立ち寄る土地の旅籠《はたご》で水夫たちの酌婦を務めたが、二人ともレアル金貨がつまった小さな革袋を胸にかけていた。

四月九日の夜、ホンジュラス湾の岸から十海里、ターニフの沖合で、強風の中を進んでいると、ギニアの雑貨船を思わせる大きな船の近くに錨を下ろしたスループ船が見えた。冒険号の船長が上部甲板の邪魔物を片づけ、砲口を開けと命じたのとほぼ同時に大きな船の右舷から砲煙が上がった。正体不明のスループ船は黒旗を掲げ、私達めがけて進んで来た。マチラとマチョンはスペインの全聖人の名を声高に唱え、互いの罪を数え上げて罵り合った。しかしデヴィッド船長はピストルを抜き放った。彼のくちびるの動きで、私達には彼が海賊に対して武器を取れと命じているのがわかった。彼の声は、火薬や金具がつまったビンが帆桁や帆や舷側に当たって砕け散る凄まじい物音に掻き消されてしまっていた。私達がマスケット銃やサーベルを手に取る前に、舞い上がる黒煙の向こうから悪鬼のような男たちが胸も張り裂けるばかりに罵り声をあげ、突進して来た。中でも一人は悪魔のように恐ろしく、その形相を見ただけでスペインの娘二人は気を失った。男の黒髭は、下は胸の半ばまで、上は目の下まで伸び、それを三つ編みに編んで両耳にかけたリボンで結わえてあった。顔には隈なく煤が塗ってあった。抜き身の短剣を銜《くわ》え、両手にピストルを握り、加えて大きめのピストル四挺が、火薬袋の上、両肩に交差させた鞘の中で揺れてはぶつかって音をたてた。帽子の二つの角の下には火縄が垂れ、赤い火花が散った。かくして、恐ろしいビンから昇り立つ煙霧の中から海賊黒髭は私達の目の前に姿を現したのだった。

　私達は縛り上げられてスループ船に投げ込まれ、次いで、三角帽を冠った骸骨を染め抜いた黒旗がはためく、四十の砲門を備える大きな帆船、復讐号の舷側に整列させられた。船長黒髭は上部甲板に立っていた。帽子の下の二本の火縄はまだくすぶり、帽子の焼け焦げる物凄い匂いがした。ラム酒で焼けたがらがら声、英語のスラングで私達に所持金を申告せよと黒髭は命じた。マチラとマチョンは十字を切った。そのせいで海賊たちは小さな革袋に気づき、情け容赦もなく奪い取った。デヴィッド船長は親指を火縄で縛り上げられ、火縄に火がつけられた。だが彼は金の隠し場所を言うことはできなかった。彼の悲鳴が絶叫になった時、黒髭は堪忍袋の緒が切れたのか、髭をしごきながら短刀をデヴィッドの喉に突き刺した。黒髭は他の海賊の方に向き直り、刀身と握りを濡らす血を舐めた。ブームに板が渡され、私達のあわれなスループ船の水夫たちは、サーベルの刃先を突き付けられて板の上を逃げ惑い、ついには海に飛び込み海面下に沈んで行った。

　私は年端も行かなかったので黒髭に仕えることになった。マチラとマチョンは乱痴気騒ぎとなったラム酒の分配の後で男たちに与えられた。その後すぐに黒髭は私をハッチから蹴落とし、自分も中に入った。私は黒髭の髭を編み、ココナッツの油を塗った。その間中黒髭は悪態をついていた。彼は羊の革を貼った小型の本を手に取り十字を幾つも書いていたが、怒りのあまりペン先を折ってしまった。彼は航海日誌をつけていたのだ。英語で記された日誌は以下の通り。

「昨日ラム酒尽きる——船員は一滴も飲んでいない——いまわしい喧嘩——極悪人の陰謀——分派の密談

——獲物から目を離さないこと——今日ラム酒を満載した船を略奪——船員熱くなる、それも飛び切り——万事快調。」

　およそ半時間後、十字やインクの染みや横棒でいっぱいの日誌を書き終えると、黒髭は船室の中で、腕を折り曲げ、腕を伸ばし、あるいは目をつぶってピストルを撃ち始めた。弾の風切音や鼻をつく硝煙に震え上がり、一瞬後には殺されるのではないかと肝を冷やして私が飛び跳ねる度に、黒髭はまるであざ笑うかのように口を開けた。

　ついで黒髭は、部屋に置いてあった大樽の口からじかにラム酒を飲んだ。そして彼はあるべらぼうなことを思いついたのだが、それが私達の命を救った。上部甲板に登って彼は叫んだ。

——地獄堕ちの野郎ども、俺たちは地獄に真っ逆さまに堕ちるさだめだ、そこに行く前に、糞ったれ、地獄がどんなものか見てみたい。船倉の底には硝石と硫黄の壺がある、聞こえたか？　火をつけろ、火を放て！　俺様の地獄を見せてやる！

　その一方、黒髭は、私とマチラとマチヨンを、サーベルの腹で、台座に載ったボートが揺れている船尾に追いやった。海賊達は全員船倉に降り、ハッチというハッチが閉じられた。私は恐怖に震えながら、憔悴した二人の娘に合図を送った。ボートを支柱に固定している綱の結び目を一つはずし、舫《もや》い綱を解いた。ボートは勢いよく落下し、綱は私の手のひらを切った。しかしながらボートは転覆せずに海に着水した。綱を伝って、私達は船橋の手摺り越しに滑り降りた。船腹下部を通過した時、黒髭船長の叫び声が聞こえた。

——これが地獄だ。地獄は硝煙、紅蓮の炎、悪臭だ！　血まみれの地獄！　血まみれの地獄！　こりゃたまらん。お前たちの血走った目に呪いあれ！　舷窓を開けろ！

　舷窓が開き、光の漏れる開口部から発火した硫黄の閃光が夜闇にほとばしった。

　私達のボートは潮の流れのままに漂った。じきに復讐号は、黄緑の明かりに染まる黒いかたまりとなった。これが私の知っている黒髭の最後の消息である。

現在私は陸で、マチラやマチョンといっしょに、旅籠から旅籠へと駆け回っている。確かに彼女達は海賊によって少々傷はついたが、まだくちびるは赤いし、私のベルトには二つの新しい小さな革袋が下がっていて、二人は毎日レアル金貨で革袋をいっぱいにしてくれるのだ。

（大野多加志訳）

栄光の手

歳はおよそ二十五、ミュイールの荒地に建つ旧施療院の宿坊の賄い、わたくしナンシーは、聖書にかけて、一八……年一二月の襲撃について真実をすべて明らかにし、以下の通りであると誓います。

荒地は灰色の小石とヒースに覆われ、しかもぬかるみがあるので、冬の間、泊りの客はほとんどありません。荷車引きはめったにミュイールを通りませんし、クリスマスが近づくとこの土地を徒歩で行く者は丘から吹きつけるひどい風に悩まされます。火曜の夜、桶の牛乳が凍りました。ドルと私は厨房に桶を戻してから、マントルピースの下に座っていました。ダグラスさん――私たちはダグ爺さんと呼んでいました――が寝る前に鍋でジャガイモを茹でていました。私たちはダグ爺さん、爺さんの奥さんのエリザベスさん、馬丁のジョンといっしょに静かに夜の一刻を過ごしていました。宿坊には泊り客はいませんでした。

十時ぐらいだったでしょうか、みな疲れていました。でも私は街道の曲がり角に住んでいる、エリザベスさんの妹、ドロセン夫人の病気の子のためにメリヤスの腕章を編み終えねばいけませんでした。ダグ爺さんは蠟燭を持っていってしまいました。暖炉の焚き木で編み物にはじゅうぶん明るかったからです。それに編み針の動きには慣れていたので、指が勝手に動くのです。

私は赤い火の薄ら明かりに照らされ、うつらうつらしていました。ドルにはじきに行くと言ってありました。私たちはひどく寒い夜にはいっしょに寝るのです。道がぴしぴしと鳴っていました。ヨタカが闇の中で幾度か啼きました。突然足音がして、戸を叩く者がいます。私は震えました。なにせ真夜中です。ミュイールの荒地ではその時刻に黒い王が狩りをすると言うのです。

二度目に戸が叩かれた時、私は勇気を出して掛け金を外しました。霙《みぞれ》まじりの霧雨の中に、女が一人寒さに身を震わせ立っていました。両手は凍えて真っ白です。

彼女は太い声で、ビール一杯で一晩泊めてもらえるかとたずねました。彼女は暖炉の敷石に寝床を作り、日が昇ったら発つと約束しました。座るとすぐに、スカートの下、両足の間にぼろのつまった頭陀袋を置きました。私はビールを注ぎました。手がかじかんでいたので持ってくる途中で半分ほどこぼしてしまいました。

私は編み物を手に取り、仕事を続けました。なぜなら女の目つきがちょっと怖かったからで、女を広間に一人にするわけにはいかなかったのです。しかし眠気に襲われ、私はこっくりこっくり舟をこぎ始めました。うつむいていた時、女のスカートの裾が見えました。驚きのあまり目が醒めました。スカートの下から男物のズボンがのぞいていたのです。

私は踝《くるぶし》まで震えましたが、身動きせずに眠ったふりをしていました。女に化けた男はあたりを眺め回し、私の様子を注意深く調べてから、袋の口を開け、干からびて萎びた死人の手を取り出しました。男はその指の間に一本の蠟燭を押し込み、火をつけ、私の鼻の先に二度三度かざして、こう唱えました。「眠れる者は眠るがいい。目を覚ましたる者は目を覚ますがいい。」男は蠟燭を吹き消し、ダグ爺さんがテーブルに置いていった銅の燭台に、白い手を突き立てました。男はその手の指に膏薬を塗り、火をつけました。四本の指は燃え上がりましたが、親指には火がつきません。それで不安になったのでしょうか、男は聞き耳を立て、じっと私の様子を伺っていました。ついに決心し、口笛を吹き、戸を開けると闇に向かって叫びました。「ハーマン！　ゴル！」口笛が二度聞こえ、返事が返ってきました。「いま行くぞ！　いま行くぞ！」

私は戸口に向かって駆け出し、あらん限りの力で戸を押し、掛け金をかけました。それから恐ろしい死人の手の方に向き直り、炎を吹き消そうとしましたが、炎は私の顔めがけて燃え上がります。私はビールの壺を手に注ぎました。炎は四つに別れて燃え盛りました。私は階段に駆け寄り、四人の名を呼びました。「ダグラスさん！エリザベスさん！　ドル！　ジョン！」誰一人ぴくりとも動きません。ドルの寝台まで駆け上がり、彼女を揺さぶりましたが、無駄骨でした。なぜなら手が相変わらず燃えていたのです。

戸が激しく叩かれ、罵詈雑言が聞こえました。「開けろ、こん畜生、喉をかき切ってやる。開けろ。戸を蹴破って火あぶりにしてやる。開けろ。畜生。返事をしろ！　起きているのはわかってたんだ。親指が燃えなかったからな。返事をしろ！　開けろ。」

真っ青になり、私は厨房の方にあとずさり、牛乳の桶につまずきました。私は桶をつかみ、燃え上がる手に溶けた牛乳を注ぎました。手はぱちぱちとはぜ、火が消えました。

すぐにドルの叫び声が聞こえ、物音を聞きつけたダグ爺さんが寝床から跳び起きました。窓から、爺さんはマスケット銃を撃ちました。呻き声が洩れたかと思うと、静かになり、ついでこう言う声が聞こえました。「手よ！　栄光の手よ！」(1)

ドルが目を覚ますやいなや、私は彼女の寝台に駆け込み、彼女の陰に隠れると泣き崩れました。ダグ爺さんが恐ろしい手を暖炉に投げ込むとそれはあっという間に燃え尽きました。マスケット銃を手にした爺さんとジョンが、松明の灯りで、血糊の跡を辿ると荒地の水溜りまで続いていました。

（大野多加志訳）

（1）絞首刑になった罪人の手を切り落して死蠟化させたもの。泥棒が入る家で火をつけると家の者は麻痺し、盗みが成功するといわれた。火は水では消せないが、乳だけが消せるとされる。

ランプシニト

後朝《きぬぎぬ》に盗賊から死人の手を差し出されて、ランプシニトス王(1)の娘アフーリは恋に落ちた。そこで父王に、処女を与えたこの男を夫としたいと申し出た。老王は、その盗賊に感嘆して、結婚を認めた。それぱかりか盗賊に玉座を譲り、財宝まで譲ったが、財宝を蔵する石室の隅石のひとつは回るようになっていた。盗賊はエジプト王となり、人は彼をランプシニトと呼んだ。

しばらくして、アフーリ王妃は病にかかった。呪術師たちは『イムホテープの書』にしたがい、乾燥した薬草入りの粘土玉をこねて、黒墨と赤墨で護符を書きしるし、満月の夜に刈り取った草でアフーリの鼻孔をくすぐった。しかし王妃の身体は薔薇色の斑点に覆われ、震えが止まらなくなった。医者たちは『トートの書』を繙いたものの、頭《かぶり》を振るのだった。

つぎの夜、王宮のただなかに嘆きの声が響きわたった。太陽の赤い光が射しそめる頃、金の柩を三つ携えたミイラ師たちが到着した。女たちはアフーリの亡骸《なきがら》を清め、その項《うなじ》を南に向けた。それから祈禱があり、左の鼻孔から差し入れられた鋭利な鉤《かぎ》で施術師は頭蓋骨をかち割った。それからまた祈禱があり、書記が左の脇腹に葦筆《カラム》で黒線を引いた。それからまた祈禱があり、切開人がエチオピア産の黒曜石を研いだ短刀で、黒線に沿って身体を切り裂いた。つづいて奴隷たちが切開人に飛びかかり、よってたかって棒で打ちのめした。切開人の役目は不浄だからである。王妃の死体は内部を椰子酒で洗われ、臓腑は天然ソーダの水槽に浸けられた。

やがてアフーリ王妃の霊魂が唇のあいだから抜け出し、そこを通ってハトホル女神[2]の元に降りてゆく「ロの穴」の方へと飛び去った。宮中の皆は声をそろえて「西方へ！　西方へ！」と叫んだ。

陵墓の男たちが、防腐処置をほどこされた王妃の身体を花で飾り、がらんとした石室に横たえ、石工が最後のひと鏝で切石の壁を塗り固めると、ランプシニト王の心は苦しみに満たされた。愛しいアフーリの霊魂はいま、いずことも知れぬ「大海」にある「霊魂の島」で気ままに暮らしていることは、よくよく承知していたが、それでも王は自問した。

――俺は石室からランプシニトス王の宝を盗み取った男、王宮の衛兵から右頬の髭を剃り落とし、やつらから首無しのわが弟の死体を奪い返し、アフーリ王女には死人の手と腕を置いてきた男だ。その俺であれば、ハトホル女神から俺の女を盗めないことがあろうか？

そして王は西方へ向かって歩き出した。王室の帆舟とその漕ぎ手たちはナイルの岸辺に捨ててきた。長い時が過ぎてから王は、泥の家がいくつも建っている泥土の国にたどり着いた。広大な砂漠の縁《へり》にあたる場所だった。酒亭の前を通りかかった王の姿を見て、やぶにらみの亭主が大声を出した。

――ビールを飲んでいかないか。

そこでランプシニト王は泥の家に入った。亭主は横っちょを睨みながら、ビールを入れた把手《とって》壺《つぼ》を王の前に置くとこう言った。

――ひょっとして、ランプシニトじゃないのか？

しかし王は答えようとしなかった。すると亭主は王家の聖蛇像《ウラエウス》（それをランプシニトは身元を隠すため懐にしまっていた）のほうを横目で見ながら言いつのった。

――やっぱりあんたはあの盗《ぬす》っ人《と》ランプシニトだ、だったら俺はあんたの力になろう。この俺も盗っ人だし、あんたを尊敬してるんだからな。

それから、男は王と一緒にビールを飲んだ。

こうして王はその夜、乾いた土の寝床に身を横たえた。遠い砂漠の地平線がくっきりと姿を現したとき、酒亭の主人が王に言った。

――いいかい、これからあんたの旅は危険だぞ。まず動く峡谷をくぐりぬける、谷の向こうの砂漠にイチジクの樹が一本立っているから、その樹の根元で待つことだ。すると葉叢から女神が裸で半身を乗り出してくる。女神はパンをたくさん載せた皿と水を満たした壺をあんたに差し出すだろう。そいつを受け取ったら、あんたは永遠の館で女神の客となって、戻って来られない。だがもし受け取るのを拒めば、死の谷へ降りてゆくのは不可能になる。煮えたぎる激流を通らなければならんぞ、化け猿どもが霊魂たちを網で漁《すなど》っているのだからな。

――受け取ることにしよう、と王は言った。それでも女神の客にはならないように。

――そうすれば女神は、「口の穴」を通って陵墓にいる霊魂まであんたを連れて行くことだろう。王妃の石棺のところで、女神に「五十二目《もく》」の勝負をもちかけられる。あんたが負ければ、頭のてっぺんまで墓の中だ。あんたが勝っても、手にするのは黄金の手巾《ハンカチ》一枚だけだ。

――勝負しよう、と王は言った。勝つのは俺だ。

亭主は笑みを浮かべ、言った。

――人も知る盗賊ランプシニトのことだ。だれもあんたにはかなわない。ハトホルの手巾《ハンカチ》には魔力がある。もしアフーリの前で、その手巾で顔をぬぐい、欲望をもたずに済んだなら、あんたは全能になれる。下界から、なんでも好きなものを持って上がって来られる。だがしかし、欲望を抑えられなかったら、そのときは不幸があんたに降りかかる。

――黄金の手巾《ハンカチ》を手にしても、と王は言った。どんな欲望ももたぬようにしよう。

かくしてランプシニトは出発し、砂漠の中にイチジクの樹を見つけた。乳房に化粧を施した女神が、葉叢から現れ、口には銀梅花《ミルテ》の茎をくわえ、パンの皿と水の壺を王に差し出した。そこでランプシニトは身をかがめ、脇から水をこぼし、巧みな手さばきでマントの折り目にパンを投げ捨てた。

女神はすぐに王をがらんとした部屋へ連れていった。王はアフーリの石棺を見た。重い黄金仮面と、青に染められた髪が見分けられた。女神ハトホルが王の真向かいにしゃがむと、赤と緑に塗り分けられた盤上で、二人は犬頭の駒を動かし始めた。

最初の局はランプシニトが負けた——彼の頭頂に女神ハトホルが碁盤を戴せると、王の身体は腿のあたりまで墳墓の敷石に沈みこんだ。

——まだ勝負するつもりかい、と女神が言った。

——するとも、と王が答えた。

二局目も負けた。ハトホルが彼の頭に碁盤を載せ、王の身体は胸のところまで墳墓の敷石に沈んだ。

——まだ勝負するつもりかい、と女神が言った。

——するとも、と王は答えた。

そしてハトホルが骰子《さいころ》の次の一擲《いってき》を横目で見ているあいだに、ランプシニトは女神から十二の犬駒を盗んだ。こうして王は三局目を勝ち取り、ハトホルの唱える呪文によって自由の身となった。

彼らはひとりでに動く小舟に乗り、「空豆の野原」に着いた。

イチジクの枝から大切な手巾《ハンカチ》がぶらさがっていた。女神が手巾をつまみ、ランプシニトはそれで顔を覆った。突如として彼は、三メートルほどの麦穂の間に、愛しいアフーリを見いだした。黄金のヴェール越しにその姿がはっきりと見えた。そして、衣の下裾からのぞくように、彼女の白い片足と、トルコ石の輪を巻いたくるぶしが目に入った。王はすべてを忘れ、その足をこの手で握りしめたいと欲した。二人の婚礼の夜に、死人の手をアフーリが握りしめたように。そしていままた彼女を盗みだすために。

たちまち王の目に黒が入り込み、禍いが王に降りかかった。女神ハトホルは彼を「空豆の野原」まで連れ戻した。盲目のランプシニトはそこで、アフーリ王妃の白い足をその手につかもうと欲しながら、いまでもさまよっている。

（尾方邦雄訳）

（1）ヘロドトスが『歴史』第二巻に記した架空のエジプト王。宝蔵を建造するとき壁の石を一つだけ外せるようにした大工と、そこから忍び込んだ伝説の盗賊の物語。

（2）古代エジプト神話に出てくる愛と幸福の女神。冥界に行く死者たちにパンと乳とイチジクから作った食物を与える役割をもっている。

素　性

一八九＊年七月十六日

鎧戸の隙間から差し込む一条の白い光が輝かせている鍵を、私は見つめていた。その鍵には小さな赤い封蠟が垂れ下がったままになっていた。公証人から届けられた封筒を私がいま開けたばかりで、鍵はそこにずいぶん昔から入れられてあったにちがいない。まず私は死亡証明書をあらためた。英仏両語でしたためられ、オセアニアのある島での日付が記された普通の書類に思えた。そこに私を驚かせるものはなにもなかった。私は両親と一度も会ったことがない。私の後見人となっていた公証人の仲介によって、私がかつて卒業した学院の年学費は支払われていた。送り状によれば、この鍵で東洋の木で作られた小箱が開けられ、そこには私の家系を記した書類が入っているということだった。

その箱を見つけるには、いささか手間取った。私が訪れたアパルトマンは、それまでに見た記憶はいっこうになかった。室内で動くたびに、埃や黴が舞い上がった。小箱の錠前は銀と鉄で出来ていて、窓から差し込む一条の光があの鍵と同じようにその錠前を照らし出していた。箱を開けるや、堅い木材の歯止めと、藁で編まれた指輪が、私の手に落ちた。つづいて私の指が触れたのは、ほとんど蒸発しているが、匂いのきつい香水瓶だった。いちばん底のところに一束の書類があった。これが私の相続遺産というわけか。

書類にはどれも太平洋諸島の領事館の証印が押されてあった。そこで私は自分が航海者の末裔であるという確信をいだいた。そこにはいくつもの署名と、副署された項目があった。監獄か病院のような特別な閉域から出てきたかのごとく、いくつもの証印が押されていた。この書類に記されてあった名前を、ここで明かすには及ぶまい。私の祖父の、曾祖父の、高祖父の名前だった。それぞれの証書には、彼らが死んだ日付と場所が記載されていた。高祖父は一七八五年に、曾祖父は一八一一年に、そして、祖父は一八四九年に亡くなっている。ある一つの事実が、私を打ちのめした。それらの死亡証明書は三通とも、ポリネシアから発送され、諸島北岸で作成されていたのである。

これまで私は、どんな幻想もどんな疑念も抱いていなかった。そもそも先祖がどこの出だとか、先祖のしたことだとか、そんなものは私にとってどうでもよかったのだ。好奇心が私を刺激したのは、ただただ私の置かれた特別な状況のゆえだった。そこで、後見人から届けられたばかりの死亡証明書をあらためて読んでみると、私の父もまたポリネシアにある一つの島の北岸で死亡したことをなんなく確かめられた。先祖は一七八五年以来この諸島の植民だったのか？　いかなる特別な事情があって、私の先祖は四代にもわたって太平洋でその生を終えることになったのだろうか？

先祖は代々、船主か船長であったかもしれず（以前はそう考えていた）、交易によって暗礁に引き寄せられ、遭難して命を落としたのではなかろうか。それにしても、四回も？　そんなに連続して事故が起こるなど、どうしても考えにくい。では彼らは、罪人か島流しにされた者だったのか（だとしても私になんの良心のとがめもない）。しかし似たような四つの罪状、同じような四つの刑罰、同じ一つの流刑の地というのは？

彼らがもともとその地方の出身であること、十八世紀からこのかた、かの地に定着していたのだという説は、とうてい受け入れがたかった。まず、父方の姓はこの点でなにも示していない。そして私が、いまこのヨーロッパに、フランスにいることを、どう受け止めればよいのか？　それに私が、権利証書も小作料目録も受け取っていなかったことを、どのように説明できるというのか。

こうした仮説のどれもうまく当てはまらなかった。あらためて書類を手にした私は、もういちど丹念に調べてみた。消印はよく読み取れなかった。いちばん古い五角形の消印は、一七八五年のもので赤いインクで押されていた。押された銘文の二つの文字が、かろうじてこう読める。

レプ……

それに続く部分は抹消されていた。

一八九＊年九月二一日

ここ数日に浮かんだもっとも奇妙な考え。ポリネシア諸島の北岸一帯に癩病《レプラ》(1)のための療養所が建てられている。このことは、五角形の赤い消印の二文字と一致するのではないか。公証人のところに行ってみよう。

一八九＊年九月二三日

公証人は何一つ知らない。書類をあれこれ参照してから、私に示されたのは、後見証書だった。私の父は、三十歳代でポリネシアに旅立った。祖父や曾祖父については、誰も確かなことを知らない。私は強い不安にとらわれた。十二月十三日には、私も三十歳になる。しかしそもそも癩病《レプラ》が遺伝するなどということ、そして両親と同じ年頃に病気が発現するなどという証明はどこにもない。まったく、頭が変になったのか！　私の先祖が癩病《レプラ》だったなどという証明はどこにもない。なんたる妄想であることか。

一八九＊年九月二五日

医者のところに行った。検査してくれるように頼み込んだ。癩病《レプラ》が発症するのが心配なんですと彼に言った。医者は私を鼻先で笑った。彼は癩病《レプラ》を自分の目で見たことがない。彼は何も知らない。誰も何も知らない。しかし私は平静だ。私たちは宿命によって支配されてはいない。かならずしも私が癩病《レプラ》にかかるというわけではない。どうしてこの私がヨーロッパ社会のただなかで、ただ一人だけ、この残酷な病気に狙われるなどということがあろうか？

一八九＊年十月十五日

家の鏡という鏡をたたき割った。周囲の壁から見つめられることはなくなるだろう。もはや外に出かける気はない。だれにもこの顔を見られたくない！　これできっと気持ちも収まるだろう。二週間前から毎朝、私は顔を確かめてきた。額に出来た小さな紅い発疹を見て私は激しい不安に襲われたのだ。

一八九＊年十一月十一日

こんどこそ、だいじょうぶ。自分の生活をきちんとできたと思う。柔らかい布の肌着のなかに顎まですっぽり、わが身を縫い付けてしまった。使用人が食事を持ってきたときにも、部屋に入るのは、私が白いマスクをするまで待てと命じることにしている。だれも私を見ることはできない、この私でさえ。決して気付かれずに済むことだろう。

一八九＊年十二月十三日

三十歳になった。私はこの幼稚な好奇心に抗えない。シャツの腕のところをほどいてみよう。手首から肘まで、不規則な白っぽい縞が一本ある。まちがいだった！　癩病《レプラ》ではない！　あの恐ろしい掟に支配されずに済んだのだ！　自由だ、私は自由なんだ！

（尾方邦雄訳）

（1）原文のlèpreは、日本における癩病と同じく、ハンセン病の昔の呼び方。今日では、癩菌の寄生による感染症であることが解明され治療法も確立しているが、以前は病の実態が分からなかったために患者は隔離された。本文では差別的な時代背景を考慮して、かつての呼称を訳語に用いた。

閉ざされた家

奇妙な家だった。どんよりと締め切られたその家は、目を細めるようにして窓を開け、坂になった長い一本道に眠っているようにもたれかかっていた。奥まった扉は白っぽく黙りこくり、錠前も呼び鈴もノッカーも無い。昔はその扉に二ピエもある大きな赤いバツ印が付けられ、「神よ、われらを憐れみたまえ」[1]と添え書きしてあったようにみえる。中にはペスト患者がいるという告知だ。あるいはその昔、モルジアナが盗賊をあざむくために、白墨で印を付けておいた扉みたいでもあった。しかし時が経ち、そうした印も色あせていた。白くなった木のぼんやりした染みが示しているのは、ペストでもなければ犯罪でもなかった。そしてこの扉は沈黙のうちに閉じこもっていた。

いくつかの窓は、昼間でも闇夜でも、きちんとした鎧戸でぴったり閉ざされていた。ひどく暑い日ですら、鎧戸の隙間から指を入れてみると、まるで、この家から影がにじみ出てくるのを感じられたように、冷気が指に感じられた。ときたま、嵐みたいな雨で、雨足が舗石をつよく打つときなど、二枚の鎧戸が嵐を吸い込もうとばたばた音を立て、なぞの部屋の腹黒い奥底で一枚の赤いカーテンが膨らんでいるのだった。

そして昼の間、この家は恐ろしいほどしんとしていた。牛乳配達人も郵便配達人も、朝にその扉を叩くことはなかった。その家は、昔から夏至の正午になると身体の影がまったく差さなくなるという、北エジプトにあるあの町シエネにでもあればお似合いだった。なぜならその家の壁は太陽の光にいっさい触れずに、夜にはすっぽり闇につつまれるからだ。

聞くところでは、小さな子たちが白い扉を長いこと叩いてから、何が起こるかと前でしゃがんでいたらしい。するとつぜん、家の中からぞっとするようなののしりの言葉が聞こえた。そして静かになった。それっきり、拳骨や手のひらでいくら扉を叩こうが、鎧戸の隙間からどんなに泥やら砂を投げこもうが、いっさい何も聞こえなくなった。

この家の明かりがそのまま流れでてくることはなかった。そういうわけで夜の九時頃になると、鎧戸の一つを通して赤い光が一筋漏れるのだった。真夜中にそれが消えて、一時間たつとこんどは黄色いランプがぼんやりと灯るのが見えた。ちょうど日が出るとき、すべての明かりが消えた。

贋金造りの連中が住んでいるのではないか。そう考えた僕たちは偵察をこころみた。けれども、出入りする誰一人として、ついに見つけられなかった。それにしても、炉床や金属、石膏や押し型は必要だろうし、造った贋金を流通させる相棒は必要だろう。

そんなわけで僕たちはこの閉ざされた家をなぜか分からず恐れていた。ある夜、僕たちはその前で立ち止まった。廊下の端といったあたりで、はっきりと聞こえたのだ。壁からほとばしりでるような、大きくて、規則的で、長く尾を引くような息が、聞こえた。まるで間仕切り壁に沿ってその内側に、ものすごい奴が眠っているようだった。一時間以上にもわたり、僕たちはその息づかいを聞いていた。そして突然、白い扉が開いて、何者かが飛びかかってきたように思えたものだから、慌てて逃げた。

その閉ざされた家は、日差しに影を与えるかわりに、日の光を飲み込んでしまうのだった。この家が、これほど音を立てないのは、白い扉がこれほど黙っているのは、ひょっとしてそこに癩者が住んでいるからではないか。だんだんと僕たちはそう思い込むようになった。鎧戸の前を通りかかるときには、そこから出し抜けに肉の溶け落ちた腕が出てくるのではないかと恐れた。(2) 通りを渡るときには、おそろしい瘴気を吸い込まないように、息を止めるようになった。耳の中で鈴やカタカタの音が鳴って、寝床で目が覚めることもあった（僕の家はその家とほとんど接していたのだ)。昔の癩者はこのように閉じ込められ、白い頭巾をかぶり、手には藁紐で二枚の木札を下げていると、本で読んだことがあった。僕たちはすっかり、夜になると彼らが弔鐘を鳴らしているのだと信じ込むようになった。

まるで音を立てる滝のような豪雨を通して、膨らんだ赤いカーテンのうしろに、僕たちはついに一つの顔を見たのだった。癩者の姿ではなかった。ひ弱そうな、金髪の女の子の姿だった。その子は、風が鳴るたびに、泣いて震えていた。僕たちを見とがめると、ぞっとするような顰め面をして悪口雑言をわめき散らした。しかし誰かの手がその子を奥に引き込み、鎧戸を閉ざした。

その夜のこと、寝ていた僕たちは、何かがきしむような音で目が覚めた。それから、叫び声が上がり、家具のがたがたいう音、ガラスの割れる音がつづいた。僕たちは起き出し、とりあえずの服を身に付けると、表にそっと出た。閉ざされた家に、こんどは明かりがいくつも灯っていたが、その明かりはあちこちに動いていた。黄色いランプがついたと思ったら赤いランプになり、もう一つの窓からは黄色いランプの光が漏れていた。一枚の鎧戸の後ろでは、赤らんだ明かりがゆっくり回っているのが見えた。

そして、動きまわる明かりの内から聞こえたのは、恐怖におびえる啜り泣き、しゃくり上げる嗚咽だった。僕たちは白い扉に駆け寄り、恐かったが勇気を出して、扉を激しく叩いた。死人の溜息のように、長く尾を引く二度の呻き声が聞こえた。ついで静けさが、あの重苦しい沈黙が、戻った。それから、明かりが一つまた一つと、いっしょにではなく、まるで明け方のように、消えて行った。僕たちがどんなに声をかけても、なんの返事もなかった。

夜明けまでに僕たちは寝床についた。赤い雲が空を引き裂く頃に、僕たちは窓を開けた。閉ざされた家の鎧戸が一枚、閉まっていないのが見えた。僕たちは急いで降りていった。昇る太陽に向かって、金髪の女の子は笑っていた。問いかけても、その子は何も言わずに笑っていた。僕はその子の小さな手を取った。その手は土で汚れていて、爪の下には血の痕があった。

しかし警察に僕たちが通報した頃には、その子の姿は消えていた。入ってみると、閉ざされた家はからっぽで、家具一つなかった。やがて周旋屋が僕たちに一枚の札を見せた。白い扉にかけられた「貸家」の札は、僕たちを鼻先でせせら笑うようだった。

（尾方邦雄訳）

（1）『千夜一夜物語』の「アリババと女奴隷によって皆殺しにされた四十人の盗賊の物語」で、盗賊に殺されたカシムの家にいる聡明な女奴隷。

（2）中世以来、癩者が身につけて存在を知らせた。

ユートピア対話

シプリアン・ダナルクはもうじき四十になろうという年回りだった。それを言おうものなら、彼を怒らせることになっただろう。世間の他のことと同様、己の年齢に従うなどまっぴらだった。背はすらりと高く、痩せて日焼けした肌、強い光を放つ目と、鷲のような顔にたびたび浮かぶ微笑は、口の端にできるえくぼで特徴づけられていた。さまざまな理論を読みあさり、どんな矛盾にも辛抱できない彼は、いま話をしているその時に言っているまさにそのことを信じる、という風変わりな宗旨の持ち主だった。この宗旨に信者はたった一人、それでも彼には十分だった。シプリアンの信条はしだいに偏執狂的になっていた。自らの自己を純粋に熱愛するあまり、それが他人の自己と接触することで汚されることに吐き気をもよおすのだった。私が言っているのは、つまり、排他的にシプリアン的でない感情、意志、考え、言葉のことである。偉人たちのよく知られた細部をまねて彼らに似ようとする（よくある好みだ）なんて、とんでもない。あらゆる類似を、彼は嫌悪して遠ざけるのだった。ダナルク家の両親とも、家族の雰囲気を避けようとして仲違いしてしまった。他の誰かに似ているところがあると思われるのが、とても耐えられなかったのである。

はじめに彼が興味をもったのは美術だった。ただしそれは、いかなる流派にも属さないような美術に限られていた。こうして彼がまず心服した五、六人の画家の中には、まったく知られていない画家がいた。また、たった一枚の絵でしか知られていない画家がいた。また、名前さえ伝わっていない「半身像の画家[1]」などもいた。ハールレム美術館の大広間に懸けられた絵のうちの一枚の背後にバネがあり、作動させるとエルサレムの聖ヨハネ信心会のパネルの下に小さな入り口が魔法のように開き、あらわれた秘密の部屋のなかに聖チェチリアの素晴らしい姿を拝めることを、彼は知っていた。パリでは、ヴォールゲムートの「十字架降下図」や、クラナッハの二枚の肖像画、それに一枚のフラ・フィリッポ・リッピのありかを知っていたが、それらの作品を見られるのはその所蔵者と一緒のときだけだった。ドイツのいくつかの礼拝堂の、四百年前から誰もじっくり見ようとしなかった祭壇画上に、スコーレルもしくはショイフェラインの筆跡を発見したのは、ただ彼だけだった。

あいにくなことに、ひとつ、またひとつ、彼の秘密が暴かれていった。好奇心のつよい旅行者や、手懸かりをつかんだ学者や、美術館の目録作製員たちが、それを熱愛しているのは自分だけだとシプリアンが信じていたものを、次から次へと世に知らしめていったのだ。

そこでこんどは、ものを書くことにしようと、彼は考えた。犢皮紙に金の羽根ペンで書き写した原稿は、たいせつに隠しておこう。詩であれば、誰にも真似できない韻律と単語の組みあわせを実現するのに、もっとふさわしいと思われたからである。さてこそ彼の作品は厖大な巻数と相成った。そのなかでは、詩句の慣用的な順序はくつがえされ、というか詩句そのものも、能うかぎり、これまで詩人の誰ひとり詩に用いたことのない単語から構成されており、それを誰も想像すらできないようなやりかたで並べられていた。いっときはシプリアンも、この特異なところに満足していたのだ。だが、さらに多くの作品を読みすすめるうち、自分より以前に、着想のいくつか、詩句のいくつか、さらには度外れて極端な奇想でさえもを改めて見つけ出してしまうのだった。とうとう彼は、ものを書くということは、知らずに誰かの真似をしていることになると判断するしかなくなった。

だがそれにしてもと、ある日シプリアンは思った。僕が他の誰かに似ざるをえないのなら、他の誰かと同じような称賛を受けずにいられないのなら、いやおうなく他の誰かと同じように考えねばならないのなら、とどのつまりは、他の誰かのように行動せざるを得ないのではないか？　僕は自由ではなかったのか？　両親や僕に似ている連中、周囲の状況がこぞって結託しているからには、他の者を決定しているものに逆らって、ほんとうに己自身となるすべは、この僕にはないというのだろうか？

　こんなところがシプリアンの偏執の現状だったのだが、まさにその午前中のおひる近くに、恋人の〈トガリネズミ〉が彼に会いにやってきた。

　シプリアン・ダナルクは、何も置いていないテーブルの前に腰をかけ、どれがどれやら、まったく見分けのつかない真新しい五フラン札を並べていた。そのうちの一枚を、選択を決定づけた動機を説明できないままに、なんとか選びだそうと集中していた。つまり、その一枚がとくに陽に照らされているのでもなく、他の札より手の届きやすいところにあるわけでもなく、一とか、三とか、七とかいう、運命の定めた場所に置かれているわけでもなければ、この選択が成功したことになるだろう。だが、となりの一枚ではないまさにその一枚を選ぶようにシプリアンを決定づけたこともまた、こうした考えの一つによってなされてはいけないのだった。このデリケートな操作が最後までうまくいったのは、午前中でたった一回きりだった。さて、シプリアンが葉巻に火をつけ、彼の自由行動《アクション・リーブル》に一息入れようかというそのとき、トガリネズミが入ってきた。

　――トガリネズミ、動かないで、とシプリアンは叫んだ。そこに五フラン札があるだろう？　そこから一枚を取ってくれないか。

　――はいどうぞ、とトガリネズミ。ご用はそれだけ？

　――そんなに簡単な仕事でもないんだよ。僕なんて、それでへとへとになってるんだ。ところでどうして君はその一枚を取ったの？

　――わからないわ、どうしてって？　印でも付いてるの？

　――いやいや、とシプリアンは答えた。ほかの四枚と同じだが、そこがすごいところじゃないか。ほら、よく考えてみて、思い出してくれないか……

　――よしてよ、とトガリネズミ。お昼にしましょう。私は、そのお札を取ったからそのお札を取ったの、それだけのことでしょ。ああもう、あなたのその癖には耐えられないわ！　毎日なにか新しいこだわりを見つけるんだもの。

この娘は、言うこともすることも明らかに自由だな、とシプリアンは考えていた。ここで自由と私がいうのは、この娘が動機のことなどまったく与り知らないということだ。この子は無知のおかげで自由になっている。だが、私にとって、それだけでは不満なのである。

そこで彼は彼女を賛嘆の思いで見つめた。

トガリネズミことリリ・ジョンキーユは二十歳で、これまでたいした人生もない。その顔はといえば、真っ白でよくうごき、抜け目なく人をさぐるような、三角形の肉に過ぎなかった。金色の眼。爪を伸ばした小ぶりの両手。逃げる水のようにすり抜ける体つき、そして言葉の元で軽やかにうごく唇。彼女は新聞小説を読んでいるし、どんな悲劇《ドラマ》にも涙を流し、医学と政治には信をおかず、革命家にも権威ある連中にも同時に憧れ、喜劇役者に熱狂して、モンマルトルのキャバレーの歌なら暗《そら》で歌えたし、ある晩はカジノ・デ・トロタンで女友だちの〈セミ〉の代わりをつとめたこともあった。信じこみやすいと同じほど疑いぶかく、傷つきやすいと同時に忍耐づよく、すぐ同情するくせに残酷なところもあった。それが時と相手しだいでころころ変わるのである。だから、女友だちのセミの口にするゴシップはたいてい信じるくせに、シプリアンのちょっとした論議にも肩をすくめるのであった。三面記事の犯罪者のある者には憤慨するが、「勇ましく」ギロチン台に上った犯罪者のことはえらく尊敬し、その理屈がどうもよくわからなかった。好物はザリガニと猟肉とウサギ肉とサラダ、泡立つシャンパンと揚げもの。キノコの良し悪しが特定のしるしでわかると自慢していた。「表示価格から値引きしない」と言って「百貨店《グラン・マガザン》」をこき下ろしていた。そのいっぽうで彼女が信頼していたのは、格別にお買い得でもない流行りの商店なのだった。最後に、彼女が何より恐がっているのは、病院と警察と蜘蛛と裁判官だった。なのに彼女、フランス共和国大統領のお通りとあれば、かならず見物に行くのである。

トガリネズミはシプリアンを軽蔑しつつ熱愛していた。流行《はやり》の言葉を理解できないがゆえに彼を軽蔑し、それを理解できないがゆえに熱愛していた。軽蔑とはなんらかの無理解のしるしであり、敬愛もまたそうである。十四世紀に作られたいとも美しい装飾用の長持《カッソーネ》より、新作の帽子のほうが好きだからといって、そんなリリをシプリアンが軽蔑することはなかったし、彼女を解りすぎるぐらい解っているからといって、リリを熱愛することもなかった。

けれども今回は、いつもの完全無欠で誤謬なき彼にして、もはや理解できなくなっていた。だんだん彼はこう論証するにいたった。似たような連中といちばん異なっていられるのは、自分の個性からまったく自由にふるまうときなのである。さてそこで、このシプリアン・ダナルクがたいへんな苦労をしてやっとそこにたどりつけるというのに、この小娘ときたら、最初の一度で、達成してしまった！

シプリアンがこうして当惑におちいっていたとき、アンブロワーズ・バブーフが入ってきた。

アンブロワーズ・バブーフの見た目は、奇妙なキノコに似ていて、そこに二つある輝く斑点が目になっている。長らく歴史学をやったすえによくわかったのは、歴史の方法はまったく非科学的だということだった。まずはじめに彼は、回想録や、新聞や、書簡のなかで集めた事実から、テーヌの方法(2)にしたがって一般則を引きだした。ついで、その事実を解釈しようとすると、彼は疑いにとらわれてしまった。なぜなら、そういう事実はどれもこれも、第三者によって報告されたものだったり、二十年も経ってから書きとめた個人的な思い出だったり、証となるのはたった一通の手紙だったりしたからである。そもそも手紙というのは、誰かに宛てられるものなのだから、そこに実際のことを書いたりするものだろうか？　というわけでバブーフは、それからは物として間違いのない史料以外のものには、もう信を置かなくなってしまった。たとえば、領収書、遺言書、出生記録と死亡記録、裁判記録、公正証書などである。ところがここで、新たな困難が生じてきた。その手の記録文書は、当該の人物が、いつどこにいた、年齢はいくつであった、いくらいくら受け取った、これほど財産を所有していた、などということを証明してくれる。しかし、人物そのものについては教えてくれないので、歴史家はその人物も、その人物が考えていたことも書こうとしても書けないのである。そこでまさしく、アンブロワーズ・バブーフの登場である。彼が描いているのは、その人物についてバブーフの描いているイメージによっていたに過ぎない。ここでこの学問もまた敗北してしまった。なぜなら、バブーフはバブーフ自身を疑っていて、そんな自己を歴史上の真実性を計る基準にするなど、まっぴらごめんなのである。

人生のこの時期になって、歴史学という迷妄を抜け出したものの、なお事実というものに信を置いていたバブーフは、次に書く本の予定について訊かれるたび、こう答えていた。

——もう書いていないんです。私をよろこばせたいとおっしゃるなら、「郵便局便覧」の項目をカードに書き写させていただけませんか。少なくともそこには、なにか確かなものがあります。カードをつくる必要があります。そう、カードを作らなければなりません。

バブーフ自身の精神について正確な知識が得られれば、いつか科学的に事実を解釈できるようになるのではないかという期待が、アンブロワーズを心理学に向かわせ、そこからすぐさま、確固たる基盤をもとめて、解剖学と生理学へ、とりわけ大脳のそれへと向かわせた。思考の要因とは何なのだろう？　それは脳細胞なのだろうか？　一個一個の違いなどほとんどない細胞が、いったいどんな過程で感覚印象を受けとり、記憶をたくわえ、想像、意志、理性を織りなすのだろうか？　そこで、バブーフは日がな一日実験室に閉じこもり、脳の切片から薄片標本をつくり、顕微鏡で調べあげた。彼は脳のあらゆる組織と、細胞の構造を究めつくした。だが細胞は、真実の知識を得るうえで、署名入りの証書や領収書ほどの役にも立たなかった。個性というものの正体を明かしてくれるような事実はなにもなかった。このまま分析をつづけて、さらに遠くへたどりつけるのだろうか？　おそらく。だが、バブーフは、人体の科学には人事の科学と同じく限界があると悟った。そしてこうくりかえすのだった。

——なにも見つけられないだろう。永久になに一つ見つからないさ。でも脳を切り開いてみる必要はある。そうだ、仕事をしよう。脳を切ってみよう。

——バブーフ！　とシプリアンは大声をあげた。ほんとうに僕が自由だと思っているのかい？

——わが友よ、とバブーフは言った。ありえないことではない。ときどきおかしな畸形を見かけるだろう。今日最高の外科医のひとりが、完全な両性具有者を手術したばかりだ。このことが証明しているのは、すくなくとも一度は、自然が決定不能におちいったことがあるということではないか。学識ゆたかな物理学者のブシネスク氏[3]は、ある条件下では液体が平衡の法則にしたがわず、勝手気ままにふるまうことを証明した。ブートルー氏[4]はすぐれた哲学者だが、宇宙の法則が絶対ではないと考えている。そして天文学者たちが恒星の放つ光を観察した結果からは、この世界が回っている空間さえも、厳密に幾何学的とはいえないことがわかっているのさ。たぶん三次元以上の、それとも三次元以下の次元が存在するんだろう。幾何学ですら無謬じゃないとしたら、シプリアン、君が自由でないわけがどこにある？　もっとも、君の自由になんの重要性があるというんだい？　君は正常でない存在だという、ただそれだけのことさ。それならきちんと決められた法則を知りつくすほうがずっとましだ。そうさ、仕事をしよう。永久になにも見つからないなんてことがあるもんか。ともあれ仕事をしよう、脳を切ろうじゃないか。

——いいえ、お昼にしましょう、リリが言った。

——ここではトガリネズミに理があるね、とシプリアン。まずは昼食にしよう。それで、食事が終わってもまだ、われわれの話題がほかのことに移っていなかったら、きみに答えることにするよ。

（尾方邦雄訳）

（1）十六世紀前半に活動したフランドルの画家。楽器の演奏や読み書きをする女性の半身像を描いたところから「半身像の画家」と呼ばれている。

（2）イポリット・テーヌは、文学史の対象となる作家を、種族（地方人気質）と環境（出身階級や家族構成）と時（時代の風潮）の三要素に従って分析しようと試みた。その実証的で科学的な方法論のこと。

（3）ジョゼフ・ブシネスクは流体力学を水理学に応用して、乱流の「渦動粘性数」モデルを提唱した。

（4）エミール・ブートルーが一八七四年に刊行した最初の本は『自然法則の偶然性について』と題されている。

マウア

I

腿《もも》のあいだに片手を差し入れた彼女の顔は、一条の金色に縁どられていた。眠る女のほうにこうして身をかたむけ、まずは乳房のさきに触れ、それから項《うなじ》にやさしくキスをした。女の全身は眠りのせいで冷めていた。そのからだに両腕をまわし、つよく抱き寄せると、眠る女はゆっくり波打つようなしぐさでこれに応じた。くちびるから軽いため息がひとつ洩れた。股が開かれ、そこに昂ぶる片手が滑りこみ、押しひろげた。眠る女の両足がわななき、くちびるは暗鬱なキスのほうにむけて強ばった。

II

「わたしの髪で、このやわらかい金色の髪で、おまえの口をふさぐよ、息もできないほどに。かわいい怖がりやさん。顔をそらしちゃだめ、おまえが欲しいの。驚愕したおまえの目を、震えるくちびるをちょうだい。おまえを好きなの、もう、がまんできない。ああ、おとなしく、わたしに股を開かせて、はじめてなのね。閉じてはだめ、そんなにきつく両腿を閉じてはだめ。おまえはわたしのものになる。わたしはおまえを手に入れるの。」

「ああ、痛くしないで、好きなひと、好きなひと。ああ、あたしを手に入れて、おねがい。もう降参、あんたの好きにして。あんたのすべてを感じる、あたしの上に、あたしの中に感じるわ。あたしを犯して、あたしを犯して！　ああ、痛くしないで――でもあんただから、いい、とても、いい。ほら、もういやがっていないでしょ。突っ込んでる、あんたが突っ込んでる――ああ――もう処女じゃないのね――感じる――わたし、濡れてる――神さま――こんなに濡れてる――あんたがあたしの中にいる、あたしはあんたのもの、もっと、もっと。あたしは汚れてる、あんたに汚された、いとしいひと、汚されたの、そう汚されたのよ、あんたに！」

III

「聞くのよ、愛しいひと、わたしの髪にすっぽりおぼれた、くたびれた怖がりやさん。わたしの口は、おまえのくぼんだ薔薇色のかわいい耳のすぐそばよ――ああたまらない――そんなふうに震えないで。おまえ、自分がなにものか、わかってる？　おまえはわたしの妹、わたしがあれをしたばかりの、わたしのかわいい妹、そう、夜のうちに、ほとんど眠りこんで腕を垂らしているうちに、わたしがあれをした妹よ。ああ、おまえはもう処女じゃない。おまえは、わたしに破られたの、このわたしに、姉のわたしに開かれたの。そしてそれは、悪いこと、禁じられたこと。だからあしたの朝になれば、股間が痛くなって歩けなくなる。その傷の痛みが、わたしのことを思わせるのさ。あしたの宵になったら、わたしはもどってきて、おまえを、傷だらけのくたびれたおまえを、また自分のものにするよ。おまえの下着は、わたしのいい子、おまえのパンタロンは、汚されるの、わたしに、このわたしに。」

IV

「むかしペルシャに、白い家で暮らす遊女がいたの。切れ長の黒い目、指先は金色に火照っていた。きっとおまえなら、彼女の指の一本をおまえの口に奥深く、奥深くまで差し入れて欲しくなったわよ。両脚はくるぶしから腿のところまで、緑と黄の菱柄になった布地でぴっちりと締め付けられていた。愛人は彼女の両足を一本の輪に通して、すこしだけ吊り上げる。遊女は股をぎゅっと締めた。彼が彼女の中に入ると、彼女の両脚はがくがくと震えた。片方の手でなんとかお尻をまもろうとしながら、彼女は目をそむけた。それから彼は、彼女の手首とくるぶしを細い絹紐でしばりあげ、縮織り《クレポン》で口にさるぐつわをかませ、後ろから犯した。そのすべてを彼女は受け入れたのよ。」

V

「ああ、もう聞いていられない、あたしをものにしてちょうだい、早くあたしを犯して。手足をしばって。さあ、あたしのお尻は欲望で締まってる。あたしはペルシャの遊女。あんたの勝ちよ。いじわる、あたしをしばったりして――開かない、股を大きく開けない、あたしはしたくてたまらないのに、あんたをあたしの中に感じたいのに。打《ぶ》って！　あたしを、打って！　あたしを犯して、つよく、つよく――ああ――あれがあたしのお尻に入ってくる――もっとつよく――もっとつよく――緑と黄のパンタロンの上から、あんたがあたしに入っている。あたしは目をそらす。もういや、もういや、やめて、やめて、おねがい、たのむから、あたしの――後ろから入れてよ。」

VI

「おまえの乳房のさきを三回吸ってやれば、おまえはもう、なされるがままね。乳首が立っている、立っている、やさしく噛ませて、そっとやさしく。ああ、かわいい子、なんておいしいの！　おまえを噛んでる、おまえの肉を嚙んでる、股の間におまえが感じられる、そこに手を置いておくれ、おまえの手を、後生だから。濡れてきた、濡れてきたよ――おまえの乳房のさきを、歯のあいだにはさんでやる。」

「いじわる、いじわる！　ひどい！　こんなに、いじめるなんて！　痛いじゃないの！……ああ殺して、殺して！　嚙んで、嚙んで、嚙んで、もっと、もっと、歯をとじて。あたしを嚙んで、あたしを嚙んで、ああ、あたしの牝狼《ルーヴ》、あたしはあんたのもの、あんたのものよ。吸いつくして、あたしを吸いつくして。あたしの血をぜんぶ、あんたの口に、あんたの口に――あああ！」

Ⅶ

どうして、あたしのそばに立って、恐い目つきであたしをじっと見ているの？　何をしようというの？　ああ、乱暴ね、あんたはあたしにまたがって、馬乗りになってる――あたしの乳房をつかんでる！　おお、乱暴な馬乗りさん、激しく乗りこなしてちょうだいな。あたしは御《ぎょ》しがたい獣なのよ。叩いて、あたしを打《ぶ》って、そうしたら、あんたに向かって疾駆《ギャロップ》するわ。あたしの腰を、あんたの膝で締めつけて、あたしを締めつけて、あたしを壊して、あんたが腰掛けてると感じられるように、あんたの股をひらいてちょうだい。ああ、乱暴なお姉さまにまたがられるのは、すごく気持ちいい。あたしの馬乗りさん、あたしをものにして、あたしの手綱をひいて、もっと早く、もっと早く、ああ、いい、いい、いい、つよく、つよく、あんたに乗られてる、あんたにやられてる！

Ⅷ

「あんたの乳房でぴんと張った、そのシュミーズ、なんときれいで手触りがいいのかしら――乳首が見えるわ。それに、なめらかなペチコート、レースがすてきね。股をつつむそのパンタロン、下半身が透けてみえるわよ、わたしを犯したひと。裸の腕にあたしを抱いて、この身はあんたにささげるわ、この身をまるごとあんたに押しつけてやる。

ああ、このすけべさん、そのスカートの下に隠しているのはなあに――その硬くて醜い、すぐにあたしを、傷つけ、欲しがり、手に入れようとするものは、なんなの。ああ、このすけべさん、スカートの下で勃起してるのね。おやまあ、さっさと張形《はりがた》を装着している。あたしのいいひと、なんてこと、こんなに怒張したりして！」

「そうよ、すけべちゃん、わたしは勃《た》っている。これからおまえをしてやるよ。さあ、スカートをまくりあげるわよ。バチスト織りのパンタロンから、突き出してそそり立つこの竿《さお》をみるがいい。勃ってる、勃ってる。おまえにすぐしてやるから。犯されるがままになるんだよ、愛する子。さあ、こいつをおまえに突っ込んで、ひたすらに。ほらほら、股を開くのよ、しっかり開きなさい――うふうふ――ひと突きで――奥まで――さあ、すけべちゃん、おまえを犯してるんだよ、このすけべ、すけべ、おまえは、レースのスカートを履いた好き女にやられてるんだよ、奥の奥まで、やられてるんだよ――もっと、もっと、ああ！」

「ああ、もうだめ。死ぬ、死んじゃう。この好き女、あたしを殺す気なの――気持ちいい、気持ちいいわ、ほら、からだをぴったり合わせて、ぴったりと。」

IX

わたしが頭に浮かべているその少女は、オレンジ色の胸をして、すらっとした手首には金色の布を巻き、両手をひらいて、とてもゆっくりと股をこすりつけている。そして、ほら、羞恥をふくんだ少しやぶにらみの目となが い睫毛《まつげ》をしている。その娘《こ》のくちびるは、未知の熱い言葉で発せられる子供っぽいことばによって、ミツバチのようにふるえている。両の乳房はオレンジ色。手首に巻いた布のほか、何も身につけていない。わたしの口を奪おうとする彼女の、両目は恥じらって閉じられ、睫毛はそよともしない。それからわたしはその娘の、冷たい両の乳房を手に取ってみる。するとその娘は、からだをうしろにのけぞらせ、乳房のあいだから、そのむこうに、なかば開かれた口と歯の先が見える。そして、やさしく、またまたその娘が接近してきて、股をわたしの頬にぴったり押しつける。こんどはわたしのくちびるのうえに、冷たい恥毛がふれるのが感じられる。

X

「ねえ、オレンジ色の胸をした少女みたいに、あたしにあんたの口を犯させてちょうだい。あたしをつかまえて、もぎたての果実のような、あたしの乳房を抱きしめて。あたしの乳房を押しつぶして、つよく、もっとつよく。あたしは東洋のレズ女。食べて、吸って、あたしの恥毛の香辛料を嗅いでちょうだい。あんたの息はさわやかね。あんたの顔をあたしの股でふさいじゃおうっと。顔に馬乗りよ。あんたを穢してる、あんたを穢してる。あんたはあたしに穢されているの。この汚れは永遠に拭えないのよ。あんたに永遠のしるしをつけた。あんたの口を、あんたの口を、そう、あたしは歓喜の絶頂で彩っているの。」

「ああ、東洋のレズ女、こんどはオレンジ色の胸をした少女のように、後ろを向きなさい。あら、笑っているの。その濡れた恥毛を、こっちにちょうだい――あらまあ、びしょびしょ――わたしのくちびるがおまえのあそこで眠れるように。」

XI

きょうは、おまえがわたしに触れることを禁じます。わたしのからだまでちかづいてはなりません。わたしは透けるような織物にとらわれているのよ。わたしの乳房をみて、わたしの腕の下にできた影をみて。わたしの股のあいだの影をみて。かわいい子、わたしはシュミーズとパンタロンにすっかり封じ込められてしまったの。

「いや、いや、あんたに触らせて。」

「だめ、そうはさせないわよ。ほら、いくらその手でさがしても、開いてるところはないでしょう。おまえが牢獄を通してわたしを愛撫しているのを感じるわ。ああ、なんて不幸なわたし。欲望で死にそうなのに、この透けるようなパンタロンに幽閉されて。こいつがどれほどわたしを締め付けているか、見てごらん。」

「でもあたしなら、それを破けるわ。」

「だめだよ、わたしは閉じ込められていたいのさ。ほら、わたしの快楽は窮屈なところにあるのよ。わたしはひとりで燃え尽きるの。おまえはわたしのところに来られない。わたしはわたしのところに来られない。ほらね、ちからいっぱい脚をひらいているだろう。パンタロンが薄いから裂けてしまいそうだ。ああ、もしわたしが自由になれるのだったら！　ごらん、見るんだよ、透けている下着を通して、わたしがどんなに怒張しているか、わたしがどんなにおまえに勃起しているかを。」

「うん――ああ、うん――脚をひらいて――もっとひらいて――もっともっと――せいいっぱい。さあ、あたしはそこに入り込むわよ。あたしの乳が立ってるのを感じる？　乳を押しつぶして、あんたの股で乳を押しつぶして。ああ、好きよ、もうがまんできない。あんたのパンタロンはぴんぴんに張ってる――あんたのくるぶしをつかんで――あんたをひろげるの――ああ、あたしはあんたをひろげてる――好きよ、好きよ、かわいそう――あたしの歯で引き裂くわ……ああ、あたしはあんたの中にいる、むさぼるようにあんたの中に――あんたを食べる、そう、あんたを食べてる――気持ちいいでしょ、あたしの口で気持ちいい――あんたを自由にしてあげた、自由に――あたしの口を濡らして、のどを潤して、全身をびしょびしょにしてちょうだい――あんたの愛液だわ――あたしにそれを、ちょうだい、ちょうだい。すけべ、すけべ！　あたしもいきそう、いきそうよ――ああ、このすけべ、あんたはあたしのもの――あんたが歯をきしらせるのが聞こえる！　もう、くたくた――愛してる、愛してる！」

このままわたしに、ささやかせるのよ、髪にかくれている、その耳に。おまえのどこを好きなのか、わかるかい？　わたしの小さな天使さん、残酷なまでにエゴイストなところだよ。おまえはエゴイストだね、ほんとうに、ほんとうに。なぜなのか、知っているよ、わたしはそのわけをよく知っている。おまえは聖女なんだ、信仰をもっている、おまえの快楽に対して、おそろしいほどの信仰を。おまえはおまえの愛を信じている。ああ、おまえは自分の愛に身をささげている。愛のためなら、おまえはからだを傷つけるし、苛《さいな》むこともいとわない。聖人が己の身を無垢でつつむように、おまえは快楽でおまえのからだをつつむんだ。それでいて、おまえは無邪気、まったく無邪気で、深い信仰にひたっている、あたしのかわいい聖女、おまえはおまえのことを信じているから、おまえ自身を信じているのだから。

「このまま、させて。ああ、あんたはあたしを興奮させる！　さあ、あんたはあれをされるのよ、破廉恥にあれをされるのよ。」

「ああかわいい子、おねがいだから！」

「いや、どうかなってしまいそう！　したくてたまらない！　あんたは、好きにしたくないの？　つまらないひとね。そのまま、そのまま……　だめでしょ……」

「ああ、かわいい子、見えるよ、おまえが微笑んでいるのが見える。おまえの顔がエクスタシーで、おまえの絶頂感で、おまえの快楽へのおまえの信仰で、火照っているのが見える。わたしを苛んでいるなんて、わたしをいじめているなんて！　ああ、大好きだよ、聖女、聖女、天国を陵辱する乱暴者――さあ、わたしをものにして、わたしを連れていって――おねがいだから――いっしょに連れていって――おまえの微笑みがかがやいているから――おまえが歓んでいる。」

「ああ、いい！」

「とってもかがやいている！」

XIII

これこそ、おまえが信をおいている、唯一の信仰なのね。侵すべからざるにしては、消えやすい信仰じゃないこと？　逃げ去るときは微笑んでいるのに、探そうとすると怒ったりして！　ああ、おまえの深くてはかない快楽よ、わたしの聖女！　その快楽は汚れなき女よ、おまえから発して、おまえの匂いが染みこんでいる。その快楽に、おまえの目はかがやき、おまえの歯はひかり、おまえの腋の下は香る。その快楽は、おまえの腰にそってのたうつ。その快楽は、おまえから逃げ去る、おまえから遠くに逃げる。わが妹よ、おまえの身中にその快楽をとらえるがよい。わたしの身中にそれをさがすがよい。それはおまえのものだよ、おまえのだ、おわかりだろう。

「ええ、わかってる。」

「ああ、それなら快楽を追いかけて、追いかけて、さあ！　ああそれは、波打つシュミーズのように、おまえのからだをいっぱいにつつみこむのよ。おまえは溺れる、法悦に溺れる。おまえは溶ける、もっと、もっと、快楽へと溶けるのよ、かわいい子。」

「だまっていて、ああ、だまって。もう、腰がだめになりそう。」

XIV

あら、こんな真夜中に、わたしを驚かせたりして。しいっ！　さもないと、外に聞こえてしまうでしょう。この部屋でちょっと動いても筒抜けなんだから。そう、静かにわたしのベッドに滑り込みなさい。わるい子ね、真っ裸じゃないの！　ああ、おねがい、くすぐらないで。なにしてるの？

「あんたの股を感じているのよ、大好きなひと、あんたの脚を開いているのよ。」

「だめよ、おねがいだから、わたしの脚のあいだに横たわらないで！　おそろしい子、かわいい子、ああ、おまえはわたしを殺そうというの。死んでしまう、わたし、死んでしまう！　おまえの金色の髪がわたしの肉のうえにひろがっている。なんと柔らかい髪なの。かわいい子、もういちどキスをしてちょうだい。」

「こんなの初めてよ。キスして、もういちどキスして。あんたの目はとてもけだるいわ、あんたの髪の毛はとてもかったるいわ、あんたの口はとてもいやらしいわ！　いやらしい真っ赤な口！　こんな乱暴なキスをどこでおぼえたの？　ああ柔らかく濡れた口──負けよ、あんたに負けたわ。その口、いやらしい口があたしにディープ・キスするのだもの──あんた海にもぐるように、わたしにもぐってる。ああ、愛しいひと、あんたのくちびるはなんて謎めいたかたちをしているんでしょう！　そんなかたちを、イタリアの宮殿の壁の上にあるのを見たことがあるわ。そのときには意味がわからなかった──いまならわかる──いまわかったの──死よりも暗い、遠く離れた快楽だったのね。」

XV

あんたのキスの赤い光のなかで死は、ぼんやりとしていないこと？　ああ、死がかがやいているわ！　ささやいて、もっと、耳元でやさしくささやいて──なにか言って、ああ、なにか言って。あんたの欲望で、あたしは死にそう、ほんとうに死にそう。ええ、あたしはあんたのだだっ子よ、あんたに付いていく。あたしを抱いて、あたしを抱いて！　あたしを心臓までびしょびしょにして。あたしはあんたの声。激しいのにやさしい侵入、ああ、あたしの魂の荒々しいこと！　あんたのくちびるは血塗られた細い二本の小指のように、あたしをあんたの中に引き入れる。あんたの髪は、死をもたらす金色の雲のよう。あんたの手は官能的な唐草模様、あたしのからだに運命の輪をなぞっている。ほら、あんたのつぶやく呪文に、あたしは降参する。あんたは甘やかなペストの沼のように虹色の曇った鏡、そこにはもうあたしの顔は映らない。あんたはたまり水のようにあたしを取り囲む。あたしは沈む、あたしは、大好きなあんたの悦楽のうちに沈む。あたしは死にそう、あたしのまわりにからみつく湿って冷たい蔓草と、あたしを締め付ける寒々とした快感で、あたしは死にそう。あたしの両目が暗闇に浸されてゆく。聖なる震えがあたしをとらえる。落ちてゆく、あたしは落ちてゆく。あたしは死ぬ、あんたの中で死ぬ、ああ、愛するひと、あんたの中で死んでゆく。

XVI

さて。彼女の乳房は化粧をほどこされ、瞼《まぶた》には香油、額《ひたい》に巻かれた金の輪飾りにはトルコ石が一つ。わたしの魂、古戦場から掘り出されたトルコ石。その石は死者たちの血の凍るような青をしている。わたしをおまえの身に付けておくれ、色が曇っている宝石類みたいにわたしが死ねるように。病んだオパールのように、わたしの瞳から光が消えてゆく。宝石たちが粉々になっているおまえの指輪でわたしに触っておくれ。そうすれば、わたしの生命《いのち》はまるごと小さくひび割れるだろう。わたしの欲望は、密雲のようによみがえり死んで、緑柱《ベリル》の中に消え去るの。わたしの血の滴は真っ赤な石となって、おまえの残酷な笑いは固まって縞瑪瑙《しまめのう》になる。彼女の足には白粉がまぶされ、彼女の額には色蒼ざめたトルコ石が一つ付けられている。それからわたしは、同性愛の女みたいに彼女の上にわが身をひろげ、彼女の愛の香りを胸一杯に嗅ぐのだ。これは生きている珊瑚《さんご》の尖端。それを押す、わたしはそれを強く押す。ああ、生々しい宝石、おまえがわたしの股の間で震えるのがわかる。ちからを抜いて、ちからを抜いて、ほんとうにわたしは、気持ちいいのだから、わたしは割れ目で果てる、そこではおまえの法悦のくすんだ六放珊瑚《マドレポール》が、感じやすい珊瑚を永遠に打ち立てるのよ。

XVII

一九〇三年四月〔以下加筆〕

このときマウアは、小さな両耳に二輪の赤いハイビスカスを挿して、船の甲板に寝そべっていた。くすぐるような大気がわたしたち二人にやさしく触れ、海は鈍く光り、月の光もおだやかで、うってつけの暗闇では綱具が音を立てていた。わたしは全身を震わせながら彼女のすぐそばに寝転がり、彼女の耳のすぐ近くにあるハイビスカスの花を髪の毛と一緒に嚙んだ。マウアは歌っていた。「おお、ツシターラ、歌ってあげる、ほらわたしの指輪」（と歌いながら彼女はわたしの指に指輪をはめた）。その滑り具合がわたしを冷酷な快感で満たし、そうするうちもマウアは歌っている――おお、ツシターラ、ターラ、ターラ、タロファ、タロファ……フェア、サモア――…オオ、ツシターラ……　マタマタ……　マウア、オイ、タロファ、アリー！　わたしは手を握りしめ、手のひらの匂いを吸い込んで、そそり立つ彼女の胸と震える尻に手のひらを押しつけ、横になって股のあいだに入った。おお、マウア！　そして島々のかぐわしい香りがわたしたちの上を流れていた――アポリマ島に近づいていたからだ――海の揺れと性愛の息吹は、わたしの魂を波頭に消え去らんばかりにした。赤い花が揺れていた――おお、マウア、タロファ――海の上、夜陰の真っ暗なところで、二人のからだは一つになって揺れていた。

XVIII

マウア、わたしの股の間の赤いハイビスカスの花を嚙んで、ああ、ゆっくり、ゆっくりと傾《かし》いで。ああ、海上の夜の船揺れの震えよ。ああ、おまえの手のひらで、わたしの胸をそっと愛撫しておくれ、押しつけてはだめ、押しつけないで。ああ、今よ、その乳房を果実のように摘んでおくれ、禁断の果実のように。ああ、マウア、野性のイヴ、罪を愛撫しなさい、罪を吸い込みなさい、罪を貪りなさい。わたしはおまえの日に焼けた首にこんなふうに股を重ねるわ、食いしん坊さん。ココヤシ油がおまえの喉を光らせ、おまえの髪を香木のように香らせている。おまえの白く尖った歯をわたしのなかに押し当てて、ああ、人喰い娘、ああ、人肉喰らいの女！

XIX

その化粧した踝《くるぶし》をわたしが石棺の縁で捉えると、生きている足はふるえた。悪魔のような青白さが、絵を施した壁のうえで光り、幾世紀も積もった埃には薫香があった。そして踝はおののき、まっすぐで堅い太腿はわななないた。そしてもう片方の脚が、まるで快感に達したように大きく開かれた。そのわななきは、すべすべした両の乳房まで届き、赤いくちびるは弓なりになって、鼻孔はぷるぷる震えた。わたしの手は腰のあたりをさまよい、そこを強く押した。すると、彼女の両脚はすっかり開いて、あたかも彼女が石棺にまたがっているかのようになった。頭の向きが変わり、そのために、金色の睫毛の隙間から発せられた彼女の視線がわたしを掠めた。愛の甘さは、半ば開けられた目の愛撫や、片手の柔らかな押しつけや、死の酩酊のさなかに防腐処理を施されたからだの放つ芳香のうちにある。それだからこそ、わたしはわたしの身体すべてを、彼女の赤い口からはじまって、わたしの腰に巻き付いた彼女の開いた両脚の間にある熱い暗闇にいたるまで、彼女の身に一体化させた。そして、正方形の石室のなかで憔悴し果てるまで、愛の炎がわたしたちを焼き尽くした。石室には一枚の扉も存在せず、あるのはただ、真っ暗な井戸の、まるく開いた口だけだった。

（尾方邦雄訳）

拾穂抄

大濱　甫
宮下志朗 訳
千葉文夫

フランソワ・ヴィヨン

フランソワ・ヴィヨンの詩は、一五世紀末には有名なものであった。人々は、『大遺言書』（いわゆる『遺言書』）や『小遺言書』（いわゆる『形見分け』）を暗唱できたのである。(1) 一六世紀になると、遺贈行為における皮肉なあてこすりのほとんどは、もはや理解不可能になっていたものの、ラブレーはヴィヨンを「パリのよき詩人」(2)と呼んでいる。また、マロはヴィヨンを大いに賛美していたから、その作品を補訂して刊行している（一五三三年）。ボワローはヴィヨンを、近代文学の先駆者の一人と考えた。われわれの時代だと、テオフィル・ゴーティエ、テオドール・ド・バンヴィル、ダンテ・ゲイブリエル・ロセッティ、ロバート・ルイス・スティーヴンソン、アルジャーノン・チャールズ・スウィンバーンなどが、彼を熱烈に愛好してきた。彼らはヴィヨンの生きざまをめぐる文章を書いているし、ロセッティは多くの詩篇を翻訳もしている。しかしながら、一八七三年から一八九二年にかけて出された、オーギュスト・ロンニョンとW・G・C・ベイファンクの研究以前は、ヴィヨンのテクストについても、彼の本当の伝記についても、実証的なことは全然わかってはいなかったのだ。だが、今日では、ヴィヨンという男と、彼が生きた環境について研究することが可能となった。

なるほど、フランソワ・ヴィヨンは、その道徳的観念の多くを、アラン・シャルチエ(3)から借りているし、詩の枠組みや詩型は、ユスターシュ・デシャン(4)から借りている。また、身近では、シャルル・ドルレアン(5)がこの上ない魅力を秘めた詩人であったし、ギヨーム・コキヤール(6)は、民衆的な性格の作品を、諷刺的で道化た調子で表現していた。けれども、一五世紀の詩的栄光の大部分を手にしたのは、『遺言書』の作者にほかならない。というのも、ヴィヨンは、自分の詩にきわめて個人的なアクセントを付けることができたために、「大胆なまでに人々をあざむき、残酷なまでに悲壮な」魂の、この新鮮なふるえを前にして、文学的な様式や表現などは屈服するしかなかったのだ。それまでは、夢うつつの頭脳をひっきりなしに揺り動かして作ったところの、レトリックという巨大な機械のなかにしまわれていたものごとの数々を、ヴィヨンは語らせ、叫ばせたのだと、ベイファンクは述べる。彼は、自分の絶望や、失われた人生への悔恨という息吹を吹き込むことで、中世の遺贈のすべてを変容させたのだ。他の詩人たちが、思考や言語の実践として作り上げたものを、ヴィヨンはすべて、自己の強烈な感性に合わせて脚色したために、そこでは、もはや詩と伝統とが区別しがたくなっている。ヴィヨンの詩のなかには、老いと死を前にしたアラン・シャルチエのメランコリーの哲学がある。聖ヴァレンタインの日に、英国の牧場に花々が咲きほこるのを、長年にわたって見てきた、シャルル・ドルレアンの優しい魅力と、流謫《るたく》の身に対する静かな想念もある。ユスターシュ・デシャンの皮肉なリアリズムだって見られる。ギヨーム・コキヤール流の道化ぶりと、よそわれた諷刺も欠けてはいない。しかしながら、他の詩人においては文学的流行であった表現が、ヴィヨンの場合には、魂の陰影となっているかに思われるのだ。彼が貧しくて、逃亡者、犯罪者で、あわれな恋人であって、恥ずべき死を宣告され、何か月も投獄された男であることに思いをはせるとき、人は、彼の作品の痛ましい調子を見くびることはできない。ヴィヨンの作品をしっかりと理解して、詩人の誠実さについて判断をくだすためには、神秘的なまでにこみいった、彼の生涯を、できるかぎりの真実さによって復元する必要がある。

I

フランソワ・ヴィヨンの生地についても、その両親の社会階層についても、正確なことを知るのは不可能である。だが、彼の名前に関しては、本名はフランソワ・ド・モンコルビエなのだと、ここではっきりと受け止めておくべきであろう。とにかく、パリ大学の学籍簿には、この氏名で記載されているのだから。また恩赦状の一通には、フランソワ・デ・ロージュ[7]とあるものの、彼はフランソワ・ヴィヨンという名で知られることになる。

　このヴィヨンという姓が、サン＝ブノワ＝ル＝ベトゥルネ教会[8]の礼拝堂付き司祭で、詩人の養父となったギヨーム・ド・ヴィヨン[9]から来ていることが、現在では判明している。司祭は、当時の習慣にしたがって、自分の出身地の村の名前を姓としていたのだ。それが、トネールから五リューほど離れたヴィヨン村である[10]。ギヨームの姪エチエネット・フラストリエは、ギヨーム・ド・ヴィヨン死後の一四八一年にも、その村に住んでいたことがわかっている。

　ヴィヨンは、自分自身は貧しく、庶民の出だと述べている。「母の求めによりものされた、聖母マリアに祈るためのバラード」（『遺言書』八七三―九〇九行）から判断すると、彼女は敬虔で、無筆の善良な女性であった。ヴィヨンは、パリがまだ英国軍の支配下にあった一四三一年に生まれた[11]。ギヨーム・ド・ヴィヨンが、はたしていつごろフランソワ・ヴィヨンの保護者となり、やがて彼を大学で学ばせることとなったのかは不明というしかない。いずれにせよヴィヨンは、一四四九年三月には教養学部の前期課程を終えて、一四五二年八月頃には教養学士号の試験に合格、修士課程に進んでいる。一四三八年から一四五二年にかけての、この若者の暮らしなり、人間関係については、かなり正確なイメージを思い描くことが可能だ。サン＝ブノワ＝ル＝ベトゥルネ教会の回廊に面した「赤門」を入ると、ギヨーム・ド・ヴィヨンが住む建物で、そこにフランソワの自室があった。波乱に富んだ人生を送ったにもかかわらず、ヴィヨンが終生、この部屋を確保していたことはまずまちがいない。彼のプライベートな生活に関して具体的に言及している最後の史料（後出、ロバン・ドジの恩赦状のこと）を読むと、一四六三年になっても、サン＝ブノワ教会の時計台の下にある、「赤門」から入った部屋に、友人たちを招くことができたらしいのである。

　一四三七年の国王シャルル七世によるパリ入城後も、パリの人々にとってはつらい時期が続いた。英国軍による占領を経験したばかりの彼らにとって、一四三八年の冬はひどかった。市内でペストが発生して、大飢饉となり、オオカミが通りをうろついて、人々を攻撃していた。風変わりな手記が残されており、当時の小さな集まりのことを教えてくれる。それは、サン＝マルタン＝デ＝シャン修道院[12]の院長ジャック・スガンによる、一四三八年八月一六日から一四三九年六月二一日までの食事代支出台帳にほかならない。ジャック・スガンは敬虔な人間であって、質素な日々を送っているが、ときどき、自分で買い物をする。というのも、彼は魚に目がなくて、自分で選んでいるのだ。彼の会計係ジル・ド・ダムリーが、そうした支出をこまごまと正確に記録している。しかも、サン＝マルタン＝デ＝シャン修道院長といえば大物の聖職者であり、一四三八年から翌年にかけての冬にも、しばしば友人たちを夕食に招いている。会計係による綿密な記録のおかげで、われわれは会食者の氏名を知ることができるのだ。それによると、大司教・司教などの高位聖職者、軍の指揮官、宮廷の酒庫責任者、検事や弁護士等々、パリの名士たちが集っている。とりわけ、ギヨーム・ド・ヴィヨンは、サン＝マルタン＝デ＝シャン修道院長の常連の陪食者として、その名前が登場しているのだ。したがって、ギヨーム・ド・ヴィヨンと修道院長とはふだんから付き合いがあったと推測しても、少しも不自然ではないし、そもそも、ジャック・スガンの会食者たちのほとんどが、彼の友人たちという枠のなかから選ばれたものと思われる。この夕食会は、さほどかしこまったものではなかった。というのも、会計係がダヴィー、ルニョード[13]と呼んでいる、二人の女性が同席しているのであるから。とはいえ、なによりも驚くのは、シャトレ裁判所の検事や弁護士の多さだ。ジャック・シャルモリュ、ジェルマン・ラピーヌ、ギヨーム・ド・ボスコ、刑事部審問官ジャン・ティヤール、ラウル・クロシュテル、ジャン・シュアール、ジャン・ドゥシール等々、さらにパリ奉行の刑事代官をつとめるジャン・トリュカンまでいる。以上のことから、サン＝ブノワ＝ル＝ベトゥルネ教会司祭の日常的な交際範囲がいかなるものであったかがわかる。したがって、フランソワ・ヴィヨンが、いやおうなしに関わりを持つことになった司法関係者以外にも、シャトレ裁判所の連中をたくさん知っていたことも、また、パリ奉行のロベール・デストゥートヴィルと親交を保っていたことも納得がいく。ギヨーム・ド・ヴィヨンが、自分の養子フランソワを、「あまたの窮地から」（『遺言書』八五三）[14]救い出したとしても、それほど驚くにはあたらない。フランソワ・ヴィヨンが同一の犯罪に関して、異なる名前で恩赦嘆願をおこなって、二通の恩赦状を獲得したことについても[15]、そこには有力者の口利きのようなものがあったと察しもつく。もうひとつ、上訴が新しい制度で、上訴人が勝訴する事例がきわめて稀な時代にあって、ヴィヨンが高等法院に上訴をおこない、減刑を勝ち取ったことについても納得がいく。ジャン・ド・ブルボン二世やアンブロワーズ・ド・ロレ、そしてシャルル・ドルレアンでさえも、ヴィヨンのために一肌脱いだのかもしれない。とはいえ、おそらく大抵の場合、ヴィヨンはギヨーム・ド・ヴィヨンの知人たち——ヴィヨンは彼らに囲まれて育ったのであった——に頼ったものと思われる。

こうしてヴィヨンは、ずいぶん早い時期から、司法関係者たちの四方山《よもやま》話を聞かされて育った[16]のであったが、おそらくは、彼の好みにしたがって、聖職者となるべく大学に入れられたのだ。大学には、毎週、その貯えから二スー・パリシスを支払っていた。彼はジャン・ド・コンフランの指導のもとで勉強した。だが、アリストテレスも、その『カテゴリー論』や『命題論』も、彼の興味を引いたとは思えない。最初の作品で、それらを容赦なく茶化しているのだから（『形見分け』二七三―二八〇）。とはいえ、旧約聖書や新約聖書の伝説、アモンやサムソンの物語、古代ギリシアのオルペウスの話、タイスの生涯、ヘレネやディドの感動的な恋愛沙汰といったものは、彼に強烈な印象を残した。彼はかなり早くから、フランスの昔の物語《ロマン》や、フランスで言い伝えられてきた英雄たちに関心を寄せることとなった。実際、彼が書いた最初の詩というか、まだ学生のころに構想した最初の下書きは、失われたものの、英雄喜劇的な物語であった。この物語のストーリーは、この時期のフランソワ・ヴィヨンの生きざまと深く結びついているのだから、ここでそれを手短かに示しておく必要があろう。

パリ大学は一四五二年、大混乱を来していた。フランソワ・ヴィヨンは、学生たちが反抗的で騒がしい時期に、入学したのである。この騒動は一四四四年から続いていた。大学総長は、課税を拒否してお上に侮辱されたことを理由として、一四四四年九月四日から翌年の三月一四日——キリスト受難の主日である——まで、説教を止めさせてしまった。こうした前例は以前もあって、一四〇八年にも似たような騒ぎが起こったのだが、このときは大学側が勝利を収めたのであった。しかしながら、世俗の裁きは厳格化していた。何人かの学生が投獄されたし、大学側の異議申し立てにもかかわらず、国王シャルル七世は本件を高等法院で審理させて、授業ならびに説教を停止させた張本人たちの訴追をちらつかせた。そして教皇ニコラウス五世により、司教ギョーム・デストゥートヴィルが派遣されて、改革法令が起草された（一四五二年六月一日）。だが学生たちは、新しい諸規則を受け入れなかった。彼らは自由・放縦な学生生活に慣れっこになってしまっていたのである。王室検事のポパンクールが、一四五三年六月、高等法院でこう述べている。「四年ほど前から、次のようなことが伝わってきている。大学に籍を置く者たちがさまざまな狼藉をはたらいているため、パリでは不満が高まっている。境界標石を引き抜いたり、武器を手にして王宮に押し寄せたり、最近では、はしごを持ってボーデ門(17)に押しかけると、かすがいで止めてあった建物の看板を取り外したりしているし、別の看板をいくつもかっぱらったと得意になっていた。」

彼らが引き抜いてしまった境界標石のなかには、サン＝ジャン＝アン＝グレーヴ教会(18)前のマルトレ＝サン＝ジャン通りに建つド・ブリュイエール嬢の屋敷の前に置かれていた、非常に目立つ石もあった。この建物は一三二二年には、「悪魔の屁《ペ・トー・ディアブル》の館」という名称で、史料に出てくる。そして、この館の前にあった境界標石（「悪魔の屁」と呼ばれた）は、パリ名所のひとつだったのである。なんらかの図柄が彫られ、飾り立てられていたと思われる。一四五一年にこの石が盗まれて、一一月にはパリ高等法院が、刑事代官ジャン・ボゾンに、この石の持ち去りについて調査し、この犯罪に荷担した者を全員逮捕するようにと命じた。そこでジャン・ボゾンは、この石を取り返させると、訴訟までのあいだ、オテル＝デュ＝ロワあるいはパレ＝ド＝ジュスティスに運ばせた。ところが、石はまたしても行方がわからなくなり、ようやく一四五三年五月九日に発見された。ド・ブリュイエール嬢は、訴訟好きな、気分屋の老女であって、自分の館と、これをいかにも封建時代の建築物にしている塔がとても自慢で、こうした理由から、長年、テンプル騎士団への地代の支払いを拒んでいたのだが、石が戻るのを待ちきれず、新しい境界標石を置かせた。ところが、マルトレ＝サン＝ジャン通りの屋敷前に、新しい石が置かれるやいなや、またしても持ち去られてしまったのである。

犯人はパリ大学の学生たちであることがわかっている。彼らは石のひとつを、サント＝ジュヌヴィエーヴの丘に、もうひとつを、サン＝ティレールの丘から少しくだった、現在コレージュ・ド・フランスがあるあたりに置いたのだ。こうして彼らは、ふざけた儀式を挙行して、ふたつの境界標石を結婚させ、自分たちの特権を聖別したのである。通行人はだれでも、とりわけ王国の役人はかならず、石にかけられている布を引っぱって、学生たちの特権に敬意を払わなければいけなかった。日曜や祭日には、ローズマリーで作った「帽子」を石にかぶせて、学生たちは夜になると、「笛や太鼓の音に合わせて」、その周囲で踊りまわった。「司法書記団《バゾッシュ》」の学生たちも、このお祭り騒ぎに合流した。そして、「殺せ！　殺せ！」とやかましく叫びながら、あちこちの看板をこわしたので、人々は窓辺からこれを見物した。学生たちは中央市場《レ・アル》に押しかけると、「逃げ出す雌ブタ」の看板を引き下ろそうとしたが、短すぎた梯子から一人が墜落して、即死してしまった。ボーデ門では、「クマ」の看板を盗んだし、別の場所では、「シカ」や「オウム」の看板を盗んだ。そして、「シカ」の立ち会いによって、「雌ブタ」と「クマ」の結婚式を挙行し、新婦には、結婚祝いに「オウム」を贈ろうと考えた。ヴァンヴでは、若い人妻をさらって、砦に軟禁した。サン＝ジェルマン＝デ＝プレ修道院からは、ニワトリを三〇羽かっぱらった。やがて、サント＝ジュヌヴィエーヴの丘の肉屋たちが、司法に訴えを起こした——学生たちが、肉を吊しておく場所からフックを持ち去ってしまったというのだ。こうして学生たちは、サント＝ジュヌヴィエーヴの丘のサン＝テチエンヌの館に、看板、血だらけの梃子を二本、肉を吊すフック、小ぶりの大砲、長い剣などを持ち込んで、そこに籠城した。

この異様な騒ぎは、一四五三年の五月まで続いた。サント＝ジュヌヴィエーヴの丘は、学生たちで「あふれかえった」と、当時の人々が証言している。パリ市民は不平をもらし、商人たちも泣き言をいった。一四五二年の夏には、まだパリ大学に学籍のあったフランソワ・ヴィヨンが、この余興に一役買ったことはまずまちがいない。この浮かれ騒いだ日々の愚行の数々には、ヴィヨンが一枚噛んでいると、ずっと言い伝えられてきているのだ。仲間の何人かが、そうしたいたずらを、『無銭飽食』[19]というタイトルで韻文の話にしている。『無銭飽食』がフランソワ・ヴィヨンの名前で出版されたために、ロンニョン氏までも、この作品を敢然と証拠書類に分類しているほどだ。『無銭飽食』を読むと、ヴィヨンとその仲間たちが、夕食用に、魚屋から魚を、プティ＝ポン（小橋）

近くの臓物屋から臓物《トリップ》を、パン屋からはパンを、焼肉屋からは肉を、居酒屋《松毬《まつかさ》亭》からはボーヌのワインをだまし取ったことがわかる。この《松毬亭》という有名な「飲み屋《トウルー》」は、シテ島のジュイヴリー通りにある居酒屋で、フェーヴ通りにも、もうひとつ入口があって、むしろ悪名高い店だった。というのも、一三八九年には、名うての泥棒のジャナン・ラ・グレーヴが相棒とやってきて、盗んだ小鉢一ダースほどを分配しているのだ。ジャナン・ラ・グレーヴは、ラブレーの時代になっても、悪名が鳴り響いていたし、その後も、その自由奔放な生き方が言い伝えられていった。ヴィヨンが《松毬亭》に足繁く通っていたころは、ロバン・テュルジが店を経営していた。ヴィヨンは『大遺言書』のなかで、幾度となくロバン・テュルジに言及して、『無銭飽食』で有名になる盗みのことも告白している[20]。そのヴィヨンが一四五六年にはパリを離れ、一四六一年に『大遺言書』を公表するまで、パリに戻らなかったことがわかっている。したがって、ボーヌ・ワインをだまし取ったのは、ヴィヨンがパリを離れる以前、すなわち、学生たちが、サン＝ジェルマン＝デ＝プレからニワトリを盗み、サント＝ジュヌヴィエーヴの丘の肉屋から、肉を吊すフックを盗んだ、一四五二年から一四五三年だと推測してもおかしくない。後年、ヴィヨンが嘆いたのは、この時期のことなのである。

もちろんわかっている、あのめちゃくちゃな
青春時代に自分が勉強していたら
そして行い正しくとりすましていたら
わたしだって家を構え、柔かいふとんで寝てたろうさ
それがどうだ！　不良少年よろしく
学校から逃げ出してしまったんだ
この詩句を書きつけながら
わたしの心は裂けてしまいそう　（『遺言書』二〇一—二〇八）

フランソワ・ヴィヨンが、自分の周囲を観察して、真実のパリをリアルに描くことが好きになったのは、養父である司祭の館に暮らしながら、その場その場で食料を調達しては、「のんき」な日々を送っていた頃のことであった。イザボーとジャヌトンを両脇にはべらせて歩いていた彼は、とある街角で、「かつては、兜屋の美女とうたわれた女」（『遺言書』四五四）が白髪の婆さんになっているのに出会った。例の悪賢い男は、もう三〇年も前に死んだというではないか（『遺言書』四八五）。ということは、彼女はものすごい年齢になっていたのだ。なぜならば彼女は、一四一〇年に、あのニコラ・ドルジュモン[21]とくっついて、ひんしゅくを買っているのである。ヴィヨンはこの兜屋小町に同情している。ヴィヨンたち学生が、マルトレ＝サン＝ジャン通りの屋敷前にあった境界標石を掘り起こして持ち去ったとき、どうやら気むずかしい性格であったらしいド・ブリュイエール嬢が、「口ばかり達者な」（『遺言書』一五一一）小間使いたちといっしょになって、彼らをののしったことがあった。そこでヴィヨンは、このド・ブリュイエール嬢を念頭に置いて、「本当に口のうまいのは、パリの女だけ」というルフランのバラードを作ったのである（『遺言書』「パリの女たちのバラード」）。

ところでヴィヨンだけれど、ルニエ・ド・モンティニー、コラン・ド・カイユーという、二人のやくざな学僧と長年にわたってつるんでいた。一四五二年八月のある晩、ブールジュの貴族の出であるルニエ・ド・モンティニーは、居酒屋《デブのマルゴ》（ノートル＝ダム大聖堂の目と鼻の先にあった）の入口で、パリ市の夜警を二人殴った罪で、追放刑に処せられた。ジャン・ロゼ、ならびにタイユラミーヌなる二人の仲間といっしょだった。ルニエとともにロゼも逮捕されて、その後、両者はひどい裁判にかけられる。もっとも、学生たちのふるまいが、いささか無軌道にすぎたことは認める必要がある。当番の夜警の一人が短剣を抜いたので、ルニエ・ド・モンティニーはこれを奪い取り、その柄で、相手の帽子のひさしのあたりを叩いたのだ。この晩、フランソワ・ヴィヨンはどうやら、仲間の助太刀はしなかったらしい。けれども、《デブのマルゴ》の看板の店はよく知っていたし、モンティニーともこの居酒屋にしょっちゅう出入りしていたらしい。居酒屋の扉の上に掲げられていた、「とても優しい顔立ちと姿」

（『遺言書』一五八四）の板絵が、ヴィヨンに、皮肉なバラードのアイデアを思いつかせたのだ（『遺言書』「デブのマルゴのバラード」のこと）。とはいえ、この詩が、ヴィヨンの乱れた生活で実際にあったエピソードを描いていることにはならない。数年後におこなわれる、相棒のルニエとロゼの裁判からも、このことはまず確かだ。ここには、文学的な曖昧が見られる。「風にも霰《あられ》にも、霜にも負けずおれは生きて行く」（『遺言書』「デブのマルゴのバラード」）という、悟りきったような「反歌」の第一行目が、VILLONという「折り句（アクロスティッシュ）」の冒頭となるべく選ばれたことを考慮するならば、このバラードが詩的な離れ業であるのは明らかである。にもかかわらず、このバラードにはぎこちないところや、無理に調節したようなところはみじんもない。この詩人の優れた技法は、こうした点に存するのである。

　コラン・ド・カイユーは、ソルボンヌのすぐそば、サン＝ブノワ＝ル＝ベトゥルネ教会の界隈に住んでいた錠前屋の息子である。したがって、ずいぶん早くからフランソワ・ヴィヨンとはなじみの仲であった。コランは学僧であったものの、一四五二年には、すでに二度、詐欺・ぺてんのかどで、司法当局とごたごたを引き起こしている。そして彼は、パリ司教に引き渡されている。つまりコランは、この頃からきわめて素行の悪い男だったのである。やがて、彼はフランソワ・ヴィヨン、ルニエ・ド・モンティニーとつるむことになる。コランとルニエは、さっそくヴィヨンに、それまでの大学と学寮の生活から、犯罪と放浪の人生へと鞍替えする方法を教え込んだ。この両人との付き合いによって、ヴィヨンは同時に、得体の知れぬ、下劣な、第二の生き方のようなものを作り出していくわけで、すでに背徳的であった彼の性格には、おあつらえ向きであったに相違ない。こうして、夜な夜なほっつき歩いているときに、セーヌ河の船頭たちや、ジャン・ル・ルーのような溝さらいの輩《やから》、カザン・ショレのような騒動を煽る連中と知り合ったにちがいない。そして、彼らと組んで、パリの市壁の内側に、袋に入れて置いてあったカモを盗んだりしたのだ。カザン・ショレは非常に喧嘩っぱやい男で、一四五六年以前に、ヴィヨンのもう一人の相棒ギー・タバリーと殴り合いを演じているし、その後、一四六五年七月八日の真夜中には、「どいつもこいつも、家のなかに入って、ちゃんと戸を閉めるんだ。ブルギニョン派の連中が、パリに入ってきたぞ！」などと叫んで、パリっ子にうその警報を伝えては、おもしろがっている。この悪質ないたずらのせいで、ショレは八月には投獄され、四つ辻でのむち打ち刑に処せられたのだ。ショレは当時、シャトレの警吏だったが、ヴィヨンは、このいわゆる「二二〇人組」[22]に、ドニ・リシエ、ジャン・ヴァレット、ミショー・デュ・フール、ユタン・デュ・ムスティエなど、仲間がたくさんいた。いずれも素行が悪く、すぐ酔っぱらっては、騒ぎを起こしてばかりいる連中であった。ヴィヨンは、ユタン・デュ・ムスティエとは、一四六三年まで付き合っている。またギー・タバリーは、まもなく、犯罪がらみで、登場することになる。

しかしながら、サント＝ジュヌヴィエーヴの丘やサン＝ティレールの丘の住人や、ド・ブリュイエール嬢たちは、学生たちの放埒なふるまいについて、パリの司法当局に訴え続けていた。そして、聖ニコラの祝日の朝（一四五三年五月九日）、パリ奉行ロベール・デストゥートヴィル、刑事代官ジャン・ブゾン、シャトレ裁判所の審問官たちが、職杖《しょくじょう》を手にした巡査たちとともに、学校のある界隈に向かった。

学生たちは、もしも官憲が介入すれば、「けが人」が出るだろうと、あらかじめ警告を発していた。だが、この日の朝、学生たちの多くが、自分たちの「国民団《ナシオン》」[23]のミサに参列していたのである。学生たちは、持ち去った看板を、サン＝ジャック通りの三軒の建物に隠していたが、巡査たちはその扉をこじあけて、境界標石を引っぱり出し、荷車に積み込んだ。そして彼らは、一軒の建物でワインの樽をあけると、全員で飲み干し、ミサに出ている学生たちの食料も平らげてしまった。こうやって一杯ひっかけたところで、巡査たちは、ポロネギを刻んでいた若い女をヴァンヴで見つけると荷車に乗せ、学生のマントをかぶせて、さらっていった。巡査の一人は、ふざけて、学生の式服とたれ布を身につけた。そして、ほかの連中が、おふざけで、彼をパリ大学の学生代表として、両脇から抱えて連行し、左右から叩きながら、「おまえの仲間たちはどこなんだ？」と大声で問いただしたという。おそらくパリの刑事代官は、境界標石や看板を押収したことでよしとして、実力行使の命令は撤回していたと思われる。とはいえ、一教師の指導の下で多数の学生が居住していたアミアン奉行の屋敷では、四〇人ほどの学生が逮捕されて、シャトレに連行された。学生たちは愉快ないたずらにすぎないと考えて、問題にもしていなかった。だが刑事代官は立腹し、学生の一人が、拘留された仲間との面会に訪れると、その学生もシャトレに留置してしまった。尋問中も、学生たちはげらげら笑っていた。そこで刑事代官は、一人に往復びんたを浴びせると、「この野郎！　わたしが現場にいたら、おまえたちなんか殺させていたぞ！」と叫んだ。

そして、この日の午後、次のようなできごとが起こった。学生の釈放を求めて、パリ大学総長を先頭にした八〇〇人の学生が九列縦隊をなして、ジュイ通り(24)に住むパリ奉行ロベール・デストゥートヴィルのところに押しかけたのだ。奉行は学生の釈放に同意した。だが、あいにくなことにロベール・デストゥートヴィルが、かかりつけの床屋外科医を通じて、刑事代官や巡査たちに命令を伝えたせいで、学生と警吏のあいだで、悪態の応酬になってしまった。はでな喧嘩が始まった。学生たちは投石をおこない、巡査たちは職杖と弓で応戦した。法学部の若い学生が、その場で殺された。クルエ巡査は、弓で学長に狙いを定めていたが、だれかが矢の方向を反らし、事なきを得た。一人の司祭が小川に落とされて、八〇人以上もの連中が、彼の身体を踏んで渡っていった。このできごとで、司祭はたれ布も帽子も紛失してしまった。紫色の上着をまとった巡査に出くわしたので、自分は司祭だとわからせようとしたものの、巡査に、ぶすっと短剣を突き刺された。それでも、馬具製造業者のところに逃げ込もうとした司祭であったが、追い払われて、スコップと薪で武装した人々の前を逃げまどうしかなかった。二人の若い娘がかくまってあげると申し出たけれど、彼は貞潔さから、これをことわった。そして、はうようにして床屋外科医の店にたどりつくと、すでに長持ちのなかやベッドの下には、たくさんの学生が身を潜めていた。ようやくにして台の下に隠れた司祭は、「なにか飲み物をくれないか」と叫んだという。

このトラブルは、パリ大学の要求によって高等法院で審理されて、一四五三年九月一二日、例によって例のごとく、大学側が勝訴した。争いの原因は、ド・ブリュイエール嬢の屋敷前から持ち去られた、「悪魔の屁《ペ・トー・ディアブル》」という大きな石であった。この事件がヴィヨンに着想をもたらして、彼は一四六一年、この処女作の草稿をギヨーム・ド・ヴィヨン司祭に遺贈する。

そのギヨームにわが書棚を贈る

そして『悪魔の屁』の物語を——
この物語を浄書したのはギー・タバリーだが
この男、じつに男の中の男だよ。
とにかくこれは仮綴のまま机の下に置いてある
出来栄えはたとえ下手くそでも
話は何しろ有名だから
どんな欠点も帳消しさ。
（『遺言書』八五七—八六四）

この『悪魔の屁』の物語は残ってはいないものの、英雄滑稽詩に相違なく、そこでヴィヨンは学生たちの愉快な日常や、その落胆ぶりなどを物語ったと思われる。そこには、たとえば、ギョーム・ド・ドールの『バラ物語』や、ジェラール・ド・ヌヴェールの『スミレ物語』、あるいはフロワサールの『メリアドール』といった作品と同様に、いくつかの「バラード[25]」が差し挟まれていたことは、まずまちがいない。そうしたバラードのひとつとして、「パリの女たちのバラード[26]」を、確実に挙げることができる。また、看板遊びが、ヴィヨンの詩的遊戯に、「注目すべき素材」を提供していた。フランソワ・ヴィヨンにとって、看板に見られる語呂合わせは、常になじみのものであったし、この時代の好みなのでもあった。同時代を見渡しても、『エモンの四人の息子の結婚』という散文の戯作が書かれており、《ダン・シモンの三人娘》という看板と婚約させられている。また、ジャン・トリュカンの屋敷の前の《三人の乙女》の看板などは、花嫁たちの付き添いをつとめることになったし、ラヴァンディエール通りの《白鳥の騎士》も、花嫁の一行を修道院に連れて行ったにちがいない。たぶん、これと同様に、ヴィヨンの物語のなかでも、ボーデ門の《クマ（熊）》や、中央市場《レ・アル》の《逃げ出す雌ブタ》の結婚が描かれて、《オウム》が付き添って花嫁を笑わせ、《シカ（鹿）》が結婚式をことほぐ姿が見られたのではないだろうか？　ヴィヨンはまた、居酒屋《松毬亭《まつかさ》》で、学生たちが飲んでいたオーニス地方産[27]のワインも話題にしただろうし、連中が、サン＝ジャック通り、ジュイヴリー通り、プティ＝ポン（小橋）などでやらかしたいたずらにもふれただろう。『無銭飽食』で見られるのは、こうした数々の愚行の一部なのだ。

　では、はたしてヴィヨン自身は、パリ大学の騒動で積極的な役割を演じたのだろうか？　このことを示す証拠はいっさいないし、彼の性格は、むしろ傍観者的であった。なにかのできごとに直接巻き込まれたときでも、彼はいつも、そのふるまいにおいては、待ちの姿勢を保っている。それに、当時の彼とパリ奉行との関係からして、あからさまに反旗を翻すのはむずかしかったと推測される。どう考えても、彼は一四五二年に、ジュイ通りにあるパリ奉行ロベール・デストゥートヴィルの屋敷で、妻のアンブロワーズ・ド・ロレに歓待されたにちがいないのである。彼女は知的で、愛想のよい女性であった。一四六〇年にロベール・デストゥートヴィルが失脚したとき、パリ高等法院の評定官ジャン・アドヴァンが、デストゥートヴィルの屋敷を家宅捜索させて、箱や長持ちをくまなく探した。そして、「上記の屋敷において、上記デストゥートヴィルの妻で、非常に賢く、気高く、貞淑な女性であるアンブロワーズ・ド・ロレを手荒く扱った。神よ、この所業に対して、彼を罰したまえ！　それが当然の報いなのであるから」と、『醜聞年代記』[28]の作者は書き記している。この年代記作者は、一四六八年五月五日、アンブロワーズ・ド・ロレの死を伝えて、ここでも、「彼女は気高く、善良にして貞淑な女性で、その屋敷には、高貴で、礼儀正しい人々はだれも、丁重に招かれた」と書いている。彼女のかたわらでもてなされた詩人が何人かいたのであろう。夫ロベール・デストゥートヴィルの富と、その血筋のよさからして、まずそう考えてよさそうだ。アラン・シャルチエの作品集には、「一四五二年、パリで謹呈された」という、一四連の八行詩で構成された「哀歌《コンプラント》」が収められている。この八行詩の冒頭の文字を並べると、Ambroise de Loré という名前が浮かび出てくるのである。ただし、この「哀歌」はアラン・シャルチエの作ではなくて、まちがって収録されたものにすぎないのではあるが。いずれにせよ詩人たちは、自分をもてなしてくれたこの貴婦人のために、詩を作っていたのである。フランソワ・ヴィヨンも、バラードをロベール・デストゥートヴィルに寄せているが、ここではアンブロワーズ・ド・ロレが折り句となっている。[29]かつては、これは彼の結婚に際して書かれたバラードだと信じられていた。けれども、作中にはロベールに似た子供に対する、きわめて明らかなほのめかしが見られる[30]。したがって、このバラードはおそらくは、一四五二年に書かれたのであって、この年に、別の詩人もアンブロワーズ・ド・ロレを歌った（前出、「哀歌」のこと）と思われる。

一四五三年の始めにフランソワ・ヴィヨンは大学を去ったわけだが、なにかまともな仕事があってのことかどうかわからない。いずれにせよ、彼は相変わらずサン＝ブノワ教会に住んでいた。教会の司祭をつとめるギョームの力添えで、塾のようなものを開く許可を得たのではないだろうか。コラン・ローラン、ジラール・ゴスアン、ジャン・マルソーという三人の「あわれな孤児たち」（『形見分け』一五六）を生徒としたのは、この頃であったにちがいない。ヴィヨンが彼らになにを教えていたのかを判断するには、女王マリー・ダンジューが、一一歳になった王太子ルイ一一世用に買わせた教科書のリストがヒントとなろう。まずは四世紀のアエディウス・ドナトゥスが著したラテン語文法、通称『ドナトゥス』がある。それから、『時禱書』に先だって子供に教える贖罪詩編としての『七詩編』。それから『アクシダン』というのが見られるけれど、これは格変化や動詞の活用を取り扱ったラテン文法ではなかろうか。また、『カトー』は、ディオニュシウス・カトーによる教訓的な二行詩の集成であり、『ドクトリナル』とあるのは、アレクサンドル・ド・ヴィルデューの『子供への教訓集』のことであろう。その後、子供たちはオッカムの『論理学』へと進むことになる。ヴィヨンはどうやら『ドナトゥス文法』を知り抜いていたらしいが、それは、一四五三年から翌年にかけて、上記の三人の子供に教授したせいなのだ。ヴィヨンは、悪い仲間との付き合いにどっぷりとはまりこんで、あれこれの事件に巻きこまれた時期にも、アンブロワーズ・ド・ロレの屋敷には、足しげく出入りしていた。ところで、一四五五年六月五日の嘆かわしい刃傷沙汰は、痴情が原因であるにちがいないのである。この日、夕食後に彼は、サン＝ジャック通りのサン＝ブノワ＝ル＝ベトゥルネ教会の時計の文字盤の下にある石にこしかけて、涼んでいた。ジルという名前の司祭と、イザボーという女と話していたのだ。初夏の宵も進み、夜の九時となっていた。フランソワ・ヴィヨンは寒くないようにと、小さなマントを肩にはおっていた。彼らが雑談しているところに、司祭フィリップ・セルモワーズが、トレギュイエ[31]

出身の学士ジャン・ル・マルディを連れて現れた。フィリップはなにやら興奮しているようだった。ヴィヨンの姿を認めると、「この野郎、学士フランソワじゃないか。見つけたぞ！」と叫んだ。ヴィヨンは静かに立ち上がると、横に座らないかと誘った。ところがフィリップはこれを断って、毒づいた。びっくりしたヴィヨンは、「あなたは、なにをかっかしているのですか？」と聞いた。この口調と、いかにも落ち着き払った態度が、フィリップの癇《かん》にさわったのであろう。彼はヴィヨンを手荒く押し返して、また座らせた。その場に居合わせた者たちは、これは刃傷沙汰になりそうだ、まずいぞと、こっそり立ち去ってしまう。案の定、フィリップは懐から大きな短刀を取り出すと、ヴィヨンの上唇のあたりに切りつけた。唇を切られて、血だらけになったヴィヨンは、袖なしマントの下の帯にぶらさげていた短剣を抜くと、フィリップの鼠径《そけい》部のあたりに傷をおわせた。そこに、先ほどのジャン・ル・マルディが引き返してきて、ヴィヨンが左手に持っていた短剣を取り上げた。そこでヴィヨンが、手近にあった石を拾って、フィリップの顔をめがけて投げたところ、彼はばったり倒れた。これを見て、ヴィヨンはその場から逃げ出し、床屋外科医のところに行って治療してもらった。床屋外科医は報告の義務があったので、彼の氏名と、傷つけた相手の氏名を尋ねた。ヴィヨンは、「あいつは、明日にでも、逮捕・拘留されて当然だ」と思い、セルモワーズの名を告げた。ただし、自分の名前はミシェル・ムートンだと答えておいた。

実は、この事件については、フランソワ・ヴィヨン本人のメモにもとづいて作成された二通の恩赦嘆願状で詳細に語られている[32]。そこに、この男の特徴をいくつか見ずにはいられない。フィリップ・セルモワーズが自分のことで立腹していることを、ヴィヨンが知っていたのはまちがいない。それでも彼は、セルモワーズが現れると、すっと立ち上がり、涼しいから座ったらどうかと勧めている。おまけに、相手にはわざわざ敬称を用いて、すごく驚いたふりをしている。そしてわが身を守るために、左手で持った短刀で相手の下腹部を突いているのだ。最後に投石したことについても、幾分か卑劣な感がしなくもない。重傷を負わせた相手を逮捕させるべく、すぐにその名を告げる一方、彼は司直ともめごとになることを恐れていた。だから、まるでずっと前から、このような事件が起こることに備えていたかのごとく、「ミシェル・ムートン」という名前がさっと口をついて出たのだ。

これがヴィヨンが巻き添えになった、最初の大きな事件なのであるけれど、似たような状況における彼のふるまいは、一四六三年に至るまで、一貫して変わらない。訴追されることを恐れて、この時と同様に、隠蔽を試みるのだし、事件を実行することよりも、それの備えをして、うまく利用することを好むのだ。たとえば、一四六三年[33]の出入りでは、自分に何らかの動機がありながら、仲間たちにけんかをけしかけさせて、ヴィヨン自身は、これに巻き込まれないように気をつけて、ちゃんばらが始まると、さっさと逃げてしまう。うそは、ヴィヨンの性格のなかに、どっかりと腰を据えた特徴のひとつなのである。ブロワに滞在中も、シャルル・ドルレアンはこのことに気づいていたかに思われる。

　さて、先の事件だが、まずはフィリップ・セルモワーズがサン゠ブノワ教会の獄舎に運ばれ、シャトレ裁判所付きの審問官の取り調べを受けた。するとセルモワーズは、「いや、あれこれ確かな理由があって、ああした振る舞いに及んだのだから」といって、このけんかで死んでも相手を許すとはっきり述べたらしい。もっとも、これとても、ヴィヨンによるそうした指示をもとにして作成された恩赦嘆願状に拠るならばということにすぎないのではあるが。セルモワーズはその後、慈善病院《オテル・デュー》に運ばれたが、土曜日には死んでしまった。そして、義父のギヨーム・ド・ヴィヨンの庇護や、司祭セルモワーズによる赦免の意思表示にもかかわらず、フランソワ・ヴィヨンは逮捕されてシャトレ裁判所に連行され、司法の裁きを受けることになった。司祭殺しは重罪であって、下から短剣で一突きすることなどまず許されるはずがなかった。ヴィヨンは絞首刑を宣告されたのだ[34]。この裁判の詳細はなにもわかっていないものの、ヴィヨンは処刑される可能性が高いと思いこんでいた。しかも、当時の習慣によれば、殺人を犯した者は、絞首に先だって、引きまわしされることになっていた。いずれにしても、ヴィヨンのこの裁判をめぐっては、わからないことが多々ある。なぜ彼は、自分は学僧という身分であるから、パリ司教の管轄下で裁いてほしいと要求しなかったのだろうか？　この点も釈然としない。教会裁判は一般的には、より寛大なものであって、もっとも厳しい処罰でも、パンと水による終身刑となっていた。そこで悪人たちは、いかさまな剃髪をおこなったり、儀礼の初歩や、詩編の朗唱、司教が堅信を授けた者におこなう平手打ちの儀式といったものを習得したりしていたのである。これに対して、世俗の判事たちは、聖職者身分の特権を認める条件として、剃髪を証明する書状や、その儀式に立ち会った者の供述などを求めていた。その一方で、司教は、みずからの特権に執着していた。一三九〇年には、シャトレの獄中にあって聖職者を自称する者のリストを、教区裁判所の求めに応じて作成した裁判所書記が罰せられるといった事例も起こっている。いずれにしても、ヴィヨンがこの手段を用いたことも、仮定してみる必要があるかもしれない。とはいえ、彼が女たちと付き合っていたことを証明するのは簡単だし、そもそも、セルモワーズを殺してしまった晩にいっしょだったイザボーなる女だって、おそらくそうした一人にちがいないのである。ところが、聖職者が女性と婚姻した場合には、「重婚」と呼ばれて、世俗の裁判権によって裁かれたのだ。すると司法官は、剃髪のあとをとどめぬようにと、頭部を「すっかりつるつるに」剃るという刑罰を科してから、通例に従って裁判を進めていった。『大遺言書』で、上告に関連して、ヴィヨン自身が次のように書いていることから推して、彼も「すっかりつるつるに」剃られたに相違ない。

髪毛もひげも眉毛も剃られたのだ。
まるでカブのひげ根をそぎ、皮むくように。　（『遺言書』「ヴェルセー」一八九六―一八九七）

奉行所は、こうしてヴィヨンをスキンヘッドにしてしまうと、単なる世俗の人間として扱った。そして大小の拷問台で責めたて、布ごしに水をがぶがぶ飲ませたのだ。そこで彼は高等法院に上訴することを思いつく。[35] こうして、上訴人に対して通常おこなわれるように、パリ裁判所付属の牢獄である「コンシエルジュリー」に身柄を移された。してみると、これらのすべてにわたって、パリ奉行ロベール・デストゥートヴィルが、細君の友たる詩人のために、なにがしかの寛大さを発揮したのではないだろうか。奉行はこの種の要求になどほとんど応えないものなのだが、デストゥートヴィルは、ヴィヨンの上訴について難色を示すことはなかった。それに、こうした要求が成功を収めることも稀だったのだ。コンシエルジュリーの牢番エティエンヌ・ガルニエは、この新参の囚人を、疑わしげな眼差しで眺めていた。ガルニエは、ヴィヨンが「正当な上訴をした」と高等法院が判断すべきではないと考えていた。ただし、この控訴審でいかなる主張がなされたのか、われわれにはわかっていない。というのも、高等法院の記録には言及がないのである。とはいえ、上訴という事実が考慮されて、ヴィヨンの刑罰は都払いに減刑されたのだ。彼は、即刻にもパリを離れなくてはいけなくなった。そこで、彼はふたたび詩人にもどった。法廷が命を与えてくれたことで、五感のすべてが感謝を捧げる義務があるのだというバラードを書いて、高等法院に謝礼を述べたのだ。そして、その「反歌《アンヴォワ》」で、心の準備をして家人には別れを告げて、なにがしかの金銭の無心をするためにといって、三日間の猶予を願い出たのだった。詩人は、エティエンヌ・ガルニエを、こうからかう。

おれの上訴をどう思う、
ガルニエ君、おれはまともか、おかしいか？（中略）
じつにどうも意外だろ？　この帽子の下に
「私は上訴します」なんて言うだけの
知恵がかくれていようとは？
それが、あったのさ、それこの通り。
――たいして頼りにはならないが――
公証人の前で、はっきりと
「絞首刑に処する」と言われたとき、どうだ、
おれは黙っているのがよかったたか？（雑詩篇、「ヴィヨンの上訴」一―二四）

この作品のおかげで、ヴィヨンに対する刑の宣告の日付を確定することができる。エティエンヌ・ガルニエは、一四五三年にはコンシエルジュリーの牢番となっているものの、一四五六年二月一〇日にはジャン・パパンと交替、パパンが一四七〇年までこの職務を続けているのだ。『遺言書』の善本写本のひとつでは(36)——その所有者は、貨幣法院長をつとめたクロード・フォーシェであった(37)、「上訴のバラード」のタイトルは、「ヴィヨンが牢番にした質問」となっている。ヴィヨンが語りかけたガルニエとは、まさしくエティエンヌ・ガルニエにちがいないのだ。ただその場合、ヴィヨンが死刑判決を受けたのは、一四五六年二月以前でなければいけなくなる。ヴィヨンは一四五二年にはパリ大学に在籍していて、一四五五年(38)一月付けの恩赦状にしたがうならば、フィリップ・セルモワーズを殺《あや》めてしまったのが、それまでの唯一の犯罪なのであるから、彼は一四五五年六月に起きたこの事件によって、死刑判決を受け、上訴して追放処分となったという結論が導き出される。しかも第二の恩赦状においては、「追放処分」への言及もなされているのだ(39)。こうした状況がはっきりすると、あの有名な「絞首罪人のバラード」も、まったく異なった相貌を見せ始める。タイトルから考えて、ヴィヨンは、絞首刑を待っている自分と牢屋仲間のために、このバラードを書いたのである。彼は絞首台の上から語りかけ、こう叫ぶ。

ごらんの通りおれたち五人、六人、ここにくくりつけられている　（雑詩篇、「絞首罪人のバラード」五）

ヴィヨンは後年、悪い連中と組んで犯罪を犯すわけで、彼がここで何人もの死刑囚に代わって語っていることは、すぐ想像がつく。このバラードは一四五五年のけんかの後で創作されたとはいえ、その殺傷沙汰では、ヴィヨンに共犯者はいなかった。ということは、ここで話題になっている仲間とは、絞首台で隣り合わせになる連中にすぎない。つまり、ここでは文学的な力がより大きいのであり、想像力で見た光景がより強烈なものになっているのである。ヴィヨンは、自分とはずいぶん異なる犯罪のせいで、たまたますぐ近くにくくりつけられた連中といっしょになって、絞首台の上で嘆いているのだ。どうやら彼は、まだ一度しか暴力行為をしでかしていないにもかかわらず、早くも、犯罪者としての連帯感を味わったらしいのである。

こうして一四五五年六月の末あたりに、ヴィヨンは司法により追放処分を科せられて、パリを離れたのだった。サン＝ブノワ教会の快適なねぐら、ギヨーム・ド・ヴィヨン先生やアンブロワーズ・ド・ロレ夫人の手づる、ジュイ通りのお屋敷での語らいといったものを、パリに置き去りにして、学僧以外の仕事など知らないまま、ほとんど無一文で、放浪の人生に入っていったのである。それまでの彼が人生で学んだことは、なにひとつとして、この先、彼に役立ってくれるはずもなかった。けれども、彼には、別の知り合いがちゃんといた。カザン・ショレやジャン・ル・ルーは、パリの城壁のなかでの乏しい経験しか持ち合わせていなかったものの、ルニエ・ド・モンティニーやコラン・ド・カイユーは、王国各地の街道で、生きる知恵や手づるといったものを、フランソワ・ヴィヨンに教えることができた。

II

中世の人々は、しきりに放浪していた。町から町へと渡り歩く学僧も数多くいた。知識・教養を実地に身につけるという口実をもうけて、放浪人生を送るのが彼らの流儀なのだった。なかには国境を越えて、スペイン、イタリア、フランドル、ドイツに向かう神学生もいた。彼らは外国の博士たちと正式に論争をおこなって、いわば知のバトルを挑んだのだ。たとえば一五世紀半ばにスペインからパリにやってきた、一風変わった学生のコルドバのフェルナンドは、ヘブライ語など古典古代の諸言語や現代語に対する豊富な知識によって、はたまた学問全般にわたる博識ぶりによって、ソルボンヌの博士たちを仰天させたのち、ふいに姿を消して、ドイツに行ってしまった。人々は、彼が悪魔と契約をかわし、魔術を使ったのだとまで信じこんだ。とはいっても、たいてい、いつの時代でも、物乞いしながら放浪する学僧というのは、さほど学識が深かったわけではないのである。彼らは一一世紀ごろから、フランスやドイツの大きな街道筋に出没し始める。修道院を渡り歩く者たちは、羊皮紙を巻いたものを持ち運び、そこに各修道院の僧侶が、新たに死んだ仲間の氏名を、敬虔な思いのことばとともに書き付けたりしていた。このようにして、放浪の学僧は、各地の修道院に宿泊させてもらうことで、同じ宗派に属する修道院に、仲間の修道士の死を伝える役目を果たしていたのだ。自分が受けたもてなしの対価を、こうした形で支払っていたことになる。この不吉な使者たちは、日も暮れてから、死者の名が記された巻物を手にして修道院に到着する。そしてリストに名前が付け加えられると、彼ら放浪学僧は、道中、死者の魂のために祈ることを約束して出発していくのだった。死者の巻物のなかには、長さが二〇メートル以上にも及ぶものが残っているが、学僧たちは、それほどまでに、多くの死者の名前を羊皮紙に刻みながら、諸国の修道院を泊まり歩いたのである。

こうした放浪学僧には「ゴリアール」という名称が付けられたが、これはたちまちのうちに悪い意味に解されるようになる。すでに一一世紀、一二世紀には、ドイツの「ゴリアール」たちは、ラテン語やドイツ語による歌を作曲していた。ある写本には、そうした歌謡の数々が「カルミナ・ブラーナ」という名前で残されている。それらはしばしば、本当に道中の歌謡であって、流れ者の学僧たちは、春の到来を、花が咲きほこる緑の牧草地を、ワインを飲ませてくれる旅籠《はたご》を喜んでいる。これ以外に、ものすごく卑猥な歌もあるから、「ゴリアール」という呼び方が蔑称に堕したのもむべなるかなと思われる。そして一五世紀には、重婚や、特定の仕事を営むといった学僧たちの「自堕落さ《ゴリアルディーズ》」ゆえに、彼らの特権も失われていた。一四五〇年から一四六〇年にかけて、ルニエ・ド・モンティニーやコラン・ド・カイユーは、教区裁判所での審理を求めたものの、連中は堕落しきったいかさま師にすぎないではないかという反論が、高等法院に出されているのだ。流れ者の学僧たちが、至るところで悪評をまきちらしたのである。ヴィヨンの活字版でもっとも古いもののひとつには、ことわざ集が添えられているのだけれど、そこには、「学生たちほど、たちの悪いやつは見つからない」という俗諺《ぞくげん》が載っている。また、最初はバーゼルで一四九四年から一四九九年にかけて出現した『放浪者の書』では、「ゴリアール」たちを、危険な階級に分類している。この『放浪者の書』というのは、一五世紀初頭にバーゼル市の参事会の求めに応じて実施された流れ者の調査を発展させたものにほかならず、これが一四七五年に、ヨハネス・クネーベルの年代記に挿入されたのだ。『放浪者の書』には、次のように書かれている。「第六の部類は、〈学のある乞食〉である。この乞食は、父や母のいうことをきかず、先生にも従わずに、誓願も破棄して、悪い仲間とつきあっている若い学生である。連中は放浪の手口には大いに通じていて、飲む打つ買うのし放題、放蕩して金を使ってしまう。連中は剃髪しているものの、これはいんちきだ。聖職者の位を受けているわけでもないし、堅信の秘蹟の許可状など持っていやしない。」第七の部類が「放浪学生」で、遍歴する学生だと自称して物乞いをおこない、自分は魔術の大家で、悪魔払いはお手の物だなどと言いふらしている。ここには、ゲーテの『ファウスト』に登場するメフィストフェレスが扮するところの「遍歴学生」の、原型を認めることができる。放浪学僧たちは、ヴァイオリン弾きとかヴィエル奏者を兼ねることもしばしばで、「辻楽士たちのお祭りをまわって」演奏していた。英国のチョーサーが描き、ヴィヨンが「ご教訓のバラード」で引いた、「贋巡礼」（『遺言書』一六九二）もいた。このいんちきな巡礼者たちは、ローマやサンチャゴ・デ・コンポステーラから戻ったことを証明する書状を見せていた。また、長刀《なぎなた》、大弓、矛《ほこ》などを身につけて、「兵士のふりをする」連中もいた。

実際、街道には武器を手にした者どもが横行していた。百年戦争が、社会全体をばらばらにしてしまったのだ。一四世紀末には、大きな部隊の残存兵たちで組織されたいくつかの武装集団が、依然として国土を掌握し、「はしごを使って」都市に入りこんで、「餌食に」した。彼らは、周辺農村の人々から力ずくで奪いとった食糧を食らい、商人たちからは金品を巻き上げ、また身代金を奪ったりしていた。西方、ノルマンディ地方は、覆面をしていたところから「贋顔団《フォー＝ヴィザージュ》」（『黄金仮面の王』収録の同名の短篇を参照）と呼ばれた匪賊《ひぞく》に荒らされていた。彼らは、ようやくにしてほぼ平和が戻り、再び往来が始まった商人たちの隊列を襲っていた。東部では、ザンクト・ヤーコプの戦い(40)のち、「盗賊集団《エコルシュール》」は四散して、ディジョンやマコン周辺の地域で生き延びていた。またなかには、ロドリーゴ・デ・ヴィランドランドとか、サラザールといったスペイン人の首領といっしょに、ガスコーニュの境界付近での戦闘に加わった経験を有するベテランも混じっていた。さらには、スコットランド人、ロンバルディア人、ブルトン人もいて、彼らはフォルテピスとかタンペットといった首領の伝統を守っていた。連中はラングル、トゥル、オーソンヌに侵入し、[41]しばしばアルザス地方を通っていった。どの町も恐怖におびえて、そうした盗賊の侵入から守ってくれるはずの正規の兵士までも拒んだ。「盗賊集団《エコルシュール》」は、夏には南部の地域を荒らし回り、寒い季節には、ディジョン地域の町を攻撃して、そこで越冬するのを習慣としていた。こうした次第で、乞食、にせの学僧、略奪者、落伍兵などで構成されて、フランス各地の街道筋を彷徨する連中は、司直の手を逃れてきた者たちを喜んで受け入れたのである。かくして、さまざまな要素がからみあって、ひとつの巨大な犯罪結社のごときものが形づくられ、一四五三年から一四六一年にかけて、七年以上にわたりフランス国土を牛耳ったことは、容易に理解できる。プロの犯罪者は、ほとんどがこの組織に属していたのであり、フランソワ・ヴィヨンも放浪生活の間に、これに入ろうとしたのである。

さて、パリを離れたヴィヨンは、まずは周辺地域をさまよった。ブール゠ラ゠レーヌ[42]の宣誓床屋外科医のペロ・ジラールのところに一週間滞在し、太った豚を食べさせてもらったことは、ヴィヨン自身が教えてくれる（『遺言書』一一五〇―一一五七）。「プーラ」すなわちポール゠ロワイヤルの女子修道院長がこの「無銭飽食」に同席したことは、まさしくロンニョン氏が認めたとおりだ。ジラールへの遺贈[43]はずいぶん皮肉だし、ポール゠ロワイヤルの女子修道院長の同席も異常であるからして、この太った豚たちは、夜にでも、ペロ・ジラール家の放牧場でつかまえて、女子修道院でお祭り気分で食したのではないかと想像したくもなる。

ブール゠ラ゠レーヌを去ったのちに、ヴィヨンがどの地方に向かったのかは不明である。とはいえ、一四五五年の六月だとちょうど、リヨン、ディジョン、オーソンヌ、トゥル、マコン、サラン、[44]そしてラングルといった一帯は、どの街道筋にも、「貝殻団《コキャール》」に属する悪人たちが跋扈《ばっこ》していた時期にあたる。したがって、ヴィヨンが「貝殻団」の仲間とつきあい始めたことはまちがいない。事実、隠語によるバラード二篇（「隠語詩篇」二、三）が、貝殻団の連中に宛てたものとなっている。ルニエ・ド・モンティニーは、この組織に属していたのである。ヴィヨンは、コラン・ド・カイユーの名前をもじって、「カキ売りのコラン《コラン・ド・レカイェ》」（「隠語詩篇」二）つまり「貝殻団員」と書いている。このバラードで、ヴィヨンは、ルニエ・ド・モンティニーとコラン・ド・カイユーの死を、悲劇的な実例として出している。いずれにせよ、全部で六篇となる「隠語詩篇」(45)で使われているのは、「貝殻団」の隠語と同様のものなのである。そして、ジャン・ロゼ、ジャン・ル・スール・ド・トゥール、プティ＝ジャンという三人の「貝殻団員」は、パリあるいはポワチエにおいて、ルニエ・ド・モンティニーの相棒であって、フランソワ・ヴィヨンが一四五六年、ナヴァール学寮に盗みに入ったときの共犯者となるのだ。六月にヴィヨンがパリを離れたとき、どうやらルニエ・ド・モンティニーは、ヴィヨンを「貝殻団」の仲間と会わせるべく首尾を整えていたものと思われる。そして詩人は、ディジョン地方に向かったにちがいない。現に詩のなかで、ディジョンやサランが話題になっている(46)。サラン(47)という小さな町など、実際に通ったことがなければ、ヴィヨンは知っていたはずがないと考えてよさそうだ。「貝殻団員」たちは、サランに出入りしていたのである。もっとも、彼らにとって、当時の首都はディジョンであったのだが。

　暇をもてあまして放浪する、この名もなき仲間たちがディジョンの町に入ったのは、一四五三年頃であった。彼らはまもなく、ブルゴーニュ公の採石業者をしているルニョー・ドブールと知り合い、遠征に連れて行かれる。「ルニョー・ドブールは、ブルゴーニュの大小の市に貝殻団の連中を引き連れていく頭目だった」、パリでヴィヨンが「金のない連中の乳母」だったのと同じようにという証言がある。ディジョンで彼らは、市役所付きの巡査ジャコ・ド・ラ・メールが経営する売春宿で日々を過ごしたわけだが、どうやって日々の糧を稼いだのかはわからない。床屋外科医ペルネ・ル・フルニエの店に出入りして、散髪やひげそりを終えると、サイコロばくちやカードゲーム、チェッカーなどに興じていたらしい。こうしてディジョンの売春婦たちとも深い仲になったのだが、なかにはパリから連れてきた女もいた。そして金がなくなると、彼らは半月、一か月、六週間といなくなる。やがて、馬あるいは徒歩でディジョンに戻ってくるのだけれど、「りっぱな身なりで、金銀を携えて帰ってくると、待ち構えていた連中や、新しくやってきた連中といっしょに、いつもの遊びやら自堕落な生活を、またぞろ始めた」という。床屋外科医の店で、酔っ払って、言い争いになることも多かった。「分け前をよこせよ！　さもないとちくるぜ！」などといって、「いかさま師《ベフルール》」「ブドウ摘み人夫《ヴァンダンジュール》」「植え込み屋《プラントゥール》」「葬り屋《バジスール》」「悪の呼び込み人《デボシュール》」

「たるませ野郎《デザルクール》」「散歩屋《バラドウール》」「白鳩《ブラン・クーロン》」「盗み屋《エストヴール》」といったあだ名をお互いにつけては、ののしりあっていたのだ。そして、かっとくると、短刀を手にしてやりあった。金銀細工商の店で、どんな使い道をしたのか、銀製のコップを値切りたおす連中もいた。なかには、ジャコ・ド・ラ・メールの売春宿にこもったまま、馬を売る商売をしている者もいた。その売値がばかに安いので、買う側も、これは盗んだ馬だなと察しがついた。別の仲間は、ジャコ・ド・ラ・メールと腕を組むようにして、昼となく夜となく、歌ったり、笑ったりして、ほっつき歩くだけで、なにもしなかった。棄教した元フランシスコ会修道士のヨハネスなる男が、ジャコのところで暮らす仲間たちのために、食料を買っていた。肉屋にエキュ金貨一枚を払って、たくみに釣り銭をごまかして、一エキュ以上の小銭を手にしたりしていた。また、美しいドレスや、豪華なマント、宝石のついた指輪、金の腕輪などを質入れする連中もいた。ところが、純金だと思った腕輪は、ただのめっきだし、指輪も宝石もにせものだと発覚した。あるいは、錠前の掛けがねを作りたいといって、彼らが蹄鉄工に木型を持ち込んだことがあったが、蹄鉄工はすぐに、それが実は錠前をこじあける道具だと見抜いたという。

　ディジョンの町は、夜になるともはや安全とはいえなかった。市長みずからの指図により、巡回がおこなわれた。ある晩、ジャコが、もうすぐ市長がやってくるぞと「貝殻団」の者たちに知らせた。建物内では、一二人ばかりの仲間が遊んでいたのだが、ロウソクを吹き消して、そっと抜け出すと、彼らはプティ＝シャン通りの界隈をめざして、ペルネ・ル・フルニエの店にたどりつき、ある者はこちらに、ある者はあちらにと、真っ暗闇のなかで床にふせて、市長が行ってしまうまで、じっと身をひそめていた。しかし、ディジョン子爵領代表代訴人のジャン・ラビュステルのみならず、市長にも、この情報は伝わっていた。きわめて正確な内容の密告がなされていたのだ。一四五五年一〇月一日には、すでにディジョンの獄中にあったルニョー・ドブールに対して、ジャン・ラビュステルが尋問をおこなった。その答えが非常に重大なものと思われたので、その二日後、正式に予審が開始された。真っ先に召喚されたのは、ペルネ・ル・フルニエだった。仲間の犯罪者たちの氏名や、その日常や目的を知っているに決まっているからだ。二年間にわたって「貝殻団」を受け入れて、かくまった、この床屋外科医も、一味であったのはほぼ確かである。フルニエは自分が営む売春宿で、いかさま賭博をやらせて、連中には、「有利な、蠟製のサイコロ」、つまり細工をしたサイコロを売りつけていた。また担保として、衣服やにせの宝石類を受け取って、隠匿していた。彼はメンバーほとんどの氏名も知っていたし、彼らの隠語を流暢に話すこともできた。ペルネ・ル・フルニエは最初のうちは、若い頃に「古い隠語」のいくつかを覚えただけだし、サイコロ賭博、カード、チェッカーなどをやったせいで、「貝殻団」の生き方に興味を持ったにすぎないと弁解したが、やがて、主要メンバーの名前を明かし、「貝殻団」の組織について自白し、彼らの隠語を書き取らせた。また、アラス(48)出身のジャナン・コルネというメンバーのことも、詳しく知っているとも話した。

今日のイタリアで「カモッラ」(49)と呼ばれているマフィアと同様に、「貝殻団」はひとつのギルドとして組織され、舎弟、親方、そして首領がいる。ペルネによると、組員の数は一〇〇〇人に及ぶというが、一四五九年の史料に従うならば五〇〇人にすぎない。首領は、「貝殻の王さま」と呼ばれている。「貝殻団」に舎弟として入った者は「ガスカートル」と呼ばれた。訓練を積むと、「親方《メートル》」となり、「あらゆる手口に通じ、あるいは特定の技術に熟練すると」、「長老《ロン》」という称号がもらえる。なにしろ「貝殻団」には、いろいろな職務があるのだ。「いかさま師《ベフルール》」は、サイコロ《グール》、カード《ラ・タキナード》、チェッカー（「サン＝マリ」とか「サン＝ジョワユー」と呼ばれる）、「犬のしっぽ《キュ・ド・シャン》」（不明）で、いかさまをする。「送り屋《アンヴォワユール》」と「葬り屋《バジスール》」は、人殺しが担当だ。「落とし屋《デロシュール》」は、身ぐるみはいで盗むのが、「悪の呼び込み人《デボシュール》」は、相手を自分たちとの賭けごとに引っぱり込んで、すっからかんにするのが役目だ。にせの宝石や金塊を売るときにも、それぞれ役割が決まっている。「たるませ野郎《デザルクール》」が取引場所をきちんと検分してから、だます相手とあれこれ話して、手はずをととのえる。そして「散歩屋《バラドウール》」が、だまそうと狙いをつけた聖職者や農民のところに話をしにやって行って、交渉を始める。それから、「散歩の確認屋《コンフエルムール・ド・ラ・バラッド》」が、この取引はまともなもので、商品も文句なしだと念を押す。そして最終的には、「植え込み屋《プラントウール》」が、まがいものの腕輪や宝石、にせの金塊を持参するのだ。にせの宝石類は、「苗《プラン》」と呼ばれている。また「白鳩《ブラン・クーロン》」は、行きずりの商人なんかと宿屋に泊まり、相手の持ち物を盗んでから、自分のも盗まれたことにして、いっしょに窓から投げる。すると、「泥棒《フールブ》」が下で待ち構えていて、これを受け取るという寸法である。こうして「白鳩《ブラン・クーロン》」は、盗難の被害にあった商人といっしょに、この不幸を嘆いては、愚痴を言い合うという段取りなのである。

「貝殻団」の隠語は、フランソワ・ヴィヨンのバラードで使われている隠語と、あらゆる点において酷似している。連中は司直のことを「海辺《マリーヌ》」とか「車輪《ルー》」と呼び、司法をだまくらかすのは、「海辺を白くする」と称していた。だます相手は「白い人」「殿さま《シール》」「だまされ男《デュップ》」「角野郎《コルニエ》」などと呼ばれた。巡査は「ガッフル」、司祭たちは「剃ったやつ《ラ》」といった。金庫をこじ開ける道具は「ダヴィデ王」、財布は「フルーズ」、金銭は「オーベール」とか「ケール」、パンは「アルトン」、聖アントニウス熱[50]は「リュフル」といわれた。日中のことを「拷問《トルテュル》」と呼び、逆に拷問のことは、「日中《ジュール》」といった。「日中をとことん使わないと」、被告からなにも引き出せないだろうと、ある証人が述べているのだ。戦利品の分け前は「素材《エストッフ》」と呼ばれた。「エストッフ！ ウ・ジュ・フォジュレ」といえば、「俺さまの分け前をよこせ！ さもないとちくるぜ！」という意味だ。衣服は「ジャルト」、馬は「ガリエ」、「錨《アンクル》」といえば耳、九柱戯の「ピン《キーユ》」が脚、「セール」[51]が手である。夜警に追いかけられたりすると、梯子を使ってずらかりながら、「へへえ、舞台の袖《カントナード》をしてやったぜ」というのだった。自分を逮捕しようとする相手をやっつけようというときには、「俺は、手が締まったぜ《フェルム・ア・ラ・ルーシュ》」といった。また、拷問されても、口を割らない奴ならば、「口が締まった《フェルム・アン・ラ・モフ》」男ということになる。

ペルネ・ル・フルニエが書きとめさせた構成員の名前には、ピカルディ人、ガスコーニュ人、プロヴァンス人、ノルマンディ人、サヴォワ人、ブルトン人、スペイン人、スコットランド人などが含まれていた。数の上でもっとも多いブルゴーニュ人を除いての話だ。つまり、この「貝殻団」は、ザンクト・ヤーコプの戦いから戻って、一四四五年以来、この地で生きてきた盗賊団の残党から成っていたのである。

「貝殻団」は、盗品隠匿係も擁していた。また、ドニゾ・ルクレール、クリストフ・テュルジなどの金銀細工師を抱えるのみならず、パリには、にせの宝石類や金塊を作る連中がちゃんと控えていた。そうした一人が五六歳のジャケ・ルグランで、銅製の指輪を鍍金《ときん》した罪状によって、一四四八年以降、五回も投獄されているのだが、彼には一六、七歳の娘が二人いて、このおかげで判決も寛大なものとなっていた。店からは、鍍金した銅の指輪や朱色の石といっしょに、金ぴかにした銅の「印章指輪や棒」、金ぴかにするために用意された真鍮の針金、銀のエキュ貨幣が見つかった。ルニエ・ド・モンティニーはジャケ・ルグランの店をよく知っていたから、「貝殻団」の連中の用事で、ここをよく訪れていたにちがいない。そしてある晩、彼はニコラ・ド・ローネーとともに、サン＝ジャン＝アン＝グレーヴ教会から銀の聖杯を盗み出して、つぶしてから、ジャケ・ルグランの店に持ちこんだ。全部で二マール六「エステルラン」[52]の重さになり、ジャケは一マールあたり八フランで買い取った。ジャケは、以前もルニエ・ド・モンティニーから、ミサ用の瓶をつぶして溶かした銀四オンスを買い取ったことがあると自白している。どうやら、「貝殻団」の構成員は、銀製品を溶かして頻繁にジャケ・ルグランのところに持ち込み、これと引き替えに、まがいものの宝石がついた指輪とか、金ぴかにした銅のネックレスやブレスレットなどを受け取って、「植え込み屋《プラントゥール》」が町や農村で売り歩いていたらしい。

「貝殻団」のような団体は、もっぱら大きな街道筋に頼って活動し、自活するしかなかった。そこで、彼らは地方から地方へと移動していった。サラン[53]で馬の群れを盗むと、ディジョンに連れてきたのだ。ルニョー・ドブールは、盗んだ反物とサフラン三リーヴル[54]を持って、ジュネーヴからブザンソンに行ったわけだが、途中マコンでもう一人の団員フィリポ・ド・マリニーと出会うと、ディジョンで落ち合う約束した。その後両人は、バール＝シュル＝オーブことディマンシュ・ル・ルー、フランシスコ会士ヨハネス、アラス出身のジャナン・コルネを加えて、「獲物でも捕まえに行くか」、「いっちょう押し入ろうぜ」といって、ロレーヌ地方への遠征を企てたものの、トゥルで逮捕されてしまった。そこでルニョー・ドブールは、自分はブルゴーニュ公の「投石兵」の身分であることを訴えた。またヨハネスとバール＝シュル＝オーブは逃亡した。ジャナン・コルネは兵士をよそおった。これほどまでに、しっかりと組織された悪党集団にとって、街道は自由そのものだった――なにしろ、監視の目もなければ、憲兵隊もいないのだから。危険なのは、取り締まりがいくぶん厳しい町中なのである。「貝殻団」

には、ほとんどすべての犯罪のプロが含まれていて、そうした犯罪は現在の社会に至るまでずっと続いてきている。けれども、それらの犯罪がことごとく、市中ではなく街道上で実行されたという、特別な違いが見られるのだ。「貝殻団」は、金を手に入れるべくディジョンを離れたかと思うと、また戻ってきて、売春宿の娼婦たちから金を搾りとり、放蕩におぼれ、チェッカーやサイコロばくちにふける。つまり、連中の本拠地がずっとディジョン市内にあったことが、この団体の破滅を招いたのだ。情報提供者の密告により、ルニョー・ドブールが逮捕されて、ペルネ・ル・フルニエは秘密をすべて吐いてしまい、「貝殻団」はたちまち追い詰められた。一四五五年一一月七日以前に、「貝殻団」の組頭の一人バール＝シュル＝オーブは、サン＝ニコラ通りの「子牛ホテル」でフィリポ・ド・マリニーといっしょに寝ているところを逮捕されている。巡査たちがフィリポを逮捕しようとすると、彼は胸元を探って、なにやら取り出すと、ベッドの枕元のわらのなかに隠した。それは連中が「ダヴィデ王、ダヴィヨ王」などと称している、錠前をこじ開ける道具だった。拷問にかけたものの、バール＝シュル＝オーブは口を割らなかった。最終的に、ペルネ・ル・フルニエとの対質をおこなわせた結果、彼は容疑をかけられたすべての犯罪を認めた。一四五五年一二月一八日〔原註一〕、三人の「貝殻団員」が、贋金作りの罪によって、ディジョンのモリモン広場で、生きながらに釜ゆでの刑に処せられた。また別の六人は、引き回しの上、ディジョンの絞首台に吊された。六人のうちには、ジャコ・ド・ラ・メールが含まれていた。だが、検事のジャン・ラビュステルは、この処刑では満足できなかった。七〇人以上にのぼる「貝殻団」の構成員の氏名を、みずからの手で書きとめると、これをフランス各都市の司法当局に知らせたのである。かくして、クリストフ・テュルジはサンス[55]の町で投獄されて、ディジョン裁判所の嘱託により尋問を受けた。こうして、指名手配した犯罪者たちの処刑の知らせが新たに届くたびに、ジャン・ラビュステルは、その氏名の前に、その者が処刑されたこと、また、「釜ゆで」「絞首」「井戸に投げ込み」など、王国や各地方の習慣にしたがって、いかなる方法で死に至らしめられたのかを書き込むのだった。リヨンでも、グルノーブルでも、アミアンでも、そしてアヴィニョンでも、処刑者が出ている。ルニエ・ド・モンティニーの名前の脇には、「死す、絞首にて」と記されている。しかしながら、一四五五年の司法手続きによって、「貝殻団」という結社が壊滅したとは思えない。ディジョンにおいてさえ、タッサンとか、アンデ・ド・デュラクスなどは、ようやく一四五六年から翌年にかけて、処刑されたにすぎないのである。一四五八年七月、ジャン・ラビュステルはディジョンの市長に、「ぐうたら者で、昼も夜も、ディジョンの町をほっつきまわり、サイコロとばくやポーム・テニスなどをして、遊んでばかりいたり、さもなければ、ポン引きまがいのことばかりしている、氏名不詳の連中たち」に対して、厳しい禁止令を出すように要求している。こうした流れ者は、かつてジャコ・ド・ラ・メールが所有していた遊郭にも、こもったりしていた。そして「貝殻団」と同様の品行を示していることから、一四五八年のこの新たな集団は、その別働隊かもしれない。事実、ディジョンの古文書館に保存されている史料によると、〔原註一二〕一四五九年七月になっても、「貝殻団」がディジョン市内やその周辺を、わが物顔に闊歩しているのである。ブルゴーニュ公のサント＝シャペルの合唱隊で歌っている学僧たちも、「貝殻団」の構成員だと噂されていた。自堕落な生活を送る彼らは、ディジョンの夜をかき乱す名も知らぬ仲間たちとつるんでいた。一四五九年七月二五日、これらサント＝シャペルの学僧一二人ばかりが、しごく上機嫌になって、白いシーツや「頭巾などで変装して」、夜の一〇時ころに外にくり出し、一軒の居酒屋から、乾燥させた木の枝の大きな束を失敬して、大声で歌ったり、叫んだりしながら、町中を引きずり回したという。サン＝ピエール門の近くで、彼らは、パン屋のある建物の戸がまだ開いているのに気づいた。製パン室にはロウソクの明かりがともり、使用人が通りの井戸から水を汲んでいるところだった。学僧たちは、下働きの男に向かって、「早く、寝ちまえよ」と叫ぶと、大きな石を投げつけた。それが製パン室の壁に当たってものすごい音を立てたために、パン屋の主人が起きて、建物から出てきた。学僧たちはパン屋に、「こいつは、不吉な晩になるぜ」と挨拶した。これを聞いたパン屋は、ブルゴーニュ公の司法官で、ディジョンの助役オジエ・ノーダンを連れに行った。ノーダンは法服をまとって到着すると、礼拝堂付きの学僧たちを叱責した。すると学僧たちは、「さっさと帰って寝なよ。さもないと、とんでもない目にあわせてやるからな」と言い返した。連中が反抗的であるのを見てとったオジエ・ノーダンは、屋敷に戻ると「警棒」を持ってきた。そして彼らに近づき、「わたしを脅したのはだれだ？」と尋ねたという。すると彼らは、「おまえに、遊びの権利を認めさせてやろうじゃないか」、「警棒なんか取り上げちゃうぞ」「先っちょから、おまえに食べさせちゃうからな」といった。こうして二人の学僧がかかってきて、オジエ・ノーダンと取っ組み合いになった。助役は捕まえようとしたものの、うまくいかず、闇にまぎれて逃げられてしまった。その数日後、サント＝シャペルの聖職者の特権を侵したかどで、オジエ・ノーダンはマコンの主席司祭の前に呼び出された。彼がしたためさせた覚書から、弁護の要点はわかっている。けれども、おそらく教会参事会側が勝ちを収めたのだ。とはいえ、オジエ・ノーダンは、聖歌隊の学僧たちが「貝殻団」の構成員であることを立証したのだし、一四五五年の処刑後も、この団体が相変わらず都市の秩序を乱していることを示したのだった。「ひとつ、四年ほど前から、彼らの隠語で〈貝殻の子供たち〉を名乗るよそ者の大集団が組織されて、その数は王国中で五〇〇人以上、都市から都市へと移動しては、数多くの盗みやら冒瀆的な行為を働いているのは、よく知られているとおりである。そうした悪事を未然に防ぎ、忌まわしき企みを食い止めるべく、市長ならびに助役たちは、毎晩、八時の鐘を合図に、あるいは日没を期して、町の四つ辻などをくまなくパトロールすることを開始したのである。」つまり、一四五九年にも「貝殻団」は依然として存続していたことになる。フランソワ・ヴィヨンは、このことを知っていた。というのも、彼は少なくとも一四六〇年までは、ルニエ・ド・モンティニー、コラン・ド・カイユーという二人のりっぱな構成員と良好な関係を保っていたのだし、彼らとともに「モンピポー事件」(後述)に関わったのである。そしてこの事件により、コランは絞首刑となり、ヴィヨンはマン＝シュル＝ロワールに投獄されたのだった。ヴィヨンが、道を外れた若者たちに向かって、この友人たちを引き合いに出すのは、一四六一年七月以降のことにすぎない。彼は、これほど長期にわたって「貝殻団」のなかで生きてしまったことに対して、なにがしかの後悔を覚えたのかもしれない。

　これらの犯罪情報のおかげで、ヴィヨンが一四五五年六月から一四五六年一月まで、いかなる日々を送ったのか、かなり正確なイメージを描くことができる。この間、パリでは、ヴィヨンの庇護者たちは、彼のことで心を砕いていた。ギョーム・ド・ヴィヨンと、その友人であるシャトレ裁判所の検事たち、アンブロワーズ・ド・ロレ夫人、さらに、おそらくはロベール・デストゥートヴィルも加えて、こぞって恩赦状獲得のために奔走し、国璽尚書局に手数料を支払ったのだ。例によって用心深いヴィヨンは、二つの名前を使い分けて[56]、パリとサン＝プルサンという二つの場所から、恩赦嘆願状を提出している。そして尚書局は一四五六年一月、司祭フィリップ・セルモワーズ殺害に関して、「フランソワ・デ・ロージュ、別名ド・ヴィヨン宛て」ならびに「フランソワ・ド・モンコルビエ宛て」で、二通の恩赦状を発行する。高等法院が命じた追放令は、第二の恩赦状によって解除されて、ヴィヨンはパリに戻ることができた[57]。とはいえ、この年に、彼が素行を改めたようには思えない。放浪と「貝殻団」での日々が、彼に強烈な印象を刻みこんでいたのだ。オ・フェーヴ通り[58]の、居酒屋《松毬《まつかさ》亭》の前にあった、ポーム・テニス場あるいは賭博場の《トゥルー・ペレット》に、悪友たちと出入りしていたものと想像される。彼には大金が必要だった。「貝殻団」とつるんでいれば簡単に稼げたため、浪費癖がついていたらしい。おまけに彼は、浮気女のカトリーヌ・ド・ヴォーセルにぞっこんだった。どうやら、このカトリーヌというのは、「彼女はお金をたっぷり持っているけれど*[59]」（『遺言書』九一三）といいながらも、詩人がお金がざくざく入った絹の財布を遺贈した、ローズと同一人物であるらしい。もっとも、この点については、断言はとてもしかねるのだが。とにかく、この女との色恋沙汰で、彼はひどい目にあったのだ。「川で洗われる布きれ」（『遺言書』六五八）みたいに殴られて、「ひじ鉄をくらい、のけ者にされた恋人」（『遺言書』七一二*）と呼ばれて、人前でばかにされた。しかしながら、一四五六年のクリスマスに、彼が自分の情婦のことで、「優しい眼差しと美しい顔」（『形見分け』二六*）に魅入られたものの、その実、「意地悪で残酷な女だった」（『形見分け』三四）といって嘆いたときには、まずまちがいなく真実を語っていた。自分の死を願っているとかいう女を引き合いに出しても、そこには優しさが見られる。そして彼は、女のペテンにこれ以上耐える力もなく、逃げるしかないと告白し、女と別れるためにアンジェに行くと宣言する。ところが、あとでわかるように、アンジェ行きには、ほかの理由が存在したのだ。したがって、つれない恋人は、当時の詩人たちがしばしば嘆き節を歌ったところの、愛する貴婦人なみの存在でしかなかったと、認めたい誘惑にもかられる。ヴィヨンはその才能にふさわしく、彼女の姿を、よりリアルな目鼻立ちで描き出している。とはいえ、そんな彼も、この『形見分け』という皮肉たっぷりの詩篇《サティール》においては、先行する詩人たちの技巧を用いることにこだわって、アラン・シャルチエの方法をちょっとばかり茶化してみようと考えたのだった。

一四五六年一二月、ヴィヨンはコラン・ド・カイユーとともにパリの町をぶらついていた。二人はプティ＝ポン（小橋）にある居酒屋《説教壇》《ラ・シェール》を出ると、マテュラン(60)教会の正面にある旅籠の《雌ラバ》《ラ・ミュール》に移動する。夕食は、《松毬亭》の隅っこでとった——背中もぽかぽか、「足もあたためて」（『形見分け』一一六）。なぜならば、クリスマスの頃というのは「生命の影も見えぬ季節、狼どもは飢えてただ風を食らい」（『形見分け』一〇）、人々は家のなかにじっと閉じこもって、暖炉の火をかきまわしている寒い季節なのだから。二人といっしょに、『悪魔の屁』の物語を筆写した学僧のギー・タバリー学士もいたし、錠前破りの名人のプティ・ジャン、「ダヴィデ王」を鍛造する腕前を持つ「剣の親方」プティ・チボー、そして、ピカルディ出身の修道士ドン・ニコラの姿も見えた。一二月のある日の午後、ギー・タバリーは、コランといっしょにいるヴィヨンに出会ったのだ。ヴィヨンは、《雌ラバ》の居酒屋で食事するが、あれこれ買って来てくれと、彼にいった。そして《雌ラバ》で落ち合った六人は、夜の九時まで夕食を楽しんだ。食後、フランソワ・ヴィヨン、コラン・ド・カイユー、ドン・ニコラは、ギー・タバリーに、いまから目にすることは絶対に黙っていろよと命じて、タバリーもそうすると約束した。それから一同は、低い壁を越えて、ロベール・ド・サン＝シモン親方の家に行き、そこで「ジポン」つまり袖付きの上着を脱ぎ捨てた。ギー・タバリーはそのまま残って衣服の番と見張りをした。残りの連中はロベール親方のところから脚立を持ち出すと、これを使ってナヴァール学寮の高い壁を越えて侵入した。彼らが学寮を取り囲む壁の向こう側に消えたのは、夜の一〇時だった。ギー・タバリーは夜中まで待っていた。連中は、粗布の袋を抱えて戻ってくると、一〇〇エキュ「稼いだ」からといって、タバリーには口止め料として一〇エキュ渡した。そして、彼を遠ざけると、稼ぎを分配したのだが、タバリーにはどう見ても一〇〇エキュ以上あるように思われた。分配が終わると、タバリーはまた呼ばれ、まだ「二エキュ」余っているから、これで明日の晩もみんなで食事しようぜといわれたという。筆耕をなりわいにしていたギー・タバリーは、この連中の食費も管理していたのである。翌日になると、連中はタバリーに、実は自分たちの分け前はエキュ金貨一〇〇枚だったと打ち明けた(61)。そしてフランソワ・ヴィヨンは、仲間たちに、自分は間もなくアンジェに出かけると告げた。ある修道院に修道士の叔父がいるのだけれど、別の坊さんで五〇〇から六〇〇エキュ持っている奴がいるから、そいつの「具合」を知りたくてなと話した。この件について、ばっちり調べてから戻ってきて、おまえたちにも相談するから、みんなでアンジェに行って、その坊主を「からっけつにして」やろうぜというのだった。なお、ここで使われた「からっけつにする《デブルセ》」は、ヴィヨンの隠語のバラードにも出てくる（「隠語によるバラード1」二九）動詞である。こうして、連中は、「いずれ、そいつの金を強奪するためにも、道具や武器を揃えなければいけないな。奴を襲うのになにかいい計画はないかと思案した」という。

　してみると、ヴィヨンがアンジェに向けて出発したのは、ローズないしカトリーヌ・ド・ヴォーセルとの色恋ゆえではなかったような気もしてくる。それは『形見分け』に、詩人が付与したところの、もっともらしい文学的理由にすぎないのかもしれない。自分の古着や、クモの巣だらけのベッドの枠、一二月の寒風のせいで、暖房もなく、かちんかちんに凍ったインクのことを語る場合も(62)、彼は本当のことを述べてはいない。われわれをほろっとさせようとして、次のように歌った場合だって同様だ。

以上、頭書の通りの日付にて
その名も高いヴィヨンにより作成された。
この男、イチヂクもナツメも食わず
モップみたいに痩せて色黒。
天幕といわず幕屋といわず
すべて仲間に形見分けして
残るはわずかなばら銭ばかり

それもまもなく消え失せよう。　（『形見分け』最終詩節）

なぜならば、彼の手元には、ナヴァール学寮から盗んだ一〇〇エキュが入った粗布の小さな袋があるではないか。一四五六年の時点で、エキュ金貨一〇〇枚といったら大金であって、二年から三年は楽に暮らせる金額なのである。おそらく彼としては、この大金をがっちりと確保したかったのだ。あるいは、訴追を恐れて、「てめえらでうまく切り抜けるんだな」と、仲間を置き去りにしたのかもしれない。あるいはまた、本当にアンジェに行って、もう一つ盗みをしてやろうと考えて、その下準備をしようとしたとも考えられる。事実、一四五六年一二月一六日、シュヴァリエなる男が、自分は不当に投獄されたとして、高等法院でアンジェの判事に上訴をおこなうというできごとがあった。これに対してアンジェの判事は、「アンジェでは、少し前から、盗みや、略奪や、追いはぎなどが頻発している。それは浮浪者仲間のジャン・ドゥートとジャン・シュヴァリエの犯行だと判明した。この情報を得たのちに、ドゥートは逮捕されたものの、シュヴァリエは聖域に逃れた。控訴人たちは、すべての盗みや略奪の元締めであり、自分たちの棲み家に、盗人や追いはぎなど悪人たちを引き入れているのだ」という反対弁論をしている。一四五六年の八月から一二月にかけて、アンジェで盗みを働いたこの一団が「貝殻団員」で構成されていて、ヴィヨンが連中のために手はずを整えるつもりになったとしても、さほど驚くにはあたらないではないか。なにしろ、彼はこの土地には精通していたのだから。

いずれにせよ、フランソワ・ヴィヨンが一四五六年の暮れにアンジェに向かったことは確かである。パリを離れる前に、彼は友人たちに、皮肉たっぷりの詩を残して、それに「小曲《レー》 Lais」というタイトルを付けたのであったが、これは一種の遺言でもあるわけで、ここには「遺贈物《レー》 Legs」との語呂合わせを読み取ることができる。この作品はたちまち大成功を収めて、筆写されて広められたものの、それが『遺言書』という新しいタイトルによってであったため、後日、ヴィヨンがこれを否認することとなる。(63) もっとも彼が、地方にいるあいだに書いた『大遺言書』の草稿を手にして、ようやくにしてパリに帰ったのは、一四六一年の終わりにすぎないのである。

それは、「ナヴァール学寮事件」で訴追を受けることを危惧していたからだけれど、自分のことが司直に密告されたことは、ちゃんと知っていたのである。ナヴァール学寮での盗難が発覚したのは、翌年、つまり一四五七年の三月であった。盗まれた大金は、パリ大学神学部の学部長、教師、学士、学生たちのもので、三つの錠前の付いたクルミ材の小さな箱にしまわれ、さらに、大きな箱に入れて、鉄の鎖でしばって、四つの錠前でとめてあった。ところが、この錠前がすべてこじ開けられてしまったのだ。そのために、一味は金を盗み出すのに二時間もかけている。この事件の捜査にあたった巡査の一人が、ヴィヨンもよく知っているミショー・デュ・フールだった。宣誓錠前商たちが、どうやって鍵がこじ開けられたかについて、詳細な報告書を作成しているが、それによると、「錠前を開ける道具、ハンマー、ペンチ」などを用いたもので、犯行は二、三か月前という意見であった。もっとも、犯人たちについての情報が得られたのは、一四五七年五月一七日になってのことだった。シャルトルに近いパレ＝レ＝アブリの修道院長・司祭のピエール・マルシャンの証言がきっかけである。彼はパリに立ち寄った際に、プティ＝ポン（小橋）の居酒屋《説教壇《ラ・シェール》》で昼食をした。もう一人の司祭と、教区裁判所の牢獄から出てきたギー・タバリーがいっしょだった。食事中にタバリーが、泥棒に入った罪で告発されたと話したので、司祭のマルシャンは、巧みに彼の口を割らせて、アウグスティノ会士ギヨーム・コワフィエから六〇〇エキュ盗んだことを聞き出した。そして、いかにも自分は盗人の側に立っているようなふりをしたのだ。するとタバリーは調子に乗って、自分は錠前を開ける道具作りの名人プティ・ティボーを知っているんだというと、司祭をノートル＝ダム大聖堂まで連れて行き、パリ司教座の牢獄から逃げ出して、大聖堂という聖域に逃げ込んだ四、五人の相棒を紹介した。そして、「小柄で、年の頃は二六歳ばかりの若者で、長髪をうしろに垂らした男を指さすと、こいつがおれたちの仲間でいちばん頭が切れて、錠前をこじあけるのも上手だし、とにかく、そのような場合でも、こいつには不可能なことなんかありゃしないんだ」といった。聖堂に逃げ込んだ連中との話が盛り上がり、やがて司祭は彼らを残して大聖堂を離れた。ギー・タバリーは安心しきって、ナヴァール学寮に盗みに入ったことや、サン＝マテュラン修道院も狙ったのだが、真夜中に犬たちがワンワン吠えたものだから、逃げ出すしかなかったこと、ギヨーム・コワフィエから大金をかっぱらったことなどを打ち明けた。そして最後に、フランソワ・ヴィヨンのことを話し、アンジェに行くといってたから、どんなうまい話を持ち帰ってくるか首を長くして待っているのだと語った。パレ＝レ＝アプリの司祭ピエール・マルシャンは、タバリーにはお愛想顔をしておいて、彼のことを司直に告げた。けれどもタバリーが逮捕されたのは、一年後の、一四五八年七月になってからだった。剣先で突かれたり、拷問台に乗せられたりしたあげく、ギー・タバリーは、教会法博士や教会法学士たちの前で、すべての罪を認めた。同席した法学士のなかには、フランソワ・ラ・ヴァックリーとフランソワ・フェルブーもいたのである。

もっとも、ギー・タバリーにいかなる刑罰がくだされたのかも、共犯者たちにいかなる訴追がおこなわれたのかも判明してはいない。ただしヴィヨンは告発のことを聞き知った。ヴィヨンには、ギー・タバリーも、教区裁判所の判事のやり口も許せなかった。『大遺言書』のなかで、ギー・タバリーが本当のことを話してしまう癖をからかっている——彼こそは「本当の男さ」（『遺言書』八六〇*）といって。また、教区裁判所の検察官のフランソワ・ド・ラ・ヴァックリーには、「高くせり上がったスコットランドの頸当」（『遺言書』一一二六）を遺贈しているけれど、これはたぶん、絞首刑用の麻の綱のことであろう。そしてフランソワ・フェルブーだが、彼とはこの五年後に出会うことになって、ヴィヨンはもっと厳しい仕返しをすることになる。かくして、ヴィヨンは冬に、二度目のパリ出立をおこない、西へと向かう——ただし今度は、一〇〇エキュを懐にして。こうして本当の彷徨の人生が始まる。一四五五年の逃亡は、その予行演習にすぎなかったのだ。彼には、「ナヴァール学寮事件」のような盗みが、そう簡単には許してはもらえないとわかっていた。また、義父のギヨーム・ド・ヴィヨンも、アンブロワーズ・ド・ロレ夫人の知り合いたちも、もはや頼りにはしていなかった。彼が嘆いた流謫の日々は自発的なものであって、彼は追放刑をみずから課したのである。路上で生きるための手段は、なにもかも「貝殻団」で学んでいた。それにこの先、立ち寄る都市では、「笑話、お話、教訓話」でも書けば、なにがしかの金もくれるだろうとも期待していたかもしれない。さらには、ロワール河地域にまで行って、ブロワのシャルル・ドルレアンの宮廷に滞在するつもりだったし、きっとジャン・ド・ブルボン二世(64)のところで禄を食んで暮らせるとも思っていたのではないだろうか。というのもヴィヨンには、礼儀作法に合わせて、表情をとりつくろったり、態度を変えたりすることはお手の物だったし、ほほえみかけられたら、自分も相手にほほえんだり、食いぶちを稼ぐために道化たり、貴人の食卓でからかわれ、嘲笑されたりすることなど屁でもなかったのだ。とにかく、詩人としての自分の驚異的な才能に感嘆して、もてなしてくれればよかったのである。

〔原註一〕コート＝ドール県の古文書館員ジョゼフ・ガルニエ氏の教示による日付だが、この日付が引き出された史料を検索することができない。

〔原註二〕この史料はベルナール・プロスト氏のご教示によるもので、複写にはディジョン大学文学部助教授のジョルジュ・ドタンの手をわずらわせた。

III

一四五七年一月から一四六一年一〇月にかけてのフランソワ・ヴィヨンの人生の大部分は、正直なところ、ほとんどわかっていない。アンジェ、ブールジュ、オルレアン、ディジョンなど、地方の古文書館で発見がなされて、彼の生きざまや、どこに行ったのか等々が解明されることを期待するしかない。彼が実際にアンジェを訪れて、計画していた犯行に関与したのかについても、断定するのは不可能なのが現状である。とはいえ彼は、フランスの西部を歩き回ったのだ。オーギュスト・ロンニョン氏が認めているように、現在のドゥー＝セーヴル県(65)のサン＝ジェネルーで、彼はとても美しくて、愛らしい二人の貴婦人と知り合って、ポワトゥー方言を教えてもらった。詩人は作品中で、彼女たちのことを控えめながらほのめかしている（『遺言書』一〇六〇―一〇六九）。それは、彼がロワール河下流地方のサン＝ジュリアン＝ド＝ヴヴァント（ナントの北東）のあたりを通りがかったときのことだった。そしてたぶん彼は、ロワール河沿いをさかのぼり、一四五七年の末には、オルレアン公の居城のひとつにたどり着いたのだ。シャルル・ドルレアンは六六歳であったのだが、精神的にはもっと老いていた。アザンクールの戦い[66]ののち、彼は英国で二五年間もの辛い捕虜生活を送った。甘美で、諦念にみちた、魅力的な詩歌を作ることほど、彼の気持ちを紛らせてくれるものはなかった。彼は英語をマスターして、うっとりするほどのみずみずしさでロンドーを書いた。もっとも、英国の学者や批評家に、創作は三篇だけで、残りは同時代の詩の翻訳だと述べてはいるが。四三歳になった頃から、身体が不自由となった彼は、ちょっとばかり気取って、自分は愛の神を捨てるのだと宣言している。齢《よわい》を重ねて、謹厳な感じともなり、また、苦しみの数々と高貴な精神ゆえに尊敬され、しかも王家の血筋を引く君公として、シャルル・ドルレアンは堂々とした、高い身分にあったことになる。その首は長く、細面で、大きな口の、やや冷淡な顔立ちをしていた。とがった鼻が少しばかり反り返り、全体の表情はいかめしくも、精彩さには欠けていた。一四五七年には、すでに疲れきっていたに相違ない。なぜならば、彼は一四六三年以後は、字を書くことも、署名することもできなくなるのである。もっとも、一四五六年には、国王の評議会に対して、十字軍遠征を求めてもいる。おそらくは、死地を求めて聖地に赴く腹づもりであったかと思われる。シャルル・ドルレアンは毎週金曜日には、一三人の貧者に夕食を提供して、みずから給仕をした。敬虔にして、寛大な人物であった。ブロワの宮廷は平和であるばかりか、輝いてもいた。シャルル・ドルレアンはこの「無関心《ノンシヤロワール》の王国」を望ましく思うようになって、結局、一四六二年頃、この城に入ったらしい。この「無関心《ノンシヤロワール》」なるものは、いくぶんか、ストア派やエピクロス派が「アタラクシア」と呼んだものに似ている。老いたるオルレアン公は、平静なる心を、暢気さを望んでいた。芸術的で、洗練された集まりに、もっぱら楽しみを見いだした彼は、ブロワにそのような集団を受け入れて、できるだけ長く、手元にとどめた。けれども、これほどに謹厳な人物の目には、宮廷の洒落者連中や、洗練された若者のわざとらしい愛嬌などは、むしろ耐えがたく映ったのである。

彼は新しいファッションや、ぎざぎざのついた胴衣、先のとがった靴を嘲笑する。彼がいっしょに日々を送りたいと願う、趣味のよい人々に求めていたのは、そのようなものではなかった。たとえば、なんらか愛の問題に対して、即興的に答えられるだけの当意即妙の才能を有する詩人であることを望んでいたのだ。「題韻詩《ブー・リメ》」（予め、脚韻を指定する）がもてはやされていたが、詩人たちに、最初の一行をいわば発句《ほっく》として提示して、バラードやロンドーを競作させることも流行した。そこでシャルル・ドルレアンは、オリヴィエ・ド・ラ・マルシュ、ジャン・メシノ、ジャン・ド・ロレーヌ、ジャン・ド・ブルボン(67)、ジャック・ド・ラ・トレモワーユと連絡をとっていた。ジャン・ロベルテもブロワの宮廷に来た。ギヨの屋敷には、フィリップ・ポ、ブーランヴィリエ、ブロッスヴィル、フルデ、ジル・デ・ゾルム、シモネ・カイヨー、侍医でもあるジャン・カイヨーが滞在していた。彼らのあいだで詩のトーナメントが催されて、オルレアン公もこれに加わった。その一方で、廷臣たちを相手に、彼はチェスを楽しみ、公妃はチェッカーや、カードゲームに興じた。当時のオルレアン家の支出を見ると、彼がしばしば吟唱詩人の取り巻きたちと時を過ごしていて、彼らを金銭でもてなしていたことがわかる。シャルル・ドルレアンは、すこしばかり羽目を外したとしても、伝統的な祝祭が好きだった。嬰児虐殺の記念日(68)には、ブロワのサン＝ソーヴール教会聖歌隊員たちが、ふざけて司教を指名するのだけれど、これを祝ってオルレアン公は彼らにプレゼントを贈らせている。この聖歌隊の学僧たちの余興は、ディジョンのサント＝シャペルの聖歌隊の学僧たちによる、やや暴力的なお楽しみと似ていたにちがいない。御公現の祝日(69)には、小姓たちが「阿呆の司教」や「阿呆の王さま」を選んだが、彼らにも褒美を取らせている。

　ではフランソワ・ヴィヨンは、こうしたグループにどのように受け入れられたのだろうか？　どうやら、シャルル・ドルレアンはのっけから、ヴィヨンとの機知に富んだ会話を、大いに楽しんだらしい。一四五七年一二月一四日には娘のマリーが誕生して、ヴィヨンは彼女のために「物語詩《ディ》」を綴っている(70)。けっして傑作のひとつというわけではないが、詩人はここで、地上に平和をもたらしてくださいと、王女に頼んでいる。「運命のバラード(71)」も、シャルル・ドルレアンの影響下で書かれ、ブロワの宮廷で構想されたにちがいない。そして最後に、オルレアン公を取り巻く、複数の詩人たちが競作したバラードが存在する。発句としては、「泉のほとりで死にそうに咽喉がかわき」（「矛盾のバラード」）が提示された。

ロベルテ、シモネ、カイヨー、シャルル・ドルレアンが、それぞれバラードをものした。ヴィヨンも自作を詠んだが、それが文句なしに優れたでき映えであった。各行に矛盾を含むことという制約を課されて、彼はみずからの不幸な性質を表現して、「わたしは泣きながら笑う」と歌った。このバラードの次の二行などは、詩人がシャルル・ドルレアンのところで禄を食んでいた姿を想像させずにはおかない。

私にこれ以上何ができます？　何が！　またお手当をいただくことだけ
歓迎されながら、みんなに閉め出されるのです。（「矛盾のバラード」三四―三五*）

とはいっても、この時期に関して残されているオルレアン家の会計記録に、フランソワ・ヴィヨンに対する支出の記載は見られない。もっとも、シャルル・ドルレアンの詩集の手稿本（国立図書館のフランス語写本25458）の内容を信じるとすれば、彼のヴィヨンへの友愛は長続きしなかったのだ。これは羊皮紙写本で、八枚の紙葉からなる折り丁が複数収められていて、それらが後で製本されている。オランダの学者ベイファンク氏の詳細な調査によって重大な発見がなされ、氏はこのことを『ロマニア』誌上で証明して見せた。この小さな写本は、シャルル・ドルレアンのプライベートな写本であって、フランソワ・ヴィヨン直筆の詩が二篇書かれているというのだ。このことは、次のようにして確定された。ベイファンク氏は、この写本にふくまれるいくつかの詩篇がシャルル・ドルレアンの手で転写されたものであること、ならびに、「泉のほとりで死にそうに咽喉がかわき」で始まるバラードは、いずれも異なる、きわめて特徴的な筆跡で書かれていることに気づいた。そして、これらのバラードの上部には、写字生がロベルテ、カイヨー、ヴィヨンなどと、作者の名前を記しているのだ。しかも、ヴィヨンによる「泉のほとりで死にそうに咽喉がかわき」のバラードの筆跡は、写本であと一回だけ現れる。それは「マリー・ドルレアン讃」にほかならず、そこでは「あなたの貧しき学生フランソワ」と署名がなされている。[73]おまけに、この二つの詩篇における綴字法は、校訂法によって確定したヴィヨンの綴字法と、あらゆる点で合致するのである。たとえばほかの詩人たちが「渇き soif」と書いているのに対して、ヴィヨンは「渇き seuf」とパリ風に書いている。je pourrai（わたしはできるだろう）を je pourré と、perdant（損をしながら）を perdent と書いている。ベイファンク氏が、予定している文献学的な証拠をすべて示してくれた暁には、この写本25458番はさぞかし有名なものとなろう。この二作品に用いられたインクは同一であり、もっと黒っぽい色をした、この写本の別のインクとは異なっていて、むしろ黄ばんでいて、上質の、薄い色をしている。当時は各人が、腰にインク壺をぶら下げ、自分の好きな羽ペンやインクを持ち歩いていた。ヴィヨンの文字は細かく、びっしりと書かれているが、丸みを帯びたきれいな書体で、あまりゴチック書体らしくなくて、小文字などは、ラブレーの書体に類似している。けれども大文字に関しては、そのいくつかをまったく自己流に簡略化しているとはいえ、ゴチック書体となっている。各行の初めの大文字は、きちんと丁寧に揃えられて、縦にまっすぐ並んでおり、少し空白を置いて、次のことばが始まっている。詩人にとっては「折り句《アクロスティッシュ》」という技法はお手の物で、各行の冒頭の文字を巧みに強調していることがよくわかる。またyの字の上にはかならず、とても小さくて曲がった記号が添えられてもいる。

では今度は、この写本から推定される、シャルル・ドルレアンとフランソワ・ヴィヨン両者の関係について考えてみよう。「マリー・ドルレアン讃」は、複数の折り丁が閉じられたこの写本の、最初の紙葉に筆写されている。だが、その先の一四ページは白紙のままとなっている。[74] この折り丁が渡されたものの、怠け者のヴィヨンは二ページ分書いただけで、宮廷に媚びることなどやめてしまったのかもしれない。もっとも、なにも確かなことはいえない。ただしベイファンク氏は、文献学的な指摘をこと細かに展開して、「マリー・ドルレアン讃」が収められた紙葉の表ページに、それも、この詩が筆写されてしばらく経ってから、シャルル・ドルレアンが、ヴィヨンが平和を求めた「マリー・ドルレアン讃」に対する、次のような間接的な返歌を書き付けたことを証明した。

みんなが上手な嘘をついては楽しんでいる

わたしだって、進んでこれを学ぶ気にもなりかかる、
けれども、このせいで、多くの不幸が生じるのを見ているから、
そんなことを覚える気にはなれないのだ……

…………

わたしは叫ぶ、「平和を！」と。神さまが、われわれにそれを与えてください！
これこそは、人々が慈しむべき宝、
すべての幸せは、このことの結果として生じるのだ、
人々が不誠実さに頼ったりしなければ。（シャルル・ドルレアン「バラード」97）

もしもヴィヨンが、文学的にも、また仲間たちに対しても、その態度やふるまいにおいて嘘つきであったことを知らなければ、右の詩句をヴィヨンに当てはめる気持ちなど、それほど起こらないだろう。だが、シャルル・ドルレアンが次に挙げるロンドーでヴィヨンの人物像をスケッチしたのは、ほぼ疑いないところかと思われる。これは明らかに、「おれが三十歳のとしに当たって、あらゆる恥辱の煮え湯のみ下したが」という、『大遺言書』の冒頭の二行へのほのめかしなのだ。では、シャルル・ドルレアンのロンドーを引用してみる。

あらゆる恥辱を飲み干してしまえば、
他人にどういわれようが、かまわない。
あざけられても、そんなのは雲みたいなもの、
目の前を通りすぎるにまかせるだけ。

町中で罵声を浴びても、

陽気な顔してうなずけばいい。
あらゆる恥辱を飲み干してしまえば、
他人にどういわれようが、かまわない。

嘲笑が彼に向けられても、歓迎だ、
人々が笑うなら、彼も笑わなくては、
どうやっても、彼を赤面させられるはずもない、
どぎまぎしたことなんかないのだ、
あらゆる恥辱を飲み干してしまえば。（シャルル・ドルレアン「ロンドー」150）

この人物描写は、むしろ深刻にして悲しい。いかめしいオルレアン公が、フランソワ・ヴィヨンの不本意ながらの道化ぶりに気を悪くしたとしても、驚くにはあたらない。これほどまでに異なった精神の持ち主が、おたがいを理解して、相手を気に入るのはまずありえなかった。それに、ひょっとすると、ヴィヨンのふるまいが、オルレアン公に軽蔑の念を惹起したのかもしれないのである。

オルレアン公のところでは「給金《ガージュ》」にありつけたにもかかわらず、ヴィヨンはブロワに居続けることができなかった。そしてブルボネ地方へと向かった。われわれは、彼がサンセールの丘のふもとのサン＝サテュール（ブールジュの北東、ロワール河沿い）を通ったことを知っている。というのも、彼はその町で、何とも素朴な墓碑銘に目をとめて、これを『大遺言書』のなかに置いているのだから。ロンニョン氏が述べたごとく、地形の記述はじつに正確なものだ。なぜならば、サン＝サテュールの町は、まさにサンセールの町がある小高い丘のふもとにあるのだから[75]。その後、ヴィヨンはジャン・ド・ブルボン二世のところに赴く[76]。彼はシャルル・ドルレアンとも手紙のやりとりをしていて、詩の愛好家なのであった。残念ながら、この時期のブルボン家の会計簿は残されてはいないのだけれ

ど、そこにはまちがいなく、ヴィヨンがジャン二世から頂戴した手当の額が記されていたに相違ない。ブルボン公に寄せた無心の詩「殿への懇願のバラード」から推察するに、ヴィヨンは日常的に、ブルボン公から金銭をいただいていたのは明らかだ。しかし彼は、ブルボン公の宮廷にとどまりはしなかった。これもロンニョン氏が指摘したことだが、ヴィヨンはドーフィネ地方に、さらには王国外のルーションの地方にまで足を延ばしたのである。そして彼は、どこで一休みするのかもわからぬまま、相変わらずあてどなくさまよいながら戻ってきたものの、一四六一年の夏には、マン＝シュル＝ロワールにあった、オルレアン司教ティボー・ドシニーの牢獄に、何か月も前から閉じ込められていた。ヴィヨンはバラードのなかで、モンピポーに行くのは避けなさい、コラン・ド・カイユーはそこで憂き目にあったのだからと、迷える子供たちに忠告している(77)。モンピポーは、マン＝シュル＝ロワールの北一〇キロばかりのところにぽつんと立つ城砦だ。思うに、「貝殻団」とフランソワ・ヴィヨンは、モンピポー近くで、盗みだか、殺しだかをしでかしたのである。大きな事件であったに相違ない。なにしろヴィヨンは地下牢に閉じ込められて、パンと水しか与えてもらえなかったのだから。ヴィヨンはオルレアン司教を絶対に容赦しなかった。司教のせいで、過酷な扱いを受けたとおもったのだ。マン＝シュル＝ロワールの暗い独房で、人生のあらゆる苦痛を味わわされたというのだ。そして終身刑を覚悟すると、ティボー・ドシニーを呪う。

よそでは気前がいいのか知らないが、おれにはひでえけちだった
神様、彼奴《あいつ》がおれにした通り、彼奴《あいつ》にもしてやってくれよ！　（『遺言書』一五―一六）

けれども、ヴィヨンにとっては幸運なことに、シャルル七世が一四六一年七月二二日に死去する。そして、これを継いだルイ一一世は、この喜ばしき即位の権利として、戴冠式後に通る町の囚人たちに、恩赦状を賜ったのだ。ランスでも、モーでも、パリやボルドーでもそうだった。新国王がマン＝シュル＝ロワールを通ったのは、一四六一年一〇月二日である。ただし、フランソワ・ヴィヨンに下付された恩赦状のテクストそのものは残って

いない。それがあれば、彼の一連の犯罪や、最後の悪行もわかるであろうに。嘆願人が国璽尚書局に提出した文書のなかで、ヴィヨンはナヴァール学寮事件にもふれたはずで、他の事件とともに、本件についても赦免を獲得したに相違ない。彼は自分に対しては、それ以上の喜びを覚えることはなく、主イエスに感謝する。

御子は讃えられてあれ、そして聖なる母と
善良にして勇敢なるフランスの王、ルイもまた。（『遺言書』五五―五六）

こうしてヴィヨンはパリに帰り、サン＝ブノワ教会の自室に身を落ち着けることができた。だが彼は、ギヨーム・ド・ヴィヨン師のそばに戻るに先立って、『大遺言書』を書いたのである。『大遺言書』に挿入された多くの詩篇は、ずっと以前に創作されたものであった。とはいえ、さまざまな手がかりを総合すると、同時代人エロワ・ダメルヴァルの証言[78]とは逆に、ヴィヨンが『大遺言書』を擱筆したのはパリにおいてではなかった。なぜならば、ヴィヨンは、一四六一年の時点でも、ロベール・デストゥートヴィルがパリ奉行だと思っているではないか。実際は、シャルル七世が前年にはその職を解いているのだし、ルイ一一世により、彼の失脚は確かなものとなっている。デストゥートヴィルがパリ奉行の役職に復帰したのは、一四六五年のことなのである。ヴィヨンはまた、マシュクルー夫人が、相変わらず、グラン・シャトレ裁判所の門の近くで鶏肉などを販売しているかのごとくに語っている（『遺言書』一〇五三）。しかしながら、ロンニョン氏が、この鶏肉屋の記録を、タンプル地区の土地代帳のなかに発見した。彼女の本当の名前はマシコ、アルヌー・マシコの未亡人で、少なくとも一四四三年から、タンプル門近くに住んでいた。店のほうは、ずいぶん前から評判となっていた。けれども一四六一年には、マシコ夫人はこの世にはいない。たぶん前年に亡くなったに相違ない。家は空き家となったし、店の商売を継いだ者もいなかった。だが、フランソワ・ヴィヨンは、このことを知らなかった。もしも彼がパリにいたならば、グラン・シャトレの門のそばのマシコ夫人の鶏肉店の前を、しばしば通っていたであろうに。

生涯最後の獄中生活はより強烈な印象を、ヴィヨンに残していた。『大遺言書』には、深刻な良心の悩みが読みとれるし、教訓となるようなテクストを作りたいという意欲が、はっきりしている。この種の作品においては、聖母マリアへの祈りが、伝統的に不可欠であったから、フランソワ・ヴィヨンは、この『大遺言書』では、母親のためのバラードを差し挟んでいる。読み書きのできない、あわれな母の名で、彼は聖母マリアに語りかけるのである（「母の求めによりものされた、聖母マリアに祈るためのバラード」）。この詩はすばらしいものだ。母親の感情と、その表現とを、みごとなまでに脚色しきっている。ここでも彼は、文学的な営為をおこなっている。いくら、この上なく誠実な瞬間に、盗みや殺しの仲間たちから遠ざかるために書いたのだとはいっても、一人の男に、これほど素朴な信仰心をなかなか要求できるものではない。

小銭を賭けるゲームとはわけがちがう、
身体がどうなるか、もしかして魂も取られるかだ。（『遺言書』一六七六—一六七七）

そして詩人は、自分の死を語った次のような反歌《アンヴォワ》でもって、作品を終えるのである。

鷹のごとく優美であらせられる公子よ
この男が最後に何をしたかおききあれ
黒々とした葡萄酒をぐっとひと干ししたのです
この世におさらばしようと思ったときに。（『遺言書』「結びのバラード」二〇二〇—二〇二三）

こうして『大遺言書』を書き終えてから、フランソワ・ヴィヨンはパリに帰った。まもなく、作品は筆写されて広まったにちがいない。ところがヴィヨンは、サン＝ブノワ教会の司祭ギヨームと再会してから、自分の部屋に舞い戻ると、昔の生き方がぶり返してしまった。「あらゆる恥辱の煮え湯のみ下した」（『遺言書』二）ものの、素行は改まりはしなかったのである。[79]このやせた、小柄で、悪賢くて、用心深い男は、かつて世俗の裁きによって丸剃りにされたものの、また剃髪に戻り、たえず都をほっつき歩き、昔の憎しみを忘れようとはしなかった。怨みつらみなど、彼の欠点のなかではましなほうだ。そして、ロンニョン氏は幸運にも、一四六三年[80]の一一月、再びヴィヨンの姿を見いだすことになる。

ある晩の六時頃、フランソワ・ヴィヨンは、羊皮紙商通り《パルシュミヌリ》[81]の、荷車の看板がかかった宿屋に、ロバン・ドジを訪ねた。そして彼に、なにか夕食を食べさせてくれよと頼んだ。ロジエ・ピシャール、のちにシャトレ監獄の笞刑執行人となるユタン・デュ・ムスティエもいっしょに食事をした。夕食のあいだに、その晩はフランソワ・ヴィヨン学士の部屋に押しかけてすごそうぜということで話がまとまった。七時か八時頃、彼らは《荷車館》を出ると、サン＝ジャック通りを通ってサン＝ブノワ教会に行った。フランソワ・ヴィヨンが相棒たちに、いっちょう悪さでもやろうぜといったかどうかは不明だが、おそらくそうではないだろうか。彼らはフランソワ・フェルブー学士の公証人事務所の窓の前で立ち止まった（ナヴァール学寮事件の査問に出ていた、教会法学士のフランソワ・フェルブーその人にほかならない）。そしてロジエ・ピシャールが、フェルブーが雇っている見習い書記たちをからかい始めて、罵詈雑言を浴びせると、窓からつばを吐きかけた。ロウソクを手にした書記たちが出てきて、「ごろつき野郎め！」と叫んだ。そこでロジエ・ピシャールは、棒でぶん殴ってやろうとでも考えたのか、おまえたちは、「木の笛でも買いたいのかい」と聞いた。こうしてけんかが始まった。書記たちがユタン・デュ・ムスティエをひっつかまえて、フェルブーの事務所に連れ込んだので、ムスティエは「人殺し！　殺される！　おれは死んじまう！」などと叫んだ。この叫び声を聞いてフェルブーが出てきたところ、ロバン・ドジとぶつかって、ぐさっと短剣で刺されてしまった。地面に倒れたフェルブーを置き去りにして、ロバンがサン＝ジャック通りを上っていくと、サン＝ブノワ教会の前でロジエ・ピシャールと出会った。フランソワ・ヴィヨンは帰宅してしまったし、ロジエは逃げてしまい、このけんかは大変なことになった。ロバン・ドジはロジエ・ピシャールに、「おまえはどうしようもない野郎だ」というと、《荷車館》に帰って寝てしまう。ちなみにその後、ロバン・ドジは、サヴォワ公の臣下であったことが幸いして、サヴォワ公がパリに入市した際に恩赦状を手にしている。この事件では、ロジエ・ピシャールが先に手を出したのであって、けんかが始まるやいなや、フランソワ・ヴィヨンはその場からいなくなっている。ドジは、ピシャールが乱闘のきっかけをつくっておきながら、自分を置いてきぼりにして、けんかをさせたじゃないかといって、ピシャールを「とんでもない野郎だ」と毒づいた。しかしながら、この罵詈雑言劇の本当の仕掛け人は、フランソワ・ヴィヨンであったにちがいないのである。ヴィヨンは、フランソワ・ド・ラ・ヴァックリーと並んで、フランソワ・フェルブーにも遺恨を抱いていた。この二人こそ、ナヴァール学寮での盗みの件で、訴追を命じた張本人であったのだから。ヴィヨンにとって、忘れられぬ悔しいできごとであった。だから、けんかのあとで、彼は相棒たちをサン＝ブノワ教会の自室には入れなかった。たぶん、また告発されることを危惧していたにちがいない。

この一四六三年一一月というのが、フランソワ・ヴィヨンが生きている証拠が残る、最後の日付ということになる。一四六一年に、ヴィヨンは、自分は病気だし、咳き込んでいると述べていた(82)。彼はおそらく、一四六四年のうちに死んだのだ。一四六八年に作成された、義父ギヨーム・ド・ヴィヨンの遺言は、不幸にも失われてしまった。フランソワ・ヴィヨンがまだ生きていたならば、そこに彼についての詳細が記されていたであろう。ラブレーによれば、ヴィヨンは晩年、ポワトゥー地方のサン＝メクサンに引っ込んだという(83)。だが、ラブレーが語るこれ以外のエピソード(84)は、いずれも根拠が疑わしいし、この挿話にしても、ラブレーがサン＝メクサンに伝わる口頭伝承から仕入れたとは認めがたい。ヴィヨンは、もっと若くしてサン＝ブノワ＝ル＝ベトゥルネ教会で死んだとするほうが、可能性が高い。もしも彼が一四六三年よりも後まで長生きしていたならば、もっと別の作品も書いただろうし、それらが一四八九年の最初の活字本に収められたにちがいないのである。

以上がフランソワ・ヴィヨンの伝記ということになるものの、これでは依然として不完全であるし、欠落も多いはずだ。とはいえ、この伝記を、その作品と比べることで、彼という人間を、より厳密に判断することができる。彼は非常に異なる複数の社会のなかで生きて、死んでいった。大学生で、検事の友人で、パリ奉行の友人でもあり、その妻にも受け入れられた。そして、サン＝ブノワ教会の司祭と平和な生活を送った。ところが、同時に彼は、はでな騒ぎが好きな学生たちや、「貝殻団」の連中とも付き合っていたのだ。犯罪者となったものの、彼は、シャルル・ドルレアンやジャン・ド・ブルボン二世に受け入れてもらうすべも知っていた。悔恨の作品を[85]書いた二年後も、ヴィヨンは、自分のやくざな生きざまの時代の怨恨を、仲間たちを使って晴らしている。このような複雑な生き方、こうした異なる社会に対する態度をうまくとりつくろうことの困難さ、絶えず人を欺こうとする嗜好といったものから、フランソワ・ヴィヨンには素朴な心はなかったように見えてくる。だが彼は、この上なくみごとな文学的表現力を持ち合わせていた。一人の偉大なる詩人であったのだ。力や、権力や、勇気だけが、なにがしかの価値を持った世紀にあって、彼は小さく、弱く、卑怯で、嘘つきであった。ヴィヨンは背徳《ペルヴェルシテ》・退廃において巧みであったが、まさにこの背徳・退廃から、彼のもっとも美しい詩の数々が生まれたのである。

（宮下志朗訳）

（1）シュオッブは、ヴィヨンの詩の最初の活字本（一四八九年、パリ）にならってか、いわゆる『遺言書』を『大遺言書』と、『形見分け』を『小遺言書』と書いているので、それを尊重して、そのまま訳しておく。
（2）cf.「それにしても、去年の雪は今いずこ？　とかなんとかいっちゃって。おっと、こいつはパリの詩人ヴィヨンの……」（拙訳『パンタグリュエル』第一四章、ちくま文庫、二〇〇六年、一七七ページ）。
（3）一三八五頃—一四三〇。詩人・作家。
（4）一三四六頃—一四〇六頃。詩人。
（5）一三九六—一四六五。王公・詩人。
（6）Guillaume Coquillart は親子だが、ここは、『お人好し女と狡い女の弁論』などを著した父（一四二一—一四九一）のこと。

(7) François des Loges で、se deloger「立ちのく、ずらかる」に由来し、「ずらかりのフランソワ」というあだ名だと解釈されることが多い。
(8) ソルボンヌのすぐ隣りにあった。
(9) 一四〇〇?—一四六八。
(10) トネールはブルゴーニュ地方、トロワの南六〇キロにある。そこから北東に五リューほど離れたところにあるのがヴィヨン村である。
(11) 誕生年の記録が残っているわけではなく、作品中の情報から逆算したものである。cf.「おれが三十歳のとしに当たって」(『遺言書』一行目)、「これを認《したた》めたのは一千四百六十一年」(『遺言書』八一行目)。
(12) セーヌ右岸にあった。現在は「国立工芸院」だが、修道院の遺構も残っている。
(13) 右岸、現在のシャトレ広場にあった旧城塞に置かれていた。国王の付託を受けたパリ奉行の権限によって司法行為がおこなわれた。牢獄や拷問部屋なども備えられていた。また左岸、プティ=ポン(小橋)のたもとには、「プティ=シャトレ」と呼ばれる牢獄もあった。そこで、シュオッブは、本部の裁判所のほうを、「グラン=シャトレ」と書くこともある。
(14) シュオッブは、典拠をほとんど示すことなく、記述を展開している。ここで割注で、(『遺言書』八五三)とあるのは、『遺言書』(シュオッブによる『大遺言書』)の八五三行目という意味である。なお以下、基本的に、天沢退二郎訳『ヴィヨン詩集成』(白水社、二〇〇〇年)の行数・訳文を借用するが、訳文は適宜変えさせていただいた場合もある。
(15) 一通は「フランソワ・デ・ロージュ、別名ド・ヴィヨン」に、もう一通は「フランソワ・ド・モンテルビエ」に下付されている。
(16)「毎週」とあるが、真偽は不明。なお、シャンピオンでは、バシュリエの資格を取った際に二スー支払ったとなっている。cf. ピエール・シャンピオン『フランソア・ヴィヨン、生涯とその時代』佐藤輝夫訳、筑摩書房、一九七一年、上、八三ページ。
(17) 右岸、市役所の裏あたり。
(18) 右岸、市庁舎の裏にあった。
(19)『無銭飽食』については、次を参照。宮下志朗『神をも騙す』四「無銭飽食の手引き——ヴィヨン、伝説となる」、岩波書店、二〇一一年、一七七—二三一ページ。〔テクストの抄訳も収めてある〕
(20) ワインを騙しとった件のこと。cf. 前掲『神をも騙す』一八一—一八四ページ、「一つ、ロベール・テュルジを、よこして呉れ――わたしが葡萄酒代を払うから」（『遺言書』一〇五四―一〇五五）。

（21）ノートル＝ダムの聖堂参事会員。後年、国王への陰謀の罪で逮捕される。

（22）シャトレの警吏の別称。

（23）たとえばパリ大学の教養学部は、フランス、ピカルディ、ノルマンディ、ドイツの四つに分かれ、学生も教師も、いずれかに所属することになっていた。

（24）右岸、サン＝ポール教会の近く。パリ奉行所は、この教会の隣りにあった。

（25）三つの詩節とひとつの反歌で構成される定型詩である。

（26）このバラードは、『遺言書』（一五一五―一五四二）に入っている。シュオッブは、『悪魔の屁』に挿入されてから、『大遺言書』に再録したと想像していることになる。

（27）オーニスは旧地方名で、西フランス、中心都市はラ・ロシェル。

（28）cf. *Journal de Jean de Roye,* connu sous le nom de Chronique scandaleuse（1460-1483）, 2 vol., 1894-1896.

（29）『遺言書』（一三七八―一四〇五）の「ロベール・デストゥートヴィルのためのバラード」のことで、冒頭から、AMBROJSE DERORE と「折り句（アクロスティッシュ）」になっている。

（30）「だから私は大切にしよう、あなたの畑に蒔く種子を――私に似た果実がみのるのだから」、前記バラード（一三九八―一三九九）。

（31）ブルターニュ半島北部の港町。

（32）cf. 宮下志朗『神をも騙す』三「ヴィヨン、最後の事件」。〔二つの恩赦状の全訳を収めてある〕

（33）一四六二年のまちがいか。

（34）そうした記録は残っていないし、二通の恩赦状にも、そのようなことは書かれてはいないのだが。

（35）シテ島にある。

（36）F写本のこと。

（37）一五三〇―一六〇二。

（38）現行歴では一四五六年となる。

（39）実際は、「追放処分」も免除すると記されている。

（40）ザンクト・ヤーコプはバーゼルの郊外。スイス盟約者団の諸都市が、ハプスブルク家とチューリヒに反旗を翻して、優勢な情勢であったので、フランス国王シャルル七世が軍隊を送り、一四四四年八月のザンクト・ヤーコプの戦いでは、大きな犠牲を払ったもののかろうじて勝利を収めた。『黄金仮面の王』収録の短篇「贋顔団」でも言及される。

(41) ラングルはシャンパーニュ地方、トゥルはロレーヌ地方、オーソンヌはブルゴーニュ地方。

(42) パリの南郊。

(43) 「たらい二つと水差し一つ」を贈っている。

(44) ジュラ県の Salins-les-Bains のことか。

(45) 現在の通説では、ヴィヨン作の隠語によるバラードは、全部で一一篇とされる。

(46) cf.「あるひはディジョン、サラン、はたまたドオルのあるじ」「[古仏語による] バラード」(四〇三―四〇四)。

(47) ここも、ジュラ県の Salins-les-Bains のことであろう。

(48) 北フランスの町。

(49) ナポリの犯罪組織のこと。

(50) 麦角病のことだといわれる。

(51) 「(猛禽類の)爪」あるいは「貯蔵場所」か。

(52) 一マールは八オンス、二五〇グラム弱。「エステルラン」は英語の「スターリング」に相当し、二〇分の一オンス。

(53) 既出、ジュラ県の Salins-les-Bains。

(54) 一リーヴルは四〇〇〜五〇〇グラムほど。

(55) パリの東南一二〇キロほどの町。

(56) 後にあるように、「フランソワ・デ・ロージュ」と「フランソワ・ド・モンテルビエ」のこと。なお、恩赦状の「モンテルビエ」は「モンコルビエ」の誤記だとされる。

(57) cf.「上記の嘆願人は訴えられて、思いがけず、王国からの追放という手続きが進められていた。(中略) 本恩赦状により、本事件に関しては、上記嘆願人を赦免し、(中略) いかなる欠席判決、追放処分、追訴についても免除する」「第二の恩赦状」、宮下志朗『神をも騙す』一三一―一三二ページ。

(58) シテ島にある。

(59) ここは、シュオッブの論旨に合わせて、天沢訳ではなく、拙訳を用いた。以下、*を付したのは、拙訳を使った個所である。

（60）サン＝ブノワ教会の近く。
（61）全部で五〇〇エキュという大金を盗んだのである。
（62）いずれも、『形見分け』に書かれている。「一つ、貧民相手の施療院には、蜘蛛の巣張りのわが寝台枠を贈る」、「古着屋にはわが古着を、廃棄処分にしたままの状態で、それも新品のときよりずっと廉く、情け深くも下げわたすぞよ」、「さて、この記述を仕上げようと考えた、ところが何たること、インクは凍り、気がつくと蠟燭の火は消えかかっていた」。
（63）cf.「あの歌を、私には断りもなく遺言と呼びたがっている連中がいる、連中が勝手にしたことで、わが意にはそわないのだ」（『遺言書』七五六―七五八）。
（64）一四二六―一四八八。国王シャルル七世の娘婿。
（65）フランス中西部、県庁はニオール。
（66）一四一五年一〇月一五日。
（67）前出の、ジャン・ド・ブルボン二世のことか。
（68）一二月二八日。
（69）一月六日。
（70）「マリー・ドルレアン讃」のこと。
（71）雑詩篇のひとつ。
（72）つまり一六ページ。なお、シャルル・ドルレアンの宮廷における詩人ヴィヨンとその作品については、次の大著が多くの示唆を与えてくれる。田桐正彦『オルレアン公詩歌帖の世界――シャルル・ドルレアンとヴィヨン』三元社、二〇一三年。
（73）署名があるのは最終行。
（74）各折り丁が一六ページからなっていることに注意。
（75）cf.「サンセールの丘の麓サン＝サテュールに墓はある」（『遺言書』九二五）。
（76）ブルボン公ジャン二世の宮廷はムーラン Moulins にあって、歴史家のフィリップ・ド・コミーヌなども廷臣として召し抱えられていた。
（77）cf.「鳥餅のようにぺたぺた喰っ付けて物を取る学僧たちよ、もしモンピポーとか、リュエルとかに行くのなら、皮を剝がれないように気をつけな。あの二つの場所で楽しんだばっかりに――赦免状でももらえるかと思ってたのに――コラン・ド・カイユーは生命《いのち》の薔薇を失くしたよ」（『遺言書』一六七〇―一六七五）。ここは「バラード」ではなく、「八行詩のなかで」とすべきところ。

（78）Eloy d'Amerval（1455-1508）は、詩人・作曲家・歌手。その『悪魔劇の書』（一五〇八年、パリ刊）のなかで、「パリで、その遺言をしたためた」と書いている。cf. ピエール・シャンピオン『フランソア・ヴィヨン、生涯とその時代』前掲邦訳、下、五二一―五二三ページ。

（79）ただし、avoir toute honte bue（あらゆる恥を飲んだ）が「恥知らずだ」という熟語であることに注意すべきであろう。

（80）現在の研究では、一四六二年とされる。

（81）サン＝セヴラン教会の南。

（82）cf.「これを認《したた》めたのは一千四百六十一年」（『遺言書』八一）、「わが末期の渇きが近いらしい、わたしの吐く唾は綿のように白く」（『遺言書』七二九―七三〇）、「この心臓は弱ってしまったし、口はもうはきはきものを言えそうもない」（『遺言書』七八五―七八六）。

（83）cf.「フランソワ・ヴィヨン先生は、その晩年にポワトゥー地方はサン＝メクサンの町に引っ込んで、その地の修道院長をつとめる、りっぱな方の庇護を受けられた。そこでヴィヨン先生、ご当地の人々を楽しませてやろうと、ことばも所作もポワトゥー風による受難劇を上演しようと考えたのだ」（拙訳『第四の書』第一三章、ちくま文庫、二〇〇九年、一五六ページ）。

（84）これ以外に、『パンタグリュエル』第一四章、第三〇章、『第四の書』第六七章で出てくる。

（85）『遺言書』のこと。

ロバート・ルイス・スティーヴンソン

初めてスティーヴンソンの本を読んだときは想像が豊かにふくらんで一種の興奮状態に陥ったのをはっきり覚えている。本は『宝島』だった。南仏にむかう長旅の途中で読もうと持っていった本だった。鉄道列車の照明灯の揺れる光のもとで読書は始まった。客車の窓ガラスが南仏の夜明けを受けて赤い色に染まるころ、ジム・ホーキンスがオウムのけたたましい鳴き声「八印銀貨！ 八印銀貨！」に目覚めたように、私は読書の夢から覚めたのだった。私の目の前にいるのはジョン・シルヴァー、「その顔は豚腿肉のように大きく――その目は大きな顔にあいたごく小さな孔みたいだが、ガラスのかけらのように光っている」。フリントの蒼ざめた顔も見えた。暑い日に窓を開け放ち、サヴァンナでラム酒に酔いつぶれ、わめいている。聖書から切り取ったページを小さく丸め、灰で黒くなったその紙片がのっぽのジョンの手に握られている。ロウソク色をした顔の男には指が二本足りない。アラダイスの頭蓋骨に黄色い髪が風に揺れている。私の耳に生々しく聞こえていたのは、最初の犠牲者の背中に短刀が突き刺さるとき、シルヴァーの口から二度ほど洩れる押し殺した声であり、ジム少年の肩を帆柱に釘付けにする際にイズレール・ハンズが震える声でうたう歌であり、処刑場に向かう死刑囚の鎖が発する物音であり、島の木々のあいだに「ダービー・マグロー！ ダービー・マグロー！」と嘆くように歌う、か細く、高い、震える、風のような静かな声だった。

こうして私は否応なく文学の新たなる創造者の力の虜になり、それ以来私の心は見たことのない色の影像、聞いたことのない音響の虜になるだろうと思い知ったのである。それでも、この財宝がキャプテン・キッドの黄金の大箱以上に魅力的だということではなかった。木の枝に釘で打ち付けられた髑髏の話は『黄金虫』を読んで知っていた。フリント船長と同じく黒髭がラム酒を飲む場面はエクスムラン(1)の物語で知っていた。私はタボル島でのエアトン(2)がそうであったように、ベン・ガンが野生の人間に変貌するのを見た。年老いた海賊のように苦しむファルスタッフの最期とクイックリー夫人(3)の言葉を思い出している自分に気がついた。

《あの人はちょうど十二時と一時のあいだ、満ち潮から引き潮へと切り替わるときに逝ってしまった。あたしはね、あの人がシーツをいじりまわしてその花模様をつかもうとして、摘んだ花を眺めるようにご自分の指先を見てニコニコしているのを見た時、これはもういけないと思ったわ。だって、あの人の鼻はペン先のように尖って、緑の野原がどうのこうのと譫言のように言うだけなんだもの》……《彼は袋のなかから叫んだんだってね》――《ああ、そうだったのよ》

フランソワ・ヴィヨンの譚詩からは、吊されて黒ずんだ死体がこれと同じように揺れる物音が聞こえてくる。ぽつんと離れて立った家を真夜中に襲撃する物音は、『栄光の手』という民話を思い起こさせるのだった。「人類がこの世に出現し、ものを考え始めて以来、六千年の長きにわたって、ありとあらゆる種類の事柄が語られてきた。」だが、この場合は表現の仕方に新たな調子が感じられるのである。なぜなのだろうか、そして、この魔術的力の本質はどのようなものなのだろうか。この小論で示そうと思うのは、まさにそのことである。

大革命以前と私たちの時代の文学の違いがどこにあるかといえば、文体と正書法の動きが逆さまになっている点にあるとすることができるだろう。十五世紀と十六世紀の作家は、誰もがみごとな言語を用いていたが、その一方で、語の綴り字に関しては、めいめいの流儀があり、語形への配慮はあまりなされなかったように見受けられる。現在では、言葉の厳密な綴り字法が成立し、まるで夜会の招待客のように、正確で磨き上げられた文字のすべてを身に纏い、揺るぎない正書法をもって身を護るようになり、色彩豊かな独特の個性は失われてしまった。人々はいまとは違った布地を身に纏っていたのである。いまは、人間と同じで、語もまた黒の装いをしている。違いを区別するのはすでに難しくなっている。まさしく、どれをとっても正しい綴り字法のもとにあるのは間違いない。言語は人々とおなじく、洗練された社会集団を形成するようになり、そこからはしきたりにそぐわぬ雑多な色使いは放逐されてしまった。物語や小説についても事情は同じである。われわれが読む短編は完全に規則正しい正書法をもって書かれている。われわれは正確なモデルにしたがってこれを作り上げるのである。

「役者は、いつも通りの三者と見受けられる。」

とジョージ・メレディスは言う。物語り、描写するためのしかるべき「作法」があるのだ。文学にたずさわる人々は先人たちによって敷かれた道を踏み外すまいとしてきたのであって、喜劇に関してはメナンドロスによって「鋳型」が作りだされたあとはほとんど変化していないし、冒険小説についてもペトロニウスが描き出したスケッチ以来ほとんど変化していない。伝統的な正書法を破壊する作家は真の意味で自分に創造力があることを証している。一方では、諦めて従う必要があるのも確かだ。変えられるのは語句の正書法と行の並び方ぐらいでしかない。紙とインクがそうであるように、観念と事実はつねに変わらず同じものであり続ける。トマス・モア一家の素描にあってハンス・ホルバインの名誉となったのは、葦ペンを用いて思うままに彼が想像した曲線である。美の素材は原初のカオスから現在に到るまでほとんど変化していない。詩人と画家は形の発明者である。彼らは一般通念とありきたりの顔を素材として用いる。

ここでロバート・ルイス・スティーヴンソンの問題の本を取り上げてみよう。これは何の本なのだろうか。ひとつの島、ある財宝、海賊たち。誰が語るのだろうか。この冒険に遭遇したひとりの少年。オデュッセウス、ロビンソン・クルーソー、アーサー・ゴードン・ピムなども同じようなやり方で窮地を逃れている。ただし、ここでは、それぞれの物語が絡み合っている。同じ事実が二人の語り手——ジム・ホーキンスと医者のリヴシー先生によって述べられる。ロバート・ブラウニングは『指輪と書物』を書く際に似たようなやり方をすでに思いついていた。スティーヴンソンは同時に彼の語り手たちにドラマを演じさせている。ほかの登場人物たちが詳かな事実をどう把えたかをくどくど述べる代わりに、彼が読者に提示するのは異なる二つもしくは三つの視点でしかない。すると背後では闇がひろがり、謎の不確かな世界を作り出す。われわれはビリー・ボーンズの行動の詳細を知りはしない。シルヴァーの簡単なスケッチに接すると、それだけでフリント船長とたまたま海賊となった仲間の行状が永久にわからないままになってしまったのをひどく残念に思う気持ちにとらわれる。それにしても、のっぽのジョンの黒人女はどんな人だったのか。どの宿屋、オリエントのどの町に料理人のエプロンをつけた「一本足の船乗り」をまた見出すことになるのだろうか。ここでの技巧は、はっきり言わないことにあるのだ。チャールズ・ジョンソン(4)の本でキッド船長の生涯の記述を読んだときは失望のあまり悲しくなった。読まなければよかったと思ったほどだ。フリント船長やのっぽのジョンの伝記があっても決して読まないだろうと思う。彼らの生涯は、言葉で表現されぬまま、アピア島のパラ山の墓に眠っている。

神様のおつくりものが横たわるお墓を
おれさまと海賊稼業の仲間のみんなも
なにとぞどうか頂けますように

いわば物語で語られぬ部分は『サチュリコン』と題される断片集のなかでもとくに興味深い要素だと言ってよいはずだが、スティーヴンソンはこれを極めつけの熟練の技をもって扱うことができた。アラン・ブレック(5)、セコンドラ・ダス(6)、オララ(7)、アトウォーター(8)などの生涯について彼が語らずにおいた点が、語られた事柄以上にわれわれの心を惹きつけるのである。スティーヴンソンは暗闇のなかから登場人物を浮かび上がらせる術を知っているが、その闇を登場人物の周囲に作り出したのはまさしく彼なのである。

だが、構成だとか、そこに組み込まれた沈黙の区切りといった要素とは別に、いったんスティーヴンソンの本を手にすれば、まさに巻措くこと能わずというべき特別な強烈さが物語からたちあがるのはなぜなのだろうか。このような力の秘密はダニエル・デフォーからエドガー・ポーおよびスティーヴンソンに伝えられたものであり、チャールズ・ディケンズは『二つの幽霊話』でそのような力をおぼろげに摑んでいるのではないかと思う。事の本質は、極端なまでに複雑であり、かつ現実に存在しない題材を扱うにあたって、これ以上ないほどに単純で現実味のある手段を用いることにある。ヴィール夫人の幽霊を丹念に物語るやり方、ヴァルドマール氏の症例についての丹念な報告、ジキル博士の怪物的能力についての執拗な分析などは、このような文学的手法の驚くべき事例となりえている。ありのままの現実として感じられる効果は、目の前の事物が日頃私たちが目にするものであり、普段慣れ親しんでいることから生じるのであり、印象の強さは、こうした日常の事物の相互関係が突然変化するところに生じる。中指の上に人差し指を交叉させ、指の尖端にビー玉をひとつ乗せてみるがよい、そのときビー玉が二個あると感じるだろうが、その驚きは、ロベール・ウーダン氏が、あらかじめ細工をしておいた帽子の中からオムレツや五十メートルの長さのリボンを次々と取りだしてみせるのを目にするよりもずっと大きなものであるはずだ。それというのも、人は二本の指もビー玉も熟知しているからであり、それゆえに自分がおこなっていることの現実的感覚にいささかも疑いを抱いていないからである。ただ、感覚と感覚のあいだにある関係が変化している。こうして人は異常な事柄に接することになるのだ。『疫病年代記』のなかで、もっとも衝撃的なのは、墓地に掘られた異様な姿の穴でも、積み重なった死体の多さでも、赤い十字架の徴がついた扉でも、屍体埋葬人を呼び出す鐘の音でも、逃亡者たちの孤独な苦悶でもない。さらにまた「淡い、鈍い、どんよりした光を放つ、その飛び方も荘重で、ゆっくりした彗星」でもない。しかしながらこの物語において恐怖はこれ以上考えられないほどの強度を獲得するのである。静まりかえった街路を通って、馬具屋が駅舎の中庭に入ってくる。三人は中庭のひとりの男が隅に、もうひとりが窓のところに、さらにもうひとりが事務所の扉のところにいる。

中央に落ちている鍵が二つついた小さな革の財布を見つめているが、誰もそれに手を出そうとはしない。なかのひとりがようやく意を決して、火で赤くなった火箸でもって財布を摑み、財布を燃やして、水が一杯に入った手桶のなかにその中身を振り落とす。デフォーは言う。「見たところ、その金はざっと十三シリングと、その他表面のすりへった銀貨、銅貨数枚があるようだった。」以上がつまらぬ市井の事件──落ちていた一個の財布であるわけだが、物語の条件はたちまちのうちに変化し、すぐに黒死病の恐怖にわれわれは捉えられる。文学におけるもっとも恐ろしい出来事のうちの二つをあげるならば、ひとつはロビンソンによって彼の島の砂浜に見知らぬ者の足跡が発見されたことであり、もうひとつはジキル博士が目覚めて、寝台のシーツに伸びる彼自身の手がハイド氏の毛むくじゃらの手に変化しているのを見たときの驚きということになるだろう。この二つの出来事における謎めいた感覚には抵抗しがたいものがある。それでも、いかなる心的な力もそこには介入していない。ロビンソンの島には人が住んでいない。──足跡があるとすれば彼のものであるはずなのだ。自然の理からすれば、ジキル博士の腕の先にハイド氏の手がついているということはありえない。ただ単に事実に反しているのである。

ここでスティーヴンソンにおけるこの能力の特異性について述べてみたい。自分の思い誤りでなければ、この能力はほかのどの作家にもまして格段と衝撃的で魔術的なものとなっている。その理由は、彼の写実性がロマン主義に根ざしている点にあると思われる。あるいはこう書いてもよいだろう。スティーヴンソンの写実性は完璧なまでに非現実的であり、だからこそ彼は向かうところ敵なしなのであると。スティーヴンソンが物を見るときは、必ず想像力の目を用いている。豚腿肉のような顔をしている人間などいるわけはない。アラン・ブレックがデイヴィッド・バルフォアの船に飛び移った瞬間の金ボタンのきらめきなど、ほとんどありそうもない事柄だと思われる。『バラントレーの若殿』の決闘の場面での蠟燭の焔の光と煙の線の厳密さは実験室ではえられぬ種類のものだ。ケアウェ(9)が自分の体のうえに見つけた岩苔の斑点が癩に似て見えることなどそれ以前には絶えてなかった。『臨海楼綺譚』にあってカースルズが「数ヤードも離れているのに」瞳のなかに月の光がきらめくのを見るのだといっても、誰がこれを信じるだろうか。スティーヴンソン自身が認めるに到った間違いについてはとくに言及しない。その間違いはたとえば、アリソン[10]に実現不可能なことをやらせている点に見出される。「彼女は剣を見つけると、これを拾い上げて、……凍った地面に深く突き立てた。」

だが実際にそこにあるのは思い違いではない。現実のイメージよりもさらに強烈なイメージなのである。数多くの作家において、言葉の色彩を通じて迫真性を高める力が発揮されているわけであり、確かに、言葉の力を借りることなくして現実のイメージよりも強烈なイメージをどこかほかに見つけることなどできるだろうか。それはロマン派的なイメージである。つまり舞台装置によって物語の展開の輝きを強めることを目指しているのだから。それは非現実的なイメージである。人間の目はどんな目であってもわれわれが見知った世界にあってはそのようなイメージを見ることができないのだから。それでもこうしたイメージは文字通りの意味において現実の真髄というべきなのである。

実際、アラン・ブレックやケアウェ、テヴナン・パンセート[11]、ジョン・シルヴァーがわれわれに心に残すのは、銀ボタンつきの胴衣、癩の痕跡たる岩苔の不揃いの斑点、赤い巻き毛の束が残る禿頭、ガラスの破片のように目が光る豚腿肉に似た顔なのだ。彼らの姿がわれわれの記憶に残るのは、そして絵空事の存在にそなわる人工の生を彼らに授けるのは、まさにそのような要素がなせる技なのではなかろうか。このような人工の生はエネルギーという点において、われらの肉体にそなわる眼が知覚する生をはるかに凌駕するものであって、われわれの周囲にいる人々に活気を付与するのである。というのも、われわれが他者のうちに見出す魅力や興趣は、たいていの場合は、このような絵空事の存在にどれほど似通っているかということから生じるのであり、あるいはまた、そのような存在のうちにひろがるロマン派的な色合いによって引き起こされるのである。現代の人間は、こうした昔の非現実的な被造物にこれをより密接に結びつけるときに、その存在はさらに強い力をもってわれわれに迫り、またさらに明確な個性をもって姿をあらわす。このような絵空事の息吹によってわれわれの感情は美しく花開く。われわれが本当の生を楽しんで生きることはめったにない。ほとんどつねに自分たちの死ではなく、ほかの人々の死を引き受けているのである。それはわれわれの行為に輝きをあたえる英雄的な約束事のようなものである。ハムレットがオフェリアの墓に飛び込んだとき、彼は自分自身のサガに思いを馳せてこう叫ぶ。

俺はデンマークのハムレットだ。

そしてデンマークの人ハムレットの生を生きたいと願ったハムレットの生をどれほど多くの人間が傲慢にも生きたつもりになったのだろうか。読者は己の生が生きられないペール・ギュント[12]のことを覚えておられるだろうか。彼が故郷に戻ったときは、すっかり年老いて、人から忘れ去られ、自分にまつわる伝説という飾り物が競売にかけられるのを見る羽目になった。このような非現実の友の環をひろげてくれた点で、われわれはスティーヴンソンに感謝しなければならない。彼がわれわれに授けてくれた被造物は独自のロマン派的リアリズムの刻印をくっきりと受けていて、現実世界ではまず出会わない怖れがある。たいていの場合われわれが見るドン・キホーテは「丈夫な骨組みで、肉がしまり、痩せた顔立ち」であり、修道士ジャン・デ・ザントムール[13]は「背は高く、痩せぎすで、耳まで裂けたような大きな口、じつにみごとな鼻をそなえた」姿、ハル王子[14]は「いたずらっぽく悪党めいた眼と愚かしく垂れ下がった下唇」をもった姿である。いずれも自然がわれわれに特別にとっておいてくれた顔と肉体の特徴であり、これから先もまた自然はそれらをわれわれに披露してくれるだろう。豊かな想像の喚起という価値は、言葉とその色合いの選択、文章の裁断法、描き出される作中人物にそれらを適合させる技などから生まれる。そしてこうした組み合わせの藝は奇跡の域に達しており、風貌の特徴がたとえありきたりで似たような表現の繰り返しであっても、これによってドン・キホーテ、ジャン修道士、ハル王子の姿が永遠にとどめられることに変わりはない。これらの特徴はまさに彼らのものなのであり、彼らを訪ねるつもりならば、こうした特徴の風貌を手がかりにするほかない。

スティーヴンソンが作りだした人物の場合はそのようなことがまったくない。彼らの姿にあわせてなにがしかの人間を想像しえないのだ。その姿はあまりにも生き生きとしているとともに風変わりである。あるいはまた芝居の衣裳や照明の具合や小道具と一体となっていると言えるだろう。ジョン・フォード[15]の芝居『あわれ、彼女は娼婦』を上演したときに、われわれはジョヴァンニの短刀に血まみれの本物の心臓を刺しておく必要があると考えていたことを思い出す。舞台稽古にやってきた役者を見ると、剣の先に生々しい羊の心臓を戦利品のように刺しているではないか。われわれ一同はすっかり肝を抜かしてしまった。観客席から大道具が並ぶ舞台上にこれを見れば、本物の心臓とはいっても必ずしもそうは見えなかったかもしれない。この肉片は肉屋で売られているものがすっかり変色して紫色になったようでもあった。美しきアナベラの血が滴る心臓というわけにはいかなかったのだ。そこでわれわれは考えた、つまり本物の心臓だって舞台の上では偽物に見えるのだから、偽物の心臓の方が本物に見えるかもしれないと。というわけで、赤いフラノ地でアナベラの心臓を作ってみた。宗教画に見られる形をお手本にフラノ地を裁断した。群を抜いて鮮やかな赤であり、血の色とは似ても似つかぬものだった。新たにジョヴァンニが短刀を手に登場するのを見たとき、われわれみなは不安で少し心が震えた。というのもそこにあったのは、疑いもなく、美しきアナベラの血の滴る心臓だったからだ。スティーヴンソンの作中人物はまさにこれに類する非現実的なものからなるリアリズムを有しているように思われる。のっぽのジョンのてかてか光る大きな顔、テヴナン・パンセートの頭の蒼白い色など、まさに独自の非現実性がゆえにわれわれの視覚的記憶に結びつくのである。そこにあるのは真実の亡霊であり、本物の亡霊のように幻覚を引き起こす。ジム・ホーキンスの幻覚にシルヴァーの顔が浮かび上がり、フランソワ・ヴィヨンにテヴナン・パンセートの姿がつきまとう。

　私がこれまで示そうとしてきたのは、スティーヴンソンと幾人かのほかの作家たちの力が、用いられる手段の平凡さと描かれたものの異様さの対比にどれほど由来するのか、スティーヴンソンの手段のリアリズムはどれほどまでに特別な生彩を得ているのか、どれほどまでに真実味がスティーヴンソン特有のリアリズムの非現実性から生まれるのかという点である。いまはもう一歩その先に進んでみたい。スティーヴンソンの非現実的なイメージこそ彼の著作の本質をかたちづくっている。蠟型鋳造を専門とする職人が粘土の「核」の周囲にブロンズを流し込むように、スティーヴンソンは自分が作りだしたイメージの周囲に物語を流し込む。『マレトルワ邸の扉』にはこの点が顕著にあらわれている。壁に嵌め込まれように見える柏の重い扉が、これにもたれかかった男の重みで自然とひらき、油をさした蝶番を軸として音もなく回転し、そのまま男を未知なる暗闇のなかに閉じこめる。『ジキル博士とハイド氏』の冒頭でも、スティーヴンソンの想像力に取り憑いてやまないのは一個の扉なのである。『臨海楼綺譚』にあって物語の関心が集中するのは、砂丘の真ん中にひっそりと立つ謎めいた家であり、閉ざされたその鎧戸の隙間から光が洩れてくるというわけだ。『新アラビア夜話』の構成の要《かなめ》にあるのは、夜クリームパイを載せた盆をもってバーに入るひとりの青年の姿なのである。『水車小屋のウィル』の三つの部分をかたちづくる本質的要素は、川を下る銀色の魚たちの行列、蒼ざめた夜に光るひとつの窓(「オレンジ色をした小さな長方形の部分」)、真横から眺めた馬車の姿であり、その「上方には黒い松の梢が二、三本、羽毛みたいに見えていた」と言われている。このような構成法が危険なのは、物語にはイメージにそなわる強度がないからである。『マーレトロワ邸の扉』にあっては、情景が鮮明なわりには説明はかなり弱い。『自殺クラブ』のクリームパイについては、スティーヴンソンはなぜパイが登場するのかという説明を諦めてやめてしまった形跡がある。『水車小屋のウィル』の三つの部分はそれぞれに固有の傑出したイメージに匹敵するものとなっており、イメージはこうして真の象徴となっているように思われるのである。最後に、『誘拐されて』、『宝島』、『バラントレーの若殿』などの長編小説の場合は、イメージが出発点をなすにせよ、疑いなく物語はイメージよりもはるかに優れたものとなっている。

数々のこうした幻影を作りだした人はいまは南の海の幸福な島に眠っている。

カノヒトハ浄福ノ島ニ住ムト云フ

悲しいかな、対象は何であれ、われわれはもはや彼の「心の眼」をもって眺めることはできない。なおも彼の心のなかにあったはずの数多くの美しいファンタスマゴリアはすべてポリネシアの小さな墓に眠っている。海の泡の輝く縁飾りからさして離れてはいない場所である。穏やかにして悲劇的な生をめぐる最後の想像、ひょっとするとこれもまた非現実的な想像である。「元気なうちに、お会いできる機会はほとんどないように思えるのです」と彼は手紙に書いてきたことがあった。悲しいことにそれは本当だった。私の眼には、いまでも彼は夢の光輪につつまれたままでいる。そしてこのささやかな数ページは、輝く夏の夜に読んだ『宝島』のイメージが私に吹き込んだ夢を解釈する試みにすぎないのである。

（千葉文夫訳）

（1）アレクサンドル・エクスムラン（エスケメリング、エスケメランともいう）。一六四五頃―一七〇七頃。『海賊の歴史』（一六七八年刊）の著者。
（2）ジュール・ヴェルヌの小説『グラント船長の子供たち』『神秘の島』の登場人物。
（3）シェイクスピア『ウインザーの陽気な女房たち』の登場人物。
（4）『悪名高き海賊たちの強奪と殺人の歴史』（一七四二年）の著者。
（5）スティーヴンソンの小説『誘拐されて』に登場するスコットランドのジャコバイト党員。
（6）スティーヴンソンの小説『バラントレーの若殿』に登場するインド人メイド。
（7）スティーヴンソンの短編『オララ』のヒロイン。
（8）スティーヴンソンの小説『引き潮』に登場する船長。
（9）スティーヴンソンの短編『瓶の小鬼』の登場人物。
（10）スティーヴンソンの小説『バラントレーの若殿』に登場する女性。
（11）スティーヴンソンのヴィヨンを主人公にした短編『一夜の宿』の登場人物。
（12）イプセンの同名の劇の主人公。
（13）ラブレーの小説『ガルガンチュアとパンタグリュエル』の登場人物。

（14）シェイクスピア『ヘンリー四世』の登場人物。
（15）英国エリザベス朝の劇作家。一五八六—一六四〇頃。

ジョージ・メレディス

I

フランス人読者にメレディス紹介の必要があるのはたしかにその通りと感じているが、実際に紹介となると大きな困難がともなう。トルストイ伯爵の作品は大変な人気である。ヘンリク・イプセンの芝居は、パリでもよく上演されるし、評判も大したものである。読者はたやすく翻訳を入手できる。メレディス氏の著書の場合、事情はまったく異なる。わが国では、氏の著作は知られていない。英国でも、七年前は、似たような状況だった。つまり、小説の愛好家は、まだジョージ・メレディスの小説に関心を寄せてはいなかったのである。しかしながら、英国作家のなかにあってとびきり上等な作家たち、すなわちスウィンバーン、ヘンリー、ロバート・ルイス・スティーヴンソンなどの面々が氏に敬意を表すようになったのは、だいぶ前のことである。というのも、ジョージ・メレディスの処女作は一八四九年には出版されており、最初の傑作が執筆されたのは一八五六年だったといってよい。

このような種類の本に大衆の関心が向かわない理由は容易に指摘できる。ジョージ・メレディスの文章表現は、文章中に凝縮して詰め込まれた思考が複雑なせいで、極度に難解である。ありとあらゆる種類の感情のニュアンス、ありとあらゆる種類の知的な背反律、ありとあらゆる種類の想像的な想念がじつに豊かな隠喩をもって表現されていて、これに類するものを探すとするならば、エリザベス朝の作品に例を求めるほかないだろう。彼の作品の登場人物は、じつに個性的な物言いをするのが常であり、洗練されたルネ（『ボーシャンの経歴』）が口にする意味不明の言葉には、フランス思想の流儀を認めることができるだろうし、王女オッティラ（『ハリー・リッチモンド』）のかわいらしいつぶやきにドイツ的思考の無骨な重みを認めることもできるだろう。『われわれの征服者の一人』では、ヴィクター・ラドナーが、着ている白いチョッキについた泥の汚れを見たときに脳裏をかすめる連想をことごとく列挙するのに費やされる冒頭の五十頁におよぶ部分で、知性のメカニズムが精密きわまりない分析の対象となる。最後に、そして彼の作品の本質そのものに関して言うならば、ジョージ・メレディスは『ボーシャンの経歴』では過激派思想、『悲劇的な喜劇役者』（フェルディナン・ラサールの物語）では社会主義、『ヴィットリア』では革命的精神、『リチャード・フェヴレル』および『ハリー・リッチモンド』では若者の修業時代の問題を扱い、ほかに例を見ないほどに独特な『エゴイスト』では、人の心というもっとも恐ろしい謎を探究した。チャールズ・ディケンズやジョージ・エリオットの小説が相手だと、より単純で、ありきたりの感情が提供されるわけだが、これに慣れた読者からみると、すべては厄介なものだった。

ならばメレディス氏はいかにして一般読者に受容されるようになったのだろうか。まずはスウィンバーン、ヘンリー、スティーヴンソンその他多くの作家たちが繰り返し評論を書き、紹介につとめてきた努力による部分が大きい。これに加えて、彼の作品に認められる葛藤の力、十六世紀の詩人たちの最も強力な創作に匹敵する登場人物の感情の強い力、ローズ・ジョスリン、ルーシー・デボラ、クララ・ミドルトンなどのヒロインから放たれる、相手を惹きつける強い魅力などが原因として考えられるのであり、数々のヒロインついて、スティーヴンソンは「甘美な名をもつ甘美な女性たち、ジョージ・メレディスの娘たち」と書き記している。そして何よりも、三十年を上回る歳月にわたり、十二冊の長編小説と四巻の詩集を世に送り出し、たえず進化を遂げてきた才能の勢いに圧倒されるというのが最大の理由となるだろう。

II

列車がのろのろとドーキングに向かうあいだ、私はジョージ・メレディスの作品を特徴づける言葉と彼の著作全体の傾向をつかまえようと試みていた。その流れのなかで、「現代の愛」と題された詩篇を構成する五十篇の十四行詩の最後を飾る作品で発せられる叫びを思い出したのだ。

もっと頭脳を、主よ、もっと頭脳を！

女の頭はまだまだだ。女は男が理解できない。女は男の知性至上主義のレベルにみずからを高めなければならない。愛の神が奏でる竪琴の弦は不協和な響きしか発しない。

「思考に付け加えられた」新たな弦を思い描かなければならない。これをもとに、再び調和が得られるだろう。そして愛が知性に入りこみ、たしかに女性たちに共通の財となるだろう。だが、「いまだなお女性たちの意識は、感覚の混沌とした状態にある」。女にとって男が理解可能になるには頭脳を強化しなければならない。男にとって自然が理解できるようになるには、頭脳を強化しなければならない。自然は道を進みながら微笑んで言う、「自分はそれぞれの季節のために演じているのであり、永遠のために演じているのではない」のだと。「死にかけたバラにむかって、やさしいまなざしを投げかけて通り過ぎて行く、その瞳には、ほんのかすかな記憶があるかどうかといった程度である……　というのも、自然は成長の法則をじつによくわきまえており、その手は、こちらでは種の入った袋に伸び、あちらでは骨壺に伸びる……　目に見えるわれわれの唯一の女友達のこのような教えを、われわれの狂った心に教え込ませることはできないのだろうか。」だが、「われわれは前に進む時間を食べることはできず、われわれの心は埋葬された日々を欲求する」。われわれが「自然」に抵抗するのは、これを充分に理解していないからだ。もっと頭脳を、主よ、もっと頭脳を！　頭脳の活発な活動によって男女、うわべの社会、自然の情念など、両者のあいだに横たわる永遠の闘争および無理解は解消されるだろう。

III

私がこんなふうにして会いにゆくことになっている相手は、あらゆる人間的な限界を乗り越えて知的能力を開拓した人物だった。

ジョージ・メレディス氏の家はドーキング近郊のボックス゠ヒルなる丘の麓にあり、黄金色に染まったサリーの牧場に向き合っていて、あたりには低木が点在し、エメラルド色の柔らかな緑の起伏が折り重なるなか、彼の家は楡とトネリコの樹々にかこまれ、豊かな土壌を持つ傾斜地に接して、これに護られるようにして建っている。少し上の丘の斜面には、ヤグルマギクとコクリコが群生する地点を過ぎたあたりに木造小屋があったが、部屋は二間だけだった。それがメレディス氏の仕事場だった。以前はそこで寝起きもしていたというが、午前十時から午後六時まで、この部屋に引きこもるのだ。この時間帯は邪魔しないように命じてあり、これが守られないと極度の不快感をあらわにするのだった。氏に仕えて十五年になる「英国で最良の」使用人である忠実なコールといえども、あえて不興を買う真似をすることはなかった。緊急の用事がある場合は　電気じかけの呼び鈴と電話でもってこれにあたった。

メレディス氏が書きかけの原稿をおいて、私のほうに歩いてくるのを見たとき、まず驚いたのは、極度の知的活動の集中の結果が歴然とあらわれていることだった。メレディス氏は長身であり、髪と髭は白髪交じりだ。端正で美しく威厳のある顔立ちで、目の色は深い青色だった。氏が話しはじめると、初めのうちは文字通り「思考に酔っている」様子だった。

メレディス氏は仕事部屋を案内してくれて、こう語りかけてきた。「誰もが、頭脳は疲労するというようなことを言うわけだが、そんなことを信じちゃいかん。頭脳は疲労したりはしない。胃に負担がかかるということはあるだろう。私の場合は、できの悪い胃をもって生まれてきたんだ」と笑いながら付け加えるのだった。

仕事部屋には大きなガラス窓があって広々とした田園風景とサリーの肥沃な土地に生える低木の連なりが見えた。そのほかに小さな窓がひとつあり、丘の頂にむかって続く黒い松林が見えた。その窓のところには、メレディス氏の仕事のための書き物机がおかれていた。「思想がほとばしり出て自由に活動をするためには、頭脳は暗がりを必要とする」と氏は私に言うのだった。

彼は空のあちらこちらを飽くことなく飛び回る一羽の鳥をじっと眼で追いかけていた。メレディス氏が言うには「あの鳥が見えますか。じつに興味深いじゃありませんか。一日中ずっとあの鳥はどこかに止まったりせずに飛び回っているのですよ。こちらではアマツバメ（swift）と呼んでいますが、この鳥が動き回るのを眺めるたびに、私はその無窮運動が、絶対に一箇所に立ち止まったり休んだりしない人間の頭脳の休みない働きに似ていると思うのです」。

どのような流れで、ユトレヒトの古塔の話をもちだしたのかは覚えていないが、その大きな鐘は王の死の際に打ち鳴らされるだけなのである。――「その際にも鐘は鳴らさないでほしい」とメレディス氏は語気を強めた。「わたしは鐘の音の執拗なリズムが嫌いなのだ。ブリュージュでは鐘の音が邪魔して夜の間ものが考えられなくなった記憶がある。とにかく鐘の音が嫌いなのだ。」

このようにたえず緊張状態にある知性に人々の姿と声は錯乱的な強さをともなってあらわれる。バルザックは涙を流して、リュシアン・ド・リュバンプレ[1]の死を訪問客に告げたという。メレディス氏は彼の想像力が産み落とした登場人物と一緒に木造小屋に暮らした。

僧院を思わせるこのような孤独のなかで、小さな暗い窓を前にして、彼は登場人物たちの言葉を書き取ったのである。「まずハリー・リッチモンドの父親がわたしに会いにきて、それから、この王家の血筋をひく伯爵と十七歳の女優のあいだに生まれたこの息子の飾り立てた言葉を耳にしたとき、わたしは大声で笑ったものだ。」それから『ボーシャンの経歴』のルネの言葉が話題となった。「あれはじつにいい女だろう。いまでも自分は彼女に恋をしている気がする。」

まさにこの点に、メレディス氏の談話におけるもっとも奇妙にして驚きに値する特徴を求めるべきなのだ。彼の話は小説の登場人物の話に似ていて、まずイタリア語やドイツ語やフランス語で考えた事柄を次に英語に翻訳するといったぐあいである。メレディス氏は彼が口にすることを翻訳し、彼が用いる隠喩は記号の置き換えの結果として生じるものなのだ。別な言い方をすれば、計算の天才ジャック・イナウディが暗算のために数字ではなく彼独自の記号を用いたように、メレディス氏は英語だとか、その他の知られている言語を用いるのでなく、メレディス語で考える。さらにまたイナウディが彼の知的操作の結果を数字に移し替えるように、メレディス氏は彼の頭脳の運動を言葉に翻訳する。こうして今世紀最大の奇跡的な知的機能を惜しげもなく繰り広げてみせるのである。

IV

彼から聞いた話の本質的部分は何なのだろうか。どのようにしてそれを示すことができるのだろうか。才能の開花とともにたどりついた地点にあって、言葉は一般的な了解とはちがった意味をこめて用いられている。トルストイ、イプセン、メレディスのごとき人々にとって、「知性」、「愛」、「自然」などの言葉は、われわれの想像を超える豊かな思想を含み込んでいる。藝術と哲学の究極の単純さには、経験と瞑想のネクサスが隠されていて、そのありさまは単純に見えた最初の様相からは想像しえないものである。ルナンは晩年になって、ほぼ同じ言葉でもって同じ内容の事柄を繰り返すだけの、哀れなガヴローシュ(2)にも似た存在へと落ちぶれる憂鬱きわまりない体験に直面せざるをえなかった。メレディス氏が話してくれたのは、ありのままの状態で自然を見ることを学習した人々に自然が与えた教訓のことであり、いまだなお「男の手のひらの皮膚」しか理解しない女を相手とする男の闘争のことであり、たえず宙をよぎるアマツバメの飛翔のことだった。否応なしに私は『箴言』におけるヤケの息子アグルの言葉を思い出した。すなわちアグルが言うには、最も理解困難で驚異的なのは宙を舞う鳥の軌跡であり、処女にむかう男の軌跡である。そしてまた北斎老人が「富嶽百景」の序とした言葉もまた思い出される。すなわち「七十三歳にして形のなんたるかをほぼ悟り、鳥、魚、植物の本性を悟った」というその言葉を。

——死についてどう思うかというわけだね、とメレディス氏は私に言った。かなりの年になったし、死は怖くはない。ドアの向こう側というだけの話だ。

私の眼にはジョージ・メレディスの長身の姿が焼きついている。白髪交じりの高貴な顔立ち、花咲く彼の家の門のところに立って、私を乗せてボックス＝ヒルの緑なす街道をゆく馬車の後を目で追うその姿がありありと思い出されるのである。

（千葉文夫訳）

（1）バルザックの小説『幻滅』の主人公。

（2）ヴィクトル・ユーゴの小説『レ・ミゼラブル』に登場する浮浪児。

プランゴンとバッキス

I

以下はアテナイオス(1)の書第十三巻第六十六章に見出される『金の鎖』の物語である。

「ミレトスの女プランゴンもまた有名な遊女だった。その美しさは完璧だったので、コロポンの青年が恋に落ちた。すでにサモスの女バッキスという名の愛人がいたにもかかわらず。青年は遊女に思いのたけを訴えて口説いた。だがプランゴンはバッキスの美しさを聞き及び、この青年の愛を別のほうに向けようと策略をめぐらした。どうにもそれは不可能だと見ると、代価として、たいへん名高いバッキスの首飾りが欲しいと求めた。恋する男は恋の焔に目がくらみ、よもやバッキスが彼の破滅を望んだりはしないだろうと考えた。事実、バッキスは男の恋心を憐れみ、宝石を彼に与えたのである。一方プランゴンのほうでは、バッキスが嫉妬せずにいるのを見て心を大いに動かし、彼女に宝石を送り返し、若者を自分の腕に迎え入れた。このときから二人の女は友人となり、二人の共通の愛人を慈しむようになったのである。イオニアの人々はこの話に感銘をうけ、メネトルが『捧げ物の書』〔原註一〕において語るように、プランゴンにパシピラの名をあたえた。アルキロコスが以下の詩篇で引いているのは彼女のことである。

一群の鴉によってついばまれる岩間の無花果のように
よそ者たちを迎え入れる魅惑の女パシピラ。」

〔原註一〕このアルキロコスなる者は、イアンボス詩の作者として名高い七世紀初頭の人物ではありえない——あるいは、プランゴンの時代のイオニアの人々がこの人を古き二行詩の作り手としたことを理解しなければならない。

プランゴンはミレトスの出身、その情人コロポン、およびバッキスはサモスの出身である。首飾りの話はイオニアに伝わる話である。イオニアの人々がパシピラの名を考え出した。イオニアは数々の驚異の土地である。われわれが手にする物語の宝庫はすべてミレトスから奪い取られたものだといってよい。かぐわしい松に囲まれ、羊毛とバラの花々で満たされた都市国家であった。この都市国家はメアンデレス河が注ぐラトモス湾に突き出た岬のひとつの上にひろがっている。ラデ島、ドロミスコス島、ペルネ島などの小島に都市国家の四つの港があった。ミレトスの人々は友好関係にあったシバリスの人々と同じく贅沢な暮らしを享受していた。彼らは透けて見えるアモルジナ布の長衣、菫や緋色やクロッカス色に染めた亜麻布の衣、白と紅のエジプト産の布、ヒヤシンスや燃え立つ焔や海を思わせる色を配したエジプト風長衣、全体に金粉を鏤《ちりば》めたカラシリスと呼ばれるペルシア産の長衣を身につけていた。テオクリトスが言うには、彼らが用いる掛布は眠りよりもさらに柔らかだったという。砂浜の上に漁師たちが黄金色に輝くアポロンの三脚床几を網で引き上げた場所はまさにそこだった。そこではまた乙女たちが生きるのに倦んで首つり自殺をする例が後を断たなかったが、法官たちが、首に縄をまいたまま裸で埋葬すべしとのお達しを出してからは、そのようなことはなくなった。リュシストラテの古注釈者によれば、そこではまた女たちが特別に淫蕩な行為にふけったという。官能や貴重な布や花々や娼婦や伝説にみちあふれる都市国家、その痕跡は地上から消え去ってしまった。サモス島のはずれまで来ると色とりどりの家はもう見えなくなる。そして沖積土が岸辺を変えてしまってからは、ラトモスの湾そのものが消え去ってしまった。

バラに加えて松の香りがただよう都市国家と同じく、バッキスとプランゴンの愛の物語は、テオフィル・ゴーティエがこれに愛着を覚えて、拾い上げていなかったとするならばこの世から消え去っていたかもしれない。彼はこの物語を別な場所に移植して、ふたたびその花を咲かせたのである。彼は物語の登場人物のどことなく曖昧な輪郭に明確な線をもたらし、壮麗かつ生彩感にあふれる光を加えてこれを輝かせた。彼の見立てでは、プランゴンはアスパシアとおなじく、イオニアの神話的な岸辺を後にしたことになっているが、アスパシアもまたミレトスの生まれである。ゴーティエはプランゴンをペリクレス(2)やアルキビアデス(3)の同時代人として設定した。アルキビアデスは、とにかく肉体の美についてはは称賛の言葉を惜しまぬ者であって、笛を吹くと唇が歪むのが優美とはほど遠いといって、音楽の師であるアンティゲニダスの笛を叩き折った。ゴーティエはコロポンの青年にクテシアスなる名前を与えたが、おそらくバッキスをサモス島に残しておいたのは、嘆き悲しむ恋人をみごとなアルゴ船に乗り込ませて彼女を求める旅に出すためではなかったか。ゴーティエはバッキスの名高い首飾りが太い金鎖であり、彼女の財産のすべてだったと物語ることで、その自己犠牲をさらに壮大なものに仕立てた。そしてプランゴンの心に甘美な情を吹き込み、嫉妬心が溶けて愛の分有に同意する流れをつくった。

ミレトスのプランゴンについてはたいしたことは分かっていない。ティモクレスは彼女の名をあげて、すでに年老いて、ナニオンとリュケと一緒にいるその姿を見ている。アナクシラスもまた滑稽詩人であるが、彼は『ネオティス』において彼女に毒づいてみせる。

まず手始めにプランゴンを見なければならない
キマイラのように彼女は炎をもってバルバロスを滅ぼす
だが騎士があらわれただひとりで彼女の命を奪う
彼女の持ち物をことごとく奪い去り、家を出て行くのだ

騎士の身勝手なふるまいは驚くにはあたらない。プランゴンはそれほど彼を愛していたのである。それでもア

ナクシラスの言葉を額面どおりに受け取ることはできない。彼は遊女《ヘタイラ》に優しくはなかったのだ。彼の眼には、シノペはヒュドラとなり、グナタイナは悪疫となり、フリネはカリュブディスとなり、ナニオンはスキュラとなって見える。みな老婆で「毛を剃ったシレノス」のように思われるのだ。むしろプランゴンの魅力的な姿を描くアテナイオスの物語を典拠とすることにしよう。プランゴンという名はあだ名だったはずだ。アフロディテの姿に似せて作られた蠟人形をこのような名で呼ぶ習慣があったというのである。

　これに比べると、サモスの女バッキスの物語を読み解くのは比較的容易だ。彼女は笛吹き奏者であり、名高い遊女シノペの奴隷だった。自由な身となり、財産も得て、ピティオニケを奴隷として使うようになったが、その彼女もまた後に遊女となり、裕福なマケドニアの人士ハルパルは彼女に狂って身代を潰した。バッキスはトラキア人であり、アイギナ島で教えをほどこした女たちすべてをアテナイに連れてきた。歴史家テオポンポスがアレクサンドロス大王に書き送った手紙に記されているのはこのことである。シノペには娘がふたりいた。そのひとりグナタイアもまた遊女となった。もうひとりの娘（その名は伝えられていない）には娘がいた。グナタイニオンという名であり、叔母が親代わりとなって、育て上げ、教育も授けた。このグナタイナという名の女はたいへんすぐれた知性の持ち主という評判だった。機知に富んだ彼女の言葉が数多く記録されている。彼女の友人に、メナンドロスとフィレモンの競争相手であった滑稽詩人ディフィルスがいた。このことから、バッキスとプランゴンがいつの時代の人であったかがわかる。彼女らが知り合い、愛し合うようになったのは、紀元前四世紀末のことと推測される。ペリクレスの時代に夕食時の話題とはならなかったはずであり、アルキビアデスは彼女らの姿を実際に見てはいない。彼女らが生まれたのは百年もあとのことである。

　娼婦たちの物語にはグナタイナに関する逸話が数多く含まれている。というのもアテナイの娼婦はお抱えの詩人、物語作者、画家たちを有していたのである。まず彼女らはその名を喜劇に残している。ペレクラテスの『コリアンノ』、メナンドロスの『タイス』および『パニオン』、アレクシスの『オポーラ』などが例としてあげられる。そのほかシキュオンの人マコンはアレクサンドリアに暮らし、娼婦たちの物語を韻文で書き残した。マコンは芝居も上演し、ビザンチンの文法家アリストパネスの師となった。この文法家は同名の名高い作家の喜劇の筋書きをもとに、作詩法の技を加えたが、おそらくはマコン経由で遊女の物語を書くという着想を得たにちがいない。こうした女性たちのなかから百三十五人を選び出して伝記を書き記したが、アポロドロス、アモニオス、アンティパネス、ゴルギアスはこれを上回る数の物語を拾い集め、それでもまだ忘れられているものが多いとされている。ビザンチンのアリストパネスは、パロイノスという名の酒好きの娘について言及するのを怠っている。さらに縮絨工《しゅくじゅうこう》の娘ユフロシネ、鴉のテオクレイア、提灯のシノリス、グランデ、ムロン、小奇跡、沈黙、髪の房、ランプ、灯心などについて語るのも忘れている。アポロドロスの書には、ふたりの姉妹、スタゴニオンとアンティスの話が書かれている。「鱈」の名で知られている姉妹で、肌の色が白く、痩せていて、大きな目をしていたことからそのような仇名がついた。アンティパネスの語るところによると、ナニオンのあだ名は「舞台裏」だったが、この名は彼女が豪奢な服を着て、目の醒めるような宝石類を身につけていたが、服を脱ぐと醜い姿があらわれることによるものだった。これとは別に、カリストラトスという名だけが伝わるだけの物語作者もいた。サモスのリンケウスは彼女らの機知の特徴を示す物語を採集している。彼は「哀れなヘレナ」と呼ばれたカリクチオンのこと、エピクロスの情婦だったレオンティオンについて語っている。娼婦たちの絵を描いた画家はパウサニアス、アリスティデス、ニコファネスなどである。絵の大半はシキュオンの絵画館にある。シキュオンは画家たちの都市であり、旅の途中でこの町に足をとめたポレモンはそれらの絵を見ている。豊かに樹木が茂り、肥沃にして尽きせぬ魅力がある土地に切り開かれた都市であり、コリントの海に臨んでいた。周囲にはカボチャとケシの田畑がひろがっていた。遊女たちがコリントに住み始めるようになると、まどろみの重たげな花々の傍らに彼女らの伝説がかたちづくられるにいたった。少し時代がくだって、マコンはその最後のこだまを聞き取り、これをアレクサンドリアにまで広めたのである。ギリシアの遊女たちの正確な印象をわれわれに伝えるものとして、シキュオンの人マコンの『クリエス』がある。

マコンは才能に恵まれた詩人というわけではなかった。そんな彼がどのようにして喜劇の筋をうまく組み立てることができたのかと訝る向きもある。彼の詩は前世紀のフランスやイギリスで盛んに書かれたこうしたジャンルのものと比べてみてもしっくりこない。彼の作品はむしろフランス中世のいささか無骨な詩に似たところがある。フランソワ・ヴィヨンとその仲間たちによる『無銭飽食』集成を読めば、この点に関してだいぶ見通しはよくなるだろう。マコンの物語には繊細さが完全に欠けていることを認めなければならない。そこに鏤められた冗談はいかがわしさが随所にあるし、市場での品のないやりとりは、パレロンの人デミトリオスとその愛人ラミアとのあいだに交わされる言葉の卑しさをさらに上回るものである。マコンは女主人公としてグナタイナを選んだ。詩人は機知に満ちた言葉と考えられるすべてを彼女に言わせたのである。たいていの場合は、いかにも若い女に特有な罵りの言葉である。ディフィレはグナタイナなしではいられず、彼女の方でもまた彼を憎からず思っていたようだ。劇場での芝居がうまくゆかなかったときは、慰めをもとめて愛人のもとに行った。だがマコンの物語から推測すると、彼女は、アスパシアがペリクレスに弁論術を教え込んだようにして詩を教えたわけではなかった。グナタイナは母の奴隷と一緒に育てられ、バッキスにも何らかの影響を及ぼしたに違いない。だとすると、サモスのバッキスがどちらかといえば卑俗な女だという見方は捨てたほうがよくなる。彼女の善意にけちをつけるためではない。逆に彼女はプランゴンの顔を立てて自分は犠牲になろうとしたにちがいないのだ。人形と笛吹き女の物語に関して、アスパシア、フリュネ、ライスなどの名をもちだすのは間違っている。たしかにこれらの有名な名には虚構がまとわりついている。彼女らがペリクレス、ヒュペレイデス、アリスティッポス、ディオゲネスらと交流があったことを忘れることはできない。それでもアリストパネスの言を信じるならば、アスパシアが家で養っているのは遊女ではなく、もっとも身分の卑しい女たちであり、彼はこの女たちをポルナイという言葉で呼んでいる。エピクラテスは『アンチ・ライス』のなかで年老いて暇になり酒浸りになったこの女について語っている。ティモクレスの証言によれば、プランゴンとグナタイナと一緒のフリュネもまた年老いていた。そこに見出されるのは優美な姿ではない。それでもこうした話のすべてが本当にそうだったのかどうかの確証はない。『プルトゥス』およびアテナイオスの書（十三巻四十章）の註解者のひとりは、エピクラテスの主張とは食い違ったことを言っている。彼らはライスの悲劇的死を語り、その姿はまだ若く美しかったと言っているのである。ライスはシチリア島のヒュッカラに生まれた。ある者は、ニキアス戦役の最中に七歳の彼女はそこで囚われの身となり、コリントの人に買われてその人の妻のもとに送られたという。ある者はまた彼女の母ティマンドルは僭主ディオニシウスによってディオニュソス讃歌を謳う詩人フィロクセネスにあたえられ、フィコクセネスとともにコリントに移り住み、この地で称えられたが、ライスは母を上回る名声を得たとする。彼女はエウリロコスのような人物アリストニコス（もしくはパウサニアス）に夢中になり、彼を追ってテッサリアに渡った。テッサリアにはほかにも彼女の虜になる男たちがあらわれ、彼女の家の階段を葡萄酒で浄めたりするのだった。テッサリアの女たちはこれに嫉妬し、ひどく怒った。アフロディテの祭りの日には男たちは神殿への立ち入りが禁じられるが、女たちはライスに襲いかかり、神殿の木製の踏み台を用いて彼女を殺害した。こうしてコリントに神殿の使役奴隷、すなわちアフロディテの神聖なる女奴隷の仕事を導き入れたライスは女神の目前で殺されたのである。こうしてみると娼婦たちの波乱に満ちた生涯の物語がいかに矛盾に満ちていて正確さを欠いているかがおわかりになるだろう。このように混乱しているのだから、そこから明確な人物像を拾い出そうとしても無理がある。それでもマコンの物語はグナタイナを取り巻く女たちの生活と心情がどのようなものであったかを比較的正確に描き出しているはずである。プランゴンとバッキスの場合もまたこれとはさほど違っていなかったと考えてほぼ差し支えない。美しくはあるが口が悪い女たちであり、ときに寛大さを見せることがあり、おそらくは同じ頃生きていた雌豚カリスト、山羊ニコ、雌馬ヒッペのようにどこか動物的なところがあった。

II

バッキスとプランゴンは、気高い精神の持ち主とは言えないにせよ、献身と細やかな愛情のふるまいを見せることができた。彼女らには名高いお手本があった。遊女レアイナはハルモディオスの恋人であったが、僭主ヒッピアスの死刑執行人による拷問に我が身をさしだし、苦痛の叫び声をあげながらも、恋人の名を秘すためにみずから舌を切ったという。ただしこれよりも有名な女がいるのもたしかで、歴史をひもとけば、まずサモスとミレトスの二人の遊女の名があがることになる。まずはアルキビアデスと親しかったテオドテである。テオドテはアテナイの女であり、ソクラテスを知っていた。このことに関して、クセノポンは『ソクラテスの思い出』のなかで貴重な話を披露し、その時代のギリシアの娼婦がどのような存在であったのかをはっきりと示しているのである。プランゴンとバッキスが生きたのはこれよりだいぶ後のことだが、さほど事情は違っていなかったはずだ。彼女らを描くにあたってテオドテの肖像は役に立つはずだ。

これまで見てきたように、家に仕える若い奴隷女とおなじく遊女の娘は娼婦となることが多い。一種の伝統のようなものがあり、ほとんど一世紀の長きにわたってこれが続いた。こうした女たちをめぐる慣習はほぼ神聖ともいえる起源があり、彼女らは宗教的記憶のおかげで比較的安定したかたちをもった階層をなしていた。ソロンが彼女らをアテナイに呼び寄せたと主張する言い伝えが複数存在している。それ以前はイオニアの都市国家において彼女らはアフロディテに仕える仕事に身を献げていた。マグニシア、アビュドス、ミレトス、エフェソスなどには遊女アフロディテの神殿が建立され、そこでは毎年女神を奉る儀式が催されていた。ギリシアでこのような聖なる役割の確立を最初に見たのはコリントにおいてのことであり、神殿に仕える遊女たちは、もとは解放奴隷であり、女神の信仰に身を献げようとする者たちであった。そこにコリントの娼婦たちが有名になった理由がある。かくも長きにわたって遊女たちが守り続けた宗教的様相の起源はきわめて古いものである。ピタゴラスは学派の創始者だが、紀元前六世紀以来、サモスの神殿の使役奴隷を称えていたように思われる。そのサモスではアフロディテは「葦のアフロディテ」および「沼地のアフロディテ」なる二つの名のもとに信仰の対象となっていた。たしかにピタゴラスが弟子たちに前世の輪廻転生の物語をした際、最初はエウポルポスだったが、次にピュランドル、さらにカリクレとなり、四番目の生では、アルケという名の美しい顔立ちの娼婦の姿をとって生きたという話をしたのである。このような聖なる記憶は、母から娘へ、教育係から奴隷へと伝授される特権を遊女にあたえた。戦争の原因をつくったり、共和国を混乱におとしいれたりする恋多き女たちを別にすれば、彼女らの大部分は似たような性格の特徴をもっていた。バッキスがプランゴンおよび情人コロポンと一緒に暮らしたその作法はテオドテがアルキビアデスおよびティマンドラと一緒に暮らすやり方にそっくりである。

アルキビアデスはとにかく遊女には目がなかった。メガラの人々がアスパシアのものだった二人の娘を奪い去ったのは、アルキビアデスを原因とする復讐劇にすぎなかった。アルキビアデスはそれ以前にシマイタという名のメガラの娼婦を誘拐したことがあったのだ。だが彼はこの女を自分のもとには長くはおかなかった。これとは逆に、シチリアの女ティマンドラはライスの母でもあるが、アルキビアデスの愛を得ると、以後は彼から離れることはなかった。アルキビアデスがティマンドラとテオドテの二人をいつも連れていたとするごく短い記述が存在する。彼女らはプランゴンおよびバッキスと同じく愛を分かち合うことに同意したのである。アテナイの女とシチリアの女は嫉妬を捨て去って恋人に仕えた。だが彼女らの物語は、ミレトスの女とサモスの娘の物語よりもはるかに悲劇的なものだった。リュサンドロスの前にアテナイが破れた後、アルキビアデスは三十人政権を嫌って、フリギアへと逃れ、小村メリサに家を見つけて移り住み、ティマンドラとテオドテと一緒に静かに暮らすようになった。一方リュサンドロスはフリギアの太守《サトラップ》ファルナバゾスからアルキビアデス暗殺の確約をとりつけたのである。ある晩のこと、異国の兵士らが家を取り囲んだ。アルキビアデスはティマンドラの腕に抱かれ、いましがた彼女から女が着る服を手渡され、髪型も女のようにされ、化粧がほどこされた夢をみていた。その直後に嫌な煙の臭いがして目が覚めた。異国の兵士たちが家の四方に火を放ったのだ。アルキビアデスは裸同然の恰好で、左腕にマントを巻き付け、剣を手に、侵入者に真っ向から挑んでいった。彼らは接近を避けて、弓矢を用いて彼を射殺した。彼の遺体は煙に包まれた家の前に横たわっていた。ティマンドラとテオドテは彼を抱きかかえ、遺体を洗い浄め、屍衣にくるみ、みずからの手で埋葬した。プルタルコスはこの所作をティマンドラのものとしているが、アテナイオスはテオドテのものとする。これは彼女らがふたりでこれをおこなったという証拠となるだろう。彼女らは固く力を合わせて、今は亡き恋人の名誉を称えようとしたのである。政治的命令で殺された者を墓に埋葬するのは危険な行為であった。真っ直ぐな心根の二人の女は危険をものともしなかった。かくも長きあいだ愛を交わしあったあと、コロポンの青年は棺に入れられ、愛しいバッキスおよびプランゴンの亡骸のあいだに横たわったのだと想像してみてもよいだろう。運命の女神モイラが三人を召還するまで、彼らの至福は中断されることはなかった。アルキビアデスの運命はこれとは異なる。情細やかな親しい女たちの手で彼はメリッサの墓にひとり葬られ、ティマンドラとテオドテがその後どうなったかはわかっていない。アテナイオスの時代には、大理石のパロス像がなおもフリギアの貧しい村に敬虔なる献身と嫉妬なき愛の結実としてその姿をとどめていた。

アルキビアデスの死後もテオドテの献身ぶりが失われることはなかったのだが、もともと知性と機知にめぐまれた女というわけではなかった。アテナイオスは彼女の胸のかたちが完璧だったと記している。クセノポンは彼女の姿を見たことがあったが、とくに容貌については言及せず、ただその美しさは表現しきれぬものであって、画家たちが彼女のもとを訪れ、モデルになってくれないかと頼むほどだったとしている。ソクラテスの好奇心もそこから生まれている。彼はテオドテに会ってみたくなったのだ。ソクラテスは画家のモデルとしてポーズをとっている彼女の姿を見た。彼女の母親がそばに座っていたが、丹念に身繕いをした姿であり、室内には美しい召使女が何人かいた。哀れな娘はソクラテスに対して飾り気ない答え方をした。彼が訊ねたのは、田畑をもっているのか、稼ぎはどれくらいか、手伝いの女はいるのか、といったことである。テオドテは驚いて、そんなものはないと言った。そこでソクラテスは、それではどうやって家を切り盛りするのかと彼女に説明を求めた。

——愛してくださる方、親切にしたいという気持ちをもっておられる方を見つけることで、生計を立てているのです、とテオドテは率直に述べた。

ソクラテスはすぐさま親切な男たちは「蝿のように飛んで」来たりはしないはずであり、手管を用いて親切な男たちを探して網にからめとろうと試み、男たちの欲望を掻き立てるために気のないそぶりをしてみせて、さらに彼女への思いがつのるよう飢えた状態におこうとしているにちがいないとの推理を述べるのだった。「手管ですって、狩りですって、網ですって、飢えですって、いったい何のことなのでしょう。」こうした機敏の一切は彼女には想像もつかぬものだった。彼女はソクラテスが親切な男たちを見つける手伝いをしようと申し出ているのだと思い込んだ。ソクラテスがそうするように彼女は巧みに働きかけた。彼女には哲人の教訓話の材料を提供していることがわからなかった。

――親切な方を見つける手助けをしてくださるのですか、と彼女は言った。

――そうするように私を説得するならばね、とソクラテスは答える。

――でもどうやって。

――考えてみなさい、答えは見つかるから。

テオドテは考え込んだ。彼女がふだんから慣れ親しんでいる答えのほかに別な答えは見つからなかった。

――それではちょくちょく私に会いにきてくださいい、と彼女は言った。

――ああ、でも私には暇な時間があまりないのだよ、自分の仕事から手が離せないし、そのうえ公の仕事もある。そのほか私に何人も愛人がおり、彼女らは昼間といい夜といい、一緒にいてくれなければ困ると言うのだ。彼女らに媚薬やまじないを伝授しているせいでね。

ここに到って、気立てのよい娘は、彼女なりに、哲人の知恵がどういうものかを悟った。

――ソクラテスよ、そんなことまで知っていらっしゃるのですね、

――アポロドロスやアンティステネスなどの友人たちの歓心をつなぎとめ、テーバイからケベスやシミアスらを呼び寄せるためにどんな手立てを講じているかわかっているかね。大量の媚薬やまじないや魔法の輪を用いずには目的は達せられないのだよ。

――だったら、あなたを惹きつけるために魔法の輪を分けてくださいな。

――お断りする。惹きつけられたくないからね。きみにきてもらいたいのだ。

――ゆきますとも、でもお相手してくださるのかしら、と純な心のテオドテは言った。

――相手はするよ、あなた以上に好きな女があそこにいないときはね。

哀れなテオドテは狐につままれたような気分になったことだろう。彼女はソクラテスの家には自分よりも美しい娼婦がいると信じ込んだにちがいない。ソクラテスが彼自身の魂のことを語っているとは思わなかったのだ。無慈悲な皮肉家は彼女の思い違いを正そうとはしなかった。ソクラテスはひどく無学な者であっても心には神的なイデアがあらかじめそなわっていると信じていて、これをうまく外に引き出してみては悦にいるということがたびたびあったのである。『メノン』には、ソクラテスが、ひとりの無学な奴隷を相手に、直角三角形の斜辺の積算定理を証明したと主張するくだりがある。ただし、ソクラテスは、愛のイデアについて解き明かすことなく娼婦のもとを離れた。おそらくはそんなことは無駄だと思ったのだろう。愛のイデアについては、ソクラテスが対話術を通じて得る以上のことをテオドテは直感的に知悉していたのである。彼女がアルキビアデスの生前も死後も一貫して忠実であり続けるには、いかなる手管も必要ではなかった。いかに道徳家の配慮が細やかでありうるにしても、情人の血みどろの遺体を屍衣にやさしくくるむ術を教えることはできなかっただろう。同じく道徳家の配慮は、コロポンの青年が苦しみのあまりに死なぬよう、美しい金の首飾りを恋敵に譲らねばならないとバッキスに教えはしなかったはずだ。というのもバッキスとプランゴンはテオドテに似ていたにちがいない。二人の女は、満足な教育も受けず、テオドテのような純な心以上の機知を持ち合わせているわけでもなかったが、テオドテのように気性がよく、同じように愛を理解していた。物識りで、政治にも通じたアスパシアなどよりも、このように物を識らないでいるという点において、彼女らの存在は人をさらに感動させるのである。

（千葉文夫訳）

（1）古代ギリシアの散文作家。代表作は『食卓の賢人たち』。
（2）古代アテナイの政治家。前四九五頃―四二九。
（3）古代アテナイの軍人、政治家。前四五〇頃―四〇四。

歓待の聖ジュリアン

I

ジュリアンがいつの時代にどこの国に生きたのかは定かではない。ヤコブス・デ・ヴォラギネは聖人の祝祭日を一月二十七日としているが、一般には二十日に祝われることが多い。ただしイタリア、シチリア、ベルギーでは、二月十二日が祝日となる。バルセロナ近郊では、八月二十八日になる。

フェラリウスはイタリア聖人列伝において、イストリアのアキラの司教区に聖ジュリアン崇拝の習わしがあると述べている。ドメネクスは『カタルーニャ聖人物語』において、バルセロナ司教区管轄のデル・フォウ地区で聖ジュリアンに献げられる祭りに触れている。ベルギーでは、数々の病院が彼の名を冠している。聖エリザベート方伯夫人病院にも同じように聖ジュリアン信仰が認められる。聖ジュリアンはヴェネト州カルネの人だったのではないかと想像する者もあらわれた。そこでは河の流れが激しく、向こう岸にわたるのに危険がともなっていたからである。

モロリクスによれば、シチリアでは聖ジュリアンは狩人の恰好と装備のもとに描かれ、ベルギーの画家は騎士もしくは領主として彼を描き、この場合は手に小さな船をもち、一頭の鹿を従える姿となる。ルーアンの大聖堂のステンドグラスには、フローベールが書き記した物語と「ほぼそのまま」の姿が見出される。

『黄金伝説』には、ジェノヴァの大司祭だったヤコブス・デ・ヴォラギネ（一二九八年没）が採集したジュリアン伝が収録されている。聖アントナンの書およびヴァンサン・ド・ボーヴェ（一二六四年頃没）の『歴史の鑑』の場合は細かな部分での異同はあるが、本文はほぼ同一である。聖ジュリアンに関するそれ以外の資料はない。記章や祭日に関してさまざまな違いがあって、彼の祖国がどこであったかを決める手がかりは得られない。いかなる時代に彼が生きたのか、どのような血筋を引く貴族であったのかも推測できない。彼に関する宗教的伝承の記録にしても、あまりにも断片的であり、また曖昧である。

聖アントナンの書に見出される伝説とは以下のようなものだ。

聖アントナン編纂になる聖ジュリアン伝

ある日のこと、若き貴族ジュリアンは狩りに出かけ、一頭の鹿を見つけ、これを追い始めた。突然この鹿は後ろを振り向いて彼を見て言った。

——なぜ、追いかけてくるのだ。おまえは自分の父母を殺すことになるのだぞ。

この言葉を聞いて、ジュリアンは雷に打たれたように驚いた。鹿の予言通りになるのを避けるためにその場を急いで立ち去り、すべてを捨て去ったのである。彼は遠く離れた地に移り住み、この地を治める君主に仕えることになった。遠方の地にあって、彼は戦闘においても宮廷においても果敢に身を処したので、殿は彼に騎士の位を授け、さらに城主の未亡人を妻として娶《めと》らせたので、結婚によって彼は城を得ることになった。

その間、ジュリアンの両親は、愛する息子を失った悲しみに沈み、家を出て、さまよい歩き、彼の跡を追った。そのうちに両親はとうとうジュリアンが治める城にたどりついた。たまたまジュリアンは不在だった。彼の妻は二人を見て、どこの誰なのかと尋ねた。そこで二人はジュリアンの妻に、彼らの息子に生じた出来事を語り聞かせ、息子を探して旅に出たことを話した。話を聞いた妻は、相手がほかならぬジュリアンの両親であることに気がついた。ジュリアンもまたこれとそっくりの話を彼女に繰り返し語り聞かせていたのである。妻は両親を丁重に迎え入れ、思う存分休めるように、みずからの褥《しとね》を二人に譲り、別の寝台を自分用に用意させた。一夜が明けて、城主の妻は教会に出かけた。ジュリアンの両親は疲労困憊のあげくなおも眠っていたが、起こさずにそのままにして城を出た。その後帰宅したジュリアンは、夫婦の寝室に入って妻を起こそうとすると、彼の両親が眠っているのを発見した。ただしそれが彼の両親だとは気づかない。突然、妻がほかの男と不義をはたらいていると思い込み、音もなく剣を抜いて二人を刺し殺した。

その後、城を抜け出た彼は、教会から戻ってくる妻に出会った。そこで妻の寝台に寝ていたのは何者なのかと彼女に問いただした。妻が言うには、寝ていたのは彼の両親であり、いとしく思うあまり彼を捜し求めたあげくに辿りついたのだから、自分の寝台を提供して丁重にもてなしたのだという。

話を聞いてジュリアンは卒倒しそうになったが、これをこらえ、さめざめと涙を流して言った。「私に呪いを、このうえなく心優しい父母をさきほど手にかけて殺してしまった。いったいどうしたらよいのだろう。やはり鹿の予言が的中してしまったのだ。家を出たばかりでなく、国を捨てて逃がれようと考えるまでに怖れた犯罪が目の前で起きてしまった。ならば、われわれ二人もまた別れなければ、愛しい君よ。というのも、自分にはもはや安らぎなど望めず、神が改悛の情を私に認めてくださるかどうかも定かではないのだから。」

ジュリアンの妻はこれを聞いてこう彼に言った。「いやでございます、愛しい君よ、私はあなたさまから離れはしません。これまであなたと一緒に喜びを分け合って生きてきたのですから、苦しみと改悛の思いも同じように分かち合いましょう。」

こうして二人は領地を離れた。対岸に渡るには大きな危険がともなう大河のほとりに二人は大きな施療院を建てた。二人はそこに閉じこもり、改悛の時を過ごすのだった。そして彼らは河を渡ろうとする人々のために渡守役を務めることになった。そして貧者を招き入れ、その面倒をみたのである。

それから長い時が過ぎて、ある晩のこと、ジュリアンが疲れ切った状態で休んでいると、泣き声が聞こえてくる。嘆き悲しんでいる者がいる。「ジュリアン、向こう岸に連れて行っておくれ。」ジュリアンは目を覚まして、やおら立ち上がると、寒さで憔悴し切ったひとりの男の姿を目にした。彼は男を家に招き入れ、火をおこして暖を取らせ、自分の寝床にねかせ、ふだん彼が使っている毛布をかけてやった。すこし時間がたつと、最初はあれほど弱々しくて癩者とも見えた男だったが、突然眩しい光に包まれ天に昇っていった。そして自分を迎え入れてくれたジュリアンにこう言ったのである。

――ジュリアン、主がおまえのもとに私をつかわしたのだ。おまえの改悛の情を主が受け入れる気持ちになったと伝えるために（主に仕える天使だったのだ）。まもなくおまえたちは二人とも主の膝元で安らかに休むときがくるだろう。

こう言い残して彼は姿を消した。

これより少し後、ジュリアンと彼の妻は多くの施しをあたえ、善行を積んだあとで主のもとに旅立った。

宗教によって聖別化された聖ジュリアンの生涯とは以上のようなものだ。ペトルス・デ・ナタリブスは聖人伝第三巻第百十六章に以下のように書き加えている。

「この人は貧者と巡礼者を迎え入れたのであり、旅人は施療院の主ジュリアンの名を口にしつつ宿をもとめて彼のもとに来た。」

さらに聖アントナンはこう述べている。

「人々は宿を求め、危険から身を護るために、彼を称えて〈主の祈り〉やほかの祈禱をとなえるのだった。」

これが聖ジュリアンの祈禱となる。ボッカチオの時代には、この祈禱を唱えることが通例となり、そのあたりの事柄は『デカメロン』の艶笑譚めいた一挿話に語られており、これをラ・フォンテーヌは模倣している。

II

聖人伝の系統は施療院のジュリアンに関して具体的なことを何も記していない。聖者といっても殉教者ではない。ある特定の地方の聖者でもない。危険な河の近くに施療院を建てたといってもそれがどこにあるのかわかっていない。というのもフェラリウスの独創によると、おそらくジュリアンはヴェネト地方のカルネ近郊に暮らしていたのではないかというのだが、これにはジャン・ボランを始めとして数々の反論が存在する。たしかにベルギー、イストリア、シチリア、カタロニアなどに聖ジュリアンを崇める信仰が根強くあるが、これらの地方に彼がいたとする断定の根拠となるような物語があるわけではない。あるときは狩りをする者としての姿が描かれ、あるときは、河の渡し守としての姿が描かれ、罪を犯すと予言する鹿と一緒にいる姿が描かれたりする。「騎士」、「城塞」、「城主の妻」などの表現にとらわれすぎないほうがよいだろう。せいぜいのところ、こうした言葉は聖ジュリアンの物語がおおよそいつの時代に書かれたのかを示すにとどまるのである。彼が生きたのが、すでに封建制が確立していた聖アントナンもしくはヴァンサン・ド・ボーヴェのそれに近い時代であったとしても、地理的にはどの辺りなのか、彼が仕えた君主が誰であるのかは皆目見当がつかない。

ところで聖人伝の形成にあっては、正伝とは相容れない要素が入りこむ場合が往々にしてある。バーラムの丘やヨサファの谷の聖人たちに関する伝説は、ジュリアンに関する伝説とおなじく、ヴァンサン・ド・ボーヴェの『歴史の鑑』やヤコブス・デ・ヴォラギネの『黄金伝説』にも収められているが、これはシッダルタあるいは仏陀の生涯の翻案といってもよいものであり、このことに関してはラブレー、リーブレヒト、マックス・ミュラー、ユールなどの指摘がすでにある。アメリノー氏はコプト正伝に準拠してエジプトのキリスト教徒の物語を収めた二巻本を編んでいる。アリストパネスの種本となった大衆本に読まれる話も、場合によってロシアの聖人伝に入っていたりすることがある。

仮にこうした視点に立ってジュリアン伝説を検証してみるならば、民話に直結する幾つかの要素がすぐに発見されるだろう。両者に共通する主題は、運命の悪戯のせいで思いがけずに人を殺《あや》めてしまった男の物語だという点にある。そしてこの一般的主題に付随的に三つの主題が絡んでくる。動物が予言的託宣をおこなう。主人公は犯した罪をつぐなうために河の渡し守となる。貧者もしくは癩者の姿をとって天使があらわれ、慈悲の心を試そうとする。

民話は一般的通念としては、さまざまな逸話的な主題からなるものと考えられており、常識的にみて、こうした逸話的な主題は時代や国民や地方が異なればその組み合わせもまた違ってくる。

われわれが知る民話には、ジュリアンの物語に認められるような主題の組み合わせを示す例はほかに見当たらない。ただし、ある物語が他の系列に属す物語から主題を借用する場合もしばしばある。コスカン氏はロレーヌ地方の民話《フォークロア》の卓越した研究においてそのような例を提示している。

ジュリアン伝の逸話と民話《フォークロア》の系列から拾い出してきた別の逸話とを比較すれば、他に抜きん出たこの伝説の民話的起源が明らかになるはずだ。より後の時代になると、口承文学のなかに、これと同じ秩序をもって諸々の逸話が組み立てられている例を見ることになるだろう。ジュリアン伝は、かなり古い時代のものであり、十三世紀になって『歴史の鑑』に組み入れられることになるにしても、その起源は忘却されて久しいものだったわけだから、その点からしても古さは保証済みである。読者が想像されるように、われわれの視点からすれば、この物語はアルカイックな類型を示すものであり、その諸要素が分解されることになったのは、より後の時代の話なのだ。おそらくこの物語は、もともとは類似する別の民話の系列に属していたものだろう。宗教文学のなかに嵌め込まれたヴァージョンだけが生き残ったことになる。この物語の一般的主題はオイディプスの物語、『千夜一夜物語』に収められた「第三の托鉢僧の話」に語られるアジブ王子の物語、さらには『眠りの森の美女』の物語の主題とまったく同じである。オイディプスは父ライオスを殺す運命にあるとする神託に運命を左右される。彼は国から離れた場所に遺棄される。細心の注意が払われたにもかかわらず、彼は知らぬまに予言どおりに事をおこなってしまう。占星学者たちは、父に向かって、その息子が十五歳のときにアジブ王子によって殺される運命にあると告げる。老人は息子をとある島に連れて行き、島の中央にある地下室に閉じこめる。島に着いたアジブは隠れ場所を発見すると、少年の友となったが、所定の時期、つまり五十日目が来て、メロンを切ろうとしてナイフをとりあげたところ、足が滑り、ナイフが少年の心臓に突き刺さってしまう。ペローの童話では、魔女の予言で、錘《つむ》が王女の手に刺さり、恐ろしい結果を招くと告げられる。王は糸を紡いではならぬというおふれを国中に出す。それでも王女は城の塔のなかで紡ぎ車をまわす老女に出会い、予言通りに傷ついてしまう。最終的には呪いの通りになってしまうのだ。ここには同一の民話《フォークロア》の主題が薄れてはいても入り込んでいるのがわかる。王女は傷がもとで死ぬと最初の魔女が言ったことを思いだそう。

ジュリアンの物語にあって、託宣をなすのは動物であり、そこに最初の挿話の特徴があらわれている。ここで比較検討を試みるならば、対象項目は無数になり、煩瑣にすぎるだろう。民話研究者が「感謝する動物の主題」と呼び習わす主題の裏返しがここにある。ジュリアンの物語は、最初期の形態では、この部分が切断されたかたちになっていると感じざるをえない。ジュリアンが狩りに出かけるのは悪しき行為だとはされていない。むしろ聖人伝は「アル日じゅりあんハ高貴ナ身分ノ若者ニフサワシク狩リニソナエタ準備ヲシテイタトコロ」と説明している。鹿は嘆かない。鹿はただ後ろを振り返り、「オマエハ私ノ後ヲ追ウノカ、父母ヲ殺メル運命ノオマエガ」と言う。

それゆえに説話特有のアルカイックな型にあって——ジュリアンの残忍さが責められているわけではないのだから——鹿は人間が変身した姿だと仮定しなければならない。というのも民話にあって、これと似たような予言がなされる際、動物はみなそのような姿をとるのである。おそらくそこにはヒンズー教、さらには輪廻転生の教えを説く数多くの教訓話の影響が見出される。

託宣を聞いたジュリアンが身を隠して行方をくらますのは、運命の手を逃れようとしてのことだ。細心の注意を払うという挿話であり、ギリシア、アラブ、フランスの説話物語にも同種の例が見つかる。

託宣の言葉は現実のものとなり、ジュリアンは、罪を贖うために渡し守となる。ここに見出されるのは、聖クリストフ伝説のみならずグリム兄弟が採集した物語、すなわち「三本の金の髪の毛」にもひとしく認められる挿話である。この話の主人公は、旅の途中で大きな川にさしかかり、これを越さなければならない。渡し守は片方の岸から対岸へと休みなく船を漕がなければならず、その苦行から解放されたく思い、手伝ってもらえないかという。主人公は悪魔にどうすればよいか訊ねてみる。最初に船に乗り込んだ客の手のひらに鉤竿をおけばよいのだという返事がこれにかえってくる。筋の展開は込み入っているが、最初の乗客は、悪辣な王ということに決まる。渡し守は言われた通りにことを進め、物語の表現では「それ以来、王は罪の報いとして川の渡し守になった」。

聖クリストフ伝説の場合も、この部分はジュリアン伝ときわめてよく似た要素によって組み立てられており、共通要素をすべて取り出したくなるほどだ。一五五四年に出版されたジャン・ド・ヴィネーのみごとな仏訳では以下のようになっている。

〈隠者はクリストフに言った——「その河を知っておるかな?」クリストフは答えて言った——「数多くの人がこの河を渡ろうとして命を落としました。」そして隠者は言った——「おまえには気品があるし有徳の士と見た。この河のそばに住み、みんなを助けて向こう岸に渡してやれば神にとってこれほど善きことはないだろう。おまえが強く奉仕を念じているお方がおまえのもとに姿をあらわすことだってありうる。」

そこでクリストフは隠者に言った。

——なるほどそのような仕事が自分にできるかもしれません。たしかにお引き受けすると約束いたしましょう。

クリストフはこの河をめざして旅立ち、そこに住む庵をこしらえた。杖の代わりに大きな竿を手にもち、河の流れに棹さした。たくさんの人々を休みなく向こう岸に渡し、幾度も往復した。

あるとき家で眠っていると、彼を呼ぶ子どもの声がして、こんな言葉が聞こえる。

——クリストフ、表に出て来て、ぼくを背負っておくれ。

目覚めた彼は家の外に出てみたが、どこにも人影は見えない。そこでまた家に入ると、今度は同じ声が背後に聞こえるので、また外に出てみるが、やはり人影はない。三度目の呼び声がして、外に出ると、岸辺にひとりの子どもの姿があり、向こう岸に運んでほしいと物静かに訴える。クリストフは子どもを肩に乗せ、杖を手にして、向こう岸に子どもを運ぶために水の中に入る。次第に河の水かさがましてゆく。子どもは鉛のように重くなってゆく。前に進めば進むほど、水かさはまし、肩の上の子どもはどんどん重くなってゆくので、クリストフは強い不安に駆られ、溺れてしまうのではないかという気になった。それでも必死の努力の果てに、ようやく向こう岸にたどりつくことができて、子どもを岸に降ろし、言った。

——おまえさんのせいで大変危険な目にあった。どんどん重くなり、全世界が肩に乗っているのかと思うほどだった。これほどに荷が重いと感じたことはない。

子どもは答えて言った。

——クリストフよ、驚くではない。というのも、おまえは全世界を背負っていたばかりではないのだ。——おまえが肩に背負っていたのは、全世界を作り上げたお人なのだ。私はおまえがこの渡し守の仕事を通して仕える王キリストなのだ。私の言うことが正しいかどうか確かめるために、河を渡って向こうに戻ったら、家のそばの土に杖を突き立ててみるがよい。翌日には、それは花を咲かせ、果物を実らせるだろう。

そして彼の姿は見えなくなった。

クリストフは言われた場所に行って、杖を土に突き立ててみた。翌朝目が覚めると、椰子の木のように葉が茂り、実が成っているのが見えた。〉

ここに認められるのは、ジュリアン伝第二部と同じ主題的組み合わせである。ただし渡し守の話は、見知らぬ者がじつは天使もしくは神の化身であるという別の話と合体している。〔原註一〕『ガスコーニュ地方の民話』に見出される貧者の逸話はジュリアン伝の異本とじつによく似ている。

聖ペテロの剣を探していたのは王の息子だ。
〈真夜中になって彼はとある川の近くで足を止めた。川岸には白髪交じりの髭の貧しい老人がひとり身を震わせていた。「今晩は。旅には不向きの悪天候だのう。おまえの体は震えておるな。さて、水筒をわたすから一口飲むがよい。そうすれば体も温まるだろう。」
貧しい老人が水筒を手に一口飲むと、体の震えはとまった。――ありがとさん。――どういたしまして爺さん。担いでやるから背中に乗ってごらん。しっかりとしがみつくのだぞ。おやなんと、羽毛のように軽い体ではないか。――がまんくだされ、川の中程にさしかかれば体が重くなりますぞ。――おや本当だ。重みで押しつぶされそうだ。がまんくだされ、向こう岸につけば、羽毛よりも軽くなるはずですから。――おや本当だ。ほら川を渡り切ったぞ。もう一口飲むがよい、そうすれば天にましますわれらが神の加護もあって後の道中も安心というものだ。――お若い方、私は貧者ではござらぬ、聖ペテロなのです。お若い方、貴殿には大いに助けられました。力がおよぶかぎり、そのご恩に報いましょうぞ……〉

同じ民話集の別の逸話〔原註二〕には、美しきマドレーヌが川のほとりで三人の貧しい老人に出会い、彼らを背負って川を渡る場面がある。三人の貧しい老人は聖ヨハネ、聖ペテロ、天にまします神であった。

残念ながら、ここに紹介した最後の二つの例については、よくわからないことが多い。ガスコーニュの民話二篇に聖人伝の影響があるかどうかという点に関して確実なことは何一つ言えない。大衆的にひろまった聖クリストフ伝説の異本のひとつがそこにあるとだけ言っておくことにしよう。それでも聖クリストフそのものが、彼に関係する伝説を構成するこの挿話のおかげで存在するだけだということも忘れずに指摘しておかなければならない。というのも、彼の名 *Χριστόφορος* はキリストを背負う者を意味しているのだ。この人物がじっさいには民話の世界で創作されたと信じるべき強力な根拠がここにある。

ジュリアン伝についても、おそらくこれとは別の起源はないはずである。ギュスターヴ・フローベールはこれを素材としてじつに内容豊かな短編小説を書き上げたわけだが、まるで民衆の恥じらう花とでもいうかのように、開きかけの状態でこれを摘み取っている。手数を惜しまず丹念に育てられた豪奢なバラのビロードのごとき花びらの傍らに、田舎育ちの野バラが咲いているといった風情である。その香りを逃さずに嗅ごうと思うならば、身を深くかがめなければならない。この野バラのような物語は、キリスト教とはつながりをもたない他の物語のなかに生まれ育ち、そこでは動物や司祭らが神のお告げを伝え、三の息子が予言を逃れようとして孤独な塔にひきこもり、犯罪者が刑の宣告を受け、旅人のために荒々しい流れの川の渡し守の役目を永遠に背負わねばならず、貧者と癩者が感謝の念を示すと思えば、たちまち神々しい存在に変身する。この野バラのような物語は、はるか彼方に、ごくつつましく咲いていて、すべてはおぼろげである。

〔原註一〕J・F・ブラデ『ガスコーニュ地方の民話』第六巻。
〔原註二〕J・F・ブラデ、前掲書、第二巻、第三章、第三節。

III

「これが施療院の聖ジュリアンの物語であり、私の故郷の教会のステンドグラスにほぼそのままあらわされているものだ」とギュスターヴ・フローベールは書いている。

すなわちルーアンの大聖堂のことであり、ラングロワ氏は彼のコレクションの素描の一点を公刊している。『聖ジュリアン伝説』の原稿を版元に渡すとき、フローベールは、巻末にノルマンディの宗教画の図版を入れるように求める手紙を書き送っている。だが彼はルーアン大聖堂のステンドグラスはさほど評価していなかった。フローベールは、贅沢に飾り立てられた物語と田舎の素朴なイメージの間の圧倒的な落差の醍醐味を読者にとことん味わってもらいたいと考えたのである。版元はフローベールの望みをかなえることはしなかった。今日でもなお、このような単純素朴な像に緋色や金色の衣裳を着せ、狩りと戦の情景を描く血なまぐさいタピストリーを宮殿の内壁に吊り下げ、蒼ざめた唇の癩者を光輝く瞳の聖者に変えるという、まったくもって奇跡的な藝術と様式上の変化の技は容易に想像しうるものではない。

　ギュスターヴ・フローベールにあって変化の才がどれほどのものであったかを知るためにも、『黄金伝説』に収められたジュリアン伝を読まなければならない。

民話《フォークロア》のジュリアンは個性に相当する要素をもちあわせていない。運命にしたがう人間であり、有罪者だともいえない。犯罪者の魂をもつ人々に特有の孤独への絶対的な欲求が感じられることもない。だからこそ、「情愛あふれる妹」と呼ばれる妻とともに贖罪を引き受けるのであり、妻は彼を見捨てることなく、彼とともに最後は聖女のようにして身罷《みまか》る。フローベールの短編のジュリアンは、殺害をおこなったあとで妻の目の前にあらわれ、「彼自身のものとは思われぬような声で、まず第一に自分の言うことに返事をしてはならない、近づいてもいけない、彼を見てもいけないと妻に命じた」。必ずしも不当とはいえない罰を彼ひとりで背負おうという決意なのだ。

　要するにフローベールが生みだしたジュリアンは血を好むおさえがたい衝動に引きずられている。そのような性癖はごく若いときにあらわれた。それはミサの最中に一匹の鼠を殺したところから始まっている。「日曜日になると、きまって彼は鼠があらわれるのを待ち受けるようになっていた。苛立ちが嵩じて憎らしく思うようになり、殺してしまおうと心に決めていたのだ。」彼は棒を手にして鼠を狙う。「軽く叩いただけだが、それっきり動こうとしないこの小さな体を前に呆然自失の状態だった。」

　その少し後になって、ジュリアンは一羽の鳩めがけて石を投げつけ、これを殺す。「鳩は、羽が折られ、イボタの枝に引っかかって、体を震わせていた。なおも生命の働きがやまないでいるのが少年を苛立たせた。彼はその首を絞めにかかったが、鳥が痙攣したので、心臓の鼓動が激しくなり、嵐のような野蛮な喜びが全身にみなぎった。ついに鳥が最後に硬直すると、体から一挙に力が抜けるように感じた。」

　これを契機として、殺戮を好む気持ちが彼のなかで大きくなってゆく。一種の破壊の信仰に彼はとらわれるのである。まさしく、その後、彼が聖人となるそのなりゆきの背後にある聖なる神秘に触れるのだ。要するに、破壊と創造は、姉妹のようなものではないだろうか。みずからの手にかかった犠牲者の亡霊に脅かされつつ、彼はさらにおぞましい殺戮へと歩を進める。それは意図しない殺戮である。しかしながら、「それでも殺したい気持ちがある、——そこで彼は悪魔がこうした欲望を彼に植え付けたのではないかと思って怖くなった」と思うような瞬間がある。

このような文脈にあって、鹿の託宣は、恐るべき権威のもとになされる罰の告知となる。

「不思議な動物は立ち止まった。その眼は焰のごとく燃えあがり、遠くで鐘が鳴り響く瞬間、族長のように、そして裁判官のように厳かに、三度ほど繰り返して言った。《呪われるがよい、呪われるがよい、呪われるがよい。残忍な心の持ち主よ、いつの日か、おまえは自分の父母を殺すことになるだろう!》」

フローベールの短編には亡霊がたくさん登場する。哀れな犠牲者の数々は、おし黙ったまま、快楽をむさぼるようなジュリアンの残忍さを咎めに戻ってくる。フローベールは伝説の源そのものにまで遡って、動物の殺戮にともなう聖なる恐怖を汲み取ったように思われる。

ジュリアンの魂が人間的なものに作り直されるのと同じように、短編小説の舞台装置もまた事細かに作られている。ジュリアンは領主の息子として、四つの塔をもち、鉛の甍で覆われた尖った屋根をもつ城に暮らしている。彼の父は「狐の毛皮の服をいつも着込み」、母はといえば「エナン帽の突起部分が扉の鴨居部分にかすかに触れるのだった」。いつの時代かは明確ではないが、十世紀と十五世紀のあいだであることはまちがいない。伝説物語の君主は「オクシタニアの皇帝」となっている。城主の妻は大きな黒い目で、その目は「おだやかな光を放つ二つのランプのように輝いていた。魅力的な微笑が洩れると唇が少しひらいた。長い髪が半ばひらいた衣の宝飾にからまっていた。透けて見える胴衣の下には、若い肉体の輪郭が感じられるのだった」。持参金代わりにジュリアンにあたえられた城は「白大理石で作られた宮殿」となった。「岬の上に立つムーア風建築であり、周囲はオレンジの木が茂る森となっていた……　部屋はどの部分も薄暗いが、壁には象嵌細工がほどこされて照明となっていた。葦のように細長い小円柱が円天井をささえ、その天井には鍾乳洞を模した浮彫装飾がほどこされていた。広間には噴水、中庭にはモザイク装飾がしつらえられ、花綵装飾のある仕切壁をはじめとして、建築術の粋をこらした数々の技巧がほどこされており、どの部分にも静寂な雰囲気があったので、肩掛けが擦れる音や、ため息の残響が聞こえるほどだった。」フローベールはジュリアンの猟犬の群れをはじめとして、狩りの獲物となった獣たち、「鷺、鳶、鴉、禿鷲を狩る」様子を活写した。聖アントナンが「彼は勇敢に戦地に赴いた」とするのに対して、フローベールを読むと「エルサレムのテンプル騎士団、パルティアのスレナス将軍、アビシニアの皇帝、カリカットの皇帝、スカンディナヴィアの軍勢、黒人兵、インド兵、穴居人」と闘ったこと、それにまた「ミラノの大蛇やオベルビルバッハの龍を退治したのもほかならぬ彼だったこと」がわかる。

フローベールはこうした手段を用いて、騎士物語の世界の眼を見張るような贅沢へとわれわれを向かわせる。その一方で、ジュリアンの物語が民話だということもけっして忘れてはいない。彼はそこに似たような民話から借りてきた挿話の数々を導き入れたのである。

サラセンの剣がきっかけとなりジュリアンの身の上にふりかかった出来事はアジブ王子のそれにきわめてよく似ている。王子は先の尖った短刀を背の高い戸棚から落としてしまったのだった。

「父は彼の気晴らしにとサラセンの長剣を贈った。
その剣は飾り武具として円柱の高いところにおかれていた。これを手に取るには、梯子が必要だった。ジュリアンは梯子に乗った。剣はひどく重くて指から滑り落ち、落下の際に父の体をかすめ、着ていた外套が切れた。ジュリアンは父を殺したと思い込み、気絶した。」

『ガスコーニュ地方の民話』の貧者たちと同じく、癩者はここでも尋常ならざる重みをもつ。

「男が舟に乗り込むと、体の重みで舟は驚くほど深く沈み込んだ。ひと揺れして舟はまた浮き上がり、ジュリアンは漕ぎ始めた。」

悲惨の化身たる人物の欲求が、腹がへっている、喉が渇いた、寒い、というぐあいに三段階になっているのは、民話《フォークロア》の場合と同じである。癩者が執拗に「わしのそばに来ておくれ、服を脱いでおくれ、手ではなく、体全体で暖めておくれ」というとき、そこには漠然と『赤頭巾』の狼の残忍さを連想させる要素がある。

こうしてギュスターヴ・フローベールは、七宝のような奇跡にも似た文学作品のうちに、騎士物語の装備一式を民衆の敬虔な説話に溶かし込み、両者を合体させることに成功した。この目の眩むような融合のうちに、残忍な情念に駆られたジュリアンの姿勢が素描されるのだが、その彼の魂は、われわれのものに近いというべきだろう。エリザベス朝の高貴な詩人たちが田舎の貧しい民の譚詩をもって、自分たちの芝居に登場するみごとな人物を作り上げたのも似たようなやり方だ。フローベールの輝かしい功績のひとつは、創造の大きな力は民衆の曖昧模糊たる想像力を出発点として生み出されると、さらには傑作は一個の天才と無名な者たちの末裔が一体となって仕事をするところから生まれると、強く感じとった点にある。

（千葉文夫訳）

怖れと憐れみ

I

人間のいとなみそのものが興味深いのはもちろんのことだが、藝術家が絵空事めいた表現の一歩先を望むならば、独自の環境においてこれをとらえねばならない。意識をそなえた有機体には、その各々に固有の深い根がある。まさに社会がそのような有機体内部に数多くの異なる機能をもたらしたのであり、有機体に滋養を運ぶ寄生根を切断すれば、それは死んでしまう。個体の維持をはかる利己的な本能があり、同時に他者を求める欲求もある。個体は他者に交ってうごくのだ。

人間の心は二重である。心のなかでは利己心と慈愛が釣り合いをとろうとしている。同じく心のなかで個人は集団に対する平衡錘となる。ある存在が生きのびるには、ほかの存在がその代わりに犠牲になる必要がある。自我と人類の深い奥底には、対になった心の極がある。

こうして魂は一方の極からもう一方の極へ、自分独自の生の開花から万人の生の開花へとうごく。だが、ほかに憐れみへとむかう道があり、その旅程を記すとすれば以下のようになるだろう。

生の利己心は、さまざまな個人的不安に遭遇する。ほかならぬ《怖れ》と呼び慣わされてきた感情がそうだ。ある人間が他者のうちに、自分を苦しめるさまざまな不安を思い描くとき、すでにその人は、頭の中で、その人独自の社会的関係のつながりを思い浮かべているのである。

ところで、怖れから憐れみへとむかう魂の歩みは緩慢であって困難をともなう。

この怖れというものだが、まずは人間の外部にあると言おう。怖れを惹き起こすのは、超自然的な原因、魔術的な力に対する信仰、古代人がみごとに描き出した運命への信仰なのだ。まさに現実に生じた事故という名の偶然の出会いは、人間の力ではどうすることもできないめぐり合せによって、強い怖れを掻き立てることがある。怖れは人間の内部にあるとも言える。つまり、たとえわれわれとは無関係の原因によって規定されているにせよ、それは狂気、二重人格、暗示などのうちにあらわれることがあるのだ。まさしく、怖れを駆り立てる原因は人間そのもの、そして人間による感覚的刺激の追求にある――その場合、究極の愛、文学、奇異のうちのどれがわれわれを異世界へと連れ出すかは問題ではない。

内面的な生のいとなみに引きずられ、阿片の扉を通り抜けて、このような尋常ならざる興奮状態の虚無にまで達すると、恐ろしいものが相手でも、ある種のアイロニーをもってこれを眺めるようになるが、ただし、そこにあらわれる神経的な興奮がなおも極度に過敏になった感覚によるものであることに変わりはない。平穏きわまりない生活の単調さは、外側の世界、あるいは超自然的世界が引き起こす怖れの強い力とはまったく別のものだと心のなかで感じられてはいるが、このような物質的な生活は、人間の活動の最終目標だとは思われないのだし、それにまた物質的な生活にあっても、なおも迷信のせいで心の動揺があったりする。

このような極端な状態にあって、人は恐れの下位概念をかいまみる。人は自分の心の残りの半分に足を踏み入れ、他者のうちに悲惨、苦悩、不安を思い描こうとし、人間を相手にする場合であれ、人間を超えたものを相手にする場合であれ、怖れをことごとく追い払って、もはや憐れみしか知らない境地に達する。

数多くの犯罪者のリストは、時代を追っていまの時代に到るまで、人が体験しうるありとあらゆる怖れを描き出す。単純な人々と貧者たちの物語は、怖れが生み出した結果であり、怖れをひろめるものである。迷信と魔術、黄金へのあくことなき欲望、感覚の追求、粗暴で無意識の生のいとなみ、以上は数々の犯罪の原因であるが、犯罪は絞首台の光景の予感とむすびつき、あるいはまた絞首台そのものへとむすびつき、恐ろしいその姿をありのままに描き出す。

人が憐れみを知るようになるのは、ことごとく怖れを味わいつくし、怖れにさいなまれる貧しい人々のうちに怖れの具体的な表現を見いだしたあとのことである。

人々がこうした悲惨に憐れみを感じたのはたしかであり、人々は「恐怖政治」を通じて、怖れをことごとく社会から追放し、社会の再建をはかり、貧しい者も乞食もいない新世界の創出を試みた。火災は数量化され、爆破は合理的になり、ギロチンは移動可能になる。人を殺すのは原理原則のため、殺人による類似治療法というわけである。暗い空には赤く染まった星が無数にきらめく。夜の終わりは血まみれの曙となるだろう。

そのすべては良きもの、正しいものとなるだろう。ただし、極度の恐怖が別のものを誘い出し、抹殺されたものに向けられる現在の憐れみが、今後作りだされるものに向けられる未来の憐れみ以上に強いものとなり、ひとりの子供のまなざしが何世代にもわたる殺人者をためらわせ、そして結局のところ、たとえ未来の恐怖を生み出す輩の胸のなかでも、心が二重であるという、そうした留保があればの話である。

こうして目的は達せられ、われわれは心という道筋、怖れから憐れみへと到る物語の道筋をたどり、外部世界の出来事が内部世界の感情のうごきと対応しうることを理解し、もう一つの強力な生において、われわれは宇宙を潜在的にかつ現実的に生きていると感じたのである。

II

古代の人々は人間のいとなみにあって怖れと憐れみが果たす二重の役割を把握していた。極端なまでに激しいこの二種類の感情が魂全体をみたすのに比して、それ以外の情念はさほど考慮におよばぬと考えられていた。魂はいうなれば調和であり、均整のとれた安定したものでなければならなかったのである。魂を動揺する状態で放置してはならなかった。怖れは憐れみによって釣り合いをとる必要があった。両者のうちの一方が他方を追い出す、すると魂は再び平穏を取り戻す。観客は満足して劇場をあとにする。藝術には善悪の区別などありはしない。

魂の平衡を保つ必要があるにすぎないというわけだった。あるひとつの感情に心が支配されたままだと、古代の人々の目には、まず藝術的とは見えなかったはずなのである。

アリストテレスの思索の対象となった情念の浄化、すなわち魂の浄めは、おそらくは揺れ動く心にもたらされる平静以外のなにものでもない。というのも舞台劇に見出されるのは怖れと憐れみという二種類の情念のみであり、両者はたがいに平衡錘の役目を果たしており、藝術家の関心は、それらがどのような展開を見せるのかという点にあった。そこにあるのは、現在のわれわれとはかなり異なる視点である。詩人が求めるスペクタクルは舞台上ではなく、客席の側に存在する。詩人が心を寄せるのは、俳優がどのような感情を抱くかではなく、上演によって観客が何を感じ取るのかという点である。舞台の登場人物とは、文字通り怖れと憐れみの情を喚起するための巨大な操り人形なのである。人々は原因がどのように記されているかを考えたりはせず、まさに効果の強さを肌で感じ取っていた。

というわけで観客が本当に心をみたすものと感じていたのは二種類の極端な感情だけである。利己心が脅かされるときに心に生じるのは怖れであり、苦しみを共有する際に生じるのは憐れみである。オイディプスあるいはアトレウスの子たちの物語において、詩人が気遣うのは運命ではなく、運命なるものが観客にどのような印象をおよぼすのかという点なのである。

エウリピデスが舞台の上で愛を分析してみせたとき、不道徳だという非難が加えられたとも考えられる。というのも、登場人物が抱く情念の展開に問題があるとの非難ではなく、むしろ登場人物の動きを目で追う観客の心に生じうる情念をめぐる非難だったのだ。

人々には、舞台をともに担うこのうえなく激しい二種類の情念の混合体こそが愛だと想像できたはずである。というのも愛には、賞賛の念があり、情実があり、犠牲心があり、怖れに類する崇高の念があり、憐れみから派生する細やかな憐憫の念や、あくまでも無私無欲の感情がある。こうして、一方には、畏まるといえばそれ以上の姿はありえない称賛の念があり、もう一方には、真剣さのかぎりをつくして自己犠牲を引き受ける憐れみがある、そんな状態だからこそ、たぶん愛の二つの側面は、より高度の力をもって結合を果たすのである。

こうして愛は、愛する男女の一方を代わる代わる牽引力の起点とするひとりよがりの利己心を消し去る。というのも、愛する男女にとっては、相手がすべてという事情はいずれの場合も変わりはないからである。崇高の念を抱く心根の者と無私を貫く心根の者とのあいだに、愛というかたちをもって、限りなく高貴な結合が生まれるのである。この場合女といっても、フェードルやシメーヌではなく、デスデモーナ、イモージェン、ミランダ、アルケスティスなどが問題になるのだ(1)。

愛は怖れと憐れみの中間地点に居場所をみいだす。愛の描写は情念の一方からもう一方へと進む、繊細きわまりない移行である。その描写は、観客のうちに二種類の情念を植え付けるのであり、こうして、観客の魂は演技者の魂以上に関心を惹きつける。

英雄の描写に即して情念の分析がなされたり、役者が舞台で演じる人物に即して同じことがなされたりするというのは、藝術の領域への批評の侵入をすでに意味している。演じられる登場人物がみずからを顧みるようになれば、観客の側にもこれと似た現象が引き起こされることになる。観客は舞台から受ける素直な印象を見失い、屁理屈、議論、比較に走るようになる。女たちはこうした流れのなかで、ときには、欺くための物質的手段を探すようになり、男たちはといえば、見破るための道徳的手段を探すようになる。修辞的な朗唱法は無内容というだけですむが、心理に関係するとなれば危険がある。

俳優ではなく観客のために描き出される情念は、きわめて高度な精神的価値を有している。アリストパネスは『テーバイを攻める七将』の上演にたちあい、アレースがありありとそこにいると言った。戦士たちの激情と武器の恐怖が、上演にたちあう者を震えあがらせた。それから二人の兄弟が殺し合い、姉妹が二人を弔い、残酷な命令がくだされ、死が間近にせまるなかで、憐れみが怖れを追い払う。心は穏やかになり、魂は調和をとりもどす。

こうした効果を得るには特別な構成が必要となる。錯綜した劇は構造的にいって複雑な劇とはちがう。劇的な状況はあくまでも悲劇的状態の提示部にあり、そこには結末が潜在的に内包されている。この状態の提示は対称性に依拠してなされ、主題と形式が厳格にして揺るぎなく配置されている。一方にはこれがあり、もう一方にはそれがあるという具合だ。

少しばかり注意深くアイスキュロスを読めば、一貫した対称性がその藝術原理となっているのを認めることができるだろう。芝居の結末とは、彼の場合は、芝居の均衡に生じる破綻を意味していた。悲劇は一個の危機であり、危機の解消は小休止であった。時を同じくして、何人もの天才的な彫刻家がまずはアイギナ島に、そしてまた少し時代が下ってオリンピアにあらわれ、これと同様の藝術原理にしたがい、寺院の正面壁を人間の像と芝居のような場面の造作をもって飾る際に、中央の調和を破って、それらを左右対称的に両脇に配置した。危機の瞬間において捉えられた身振りは迫真的であっても動きを欠いているが、その構成にあっては全体が個々の部分を説明するかたちになっている。

ペイディアスとソポクレスは藝術の分野では写実の革命家であった。彼らの作品にあって、われわれには理想化とも思える人間の類型は、彼らにとっては自分たちが思い描く自然のままの姿なのである。生の動きは、もっとも柔らかなその曲線におよぶ極限のところまで追い詰められている。アリストテレスの証言によると、アイスキュロス劇の俳優がソポクレス劇の俳優に難癖をつけ、自然を模倣するのではなく猿真似をしているだけだと言ったという。筋の込み入った劇は藝術の表舞台からはすでに消え去っていた。エウリピデスの登場により、写実的な動きは否応なく強まることになるだろう。

藝術作品は危機の描写であることをやめた。人間のいとなみへの関心はその展開のあり方のほうに移った。ソポクレスの『オイディプス』はある意味で小説だともいえる。ドラマは連続する断片に切り分けられた。最初に危機があるのではなく、終わりにこれをもってくるかたちに変化した。それ以前の藝術において提示部は作品全体に及んでいたが、いまや短く切り詰められて、生の戯れに場を譲ることになった。

このようにしてアイスキュロスやポリュグノトス、さらにはアイギナ島およびオリンピアの工匠らの後の世代の藝術が誕生した。この藝術は演劇と小説を通してわれわれの時代まで継承されている。

すべての生命の発現形態と同じく、つまり行動、人々の結びつき、言語などと同様に藝術もまた時代の推移のなかで似たような時期を繰り返し体験してきた。藝術は対称性および写実性という二つの極のあいだを揺れ動いてきたように思われるのである。対称性の時期にあって、生の表現は型にはまった藝術的規則にしたがう。写実性の時期にあって、生の表現はどこまでも調和を欠いた流動のなかにある。

十二世紀および十三世紀の対称性の時代から、十四世紀、十五世紀、十六世紀の写実的で自然主義的な時代へと藝術は変化する。十七世紀には、復活した古代の規則の影響下に型を重んじる藝術が発展するが、十八世紀と十九世紀には、これを断ち切る動きが生じる。ロマン主義と自然主義を経た現在は、新たに対称性の時代を迎えている。たえず姿を変える流動的な物質的形式に代わって、現在新たに求められているのは、固定的で不動のイデアであるにちがいない。

一個の新たな藝術が生み出されようとする際、素朴派やラファエル前派が示す独自の隆盛ばかりに目を向けないでいるのが望ましい。アイスキュロス、そしてまたアイギナ島およびオリンピアの優れた工匠らが手がけた、魂と肉体の危機のみごとな表現としての作品を粗末に扱ってはならない。

III

このような魂と肉体の危機が藝術において果たす役割を検討する前に、われわれの背後に、そしてまたわれわれの周囲に、現代において支配的な位置にある文学的形式、つまり小説を眺めてみるのは無駄ではないだろう。

まさに人間のいとなみへの関心が、内部と外部の区別を問わず、その展開のあり方のほうに移ったのと軌を一にして誕生したのが小説である。エンコルピオス(2)、ルキウス(3)、パンタグリュエル、ドン・キホーテ、ジル・ブラース、トム・ジョーンズの誰が主人公であるにせよ、小説がひとりの個人の物語であることに変わりはない。十八世紀末まで、物語はどちらかといえば外の出来事だった。クラリッサ・ハーロウの場合も然り、その後、内面化が起きるが、作品構成の骨組みには変化がない。魂ノ小話デハアルガ、小話デアルコトニ変ワリナイ、というわけである。

ゲーテ、スタンダール、バンジャマン・コンスタン、アルフレッド・ド・ヴィニー、ミュッセの登場をもって、魂の苦悩が支配的特徴となった。アメリカ独立革命、フランス大革命によって、すでに個人の自由という主題が浮かび上がっていた。自由な人間はあらゆる種類の欲望を抱いていた。人々は能力以上のものを感じ取っていたのである。一八一〇年のことだが、ひとりの公証人見習がみずからの手で命を絶ち、遺書めいた手紙には決意が書き記されていたが、それによると、ごく真剣に考えを重ねたあげく、自分はナポレオンのように偉大な人間にはなれないと分かったので自殺するということだった。例外なく、誰もが人間の活動のすべての領分において、そのような感覚をもっていた。まさに個人の幸福が、体の前と後ろに振り分けてかつぐ二重の鞄の奥底に潜ませるべきものになっていた。

世紀病が始まった。自分のためを思って愛されたいと願う時代になったのである。妻を寝取られるのは滑稽ではなく悲しい話になった。生もまた悲しいものになった。それは行き過ぎた欲望を織り込んだ布地であって、ほんの少し動くだけで破れてしまう。キリスト教的なもの、常軌を逸したもの、汚らわしいものなど、その様相はさまざまだが、奇妙な神秘思想に身を投じる人間もいたし、倒錯の魔に突き動かされ、まるで虫歯をいじるようにして、すっかり病んでしまった心を傷つける人間もいた。自伝作者たちが、ありとあらゆる姿をとって出現することになった。

その一方、十九世紀の科学は巨大なものとなり、あらゆる分野に侵入し始めた。藝術もまた生物学と心理学の影響をこうむった。このように藝術が二種類の実証的形態を採用するに到ったのは、カントが形而上学の息の根をとめてしまったからである。藝術は科学的な装いをもつ必要に迫られた。十六世紀の藝術が学識の装いをもつ必要に迫られたのとちょうど同じことが生じたのである。十九世紀が化学、医学、心理学の誕生に支配されることになったのは、十六世紀がローマとアテナイの復興を主導原理とした流れに似ている。個々の事実、考古学的な事実をひとつひとつ積み重ねようとする意志に代わって、ものごとを結びあわせ一般化をめざす方法を求める気分が強まった。

しかしながら、藝術的精神の一般化はあまりにも性急にすぎたこともあり、奇妙な後ずさりが生じて、文藝は演繹の方向をめざし、科学は帰納の方向をめざすという振り分けが生じることになった。

やたらと綜合が話題にのぼる時代だが、誰もこれをなしえないというのも奇妙である。綜合とは、個人的心理の構成要素を収集すれば実現できるという性質のものではないし、鉄道、鉱山、証券取引所、軍隊などの細かな描写を拾い集めれば成り立つというものでもない。

以上のような理解だと、綜合はただの列挙に変わってしまう。ひとつながりに続く個々の瞬間にさまざまな類似点を見出し、そこから何らかの一般観念を作者が取り出そうとすれば、サロンの恋愛だろうが、パリの胃袋だろうが、どの場合でも、ありきたりの要約になってしまう。生は一般的なものではなく、まさに個別的なものの側にあるのだ。藝術の成否は、個別を一般と錯覚させることができるかどうかにある。

社会の個別的実体の生きた姿の提示、それはアリストテレスの流儀にしたがいながらも近代科学を実行することである。個々の部分を完全に数え上げることで得られる類いの一般性は以下の三段論法の変種にすぎない。すなわちアリストテレス曰く、「人間、馬、雄騾馬は長生きをする。――しかるに、人間、馬、雄騾馬はいずれも胆汁をもたない動物である。――ゆえに、胆汁をもたない動物はすべて長生きする」。

これは絶望的な同語反復ではなく、列挙的な三段論法であり、そこには、いかなる意味でも科学的厳密さはない。それはたしかに完璧な列挙を前提としているのであって、自然界においてこのような結果を得るのは不可能だ。

心理学あるいは生理学に関係する細かな事実の単調きわまりない目録をもとにして、魂と世界の一般観念を得ることはできない。この手の綜合の理解および適用法は、演繹の一形式である。

こうして分析的小説と自然主義小説が、演繹というこの手法を踏襲しながら、両者がともに褒めあげる科学を裏切ることになる。

綜合のとらえ方が間違っているのは、まさに実験科学の分野で急速な発展を見せている演繹を応用している点にある。

分析的小説は人物の心理がどのようなものであるかを示し、巧みにこれに注釈を加え、そこから一個の生の全体を演繹しようとする。

自然主義小説は人物の生理がどのようなものかを示し、その本能、遺伝を説明し、そこから人物の行動の全体を演繹しようとする。

このように列挙に依拠する綜合に演繹が絡む手法は、分析的小説および自然主義小説に固有の方法となっている。

というのも現代の小説家は科学的方法をもって、自然と数学に関する法則を文学形式に還元し、博物学者の観察、化学者の実験、代数学者の演繹を実行すると称しているからである。

藝術の真の理解にしたがえば、これとは逆に、藝術はまさにその本質からして、科学とはまったく別物であると思われる。

自然現象を研究対象とする際に、学者は決定論の仮定から出発し、この現象の原因と決定の条件を探求する。学者は起源と結果という視点をもとに、現象の研究をおこなう。学者は現象を服従させ、その再現を試み、現象を世界の法則全体にしたがわせて現象と法則を結びつけようとはかる。こうして学者は決定可能な要素と決定済みの要素を取り出す。

藝術家は、まず自由を前提として、現象を一個の全体として眺め、原因を比較対照して、これを自分の作品のなかに取り込み、あたかも現象が自由であるかのように、そして現象を考察する彼自身が自由であるかのようにしてこれを扱う。

科学は必然を媒介として一般を探求する。藝術は偶然を媒介として一般を探求する。科学にとって、世界は連続していると同時に決定されている。藝術にとって世界は不連続であると同時に自由である。科学は外延的な一般性を求める。藝術は内包的な一般性を感知可能なものに変化させなければならない。科学の分野が決定論だとすれば、藝術の分野は自由である。

自発的で、自由であるような生ける存在、それらは一定の限定的な条件のもとにあるにせよ、心理学的で生理学的な綜合をはかれば、どのような系列に出会うのか、どのような環境を横断するかによって大きく結果は異なるはずだが、そのような生ける存在こそ、藝術の対象とならねばならない。生ける存在は、栄養摂取、吸収、同化の諸能力を有するが、複雑な自然と社会の法則の介入も考慮に入れなければならない。偶然という名で呼ばれるこの法則は、藝術家が分析を試みるべきものではなく、藝術家にとってみれば、真の意味での大文字の偶然なのであり、意識ある有機体に栄養摂取と吸収と同化を可能にする対象物をもたらすのである。

こうして綜合とは生ける存在独自のものとなるだろう。

カントが言うように、人間のいとなみのすべての条件があらかじめ決定されていたり、予測されたりしていれば、人間の行動は日蝕のように計算できることになるだろう。

人間を扱う科学は天体を扱う科学の域には達していない。

生理学と心理学は残念ながら気象学ほどに進化してはいない。われわれの小説の心理分析が予言する行動は、たいていの場合、嵐のなかで雨を予測する程度の安易なものである。

まさに、偶然がさしだす出来事をもって、意識をもつ有機体を藝術的に養う手段を見出す必要がある。このような生きた綜合のための一般的規則はありえない。このことを理解せぬ者、たえず綜合を口にする者は、ちょうどプラトンが科学において遅れをとったのと同じように、藝術において遅れをとる。

プラトンは『国家』において言う。「一に一を加えるとき、何が二になるのだろうか。足し算をする側か、それとも足し算される側か。」

これほど徹底した演繹的な精神の持ち主にとって、数列は分析的プロセスをもって生じるはずのものである。二という新たな存在は、足し算の結果として生み出される単位の一方にすでに含まれていたはずなのである。二という数は綜合の結果として生まれるのであり、足し算には分析とは異なる原理が働くと言われる。まさにカントは、数列化は先験的な綜合作用の結果であることを示した。

一方、生において作用する綜合は、心理学的かつ生理学的な細かな事実を全体的に列挙したものとは違うし、演繹的な体系とも根本的に違う。

『ハムレット』の一節ほどに生の描写の好例は見当たらない。

二種類の筋の展開がともにこの作品に関係している。ひとつはハムレットの外側で生じ、もうひとつは内側で生じる。前者はデンマークを横断しポーランド攻撃に向かうフォーティンブラス率いる隊列の通過に関係している（第四幕第五場）。ハムレットは隊列が通り過ぎるのを眺める。ハムレットの内部の心の動きはどのようにしてこの外部の出来事からその糧をえるのか。ハムレットは次のように語る。

「ところが見ろ、おれを。父を殺され、母を汚され、
理性も情熱もわき立つほどの理由がありながら、
それを眠らせているではないか。ええい、恥を知れ！
いまもあの二万の兵士が死地にいそいでいる、
気まぐれな、ものの役にも立たぬ名誉のために」（小田島雄志訳）

こうして綜合が成し遂げられる。ハムレットは外側の現実を内側の現実に同化させる。クロード・ベルナール(4)は生ける存在について内的環境と外的環境の区別をしている。藝術家は生ける存在のうちに内的な生と外的な生を見つめ、記述や推論をおこなうのではなく、作用と反作用が捉えられるように仕向けなければならない。

ところで大きな感情の動きは連続的ではない。そこには極限の地点と動きのない地点がある。心は精神的なレベルにおける心緊縮と心弛緩、痙攣の周期と弛緩の周期を体験する。感情における極限の地点を危機もしくは出来事という名で呼ぶこともできよう。外部と内部の二重世界の振動が出会いを引き起こすとき、そこには必ず「出来事」もしくは「危機」が出現するのである。そしてこの二つの生は、それぞれが独立した姿に戻るが、その際、各々の部分はたがいにより豊かなものに変化しているのである。

ロマン主義の大いなる再生以来、文学は心の弛緩の周期については、あらゆる瞬間、あらゆる種類の緩やかで受動的な感情を経験してきた。心理的な生と生理学的な生の決定論的な描写がたどりつくことになる地点はそこにあった。大衆を描く小説から個人を消し去ってしまえば、それもまた同じ地点にたどりつくことになるだろう。

だが、世紀末は、おそらく詩人ウォルト・ホイットマンの格言によって導かれることになるのではないだろうか。すなわち、「自分自身、そして大衆のなかに」、というわけである。文学は行動的で激しい感情を謳いあげることになるだろう。自由人たる者は、魂と肉体に関係する諸現象を律する決定論に支配されはしないだろう。個人は大衆の専制支配に服従せずにいるか、それとも、みずから進んでこれに従うことになるだろう。個人は想像力に身をゆだね、自分自身の生きる欲望に身をゆだねることになるだろう。

小説という文学形式がなおも存続するとすれば、おそらく驚くべき広大な領域がえられることになるだろう。擬似科学的な描写、心理学の教科書めいた知識や生物学の生半可の理解からなる知識のひけらかしなどは放逐されるだろう。作品構成は、個々の部分において、より精密なものになるだろうし、言語もまたこれと軌を一にするだろう。構築の仕事は厳密なものとなるだろう。新たな藝術は無駄がなく明確なものになるだろう。

そう考えたとき、人々が新奇なものを探索する領域が、自分の心であったり、歴史であったり、土地や事物の征服であったり、社会の発展であったりする違いはあるにせよ、おそらく小説は言葉のひろい意味における冒険小説、つまり内的世界と外的世界の危機を捉えるもの、個人と大衆の感情の物語となるはずである。

（千葉文夫訳）

（1）それぞれ以下の劇の女主人公。フェードルはラシーヌの同名の悲劇。シメーヌはコルネイユ『ル・シッド』。デスデモーナはシェイクスピア『オテロ』。イモージェンはシェイクスピア『シンベリン』。ミランダはシェイクスピア『テンペスト』。アルケスティスはエウリピデスの同名の悲劇。
（2）ペトロニウス『ナテュリコン』の登場人物。
（3）アプレイウス『黄金のロバ』の主人公。
（4）医学および生理学の研究者。代表的著作『実験医学序説』（一八六五年）は大きな反響を呼んだ。

倒錯

I

「この世に生きるとは、まさしく、われわれの心と頭脳の隠れた部屋で生まれる幻想的存在と闘うことであり、詩人であるとは、自分自身を裁くことである」とイプセンは書いている。

韻文の形式をとったこの表現には空恐ろしいものがある。ここには現代の人間の頭脳にとりついた倒錯があますところなく述べられている。本稿では、私自身がそこに何を認めるのかを概略的に示すとともに、ここで問題となる倒錯をめぐり、若干の事柄に言及しておきたい。

まず最初の世界の姿、すなわち中心化、自己中心性、論理によって成立するその姿は、連続性を基本としている。ウェーバーの経験は以下のように要約できるだろう。連続性の観念は触知感覚の個別的分化に反比例して強まる。われわれが諸々の事物に連続性を認めるとき、これを可能にする神経の中心化作用によって量的な連続体がえられ、論理的な一般化作用によって質的な連続体がえられる。以上が宇宙の単純にして外的な姿であるが、そこから多の内部にある一という、われわれ自身で調整を試みる独自の位置が生じる。

触知感覚の個別的分化は、いわば科学が道具となってその延長が試みられるわけだが、現実には世界は不連続だと教えてくれる。星間空間と分子間空間との違いは、われわれが両者のあいだに介在し、両者の関係を測定することから生じるにすぎない。空間の観念をもとに生み出される時間の観念もまた、まず最初は連続的と思われた姿とおなじく正確なものとはいえない。無限に分割された時間の個々の瞬間のあいだには無限が存在しうる。心理的時間は本質的に可変的である（そして天文学的時間は空間内の位置の違いによって測定される）ことが納得できるだろう。われわれが抱く時間の観念は未開人から文明人、子供から大人、夢から覚醒への移行に応じて変化する。

こうして諸感覚と認識が完全になった後で獲得される最終的な世界の姿は不連続性を特徴とする。（質という点からすれば、極限的な差異化の観念以前に類似の観念が生じることに加えて、ここでも同質のものから異質なものへの推移という法則が成り立つことが容易に証明できるはずだ。）

情念と知性による宇宙の把握もまたどの段階にあっても、これと同じ視点から見ることができる。魂はまず最初はひとつであり、見つめ、理性を働かせ、欲望するというどの点をとっても、魂は完全にひとつになって作用する。事物の多様性という観念、さらには魂そのものが部分にわかれ多様であるという観念が生じるのはもっと後になってからのことだ。その段階になると魂は、感覚、理性、意志といった形態のもとにみずからを思い描き、自分を構成する要素のそれぞれに重要性を付与する。仮に魂が藝術的創造をなしとげるならば、創造物の各々を分離し、それぞれに独自の領域をあたえる。魂は、オデュッセウスのように、繊細にして勇気があり、冒険心をもちながらも慎重であるような総合的人間は生み出さない。魂は、マクベス、オセロ、ハムレットのごとき野心家、嫉妬に狂う人間、優柔不断の人間を舞台上に投げ出す。現代の人間は古代の人々が区別しなかったような微妙な差異を色階に認めるが、それと同じく、魂もまたそれなりにわずかなニュアンスの変化を学び取っている。かつては緋色だった魂は、紫色、モーヴ色、サクランボ色、オレンジ色に見えるようになり、その違いが際立てば際立つほど、みずからの構成分子に多くの価値をあたえることになる。

人間の精神的な出発点はエゴイズムにある。それは情緒面での存在の法則の反映であり、この法則によって、存在はそのままの存在としてあり続けることができる。精神的な倒錯（自然の視点に立って倒錯ということを考えている）が生じるのは、人間が自分のほかに似たような存在がいることに思いを馳せ、彼らのために己の自我の一部を犠牲にする瞬間である。このような倒錯の苦痛にみちた花は、供犠の快楽である。仮に供犠が自分自身のためにしか果たされないとすれば、ここでの倒錯は絶対的なものとなる。というのも、存在は、快楽という肯定的な目的のもとに自分を無に変えるからである。快楽主義者が自殺を企てるのが、苦痛をともなう否定の回避のためでしかないのとは正反対である。だが、供犠が大衆の利益を念頭におき、他者のために実行され、他者のなかで存在が生き続けようと試みるならば、初期の倒錯から出発して、より高い次元に位置し、自然そのものより優位に立つような精神性が生まれるのである。

II

「われわれの心と頭脳の隠れた部屋で生まれる幻想的存在」とはさまざまな創作物もしくは亡霊のことである。思うにシェイクスピアの恐るべき倒錯は、その頭脳のうちに、リア、リチャード三世、アントニー、キャリバン、ファルスタッフ、ミランダその他大勢のように、じつに多様な存在を思うがままに出現させたのだし、彼自身の情念が極端に異なるあらわれ方をしたせいで、すべての作中人物との闘争を終えたあとで、彼の場合にはこのような多様な存在の投影が可能になったのである。『幽霊』(1)では、オスヴァル・アルヴィングの父の亡霊が息子の頭のなかに宿り、息子を抑圧し恐怖に陥れ、ついに息子はその闘いに敗れる。ボヴァリー夫人あるいはフレデリック・モロー(2)の頭の中で花開く哀れなロマン派的存在のすべてが、この二人を支配し、死に追いやったり、嘆かわしいばかりの倦怠感に陥れたりする。

というのも、自分自身を異なる部分に分裂させ、もはや自分自身でないものになれるような人々は、おのれの意志を美的な創造行為に向ける術を知っていたり、それを無視したり、幻想的存在を生み出したり、みずからその虜になったりすることができる。亡霊のなかで最も怖れるべきものは、イプセンの劇詩の主人公ペール・ギュントが出会ったような、姿も形もないものである。ペール・ギュントは想像的な姿のもとにみずからを思い描くのだが、その果てしない夢想はいずれも即座に現実となり、ペール・ギュントが亡霊に名を尋ねると「私自身という名前だ」という答が返ってくる。

われわれが直面する時代の変化のなかで、遺伝の亡霊もしくは極限的な文学の亡霊にわれわれが支配される宿命にあるのは明白である。というのも、われわれの意志には、もはや外部の事物に働きかけたり、われわれ内部に生まれる存在を外部に投じたりする力がなくなっているのである。詩人たちは出来事の進行を眺め、過去を懐かしむが、行動はしない。フロリモン王子(3)は戦車が走り去り、彼の剣が錆びついてゆくのを眺めていた。眠れる森の美女は九重に絡んだ茨の棘のある揺りかごで眠りにつく。潜水夫は周囲の生き物によって温められたガラス製の鐘の仕切り壁に沿って、海の生ける振り子が動くのを見つめる。フロリモン王子は勝ち誇る花々の虜になったままであり続ける。眠れる美女は茨の垣根が邪魔して手を伸ばすことができない。馬を飛ばして森を駆け抜けたり、波を生じさせようとしたりする者たちの息が水蒸気となって温室のガラスやガラスの鐘に残される。そしてモーリス・メーテルランク氏はわれわれに言うのだ。「私は行動を起こしたかった――だが何になるだろう――死がすぐにそこにあり、行動を無に帰してしまう。ごらんください、この生の島にあって死は盲目の者たちに混じっている。高まる未知なる海に囲まれ、盲目の者たちは奇妙な国からそこにたどりついたのだ。そして戦の船に乗って人間のおこないがいったん開始されると(――われわれは後戻りできない――)、七人の王女たちのなかに割り込んでくる者がいる。私たちのことを哀れんでほしい！　というのも、死が近づいており、死に触れそうで怖くて、あえて手を伸ばす気にはならないのだ。」

III

だから想像してみようではないか。影像が幻覚となる傾向をもつのと同じく、亡霊に取り憑かれ、それが現実のものとなる可能性をもっていると思い込んだ人間を。しかもまた、行動に必要な意志をもちあわせてはおらず、あるいはこのような亡霊との闘争を経て、これを外部に投げ出すに必要な意志をもたない人間を。私が思うに、こうした人間は稀な存在ではなく、われわれが生きる現代の数多くの藝術家たちに特有の知的形成の一段階を表現している。知性と内部の美的感覚は意志よりもずっと早い段階で形成される。ただし、しかるべき藝術作品を生み出すには、意志が一定の発展をみせていなければならない。その前に、藝術家は自分が生み出す作品もしくは亡霊的存在を美的に想像することがなおもできず、それらが藝術家と社会のあいだに割り込んで存在し、藝術家を世界から切り離すか、さもなければ藝術家の方が作品を宇宙に導き入れることになる段階があるだろう。まさにその他の狂気などあずかり知らぬドン・キホーテ流に。

　こうした人物像はジュール・ルナールの『ねなしかずら』にはっきりとその姿をあらわしているように見える。ねなしかずらは文学で頭が一杯の青年である。この人物にとって、普通の事物と見えるものなど何ひとつ存在しない。彼はゴンクールを通して十八世紀を見つめ、ゾラを通して労働者を見つめ、ドーデを通して社会を見つめ、バルザックとモーパッサンを通して農民たちを見つめ、ミシュレとリシュパン[4]を通して海を見つめる。彼はいくら海を見つめてみても、決して現実の海という水準に身をおくことはしない。恋するとなれば、彼は文学における恋愛の情景を思い出す。無理矢理相手を犯すとなれば、文学のように事が運ばないのに驚く。彼の頭は亡霊で一杯になっている。

　彼はこうした亡霊をブルジョワ家庭の生活のなかに導き入れる。彼自身はけっしてこの生活の水準に身をおいたりしないし、これが自分の水準になったりはしない。彼自身には歪んでいると見える人々の好奇心をかき立てたいと思い、彼の好奇心が満足するまで彼らを歪めようとする。彼は自分の文学の力を利用して、夫の方をオメーのように扱ったり、妻の方をボヴァリー夫人のように扱ったりする。そしてある天気の良い夏の日には、姪を乱暴したりもする。そんな夢想にふけるいっぽうで、彼は家族の厄介になって暮らす。――というのも「ねなしかずら」はもともと貧乏なのである。

まさに彼の創作活動には意志が欠落している。この人はあまりにも自分自身でありすぎるのだ。彼が出会うのはペール・ギュントと同じ存在である。彼は夫に哀れみを覚え、夫を怖れる。妻の突然の接吻に彼はうろたえ、文学の支えなしに行動する自分を感じる。力ずくで迫られた娘は叫び声をあげ、苦しみ、嘆く――彼の頭脳が生み出した亡霊たちは、けっしてそんなふうにふるまいはしなかったではないか。「ねなしかずら」は自分に負けてしまう。自分の想像世界で成長をとげた幻想的存在を実際に生きる現実的なものに変えることができないのである。彼は確固たる意志をもってそのような幻想的存在を藝術の領域に投げ込むことができる時がやってくるのを待たねばならない。

その意志をもう一押しするならば、シャンビージュ[5]ということになるだろう。逆に一引きすれば、「にんじん」[6]になるだろう。エネルギーを多少なりとも行為にこめれば、主人公は犯罪者となる。外在に向かう動きを少しばかり抑えれば、誰も理解してくれないと嘆く可哀想な子供になる。

しかもこの小説はまさに「危機の瞬間」の小説なのである。「ねなしかずら」が頭のなかで想像する幻想的な存在はこのうえなく肥大化し、愛を捧げねばという思いで女を見る。真夜中に彼はその女の寝室に通じる階段を降りてゆくことになるだろう。すでに彼女はその気分になっている。だが特別な事は何も起きない。女は彼を待っていないし――女は眠っている――ドアは閉まっている――裸足の「ねなしかずら」の姿は滑稽だ。――彼は煙の吸い込み口のあたりにまで魂を高め、詩を読む。奇蹟が生じる。詩を読み上げるのは、誰かに聞いてもらいたいと思っているからだが、実際に聞いている者がいる。夫が食卓の溝の部分でナイフを動かし、「それで終わりかい？」と言う。

『マクベス』や『ハムレット』を思わせる幻想小説では、危機が思いがけない展開を呼び起こし、登場人物の精神状態が亡霊あるいは外側の出来事を出現させる。哀れな「ねなしかずら」は、危機という意味においては、自分が想像するような事柄は何一つ見出さないだろう。

こうして「ねなしかずら」の倒錯は、想像上の亡霊を現実化するものとはなりえない。それにまたその美的感覚をもって藝術の領域においてこれを想像するところまでゆかない。彼は幸いにしてエゴイストである。彼は道すがら自分自身に出会い、後ずさりする。彼はいまだに、自分の創造物を哀れんで、これについて行ってもよい、そしてまた自分の創造物を生かすために苦しんでみようとは思っていない。

文学は、その心と頭脳の隠れた部屋で、恐ろしい存在の数々を誕生させた。この人物は詩人となり、この本において、自分自身を裁くのだ。

（千葉文夫訳）

（1）イプセンの戯曲。一八八一年。
（2）フローベールの小説『感情教育』の主人公。
（3）フランスの詩人エフラエム・ミカエル（一八六六―一九〇）の詩篇の登場人物。
（4）ジャン・リシュパンはフランスの詩人、小説家、劇作家。一八四九―一九二六。
（5）アンリ・シャンビージュは人妻殺しの事件で有名になった。彼をモデルとしたものにポール・ブールジェの小説『弟子』などがある。
（6）ルナールの同名の小説の主人公。

相違と類似

　私が書いた本には、仮面をかぶり、顔を覆い隠した数々の人物が登場する。黄金仮面の王、毛皮の鼻面の原始人、ペスト患者の顔をしたイタリア人傭兵くずれ、贋の顔を描いた仮面をかぶったフランス人傭兵くずれ、赤い帽子をかぶった徒刑囚、鏡に映る姿がとつぜん老女に変わってしまう娘、癩病患者、ミイラ造りの女たち、さらには宦官や殺人鬼や悪魔に憑かれた者たちや海賊などの特異な一団であるが、そのなかの特定の人物をひいきにしているわけではない点は理解してもらいたい、というのも、彼らはじつは見かけほど違ってはいないのである。その点をさらに明確にするため、彼らの仮装の実際に注意をはらって、個々の物語のつながりをよくしようとはしなかった。というのも個々の物語は類似あるいは相反していることでつながりが自然と感じられるはずだからである。このような言い方に読者が驚かれるならば、差異と類似は単なる視点の問題だと言ってみることにしたい。われわれ西欧人には中国人がみな同じに見えてしまうが、羊飼いは、われわれには見えない目印を頼りに自分の羊を見分ける。一匹の蟻には、じつにさまざまな違いがほかの蟻にあるのが見えるが、これは、われわれに司祭、兵士、商人が違って見えるのと同じである。仮に微生物になにかしら意識のごときものがそなわっているとすれば、ニュアンスの違いが生まれて、互いを認識しうるようになる。われわれだけがこの宇宙に住む個体存在なのではない。言語を例にとれば、文は総合文から徐々に分かれ、単語は文から自由になり、独自性と固有の色彩を獲得するが、それと同じくわれわれの場合も、相対的価値をもつ一連の自我の系列のなかでしだいに差異化されるようになる。相対的という所以は、一世紀が二度ほど過ぎれば、違いなど一切合切消えてしまうわけであり、アテナイの人々がアリストパネスの文体とエウポリスの表現を比較する際に頼りにしていた目印がなんだったのかはわからなくなる。別世界からやって来た観察者から見れば、私が書いた物語に登場するミイラ造りの女たち、海賊、野蛮人、王に違いはなかろう。ある種の慣習にしたがい、われわれ以上の能力をもつこの訪問者に藝術家の特異な観察眼と科学者の一般化能力が同時にそなわっていると仮定するならば、さまざまな生物から構成されるわれわれの社会を正確に把握した後に出て来るのは、おそらくは次のような言葉だろう。

「人間には本能的でこれ以上の完成はない数々の行為が認められる。これを人間は何万年も前から成し遂げようとして現在に到るのである。人間には、穀物を砕いて粉にし、水をくわえて小麦粉をこね、これに酵母を足して生地をつくり、黄金色になるまで竈で焼きあげる習慣がある。この世に人類が誕生してからというもの、人々はパンを食べ、その味が苦くなったりはしなかった。人間は執拗なまでに食物の大部分を火にかけてきた。蜜蜂もまたこれに劣らぬ粘り強さをもって蜜を貯蔵する端正な蜜房を作りつづけ、蟻もまたこれと同じく一定の時刻になると太陽の光のもとで透明に輝く卵を背負って運ぶのである。アガメムノン王の戦車と「小型車輌会社《プチ・ヴォワチュール》」製の辻馬車の違いがどのようなものであるかは自分にはよくわからない。ギリシアにおいてトロイの大火を知らせる松明などの一連の焔とヒューズ氏の電報送信機は同じカテゴリーにいれるべきものだ。連発銃と先端に燧石《ひうちいし》をつけた矢は同じ本能にもとづく類似の手段である。人間が認めうる行動あるいは知性の面での例外的事象をはるかに上回るものとして私が評価したいのは、エジプトの石棺のなかに見つかった褐色の皮のパンのかけらやフェニキアの質素な壺型の器であり、プロヴァンス地方の陶工はいまもなお同じやり方で轆轤をまわしてそんな器を作りつづけている。万物は朽ちてゆき、あなたがたの祖先の猿人を記念する遺物など地球には残っていないが、それに対して、このような伝統と本能の力は、おそらく何らかのかたちで人類の記憶をとどめおく唯一の機会を示している。

藝術家の心遣いをもって、差異を大事にする繊細な感覚が人間にそなわっているにもかかわらず、あなた方のなかには、人間は社会的動物だと述べた人がいた。都市、属領、国家などの集合体をつくろうとする性向は人間だけに特有のものではない。というのも、原生生物モネラだって、原形質からなる単純きわまりない存在であるが、それ以外の習慣はもってはいない。モネラは栄養摂取の分配において最大限の公平さを保っている。一個のモネラが食べれば、ほかにも行き渡る。仮にある一個のモネラが、集団生活に飽きてしまったとすれば、自分を仲間と結びつける触を断ち切ってしまえばよい。ほかの個体がそれを追いかけたり、罰則を与えたりということは決してない。当のモネラは新たな水を求め、たしか研究者が「腐生菌」と呼ぶはずの自由に浮遊するモネラのあいだを縫って泳いで行く。こうした一目をおくべきモネラには敬意を表したい。その原初的な組成はひとつの社会をなす完璧な生のあり方を実現している。

　あなた方人間の心理学者は人間の情念をきわめて繊細なニュアンスをもつ軽く細い帯に分割したが、情念のはたらきは結局のところ人間という種の保存に必要なほんのわずかな行為に結びついているだけのように思われる。

　お気に入りの精神的視点をもって臨んだところで、ご贔屓の哲学者のうちでもっとも巧みな者といえども、膿の小血球に関して、実際にそれ以上の優位性を認めるわけにはいかない。この白血球なるものは自由な要素から構成されており、いずれも多種多様な能力を有している。白血球が化学的実体を求めるあり方は、あなた方人間が喜び勇んで事物に見出そうとする法則と同じものによっている行為である。人間の感覚が刺激の対数であるとすれば、白血球が培養と溶解の比率をどのように求めるのかという傾向もまた同じように多種多様なありさまを示す。あなた方人間の血球はじつに繊細きわまりない個性を有しており、あなた方人間にそなわる能力、さらには日頃毒を服用しある種の毒に対して免疫ができていたミトリダテス王の場合のような慣習の力をもって、パスカルが理性的存在に信をおきつつも制作を試みた自動人形に似たものをそこから作りだすこともできる。知識の専門化が進んで、あなた方人間を作り上げる個々の要素を尊重する思いは強まっている。あなた方人間の網膜の神経桿状体《かんじようたい》もしくはパチーニ小体の特性を考慮に入れる必要がある。コルティ器(1)はあなた方の音楽的な好みの鑑定者であり、二極化した細胞には不快な振動を禁止する権限が与えられている。好悪の感情が生じるのは、互いに似てはいない微小な個体の大多数がなす選択の結果なのである。あなた方の行動は、数限りない媒介物の意にもとづいている。

このような最終的考察を得るには少なからぬ努力が私には必要だった。というのは、私には統一、連続性、一般といったものがあなた方人間にとって何がしかの有用性をもつ点がまるで理解できないでいるのだ。その逆に、あなた方人間の場合は、おたがいのつながりにおける諸要素の役割がよく把握されている。アテナイでは密告者と風紀官が女衒と手を握って、住民たちが裸になってもかまわない地区を取り締まる役目をさほど手を汚さずに果たしていた。自分の意志で自由にそんな職業につくことだってできた。民衆の上に立つ支配者であってもこのような仕事をやるのが不可能ではなかったのである。だからこそアリストパネスは、公的な仕事を終えた後で、萌葱《もえぎ》色の服を着て、風呂屋に混じって腸詰を売るクレオンの姿を描いてみせた[2]。アテナイのいかがわしい家のそばで大声をあげて腸詰を売る男の姿やら、ピレウスの娼婦たちが臓物料理のソースに指を突込んだりする場面に接すると心が躍る。こうした観点からすれば、売春宿の主人は国家元首と比較してみて、必ずしも無用というわけでも、尊敬に値しないというわけでもない。

それゆえ想像力を駆使して魅惑的な差異を摑まえるように努めることだ。しかしながら、理性のはたらきによって、類似が説明原理を作り上げるのだから、類似の連続性のなかにこうした差異を解消することも覚えねばならない。宇宙の連続性、必然的法則を説く人をさしおいて、宇宙は不連続であるとか、宇宙の個体的な差異、宇宙のなかでの自由を証明しようとする人々により大きな信頼を寄せてはいけない。時間、空間、数の連続性に依拠する数学があれば、それだけで不連続の渦巻きであると想定される原子の運動が計算可能となることを思い出そう。類似とは差異の知的言語であり、差異は類似の感性的言語であると想像してみよ。この世界においてすべては徴《しるし》であり、徴の徴にすぎないことを知らねばならない。

仮にあなた自身のペルソナとは別の一個の神が想定可能であり、あなたの言葉とはまったく異なる言葉が想定可能であるとして、その神が口をきくところを思い描いてみるがよい。すると宇宙こそが神の言葉となるだろう。

必ずしも神はわれわれに語りかけているわけではない。神が誰に語りかけているのかは、われわれのあずかり知らぬところである。ただ神の被造物がわれわれに語りかけようとして、被造物の一部をなすわれわれは、神がそれらを口に出して語ろうとしたときにモデルとしたものと同じものによって、その被造物を理解しようと試みるのである。被造物は徴でしかない。それは徴のなかの徴なのである。こうして、今度はわれわれ自身を見つめ直してみると、いつまでも正体不明なものでありつづける顔が仮面となるのだ。仮面とは、奥に顔があると告げる徴であり、それと同じく言葉は事物の存在を告げる徴である。そしてこの場合の事物は、理解不可能なものの徴なのである。完璧に整ったわれわれの五感によって事物が分離可能になり、われわれの理性によって事物が連続体として計算可能になるのは、おそらく中心化にむかうわれわれの大雑把な仕事の進め方が、「至高の中心」の結合能力をいわば象徴するものであるからなのだ。そしてこの世のすべてが固体、細胞、原子の集合でしかないように、おそらく想像可能な「存在」は宇宙の個体の完全なる集合にすぎないのである。この存在が事物を思考するとき、宇宙は事物を類似の相のもとに把握する。この存在が事物を想像するとき、それは事物を多様性の相のもとに表出する。

神の計算にはたしかに可能態が含まれるが、神が語るのは現実態であることも付け加えるべきだろう。われわれは神の言葉であり、互いに応答し合い、神に応答することで、言葉の中身についての意識にまで到達した段階の言葉なのである。われわれは言葉であり、細かく分かれているが、宇宙という文のうちに結び合わされている。その文そのものが神の思想のうちにひとつながりになった輝かしい綜合文へと結び合わされている。」

たぶん以上がこの観察者の結論というべきものだといってよいはずであり、その考察も言語も仮定命題であるが、私が書いた本の構成の不備の言い訳としては十分事足りるだろう。

（千葉文夫訳）

（1）内耳内にある器官で、音の刺激を聴神経に伝える働きをする。

（2）アリストパネスは煽動政治家としてのクレオンを諷刺する作品をいくつも残した。

笑い

I

エドガー・ポーは翻訳を試みるものが誰もいなかった短編小説のなかで次のように言っている。「スパルタ（今日のパレオチョリ）にあって、城壁の西方の、ほとんど見分けがつかないほどに崩れ落ちた廃墟に一個の台座があり、そこにはΛΑΣΜという文字の連続をかろうじて読み取ることができる。もちろん元はΓΕΛΑΣΜΑ（ギリシア語で「笑い」の意）となっていたはずのものの残りの部分である。たしかにスパルタには、夥しい数の神殿や祭壇があり、夥しい数の神々が奉られていた。ほかのすべての碑が消え去った後で、なおも〈笑い〉のそれだけが残っているのは奇妙ではないだろうか。」

はるか後の時代の人々が、われわれの時代の文学の残された部分から、二、三のみごとな冗談を拾い出すということを想像してみてもよいのではないか。エウロタス河畔には、ラケダイモンの人々が、その重さに辟易しながらも用いざるをえなかった、大きくて陰鬱な貨幣などもはや見つからない。彼らが信じた神々は、昔はあれほどその名をとどろかせていたというのに、姿を消して久しい。ドーリアの人々が笑いの神にさしだす捧げ物は、このような重たげな貨幣を支払って手に入れたものではなかったのか。これと似て、われわれの時代にあっては、小説という名のぶざまな貨幣をどれほど使って、黒インクの染みのある紙束の大海から浮かびあがるわずかな本を買うのだろうか。ギリシアとイタリアの神々の時代を起点に計算するとはるか何千年も後になって、北欧の神々が滅亡するときには、われわれの廃墟からは、笑いの神の台座すら見つからないかもしれない。そして慈悲をあらわす木彫の偶像を愛でるには、中国にまで足を伸ばさなければならないだろう。

II

おそらく笑いは消滅の一途をたどる運命にある。すでに数多くの種類の動物の絶滅を見たというのに、そのうちの一種類にしかあてはまらない現象が今後なおも続くという理由はとくに見当たらない。何らかの点で世界とのずれを感じる際に表面化するこのような露骨な肉体的な証拠は、完璧なる懐疑思想、絶対的な科学、世界の隅々までゆきわたる慈悲、くだらぬものでも何でも尊ぶ傾向に押されて消滅せざるをえない。

笑いとは、数々の掟を無視してもよいとする感情に不意にとらわれることだ。要するに、人々は普遍的な秩序および目的因の壮麗なる位階秩序を信じ込んでいたことになるのだろうか。すべての異常現象は宇宙のメカニズムに起因するとする説が認められるようになれば、もはや誰も笑わなくなるだろう。独立した個々のものしか笑いを誘わない。一般観念は声門にいかなる影響もおよぼさない。

笑いとは、自分が優位にあると感じることである。四つ辻に跪いて告白をするとき、愛を強めるために謙虚になるとき、グロテスクさ加減は、われわれのはるか頭上にある。そしてまたあらゆる種類の相対性を抜け出て、自分と全体の一部をなす細胞もしくは単独の細胞のあいだに同一の価値を見出すことができる人間は、事物を理解せずとも事物を尊重しつつ接することができるだろう。宇宙を構成するあらゆる個体にひとしく価値を見出す認識がゆきわたっても、歯を見せて笑うということにはなるまい。

以下は、近年忘れられてしまった観のある顔の動きがどのように解釈できるのかという好例である。

「このような頬骨の筋肉の収縮は人間に特有のものである。それはまた世界の組成についての無理解と同時に自分が他の存在よりも優位にあるという確信をあらわしていた。」

来るべき時代の宗教、科学、懐疑思想は、こうした問題をめぐるわれわれの苦痛に満ちた観念のごく一部しか含まないはずである。それでもなお頬骨の筋肉の収縮は、自分の居場所をそこに見出しえないのも確かである。であるならば、私としては、来たる時代に、ひょっとして昔の事柄に熱中する人々がいるかもしれないと思って、われわれの野蛮な時代には、その後姿を消すはずの笑いを最大限に謳歌した作品があったことを示してみたい。ずっと先の未来には、唇を痙攣させ、目から涙を流し、肩を揺らし、腹を揺する人間を見て驚くひとがいる可能性があることは想像できる。われわれもまた先史時代の人間の奇妙な風習に驚くわけだから、事情は同じだ。しかしながら聡明な人々には、どんな次元にあっても、ひとつの歴史資料が重要なはたらきをもつ点を考慮してもらいたい。

III

それゆえ笑いが消滅してしまったとき、ジョルジュ・クルトリーヌ(1)の作品はその完璧な表現ということになるのではないか。

この場合の笑いの表現は完璧である。というのも古来の滑稽に十九世紀特有の快活さが加わって出来ているのだ。

言語の混乱もしくは知性の混乱によって支離滅裂になってしまった物の見方が、いつ頃から人々の笑いの的になったのかはよくわからない。

紀元前の時代にあっても、すでにプラウトゥス(2)の作品に登場するカルタゴ人が観客を喜ばせたのは、二人のローマ市民が、わけのわからないことをしゃべるよそ者に教えられて、やはり口が痛いのを嘆くべきだと気づく瞬間である。ロラン役を演じるピエジュレ(3)が「勇士たちよ、ようこそ」とプロンプターがささやくのを勘違いして

「凹んだ鼻よ、ようこそ」と思わず言ってしまうのも同じように愉快だ。アリストパネスの『騎士』で訳の分からない神託の解釈に乗り出す二人の奴隷の笑劇は、オルセー河岸でマラブーが住む二十六番地なる謎めいた問題を調査する二人の龍騎兵の笑劇とさほど違ってはいない。スープ親爺はココアを淹れさせ、足を洗い、ストレプシアデスにも似た素朴さをもって用を足し、どことなく彼に似たやり方で理屈を言う。

いっぽう主体と客体を分ける現代に特有の本質的区別によって独特の笑いが生じる場合もたしかにある。狐と芝居の仮面とのあいだに交わされるイソップの想像上の会話は滑稽ではない。石と樹木が竪琴を奏でる音楽家を追いかけて動くという設定に、憂鬱な気分を抱いた時代もある。しかしながら、十九世紀の人はマーク・トウェインの主人公ジャックが灼熱の太陽のもとでパレスチナの亀が歌い始めるのを待っている姿を笑う。頭のおかしな人間が柔らかいチーズにたちの悪い冗談をしかけようとする話をクルトリーヌがすれば、やはり笑う。以下の話にも笑いは起きるだろう。

『バーミューダ島への旅』――バーミューダ島には昆虫はいないし、言及に値いする四つ足動物もいない。住民たちは島の蜘蛛は大型だと主張している。私は、ふだん使いのスープ皿よりも大きなものは見たことがない。

――ある朝、旅の同行者であるL神父が長靴を手にして私の部屋に入ってきた。

――この長靴はきみのものかね、と神父は言う。

――ええ、そうですが、と私は答える。

――それはよかった、と彼は続ける。この靴を持ち逃げしようとしていた蜘蛛を一匹みつけたのだよ。

次の日の朝のこと、夜が明けようという頃に、やはりこの同じ蜘蛛が、突き上げ天窓をあけて、私のシャツを持ち逃げしようとしていたのだ。

――それで、シャツを持ち逃げしてしまったのですか。

――いいや。

――それでは、なぜシャツを持ち逃げしようとしていたのがわかるのですか。

——蜘蛛の目にそう書いてあったのだよ。

この単純素朴なエピソードを引いたのは、笑いの二つの側面が明らかになっていると思われたからだ。最初の側面。われわれは昆虫が四つ足動物と一緒の分類になっているのに驚き、われわれが知っている蜘蛛の大きさとふだん見かける一足の長靴の大きさが釣り合わない点に強い印象を受ける。

第二の側面。われわれのほかに使う者などいないものを持ち逃げしようとする意図が蜘蛛にあると仮定する不条理、さらにはそのような意図を蜘蛛の目に読み取ったと想像する不条理（最初の側面にわれわれは連れ戻される）はわれわれの笑いを刺激する。

さらに言うならば、いまの時代にあっては、この場合の滑稽の二番目の形式がとくにわれわれに関係する。人々は余計な自己意識をもつようになったのである。一個の物や一匹の獣に人間の魂の個人的な習慣を付与することができるとする考えは、逆の側から見ればグロテスクに思われよう。クルトリーヌは珈琲挽きあるいはサラダボールにあやうく変身しそうなユルリュレ大尉の姿をわれわれに描く。それに加えて、ラリエはスープに対して、これと同じような変てこな変身を生じさせると約束する。『千夜一夜物語』の登場人物は、このような出来事が生じるのではないかと不安を抱いていたが、それは人間と物とは異なるとカントが言い出す前の時代にはよく生じた出来事だったのである。今日では人間の自意識は栄光の座についてこのような空しいパロディを馬鹿にしている。

昔の精神病院には、自分が陶土で作られた壺と思い込んだり、あるいはまた躊りながら、ナイフを手にして、コルドバのチーズと思い込んで脹ら脛の一部を切り取ってさしだす者がいたりした。そのほか、ティーポットのように蒸気を出したり、シャンペンのボトルのように泡を出してみたり、洗い立てのシャツのように自分を畳んで見せたりする者がいた。統計によれば、このような患者の数は極端に少なくなっている。意識の変化のほかにその理由を探す必要はない。狂人たちもまた人格なるものをあまりにも後生大事に考えすぎている。

IV

アメリカの詩人ウォルト・ホイットマンの伝記作者たちは、彼が笑った姿を誰も見たことがないと語っている。詩人は柔和にして陽気な人間で、あらゆる事柄について物わかりがよかったし、ほかの誰よりも自分が優れていると思うような人間ではなかった。人類の両極に位置する二人として、一方には、一頭のロバが無花果《いちじく》を食べるのを見て笑いこけたフィレモンをおき[4]、もう一方にはこの偉大な詩人ウォルト・ホイットマンをおくことができるだろう。フィレモンがこのように度を逸した笑い方をしたのは、詩人である自分がロバよりも上等の存在だと思いながらも、彼自身とは何から何まで違うこのロバが同じく食後の一品を確かに食べていたからである。われわれの手元には、ウォルト・ホイットマンの肖像画があるが、年老いて体の麻痺した詩人は、深刻な表情をうかべ、彼の腕にとまった蝶々が、あかたも枯れ幹にとまったつもりでいる錯誤を正すでもなく、これに手を貸してさえいる。

人類に特徴的な身ぶりは永遠不動のものではない。神々でさえ、ときには変化する。笑う姿だって、すでに変わってきている。もはや人々が笑わなくなる時代を予想できるようにいつでも身構えていなければならない。このような痙攣をモデルとしつつ、これをもとに自分たちの顔を作り上げようとする人々は、ジョルジュ・クルトリーヌの本を読むことで、姿を消した慣習に思いをめぐらすことになるだろう。いま笑いたいと思う人は、ただちに満足を得ることになるだろう。われわれはいまだなお廃墟の真っ只中にありながらも、笑いの神の像の台座を探すべき段階に達してはいない。笑いの神は、われわれと一緒にいる。われわれの彫像が倒れ、われわれの慣習が捨て去られ、時代を計算するにあたって新たな年号を用いるようになるとき、単純素朴な説明文をこれほどまでに陽気なものに仕立てあげた人について語られるのは以下のようなことになるだろう。

「あれは、モンマルトル界隈に暮らす、洗練と善良さをあわせもった魅力あふれる神のごとき人物だった。この神はじつに優美だったので、破壊不可能な聖所を探す品の悪い言葉が、この人の作品のうちにそのような聖所を見出したのである。」

（千葉文夫訳）

（1）フランスの劇作家、小説家、ユーモア作家。一八五六―一九二九。

（2）古代ローマの劇作家。代表作に『ほら吹き軍人』ほか。

（3）凡庸な役者ピエジュレはシャルルマーニュの甥ロランを代役で演じることになったが、舞台に出たとたん言い間違いをしてしまう。

（4）ロバが無花果の実を食べようとしているのを見て笑い死にしたとされるのはフィレモンではなく、ストア派の哲学者クリュシッポスが正しい。

伝記の技法

歴史は個人については確実なことを教えてくれない。個人が一般的な事件といかなる点において関連をもつのかを明らかにするだけである。歴史は、ワーテルローの戦闘の日ナポレオンが病気であったとか、ニュートンの過度なまでの知的活動力はその禁欲的な体質に帰するべきであるとか、アレクサンドロス大王はクリトスを殺したとき酔っていたとか、ルイ十四世がある種の決断を下したのは痔瘻のせいだったかもしれないとか、語っている。パスカルはクレオパトラの鼻について、それがもっと低かったらと仮定したり、クロムウェルの尿道にはさまった一個の砂粒について推論する(1)。こうしたすべて個人的なことがらが意味を持つのは、ただそれが事件を変化させたか、事件の連鎖を狂わせたからに他ならない。それらは真の原因だろうか、ただありうべき原因である。しかしそうした原因の探求は学者に任せておこう。

芸術は一般的観念とは逆の立場に立ち、個人的なことしか描かず、独自なことしか望まない。芸術は物事を分類《クラセ》せず、物事の分類を廃する《デクラセ》。われわれに関する限り、われわれの一般的観念は火星で通用する一般的観念と同じであり、交叉する三本の線は宇宙のあらゆる地点で三角形を形成する。だが、一枚の木の葉を見つめてみたまえ。それは独特の葉脈を持ち、翳っているか陽に曝されているかによって色合も異なり、雨垂れに打たれて脹れ上がっていたり、虫に食われた穴があったり、蝸牛《かたつむり》の這った銀色の跡が残されていたりして、まったく同一の葉は地上のいかなる森を探しても見つからない。一枚の葉の外皮、一個の細胞の繊維、一本の静脈の反り具合、一人の人間の奇癖、一つの性格の変化を研究する学問などは存在しない。ある人の鼻がゆがんでいたり、左右の目の位置がずれていたり、腕の関節が硬直していたり、またその人がある時刻に若鶏の胸の白肉を食べ、シャトー・マルゴ葡萄酒よりマルヴォワジー葡萄酒を好むとすれば、それは世界に二つとない特徴となる。ターレスもソクラテスと同じように「汝自身ヲ知レ」と言ったかもしれないが、ターレスはソクラテスのように、獄中で毒薬を飲む前に脚をこすりはしなかっただろう。偉人たちの思想は人類の共有財産だが、個人としての彼らは、実のところそれぞれの奇矯さを具えていたというに過ぎない。一人の人間をそのすべての異常さにおいて描き出す書物は芸術作品であり、それはちょうど、とある昼下りに見かけた小さな毛虫の姿を克明に描いている日本の版画のようなものである。

　歴史はこうしたことについては沈黙している。証拠が提供する材料の粗い寄せ集めのなかに、独自無類な断片が大量に含まれているはずもない。とりわけ古代の伝記作家たちは寡黙である。彼らの評価は概して公的な生活や文法に限られるので、偉人についてはその言葉や著書の標題を伝えるに留まっている。アリストパネスが禿だったことを知る悦びをわれわれに与えたのはアリストパネス自身である。もしソクラテスの獅子鼻が文学的な比喩に用いられることがなかったなら、また彼の裸足で歩く習慣が肉体を軽蔑する彼の哲学体系の一部をなしていなかったなら、われわれは彼についてその道徳的探求しか知りえなかっただろう。スエトニウスのおしゃべりは憎悪のこめられた論戦でしかない。プルタルコスのすぐれた才能はときに彼を芸術家にしたけれども、彼も「同類」の存在に想いを廻らした——あたかも、すべての細部に亘って的確に描写された二人の人間は互いに似るはずだとでもいうように——ため、自らの芸術の本質を理解できなかった。現在参照しうるのは、せいぜいアテナイオス、アウルス・ゲリウス、古典註解者たち、それと一種の哲学史を書いたつもりでいたディオゲネス・ラエルティオスぐらいのものである(2)。

　個性的なものに対する感覚は、近代になって発達した。ボズウェルの仕事は、もし彼がそこにジョンソンの書簡やその著作についての余談を引用する必要があると考えなかったなら、完璧なものとなっていただろう。オーブリーの『小伝記集』はより満足できるものである。(3) オーブリーが伝記作家としての天性に恵まれていたことは疑いない。残念なのは、このすぐれた好古家の文体がその構想に比して余りにも貧しいことである！　そうでなければ彼の著作は思慮深い人たちを永遠に楽しませたに違いない。オーブリーは、個人的な細事と一般的な観念とを結びつける必要を感じなかった。他の誰かがある人たちの名声について書いているのを読んでも、彼はその人となりのほうに興味を覚えるのだった。彼の扱った人物が、多くの場合、数学者なのか、政治家なのか、詩人なのか、あるいは時計屋なのかすら読者にはわからない。だが、各人がそれぞれ独自の特徴を具え、それによって他の人たちとはっきり区別されている。

絵師北斎は百十歳になったら芸術の理想を達成できるだろうと期待していた。そのときが来れば、自分の絵筆が描くすべての点、すべての線が、活きたものになるだろう、と彼は言った。活きたとは個性的という意味である。点と線ほど互いに似かよったものはなく、幾何学はそうした公理の上に成り立っている。北斎の完璧な芸術は、点と線が何ものにもまして互いに異なることを要求したのだ。同じように、伝記作家の理想も、殆ど同一の形而上学を考えついた二人の哲学者の相貌を限りなく異ならせることにある。オーブリーがひたすら人間に関心を寄せながらも、完璧の域には達しなかった所以である。北斎が願ったように、相似を相違に変える奇蹟を成しとげることができなかったからである。だが、オーブリーは百十歳までは生きなかった。それでも彼は高く評価されるべきであり、彼は自分の著書の持つ価値を心得ていた。アンソニー・ウッドに宛てた序文のなかで彼はこう書いている。「私は、最上の人間とは最上の状態にある人間のことに他ならないという、ランバート将軍にまつわる言葉を思い出します。あなたはそのことのさまざまな実例をこの急ごしらえの粗い寄せ集めのなかに見出されるでしょう。だから、これらの秘密は今から三十年ほどたたなくては白日の下に曝すべきではないのです。実際、作者も登場人物も、その前に（山査子《さんざし》の実のように）朽ち果てねばならないのです。」

オーブリーの先駆者たちのうちにも彼の芸術の初歩的な要素が見出されるだろう。例えばディオゲネス・ラエルティオスは、アリストテレスが熱い油の入った革袋を腹の上に載せていたとか、彼の死後、たくさんの土製の壺が家のなかから見つかった、と教えている。アリストテレスがそれらの壺を何に使ったかは永遠にわからないだろう。それは楽しい謎であり、その楽しさはジョンソンがいつも乾からびたオレンジの皮をポケットに詰めこんでいたという、ボズウェルの伝える話から推測を廻らす楽しさにも劣らない。ここでディオゲネス・ラエルティオスは並ぶもののないボズウェルの崇高さに達しかけている。だがこれはめったに得られない楽しみである。一方、オーブリーは各行でそうした楽しみを与えてくれる。彼に言わせれば、ミルトンは「Rを強く発音した」。スペンサーは「小男で、髪は短く、小さな襟飾と小さな袖飾を着けていた」。バークレーは「ジェームズ一世時代の英国に暮していた。白髯をたくわえた老人で、羽根のついた帽子を被っており、それが厳格な人々を憤慨させた」。エラスムスは「漁師町で生まれたのに、魚が嫌いだった」。ベーコンに関しては、「召使は西班牙革《コードヴァン》の長靴をはかなければ誰一人として彼の前に出れなかった。というのも、彼は牛革の臭を嗅ぎつけて不快感を催したからである」。フーラー博士は「仕事のことで頭がいっぱいだったので、夕食前に瞑想に耽りながら散歩して来ると、ひどく安物のパンでもそれと気づかずに食べた」。ウィリアム・ダヴェナント卿については次のように記している。「私は彼の埋葬に立ち会ったが、棺は胡桃材で作られていた。ジョン・デナム卿はこんな立派な棺は見たことがないと断言した。」ベン・ジョンソンに関してはこう書いている。「彼はいつも、腋窩に割け目のある、御者の着るような外套を着ていた、と俳優のレイシー氏が語るのを聞いたことがある。」ウィリアム・プリンにおいて彼を驚かせたのは以下の件である。「その仕事ぶりはこんなふうだった。合わせ縫いにした長い縁なし帽を少なくとも目の下二、三吋《インチ》のところまで目深に被って、目を光から護る庇《ひさし》とし、約三時間おきにパン一個と麦酒《ビール》一杯を召使に運ばせて元気を取り戻す。こうして麦酒を飲み、パンを齧《かじ》りながら夜まで仕事を続け、夜になるとたっぷり夕食を摂った。」ホッブスは「晩年すっかり禿げてしまったが、それでも家のなかでは何も被らずに研究を続けた。頭から風邪をひくことはないだろうが、いちばん厄介なのは蠅が禿頭にとまるのを防ぐことだと言っていた」。ジェームズ・ハリントン(4)の著書『オケアーナ』の内容には一言も触れず、この作者についてこう語る。「紀元一六六〇年、彼は囚人として倫敦《ロンドン》塔に投獄され、のちポーツィー城に移された。この幽閉生活が

（高度な知性と熱狂的な性格を持った紳士であったから）彼の錯乱や狂気の素因となったが、その狂気は狂暴性を帯びたものではなかった——というのは、話すことは十分理に叶っており、人づき合いもよかった。ただ、自分の汗が蝿に、ときには蜂に変るという妄想に取り憑かれていただけで、他ノ点ニオイテハ正気ナリキ。彼はそれを実証するために、ハート氏の庭（セント・ジェームズ公園に面していた）に向きの変えられる板張りの小屋を建てさせた。小屋を陽の当る方角に向け、陽に面して坐り、狐の尻尾を持って来させると、それで目につく限りの蝿を追い出したり叩き殺したりしてから、窓を閉めた。ところでこの実験は、暑い季節に限られていたので、何匹かの蝿は服の裂け目や襞の間に潜んでいた。十五分ほどたつと、暑さのために一匹、二匹、もしくはそれ以上の蝿が飛び出してきた。すると彼は、蝿が私の軀から出て来るのがはっきり見えただろう、と叫ぶのだった。」

以下はメリトンについて記されていることのすべてである。「本名ヘッド。ボヴェイ氏は彼をよく知っていた。……年生まれ、リトル・ブリテンの本屋。ジプシーの仲間に入っていたことがある。尊大な目つきで、無頼漢風。どのようにも姿形を変えることができた。二、三度破産。晩年には本屋を営む。本を書きまくっての生活。稿料は一枚二十シリング。『英国の乞食』『ウィードリングの芸術』など、数冊の本を著す。一六七六年頃、満潮時にプリマスへ行く途中で溺死。享年約六十。」

最後にデカルトの伝記を引用しなくてはならない。

「レナトゥス・デス・カルテス氏

高名ナルガリア人、最高ノ数学者ニシテ哲学者、一五九六年三月末日トゥレーヌニ生マレ、一六五〇年二月朔日ストックホルムニ没ス（C・V・ダレンの描く彼の肖像画の下に以上の銘文が記されている）。彼がどのようにして青年時代を過ごしたのか、またどのような方法によって高名な学者になったのかは、彼自ら『方法序説』と題する概論書のなかで述べている。イエズス会は彼を教育する栄誉を担ったことを自慢している。エグモント（ハーグ市の近く）で数年を過ごし、そこで数冊の著書を発表した。きわめて聡明だったので、女にかかずらうことはなかったが、やはり人間として人並の欲望は具えていた。それで素性賤しからぬ女を愛し、それを囲い、数人（二、三人らしい）の子供をもうけた。このような父の血を引く子供たちが立派な教育を受けなかったのは驚くべきことである。彼は卓越した学識を具えていたので、あらゆる学者が彼を訪れ、彼の器具を見せてほしいと頼んだ（当時、数学は器具に精通すること、また、H・S卿も指摘したように、トリックを用いることと密接に繋がっていた）。すると彼は、机の下の小さな抽出しをあけ、片脚の折れたコンパスと、定規代りに使っていた紙片を折り畳んだものを見せた。」

オーブリーが自分の仕事を完全に心得ていたことは明らかである。彼がデカルトやホッブスの哲学思想の価値を認めなかったなどと考えてはいけない。それは彼の関心を引くことではなかったのだ。デカルト自身がその方法を世間に公表したことを、彼ははっきり述べている。彼は、ハーヴィが血液の循環を発見したことを知らないわけではないが、それより、この偉人が上衣も着ないで散歩して眠れぬ夜を過ごしたこと、字が下手だったこと、ロンドンの最も有名な医者たちも彼の処方には六ペンスすら支払わなかったであろうことを記したかったのだ。フランシス・ベーコンの目は細く鋭く、色は榛《はしばみ》色で、蝮の目に似ていたと書くとき、彼はベーコンという人物を理解させたと確信していた。だが、彼はホルバインほど偉大な芸術家ではない。一個の人間を理想に近い素地の上に独自な特徴をもって定着させることは、彼にはできない。モデルの目、鼻、脚、仏頂面に生命を与えることはできても、その姿形を活かすことはできない。老北斎は、一般的なものすら個性的にしてやまぬ域に達しなければならないことを明確に悟っていたが、オーブリーはそのような眼識を持たなかった。ボズウェルの本が十頁に収まっていたら、それは期待に応える芸術書となっていただろう。ジョンソン博士の良識は通俗きわまりないものだったが、ただそれが異常な激しさで表明されたのであって、ボズウェルはその激しさを描き出す術を心得ていた。その点で彼はこの分野では独自のすぐれた資質を具えている。だが、この分厚い目録は博士の所持する辞典類にも似ており、そこから索引つきの『ジョンソンよろず帖《スキエンティア・ジョンソニアーナ》』も引き出せるだろう。要するにボズウェルは、選択するという美学的な勇気を持ち合わせていなかったのだ。

伝記作家の技術はまさしく選択のうちにある。伝記作家は真実であろうと心掛ける必要はない。さまざまな人間的特徴の混沌のなかから創造しなければならない。神は世界を造るためにありとあるもののなかから最上のものを選んだ、とライプニッツは言った。伝記作家は、低次の神として、ありとある人間的なもののなかから独自なものを選びとることができる。神が慈悲において誤らなかったように、彼は技術において誤ってはならない。両者の本能はともに絶対無謬でなくてはならない。辛抱強い造物主たちが、伝記作家のために、さまざまな思想、表情、事件を集めてきてくれた。彼らの仕事は年代記、回想録、書簡集、古典註釈となって残されている。こうした粗い寄せ集めのなかから、伝記作家は他のどれとも異なる形《フォルム》を造り出す材料を選択せねばならない。その形《フォルム》は、他のすべての被造物と同じように独自なものである限り、かつて高次の神が造り出した形《フォルム》に似る必要はない。

残念ながら、一般に伝記作家たちは自らを歴史家であると思いこんできた。それ故、彼らはすばらしい肖像を提供しえないできた。彼らは偉人の生涯だけがわれわれの興味を引くと考えていたが、芸術はこういう考え方とは無縁である。画家の目にとっては、クラナッハの描くある見知らぬ男の肖像も、エラスムスの肖像と同じ価値を持つ。その絵が無類なものであるのはエラスムスという名のせいではない。伝記作家の技術は、シェイクスピアの生涯にも、一大根役者の生涯にも、同じ価値を付与することにあるのだろう。アレクサンドロス大王の胸像に短縮された胸鎖乳突起筋を、ナポレオンの肖像の額に毛の房を興味本位に見出そうとするのは、下等な本能のなせるわざである。モデルについては何もわからないモナ・リザ（男の顔かもしれない）の微笑のほうがより神秘的である。北斎の描く渋面のほうが人をより深い瞑想に引きこむ。ボズウェルとオーブリーが得意とした技術を試みようとするのなら、同時代最大の偉人を綿密に描写したり、過去において最も有名だった人物を描くのではなく、神に近い人であれ、凡人であれ、犯罪者であれ、その人独自の生活を同じ心遣いをもって語るべきであろう。

（大濱甫訳）

（1）「クレオパトラの鼻、それがもう少し低かったら、大地の全表面は変っていただろう」（『パンセ』一六二）。「クロムウェルは全キリスト教団を打倒しようとしていた。王家は没落し、彼の家系は永久に安泰であるように見えた。彼の尿道に小さな一粒の砂がはさまることがなかったならば」（『同』一七六）。

（2）スエトニウス（六九―一六〇）、『皇帝伝』の著者。プルタルコス（四六頃―一二〇以後）、『対比列伝（英雄伝）』の著者。アテナイオス（二〇〇頃）、料理と宴会に関する百科辞典ともいうべき『食卓の賢人たち』の著者。アウルス・ゲリウス（一二三頃―一六五頃）、随筆風な『アッティカの夜々』の著者。ディオゲネス・ラエルティオス（三世紀前半）、ギリシアの哲学者たちの伝記『著名な哲学者たちの生活と意見（ギリシア哲学者列伝）』の著者。

（3）ジェイムズ・ボズウェル（一七四〇―九五）、イギリスの弁護士。その『サミュエル・ジョンソン伝』は伝記文学の傑作。ジョン・オーブリー（一六二六―九七）、同時代のさまざまな名士の伝記を集めた『小伝記集』はイギリス伝記文学の代表的作品。

（4）原文ではジョン（John）・ハリントンとなっているが、『オケアーナ』の著者の名はジェームズ（James）であり、『小伝記集』でもジェームズとなっているので訂正した。

愛

役者、ヒュラス、ロジオン・ラスコーリニコフ、バカロレウス氏、ウィロビー卿のあいだに交わされる会話

普段と同じように、女抜きの昼食会もそろそろ終わりにさしかかった頃、珈琲と煙草が運ばれてきてこれに応じて話題も変わり、いまや食卓布の上を飛び交うのは、相も変わらぬ男どうしの会話の主題、すなわち愛および愛の解釈者に関するおしゃべりである。議論は長引いた。天気の良い夏の午後のことである。一同は芝生の上に座り、その斜面は銀色の刃物のように輝くマルヌ河の水面までなだらかに下っていた。会食者たちは、一日が無駄になってもかまわないと思いを定めたのだった。

家の主人——とことん無駄話に興じるとみんなで決めたのだから、それぞれ自分の役割を選んだらどうだろうか。まずはギリシア学の権威のあなたから……

ヒュラス——私は古代の唯物論の扱いにあまりにも深く入りこんでしまったし、それにまた複数の顔をそなえた弁論家としてふるまう習慣が骨の髄まで染みついてしまっているので、ここでは、一般観念を除けば具体的特徴などない曖昧模糊たる人物を演じるように、みなさんにはお願いしたい。そういうわけで私自身はヒュラスと

名乗ることにしよう。
家の主人――あなたの場合は、何が好みなのかを迷わずに言い当てることができます。――あなたはあまりにもドストエフスキーに熱を入れあげすぎている。
ロジオン――あげくの果てがロジオン[1]の名前で話すということになるのです。
家の主人――さて、あなたはといえば、あの偉大なるジョージ・メレディスの存在を教えてくれたわけですが。
ウィロビー――ここではエゴイズムの権化、ウィロビー卿[2]を演じることにしましょう。
バカロレウス――私の場合は、地道に幾つかの引用をするだけにして、さしつかえなければ、論理の筋道を呼び戻すことにしたい。私の記憶のなかではメフィストフェレスの教えはいまだにその新鮮さを失ってはいない。
家の主人――ならば、この私は、わが親愛なるパニュルジュの例にならって、哲学者トゥルイヨガン、フランスの老詩人ラミナグロビス、そしてまた神託を次々と呼び出すことにしましょう。フランス中世の譚詩と独白劇の登場人物以外の資格は要求いたしません。すべてを自分のために語り、またあなた方を語らせようと努めます。役者を演じることにいたします。
バカロレウス――だとすると、役者殿、「賛成」と「反対」をめぐるいかなる議論においても、まず必要なのは対象をきちんと定め、定義することであって、それをしなければ話は始まらない。つまりその対象を包囲し、境界を定めなければならないということです。あなたが先ほど大雑把に述べられたこと、つまり曖昧な言い方に終始した例の事柄をもう一度振り返り、明確なやり方で、さらにはきちんと筋道を立てたうえで、お話し願いたい。
役者――わたしがさきほど曖昧な言い方で（あなたにはこの言葉が気に入っているのだから）申し上げたのは、バカロレウス氏よ、大方の人間は、ペドロ親方の操り人形を前にして、目の前の芝居は果たして本物なのかと食ってかかるドン・キホーテに似ているということなのです。「この場においでの方に、真実の偽りないところを申しあげるが、拙者には今しがたここで起こったことがすべて、そっくりそのまま現実のこととしておこったように思われた。すなわち、メリセンドラは本物のメリセンドラ、ドン・ガイフェーロスは本物のドン・ガイフェーロス、マルシリオは本物のマルシリオ、シャルルマーニュは本物のシャルルマーニュだったのでござる」（牛島信明訳）。そんなわけで、ドン・キホーテはマルシリオ王に瀕死の重傷を負わせ、白髭の大帝の王冠と頭蓋骨を真二つにたたき割ったのです。というのも、操り人形だというのに、激しい情念という点でも苦悩という点でもまさしく本物にたがわぬとあの人には思われたからです。同じことなのですが、われわれもまた愛のお芝居には並々ならぬ関心を抱いています。女たちのしぐさを目にし、女たちの言葉を耳にし、操り人形であるのに、これを本物と思い込んだあげくに涙を流したり、さらにはこらしめようと思ったりする。気高い狂気に取り憑かれ、われわれが恋する相手の魂と肉体は実際には操り人形であり、ペドロ親方が緞帳の陰に潜んでいるとは気づかずにいる。そのほかに私が申し上げようとしていたのは、芝居の外に出ようと試みたり、剣を振るって芝居を滅茶苦茶にしたりする御仁に比べれば、妄想にふけるだけの人はまだまともだということです。損害の弁償のために支払いをする段になると、人形遣いは、思わず眼帯をはずして、できれば見せずにおいていた方がよかったはずだったのに、数知れぬ悪事の張本人だとばれてしまう。独特な愛の所作は人形自身の告白にもとづくならば、必ずといってよいほど、特定のモデルを模倣してできあがっているわけですが、ここで申し上げようとしているのは、そのような所作に限った話だけではなく、告白の恥じらいから嫉妬に狂って扇子を壊すに到る、睫毛のひそかな動きや感極まって上下する胸の小さな運動から、別れを告げる小さな鐘の音の神経質な響きに到るまでの、あらゆる恋愛感情の装備一式のことなのです。

バカロレウス――なんとも曖昧きわまりない隠喩の連続だし、おまけに絵空事の文学趣味に染まっており、哲学的な対話やプラトン流の議論のやりとりに特徴的な定義の探求をめざす隠喩にはなっていませんね。エルネスト・ルナン氏の哲学的会話は、神学的研究の色をおびているせいで多少なりとも鈍重な印象ですが、その彼の著作に見出せるような具体的な議論に発展して行く可能性はあまり見られません。

ヒュラス――そのへんでやめておいたほうがよくはないかね、バカロレウス氏よ。というのも、われわれの友人の役者殿は、あなたがその名をあげた神々しいプラトンがずっと昔に考え出した神話をまさにルネサンス風のやり方で表現するだけなのですから。われわれが縛られて動けぬ状態におかれた洞窟の小さな壁の前に、絶えず素早い動きをもって運ばれてくる木や石で作られた物や生き物の彫像や模像は、ペドロ親方の人形に似てはいないでしょうか。洞窟の入り口の前では盛んに火が燃やされており、その光に騙されて、壁に踊る彫像と模像の影を本物の人間や物と思い込んでしまうのです。というのも、われわれの頸も腿も鎖で堅く縛られていて、われわれの視線は壁の上の影の動きに注がれるほかなく、実際に直視すれば目が眩んでしまう真実の光のほうを振り返ってみることはできないのです。人間の世界と人形の世界の違いは、イデアの世界とイメージと影の世界のあいだに横たわる違い以上に大きなものではない。だからドン・キホーテはマルシリオ王とシャルルマーニュ大帝の人形に対して怒りを爆発させ、滑稽きわまりない立居振舞いを見せたわけだが、われわれが愛の影に苛立つのも同程度に狂っているといってよい。親愛なるバカロレウスよ、プラトンが書いたのはそのような種類の事柄であり、あなただってそれを知らないわけではないでしょうに……

バカロレウス――『国家』第七巻冒頭ですな。だがヒュラスよ、このような観念的な神話の話を持ち出すのは、どんな理由からなのか。

ヒュラス――しかもこれは私独自の考えというわけではなく、ひとりの夢想家の考えだと思っていただいたほうがよろしい。役者殿はいわば論点先取りの虚偽から出発しているのです。つまり宇宙には、巧妙な組み合わせによってできた人形以外のものがあると仮定することからして間違いなのです。そんなふうにして彼が一貫してそれとなく言おうとするのは、どこかに完璧なる一個の愛の女が存在していて、ほかの女たちはその動きと情念を模倣しているということなのです。さらにこの愛の女は現実に存在するわけではない。あるいは、その姿を見ることはできるにしても、すべての女が巧妙につくられた操り人形だということにはならない。それゆえ愛の女は存在せぬ非物質的なものである。プラトン的なイデアであって、私はこれを否定するのです。というのも、デモクリトスが想像したような、そしてまたはるか後代になってヴィリエ・ド・リラダンが想像したような自動人形という発明を役者殿の手柄とするつもりはないのです。わが信念にしたがえば、役者殿が操り人形の話をするときに考えておられるのが、水銀の粒の滑らかな動きにしたがう中空の木像などではなく、ましてやエジソン氏の発明になる電気仕掛けの未来のイヴなどではないことは明白です。

ウィロビー——親愛なるヒュラスよ、結論として、あなたの頭の中にあるのは、イデアの女を模倣する女、あるいはまた物作りを得意技とする人によってまるで人形のようにして作られた女のことだけなのです。われらがバカロレウスの分類趣味を満足させるためにも、あなたは純然たる客体の側に身をおいたままでいると言ってみたい。それでは主体の方はどうなってしまったのか。つまり男の方はどうなってしまったのか。役者殿によれば、女は自分自身の感情をもたず、ひたすら愛の女の役を演じるというわけですが、役割以外の何物もこの世には存在しないとあなたは言う。この点に関して、このウィロビーはご両人のあいだに割って入り、自己なるものがあると宣言しましょう。私自身は、女が人形であってもかまわないと考えるわけであり、感情を自分独自のものとして体験せずに所作をおこない、人から教え込まれた感情を装うだけだという点もまた認めることにしましょう。だがこの種の模倣を説明するために、イデア的な愛の女、あるいは愛の非物質的な導き手を探し求めようとするのは奇妙です。ごく普通の女たちがどこでそんな代物を認知したりするでしょうか。ソクラテスが『パイドロス』において語る（ヒュラスよ、あなたはご存じのはずだが）碧玉や金や斑岩からなる一段と上等な世界などではないはずです。というのも彼女らはそんな世界に行ったことなどないからです。親愛なるバカロレウスよ、あなたはきっとゲーテが『ファウスト』で語っていた母たちの神話を覚えているでしょう。

バカロレウス——彼女らはより上方にいるのでも、より下方にいるのでもない。

ウィロビー——ゲーテは正しかったのです。彼女らには、プラトンのイデア世界以上にはっきり定まった居場所があるわけではない。まさにそれは万物を生み出す永遠の母型なのです。そこからさまざまな存在と事物の不変の生成がなされるので。それは創造活動における女性的なる要素に相当するといってもよい。このようにして私は愛の女を思い描くのです。ゲーテの母なるものにも似て、そこからは永遠に同一の愛の定式がほとばしり出る。彼女らは操り人形だというとき、役者殿の脳裏にあるのはそのことでしょう。あるいはまたヒュラスが彼女らは愛の影だと説明するときも同じ事を考えているはずです。だが、彼女らは愛の不断の創造主でもある。そして彼女らはつねに愛を愛にひとしいものとして生産する。どのようなモデルが元になっているのでしょうか。すると、何が母なるものに独自の形式を押しつけるのでしょうか。何が女たちに愛の形式を押しつけるのでしょうか。創造神は物の永遠不断の母型を決定的なかたちで定めたわけです。知性豊かな人間は愛の外見を思い描いた。女たちの視線に、愛される女のイメージをさしだしたのは恋い焦がれる男だった。自分で作り上げたこのイメージにあわせて女は自分の姿を整えようとした。理想的な愛の女が棲みつく場所は愛する男の心のなかであり、愛される女はこの理想的な愛の女の身ぶりを模倣する。かりに男が失望し、あるいは動きといっても、それは操り人形のしぐさでしかなく、感情は影の流動性でしかないことに気づくとしても、ただ単に自縄自縛の罠に陥って錯覚しているわけなのです。みずから投影したイメージを凝視しているだけなのですから。なんと、存在するのは私ひとりだけ、錯覚を犯すにせよ、責任は自分にあるのです。

バカロレウス――フィヒテの『学問論』を参照するのがふさわしい場面です。以下の部分なのですが……

役者――きみがわれわれに提示しようとするドイツ哲学の考察に関しては、バカロレウスよ、また別の機会にしようではありませんか。このような瞑想の道に踏み込む自分の姿など思い描くことはできません。今日この日の太陽の輝きはあまりにも眩しく、即自存在をそこに歩かせる気にはなりません。もしよければウィロビーよ、霧に包まれた天気の悪い日を待ってこれをおこなうことにしようではありませんか。言葉が足りませんでした。そう、バカロレウスよ、あまりにも隠喩に頼りすぎてしまったのです。女たちは愛の操り人形にほかならないという説を口にしたとき、ひたすら自分が考えていたのは、どの点をとってみても例外的な完璧さをもって愛を模倣する危険な能力が彼女らにそなわっているということでした。どの女も快楽を装っていると打ち明ける点で共通です。同じような能力をもって、相手に快楽を与えるつもりがあると装う点にも注意をうながしたかったのです。嘆かわしい事態だと言いたかったわけではなく、ただ観察を述べただけなのです。われわれ人間は、この世でみな何らかの役割を演じています。「人格《ペルソナ》」という語そのものが喜劇の仮面に由来しており、劇場ではその仮面を通して声が鳴り響くことになるのです。パンピュリア族の血をひくアルメニオスの息子エルの物語に似たものを思い描いてみることができるでしょう。

バカロレウス――『国家』第十巻第十三章でプラトンが紹介している話ですね。

役者――バカロレウスの言う通りです。とある戦争にあって、パンピュリア族のエルは戦死をとげ、十日間にわたって、ほかの死者と一緒に放置されたままだった。十二日目を迎え、埋葬のときになって彼は突如として生き返り、あの世の話をし始めたのです。彼は地獄と責め苦を目撃し、惑星の色彩豊かな八つの輪にやはり同じく八人のセイレンが座しているのを見たのでした。彼はまたレテの河の水を飲み、女神ラケシスの周囲に集まる数多くの無垢なる者たちの魂を見た。いわば神官のごとき存在が運命の女神の膝から籤《くじ》を受け取り、偶然にまかせてこれを魂に向かって投げ与える。人々は自分のそばに落ちた籤をひろい、それに対応する生涯を選ぶ。このようにしてパンピュリア族のエルは人々の役割が選ばれるのを見たのです。さらに神官はおそらくはこの籤に仮面を結びつける。まさに、女たちはすべて、自分たちがどんな籤をひろいあげるにせよ、愛の仮面をかぶるのです。

ヒュラス――完璧な物語です。ただしプラトンの結末はそうはなっていないけれど。

役者――そうかもしれない。さらに言えば、この仮面はやがては彼女らの本当の顔になる。その結果、自分が意識的につくりあげたわけではない表情を意識するようになるのです。『結婚十五の歓び』を著した巧みな哲人が書き記した魅力的な一節を覚えておられるかな。

バカロレウス――ほかならぬアントワーヌ・ド・ラ・サル(3)ですね。一八三六年にルーアン図書館の司書アンドレ・ポチエ氏は書き手が誰かを明らかにしています。

役者――アントワーヌ・ド・ラ・サルはシチリア王ルイ三世の秘書官でした。彼は夫が妻に強引にしかけた「艶事」の場面を以下のように描いています。「夫は妻に接吻し抱き寄せ、おのが本意を遂げる。妻の方は、心はここにあらずといった風情で、別の相手だったらと想像しつつ、夫のなすがままに身をまかせてはいたが、ひどくわずらわしく思っているのか、夫に応じる素振りは見せず、石のように体を硬くしていた。お人好しの夫は一生懸命ことに励むのだが、鈍重でぎこちなく、ほかの連中のようにうまくできない。奥方は少し顔をそむけた。というのも、以前味わった上等のイポクラス酒とは違うので、どうも気分が悪くなり、このように夫に言った。『ねえあなた、乱暴なことをなさるのね、あなたの得にはならなくてよ。』」奥方は自分の顔に閨事に応じた変化があらわれていないのを知っていた。だから彼女は「少しばかり顔をそむけた」わけです。この場合の操り人形は意識して身を動かしている。

ヒュラス――単純な機械的反応でしかないのになかなか上手に扱うものですね。

バカロレウス――愛の所作が機械的反応だとは知りませんでした。

ヒュラス――機械的反応のなかでも最たるものというべきものでしょう。紙巻き煙草をくゆらしながら相手に身をまかせる娘がいることも知っています。デフォーは『モール・フランダーズ』で、隙を見て男たちのポケットから金貨をくすね、その代わりに銅貨を入れる話を書いています。

役者――この種の人形たちは平気で悪戯をやります。ヴィヨンの譚詩に出てくるデブのマルゴはそんな役割を演じながらも自分の噂を気にしていました。娼婦に関しては、あけすけな話しかできません。まさに大衆向けのアフロディテの人形といったところですね。これまで話してきた部分には、この手の女たちを念頭においたものはありませんでした。彼女らは化粧をほどこされ、衣裳を着せられ、見世物にされ、金を支払えば借りられるような、型取りされた人形なのです。

ロジオン――だが役者殿、それにまたシニカルなヒュラスも、そしてダンディ然としたウィロビー、あまりにも物識りのバカロレウスにしても同様ですが、彼女らが愛の人形だという証明をしてもらえないでしょうか。私ならばむしろ命題を逆さまにしてみます。あなたがたが異口同音に、女たちは愛を肌で感じることなく愛の所作をおこなうと主張するのは、彼女らが現実に恋をする女を模倣していると思っているからです。ヒュラスよ、あなたはプラトンのイデアを持ち出すことで、この愛の女のイメージを客観的領域におきました。ウィロビーはいったいどこでごく普通の女たちがこれほどまでに高尚なイデアと接したのかと、からかうような調子の問いを発したあとで、イデア的な愛する女を主観的領域においたわけです。というのも相手の男の想像力が女を創りだすからなのです。ヒュラスは私に同意するでしょうが、哀れな娼婦の磊落《らいらく》ぶりを思えば、高みにある世界の斑岩と金でこしらえた王座に君臨する愛の女など知るよしなどありえないはずです。ウィロビーは、相手の男の想像力に寄り添うかたちで女たちが肉体と魂の動きをつくりあげるとまで言い切れないでいる。この「大衆のアフロディテの人形」はあなたが言及した操り人形とは別物であるはずです。ヒュラスよ、市井のアフロディテの衣服の裾に口づけする女たちは、まさに愛の人形だといえるのですが、あなたが考えているような種類のものではありません。あなた方が話題にする別の操り人形は模倣すると同時に生きています。つまり何も感じない女優なのですが、学習したことは確かだ。ところが、もう一方の哀れな操り人形は模倣することも生きることもできません。こちらの方は何も学習せず、女優とは違って感じることもない。彼女らには中身がない。ヒュラスよ、完璧なまでに中身がないのです。ところがこれとは別の人形を支え、膨らませ、本物だと思わせる要素は、イデア的なるものを模倣する希望、もしくは男の側の創造的な愛なのです。だがヒュラスよ、もう一方の人形はそのような要素をもたない。そして彼女ら自身も、われわれもまた、彼女らを支えるわけではない。となると、神が彼女らに命を吹き込むほかないではありませんか。ウィロビーよ、そしてヒュラスよ、彼女らの全身に愛の息吹が吹き込まれているのが見えはしませんか。たしかに彼女らはエロス神の操り人形だといえます。彼女らに息を吹き込むのはエロス神であり、彼女らの演技はエロス神の作用なのです。だが、彼女らがエロス神の寵愛を失えば、容赦なく彼女らはお払い箱になる。こういうわけで、年老いて色香を失った女たちも数多くいるわけです。というのもエロス神がみずから息を吹きかけて愛撫したくなるような相手は、初々しい唇と瑞々しい胸の持ち主だからです。おそらくは、彼女らは大衆のアフロディテの人形だといえるでしょう。だがどの人形なのでしょうか。それは、おわかりでしょうか、アフロディテが自分の子供に遊び相手としてあたえたものなのです。そしてまた、たとえこの人形が感情を装うだけで実際には何も感じていないとしても、そのことで苛立ってはならないし、苦しんだりしてはいけません。というのも、演技の装いは彼女らの本分にもとづくものではなく、ほかの誰かが代わりに演じているわけであり、その誰かの息が彼女らの唇から洩れ、またその誰かの指が彼女らの四肢に動きをあたえているのです。要するに彼女らには感じる能力がないのであり、神が彼女らを動かしている以上そうならざるをえないのです。古代の人々が娼婦たちを聖なる存在として崇め、聖女としたのは、こうした事柄について何らかの思いを抱いていたからです。人々は彼女らのうちに神の使いの姿を、つまり神が姿をあらわす瞬間を見て取っている。彼女らが神のみぶりを体現する巫女のごとき存在であり、予言を司る女たちが神の声をもって語っていたことを人々は察知していたのです。シモンの家にやってきて、主の足を涙で湿らせ、みずからの髪の毛でこれを拭った女は、愛の神を崇める全能なる愛がこの世に遣わした女でした。われわれのホスト役である役者殿が笑みを浮かべながらこちらを見つめ、いつも私が持ち歩いているドストエフスキーの例の本を指で示しているのに気づいています。それでもソーニャのことも少女ネリーのこともお話ししようとは思いません。彼女らのような貧しくとも神々しい娘たちもまた主の操り人形なのです。ただし、彼女らは愛の所作を演じたあとで慈悲の役を演じています。というのも、神々は彼女らをかわるがわる利用するからです。

ヒュラス――ロジオンの説得力あふれる雄弁には心底脱帽するし、その話が私の好みにそぐわないというわけではありません。というのも、娼婦の技から神の教えを導き出したのはなにも彼が最初だというわけではないのです。

バカロレウス――どうもヒュラスはクセノポンの『饗宴』第三章から引用しようとしているようだね。ひょっとすると『ソクラテスの思い出』第三巻第十一章からの引用があるのかもしれない。

ヒュラス――バカロレウスは鋭い勘をそなえた記憶の持ち主です。ならばクリストブロス、アンティステネス、カルミデス、ソクラテスがこの世で何が一番望みなのかをたがいに訊ね合ったことを覚えているでしょう。クリストブロスは美男子でありたいと思った。アンティステネスは金持ちでありたいと、カルミデスは貧しくありたいと望んだ。ソクラテスの番が来ると、おごそかな様子で、額に威厳をただよわせ、「女衒《ぜげん》になりたいのだよ」

と言った。ほかの者たちは笑った。「笑いたければ笑うがよいさ」とソクラテスは続ける。「ただし、この仕事をやればすぐに金持ちになれる、もし本気でこの仕事をすれば、ということだがね。」めいめいが理由を述べた。ソクラテスの番がやってきた。「完璧な女衒こそが、誰が誰を必要としているかを見極めることができるのではないかね。そして愛し合いたいという気持ちをそれぞれに吹き込むことができるのではないかな。そのひとこそが都市と都市の友好関係を築き、忠実な結婚、断ち切れない結合を可能にするのではないだろうか。ならば、たがいに愛し合う者たちを結び合わせる仕事以上に貴重なものがほかにあるだろうか。」そんなしだいで、親愛なるロジオンよ、女衒でさえもソクラテスにとってみれば神々しい面をそなえているのです。

ロジオン――ヒュラスよ、いい加減に冗談はよしてくれたまえ。

ヒュラス――ソクラテスとおなじく冗談を言っているわけでもなければ、またさきほどのきみの話とおなじく冗談を言っているわけでもありません。バカロレウスは哲人が美しい娼婦テオドテを訪れた際のことを覚えていました。その彼女こそが、アルキビアデスの悲劇的な最期にとことん付き合った女であり、アテナイオスが伝える話にしたがえば、みずからの手で彼をフリギアの小都市メリッサに葬ったのだという。彼女の美貌は彫刻家が彼女の胸を象って彫刻の胸部とするほどのものだった。ソクラテスは彼女の美貌を誉めながら静かな口調で、男と知り合うにはどのような手段を用いるのかを彼女に訊ねた。テオドテはどんな返答をすればよいのか判らなかったので、ソクラテスは、彼女の体には神々しい魂が宿っていると教えてあげた。その魂こそ、彼女にとっての友であり、魂に訊ねる術を習い覚えるならば、魂の手助けを得て、自分に忠実な男たちを見つけることができるのだと。この日のソクラテスは冗談を言っていたのだろうか。そうとも考えられるが、テオドテはこの冗談を一種の教訓として聞き取ることができたと考えてもよい。というのも、彼女はアルキビアデスが不幸に見舞われても彼が死ぬまでずっと愛しつづけたのだから。

ロジオン――でもヒュラスよ、あなた自身の意見はどうなのか。

ヒュラス――親愛なるロジオンよ、なぜあなたには道理がわからないのだろう。ウィロビーや、われわれのホスト役である役者殿みたいにはなれないのか、それにまたバカロレウスだって論理を信じ、「バロコ」や「ボカルド」や「フレジゾン」[5]のようなやり方で誓うではないか。原子、モナド、渦巻きの出会いを生じさせる偶然は無限です。こうした物体の運動と衝突の原因についてわれわれはほとんど何も知り得ない。この地点でわが唯物論は終わりを告げるのであり、あなたがた三人の言っていることがすべて正しいと認めるのにやぶさかではない。われらのホスト役の役者殿（思いのほかどことなく中世的である）は実体論に完全に浸りきっているが、自分では意識しないままに、プラトンを好んでいる。そんなわけで、操り人形の動きはイデア的な愛の女によって引きおこされたと主張したのだった。ウィロビーはずっと現代的です。彼はエゴイストであり、己の自我の内部に宇宙全体を閉じこめてしまっていて、この自我が人形の動きの原因だと考えようとしている。ロジオンあなたは、あなた独自の奥の深い宗教的感情のなすがままに、宇宙のさまざまな出会いに関して、まさに神のほかにはその起源を思い浮かべることができないでいます。こうしてあなたは神的な存在が機械仕掛けの所作のすべての源なのだと主張するのです。私ヒュラスはといえば、へりくだって、何も知らないと言いましょう。そしてまた自分が依拠するのは物質のみだとも。なぜならそれ以上のものは私の目には見えないからです。それにまた操り人形に対する操り人形という自分のあり方からして、私が愛する女とおなじように自分の所作の原因を知らずにいるのです。知らないでいる度合いが同じというわけではないにせよ。

　この物語をする相手として相応しいウィロビーを喜ばせるために、トラキアの王だった狂人の冒険を物語ることにします。たぶんわれわれよりもずっと賢い人だったのでしょう。彼の名はコテュス、その傲慢さは例をみないほどの極端なものであり、飽食の度合いも、色欲の面でも並外れていました。トラキアの森をかけめぐり、お気に入り場所が見つかると、前もって食卓をあつらえさせ、いつでも友人たちを招いて会食ができるようにするのでした。このコテュスなる人物は思いあまって女神アテナに恋をし、女神との結婚することを心に誓ったのです。彼は大がかりな饗宴を支度させ、黄金と宝石類で飾られた壮麗な寝台を脇にしつらえさせました。それから彼は食卓について、祝宴に呼んだ会食者と一緒に酒を飲み始めました。彼は混ぜ物をした葡萄酒と生《き》の葡萄酒を何本もあけ、おつきの女たちは彼を褒めそやしました。すでに正気を失っていた彼は衛兵のひとりを遣わせて、女神がすでに褥《しとね》に横たわっているかどうかを見にゆかせたのです。衛兵は戻ってくると、一礼して寝台には誰もいないと告げました。コテュスは衛兵を槍の一撃をもって殺害し、さらに第二の衛兵に様子を見にゆかせました。衛兵は戻ってくると、平身低頭しながら、誰の姿も見なかったと伝えました。第二の槍が放たれ、衛兵は地面に串刺しになりました。それからコテュスは第三の衛兵に様子を見にゆかせました。この者は、王の前に平伏し、このように言った。「殿よ、すでに女神はずっと前からあなたをお待ちになっていらっしゃいます。」

ウィロビー——壮麗な寝台の前に王が進み出たとき、彼はそこに裸の女神アテナが艶然と微笑んでいるのを見たということになるのかな。

ヒュラス——親愛なるウィロビーよ、どうなったのか、私自身その顚末を知らないのですが、そのような仮定はありえます。そしてまたコテュスがみずからの意志によって神を操り人形として思い描き、これを作り上げた点がわれわれの好みに合っていないわけではない。この操り人形はあらゆる所作に応じ、また彼の欲望にことごとく反応するのです。というのも、それはコテュスの狂気のうちにしか存在しないから当然といえば当然なのです。そう、ウィロビーよ、コテュス王は狂える人なのです。そのことがはっきりするのは、もっと後になって、激しい嫉妬の発作に駆られて、自分が愛する女を指の爪で下腹から切り裂いたときのことです。それでもコテュス王の操り人形はわれわれ全員を満足させるのではないでしょうか。それは操り人形だったのです。そしてまたイデア的な愛の女だったわけです。ウィロビーよ、コテュス王はこれをみずからの想像力によって創りだしたのです。そして友ロジオンよ、彼女は女神であり、崇高だった。

バカロレウス——だけど彼女は存在していなかった。

ヒュラス——いや存在していたとも。バカロレウスよ、アテナイオスの書（『食卓の賢人たち』）、第十二巻第四十二章をご覧なさい。あなたの持っている版に索引がついていればよいのですが。もうとっぷりと日が暮れてしまったのですから、われらがホスト役の許しのもとに、そろそろ引き上げたほうがよいかもしれない。バカロレウスに取り憑いている時間厳守の渇きを鎮めるためにもね。

（千葉文夫訳）

（1）ドストエフスキーの小説『罪と罰』の主人公の名前。
（2）ジョージ・メレディスの小説『エゴイスト』の主人公の名前。
（3）『結婚十五の歓び』の邦訳者新倉俊一によれば、同書の作者をアントワーヌ・ド・ラ・サルとするポチエ説は現在これを支持する人はほとんどいないという。
（4）本書七三五頁以下を参照。
（5）いずれも三段論法のパターンを示す用語。

藝　術

以下の人物のあいだの対話

ダンテ・アリギエーリ
チマブエ
グイード・カヴァルカンティ
チーノ・ダ・ピストイア
チェッコ・アンジョリエーリ
アンドレア・オルカーニャ
フラ・フィリッポ・リッピ
サンドロ・ボッティチェルリ
パオロ・ウッチェルロ
ドナテルロ
ヤン・ファン・スコーレル

一五五二年、ユトレヒト滞在中の教皇ハドリアヌス六世は画家ヤン・ファン・スコーレルをローマのベルヴェデーレ学藝員に任命した。任命を受けたのは二十六歳の青年であり、オランダ人巡礼者の信心会のお伴で行ったパレスチナへの旅を終えて戻ってきたところでもあった。ヤン・ファン・スコーレルは教皇ハドリアヌスの肖像画を描くとともに、ラファエルロやミケランジェロが描いた数々の絵を駆け足でくまなく見て回り、文字通り我を忘れるほどの感動を覚えたところだった。この年の春、彼の身には一大事件が生じた。

夜になって彼は首都の城壁の外に出て、ローマ平野をあてどなくさまよっていた。月明かりに照らされて、乾燥した大地と乾いた石ころが光って見えた。古代の墓が、どこまでも白く、目印となって闇に浮かんでいた。ヤン・ファン・スコーレルがオスティアへと向かう古代ローマの古びた街道の傍らに認めたのは、薄暗い塹壕のような何かだった。大きな石が少しばかり動いたのだろうか。すぐに彼は彫刻をおさめる壁龕であればよいと思って、石と石との隙間から顔を覗かせるイラクサを払いのけ、ぽっかり開いた通路に身を滑り込ませた。最初の内は暗がりのなかを手探りで進んだ。まもなくあたりはぼんやりと明るくなったが、月明かりではなかった。凹んだ道には、磨かれた大理石が敷石として張られていた。突然ヤン・ファン・スコーレルは円柱に支えられた丸天井の下にいるのに気づき、平らな地面にふたたび戻ったように思った。しかしながら、まもなくそれは錯覚だとわかった。丸天井があるのは、広々とした一種の円形競技場の入り口であり、そこは穏やかな光に照らし出されていた。地面は長く柔らかな草で完全に覆われていた。心地よい香りがする微風の流れが感じられた。自分がどこにいるのかわからぬままに、この擂り鉢状になった平らな土地の中央部分に立ったヤン・ファン・スコーレルは、そこに純白の大きな椅子がおかれていて、長い衣を着た人々が座っているのに気がついた。彼らは色とりどりの小さな帽子をかぶっていたが、大半の者が頭に載せているのは、フィレンツェ市民がかぶる紅い頭巾だった。ヤン・ファン・スコーレルが姿をあらわしたのを見て、彼らは席から立ち上がり、厳かな様子で近づくようにと合図をした。そばに寄って見ると、夜ならではの特別な錯覚を前にしていることが彼にわかった。というのも彼がそこに見出したのは、名高い死者たちの姿だったからである。中央にはジオットが描いたそのままの姿のダンテ・アリギエーリがいるように見えた。彼のそばにはグイード・カヴァルカンティとチーノ・ダ・ピストイアがいた。少し離れたところにヤンが認めたのは、チェッコ・アンジョリエーリであり、どこかからかうようなその顔だった。同じく、年老いて強ばった様子のチマブエ、アンドレア・オルカーニャ、パオロ・ウッチェルロ、大ドナテルロ、サンドロ・ボッティチェルリ、カルメル派修道士フラ・フィリッポ・リッピなどの姿が見えた。彼らは夜の野原に突立っていて、穏やかな様子に見えた。

そのときダンテが口を開いてこう言った。

——ヤン・ファン・スコーレルよ、ようこそ。われわれの永遠の平和をかき乱す心配などしなくてもよろしい。こちらが望んでこうなったわけだから。大いなる周期に身をおき永遠ニ讃エラレル者の顔を絶えず見つめている選ばれた神の使いの乙女がわれわれのために恩寵の主にとりなしてくれたのだ。神はこうして時間を定めてわれわれが顔を合わせ、自分たちの過去の姿をじっくりと眺めなおし、われわれがかつて心を寄せた事柄について言葉をかわすことを許してくださったのだ。そして今夜は、われわれのあいだに大きな論争が生じた。そこでひとつお願いしたいことがある、というのもあなたはずっと後の時代に生まれたのだから、われわれの裁き手となってはくれまいか。

ヤン・ファン・スコーレルは震えながら答えた。

——大先生、とても私などの任ではありません。

だがダンテは続けて言った。

——引き受けてもらわなければ困るのだ。というのも運命は印璽をもって汝を指名したのだから。そしておまえはごく素直に答えればよい。それにまたこちらから注意をしてあげられる。それでも、私の言うことが、きみの役に立たぬことはわきまえておいてもらいたい。私が口にした主張とは、画家、彫刻家、詩人は彼らに愛を教えた女たちの支配下にあるということだった。それにまた彼らの藝術のすべてが、歌、譚詩、韻文の組み合わせ、あるいはまた聖なる主題を描く壁画や輝くばかりの大理石の彫像などどの部門にあっても、その心臓部において模倣するように彼らを説き伏せたある形式に案内されるままになっているということも述べたわけだ。そんな話をしているあいだ、同席するグイードとチーノはおし黙ったままでいたが、意地の悪い皮肉屋のチェッコは大笑いを始めるのだった。チマブエは厳かな様子を崩さず、ドナートは思いをめぐらしている様子、サンドロは疑いの混じった微笑みを浮かべていた。オルカーニャと小鳥のウッチェルロは頭を振りながら話を聞いていたし、私の言うことに賛同してくれたのはフラ・フィリッポだけだったが、この場合も私と同じ事を彼が考えていたかどうかはわからない。

そこでヤン・ファン・スコーレルよ、話を聞いてもらい、私が述べる事柄について判断してもらいたいのだ。わが記憶の書のうちで、私にとってみれば、九年目にあたる年の終わり、何人かの者たちがベアトリーチェと名付けたあの優美な女性の姿をまのあたりにした日に、新たな生が始まる。彼女は腰帯で押さえられた緋色の服を着ていた。そして私の視線が彼女にむかうやいなや、愛の神が私の魂を支配し、一生のあいだずっとベアトリーチェに導かれて生きたいと思う気持ちがわき起こった。そして彼女が永遠の生命の王国に入ったとき、わが知性の秘密の部屋において彼女の姿をふたたび目の当たりにしたいと必死に念じたものだ。すると彼女は私の手を取って地獄に案内し、その次には中間の道をたどり、最後は天上に連れて行ってくれた。まずは一二九〇年六月の第九日の最初の時刻のことだが、私は驚きに打たれた。苦しみが体のなかに入り込み、私にこう告げたのだ。「私はおまえのもとにとどまることにしよう」と。よく見ると、この神は苦痛と怒りを引き連れていた。そこでこの神に向かって「ここから立ち去り、わがもとを離れよ」と叫んだ。だが相手はギリシアの女神だから、独自の姦計をもって、したたかな議論を吹きかけてきた。次に愛の神がものも言わずにやってくるのを見た。黒い柔らかな衣服を新たにまとい、頭には黒い帽子をかぶり、しかもまたこの神が流す涙は本物であることは間違いなかった。そこで訊ねてみた。「いたずら好きの神よ、いったいどうしたというのです。」愛の神が答えて言うには、「乗り越えなければならない苦悩があります。というのも、われわれのあの御方が死の床にあるのですから」。そのとき、この世のすべてが私にはヴェールで覆われたようになり、目には涙が溢れ出て、涸れることはなかった。わが心のあの御方が選ばれて永遠の生命の国にお入りになった年の終わりの日に、ひとり座りながらあの方のことを思い、天使にも似たその姿を小卓の上に描くようになった。私が絵を描いているあいだ、周りを見渡してみると、そばには何人かの人がいるのに気づいた。それは丁寧に挨拶をすべき人々であり、向こうは向こうで、私がしていることを注意深く観察していた。私は敬意を表すために席を立ち、彼らにこう言ったのだ。「別の女性が一緒にいたのです」と。

この日から、ヤン・ファン・スコーレルよ、その女は私のもとを離れようとはしなかった。私が書いた本を復活祭の時期に自分の師であるブルネット・ラティーニに献呈するにあたって、わが幼き娘にこれを持っていかせた。そしてわが人生の道の半ばにして、永遠の栄光を瞬間的に見るために、苦悩に満ちた二つの世界を横断した折に、ベアトリーチェは私に先だって前を歩き、見るべきものを指で指し示して教えてくれた。

グイードよ、われわれがともに愛していた女たちを主題とする十四行詩をきみに贈ったことがあったね。親愛なるグイードよ、十四行詩のなかでモンナ・ジョヴァンナと名付けた人は、愛しきベアトリーチェの付き添いをつとめる人だった。フィレンツェの人々はベアトリーチェの優美さをもって、彼女を春と呼び習わした。春が一年の最初にやってくるように、神々しい御方の前を歩いているのを見た。私が作った十四行詩では、旅への願望を謳いあげた。わが人生の時もまた、あてどなくさまよう船の揺れに応じて流れるならば、完璧な幸福が得られるように思われた。その船に乗っているのは、われわれ三人、ラーポ・ジャンニ[1]、そしてあなたグイード、それから私ことダンテである。われわれは古くからの付き合いで、たがいに手をつないでいる。そしてわれわれが乗る船を導くのはジョヴァンナ、ベアトリーチェ、ほかにフィレンツェが誇る六十名の美女のうち三十位の位にあるラジアである。そしてわれわれの人生は心ゆくまで愛について語ることで過ぎて行くことになるだろう。というのも、実際にグイードよ、愛以外に人生の内実は考えられないではないか、そして藝術以外には考えられないではないか。藝術は人生の浄化であり、愛が変容した姿にほかならない。グイード・カヴァルカンティよ、きみがこれに反論するとは思えない。というのもきみこそが焔と燃える心についての説明をしてくれた人なのだから。

これに対してグイード・カヴァルカンティは笑みを浮かべ、次のように言うのだった。

——ダンテよ、この夢はきみを奇妙なやり方で惑わしてしまった。たしかにこれは不安に満ちた予兆だった。

愛の神はきみが想いを寄せる女をマントーに包まれて眠る状態におき、彼女がきみの心を貪るように仕向けた。それから愛の神は涙を流しながら姿を消したのだった。きみの夢についての私の解釈は対照的なものだった。眠っているあいだに訪れる苦痛は喜びを意味するからだ。それにこの時期のきみは幸せだったが、愛の神はその涙でもってきみを騙したわけではなかった。きみを導くことになっていた女性をきみ自身の心でもって養うという、その夢があるわけだから、きみの言葉に逆らうようなことを言うつもりはない。まさにダンテよ、きみとぼくとラーポの三人がラジア、ベアトリーチェ、ジョヴァンナによって導かれる船に一緒に乗り込んでいるところをきみは描いたのだった。われわれの生涯の最後まで三人の女性が船を導いてくれるときみは考えるのだろうか。私は船尾に腰をおろして船の航跡を眺めていた。ふと振り返ってみると、モンナ・ジョヴァンナの姿が消えている。彼女の代わりに同じ目もとの別の女がいて、その目は同じ春のまなざしだった。でも彼女の名はマンデッタだという。それに彼女はトゥールーズ出身だった。いっぽうラーポは波頭をじっと見つめていた。そして彼が振り返ってみるとモンナ・ラジアの姿はもうそこにはなかった。そこには別の女性がいて、髪には花飾りをつけ、真っ赤な唇のあいだから白い歯を覗かせていた。その女には名前すらなかった。そしてダンテ、きみはといえば、海の暗い奥底を探るように見つめていた。そしてベアトリーチェ、そうベアトリーチェの姿はもうそこには見えなくなっていた。ダンテよ、きみは胸を拳でたたき、うめき声をあげ、わが身を呪うのだった。ベアトリーチェの代わりにきみが見たのは、石のように冷たく白く固い女人であり、髪は花を交えた緑の草で縁取られていた。服は緋色ではなく、緑色だった。そして金色の髪の毛はみずみずしい緑と合体していた。この女人はパドヴァの出であり、その人の名はピエトラ・デッリ・スクロヴィーニである。思い出すがよい、ダンテよ、きみは彼女の姿を認めるやいなや、彼女に捧げる詩をつくり、船のなかでみごとな六行詩を朗唱してくれた。だから、船は三人の女人によって導かれていたように思われていたが、これを引く力はわれわれの心のなかにあったのだ。ダンテよ、それは愛の神の力だった。

ここでチーノ・ダ・ピストイアが口をひらく。

——ダンテに対するきみの非難は的外れだ、と彼は言う。ラーポ・ジャンニについては何も言うまい。なぜって、彼はそこにいないのだから。いればいたで正体不明の彼の愛を自己弁護したはずだろうがね。グイード、きみに関してはフィレンツェのジョヴァンナを崇めるのをやめてトゥールーズのマンデッタに心を移したのが本当ならば、その女も同じ目をしていたからではないのかね。似ているからこそマンデッタに惹かれたのだし、相変わらずモンナ・ジョヴァンナの面影に支配されていたのではなかったのか。あなたの心を虜にし、あなたの目とあなたの感情を支配するのは、その面影ではなかったか。こうして彼女は聖ジョヴァンナ・アンティーダの名にならって、ジョヴァンナを名乗るにふさわしいものをもっていた。というのも彼女は予告をする者であり、まさしくプリマヴェーラすなわち最初の季節だったからである。仮に神が、高貴な位に匹敵するようなかたちで、あなたに至高の詩の才能を与えたとすれば、ジョヴァンナことプリマヴェーラすなわち春の女はあなたに神々しいベアトリーチェがダンテを相手にそうしたように、ホメロスを追う旅路にあなたを赴かせたのだ。いまのあなたは、モンナ・ピエトラ、六行詩、ダンテのきまぐれをわれわれに語ろうとするのか。このピエトラなる女に彼は導かれたわけではない。同じくベアトリーチェが天国の女人たちを彼に示したのである。ああ、聖なる階段の天辺にあって、なぜ彼女はわが愛しのセルヴァッジャの姿を見せようとはしなかったのか。彼女の遺骸は荒涼たるアペニン山脈はサンブッカの山上にひとり寂しく安置されている。

チマブエは厳かで、それにまた遠くからやってくるような声でチーノを遮る。

——ベアトリーチェはあなたのセルヴァッジャをダンテに示さなかったわけではない。なぜならチーノよ、彼女の姿を見ることができるのはあなただけなのだから。女に手をさしのべ、目には目隠しをして導いてもらうだけでは十分ではない。私は長いこと愛する女を眺めることを通じて、そこに聖母の姿を認めようとした。まさに最後は聖母の姿を見たのである。そして神的な力の助けを得て、その姿を描こうとした。

このとき、チェッコ・アンジョリエーリの顔に皮肉な笑みが浮かんだ。そして誰もが彼の方を振り返って見た。というのも夜の平静が破れたように思われたのだ。

チマブエは彼に言った。

――チェッコよ、われわれをいったいどうしようというのか。

チェッコ・アンジョリエーリは歯ぎしりしながら答えた。

――私が話をしたい相手はあなたではなく、ダンテ・アリギエーリです。あの人は何とも気位が高すぎる。すでに彼には、私のもとにやってきて教えを請うがよいと強く言ってあります。彼にしても私以上に優れているというわけではない。私は嘘を言ったし、彼にしても相変わらず嘘を言い続けている。彼は脂身を食べ、私は骨までしゃぶった。彼は杼《ひ》を動かし、私はラシャを剪毛した。そして彼に挑戦している。――というのも自分は牛を駆り立てる突き棒であり、彼のほうは牡牛という役回りなのだ。ベアトリーチェについて彼はどんな話をしているのか。そしてまた彼の手をひいて導く女たちについてどんな話をしているのか。私だって、愛したことはあるのだ。

――その点では彼に劣りはしない。わがベッキーナ、靴屋の娘は彼のビーチェ・ポルタリーニと同じくらい美しかった。だが、私は教会の石のように裸だった。そして食器にこびりついた脂染みた液体の臭いをかぎたいとまで思った。私の手元には一フローリン金貨すらなく、それどころか一フローリン金貨の千分の一すらなかった。ベッキーナの夫は金貨の入った袋を自慢にしていたが、そんなわけで私のことを軽蔑し、私は彼女に会えないでいた。惨めな話ではないか。私には年老いた裕福な父がおり、広大な領地を所有していたが、私には何も恵んでくれなかった。そういうわけで、どぶのなかで泥まみれになって生きてゆくほかなかったのだ。ある日のこと、老人はごくわずかなワインを飲むのも許さないと言った。でたらめな詩をつくるこの傲慢な人ダンテの話をなおも聞く気が私にあるかどうかはすぐにわかりそうなものだ。というのも『新生』の最後を飾る十四行詩では、ベアトリーチェに関して天使が彼にささやいた甘美な言葉を一語たりとも理解できなかったと彼は告白している（韻文詩の韻律が変わる箇所だ）。それから献辞の部分では、自分は理解していたと女たちに言っている。なんとも腹立たしい食い違いである。幸せに生きたへぼ詩人に対して、みんながこぞって敬意を表するのを見るのは我慢できない。

チマブエがまた口をひらいた。

――おお、チェッコよ、いったいなぜきみはここにいるんだね。

これに対して、チェッコは一言も答えなかった。

――あなたの弁護をしてみましょうか、とチマブエは言う。きみがわれわれの仲間でいるのは、惨めきわまりない境遇と自分の年老いた父親がくたばるのを見たいという恐ろしい願望を抱えているにもかかわらず、靴直し職人の娘ベッキーナへの愛が発想源となって、美しい詩句が生まれ、きみは詩人となったからだった。ベッキーナとベアトリーチェを比較する必要はまったくない。彼女の小さな手がぬかるみからきみを救い出したわけだが、さもなければ、きみは神に安住を約束された幸福な周期にいたるまで、一生ずっとぬかるみにうずくまって暮らすことになっただろう。

そこで沈黙が訪れた。そのあとカルメル派修道士が笑い出した。チェッコは後ろを振り返って修道士を見つめた。口元は引きつっていて大声が出た。

――わたしを嘲笑っているのか、頭巾をかぶって顔を隠したにせの信仰者よ。

――チェッコ・アンジョリエーリよ、とフラ・フィリッポ・リッピは言った。きみと喧嘩しようというつもりはない。上機嫌ほど大切なものはないと思っているからだ。きみをからかっているのではない。チーノ・ダ・ピストイアがさまざまな像を造り出したときに頭のなかで考えていたことを連想しながら笑ったのだ。トゥールーズのマンデッタとフィレンツェのジョヴァンナが似ているとチーノが思ったことについて、じつはグイード・カヴァルカンティを許したことがきみにはわからないのだろうか。そしてまた彼は、グイードの詩句の発想源となったのはつねに同一の影像だったとして、みごとな結論をそこから引き出したのではなかったのか。いまいましい、自分はこれほど繊細ではなく、自分に理解できるのはただひとつ、カヴァルカンティには愛する能力はほとんどないので、いつも同じ影像を愛するだけだということなのだ。私は色々な女を愛してきた。女たちはいつも随分と違いがあった。ダンテとチーノ、きみらは死んだ女を愛していたのだし、独房に閉じこもっていたにもひとしい。私は生きた女を愛した。そして閉じこもるには、もっと巧みな技が必要だったはずだ。コジモ・デ・メディチは二日間にわたってこれを試みたことがある。三日目の晩になって私は受胎告知を描くのに飽きて、寝台の敷布で一本の紐縄をつくり部屋を抜けだし、ちょうどパラッツォ・メディチの角にあたる場所で私を待っているはずの美しい娘に会いに行った。それだけではない、彼女は自分につくしてくれたし、私も少なくとも二つの絵で彼女の姿を描いた。一枚は天使の絵、もう一枚は聖女の絵だ。私が描いた聖女たちはどれもが個性ある顔をしている。現実に出会った娘たちの顔だが、彼女らの名前は思い出せない。それでも彼女らを愛したことは間違いない。ただ心変わりしたということなのだ。彼女らは似てはいない。チーノ、どこから見ても似てはいないのだよ。

チーノはうれしそうに言った。

――でもルクレチアはどうなのか。

――私が彼女に忠実だったと思うのかね、とフラ・フィリッポ・リッピは応じた。まちがいなくあの娘はとびきり美しかったし、あの娘には心底惚れていた。修練士を一緒にやったカルメル派修道会の同僚フラ・ディアマンテと別れた頃のことだった。サンタ＝マルガリータの尼僧らは祭壇に飾る絵を描くように私に依頼してきた。彼女らのなかにひとりの修練尼の姿があった。フィレンツェ市民のフランチェスコ・ブーティの娘だった。聖女のイメージというならば、これほど完璧な姿はほかになかった。それがルクレチアだった。私には聖母マリアのためのモデルが必要だった。愚かな尼僧たちは、彼女の姿を描くのを許してくれた。ああ、このキリスト降誕図のなかのルクレチアはなんと美しかったことか。彼女に夢中にならないでいることなどありえただろうか。プラートに保存されている聖母の腰帯を訪ねる行列に加わるはずの日に、彼女を誘拐し、二人で駆け落ちをした。彼女の父親フランチェスコはあらゆる手段を用いて彼女を取り戻そうとしたが、彼女は私から離れようとはしなかった。このひとときを利用して、きみは私が描いた聖母像や聖人像を眺めるとよい。チーノよ、彼女らはことごとくモンナ・ルクレチアに似ているわけではない。愛する女たちは絵の主題としては恰好だ、私の思いはそこにある。

このときサンドロ・ボッティチェルリが謎めいた笑みを浮かべながら話に加わり、フラ・フィリッポに向かって言った。

――だが、師匠よ、絵の中の聖女たちのすべてをわがものにしたわけではなかったでしょうに。

――たしかにその通り、とフラ・フィリッポは答えた。彼女らみんなが私を好いてくれたわけではなかったが、自分のほうでは彼女らみんなを夢中で愛したのだ。

――あなたが欲しいと思う女を手に入れることができなかったとき、熱心に絵に描こうとしたのだという噂を耳にしている、とボッティチェルリは続けて言う。そしてまたフレスコ画に彼女らの姿を描き終えたとき、あなたの恋心もまた潰《つい》えてしまったのだと。

――それもまたその通り、とフラ・フィリッポは告白した。だが、サンドロよ、きみの師匠にあたる者の秘密をむやみにしゃべってはいけない。

――あなたの秘密を漏らしているわけではありません。神のような画家である人よ、とサンドロは応じる。私が示そうと思ったのは、あなただってダンテやチーノと異なってはいないということなのです。恋の情念が完全に消え去ると、あなたが愛していた女はあなたの藝術に変容するのです。つまりこの女性はあなたの藝術を支配しており、別の言い方をするならば、愛があなたを藝術の方へと引き寄せ、藝術だけであなたの愛を満足させることできたのです。自分の手で触れることができない被造物を描くことをあなたは好んでいたとするならば、そしてまたあなたの恋の情念がこのように充足を覚えるとき、あなたはいかなる点でもダンテやチーノのように死んだ女たちを愛し、その彼女らのことを歌った人たちと違ってはいない。

――でもきみは、サンドロよ、自分自身についてはどう思うのだね、とフラ・フィリッポは言う。

――わが師よ、相変わらず笑みを浮かべながら、サンドロ・ボッティチェルリは言う。自分の意見など持ちたくはありませんし、ほかの人たちが話すのをつとめて聞くようにしているのです。アンドレア・オルカーニャは私などよりもずっと上手にあなたを教えに導いてくれるでしょう。私自身は無学な人間であり、私が属する教区の助任司祭もそうだと公言していました。ダンテの『地獄篇』のための版画を作ったことを咎められた際のことです。なぜなら私には学がなく、彼の詩句を理解することができなかったからです。これは助任司祭が偉大なるオルカーニャにはあえて言おうとはしなかったはずのことでもあります。だって彼はカンポ・サントに仲間の画家が描いたのと同じようなものを考えたわけですから。だから彼には私のために自由に話してもらいたいと思います。彼は年長者でもあるし、またそれにふさわしい人間でもあるのです。

そこでオルカーニャは口をひらいた。彼は髭をきれいに剃っていて頭には大きな帽子をのせていた。顔は丸く平たかった。

――私は愛などは知らない、と出し抜けに彼は言った。私が愛した女はただひとりだけで、その彼女の勝利を描いたのだった。要するに死というわけだ。彼女は黒衣をまとい、宙を飛び、手には鎌をもち、王侯を震えあがらせる。三人の王がいた。三つの金色の棺のなかに横たわり、朽ちるばかりになっていた。その姿を馬に乗った三人の別の王がじっと見つめている。馬も怖がっていて、生ける王のなかのひとりは鼻を手でふさいでいる。高い山の反対側に眼を向けると、平野の中央部分にあるオレンジの木の陰に、陽気な娘たちが座っていた。そして騎士たちが彼女らに愛を献げていた。もっとも美しい騎士は鮮やかな青の頭巾をかぶり、手の拳のところに一羽の鷹が止まっていた。王であり、恋する者であり、彼らは全員が勝利する女の支配のもとにある。というのも死は力と愛よりも強力なのだ。

――時は藝術よりも強く、死に着想を得ている、と語り出すのはドナテルロである。というのもオルカーニャよ、あなたがそれほど自慢に思っているらしいカンポ・サントのフレスコ画のその後の運命についてひとつ教えてあげよう。このフレスコ画は完全に破壊されてしまった。われわれは、粗末な複製画や作家たちの物語を通じてこれを知るのみである。愛多き女たちによって導かれるままになったフラ・フィリッポやサンドロ・ボッティチェルリの藝術は滅びなかった。こうして死の勝利を描くのは道理にかなっている。というのも死はきみの作品そのものにも勝利したのだから。

オルカーニャは悲しげな様子で顔をそむけ、頭巾で深く顔を隠し、一言も口にしなかった。

だがチマブエは彼に近寄り、その肩に触れた。

――悲しまないでおくれアンドレア、と彼は言った。というのも人々はきみがサンタ＝クローチェ教会の壁に描いた『地獄篇』の絵図をなおも賛嘆の念をもって見ているのだ。かりにこの絵がずっと後の時代にまで残らなかったとしても、少なくともその記憶は永遠のものだ。というのも『神曲』におけるわれらが師の例にならって、きみはそこで悪人たちを鞭で打ったのだ。その点では、きみを苦悩に満ちた旅に連れ出した女性の掟にしたがっている。こうしてきみには、自分自身の考えがどうあろうとも、愛がきみに勝利し、ベアトリーチェはダンテという手段をつうじて、きみの藝術に霊感をあたえたことがわかるだろう。

チェッコ・アンジョリエーリは低い声でつぶやいた。

――おそらく藝術こそが、たとえばグレーの裏地がついた赤い頭巾をかぶった医師ディーノ・デル・ガルボをはじめとする彼の友人たちを選ばれた者の列におき、あるいはまたフィレンツェ共和国お抱えの外科医、三本に分かれた赤い百合をあしらった白い帽子をかぶり、悪魔に鍬で引きずられるグァルディのような人物をさらに呪われた者の列へと送ったのだ。たぶん神々しいベアトリーチェがこうしたすべての事柄を命じたのだろう。ただし私の場合だとベッキーナはこのように私を地獄に落としはしなかっただろう。たとえば魔術師でもあった偉大な知性の人、すなわち残忍なフィレンツェ市民が傲慢にも火刑に処したチェッコ・ダスコーリのようには。だが、辛抱して話を聞くことにしようではないか。ウッチェルロがさえずりを始めようとしている。

たしかにフィレンツェ市民がウッチェルロすなわち小鳥と呼び習わしていたパオロ・ディ・ドーノがおずおずと口をひらく。彼はすっかり年老いてしまい、その目は濁っているように見えた。

――驚きました、と彼は言う。大画家というものがこぞって藝術についてそんな話をするなんて。われわれ画家とはまったく異なるやり方で詩人らは自然と人間を見つめるわけだし、彼らが正確に何を考えているのかは私にはわかりません。オルカーニャが、目に見える対象物すべてを軽蔑していると述べ、死こそが絵画の神だとわれわれに提案するのは、おそらく間違いだった。けれど、そう考えている人がいるように、女が愛の媒介者にすぎないとしても、われわれの藝術を支配しているのは女だと主張するのは行き過ぎというものだ。絵画とは遠近法の法則に従って線を寄せ集め、色を配置する科学なのだ。エウクレイデスを研究しなければいけない。数学に精通していたジョヴァンニ・マネッティの言っていることに耳を傾けなければいけない。フィリッポ・ブルネレスキの建築に認められる創意の数々を丹念に調べてみなければならない。私は横長のタブローに五人の人物の肖像を描いた。それは神の天地創造のあとで宇宙を作り直した人々なのだ。最初に配置したのはわれわれが知るようなかたちでの絵画を発明したジオットの姿であり、それから建築ということでフィリッポ・ディ・ブルネレスキの姿であり、三番目は彫刻ということでドナテルロの姿であり、四番目は遠近法と動物ということで私自身パオロであり、五番目は数学ということでジョヴァンニ・マネッティということになる。この五人を除けば何もない。この絵画は世界の姿をすべて要約して示すものだ。というのも、唯一の実在は線とさまざまな線の測定にあり、表現された事物はいささかも重要ではないからだ。私ことパオロ・ウッチェルロは何日も続けてマゾッキと呼ばれる襞のある帽子を相手に、四角いものも円錐形のものも立方体のものも区別なく、その素描に明け暮れ、そのせいでからかわれることもあった。連中のどこが間違っていたのか。というのも絵画藝術を究めるには、ひとりのフィレンツェ女性が偶然に浮かべる微笑を凝視するよりも、百個のマゾッキを相手にそれぞれに異なる様相を表現するほうが多くの利益をもたらすからなのだ。こんなふうにして神様は私を助けてくださる。私に三つの美しいマゾッキをあたえてくださいますように、その襞をまだ知らないでいるマゾッキを。あなた方に霊感を吹き込む女たちはあなた方にお返ししよう。

　このときサンドロ・ボッティチェルリはからかい気味に口を出す。

　――あなたが最後に描いた絵を覚えておいでだろうか。それは傑作だったはずだが、板でつくられた囲いのなかにしまいこまれていた。ある日のことドナートはあなたと顔を合わせこう言った。「ウッチェルロよ、丁寧にきみがしまいこんだその作品はいったいどのようなものなのだ。」これに答えてあなたは「そのうちにお見せしますよ」と言った。この絵が仕上がって、ドナテルロが旧市街の市場で果物を買っているところであなたは絵を見せた。彼は絵をじっと見つめ、「パオロよ、みんなの眼に触れないように絵を隠したときに、きみ独自の絵を見つけたのだね」と言った。そしてドナテルロはその点で思い違いをしてはいなかったのだ、ウッチェルロよ。というのも、あなたの絵には絡み合う線しか認められなかったのだから。この絵を最後にあなたはもう絵は描かなかった。私の場合は、ひとりの娘の微笑を描いておきたい。

このときドナートはパオロに近寄って、彼を抱きしめ、彼はほかにも絵を描いたのだし、その名声は不滅だと声を強めて言った。

そうこうするうちに夜が明けはじめた。ダンテがまた口をひらき、ヤン・ファン・スコーレルに向かって言った。

――われわれを裁いてほしい。

ヤン・ファン・スコーレルは答えて言った。

――私は愛によって導かれました。愛に導かれるままにいろいろな場所を訪れました。生まれたのは灰色の海の岸辺、砂丘が見える村です。それからアムステルダムに出て、ヤコブ・コルネリス師匠のもとに弟子入りして修行しました。師匠には十二歳になる控え目で色白の娘がいました。私はこの娘を愛し、彼女と結婚するに必要な資金を得るために遠く離れた土地に旅立つことを考えました。シュピーレもストラスブールもバーゼルも訪れました。ニュルンベルクではアルブレヒト・デューラーを訪ね、その後はシュタイヤーマーク地方やカリンティア地方を通過しました。そこには有名な男爵がいて私の絵をたいそう気に入ってくれました。情熱的で美しい娘もいました。男爵は私に彼女との結婚を勧めてくれました。しかし私の思いは、優しさと純粋さの点で比類ない、国に残してきた娘にあったのです。私は誘惑を退けました。それからヴェネツィアに下り、そこで出会ったベギン修道会の僧侶に誘われてエルサレムまで行き、聖墓を訪れました。そこで神を信じる心を知ったのです。それからロードス島とマルタ島を経由してヴェネツィアに戻りました。そこから今度はローマへ向かい、到着すると法王が恩恵を授けてくれました。けれども、私は苦しんでいました。私の愛は穏やかな娘に向かうのですが、欲望はカリンティアの誘惑的な娘に向かうのです。聖母を描くにあたって、愛しいフィアンセの姿に似せて描く以外のことはできませんでした。イヴやマグダラのマリアを思い描くにあたっては、私の誓いを破るように目で誘いかけるもうひとりの娘の姿に似せるほかに手立てはありませんでした。これが私の話です。でも、マエストロよ、愛する娘に私は手をさしのべます。

そこでダンテは言った。

――こうして彼はわれわれを裁いてくれたのだ。なぜならきみは導いてくれた娘を見捨てはしなかったのだ。私の心の女性が私にそうしてくれたように、彼女はきみが思うよりもずっと高いところに連れて行ってくれるだろう。ヤン・ファン・スコーレルよ、きみはこれから不幸になり、希望は打ち砕かれる。きみが愛する娘は金商人と結婚したのだ。それにまた誘惑的な娘にはもう会えないだろう。だとすれば信仰の道に入るほかはなかろう。そしてきみは自分自身の藝術を宗教によって、宗教に即して主張することになるのだ。聖なる階段をのぼるにあたって導きの女の手に引かれているのか、それとも彼女が最初の一段ですでにわれわれを見放すのかの違いはあるが、宗教は愛の先に位置する終着点なのだ。

そしてダンテは天をあおぎ、澄み切った光を放つ、揺れる水のような星々の輝きを見た。

――ベアトリーチェがわれわれを呼んでいるから戻らなければいけない。神の言葉「求めよ、されば見出されよう」を忘れてはいけない。

秘密の野は白く明ける夜のなかに姿を消した。画家ヤン・ファン・スコーレルは自分がローマ時代の古街道にいるのに気づいた。彼はうつむき加減でローマへの道を戻るのだった。

（千葉文夫訳）

（1）ダンテ、グイード・カヴァルカンティ、チーノ・ダ・ピストイアとともに、ラーポ・ジャンニもまた清新詩体の旗手となったフィレンツェの詩人。

混沌

I

パイドンとケベスの対話

ケベス——パイドンよ、きみ自身もまたデモコレスのそばにいたのかな。彼が牢獄から刑場に連れ出されたときのことだが、それとも人から話を聞いたのか。

パイドン——私はそこにはいなかったのだ、ケベスよ。というのも裁判官たちはデモコレスの弟子たちに彼らの師のそばに行ってはならないと命じており、われわれを市街から遠ざけるために護衛たちが街道に陣取っていたからだ。だが、牢獄の見張りを受け持っていたクサントスは、優しい心根の男で正義漢でもあり、何が起きたのかを正確に語ってくれた。

ケベス——デモコレスは死ぬ前に何を言ったのだね。そしてどんなふうにして死んだのか。その話が聞ければうれしい。

パイドン——きみを満足させるのはたやすい。というのもクサントスの言ったことを覚えているからだ。彼が教えてくれたのは次のようなことだ。夜が明ける前に、と彼は言った（というのも慣習にしたがって死刑囚は夜明け前に処刑されることになっていた)。私は牢獄内に入り、デモコレスの寝台へと歩み寄った。彼は頭を布で隠し、眠っているところだった。私は彼の肩をそっとたたいた。「あなたにお伝えするために来たのですよ」と私は言った。「お別れです。勇気をだして、避けることのできない出来事を想像してください。」デモコレスは私をじっと見つめて口をひらいた。「友よ、残念なことに、こんな状況のなかで勇気が私から抜け出てゆくのです。でも、心配はご無用。あなたが言われる通りにするつもりですから。」そう言うと、彼は寝台に座りなおすと、いましがた足枷がはずされたばかりの足を折り曲げた。「なんて奇妙な物なのだろうね」と彼は言った。

ケベス――でも、間違ってはいないでしょうね。ソクラテスの死の話をもう一度われわれにしているんじゃないでしょうね。

パイドン――そんなことはありません。ケベスよ。たしかに私の話にはどこか似たような点があると見えるかもしれませんが。でも最後まで話を聞いてください。話がすんだあとで、デモコレスの言ったことがどのような点で異なるかを一緒に見てゆくことにしましょう。こうして、足という話題については、まずデモコレスは快楽と苦痛についての自説を述べ立てようとはまったくしなかった。ただ足の先が膨れあがっていて、刑場まで靴をはいて歩いてゆけないだろうと言ったのである。

「それから」とクサントスは続けた。デモコレスは立ち上がり微笑みをうかべ、人が手伝おうとするのを拒んで、自分で衣を着た。「この晴れやかな祝祭の日に、立派な人々のあいだに入って自分もまた立派な姿に見えてほしい。」誰かが冷たい水の入った杯を持ってきて彼に手渡した。彼は一気にこれを飲み干した。そこにいる人々のほうを振り返り、訊ねた。「あなたがたのあいだに、私と話したり議論したりしたいと思う人がいるでしょうか。神の名において、哲学的な話のやりとりをするのにこれほどまでに適した状態にあると感じたことはこれまでなかった。」しかしながら、弟子たちは彼に近寄ろうとせず、誰もこれに答えようとはしなかった。裁判官に仕える者はテイペレロスという名のスキタイ出身の男であったが、そのとき彼に近づき両手を縛ろうとした。デモコレスはこの者の姿を認めると、「よろしい、わが友よ、でも私は何をしたらよいのかね。というのも、おまえに教えてもらわなければならないことがいろいろあるのだから。たしかに、おまえはみごとなやり方を心得ていそうだね。」従者は口をつぐんだままでいた。「この人がどこまでも正直なのかを見てごらんなさい」とデモコレスは言った。「彼は自分の役目が醜いことを意識している。」それから次のように付け加えた。「もしも私が賢者たちと一緒にいれば、進歩と文明について語るのはもっとたやすくなるだろう。だが自分には人々を愛するほかにとくべつの学問はなく、彼らが自分自身よりも神を敬うのはなぜなのかその理由がわからないでいる。」デモコレスが刑場に引き立てられてゆくあいだずっと、彼は富める者たちと神をタルタロスの奈落へ沈めるように求める呪詛の言葉を口にしていた。番人たちが彼の体を押さえ、彼を横たわらせた。彼は頭をあげ、(それが最後の言葉だった)共和国の繁栄を高らかに祈った。

ケベス――そうすると親愛なるパイドンよ、デモコレスが牢獄に入ったあとの彼の気がかりや思いがどのようなものだったかを推測するのは不可能なのでしょうか。というのもソクラテスの場合は、アテナイ人がデロス島に送った船の帰還を待つあいだは、毎日彼に会うことができたのです。

パイドン――しかしながら、ケベスよ、デモコレスは孤独なままに楽しんで哲学書を書き残し、市民の協力と生き方、労働と愛について語ったではありませんか。なかでも、とても美しい神話を書いています。完璧な生き方を手にした人々は、垣根、壁、境界線をとりこわし、女たちを共有し、労働をやめ、毎日気が赴くままに、山から送られてきたチーズや魚の塩漬けや、パスタの揚げ物、熟した果物、酢漬けのハーブ野菜などを食べることになるというのです。われわれが地上で送るべき生としてデモコレスが提案するのは、そのような生活なのです。

ケベス――そしてヘラクレスに誓って、ソクラテスがその生涯の最後の日に、より高いところにある世界について語ったのを思い出しませんか。その世界にあっては、山は黄金色をしており、岩々は碧玉およびエメラルド色であり、その点でデモコレスの話と食い違っているようには思われないのです。というのも喜劇詩人のテレクリデスやペレクラテスもまたこうした幸福な時代を描いていて、彼らの場合だと、木々はソーセージや腸詰を実らせ、川は焼き上った肉の大きな塊をソースのかかった状態で運んでくるのだし、魚は自分たちで動いて自然と焼き上り、声をかければ、「もう少し待って下さい、片側しか焼けていないのです」と答えるというわけです。

パイドン――ソクラテスは、デモコレスと同じように、決して文章を書き残しはしなかったが、牢獄内ではイソップの寓話を道徳詩に作り替えて面白がっていたし、それにまた彼は死を前にして哲学を論じたがっていた点に触れてもよいだろう。それにまた神々を中傷したとの非難を受けたこと、デモコレスがスキタイ人に向かって話したように、牢獄内で十一人衆の召使いと穏やかに話し、魚について訊ねたりした点に触れてもよいだろう。いや、わが親愛なるケベスよ、ソクラテスは繊細な精神の持ち主であり、たがいに愛し合うようにできている人々を麗しい言葉でもって結び合わせる女衒《ぜげん》にわが身をたとえる冗談をそれとなく言ったりした。たしかに彼は神々の探求に熱心ではなく、ボレアス、ゴルゴン、テュポン[1]の神話をないがしろにし、デルポイ神殿の碑文の意味をまだ十分にきわめつくしてはいないと考え、彼自身が神話を説く者たちの言うテュポン以上に複雑な怪物なのかどうかがわからずにいた。彼が人々の幸福を追求したのはわれわれが知る通りだ。たしかに彼は地上の生とは別の生のうちに幸福を位置づけようと望んだのではあるが。平民たちとも好んで語り合い、真理の探究へと彼らを導こうとしたことも知られている。それでもケベスよ、彼のアイロニーは隠れている。彼はデモコレスのように真っ正面から物事を論じようとはせず、彼の愛は暴力的でも無秩序でもなく、理想の生に到達するために国家を破壊するようなことはなく、若者たちを教え、説得することで満足していた。

ケベス――パイドンよ、きみは少しばかり性急に区別をつけたがっているようだ。というのもソクラテスがカリアスに向かって、富とは有害なものであることを証明しようとしたこと、彼が、人に言われるままに酒を飲んで裸足で歩いていたのを覚えているからです。そして彼は裁判官に対して国家に養われるままになっていると非難したのです。そしてヘラクレスに誓って、共和国の繁栄への願いは、アスクレピオスに捧げられる鶏の生け贄とあらゆる点で類似しているのは明らかではありませんか。というのも、ソクラテスはこの神に近いアテナイの人物を少しも敬ってはおらず、その点ではデモコレスが共和国を敬ってはいないのと同じなのです。でも二人とも死にました。彼らが軽蔑していたという点で咎を受けながら敬うふりをよそおい、病のなかでも最悪のもの、すなわち生からの治療を敬うふりをよそおいながら。

パイドン――もしもあなたの言っていることを信じないとすれば、ケベスよ、エウリピデスとともに、口ではそう言ったが、心は別だと言わざるをえなくなる。それでも何事かを決める前に、プラトンの意見を尋ねてみるのが賢いやり方なのではなかろうか。

II

……奴隷は善良僭主の島の港までわれわれに付き添ってくれた。この島にはオリーヴの木がいくらか生えていて光輝く灰色の葉が風にそよいでいた。奴隷はわれわれの旅の幸運を祝し、主人たちのもとに帰って行った。砂丘のあいだを縫って葦の茂るなかを、まるで頭だけがくぼんだ道を前に進んで行くような姿をしばらくのあいだわれわれは見守っていた。その後われわれは船に乗り込んだが、その船は日暮れまでずっと霧に包まれた状態だった。夜になって雲が晴れ、操舵手はほのかな星の光を頼りに船を導いた。こうしてわれわれの航海は十二日におよんだが、十三日目になって、水平線に茶色の線が見え、さらには空中に独立してたちのぼるほそい煙の円柱が見えた。操舵手が言うには、エレウテロマネス島だとのことであり、われわれはこの島を訪れてみたいという気分になった。操舵手は島には上陸しないよう説得しようとしたが、こちらは海にはもう飽き飽きしていたし、野蛮な人間たちに関心があった。そこで船首は新しく見えたこの島に向け直され、日の出の二時間後には島に到着した。

下船にはだいぶ苦労した。エレウテロマネス島の人々がすでにこちらの動向を察知していたかどうかはわからないが（というのも彼らのあいだには交流らしきものはほとんどなかったのだ）、彼らは一丸となって浜辺に押し寄せ、手にしていた長い竿でわれわれを海岸から追い払おうとした。彼らが忌み嫌う善良僭主の島からわれわれが来たと思ったからである。船が砂浜に引き上げられるやいなや、彼らは散り散りばらばらになって逃げていった。後に残ったのはひとりの老人だけで、身を護ろうとして木の枝を振り回していた。われわれは彼に話しかけようとしたが、彼は耳が聞こえないと身ぶりで合図した。実際よく見ると耳がないのだった。われわれの驚く様子を見て、操舵手は自分の生活とともに、エレウテロマネス島の人がどんな生活を送っているのかを説明してくれた。

島の人々がどこからやってきたかはわかっていない。彼らもまた昔はほかの人間に似たような存在だったのかもわかっていない。彼らのあいだに残された言い伝えによると、エレウテロマネス島の初期の人々は、最初は貴族制の僭主の支配下にあり、その次に選挙によって選ばれた民主制の指導者の支配を受けたと考えられている。彼らは独自の法典や慣習や風習をもったが、今日その痕跡は残っていない。じつは彼らは久しい以前からある種の自由な妄想にとりつかれていて、勝手気ままなやり方で暮らすようになっていた。目的はそこにあるが、分別がつく年頃になると、自分の手で耳を切り落とすと、一種の粘土のようなものを用いて耳の孔をふさぐので、こめかみの骨が堅固になる。たしかに、古き慣習と法から解放された最初の世代は、友を選び、彼らだけの世界をつくり、気持ちよく暮らそうとした。こうして彼らは五人あるいは十人ごとのグループをつくって分散して暮らし始めた。しかしながら、しばらく時がたつと、一般社会で生じるように、グループのなかのあるものが他のグループを馬鹿にし始め、歌をうたったり、言葉ではやし立てたりして、からかうようになった。彼らはそこで、この新しい位階秩序を壊すために、自分の意志で体の一部を切除することに決め、これを実行に移したのである。彼らがそうすることに決めたのにはほかの理由もあった。というのも、ひとりの人間が他の人間を説得するのはいかに不吉な事であるのかに気がついていたからだ。こうして誰も彼らを説き伏せるような人はあらわれなかった。命令を与えることも、彼らの意志に対して影響力をおよぼす人間もあらわれなかった。彼らのうちで頭の弱い人間、それにみぶりと眼の表情である種の決定を無理矢理押しつけることができるような相手は、貝殻で眼を覆い、この風習が長く続いた多くの家では、子どもたちのあいだに、視覚器官の完全な機能喪失に到るケースが認められた。

このような暮らしを思いついたときから、エレウテロマネスの人々の奇習は偏執狂へと突き進んだ。彼らは一体となって暮らし始めたのである。彼らは植物の根を引き抜いて食したが、これを食べるとすぐに種を土にまき散らし、種まきの時期も収穫の時期も無視するのだった。彼らは岸辺に横になって口を水につけて、沼の水を飲んだ。彼らのために轆轤をまわして陶器を作る者はおらず、何よりも道具などほとんど所有していなかったのだ。地面に小さな窪みをつくり、そのなかで火を絶やさぬようにして、平たい石でこれを半ば覆って守るのだった。普段は裸のまま暮らしたが、冬でも島はかなり温暖だった。彼らは盗みや若い娘への暴力や殺人を許し、いかなる意味でも連帯など知らずにいた。彼らのうちの陽気な者たちはときに尻を天に向け、糞便をほかの人々の顔に投げかける。そして軽く腹をたたいてみせるのだった。たしかに彼らは神々の権威を軽蔑しており、あらゆる物事のベースにある共通の尺度は個人であり、人は他人に対していかなる権利ももたないことを仲間内で絶えず確認し合っていた。

さてこのあたりで、彼らの島では、僭主の力を削ぐために、どんな行為におよんだのかという話題に移ろう。彼らは大昔から自分の身を護るためにある物質を次の世代に受け継がせてきた。この物質は、かつては選ばれた人々による僭主政治から人々を解放した者によって調合されていた。この物質はすべてのエレウテロマネスの人々のあいだにひろく公平にゆきわたっていた。みたところは粘土のようで、その色は黄と白の中間だった。これにまだ焔が残る燃えさしを近づけるやいなや、この物質は恐ろしい音を立てて飛び散り、木々をなぎ倒し、大地を引き裂き、揺り動かす。この物質の力に抵抗することができる者は誰もいない。エレウテロマネスの人々は誰もがこの物質に平等に服従し、同じだけの量を分かち持っている。戦争状態にならずに暮らすためである。彼らはこの物質に「力」あるいは「エネルギー」という名を与えた。すなわち、われわれがデュナミスと呼ぶものに相当する。

操舵手が話を終えると、われわれは土地の奥の方へと進んだ。そこで目にしたのは、エレウテロマネスの数多くの若い人々が大きな貝殻をそのまま利用し、なかに水を入れて火にかけて湯を沸かす光景だった。彼らは操舵手に応答するしぐさを見せた。というのも自由の讃歌を歌うために口を動かしたり舌を動かしたりする習慣を保っていたからだ。彼らのあいだには、決心を始終変えようとする人々がいることがわかった。自分自身に依存しないためにもそうするというのだった。ほかの人々は貝殻の凹んだ部分に水を注いでいた。あるいは手を使って歩いていたりした。火を用いて根っこから粉末を取り出したりする者もいた。あるいは結腸の最下端の部分に食べ物を押し込んでいた。あるいは後ろ向きに小便を放ったり、煮立った糞便を食べたりしていた。自分たちの肉体あるいは本能に染みついた習慣をたえず変え、自然にしたがわないでいるためだった。

そのうちのひとりはわれわれが浜辺にいたときにその姿をみかけた老人の息子だった。操舵手の力を借りて彼に父親似だと思うと伝えると、彼は怒り出し、われわれに飛びかかろうとした。ほかのエレウテロマネスの人々もこれにならい、大声で自由の讃歌をうたった。彼らには耳がなかったためなのか、それとも宇宙の調和への憎悪を表現するためだったのか。彼らはあちこちで歌をうたい、最初の者は途中から、別の者は最後から、三番目の者はあべこべに歌ったので、われわれの耳は壊れそうになった。

われわれは急いで船に戻った。そして海に出た。というのもエレウテロマネスの人々は彼らの黄色い「力」を地中から掘り起こし、われわれを亡き者にしようと狙っているように思われたからだ。操舵手は舵をとりなおし、われわれの不注意をなじった。エレウテロマネスの人々は何よりも普通の人間に似ることを怖れており、知らぬまに一種の箍《たが》のようなものにはめられてしまうのではないかと考えていた。沖合に出て、われわれは何時間ものあいだ彼らの姿を海岸線に見続けていた。彼らは思い思いの身ぶりで体を動かしていた。

（千葉文夫訳）

（1）ボレアスはギリシア神話における北風の神、ゴルゴンは同じく髪の毛の代わりに生きた蛇が生えた怪物、テュポンは宇宙に達する程巨大だとされる怪物の王。

記憶の書

――イメージの見出し

大野多加志 訳

我が記憶の書のその箇所に――それ以前には読むべきものとて少ないのだが――ある見出しが記されてある……

（ダンテ・アリギエリ）(1)

I　小夜鳴鳥のキリスト

聖金曜日。

キリストは十字架に架けられ、死にかけている。

弟子たちは、怯えて、逃げ去った。

涙も枯れ果て、マリアは家路についた。

彼は甦らなければならない。

しかし甦るのは彼ではない。

弟子たちは、彼に似た男を一人、見つけておいた。

マリアやマグダラのマリア、そして信仰薄き巡礼者たちの前に姿をみせるのはその男である。

キリストは見捨てられた。

彼は十字架の上でまもなく息絶える、焼けつく荒地で、茨に覆われた峡谷が続く、焼けつく荒地で。

日曜日の朝。

ぺてん師は甦った、そして今際《いまは》の際、キリストは遠くにざわめきを「主よ憐れみ給え《キリエ・エレイソン》」を唱える歓声を聞いた。

ついで再び静寂が訪れた。
聖日曜日の再びの静寂。
その時石ころだらけの穴から小さな野ウサギが顔を出す。
ついで茨の枝に小さな小夜鳴鳥がとまり、みつめる。
そして小さな小夜鳴鳥はキリストに話しかけた。

II　ある本の思い出

大好きな本を最初に読んだ時の記憶は、奇妙にも場所の思い出と時刻と光の思い出と混じり合っている。今日でも当時そのままに、本の頁は、十二月の緑がかった霞の向こうに浮かび、あるいは六月の日光を浴びて光り輝き、そのかたわらに今はもうなくなってしまった家具調度が姿を現す。長いこと窓をみつめた後で、目を閉じると、闇の中を浮動する窓の幻が透けて見えるように、記憶の中で、文字が書かれた紙片が、かつての輝きのままに、輝き出す。匂いもまた過去を呼び起こす。私が最初に手にとった本は、子守の婦人によってイギリスからもたらされた。私は四歳だった。彼女の物腰も、ワンピースの折り目も、窓の向いに置かれた仕事机も、赤い装丁の真新しいつやつやした本も、頁から立ちのぼる鼻をつく「匂い」も、はっきりと覚えている。印刷されて間もないイギリスの本はいつまでもクレオソートと真新しいインクのきつい匂いがした。その本についてはまた後で話すつもりだ。私はその本で読書を学んだ。しかし今でもその匂いに、新しい世界を垣間見る時の慄《おのの》きを、そして知性の渇きを、私は覚える。今もイギリスから新しい本が届くと、本を綴じる糸に届かんばかりに頁の間に顔を埋め、かの地の霞と靄を吸い込み、また幼年時代の喜びの残り香をあまさず吸い込むのだ。

III　本とベッド

ベッドで本を読むことは、知の安心感に安楽が入り混じった快楽である。しかし齢とともに快楽はその性質を変える。

夜、ベッドに入った後、十五歳ぐらいだったろうか、分厚い小説の興趣が最高潮に達した頁をむさぼり読んでいる時だった。ロウソクが燃え尽きぱちぱちと音をたて、燭台の青白い炎が揺らぎ、消えてしまうと、その頁も曇り、暗くなり、闇に消えるのだった。翌朝五時前に私は目をさまし、枕の下にしまった、国立図書館から刊行された小型の廉価本を取り出すのだった。私はそうやってラムネー[2]の『ある信者の言葉』とダンテの『地獄篇』を読んだ。その後ラムネーを読み返すことはなかった。しかし逃れることのできない鉄の刃の音が響く中で七人の登場人物が身の毛もよだつ夜食をとる場面は今でも記憶に残っているし（記憶が正しければだが）、後にポーの短編で鉄の刃には再びお目にかかることになる。朝一番の乏しい光を求めて、私は小型の本を枕に乗せた。腹ばいで、顎を両肘に乗せ、私は言葉を吸い込んだ。その後これほど甘美な読書を経験することはなかった。そう前のことではないが、ある夜、かつての午前五時の姿勢をとってみた。それは耐え難いものだった。

ある日私の前でスラヴ系の魅力的な御婦人が、読書のための「理想的な」姿勢がみつからないと嘆いた。テーブルにかけると、本との「交感」が感じられない。両手の間に顔を寄せて本に近づくと、血がのぼって、溺れそうな気がする。肘掛け椅子では、じきに本が重くなる。ベッドに、仰向けになると、腕がうすら寒い。しばしば照明もよくない。頁をめくるのも窮屈だし、だからといって脇を下にすると、本の半分が見えない。これでは本物の読書とは言えない。

しかしながら解決の方法がある。「読書は目に悪い」と善良な方々は言うではないか。少しも読書を愛していないのが、善良な方々なのだ。

ただし年齢と共に禁じられた行為の快感は衰える、というのも、見つかってお目玉を喰らうこともないし、空想が思うさまに羽をのばせるという安心のもたらす快感も衰える。残るのはぬくぬくとして心地よい孤独、夜の静けさ、ランプの下で眠気が思考とみがかれた家具に施すどんよりとした金色の輝き、我が身のかたわら、心臓の近くに、愛する本を手にしているという確実な喜び。「不眠対策として」ベッドで本を読む連中は、私には神々の食卓に同席するのを許されたのに、神酒を糖衣で包めと要求する臆病者を思わせる。

IV 『ヘスペリディーズ』

ヘリック(3)を読むのは、蜜蜂とミルクを読むことだ。言葉は様々な花の油で光り、ナルドの香油を塗られ、芳香を放つしずくで飾られている。彼の詩句は、金の小さな翼を打ち震わせ永遠に向けて飛翔する。『ヘスペリディーズ』を繙くや否や、安息香の香気に目を浸すことになる。目に映る一行はどれも匂いによって描かれ、読者は眼差によって香りを嗅ぐのだ。真新しい蜜蠟と霧氷、雌蕊の豊かな花粉、蝶の真珠母色、薔薇色の雛菊のずい。彼の巻き毛も鷲鼻もみな、黄金の泡を吹きかける口元へ集中している。彼はポエジーのムースで泡立つ葡萄酒に酔いしれた。泣き女の涙を入れるとても小さなガラスの杯で彼の歌を飲むがよい。束の間読者はこの上なく白い春とこの上なく黄色い夏にとりまかれることになるだろう。しかしいつまでも読み続けるのは禁物。薔薇の大洋に溺れてしまう。

V　ロビンソン、青髭、アラジン

　読者の最も高級な快楽は、作家にとってと同じように、偽善者になる快楽である。子供の頃、固くなったパンをコップの水に浸してほおばりながら北極探検記を読もうと、屋根裏部屋に閉じこもった。もっとまともな昼食をとることもできたのだ。しかしその方が英雄たちと艱難辛苦を共にすることができると私は考えたのだった。

　本物の読者は作者とほぼ同等に創作する。ただし彼は行間で創作するのだ。頁の余白を読む術を知らない読者はけっして本のよき美食家となることはないだろう。ひとつの交響曲の音符の響きと同じように、目に映る言葉がイメージの一連なりを導き、その連なりが読者を導いてゆくのだ。

　ロビンソンが食事を摂《と》っている粗末な造りの大きなテーブルが見える。食べているのは仔山羊の肉かな、それとも米かな。どれ、のぞいてみよう。おや、赤土で、まん丸の皿をこしらえた。オウムが鳴いている。じきに今度獲れた小麦を少しもらえるだろう。庇の下の、貯蔵品の山の中から私たちも失敬することにしよう。病気の時に、ロビンソンが飲んでいたラム酒は、すじ模様が入った黒い大きな壜に入っていた。「fowling piece」（家禽用の猟銃）という語の意味が皆目見当がつかず、ロビンソンの銃について突飛な想像をしたものだった。（長いこと『東方詩集』(4)の「icoglans stupides」を私はカメレオンの一種だと思い込んでいた。今日でもそれが近衛士官にすぎないと納得するためには力ずくで想像力を押さえつけなければならないのだが。）

　アラジンのランプはどんな造りだったのか。私の考えでは、自分たちの教室にあるランプのようなものだと考えていた。それでアラジンがランプから魔神を引き出すのにどうするかが気になって仕方がなかった。磨き砂――こんな言葉はテキストにはないが、どうしても連想してしまう。そういえば青髭の奥方が鍵の血痕を消そうとするのも磨き砂だった――でランプをこする箇所は、金属の胴のふくらみのどの辺りだったのだろう。今ではアラジンのランプが、ギリシアやトルコのランプのように、まん丸で、火口のついた、青銅のランプだと私は知っている。しかし、そのランプを「目に浮かべる」ことはもはやない。

青髭の鍵に話を戻そう。私の気にいったのは、それが「fée 妖精」だったということで、不思議でならなかった。まるで見当がつかなかった。それでも繰り返し何度も私は考えた。いやはや！　それは誤植が踏襲されたものだった。古い版では（めったに手に入らないが）鍵は「féée 魔法をかけられ」——ラテン語の fata——、それは妖精の仕業だったのだ。明々白々。ただ、その鍵で夢見ることはもうない。

サンドリオンのガラスの上履き——そのガラスは私にとってはかけがえのないものだった、透き通り、私たちがおもちゃにして遊んだヴェネチアの小さな燭台のように精巧に引き伸ばされたガラス細工を想像していたのだが——その靴は「リスの毛皮」を編み合わせたものだった。そのガラスの上履きが「目に浮かぶ」ことはもうまるでない。

カマラルザマーン王子の壺に入った金粉をふりかけられて光り輝く緑のオリーブを、精確にあまさず想像することが私はできた。陽の光を浴び、苔が生え、キヅタが這う、いささか草臥《くたび》れた壁の下では、王子が庭師のところで仕事をしている。菓子職人となったブドレッディン・ハッサンの店。小さなせむし男の喉にひっかかった魚の骨。毒を塗ったので頁がくっついてしまった大きな本や、疑った獣脂に貼り付いたロウソクの端のように、血が凝固して本の黒い革表紙にくっついて離れなくなったドゥーバン医師の首(5)……。幾度でもまた目の中におさめたいと願う彩りに満ちた、愛しい、愛しいイメージの数々は、それらの見出しのもとに、我が記憶の書に収められている。

（1）『新生』冒頭の章句。

（2）フェリシテ・ド・ラムネー（一七八二—一八五四）はフランスのカトリックの司祭、思想家。

（3）ロバート・ヘリック（一五九一—一六七四）はイギリスの詩人。恋愛詩などの短詩を多くのこし、その主なものは詩集『ヘスペリディーズ』（一六四八）に収められた。

（4）ヴィクトル・ユーゴ（一八〇二—八五）の詩集、一八二九年刊。
（5）カマラルザマーン王子、ブドレッディン・ハッサン、ドゥーバン医師は、みな『千夜一夜物語』の登場人物。

単行本未収録評論

大野多加志　訳

ラシルドの『不条理の悪魔』

無能ナ者ハ信ジ易ク
……確実ナ事ナド有リ得ナイ
（テルトゥリアヌス(1)『キリストの肉について、その五』）

エドガー・ポーによれば、シャンフォール(2)は「まちがいなく、どんな世論も、どんな社会通念も愚かなものである、なぜならそれらは最大多数の都合にかなうものだからである」といったそうだ。

不条理についても別な風に定義するわけにはいかない。ひとりの個人の意見と大衆の意見のあいだで迷うことなどありえない。「レギオン」となのる悪魔の群が山上をさまよう豚の体内に入ってもよいかとキリストに許しをこうた、とルカの福音書にはある。キリストは許しをあたえ、悪魔につかれた豚の群は断崖に殺到した。おなじように不条理の悪魔は大衆《レギオン》の体内に入りこんだ。そして大衆は規範を量産し、通念に従い、そうして断崖に殺到する、なぜなら愚かな悪魔の戒律とはそういうものであるからだ。

それゆえ読者が不条理の悪魔をみいだすのはこの本のなかではない。夜盗が家のまわりをうろつくように、恐怖の力をふるい、悪魔はまさにあたりをうろついている。闇夜の野に逃げてはいけない、うろついている悪魔のえじきになるだけだ。通夜のろうそくのように、たえることなく燃えつづけるろうそくを台所に置くがいい。そして家のなかで、そこに腰をおろすのだ。この本のページの外に出てはいけない。なぜなら外に出れば、愚かさにとりつかれた豚の群にさいなまれ、不条理の闇という王国を悪魔がうろついているのだから。

たぐいまれな想像力によってつくりだされたものだけが現実である。ほかのすべては愚かさであり誤りである。「ほんとうに強い人間とはひとりきりでいる人間である。」ただラシルドひとりが鏡を恐れ、老年の栄光のうちに彼女を拒んで門扉をとざす城館をみすえ、歯が抜けただけで死の恐怖を味わうのは、彼女がわれわれよりもより遠くまで見通しているからなのだ。キリストの許しを得て、不条理の教師はわれわれの体内に入りこみ、われわれの視力はくもってしまった。ラシルドの短編集が「レギオン」と呼ばれる悪魔にとっては不条理なものと思われるとしても、それらははかりしれない真実のいくぶんかをふくんでいる。

あらゆるもののあいだには関係がある。それらの位置関係がわかれば、われわれは原因と結果にしたがってそれらを分類する。それらの類似と大きさの関係がわかれば、われわれは精神にそなわる論理によってそれらを分類する。これらの概念はあらゆる哲学者に共通のものだからといって、真実の要件を満たしているとはいえない。もののあいだには科学的な関係や論理的な関係とはべつの関係が存在し、ものは記号《シーニュ》としてたがいに関わり合っていると考えることもできるのだ。(3)なぜなら記号には絶対的な質量も形質もないからである。それだから記号がたいへん異なっていても、指し示されたもの《シニフィエ》がたいへん似通っていることもありうる。これらの指し示されたものについては感覚や知性はなにも知ることはできない。しかし死にかかって吠える犬は死が近いことを知らない。かくして恐怖のあまり泣き叫ぶラシルドはアガメムノンの暗い館での死を前にして泣き喚くカッサンドラを思わせる。(4)カッサンドラは彼女を恐怖におとしいれることになるものがなんであるかを知らない。ラシルドは彼女につきまとうものに悲劇的な関係があることを知らない。だが彼女はなにかを感じていて、聖なるおののきが彼女をとらえる。

歯が一本抜けた小柄な女を見るがいい。「おお、クッキーのかけらにまじってそれが落ちたとき、まさに冷たくなった小さな心臓が彼女からころがりでたように思われた。からだのとるにたりない細部によってからだ全体がまるごと根こそぎにされたのだった。」

さらにラシルドが知っていたふたりの老婆は死の際にこういった。「ここにいても〈自分の家〉にいるように思えません。わたしたちが息をひきとるべき場所はここではありません。」

できるものなら結果から原因を導きだし、このような結論にいたる推論の大前提を教えていただきたい。しかしながら失われた歯と全身の腐敗のあいだには密接なつながりがある。また死の床にある老婆はことばで言い表せるものを超えるなにかを感じていたのだ。快楽のはてに死の影を認め、ぽっちゃりとした小さな手からわいせつさを思いおこし、マロニエが枝いっぱいに花をつける春の風景を悲しみでかすませるのはおなじひとつのものとものを結びつける目に見えない力なのだ。いたるところでカッサンドラはおののき、説明しがたいものを感じとる。なぜなら彼女は記号のあいだの神秘的な関係を感じとる天賦の才に恵まれていたのだから。

女は心臓にアンテナをもっているといわれる。ラシルドは脳にアンテナをもっている。二十歳で『のこぎり』を著わし、人生の手の施しようのない平凡さ、人生のむなしさを見抜くには、女の感受性に帰してすますことのできない、過敏な知性が必要だった。知性を延長する鋭敏な神経繊維により、愛の彼方に死を、健康の彼方にわいせつを、静けさと沈黙の彼方に恐怖を、彼女は察知する。聞き耳をたてる牝猫のように、彼女は耳をそばだてる。すると小さな死のはつかねずみが壁や精神や肉をかじる音がきこえる。そこで死をもたらす小さなはつかねずみとたわむれるために、牝猫は心地よさそうに手肢をのばすのだ。

（1）一六〇頃—二二二頃。カルタゴ生まれのキリスト教神学者。「不合理ゆえに我信ず」という言葉は有名。
（2）一七九〇—一九四。作家、モラリスト。『格言集』によって知られる。恐怖政治下に投獄され、自殺した。
（3）一八八七年から八八年にかけて、シュオッブはコレージュ・ド・フランスでソシュールの講義を聴講している。以下の記述は、多少なりとも、ソシュールの説く「記号の恣意性」という概念から影響を受けているかもしれない。
（4）カッサンドラはトロイアの王女。アポロンにより予言の能力を授けられた。トロイア陥落後、アガメムノンの捕囚となる。アイスキュロスの『アガメムノン』ではクリュタイムネストラによるアガメムノンの殺害を予知するが、彼女自身もクリュタイムネストラの手によって殺される。

『アナベラとジョヴァンニ』講演

紳士淑女の皆様、

皆様に『アナベラとジョヴァンニ』(1)についてお話する前に、『千夜一夜物語』のある物語(2)を思い出していただきたいのであります。

それは年老いた王が治める島を訪れた青年の物語です。ある夜王の息子が彼を夜食に連れ出し、彼にかぐわしいワインを飲ませます。それから夜闇のなか王子は青年を島の墓地に連れて行きます。彼らは大きな白い墓石のあいだを通って行きました。王子は壮麗な地下墓所の前で立ち止まり、いいました。

――従兄弟よ、大切なことでお骨折りをしていただけまいか、そしてわたしの望むところについてわたしを制止などしないで欲しい。

ついで彼は青年に水がたっぷりと入った甕と漆喰《しっくい》の袋と鏝を示しました。

――わたしはこれからこの墓におりて行きます、と彼はいいました。わたしが中に入ったなら、わたしの消息がだれにも知られないようにわたしを閉じ込めていただきたい。

青年は、ワインの酔いも手伝って、うけ合います。そのときベールで顔を隠し、宝飾品で身を飾った乙女があらわれました。王子は彼女を墓所の中に導き入れ、地面の鉄の揚蓋を持ち上げ、ついで彼女のほうに振り返りました。

——おいでなさい、と彼はいいました。選ぶのです。

乙女は返事をしませんでした。ためらいもしませんでした。彼女は墓のなかに入り、黙ってアーチ型の階段をおりました。王子はすぐに彼女のあとに続きました、動転した青年は揚蓋が閉じるにまかせ、揚蓋を漆喰で固めてしまいました。

翌日、彼は自分のしたことをおぼろげに思い出し、年老いた王の前にあえて出ようとはしませんでした。彼は宮殿から逃げ出し、墓地をさまよいました、ですが墓はどれもこれも似ていて、あの揚蓋をみつけることはできません。七日七夜、彼はむなしく墓地をさまよいました。八日目彼はあきらめて、宮殿にもどりました、年老いた王がなみだを流しています、というのも……

——息子と娘が、と年老いた王はいいました。七日前から姿をみせないのだ、彼らがどこにいるのか誰ひとり知らんのだ。

青年は王の足下に身を投げ出し、自分の軽率をうちあけました。ふたりはともに墓地にとって返し、封印された墓を探しました。不意に、記憶がよみがえり、青年は墓をみつけました。彼らは鉄の揚蓋をひきはがしました。彼らはアーチ状の階段をおります、五〇段おりたとき、目を開けることができないほどの煙が行く手をはばんだのでした。彼らは煙をくぐり抜け、七枝の燭台が照らす広間にたどり着きました。地面には料理や菓子、種子や粉末、長期間いるために集められた食料が散乱していました。靄のかかった部屋の奥、燭台のかすかな明かりのもとに、壮麗な丈の低いベッドが見え、抱き合った男女が横たわっています。恐怖が年老いた王と連れをとらえました、なぜなら二体の亡骸は炭のように真っ黒になり、まるで炎の井戸に飲み込まれたようでした。

そこで年老いた王は近づき、息子の顔につばを吐き、上履きで叩きました。

——おお、と彼は叫びました。この子は、子供の時分から、妹に夢中で気も狂わんばかりだった。妹に会ってはいけないといくど諭したことやら。「まだ年端もいかない子供のことだから！」と高を括ってもいた。しかしながら、この子らが大きくなったとき、思いもかけぬことながら罪がこの子らの間にしのびこんだのだ。わたしは息子を監禁し、叱責し、厳罰を科すと脅しつけ、宦官や召使も諌めた。「あなた様の前にだれ一人なしたことがなく、あなた様の後にだれ一人なすことのない、それほど忌まわしいおこないをお慎みください。当代から末代まで王という王からはずかしめをうけ、面汚しとなられぬようにお気をつけなされませ。」

さらにわたしは釘をさした。「このような噂はとおくまで隊商によって広められるであろう。彼らにそのような話をする口実をあたえぬように身を慎むのだ、さもないときっとお前を呪い、お前を殺すであろう。」

それから、わたしは子供を別々に住まわせ、娘を監禁した。だが、呪われるがいい、娘はひたむきに息子を愛した。なぜなら悪魔が彼とおなじぐらい彼女をも支配し、まぼろしによって二人のいまわしいあやまちは二人の目には美しいものと映ったに違いない。ところで、わたしが二人を引き離したとわかったとき、息子はひそかにこの地下室を造らせ、お前も見たように、宝物や食料を運んだ。わたしが狩りに出かけたとき、それをいいことに、息子は妹といっしょにここに隠れ、正義の裁きが二人の上に降りかかり、天の劫火によって二人を焼き尽くしたのだ。実をいえば、最後の審判によって二人の苦しみはより長く、永遠のものとなるであろう。

さて！　妹といっしょに墓に閉じこもった王子の物語はおどろくほどアナベラとジョヴァンニの物語に似ています。おとぎ話の王子のように、ジョヴァンニは妹にいいます。

——選ぶのだ！　わたしを愛するか、あるいはわたしを殺すか、妹よ。

すると誇り高いアナベラは彼に短剣をかえし、彼に生きるのですと命じたのでした。彼女もまた、おとぎ話の王女のように、長い間、ひそかに兄を愛していましたが、そのことをあえて彼に打ち明けようとはしませんでした。二人の子供は情熱の赴くままに世間を捨て、墓のように寡黙で、墓のように内に秘めた、この世ではかなく消えゆくさだめにある、彼らの愛にたてこもりました。ジョヴァンニが彼女に、

——今から、なにをしようか？　とたずね、アナベラが、

——お好きなように……と答えたときから、

彼らはまどろみの中で、暗闇の中で、地下室のそれのように重苦しく、息がつまりそうな空気の中で愛し合うようになります――彼らは天も地上も捨てたのでした――彼らは地獄を物ともしません。アナベラの目の前にいるのはもはやただ一人の英雄だけであり、ジョヴァンニの目に見えるのはもはやただ一人の女神だけなのです。

――あなたはわたしのお兄さまジョヴァンニ！　と彼女は叫び、彼が彼女に応えます。

――お前は我が妹アナベラ、それはもちろんわかっている。

こうして、よくよく承知のうえで、すべてに抗って、彼らはお互いを選んだのです。ああ！　永遠の闇の中にとじこもるために彼らが墓地の墓の中におりることができたなら！　天の劫火が彼らを襲ったとしても、人生が彼らをときほぐすことのできない網の目にからめ捕られることはなかったでありましょう。彼らは現実から制裁を受けます。アナベラは無理矢理結婚させられ――当然夫は妻のあやまちに気づきます――死がしのび寄り、いつもの姿かたちをして二人をつけねらっています。しかしここでは愛は反攻をくわだてる、愛は死より強いのです。アナベラを殺すのはジョヴァンニ自身です。

――ああ、お兄さま、アナベラは叫びます、あなたの手で！

こんなふうに彼女は死ななければいけないし、ジョヴァンニは自分の意志で英雄的な死をとげるのです。

紳士淑女の皆様、

われわれにはアナベラとジョヴァンニの愛を平凡な愛とおなじように裁く資格はありません。それはあまりに偉大で、あまりに高貴であります。アナベラのベッドの前に立ち、彼女を殺す前に、短剣を手に、ジョヴァンニは妹にいいます。

――キスをしておくれ、もしのちの人々がわれらの固く結ばれた愛情を知ったなら、おそらく習慣と良心の掟はわれわれを当然非難するだろうが、われわれの愛をわかってくれたなら、平凡な近親相姦が嫌悪の情をかきたてるにちがいない不名誉をその愛が拭い去ってくれるだろう。

個人の拡張はどれも至高の行為において美しい。ジョヴァンニは学問を捨てました。彼は神も地獄も信じません。彼はこぶしに運命を握りしめ、未来永劫それを支配するでしょう。彼は炎をあげる星のようにおそろしいペストの大群と焼けるような危険な軍勢を率いて迫り来る死に立ち向かいます。彼は英雄なのです、彼は人間を超えた、誇り高い存在なのです――アナベラは彼をそんな風に見ています――われわれには彼を他の見方で見ることはできません。

マクベスは人殺しではありますが、

――陽の光がうとましくなってきた、宇宙のたがまるごと外れるのを見てみたい(3)！　と叫び声をあげるとき、死ぬとわかっている最後の闘いに立ち向かって鎧兜で身を固めるとき、われわれは彼に感嘆し、われわれの心は彼の味方となるのです。

エリザベス朝は意志と勇気の確固不動によって権利を勝ち取った、実に高貴な海陸の冒険者たち、演劇の英雄たちの時代であり、ジョン・スミス船長、ウォルター・ローリー卿(4)、ジェイムズ・フィップス卿の時代、財宝と刀傷を求める者たちの時代でした。われわれがグローブ座、ブラック・フライヤーズ座、レッドブル座で再会するのが彼らであり、他の者たちが人間のあいだで現実的に彼らの権利を勝ち取ったように、倫理という理念においてその権利を主張したのが彼らでした。さらに二人の詩人が、シェイクスピアの後に、おなじような英雄を創造しました、ジョン・フォードはジョヴァンニを考え出し、シリル・ターナー(5)は復讐の英雄、ヴィンディスと無神論の英雄、ダンヴィルをわれわれに描いて見せました。彼らは世間や社会道徳と格闘し、非業の死をとげると知りながら全人類を相手に個我を肯定した三人の巨人であります。

シェイクスピアによってわれわれの目の前で登場人物は英雄となり、ドラマの最終部で超人に変身します。叙事詩的息吹が舞台を駆け巡るのはドラマが大詰めを迎える頃です。ハムレットは「俺だ、デンマーク王子、ハムレットだ！」と叫びながら、レアティーズのわきからオフィーリアの墓に飛び込みますが、それがそのような瞬間であります。

しかしドラマによって痙攣を起こす以前には、ハムレット、マクベス、オセロ、ロミオは特別な資質に恵まれているわけではありません。

フォードとターナーはジョヴァンニとヴィンディスとダンヴィルをそんな風にわれわれの前に差し出しはしません。彼らはわれわれが彼らを知る前に決定されています。彼らの宿命は彼ら自身のうちにある。彼らはみずからが作り上げた運命に従うのであって、彼らにとって責任というものがあるとすれば、彼らはすべてについて責任があるのです。

ジョン・フォードのドラマにシェイクスピアの影響がはっきりと認められない訳ではありません。まちがいなく『アナベラ』という芝居は三十年前に『ロミオとジュリエット』が上演されなかったなら存在しなかったでありましょう。ここには――たしかに、根本的な修正を受けていますが――ロレンス修道士も老キャピュレットもジュリエットの乳母もロミオとその恋人もふたたび姿をみせます。しかしドラマの力強さでは一歩勝っています。ロミオとジュリエットは両家の憎しみによって引き離されますが、ジョヴァンニとアナベラは血によって結ばれています。ロミオとジュリエットには彼らの愛について申し開きの余地がありますが、ジョヴァンニとアナベラの罪は彼らの愛そのものです。ドラマはもはや登場人物の周囲にあるのではなく、彼らの心の最深部において繰り広げられるのです。

ロミオとジュリエットを創造するには、シェイクスピアはバンデルロのコントあるいはルイジ・ダ・ポルト(6)の説話を読むだけでよかったのです。フォードがそのドラマを引き出せる年代記は存在しませんでした。一六一五年に出版された、「兄と妹の近親相姦の愛をめぐる波瀾万丈、および不幸で悲劇的な結末」が物語られる、ロッセ(7)の『当代悲話』に着想を得た可能性はありますが、この波瀾万丈の物語はアナベラとジョヴァンニの物語とはまったく関係がありません。シェイクスピアと違って、ジョン・フォードとシリル・ターナーはいつでも彼らの登場人物を創案しました。フォードの戯曲を横断する不幸で感動的な女たち、ペンシア、カランサ、ビアンカ(8)、アナベラは彼によって考え出された――まさに彼の娘たちなのです。

ジョン・フォードが戯曲の舞台をイタリアに設定したのは、この毒薬と愛の国がエリザベス朝のドラマの偉大な創設者からヴィクトリア朝のシェリーやブラウニングまでイギリスの詩人をたえずひきつけてやまなかったからであります。アナベラとジョヴァンニの悲劇が演じられるべきであるとジョン・フォードが考えた舞台はパルマですが、歴史上の要請によってパルマを選んだのではありません。

紳士淑女の皆様、

『アナベラ』の作者について知られているところをかいつまんでお話しする時が来ました。

ジョン・フォードは、一五八六年四月一七日に、デヴォンシャーの、イルシントンで洗礼を受けました。母方の祖父は主席裁判官でした。彼は若い時にロンドンに出て、法律を学び始めます。従兄で同名のジョン・フォードが弁護士となり、グレイズ・イン法学院におりました。従兄は青年をかわいがり、援助したようです。従兄への愛情にあふれた献辞からジョン・フォードの感謝の念を推測できます。

ジョン・フォードは早くから書き始めました。デヴォンシャー公爵の死を悼んだ哀歌を一六〇六年に出版したとき彼は弱冠二〇歳でした。

七年後、コックピット座で彼の喜劇が上演されます。この戯曲は残っておりません。シェイクスピアの死の三年前のことです。『アナベラ』の上演の日付は不明です。戯曲は一六三三年に印刷されました。ジョン・フォードの最後の悲喜劇は一六三八年にコックピット座で上演されました。

時は動乱の時代で、劇場から観客の足が遠のき始めます。イギリスでは清教徒の説教が猛威をふるいました。一六四一年、俳優たちは彼らの「惨めで孤立無援の状態」を嘆く愁訴を印刷しました。長期議会が召集されたのは前年です。翌年、一六四二年に内乱が勃発します。饗宴局長官の登録が閉鎖され、両院議会令によって、「悲しむべき屈辱の禍根が存続するかぎり、劇場での公演を中止し、禁ずる」と宣せられたのでした。

フォードはほぼ四〇年をロンドンですごしました。その後彼は生地、デヴォンシャーに隠遁したと思われます。

出所不明の伝承によれば、彼は結婚し、子供をもうけ、平穏にその生涯を終えた、と言われております。あまりあてにはできません。なぜならイルシントンは国王派の土地の一中心であり、議会派の軍の攻撃によって多くの犠牲者を出しました。

フォードその人、友人、生活については何もわかっておりません。パンフレット『当代の詩人』から二行の詩句がギフォード(9)によって引用されています。明確なディテールについては何も教えてくれないのが献呈詩ですが、これはたいへんよく特徴を伝えています。

ジョン・フォードはひとり深い悲しみに沈み、
腕を組み、頭には哀愁を帯びた帽子。

これがわれわれに伝えられた彼のただ一つのポートレイトであります——悲しげな男、背けた顔、意志の強そうな絶望が漂う眼差し、目深にかぶった大きなフェルトの帽子。

憂鬱は当時の流行でした。ルキアノス、ラブレー、モンテーニュの影響を受け、後にローレンス・スターンがふんだんに借用することになる、驚異的なユーモアと学殖の寄せ集め、「小デモクリトス」バートン(10)の有名な『憂鬱の解剖』はすでに一六二一年に出版されています。この本はジョン・フォードに最初の戯曲『恋人の憂鬱』の着想をあたえました。ですからパンフレットの二行の詩句はある文学的ポーズを描いたものにすぎないのかもしれません。

しかしながらわれわれは、遠くから流れてきた深く濁った水がついに途絶えるように、苦悩のことばがページの上で息をひきとったために中絶した数々のドラマを彼に思い起こさせる物狂おしい悲しみに全身を浸したフォードを思い描いてみたいのであります。

われわれはジョン・フォードがトマス・デカー、ジョン・ウェブスター、ローリー(11)と知り合いだったことは知っています、というのもフォードは彼らと共作しているからです。また彼が『優しさによって殺された女』の作者トマス・ヘイウッド[12]と面識があったこともわかっています。彼の劇作家としての最盛期にフレッチャー、ベン・ジョンソン、マッシンジャー[13]が亡くなりました。居酒屋「人魚」亭での華やかな夕刻の会話に同席するためには、彼のデビューはおそきに失したでありましょうが、彼とおなじようにバンクサイド[14]に暮らしていて、居酒屋「隼」亭に集まった詩人の集いにはおそらく彼もまじっていたことでしょう。そこでの彼を想像してみましょう、一人きりで物悲しい夢想にふける、「地獄堕ちの女たち」の詩人[15]に瓜ふたつではないでしょうか、

現実を蔑する偉大な精神

紳士淑女の皆様、

これから皆様の前で上演される『アナベラ』の台本は主筋を曖昧にするだけの脇筋を取り除いたものでありま す。「主筋を汚すものから主筋を救い出すためには、――モーリス・メーテルランク氏はすばらしい翻訳の序文でいっております――せりふをひとつも移動させることなく、詩句を一行たりとも削ることなく、主筋をこれらの草叢から拾い出せばいいのだ。」

『アナベラ』はいまや、なにものもドラマの高まりを妨げることのないギリシア劇の様相をおびたのです。かくしてこの兄妹をめぐる物語の真実が皆様の前によりはっきりと現れ出ることになりましょう。ギリシア悲劇といいましたが、それはたまたま両者を比較してみようと思いついたわけではありません。

『アナベラ』がどうしても思い出させるドラマがあります。アイスキュロスの『供養する女たち』です。

そこでも『アナベラ』とおなじようにあやまちをやすやすと見逃してしまう年老いた乳母が登場します。アナベラとジョヴァンニは誓いのことばを述べるために身を寄せてひざまずきます。

――わたしのひざにひざまずき、お兄さま、わたしたちのお母様のご遺骸にかけて、お願いです、わたしを笑

いの種に、また憎しみの的に、なさらぬように、わたしを愛してください、さもなければ殺してください、お兄さま！

おなじようにオレステスとエレクトラは愛の加護を求めて彼らの父の墓のかたわらにひざまずきます。この誓約の上には宿命のアイロニーが漂っています。アナベラの母は、死の床で、彼女の指輪をアナベラの指にはめ、夫以外の男にわたさないと約束させます。アナベラは神聖な指輪を兄にゆだね、彼女の行為の証人として今は亡き母親に呼びかけます。『供養する女たち』で憎しみの誓約を受け取るのが墓であったように、この愛の誓約を受け取るのは墓であります。至高の誓約におけるアナベラとジョヴァンニは復讐による結びつきにおけるエレクトラとオレステスよりも死から遠いわけではありません。おなじ宿命の吐息が二組のカップルをつつみ、おなじ運命が二組のカップルを運び去ります、ふたつの劇的状況のあいだの根本的なただひとつの違いは宿命の宿る場所であります。

ギリシアの宿命は外在的であり、いってみれば、支配的です。オレステスもエレクトラも自由ではありません、彼らは遺伝によって罪につながれています。シェイクスピアのドラマにおける宿命もまた外在的であり、思いがけない、不測の事態であります。あたかもたまたまそこに播かれた種が巨大な幹に育ったように、それは荒れ果てた土地で成長するのです。マクベスの死を招く野心、オセロの破滅をもたらす嫉妬は人間を支配する運命によってあらかじめ決定されてはいません。そうではなくてそれらは取るに足りない出会いによって彼らのうちに生まれ、その後渦のなかに巻き込んでゆくのです。

フォードの戯曲における宿命は内在的です。宿命的であるのはジョヴァンニとアナベラの魂なのです。彼らの情熱が口ごもるのを聞いたためしがありません。われわれが最初にジョヴァンニを見るとき、彼は毅然としていますし、自分でそういいます。われわれが最初にアナベラを見るとき、彼女は毅然としていますが、そうとはあえていいません。「これからわたしを駆り立てるものは、——ジョヴァンニはいいます——欲望ではなく、わたしの運命である。」その運命とは彼の愛そのものです。「わたしに彼女への愛を断ち切らせるよりは、——彼は叫びます——潮の満干を止めるほうが簡単だろう。」

ですからそれ自身から生まれたこの愛はそれ自身で消滅しなければなりません。アナベラののどをかき切るのはジョヴァンニでなければなりません。彼らの運命は彼らの魂のあいだで育ったのですから彼らの魂のあいだで終わりを迎えなければなりません。彼らは彼らの運命を創造しました。ですから彼らは彼らの運命を破壊するのです。彼らは彼らの運命の主人なのです。

『アナベラ』という戯曲においては来世という観念はドラマの二次的な原動力にすぎません。それは決定的な権威ではありません。アナベラとジョヴァンニの最後の会話の間中もう一つの世界は鉛色の影を落します。しかしその影は暗闇のなかに悲劇的な身ぶりを際立たせるために使われたのです。「まぼろしだ、まぼろしだ！——ジョヴァンニは叫びます——でなければ、もう一つの世界でわれわれはおたがいがわかるはずだ。」アナベラが応えます。「わたしたちにはわかるわ。」彼らは来世でもいささかも変わりはしないでしょう。どこへ行こうとも、ジョヴァンニはアナベラの光り輝く顔をふたたび目にしたいと断固として願うのです……

紳士淑女の皆様、
ご承知のとおり、わたしが墓の暗闇に毅然として近親相姦をかくまった兄と妹の物語をお話しすることから始めたのは理由のないことではないのです。個人が切り開く運命はそのような行為を可能とした運命とおなじぐらい宿命的であります。母の墓を証人として交わされた誓約はアナベラとジョヴァンニを墓の方へと運んで行きました。この戯曲は死によってくまなく包囲されています。暗い海から満潮が押し寄せ、逃れようもなくじきに海面下に没する島、しかしその島では愛し合うふたりが束の間抱擁を交わしている、そのような島を髣髴させるのであります。

(1) ジョン・フォードの戯曲『アナベラとジョヴァンニ』は翻案者メーテルランクによる題名であり、原題は『あわれ彼女は娼婦』である。

(2) マルドリュス版『千夜一夜物語』、第一二夜「荷担ぎ人足と乙女たちの物語」のうちの、第一の托鉢僧の話より。

(3) 『マクベス』、五幕五場。

(4) ジョン・スミス船長(一五八〇頃—一六三一)はイギリスの軍人、探検家、作家。ジェームズタウン建設者。ニューイングランドを探検し、植民を推進した。帰国後、自伝を著す。

ウォルター・ローリー卿(一五五二頃—一六一八)はイギリスの軍人、海洋探検家、廷臣、文人。エリザベス朝の典型的なルネサンス人。北アメリカを探検してフロリダ北部を処女女王(ヴァージン・クイーン)エリザベスにちなんでヴァージニアと名づけ、植民を行なう。抒情詩人としても有名。

(5) シリル・ターナー(一五七五—一六二六)はジェイムズ朝の劇作家。伝記不詳。一六二五年スペインのカディス遠征に加わり、病を得て帰途死亡。シュオッブは『架空の伝記』に「悲劇詩人シリル・ターナー」を収めている。

(6) マテオ・バンデルロ(一四八五—一五六一)はイタリアの短編作家。その『物語』(一五五四—七三)は仏訳、英訳され、多くのエリザベス朝の劇作家の材源として使われた。

ルイジ・ダ・ポルト(一四八五—一五二九)はイタリアの物語作家。『ロメオとジュリエット』の原作者。

(7) フランソワ・ド・ロッセ(一五七〇—一六一九)はフランスの小説家、翻訳家。代表作はイタリアのバンデルロをまねた残酷で血みどろな短編からなる『当代悲話』。

(8) ペンシア、カランサは『心破れて』の、ビアンカは『恋の犠牲』の登場人物。

(9) ウィリアム・ギフォード(一七五六—一八二六)はイギリスの批評家。マッシンジャー、ジョン・フォード、ベン・ジョンソンの戯曲編纂や、諷刺詩がある。

(10) ロバート・バートン(一五七七—一六四〇)はイギリスの聖職者。憂鬱症の治療法を論じた『憂鬱の解剖』は博引旁証、人事全般に亘り、雑学の奇書といわれる。

(11) トマス・デカー(一五七二頃—一六三二)はイギリスの劇作家、パンフレット作家。

ジョン・ウェブスター(一五八〇頃—一六三四頃)はイギリスの劇作家。イタリアの実話に取材した凄惨な流血悲劇『モルフィ公爵夫人』が有名。

ウィリアム・ローリー(一五八五頃—一六二六)はイギリスの俳優、劇作家。

（12）トマス・ヘイウッド（一五七四頃―一六四一）はイギリスの劇作家。家庭悲劇やロマンチックな喜劇を得意とし、『優しさで殺された女』（一六〇三）が代表作。

（13）ジョン・フレッチャー（一五七九―一六二九）は、一六〇八年頃から国王一座の専属作家としてボーモントと合作を始め、ボーモント、シェイクスピアの引退後は国王一座の立役者となった。

ベン・ジョンソン（一五七二―一六三七）はイギリスの劇作家、詩人、批評家。古典主義の信奉者、強大な知性の持主として、当時の劇壇文壇に大きな影響を与えた。代表作は人間の物欲と愚かさを暴露した諷刺喜劇の傑作『ヴォルポーネ』など。

フィリップ・マッシンジャー（一五八三―一六四〇）はイギリスの劇作家。国王一座の中心作家として活躍。性と暴力の刺激を求める若い世代の嗜好に合い、巧みな筋立てと舞台技巧のゆえに一時は劇壇の人気を独占した。

（14）テムズ川南岸、エリザベス朝には、熊いじめ場やスワン座、ローズ座そして多くのシェイクスピア劇が上演されたグローブ座などの劇場が建ち並び、大衆娯楽のメッカであった。

（15）ボードレールを指す。「地獄に堕ちた女たち」は『悪の華』裁判で削除を命じられた六篇の一つ。

スティーヴンソンの『爆弾魔』

『宝島』や『ジキル博士とハイド氏』や『バラントレーの若殿』が翻訳されて以来、スティーヴンソンは多少なりともフランスの読者に知られていた。タン紙の記事によりスティーヴンソン氏がサモアに滞在し、ドイツの影響力をそぐべく、外務省も感動するほど精力的に原住民問題にかかわっていることはフランスの読者の知るところとなった。Th・ベンゾンは『イギリスの怪奇小説』という研究においてスティーヴンソンに数ページをさいた。しかし近年、スティーヴンソンのすばらしい短編とみごとな長編は新しい時代をひらく若きキップリングの名声の影にかくれてしまったようにも思われる。

わたしはここスティーヴンソンが愛するこの国で、スコッツ・オブザーバー誌の読者がR・L・Sとひかえめに署名された短編に驚嘆したはるか以前から、また五年間スティーヴンソンがフォンテーヌブローの森をさまよった時代から、南洋の太陽に健康をもとめ、オセアニアのまっただなか、サモアの島に定住するまでの、このすばらしい作家についての覚書をいくつか披露したい。

「あなたのすてきなお手紙の調子が、——彼は手紙に書いた——わたしをエゴイストにするのです。あなたのせいでわたしは自分をひとかどの人物だと思ってしまいそうです。わたしは人生の一部をフランスですごしました、あなたの祖国やたくさんのあなたの同胞の方々を愛しました。これらの年月わたしはあなたの祖国が伝える教えを学びました、そこでのみ呼吸できる芸術の香りをすいこみました。そしてこれらの年月、天使や英雄が筆をとったようなものをわたしが書いたとしても、フランス人はだれひとり気づかないだろうと思い知り、悔しくて仕方がありませんでした。

そしてあなたが登場なさって、心のこもった励ましを送ってくださり、わたしを読んでくださり、理解を示してくださり、わたしのしていることを愛してくださろうとなさる。」

「そちらにうかがいますおりには、——彼はことばを継いだ——いまでもよいレストランであるなら、Lの店で食事をしましょう、緑に色づくセーヌの流れを眺めましょう、そしてヴィヨンについて語り合いましょう。——どんなものであれ、ヴィヨンについてお書きになったものをお送りください。最大級の強い関心とともにご送付を待っています。わたくしの写真はいま手許にありませんが早急にお送りします。あなたのお写真も送っていただければうれしゅうございます、というのもわれわれが生きてお会いできるチャンスは千にひとつもないでしょうから。それから名前と筆跡とアドレスと、そして言葉づかいも！……それぐらいならタキトゥスについても知っていますし、ホラティウスについてはもうすこし詳しいことまで知っています。しかし同時代の人間であればそれだけでは十分とは申せません、われわれはまだ同時代の人間なのです。」

残念ながら、フランソワ・ヴィヨンがしょっちゅう身をもたせかけたその場所、プティ・ポンの下を流れるセーヌの緑が深まりゆくのをわれわれがいっしょに眺めうるとは思えない。なぜならスティーヴンソンの最近の手紙は彼の帰還を予想させるものではないからだ。しかし彼は分身をわたしに送ってくれた、ハインリッヒ・ハイネのいわゆる「青白きドッペルゲンガー」である。それは西洋の文明とポリネシアの未開の風俗を丹念に編みあげた、サモアの伝説と南海譚である。ぜひともそれで満足するしかない、オセアニアの島はいまだに詩人を囚人として拘束しているのだから。

一八八六年九月、フランス人の若き旅行家、ジュール・デフォンテーヌ氏はタヒチにあった。

「われわれはいろいろ訪問をうけたが、——当時彼は書いている——無視できない訪問がひとつあった。イギリスの偉大な文学者ロバート・ルイス・スティーヴンソンの訪問である。サンフランシスコにおいて自費で艤装したヨット、ガスコ号で彼はポリネシアの島々をめぐり、マルキーズ諸島に錨をおろしたところだった。タウチラで下船したとき、彼はおのれの死を信じてうたがわなかった。彼は口いっぱいの血をはいたのだった。はるかかなたの土地からいわば死地をもとめてタヒチにやってきた、長髪にふちどられた、ひどく蒼ざめた、ほんとうにやさしげな、じつに福音主義的な顔立ちの異邦人にタウチラの原住民は心をうたれ、彼らの共感をどんなふうに形にすればよいのかわからないほどだった。三々五々、だれもが彼を訪問し、快適にすごしてほしいと願い、ある者は鶏を、ある者は仔豚を持ってきた。大量の果物をもらったので、一部屋まるごと果物でいっぱいになりそうだった。」

これがスティーヴンソンのオセアニアへの到着だった。彼はタヒチからサモアにうつり、そこに滞在した。

「興味深い、すばらしい人々にかこまれ、──彼は手紙でしらせてくれた──われわれはここ不思議の国で暮らしています。くらしはいまだにとても苦しいものです。家内とわたしは海抜およそ一一〇〇メートルの二部屋の山小屋にいます。そこに行くには道を切り開かねばなりませんでした。貯えはまるで不十分です。この季節（暴風雨の季節）はおだやかな天候に恵まれた日でも、たいへん不便です。ある夜、すさまじい風がわれわれの小屋にふきつけたので、暗闇で一夜をすごさなければなりませんでした。屋根をたたく雨音で声がまったくきこえず、想像がおつきになるでしょうが、夜がながく思われました。しかしながら、これらすべてはわたしをとりこにしてしまう。わたしを旅にかりたてたのはわたしのなかの〈無意識の芸術家〉だとあなたはおっしゃった。区分が正確ではありません。わたしのうちの六割は芸術家で四割は冒険家です。第一は文芸で、ついで冒険です。ところが第二の冒険をじっさいにはじめてみると、定式が変化しはじめたようです。五割五分の芸術家、四割五分の冒険家が真実に近いでしょう。わたしの精力などたかがしれていますが、あらゆることでわたしは別の人間になっていたかもしれません。」

このきわだった対照はスティーヴンソンの作品全体をつらぬいている。それは繊細な文学的試みと海賊や黄金探索者の冒険とのおどろくべき混合である。一八七六年以来出版された二四巻をとおして、あるときは説教師ジョン・ノックス[1]のほうにかたむき、またあるときは海賊黒髭[2]のほうにかたむく二重の人格が彼のうちにはうかがわれる。彼は高度の文学的教養が柔軟できまぐれな人生にむすばれたものをもっとも高く評価し、泥棒詩人のフランソワ・ヴィヨンとメイン州の森の孤独をこのむ個人主義者、ヘンリー・デイヴィッド・ソローをともに愛した。

　子供のころから、彼は身の毛がよだつような彩色版画の挿絵が入った、ジョン・シェパードやキッド船長やジョナサン・ワイルド[3]のような主人公が手柄をたてる単純な大衆文学の熱烈な愛読者だった。エクスムランの『海賊の歴史』[4]や一七二四年出版の豪華本にまとめられた、悪漢どもの奇妙な対比列伝、ジョンソン船長の『泥棒、悪党、海賊列伝』[5]を耽読した。『宝島』とその続編、詩人ウィリアム・ヘンリーとの共作、戯曲『ギニア提督』の着想のよってきたるところはこの本能的な情熱である。また『爆弾魔』をおさめる、『新アラビア夜話』をスティーヴンソンが考えだしたのもおなじ理由による。『爆弾魔』において、彼はピトレスクな暴力への情熱におもうさま身をまかせている。

　しかし同時にこの繊細な精神はジョン・ヒーツや一八世紀のひじょうに洗練されたエッセイストを研究していた。本屋の屋外の陳列台に紐でつるされた二ペンスの大衆文学、通俗読物だけでなく、ジョージ・メレディスのまだ世にしられていなかった作品を耽読した。彼はすばらしい小説『ローダ・フレミング』がいかにすぐれているかを言明した最初のひとりであった。彼が再読する五六冊の本には、しばしば心理分析の傑作『エゴイスト』が入っていた。

　だから喩えではあるが、彼がジキル博士に付与した二重性をスティーヴンソンそのひとに適用できるのではないだろうか。彼は「海賊」の魂をもち、かつ洗練された説教師の魂をもっているのだ。彼の想像力は俊敏な大胆さをそなえ、かつ彼の理性は精妙な論理をそなえている。われわれを殺人犯のあいだにつれてゆき、身の毛もよだつばかりに殺人を描写するが、会話をめぐるエッセイでは座談の名手のさまざまなタイプに特有なニュアンスのちょっとしたちがいを巧みにときあかす。彼は野蛮人であり、かつディレッタントである。それゆえロバート・ルイス・スティーヴンソンは古今の文学において唯一無比なのである。

ロバート・ルイス・スティーヴンソンはスコットランドのひとである。彼はスコッツ・オブザーバー誌でデビューし、そこでウィリアム・ヘンリーと知り合った。華奢だったが、まず五年間フォンテーヌブローの森ですごし、従兄弟や准男爵W・シムソンといっしょに放浪の生活をおくった。バルビゾンのシロン家ではいまだにこの愉快な来客をおぼえている。『宝島』によって彼は一躍有名になった。彼はスコットランドに逗留し、スコットランドを舞台にした『誘拐されて』を書いた。（その続編『カトリオーナ』をいま書き終えたところだ。）ついで健康のためにふたたび祖国を離れなければならなかった。彼は夫人をともない旅立った。まずシルヴェラドに滞在した。ついでより温暖な風土をもとめ、サンドイッチ諸島、ついでタヒチ、ついにサモアにたどりついた。彼は六年前そこに居をさだめた。

『爆弾魔』はファニー・スティーヴンソン夫人の協力のもとに、一八八六年に執筆された。冒険の魅力にみちた、この小篇をスティーヴンソンが執筆するきっかけとなったのはアナーキスト、フェニアン党員[6]によるダイナマイトテロである。奔放な想像力により、スティーヴンソンは社会の破壊をもくろむ犯罪者集団による破壊活動におとぎ話のころもを着せることに成功した。最近『爆弾魔』はアクチュアリティーをとりもどした。読者は謎の男ゼロのうちにリエージュでのテロによってその存在があきらかとなった奇怪な人物スタンバーグ男爵を思わせる首謀者をみいだすであろう。そして読者は「爆弾魔」の破滅のうちにグリーニッチ公園でのぞっとするようなマルシアル・ブルダンの死をいやおうなく思い出すであろう。まさに偉大な詩人は前もって未来の現実をつくりあげるのである！

（1）一五一四頃―一五七二。スコットランドにおける宗教改革の指導者。ピューリタニズムの創始者の一人。

(2)エドワード・ティーチ。イギリスの海賊。通称「黒髭」。西インド諸島、バージニア海岸地方などで略奪を重ねたが、一七一八年ノースカロライナで冬季宿営中、バージニア総督の討伐軍に襲われ殺された。

(3)ジョン・シェパード(一七〇二—二四)はイギリスの盗賊。大工の子として生れ、ロンドンに出てジョナサン・ワイルドの子分となり、窃盗や追いはぎを重ねてたびたび投獄されたが、大胆な脱獄を繰返し市民の喝采を博した。二二歳で絞首刑。

ウィリアム・キッド(一六四五頃—一七〇一)は「キャプテン・キッド」の名で知られるイギリスの海賊。一六九六年から北アメリカにおいて海賊討伐の任にあたっていたが、翌年海賊の根拠地マダガスカル島におもむいてみずから海賊となり、一六九九年ニューイングランドへ戻ったとき逮捕され、テムズ河畔で処刑された。

ジョナサン・ワイルド(一六六六—一七二五)はイギリスの盗賊の親分。ロンドンの貧民街に生れ、幼少時からこそ泥を働き、長じてどろぼうたちの組織をつくり、彼らに盗ませた品を市内の自分の店で持主に買い戻させるという一種の故売商を営んだ。

(4)アレクサンドル・エクスムラン。エスケメリンクともいう。一六四五頃—一七〇七頃。年季奉公人として西インド諸島にわたり、数年間にわたって床屋兼外科医として海賊といっしょに航海し、その経験を『海賊の歴史』(一六七八年刊)などに記録する。

(5)ジョンソン船長は『海賊列伝』の著者。チャールズ・ジョンソンが偽名であること以外は未詳。ダニエル・デフォーその人ではないかとも言われる。

(6)アメリカ合衆国のアイルランド系移民たちを中心に、一八五八年ニューヨークで結成された「アイルランド共和主義者団」を中核とする革命的秘密結社。現在にいたるまでその思想的伝統がアイルランド・ナショナリズム運動の一つの基底となっている。

デフォーの『モル・フランダーズ』

『ロビンソン・クルーソー』の文学的成功はたいへんなものだったので、読者の目には、作者の名前もその成功のかげにかすむほどだった。名声をえたのちに、ダニエル・デフォーが『ロビンソン・クルーソー』の作者と署名する予防策を講じていたなら、『疫病流行記』、『ロクサーナ』、『ジャック大佐』、『シングルトン船長』、『モル・フランダーズ』は世の認めるところとなっていたのではないだろうか。しかしそんな風にはならなかった。『ドン・キホーテ』を書いた後、セルバンテスもおなじような事態に見舞われた。『ラ・ガラテア』や『ペルシーレスとシヒスムンダの苦難』はいわずもがな、彼のすばらしい短編も戯曲もほとんど読まれることがなかった。

セルバンテスとダニエル・デフォーが傑作を書いたのは壮年をすぎてからだった。ふたりともかつてたいへん慌ただしい生活を送った。セルバンテスはながいあいだ囚人だったし、さまざまな人間とさまざまな事態に遭遇し、戦争と平和を経験し、片手を失った。デフォーも革命の最中に、政治的混乱にまきこまれ、ニューゲイト監獄で晒し刑の憂き目をみた囚人だった。ひとりは借金、ひとりはたびかさなる破産と、ともに金銭上のなやみに苦しめられた。『ドン・キホーテ』が小説にうつしかえられたセルバンテスの理想の物語であるように、『ロビンソン・クルーソー』は人生の難局をむかえたダニエル・デフォーの物語でもあるのだ。

第三巻「生涯にわたるまじめな考察とロビンソン・クルーソーのおどろくべき冒険」の序文でデフォー自身がこう言っている。「この小説は、――デフォーは書いている――寓意的かつ歴史的である。さらに、この巻の主題となる人生や行動は有名なある人物のものであり、物語のほとんどすべての部分はじかにその人物から拝借したものだ。これはまじりけなしの真実である……実際に起こったことを手本としていない空想された状況はひとつもない……かつて人間が経験したためしのない、絶望的で、痛ましい、あてどのない状況のなかですぎた二八年間の人生の一場面をそのまま示したものなのだ。かくも長きにわたりわたしは嵐につぐ嵐のさなか、この世のものとはおもえない驚くべき人生を経験した。わたしは数かぎりない、驚くべき出来事のうちで、最悪の野蛮人や人喰人種とたたかった。黒衣の僧侶のそれにまさる奇跡のかずかずによって育まれた。わたしはあらゆる形での、人間の暴力、抑圧、中傷、非難、軽蔑、悪魔の攻撃、天の懲罰、地上の妨害を味わった。」ついで、ロビンソンが島にいやおうなしに幽閉されたことをフィクションとして表現したことにふれ、「ある種の幽閉をべつの幽閉によって表現するのは、どんなものであれ現実に存在するものを存在しないものによって表現するのとおなじぐらいに理にかなったことである。もしわたしがあなたがたがごぞんじの行動や生活を、それからしばしば正当な根拠なくしてあなたがたが乗り越える不幸や過失を示すことで、ある男のプライベートな物語を書くという平凡な方法をとっていたなら、わたしの言うことはなんであれあなたがたにはなんの気晴らしにもならなければ、世間で評判となることもまずなかったであろうし、それどころか一顧だにされなかったであろう。」

したがってわれわれは『ロビンソン・クルーソー』を、本質はほぼボーマルシェの『回想録』とおなじであるが、デフォーが直接に記述することをよしとしなかった、書物を覆う一種のアレゴリー、シンボル（原文は emblem）と考えなければならない。デフォーのほかの小説すべてもおなじにように受け取らねばならない。おのれの実人生を想像によって極限まで単純なものにきりつめ、それを芸術として表現するために、彼はシンボルをいくども変形し、さまざまな種類の人間にあてはめる。デフォーの脳裏にもっとも深くきざまれたのは人間の物質的生活および物質的不如意であった。それにはそれだけの理由があった。世間の雨風をしのぎ、ささやかなゆとりを手にいれるために、彼自身が孤軍奮闘したように、彼の主人公たちは男女を問わず人間や自然にたたかいをいどむ、孤立無援の人々である。

絶海の孤島にとり残されたロビンソンは日々の食料を大地からうばいとる。泥棒のあいだに生まれた、あわれなジャックは生きることへの執着によってのみなんとか日々をすごし、無一文だったが、金貨がつまった財布をみつけた日に全身をうち震わせる。けちな海賊であるボブ・シングルトンは大海に置き去りにされ、罪をおかしながらも自分の腕一本で生きる権利をつかみとる。娼婦ロクサーナははずべき人生の後、苦労に苦労をかさね、彼女の過去をしらない人々の尊敬をかちとる。不運な馬具商はペストのさなかロンドンに居残り、おそるべき悪疫からなんとかおのれを守ろうと四苦八苦する。最後に、モル・フランダーズは、売春と計略の人生の後、破産の憂き目を見、四八歳にして売るべきなにものもなく、群衆がうごめくロンドンにあってファン・ヘルナンデス島のアレキサンダー・セルカークとおなじように孤独で、餓えをしのぐためにたったひとりで泥棒となり、盗みに盗みをかさね、盗みのひとつひとつは、ロビンソンが労働においてみいだした貯えとなり、晩年には、監獄にとらわれ流刑の身となるにしても、一種の安心立命にたどりついたのだった。

「ニューゲイトの監獄に生まれ、二〇歳を三倍するところの変転常ない人生、子供時代を除き、一二年は娼婦であり、五度結婚し（うち一度は実の弟と）、一二年は泥棒であり、八年は捕らわれてヴァージニアに送られ、ついには裕福になり、まじめに暮らし、悔い改めて死んだ、かのモル・フランダーズの幸運と不運。」彼女の手記に基づいて書かれたこれらの幸運と不運は一七二二年一月二七日に出版された。

デフォーは六一歳だった。三年前、彼は『ロビンソン・クルーソー』で小説家としての第一歩を踏み出した。一七二〇年六月、『シングルトン船長』を出版。『モル・フランダーズ』から二ヶ月もたたないうちに（一七二二年三月一七日）、あらたな傑作、一六八七年以来二一三冊目の著作となる（デフォーの著作は二五四冊を数える）、『疫病流行記』が出る。

デフォーの伝記作者は小説『モル・フランダーズ』の起源が何であるかを詳らかにしていない。おそらく一七〇四年ニューゲイトに一年半収監されていたときに想を得たと思われる。であるからヒロインの謎を解明しようとすれば、つぎの偶然の一致に注目せざるをえない。一七二二年一月九日の「ポスト・ボーイ」誌に、さらにはそれ以前の数号にわたって、ジョン・ダービー社の刊行予告が掲載されていて、そのなかにモルによる地図が付いた『フランダーズの物語』が姿をみせる。

一方、デフォーが編集長だった「アップルヒーズ・ジャーナル」誌に、一七二〇年七月一六日にぼろ切れ市場で書かれ、モルと署名された手紙をウィリアム・リー氏が発見した。この女性はデフォーに助言をもとめて手紙を書いたと思われる。彼女の言葉遣いには英語とスラングが奇妙に入り交じっていた。彼女は泥棒で流刑になった。しかし、小金をたくわえ、イギリスにもどる手だてをみつけ帰国したが、刑期未了の身分であった。不運にも彼女はむかしの仲間にでくわした。「彼は通りで堂々とわたしに声をかけるじゃありませんか、しかも大声で長々と。おーい、うでっこきのモル、墓場から出てきたのかい？　流刑になったのじゃなかったのかい？　おだまりよ、ジャック、わたしは言いました、後生だから！　わたしを破滅させるつもりかい？　おれがかい？　かれは言いました、あばずれめ、一シリング硬貨をよこしな、さもないとこの脚で警察にかけこんで訴えてやる……わたしはいうことを聞くしかありませんでした、ろくでもないあいつはこの先ずっとわたしを乳牛のように扱うつもりです。」かくして、一七二〇年七月から、デフォーは刑期未了の身分のために、ゆすりにあった泥棒女の物心両面にわたり心をくだくことになる、そしてモル自身に物語らせようと考えたのだった。

しかしながらデフォーを研究した者たちは非常に重要なある事実にじゅうぶんに重きをおいていないようである。序文において、回想録の原稿を出版するにあたり、字句を訂正し、不穏当な部分をいくつか削除するにとどめたとデフォーは言っている。「この物語が有名なモル・フランダーズの人生の結末をふくんでいるとはわれわれは言えない。なぜなら彼女の死後に書かれないかぎり、最後まで彼女の人生を物語ることはだれにもできないのだから。しかし第三者の手によって書かれた彼女の夫の生涯なら、彼らがどうやってアメリカで暮らし、それから八年後に、大金持ちになってともどもイギリスにもどり、たいへん長生きしたようだとか、かつての生活について話すのをいつでも嫌がったという事実を別にすれば、とりわけ悔い改めているようにはみえなかった、などと事細かに述べ立てることもできよう。」デフォーは「一六八三年に記す」という注記で筆を擱いた。

それで『疫病流行記』についても、はるか以前に死んだとおもわれる筆者の埋葬場所を注記せずにはすまさなかったのだ。実のところ、悪疫が猛威をふるっていたとき（一六六五年）、デフォーは四歳だった。そして彼が『流行記』を書いたのは五七年後、一七二二年のことだった。それでも彼は彼の作品が生き証人の覚書であるとみなされることをのぞんだ。それに比べれば、モル・フランダーズの回想録を時代をさかのぼり一六八三年に設定するのはいささか必然性にかけるように見えるかもしれない。もっとも一六八三年では実在のモルが生きていたとしてもデフォーの創作の助けになるわけにはいかなかったであろうが。

　ところで、メアリー・フリスあるいは巾着切りのモルという女はすくなくとも一六六八年までは有名だった。彼女はたいへんな高齢で死んだ。彼女はシェイクスピアの同時代人を知っていたし、ひょっとしたらシェイクスピアその人を知っていたかもしれない。グランジェは彼女についてつぎのように述べている（『評伝補遺』二五六頁）。

「メアリー・フリスあるいはしばしば巾着切りのモルとよばれた女は男勝りの勝ち気な女で、単独であるいは徒党を組んで、最低最悪の奇人変人のあいだで評判となったほとんどすべての犯罪にかかわり、無軌道な行いをかさねた。売春、ポン引き、占い、スリ、盗み、故買と彼女の商売は破廉恥をきわめた。巧妙な偽金造りの片棒をかついだこともあった。彼女のもっともめざましい武勲はハウンズローのヒースの原でフェアファックス将軍[1]から金を巻き上げたことだったが、それでニューゲイトの監獄送りとなった。ところが大金を積んで、ふたたび自由の身となった。彼女は浮腫により、七五歳で死んだが、長年たばこをすっていなかったなら、おそらくもっと早く死んでいたにちがいない。」

　ドズリー氏（『旧演劇集』第六巻）は大英博物館の手書き原稿からつぎのようなノートを書き写した。

「メアリー・フリス夫人、別名巾着切りのモル、バービカンの生まれ、靴屋の娘、一六五九年七月二六日、居酒屋〈グローブ座〉[2]に近い、フリート通りの自宅で死去、聖ブリジット教会の墓地に葬られる。彼女は遺言で、チャールズ二世帰還時に水道管にワインを流すべく、二〇リーヴルを遺したが、ほどなくして遺言通りになった。」

スティーヴンズ氏は、氏のシェイクスピア注解（『十二夜』一幕、三場）において、一六一〇年八月の出版組合登録簿に見られる、「ジョン・デイ[3]による『バンクサイドの陽気なモルの大騒ぎ』なる脚本のオープニング、男装で散策するモルとその散策についての口上」に注目している。

一六一一年、トマス・ミドルトン[4]とデカー[5]はモルについて有名な喜劇『女番長又の名女怪盗モル』を書いた……。口絵には男装、流し目、口をきりりと結んだモルが描かれ、キャプションには以下のような言葉がみられる。

「状況が変わったのよ。生活のために稼がなきゃいけないのさ。」

一六三九年、ナサニエル・フィールド[6]は喜劇『御婦人方への償い』で彼女に言及した。一六六二年、彼女の伝記が十二折判で出版された。男装のポートレイトがおさめられ、彼女は猿とライオンと鷹をしたがえている。戯曲『偽占星術師』（一六六八年）では、彼女の死が話題となっている。

このようにジョン・デイ、ナサニエル・フィールド、トマス・ミドルトン、トマス・デカーというシェイクスピアの同僚は一六一〇年から一六五九年までモルについて戯曲を書いたのだった。いずれにしろ彼女はながいこと有名であった。一六六一年に伝記が出版されたときには彼女はどうやらまだ生きていたようだ。ホブンソン船長はその著書『殺人鬼、盗賊、海賊総覧』（一七三六年）で偉大な盗賊たちの伝記に彼女の伝記も加えた。彼女の伝説はまだ生き残っていたのだ。一六六五年のペストについてダニエル・デフォーに詳細な事実を伝えた者たちは、破廉恥な人生の後、七五歳で大金持ちになって死んだ老婆の数奇な一生についても多くの逸話をデフォーに語って聞かせたにちがいない。ミドルトンの戯曲におさめられた口絵は、キャプションともども、モル・フランダーズにふさわしいものだ。デフォーはその本でモルがまとった男物の衣服にこだわっている。これは月並みな指標ではない。彼は若いときによく知られたこの人物が登場する数多くの芝居を観たにちがいない。巾着切りモル・フランダーズの物語がおさめられた大衆文学の頁をかならずやめくったにちがいない。彼は尊敬の念をこめてその女をモル・フランダーズと名付けた。結局のところ、メアリー・フリスとモル・フランダーズが同一人物であるという証拠は、第三者の手によって完成された、いわゆる回想録にデフォーが記した一六八三年という年号である。年老いたメアリー・フリスが一六八三年あたりまでは生きているにちがいないと彼は伝聞によって確信したのだ。われわれは彼女の死の日付についていかなる明白な証拠も持っていない。

メアリー・フリスの生涯はつまりアレキサンダー・セルカークが『ロビンソン・クルーソー』との関係において果たした役割とおなじ役割を『モル・フランダーズ』にたいして果たしたのだ。それはデフォーがフィクションとして発芽させた実在の胚珠だった。はるかに高いところまで伸びてゆく成長の出発点だった。しかしながらダニエル・デフォーの想像力は現実を土台とするときもっとも力強く構築されることは言っておかねばならない、というのもダニエル・デフォーはきわめて写実主義的な作家だったからだ。『モル・フランダーズ』と比肩する本を一冊だけあげるとすれば、それは『ジェルミニー・ラセルトゥ』(7)である。しかしモル・フランダーズは生きる情熱のみによって行動し、それにたいしてゴンクール兄弟はジェルミニーのうちにほかの動機を見つけ出した。ここでは毎頁祈りのことばが響きわたるように思える。「神よ、われわれに日々の糧を与えたまえ!」このただ一つの刺激によってモル・フランダーズは悪徳へ、ついで盗みへとかりたてられ、最初はおそろしいほど意識せずにはすまなかった盗みはしだいに習慣へと退歩し、モル・フランダーズは盗みのために盗みをはたらくようになる。

餓えによる祈りがきこえるのはただ『モル・フランダーズ』だけではない。ダニエル・デフォーの小説は人類の二つの愁訴の発展、拡大に他ならない。「神よ、われわれに日々の糧を与えたまえ。神よ、われわれを誘惑からお守りください!」それらは死の数日前にデフォーが娘と娘婿にあてて書いた最後の手紙まで、彼の人生と想像力につきまとってはなれない言葉だった。

いまここでダニエル・デフォーの技法の力を話題にするつもりはさらさらない。読んでそしてその感情と行動についてのありのままの真実に感服すればことたりる。子供時分に読んだ本だから「ロビンソン」が好きだというにとどまらない方々は『モル・フランダーズ』にもおなじ快楽とおなじ恐怖を発見するであろう。ジョージ・

ボロー[8]は『ラヴェングロー』でロンドンの橋の上で出会った、ただ一冊の本だけを読むという老婆のことを語っている。彼女はその本をどんな値段でも売ろうとはしなかった。彼女はその本に彼女の楽しみのすべて、彼女の慰めのすべてを見いだしていたのだ。それは頁がすりきれた古本だった。ボローは数行を読んでみた。たちどころにそれは彼が読書の仕方を学んだ本を書いた作家の雰囲気と文体と精神だとわかった。彼は両手で顔をおおい、子供の時分におもいをはせた……老婆の本は『モル・フランダーズ』であった。

わたしの翻訳について一言付け加えておかねばなるまい。それが完全にほど遠いことはわたしも自覚しているが、それにはすくなくともひとつ取り柄がある。そうすることができたすべての箇所で、翻訳文はデフォーの散文の連続と断絶をとどめている。わたしはできるかぎり精彩ある筆致を尊重した。語り手の無頓着な言葉遣いと絶妙な繰り返しは最大限の注意をはらって翻訳された。ようするにわたしはフランスの読者諸兄にダニエル・デフォーの作品そのものをお目にかけようと努めたのだ。

（1）トーマス・フェアファックス（一六一二―七一）は清教徒革命期の軍人。四二年清教徒革命勃発とともにヨークシャー義勇軍を編成し、ネーズビーの戦いに勝利し第一次内乱を終結に導く。

（2）チャールズ二世は清教徒革命により亡命。六〇年帰国し、王政復古を成就する。

（3）一五七四頃―一六四〇頃。エリザベス朝末期からジェームズ朝初期に活躍した劇作家。

（4）一五八〇―一六二七。オックスフォード大卒。興行師ヘンズローのもとで合作者となり、写実的諷刺喜劇の傑作を書いたが、のち悲劇に転じる。

（5）一五七二頃―一六三二。劇作家、パンフレット作家。ロンドンの庶民生活を活写した『靴屋の休日』（一六〇〇）など、市民生活の描写にすぐれる。

（6）一五八七―一六一九頃。エリザベス朝の名優。シェイクスピアやベン・ジョンソンなどの作品に出演し、喜劇も二編を残す。

（7）一八六五年刊。ゴンクール兄弟作の自然主義文学の先駆的作品。ヒステリー症状をもつ善良な女中が性のあやまちから転落していく悲惨な姿を描く。

（8）一八〇三―八一。イギリスの作家。ロマの集団に加わってイギリスの田舎を放浪した経験を語る小説『ラヴェングロー』（一八五一）などで知られる。

シェイクスピアの『ハムレット』序文

ハムレット伝説への最古の言及はスノッリ・ストゥルルソンの『エッダ』（一二三〇年頃）第二部にみられるが、九一九年以来アイルランドの断片的テキストにその名前は登場する。〔原註一〕一三世紀年代記作者のサクソ・グラマティクスはアムレトゥスの物語を『デンマーク史』の第三巻と第四巻におさめた。サクソの年代記は一五一四年に出版された。一五七〇年、ピエール・ボワチュオーの跡を継ぎ、フランソワ・ド・ベルフォレ(1)が『悲話集』の第五巻にハムレットのエピソードを翻訳した。シェイクスピアがこのタイプのヴァリアントを使ったとすれば、彼が読んだのはこの『悲話集』であり、しかもフランス語のテキストであった。実のところ、英語の翻案、『ハムレットの物語』が出版されたのは一六〇八年になってからだ。王妃の部屋に隠れたスパイを殺すときに、「ねずみだ！　ねずみだ！」とハムレットが叫ぶのは、どうやら演劇からの借用のようだ。いずれにしろ、このエピソードはベルフォレの翻案にはない。

〔原註一〕ゴランツ『アイスランドのハムレット』（一八九八年）。

一五八九年以来、ハムレットの物語はイギリスの舞台に移植された。〔原註二〕フリー、グレゴール・サラジン両氏は、一五八九年に上演され、一五九四年に再演された、『ハムレット』がトマス・キッドの戯曲であるとつきとめた。〔原註三〕エドワード・ダウデン氏(2)はキッドの『ハムレット』に亡霊が登場し、劇中劇が演じられたのは間違いないと考える。これは注釈者マローン(3)の見解でもある。事実、キッドの大当たりをとったドラマ『スペインの悲劇』は劇中劇を含んでいる。さらに一六〇三年以前に、「牡蠣を売る女」のような声で、「ハムレット、仇をうつのだ！」と叫ぶ亡霊への、[4]ロッジやデカーなどの言及もみられる。

〔原註二〕一五八九年、トマス・ナッシュはロバート・グリーンの『メナフォンあるいはアルカディア』に寄せた書簡でこの戯曲に触れている。ヘンズローは一五九四年六月ニューイントン・バッツでのハムレットの公演を日記に誌した。「一五九四年六月九日、ハムレット巡業……八シリング」、八シリングの興行収入にはヘンズローが新演目の頭につけていたneというしるしがない。

〔原註三〕フリー『英国演劇年代記』（一八九一年）、サラジン『トマス・キッドとその仲間』（一八九二年）。

もうすこしデリケートで、まだ決着のついていない問題はキッドの芝居にオフィーリアという登場人物がいたかどうかである。サクソ・グラマティクスのテキストでは、王位簒奪者フェングは義理の妹を送り込み、ハムレットの秘密をかぎつけようと試みる。『ハムレットの物語』では、誘惑者を演じるのは愛想のいい女官である。しかし右記のハムレット伝説のどちらもハムレットが恋をしたかどうかについては教えてくれない。またどちらにも悲痛かつ辛辣な「尼寺に行け！」はみられない。

そこで新たな資料、典拠について吟味しなければならない。アナトール・フランス氏は、『文学生活』第四巻において、ブラデ氏が採取し、出版した『ガスコーニュの民話』〔原註四〕を吟味し、新たな典拠を示した。忍耐強く博識の研究者ブラデ氏はラロック・タンボー郡（ローテ・ガロンヌ県）、サントゥラリ在住のカトリーヌ・シュストラが語るコントを口述筆記し、『罰せられた女王』と名づけた。カトリーヌ・シュストラは一八八六年に四〇歳、文盲だった。ブラデ氏が氏名を挙げるジェールの住民四人が同じコント——形は崩れているが——を語った。ところで『罰せられた女王』はハムレット伝説の異本なのである。

〔原註四〕『ガスコーニュの民話』（パリ、メゾヌーヴ刊、一八八六年）。

王と王妃には一人息子がいた。ある夜王は息子に言った。よいか……明日そなたは二一歳になる。わしは年老いた。まもなく、そなたに王位を譲ることになる……六ヶ月後に婚礼の報せを聞かせてくれ。気にいった気立てのよい娘を選ぶがよい。そなたの后が城で宰領するのを目にせぬうちは心が安まらぬ。

王妃は、黙って聞いていたが、王妃の地位を追われるのを恐れた。彼女は息子に寵姫をおつくりなさいと勧めた。かわいい娘はいくらでもいます。しかし王はしびれを切らし、「陽の光のように美しい」娘のいる隣国の王を招いた。王女は神話の人魚のようにどんな歌でも歌った。それで王子は狩りを忘れた。朝から晩まで彼は美しい娘のかたわらに坐るようになった。彼らの婚約が近づいたとき、王妃は王のために酒の用意をさせた。五分後、王は草のように蒼ざめた。

「どうなさったのです、父上?」

王はテーブルの下に倒れ伏した。彼は事切れていた。

その夜、王子は父の寝室にベッドをしつらえさせた。真夜中、亡霊があらわれた。

彼は息子の手をとり、闇の中を城の向こう端へと導いた。そこで彼は秘密の小箱を開け、中身が残った薬瓶を指さした。

「そなたの母がわしに毒をもった。そなたは王だ。仇をうつのだ。」

王子は答えなかった。彼は駿馬にまたがり、闇夜の中を駆け去った。

夜が明けるころ、彼はひそかに親友の門をたたいた。

「聞いてくれ。災いがわたしに降りかかった。当てはないが旅にでるつもりだ。明日、姫の父君の城を訪ね、伝えてくれ。『殿下に災いが降りかかりました。当てもなく旅に出ました。あなたが殿下の后になることはけしてないでしょう、けして。それでも、殿下が娘たちと睦み合うことはこの先ありません、殿下はあなたを一生忘れないでしょう。黒いベールをかぶりなさい、そして墓場に運ばれるときまで、殿下のために神に祈りを捧げるのです。』」

そして王子は旅立ち、物乞いをし、山中の小屋で隠者のように暮らした。ある夜、真夜中に、亡霊が再びあらわれ、こう言った。

「そなたの母がわしに毒をもった。そなたは王だ。仇をうつのだ。」

王子はまた逃げ出した。一年後、彼は親友の家に帰ってきた。

「こんばんは。わたしが分かるかい？」

「陛下ではありませんか。」

「たしかに、わたしは王だ。姫の様子を教えてくれ。」

「姫君は修道院でお亡くなりになりました。」

「母上の様子を教えてくれ。」

「母上様はいまも城にいらっしゃいます、ですが国にとっては災い、寵姫となられました。」

「だいたいは承知している。寝室に通してくれ。くたびれた、一眠りしたい。」

その夜、亡霊があらわれ、王子にいった。

「そなたの母がわしに毒をもった。そなたは王だ。仇をとるのだ。」

「父上、承知しました。」

そこで彼は夜が明けると発ち、夕刻には城に着いた。

母はどこから帰ってきたのか尋ねた。

「母上、あわれな母上、わたしがどこから帰ってきたのかお知りになりたいのですね。わたしは国を見てまいりました。姫と式をあげました。明日には、お目通りがかないますでしょう。」

王妃は黙って聞いていた。彼女は席をはずし、まもなく戻ってきた。

「そなたの妻が明日来るのですね。それはめでたい。彼女の健康を祝して乾杯しようではないか。」

そこで王は剣をぬき、テーブルの上に置いた。

「母上、あわれな母上。わたしに毒をもるおつもりですね。わたしは許してさしあげましょう。だが父上はお許しにはなられません。三度、あの世から戻られて、こうおっしゃいました。『そなたの母がわしに毒をもった。

そなたは王だ。仇をとるのだ。』きのう、こうお答えしました。『父上、承知しました。』母上、あわれな母上、神にお祈りくださいませ、母上の魂をあわれまれんことを。この剣をご覧なさい。とくとご覧ください。主禱文を唱え終わるまで待ちましょう、わたしの杯におつぎになった毒薬をお飲みにならないなら、母上の首を切って落とすつもりです。お飲みください、最後の一滴まで飲み干すのです。母上、あわれな母上。」

王妃は杯を飲み干した。五分後彼女は草のように蒼ざめた。

「お許しください、母上、あわれな母上。」

「許してなるものか。」

王妃はテーブルの下に倒れ伏した。彼女は事切れていた。

そこで王はひざまずき、神に祈りを捧げた。ついで足音を忍ばせ厩舎に降り、馬にまたがると、宵闇の中を全速力で駆け去った。

その姿をふたたび目にすることはなかった。

このタイプの伝承では、王妃の犯行の動機は同一ではないし、クローディアスが登場しない。そのかわり、シェイクスピアのドラマと同一で、他の伝承では見つけることができない、いくつかの特徴がくっきりと描き出されている。亡霊がおなじ役目を果たす。ハムレット同様、王子はためらい、課せられた使命を前にして怯み、逃げ出す。しかしながら世間と縁を切り、愛するものをすべて投げ捨てなければならないと覚悟を決める。ハムレットがホレイショーに打ち明けたように、彼は「親友」に打ち明ける。女には近づかないと宣言し、「恋人」を修道院に送り、彼女は、あわれなオフィーリアのように、魅惑的な声で歌い、たった一人きりで、悲しみのあまり命を落とす。シェイクスピアはガートルードの犯行をめぐって逡巡していたではないか。ハムレットの最初の形（一六〇三年の四折本）では、王妃は毒殺と無関係であり、その事実を知らない。ハムレットが真相をあかしたとき、彼女はハムレットの味方になる。これは一六〇三年の戯曲と一六〇四年のそれとの大きな違いのひとつである。おそらく最初のものはこの点でキッドのドラマのプロットに倣ったのであろう。シェイクスピアは、第二の戯曲で、現代のわれわれにまで伝えられたガスコーニュの口承に従ったと思われる。

エドワード・ダウデン氏は『罰せられた女王』をハムレットの「系譜」に数えるべきであるとは考えない。綿密な検討の結果、反対の結論に達したと氏は言う。デンマークの年代記あるいはシェイクスピアのドラマのいかなる影響もそこに認めることはできない。ハムレットの芝居やサクソ・グラマティクスの物語が、ガスコーニュ方言を話すジェール県やローテ・ガロンヌ県の農婦のあいだに浸透するわけがない。ブラデ氏が採取した民話集を吟味すると、土地に残されたシェイクスピア関連の伝承はハムレットの物語だけではないのである。

パサージュ・ダジャン（ローテ・ガロンヌ県）のマリアンヌ・バンスの口述筆記による「七面鳥の番人」〔原註五〕は『リア王』を思い起こさせる。リア、リーガン、ゴネリル、コーディリア、ケントが登場する。コントの結末は異なっていて、『ロバの皮』と『サンドリヨン』が融合している。それゆえ説明可能な解釈はただひとつしかありえない。『リア王』と『ハムレット』は一三世紀以来アングロサクソンの民間伝承であったが、これらのコントはイギリス人によってフランスに移入されたのである。それらは三世紀を超えるイギリスによる占領期間にギュイエンヌ地方に根をおろした。現代イギリスの民間伝承にそれらの痕跡が見当たらないことは驚くに足らない。ごく早い時期から、イギリスでは、具体的な時と所を持たない伝承は消え去った。エリザベス朝の文芸には民間の寓話やコントへの多数の言及がみられるが、これらのコントや寓話は、今日もはや残っていない。狭義のイギリスには散文の民話はめったにみられない。年代記と云ってもおかしくない伝承の大部分はバラードの形を取ることでなんとか今日に伝えられたのである。これがまさに『リア王』のケースである。バラードはイギリスに残ったが、コントは消滅した。

〔原註五〕ブラデ『ガスコーニュの民話』、第一巻、二五一頁。

「恋人」のエピソードがオフィーリアのそれに似ている、ハムレットの異本を前にして、慎重に検討せずに斥けることはできない、そして検討の結果、起源が演劇ではありえないと判明し、一六世紀以来それがガスコーニュに残存することになった理由もまた歴史上のさまざまな出来事によって十二分に説明がついた。したがって、疑問の余地なく、それはハムレットの系譜の一部を成しているのである。〔原註六〕

〔原註六〕一七一〇年の直筆原稿のうちから発見されたドイツ語の戯曲『兄殺しの報い』はハムレットの系譜に属するとは言えないのではなかろうか(コーン『ドイツのシェイクスピア』〔一八六五年〕を参照)。コービン氏はキッドの『ハムレット』の転写だと考える(『エリザベス朝のハムレット』〔一八九五年〕)。ダウデン氏は正当にもまったく無根拠の仮説だと斥ける。『兄殺しの報い』はドイツ人の嗜好に合わせた、一六〇三年版ハムレットの翻案である。

一六〇二年七月二六日の「出版組合登録簿」にはジェームズ・ロバーツ(5)により印刷され、「宮内大臣一座によって上演された、デンマークの王子、ハムレットの復讐」というタイトルの上演台本が記載されている。宮内大臣一座はシェイクスピアが属していた劇団である。翌年、一六〇三年、N・Lとジョン・トランデル(6)によって「国王一座によってロンドン市内で何度も上演され、またケンブリッジとオックスフォードの両大学をはじめ各地で上演された、ウィリアム・シェイクスピア作、デンマークの王子、ハムレットの悲劇的な物語」が出版される。宮内大臣一座は、ジェームズ一世の即位とともに、国王一座となっていた。一六〇三年の出版はいわゆる第一・四折本である。翌年ロンドンのN・Lから第二の四折本が出る。これが、一六二三年の二折本と共に、われわれがいま手にしている『ハムレット』という戯曲を成す。

一六〇三年の第一・四折本と一六〇四年の第二・四折本には大きな違いがよこたわっている。第一版は誤植と削除にあふれている、とりわけ第二部において。真正な版にくらべ一八〇〇行も少ない。しかしこの台本は「演出にかぎってみれば」よく整理されている。多くの相違、とりわけ登場人物一覧における相違(ポローニアスとレナルドーの代わりに、コランビスとモンターノ。フランシスコーの代わりに、第一の歩哨など)、重大な置換、最後にガートルードの役柄についての構想の違い、これらが第一の『ハムレット』を第二のそれから大きく隔てている。

一六〇三年のテキストが秘密裏に印刷されたのは間違いないであろう。それを損なっている甚だしい誤りは上演中の速記からおこされたためだと考えられている。しかし右記の相違は速記者の不注意や誤読によっては説明できない。

だから一六〇二年、一六〇三年に上演された芝居は一六〇四年に上演されたそれとは別の芝居だと言わざるを得ない。オックスフォード版編者の断言するところでは、一六〇三年の脚本はキッドの旧作から大量の借用を含んでいる。ダウデン氏は、反対に、おそらく五行をのぞいては、「ヒエロニモ」[7]の作者の詩法を思い出させるものは一切見られない、全体ではシェイクスピアの一般的な文体と異なるものではない、と言う。

ダウデン氏の印象は正鵠をいていると思われる。以下は、一六〇三年の四折本で、公爵役の役者が公爵夫人役の役者に語りかける詩句である。

幸せの時、われらが心を一つに結びしより、
はや四十たび年の瀬も寄せては返った。
かつては健やかに血管を巡った血潮も、
今は力なく淀みこごって、去りし頃は、
わが耳に心地よかった楽《がく》の調べも、老いの身には、
また耐えがたい重荷と化した。この世に生を享《う》けし者、
誰しも終わりは免れぬ。われもまた天に帰って、
そなたをば、地上に残してゆかねばならぬ時は迫った。（安西徹訳）

これらの響きのいい、魅力的な詩句は一六〇四年の四折本では国王役の役者から王妃役の役者への雑駁な呼びかけに置き換えられた。

陽の神フィーバスの御す馬車は、早や三十たび
海神ネプチューンの潮路を越え、地の神テラスの陸を巡り
三十を十二重ねしあまたの月は、日輪の光を借り
三十を十二重ねし幾多の歳月、この現世を照らしたもう。
その始め、われらの心は愛に結ばれ
われらの手は婚姻の神ハイメンの聖なる絆で結ばれり。（小田島雄志訳）

後者ならば、それらの詩句をトマス・キッドに帰してもみたい。これらの詩句は、前者と違って、ゴンゴリスム[8]に満ちあふれている。反対に、一六〇三年の詩節はまったくシェイクスピアにふさわしいものだ。

この奇妙な置き換えは検討を要する。どうしてシェイクスピアは美しい詩句を仰々しい、内容空疎な詩節で置き換えたのだろう？　ここには詩人の緻密な技量がまぎれもなく立ち現れている。彼は劇中劇を上演しなければならず、劇中劇の舞台では役者はその舞台の役者らしく見えねばならなかった。役者たちが口にする詩句が戯曲の通常の台詞とおなじ文体であったなら、言ってみれば、遠近法に狂いが生じる。劇中劇のテキストは大道芝居に、すなわち宮中ではなく小屋での上演にふさわしいものでなければならない。だからシェイクスピアはためらうことなく第一・四折本の詩節を削除し、意図的に「修飾過剰な詩句」で置き換えたのである。おなじことは「ゴンザゴー殺し」の他の詩句についても当てはまるし、おそらく文体が際立って擬古的な、「猛きピラス」の長台詞についても言える。シェイクスピアは自作を改変したのだ。シェイクスピアがキッドの作品にこれほど入念な改変を加えたとは考えられない。

第一・四折本のテキストを一六二三年の二折本と比較するのは控えたい。いくつかの点では一六〇四年のテキストの読みがより完全であり、その他のいくつかの点では、一六二三年のそれがより完全である。上演台本に基づいて出版された二折本では、あきらかに上演の都合でいくつかの削除がなされた。幕割りは恣意的であり、結

局のところ、満足できるものではない。だからといってこれまでに考えられた修正がまさっているわけではない。ハル・グリフィン氏によれば、ダウデン氏はハムレットの行為には時間的に多くの矛盾があると述べたという。読者諸賢はグリフィン氏を参照して頂きたい。矛盾は数多く、しかもハムレットの年齢を確定するために、墓掘人夫が語る年代に執着するのを許さない性質のものである。確かなことは、第一・四折本では、ハムレットの父がフォーティンブラスに勝利したのは「一二年前」であり、「三〇年前」ではない。ヨリックの頭蓋骨が埋められたのも「一二年前」である。ハムレットの行動や性格から彼が三〇代であるとは考え難い。〔原註七〕レアティーズがオフィーリアに描いてみせるハムレットの態度、物腰、ヴィッテンベルク大学への復学の望み、愚痴の種となる華奢な体質、とりわけ亡霊があらわれる以前から、はっきりとした理由もなく彼につきまとう自殺願望、これらすべてはハムレットが二〇歳から二五歳までの青年であると告げる。ハムレットが苦しむ「鬱屈」、あまりにも高貴かつ繊細な精神の低俗な人生にたいする不適応、これは青春特有の精神的な病である。

〔原註七〕ヘイルズ教授はナッシュのテキストを引用しているが、それによればデンマークでは教育開始年齢は高く、三十男が教師に尻を叩かれることもあったようだ。しかしシェイクスピアは時と所によって変わる習慣にはまったく考慮を払わなかった。ヴィッテンベルク大学と言っても、当然、イギリスの教育、イギリスの大学を考えているのである。

ハムレットがでぶでのろまだったという有名な言い伝えについては、疾うに反証がなされている。「でぶ」(fat)の代わりに、ウィースは「弱々しい」(faint)と、プレーウィは「ほてる」(hot)と読み替えている。後者の読み替えがより適切であろう。事実王妃は決闘において国王の予測を確認することになる(四幕、七場、一三九行)。ハムレットは体がほてってきて喉がかわくだろう。だれよりもシェイクスピアの語彙に精通しているW・J・クレイグ氏はfatと読むが、専門用語で「練習不足」と解釈する。最後に、確かな伝記的事実によれば、最初にハムレット役を演じたのはリチャード・バーベッジ[9]だった。シェイクスピアが「でぶ」と書いたとすれば、骨の折れる決闘のシーンでバーベッジが息を切らすにちがいないと予想していたからである。ならば王妃のせりふは観客の笑いの機先を制するためのものであろう。いずれにしても飲酒の習慣に憤慨するハムレットをビール太りの学生と考えることはできない。それではファウストをジーベル[10]に変えてしまうようなものだ。

ドラマ全体の重要性については、『ディヴァガシオン』にステファヌ・マラルメがすばらしい言葉を書き残した。ドラマはまさに詩的な色合いを帯びる、砂浜がたえず死の海に沈下して止まない無人の島。わずか数行のうちにステファヌ・マラルメはハムレットから立ち上る「イデア」を喚起した。これは要約ではなく、幻視である。

ハムレットの性格は、謎に満ち満ちている。それらに答えようとすれば図書館をまるごとふさぐことになるだろう。いまは他の登場人物やドラマとハムレットの関係について二、三の謎を指摘するにとどめる。

最初の難問は、マーセラス、ホレイショー、バーナードの目の前で、父の魂と対面したハムレットが見せる奇妙な態度である。答えはテーヌの『英国文学史』にみつかる。ハムレットはシャツのように青ざめる。子供が、怖じ気を払うために、暗闇の中で歌を歌うように、冗談を言う。「相棒」、「モグラ先生」とつぶやくとき、額から汗が流れ落ちる。不安に襲われながらも、学生言葉「神出鬼没」を動員し、恐怖になじもうと努める。

ハムレットの狂気については、疑いをはさむ余地はない。サクソによるブルータスのエピソードを組み入れた羊狂伝説をシェイクスピアが採用したのは間違いない。詩人は第一幕の最後でハムレット自身の口を借りてそう言っている。ハムレットが一瞬たりともシェイクスピアが他の場所で描いた典型的な狂気に冒されていないこともまた間違いない。オフィーリアは狂っている、本物の狂人である。彼女の言うこととハムレットの言うことを比べてみるがいい。ハムレットの狂気と類似するのはリアのそれだけである。最終幕まで、リアは本当に狂ったりはしない。ともにおそろしく神経質であり、ひとりは知性を備え、もうひとりは人間の許容量を超える激しい感受性に恵まれている。彼らの言葉は芝居の諧調を乱し、調子外れの不協和音を鳴らす。彼らの言葉は脇役の耳が聴き取ることができ、理解できるオクターブをはるかに超えている。彼らはヒステリーの発作を起こす。彼らの胸ははち切れそうになり、彼らを締めつける！　ハムレットは、オズリックとの掛け合いの後、気分が悪くなり、胸に激しい痛みが走る。リアは胸が締めつけられるように痛み、息を詰まらせ、「ああ激情！」と叫ぶ[11]。

エドガー・ポーにとっては、狂気は部分的かつ現実的であった。しかしそれは擬態によって誇張される。「シェイクスピアはよく分かっていたに違いない、――『マルジナリア』でポーは言っている――ある種の極度の陶酔（原因が何であれ）の主要な特徴は実際より強い興奮状態を装うという抵抗しがたい衝動である。よくよく考えてみれば同じ衝動は狂気においても想定できるのであり、実際、そのような事態が起こる。シェイクスピアはそのことを感じとっていたのであり、考えたのではない。彼はあらゆる人間との驚くべき一体化の能力――人間を魔法にかける彼の究極の源――によってそのことを感じとった。彼はおのれがハムレットであるかのごとくに『ハムレット』を書いた。亡霊のもたらした事実によって部分的な精神錯乱を呈するまでに興奮した主人公をまず想像し、彼（詩人）はハムレットが精神錯乱を誇張するのは当然だと感じとったのだった。」

二幕のハムレットとオフィーリアの場面にぴったり当てはまる鋭い洞察である。この出会いは――ダウデン氏が言うように――嘘偽りのないものではない。「ハムレットとオフィーリアの一回切りの真実の出会いは、ハムレットがオフィーリアの胸のうちを読み取り、絶望のあまり、口には出さずとも永遠の別れを告げる、無言の場面である。」彼がオフィーリアに再会するとき、「彼の最初の言葉、妖精よ、は反感、嫌悪をあらわにする。」彼は、見ず知らずの女に答えるように、オフィーリアに答える。ついで、ふいにオフィーリアの言葉「気高い心には、贈り手が冷酷ならば上等な贈物もみすぼらしくなってしまいます」にレッスンを習い覚えたという調子をかぎつける。オフィーリアもまた、ローゼンクランツやギルデンスターンのように、命じられてハムレットの様子を探っていたのだ！　なんという苦渋！　彼女は「貞淑さ」で「美しさ」を飾り立てていたのだ。ハムレットの苦い落胆は怒りに変わる。彼は立ち去ろうとする。「俺たちはみんな悪党だ。誰ひとり信じるな。尼寺へ行け。」立ち去ろうと振り向いたとき、身を潜めるポローニアスと国王に気づく。最終、最悪の試練。オフィーリアは承知しているのか？　オフィーリアがポローニアスに告げた、無言の会見のままに、彼はオフィーリアをじっとみつめ、とうとう問いただす。「父上はどこにいる？」オフィーリアはまごつき、それを見ればもう迷うことはなかった。ああ！　彼女はポローニアスがそこにいるのを知っていたのだ。彼女もまた嘘をつき、彼を見張っていたのだ。今度は心底からの荒々しい怒りが爆発する。だが監視されていると知り、狂気を演じなければいけないハムレットはより大きな怒りを装う。国王が見誤ることはなかった。「恋だと？　あいつの気持ちは恋などには傾いていない。言うこともいささか脈絡を欠いてはいるがとても狂気とは思えない。」ハムレットの演技は効を奏しない。事実、ポーが言うように、演技がすぎた発作はねらいを超える、この場面の怒りは見せかけではなく本物のヒステリーであり、シェイクスピア自身が「脈絡を欠く」と言っているではないか。ハムレットの怒りには四つの段階がある。一、演技するオフィーリアへの怒り、二、監視に対する怒り、三、国王に対して装う狂気、四、演技でもあり衝動的でもある、演技がもたらす興奮によるねらいの超過。〔原註八〕

〔原註八〕「三幕の、オフィーリアとの場面で、ハムレットは最初たいへん心をこめて優しく話しかける。だがオフィーリアの警戒心と困惑に気づき、監視されていると考え、演技のあまり、無礼のかぎりを尽くす。」コールリッジ『談話集《テーブル・トーク》』、一八二七年六月二四日。

次の疑問は三幕、「ゴンザゴー殺し」に先立つパントマイムである。国王はどうして上演を止めようとはしないのか？　役者のパントマイムは国王の犯罪を物語るものなのに。オフィーリアが見ても、理解できないこの黙劇のあいだハムレットは何をしているのか？　ハリウェル[12]は国王は王妃にささやきかけていて演技を見ていない、と考える。

これは劇作上の不手際を取り繕う言い逃れである。さて、パントマイムによる導入部には、これまで二つの解釈があった。筋書をあらかじめパントマイムで説明するのはシェイクスピア以前に遡る英国演劇の慣行である。この解釈はハンター[13]によって論破された。すなわち『ゴーボダック』と『ジョカスタ』[14]におけるパントマイムは右記のものと似ても似つかないものである。次に、これは「デンマーク演劇」の慣例であると言われた。〔原註九〕古代演劇や外国の演劇をけして取り入れなかったシェイクスピアが物珍しさから真実らしさを犠牲にしたであろうか？　ばかげた推測である。オフィーリアの驚き、「筋書きは聞いているのか？」という国王の問いから、試演の「二重性」がシェイクスピアの「意図」であったのは間違いない。二重性はハムレットの性格にもまったくふさわしいものだ。

〔原註九〕ハンターは一六八八年の、アブラハム・デラ・プライムの手書きの日記を引用しているが、デラ・プライムは「今年、デンマークの一座がハットフィールドで公演し、芝居に先立って粗筋がパントマイムで演じられた」と記している。

カール・ローアバッハ〔原註一〇〕は、ハムレットを支配する「演技」癖について、皮肉たっぷりに、力説する。冒頭から、ハムレットはこれみよがしに喪服をまとい、演技と非難されるのではないかと自問する。彼は話好きだ。ローゼンクランツとギルデンスターン、役者たち、母、自分自身を相手にとうとうと論じる。「彼は言葉でもって心情をぶちまける」、墓掘と無駄話をし、レアティーズの大言壮語に輪をかけた大言壮語で応え、オズリックと掛け合い漫才を披露し、「あとは沈黙」と嘆いて息をひきとる。彼は役者と付き合いがあり、役者の波瀾万丈の人生に関心を寄せる。芝居通であり、自作の悲劇の打ち合わせでも、台詞まわしについて口うるさく指示を出す。ところで、この芝居のあいだ、ハムレットは自分にも役を割り当てる。叔父を観察するのだ。「痛いところを探ってやる。少しでもひるんだら、ただではおかない。」彼は何をもくろんでいるのか？ 疑問の余地はない。ちょっとでも怯えたならクローディアスを殺そうというのだ。これは本当のドラマを準備するみせかけのドラマなのだ。とすればパントマイムの必要性が明らかになる。稽古をせずに芝居を上演はしないものだ。パントマイムは、叔父殺しを演ずる、役者ハムレットのリハーサルなのである。

〔原註一〇〕『シェイクスピアのハムレット注解』、ベルリン、一八五九年。

しかしながらハムレットの目論見はいつでも想像が実行の意志を挫いてしまう。ハムレットは突然、でたらめに、思ってもみない巡り合わせによって行動をおこす。パントマイムが演じられ、舞台は進行し、急所に至る。国王は動揺する、ところがハムレットは、極度の興奮のあまり、行動をおこせない。テキストを手がかりとして場面をこんな風に整理できよう。国王が席を立ったとき、従者がこう言う。「明かりだ！」――あたりはとっぷりと暮れている。弑逆者ルシアーナスのせりふからも納得できる。

「暗い企み、腕は鳴る、毒も整い、時は今
折りよくあたりに人目もなし……」

ハムレットが、

「深手を負った鹿は泣かせておけ」

と叫ぶとき、松明をつかみ、狩りの獲物を追い込んだとばかりに松明をふりかざす様が目に浮かぶ。

「夜更かしする奴、眠る奴」

という詩句の後、ハムレットは松明を吹き消し、投げ捨てて、こう結ぶ。

「それが浮世というものさ。」


この場面になんらかの演技が伴っていたのは間違いない。この演技は物質的には「明かりだ!」という叫び声によって妥当であるし、精神的には、シェイクスピアは『マクベス』(「消えろ、消えろ、短いロウソクよ!」)や『オセロ』(「この火を消す、それからあの火を消す」)で松明のメタファーを使っているからだ。(15)

残された疑問は、最終幕に、ハムレットが墓場に姿を見せる理由である。ハムレットとオフィーリアの棺の邂逅という、お粗末なトリックによって彼は墓場に導かれたのではない。ハムレットは死を観察しにやってきたのだ。それまで、ハムレットは死に通じているわけではなかった、少なくともあらかじめ思いめぐらした死には。ポローニアスを殺しはしたが、出し抜けの不意打ちであり、壁掛け越しであり、死を真正面から見据えたものではなかった。いまや彼は殺害の意志を固めた、殺し屋になると覚悟した。殺しのプロになるのだ。殺しに習熟しようというのだ! 彼はホレイショーに言う。

「こいつはこういう仕事をしていて何も感じないのだろうか? 墓を掘りながら歌を歌っている。」

ホレイショー

「習慣のせいでなにも考えずにやれるのでしょう。」

ハムレット

「そうらしい。使わない手ほど傷つきやすいからな。」

ハムレットはこの気楽さに達しなければならない。「こいつと話がしてみたい」と彼は言う。無意味な質問を繰り返し、雑談にうつつを抜かす。長々と問い質す、大人に同じ質問を繰り返して飽きない子供のように。むしろ専門家、技術者、名人に素人が訊ねるように。さらには手術を受ける患者が外科医に問い質し、手術を先に延ばそうと試みるように。それまでのように、ハムレットは、理屈では、死後の魂を案じているが、事を成し遂げようという今、死骸の保存状態を気にかける。

最後にわれわれの仕事の取り分について釈明したい。

イタリアの諺(16)には反するが、これは誠実な翻訳である。注解ではない。一言一句、一対一対応で置き換えられた。かくして多くの不平不満の士を産んだ。フランスではアルカイスムを追い求めたと批判され、イギリスではネオロジスムの誹りを受けた。

フランスの批評家たちは一六世紀の文体は現在のそれではないことを毫も考慮に入れていない。シェイクスピアの時代を当世風に改めるのは、ラブレーをヴォルテールが話した言葉で翻訳するようなものだ。われわれはシェイクスピアがアンリ四世やルイ一三世治下で考え、書いたのだと肝に銘じた。

海峡の向うの批評家たちは、第一に、シェイクスピアが翻訳可能とは考えない。彼らは言う、シェイクスピアのポエジーは、散文のまにまに消え去り、フランス語の詩句は英語の詩句を代替することはできない。たしかにその通りだ。だが一幅の画から銅版画を彫る版画家は色彩を移すことはできない。明暗で移し換えるのだ。絵画とポエジーを比較することができるとすれば、散文に移植されたポエジーは版画に移植された絵画であると認めねばならない。詩句は諸調の神秘を失い、絵画は色調の靄を失う。その代わり散文は言葉の輝きを産み、銅版画は線描の鋭利な輝きを産む。芸術はすべて一個の解釈である。だから自然が解釈できるのならば、詩あるいは絵画作品が解釈に適しない訳があろうか？

いくつかの個別的な苦情に移ろう。われわれは old mole を「もぐら先生」、wormwood を「にがよもぎ」と訳した。これらの語はイギリス人にはパリの大通りやカフェや通行人を思い起こさせる。しかしフランス文学では、幸いにも、もぐらはもぐらであり、にがよもぎは苦い植物である。ルクレティウスが、

　　子供たちに苦いにがよもぎを服用させるのに(17)

と言うとき、われわれは午前五時の「アブサン」を思いはしない。以上は語には責任のない落度である。数年後、「アペリティフ」がすたれ、俗語が変われば、イギリスでも「もぐら」や「にがよもぎ」は「永遠の相のもとに」それら本来の物を指し示すことになろう。

（1）一五三〇—八三、フランスの詩人、翻訳家。ピエール・ボワチュオー（？—一五六六）が始めたバンデルロの翻訳を引き継ぎ、『悲話集』七巻を完成。

（2）一八四三—一九一三、ダブリンのトリニティ・カレッジ教授。主著『シェイクスピア、精神と芸術の批評的研究』（一八七五）により、のちの研究に大きな影響を与えた。

（3）エドマンド・マローン（一七四一—一八一二）はアイルランドの学者。シェイクスピア劇の創作年代に関する研究に先鞭をつけた。

（4）トマス・ロッジ（一五五七頃—一六二五）はイギリスの詩人、劇作家。オックスフォード出の才人。散文のロマンスに『お気に召すまま』の粉本として名高い『ロザリンド』（一五九〇）がある。

（5）一五六四—一六〇八頃活躍。ロンドンの印刷、出版業者。シェイクスピアの劇団である宮内大臣一座と密接な関係があったらしい。『ヴェニスの商人』の第一・四折本などを印刷、出版。
（6）N・Lとはニコラス・リングのこと。ニコラス・リング（?—一六一〇）は、ジョン・トランデルとともに一六〇三年『ハムレット』第一・四折本を、翌年には第二・四折本を出版。
ジョン・トランデル（一六〇三—二六頃活躍）はロンドンの出版業者。
（7）キッドの『スペインの悲劇』の主人公。
（8）多様な語彙、造語、難解な隠喩、ラテン語語順の借用などにより造形された、新たな色彩と音楽性に富んだ多極的な詩世界。スペインの詩人ゴンゴラ（一五六一—一六二七）に由来。
（9）一五六七頃—一六一九。一五九四年の劇団結成以来死ぬまで、宮内大臣一座（のち国王一座）の中心俳優であり、当時の代表的悲劇俳優。
（10）ゲーテの『ファウスト』第一部、「ライプツィヒのアウエルバッハ地下酒場」に登場する大酒飲み。メフィストは「酒樽」と形容している。
（11）『リア王』、二幕四場。
（12）ジェイムズ・オーチャード・ハリウェル（一八二〇—八九）はイギリスの学者。ストラットフォードの町の記録を用いて、シェイクスピアの生涯に関する実証的研究の基礎を固めた。
（13）ジョーゼフ・ハンター（一七八三—一八六一）は古事研究家。シェイクスピアの家系について詳細な調査を遺す。
（14）『ゴーボダック』（一五六二）は、トマス・ノートンとトマス・サックヴィルの合作。イギリス悲劇の濫觴とされる。セネカ悲劇を模倣しながらも、兄弟の相克を主題とする。『ジョカスタ』（一五六六）は、ジョージ・ガスコイン作。エウリピデスの翻案。
（15）『マクベス』、五幕五場、および『オセロ』、五幕二場。
（16）「翻訳者は裏切り者」という諺。
（17）『物の本質について』、第一巻。

解説・解題・年譜

解説――マルセル・シュオッブの生涯と作品

ピエール・シャンピオン

I. 生涯

マルセル・シュオッブは一八六七年八月二三日、シャヴィルのレグリーズ街に生まれた。ラビと医師を輩出した家だった。

父イサク＝ジョルジュ・シュオッブはグレの出身。彼はジュール・ヴェルヌと戯曲を共作し、ボードレールの《海賊‐悪魔》紙に執筆したこともある教養あるジャーナリストだった。フーリエの運動に深く関わり、《平和民主主義》紙にも寄稿しているが、早々に文学に見切りをつけてエジプトに渡り、一〇年間学院の秘書官や地方総督の官房長やル・ケディーヴの公使を歴任した。マルセル・シュオッブが生まれたのは彼がフランスに帰った後のことだった。

母マティルド・カーンはシャンパーニュ地方のカーン家の子孫で、マルセル・シュオッブはその思い出をよく話してくれたものだった。言い伝えによれば、先祖はジョワンヴィルと共に海を渡り、この聖王ルイの重臣に向けられた剣の一撃を払いのけたのだ。

このカーン家はアルザスの出で、フランスに友好的な教養あるユダヤ人であった。祖父のアンセルムはホッホフェルデンの村で子供たちにフランス語を教えていた。彼はパリに移り、子供たちをサン＝ルイ校に通わせた。そのうちの一人が、マルセル・シュオッブの母――素晴らしい教師であった――の弟、東洋学者であり、マザラン図書館の司書であったレオン・カーンである。

したがってマルセル・シュオッブは幼少期にユダヤの伝統とフランス文学崇拝に出会うことになった。

彼は父がマンジャン家から買い取った《ロワールの灯台》紙のあったナントで幼年時代を過ごした。周りの者が驚くほど早熟であり、手厚く養育され、ドイツ人とイギリス人の家庭教師から教育を受けた。幾年も経たぬうちに彼は流暢にドイツ語と英語を話すようになった。ナントで初等教育を受けたが、多くの科目での受賞がマルセル少年の多方面の才能を証している。

彼は可愛らしい、そしてあけっぴろげな子供であり、エドガー・ポーの物語を貪るように読んだ。それはイギリス人の船長からもらった通俗本だった。早くも冒険に夢中になり、英仏海峡を泳いで横断したイギリス人船長の快挙に熱中した。当時神と崇めたであろうジュール・ヴェルヌに手紙を書いた。音楽を聴く耳を持ち、ブラシェの『比較文法』に読み耽り、第六学年の教師を驚かした。

一八八二年、マルセル・シュオッブはパリのサント＝バルブ校に転校し、伯父宅に、つまりマザラン図書館に寝起きすることになる。

地方から上京した少年はセーヌ川の河岸を発見する。それは考えうるもっともすばらしいパリの一つである。彼は書物に囲まれ、傑出した東洋学者かつ古典学者であり、少年に対して心遣いを示しつつユーモアも忘れない伯父のかたわらで暮らす。レオン・カーンは少年のラテン語仏訳を添削し、古代とアジアに少年の目を開いた。この司書はあらゆる冒険家や船乗りや兵士たちの物語を知っていた。カーンは歴史家だったが、独自の文体と想像力を持っていた。彼は資料に裏付けられながらも実に面白い多くの歴史の読物や冒険譚を書いたが、それらを子供にも理解できるように語ることができた。そのような伯父のかたわらで、一八八三年頃、マルセル・シュオッブは古代ローマの詩人カトゥルスを「クレマン・マロー時代のフランス語」に翻訳しようとしたが、その序文はシュオッブの早熟と文学的な好みを示している。

シュオッブは「幻想と幻滅」、「夢想と現実」という心覚えを遺しているが、それらを読めば、彼をよく知る者には後年の彼がすでに髣髴される。シュオッブはロマン派の影響を受け、ヴィクトル・ユーゴを偶像のように崇拝している。

ついでシュオッブはルイ＝ル＝グラン校に通学し、そこで彼はレオン・ドーデ、ポール・クローデル、ポール・グセル、ジョルジュ・ギエースという青春時代の友人と知り合う。ジョルジュ・ギエースといっしょに、彼は文学の学士号取得に励み、ギリシア語とサンスクリット語を学び、隠語を研究する。ジョルジュ・ギエースは二〇歳で悲劇的な死を迎える。

それは学問を志す青春が通過するペシミスティックな時期、笑いを忘れた時期である。青年は詩によって高校の外に逃れ出る。シュオッブは壮大な詩を二篇書いている。荒々しく、野卑なロマンティシズムの横溢する『ファウスト』と彼をサンスクリット語の研究に向かわしめた『プロメテウス』である。

シュオッブが若書きとして認めなかった韻文がとりわけ言葉を扱う自在さを示している一方、大学入学資格と高等師範の試験のため綴られた散文からは、すでにフローベールの影響を抜け出し、じょじょにひとりの作家が浮かび出している。彼はおとぎ話、写実的な物語、恋物語を創り出す。シュオッブはまだ感情の激発に支配されている思春期の青年であり、繊細さや内気さをダンディズムの装いの下に隠そうとする。しかしながら彼はアプレウス、ペトロニウス、カトゥルス、ロンギノス、アナクレオンというギリシア、ローマの古典を読んでもいたのだった。

一八八五年から八六年にかけて、シュオッブは徴兵前にヴァンヌの砲兵三五連隊に志願入隊する。彼はブルターニュで放縦な生活をおくり、鍛え直される。同僚は乱痴気騒ぎに興じ、無断で兵舎を抜け出すような気まぐれな連中だった。リシュパン[1]のそれを思わせる彼の写実的な詩句には船乗りや浮かれ女や安酒場が登場する。シュオッブはすでに傑出した俗語の使い手であり、心酔するヴィヨンの作品を書き写していた。そうして彼は『赤い街灯』を書いたのだ。

彼は高等師範学校進学のためにルイ＝ル＝グラン校に留年生として舞い戻り、辛辣で才気に満ちた風変わりな「受験生」としてメルレ、アッツフェル、ジャコブの指導を受ける。しかし彼はあいかわらずマルティアリス風の詩句を書いている。シュオッブは高等師範学校の試験に失敗するが、学士号取得に向け、自分の流儀で準備をする。ブートルー[2]の講義を聴講し、大きな影響を受ける。シュオッブは学士号を取得し、マザラン宮を出て、ユニヴェルシテ街に転居するが、家族は彼が仕事をしながら教員資格試験の準備をしていると思っている。

実際には、シュオッブはビュルドー[3]の講義を聴いて以来彼の頭を占領していた哲学から遠去かる。高等研究学院で、ジャコブとブレアルのもとで中世ドイツ語とギリシア語の古文書学を、フェルディナン・ド・ソシュールのもとでサンスクリット語を学ぶ。大学入学資格試験の復習教師をし、フランス文化系教員協会で授業を担当する。しかしマルセル・シュオッブの心はすでに文学への想いで一杯だった。彼は古代ローマを題材とした小説やマーク・トウェイン流のユーモアに満ちた短篇を書き始めていたのだ。ロバート・ルイス・スティーヴンソンと文通を始め、ウォルト・ホイットマンに心酔し、アイスキュロスとシェイクスピアを論じ、パスカルを、とりわけヴィヨンを読んでいた。

シュオッブのキャリアは古典語に精通した言語学者として始まる。最初の著作は高校の同級生ジョルジュ・ギエースとの共著『隠語試論』であり、ヴィクトル・ユーゴやフランシスク・ミシェルの詩的暗喩による隠語解明を完全に葬り去った。彼は国立古文書館の小部屋に通い始め、ヴィヨンとその遺言書の授遺者を研究していたオーギュスト・ロンニョンがシュオッブを暖かく迎え入れる。シュオッブはロンニョンと共に「悪魔の屁」と呼ばれる境界石に関する訴訟文書を発見し、さらに貝殻団《コキヤール》に関し、ヴィヨンの隠語によるバラッドとディジョンの資料との言語的類縁性を明らかにした。シュオッブはこの点について碑文文芸アカデミーで注目すべき研究発表を行った。

シュオッブが一八九〇年に評論によって文壇にデビューするのは一風変わった経営者、エドゥアール・マニエの刊行する《レヴェンヌマン》紙においてである。その最初の評論はアナトール・フランス論であり、シュオッブとフランスは友人となる。また彼は当時カチュール・マンデスが君臨していた《エコー・ド・パリ》紙に短篇を発表する。シュオッブはマンデスのかたわらでまさに時代の精神を体現する「文芸付録」を編集する。

これらの初期の短篇をシュオッブは『二重の心』（一八九一）と『黄金仮面の王』（一八九二）に収録する。

息子レオンの友人であるシュオッブを愛したアルフォンス・ドーデはシュオッブのデビューにあたり実の父のような気配りをみせたのだった。こうしてマルセル・シュオッブは、二五歳にして、有望な作家としての成功を手に入れる。

シュオッブと付き合いのあった、最初の文学仲間はモーリス・ポトシェ、エドゥアール・ジュリア、アンリ・バルビュス、クルトリーヌ、ジャン・ヴェベール。ジュール・ルナールは腹心の友であり、ポール・クローデルは友人だった。彼がその才能を見抜き、高く評価したウィリーとコレットとはしばしば顔を合わせ、エドモン・ド・ゴンクールの屋根裏部屋もまた足繁く訪れた。

一八九三年の時代のアナーキーをシュオッブは経験する。彼は一八九四年に出版される『モネルの書』においてまさに己の個性を発見する。熱烈で謎めいたこの小さな本は彼の精神をもっともよく体現するものだ。小学校以来のなんという長い道のりであったことか！　一族の感性が彼の中でよみがえる。シュオッブは予言し、情熱的でもあり悲しげでもある彼の魂の響きを象徴主義の新しいイメージに与えたのだ。真の苦悩によって書かれたこの本によりシュオッブは決定的にモーリス・バレス、ジュール・ルナール、メーテルランクという新しい人間たちの一員となる。

しかしシュオッブは慰めも見出した。再びギリシアの古典研究に着手し、ヘーローンダースに倣った、繊細な魅力に溢れた小傑作『擬曲《ミーム》』（一八九三）の着想を得る。当時シュオッブはメルキュール・ド・フランス社の常連だったが、ヴァレット[4]がシュオッブを迎え入れたのだった。というのも彼は《メルキュール・ド・フランス》誌の創設者の一人なのである。シュオッブはウーヴル座でジョン・フォードの『アナベラとジョヴァンニ』について講演し、イプセンの『ペール・ギュント』を批評する。ジャリは『ユビュ王』をシュオッブに捧げる。

シュオッブの感情はもともと振幅の大きなものだった

が、その頃、後に妻となるマルグリット・モレノとの恋に落ちる。しかし幸福と高揚のうるわしい日々は長続きせず、華々しいデビューの成功も束の間、シュオッブは二八歳のとき、大手術の結果、重病人となってしまった。

彼はすっかり変わってしまう。ずんぐりとした生命力と知性に満ち溢れていた小柄なからだは、すっかり痩せほそり、しょっちゅう発熱するようになった。以降彼は外科医のなすがままである。外出は厳禁となる。彼は髭を剃り落とす。熱を帯びて目はらんらんと輝く。かつての彼は死に、新たによみがえったのだ。シュオッブは伝説の人となる。

それまで想像力の方に向いていた彼の仕事は性格を変える。マルセル・シュオッブは古文書館、国立図書館に閉じこもり、蔵書に埋もれる。歴史に材をとった作品の連作が始まる。

シュオッブの翻訳者としての最初の仕事はダニエル・デフォー作『モル・フランダーズ』の仏訳である。彼は素晴らしい翻訳者だが、それは英語に通暁しているからというよりは、英語をフランス語に置き換える技に長けているからであり、翻訳に創造性を吹き込むことができたからである。この見事な翻訳は一八九五年にオランドルフ社から出版される。

ついでシュオッブは中世の聖人伝や説教集や年代記から驚くべき小さな本『少年十字軍』を引き出す。この上なく純朴で神聖なこの本をレミ・ド・グールモンは「小さな奇跡の書」と呼んでいるが、まさに至言である。

ずっと以前から、小学校の頃から、シュオッブは伝記の虜だった。伝記とは様々な事実から特異なものを選択することであり、真実を心がけるよりはカオスのうちに人間の諸特性を描き出すべきであるとシュオッブは考えていた。彼にとって伝記作者は創造主《デミウルゴス》であった。彼の代表作と言っていいであろう『架空の伝記』を書きながら彼はまさしく創造主であった。そこでは彼はまさに幻覚に捕らえられているように思われる。彼は彼の『諸世紀の伝説』[5]を実現しているのであり、そこでは散文は詩と手を携えているのだ。一八九六年にメルキュール・ド・フランス社から刊行される、もう一冊の素晴らしい本『拾穂抄』も同様の霊感に貫かれているが、こちらは想像力よりは批評精神が優勢である。

彼は相変わらず《エコー・ド・パリ》紙と《ジュルナル》紙に寄稿する。彼はアンリ・バタイユとジャン・ロランの友人であり、ジョージ・メレディス、ポール・ヴァレリー、ヨーロッパにその名を知られる批評家W・G・C・ベイファンクと文通を交わす。彼に心酔するレミ・ド・グールモン、オクターヴ・ミルボー、ポール・エルヴューを足繁く訪ねる。まさに仕事と叡智の時であり、彼の身体は傷ついたが、その精神は前にもまして才気に満ち、活動を止めない。

一九〇〇年の八月と九月、彼はロンドンに滞在し、ロンドンの古い教区、バーソロミュー・クローズの登録簿の前でマルグリット・モレノと結婚する。親友である博学の士、チャールズ・ウィブリーと旧交を暖め、メレディスを訪問する。

翌年の四月と七月、意気消沈したシュオッブはジャージー島に滞在し、《ロマニア》誌に掲載するヴィヨンについてのメモをガストン・パリス[6]宛に送る。彼は慣れ親しんだ一五世紀の詩人について大部な研究書を書こうと思っていたのだが、病勢は募る一方で、その実現のためには心身の衰えを痛感してもいたのだった。ジャージー島はシュオッブの牢獄であった！　ついで彼はウリアージュに滞在し、海洋の大気により体力と健康を取り戻すべく、オセアニアへの大旅行を目論む（一九〇一年八月）。

以前からシュオッブの精神は、まさにサモアで死んだロバート・ルイス・スティーヴンソンへの思いに取り憑かれていた。スティーヴンソンとシュオッブはついに顔を合わせることはなかったが、彼らは書簡を交わし、ヴィヨンが徘徊したプティ＝ポンからほど近いラペルーズでの邂逅を約したこともあったのだ。シュオッブは注目すべきスティーヴンソン論を数篇書いており、『爆弾魔』に序文を寄せてもいる。

スティーヴンソンはもうこの世の人ではなく、ポリネシアの墓に眠っていたが、それでもシュオッブは彼の元へ、静かな島へ向かおうと夢見る。一九〇一年の一〇月、彼はヴィル・ド・ラ・シオタ号に乗船し、「最愛のマルグリット」宛の私信の形で航海日誌を綴る。これらの私信は文字通り一冊の本、素描集であり、彼は絵描きのように、空と海の産み出す蜃気楼をスケッチする。

彼はコロンボに停泊し、大仏を見学する。セイロンの廃墟を踏破し、イギリス人の捕虜となったボーア人と交際する。ポリネシア号で南半球の海を航海し、シドニーの街を描写し、マナプリ号でアピアに達する。ついにサモアに到着し、シュオッブは原住民と接し、その優しい言動と、彼らに語り聞かせた数々の物語によって彼らを魅了する。一九〇二年の一月、肺炎をこじらせ死に瀕するが、アメリカ人医師と安息日再臨派看護婦の手当により一命をとりとめる。幸いにも、シュオッブにはマナプリ号に再乗船する体力が残っていた。陽気なクローショー船長と再会し、船長は担架に横たえられたシュオッブを無賃で乗船させる。

同じ航路を辿り、中国人の召使チンに付き添われてシュオッブはマルセイユに帰還する。

読者はこの旅行記の熱のこもった描写を読めば、それが南半球の海の魅力に無感覚になってしまった男の筆になるとは思えない。しかしながらシュオッブはこの旅行についてほとんど語ることがなかった。友人の墓を訪れてもいなければ、望んでいたように、ロバート・ルイス・スティーヴンソンの顰《ひそみ》に倣い、原住民の魂の深奥に分け入ることもなかった。症状は改善するどころか悪化した。あれほど冒険を夢見た彼がついに冒険を実地に経験したにもかかわらず！　かつて彼は実在した冒険家に依って冒険家の肖像を描いた。そして今回も『海洋譚』、『ヴァイリロア』、『クラッブ船長』、『シッシー』、『海の真紅から波の真紅へ』など数巻におよぶ冒険譚が構想されていたが、それらが書かれることはなかった。

しかし我々は「私はもう二度と旅に出ることはないだろう」という彼のあわれな叫びだけは記憶にとどめようではないか。

一九〇二年の三月末にシュオッブはパリに帰り着くが、洋上で暖められた計画は実現されない。『ハムレット』の翻訳が成功して以来、彼は演劇に専心する。彼は取り掛かったばかりの『マクベス』の訳稿をサラ・ベルナールに読み聴かせる。フランス座にしばしば出入りし、気晴らしのためにショーを出し物とする小劇場に足繁く通う。彼はますます口やかましく辛辣となる。彼は嬉々として同時代人の奇癖をメモし、愚行を収集して《メルキュール・ド・フランス》誌に投稿する。ジャーナリストの息子であった彼自身も才気に満ちたジャーナリストであり、何年も前から《ロワールの灯台》紙に「パリ便り」を連載していたのだが、その彼がジャーナリズムの風説を題材にジャーナリズムを諷刺したのだった。

ラブレーに着想を得たこれらのページは『ジャーナリスト百態』にまとめられる。これは善意を装って純真な駆け出しの連中向けに書かれた、皮肉に満ちた一種の「マニュアル」である。シュオッブはこの本にロワゾン＝ブリデと偽名で署名する。彼は三文文士をからかっているのだ。以前から彼はジュール・ルナールに、古典派とロマン派の刻苦勉励の後に我々に残されているのは「見事に書く」ことだけだと言っていたのだった。

一九〇三年、シュオッブはヴァロワ街の三階のアパルトマンを引き払い、サン＝ルイ＝アン＝リル街一一番地の古い家に居を定める。魅力的なパリ旧市街の瀟洒なアパルトマンで彼は客を迎え、彼の知性は評判となる。

彼はメルトゥイユ侯爵夫人の偽名で『ヴァルモンへの手紙』を《エコー・ド・パリ》紙に寄稿する。『プシュケのランプ』という題で旧作を収めた選集をメルキュール・ド・フランス社から刊行する。

サン＝ルイ＝アン＝リル街の常連はティネール夫人、ガスケ家の人々、ポール・レオトー、モーリス・ドネー、ピエール・ルイス、フランソワ・ポルシェ、ポール・フォール、ポーリーヌ・メナール＝ドリアン夫人、ノアイユ夫人、アンリ・ド・レニエ、ポール・クレマンソー、パンルヴェ、レオン・ベルビー、若手ではアンドレ・ルヴェール、エミール・デパ、ガブリエル・ニゴン、サッシャ・ギトリー。

一九〇四年、シュオッブは再び脱出行を企てる。ル・アーヴルで乗船し、オポルト、リスボン、バルセロナ、マルセイユに寄港する。サン・アグネロ・ド・ソレントで下船し、かつて彼が『フランチェスカ・ダ・リミニ』を翻案したアメリカ人の小説家、旧友マリオン・クロフォード宅に荷を解いた。しかし健康は快復の兆しを見せない。七月にはモントルーに滞在するが、ひどい発作に苦しめられ、一九〇四年の一〇月、痛ましい状態でパリに帰り着く。

シュオッブは、可能なかぎりとはいえ、古文書館と国立図書館での研究を再開する。彼は創作を放棄し、学識と歴史に回帰したのだ。社会科学高等研究所で講座を担当し、フランソワ・ヴィヨンの『大遺言書』を解釈し、註解する。執筆熱が彼をとらえる。『好色詩選集』のゲラ刷りを校正し、ヴィヨンの最古の刊本のファクシミリ版に序文を寄せる。ポール・フォールの《韻文と散文》誌に最後の原稿を寄稿するが、それは当初の目論見を縮小したものだった。チャールズ・ディケンズとロシアの小説との関係に没頭する。彼に瓜二つの「シプリアン・ダナルク」[7]の肖像を描き、少年時代の最初の読書を想い起す。

社会科学高等研究所での講演は大成功を収める。彼の会話の才は素晴らしいものだったが、新たな表現手段を発見し、以降活用することになる。ついに、彼は彼の恩師たちと同じようにソルボンヌにポストを得て、教授になるであろう！ ヴィヨンについての畢生の大作が予告されるが、わずか数章が書かれただけだった。十年来瀕死の重病人だったマルセル・シュオッブは、一九〇五年二月二六日、数日の苦しみの後に息を引き取った。享年三七歳だった。

II．作品

マルセル・シュオッブの作品はその知性の似姿である。それは百科辞典的であり、特異である。彼の創造の源には学問、学識がある。しかしながら、散文によって、シュオッブはまさに詩を目指すのであり、それだから彼は新しい芸術を告げてもいるのだ。

マルセル・シュオッブを読むことは、認識の国への魔法の旅をすることだ。彼が目にしたことのないもの、彼が理解できなかったことがあるだろうか？ 同時代人にとって、ジュール・ルナールのような友人にとって、彼は新しいテーヌあるいはもう一人のルナンとも思えたのだった。

彼は生涯、知の探求者であり、中世の学僧のようであるだろう。彼の最後の夢がソルボンヌの教授になることだったのは間違いない。学問のあらゆる分野に精通した、素晴らしい大家であり、並外れた古文書学者であり、原典に通暁した批評家であった。彼の知性は古代世界、古代ギリシア人や古代ローマ人の世界に遊び、一五世紀のフランスでくつろぐ。まさに驚くべき文献学者なのだ。彼はまるでシェイクスピアやラブレーの同時代人のようだ。彼はあらゆる言語に通じていて、さまざまな哲学の体系を論じた。だからと言って、学識をひけらかすようなことはなかったし、口やかましい批評家でもなかった。彼は芸術と純粋な詩のためだけに生きたのだ。もう一人の自分のようにホイットマンを愛し、思想と苦悩においてシャルル・ボードレールの兄弟であった。

以上のすべてがシュオッブの特徴を成すものであり、従ってシュオッブは分類不可能なのである。

世代的には、悲哀と共に内省にふける時代に、多くを知り、多くを読み、音楽に心を震わせ、音楽に霊感を受ける時代に彼が属していることは言うまでもない。彼の目には創造の世界は永遠に繰り返され、そして忘れ去られるものと映っていたのだ。なぜなら彼は本という本の出典を知っていたのだから。すべてはもう語られてしまっており、我々の独創は残骸の寄せ集めにすぎないと彼は考えていた。これは知性にとっては悲劇と言ってもいい状況であり、シュオッブ以外の作家なら不毛へと至る道だった。知り、理解し、見事に語ること。それは創造しなければならない者にとってはほとんど自己撞着である。しかし彼が古い家系に属し、長い過去の終点であったことを忘れてはいけない。彼は緻密であることを宿命づけられ、事実彼は緻密であった。またシュオッブは激しい情念と並外れた気質と破壊の天分を備えたユダヤ人だった。彼は多くの過去の亡霊と闘った。彼の知性は十字路であり、瞬時に物事の本質を見抜き、昆虫の複眼のように、多面体であった。

学識は彼の規律である。またシュオッブの特徴を一言で表すなら、それは知性である。彼が記述しようとしたのは「二重の心」のように二点間を揺れ動く知性。興奮、活気、と節度。なんという矛盾！　しかし魅力的な矛盾であり、我々はその矛盾に注目せざるを得ないし、また好意を抱かざるを得ない。

シュオッブは知的な感動のためだけに生き、彼が信じてもいない大きなテーマは別にしても、美しい物だけを目指した人だった。

以前、彼の蔵書に囲まれて、彼の思い出に浸ったことがあった。それは私にとって大切なイメージである。なぜなら彼の蔵書に囲まれてこそ、彼の存在がよりいっそう身近に感じられ、国立図書館や古文書館のいつもの席に座っている彼が髣髴されるのだから。彼が本当に生きたのはそこだった。マルセル・シュオッブは本の余白にいるのである。

短篇作家

マルセル・シュオッブは短篇の黄金時代にデビューし、短篇を新聞に、とりわけ《エコー・ド・パリ》紙に寄稿した。その種の刊行物が要求する短い形式に彼が悩むことはなかった。それは彼が求める芸術上の要請に一致するものだった。それに読者はゾラ流の倦むことを知らない無邪気な資料収集や写実派の大仰な大作にうんざりしていた。短篇において、シュオッブは彼の夢を、自己を疎外し、兵士に、貧乏人に、商人に、通りすがりの女になるという苦しみに満ちた欲望を表現した。彼は古代から民間伝承まで、ユダヤの伝承から盗賊の隠語まで、該博な知識を使いこなすことができた。アナトール・フランスと共に、シュオッブは一通の赦免状や年代記のテキスト[8]から短篇を引き出すことができた。だがガルニエ風の折衷芸術や高踏派の規範が支配する時代に、シュオッブは夢の扉を開いた。彼はフローベールの軛を脱し、ギュスターヴ・モローの芸術に近づいた。彼にはどことなく魔術師を思わせるものがある。

『二重の心』の後半を、マルセル・シュオッブという劇的なる朗読者は、盗賊団の連作で開始し、軍隊の思い出やブルターニュの印象を物語る。しかしシュオッブはまだ哲学級のクラスを出たばかりであった。彼は短篇集に序文を付し、人間の二重の心を、人を憐れみに導く道程を明らかにする。アリストテレスに従い、彼は情念の浄化を信じているが、もはや擬似科学的な描写、初歩的な心理学、未消化な生物学の原理は信じていない。彼は明快な、厳密な構成の芸術を夢見る。彼は未来の小説、すなわち広義の冒険小説、精神的な冒険小説を予告する。それはシュオッブに続く者たちが実現することになる構想である。というのもエドガー・ポーのそれと同じく、彼の才能は数学のように厳密なのだから。シュオッブのうちには人間の一連の恐怖を読者に閲覧させる論理学者がいる。そして『二重の心』に、彼は自分の心を投影しているのである。

『黄金仮面の王』はほぼ同時期の作である。だが短篇作家、マルセル・シュオッブの重心は象徴の方に傾いている。彼はすべてが謎めいている、怖れと憐れみの想像世界を呼び起こす。その世界は決まって広範な読書から移植されたものだ。私見によれば、前の短篇集よりもよりオリジナルな選集であり、読者をより遠くに、より高く運び去る。レオン・ドーデが言ったように、それは「美しきまやかし」である。『黄金仮面の王』によってシュオッブは決定的に過去をよみがえらせる作家の一員となる。

学識の人

マルセル・シュオッブは幼年時代に学識を発見した。彼が学識に出会ったのは、伯父のレオン・カーンのかたわら、まさに彼が寝起きした家、マザラン図書館であった。ルイ＝ル＝グラン校の生徒であった時には、F・ド・ソシュールのサンスクリット語の講義を受け、ミシェル・ブレアルとジャコブのもとで古文書学と言語学を学んだ。彼のキャリアの第一歩は隠語研究、フランソワ・ヴィヨン論、古代ギリシア人と古代ローマ人の演技についてのリヒターによるドイツ語の著作の翻訳であった。精神的な情動に貫かれた短い生涯ではあったが、一度としてシュオッブが学識を放棄したことはなかった。

　シュオッブはアイスキュロスの『テーバイを攻める七将』を分析しているが、それはポール・クローデルに古代ギリシア悲劇作家の幾何学的かつ建築的構成の教えるところを示唆するためである。彼は詮索の好きなベネディクト派修道士のように篤学の士であり、ポール・ブールジェの『現代恋愛の生理学』よりは盗賊団についての訴追書類を発見する方が幸せなのである。彼が『ハムレット』を原文で読み、さらに二つ折り判のファクシミリを開くのは、シェイクスピアのドラマに、なによりも冒険小説を、事象の進展に正確に対応する喜怒哀楽の往復運動を見出すためである。

　友人のW・G・C・ベイファンクはかつて正当にもシュオッブをエラスムスに喩えたことがあった。F・G・ケニョンが大英博物館に収蔵されたヘーローンダースの詩篇を刊行すると、マルセル・シュオッブは『擬曲《ミーム》』を書いた。彼がテオフィル・ゴーティエの見事な短篇『金の鎖』、あるいはフローベールの『聖ジュリアン伝』の新版を出すのは、ゴーティエやフローベールの知らなかった出典を註解するためである。

　彼の仕事の大きな部分はヴィヨン研究に割かれた。ヴィヨンについて『拾穂抄』に注目すべきエッセーを収め、大部の著作を準備していたが、数章が書かれたのみだった。最晩年にはまたしても精神的な活動はヴィヨンに振り向けられ、高等社会科学研究所での講演はヴィヨンの註解であった。またシュオッブが隠語辞典を編纂するための資料を集め、『好色詩選集』を編纂したのはヴィヨンの詩句を解明するためだった。ラブレーもよく読んでいて、『ジャーナリスト百態』の情熱的な部分に影響がみられるが、「ラブレー研究」の創刊には大いに注目していた。シュオッブは巨匠ラブレーの冗談と難解な語彙を解明することに限りない愉悦を感じていたのだった。

　これが大いなる熱情をもって註解に取り組んだ学識の人である。見事な翻訳に語彙を提供した、古仏語を敬愛して止まなかった学識の人。学識の人と詩人、シュオッブのうちでどちらが優位であったのだろう？　いまだに問うてみる価値はありそうだ。

エッセイスト

　マルセル・シュオッブが歴史学者として遺したものに

評価を下すのは難しいとしても――フランソワ・ヴィヨンについての数章しかないのだから――、エッセイストとして彼を評価することは可能である。エッセイストという名称にしろ、内実にしろ、それはイギリスのものである。フランスでは、学識の人は学識の人であり、題材やスタイルを気にしたりはしない。英仏海峡の向こうで評判となっている簡略で詩的な形式に我々にはほとんど馴染みがないのだ。

シュオッブの『拾穂抄』は我が国におけるエッセーの模範である。この選集に収められたものは、フランソワ・ヴィヨンについての重要な研究の他に、ロバート・ルイス・スティーヴンソンについてのエッセー、見事なメレディス論、さまざまな序文、怖れと憐れみ、相違と類似、笑いについての哲学的エッセー、プラトンに倣った対話篇である。

同年（一八九六年）に刊行された『架空の伝記』はおそらくシュオッブのもっとも完成された本である。これらの伝記的エッセーに、彼は持てる歴史的識見、技量、想像力の最良のものを注ぎ込んだ。ジェラール・ド・ネルヴァルの『幻視者』のように、彼は奇人の肖像を描き出した。しかし肖像の一つ一つはむしろある時代を喚起するための糸口である。それは一風変わった〈諸世紀の伝説〉であり、各登場人物が語る言葉の興味深い集成であり、アルベール・サマンが言ったように、まさしく精妙な「ハシッシュ」なのだ。

過ぎ去った世紀において戯れ、その世紀を呼び覚ますことができ、母国語の歴史に通暁する人物が素晴らしい翻訳者にならないわけがない。シュオッブはまさにそのような翻訳者だった。彼は幼年時代から英語に親しみ、英語は口をついて出た、とりわけ心のこもった言葉をかける時には。彼の全集にはシェイクスピアとダニエル・デフォーの見事な翻訳も収められている。なぜなら翻訳もまた創作なのだから。想像力による作品と同じように、翻訳もシュオッブの作品なのである。

ジャーナリストと旅行家

ジャーナリストと旅行家について語らねばならない。この分野でもまた、マルセル・シュオッブは完成に心を砕き、ぞんざいな仕事や即興を忌み嫌った、彼自身はもっぱら霊感に憑かれたように筆を取り、訂正に訂正を重ねる人ではなかったが。シュオッブのまわりでは、ジャーナリズムは粗略に扱われていた。それだから、巨匠ラブレーを手本として、彼は『ジャーナリスト百態』を書いたのだ。

旅行家は、とりわけ彼の手紙のうちに窺える。色彩の鮮やかさ、鏡のように現実を映し出す視覚の明晰さは驚くばかりである。しかもそれは彼の作品や彼の知性の独創的な点ではないのである。

散文の詩人

マルセル・シュオッブは本物の詩人である。シュオッブのデビュー時にアルフォンス・ドーデは「私の愛する詩人よ」とやさしく呼びかけたのだった。だがシュオッブを詩人と呼んだからといって、我々は彼が韻文詩の書き手だったと言いたいのではない。事実、少年時代には、ヴィクトル・ユーゴの影響のもと、思春期には、ボードレールの影響のもと、彼は幾多の詩を書いたが、ここで若書きの詩を取り上げるべきだろうか？　というのも、それらの詩は彼を激昂させ、ドーデ夫人がそれらを話題にしただけで、彼の顰蹙を買いそうになったことがあるからだ。しかし彼の詩は他の詩人の詩に勝るとも劣らない、とりわけ、浮かれ女や安酒場の思い出、またフランソワ・ヴィヨンに倣い、隠語を駆使しているものは。

実のところ、彼の詩は散文のための素晴らしい柔軟体操だった。しかしシュオッブは散文詩を遺している。『モネルの書』、『擬曲』、『少年十字軍』のように感動的で、魅力的かつ繊細な作品を散文詩と呼ばないで、何と呼べばいいのだろう。

それらの作品でシュオッブは敏感で音楽的な彼の魂の最良の部分を残したのではないだろうか？　このような仕事を続けていたならば、彼はボードレールが予告していたような散文詩の書き手になっていたのではないだろうか？

しかし彼のように多方面の才能に恵まれた知性は一つの事に固執するわけにはいかないのだ。彼はより遠くに、余所へ向かう[9]。彼が現代のシンボルだと思っていたアハシュエロスのように、彼はたえず前進する。

以上が病いとあまりに短かった生涯によってあまりにも早く中断した知性の冒険である。

III．芸術

マルセル・シュオッブの知性をひとめぐりした後、一八九二年から一八九六年までの素晴らしい世代、モーリス・バレス、ジュール・ルナール、クルトリーヌ、メーテルランク、フランシス・ジャム、ポール・クローデル、アナトール・フランス、レオン・ドーデ、シャルル・モーラスという友人たちのかたわらで、彼がどのような存在であったかを語ってみたい。だが私はためらいを覚える、なぜなら彼があまりに身近であるから。

遠い過去に彼の姿を求めれば、ジェラール・ド・ネルヴァルが髣髴され、身近であれば、古代やイギリスの作家を朗々と朗読し、彼らを生き生きと再現する彼の姿が目に浮かぶ。そんな時彼は言葉の錬金術士、素晴らしい手品師のように思われる。彼には人の眉を顰めさせる狂人めいたものがあるが、彼の芸術は純粋である。シュオッブは身を震わせ、そして錬金術で物質を変質させる。彼は過去の木霊であり、同時にヨーロッパで新たに興るすべての共鳴板である。彼はフランスで最初にニーチェを読んだ人だった。彼は新人を発掘する。彼は友情に篤く、素晴らしいものを素晴らしいと認めることができた。彼はライバルについてこう言っている。「私は彼らを信頼している。私の目に狂いはないよ。」彼はクローデルの才能を信じていた。

　重苦しい沈黙に中断された、彼の素晴らしい会話のうちでも、性急な乱作について、ある夜彼がポール・レオトーに語った言葉が思い出される。「もちろん、知っているよ。でも私にはそんなことはとてもできない。私が筆を取るのは、言いたいことがあると思う時だけだ、いや、どうしても言わなくてはいけないと思った時にかぎられるのだ……」しかしながら、その夜、私はほほ笑むことはできなかった、心の中においてさえ。シュオッブの本のうち、彼の言ったことを裏切るような本が一冊もないのを私は知っていたのだ。シュオッブは文学的な栄光を信じていなかった。彼は後世に残る本が数少ないことを知っていた。後世に残るのは小さな本であり、寡作な作家であり、ボードレールは大丈夫だと、繰り返したものだった。

　シュオッブはもはや創造の賜物を信じていなかった、オリジナリティーを信じていなかったと言ってもいい。すべては語られ、忘れ去られたということを彼は知っていた。彼の芸術とは選択とアマルガムの才能だった。彼は本という本の起源を突き止めていた。彼の本もまた他の多くの本から作られたことを知らないわけではなかった。「形式以外この世に新しきものなし」と好んで繰り返した。また「見事に書く」以外我々には何も残されていないと言ったものだった。

　シュオッブはティベリアドのラビの末裔の声をフランス語に移し替えた。おそらく、そのせいで、彼は年齢というものを感じさせなかったのだ。子供の時分から、老人ように厳めしかった。晩年にも、彼の目は幼年時代そのままに澄んでいた。彼は一族の出来事、預言の天分、怒号の感覚を己のうちにとどめていた。彼の声は内にこもった声だったが、それは多くの過去の声の木霊だった。それだからこそ彼はやすやすと時代の流れを遡り、かくも多くの文明と対等な位置に立つことができたのだ。しかし冒険家シュオッブの書き遺した冒険はただ一つきりである、それは知性の冒険だった。

　物惜しみをしない、寛大な人で、彼の無私無欲は限りがなく、比較できるのは彼の文学的な誠実のみだった。死の床にあっても二〇歳の時より裕福ではなかった。ただ一つの贅沢は鍾愛する高価な本を買うことで、今日でも目の球が飛び出るような値段で、友人の書店、クロダン、ライール、グージ、ブラン、私の父から買い取ったのだった。彼自身の本も利益を生み出したためしがなかった。彼は部数では計ることのできない評判を誇りとしていて、写本が書き写された時代の、過ぎ去りし世の作家だとほのめかしたものだった。なぜなら彼の本には忠実な読者がついていて、読者から読者へと手渡されたのだ、ちょうど写本が遣り取りされたように。

　言葉の十全な意味において、思想のそしてまた学識の師匠であった人は感嘆することを好んだ。彼はまさにエミール・ブートルーの弟子であった。彼の感嘆の念は熱中となって表れ、それが批評という形を取り、その批評は節度を知らなかった。それで周りの者が制止し、やっと熱中は収まるのだった。それにしてもこの熱中は素晴らしい。シェイクスピアに比べればオスカー・ワイルドは一夜のパラドックスにすぎないのである。

　多くの師から、シュオッブは規律への敬意を学んだ。思想においては革命的であったが、文学において彼が重んじたのは秩序だった。この秩序感覚は創作にあってはすべての作業での入念さとなって表れ、例えばその書体は見事であり、注意深く作品の写しをとっていた。なぜならシュオッブは二重の人だったのだ。彼は病的な感性、彼の作品にしばしば描かれる悲惨に対して闘いを挑み、その闘いは時には容赦のないものだった。それだからこそ彼はヴェルレーヌに感動したのであり、彼にとってあらゆる不正、あらゆる苦悩は耐えがたいものだったのだ。他人の精神的な苦悩を、彼は己の身に引き受けた。この点で、彼が愛したボードレールは、彼にとって隣人愛に満ちた同志であり、ボードレールの古典的かつ現代的な芸術は当時のロマン派に闘いを挑んだものだった。

　シュオッブの芸術は人物の反映である。他に抜きん出た、彼の才能とは己自身の、主観の統御である。批評が批評となるのは、それが創造に重ね合わされた時であり、批評の目的は一人ひとりの魂の特質を、我々の一連の反応を、そして個人の一連の反応を測定することなのだ。

　シュオッブの芸術の本質は、彼が編み出した言葉によって、悲劇を四、五ページで示すことであり、言葉は生気に打ち震え、唐突と思えるほど簡潔で、たえず適切である。もし言葉が適切でないなら、その言葉が指し示すものを想像できなくなってしまうであろう。それは素描であり（シュオッブが版画の巨匠を好んでいたことを思い出そう）、同時に幼少時代から、懐旧の情を込めて愛していた音楽である。しかしそれは中世の彩色挿絵の模造品ではけっしてない。おそらく、彼は己のうちに規律をはみ出す気質が潜んでいるのを自覚していたのであり、それで、過度の規律を己に課したのだ。

　政治あるいは倫理における彼の思想は先進的なものと見えるかもしれないが、文学については、シュオッブは保守主義者であった。彼は文法を好んでいた。すべてがダイヤモンドのように硬質で純粋であることを望んだ。

私は彼と少なからず仕事を共にしたが、彼の規律は実に厳格だった。しかし彼が言葉を探しあぐねたことは一度もなかった。彼の精神のうちで文章は自ずから配列され、それと同時に散文詩が完成するのだった。彼は机に坐り、美しい用紙に――彼はしばしば用紙にこだわったが――書いた。

シュオッブは想像力がないと言っていたし、長篇小説を構想したことはなかった。しかし彼の想像力は資料の上に組み上げられ、学識の規律によって鍛えられた。そのようにして彼はあらゆる時代を横断したのだった。とるに足りない細部、古代ローマの小さなランプ、断片的なテキスト、イギリスの巨匠の絵画をきっかけに、彼はあらゆる時代を生きたのだ。その時、彼は呼び起こした国に生きていた。彼の知性はまさに十字路であり、多くの隊商の中継地だった。中国の文人は過去の一万人の生を生きたと言っているが、想像された生のうちで、シュオッブは一万人の生を生きた。シュオッブは二二歳と二八歳の間に構想されたことを忘れてはいけない。

シュオッブは散文作家であったが、彼の文章の一文はしばしばすでに一片の詩であった。ボードレール以降の散文詩において彼が探求し、遺したものに我々は多くを負うている。

一文に一語たりとも付け足すことはできなかった。彼の行った訂正は異文《ヴァリアント》なのである。過去の世紀から届いた鼓動が彼のうちである時は途絶え、またある時は脈打つ。それは東方の世界の鼓動である。

なぜなら全東洋が彼のうちにあったのだから。彼の先祖の柔弱な手は一度たりとも労働に勤しんだことがなかった。彼の足はとても歩行に耐えるとは思えなかった。また東洋から、彼は神秘と恐怖への嗜好を受け継いだ。しかし西洋から、彼は明晰な頭脳を継承した。トーラとタルムードは彼にとって時代遅れの忘れられた教理問答集であった。彼はユダヤ人だったが、何世紀にもわたるギリシアとフランスの文化が産み出した成果であった。それでも無意識のうちに、彼は聖書の唱句の韻律を再生し、祖先のヘブライ語をフランス語に移し替えたのだ。彼には韻律と数があった。彼の詩を唱えてみるがいい、韻律の狂いは一つとして見られない。だからと言って、シュオッブが曖昧であったとは言えない。彼が愛した作家たちと同じように、彼はしばしば難解であった。芸術作品は註解を必要とすると彼は考えていた。しかしミルボー宛に書かれた曖昧さについての手紙を字義通りに受け取るのは狂気の沙汰であろう。それは新星メーテルランクの影響を受けた、一時のスノビズムが影を落としたものにすぎないのだ。

シュオッブは芸術のためだけに、つまり彼の魂をより気高く、より明確に表現するために生きた。彼は一度として常套句を繰り返したことはなかった、なぜなら読者には常套句は耐え難いものだから。彼はいつでも力強いものを切望していた。大資本家のように生きた後、貧しいままで亡くなった。これがマルセル・シュオッブというユダヤ人である。

かくも短い生涯にあって、マルセル・シュオッブには栄光や成功を手にする時間はなかったとしても、少なくとも同時代の文人からは高い評価を受けたし、友人たちの彼に対する親愛の情は今も変わらない。

しかし彼は未来の人である。

（大野多加志訳）

（1）ジャン・リシュパン。詩人・作家。一八四九―一九二六。『ならず者の歌』など。

（2）エミール・ブートルー。高等師範学校およびソルボンヌ哲学科教授。一八四五―一九二一。

（3）オーギュスト・ビュルドー。ルイ＝ル＝グラン高等哲学科教授。一八五一―一九四。

（4）アルフレッド・ヴァレット。メルキュール・ド・フランス社創業者。一八五八―一九三五。

（5）ヴィクトル・ユーゴの叙事詩。時代が進むにつれて進歩していく人類、暗黒から理想を目指してのぼっていく人間を謳う。

（6）中世文学研究者、文献学者。一八三九―一九〇三。

（7）シュオッブの短篇小説「ユートピア対話」の主人公。本書六二九頁を参照。

（8）シャルル・ガルニエ。パリ・オペラ座の設計者。オペラ座は折衷様式の典型。一八二五―一九八。

（9）「さまよえるユダヤ人」の名で知られる中世伝説の主人公。刑場にひかれるキリストを侮辱した罪で永遠に流浪しなければならない。

解題

瀬高道助

Ⅰ　二重の心

一八八八年四月より一八九一年三月までに発表された作品三十四編を集め、一九九一年七月に刊行。出版元のオランドルフ社はモーパッサンやカチュール・マンデス等の作品を刊行して、当時有力な文芸出版社として知られていた。

集中、もっと早い作品は一八八八年四月二三日《ロワールの灯台》紙に掲載された「卵物語」（著者二十歳）で、以下《エコー・ド・パリ》紙に、「ミロのために」（八九年二月）、「ポデール」「三人の税関吏」「骸骨」（ともに同年三月）という発表順になっている。

本作の単行書にあった「序文」はのちに、一部手を加えて「怖れと憐れみ」というタイトルで評論集『拾穂抄』に収録された。本全集では、この序文は『拾穂抄』に収録した（753頁）。『二重の心』版「序文」と『拾穂抄』版「怖れと憐れみ」には大きな異同があるので、この部分に関しては本項目の末尾を参照されたい。

また次の三編は、単行書収録の際にタイトルが変更されている。

〇八一号列車←〇二一号列車
歯について←我が歯の恐ろしい物語
卵物語←三つの卵

本作は、『ジキル博士とハイド氏』や『宝島』の作者として名高いロバート・ルイス・スティーヴンソン（一八五〇〜九四）に献呈されている。シュオッブはスティーヴンソンに関する評論を都合四編残しているが、二人の関係について、研究家のユベール・ジュアンは10／18版世紀末叢書の序文で次のように述べている。

> シュオッブは敬愛の限りをこめて、最初の作品集である『二重の心』をスティーヴンソンに献呈している。このことには注目しなければならない。たしかに、シュオッブは早くからスティーヴンソンと手紙のやりとりがあった。しかし何故なのだろうか。それは彼がこ

の英国人のなかに、分身とは言わないまでも、一つの規範を発見していたからである。二人の病弱な人物はともに、「見事に書く《ビアン・エクリール》」という芸術、その優雅で危険の多い職務をみずからに引き受けている。両者にとって、現実は彼らが望むその生《なま》の状態では捉まえることができない。残されたものはフィクションだけであり、「リアリティ」そのものであるかも知れぬ一服の麻薬なのである。

『二重の心』の各短篇のうち、本全集に収めた以外で、邦訳が確認できたものを次に掲げる（タイトルの次が翻訳者名。なお、〈拾遺〉とあるのは、インターネット上のサイト〈マルセル・シュウォッブ拾遺〉[http://d.hatena.ne.jp/suigetsuan/]に発表されている翻訳である）。

吸血鬼　矢野目源一、種村季弘、榊原晃三
三人の税関吏　〈拾遺〉
〇八一号列車　鈴木信太郎、矢野目源一、瀧一郎、青柳瑞穂、大濱甫、榊原晃三
顔を隠した男　井上輝夫
ベアトリス　矢野目源一、大濱甫
リリス　大濱甫
阿片の扉　矢野目源一、大濱甫
歯について　山田稔
骸骨　青柳瑞穂
卵物語　矢野目源一
師　矢野目源一
琥珀売りの女　〈拾遺〉
「赤文書」　垂野創一郎、〈拾遺〉
放火魔　垂野創一郎
アルス島の婚礼　〈拾遺〉

安西冬衛（一八九八〜一九六五）はシュオッブの愛読者であったが（窪田般彌『詩と象徴』）、その著書『桜の実』（一九四六年）には、『二重の心』から引かれたシュオッブの言葉が二ヵ所に見いだせる。

亡びる前に猶私は語りませう。考へるとかうして紙の上に遺している私の文章には、匂ひといふものがありません。マルセル・シユオブのいふやうに、それは標本の押花のやうなものです。（「乾ける書」）

マルセル・シユオブは食後の哀傷を人生になぞらへて人間の栄華を果敢むのである。私は今、人生の午餐の卓後にある。（「歳暮」）

前者は「ベアトリス」の中（本書72頁）の言葉、後者は「吸血鬼」の冒頭である（ともに矢野目源一訳）。先に記したように、本書の「序文」は後に『拾穂抄』に収められる際に一部が改訂された。改訂箇所の「序

文」版の文章を参考までに次に掲載する（千葉文夫訳）。

〔754頁1行目〜755頁2行目〕

この怖れというものだが、まずは人間の外部にあると言おう。怖れを惹き起こすのは、超自然的な原因、魔術的な力に対する信仰、古代人がみごとに描き出した運命への信仰なのだ。「吸血鬼」に見出されるのは、迷信に翻弄される人間の姿である。「木靴」がしめすのは、灰色の人生を捨てる代わりに得られる信仰の神秘的魅惑であり、いかなる代価を払おうとも、たとえそれが地獄という代価であっても、人間らしい活動を断念してもよいという態度である。「三人の税関吏」の場合は、黄金への欲望を通じて、われわれを怖れへと神秘的なやり方で導く外部にある観念があらわれる。まさにここでは、思わぬ偶然のめぐり合せから戦慄が生じるのであり、その後に続く三篇の物語にしめされるのは、事故という名の偶然の出会いが、人間の力ではどうすることもできないめぐり合せによって、強い怖れを掻き立てる可能性があるということなのだ。偶然の出会いは「〇八一号列車」の場合はなおも超自然的なものであるが、「顔無し」にあっては、現実的なものへと変化している。

怖れは人間の内部にあるとも言える。つまり、たとえわれわれとは無関係の原因によって規定されているにせよ、それは狂気、二重人格、暗示などのうちにあらわれることがあるのだ。まさしく「ベアトリス」、「リリス」、「阿片の扉」の場合、怖れを駆り立てる原因は人間そのもの、そして人間による感覚的刺激の追求にある——その場合、究極の愛、文学、奇異のうちのどれがわれわれを異世界へと連れ出すかは問題ではない。

内面的な生のいとなみに引きずられ、阿片の扉を通り抜けて、このような尋常ならざる興奮状態の虚無にまで達すると、恐ろしいものが相手でも、ある種のアイロニーをもってこれを眺めるようになるが、ただし、そこにあらわれる神経的な興奮がなおも極度に過敏になった感覚によるものであることに変わりはない。平穏きわまりない生活の単調さは、外側の世界、あるいは超自然的世界が引き起こす怖れの強い力とはまったく別のものだと心のなかで感じられてはいるが、このような物質的な生活は「太った男」の場合であれ、「卵物語」の場合であれ、人間の活動の最終目標だとは思われないのだし、それにまた物質的な生活にあっても、なおも迷信のせいで心の動揺があったりする。「師」とともに人は恐れの下位概念をかいまみる。人は自分の心の残りの半分に足を踏み入れ、他者のうちに悲惨、苦悩、不安を思い描こうとし、人間を相手にする場合であれ、人間を超えたものを相手にする場合であれ、怖れをことごとく追い払って、もはや憐れみしか知らない境地に達する。

　短編「師」は、本書第二部「貧者伝説」へと読者を導き入れる。数多くの犯罪者のリストは、時代を追っていまの時代に到るまで、人が体験しうるありとあらゆる怖れを描き出す。単純な人々と貧者たちの物語は、怖れが生み出した結果であり、怖れをひろめるものである。迷信と魔術、黄金へのあくことなき欲望、感覚の追求、粗暴で無意識の生のいとなみ、以上は数々の犯罪の原因であるが、犯罪は「サン・ピエールの華」では絞首台の光景の予感とむすびつき、「スナップ写真」では絞首台そのものへとむすびつき、恐ろしいその姿をありのままに描き出す。

　人が憐れみを知るようになるのは、ことごとく怖れを味わいつくし、怖れにさいなまれる貧しい人々のうちに怖れの具体的な表現を見いだしたあとのことである。

　内部の生のいとなみは「師」までは、主題となっていただけだが、「琥珀売りの女」を皮切りとしてギロチンの話に到るまで、怖れの実際の姿と密着するようになると、いわば歴史的視野といったものがひらける。

〔759頁13行目の次〕

　本書に収録された物語には、作品構成上の特別なこだわりがあることがおわかりだろう。ここでは提示部が主要な役割を占める場合が多いし、最後になってふいに平衡が破られることもあり、自我を出発点として、他者を目的地点とする道中において精神と肉体が遭遇する風変わりな出来事が描かれる。個々の物語は断片の様相を見せる場合もあり、その場合は、ひとつにつながった全体の一部と見なしてもらいたい。藝術的描写の対象として選び出されたのは、ほかならぬ危機そのものなのである。

Ⅱ　黄金仮面の王

一八八九年一一月から一八九二年五月までに発表された短篇二十一編を集め一九九二年一一月に刊行。出版社は第一短篇集同様オランドルフ社。

　このオランドルフ版に入っていた作品「バルジェット」は、後に『モネルの書』の第Ⅱ部に編入されたため、本全集でも『モネルの書』に収めた（「裏切られた娘」380頁）。

　やはりオランドルフ版にあった序文は、のちに「相違と類似」というタイトルで『拾穂抄』に入っている。本全集ではこの序文は『拾穂抄』に収録（774頁）。

　収録短篇は、表題作「黄金仮面の王」（《ルヴュ・ブルウ》誌に掲載）を除いて、すべて《エコー・ド・パリ》紙の「文芸付録」に発表されている。《エコー・ド・パリ》の「文芸付録」は一八九〇年から一八九三年まで、カチュール・マンデスとともにシュオッブ自身が編集に当たっていた。各短篇の献呈者には、エドモン・ド・ゴンクール（一八二二年生れ）やアナトール・フランス（一八四四年生れ）のような二世代以上うえの先輩作家がいると思えば、シャルル・モーラスやポール・クローデル（共に一八六八年生れ）といった後輩たちも見いだせる。また、英国のオスカー・ワイルドやオランダのベイファンクといった国外の文学者も混じっており、当時のシュオッブの広い交遊関係が垣間見える。

　既訳は以下の通り。

黄金仮面の王　矢野目源一、松室三郎、大濱甫
オジクの死　〈拾遺〉
大地炎上　矢野目源一、大濱甫
ミイラ造りの女　井上輝夫、川口美樹子、日影丈吉、高野優
ペスト　大濱甫
贋顔団　垂野創一郎
ミレトスの女たち　日影丈吉
モフレーヌの魔宴　矢野目源一、伴俊作
血まみれのブランシュ　大沼由布
塩密売人たち　〈拾遺〉
眠れる都市　矢野目源一、大濱甫、小副川明、内田善孝、日影丈吉

シュオッブの作品から影響を受けた我が国の作家の一人として、一九三一年に雑誌《キング》に長篇小説『黄金仮面』を連載した江戸川乱歩（一八九四〜一九六五）があげられる。次のような村松喜雄の回想がある（『怪盗対名探偵』）。

　さらに昭和十年頃のことだ。石川一郎氏などと、月に二、三回、探偵小説の話をするために乱歩邸に集っていたことがある。（……）そんなときのことだ。これを読めといって、一冊の薄い本を乱歩が手渡してくれた。
　大正十三年、新潮社から出た、マルセル・シュウォッブの短篇集「吸血鬼」である。
　このなかに「黄金仮面の王」という短篇がある。ぼくの黄金仮面は、これからアイデアを頂いたのだ、この作品には感心している。マルセル・シュウォッブは大変に立派な作家だ。まあ、読んでみろよ。乱歩はそう言った。

III　擬曲《ミーム》

《エコー・ド・パリ》紙に一八九一年七月一九日より翌九二年六月七日まで連載。一八九三年に著者自筆原稿のファクシミリ二十五部限定版が、翌九四年春には普及版が、ともにメルキュール・ド・フランス社から刊行。一

九〇一年に、米国の異色の出版人T・B・モッシャーが本作の英訳版を上梓するが、その際に「シスメ」の一章が追加された。一九〇三年には『プシュケのランプ』（後述）に収録。本訳は、増補された『プシュケのランプ』版に拠っている。

それまではごくわずかしか確認されていなかった古代ギリシアの作家ヘーローンダース（紀元前三世紀）の作品が、イギリスの考古学者F・G・ケニョンによって大英博物館のパピルスから発見され出版されたのが一八九一年である。古代ギリシア文学にも造詣が深くW・リヒターの『ギリシア・ローマ演劇』の翻訳者でもあったシュオッブは、その発見にすぐさまインスピレーションを得て本作を執筆した……。本作の成立事情は「プロローグ」からはこう読み取れようが、ことはそれほど単純ではないようだ。ヘーローンダースの作品は対話体による短い戯曲だが、本作のうちこれと同じような対話体はただ一編（擬曲二）しかなく、また、雑誌では最初に発表された「エピローグ」のダフニスの章の執筆は、ケニョンの発見より時期が早いという。シュオッブ研究家のアニェス・レルミットは、本作の韜晦めいた構成を、同時期にピエール・ルイスが古代ギリシアの詩の翻訳と偽って発表した『ビリティスの歌』に近いものとしてとらえている（『マルセル・シュオッブの作品におけるパランプセストと魔術』）。

本作には、「古希臘風俗鑑」の題名で、一九二九年に矢野目源一の全訳（初出は一九二六年に雑誌《奢灞都》がある。抄訳には、厨川白村訳（「笛の六音」）、粟津則雄訳（「旅籠屋」）がある。

Ⅳ　モネルの書

《エコー・ド・パリ》紙に一八九二年一〇月一二日から一八九四年七月一四日まで連載。一八九四年に配列を現在のように構成されてレオン・シャイエー社から単行書出版。後に『プシュケのランプ』に収録された。

初出→シャイエー版→『プシュケのランプ』の間には、各タイトルに大きな異同があるので、以下に纏めた。また「モネルの姉妹」収録の「裏切られた娘」は、前述したようにもともと『黄金仮面の王』収録されていた「バルジェット」（初出一八九二年五月一〇日）を編入したものである。

初出	シャイエー版	プシュケのランプ
小さな売春婦たち	モネルの言葉	モネルの言葉
蟹	蟹	利己的な娘
青髭の少女	青髭の少女	官能的な娘
水車小屋の娘	水車小屋の娘	倒錯的な娘
バルジェット	バルジェット	裏切られた娘
緑の悪魔	ビュセット	野生の娘

指輪	ジャニー	忠実な娘
鏡の女	イルセ	運命を負った娘
七つの壺	マルジョレーヌ	夢想する娘
シス	シス	願いを叶えられた娘
血の鏡	モルガーヌ	非情な娘
マンドジアーヌ王国	マンドジアーヌ	自分を犠牲にした娘
ランプ売りの娘	モネルとの出会い	彼女の出現について
モネル	モネル	彼女の生活について
モネルの逃亡	モネルの逃亡	彼女の逃亡について
モネルの辛抱強さ	モネルの辛抱強さ	彼女の辛抱強さについて
白い王国	モネルの王国	彼女の王国について
ルーヴェット	モネルの復活	彼女の復活について

収録の翻訳は『プシュケのランプ』版に拠っている。

ピエール・シャンピオンが「憐れみの福音書、ニヒリズムの手引書」と呼び、ミシェル・レリスが「否定を極限まで重ねていって、そのすえにやっととらえることのできる純粋さの追求」と評した本作の主人公であるモネルは、当時のシュオッブの恋人ルイーズ（ヴィーズ）をモデルにして創造されたとされる。ルイーズとシュオッブの関係については、シュオッブと親しかったジュール・ルナールの『日記』や、いくつかの書簡などから断片的に窺われるものの、ほとんどのことは分かっていない。われわれに知れるのは、ルイーズが字も満足に書けない無教養な若い女性であり、シュオッブは彼女を溺愛し、彼女は一八九三年一二月七日に死んだという事実くらいである。ルイーズと創作のモネルの間にどれだけの関係性があるのかは、まったく不明だと言わねばならないだろう。

『モネルの書』は現在までにフランスで二回にわたってラジオ・ドラマ化され（一九六二年、二〇〇七年）、演劇にもなっている（二〇〇八年）。エマニュエル・ギベールとダヴィッド・B《ベー》合作のバンド・デシネ『深紅の船長』（二〇〇〇年、本書「栞」17頁参照）は、シュオッブとともにモネルを主人公にしている。シュルレアリストの女流画家レオノール・フィニ（一九〇七〜一九九六）は本書の挿絵を描いている（一九六五年、「栞」23頁参照）。

第一部の「モネルの言葉」は、ラヴェルの弟子として知られる作曲家モーリス・ドゥラージュ（一八七九〜一九六一）によってその一部が作曲されている。

本書の既訳には、堀口大學による「モネルの言葉」がある。また、インターネット上のサイト〈両世界日誌〉―〈モネルの書〉[http://sbiaco.exblog.jp/]には本作の全訳が発表されている。

永井荷風（一八七九〜一九五九）の「妾宅」（一九一二年）に次のような記述が見られる。

仏蘭西《フランス》の詩人Marcel《マルセル》 Schwob《シュオッブ》は吾々が悲しみの淵に沈んでゐる瞬間にのみ、唯の一夜、唯の一度吾々の目の前に現はれて来るといふ辻君。二度と巡り会はうとしても最《も》う会ふ事の出来ないといふ神秘なる辻君の事を書いた。「あの女達はいつまでも吾々の傍にゐるものではない。あまりに悲しい身の上の恥かしく、長く留《とどま》つてゐるに堪へられないからである。あの女たちは吾々が涙に暮れてゐるのを見ればこそ、面と向つて吾々の顔を見上げる勇気があるのだ。吾々はあの女たちを哀れに思うときのみ、彼女《かのをんな》達を了解し得るのだ。」といつてゐる。

また、福永武彦（一九一八〜七九）の短篇小説「鏡のなかの少女」（一九五六年）に、本書の「運命を負った娘（鏡の女）」の影響が推測されている（千野帽子『世界小娘文學全集』）。

V　少年十字軍

『架空の伝記』の連載に割り込むかたちで、《ジュルナール》紙に一八九五年二月二一日から同年四月一二日まで、五回にわたって連載。翌九六年メルキュール・ド・フランス社より五百部の単行書として出版された。一九〇三年には『プシュケのランプ』に収録。

本作の背景となる歴史的事件については、訳者多田智満子による解説文があるので、次にこれを引用する。

〈一二一二年、北フランスのロワール河流域ヴァンドーム地方と、ドイツのケルンに、全く別々にであるがほぼ時期を同じうして、少年十字軍という子供の集団が発生した。

フランスでは、ヴァンドームに近い或る村のエティエンヌなる少年羊飼が見神の体験を得た。貧しい巡礼の姿をした神が彼にひときれのパンを乞い、聖地の解放を記した一通の手紙を渡したのである。その直後、少年は自分が追うていた羊の群が自分に拝跪するかのようにひざまずくのを見た。そこで彼は聖なる使命を確信し、「主なる神よ、キリスト教を復興したまえ！　まことの十字架を還したまえ！」と叫びながら神のお告げをひろめてあるいた。同じような使命を自覚した少年たちが国のあちこちにあらわれ、それぞれの幼い信徒をひきいてみなエティエンヌのもとに合流した。その総数は或る記録によれば三万人に達したという。彼らの年齢は最年長が十二、三歳であった。また別の記録によれば、この頃、魚や蛙や蝶や鳥の群が大挙して海に向うのが見られた。犬の大群がシャンパーニュ伯の城の付近に集まり、二手に分れて決戦をおこない、生き残った犬はわずかであった、と、この子供たちの暗い運命を予知するごとく語っている年代記作者もあるという。

子供たちの両親や司祭たちは彼らの出奔をとどめようと力を尽したが、一部分の脱落者をのぞいて大多数は決心を変えなかった。一般に十字軍というのは、いうまでもなく教皇や国王の発する聖地奪回の至上命令のもとに組織された強大な軍事集団であるが、この子供たちの場合は全く自然発生的で、無知無謀ながら動機は純粋で、むろん何の武力ももたぬ丸腰の無力な集団であった。この点いたく一般大衆の感動をそそい、彼らの進む道筋で人々は食物や金を恵み、霊感を授かったエティエンヌを一目見ようと集まってきて、その体にふれ、衣服の一片を聖遺物にと切りとりさえした。（当時は聖遺物崇拝がさかんで、死んだ聖者は衣服や髪はおろか、手足まで切りとられ、めったに五体満足ではいられなかったものである。）

　事態を憂慮して国王フィリップ・オーギュストは少年たちに帰宅を命じたが従う者は少なかった。一方法王インノケンティウス三世は、「子供たちはわれらを恥入らせる。われらが眠っている間に、かれらは嬉々として聖墓の解放におもむくのだ。」と感動のことばをもらした。実のところ法王は立場上、子供の十字軍を禁止するのが都合がわるかったのである。というのは第四回十字軍の失敗のあと彼はヨーロッパ全土に新しい十字軍勧奨の説教師を派遣し、その結果ヨーロッパ全体が一種の神がかり的興奮状態を示していたのだ。シュウォッブがこの作品の冒頭に掲げた年代記の一節が示すように、集団ヒステリのような現象もあまた見られたのである。

　とかくするうちに子供たちの大群は道々数を増しながら南下していった。僧侶、商人、農民、それに冒険好きのあぶれ者も加わって、マルセイユから七艘の船に分乗して出帆した。ところがこの輸送を請負った回船業者が（その書記の話というのが本篇に出てくるが）したたかな悪者で、二艘はサルディニア付近で難破したが残る五艘の少年たちを回教《イスラム》圏のアレクサンドリアへ連れ去り、ここで奴隷に売りとばしてしまった。不幸中の幸いとしては、ここの回教《イスラム》君主は若い頃パリに留学したことがあり、あわれな子供たちを人道的に扱ったということである。（……）

　この「少年十字軍」という作品の冒頭に訳出したラテン文は、聖王ルイの時代の或る年代記からの引用であるらしいが、正確な出典は確めていない。（……）この数行の文章を枕に、シュウォッブは豊富な歴史的知識をさりげなく駆使して、子供ばかりの十字軍という中世の異様な「歴史的事象」を、みごとな「詩的現象」に変容させることに成功した。〉

　ホルヘ・ルイス・ボルヘス（一八九九〜一九八六）は本作のスペイン語版（一九四九年）に序文を寄せ、一つの事件を複数の視点から描くシュオッブの手法が、英国の詩人ロバート・ブラウニング（一八一二〜一八八九）の長詩『指輪と書物』（一八六八年）からの示唆があったであろうことを指摘している（『序文付き序文集』）。このポリフォニックな小説手法は、芥川龍之介（一八九二〜一九二七）が短篇小説「藪の中」（一九二一年）でも用いているが、芥川がシュオッブの作品を知っていた可能性も推測されている（平井啓之・荒木昭太郎共編『少年十字軍』、新倉俊一「海の星 stella maria」）。

本作は一九〇五年に、フランスの作曲家ガブリエル・ピエルネ（一八六三〜一九三七）が舞台音楽化している。全五幕の台本もシュオッブ自身の手による。少年十字軍の一員として巡礼に出たアリスとアラン（ともにソプラノで歌われる）は航海のさなかに嵐に襲われ、難破の寸前に盲目のアランはイエスの姿を見、アランに導かれる形でアリスも主の姿を見るという筋立てで、主に「三人の児の語り」「書記フランソワ・ロングジューの語り」「幼ないアリス語り」の三編をもとにして構成されている（本リブレットはフランスの「マルセル・シュオッブ協会」会報誌第三号に掲載）。

レミ・ド・グールモン（一八五八〜一九一五）が『仮面の書』（一八九八年）で「小さな奇跡の書」と讃えた本作は、我が国でも早くから注目され、大正期には次のような錚々たる訳者による部分訳が存在する。

托鉢僧の語り　上田敏、堀口大學
癩者の語り　上田敏
法王インノケンティウス三世の語り　上田敏
三人の児の語り　日夏耿之介、山内義雄、

このほか、全訳に大濱甫訳がある。

日夏耿之介（一八九一〜一九七一）の詩集『黒衣聖母』（一九二一年）収録の一編「神前にありて」は、本作の「法王インノケンティウス三世の語り」をエピグラフにしている。

Ⅵ　架空の伝記

《ジュルナール》紙に一八九四年七月二九日より一八九六年四月一八日まで二十二回にわたり連載。一八九六年にファスケル＝シャルパンティエ社から単行書が出るが、その際に連載の中から「モルフィエル伝」一編を除いて、反対に「ポカホンタス」（初出《エコー・ド・パリ》紙一八九三年八月一三日、初出題は「マトアカ」）が追加された。本全集では「モルフィエル伝」は「補遺」として収録した。連載は単行書のような年代順ではなく、「ステッド・ボニット少佐」、「バーク、ヘアー両氏」に始まり、「ニコラ・ローワズルール」が最後となっていた。

本作の単行書にあった序文は、「伝記の技法」というタイトルでのちに『拾穂抄』に収められた。本全集ではこの序文は『拾穂抄』に収録した（787頁）。

近年のシュオッブ再評価のなかでも、『架空の伝記』はとりわけ特別に大きな注目を浴びている作品である。

ボルヘスは、第一短篇集『汚辱の世界史』が本書の影響下に書かれたことを自ら認めている（「自伝風エッセイ」、「『架空の伝記』序文」）。その他、ジェラール・マセ（一九四六〜）、ミシェル・シュネデール（一九四四〜）、ピエール・ミション（一九四五〜）、あるいはアル

フォンス・レイエス（一八八九〜一九五八）、ロベルト・ボラーニョ（一九五三〜二〇〇三）、ファン・ロドルフォ・ウイルコック（一九一九〜一九七八）、アントニオ・タブッキ（一九四三〜二〇一二）などなど、フランスの内外を問わず、本書の影響を少なからず受けたとされる現代作家は数多い。とりわけ、そのタイトルからして近親性を漂わせるシュネデールの『架空の死』（二〇〇三年）は、シュオッブ自身の「死」をも一編として含んでいる。

わが国でも、澁澤龍彦（一九二八〜一九八七）の小説「鳥と少女」（一九七九年）は『架空の伝記』の「パオロ・ウッチェルロ」を下敷きにした作品として知られる。倉橋由美子（一九三五〜二〇〇五）は、遺作となった『偏愛文学館』（二〇〇五年）の一章で『架空の伝記』を採り上げている。

本書の既訳は以下の通りである。

エンペドクレス　渡辺一夫
クラテース　渡辺一夫
ペトロニウス　渡辺一夫
スーフラー　矢野目源一、小浜俊郎
チェッコ・アンジョリエーリ　小浜俊郎
パオロ・ウッチェルロ　矢野目源一、渡辺一夫
ゲイブリエル・スペンサー　小浜俊郎
キャプテン・キッド　小浜俊郎
モルフィエル〈拾遺〉

Ⅶ　木の星

一八九七年一〇月の《コスモポリス》誌に発表。一九〇三年、本作に旧作の『モネルの書』『擬曲《ミーム》』『少年十字軍』三編を合せた計四作品を収録して、『プシュケのランプ』の総題のもとメルキュール・ド・フランス社から単行書出版された。

生前発表された作としては、シュオッブの最後となった小説作品である。

Ⅷ　単行本未収録短篇

生前に単行書に収録されなかったシュオッブの短篇小説のなかから十一編を収録した。

最初の九編の初出は以下の通りである。掲載紙はいずれも《エコー・ド・パリ》紙。

金の留め針　一八八九年五月一八日
ティベリスの婚礼　一八九〇年一二月二八日
白い手の男　一八九二年六月一九日
悪魔に取り憑かれた女　一八九二年七月三一日
黒髭　一八九二年一〇月二六日
栄光の手　一八九三年三月一一日
ランプシニト　一八九三年三月二五日

素性　一八九三年五月六日
閉ざされた家　一八九三年九月九日

　発表年代から見て、「金の留め針」「ティベリスの婚礼」などは、何らかの理由で著者が『二重の心』と『黄金仮面の王』に収めなかった短篇小説といえようが、一方、「黒髭」「栄光の手」「ランプシニト」「素性」「閉ざされた家」は、『黄金仮面の王』の後にもしも第三短篇集が成立していれば、そこに収録されていたはずの作品だと想像できる。

　残りの二編は、近年になって発掘されたものである。

ユートピア対話　生前未発表。「記憶の書」と並んで、シュオッブの最晩年の作品と考えられている。近年になってナントの図書館にある原稿が公けにされた。

マウア　やはり生前未発表。XVII章に「一九〇三年」とあるほか、執筆年代は不明だが晩年の作と推測される。新しいシュオッブの伝記（二〇〇〇年）の著者であるシルヴァン・グドマールが、入手したシュオッブのノートから起こし、二〇〇九年になって刊行した。タイトルも付されておらず「マウア」の題はグドマールがつけたもの。発表の意思がそもそもあったかどうかも全く不明の、レズビアニズムを主題とする小説で、XIV章は英語で書かれている。

「ティベリスの婚礼」「ランプシニト」「ユートピア対話」の翻訳が〈拾遺〉に、「悪魔に取り憑かれた女」「ユートピア対話」が〈両世界日誌〉-〈翻訳文書館〉[http://blog.goo.ne.jp/sbiaco] に発表されている。

IX　拾穂集

　この評論集の原題であるspicilègeには「麦の穂を拾い集める」という語義がある。一八九六年九月にメルキュール・ド・フランス社から刊行。各編の初出は以下の通り。

フランソワ・ヴィヨン　《両世界評論》誌、一八九二年七月一五日。

ロバート・ルイス・スティーヴンソン　《隔週評論》誌、一八九四年六月二日。

ジョージ・メレディス　《ジュルナール》紙、一八九四年九月一日。

プランゴンとバッキス　テオフィル・ゴーティエ著の単行書『金の鎖』の序文として発表、一八九六年。

歓待の聖ジュリアン　ギュスターヴ・フローベール著の単行書『聖ジュリアン伝』の序文として発表、一八九三年。

怖れと憐れみ　単行書『二重の心』の序文として発表、一八九一年。（序文版との異同に関しては918頁を参照）

倒錯　《メルキュール・ド・フランス》誌、一八九二年三月一日。ジュール・ルナールの小説『ねなしかずら』の書評として書かれた。

相違と類似　単行書『黄金仮面の王』の序文として発表、一八九二年。

笑い　《エコー・ド・パリ》紙、一八九三年六月一七日、初出題は「笑いのパラドックス」。

伝記の技法　単行書『架空の伝記』の序文として発表、一八九六年。

愛／藝術　この二編は、一八九六年二月に出版された『女性——女、愛、美に捧げる八章』という単行書に、それぞれ「愛のマリオネット」「藝術の鑑としての女性」というタイトルで初出。本書はシュオッブやオクターヴ・ユザンヌほか総計五人の執筆者による共著で、フェリシアン・ロップスやジョルジュ・ド・フールの絵が入った二一二頁、一八三部の限定本である。

混沌　《エコー・ド・パリ》紙に掲載された、もともとは二つの作品を一つに纏めた。第I部は、一八九二年七月一七日、初出題は「第二のパイドン（断章）」。第II部は、一八九二年八月一四日に「自由の島」の題で掲載された短篇。

驚嘆すべき博識学識が横溢したこの評論集も、三十歳に満たない青年の著作ということになる。

既訳には、瀬高道助訳の「ロバート・ルイス・スティーヴンソン」と、〈拾遺〉の「怖れと憐れみ」「相違と類似」がある。

中島敦（一九〇九〜四二）は、若死、短篇作家、古典語の学識、スティーヴンソンへの愛などの点において、シュオッブとの文学的血縁関係がもっとも濃厚な日本の作家だが、スティーヴンソンが主人公の小説『光と風と夢』（一九四二年）を書く際にシュオッブの「ロバート・ルイス・スティーヴンソン」を読んでいたかもしれない。『光と風と夢』の次の記述と本書715頁21行以下を比較されたい。

（……）スティヴンスンの創作は何時でも一つ一つの情景の想起から始まる。初め、一つの情景が浮かび、その雰囲気にふさはしい事件や性格が、次に浮かび上つて来る。次々に何十といふ紙芝居の舞台面が、其等を繋《つな》ぐ物語を伴つて頭の中に現れ、目前にありありと見える其等の一つ一つを順々に描写し続けることによつて、彼の物語は誠に楽しく出来上るのだ。

『拾穂抄』の半分近くを占めるのは、冒頭に置かれたヴィヨンに関する研究である。シュオッブの衣鉢を継ぐ形で『フランソワ・ヴィヨン、生涯とその時代』（一九一三年）を完成させてたピエール・シャンピオンは、その序文で、ヴィヨン研究に打ち込むシュオッブの早すぎる晩年の姿を次のように記している（「栞」18頁の宮下文も参照）。

薄幸なマルセル・シュウォッブ！　これらのコピーは、幾時間彼が羊皮紙や黄色くなりつくした書類の前で過ごして来たかを示していた！　なぜならあなたはもうすでに背を曲げて、毎日のように国立記録所の方へ足を向けていられた。そしてその翻読という峻しい仕事がすっかりあなたを魅了していた。想像と心象の点からはなおいまだ若々しいあなたを。しかもあなたは善き読書によって培い養われたコント作者だった。だからそうした趣味は、どうみてもはなはだそぐわないものでした。記録所は当時なおフラン＝ブルジョア街に沿って、丸卓子を並べた小さな地階建ての中にあり、乗合馬車が、なかば開かれた紙箱の間に、騒然たる窓ガラスの音を響かせて飛びこんで来そうに思える処にあった。そしてあのシメオン・リュスが、親切気のまったくない目つきであなたを監督していた。

　マルセル・シュウォッブは、ここで疲れも知らぬげに秘書寮や高等法院の帳簿を翻えしたり、あるいはその美しい細かい文献学者《ユマニスト》の持つような筆蹟で、快げにこれを筆写したりしていた。彼は十五世紀の凶暴な歴史の中にわたくしを参堂せしめ、彼の愛惜して措かなかったこの時代の、その走り書きの書体で認められた文書《ノート》のむずかしい読み方の、手ほどきをわたくしに与えたりしたのであった。羊皮紙のような色をして禿げ上がったその額、不思議なその目の光り、若々しくて鬚を剃ったその大きな口、エジプトの浮彫のそのきわめてあざやかな横顔に見るようなユダヤ人独特のその曲った鼻、上着のあまりにも広すぎる襟元でふらふらと動くその痩せた頸、――このような風貌はけっして忘れえられるものではなかった。

　と、突然、その生涯の晩年の苦痛と夢とに疲れ果てた彼の頭は、がっくりと胸の上に垂れて行くのであった。脾弱なその肉体のこれはその転落であった。記録所の部屋の給仕は幾度も彼が死んだのではないかと思った。あるいはまたわたくしはシュウォッブが倦怠とその〔持病の〕危険な幸福と病気とでたまらなく苦痛になってくる時、奢侈品と言えば美しい本ばかりの、そうした書物に取り囲まれたアパートの、趣味からわざと小さく造った部屋の中で臥っているのをよく見かけたものであった。なぜならマルセル・シュウォッブは肉体的な快感を感じるまでに読書をしていたからである。こんな時、彼はわたくしにその短い手を差し延べ（わたくしはその手をじっとわたくしの手の中に握っているのが好きであった）、彼の白けた声は突然に何か権威を帯び、表情的な調子を含んでくるのであった。ヴィヨンは間近の寝床からすぐ手の届くところにあった。（……）

　ある日わたくしは彼に率直な質問を発したことがある。「でもあなたはヴィヨンを突き止めてご覧になら

れているに違いないと思いますが？」と。それにシュウォッブは答えた。「ちょっぴり、彼の指尖だけは見た」と。（佐藤輝夫訳）

X　記憶の書

一九〇五年三月、シュオッブの友人であるアンドレ・サルモンとポール・フォール主宰の《韻文と散文》誌創刊号に掲載。

読書の回想を綴った本作はシュオッブの死の年のエッセイで、その死が継続を許さなかった、未完の作と推測される。

本作の全訳が〈拾遺〉に発表されている。

XI　単行本未収録評論

偽名で書かれた『ジャーナリスト百態』や、「俗語論」を含め、シュオッブはかなりの量にのぼる評論随筆を書き残している。そのなかから、序文として書かれた四編と、講演一編をここに収めた。

初出は次の通り。

ラシルドの『不条理の悪魔』　一八九四年、メルキュール・ド・フランス社から刊行された同書の序文。

『アナベラとジョヴァンニ』講演　《メルキュール・ド・フランス》誌、一八九四年一二月。

スティーヴンソンの『爆弾魔』　一八九四年、プロン社から刊行された同訳書の序文。

デフォーの『モル・フランダーズ』　一八九五年、オランドルフ社から刊行された仏訳書の序文。ダニエル・デフォー原作の本書は、翻訳もシュオッブ自身が担当している。

シェイクスピアの『ハムレット』序文　一九〇〇年、シャルパンティエ＝ファスケル社から刊行された仏訳書の序文。シュオッブとユージェーヌ・モランの共訳。

＊

巻末に「解説」として収録した「マルセル・シュオッブの生涯と作品」は、ピエール・シャンピオン編纂のベルヌアール版「マルセル・シュオッブ全集」（全十巻、一九二七～三〇年）第一巻の「序文」として書かれたものである。著者シャンピオンは、一八八〇年に生まれ、一九四二年に没した中世学者。有名な出版業者オノレ・シャンピオンの息子で、ヴィヨンをはじめシャルル・ドルレアンやロンサールなどの研究にすぐれた業績がある。シュオッブの弟子として、シュオッブの死後『マルセル・シュオッブとその時代』『書物のなかのマルセル・シュオッブ』等の著書を著わしている。

なお、大濱訳と多田訳の訳註で、文末に（＊）があるものは、今回編集部が新たに付した。

年譜

大野多加志・編

一八六七年

八月二三日、パリ近郊のシャヴィルに生まれる。父はゴーティエやフローベールとも親交のあった作家、ジャーナリスト。母はユダヤ系で教師。

一八六八―七六年　二歳〜九歳

ドイツ人と英国人の家庭教師につく。父が日刊紙《ロワールの灯台》を買い取り、一家はナントに移る。

一八七八年　一一歳

《ロワールの灯台》紙にジュール・ヴェルヌ『一五歳の船長』の書評。

一八八一年　一四歳

パリのサント゠バルブ校に転校。マザラン図書館の司書である母方の伯父レオン・カーン宅に仮寓。博識の東洋学者であった伯父から大きな影響を受ける。

一八八四年　一七歳

ロバート・ルイス・スティーヴンソンの『宝島』を読む。

一八八五年　一八歳

ルイ゠ル゠グラン校でポール・クローデル、レオン・ドーデを知る。大学入学資格試験に合格。徴兵前に砲兵隊に志願入隊。俗語に親しむ。

一八八六年　一九歳

「留年生」としてルイ゠ル゠グラン校に復学。高等師範学校の試験は不合格だったが、優秀な成績で学士号を取得する。

一八八七年　二〇歳

コレージュ・ド・フランスでフェルディナン・ド・ソシュールとミシェル・ブレアルの講義を聴講（八八年まで）。

一八八八年　二一歳

四月、《ロワールの灯台》紙に最初の短篇「三つの卵」を発表（後に「卵物語」と改題）。六月、《黒猫》誌に「スカンジナビアの黎明」を掲載。多くの短篇を執筆する。

一八八九年　二二歳

一月、言語学協会会員。二月、「ミロのために」を《エコー・ド・パリ》紙に寄稿。四月、最初の著作（共著）『フランス語の俗語研究』のゲラ刷りを校正。多くの雑誌に短篇などを寄稿。

一八九〇年　二三歳

アルフォンス・ドーデ、アナトール・フランス、エドモン・ド・ゴンクール、カチュール・マンデスなど文学界要人の面識を得る。《エコー・ド・パリ》紙の文芸欄を担当。

三月、言語学協会で「貝殻団の隠語」について講演。八月、スティーヴンソンとの文通始まる。一〇月、《レヴェンヌマン》紙に最初のスティーヴンソン論を寄稿。

一八九一年　二四歳

一月、ユニヴェルシテ街二番地に転居。《ロワールの灯台》紙に「パリ便り」を連載開始。七月、短篇集『二重の心』出版。八月、ヴィルヘルム・リヒター『ギリシア・ローマ演劇』の翻訳（共訳）出版。一一月、ヴィヨン研究の僚友、オーギュスト・ロンニョン『フランソワ・ヴィヨン全集』出版。一二月、アンドレ・ジッドによりポール・クローデルの戯曲『黄金の頭』を知る。

一八九二年　二五歳

三月、ジュール・ルナール論で《メルキュール・ド・フランス》誌にデビュー。四月、オスカー・ワイルドを知り、『サロメ』を推敲。七月、《両世界評論》誌にヴィヨン論発表。八月、父死去。一〇月、『モネルの書』の雑誌連載開始（～九四年七月）。一一月、短篇集『黄金仮面の王』出版。

一八九三年　二六歳

一月、ジュネーヴでイプセンについて講演。ジュール・ルナールが同行する。三月、《エコー・ド・パリ》紙にアルフレッド・ジャリの原稿を掲載。『擬曲《ミーム》』出版。四月、モーリス・メーテルランクの『ペレアスとメリザンド』を推敲。七月、コレットを知る。一二月、恋人ルイーズ死去。彼女は『モネルの書』のモデルとされる。

一八九四年　二七歳

一月、ジョージ・メレディスとの文通始まる。ラシルドの『不条理の悪魔』に序文。五月、スティーヴンソンの『爆弾魔』に序文。七月、レオン・ドーデとイギリス旅行。『架空の伝記』の雑誌連載開始（～九六年四月）。八月、『モル・フランダーズ』の翻訳を雑誌掲載。一一月、ジョン・フォードの『アナベラとジョヴァンニ』について講演。一二月、スティーヴンソン死去。女優マルグリット・モレノとの大恋愛。『モネルの書』の出版もこの年。

一八九五年　二八歳

二月、『少年十字軍』雑誌掲載開始（～四月）。『架空の伝記』の連載もつづく。ポール・ヴァレリーの『レオナルド・ダヴィンチ方法序説』の原稿を読む（この作品は後にシュオッブに献呈）。

一八九六年　二九歳

一月、原因不明の腹痛に悩まされる。四月、ゴーティエの『金の鎖』に序文。六月、腹部切開手術。『少年十字軍』出版。『架空の伝記』出版。九月、評論集『拾穂抄』出版。一二月、アルフレッド・ジャリの「ユビュ王」初演を観劇。ジャリは『ユビュ王』をシュオッブに献呈。

一八九七年　三〇歳

一月、『地の糧』と『モネルの書』の類似をめぐってジッドと不仲になる。六月、腹部再手術。夏、ヴァルヴァンで静養。一〇月、『木の星』雑誌掲載。肉体的衰弱および創作意欲減退著しい。一一月、『ハムレット』の翻訳開始。ドレフュス事件でドレフュスを擁護。

一八九八年　三一歳

六月、ビアリッツで湯治。八月、マラルメ死去。一一月、ドレフュス事件でヴァレリー、レオン・ドーデと袂を分かつ。

一八九九年　三二歳

三月、《ヴォーグ》誌にトマス・ド・クィンシー『イマヌエル・カント最期の日々』の翻訳などを寄稿。五月、「ハムレット」（サラ・ベルナール主演）の初演を観劇。一一月、《文学》誌に寄稿。一二月、『ハムレット』の翻訳出版。

一九〇〇年　三三歳

一月、ヴァロワ街四一番地に転居。二～三月、スティーヴンソン『ジキル博士とハイド氏』の脚色を試みる。三月、伯父レオン・カーン死去。四～七月、衰弱著しく、手を尽くして診察を受けるが症状に改善みられず。九月、ロンドンで最愛の女優マルグリット・モレノと結婚。

一九〇一年　三四歳

五～七月、ジャージー島に転地療養。八月、アルプスに滞在。一〇月、スティーヴンソンに倣い、サモア行を決意。一二月、シドニー着。マルグリット・モレノへの私信の形で旅行記を綴る。

一九〇二年　三五歳

一月、肺炎をこじらせるが、九死に一生を得る。サモア諸島を発ち、三月末にパリに帰還。一二月、マルグリット・モレノと共にサン＝ルイ＝アン＝リル街一一番地に落ち着く。

一九〇三年　三六歳

三月、ポール・レオトーを知る。五月、『ジャーナリスト百態』出版。六月、『プシュケのランプ』（『擬曲』『モネルの書』『少年十字軍』『木の星』を収録）出版。

一九〇四年　三七歳

五月～八月、リスボン、ナポリ、マルセイユ、エックス＝レ＝バンに滞在。一二月、ソルボンヌでヴィヨンについて講演。

一九〇五年

一月、遺作『記憶の書』執筆。二月二六日、パリにて逝去。モンパルナス墓地に葬られる。

＊訳者略歴

大濱甫（おおはま　はじめ）
1925年生れ。2012年歿。元慶應義塾大学教授。
主要著訳書――『イシス幻想』、J・スタロバンスキー『活きた眼』、ヴィリエ・ド・リラダン『残酷物語』ほか。

多田智満子（ただ　ちまこ）
1930年生れ。2003年歿。詩人・作家。
主要著訳書――『定本多田智満子詩集』、『鏡のテオーリア』、『夢の神話学』、M・ユルスナール『ハドリアヌス帝の回想』、A・アルトー『ヘリオガバルスまたは戴冠せるアナーキスト』ほか。

宮下志朗（みやした　しろう）
1947年生れ。放送大学教授、東京大学名誉教授。
主要著訳書――『本の都市リヨン』、『読書の首都パリ』、『神をも騙す』、R・グルニエ『写真の秘密』、ラブレー《ガルガンチュアとパンタグリュエル》、モンテーニュ『エセー』（刊行中）ほか。

千葉文夫（ちば　ふみお）
1949年生れ。早稲田大学教授。
主要著訳書――『ファントマ幻想』、『ミシェル・レリス日記』、M・シュネデール『グレン・グールド　孤独のアリア』、J・スタロバンスキー『オペラ、魅惑する女たち』ほか。

大野多加志（おおの　たかし）
1952年生れ。東洋学園大学教授。
主要訳書――ナダール『ナダール、私は写真家である』（共訳）、P・マッコルラン『恋する潜水艦』（共訳）、R・バルト『演劇のエクリチュール』ほか。

尾方邦雄（おがた　くにお）
1953年生れ。編集者。
主要訳書――P・マッコルラン『恋する潜水艦』（共訳）、H・U・オブリスト『アイ・ウェイウェイは語る』。

マルセル・シュオッブ全集
（全一巻）

2015年 6 月25日 初版第1刷発行
2023年11月20日 初版第3刷発行

訳　者　大濱甫／多田智満子
宮下志朗／千葉文夫／大野多加志／尾方邦雄

発行者　佐藤今朝夫

発　行　株式会社国書刊行会
〒174-0056 東京都板橋区志村1-13-15
電話 03-5970-7421
https://www.kokusho.co.jp

装　丁　柳川貴代

印　刷　株式会社シナノパブリッシングプレス
製　本　株式会社ブックアート

ISBN978-4-336-05909-3